SCARLETT

ALEXANDRA RIPLEY

SCARLETT

Traduit de l'américain
par Caroline Auchard

PIERRE BELFOND
216, boulevard Saint-Germain
75007 Paris

Cet ouvrage a été publié sous le titre original
SCARLETT
par Warner Books, Inc., New York

Si vous souhaitez recevoir notre catalogue
et être tenu au courant de nos publications,
envoyez vos nom et adresse, en citant ce livre,
aux Éditions Pierre Belfond,
216, bd Saint-Germain, 75343 Paris cedex 07.
Et, pour le Canada, à
Edipresse Inc., 945, avenue Beaumont
Montréal, Québec H3N 1W3.

ISBN 2.7144.2728.6

LIVRE PREMIER

Perdue dans la nuit

CHAPITRE PREMIER

Ce sera bientôt terminé, et je pourrai rentrer chez moi, à Tara.

Scarlett O'Hara Hamilton Kennedy Butler se tenait seule à quelques pas de ceux qui étaient venus comme elle, sous la pluie, enterrer Mélanie Wilkes. Hommes et femmes, vêtus de noir, avaient ouvert des parapluies noirs au-dessus de leurs têtes et s'appuyaient les uns aux autres, les femmes en pleurs partageant l'abri comme la peine.

Scarlett ne partageait ni son parapluie ni sa peine avec quiconque. Le vent rabattait en rafales cinglantes sous le parapluie une eau glacée qui ruisselait ensuite le long de son cou, mais elle ne s'en rendait pas compte. Engourdie par la perte qu'elle venait de subir, elle ne sentait rien. Elle pleurerait plus tard, quand elle pourrait supporter sa douleur. A présent, elle l'écartait. Elle écartait d'elle toute douleur, tout sentiment, toute pensée. Elle n'admettait dans son esprit que ces mots qu'elle se répétait inlassablement, ces mots qui lui promettaient l'apaisement de sa douleur et la force de survivre en attendant cet apaisement :

Ce sera bientôt terminé, et je pourrai rentrer chez moi, à Tara.

— ... et les cendres retourneront aux cendres, la poussière à la poussière...

La voix du pasteur pénétra son engourdissement et Scarlett saisit ce qu'il disait. Non ! s'écria-t-elle en silence. Pas Melly. Ce n'est pas la tombe de Melly, la fosse est trop grande, Melly est si petite, ses os ne sont pas plus épais que ceux d'un oiseau. Non ! Elle ne peut pas être morte, c'est impossible !

Scarlett détourna la tête en un sursaut, niant le trou béant et le simple cercueil de pin qu'on y faisait descendre. Les coups de marteau avaient laissé de petits arcs de cercle clairs dans le bois tendre autour des clous qui avaient refermé le couvercle sur le visage en cœur, aimant et doux, de Mélanie.

Non ! Vous ne pouvez pas faire cela, il pleut, vous ne pouvez pas la mettre là, cette pluie va couler sur elle. Elle est tellement frileuse, il ne faut pas l'abandonner sous cette pluie froide. Je ne peux pas regarder, je ne peux pas le supporter, je ne veux pas croire qu'elle nous ait quittés. Elle m'aime, elle est mon amie, ma seule véritable amie. Melly m'aime, elle ne me laisserait pas juste au moment où j'ai le plus besoin d'elle.

Scarlett regarda les gens autour de la tombe, et une bouffée de colère la brûla soudain. Aucun d'eux ne l'aime autant que moi, aucun d'eux n'a autant perdu que moi. Personne ne sait combien je l'aime. Si, Melly le sait, n'est-ce pas ? Elle le sait, je dois croire qu'elle le sait.

Ils ne le croiront pourtant jamais. Ni Mme Merriwether, ni les Meade, ni les Whiting, ni les Elsing. Observez-les, collés autour d'India Wilkes et d'Ashley comme un troupeau de vaches trempées en vêtements de deuil ! Ils réconfortent bien tante Pittypat, même s'ils savent tous qu'elle s'effondre pour n'importe quoi, et pleure toutes les larmes de son corps pour un simple toast brûlé. Il ne leur vient pas à l'idée que, moi aussi, je pourrais aspirer à un peu de réconfort, que j'étais plus proche de Mélanie qu'aucun d'entre eux. Ils font comme si je n'étais pas là. Personne ne m'a prêté la moindre attention. Pas même Ashley. Il a pourtant bien su me trouver pendant ces deux jours affreux qui ont suivi la mort de Melly, quand il avait besoin de moi pour tout organiser. Ils avaient tous besoin de moi, même India, qui bêlait comme une chèvre : « Qu'est-ce qu'on fait pour les funérailles, Scarlett ? Et il faudrait de quoi offrir à manger aux gens qui viendront nous présenter leurs condoléances ! Et le cercueil ? Les croque-morts ? Le caveau au cimetière ? L'inscription sur la pierre tombale ? L'avis pour le journal ? » Maintenant ils se serraient tous les uns contre les autres, pleurant et gémissant. Eh bien, je ne leur donnerai pas la satisfaction de me voir pleurer toute seule, sans personne sur qui m'appuyer. Je ne dois pas pleurer. Pas ici. Pas encore. Si je commence, je risque de ne plus être capable de m'arrêter. Quand je serai à Tara, je pourrai pleurer.

Scarlett leva le menton, en serrant les dents pour retenir les sanglots qui lui nouaient la gorge. Ce sera bientôt terminé, et je pourrai rentrer chez moi, à Tara.

Les morceaux épars de sa vie éclatée gisaient tout autour de Scarlett dans le cimetière d'Oakland, à Atlanta. Une haute aiguille de granit, flèche de pierre grise striée de pluie grise, rappelait sombrement un monde révolu à jamais, le monde insouciant de sa jeunesse, avant la Guerre. C'était le monument aux Confédérés, symbole du courage fier et nonchalant qui, bannières éclatantes brandies au vent, avait mené le Sud au désastre. Le monument se dressait à la mémoire de tant de vies perdues – les amis d'enfance de Scarlett, les soupirants qui la suppliaient de leur accorder valses et baisers à l'époque où elle n'avait d'autre problème que le choix de ses robes de bal à ample crinoline. Il se dressait à la mémoire du premier mari de Scarlett, Charles Hamilton, le frère de Mélanie. Il se dressait à la mémoire des fils, des frères, des époux, des pères de tous ceux qui pleuraient près d'elle, dans la pluie, sur la petite butte où l'on enterrait Mélanie.

Il y avait d'autres tombes, d'autres pierres. La tombe de Frank Kennedy, le deuxième mari de Scarlett. Et la pierre, petite, terriblement petite, où l'on pouvait lire *Eugénie Victoria Butler* et, en dessous, « *Bonnie* ». Son dernier enfant, et celui qu'elle avait le plus aimé.

Les vivants comme les morts l'entouraient, mais elle se tenait à l'écart. On aurait dit que la moitié d'Atlanta était là. La foule avait envahi l'église, et à présent elle s'étendait en un cercle sombre et irrégulier autour de la fosse creusée dans la glaise rouge de Géorgie pour accueillir le corps de Mélanie Wilkes, amère balafre colorée sous la pluie grise.

Le premier rang se serrait autour de ceux qui avaient été les plus proches de Mélanie. Noirs ou blancs, les visages étaient striés de larmes, sauf celui de Scarlett. Oncle Peter, le vieux cocher, formait avec Dilcey et Cookie un triangle noir et protecteur autour de Beau, le petit garçon hébété de Mélanie.

La vieille génération d'Atlanta était là, avec les quelques descendants, tragiquement rares, qui lui restaient : les Meade, les Whiting, les Merriwether, les Elsing ; leurs filles et leurs gendres – et Hugh Elsing, infirme, le seul fils survivant ; tante Pittypat Hamilton et son frère, l'oncle Henry Hamilton, qui avaient oublié leurs vieilles querelles dans leur douleur commune d'avoir perdu leur nièce. Plus jeune, mais paraissant aussi vieille que les autres, India Wilkes se recroquevillait au sein du groupe et regardait son frère Ashley avec des yeux embrumés de douleur et de remords. Lui se tenait seul, comme Scarlett. Tête nue sous la pluie, indifférent aux parapluies qui s'offraient à le protéger, inconscient de la froide humidité, il ne pouvait accepter ni les paroles définitives du pasteur, ni l'étroit cercueil qu'on descendait dans la fosse rouge et boueuse.

Ashley. Grand, mince, sans couleur, ses cheveux d'or pâle désormais presque blancs, son visage crayeux aussi vide que ses yeux gris et fixes, qui ne voyaient rien ; il se tenait droit, comme pour un salut, attitude héritée des années vécues sous son uniforme gris d'officier. Il demeurait là, immobile, insensible, sans rien comprendre.

Ashley. Il était le centre et le symbole de la vie gâchée de Scarlett. Par amour pour lui, elle était passée à côté du bonheur à portée de sa main sans le voir. Elle s'était détournée de son mari, sans s'apercevoir qu'il l'aimait, sans admettre qu'elle l'aimait, parce que son désir d'Ashley y faisait toujours obstacle. Et maintenant Rhett était parti, et sa présence, ici, se réduisait à une gerbe de fleurs d'automne dorées parmi toutes les autres. Elle avait trahi sa seule amie, méprisé la loyauté et l'amour farouche de Mélanie. Et maintenant Mélanie n'était plus. De même que l'amour de Scarlett pour Ashley, car elle avait compris – trop tard – que l'habitude de l'aimer avait depuis longtemps remplacé l'amour lui-même.

Elle ne l'aimait pas, et elle ne l'aimerait plus jamais. Mais, à présent qu'elle ne le voulait plus, Ashley était à elle, Mélanie le lui avait légué. Scarlett avait promis à Melly de prendre soin de lui et de Beau, leur enfant.

Ashley était la cause de la destruction de sa vie... et tout ce qui lui restait de cette vie.

Scarlett se tenait seule, à l'écart. Entre elle et les gens qu'elle connaissait à Atlanta, il n'y avait qu'un espace froid et morose que seule Mélanie avait comblé, la protégeant contre l'isolement et l'ostracisme. A l'endroit où Rhett aurait dû se trouver pour la protéger de ses larges et puissantes épaules, de son amour, il n'y avait que le vent froid et humide qui soufflait sous son parapluie.

Elle leva le menton dans le vent, acceptant ses assauts sans les sentir. Tous ses sens se concentraient sur ces mots où se réfugiait tout ce qui lui restait de force et d'espoir :

Ce sera bientôt terminé, et je pourrai rentrer chez moi, à Tara.

– Regardez-la, murmura une dame en voiles de deuil à celui qui partageait son parapluie. Aussi dure que ses ongles. On m'a dit que, pendant tout le temps où elle a préparé les funérailles, elle n'a pas versé la moindre larme. Cette Scarlett, elle est toute à ses affaires ! Et elle n'a pas de cœur.

– Vous savez qu'à ce qu'on dit, lui répondit l'autre dans un murmure, elle aurait un penchant pour Ashley Wilkes. Croyez-vous qu'ils ont vraiment...

Leurs voisins les firent taire, mais tout le monde pensait la même chose, tout le monde. Personne ne pouvait lire la douleur dans les yeux fixes de Scarlett ni voir son cœur brisé sous sa luxueuse pelisse de phoque.

L'horrible bruit creux de la terre frappant le bois lui fit serrer les poings. Elle aurait voulu se presser les mains sur les oreilles, crier, hurler — n'importe quoi plutôt qu'entendre le son terrible de la tombe qui se refermait sur Mélanie. Ses dents pincèrent douloureusement ses lèvres. Elle ne crierait pas, non, elle ne crierait pas.

Le cri qui troubla la solennité du moment fut celui d'Ashley.

— Melly... Mellyyy! Mellyyy.

C'était le cri d'une âme torturée, envahie par la solitude et la peur.

Comme un homme soudain frappé de cécité, les mains tendues vers la petite créature silencieuse qui était toute sa force, Ashley tituba vers la fosse profonde et boueuse. Mais il n'y avait rien qu'il pût saisir hormis les gouttes de pluie froides et argentées.

Scarlett dévisagea Tommy Wellburn, le Dr Meade, India, Henry Hamilton. Pourquoi ne font-ils rien? Pourquoi ne l'arrêtent-ils pas? Il faut l'arrêter!

— Mellyyy...

Pour l'amour de Dieu! Il va se rompre le cou et ils restent là, bouche bée, à le regarder tituber au bord du trou.

— Ashley, arrêtez! cria-t-elle. Ashley!

Elle se mit à courir, glissant et trébuchant sur l'herbe mouillée. Le parapluie qu'elle avait lâché rebondit sur le sol, poussé par le vent jusqu'à l'amoncellement de fleurs où il s'enfonça. Elle attrapa Ashley par la taille et tenta de l'écarter du danger. Il se débattit.

— Ashley, ne faites pas ça, dit Scarlett en luttant contre sa force d'homme. Melly ne peut plus vous aider maintenant.

Elle avait parlé d'une voix dure afin d'atteindre Ashley à travers sa douleur sourde et démente.

Il s'arrêta et ses bras retombèrent. Gémissant doucement, il laissa ensuite son corps s'effondrer tout entier contre Scarlett, qui tenta de le soutenir. Alors qu'elle allait céder sous son poids, le Dr Meade et India saisirent les bras flasques d'Ashley pour le redresser.

— A présent, vous pouvez partir, Scarlett, dit le Dr Meade. Vous avez fait tout le mal que vous pouviez faire.

— Mais je...

Elle examina les visages qui l'entouraient, les yeux avides de scandale. Alors elle se détourna et s'éloigna sous la pluie. Les gens s'écartèrent sur son passage comme s'ils craignaient que l'effleurement de sa jupe pût les souiller.

Il ne fallait pas qu'ils sachent qu'elle souffrait, elle ne leur permettrait pas de voir qu'ils pouvaient la blesser. Scarlett leva le menton d'un air de défi, indifférente à la pluie qui lui ruisselait sur le visage et dans le cou.

Le dos droit, les épaules carrées, elle atteignit les portes du cimetière et disparut à leur vue. Alors, étourdie par l'épuisement, les jambes vacillantes, elle agrippa un barreau de la grille de fer.

Elias, son cocher, accourut vers elle et ouvrit son parapluie afin d'abriter sa tête baissée. Ils gagnèrent la voiture. Scarlett ignorait quelle main s'était tendue pour l'aider. Une fois assise sur la banquette de velours, elle se blottit dans un coin et se couvrit les genoux du plaid de laine. Elle était transie jusqu'aux os et horrifiée de ce qu'elle avait fait. Comment avait-elle pu humilier ainsi Ashley devant tout le monde alors qu'à peine quelques jours plus tôt elle avait promis à Mélanie de prendre soin de lui, de le protéger comme Melly l'avait toujours fait ? Mais aurait-elle pu agir autrement ? Pouvait-elle le laisser se jeter dans la tombe ? Il fallait qu'elle l'arrête.

La voiture dont les hautes roues s'enfonçaient dans les profondes ornières de boue rouge la secoua de côté et d'autre. Scarlett faillit tomber de la banquette. Son coude heurta le cadre de la fenêtre et une douleur aiguë lui parcourut tout le bras.

Une douleur physique, elle pouvait y faire face. C'était l'autre douleur, la douleur ajournée, retardée, niée, rejetée dans l'ombre, qu'elle ne pouvait supporter. Pas encore, pas ici, pas alors qu'elle était seule. Elle devait arriver à Tara. Il le fallait. Mama y était. Mama l'entourerait de ses gros bras noirs et la serrerait contre elle, bercerait sa tête sur sa poitrine. Sur cette poitrine, Scarlett avait déversé tous les sanglots de ses peines d'enfant. Elle pourrait pleurer dans les bras de Mama, elle pourrait se vider de sa douleur ; elle pourrait reposer sa tête sur la poitrine de Mama, reposer son cœur blessé sur l'amour de Mama. Mama la prendrait dans ses bras et l'aimerait, elle partagerait sa peine et l'aiderait à la supporter.

– Dépêche-toi, Elias, dit Scarlett, dépêche-toi.

– Débarrasse-moi de ces vêtements trempés, Pansy, ordonna Scarlett à sa femme de chambre. Dépêche-toi.

Elle était d'une pâleur de spectre et ses yeux verts semblaient plus sombres, plus lumineux, plus effrayants. La nervosité rendait la jeune Noire maladroite.

– Je t'ai dit de te dépêcher. Si tu me fais rater le train, je te fouette.

Elle n'aurait pas pu, Pansy le savait. L'époque de l'esclavage était révolue et Mme Scarlett ne la possédait pas, Pansy pouvait la quitter quand elle le voudrait. Mais la lueur désespérée et fiévreuse qu'elle lut dans les yeux de Scarlett la fit douter de ses propres certitudes. Scarlett avait l'air capable de n'importe quoi.

14

– N'oublie pas l'étole noire en mérinos, il va faire encore plus froid, dit Scarlett.

Elle regarda son armoire ouverte. Laine noire, soie noire, coton noir, serge noire, velours noir. Elle serait en deuil le reste de ses jours – celui de Bonnie, et maintenant de Mélanie. Je devrais trouver quelque chose de plus sombre que le noir, quelque chose d'encore plus sinistre pour porter le deuil de moi-même.

Je ne vais pas y penser, pas maintenant, sinon je deviendrai folle. J'y penserai quand je serai à Tara. Là-bas je pourrai le supporter.

– Habille-toi, Pansy. Elias attend. Et ne t'avise pas d'oublier de mettre un crêpe noir. La maison est en deuil.

Les rues qui se croisaient aux Cinq Fourches étaient un vrai bourbier. Chariots, buggys ou fourgons, tout s'enfonçait dans la boue, les cochers maudissaient la pluie, les rues, leurs chevaux, les autres cochers qui les gênaient. Les cris et les claquements des fouets se mêlaient aux bruits habituels de la foule. Il y avait toujours beaucoup de monde aux Cinq Fourches, les gens se pressaient, s'invectivaient, rouspétaient, riaient. Les Cinq Fourches grouillaient de vie, de dynamisme, d'énergie. Les Cinq Fourches, c'était l'Atlanta qu'aimait Scarlett.

Mais pas aujourd'hui. Aujourd'hui, les Cinq Fourches s'opposaient à elle, Atlanta la retenait contre sa volonté. Il faut que j'aie ce train, sinon j'en mourrai, il faut que je retrouve Mama et Tara, sinon je vais m'effondrer.

– Elias! cria-t-elle. Même si tu dois fouetter ces chevaux à mort, même si tu dois écraser tout le monde sur notre passage, il faut qu'on arrive à la gare.

Ses chevaux étaient les plus forts, son cocher le plus habile, sa voiture la meilleure qu'on puisse acheter. On n'avait pas intérêt à se mettre en travers de son chemin.

Elle arriva au train en avance.

La vapeur s'échappa avec force et Scarlett retint son souffle, guettant le cliquetis du premier tour de roue qui signifierait que le train démarrait. Voilà. Puis un autre, et un autre, le wagon craquait et bringuebalait. Elle était enfin en route.

Tout irait bien. Elle rentrait chez elle, à Tara. Elle se représentait la propriété ensoleillée et lumineuse, la maison d'un blanc éclatant, les légers rideaux voletant par les fenêtres ouvertes dès qu'un souffle de vent agitait les feuilles vertes et luisantes des buissons de jasmin parsemés de fleurs blanches parfaites, comme vernissées.

Quand le train quitta la gare, une lourde pluie sombre ruisselait sur la vitre à côté d'elle mais c'était sans importance. A Tara, il y aurait du feu dans le salon, les pommes de pin craqueraient sur les grosses bûches et on tirerait les doubles rideaux pour laisser dehors la pluie, l'obscurité et le monde. Elle poserait la tête sur la large poitrine douce de Mama et lui raconterait tous les événements horribles qui s'étaient produits. Alors seulement elle pourrait parler, mettre les choses au point.

Un sifflement de vapeur et un crissement de roues lui firent redresser la tête.

Était-ce déjà Jonesboro ? Elle avait dû s'assoupir, cela ne l'étonnait pas, elle était si fatiguée. Depuis deux nuits, elle n'avait pu dormir, en dépit du brandy qu'elle avait pris pour se calmer les nerfs. Non, on était à Rough and Ready. Encore une heure avant Jonesboro. Du moins la pluie avait-elle cessé, et on distinguait même une tache de ciel bleu dans la direction qu'ils prenaient. Peut-être le soleil brillait-il à Tara ? Elle se représenta l'allée bordée de ses cèdres sombres, puis la vaste pelouse verte, et enfin la maison tant aimée en haut du tertre.

Scarlett soupira lourdement. A Tara, sa sœur Suellen était désormais la maîtresse de maison. Ah ! Plutôt la pleurnicheuse de la maison. Suellen ne savait que geindre, et elle n'avait jamais rien fait d'autre depuis qu'elles étaient enfants. Et maintenant, elle avait à son tour des enfants, des petites filles pleurnicheuses comme elle.

Les enfants de Scarlett, Wade et Ella, étaient aussi à Tara. Elle les y avait envoyés avec Prissy, leur bonne, dès qu'elle avait appris que Mélanie se mourait. Elle aurait probablement dû les avoir avec elle aux funérailles. Les vieilles chouettes d'Atlanta avaient encore trouvé là de quoi médire d'elle – quelle mère dénaturée! Elles pouvaient bien raconter ce qu'elles voulaient. Elle n'aurait jamais pu traverser ces terribles journées et ces terribles nuits qui avaient suivi la mort de Melly si elle avait dû en plus s'occuper de Wade et Ella.

Elle ne pensait pas à eux, c'était tout. Elle rentrait chez elle, Tara et Mama confondues en un même désir, et elle ne voulait penser à rien qui pût la contrarier. Dieu sait que j'ai assez de contrariétés comme cela pour ne pas les y mêler. Et je suis si fatiguée... Sa tête dodelina et elle ferma les paupières.

– Jonesboro, madame, dit le chef de train.

Scarlett plissa les yeux et se redressa sur son siège.

– Merci.

Elle regarda autour d'elle pour repérer Pansy et ses valises. Si elle est allée se promener dans un autre wagon, je l'écorche vive. Oh, si seulement une dame pouvait se permettre de ne pas être accompagnée chaque fois qu'elle pose le pied hors de sa maison! Je m'en tirerais tellement mieux toute seule! La voilà!

— Pansy, descends les valises du filet, nous sommes arrivées!

Plus que cinq milles jusqu'à Tara. Bientôt, je serai chez moi, chez moi!

Will Benteen, le mari de Suellen, attendait sur le quai. Ce fut un choc de le voir; les premières secondes, cela lui faisait toujours un choc. Scarlett aimait et respectait sincèrement Will. Si elle avait pu avoir un frère, ce qu'elle avait toujours souhaité, elle aurait voulu qu'il lui ressemblât. A l'exception de sa jambe de bois et, bien sûr, de son air de pauvre Blanc. On ne pouvait pas une seconde prendre Will pour un gentleman; sa basse extraction s'imposait au premier regard. Elle l'oubliait quand elle était loin de lui, et elle l'oubliait dès qu'ils avaient passé une minute ensemble, tellement il était bon et gentil. Même Mama avait de l'estime pour Will, et Mama était le juge le plus sévère du monde quand il s'agissait de dire qui était une dame, ou un gentleman, et qui ne l'était pas.

— Will!

Il s'approchait d'elle de son pas dansant si particulier. Elle lui jeta les bras autour du cou et le serra violemment contre elle.

— Oh, Will, je suis si contente de vous voir que j'en pleurerais de joie!

Will accepta ces effusions sans émotion.

— Je suis content de vous voir, moi aussi, Scarlett. Ça fait bien longtemps.

— Trop longtemps. C'est une honte. Presque un an.

— Plutôt deux.

Scarlett en resta pétrifiée. Y avait-il si longtemps? Pas étonnant que sa vie soit dans un état aussi pitoyable! Tara l'avait toujours revigorée, lui avait redonné la force dont elle avait besoin. Comment avait-elle pu survivre si longtemps loin d'ici?

Will fit un geste à l'intention de Pansy et se dirigea vers le chariot devant la gare.

— Nous ferions mieux d'y aller si nous voulons arriver avant la nuit, dit-il. J'espère que vous n'avez pas peur de voyager sur un banc de bois, Scarlett. Tant que je venais en ville, je me suis dit que je pourrais aussi bien rapporter quelques provisions.

Le chariot était chargé de sacs et de paquets.

— Ça m'est tout à fait égal, dit sincèrement Scarlett. Monte sur ces sacs, Pansy!

Elle rentrait chez elle et, quel que fût le véhicule qui l'y conduisait, c'était le bon.

Elle demeura aussi silencieuse que Will tout au long de la route de Tara; elle buvait le calme de la campagne, elle s'en rafraîchissait. L'air était comme lavé, et le soleil de cette fin d'après-midi lui réchauffait les épaules. Elle avait eu raison de rentrer chez elle. Tara lui fournirait le refuge qui lui était nécessaire et, avec l'aide de Mama, elle parviendrait à trouver un moyen de reconstruire son monde en ruine. Souriant par anticipation, elle se pencha en avant tandis qu'ils s'engageaient dans l'allée familière.

Mais, quand la maison apparut, Scarlett laissa échapper un cri de désespoir :

— Will, qu'est-il arrivé ?

La façade était couverte d'une vigne vierge dont les feuilles mortes s'accrochaient encore à de vilaines branches pendantes, quatre des fenêtres avaient leurs volets de guingois, et deux autres n'en avaient plus du tout.

— Il n'est rien arrivé, Scarlett, à part l'été. Je réparerai la maison en hiver, quand il n'y aura plus de travail dans les champs. Je me mettrai à ces volets dans quelques semaines. On n'est pas encore en octobre.

— Oh, Will, pourquoi donc ne me permettez-vous pas de vous donner un peu d'argent ? Vous pourriez payer quelqu'un. Regardez! On voit la brique sous le crépi blanc. C'est tout à fait misérable.

— Ni l'amour ni l'argent ne font trouver de l'aide, répondit patiemment Will. Ceux qui veulent du travail en ont plus qu'il leur en faut, et ceux qui n'en veulent pas ne me serviraient à rien. Nous nous en sortons, le Grand Sam et moi. Nous n'avons pas besoin de votre argent.

Scarlett se mordit la lèvre et ravala ce qu'elle aurait voulu dire. Elle s'était souvent heurtée à la fierté de Will, et elle savait qu'il serait inflexible. Il avait raison : les récoltes et le bétail devaient passer d'abord. Il n'était pas question de repousser à plus tard les soins à leur prodiguer, tandis que la façade pouvait attendre. Maintenant, elle voyait les champs qui s'étendaient derrière la maison. Ils étaient impeccables, sans aucune mauvaise herbe, fraîchement labourés, et ils dégageaient la légère mais riche odeur du fumier qu'on y avait épandu en vue des prochaines plantations. La terre rouge semblait chaude et fertile, et Scarlett se détendit. C'était le cœur de Tara, son âme.

— Vous avez raison, dit-elle à Will.

La porte de la maison s'ouvrit d'un coup et le porche s'emplit de gens. Suellen venait en tête; elle serrait son plus jeune enfant dans ses bras au-dessus de son ventre distendu qui tirait sur les coutures de sa robe de coton délavée. Son châle avait glissé sur l'un de ses bras. Scarlett se força à montrer une gaieté qu'elle ne ressentait pas :

– Seigneur, Will, est-ce que Suellen va avoir un autre bébé? Il faudra que vous construisiez des pièces en plus!

– On essaie encore pour un garçon, dit Will en riant.

Il leva la main pour saluer de loin sa femme et ses trois filles. Scarlett en fit autant, tout en regrettant de ne pas avoir pensé à apporter des jouets aux enfants.

Seigneur, mais regardez-les! Suellen avait son air renfrogné. Scarlett examina tous les autres visages, surtout les noirs... Prissy était là, Wade et Ella cachés dans ses jupes... Et la femme du Grand Sam, Delilah, tenant à la main la cuiller dont elle devait se servir un instant plus tôt... Il y avait – comment s'appelait-elle? – oh, oui, Lutie, la mama des enfants de Tara. Mais où était Mama?

– Bonjour, mes chéris, Maman est là! cria-t-elle à ses enfants avant de se tourner vers Will et de lui poser une main sur le bras. Où est Mama, Will? Elle n'est pas vieille au point de ne pouvoir sortir pour m'accueillir, affirma-t-elle malgré la peur qui lui serrait la gorge.

– Elle est clouée au lit par la maladie, Scarlett.

Scarlett sauta du chariot en marche, trébucha, se rattrapa et courut vers la maison.

– Où est Mama? dit-elle à Suellen sans même entendre les enfants qui lui faisaient un accueil enthousiaste.

– Jolie façon de dire bonjour, Scarlett, mais pas pire que ce que j'attendais de toi. Quelle idée t'a pris d'envoyer Prissy et tes enfants ici sans même y être invitée alors que tu sais que j'ai du travail par-dessus la tête?

Scarlett leva la main, prête à frapper sa sœur.

– Suellen, si tu ne me dis pas où est Mama, je hurle.

Prissy tira Scarlett par la manche.

– Moi, je sais où elle est Mama, madame Scarlett, je sais. Elle très malade, alors on l'a mise dans la petite chambre près de la cuisine, celle où y avait tous les jambons quand y avait beaucoup de jambons. C'est bien chaud, là, près de la cheminée. Elle était déjà là quand je suis arrivée, alors je peux pas dire que j'ai arrangé la chambre, mais j'ai apporté un fauteuil pour si elle veut s'asseoir ou si elle a de la visite...

Prissy parlait au vent. Scarlett était déjà à la porte de la chambre de la malade et se tenait au chambranle pour ne pas tomber.

Cette... cette... chose dans le lit n'était pas sa Mama. Mama était une grande femme, forte et bien en chair, avec la peau d'un brun chaud. Il n'y avait pas plus de six mois que Mama avait quitté Atlanta, pas assez longtemps pour qu'elle ait fondu à ce point. C'était impossible. Scarlett ne pouvait le supporter. Ce n'était pas Mama, elle ne pouvait le croire. Cette créature grise et fripée faisait à peine une bosse sous la vieille courtepointe en patchwork qui couvrait le lit. Des doigts déformés bougeaient faiblement. Scarlett en eut la chair de poule.

C'est alors qu'elle entendit la voix de Mama. Ténue et essoufflée, mais c'était la voix aimée et aimante de Mama.

— Enfin, ma'mselle, je vous ai pas dit et redit de jamais sortir sans une capeline et une ombrelle... j'ai dit et redit...

— Mama! s'écria Scarlett en tombant à genoux près du lit. Mama, c'est Scarlett. Ta Scarlett. Je t'en prie, Mama, ne sois pas malade, je ne peux pas le supporter, pas toi!

Elle posa sa tête sur le lit près des épaules osseuses et éclata en bruyants sanglots, comme une enfant.

Une main sans poids lui caressa la tête.

— Pleurez pas, petite. Y a rien de si grave qui s'arrange pas.

— Tout, tout va mal, Mama.

— Calmez-vous, c'est seulement une tasse. Et vous avez un autre service à thé, de toute façon. Aussi joli. Vous pourrez recevoir pour le thé comme Mama a promis.

Scarlett recula, horrifiée. Elle regarda le visage de Mama et vit tout l'amour qui luisait dans les yeux enfoncés, ces yeux qui ne la voyaient pas.

— Non, murmura-t-elle.

Elle ne pourrait le supporter. Mélanie morte, puis Rhett qui l'avait quittée et maintenant Mama. Tous ceux qu'elle aimait l'abandonnaient. C'était trop cruel. C'était impossible.

— Mama, dit-elle à haute voix. Mama, écoute-moi. C'est Scarlett, insista-t-elle en s'agrippant au bord du matelas et en tentant de le secouer. Regarde-moi, sanglota-t-elle, moi, mon visage. Il faut que tu me reconnaisses, Mama. C'est moi, Scarlett.

Les grandes mains de Will se refermèrent sur ses poignets.

— Je suis sûr que vous ne voulez pas lui faire du mal, dit-il d'une voix douce malgré sa poigne de fer. Elle est heureuse quand elle est dans cet état, Scarlett. Elle est à Savannah et prend soin de votre mère quand elle était petite fille. C'étaient des jours heureux, pour elle. Elle était jeune, elle était forte, elle ne souffrait pas. Laissez-la.

— Mais je veux qu'elle me reconnaisse, Will, répliqua Scarlett en se débattant. Je ne lui ai jamais dit combien elle compte pour moi. Je dois le lui dire.

— Vous en aurez l'occasion. Il y a des moments où elle est différente, elle reconnaît tout le monde... Elle sait aussi qu'elle est en train de mourir, mais ce sera tout de même un meilleur moment. Venez avec moi, à présent. Tout le monde vous attend. Delilah veille sur Mama depuis la cuisine.

Scarlett laissa Will l'aider à se relever. Elle était tout engourdie, et son cœur aussi. Elle ne sentait rien. En silence, elle suivit Will au salon. Suellen reprit immédiatement ses reproches où elle les avait interrompus, mais Will la fit taire :

– Scarlett a éprouvé un grand choc, Sue, ne l'ennuyez pas.

Il versa du whisky dans un verre qu'il mit dans la main de Scarlett. Le whisky l'aida. Elle reconnut dans son corps sa brûlure familière, qui apaisait la douleur. Elle tendit son verre vide à Will, qui y versa une autre rasade de whisky.

– Bonjour, mes chéris, dit-elle aux enfants. Venez faire un gros câlin à Maman.

Scarlett entendit sa propre voix. Il lui sembla qu'elle appartenait à quelqu'un d'autre, mais du moins avait-elle dit ce qu'il fallait.

Scarlett passa tout le temps qu'elle put dans la chambre de Mama, près de Mama. Elle s'était raccrochée à l'espoir du réconfort que lui apporteraient les bras de Mama en se refermant autour d'elle, mais maintenant c'étaient ses propres bras, jeunes et forts, qui tenaient la vieille femme noire mourante. Scarlett soulevait le corps décharné pour laver Mama, pour changer les draps de Mama, pour aider Mama quand elle avait trop de mal à respirer, pour lui glisser quelques cuillerées de bouillon entre les lèvres. Elle chantait les berceuses que Mama lui avait si souvent chantées et, quand Mama, dans son délire, parlait à la mère de Scarlett, Scarlett répondait avec les mots que sa mère aurait pu utiliser si elle avait été encore en vie.

Il arrivait que les yeux chassieux de Mama la reconnaissent, et les lèvres craquelées de la vieille femme souriaient alors à la vue de sa préférée. D'une voix tremblante, elle gourmandait Scarlett, comme elle l'avait toujours gourmandée depuis qu'elle était bébé. « Vos cheveux sont tout décoiffés, madame Scarlett, allez leur donner cent coups de brosse comme Mama vous a appris. » Ou : « Personne ne va donc venir, que vous portez une jupe toute fripée comme ça ? Allez mettre quelque chose de propre avant qu'on vous voie. » Ou : « Vous êtes pâle comme un fantôme, madame Scarlett. Ça serait-il que vous auriez mis de la poudre ? Allez vous laver tout de suite ! »

Quoi que Mama lui ordonnât, Scarlett promettait tout ce qu'elle voulait. Elle n'avait jamais assez de temps pour obéir avant que Mama ne sombre de nouveau dans l'inconscience, ou dans cet autre monde où Scarlett n'existait pas.

Pendant la journée et la soirée, Suellen ou Delilah, ou même Will, pouvaient assurer une partie du travail dans la chambre de la malade, et Scarlett arrivait à voler une demi-heure de sommeil ici ou là, recroquevillée dans le vieux fauteuil à bascule. Mais, la nuit, elle veillait seule. Elle baissait la flamme de la lampe à pétrole et prenait dans les siennes les fines mains sèches de Mama. Quand la maison était endormie et que Mama dormait aussi, Scarlett pouvait enfin pleurer, et les larmes soulageaient un peu son cœur brisé.

Une fois, dans le calme qui précède l'aube, Mama se réveilla.

— Et qu'est-ce qui vous fait pleurer comme ça, ma douce ? murmura-t-elle. La vieille Mama est prête à poser son fardeau et à aller se reposer dans les bras du Seigneur. Y a pas de quoi s'alarmer comme ça, dit-elle en dégageant une main de celles de Scarlett pour lui caresser les cheveux. Allons. Rien n'est aussi terrible que vous croyez.

— Je suis désolée, sanglota Scarlett. Je ne peux pas m'arrêter de pleurer.

Les doigts déformés de Mama écartèrent les cheveux emmêlés du visage de Scarlett.

— Dites à votre vieille Mama ce qui fait de la peine à son agneau.

Scarlett plongea son regard dans les vieux yeux sages et aimants, et ressentit la douleur la plus profonde qu'elle eût jamais connue.

— J'ai tout raté, Mama. Je ne sais pas comment j'ai pu commettre autant de fautes. Je ne comprends pas.

— Madame Scarlett, vous avez fait ce que vous deviez faire. Personne ne peut faire plus que ça. Le Seigneur vous a envoyé de lourds fardeaux, et vous les avez portés. Ça ne sert à rien de se demander pourquoi il vous les a envoyés ni ce qu'il vous a fallu faire pour les porter. Ce qui est fait est fait. Ne vous tourmentez pas, maintenant.

Les lourdes paupières de Mama se fermèrent sur des larmes que la faible lumière fit luire, et sa respiration irrégulière devint plus profonde dans le sommeil.

Comment puis-je ne pas me tourmenter ? aurait voulu crier Scarlett. Ma vie est gâchée, et je ne sais pas quoi faire. J'ai besoin de Rhett, et il est parti. J'ai besoin de toi, et tu me quittes aussi.

Elle leva la tête, essuya ses larmes sur sa manche et redressa ses épaules douloureuses. Les braises du poêle ventru étaient presque éteintes, et le seau à charbon était vide. Il fallait qu'elle le recharge, elle devait entretenir le feu. La pièce commençait à se refroidir, et Mama ne devait pas avoir froid. Scarlett remonta la vieille courtepointe en patchwork sur la frêle silhouette allongée, et emporta le seau dans le froid sombre de la cour. Elle se hâta vers la réserve à charbon en regrettant de ne pas avoir mis un châle.

Il n'y avait pas de lune, juste un croissant argenté perdu derrière un nuage. L'air était lourd de l'humidité de la nuit, et les quelques étoiles que ne cachaient pas des nuages paraissaient très lointaines et d'un éclat glacé. Scarlett frissonna. Autour d'elle, l'obscurité semblait informe, infinie. Elle s'était précipitée à l'aveuglette jusqu'au centre de la cour, et maintenant elle n'arrivait pas à distinguer les formes familières du fumoir et de la grange qui devaient être tout près. Elle se tourna soudain, affolée, cherchant la masse blanche de la maison qu'elle venait de quitter. Mais elle aussi était sombre et informe. Aucune lumière nulle part. C'était comme si elle était perdue dans un monde inconnu, noir et silencieux. Rien ne bougeait dans la nuit, pas une feuille, pas une plume sur l'aile d'un oiseau. La terreur s'empara de ses nerfs à vif et elle voulut courir. Mais vers où ? Il n'y avait que les ténèbres étrangères.

Scarlett serra les dents. Tu n'es pas un peu folle ? Tu es chez toi, à Tara, et l'obscurité froide s'enfuira au premier rayon de soleil. Elle se força à rire, mais le son suraigu et irréel qu'elle produisit la fit sursauter.

On raconte qu'il fait toujours plus sombre juste avant l'aube, se dit-elle. J'imagine que j'en ai la preuve en ce moment. J'ai mes vapeurs, c'est tout. Je ne dois pas me laisser aller, je n'en ai pas le temps, il faut recharger le poêle. Elle tendit le bras devant elle dans le noir et avança vers l'endroit où devait se trouver le bac à charbon, près de la réserve de bois. Un trou dans le sol la fit trébucher et elle tomba, le seau qu'elle tenait lui échappa et rebondit à grand bruit avant de se perdre dans le noir.

Chaque atome épuisé et terrorisé de son corps lui hurlait qu'elle devrait renoncer, rester où elle était, accrochée au sol rassurant bien qu'invisible sous elle, jusqu'à ce que le jour se lève et qu'elle puisse y voir. Mais Mama avait besoin de chaleur et de la joyeuse lumière jaune des flammes à travers la vitre de mica du poêle.

Scarlett se redressa lentement sur les genoux et tâta autour d'elle pour retrouver le seau à charbon. Jamais, à coup sûr, le monde n'avait connu une telle obscurité, ni un air nocturne aussi froid et humide. Elle n'arrivait pas à respirer. Où était le seau ? Où était l'aube ?

Ses doigts touchèrent un métal froid. Scarlett s'en approcha à genoux et attrapa des deux mains le bord incurvé du seau à charbon en fer-blanc. Elle s'assit sur ses talons, le serrant contre sa poitrine en une étreinte désespérée.

Oh, Seigneur ! J'ai tant tourné que je ne sais même plus où est la maison, et encore moins le bac à charbon. Je suis perdue dans la nuit. Affolée, elle leva les yeux à la recherche d'une lueur, mais le ciel était noir. Même les froides étoiles lointaines avaient disparu.

Pendant un instant, elle voulut appeler, crier et crier encore jusqu'à ce qu'elle réveille quelqu'un dans la maison, quelqu'un qui allumerait une lampe, qui viendrait la chercher et la reconduirait chez elle.

Sa fierté l'en empêcha. Perdue dans sa propre cour, à quelques pas de la porte de la cuisine ! Elle ne survivrait jamais à une telle honte.

Elle passa son bras dans la poignée du seau à charbon et se mit maladroitement à ramper à quatre pattes sur la terre noire. Tôt ou tard, elle se heurterait bien à quelque chose – la maison, les bûches, la grange, le puits – et elle se retrouverait. Elle serait allée plus vite si elle s'était levée et avait marché. Elle se serait aussi sentie moins idiote. Mais elle avait peur de tomber de nouveau et, cette fois, de se fouler une cheville ou de se faire encore plus mal. Alors elle serait incapable de rien tenter avant que quelqu'un la découvre. Quoi qu'elle eût à faire, tout valait mieux que de rester seule par terre, impuissante et perdue.

Où y avait-il un mur ? Il devait bien y en avoir un quelque part ! Elle avait l'impression de s'être traînée jusqu'à mi-chemin de Jones-boro. Elle sentit un vent de panique la frôler. Et si l'obscurité ne se dissipait jamais ? Et si elle devait continuer à ramper encore et toujours sans jamais rien atteindre ?

Arrête ! s'ordonna-t-elle, arrête tout de suite. Sa gorge émettait des sons étranglés.

Elle se mit péniblement sur ses pieds et se força à respirer lentement, afin que son esprit reprenne les commandes de son cœur affolé. Elle était Scarlett O'Hara, se dit-elle. Elle était à Tara, et elle connaissait chaque centimètre de ces lieux mieux qu'elle ne connaissait sa propre main. Elle ne pouvait voir à une enjambée devant elle ? Et alors ? Elle savait ce qui l'entourait, tout ce qu'il lui restait à faire était de le trouver.

Et c'est debout qu'elle le trouverait, pas à quatre pattes comme un bébé ou comme un chien. Elle leva le menton et redressa ses frêles épaules. Dieu merci, personne ne l'avait vue se traîner à plat ventre dans la poussière, trop effrayée pour se lever. Jamais au cours de sa vie elle ne s'était laissé vaincre, ni par la vieille armée de Sherman, ni par les pires *carpetbaggers* [1]. Personne, rien, ne pouvait la vaincre à moins qu'elle ne l'acceptât – et alors, elle mériterait son sort. Quelle idée d'avoir peur du noir, comme une lâche, une petite pleurnicheuse !

J'ai bien l'impression que j'ai laissé les choses m'abattre autant qu'il est possible, songea-t-elle avec dégoût. Et sa colère la réchauffa. Cela ne se reproduira plus, jamais, quoi qu'il arrive. Une fois que

---

1. De même que, plus loin, *Scallywags* : surnom méprisant donné par les Sudistes aux aventuriers, généralement venus du Nord, qui s'établirent dans le Sud à la suite de la guerre de Sécession (*N.d.T.*).

l'on est descendu jusqu'au fond, la route ne peut que remonter. J'ai ruiné ma vie mais je peux déblayer les ruines. Je ne m'y complairai pas.

Tendant le seau à charbon devant elle, Scarlett avança d'un pas ferme. Le seau en métal heurta presque immédiatement quelque chose. Elle rit tout haut en sentant la forte odeur de résine du pin fraîchement coupé. Elle était près du bois, et le bac à charbon était juste à côté – elle était exactement à l'endroit où elle voulait arriver.

La porte de fonte du poêle se referma à grand bruit sur les flammes toutes neuves, et Mama bougea dans son lit. Scarlett accourut pour remonter la courtepointe. La pièce était froide.

Mama, à travers sa souffrance, regarda Scarlett.

– Votre visage, il est sale – et vos mains aussi, grommela-t-elle d'une voix faible.

– Je sais, je vais les laver tout de suite, assura Scarlett avant que la vieille femme ne reparte au loin. Je t'aime, Mama, dit Scarlett en lui posant un baiser sur le front.

– Pas la peine de me dire ce que je sais déjà, dit Mama sur le point de s'enfoncer dans le sommeil pour fuir la douleur.

– Si, c'est la peine, dit Scarlett à haute voix bien qu'elle sût que Mama ne pouvait l'entendre. Il y a tant de choses qui valent la peine. Je ne l'ai jamais dit à Mélanie, et je ne l'ai dit que trop tard à Rhett. Je n'ai jamais pris le temps de savoir que je les aimais, ni toi. Au moins, avec toi, je ne referai pas la bêtise que j'ai faite avec eux.

Scarlett regarda le visage squelettique de la vieille femme mourante.

– Je t'aime, Mama, murmura-t-elle. Qu'adviendra-t-il de moi quand je ne t'aurai plus pour m'aimer ?

CHAPITRE 2

Prissy passa la tête dans l'embrasure de la porte entrouverte sur la chambre de la malade.

— Madame Scarlett, Monsieur Will, y dit que je dois venir m'asseoir avec Mama pendant que vous mangez votre petit déjeuner. Delilah, elle dit comme ça que vous allez vous épuiser, avec tout ce que vous faites, et elle vous a préparé une bonne tranche de jambon en sauce pour aller avec votre semoule de maïs.

— Où est le bouillon de bœuf de Mama? demanda précipitamment Scarlett. Delilah sait qu'elle doit apporter du bouillon chaud dès le réveil.

— Je l'ai juste là dans les mains, dit Prissy en poussant la porte de l'épaule pour ne pas lâcher le plateau qu'elle tenait devant elle. Mais Mama dort, madame Scarlett. Vous voulez la réveiller pour lui faire boire son bouillon?

— Couvre-le et pose-le près du poêle. Je le lui donnerai en revenant.

Scarlett avait une faim de loup. La riche odeur du bouillon fumant fit se contracter son estomac vide.

Elle se lava rapidement le visage et les mains dans la cuisine. Sa jupe aussi était sale, mais il faudrait qu'elle fasse l'affaire encore un moment. Elle en mettrait une propre après le petit déjeuner.

Will se levait de table quand Scarlett entra dans la salle à manger. Avec un domaine à exploiter, on ne pouvait se permettre de perdre du temps, surtout par un jour aussi chaud et lumineux que celui qu'annonçait le soleil doré du matin.

— Est-ce que je peux vous aider, oncle Will? interrogea Wade, plein d'espoir.

Il s'était levé d'un bond, renversant presque sa chaise. Puis il vit sa mère et toute trace d'excitation s'effaça de son visage. Il faudrait qu'il reste à table et soit aussi bien élevé que possible, sinon elle serait fâchée. Il fit lentement le tour de la table pour lui tirer sa chaise.

– Quelle éducation tu as reçue, Wade! minauda Suellen. Bonjour, Scarlett, n'es-tu pas fière de ton jeune gentleman?

Scarlett regarda Suellen d'un œil vide, puis Wade. Seigneur! Ce n'était qu'un enfant. Pourquoi Suellen se montrait-elle si mielleuse? A l'entendre, on aurait dit que Wade était un cavalier avec qui flirter.

C'était un beau petit garçon, Scarlett s'en apercevait soudain avec surprise. Grand pour son âge. On lui aurait donné treize ans, alors qu'il n'en avait pas encore douze. Mais Suellen aurait trouvé cela moins merveilleux si elle avait dû lui racheter sans cesse des vêtements, au rythme de sa croissance.

Seigneur! Que vais-je faire? C'est toujours Rhett qui s'occupe de ce genre de choses. Je ne sais pas ce que portent les garçons, ni même dans quel magasin aller. Ses poignets dépassent de ses manches, il faut probablement tout lui racheter en plus grand. Et vite. L'école doit commencer bientôt... si elle n'a pas déjà commencé. Je ne sais même pas quel jour on est.

Scarlett se laissa tomber lourdement sur la chaise que Wade lui tenait. Elle espéra qu'il pourrait lui dire ce qu'elle avait besoin de savoir. Mais d'abord, elle allait déjeuner. Je salive à tel point que j'ai l'impression de me gargariser, songea-t-elle.

– Merci, Wade Hampton, dit-elle, l'esprit ailleurs.

Le jambon semblait parfait, d'un beau rose juteux, bordé de gras bien grillé. Elle fit glisser sa serviette sur ses genoux, sans prendre la peine de la déplier, et saisit sa fourchette et son couteau.

– Maman? dit timidement Wade.

– Hum? fit Scarlett, s'activant déjà avec ses couverts.

– Est-ce que je peux aller aider oncle Will dans les champs, s'il vous plaît?

Scarlett transgressa une des grandes règles des bonnes manières et répondit, la bouche pleine du délicieux jambon:

– Oui, vas-y.

Et elle se coupa une autre bouchée.

– Moi aussi, pépia Ella.

– Moi aussi, répéta en écho la Susie de Suellen.

– Vous n'êtes pas invitées, dit Wade. Les champs sont une affaire d'hommes. Les filles restent à la maison.

Susie se mit à sangloter bruyamment.

– Regarde un peu ce que tu as fait! dit Suellen à Scarlett.

– Moi? Ce n'est pas ma fille, qui fait tout ce bruit.

Scarlett, quand elle venait à Tara, se promettait toujours d'éviter les querelles avec Suellen, mais on ne change pas si facilement les habitudes d'une vie. Elles s'étaient battues dès le berceau, et cela n'avait jamais cessé.

Non, je ne la laisserai pas gâcher le premier repas qui me fait plaisir depuis Dieu sait combien de temps, se dit Scarlett. Et elle se concentra sur le beurre qui fondait lentement sur le petit monticule blanc et luisant que formait la semoule de maïs dans son assiette. Elle ne leva même pas les yeux quand Wade suivit Will dehors et que les cris d'Ella se joignirent à ceux de Susie.

– Taisez-vous, toutes les deux, ordonna Suellen.

Scarlett nappa sa semoule de sauce, en disposa un petit tas sur un morceau de jambon et piqua le tout avec sa fourchette.

– Oncle Rhett m'aurait permis d'y aller aussi, sanglota Ella.

Je n'écouterai pas, se dit Scarlett. Je vais me fermer les oreilles et profiter de mon déjeuner. Elle enfourna dans sa bouche le jambon, la semoule et la sauce.

– Maman... Maman, quand est-ce qu'oncle Rhett vient à Tara?

La voix d'Ella était si perçante que Scarlett dut l'entendre malgré elle, et le mets délicieux se transforma en sciure dans sa bouche. Que dire, comment répondre à la question d'Ella? « Jamais. » Était-ce la bonne réponse? Elle ne pouvait pas, ne voulait pas le croire. Elle regarda avec haine le visage empourpré de sa fille. Ella avait tout gâché. Est-ce qu'elle n'aurait pas pu me laisser tranquille au moins le temps du petit déjeuner?

Ella avait les cheveux cannelle et tout bouclés de son père, Frank Kennedy. Ils jaillissaient autour de son visage bouffi de pleurs comme des fils de fer rouillés et emmêlés; ils s'échappaient toujours des nattes serrées que lui faisait Prissy, quelle que fût la quantité d'eau qu'elle y mettait pour les discipliner. Le corps d'Ella avait lui aussi tout du fil de fer – maigre et anguleux. Elle était plus âgée que Susie, presque sept ans contre six ans et demi, mais Susie avait déjà une demi-tête de plus qu'elle, et elle était tellement plus forte qu'elle pouvait impunément brimer Ella.

Pas étonnant qu'Ella souhaite le retour de Rhett, songea Scarlett. Il l'aime bien et moi, non. Elle me porte sur les nerfs comme le faisait Frank et, malgré tous mes efforts, je n'arrive pas à l'aimer.

– Quand est-ce qu'oncle Rhett va venir, Maman? demanda de nouveau Ella.

Scarlett repoussa sa chaise et se leva.

– Cela ne regarde que les grandes personnes, dit-elle. Je retourne près de Mama.

Elle ne pouvait supporter de penser à Rhett pour le moment. Elle y penserait plus tard, quand elle ne serait plus aussi bouleversée. Il était plus important – beaucoup plus – d'aider Mama à avaler son bouillon.

— Encore une toute petite cuillerée, Mama chérie, pour me faire plaisir !

La vieille femme détourna la tête.

— Fatiguée, soupira-t-elle.

— Je sais, dit Scarlett, je sais. Allez, dors, je ne t'embêterai plus.

Elle regarda le bol presque plein. Mama mangeait de moins en moins chaque jour.

— Madame Ellen..., appela faiblement Mama.

— Je suis là, Mama, répondit Scarlett.

Cela lui faisait toujours mal, quand Mama ne la reconnaissait pas et pensait que les mains qui prenaient soin d'elle avec tant d'amour étaient celles d'Ellen. Je ne devrais pas m'en offusquer, se disait Scarlett. C'était toujours Maman qui soignait les malades, pas moi. Maman était bonne pour tout le monde, c'était un ange, c'était une parfaite grande dame. Je devrais me sentir flattée qu'on me prenne pour elle. J'imagine que j'irai en enfer pour avoir été jalouse que Mama l'ait aimée plus que moi... Sauf que je ne crois plus vraiment à l'enfer... ni au ciel.

— Madame Ellen...

— Je suis là, Mama.

Les vieux, très vieux yeux s'entrouvrirent.

— Vous n'êtes pas Madame Ellen.

— Je suis Scarlett, Mama, ta Scarlett

— Madame Scarlett... Je veux Monsieur Rhett... Quelque chose à lui dire.

Scarlett se mordit la lèvre jusqu'au sang. Moi aussi, je le veux, gémissait-elle en silence. Je le veux tant ! Mais il est parti, Mama. Je ne peux accéder à ton désir.

Elle vit que Mama s'enfonçait encore dans un sommeil proche du coma, et elle en éprouva un farouche sentiment de reconnaissance. Du moins Mama ne souffrait-elle pas. Quant à son propre cœur, il souffrait comme s'il était hérissé de couteaux. Elle avait tant besoin de Rhett ! Surtout maintenant que Mama s'enfonçait toujours plus vite dans la mort. Si seulement il pouvait être là, avec moi, et ressentir la même peine que moi ! Car Rhett aime Mama, lui aussi, et Mama l'aime. Il dit lui-même qu'il n'a jamais tant lutté de sa vie pour gagner le cœur de quelqu'un et que jamais l'opinion de quiconque n'a autant compté pour lui que celle de Mama. Il aura le cœur brisé d'apprendre qu'elle est partie alors qu'il aurait tant voulu lui dire adieu...

Scarlett leva la tête, les yeux arrondis. Bien sûr ! Quelle idiote elle faisait. Elle contempla la vieille femme desséchée, si petite, si légère sous la courtepointe.

– Oh, Mama, Mama chérie, merci! murmura-t-elle dans un souffle. Je suis venue vers toi chercher de l'aide ; je savais que grâce à toi tout pourrait aller bien de nouveau, et tu m'as secourue, comme toujours.

Elle trouva Will à l'écurie en train de bouchonner le cheval.

– Oh, je suis contente de vous voir, Will, dit Scarlett, ses yeux verts étincelants et les joues teintées d'une rougeur naturelle, cette fois, contrairement aux jours où elle se maquillait. Est-ce que je peux prendre le cheval et le buggy ? J'ai besoin d'aller à Jonesboro. A moins que peut-être... Vous ne vous prépariez pas à y aller, par hasard ? demanda-t-elle en retenant son souffle.

Will la regarda calmement. Il comprenait mieux Scarlett qu'elle ne le croyait.

– Y a-t-il quoi que ce soit que je puisse faire pour vous ?... Au cas où j'irais justement à Jonesboro.

– Oh, Will, vous êtes si gentil, si gentil. Je préfère de loin rester avec Mama, mais il faut absolument que je mette Rhett au courant de son état. Elle le demande, et il l'a toujours beaucoup aimée. Il ne se pardonnerait jamais de l'avoir abandonnée, dit-elle en tripotant la crinière du cheval. Il est à Charleston pour affaires de famille. Sa mère n'ose même pas respirer sans lui demander son avis!

Scarlett leva les yeux. Devant le visage impassible de Will, elle détourna le regard et se mit à tresser les crins du cheval, se concentrant sur cette tâche comme si elle avait une importance vitale.

– ... Alors si vous pouviez lui envoyer un télégramme, je vous donnerais son adresse... Et il vaudrait mieux que vous le signiez vous-même, Will. Rhett sait combien j'adore Mama. Il pourrait croire que j'exagère la gravité de sa maladie. Il pense que je n'ai pas plus de cervelle qu'une libellule! ajouta-t-elle avec un grand sourire en redressant la tête.

Will savait que c'était le plus énorme des mensonges.

– Je crois que vous avez raison, dit-il doucement. Rhett doit venir dès qu'il le pourra. J'y vais tout de suite à cheval, ce sera plus rapide qu'en buggy.

– Merci, dit Scarlett en détendant ses mains. J'ai l'adresse dans ma poche.

– Je serai de retour à temps pour le dîner.

Will décrocha la selle, que Scarlett l'aida à fixer. Elle se sentait pleine d'énergie. Elle était sûre que Rhett viendrait. S'il quittait

Charleston dès qu'il recevrait le télégramme, il serait à Tara dans deux jours.

Mais Rhett n'était toujours pas là deux jours plus tard. Ni trois, ni quatre, ni cinq. Scarlett cessa de guetter le bruit de roues ou de sabots dans l'allée. Elle s'était usée à tendre l'oreille. Et maintenant un autre son retenait toute son attention : l'horrible râle qu'émettait Mama dans ses efforts pour respirer. Il semblait impossible que ce frêle corps décharné puisse rassembler assez de force pour inspirer de l'air dans ses poumons, puis pour le rejeter. Mais elle y arrivait, une respiration après l'autre, et les tendons de son cou ridé se raidissaient en tremblant.

Suellen se joignit à Scarlett pour la veiller.

— C'est aussi ma Mama, Scarlett.

Dans leur besoin commun d'aider la vieille femme noire, elles oublièrent les jalousies et les cruautés qui les séparaient depuis toujours. Elles descendirent tous les coussins de la maison pour la soutenir en position assise et laissèrent l'eau bouillir en permanence sur le poêle. Elles étalèrent du beurre sur ses lèvres gercées, lui glissèrent des cuillerées d'eau dans la bouche.

Mais rien ne soulagea Mama dans sa lutte. Elle les regarda avec pitié.

— Ne vous épuisez pas, haleta-t-elle. Y a rien à faire.

Scarlett posa un doigt sur les lèvres de Mama.

— Chut, supplia-t-elle, n'essaie pas de parler. Ménage tes forces.

Pourquoi, oh pourquoi, enrageait-elle, pourquoi, Seigneur, ne l'avez-Vous pas laissée mourir doucement, quand elle était retournée dans le passé ? Pourquoi a-t-il fallu que Vous la réveilliez et que Vous la laissiez tant souffrir ? Elle a été bonne toute sa vie, prenant toujours soin des autres, jamais d'elle-même. Elle méritait mieux que ça. Je ne m'inclinerai jamais plus devant Vous tant que je vivrai.

Mais elle lut à haute voix pour Mama la vieille Bible posée sur la table de chevet. Elle lut les Psaumes, et sa voix ne laissa rien transparaître de la douleur ni de la colère impie de son cœur. Quand la nuit vint, Suellen alluma la lampe et relaya Scarlett, lut, tourna les fines pages, lut. Puis Scarlett reprit sa place. Et de nouveau Suellen, jusqu'à ce que Will l'envoie se reposer un peu.

— Vous aussi, Scarlett, dit-il. Je resterai avec Mama. Je ne suis pas un grand liseur, mais je connais de longs passages de la Bible par cœur.

— Alors récitez-les. Mais je ne peux pas quitter Mama. Je ne peux pas.

Elle s'assit sur le sol et appuya sa tête fatiguée contre le mur, écoutant le bruit terrifiant de la mort.

Quand les premières lueurs du jour éclairèrent la fenêtre, le bruit changea soudain : la respiration se fit plus bruyante à chaque souffle, et les silences entre deux râles s'allongèrent. Scarlett se remit maladroitement sur ses pieds. Will se leva.

— Je vais chercher Suellen, dit-il.

Scarlett le remplaça près du lit.

— Est-ce que tu veux que je te tienne la main, Mama ? Laisse-moi te tenir la main.

— Si fatiguée..., murmura Mama dont le front se plissa sous l'effort.

— Je sais, je sais. Ne te fatigue pas à parler.

— Je voulais... attendre... Monsieur Rhett.

Scarlett avala péniblement sa salive. Il ne fallait pas qu'elle pleure maintenant.

— Inutile de t'accrocher, Mama. Tu peux te reposer. Il n'a pas pu venir, dit-elle tandis que des pas précipités traversaient la cuisine. Suellen arrive, et Monsieur Will. Nous serons tous avec toi, Mama chérie. Nous t'aimons tous.

Une ombre barra le lit, et Mama sourit.

— C'est moi qu'elle réclame, dit Rhett à Scarlett qui leva des yeux incrédules. Poussez-vous, laissez-moi m'approcher de Mama.

Scarlett se redressa ; elle le sentit tout près d'elle, si grand, si fort, si viril, et ses genoux faiblirent. Rhett l'écarta et s'agenouilla près de Mama.

Il était venu. Tout irait bien. Scarlett s'agenouilla près de lui, l'épaule contre son bras, et elle se sentit heureuse malgré son cœur brisé. Il est venu. Rhett est là. Quelle idiote j'ai été de désespérer ainsi !

— Je veux que vous fassiez quelque chose pour moi, disait Mama.

Sa voix paraissait forte, comme si elle avait économisé toute son énergie pour cet instant. Sa respiration, superficielle et rapide, ressemblait à un halètement.

— Tout ce que vous voudrez, Mama, dit Rhett. Je ferai tout ce que vous voudrez.

— Enterrez-moi dans le joli jupon rouge que vous m'avez donné. Promettez. Je sais que Lutie le lorgne.

Rhett se mit à rire. Scarlett fut choquée : rire près du lit d'une mourante ! Puis elle se rendit compte que Mama riait aussi, sans bruit.

Rhett mit sa main sur son cœur.

— Je vous jure que Lutie ne pourra même pas le toucher des yeux, Mama. Je m'assurerai qu'il montera avec vous au Ciel.

Mama tendit la main vers lui pour qu'il approche son oreille de ses lèvres.

– Vous prendrez soin de Madame Scarlett, dit-elle. Elle a besoin qu'on s'occupe d'elle, et je peux plus.

Scarlett retint sa respiration.

– Oui, Mama, dit Rhett.

– Vous le jurez, demanda-t-elle d'une voix faible mais ferme.

– Je le jure, dit Rhett.

Mama eut un léger soupir.

– Oh, Mama chérie, s'écria Scarlett dans un sanglot. Merci, Mama...

– Elle ne peut vous entendre, Scarlett, elle est partie.

La grande main de Rhett s'approcha doucement du visage de Mama et il lui ferma les yeux d'une caresse.

– C'est tout un monde qui part, une ère qui se termine, dit-il tout bas. Qu'elle repose en paix.

– Amen, dit Will depuis la porte.

Rhett se leva et se retourna.

– Bonjour, Will, Suellen.

– Ses dernières pensées ont été pour toi, Scarlett, geignit Suellen. Tu as toujours été sa préférée.

Elle se mit à pleurer bruyamment. Will la prit dans ses bras, lui tapota le dos et la laissa sangloter contre sa poitrine

Scarlett s'élança vers Rhett et tendit les bras pour se serrer contre lui.

– Vous m'avez tant manqué, dit-elle.

Rhett lui saisit les poignets et lui abaissa les bras.

– Non, Scarlett. Il n'y a rien de changé, dit-il d'une voix calme.

Scarlett était incapable d'une telle retenue.

– Que voulez-vous dire ? s'écria-t-elle.

Rhett se crispa.

– Ne me forcez pas à le répéter, Scarlett. Vous savez parfaitement ce que je veux dire.

– Je ne le sais pas. Je ne vous crois pas. Vous ne pouvez pas me quitter, pas vraiment. Pas quand je vous aime tant et que j'ai tellement besoin de vous. Oh, Rhett, ne me regardez pas comme ça. Pourquoi ne me prenez-vous pas dans vos bras pour me consoler ? Vous avez promis à Mama.

Rhett hocha la tête et un léger sourire apparut sur ses lèvres.

– Vous êtes une enfant, Scarlett. Vous me connaissez depuis toutes ces années et pourtant, quand vous le voulez, vous pouvez oublier tout ce que vous avez appris. C'était un mensonge. J'ai menti pour que les derniers instants de cette chère vieille femme soient heureux. Souvenez-vous, ma chatte, je suis une canaille, pas un gentleman.

Il se dirigea vers la porte.

— Ne partez pas, Rhett, je vous en prie, murmura Scarlett en sanglotant.

Elle pressa vivement ses deux mains sur sa bouche pour s'empêcher de continuer. Elle ne pourrait plus jamais s'estimer si elle continuait à le supplier. Incapable de le regarder s'en aller, elle détourna la tête et lut la joie triomphante dans les yeux de Suellen et la pitié dans ceux de Will.

— Il reviendra, dit-elle en tenant sa tête dressée. Il revient toujours.

Si je le répète assez souvent, songea-t-elle, peut-être que je le croirai. Peut-être que ce sera vrai.

— Toujours, dit-elle avant de prendre une grande inspiration. Où est le jupon de Mama, Suellen ? Je tiens à ce qu'elle le porte quand on l'enterrera, j'y veillerai.

Scarlett fut capable de se contrôler jusqu'à ce que la toilette mortuaire fût achevée et le corps de Mama habillé. Mais après cet horrible travail, quand Will apporta le cercueil, elle se mit à trembler. Sans un mot, elle s'enfuit.

Elle se servit un verre de whisky à la carafe du salon et le but en trois gorgées brûlantes. La chaleur envahit son corps exténué, et elle cessa de trembler.

J'ai besoin d'air, se dit-elle. J'ai besoin de sortir de cette maison, de m'éloigner d'eux tous. Elle entendit les cris d'effroi des enfants qui assistaient à la mise en bière dans la cuisine et en eut la chair de poule. Rassemblant ses jupes, elle se mit à courir.

Dehors, l'air matinal était frais et pur. Scarlett inspira profondément, goûtant cette fraîcheur. Une brise légère souleva les cheveux collés à son cou en sueur. Quand avait-elle donné pour la dernière fois cent coups de brosse à ses cheveux ? Elle ne s'en souvenait plus. Mama serait furieuse. Oh ! Elle pressa son poing droit contre sa bouche, en mordit les articulations pour contenir sa peine, et courut vers les bois qui bordaient la rivière en trébuchant dans les hautes herbes du pré jusqu'au bas de la colline. Les grands pins exhalaient une odeur douce et pénétrante ; ils ombrageaient un profond tapis d'aiguilles décolorées qui s'épaississait depuis des centaines d'années. Sous leur protection, Scarlett était seule, invisible de la maison. Elle se laissa tomber lourdement sur le sol moelleux puis s'adossa contre un tronc d'arbre. Il fallait qu'elle réfléchisse. Il devait bien y avoir un moyen d'arracher sa vie aux ruines. Elle refusait de croire qu'il pût en être autrement.

Mais elle ne pouvait empêcher son esprit de sauter d'un sujet à l'autre. Tout s'embrouillait dans sa tête, et elle était si fatiguée!

Elle avait déjà été fatiguée. Plus fatiguée encore. Quand elle avait dû revenir d'Atlanta à Tara alors que l'armée yankee était partout, elle n'avait pas laissé la fatigue l'arrêter. Quand elle avait dû écumer la campagne en quête de nourriture, alors que ses jambes et ses bras lui semblaient des poids morts que devait traîner son torse, elle n'avait pas renoncé. Quand elle avait dû cueillir le coton jusqu'à ce que ses mains soient en sang, s'atteler à la charrue comme une mule, trouver la force de continuer en dépit de tout, elle n'avait pas renoncé sous prétexte qu'elle était fatiguée. Elle ne renoncerait pas maintenant. Renoncer n'était pas dans sa nature.

Elle regarda droit devant elle, face à tous les démons. La mort de Mélanie... la mort de Mama, Rhett qui la quittait en lui disant que c'en était fini de leur mariage.

C'était cela le pire : Rhett qui partait. C'était à cela qu'elle devait s'attaquer de front. Elle entendait sa voix : « Il n'y a rien de changé. »

Cela ne pouvait pas être vrai... mais cela l'était!

Il fallait qu'elle découvre un moyen de le ramener à elle. Elle avait toujours eu tous les hommes qu'elle avait voulus, et Rhett était un homme comme les autres, non?

Non, il n'était pas un homme comme les autres, et c'était bien pour cela qu'elle le voulait. Elle frissonna, soudain effrayée. Et si cette fois elle ne gagnait pas? Elle avait toujours gagné, d'une façon ou d'une autre. Elle avait toujours obtenu ce qu'elle voulait, quel qu'en fût le prix. Jusqu'à maintenant.

Au-dessus d'elle, un geai bleu lança un cri rauque. Scarlett leva les yeux et entendit un second cri moqueur.

– Laisse-moi tranquille, grogna-t-elle.

L'oiseau s'envola, tourbillon de bleu criard.

Elle devait réfléchir, se souvenir de ce qu'avait dit Rhett. Pas ce matin. (Ce matin, ou la nuit dernière? Quand Mama était-elle morte? Elle ne le savait plus.) Non. Qu'a-t-il dit chez nous, la nuit où il a quitté Atlanta? Il a parlé, parlé, expliqué des tas de choses. Il était si calme, si terriblement patient, calme et patient comme on peut l'être avec des gens à qui on ne tient pas assez pour s'énerver contre eux.

Son esprit s'accrocha à une phrase indistincte, et elle en oublia son épuisement. Elle avait trouvé ce dont elle avait besoin. Oui, oui, elle s'en souvenait clairement. Rhett lui avait proposé le divorce. Puis, après qu'elle eut rejeté son offre avec rage, il avait dit cette phrase. Scarlett ferma les yeux, entendant la voix de Rhett dans sa tête : « Je reviendrai assez souvent pour imposer silence aux mauvaises langues. » Elle sourit. Elle n'avait pas encore gagné, mais elle avait une chance. Une chance lui suffisait pour aller de l'avant. Elle se leva, secoua les aiguilles de pin de sa jupe et de ses cheveux. Elle devait avoir l'air d'une fille des bois.

En contrebas de la rive que les pins retenaient de leurs racines, la Flint roulait ses eaux jaunes, boueuses. Scarlett la regarda et y jeta une poignée d'aiguilles de pin. Elles tourbillonnèrent dans le courant.

– Elles vont de l'avant, murmura-t-elle. Comme moi. Ne regarde pas en arrière. Ce qui est fait est fait. Va de l'avant.

Plissant les yeux, elle contempla le ciel lumineux. Des nuages en ligne d'un blanc brillant le traversaient à vive allure. Ils semblaient gonflés de vent. L'air va se rafraîchir, se dit-elle machinalement. Je ferais mieux de trouver quelque chose de chaud à porter cet après-midi pour l'enterrement. Elle se tourna vers la maison. La pente du pré lui sembla plus raide que dans son souvenir. Tant pis. Il fallait qu'elle regagne la maison et qu'elle s'apprête. Elle devait à Mama d'être bien nette. Mama la grondait toujours quand sa tenue était négligée.

CHAPITRE 3

Scarlett chancelait sur ses jambes. Il avait bien dû lui arriver d'être aussi lasse un jour dans sa vie, mais elle ne se rappelait pas quand. Elle était trop lasse pour s'en souvenir.

Je suis lasse des funérailles, lasse de la mort, lasse de ma vie qui s'effondre, pierre par pierre, jusqu'à ce que je me retrouve seule.

Le cimetière de Tara n'était pas très vaste. La tombe de Mama semble grande, tellement plus grande que celle de Melly, se dit Scarlett dont les réflexions étaient un peu incohérentes, mais Mama a fondu à un tel point qu'elle n'est probablement plus grande du tout. Elle n'avait pas besoin d'une si grande tombe.

Bien que le ciel fût bleu et le soleil brillant, le vent mordait. Des feuilles jaunies qu'il balayait glissaient sur l'herbe du cimetière. L'automne arrive, s'il n'est pas déjà là, pensa Scarlett. Avant, j'aimais l'automne à la campagne. Quand on chevauchait dans les bois, on aurait dit que le sol était couvert d'or, et l'air avait un goût de cidre. Il y a si longtemps. Nous n'avons plus eu de véritable cheval de selle à Tara depuis la mort de Papa.

Elle regarda les pierres tombales. Gerald O'Hara, né dans le comté de Meath, en Irlande. Ellen Robillard O'Hara, née à Savannah, en Géorgie. Gerald O'Hara Jr – trois petites pierres, tout à fait semblables – les frères qu'elle n'avait jamais connus. Du moins Mama est-elle enterrée ici, près de « Madame Ellen », son premier amour, et pas dans le cimetière des esclaves. Suellen a poussé les hauts cris, mais j'ai remporté ce combat dès que Will a pris mon parti. Quand Will fiche son pied en terre, il n'en bouge plus. Dommage qu'il se montre aussi fermé à l'idée que je lui donne un peu d'argent. La maison est dans un état lamentable.

Et le cimetière aussi, pour tout dire. Des ronces partout – c'est miteux. Et ces funérailles sont tout aussi miteuses, Mama n'aurait pas aimé voir ça. Le pasteur noir n'arrête pas de parler, et je parie qu'il ne la connaissait même pas. Mama n'avait que mépris pour ce genre d'homme ; elle était catholique, toute la maison Robillard était catholique, sauf le grand-père, et personne ne lui demandait son avis, à ce qu'en disait Mama. Nous aurions dû appeler un prêtre catholique, mais il n'y en avait pas avant Atlanta, et cela aurait pris des jours. Pauvre Mama. Pauvre Maman, aussi. Elle est morte et on l'a enterrée sans vrai prêtre. Comme Papa, mais à lui, cela lui aurait probablement été égal. Chaque soir, il s'endormait pendant que Maman dirigeait les prières.

Scarlett regarda le cimetière à l'abandon, puis la façade misérable de la maison. Je suis contente que Maman ne soit pas là pour voir cela, se dit-elle soudain avec une rage féroce qu'attisait la douleur. Ça lui briserait le cœur. Pendant un instant, Scarlett distingua la grande silhouette gracieuse de sa mère aussi clairement que si Ellen O'Hara s'était tenue parmi le groupe qui entourait la tombe de Mama. Toujours impeccablement coiffée, ses mains blanches toujours occupées à quelque ouvrage de dames, ou gantées pour effectuer une de ses tournées charitables, la voix douce en toute circonstance, occupée à tout moment par le travail incessant nécessaire pour atteindre l'ordre parfait qui réglait la vie à Tara sous sa houlette. Comment y parvenait-elle ? se demanda Scarlett en un cri silencieux. Comment réussissait-elle à rendre le monde si merveilleux tant qu'elle était là ? Nous étions tous tellement heureux, alors ! Quoi qu'il arrivât, Maman pouvait toujours tout arranger. Comme je voudrais qu'elle soit encore là ! Elle me serrerait contre elle, et tous mes ennuis s'évanouiraient.

Non, non, je ne voudrais pas qu'elle soit là ! Cela la rendrait si triste, de voir ce qu'est devenue Tara, ce que je suis devenue. Je la décevrais, et je ne pourrais le supporter. Tout sauf ça. Je ne veux pas y penser, je ne dois pas y penser. Je vais penser à autre chose... Je me demande si Delilah a eu assez de jugeote pour prévoir de quoi nourrir les gens après l'enterrement. Suellen n'y a certainement pas veillé – de toute façon, méchante comme elle est, elle se serait refusée à dépenser le moindre sou pour une collation.

Cela ne lui coûterait pourtant pas cher : il n'y a pas grand monde. Cependant, ce pasteur noir semble capable de manger comme vingt. S'il ne cesse pas de parler du repos dans le sein d'Abraham et de la traversée du Jourdain, je vais hurler. Ces trois Noires faméliques qu'il appelle un chœur sont les seules ici à ne pas montrer leur embarras par des mouvements incontrôlés. Et quel chœur ! Tambourins et spirituals ! Mama aurait dû avoir quelque chose de solennel, en latin, et pas « En montant à l'échelle de Jacob ». Oh, quelle misère ! C'est une bonne chose qu'il n'y ait presque personne, juste

Suellen, Will, moi, les enfants et les serviteurs. Du moins aimions-nous tous vraiment Mama et sommes-nous tous tristes qu'elle soit partie. Le Grand Sam a les yeux rouges d'avoir pleuré. Et le pauvre vieux Pork pleure toutes les larmes de son corps, lui aussi. Ses cheveux sont presque blancs! Je ne m'imagine jamais qu'il vieillit. Dilcey ne fait vraiment pas son âge, quel qu'il soit. Elle n'a pas changé depuis son arrivée à Tara...

L'esprit épuisé et errant de Scarlett se fixa soudain : mais que faisaient donc ici Pork et Dilcey ? Ils ne travaillaient plus à Tara depuis des années. Plus depuis que Pork était devenu le valet de chambre de Rhett et que Mélanie avait engagé Dilcey, sa femme, comme mama de Beau. Comment se faisait-il qu'ils soient ici, à Tara ? Ils n'avaient aucun moyen d'apprendre la mort de Mama... A moins que Rhett ne les ait prévenus.

Scarlett regarda par-dessus son épaule. Rhett était-il revenu ? Aucune trace de lui. Dès que le service fut terminé, elle se dirigea droit sur Pork. Que Will et Suellen se chargent de l'intarissable pasteur !

— C'est une bien triste journée, madame Scarlett, dit Pork dont les yeux étaient encore pleins de larmes.

— Oui, Pork, c'est vrai.

Elle savait qu'elle ne devait pas le brusquer, sinon elle risquait de ne jamais apprendre ce qu'elle voulait savoir.

Scarlett revint lentement à la maison au côté du vieux serviteur noir, écoutant ses souvenirs de « Monsieur Gerald » et de Mama à Tara, au temps jadis. Elle avait oublié que Pork avait été si longtemps au service de son père. Il était arrivé à Tara avec Gerald quand la plantation n'était rien de plus qu'un vieux bâtiment en cendres et des champs en broussailles. Pork devait avoir au moins soixante-dix ans !

Petit à petit, elle lui soutira les informations qu'elle voulait obtenir : Rhett était retourné pour de bon à Charleston. Pork avait empaqueté tous ses vêtements et les avait envoyés au dépôt pour qu'ils lui soient expédiés. C'était la dernière tâche qu'il avait accomplie en tant que valet de Rhett, et maintenant il était à la retraite, avec une rente de départ assez confortable pour qu'il puisse habiter chez lui où il voulait.

— J'ai ce qu'il faut pour ma famille aussi, dit fièrement Pork.

Dilcey n'aurait plus jamais besoin de travailler, et Prissy aurait une dot pour l'homme qui voudrait l'épouser.

— Prissy, elle est pas une beauté, madame Scarlett, et elle va avoir vingt-cinq ans, mais avec un héritage, elle peut aussi facilement attraper un mari qu'une jolie jeune fille sans argent.

Scarlett souriait, souriait encore et approuvait Pork, même quand il disait que « Monsieur Rhett, c'est un vrai gentleman ». Mais elle enrageait intérieurement. La générosité de ce parfait gentleman lui rendait la vie impossible. Qui allait s'occuper de Wade et Ella si Prissy partait ? Et comment diable allait-elle trouver une bonne mama pour Beau ? Il venait de perdre sa mère, son père était à moitié fou de douleur, et maintenant la seule personne sensée de la maison allait le quitter. Scarlett aurait bien voulu tout laisser tomber et partir, elle aussi, tout quitter, tous les abandonner derrière elle. Mère de Dieu ! Je suis venue à Tara pour me reposer, pour mettre de l'ordre dans ma vie, et tout ce que j'y ai trouvé, c'est encore plus de problèmes à régler. Aurai-je jamais un peu la paix ?

Will, avec calme et fermeté, fournit ce répit à Scarlett. Il l'envoya au lit et donna des ordres pour qu'on ne la dérangeât pas. Elle dormit presque dix-huit heures et, au réveil, elle savait exactement par quoi elle allait commencer.

Scarlett descendit pour le petit déjeuner.

— J'espère que tu as bien dormi, dit Suellen d'une voix si mielleuse que c'en était écœurant. Tu devais être horriblement fatiguée après tout ce que tu as traversé.

Mama était morte. La trêve était rompue.

Les yeux de Scarlett brillèrent d'un éclat redoutable. Elle savait que Suellen pensait à la scène honteuse à laquelle elle avait assisté, quand Scarlett avait supplié Rhett de ne pas la quitter. Mais elle répondit d'un ton tout aussi suave :

— J'ai à peine senti ma tête se poser sur l'oreiller, que j'étais déjà partie ! L'air de la campagne est tellement apaisant et rafraîchissant.

Méchante, ajouta-t-elle à part elle. La chambre qu'elle considérait toujours comme la sienne était désormais occupée par Susie, la fille aînée de Suellen, et Scarlett se retrouvait comme une étrangère. Suellen l'avait voulu, Scarlett n'en doutait pas. Mais c'était sans importance. Elle avait besoin de rester en bons termes avec Suellen si elle voulait mener ses projets à bien. Elle sourit à sa sœur.

— Qu'est-ce qu'il y a de si drôle, Scarlett ? Est-ce que j'ai une tache sur le nez ?

La voix de Suellen la fit grincer des dents, mais Scarlett continua de sourire.

— Je suis désolée, Sue. Je me souvenais juste d'un rêve idiot que j'ai fait la nuit dernière. J'ai rêvé que nous étions tous à nouveau des enfants, et que Mama me fouettait les jambes avec un rameau de pêcher. Tu te souviens comme ça faisait mal ?

— Et comment ! dit Suellen en riant. Lutie s'en sert avec les filles, et c'est comme si elle me fouettait moi, tant mes souvenirs sont vifs.

– Je suis étonnée de ne pas avoir encore un million de cicatrices après ces traitements, dit Scarlett en étudiant le visage de sa sœur. J'étais une petite fille si indisciplinée. Je me demande comment Carreen et toi pouviez me supporter.

Elle beurra un petit pain comme si elle n'avait pas d'autre souci au monde. Suellen était sur ses gardes.

– Tu nous torturais littéralement, Scarlett. Et je ne sais comment tu t'arrangeais toujours pour que nous soyons prises en faute à ta place.

– Je sais. J'étais horrible. Même quand nous avons grandi. Je vous ai menées comme des mules toutes les deux quand il a fallu cueillir le coton après que les Yankees eurent tout volé.

– Tu as failli nous tuer. Nous nous relevions à peine d'une typhoïde dont nous aurions pu mourir, et tu nous as tirées de nos lits pour nous envoyer travailler en plein soleil...

Suellen s'anima et sa voix exprima toute la véhémence d'une femme qui garde ses reproches au fond d'elle-même depuis des années.

Scarlett l'encourageait du chef, émettant de petits gémissements de contrition. Comme Suellen aime se plaindre! se disait-elle. C'est son pain et son eau. Elle attendit que Suellen fût presque à court d'arguments pour reprendre la parole :

– J'ai tellement honte, et pourtant je ne peux rien faire pour rattraper toutes ces années que je t'ai fait vivre : imagine que Will est assez méchant pour m'empêcher de vous donner de l'argent! En fin de compte, ce serait pour Tara, et Tara, c'est aussi un peu chez moi.

– Je lui ai répété la même chose des centaines de fois, dit Suellen.

Je n'en doute pas, songea Scarlett avant d'ajouter à haute voix :

– Les hommes sont tellement têtus. Oh, Suellen, je viens de penser à quelque chose. Dis oui! Ce serait une telle joie pour moi si tu disais oui! Et Will ne pourrait rien répliquer : si je laissais Ella et Wade ici et que je t'envoie de l'argent pour eux? La ville les rend si nerveux! L'air de la campagne leur ferait un bien fou

– Je ne sais pas, Scarlett. Nous allons être les uns sur les autres quand le bébé sera là, dit Suellen avec une expression d'envie tempérée par la prudence.

– Je sais, acquiesça Scarlett avec sympathie, et Wade Hampton mange comme un loup. Mais ce serait bon pour eux, pauvres petits citadins. J'imagine que ça te coûterait dans les cent dollars par mois pour les nourrir et les habiller?

Elle doutait que Will gagnât cent dollars par an en liquide, en dépit de tout le travail qu'il fournissait à Tara. Scarlett remarqua avec satisfaction que Suellen en restait sans voix. Elle était certaine que sa sœur retrouverait la parole pour accepter. Je vais lui signer un joli billet à ordre après le déjeuner, se dit-elle.

– Ce sont les meilleurs petits pains que j'aie jamais mangés, déclara Scarlett. Est-ce que je peux en prendre un autre ?

Après cette longue nuit de sommeil, un bon repas dans l'estomac et les enfants casés, elle commençait à se sentir beaucoup mieux. Elle savait qu'il lui faudrait retourner à Atlanta – il lui restait à s'occuper de Beau. Et aussi d'Ashley. Elle l'avait promis à Mélanie. Mais elle y penserait plus tard. Elle était venue à Tara pour la paix et le calme de la campagne, et elle était décidée à en profiter avant de repartir.

Suellen se rendit à la cuisine. Probablement pour se plaindre de quelque chose, songea Scarlett que la charité n'étouffait pas. Aucune importance. Cela lui donnait une chance d'être seule, en paix...

La maison est si calme. Les enfants doivent prendre leur petit déjeuner à la cuisine, et bien sûr Will est parti depuis longtemps dans les champs, comme il le fait depuis qu'il est arrivé à Tara, mais cette fois avec Wade sur ses talons. Wade sera beaucoup plus heureux ici qu'à Atlanta, surtout maintenant que Rhett est parti – non, je ne veux pas y penser. Sinon je vais devenir folle. Je vais profiter du calme et du silence, c'est pour cela que je suis venue.

Elle se versa une autre tasse de café, tiède à présent, mais cela lui était égal. Un rayon de soleil qui passait par la fenêtre vint éclairer un tableau sur le mur opposé, au-dessus du buffet tout balafré. Will avait accompli un merveilleux travail de restauration sur les meubles que les soldats yankees avaient endommagés, mais même lui n'avait pu faire disparaître les profondes entailles des coups d'épée. Ni la blessure infligée par une baïonnette au portrait de la grand-mère Robillard.

Le soldat qui l'a frappé devait être ivre, parce qu'il a raté aussi bien la bouche au demi-sourire arrogant du visage au nez fin de Grand-Mère que l'abondante poitrine qui s'arrondit dans le profond décolleté de sa robe. Il n'a touché que sa boucle d'oreille gauche et la grande dame semble encore plus intéressante avec une seule de ses boucles.

La mère de sa mère était le seul ancêtre qui intéressât vraiment Scarlett, et elle était frustrée que personne n'eût jamais pu lui en dire assez à son sujet. Elle avait été mariée trois fois, c'est tout ce que Scarlett avait réussi à apprendre par sa mère, mais sans aucun détail. Et Mama interrompait toujours ses récits sur le bon vieux temps à Savannah quand ils commençaient à devenir intéressants. On s'était battu en duel pour Grand-Mère, et la mode de son époque était scandaleuse, les jeunes femmes mouillant délibérément leurs fines robes de mousseline pour qu'elles leur collent aux jambes... et ailleurs aussi, à en juger par ce portrait!

Je devrais rougir d'avoir de telles pensées, se dit Scarlett, mais elle tourna encore la tête vers le portrait en quittant la salle à manger. Je me demande comment elle était vraiment.

Le salon portait les stigmates tant de la pauvreté que de son utilisation par toute une famille. Scarlett eut du mal à reconnaître le canapé en velours où elle s'installait avec grâce pour entendre les propos galants de ses prétendants. Et tout avait été déplacé. Elle dut admettre que Suellen avait le droit d'arranger la maison comme il lui plaisait, mais cela lui fit mal tout de même. Ce n'était plus vraiment Tara.

Passant de pièce en pièce, elle se sentit de plus en plus déprimée. Plus rien n'était pareil. Chaque fois qu'elle revenait à Tara, elle y trouvait encore quelque chose de changé, tout semblait encore plus misérable. Oh, pourquoi Will était-il si buté! Tous les sièges avaient besoin d'être recouverts, les rideaux étaient en lambeaux, et on voyait le plancher à travers les tapis. Elle pourrait acheter tout ce qu'il faudrait pour rénover Tara, si Will la laissait faire.

Ainsi n'aurait-elle plus le cœur si serré de voir dans cet état pitoyable tout ce dont elle se souvenait.

Ce devrait être à moi. J'en prendrais mieux soin. Papa disait toujours qu'il me léguerait Tara. Mais il n'a jamais rédigé de testament. C'est bien de lui! Il ne pensait jamais au lendemain. Scarlett fronça les sourcils, mais elle ne pouvait pas vraiment en vouloir à son père. Personne n'avait jamais réussi à rester longtemps en colère contre Gerald O'Hara. Même à soixante ans passés, il avait toujours l'air d'un adorable garnement.

Celle à qui j'en veux encore, c'est Carreen. Petite sœur ou non, elle a eu tort de faire ce qu'elle a fait, et je ne le lui pardonnerai jamais. Elle était têtue comme une mule et, quand elle a décidé d'entrer au couvent, j'ai fini par accepter. Mais elle ne m'avait pas dit qu'elle ferait don à son ordre du tiers de Tara qui lui revenait.

Elle aurait dû me le dire. Je me serais débrouillée pour trouver l'argent. Alors j'aurais été propriétaire aux deux tiers. Je n'aurais pas été seule propriétaire, comme j'aurais dû l'être, mais du moins j'aurais eu la haute main sur les affaires de Tara, j'aurais pu imposer mes vues. Maintenant, il ne me reste qu'à me mordre la langue et à regarder péricliter la propriété où règne Suellen. Ce n'est pas juste. C'est moi qui ai sauvé Tara des Yankees et des *carpetbaggers*. Tara est à moi, quoi qu'en dise la loi, et Tara reviendra à Wade un jour, j'y veillerai, à n'importe quel prix.

Scarlett posa sa tête contre le cuir déchiré qui recouvrait le vieux canapé de la petite pièce d'où Ellen O'Hara avait discrètement dirigé la plantation. Après toutes ces années, elle crut reconnaître une trace de la délicate senteur de citronnelle dont sa mère se parfumait. C'était bien cette paix qu'elle était venue chercher. Au diable les changements, la décrépitude! Tara était encore Tara, elle s'y trouvait encore chez elle, et le cœur de Tara battait encore ici, dans la pièce d'Ellen.

Le silence fut ébranlé par une porte qu'on claquait.

Scarlett entendit Ella et Susie dans le couloir, qui se querellaient. Il fallait qu'elle parte. Elle ne pouvait supporter ni le bruit, ni les conflits. Elle sortit en hâte. De toute façon, elle voulait voir les champs. Ils étaient tous bien entretenus, riches et rouges comme jadis.

Elle traversa lentement la pelouse et passa près de l'enclos des vaches. Elle ne guérirait jamais de son aversion pour les vaches, même si elle devait vivre cent ans. Sales bêtes à cornes pointues. En bordure du premier champ, elle se pencha sur la clôture pour humer la riche odeur ammoniaquée de la terre fraîchement labourée et enrichie de fumier. C'est drôle comme en ville le fumier sent mauvais et fait sale, alors qu'à la campagne c'est le parfum du fermier!

Will est un bon fermier, sans aucun doute. Personne ne conviendrait mieux à Tara. Quoi que j'aie pu faire, jamais je n'aurais réussi s'il ne s'était pas arrêté ici en rentrant chez lui en Floride et s'il n'avait pas décidé de rester. Il est tombé amoureux de cette terre comme d'autres d'une femme. Et il n'est même pas irlandais! Jusqu'à ce qu'il arrive, j'ai toujours cru que seul un Irlandais, avec l'accent du terroir comme Papa, pouvait s'enticher ainsi d'une terre.

A l'autre bout du champ, Scarlett aperçut Wade qui aidait Will et le Grand Sam à réparer une section de clôture endommagée. C'est bien qu'il apprenne, songea-t-elle. C'est son héritage. Elle observa plusieurs minutes l'enfant et les hommes au travail. Je ferais mieux de rentrer à la maison, se dit-elle soudain. J'ai oublié de rédiger ce billet à ordre pour Suellen.

Sa signature lui ressemblait : claire et sans fioritures, sans taches ni lignes tremblées comme chez ceux qui n'ont pas l'habitude d'écrire. Une signature de femme d'affaires, simple et directe. Elle la considéra un instant avant d'y appliquer le buvard, puis elle l'examina encore.

Scarlett O'Hara Butler.

Quand elle rédigeait des cartons personnels d'invitation, Scarlett suivait la mode du jour et ajoutait des volutes tarabiscotées à chacune des lettres capitales avant de finir par une arabesque en parabole sous son nom. Elle s'y exerça sur un bout de papier d'emballage brun, puis elle regarda de nouveau sa signature pour la banque. Elle avait daté son ordre du 11 octobre 1873, après avoir demandé à Suellen quel jour on était. Plus de trois semaines depuis la mort de Melly. Et elle avait pris soin de Mama pendant vingt-deux jours.

Cette date avait d'autres significations encore. Cela faisait plus de six mois maintenant que Bonnie était morte. Scarlett pouvait abandonner les vêtements tristes et noirs du grand deuil. Elle pouvait accepter des invitations et inviter des gens chez elle. Elle pouvait réintégrer le monde.

Je veux retourner à Atlanta, se dit-elle. Je veux de la gaieté. Il y a eu trop de douleur, trop de morts. J'ai besoin de vie.

Elle plia le papier pour Suellen. Le magasin me manque aussi. Les livres de comptes doivent être dans un piteux état!

Et Rhett viendra à Atlanta « pour imposer silence aux mauvaises langues ». Je dois y être en même temps que lui.

Elle n'entendait que le lent tic-tac de l'horloge du hall derrière la porte fermée. Ce calme auquel elle avait tant aspiré lui devint soudain insupportable. Elle se leva d'un bond.

Je donnerai son papier à Suellen après le déjeuner, dès que Will sera retourné dans les champs. Ensuite, je prendrai le buggy et je rendrai une rapide visite aux voisins de Fairhill et de Mimosas. Ils ne me pardonneraient jamais de ne pas être venue leur dire bonjour. Et ce soir je ferai mes bagages. Demain, je serai dans le train du matin.

Pour rentrer chez moi, à Atlanta. Tara n'est plus mon foyer, en dépit de tout l'amour que je lui porte. Il est temps que je parte.

La route de Fairhill était pleine d'ornières et d'herbes folles. Scarlett se souvint de l'époque où la chaussée était ratissée chaque semaine et arrosée pour éviter la poussière. A une époque, songeat-elle tristement, il y avait au moins dix plantations à distance raisonnable de Tara, et les gens ne cessaient d'aller les uns chez les autres. Maintenant, seules subsistent Tara et les plantations des Tarleton et des Fontaine. Tout le reste n'est plus que cheminées brûlées ou murs effondrés. Il faut vraiment que je retourne en ville. Tout me rend triste, à la campagne. La lenteur du vieux cheval et les ressorts fatigués du buggy étaient bien assortis aux routes défoncées. Elle pensa à la voiture capitonnée et aux beaux chevaux de l'attelage conduit par Elias. Elle avait besoin de rentrer à Atlanta.

A Fairhill, l'ambiance joyeuse et bruyante la tira brusquement de son humeur sombre. Comme d'habitude, Béatrice Tarleton était intarissable dès qu'elle parlait de ses chevaux, et ne s'intéressait à rien d'autre. On a refait le toit des écuries, remarqua Scarlett, et celui de la maison a été réparé. Jim Tarleton, avec ses cheveux blancs, avait l'air vieux, mais il avait fait une bonne récolte de coton avec l'aide de son gendre, le mari de Betsy, à qui il manquait un bras. Les trois sœurs de Betsy étaient demeurées célibataires.

— Naturellement, cela nous déprime terriblement, jour et nuit, dit Hetty.

Et ils éclatèrent tous de rire. Scarlett ne les comprenait pas. Les Tarleton étaient capables de rire de n'importe quoi. Peut-être était-ce lié à ce qu'ils avaient les cheveux roux?

Elle ne s'étonna pas de ressentir un pincement de jalousie. Elle avait toujours rêvé d'appartenir à une famille aussi unie par l'affection et les plaisanteries que les Tarleton, mais elle fit taire son envie. C'était trahir sa mère. Elle resta trop longtemps – tout était tellement drôle en leur compagnie! – et elle se dit qu'elle n'irait voir les Fontaine que le lendemain. Il faisait presque nuit quand elle rentra à Tara. Avant même d'ouvrir la porte elle entendit le bébé de Suellen qui pleurait. Il était vraiment temps de regagner Atlanta.

Mais une nouvelle l'attendait qui allait instantanément la faire changer d'avis. Suellen prit l'enfant dans ses bras et calma ses cris au moment où Scarlett passait la porte. En dépit de ses cheveux en bataille et de son corps déformé, Suellen était plus jolie qu'elle ne l'avait jamais été jeune fille.

— Oh, Scarlett! s'exclama-t-elle, on est tous si excités, tu ne devineras jamais... Allons tais-toi, ma poupée, tu auras un bel os au dîner et tu pourras le mordre jusqu'à ce que cette méchante dent perce et ne te fasse plus mal.

Scarlett faillit dire que si une nouvelle dent était un événement excitant, elle ne voulait même pas en savoir plus. Mais Suellen ne lui en laissa pas le temps.

— Tony est de retour! Sally Fontaine est venue nous l'annoncer au galop. Tu viens de la rater. Tony est de retour! En pleine forme. On va dîner chez les Fontaine demain, dès que Will aura fini de panser les vaches. Oh! n'est-ce pas merveilleux, Scarlett? demanda Suellen avec un sourire radieux. Le comté se repeuple!

Scarlett eut envie de serrer sa sœur dans ses bras, ce qui ne lui était jamais arrivé. Suellen avait raison. Le retour de Tony était une merveilleuse nouvelle. Elle avait craint que personne ne le revoie plus. Maintenant, elle pouvait oublier à jamais le souvenir horrible de leur dernière rencontre. Il était tellement épuisé et inquiet – trempé jusqu'aux os, tremblant. Et, dans sa situation, qui n'aurait pas été gelé et effrayé? Les Yankees étaient à ses trousses et il fuyait après avoir tué le Noir qui avait manqué de respect à Sally, puis le *scallywag* [1] qui avait poussé ce fou de Noir à faire des avances à une femme blanche.

Tony était de retour! Elle avait hâte d'être au lendemain. Le comté reprenait vie.

---

1. Voir note p. 24.

CHAPITRE 4

La plantation des Fontaine devait son nom aux bosquets de mimosas qui entouraient la maison à l'enduit de stuc jaune défraîchi. Les fleurs plumeteuses étaient tombées à la fin de l'été, mais les feuilles découpées restaient encore vertes sur les rameaux. Elles oscillaient comme des danseurs dans le vent, projetant des ombres changeantes sur les murs mouchetés de la maison couleur de beurre. C'était une vision chaleureuse et accueillante dans le soleil couchant.

Oh, j'espère que Tony n'a pas trop changé, songeait Scarlett, nerveuse. Sept ans, c'est si long! Elle ne montra guère d'empressement quand Will la fit descendre du buggy. Et si Tony avait l'air vieux et fatigué et... vaincu, comme Ashley? Ce serait plus qu'elle n'en pourrait supporter. Derrière Will et Suellen, elle avançait lentement dans l'allée menant à l'entrée.

Mais, dès que la porte s'ouvrit en coup de vent et heurta le mur, toutes ses appréhensions s'évanouirent.

— Qui est-ce qui arrive en traînant les pieds comme pour aller à l'église? Vous ne pouvez pas courir et saluer le retour du héros à la maison?

La voix de Tony était pleine de rires, comme autrefois, ses yeux et ses cheveux toujours aussi noirs, et son sourire lumineux recelait autant de malice que par le passé.

— Tony! s'écria Scarlett. Vous n'avez pas changé.

— C'est vous, Scarlett? Venez m'embrasser. Vous aussi, Suellen. Vous n'étiez pas aussi généreuse que Scarlett en matière de baisers, autrefois, mais Will a dû vous apprendre quelques petites choses, depuis votre mariage. J'ai bien l'intention d'embrasser toutes les femmes de plus de six ans dans tout l'État de Géorgie, maintenant que je suis de retour.

Suellen gloussa nerveusement et regarda Will. Un petit sourire sur le fin visage placide de son mari lui donna la permission qu'elle

48

demandait, mais Tony n'avait pas pris la peine d'attendre. Il avait posé les mains sur la taille épaissie de Suellen et fait claquer un gros baiser sur ses lèvres. Elle était rouge de confusion et de plaisir quand il la relâcha. Les fringants frères Fontaine n'avaient guère prêté attention à Suellen avant la guerre, dans les années dites « des beaux et des belles ». Will entoura les épaules de sa femme d'un bras chaud et rassurant.

— Scarlett chérie! s'écria Tony en écartant les bras.

Scarlett se jeta contre lui et serra ses bras autour de son cou.

— Que vous avez grandi, au Texas! s'exclama-t-elle.

Tony rit et embrassa les lèvres qu'elle lui offrait. Puis il releva une jambe de son pantalon pour montrer à tous les bottes à hauts talons qu'il portait.

— Tout le monde grandit, au Texas, expliqua-t-il, et je ne serais pas surpris que ce soit une loi de l'État!

Alex Fontaine sourit par-dessus l'épaule de Tony.

— Vous allez en entendre sur le Texas plus que quiconque a besoin d'en savoir, plaisanta-t-il. A condition que Tony vous laisse entrer dans la maison. Il a oublié ce genre de choses. Au Texas, ils vivent tous à la belle étoile, autour de feux de camp, au lieu de construire des murs et un toit.

Alex rayonnait de bonheur. On dirait qu'il voudrait bien serrer Tony contre son cœur et l'embrasser lui aussi, se dit Scarlett. Et pourquoi pas? Ils avaient été comme deux doigts de la main pendant toute leur enfance. Alex avait dû horriblement souffrir de leur séparation. Des larmes lui piquèrent soudain les yeux. Le retour exubérant de Tony chez lui était le premier événement joyeux du comté depuis que les troupes de Sherman avaient dévasté le pays et les vies des gens qui l'habitaient. Elle ne savait pas comment réagir à une telle bouffée de bonheur.

La femme d'Alex, Sally, la prit par la main en entrant dans le modeste petit salon.

— Je sais très bien ce que tu ressens, Scarlett, murmura-t-elle, les larmes aux yeux elle aussi. Nous avons presque oublié comment nous amuser. On a plus ri dans cette maison aujourd'hui que pendant les dix dernières années. Ce soir, on va faire trembler la charpente!

C'est alors que la charpente commença à trembler. Les Tarleton étaient arrivés.

— Dieu merci, tu es revenu en un seul morceau, mon garçon! lança Béatrice Tarleton à Tony. Tu peux choisir n'importe laquelle de mes trois filles à marier. Je ne suis grand-mère qu'une fois et je ne rajeunis pas!

– Maman! protestèrent en chœur Hetty, Camilla et Miranda Tarleton avant d'éclater de rire.

Qu'il s'agît de chevaux ou de jeunes gens, leur mère jouissait dans tout le comté d'une solide réputation de marieuse, et les filles n'avaient donc pas à feindre le moindre embarras. Mais Tony avait viré au rouge cramoisi.

Scarlett et Sally s'esclaffèrent.

Béatrice Tarleton insista pour voir, avant que la nuit ne tombe, les chevaux que Tony avait ramenés du Texas, et les arguments sur les mérites comparés des pur-sang de l'Est et des mustangs de l'Ouest fusèrent jusqu'à ce que tous les autres demandent une trêve.

– Et à boire! dit Alex. J'ai même trouvé du vrai whisky pour fêter ça.

– Vous pourrez vous disputer avec Tony pendant des mois si vous le voulez, Béatrice, dit Jim Tarleton à sa femme en lui tapotant le bras. Pendant des années même.

Mme Tarleton protesta, puis elle haussa les épaules pour montrer qu'elle acceptait sa défaite. Pour elle, rien n'était plus important que les chevaux, mais les hommes décidaient, et c'était la soirée de Tony. D'ailleurs, il s'était levé pour suivre Alex vers la table où attendaient des verres et une authentique bouteille étiquetée.

Scarlett souhaita – et ce n'était pas la première fois – que l'apéritif ne soit pas un plaisir dont les dames sont automatiquement exclues. Elle en aurait bien voulu un. De plus, elle aurait de loin préféré parler aux hommes au lieu d'être exilée à l'autre bout de la pièce pour converser des enfants et du ménage avec les autres femmes. Elle n'avait jamais compris ni accepté la ségrégation traditionnelle des sexes. Mais c'était ainsi qu'allaient les choses depuis des temps immémoriaux, et elle s'y était résignée. Du moins pourrait-elle s'amuser à écouter les filles Tarleton prétendre qu'elles n'avaient pas du tout les mêmes idées que leur mère. Si seulement Tony regardait dans leur direction au lieu de participer à cette conversation entre hommes!

– Le petit Joe doit être fou de joie du retour de son oncle, disait Betsy Tarleton à Sally. Betsy pouvait se permettre d'ignorer les hommes. Son gros mari était manchot, mais c'était un mari; elle avait été la seule des filles Tarleton à trouver quelqu'un pour l'épouser.

Sally répondit en donnant tant de détails sur son petit garçon que Scarlett faillit mourir d'ennui. Elle se demandait quand on allait servir le dîner. Certainement pas dans très longtemps : tous ces hommes travaillaient la terre et devraient se lever à l'aube le lendemain. Cela signifiait aussi que les festivités se termineraient tôt.

Elle avait raison pour l'heure du dîner. Après un seul verre, les hommes annoncèrent qu'ils étaient prêts à passer à table.

Mais elle avait tort pour les festivités. Chacun y trouvait trop de plaisir pour y mettre fin. Tony fascinait tout le monde avec ses récits d'aventures.

— Je n'étais pas là depuis une semaine que je me suis acoquiné avec les Texas Rangers, raconta-t-il dans un éclat de rire. L'État était sous gouvernement militaire yankee, comme tout le Sud, mais bon sang – mes excuses, mesdames – les bleus n'avaient pas la moindre idée de ce qu'il fallait faire avec les Indiens. Les Rangers les combattent depuis des lunes, et les fermiers, dans leurs ranchs, ne pouvaient compter que sur la protection des Rangers. Alors ils ont continué à les protéger. J'ai tout de suite compris que j'avais trouvé les gens qu'il me fallait, et je me suis joint à eux. C'était formidable : pas d'uniforme, pas de marches à jeun pour obéir aux ordres d'un crétin de général, plus d'exercices, plus rien! On sautait sur nos chevaux et on partait tous ensemble pour se battre.

Les yeux noirs de Tony pétillaient d'excitation. Ceux d'Alex aussi. Les Fontaine avaient toujours adoré la bagarre et détesté la discipline.

— A quoi ressemblent les Indiens? questionna l'une des filles Tarleton. Est-ce vrai qu'ils torturent les gens?

— Je suis sûr que vous ne voulez pas vraiment que je vous raconte ça, dit Tony dont les yeux rieurs se voilèrent soudain. Ils sont malins comme des singes pour ce qui est de se battre, reprit-il en souriant. Les Rangers n'ont pas tardé à comprendre que, s'ils voulaient vaincre ces diables rouges, ils devraient apprendre leur façon de voir les choses. C'est comme ça que nous savons pister un homme ou un animal sur la roche nue, ou même dans l'eau, mieux que n'importe quel limier. Et vivre de notre salive et d'os blanchis s'il n'y a rien d'autre. Rien n'arrête un Texas Ranger, rien ne lui échappe non plus.

— Montre donc tes revolvers à six coups, Tony, demanda Alex.

— Oh, pas maintenant. Demain peut-être, ou un autre jour. Sally n'apprécierait pas que je fasse des trous dans ses murs.

— Je n'ai pas dit que tu devais tirer avec, j'ai juste proposé que tu les montres. Ils ont des poignées d'ivoire sculpté, dit Alex en souriant à ses amis. Et vous verrez quand mon petit frère ira vous rendre visite à cheval sur sa vieille grosse selle de l'Ouest! Elle est tellement couverte d'argent qu'on deviendrait aveugle rien qu'à la regarder briller!

Scarlett sourit. Elle aurait dû s'en douter. Tony et Alex avaient toujours été les pires dandys de toute la Géorgie du Nord. A l'évidence, Tony n'avait pas changé d'un poil. Hauts talons à ses bottes d'apparat et argent sur sa selle. Elle aurait parié qu'il était rentré les poches aussi vides que lorsqu'il avait fui la pendaison. Quelle folie d'avoir une selle ornée d'argent quand la maison de Mimosas avait tant besoin d'une nouvelle toiture! Mais Tony ne voyait pas en quoi c'était si absurde. Il était demeuré le même, et Alex était aussi fier de lui que s'il était revenu avec un plein chariot d'or. Comme elle les aimait, tous les deux! Il ne leur restait plus qu'une ferme qu'ils devaient exploiter eux-mêmes, mais les Yankees ne les avaient pas vaincus, ils ne les avaient même pas blessés.

— Mon Dieu, ce sont les garçons qui auraient adoré marcher dans ces bottes comme sur des échasses et polir de l'argent avec leurs fesses! dit Béatrice Tarleton. J'imagine les jumeaux!

Scarlett retint sa respiration. Pourquoi Mme Tarleton gâchait-elle leur joie? Pourquoi rappeler ainsi que presque tous leurs anciens amis étaient morts?

Non, rien ne fut gâché.

— Ils n'auraient pas gardé la selle une semaine, madame Béatrice, et vous le savez bien! s'esclaffa Alex. Ils l'auraient perdue au poker ou échangée contre du champagne pour égayer une fête trop morne. Souvenez-vous du jour où Brent a vendu les meubles de sa chambre, à l'université, pour acheter les meilleurs cigares à tous les garçons qui n'en avaient jamais fumé!

— Et quand Stuart a perdu son costume aux cartes et qu'il a dû s'enfuir du cotillon, enveloppé dans un tapis? ajouta Tony.

— Le mieux, c'est quand ils ont mis au clou les livres de droit de Boyd juste avant qu'il plaide son premier procès! dit Jim Tarleton. J'ai cru que vous alliez les écorcher vifs, Béatrice.

— Leur peau a toujours repoussé, répondit Mme Tarleton en souriant. J'ai même essayé de leur casser les jambes quand ils ont mis le feu à la fabrique de glace, mais ils couraient trop vite, et je n'ai pas pu les rattraper.

— C'est cette fois-là qu'ils sont venus à Lovejoy et se sont cachés dans notre grange, dit Sally. Les vaches n'ont plus eu de lait pendant une semaine après que les jumeaux eurent essayé de les traire eux-mêmes pour boire un verre de lait!

Chacun avait son histoire à raconter sur les jumeaux Tarleton, et ces histoires en amenèrent d'autres sur leurs amis et leurs frères – Lafe Munroe, Cade et Raiford Calvert, Tom et Boyd Tarleton, Joe Fontaine –, tous les gars qui n'étaient jamais revenus chez eux. Ces histoires étaient la richesse commune de la mémoire et de l'amour, et tandis qu'on les racontait, les ombres dans les coins de la pièce se peuplèrent de jeunes gens souriants, radieux, de jeunes gens morts, certes, mais qui maintenant, enfin, n'étaient plus perdus, parce que leur souvenir déclenchait des rires affectueux au lieu de susciter une amertume désespérée.

L'ancienne génération ne fut pas oubliée. Tous les présents avaient de riches souvenirs de la grand-mère de Tony et Alex, la vieille Mme Fontaine à la langue acérée mais au cœur tendre, et de leur mère, qu'on avait appelée Madame Jeune jusqu'à sa mort, le jour de ses soixante ans. Scarlett fut surprise de pouvoir rire gentiment avec les autres quand on parla de l'habitude qu'avait son père d'entonner des chants de révolte irlandais lorsqu'il avait, comme il disait, « bu une goutte ou deux », et même d'entendre parler de la bonté de sa mère sans le pincement au cœur immédiat qu'avait toujours provoqué la mention du nom d'Ellen O'Hara.

Pendant des heures, bien longtemps après que les assiettes eurent été vidées et que le feu fut retombé en braises dans l'âtre, ils continuèrent à parler, et la douzaine de survivants ramena à la vie tous ces êtres chers qui n'avaient pu accueillir Tony à son retour chez lui. Ce fut une nuit heureuse, une nuit apaisante. La flamme vacillante de la lampe à pétrole posée au centre de la table ne montrait aucune des cicatrices laissées par les hommes de Sherman dans la pièce tachée de fumée, aux meubles réparés. Les visages n'avaient pas de rides, les vêtements pas de pièces. Pendant ces doux moments d'illusion, ce fut comme si Mimosas s'était transporté en un lieu où le temps n'avait pas fait son œuvre, où l'on n'avait pas souffert, où jamais il n'y avait eu de guerre.

Bien des années plus tôt, Scarlett s'était promis de ne pas se retourner sur son passé. Se souvenir des merveilleux jours d'avant la guerre, les regretter, les pleurer, ne pourrait que la blesser et l'affaiblir, et elle avait besoin de toute sa force et de toute sa détermination pour survivre et protéger sa famille. Mais les souvenirs partagés dans la salle à manger de Mimosas ne furent pas du tout une source de faiblesse. Ils lui donnèrent du courage, ils furent la preuve que les gens de qualité peuvent souffrir toutes sortes de pertes et conserver leur capacité d'amour et de rire. Elle était fière de faire partie du nombre, fière de les avoir comme amis, fière qu'ils fussent ce qu'ils étaient.

Au retour, Will marcha devant le buggy, une torche à la main, et guida le cheval. Il était très tard, et il faisait nuit noire. Dans le ciel sans nuages les étoiles brillaient, si lumineuses que le quartier de lune semblait d'une pâleur transparente. On n'entendait que le lent clop-clop des sabots du cheval.

Suellen s'était assoupie, mais Scarlett luttait contre le sommeil. Elle ne voulait pas que la soirée se termine, elle voulait que sa chaleur et son bonheur durent à jamais. Comme Tony avait l'air fort ! Et tellement plein de vie, tellement content de ses drôles de bottes, de lui-même, de tout. Les filles Tarleton évoquaient une portée de chatons roux convoitant un bol de crème. Je me demande laquelle mettra la main sur lui, songea-t-elle. Béatrice Tarleton veillera sûrement à ce que ce soit l'une d'elles!

Dans les bois proches de la route, une chouette poussa soudain un hululement interrogateur, comme pour lui faire écho, et Scarlett eut un petit sourire nerveux.

Ils étaient à mi-chemin de Tara quand elle se rendit compte qu'elle n'avait pas pensé à Rhett depuis des heures. La mélancolie et la contrariété pesèrent soudain sur elle comme une masse de plomb, et elle remarqua alors la fraîcheur de l'air nocturne qui refroidissait son corps. Elle serra son châle autour de ses épaules et, en elle-même, supplia Will de se dépêcher.

Je ne veux penser à rien, pas ce soir. Je ne veux pas gâcher ces bons moments. Dépêchez-vous, Will, il fait froid et noir.

Le lendemain matin, Scarlett et Suellen conduisirent les enfants à Mimosas dans le chariot. Tony montra ses revolvers et les yeux de Wade brillèrent d'admiration pour le héros. Même Scarlett en resta bouche bée de ravissement quand Tony les fit tournoyer autour de ses doigts, les lança en l'air, les rattrapa et les replaça d'un seul geste dans les étuis suspendus le long de ses cuisses à une ceinture de cuir ornée d'argent.

— Est-ce qu'ils tirent, aussi? demanda Wade.

— Oui, jeune homme, ils tirent. Et, quand tu seras un peu plus grand, je t'apprendrai à t'en servir.

— Et aussi à les faire tourner autour du doigt comme toi?

— Bien sûr. Ça ne rimerait à rien d'avoir un six-coups et de ne pas lui faire faire tous les tours qu'il connaît, affirma Tony en passant dans les cheveux de Wade sa main rugueuse et virile. Et je t'apprendrai aussi à chevaucher comme dans l'Ouest, Wade Hampton. Je crois que tu seras le seul garçon du coin à savoir à quoi doit ressembler une vraie selle. Mais on ne peut commencer la leçon aujourd'hui. C'est moi qui vais en prendre une : mon frère va m'apprendre à cultiver la terre. C'est comme ça – on doit tous apprendre sans arrêt de nouvelles choses!

Tony planta rapidement un baiser sur les joues de Suellen et de Scarlett, et les petites filles reçurent le leur au sommet du crâne.

— Alex m'attend près du ruisseau, dit-il en les saluant. Pourquoi n'allez-vous pas voir Sally? Je crois qu'elle est en train d'étendre le linge derrière la maison.

Sally eut l'air contente de les voir, mais Suellen refusa son invitation à rester pour une tasse de café.

— Il faut que je rentre faire exactement la même chose que toi, Sally. Nous devons partir. Nous ne voulions pas passer par Mimosas sans t'avoir dit bonjour.

Suellen entraîna Scarlett vers le chariot.

— Je ne comprends pas pourquoi tu t'es montrée si désagréable avec Sally, Suellen. Ta lessive aurait pu attendre pendant qu'on prenait une tasse de café et qu'on parlait de la soirée d'hier.

— Tu ne comprends rien à la façon de faire marcher une ferme, Scarlett. Si Sally avait pris du retard sur sa lessive, elle aurait traîné ce retard toute la journée. On ne peut attirer de serviteurs jusqu'ici, en pleine campagne, comme toi à Atlanta. On doit faire beaucoup de choses soi-même.

Scarlett se rebiffa à cause du ton sur lequel sa sœur avait parlé.

— Je ferais mieux de rentrer à Atlanta par le train de cet après-midi, dit-elle sèchement.

— Ça nous simplifierait bien la vie, rétorqua Suellen. Tu nous donnes du travail en plus, et j'ai besoin de ta chambre pour Susie et Ella.

Scarlett ouvrit la bouche pour répliquer, puis y renonça. De toute façon elle préférait être à Atlanta. Elle y serait déjà retournée si Tony n'était pas revenu chez lui. Là-bas, il y avait des gens qui seraient contents de la voir. A Atlanta, elle connaissait beaucoup d'amis qui avaient tout leur temps pour prendre le café, jouer au whist ou passer d'agréables soirées. Tournant le dos à Suellen, elle se força à sourire à ses enfants.

— Wade Hampton, Ella, Maman doit rentrer à Atlanta après le déjeuner. Je veux que vous me promettiez d'être sages et de ne pas ennuyer tante Suellen.

Scarlett attendit les protestations et les larmes. Mais les enfants étaient trop occupés à parler des revolvers pour lui prêter attention. Dès qu'ils eurent atteint Tara, Scarlett dit à Pansy de préparer les bagages. C'est alors qu'Ella se mit à crier.

— Prissy est partie, et personne ici ne sait tresser mes cheveux, sanglota-t-elle.

Scarlett résista à l'impulsion de gifler sa fille. Elle ne pouvait s'attarder à Tara, maintenant qu'elle avait décidé de s'en aller. Sans rien à faire ni personne à qui parler elle deviendrait folle. Mais elle ne pouvait partir sans Pansy : jamais une dame ne voyageait seule. Que pouvait-elle faire ? Ella voulait que Pansy reste avec elle. Il faudrait sans doute des jours et des jours avant que la fillette s'habitue à Lutie, la mama de Susie. Et si Ella faisait la comédie jour et nuit,

Suellen risquait de changer d'avis et de ne plus vouloir garder les enfants à Tara.

— Bon, d'accord, dit sèchement Scarlett. Arrête de faire ces bruits horribles, Ella. Je vais laisser Pansy à Tara pour la fin de la semaine Elle aura le temps d'apprendre à Lutie comment te coiffer.

Je n'ai plus qu'à rencontrer une femme correcte à la gare de Jonesboro. Il y aura forcément quelqu'un de respectable qui partira pour Atlanta et avec qui je pourrai partager une banquette.

Je prendrai le train de l'après-midi, rien ne me retiendra. Will peut m'y conduire et revenir à temps pour traire ses sales vieilles vaches.

A mi-chemin de Jonesboro, Scarlett cessa ses bavardages creux sur le retour de Tony Fontaine. Elle demeura silencieuse un moment, puis en vint à ce qui la préoccupait.

— Will... au sujet de Rhett... de la façon dont il est parti si vite, je veux dire... J'espère que Suellen ne va pas en faire un sujet de conversation dans toute la région.

— Enfin, Scarlett, dit Will en tournant vers elle ses yeux bleu pâle, vous savez bien qu'elle ne le fera pas! On lave son linge sale en famille. Je me dis depuis longtemps que c'est bien dommage que vous ne voyiez pas ce qu'il y a de bon chez Suellen. Dès que vous êtes là, on dirait qu'elle cache ses bons côtés. Il faudra que vous me croyiez sur parole. Quelle que soit l'impression qu'elle vous donne, Suellen ne parle jamais de vos ennuis privés à personne. Pas plus que vous, elle ne souhaite que les mauvaises langues se déchaînent contre les O'Hara.

Scarlett se détendit un peu. Elle avait en Will une confiance absolue. Sa parole était plus précieuse que de l'argent en banque. Et c'était un véritable sage. Il avait toujours raison – sauf peut-être en ce qui concernait Suellen.

— Vous croyez comme moi qu'il va revenir, n'est-ce pas, Will?

Will n'avait pas besoin de lui demander de qui elle parlait. Il sentit l'anxiété derrière les mots et, tout en mâchonnant tranquillement le brin de paille qui sortait du coin de sa bouche, il réfléchissait à ce qu'il allait dire.

— Je ne peux pas dire ça, Scarlett, finit-il par répondre doucement, mais ce n'est pas moi qu'il faut consulter. Je ne l'ai vu que quatre ou cinq fois.

Ce fut comme s'il l'avait frappée. Mais, très vite, la colère fut plus forte que la douleur.

— Vous ne comprenez rien à rien, Will Benteen! Rhett est furieux en ce moment, mais il s'en remettra. Il ne ferait jamais rien d'aussi méprisable que de partir en abandonnant sa femme.

Will hocha la tête. Scarlett pouvait prendre cela pour une approbation si elle le voulait. Mais il n'avait pas oublié le portrait sardonique que Rhett avait brossé de lui-même. Rhett était une canaille. A ce qu'on disait, il l'avait toujours été, et il y avait toutes les chances pour qu'il le reste.

Scarlett regardait fixement devant elle la route de terre rouge qu'elle connaissait si bien. Les mâchoires serrées, elle faisait fonctionner son esprit avec fureur. Rhett reviendrait. Il le fallait parce qu'elle le voulait, et elle avait toujours ce qu'elle voulait. Il suffisait qu'elle le décide.

CHAPITRE 5

Le bruit et la bousculade des Cinq Fourches agirent comme un tonique sur l'esprit de Scarlett, de même qu'à la maison le désordre de son bureau. Elle avait besoin de vie et d'action autour d'elle après cette paralysante succession de morts, et elle avait aussi besoin de travailler.

Les journaux à lire s'étaient amoncelés à côté de piles de rapports comptables du magasin qu'elle possédait au centre même des Cinq Fourches, de montagnes de factures à payer et de toutes les circulaires qu'il lui suffirait de déchirer et de jeter. Scarlett soupira de plaisir et rapprocha sa chaise du bureau.

Elle vérifia que l'encre n'avait pas séché dans l'encrier et qu'elle avait assez de plumes pour son porte-plume. Puis elle alluma la lampe. La nuit tomberait bien avant qu'elle n'en ait terminé avec tout cela. Elle se ferait peut-être même apporter son dîner sur un plateau pour ne pas s'interrompre dans son travail.

Elle lançait impatiemment sa main vers les comptes du magasin quand son geste se figea : une grande enveloppe était posée sur la pile des journaux. Elle ne portait qu'un mot : « Scarlett » – de l'écriture de Rhett.

Sa première impulsion fut de la repousser. Je ne la lirai pas tout de suite, elle ne pourrait que me gêner dans tout ce que je dois faire. Je ne suis pas inquiète quant à son contenu, pas le moins du monde. Mais je ne veux pas la lire maintenant. Je vais la garder... pour le dessert. Et elle ramassa une poignée de feuilles de comptes.

Mais elle ne cessait de perdre le fil de ses calculs, et elle finit par abandonner. Ses doigts déchirèrent nerveusement l'enveloppe scellée. La lettre de Rhett commençait ainsi :

Croyez en ma sincérité quand je vous exprime ma profonde sympathie pour le deuil qui vous frappe. La mort de Mama est une grande perte. Je vous suis reconnaissant de m'avoir fait prévenir à temps pour que je la voie avant qu'elle ne nous quitte.

Scarlett, de rage, leva les yeux des traits de plume épais et noirs. « Reconnaissant », tu parles! Tu m'as menti aussi bien qu'à elle, espèce de vaurien! Elle aurait voulu brûler la lettre et en jeter les cendres au visage de Rhett en lui criant des insultes. Oh, elle lui reprocherait même de l'avoir humiliée devant Suellen et Will. Elle attendrait le temps qu'il faudrait, mais elle trouverait un moyen et saurait mettre sa vengeance au point. Il n'avait aucun droit de la traiter ainsi, de traiter Mama ainsi, de mépriser ainsi ses dernières volontés.

Je vais la brûler tout de suite. Je ne la lirai même pas jusqu'au bout, je ne veux plus poser mes yeux sur d'autres mensonges. Sa main fourragea dans le tiroir du bureau pour trouver une boîte d'allumettes, mais quand elle l'eut dénichée, elle la laissa retomber. Je mourrai de curiosité si je ne connais pas la suite, admit-elle. Elle baissa la tête pour continuer sa lecture.

Elle ne constaterait aucun changement à son train de vie, expliquait Rhett. Les factures seraient payées par ses avocats; il avait tout organisé voici des années, et toutes les sommes tirées par chèque du compte de Scarlett seraient automatiquement remplacées. Si elle le désirait, elle pouvait donner des instructions à tous les nouveaux magasins où elle souhaiterait ouvrir un compte pour qu'ils suivent la procédure déjà connue de ses fournisseurs habituels : envoyer leurs factures directement aux avocats de Rhett. Mais si elle préférait, elle pouvait payer ses dépenses par chèque, et leur montant serait compensé sur son compte en banque.

Scarlett était fascinée. Tout ce qui concernait l'argent l'intéressait toujours, l'avait toujours intéressée depuis l'époque où l'armée de l'Union l'avait contrainte à découvrir ce qu'était la pauvreté. L'argent, croyait-elle, c'était la sécurité. Elle économisait et amassait celui qu'elle gagnait par elle-même, et à présent, devant la générosité sans limites de Rhett, elle restait interdite.

Quel idiot, je pourrais le dépouiller complètement si je le voulais! Il est probable aussi que ses avocats ont truqué ces comptes depuis des années.

Donc... Rhett doit être immensément riche pour se permettre de dépenser ainsi sans se préoccuper de ce qu'on fait de son argent. J'ai toujours su qu'il était riche, mais pas à ce point. Je me demande combien il possède.

Donc... il m'aime encore, c'en est bien la preuve. Aucun homme ne gâterait une femme comme Rhett me gâte depuis des années à moins de l'aimer à en perdre la raison, et comme il va continuer à me donner tout ce que je veux, il doit toujours avoir les mêmes sentiments pour moi, sinon il mettrait un frein à mes caprices. Il ne pensait pas tout ce qu'il m'a dit ces derniers temps, et il ne m'a pas crue quand je lui ai dit que maintenant j'ai compris que je l'aime.

Scarlett porta la lettre de Rhett à sa joue comme si elle tenait la main qui l'avait écrite. Elle le lui prouverait, elle lui prouverait qu'elle l'aimait de tout son cœur, et alors ils seraient tellement heureux – les plus heureux du monde!

Elle couvrit la lettre de baisers avant de la ranger soigneusement dans un tiroir. Puis elle se mit au travail avec enthousiasme sur les comptes du magasin. S'occuper de ses affaires la revigorait. Quand une servante frappa timidement à la porte et demanda ce qu'elle voudrait pour dîner, Scarlett leva à peine les yeux.

– Apporte-moi quelque chose sur un plateau, dit-elle, et allume le feu dans la cheminée.

Elle avait une faim de loup, et la fraîcheur était venue avec l'obscurité.

Elle dormit extrêmement bien, cette nuit-là. Le magasin avait réalisé de bonnes affaires en son absence, et le souper avait contenté son estomac. Cela lui faisait du bien d'être rentrée, et surtout d'avoir cette lettre de Rhett en sécurité sous son oreiller.

Au réveil, elle s'étira voluptueusement. Le froissement du papier sous son oreiller la fit sourire. Après avoir sonné pour qu'on lui apporte le plateau de son petit déjeuner, elle pensa à l'organisation de sa journée. D'abord le magasin. Les réserves de nombreuses marchandises devaient avoir sérieusement diminué; Kershaw tenait assez correctement les livres de comptes, mais il n'avait pas plus de cervelle qu'un hanneton. Il finirait la farine et le sucre avant d'avoir l'idée de faire remplir les barils, et il n'avait probablement pas commandé la moindre goutte de pétrole ni la moindre brindille de bois d'allumage alors que le froid devenait plus vif de jour en jour.

La veille, elle n'avait pu s'attaquer à la pile de journaux, et elle se réjouissait que sa visite au magasin lui évite cette lecture ennuyeuse. Elle apprendrait de Kershaw et des autres employés tout ce qu'elle avait besoin de savoir sur Atlanta. Rien de tel qu'un magasin éclectique comme le sien pour connaître toutes les histoires qui pouvaient circuler. Les gens adoraient bavarder en attendant qu'on empaquette leurs achats. La moitié du temps, Scarlett savait ce qu'il y aurait à la une du journal avant même qu'il ne soit imprimé. Elle pourrait sans doute jeter toute la pile encombrant son bureau sans pour autant rien rater.

Le sourire de Scarlett s'évanouit. Non, elle ne pourrait pas. Il devait y avoir un compte rendu de l'enterrement de Mélanie, et elle voulait le lire.

Mélanie...

Ashley...

Le magasin pouvait attendre. Elle avait d'autres obligations plus urgentes.

Qu'est-ce qui t'a pris de promettre à Melly de t'occuper d'Ashley et de Beau?

Mais j'ai promis. Je ferais mieux de commencer par là. Et je ferais mieux d'emmener Pansy pour que ma démarche soit plus correcte. Les mauvaises langues ont dû se déchaîner dans toute la ville après la scène du cimetière. Inutile d'ajouter aux commérages en voyant Ashley seul. Scarlett traversa la pièce, foulant l'épais tapis, et tira sauvagement le galon brodé relié à la cloche. Où était son petit déjeuner?

Oh, non! Pansy était encore à Tara. Il faudrait qu'elle emmène une autre servante. Cette nouvelle, Rebecca, conviendrait sans doute. Elle espérait que Rebecca saurait l'aider à s'habiller sans trop de dégâts. Elle voulait se dépêcher maintenant, partir et se débarrasser de ce que le devoir lui imposait.

Quand sa voiture s'arrêta devant la petite maison d'Ashley et de Mélanie, rue du Lierre, Scarlett vit que la couronne mortuaire avait été retirée de la porte et que les fenêtres étaient toutes fermées.

India! se dit-elle sans hésiter. Naturellement. Elle a emmené Ashley et Beau vivre chez tante Pittypat. Elle doit être fière d'elle!

India, la sœur d'Ashley, était – avait toujours été – l'ennemie la plus implacable de Scarlett. Elle se mordit la lèvre et réfléchit à cette situation délicate. Elle était certaine qu'Ashley était parti s'installer chez tante Pitty avec Beau; c'était le plus raisonnable. Sans Mélanie, et maintenant sans Dilcey, il ne restait plus personne pour diriger sa maison ni s'occuper de son fils. Chez Pittypat, il trouvait le confort d'une maison bien tenue et, pour le petit garçon, l'affection constante de femmes qui l'avaient toujours adoré.

Deux vieilles filles, songea Scarlett avec dédain. Elles sont prêtes à vénérer n'importe qui pourvu qu'il porte des pantalons, même courts. Si seulement India ne vivait pas avec eux, Scarlett pourrait s'arranger de tante Pitty. La timide vieille dame n'avait jamais osé contrarier même un chaton, alors Scarlett...

Mais la sœur d'Ashley était d'un autre gabarit. India adorerait qu'elles se heurtent, adorerait dire des méchancetés de sa voix froide et crachotante, adorerait montrer la porte à Scarlett.

Si seulement elle n'avait pas fait de promesse à Mélanie! Mais elle avait promis.

– Conduis-moi chez Mlle Pittypat Hamilton, ordonna-t-elle à Elias. Rebecca, tu peux rentrer à la maison à pied.

Il y aurait suffisamment de chaperons chez Pitty.

C'est India qui vint ouvrir la porte. Elle regarda l'élégant ensemble de deuil de Scarlett, bordé de fourrure, et un petit sourire satisfait et pincé se dessina sur ses lèvres.

Souris tant que tu veux, vieille chouette, se dit Scarlett. La robe de deuil d'India, d'un noir terne et uniforme, n'était pas même éclairée par un bouton.

– Je suis venue prendre des nouvelles d'Ashley.

– Tu n'es pas la bienvenue ici, répliqua India en commençant à refermer la porte.

Scarlett la repoussa.

– India Wilkes, si tu oses me claquer la porte au nez... J'ai fait une promesse à Melly, et je la tiendrai même si je dois te tuer.

India répondit en s'appuyant à la porte pour résister à la pression des deux mains de Scarlett. Cette lutte si peu empreinte de dignité ne dura que quelques secondes, jusqu'à ce que Scarlett entendît la voix d'Ashley.

– Est-ce Scarlett, India ? Je voudrais lui parler.

La porte s'ouvrit d'un coup et Scarlett entra d'un pas décidé, remarquant avec plaisir que la colère avait fait monter des plaques rouges au visage d'India.

Ashley s'avança dans le hall pour accueillir Scarlett et celle-ci ralentit le pas. Il avait l'air affreusement malade. Des cernes sombres soulignaient ses yeux pâles, et de profondes rides joignaient son nez à son menton. Ses vêtements semblaient trop grands pour lui et on aurait dit que son manteau pendait sur son ossature voûtée comme les ailes brisées d'un oiseau noir.

Le cœur de Scarlett se serra. Elle n'aimait plus Ashley comme elle l'avait aimé toutes ces années, mais il faisait encore partie de sa vie. Tant de souvenirs partagés, depuis si longtemps... Elle ne pouvait le voir souffrir à ce point.

– Cher Ashley, dit-elle doucement. Venez vous asseoir. Vous avez l'air fatigué.

Ils s'installèrent sur un canapé du petit salon surchargé et exigu de tante Pitty. Scarlett parla peu. Elle écouta Ashley raconter, se répéter, s'interrompre, se perdre dans l'écheveau confus de ses souvenirs. Il rappelait la bonté, l'altruisme, la noblesse de son épouse morte, l'amour de Melly pour Scarlett, pour Beau et pour lui. Il parlait d'une voix sans timbre ni expression, décolorée par la douleur et le désespoir. Sa main chercha à tâtons celle de Scarlett et il la saisit avec tant de force que Scarlett en eut mal aux phalanges. Mais la douleur d'Ashley était si tragique qu'elle serra les lèvres et le laissa se raccrocher à elle.

La silhouette d'India, spectatrice sombre et immobile, s'encadrait dans l'embrasure cintrée de la porte.

Finalement, Ashley s'interrompit et secoua la tête plusieurs fois comme un homme aveuglé et perdu.

— Scarlett, je ne peux continuer sans elle, gémit-il. Je ne peux pas.

Scarlett lui retira sa main. Il fallait qu'elle rompe le charme funeste qui le liait, sinon le désespoir allait le tuer, elle n'en doutait pas. Elle se leva et se pencha vers lui.

— Écoutez-moi, Ashley Wilkes, dit-elle. Je vous ai écouté tout ce temps ressasser vos peines, alors maintenant, écoutez les miennes. Croyez-vous être la seule personne qui ait aimé Melly, ou qui ait dépendu d'elle ? C'était mon cas à moi aussi, et plus que je ne le croyais, plus que quiconque ne le saura jamais. J'imagine que c'était également le cas de bien des gens. Mais nous n'allons pas nous replier sur nous-mêmes et en mourir. Et c'est ce que vous faites. J'ai honte de vous. Et Melly aussi, si elle vous regarde du Ciel. Savez-vous seulement ce qu'elle a souffert pour mettre Beau au monde ? Moi, je sais ce qu'elle a enduré, et je peux vous dire que cela aurait tué l'homme le plus fort que Dieu ait jamais créé. A présent vous êtes tout ce qui reste à cet enfant. Est-ce cela que vous voulez donner comme spectacle à Melly : son fils tout seul, pratiquement orphelin parce que son papa est tellement triste pour lui-même qu'il ne peut plus penser à lui ? Est-ce que vous voulez briser son cœur, Ashley Wilkes ? Parce que c'est ce que vous êtes en train de faire, insista-t-elle en lui prenant le menton dans ses mains pour le forcer à la regarder. Vous allez vous ressaisir, vous m'entendez, Ashley ? Vous allez vous rendre de ce pas à la cuisine et demander qu'on vous prépare un repas chaud. Et vous allez le manger. Si vous le rendez, mangez-en un autre. Allez voir votre fils, serrez-le dans vos bras et dites-lui de ne pas avoir peur, qu'il a un père pour s'occuper de lui. Et faites-le. Pensez à quelqu'un d'autre que vous.

Scarlett s'essuya la main sur sa jupe comme si le contact d'Ashley l'avait souillée, puis elle sortit de la pièce en bousculant India.

Alors qu'elle ouvrait la porte pour sortir, elle entendit India :

— Mon pauvre Ashley chéri. Ne fais pas attention aux choses horribles que Scarlett a dites. C'est un monstre.

Scarlett s'arrêta, se retourna, sortit une carte de visite de son sac et la jeta sur un guéridon.

— Je vous laisse ma carte, tante Pitty, cria-t-elle, puisque vous avez trop peur de me voir en personne.

Elle claqua la porte derrière elle.

– Partons, Elias, dit-elle au cocher. Va n'importe où.

Elle n'aurait pu rester dans cette maison une minute de plus. Qu'allait-elle faire? Ashley l'avait-il entendue? Elle avait été si méchante... Enfin, il le fallait bien – on était en train de l'étouffer sous la sympathie et la pitié. Mais les paroles qu'elle lui avait adressées lui feraient-elles du bien? Ashley adorait son fils, peut-être se ressaisirait-il pour lui. « Peut-être » ne suffisait pas. Il fallait qu'il le fasse. Il fallait qu'elle l'y force.

– Conduis-moi au bureau de M. Henry Hamilton, ordonna-t-elle à Elias.

Celui qu'on appelait « oncle Henry » terrifiait la plupart des femmes, mais pas Scarlett. Elle comprenait que grandir sous le même toit que tante Pittypat ait pu le rendre misogyne. Et elle savait qu'il l'aimait bien. Il avait dit un jour qu'elle n'était pas aussi idiote que la plupart des femmes. Étant son avocat, il n'ignorait pas en effet combien elle pouvait se montrer rusée dès qu'il s'agissait d'affaires.

Quand elle pénétra dans son bureau sans s'être fait annoncer, il posa la lettre qu'il était en train de lire et resta stupéfait.

– Entrez, Scarlett, dit-il en se levant. Êtes-vous si pressée de traîner quelqu'un en justice?

Elle marchait de long en large, dédaignant les fauteuils destinés aux visiteurs devant le bureau.

– Je voudrais tuer quelqu'un, répondit-elle, mais je ne sais pas si ce serait une solution. N'est-il pas vrai que Charles, à sa mort, m'a légué tout ce qu'il possédait?

– Vous le savez bien. Arrêtez de vous agiter comme ça et asseyez-vous. Il vous a laissé, près de la gare, les entrepôts que les Yankees ont brûlés, et il vous a laissé des terres hors de la ville qui ne tarderont pas à être en ville, si toutefois Atlanta continue à s'agrandir au même rythme.

Scarlett s'avança sur le bord de son fauteuil, les yeux dans ceux d'oncle Henry.

– Et la moitié de la maison de tante Pitty rue du Pêcher, n'est-ce pas? articula-t-elle distinctement.

– Seigneur, Scarlett, ne me dites pas que vous voulez vous y installer!

– Bien sûr que non. Mais je veux qu'Ashley en sorte. India et tante Pitty sont en train de le conduire à la tombe à force de sympathie. Il peut retourner chez lui. Je lui trouverai quelqu'un pour tenir sa maison.

Henry Hamilton la regarda avec des yeux fixes mais sans expression.

– Êtes-vous certaine que ce soit la raison pour laquelle vous voulez qu'il rentre chez lui ? Parce qu'il souffre de trop de sympathie ?

– Par tous les saints, oncle Henry ! explosa Scarlett. Est-ce que vous vous transformeriez en commère à votre âge ?

– Ne sortez pas vos griffes avec moi, jeune dame. Installez-vous dans ce fauteuil et écoutez quelques vérités. Vous avez la meilleure tête que j'aie jamais rencontrée pour les affaires, mais en dehors de ça vous n'avez pas plus de cervelle qu'un idiot du village.

Scarlett bouillait intérieurement, mais elle ne broncha pas.

– En ce qui concerne la maison d'Ashley, dit lentement le vieil avocat, elle a déjà été vendue. J'ai fait enregistrer la vente hier.

Il leva la main pour empêcher Scarlett de parler.

– C'est moi qui lui ai conseillé d'emménager chez Pitty et de vendre. Non pas à cause de la douleur que pouvaient lui occasionner les souvenirs qui se rattachent à ce lieu, et pas non plus parce que je m'inquiétais de savoir qui prendrait soin de lui et de l'enfant, bien que ce soient là des considérations fort valables. Je lui ai suggéré de déménager parce qu'il avait besoin d'argent pour empêcher la faillite de son entreprise de bois.

– Qu'est-ce que vous voulez dire ? Ashley ne saura jamais gagner de l'argent, mais il ne peut pas faire faillite. On a toujours besoin de bois pour construire.

– Quand on construit. Descendez de vos grands chevaux une minute et écoutez, Scarlett. Je sais que rien ne vous intéresse au monde à moins que cela ne vous concerne directement, mais il y a eu un gros scandale financier à New York voici deux ou trois semaines. Un spéculateur du nom de Jay Cooke a mal calculé son coup et il a fait faillite. Il a entraîné dans sa chute sa compagnie de chemins de fer, la Northern Pacific. Ainsi qu'une poignée d'autres spéculateurs, des types qui avaient un lien avec sa compagnie ou avec d'autres de ses entreprises. En tombant, ils ont à leur tour entraîné beaucoup d'autres entreprises où ils étaient impliqués, en dehors de celles de Cooke. Et à leur tour les types qui travaillaient avec eux sont tombés, en entraînant d'autres dans leur chute. Un vrai château de cartes. A New York, on parle de « Panique ». Elle s'étend déjà. Je pense qu'elle touchera tout le pays avant de s'atténuer.

Scarlett fut prise de terreur.

– Et mon magasin ? Et mon argent ? Les banques sont-elles en sécurité ?

– La vôtre oui. J'y ai mon argent, moi aussi, alors j'ai vérifié. En fait, Atlanta ne devrait pas trop souffrir. Nous ne sommes pas une assez grande ville pour qu'on y traite de grosses affaires, et ce sont les gros qui tombent. Mais les affaires restent au point mort partout. Les

gens ont peur d'investir dans quoi que ce soit. Y compris dans le bâtiment. Si personne ne construit, personne n'a besoin de bois.

Scarlett fronça les sourcils.

— Alors Ashley ne gagnera rien avec sa scierie. Je comprends.
Mais, si personne n'investit, pourquoi sa maison s'est-elle vendue si
vite ? Il me semble qu'en cas de panique les prix de l'immobilier
doivent être les premiers à chuter.

— Comme une pierre, dit l'oncle Henry en souriant. Vous êtes
maligne, Scarlett. C'est pourquoi j'ai dit à Ashley de vendre tant qu'il
le pouvait. Atlanta n'a pas encore ressenti les effets de la panique,
mais cela ne devrait pas tarder. Nous n'avons fait que nous accroître
ces huit dernières années – plus de vingt mille habitants maintenant,
vous rendez-vous compte ? – mais pas de « boom » sans argent ! dit-il
en riant.

Scarlett rit aussi, bien qu'elle ne trouvât rien de drôle à un désastre
économique. Mais elle savait que les hommes aiment qu'on apprécie
leur esprit.

L'oncle Henry s'arrêta brusquement de rire, comme l'eau cesse de
couler d'un robinet qu'on ferme.

— Bien. Alors maintenant, Ashley vit avec sa sœur et sa tante, pour
de très bonnes raisons, et sur mon conseil. Et ça ne vous convient
pas.

— Non, monsieur. Cela ne me convient pas du tout. Il a une mine
terrible, et elles l'enfoncent. On dirait un mort vivant. Je lui ai parlé
avec fermeté pour tenter de le tirer de son état, mais je ne sais pas si
mes paroles ont porté leurs fruits. Même dans ce cas, je ne crois pas
que cela dure. Pas tant qu'il sera dans cette maison.

Elle considéra le regard sceptique d'oncle Henry. La colère lui fit
monter le rouge aux joues.

— Je me moque de ce que vous avez entendu dire et de ce que vous
pensez, oncle Henry. Je ne cours pas après Ashley. J'ai fait une promesse à Mélanie sur son lit de mort, et je dois prendre soin de lui et
de Beau. Je préférerais mille fois ne jamais m'être engagée ainsi,
mais je l'ai fait.

Cet éclat gêna Henry. Il n'aimait pas qu'on fasse étalage de ses
émotions, sutout les femmes.

— Scarlett, si vous vous mettez à pleurer, j'ordonne de vous jeter
dehors.

— Je ne vais pas pleurer. Je suis en colère. Je dois agir, et vous ne
m'aidez pas.

Henry Hamilton s'appuya au dossier de son fauteuil, joignit les
extrémités de ses doigts et posa ses avant-bras sur son ample estomac.
C'était sa posture d'avocat, et aujourd'hui il avait presque l'air d'un
juge.

– Vous êtes la dernière personne à pouvoir aider Ashley pour le moment, Scarlett. Je vous ai prévenue que j'allais vous dire quelques vérités, et en voici une : à tort ou à raison – et je me moque de savoir où est la vérité – on a beaucoup parlé d'Ashley et de vous, à une époque. Melly a pris votre parti, et la plupart des gens l'ont crue – attention! par amour pour elle, pas parce qu'ils vous appréciaient particulièrement. India avait de vous la pire opinion, et elle ne manquait jamais de le faire savoir. Elle a rassemblé sa petite bande de convaincues. Ce n'était pas une très jolie situation, mais les gens s'en sont accommodés, comme toujours. Les choses auraient pu continuer ainsi longtemps, même après la mort de Mélanie. Personne n'aime vraiment les perturbations ni les changements. Mais vous ne pouviez laisser les choses où elles en étaient. Oh, non! Il a fallu que vous vous donniez en spectacle devant la tombe même de Mélanie. Il a fallu que vous jetiez les bras autour de son mari, que vous l'écartiez de sa femme morte, de cette femme que bien des gens considéraient presque comme une sainte.

Henry leva une main.

– Je sais ce que vous allez dire, alors c'est inutile, Scarlett.

Il joignit de nouveau le bout de ses doigts.

– Ashley était sur le point de se jeter dans la tombe, reprit-il, peut-être même de se briser le cou. J'étais là. Je l'ai vu. Mais c'est sans importance. Pour une fille aussi intelligente, vous ne comprenez rien à notre monde. Si Ashley était tombé sur le cercueil, tout le monde aurait trouvé cela « touchant ». S'il s'était tué en le faisant, ils auraient été sincèrement désolés, mais il y a des règles gouvernant la peine. La société a besoin de règles, Scarlett, pour maintenir sa cohésion. Et vous avez transgressé ces règles. Vous avez fait une scène en public. Vous avez porté les mains sur un homme qui n'est pas votre mari. En public. Vous avez interrompu le rituel de l'enterrement, une cérémonie dont tout le monde connaît les règles. Vous êtes intervenue tandis qu'on rendait les derniers hommages à une sainte. Il n'y a pas une femme dans cette ville qui ne soit pas du côté d'India, maintenant. C'est-à-dire contre vous. Vous n'avez plus une amie, Scarlett. Et si vous approchez Ashley, vous ne pourrez que l'entraîner avec vous. Il sera déconsidéré.

Après un court silence, Henry continua :

– Les dames sont contre vous. Dieu vous vienne en aide, Scarlett, parce que je ne le peux pas. Quand des dames chrétiennes se mettent contre vous, il vaut mieux abandonner tout espoir de charité chrétienne et de pardon de leur part. Elles ignorent ces vertus. Et elles ne permettront à personne d'autre d'en faire preuve, à leurs maris moins qu'aux autres encore. Elles possèdent le corps et l'âme de leurs hommes. C'est pour ça que je me suis toujours tenu à l'écart de ce qu'on appelle à tort la « douceur féminine ». Je ne vous veux que du bien, Scarlett. Vous savez que j'ai toujours eu beaucoup d'affection pour vous. C'est pratiquement tout ce que je peux vous offrir, de bons vœux. Vous avez créé une situation impossible, et je ne sais pas comment vous pourriez la redresser.

Le vieil avocat se leva.

– Laissez Ashley où il est. Une gentille petite femme passera par là un de ces jours et l'enlèvera. Et elle prendra soin de lui. Laissez la maison de Pittypat comme elle est, y compris votre moitié. Et continuez à m'envoyer de l'argent pour payer les factures de son entretien, comme vous l'avez toujours fait. Cela devrait vous libérer de votre promesse à Mélanie. Venez, je vais vous raccompagner à votre voiture.

Scarlett lui prit le bras et accorda son pas au sien. Mais au fond d'elle-même, elle bouillait. Elle aurait dû savoir qu'elle ne pouvait attendre aucune aide d'oncle Henry.

Elle devait trouver seule si ce qu'avait dit Henry était vrai, s'il y avait une panique financière, et surtout si son argent était en sécurité.

CHAPITRE 6

« Panique », c'était le mot employé par Henry Hamilton. La crise financière qui était partie de Wall Street, à New York, s'étendait à toute l'Amérique. Scarlett était terrifiée à l'idée de perdre l'argent qu'elle avait gagné et économisé. A peine sortie du cabinet du vieil avocat, elle se rendit à sa banque. Elle tremblait intérieurement quand elle parvint au bureau du directeur.

— J'apprécie l'intérêt que vous nous portez, madame Butler, dit-il.

Mais Scarlett voyait bien que ce n'était pas vrai. Il n'appréciait pas du tout qu'elle mette en doute la solvabilité des banques, et en particulier celle de la banque qu'il dirigeait. Plus il parlait, plus il se voulait rassurant, et moins Scarlett le croyait.

Puis, par inadvertance, il apaisa toutes ses craintes.

— Voyez-vous, non seulement nous allons verser des intérêts à nos actionnaires, mais nous allons même leur en verser un peu plus qu'à l'ordinaire, dit-il en la regardant du coin de l'œil. Je ne l'ai su moi-même que ce matin, ajouta-t-il avec une colère mal contenue. Et j'aimerais bien savoir ce qui a décidé votre mari à augmenter le nombre de ses actions il y a un mois.

Scarlett eut l'impression qu'elle flottait au-dessus de son fauteuil tant elle était soulagée. Si Rhett achetait des actions de cette banque, elle devait être la plus sûre d'Amérique. Il gagnait toujours de l'argent quand le reste du monde tombait en pièces. Elle ne savait pas comment il s'était renseigné sur la situation de la banque, mais elle n'en avait cure. Il lui suffisait de savoir que Rhett avait confiance en cet établissement.

— C'est qu'il a une adorable boule de cristal, dit-elle avec un petit rire d'écervelée qui rendit le directeur de la banque encore plus furieux.

Elle avait l'impression d'être ivre.

Mais elle n'avait pas perdu la tête au point d'oublier de convertir en or tout l'argent liquide de son coffre. Elle revoyait encore les titres de la Confédération, si joliment décorés, dans lesquels son père avait placé toute sa fortune. Elle n'avait aucune confiance dans le papier.

En quittant la banque, elle s'arrêta sur les marches du perron pour savourer le chaud soleil d'automne et le spectacle de la foule fébrile dans les rues du quartier des affaires. Regardez un peu tous ces gens qui se bousculent ! Ils sont pressés parce qu'il y a de l'argent à gagner, pas parce qu'ils ont peur. L'oncle Henry est fou comme un lièvre. Il n'y a pas la moindre panique.

Sa prochaine étape fut pour son magasin. GRAND MAGASIN KENNEDY, annonçaient les lettres dorées qui s'étalaient sur toute la façade de l'immeuble. Voilà ce qu'elle avait hérité de son bref mariage avec Frank Kennedy. Ça et Ella. Le plaisir qu'elle trouvait dans le magasin compensait largement les déceptions suscitées par l'enfant. La vitrine était rutilante et on y découvrait un nombre satisfaisant de marchandises : n'importe quoi, depuis de splendides haches neuves jusqu'aux épingles de couturière. Il faudrait pourtant qu'elle fasse retirer de là ces rouleaux de calicot : ils allaient être brûlés par le soleil en un rien de temps et il faudrait les solder. Scarlett entra en coup de vent, prête à écharper Willie Kershaw, son premier commis.

Mais finalement, elle ne trouva guère d'occasion de le prendre en défaut. Le calicot de la vitrine était arrivé endommagé par de l'eau pendant le transport et il était déjà soldé. La filature avait accepté de le laisser au tiers de son prix à cause de cet accident. Kershaw avait même commandé de quoi regarnir les réserves, sans qu'on ait à le lui dire, et le lourd coffre de fonte au fond du bureau contenait de jolies piles de billets verts cerclées de bracelets et des sacs de pièces bien triées – la recette de la veille.

– J'ai payé les vendeurs, madame Butler, dit Kershaw en s'agitant nerveusement. J'espère que j'ai bien fait. J'ai tout noté sur la feuille du samedi. Les garçons ont dit qu'ils ne s'en sortiraient pas sans leur salaire de la semaine. Cependant, je n'ai pas pris le mien, puisque je ne savais pas ce que vous vouliez que je fasse, mais je vous serais très reconnaissant si vous pouviez...

– Naturellement, Willie, dit Scarlett avec un gracieux sourire. Dès que j'aurai vérifié les comptes.

Kershaw s'était beaucoup mieux débrouillé qu'elle ne s'y attendait, mais cela ne signifiait pas qu'elle l'autorisait à la prendre pour une idiote. Quand elle eut vérifié les comptes et le coffre au centime près, elle préleva les douze dollars et soixante-quinze cents qu'elle lui devait pour ses trois semaines de travail. Elle décida qu'elle ajouterait un dollar à la paye du lendemain pour la semaine qui se terminait. Il méritait une prime pour avoir si bien conduit le magasin en son absence.

Elle prévoyait aussi de lui demander un surcroît de travail.

– Willie, lui dit-elle en privé, je voudrais que vous ouvriez un compte à crédit.

Les yeux déjà protubérants de Kershaw semblèrent lui sortir des orbites. On n'avait plus jamais accordé de crédit au magasin depuis que Scarlett en avait pris la direction. Il écouta consciencieusement ses instructions. Quand elle lui fit jurer qu'il ne dirait rien à âme qui vive de cette nouvelle disposition, il jura la main sur le cœur. Il savait qu'il avait intérêt à respecter son serment, car sinon Mme Butler le saurait. Il était persuadé que Scarlett avait des yeux derrière la tête et pouvait lire les pensées des gens. De toute façon, ça ne faisait aucune différence. Personne ne le croirait s'il le disait.

Après avoir quitté le magasin, Scarlett rentra déjeuner chez elle. Elle commença par se laver le visage et les mains, et entreprit de parcourir la pile de journaux. On rendait compte des funérailles de Mélanie exactement comme elle s'y attendait : avec le minimum de mots; on donnait le nom de Mélanie, son lieu de naissance et la date de sa mort. Le nom d'une dame ne pouvait apparaître que trois fois dans la presse : à sa naissance, pour son mariage et à sa mort. Et toujours sans aucun détail. Scarlett avait rédigé elle-même l'entrefilet, y ajoutant les quelques lignes que lui paraissait mériter la circonstance, où elle disait combien il était tragique que Mélanie soit morte si jeune et combien elle manquerait à sa famille en deuil et à tous ses amis d'Atlanta. Elle songea avec irritation qu'India avait dû ôter cette page du journal avant qu'Ashley n'ait pu la lire. Si la maison d'Ashley était entre les mains de n'importe qui d'autre qu'India, la vie serait tellement plus facile!

Quand elle se mit à lire le numéro suivant du journal, Scarlett sentit immédiatement ses mains devenir moites de peur. Elle parcourut le suivant, puis le suivant, et le suivant, tournant rapidement les pages, de plus en plus alarmée.

– Laisse-le sur la table, dit-elle lorsque la servante annonça que le déjeuner était servi.

Quand elle se mit à table, le blanc de poulet était pris dans la gelée, mais cela n'avait pas d'importance. Elle était trop inquiète pour manger. Oncle Henry avait raison. Il y avait bien une panique, et à juste titre. Le monde des affaires connaissait une agitation désespérée, ponctuée de faillites. La bourse de New York avait été fermée dix jours après ce que les journalistes appelaient le « vendredi noir », ce jour où les cours s'étaient effondrés parce que tout le monde voulait vendre et que personne n'achetait. Dans les grandes villes, les banques fermaient leurs portes pour éconduire les clients qui voulaient retirer leur argent – leur argent qui s'était envolé, investi par les banquiers dans des actions « sûres » qui ne valaient presque plus rien. Dans les zones industrielles, les usines fermaient au rythme d'une par jour, ou presque, laissant des milliers d'ouvriers sans travail et sans argent.

Oncle Henry a dit que cela ne pouvait pas arriver à Atlanta, se répétait Scarlett comme une litanie. Mais elle dut se retenir d'aller à la banque pour rapporter à la maison ce que son coffre contenait d'or. Elle l'aurait fait si Rhett n'avait pas acheté récemment des actions de la banque.

Elle pensa à la sortie qu'elle avait prévue pour l'après-midi, souhaita avec ferveur que cette idée ne lui eût jamais traversé l'esprit, mais décida qu'il fallait qu'elle exécute son projet. Même – ou plutôt surtout – si la panique gagnait le pays.

Peut-être devrait-elle prendre un petit verre de brandy pour calmer les cris de son estomac ? La carafe était juste là, sur l'étagère. L'alcool calmerait ses nerfs qui lui semblaient prêts à jaillir de sa peau... Non – on pourrait le sentir à son haleine, même si elle mangeait ensuite du persil ou des feuilles de menthe. Elle inspira profondément et se leva de table.

– File à l'écurie et préviens Elias que je sors, dit-elle à la servante accourue dès qu'elle eut sonné.

On ne répondit pas quand elle sonna à la porte de tante Pittypat. Scarlett était certaine qu'elle avait vu un des rideaux de dentelle de l'entrée s'écarter de la fenêtre. Elle sonna de nouveau. Derrière la porte, elle entendit le tintement de la cloche et un bruit étouffé; quelqu'un avait bougé. Elle sonna encore. Un complet silence régna quand la cloche se fut tue. Scarlett compta jusqu'à vingt. Un buggy tiré par un cheval passa dans la rue derrière elle.

Si on me voit ici, devant cette porte qui refuse de s'ouvrir, je ne pourrai plus jamais regarder personne en face sans mourir de honte, se dit-elle. Elle sentit le feu lui monter aux joues. Oncle Henry avait raison sur toute la ligne. On ne la recevait plus. Toute sa vie, elle avait entendu parler de gens tellement scandaleux qu'aucune personne convenable ne leur ouvrait plus sa porte, mais même au plus fort de ses délires, son imagination ne lui avait jamais fait entrevoir que cela pourrait lui arriver à elle, Scarlett O'Hara, fille d'Ellen Robillard, elle-même fille des Robillard de Savannah. Cela ne pouvait lui arriver.

Et en plus, je viens pour faire le bien! songea-t-elle. En elle, la douleur le disputait à la stupéfaction. Ses yeux la brûlèrent, prélude à des larmes. C'est alors que, comme cela arrivait souvent, elle fut submergée par une vague de colère et d'indignation. Bon sang, la moitié de cette maison lui appartenait! Comment osait-on refuser de lui ouvrir?

Elle frappa du poing le panneau de bois et secoua la poignée, mais la porte était bien fermée.

— Je sais que tu es là, India Wilkes, cria Scarlett dans le trou de la serrure.

Voilà! J'espère qu'elle avait l'oreille collée de l'autre côté et que ça l'a rendue sourde.

— Je suis venue te parler, India, et je ne partirai pas avant de l'avoir fait. Je vais m'asseoir sur les marches du porche jusqu'à ce que tu ouvres cette porte, ou jusqu'à ce qu'Ashley arrive avec sa clé. A toi de choisir.

Scarlett se retourna et rassembla la traîne de sa jupe. Elle n'avait pas fait un pas qu'elle entendait le cliquetis de la serrure et le grincement des gonds.

— Pour l'amour de Dieu, entre, grogna India. Tu veux que tout le quartier soit au courant?

Scarlett lui jeta un regard glacial par-dessus son épaule.

— Peut-être devrais-tu sortir et t'asseoir sur les marches avec moi, India. Un clochard aveugle pourrait tituber jusqu'ici et t'épouser en échange du gîte et du couvert.

Elle n'avait pas fini ces mots qu'elle souhaitait déjà s'être mordu la langue plutôt que les avoir prononcés. Elle n'était pas venue se bagarrer avec India. Mais la sœur d'Ashley lui avait toujours fait l'effet d'une écharde sous une selle, et l'humiliation de la porte close l'avait poussée à bout.

India allait refermer la porte et Scarlett bondit pour l'en empêcher.

— Excuse-moi, dit-elle entre ses dents.

Les regards furieux des deux femmes semblaient rivés l'un à l'autre. India finit par céder.

Rhett aurait adoré cette situation! se dit soudain Scarlett. Aux beaux jours de leur mariage, elle lui racontait toujours ses triomphes dans les affaires et dans le petit monde social d'Atlanta. Ces récits déclenchaient chez lui un rire aussi puissant que prolongé et il l'appelait alors sa « source infinie de délices ». Peut-être rirait-il à nouveau si elle lui racontait comment India soufflait, tel un dragon forcé de reculer.

— Qu'est-ce que tu veux? demanda India d'une voix glaciale alors même qu'elle tremblait de rage.

— Comme c'est gentil de ta part de m'inviter à prendre une tasse de thé au salon, dit Scarlett de sa voix la plus mondaine. Mais je viens de déjeuner.

En réalité, elle avait grand faim, maintenant. Le piquant de la bataille avait fait reculer son sentiment de panique. Elle espérait que son estomac ne ferait pas de bruit. Elle le sentait aussi vide qu'un puits à sec.

India se plaça le dos contre la porte du salon.

— Tante Pitty se repose, déclara-t-elle.

Dis plutôt qu'elle a ses vapeurs, pensa Scarlett. Mais cette fois elle tint sa langue. Elle n'en voulait pas à Pittypat. De plus, elle avait intérêt à dire vite ce pourquoi elle était venue. Elle voulait être repartie avant qu'Ashley ne rentre.

— Je ne sais pas si tu es au courant, India, mais Melly m'a demandé sur son lit de mort de promettre que je prendrais soin de Beau et d'Ashley.

Le corps d'India fut secoué d'un spasme comme s'il avait reçu une balle.

— Ne dis rien, ordonna Scarlett, parce qu'aucune de tes paroles n'aura le moindre poids comparée aux dernières volontés de Melly.

— Tu perdrais le nom d'Ashley comme tu as perdu le tien. Je ne te laisserai pas lui tourner autour et nous couvrir tous d'opprobre.

— La dernière chose que je veuille faire sur cette terre, India Wilkes, c'est de passer dans cette maison une minute de plus qu'il n'est absolument indispensable. Je suis venue te dire que j'ai pris des dispositions au magasin pour que tu puisses y aller chercher tout ce dont tu as besoin.

— Les Wilkes n'acceptent pas la charité, Scarlett.

— Pauvre idiote! Je ne parle pas de charité. Je parle de ma promesse à Mélanie. Tu n'as pas la moindre idée de la vitesse à laquelle un enfant de l'âge de Beau troue ses pantalons et change de taille de chaussures. Ni de ce que cela coûte. Veux-tu qu'Ashley soit écrasé par ce genre de petits soucis alors qu'il a déjà le cœur brisé par des problèmes beaucoup plus graves? Veux-tu que Beau soit la risée de ses camarades de classe? Je sais exactement ce que touche tante Pitty. J'ai vécu ici, tu sais. Ça suffit à peine pour oncle Peter et la voiture, pour un minimum de nourriture et pour acheter ses sels. Et puis il arrive cette petite chose qu'on appelle la « Panique ». La moitié des entreprises du pays ferment. Il est vraisemblable qu'Ashley va gagner encore moins d'argent que d'habitude. Si je peux ravaler ma fierté et cogner à la porte comme une folle, tu peux ravaler la tienne et prendre ce que je donne. Tu n'as aucun droit de refuser, parce que ce n'est pas pour toi : je te laisserais crever sans un regard. Je parle de

Beau. Et d'Ashley. Et de Melly, parce que je lui ai promis d'accéder à son souhait : « Veille sur Ashley, Scarlett... mais... qu'il ne le sache jamais », m'a-t-elle dit. Je ne peux l'aider sans qu'il le sache si tu ne m'aides pas, India.

— Et qu'est-ce qui me prouve que c'est bien ce que Mélanie a dit ?

— Ma parole, et elle vaut de l'or. Quoi que tu penses de moi, India, tu ne trouveras jamais personne pour dire que je n'ai pas honoré une promesse ou que je me suis parjurée.

India hésita, et Scarlett sut qu'elle avait gagné.

— Tu n'as pas besoin d'aller en personne au magasin. Tu peux y faire porter une liste par quelqu'un d'autre.

— Alors seulement pour les vêtements d'école de Beau, grogna India après avoir inspiré profondément.

Scarlett se retint de sourire. Elle ne doutait pas qu'une fois qu'India aurait éprouvé le plaisir d'obtenir tout ce qu'elle voulait gratuitement, elle en profiterait.

— Eh bien, bonsoir, India. M. Kershaw, le premier commis, est le seul à connaître notre arrangement, et il n'en soufflera mot à personne. Mets son nom sur l'enveloppe contenant ta liste, et il s'occupera de tout.

Dès qu'elle s'assit dans sa voiture, Scarlett entendit son estomac gronder. Elle eut un immense sourire : Dieu merci, ce n'était pas arrivé plus tôt!

De retour chez elle, elle demanda à la cuisinière de lui réchauffer son déjeuner et de le lui resservir. En attendant qu'on l'appelle à table, elle lut les autres pages des journaux, évitant tous les articles concernant la Panique. Une colonne en particulier la fascinait, alors qu'elle ne l'avait jamais lue auparavant : on y rapportait les nouvelles et les rumeurs de Charleston, et elle risquait d'y apprendre quelque chose sur Rhett ou sur sa mère, sa sœur ou son frère.

Leurs noms n'y figuraient finalement pas, mais Scarlett ne s'était pas vraiment attendue à les y trouver. Le fait qu'elle se soit informée sur sa ville natale et sur ses compatriotes serait pour Rhett une preuve qu'elle l'aimait, quoi qu'il en dise, et, si quoi que ce soit de passionnant se passait à Charleston, elle l'apprendrait de lui à sa prochaine visite à la maison. Mais quelle serait la fréquence de ses visites? « Assez souvent pour imposer silence aux mauvaises langues » — qu'est-ce que cela voulait dire?

Cette nuit-là, Scarlett ne parvint pas à trouver le sommeil. Chaque fois qu'elle fermait les yeux, elle voyait la large porte d'entrée de la maison de tante Pitty close et verrouillée, et elle dehors. C'était le fait d'India. Oncle Henry ne pouvait avoir raison quand il disait que toutes les portes d'Atlanta lui seraient fermées elles aussi...

Mais elle n'avait pas cru qu'il eût raison non plus pour la Panique. Jusqu'à ce qu'elle ait lu les journaux. Alors, elle avait découvert que la situation était pire encore qu'il ne l'avait laissé entendre.

Les insomnies lui étaient familières, et elle avait appris bien des années plus tôt que deux ou trois verres de brandy la calmaient et l'aidaient à dormir. Elle descendit en silence au rez-de-chaussée et gagna la salle à manger. La carafe de cristal taillé renvoya en un arc-en-ciel la lumière de la lampe qu'elle tenait.

Le lendemain matin, elle dormit plus tard que d'habitude, non pas à cause du brandy, mais parce que, même avec son aide, elle n'avait réussi à s'endormir que juste avant l'aube. Elle ne pouvait cesser de s'inquiéter à propos de ce qu'avait dit oncle Henry.

Sur le chemin du magasin, elle fit halte à la pâtisserie de Mme Merriwether. La vendeuse fit comme si elle ne la voyait pas et n'entendait pas ce qu'elle demandait.

Elle m'a traitée comme si je n'existais même pas! se dit-elle avec horreur. En traversant le trottoir pour regagner sa voiture, elle vit Mme Elsing et sa fille qui arrivaient à pied. Scarlett s'arrêta, prête à sourire et dire bonjour. Les deux dames Elsing se figèrent sur place en l'apercevant et, sans un mot ni un regard, se détournèrent et s'éloignèrent. Scarlett resta un instant paralysée. Puis elle se précipita dans sa voiture et dissimula son visage dans le coin sombre de l'habitacle. Pendant quelques abominables secondes, elle crut qu'elle allait être malade.

Quand Elias parvint devant le magasin, Scarlett ne quitta pas l'abri du véhicule et envoya le cocher porter les enveloppes pour la paye du jour. Si elle sortait, elle risquait de voir quelqu'un qui la connaissait, quelqu'un qui lui battrait froid, et elle ne pouvait même pas en supporter l'idée.

Tout cela ne peut qu'être l'œuvre d'India Wilkes. Et après que je me suis montrée si généreuse avec elle! Je ne la laisserai pas s'en sortir comme ça, certainement pas. Personne ne peut me traiter de cette façon et s'en tirer à si bon compte!

– A la scierie! ordonna-t-elle à Elias quand il revint.

Elle allait le dire à Ashley. Il faudrait bien qu'il fasse quelque chose pour arrêter la diffusion du poison instillé par India. Ashley ne cautionnerait pas sa sœur, il la forcerait à se conduire convenablement, et toutes ses amies avec elle.

En arrivant à la scierie, elle eut l'impression que son cœur déjà lourd tombait dans un gouffre. La cour était trop pleine. Le soleil d'automne éclairait des piles et des piles de planches de pin doré à la douce odeur de résine. Nul chariot à l'horizon, personne pour effectuer un chargement. Pas un acheteur.

Scarlett eut envie de pleurer. Oncle Henry avait dit que cela arriverait, mais elle n'avait jamais pensé que cela puisse être aussi terrible. Comment se faisait-il que personne ne veuille d'aussi belles planches? Elle prit une profonde inspiration. Le pin fraîchement coupé exhalait pour elle le plus doux des parfums. Oh, comme la scierie lui manquait! Elle ne comprendrait jamais comment elle avait laissé Rhett la convaincre de la vendre à Ashley. Si elle s'en occupait encore, jamais l'entreprise ne serait tombée si bas. Elle se serait débrouillée pour vendre le bois, à n'importe qui. Elle écarta dans l'instant la panique qui avait effleuré son esprit. Tout allait très mal, mais elle ne devait pas agresser Ashley. Elle avait besoin de son aide.

– La cour est merveilleuse! dit-elle gaiement. La scierie doit tourner jour et nuit pour garder les réserves à un tel niveau, Ashley!

Il leva les yeux des livres de comptes posés sur son bureau, et Scarlett comprit que rien au monde ne pourrait lui remonter le moral. Il ne semblait pas en meilleur état que lorsqu'elle était allée lui parler.

Il se leva, tenta de sourire. Sa courtoisie innée était plus forte que son épuisement, mais son désespoir dominait tout.

Je ne peux rien lui dire sur India, songea Scarlett, ni d'ailleurs sur les affaires. Il a juste assez de forces pour penser à respirer. On dirait que seuls ses vêtements l'empêchent de tomber en morceaux.

– Scarlett, ma chère, comme c'est gentil à vous de venir ici. Vous voulez vous asseoir?

« Gentil », est-ce le mot? Par tous les saints! La voix d'Ashley rappelle une boîte à musique qu'on aurait remontée pour qu'elle dise des politesses. Non, pas vraiment. On dirait qu'il ne sait pas ce qui sort de sa bouche; oui, c'est plus proche de la vérité. Que lui importe que je risque ce qui me reste de réputation en venant jusqu'ici sans chaperon? Il se moque de tout ce qui le concerne – n'importe qui s'en rendrait compte –, alors pourquoi s'inquiéterait-il de moi? Je n'arriverai jamais à m'asseoir et à subir une conversation polie, je ne le supporterai pas. Mais il le faut.

– Merci, Ashley, dit-elle en acceptant la chaise qu'il lui offrait.

Elle allait se forcer à rester là un quart d'heure, à égrener des remarques vides et enjouées sur le temps qu'il fait, des anecdotes amusantes sur son séjour à Tara. Elle ne pouvait lui parler de Mama, de crainte de le bouleverser plus encore. Mais le retour de Tony était une bonne nouvelle, et constituerait peut-être un sujet de conversation.

– Je suis allée à Tara..., commença-t-elle.

– Pourquoi m'avez-vous arrêté, Scarlett ? demanda Ashley.

Sa voix monocorde, sans vie, n'avait pas même eu l'intonation d'une question. Scarlett ne trouva rien à répondre.

– Pourquoi m'avez-vous arrêté ? demanda-t-il de nouveau.

Cette fois, l'émotion faisait vibrer les mots – la colère, la trahison, la douleur.

– Je voulais être dans une tombe. N'importe quelle tombe, pas seulement celle de Mélanie. Je ne suis plus bon qu'à ça... Non, taisez-vous, quoi que vous vous apprêtiez à dire, Scarlett. J'ai été réconforté et encouragé par tant de gens bien intentionnés que j'ai tout entendu plus de cent fois. J'attends mieux de vous que les platitudes habituelles. Je vous serais reconnaissant de me dire ce que vous devez penser – que je laisse mon entreprise de bois dépérir, cette scierie dans laquelle vous aviez investi tout votre cœur. Je suis un misérable raté, Scarlett. Vous le savez. Je le sais. Le monde entier le sait. Pourquoi devons-nous tous faire comme si ce n'était pas le cas ? Pourquoi ne me condamnez-vous pas ? Vous ne pourrez jamais trouver de mots plus durs que ceux que je me dis, et vous ne risquez pas de « froisser mes sentiments ». Seigneur, que je hais cette expression ! Comme s'il me restait des sentiments à froisser. Comme si je pouvais sentir quoi que ce soit.

Ashley hocha la tête, lentement, lourdement. On aurait dit un animal blessé à mort par un prédateur. Un sanglot déchirant sortit de sa gorge et il se détourna.

– Pardonnez-moi, Scarlett, je vous en supplie. Je n'avais pas le droit de vous accabler de mes soucis. Désormais, je dois ajouter la honte de ces paroles à toutes mes autres hontes. Ayez pitié, chère amie, et laissez-moi. Je vous serais reconnaissant de partir maintenant.

Scarlett s'enfuit sans un mot.

Plus tard, elle s'assit à son bureau, tous ses actes de propriété empilés devant elle. Tenir la promesse faite à Melly serait encore plus dur qu'elle ne l'avait cru. Les vêtements et tout le nécessaire pour la maison ne suffiraient pas.

Ashley ne lèverait pas le petit doigt pour s'en sortir. Il allait falloir qu'elle le tire de l'ornière, qu'il coopère ou non. Elle avait promis à Mélanie.

Et elle ne supportait pas l'idée que cette affaire qu'elle avait créée s'effondre à présent.

Scarlett dressa la liste de ses biens.

Le magasin – immeuble et fonds de commerce. Il produisait près de cent dollars par mois de bénéfices, mais cette somme ne tarderait pas à baisser quand la Panique atteindrait Atlanta et que les gens n'auraient plus d'argent à dépenser. Elle nota de commander davantage de denrées à bon marché et de cesser le réapprovisionnement en marchandises de luxe, telles que les larges rubans de velours.

Le saloon près de la gare. Elle n'en était pas vraiment la patronne, elle se contentait de louer le terrain et le bâtiment pour trente dollars par mois à celui qui exploitait la maison. Les gens ont tendance à boire plus encore que d'ordinaire quand les temps sont durs – peut-être devrait-elle augmenter le loyer. Mais quelques dollars de plus par mois ne suffiraient pas à redresser l'entreprise d'Ashley. Elle avait besoin d'une vraie grosse somme.

L'or de son coffre. Voilà qui représentait une grosse somme : plus de vingt-cinq mille dollars! Elle était une femme vraiment riche aux yeux de la plupart des gens. Mais pas aux siens. Elle ne se sentait toujours pas en sécurité.

Je pourrais racheter l'entreprise à Ashley, se dit-elle et, pendant un moment, son esprit bourdonna d'excitation tandis qu'elle étudiait toutes les possibilités qui s'offriraient. Puis elle soupira. Cela ne résoudrait rien. Ashley était tellement borné qu'il insisterait pour la lui vendre au prix du marché, c'est-à-dire presque rien. Par la suite, quand elle aurait redressé la barre, il se sentirait encore plus incapable que jamais. Non, même si elle rêvait de remettre la main sur le stock de bois et la scierie, il fallait qu'Ashley se tire d'affaire lui-même.

Je n'arrive pas à croire qu'il n'y ait pas de marché pour le bois. Panique ou pas, les gens doivent bien construire quelque chose, ne serait-ce que des abris pour les vaches ou les chevaux!

Scarlett fouilla dans la pile de papiers. Elle avait une idée.

Voilà. Le terrain cultivé que Charles Hamilton lui avait laissé. Les fermes ne rapportaient pratiquement rien. A quoi lui servaient quelques paniers de blé et une misérable balle de coton de mauvaise qualité? Ce genre de culture gâchait de la bonne terre, à moins que l'on n'ait des milliers d'hectares et une douzaine de bons fermiers. Mais ces vingt hectares se retrouvaient juste en bordure d'Atlanta, maintenant, au rythme où la ville avait grandi. Si elle pouvait engager un bon entrepreneur – et ils devaient tous avoir un besoin urgent de travail –, elle pourait construire une centaine de bicoques, peut-être deux cents. Tous ceux qui allaient perdre de l'argent devraient se serrer la ceinture, et leurs grandes maisons seraient la première chose à laquelle il leur faudrait renoncer – et ils seraient contraints à trouver un lieu abordable où vivre.

Je ne gagnerai pas d'argent, mais au moins je n'en perdrai guère. Et j'exigerai que l'entrepreneur n'utilise que du bois provenant de chez Ashley, et le meilleur, encore! Il gagnera de l'argent, pas une fortune, mais de bons revenus réguliers. Je pourrai certainement m'arranger pour qu'il ne sache jamais que c'est grâce à moi. Il suffit que je trouve un entrepreneur qui sache se taire. Et qui ne soit pas trop voleur.

Le lendemain, Scarlett se rendit sur son terrain pour signifier leur expulsion à ses fermiers.

CHAPITRE 7

– Oh oui, madame Butler, j'ai bien besoin de travail, dit Joe Colleton.

L'entrepreneur était un petit homme mince d'une quarantaine d'années. Il semblait beaucoup plus vieux à cause de ses épais cheveux blancs et de son visage parcheminé par de longues expositions au soleil et aux intempéries. Il fronça les sourcils et les rides de son front projetèrent une ombre sur ses yeux bruns.

– J'ai besoin de travailler, mais pas au point de travailler pour vous.

Scarlett faillit faire demi-tour et partir; rien ne la forçait à essuyer les insultes d'un pauvre Blanc parvenu. Mais elle avait besoin de Colleton, le seul entrepreneur foncièrement honnête d'Atlanta (elle l'avait compris à l'époque où elle vendait du bois à tous ses confrères de la région pendant les années de croissance et de reconstruction qui avaient suivi la guerre). Elle eut envie de taper du pied. C'était la faute de Melly. Si seulement elle n'avait pas imposé cette condition idiote qu'Ashley ne devait pas savoir qu'elle l'aidait, elle aurait pu employer n'importe quel entrepreneur parce qu'elle l'aurait surveillé comme un oiseau de proie, contrôlant en personne chaque étape du travail. Et elle aurait adoré cela.

Mais il ne fallait pas qu'elle semble y avoir la moindre part. Et dans ces conditions elle ne pouvait faire confiance qu'à Colleton. Il fallait qu'il accepte ce travail, il fallait qu'elle l'amène à accepter. Elle posa sa petite main sur son bras, sa main si délicate dans son petit gant serré d'enfant.

– Monsieur Colleton, vous me briserez le cœur si vous me dites non. J'ai besoin pour m'aider d'une personne très spéciale.

Elle le regarda de ses yeux cajoleurs et désemparés. Dommage qu'il n'ait pas été plus grand. Il était difficile de jouer la petite femme frêle et vulnérable face à un homme de la même taille qu'elle. Pourtant, ces petits coqs se montraient souvent les plus protecteurs auprès des femmes.

— Je ne sais pas ce que je ferai si vous refusez, ajouta-t-elle.

— Madame Butler, répondit Colleton dont le bras se raidit, vous m'avez vendu du bois vert une fois, alors que vous m'aviez assuré qu'il était vieux. Je ne refais jamais d'affaires avec quelqu'un qui m'a trompé.

— Mais c'était certainement une erreur. J'étais novice à l'époque! Je commençais tout juste à apprendre le métier. Vous souvenez-vous combien les temps étaient durs? Les Yankees n'arrêtaient pas de nous souffler dans le cou. Je passais mon temps à trembler de peur.

Ses yeux s'emplirent de larmes qui ne coulèrent pas et ses lèvres légèrement maquillées tremblèrent. Elle paraissait vraiment perdue.

— Mon mari, M. Kennedy, a été tué quand les Yankees ont découvert une réunion du Klan.

Le regard direct de Colleton la déconcertait. Les yeux de l'homme étaient au même niveau que les siens, et ils semblaient de marbre. Scarlett retira sa main de sa manche. Qu'allait-elle faire? Elle ne pouvait échouer, pas pour ça. Il fallait qu'il accepte ce travail.

— J'ai fait une promesse à ma meilleure amie sur son lit de mort, monsieur Colleton, dit-elle en pleurant vraiment cette fois. Mme Wilkes m'a demandé de l'aider, et maintenant, je vous demande de m'aider.

Toute l'histoire sortit de sa bouche en désordre — la façon dont Mélanie avait toujours protégé Ashley, l'incapacité totale d'Ashley à mener des affaires, l'élan avec lequel il avait tenté de se jeter dans la tombe de sa femme, les piles de bois invendu, la nécessité du secret...

Colleton leva la main pour l'interrompre.

— D'accord, madame Butler. Si c'est pour Mme Wilkes, je ferai le travail, dit-il en abaissant la main et en la lui tendant. Scellons notre accord. Vous aurez les maisons les mieux construites, et avec les meilleurs matériaux.

— Merci, dit Scarlett en mettant sa main dans celle de l'homme.

Elle avait l'impression de vivre le plus grand triomphe de sa vie.

Ce n'est que quelques heures plus tard qu'elle se souvint qu'elle n'avait pas eu l'intention d'utiliser les meilleurs matériaux mais seulement le meilleur bois. Ces sales bicoques allaient lui coûter une fortune — qu'elle devrait prendre sur son propre argent, si durement gagné. Et, en outre, jamais personne ne lui saurait gré d'avoir ainsi aidé Ashley. Tout le monde continuerait à lui claquer les portes au nez.

Pas vraiment tout le monde. J'ai un tas d'amis personnels, songea-t-elle, qui sont beaucoup plus drôles que les collet monté de la vieille bourgeoisie d'Atlanta.

Scarlett rangea le plan schématique que Joe Colleton avait dessiné sur un sac en papier pour qu'elle l'étudie et l'approuve. L'estimation du coût de la construction l'intéresserait bien davantage. A quoi bon savoir de quoi les maisons auraient l'air et l'endroit où placer les escaliers?

Elle prit son répertoire à couverture de velours dans le tiroir et entreprit de dresser une liste. Elle allait donner une réception. Une grande réception, avec des musiciens et des flots de champagne pour agrémenter les mets les plus fins et les plus chers, qui seraient servis à profusion. Maintenant qu'elle n'était plus en grand deuil, il était temps de faire savoir à ses amis qu'ils pouvaient la convier à leurs réceptions, et le meilleur moyen était qu'elle les invite d'abord en organisant une soirée.

Elle passa rapidement sur les noms des vieilles familles d'Atlanta. Ils pensent tous que je devrais porter le grand deuil pour Melly, inutile de les inviter. Et inutile de me couvrir de crêpe. Elle n'était pas ma sœur, seulement ma belle-sœur, et je ne suis même pas sûre que cela compte puisque Charles Hamilton était mon premier mari et qu'il y en a eu deux autres depuis.

Les épaules de Scarlett se voûtèrent. Charles Hamilton n'avait rien à voir avec tout cela, ni le fait de porter ou non du crêpe, d'ailleurs. Elle portait le deuil de Mélanie de la manière la plus authentique : un poids perpétuel qui lui pesait sur le cœur. Comme elle lui manquait, cette amie douce et aimante, qui avait été tellement plus importante qu'elle ne l'avait cru. Le monde était plus froid et plus sombre, sans Mélanie. Et si désert. Scarlett n'était revenue de la campagne que depuis trois jours, mais les nuits lui avaient assez révélé sa solitude pour qu'elle la ressente au plus profond de son cœur.

A Mélanie, elle aurait pu dire que Rhett l'avait quittée. Mélanie était la seule personne à qui elle aurait pu confier une chose aussi honteuse. Et Melly lui aurait dit ce qu'elle avait besoin d'entendre : « Bien sûr qu'il va revenir, ma chérie, il t'aime tant! » Juste avant sa mort, c'est exactement ce qu'elle avait dit : « Le capitaine Butler... sois bonne pour lui. Il... t'aime tant. »

A la simple évocation des paroles de Mélanie, Scarlett se sentit mieux. Si Melly avait dit que Rhett l'aimait, alors c'était la vérité, et pas seulement un souhait. Scarlett secoua sa mélancolie et se redressa. Sa solitude n'était pas du tout une fatalité et, si le vieil Atlanta ne lui parlait plus jamais, tant pis. Elle avait une foule d'amis. La preuve : sa liste d'invités couvrait déjà deux pages, et elle n'en était qu'à la lettre G de son répertoire.

Scarlett avait prévu de convier la horde des profiteurs les plus tapageurs et les plus riches qui s'étaient abattus sur la Géorgie à l'époque du gouvernement de la Reconstruction. Beaucoup des membres du groupe d'origine étaient partis quand le gouvernement avait été renversé en 1871, mais beaucoup aussi étaient restés pour jouir de leurs grandes maisons et des énormes fortunes qu'ils avaient constituées en rongeant les os de la Confédération morte. Ils n'avaient plus aucune envie de rentrer chez eux. Il valait mieux qu'ils oublient leurs origines.

Rhett les avait toujours méprisés. Il les traitait de crapules et quittait la maison quand Scarlett donnait ses fêtes grandioses. Elle trouvait qu'il était bête, et le lui disait :

— Les gens riches sont tellement plus drôles que les pauvres. Leurs vêtements, leurs voitures, leurs bijoux sont plus beaux, et ils servent les meilleurs mets et les meilleures boissons quand ils vous invitent.

Mais rien de ce que ces amis offraient chez eux n'approchait l'élégance des fêtes données par Scarlett. Cette fois, elle avait décidé que ce serait la plus belle réception de toutes. Elle commença une seconde liste qu'elle intitula « Ne pas oublier » et où elle inscrivit de commander des cygnes de glace pour présenter les mets froids, ainsi que dix caisses de champagne. Une nouvelle robe, aussi. Il faudrait qu'elle se rende chez sa couturière dès qu'elle serait passée chez l'imprimeur pour les cartons d'invitation.

Scarlett pencha la tête pour admirer le ruché blanc amidonné de sa coiffe de style Mary Stuart. La pointe sur le front était vraiment très seyante. Elle soulignait la courbure de ses sourcils noirs et le vert lumineux de ses yeux. De chaque côté du ruché, les lourdes boucles noires de ses cheveux semblaient de soie. Qui aurait cru que des vêtements de deuil pouvaient se révéler aussi flatteurs ?

Elle se tourna d'un côté, puis de l'autre, regardant son reflet dans la psyché, par-dessus son épaule. Les broderies de glands et de perles de jais scintillaient très joliment sur sa robe noire.

Le deuil « ordinaire » n'était pas aussi horrible que le grand deuil. Il laissait une latitude suffisante si le décolleté de la robe noire dévoilait une peau d'un blanc de magnolia.

Elle gagna rapidement sa coiffeuse et déposa une touche de parfum sur ses épaules et sa gorge. Elle ferait mieux de se presser, ses invités allaient arriver d'une minute à l'autre. Elle entendait les musiciens qui s'accordaient en bas. Ses yeux s'attardèrent avec ravissement sur la grosse pile de cartons blancs en désordre qui trônait au milieu de ses ustensiles de toilette et de ses miroirs à main en argent. Les invitations s'étaient mises à pleuvoir dès que ses amis avaient été au courant de son retour dans le monde. De quoi s'occuper pendant des semaines et des semaines. Il y en aurait d'autres encore, puis elle donnerait une nouvelle réception, ou peut-être un bal vers Noël. Oui, tout irait bien. Elle était aussi excitée qu'une jeune fille le jour de sa première sortie. Pas étonnant! Plus de sept mois s'étaient écoulés depuis sa dernière soirée.

Excepté à l'occasion du retour de Tony Fontaine. Elle sourit à ce souvenir. Cher Tony, avec ses bottes à hauts talons et sa selle constellée d'argent. Elle aurait bien voulu qu'il soit là ce soir. Les gens n'en croiraient pas leurs yeux en le voyant faire tous ses tours avec ses revolvers!

Il fallait qu'elle y aille. Les musiciens étaient accordés. Il devait être tard.

Scarlett descendit l'escalier dont le tapis rouge étouffa ses pas précipités. Les fleurs de serre dans leurs hauts vases, qui ornaient chaque pièce, flattèrent agréablement ses narines. Les yeux brillants de plaisir, elle passa de pièce en pièce pour vérifier que tout était prêt. La perfection partout. Dieu merci, Pansy était revenue de Tara; elle n'avait pas sa pareille pour contraindre les autres serviteurs à faire leur travail. Elle se débrouillait beaucoup mieux en tout cas que le nouveau majordome engagé pour remplacer Pork. Scarlett prit une coupe de champagne sur le plateau que l'homme lui présentait. Du moins servait-il bien. Il se montrait même assez stylé, et Scarlett aimait tant le style!

On sonna à la porte d'entrée. Scarlett étonna le majordome par un sourire joyeux, puis elle se dirigea vers l'entrée pour accueillir ses amis.

Ils arrivèrent en un flot continu pendant presque une heure, et la maison se remplit du son des voix fortes, des effluves puissants des parfums et de la poudre, du chatoiement des soies et des satins colorés, des rubis et des saphirs.

Scarlett, ravie, allait de l'un à l'autre. Elle riait, flirtait, mutine avec les hommes, acceptait avec grâce les compliments excessifs des femmes. Tous étaient contents de la revoir, elle leur avait tant manqué, aucune réception n'était jamais aussi réussie que les siennes, aucune maison aussi splendide, et sa robe tellement chic, ses cheveux si soyeux, sa silhouette si juvénile, son teint nacré si parfait...

Je m'amuse. C'est une fête merveilleuse.

Elle jeta un coup d'œil aux plats et aux plateaux d'argent disposés sur la longue table vernie pour vérifier si les serviteurs les regarnissaient bien. La quantité, l'excès de nourriture même, était importante pour elle, car elle n'oublierait jamais tout à fait la fin de la guerre, l'époque où elle avait côtoyé de si près la famine. Son amie

Mamie Bart croisa son regard et lui sourit. Une goutte de la sauce au beurre de son canapé d'huître à moitié mangé avait coulé du coin de sa bouche sur la rivière de diamants qui ornait son cou gras. Ecœurée, Scarlett se détourna. Mamie allait bientôt faire concurrence aux éléphants. Dieu merci, je peux manger tout ce que je veux sans jamais prendre un gramme!

Elle décocha un sourire enjôleur à Harry Connington, le mari de son amie Sylvia.

— Vous devez avoir trouvé un élixir, Harry, vous semblez avoir rajeuni de dix ans depuis la dernière fois que je vous ai vu.

Amusée, elle regarda Harry rentrer son estomac. Il rougit, puis tourna légèrement au mauve avant de relâcher son effort. Scarlett pouffa et s'éloigna.

Un éclat de rire attira son attention, et elle s'approcha du trio d'hommes qui en était la source. Elle avait grande envie d'entendre quelque chose de drôle, même une de ces plaisanteries que les dames doivent feindre de ne pas comprendre.

— ... alors je me suis dit : « Bill, quand un homme panique, un autre en profite, et je sais lequel des deux sera le vieux Bill ».

Scarlett s'éloigna. Elle voulait s'amuser, ce soir, et parler de la Panique ne l'amusait pas. Pourtant, elle apprendrait peut-être quelque chose. Elle se savait plus maligne, même profondément endormie, que Bill Weller au mieux de sa forme. S'il s'enrichissait en pleine Panique, elle voulait savoir comment il s'y prenait. Elle se rapprocha donc de nouveau.

— ... Ces idiots de Sudistes, ils m'ont toujours posé un problème depuis que je suis arrivé ici, confessait Bill. On ne peut rien faire avec des gens qui n'ont pas cet appétit pour l'argent si naturel à l'homme. Alors tous les bons qui devaient tripler la mise et tous les certificats de mines d'or que j'ai essayé de lancer ont accouché d'une souris. Ces types-là trimaient plus dur que les nègres et ils mettaient de côté chaque sou qu'ils gagnaient pour le prochain jour de pluie. En fait, il y en avait des tas qui avaient déjà une caisse pleine de bons. Des bons du gouvernement confédéré!

L'éclat de rire de Bill entraîna le rire des autres.

Scarlett fulminait. « Idiots de Sudistes », tu parles! Son papa chéri avait tout le premier amassé une caisse pleine de bons de la Confédération. De même que toutes les bonnes gens du comté de Clayton. Elle essaya de s'éloigner, mais elle fut bloquée par des curieux, derrière elle, qui avaient aussi été attirés par les rires que déclenchait Bill Weller.

— Au bout d'un moment, j'ai compris, continua Weller. Ils n'avaient plus confiance dans le papier. Ils n'ont pas eu confiance non plus dans les autres trucs que j'ai essayés : les médicaments miracles, les paratonnerres, tous ces trucs qui font toujours de l'argent, aucun n'a marché. Je vous l'avoue, les gars, j'étais vexé, dit-il, prenant un air lugubre avant de sourire assez largement pour montrer trois molaires en or. Inutile de vous dire que, Lula et moi, on n'était pas vraiment dans le besoin, même si je ne trouvais rien. Dans les bons jours de ripaille, à l'époque où les Républicains tenaient la Géorgie, j'avais amassé assez d'argent avec ces contrats de chemins de fer que les copains m'avaient procurés pour qu'on vive comme des rois même si j'avais été assez idiot pour me mettre à construire vraiment ces lignes de chemin de fer. Mais j'aime bien être dans le coup, et Lula commençait à s'énerver parce que j'étais trop à la maison à rien faire. Et alors, gloire au Ciel, arrive la Panique, et tous les Rebelles qui s'en vont chercher leurs économies à la banque et en remplissent leurs matelas. Chaque maison, chaque cahute, était une mine d'or qui ne devait pas m'échapper.

— Arrête de tourner autour du pot, Bill, qu'est-ce que tu as trouvé ? J'en ai la bouche sèche d'attendre que tu aies fini de te donner des claques dans le dos avant d'en arriver au fait, s'écria Amos Bart en envoyant un jet de salive qui n'atteignit pas le crachoir.

Scarlett aussi était impatiente. Impatiente de partir.

— Du calme, Amos, j'y arrive. Comment pouvait-on s'emparer de ces matelas ? Je ne suis pas vraiment le genre prédicateur d'une nouvelle Église. J'aime bien rester assis derrière mon bureau et laisser mes employés faire le démarchage. Et c'était justement ce que je faisais - j'étais assis dans mon fauteuil tournant en cuir — quand j'ai regardé par la fenêtre et j'ai vu passer un enterrement. C'est comme si j'avais été frappé par la foudre. Il n'y avait pas un toit en Géorgie sous lequel on ne pleurait pas un cher disparu.

Scarlett regardait Bill Weller avec horreur tandis qu'il décrivait l'escroquerie qui augmentait ses richesses.

— Les mères et les veuves sont les plus faciles, et il y en a plus que n'importe quoi d'autre ici. Elles ne sourcillent même pas quand mes gars leur disent que les vétérans de la Confédération sont en train d'ériger des monuments sur tous les champs de bataille, et elles vident ces matelas en moins de temps qu'il n'en faut pour dire « Abe Lincoln » et payent pour que le nom de leur gars soit gravé dans le marbre.

C'était pire encore que ce que Scarlett avait imaginé.

— Vieux renard, c'est absolument génial ! s'exclama Amos.

Les hommes du groupe rirent plus fort encore qu'auparavant. Scarlett crut qu'elle allait vomir. Les voies ferrées et les mines d'or fantômes ne l'avaient jamais concernée en rien, mais les mères et les veuves que Bill Weller escroquait étaient de son sang. Il était peut-être en train d'envoyer ses hommes chez Béatrice Tarleton, ou Cathleen Calvert, ou Dimity Munroe, ou n'importe quelle autre femme du comté de Clayton qui avait perdu un fils, un frère ou un mari. Sa voix trancha les rires comme un couteau :

— C'est l'histoire la plus dégradante et la plus ignoble que j'aie jamais entendue de ma vie! Vous me dégoûtez, Bill Weller. Vous me dégoûtez tous. Que savez-vous des Sudistes, que savez-vous des gens honnêtes, où qu'ils soient? Vous n'avez jamais eu une seule pensée honnête ni fait une seule action honnête de votre vie!

Elle repoussa des mains et des bras tendus les femmes et les hommes stupéfaits qui avaient entouré Weller, et s'enfuit en courant, frottant ses mains sur sa jupe pour enlever la trace de leur contact.

Le buffet de la salle à manger, avec ses plats d'argent luisants, couverts de nourriture se trouva soudain en face d'elle. Son cœur se souleva à l'odeur riche et grasse des sauces mêlée à celle des crachoirs pleins. Elle revit la table des Fontaine éclairée par une lampe unique, le menu simple de jambon et de pain cuit à la maison, de légumes du jardin. Là était sa place, parmi les siens, et non parmi ces hommes et ces femmes vulgaires, prétentieux, parvenus. Scarlett se retourna pour faire face à Weller et son groupe.

— Crapules! cria-t-elle. C'est ce que vous êtes, des crapules. Sortez de chez moi, disparaissez de ma vue! Vous me donnez la nausée.

Mamie Bart commit l'erreur de tenter de la calmer.

— Allons, ma chérie..., dit-elle en tendant sa main couverte de bijoux.

Scarlett recula avant qu'elle ait pu la toucher.

— Surtout vous, espèce de truie obèse!

— Oh!... Jamais..., bredouilla Mamie Bart. Que je sois damnée si je supporte qu'on me parle ainsi. Je ne resterais pas même si vous deviez me supplier à genoux, Scarlett Butler.

Des va-et-vient bruyants et irrités commencèrent, et en moins de dix minutes les pièces ne contenaient plus que les débris abandonnés sur place. Scarlett, sans baisser les yeux, se fraya un chemin à travers les victuailles et le champagne renversés, les assiettes et les verres cassés. Elle devait garder la tête haute, comme sa mère le lui avait appris. Elle se revoyait à Tara, un lourd volume de Walter Scott, *Waverley*, posé sur la tête, et elle monta l'escalier le dos droit comme un arbre et le menton parfaitement perpendiculaire aux épaules.

Comme une dame. Comme sa mère le lui avait appris. Sa tête bourdonnait et ses jambes tremblaient, mais elle monta sans s'arrêter. Une dame ne montre jamais qu'elle est fatiguée ou contrariée.

— Il était grand temps qu'elle fasse quelque chose, et elle n'y est pas allée de main morte, dit le cornettiste.

Les huit musiciens avaient joué des valses derrière les palmiers lors de nombreuses autres réceptions de Scarlett.

— Trop tard, à mon avis, dit l'un des violonistes après avoir craché dans un pot de palmier. Couche avec les chiens, et tu te réveilleras avec des puces.

A l'étage au-dessus, Scarlett s'était jetée à plat ventre sur son couvre-lit de soie, et elle sanglotait comme si elle avait le cœur brisé. Elle qui pensait passer une si bonne soirée!

Plus tard dans la nuit, quand la maison fut silencieuse et sombre, Scarlett descendit prendre un verre qui l'aiderait à dormir. Toute trace de la fête avait disparu, hormis les beaux bouquets et les bougies à demi consumées du candélabre à six branches resté sur la table vide.

Scarlett alluma les bougies et souffla sa lampe. Pourquoi se faufilerait-elle dans l'obscurité comme une voleuse? C'était sa maison, son brandy, et elle pouvait faire ce qu'elle voulait.

Elle choisit un verre, l'apporta sur la table avec la carafe et s'assit dans le fauteuil à la tête de la table. C'était aussi sa table.

Le brandy diffusa une chaleur apaisante dans son corps, et Scarlett soupira. Merci, mon Dieu. Un autre verre et mes nerfs devraient cesser de sauter en tout sens. Elle emplit de nouveau l'élégant petit verre à liqueur et, d'un harmonieux mouvement du poignet, fit glisser l'alcool dans sa gorge. Je ne dois pas boire si vite, se dit-elle en se versant du brandy pour la troisième fois. Les dames ne font pas ça.

Elle sirota ce troisième verre. Comme la lumière des bougies était belle! Le vernis de la table reflétait les jolies flammes dorées. Le verre vide était joli, lui aussi. Les facettes du cristal renvoyaient des arcs-en-ciel quand elle le faisait tourner entre ses doigts.

La maison était aussi silencieuse qu'un tombeau. Le tintement du cristal la fit sursauter quand elle se servit un nouveau verre d'alcool. C'était bien la preuve qu'elle avait besoin de ce verre, n'est-ce pas? Elle était encore trop énervée pour dormir.

Les bougies baissaient et la carafe se vidait lentement. Le contrôle que Scarlett exerçait habituellement sur son esprit et sa mémoire se relâcha. C'était dans cette pièce que tout avait commencé. La table était aussi dégagée que ce soir, elle ne portait que les bougies et le plateau d'argent où on avait déposé la carafe de brandy et les verres. Rhett était ivre. Elle ne l'avait jamais vu ivre comme ça, lui qui tenait si bien l'alcool. Mais il était ivre, cette nuit-là, et cruel. Il lui avait dit des choses tellement horribles et qui lui avaient fait si mal! Il lui avait tordu le bras au point qu'elle en avait crié de douleur.

Mais alors... alors il l'avait emportée dans ses bras jusqu'à sa chambre et l'avait forcée. A ceci près qu'il n'avait pas eu à user de violence. Elle s'était éveillée à la vie sous ses caresses, quand il avait embrassé ses lèvres, sa gorge, son corps. Elle avait brûlé, et demandé de brûler davantage, et son corps s'était cambré et tendu pour rencontrer le sien, encore et encore...

C'était impossible. Elle devait avoir rêvé. Mais comment aurait-elle pu rêver d'une chose dont elle n'avait même jamais imaginé l'existence?

Aucune dame n'avait jamais ressenti ce désir sauvage, aucune dame n'aurait fait ce qu'elle avait fait. Scarlett tenta de repousser ses pensées dans les coins sombres et encombrés de son esprit où elle conservait l'insupportable et l'impensable. Mais elle avait trop bu.

C'est arrivé, criait son cœur. C'est arrivé. Je ne l'ai pas inventé.

Et son esprit, auquel sa mère avait si bien appris que les dames n'ont pas de pulsions animales, ne put contrôler le désir passionné de son corps de se sentir à nouveau pris et de s'abandonner.

Elle serra de ses mains sa poitrine douloureuse, mais ce n'étaient pas ses mains que réclamait son corps. Elle laissa retomber ses bras sur la table devant elle, et sa tête sur ses bras. Elle s'abandonna aux vagues de désir et de douleur qui la faisaient se tordre, la faisaient crier d'une voix hoquetante dans la pièce silencieuse et vide éclairée par les bougies:

— Rhett, ô Rhett, j'ai besoin de toi!

CHAPITRE 8

L'hiver approchait et Scarlett se sentait plus nerveuse de jour en jour. Joe Colleton avait creusé la cave des premières maisons, mais les pluies incessantes avaient empêché qu'on coule le ciment des fondations. « Si j'achetais le bois avant d'être prêt à construire les murs, M. Wilkes soupçonnerait le coup monté », disait-il fort raisonnablement, et Scarlett savait qu'il n'avait pas tort. Mais le retard pris n'en était pas moins frustrant.

Peut-être cette idée de construction était-elle une erreur. Jour après jour, les journaux relataient de nouveaux désastres frappant le monde des affaires. On avait organisé des soupes populaires dans toutes les grandes villes d'Amérique, et les chômeurs en quête de pain s'y pressaient. Chaque fois qu'une entreprise faisait faillite, c'étaient quelques milliers de personnes de plus qui perdaient leur travail. Pourquoi Scarlett risquait-elle de l'argent maintenant, au pire moment possible ? Pourquoi avait-elle fait cette folle promesse à Melly ? Si seulement la pluie froide voulait cesser...

Et si seulement les jours voulaient cesser de raccourcir. Pendant la journée, elle arrivait à s'occuper, mais l'obscurité l'enfermait dans sa maison vide avec ses pensées pour seules compagnes, et elle ne voulait pas penser, parce qu'elle ne trouvait aucune réponse à rien. Comment avait-elle pu se mettre dans une telle situation ? Elle n'avait jamais fait délibérément quoi que ce soit pour tourner les gens contre elle, alors pourquoi étaient-ils tous aussi pleins de haine ? Pourquoi Rhett mettait-il si longtemps à revenir ? Que pouvait-elle faire pour arranger les choses ? Il devait bien y avoir un moyen, elle ne pouvait pas continuer éternellement à passer d'une pièce à l'autre dans sa grande maison comme un petit pois esseulé se heurtant aux bords d'une bassine.

Elle aurait bien aimé avoir Wade et Ella pour lui tenir compagnie, mais Suellen avait écrit qu'ils étaient en quarantaine parce que les enfants, atteints les uns après les autres par la varicelle, subissaient tour à tour la longue torture des démangeaisons.

Elle aurait pu renouer des relations avec les Bart et leurs amis. Qu'elle eût traité de truie Mamie, qui avait la peau plus épaisse qu'un crocodile, cela n'avait aucune importante. Si Scarlett aimait bien recruter ses « amis » parmi les crapules, c'était en partie parce qu'elle pouvait les malmener verbalement autant qu'elle le voulait, après quoi elle les voyait revenir vers elle à quatre pattes comme s'ils demandaient de nouvelles insultes. Dieu merci, je ne suis pas tombée aussi bas. Je n'ai pas l'intention de ramper à leurs pieds maintenant que je sais combien ils sont méprisables.

Mais il fait sombre si tôt, et les nuits sont si longues, et je n'arrive pas à dormir autant que je le voudrais. Tout ira mieux quand la pluie cessera... quand l'hiver sera fini... quand Rhett rentrera chez nous...

Enfin le temps se mit au beau, et les journées ensoleillées et lumineuses, où les traînées de nuages ne faisaient que rehausser le bleu du ciel, firent oublier le froid. Colleton pompa l'eau accumulée dans les trous des fondations, et le vent, en la séchant, rendit la terre rouge de Géorgie aussi dure que de la brique. Il commanda alors du ciment et des poutres, et entreprit de couler la semelle.

Scarlett célébra l'événement par une orgie d'achat de cadeaux. Ce serait bientôt Noël. Elle acheta des poupées pour Ella et chacune des filles de Suellen. Pour les plus jeunes, des poupons au corps de tissu bourré de sciure et à la tête joufflue en porcelaine, comme les mains et les pieds. Pour Susie et Ella, elle trouva de vraies jeunes dames avec des malles de cuir pleines de merveilleux vêtements. Wade lui posait un problème ; Scarlett n'avait jamais su que faire pour lui. Puis elle se souvint de la promesse de Tony Fontaine : il devait lui apprendre à manier ses six-coups. Elle acheta donc à son fils une paire de revolvers et fit graver ses initiales sur les poignées d'ivoire. Pour Suellen, c'était facile : un réticule de soie rebrodé de perles, beaucoup trop élégant pour la campagne, mais qui contiendrait une pièce de vingt dollars en or qu'elle pourrait, en revanche, utiliser n'importe où. Et pour Will ? C'était insoluble. Scarlett remua ciel et terre avant de renoncer et de lui acheter une veste en mouton, comme l'année précédente, et l'année d'avant. C'est l'intention qui compte, songea-t-elle avec assurance.

Elle avait longtemps hésité avant de décider de ne rien offrir à Beau. Elle ne supporterait pas qu'India renvoie le paquet sans qu'il ait été ouvert. De plus, Beau ne manquait de rien, s'était-elle dit amèrement. Les dépenses des Wilkes au magasin augmentaient chaque semaine.

Elle acheta un coupe-cigare en or pour Rhett, mais n'eut pas le courage de le lui envoyer. Elle fit en revanche à ses deux tantes de Charleston de beaucoup plus beaux cadeaux que d'habitude. Elles diraient peut-être à la mère de Rhett combien elle était attentionnée à leur égard, et Mme Butler le répéterait peut-être à son fils.

Je me demande s'il va m'envoyer quelque chose... Ou m'apporter quelque chose... Peut-être viendra-t-il à Noël pour imposer silence aux mauvaises langues.

Cette possibilité parut suffisamment vraisemblable à Scarlett pour qu'elle se lance avec une joyeuse frénésie dans la décoration de sa maison – qui ressembla bientôt à un bouquet de branches de pin, de houx et de gui. Elle emporta les ornements en surnombre au magasin.

– Nous n'avons jamais eu que la guirlande argentée dans la vitrine, madame Butler, et ça suffit bien, dit Willie Kershaw.

– Vous n'avez pas à m'apprendre ce qui suffit ou non. Je veux que vous orniez tous les présentoirs de branches de pin et que vous accrochiez une couronne de houx sur la porte. C'est idéal pour mettre les gens dans l'atmosphère de Noël, et ils dépenseront plus d'argent pour des cadeaux. Nous n'avons pas assez de babioles. Où est cette grosse boîte d'éventails en papier huilé ?

– Vous m'avez dit de l'enlever. Vous m'avez dit que nous n'avions pas à encombrer les étagères de ces bêtises alors que les gens avaient besoin de clous et de planches à laver.

– Espèce d'idiot, c'était avant, mais maintenant, c'est Noël. Sortez-la.

– C'est-à-dire que je ne sais pas exactement où je l'ai mise. C'était il y a longtemps.

– Sainte Mère de Dieu ! Allez voir ce que veut cet homme là-bas. Je la retrouverai toute seule.

Scarlett passa derrière le comptoir et fila dans les réserves comme un ouragan.

Elle était en haut d'une échelle, à explorer des piles poussiéreuses de boîtes sur l'étagère supérieure, quand elle entendit les voix familières de Mme Merriwether et de sa fille Maybelle.

– Je croyais que vous aviez dit que vous ne franchiriez jamais le seuil du magasin de Scarlett, Mère.

– Tais-toi, le vendeur pourrait t'entendre. Nous avons cherché partout en ville sans pouvoir y trouver le moindre coupon de velours noir. Je ne peux finir mon costume sans ce velours. Est-ce que tu imagines la reine Victoria portant un collet de couleur ?

Scarlett fronça les sourcils. De quoi parlaient-elles ? Elle descendit sans bruit de son échelle et s'approcha sur la pointe des pieds pour plaquer son oreille à la fine cloison.

– Non, madame, répondait l'employé. On ne nous demande guère de velours.

– J'aurais dû m'en douter. Viens, Maybelle.

– Puisque nous sommes ici, peut-être pourrais-je trouver des plumes pour mon Pocahontas, tenta Maybelle.

– Mais non. Partons. Nous n'aurions jamais dû venir. Imagine que quelqu'un nous voie !

Mme Merriwether s'éloigna d'un pas pesant mais rapide, et claqua la porte derrière elle.

Scarlett remonta en haut de son échelle.Toute sa joie à l'approche de Noël était retombée. Quelqu'un organisait un bal costumé, et elle n'était pas invitée. Elle souhaita avoir laissé Ashley se briser le cou dans la tombe de Mélanie. Enfin elle dénicha la boîte qu'elle cherchait et la jeta par terre où elle explosa littéralement, éparpillant les éventails aux couleurs vives.

– Ramassez-les et nettoyez-les un à un, ordonna Scarlett. Je m'en vais.

Elle aurait préféré mourir plutôt que pleurnicher devant ses employés.

Elle trouva le journal du jour sur le siège de sa voiture. Elle avait été trop occupée par les décorations pour le lire, et n'avait guère envie de s'y plonger maintenant, mais il cacherait son visage aux curieux qui voudraient la regarder. Scarlett l'ouvrit à la page centrale et le replia pour pouvoir lire la « Lettre de Charleston ». Il n'y était question que du champ de courses Washington qu'on y avait aménagé, et des courses qui s'y tiendraient en janvier. Scarlett parcourut une évocation enflammée des courses d'avant la guerre, dont les plus belles avaient toujours lieu à Charleston, où tout était si parfait. Le journal prédisait que les courses à venir surpasseraient encore les anciennes en splendeur et, à l'en croire, pendant des semaines, chaque journée se terminerait en apothéose par une réception et un bal.

– Et Rhett Butler y sera chaque fois, je parie, murmura Scarlett.

Elle replia le journal et le jeta par terre. Un titre en première page attira alors son regard : LE CARNAVAL SE TERMINERA PAR UN BAL MASQUÉ. Elle se dit que c'était sans doute ce à quoi se préparaient le vieux dragon et Maybelle. Tout le monde allait à de merveilleuses réceptions, sauf elle. Elle reprit le journal.

« On peut annoncer maintenant, disait l'article, l'organisation et les préparatifs étant terminés, qu'Atlanta sera le cadre le 6 janvier d'un Carnaval dont la magnificence fera pâlir le célèbre Mardi Gras de La Nouvelle-Orléans. Le Comité de la Fête des Rois, constitué il y a peu par des membres éminents de la société du monde des

94

affaires de notre cité, est à l'origine de cet événement exceptionnel. Le Roi Carnaval régnera sur Atlanta, entouré d'une cour de nobles personnages. Il fera son entrée dans la ville et la traversera sur son char royal au cours d'une parade qui devrait se dérouler sur plus d'un mille. Tous les citoyens de la ville, ses sujets d'un jour, sont invités à admirer les nombreuses merveilles de la parade, dont l'horaire et l'itinéraire seront annoncés dans une prochaine édition de ce journal.

« Les festivités du jour se termineront par un bal masqué pour lequel l'opéra DeGives sera transformé en véritable Pays des Merveilles. Le comité a distribué près de trois cents invitations aux plus nobles chevaliers et aux plus belles dames d'Atlanta. »

– Oh, non! s'exclama Scarlett.

Un sentiment de désolation s'empara d'elle, et elle se mit à pleurer comme une enfant. Que Rhett danse et rit à Charleston et que tous ses ennemis d'Atlanta s'amusent pendant qu'elle restait toute seule dans son immense maison silencieuse, ce n'était pas juste. Elle n'avait jamais rien fait d'assez mal pour mériter une telle punition.

Et tu ne t'es jamais abaissée à pleurer à cause d'eux non plus, se dit-elle avec colère.

Du dos de ses poignets, Scarlett essuya ses larmes. Elle n'allait pas se complaire dans cette situation misérable. Elle ferait ce qu'il faudrait pour obtenir ce qu'elle voulait. Il fallait qu'elle aille à ce bal, et elle trouverait un moyen d'en forcer la porte.

Il n'était pas impossible d'obtenir une invitation au bal. Ce n'était même pas difficile : Scarlett apprit que la fameuse parade serait en grande partie constituée de chars décorés à des fins publicitaires par des marques ou des magasins. Il fallait naturellement acheter le droit de défiler et assurer les frais de décoration du char, mais tous ceux qui s'y engageaient recevaient deux invitations au bal. Elle envoya Willie Kershaw avec la somme nécessaire pour qu'il inscrive à la parade le « Grand Magasin Kennedy ».

Cela renforça sa conviction qu'on pouvait tout acheter. L'argent était tout-puissant.

– Comment allez-vous décorer le char, madame Butler ? demanda Kershaw.

Des centaines de possibilités s'offraient soudain à son imagination.

– Je vais y réfléchir, Willie.

Mais oui ! Elle allait pouvoir passer des heures et des heures – occuper des soirées entières – à réfléchir à la façon de rendre tous les autres chars pitoyables comparés au sien.

Il fallait aussi qu'elle pense à son déguisement pour le bal. Comme cela prendrait du temps! Il faudrait qu'elle relise tous ses magazines de mode, qu'elle parvienne à savoir ce que les autres allaient porter, qu'elle choisisse des tissus, qu'elle prévoie des essayages, qu'elle se décide pour une coiffure.

Oh, non! Elle était encore en deuil. Cela ne pouvait pourtant signifier qu'elle serait tenue de porter du noir pour une telle soirée! Elle n'était jamais allée à un bal masqué, et elle n'en connaissait pas les règles. Mais il s'agissait avant tout de tromper les gens, non? De ne pas ressembler à ce qu'on est habituellement, d'être déguisé. Dans ce cas, elle pouvait certainement éviter le noir. Ce bal se présentait de mieux en mieux.

Scarlett expédia son travail au magasin plus vite que d'ordinaire et se précipita chez sa couturière.

La corpulente Mme Marie, que chaque effort mettait hors d'haleine, retira un faisceau d'épingles de sa bouche pour pouvoir expliquer que les dames avaient commandé des costumes de bouton de rose (robe de bal rose bordée de roses de soie), de flocon de neige (robe de bal blanche bordée de dentelle blanche empesée), de nuit (velours bleu foncé rebrodé d'étoiles d'argent), d'aube (soie rose clair sur soie rose foncé), de bergère (jupe à rayures avec tablier et bustier lacé).

— D'accord, d'accord, interrompit Scarlett avec impatience. Je vois ce qu'elles font. Je vous dirai demain en quoi je vais me déguiser.

Mme Marie leva les bras au ciel.

— Mais je n'aurai pas le temps de faire votre robe, madame Butler. Il a déjà fallu que je trouve deux ouvrières de plus et je ne vois toujours pas comment je pourrai terminer à temps... Il est impossible que je me charge encore d'un autre costume en plus de ceux que j'ai déjà promis!

Scarlett écarta ces objections d'un geste de la main. Elle savait qu'elle obtiendrait ce qu'elle voulait. Le plus difficile était de choisir un déguisement.

La réponse lui vint alors qu'elle faisait une réussite en attendant le dîner. Elle regardait son jeu pour savoir si elle allait obtenir le roi dont elle avait besoin pour occuper une place vide. Non, il y avait deux reines avant le prochain roi. Elle allait rater sa réussite.

Une reine! Naturellement. Elle pourrait porter un merveilleux costume à longue traîne bordée de fourrure blanche. Et tous les bijoux qu'elle voudrait.

Elle jeta les cartes sur la table et courut à l'étage pour explorer son coffret à bijoux. Pourquoi, oh! pourquoi Rhett était-il aussi pingre dès qu'il s'agissait de lui en acheter? Il lui offrait tout ce qu'elle voulait mais, en matière de bijoux, il n'admettait que les perles. Elle en sortit plusieurs rangs et les posa sur la coiffeuse. Voilà! Ses boucles d'oreilles en diamant. Elle allait les mettre. Et elle pourrait porter des perles dans ses cheveux aussi bien qu'autour du cou ou en bracelets. Dommage qu'elle ne puisse se risquer à exhiber sa bague de fiançailles! Trop de gens pourraient reconnaître l'émeraude et les diamants, et l'exclure de la fête dès qu'ils sauraient qui elle était. Elle comptait sur son costume et son masque pour la protéger de Mme Merriwether, d'India Wilkes et des autres femmes. Elle avait bien l'intention de s'amuser, de participer à toutes les danses, d'être à nouveau au cœur de l'action.

Le 5 janvier, veille du Carnaval, tout Atlanta s'affairait aux préparatifs. Le bureau du maire avait ordonné que les entreprises soient fermées le 6 et que les bâtiments longeant le parcours de la parade soient décorés de rouge et de blanc, les couleurs de Rex, le roi du Carnaval.

Scarlett trouva bien dommage de fermer son commerce un jour où la ville grouillerait de gens de la campagne venus pour la célébration. Mais elle fit suspendre de gros nœuds de rubans à la vitrine du magasin et à la grille de sa maison et, comme tout le monde, s'émerveilla de la transformation des rues Whitehall et Marietta. Bannières et drapeaux flottaient sur chaque réverbère, chaque façade d'immeuble, constituant comme un tunnel rouge et blanc, lumineux et frémissant, pour le trajet conduisant Rex à son trône.

J'aurais dû faire venir Wade et Ella de Tara pour la parade, songea Scarlett. Mais ils sont probablement encore affaiblis par leur varicelle, se dit-elle pour se disculper. Et puis je n'ai pas d'invitation au bal pour Suellen et Will. En plus, avec tous les cadeaux que je leur ai envoyés pour Noël...

La pluie qui ne cessa de tomber le jour du Carnaval apaisa en Scarlett tout vestige de culpabilité vis-à-vis des enfants. De toute façon ils n'auraient pu attendre debout dans le froid et l'humidité pour voir passer les chars.

Mais elle, si. Elle s'enveloppa d'un châle bien chaud et, protégée par un grand parapluie, monta sur le banc de pierre près de la grille de sa maison. Elle dominait ainsi toutes les têtes, abritées ou non, des spectateurs agglutinés sur le trottoir.

Comme promis, le défilé faisait plus d'un mille de long. Ce fut spectaculaire et désolant à la fois. La pluie avait rendu méconnaissables les costumes de cour : les teintures rouges coulaient, les plumes d'autruche pendaient, les pimpants chapeaux de velours recouvraient les visages comme des feuilles de chou. Les hérauts et les pages trempés semblaient transis de froid, mais ils jouaient leur rôle le front haut. Les chevaliers luttaient courageusement avec leurs montures crottées pour continuer d'avancer dans la boue poisseuse et glissante. Scarlett se joignit aux applaudissements qui saluèrent le Capitaine des Gardes : c'était l'oncle Henry Hamilton, qui seul paraissait s'amuser. Il pataugeait pieds nus, tenant ses chaussures d'une main et son chapeau dégoulinant de l'autre, saluant la foule d'un côté puis de l'autre avec un sourire qui semblait vouloir rejoindre ses oreilles.

Scarlett sourit aussi en voyant les Dames de la cour passer lentement dans des voitures découvertes. Les personnalités d'Atlanta portaient des masques, mais on lisait facilement le calvaire qu'elles enduraient malgré leur stoïcisme. Maybelle Merriwether en Pocahontas laissait ses plumes avachies se mêler à ses cheveux et ruisseler sur ses joues et son cou. On reconnaissait facilement Mme Elsing en Betsy Ross frissonnante et Mme Whiting en Florence Nightingale trempée. Mme Meade personnifiait en éternuant le Bon Vieux Temps, ses volants de taffetas collés par l'eau en une masse compacte. Seule Mme Merriwether se moquait de la pluie : la reine Victoria tenait une ombrelle noire au-dessus de son chef royal bien sec et son collet de velours n'avait pas reçu une goutte.

Après les dames, il y eut une longue interruption. Les spectateurs commençaient à partir quand on entendit au loin le son de *Dixie*, le chant de guerre du Sud. Aussitôt la foule se mit à crier à s'en briser la voix, et rien ne l'arrêta avant que la fanfare ne soit devant elle. Alors, le silence tomba.

C'était une petite fanfare composée de deux tambours, de deux fifres et d'un cornet à pistons au son doux et haut perché. Mais les musiciens portaient des uniformes gris, des ceintures dorées et des boutons bien astiqués. Devant eux, un homme tenait de son seul bras la hampe du drapeau confédéré. Le pavillon aux bandes croisées ornées d'étoiles, portant de glorieuses déchirures, paradait à nouveau dans la rue du Pêcher. L'assistance avait la gorge trop serrée par l'émotion pour crier son enthousiasme.

Scarlett sentit des larmes couler sur ses joues, mais ce n'étaient pas des larmes de défaite. C'étaient des larmes de fierté. Les hommes de Sherman avaient brûlé Atlanta, les Yankees avaient pillé la Géorgie, mais ils n'avaient pu détruire le Sud. Elle vit des larmes semblables aux siennes sur les visages des femmes et des hommes devant elle. Chacun avait baissé son parapluie pour honorer le drapeau, tête nue.

Ils se tinrent droits et fiers, exposés à la pluie froide, pendant longtemps. La fanfare précédait une colonne de vétérans de la Confédération, vêtus des uniformes en lambeaux et délavés avec lesquels ils étaient rentrés chez eux. Ils marchaient au son de leur hymne comme s'ils étaient à nouveau jeunes, et les Sudistes trempés de pluie, qui les regardaient, retrouvèrent leur voix pour les fêter, siffler et faire retentir le cri effrayant qui entraînait les Rebelles à la bataille.

Les cris durèrent jusqu'à ce que les vétérans fussent hors de vue. Les parapluies se rouvrirent et les gens commencèrent à partir. Ils avaient oublié Rex et la fête des Rois. Le point culminant de la parade était passé, les laissant trempés et gelés, mais exaltés.

– Merveilleux!

Tandis que les gens passaient devant sa grille, Scarlett entendit une douzaine de bouches souriantes répéter ce mot.

– Le défilé n'est pas fini, dit-elle à un groupe de passants.

– Rien ne pourra surpasser *Dixie*! lui répondit-on.

Elle hocha la tête. Elle-même n'avait plus envie de voir les chars, et pourtant elle avait travaillé très dur à préparer le sien. Elle avait aussi dépensé beaucoup d'argent pour le papier crépon et les guirlandes que la pluie devait avoir réduits à un état pitoyable. Du moins pouvait-elle maintenant s'asseoir pour regarder la suite, c'était toujours cela. Elle ne voulait pas se fatiguer avant le bal masqué du soir.

Dix minutes interminables s'écoulèrent avant que n'apparaisse le premier char. Quand il approcha, Scarlett comprit pourquoi : les roues du chariot s'embourbaient sans cesse dans l'argile rouge de la rue. Elle soupira et serra son châle autour d'elle. Il semble que je sois bonne pour une longue attente, se dit-elle.

Il fallut plus d'une heure à tous les chars décorés pour passer devant elle. Ses dents claquaient déjà bien avant la fin. Du moins le sien était-il le plus beau. Les fleurs de papier crépon qui l'entouraient étaient trempées, mais leurs couleurs avaient gardé leur fraîcheur. Et on lisait très bien « Grand Magasin Kennedy », écrit avec des guirlandes d'argent constellées de gouttes de pluie. Les gros barils marqués « farine », « sucre », « céréales », « mélasse », « café », « sel » étaient vides – elle ne perdrait donc rien. Les éviers et planches à laver en fer-blanc ne rouilleraient pas. Les bouilloires de fer étaient déjà endommagées (elle avait collé des fleurs de papier pour cacher les dégâts). Elle ne sacrifierait dans l'opération que les outils à manche de bois. Même le tissu qu'elle avait si artistement drapé sur un fil de fer pourrait être soldé.

Si seulement les gens avaient attendu pour voir son char, elle ne doutait pas qu'ils eussent été impressionnés.

Elle haussa les épaules et fit une grimace au passage du dernier char, entouré d'une douzaine d'enfants qui criaient et gambadaient.

Un homme déguisé en elfe au costume multicolore jetait des bonbons à la volée. Scarlett regarda le nom inscrit sur la pancarte au-dessus de sa tête : « Chez Rich ». Willie lui avait souvent parlé de ce nouveau magasin aux Cinq Fourches. Willie était inquiet parce que Rich cassait les prix et que le Grand Magasin Kennedy perdait des clients. Balivernes, se dit Scarlett avec mépris. « Rich » ne restera pas ouvert assez longtemps pour me nuire. Ce n'est pas en bradant la marchandise et en distribuant des bonbons gratis qu'on réussit dans les affaires. Je suis bien contente d'avoir vu ça. Maintenant je pourrai dire à Willie Kershaw d'arrêter ses bêtises.

Elle fut encore plus contente de voir le char du Grand Final : le trône de Rex. La pluie avait fini par fendre le dais rouge à rayures blanches au-dessus du roi, et l'eau coulait sans interruption sur la tête couronnée et le collet de coton bordé d'hermine du Dr Meade. Il avait l'air tout à fait misérable.

– J'espère qu'il va attraper une double pneumonie et en mourir, grommela Scarlett avant de rentrer en courant chez elle pour prendre un bain chaud.

Scarlett était déguisée en reine de Cœur. Elle aurait préféré être reine de Carreau, avec un diadème scintillant, un collier de chien et des broches de diamant, mais alors elle n'aurait pu porter ses perles, que le bijoutier avait jugées « dignes de la reine en personne ». De plus elle avait trouvé de faux gros rubis à coudre au décolleté profond de sa robe en velours rouge. Comme c'était bon de s'habiller en couleurs vives!

La traîne de sa robe était bordée de renard blanc. Elle serait inutilisable, le bal fini, mais quelle importance ? La traîne drapée autour de son bras quand elle dansait, c'était si élégant. Elle portait un mystérieux masque de satin rouge qui couvrait son visage jusqu'au bout du nez, et elle avait trouvé un rouge à lèvres assorti. Elle se sentait très téméraire, et assez en sécurité. Ce soir, elle pourrait danser tout son soûl sans que quiconque sache qui elle était et puisse l'insulter. Quelle merveilleuse idée que ce bal masqué!

Cependant, même le visage dissimulé, Scarlett se sentait un peu nerveuse à l'idée d'arriver au bal sans cavalier. Elle n'aurait pas dû. Un groupe de joyeux masques pénétrait dans le hall au moment où elle descendait de sa voiture, et elle se joignit à eux sans que nul remarque qu'elle était seule. Une fois à l'intérieur, elle regarda stupéfaite autour d'elle. L'opéra DeGives avait été transformé à tel point qu'il était méconnaissable, et la belle salle de théâtre s'était muée de façon très convaincante en palais royal.

Un parquet avait été construit sur la moitié de la salle, prolongeant la vaste scène en une monumentale piste de danse. Tout au fond, le Dr Meade en Rex trônait entouré de laquais en uniforme, dont un échanson royal. Au centre du premier balcon avait pris place le plus grand orchestre que Scarlett eût jamais vu, et sur la piste virevoltaient danseurs, spectateurs et promeneurs. La gaieté était presque tangible, une sorte d'agitation qui venait de l'anonymat garanti par les masques et les déguisements. Dès qu'elle entra dans la salle, un homme en robe chinoise, portant une longue natte, passa son bras couvert de soie autour de sa taille et l'entraîna sur la piste. Un parfait étranger peut-être ? Que c'était dangereux et excitant !

On jouait une valse et son cavalier se révélait un danseur étourdissant. Alors qu'ils tournoyaient, Scarlett aperçut Hindous, clowns, arlequins, pierrots, colombines, religieuses, pirates, nymphes et cardinaux qui, tous masqués, dansaient avec le même entrain qu'elle. Quand la musique cessa, elle était hors d'haleine.

– Merveilleux, articula-t-elle péniblement. C'est merveilleux. Il y a tant de gens ! Toute la Géorgie doit être ici.

– Pas vraiment. Certains n'ont pas eu d'invitation, répondit son cavalier en montrant du pouce le haut du théâtre.

Scarlett vit alors que les balcons étaient pleins de spectateurs qui n'étaient pas costumés. La tenue de certains d'entre eux n'était pourtant pas vraiment ordinaire : Mamie Bart portait tous ses diamants. Elle était entourée d'autres crapules.

Comme j'ai eu raison de ne pas renouer avec ces gens ! se dit Scarlett. Ils ne valent pas qu'on les invite où que ce soit. Elle-même s'était empressée d'oublier l'origine de sa propre invitation.

La présence de spectateurs rendait le bal encore plus excitant. Scarlett inclina la tête et rit. Ses boucles d'oreilles en diamants lancèrent des éclairs qu'elle vit se refléter dans les yeux du mandarin à travers les trous de son masque.

Il s'éloigna, repoussé par un moine dont la capuche dissimulait le visage masqué. Sans un mot, le moine prit la main de Scarlett, puis lui entoura la taille de son bras dès que l'orchestre se mit à jouer une polka endiablée.

Elle dansa comme elle n'avait pas dansé depuis des années. Elle était dans un état second, étourdie par la folie enivrante de cette mascarade, intoxiquée par l'étrangeté de ce qui l'entourait, par le champagne offert sur des plateaux d'argent qu'apportaient des pages vêtus de satin, par le délice de se retrouver à une fête, par son succès indéniable. Elle avait du succès, et elle se croyait anonyme, invulnérable.

Elle reconnut les douairières de la vieille garde. Elles avaient les mêmes costumes qu'à la parade. Et elle reconnut Ashley dès qu'elle le vit, bien qu'il fût masqué. Un brassard de deuil était fixé à la manche de son costume d'arlequin noir et blanc. India doit l'avoir traîné ici pour ne pas venir sans cavalier, se dit Scarlett. Comme c'est méchant de sa part! Naturellement, elle se moque bien de savoir si c'est méchant ou non, tant que cela reste convenable, et un homme en deuil n'est pas contraint de renoncer à toute sortie comme une femme. Il peut mettre un brassard à son plus beau costume et commencer à courtiser sa prochaine conquête avant même que sa femme ne soit refroidie dans sa tombe. Mais à le voir avachi dans son joli costume, n'importe qui peut dire que le pauvre Ashley hait l'idée même de ce bal. Enfin, ne vous en faites pas, cher Ashley : Joe Colleton bâtira beaucoup d'autres maisons. Au printemps vous aurez tant à faire pour livrer le bois que vous n'aurez même plus le temps d'être triste.

Les heures passant, l'ambiance du bal s'électrisa davantage encore. Certains des admirateurs de Scarlett lui demandèrent son nom. L'un d'eux tenta même de lui retirer son masque. Elle les repoussa sans difficulté. Je n'ai pas oublié comment éconduire les garçons trop entreprenants, se dit-elle en souriant. Car ce sont tous des garçons, quel que soit leur âge. Ils ne s'isolent même pas dans un recoin pour siroter un alcool plus fort que du champagne. Je parie qu'ils ne vont pas tarder à lancer le cri des Rebelles.

– Qu'est-ce qui vous fait sourire, ma reine mystérieuse? interrogea le chevalier qui, semblait-il, faisait de son mieux pour lui marcher sur les pieds en dansant.

– C'est à vous que je souris, voyons, répondit Scarlett.

Non, elle n'avait rien oublié.

Quand le chevalier céda sa main au fougueux mandarin qui revenait pour la troisième fois, Scarlett demanda en minaudant une chaise et une coupe de champagne. Le chevalier avait cruellement écrasé un de ses orteils.

Mais, alors que son cavalier la conduisait vers les chaises rangées sur un côté de la salle, elle déclara soudain que l'orchestre entonnait sa chanson préférée, et qu'elle ne pouvait pas ne pas danser sur cet air.

Elle venait de voir tante Pittypat et Mme Elsing. L'avaient-elles reconnue?

Un mélange de colère et de crainte voila l'heureuse excitation qui l'habitait, et elle ne parvint à oublier ni son pied douloureux ni l'haleine chargée d'alcool du mandarin.

Je ne veux pas y songer maintenant. Il n'y a ni Mme Elsing, ni orteil écrasé. Je ne laisserai rien gâcher mon plaisir ce soir. Elle tenta de repousser ces sombres pensées et de s'adonner aux joies de la fête.

Mais elle ne pouvait empêcher ses yeux de se tourner vers le côté de la salle où les hommes et les femmes se tenaient quand ils ne dansaient pas.

Alors qu'ils passaient près d'une porte, un grand pirate barbu adossé au chambranle salua Scarlett d'une révérence. Scarlett en eut le souffle coupé. Elle tourna la tête pour le regarder. Il dégageait... comme une insolence...

Le pirate portait une chemise blanche et un pantalon de soirée noir. Cela n'avait rien d'un costume hormis la large ceinture de soie rouge autour de sa taille dont émergeaient deux pistolets. Il avait noué des nœuds bleus à sa barbe et un loup noir dissimulait ses yeux. Elle ne le connaissait pas, n'est-ce pas ? Peu d'hommes arboraient une barbe épaisse ces temps-ci. Pourtant, sa manière de se tenir... et la façon dont il paraissait la regarder à travers son masque...

Quand Scarlett l'observa pour la troisième fois, il sourit, et des dents blanches parfaites fendirent la barbe noire et la peau basanée. Scarlett sentit ses jambes se dérober sous elle. C'était Rhett.

Impossible ! Elle devait se faire des idées. Mais non. Elle ne ressentirait pas ce qu'elle ressentait s'il s'agissait de quelqu'un d'autre. Est-ce que cela ne lui ressemblait pas d'arriver à un bal où si peu de gens étaient invités ? Rhett pouvait faire n'importe quoi.

— Excusez-moi, je dois partir. Non, vraiment.

Elle repoussa le mandarin et courut vers son mari.

Rhett s'inclina de nouveau.

— Edward Teach à votre service, madame.

— Qui ?

Croyait-il qu'elle ne l'avait pas identifié ?

— Edward Teach, plus connu sous le nom de Barbe Noire, le plus grand coquin qui ait jamais écumé les eaux de l'Atlantique, expliqua Rhett en jouant avec une boucle enrubannée de sa barbe.

Le cœur de Scarlett fit un bond. Il s'amuse, se dit-elle, à énoncer ces plaisanteries dont il sait que je ne les comprends presque jamais. Comme avant... avant que tout ne tourne mal. Je ne dois pas faire de faux pas. Je ne le dois pas. Qu'aurais-je dit avant de l'aimer autant ?

— Je suis étonnée que vous soyez venu à un bal à Atlanta alors qu'il se passe tant de choses importantes dans votre cher Charleston, dit-elle enfin.

Là. C'était juste ce qu'il fallait. Pas vraiment méchant, mais pas trop tendre non plus.

Les sourcils de Rhett apparurent comme deux croissants noirs au-dessus de son loup. Scarlett retint sa respiration. Il faisait toujours cela quand il était amusé. Elle n'avait encore commis aucune erreur.

– Comment êtes-vous si bien informée de la vie sociale de Charleston, Scarlett?

– Je lis le journal. Je ne sais quelle idiote n'arrête pas de parler de courses de chevaux.

Damnée barbe! Elle avait bien cru le voir sourire, mais elle ne distinguait pas vraiment ses lèvres.

– Je lis les journaux, moi aussi, dit Rhett. Et la nouvelle arrive même à Charleston quand un petit patelin comme Atlanta décide de faire concurrence à La Nouvelle-Orléans.

La Nouvelle-Orléans. Il l'y avait conduite pour leur lune de miel. Emmène-moi de nouveau là-bas! aurait-elle voulu dire, nous recommencerons tout, et tout sera différent. Mais elle ne devait pas le dire. Pas encore. Son esprit sauta d'un souvenir à l'autre – ruelles pavées, hautes pièces sombres, grands miroirs aux cadres dorés, mets étranges et délicieux...

– Je dois reconnaître que les rafraîchissements ne sont pas aussi élaborés, admit-elle.

– Puissant euphémisme, dit Rhett en riant.

Je le fais rire. Je ne l'avais pas entendu rire depuis des lustres. Trop longtemps. Il doit avoir vu tous ces hommes qui se battaient pour danser avec moi.

– Comment m'avez-vous reconnue sous mon masque?

– Il m'a suffi de chercher la femme vêtue avec le plus d'ostentation, Scarlett. Ce ne pouvait être que vous.

– Oh, espèce de... butor! lança-t-elle en oubliant qu'elle voulait l'amuser. Vous n'êtes pas d'une beauté renversante, Rhett Butler, avec cette stupide barbe. Vous auriez tout aussi bien pu vous coller une peau d'ours sur le visage.

– C'est le déguisement le plus complet que j'aie pu trouver. Il y a un certain nombre de gens à Atlanta dont je ne désire pas particulièrement qu'ils me reconnaissent.

– Alors pourquoi êtes-vous venu? Pas seulement pour m'insulter, j'imagine?

– Je vous ai promis de me montrer assez souvent pour faire taire les mauvaises langues, Scarlett. C'était une parfaite occasion.

– Un bal masqué? Où personne ne sait qui est qui!

– A minuit, les masques tombent. Et c'est dans quatre minutes environ. Nous allons valser au vu et au su de tout le monde, puis nous partirons.

Rhett la prit dans ses bras, et Scarlett oublia sa colère, oublia le danger couru en se démasquant devant ses ennemis, oublia le reste du monde. Rien n'était plus important que le fait que Rhett la tenait dans ses bras.

Scarlett resta éveillée presque toute la nuit, luttant pour comprendre ce qui était arrivé. Tout s'est bien passé au bal. Quand minuit a sonné, le Dr Meade a demandé que chacun ôte son masque, et Rhett a ri en arrachant aussi sa fausse barbe. Je jurerais qu'il s'amusait. Il a salué le docteur, s'est incliné devant Mme Meade, puis il m'a entraînée dehors en glissant dans la foule comme une anguille. Il n'a même pas remarqué la façon dont les gens m'ont tourné le dos, du moins ne l'a-t-il pas montré. Il souriait de toutes ses dents.

Et dans la voiture, au retour, il faisait trop sombre pour que je voie son visage, mais sa voix sonnait claire. Je ne savais que dire, mais je n'ai guère eu à y réfléchir. Il m'a demandé comment cela se passait à Tara et si son avocat payait bien mes factures, et le temps que je lui réponde, nous étions rendus chez nous. Et c'est là que c'est arrivé. En bas de l'escalier, dans le hall, il m'a seulement dit bonne nuit, qu'il était fatigué, et il est monté dans sa chambre.

Sa voix ne trahissait ni haine ni froideur. Il a seulement dit bonne nuit et il est monté. Qu'est-ce que cela signifie ? Pourquoi a-t-il pris la peine de faire tout ce chemin ? Pas seulement pour venir à une fête alors que tout Charleston est en effervescence. Pas pour le bal masqué alors qu'il pourra aller au carnaval, s'il le veut, avec tous les amis qu'il a à La Nouvelle-Orléans.

Il a dit : « Pour faire taire les mauvaises langues. » En plein dans le mille ! Elles vont se déchaîner, après l'avoir vu arracher ainsi cette barbe stupide.

Elle reconstitua cent fois en pensée le déroulement de la soirée jusqu'à en avoir mal à la tête. Son sommeil, quand elle sombra enfin, fut bref et agité. Elle se réveilla néanmoins à temps pour descendre dans sa robe de chambre la plus seyante. Elle ne se ferait pas apporter de plateau dans sa chambre, aujourd'hui. Rhett prenait toujours son petit déjeuner dans la salle à manger.

— Vous êtes bien matinale, ma chère ! dit-il en jetant sa serviette sur la table. C'est très gentil de votre part : cela m'évite d'avoir à vous écrire un mot d'adieu. J'ai empaqueté quelques objets que Pork avait oubliés. Je repasserai les prendre plus tard, en allant à la gare.

Ne me quittez pas ! suppliait le cœur de Scarlett. Elle détourna la tête pour qu'il ne lise pas cette prière dans ses yeux.

— Pour l'amour du ciel, Rhett, finissez votre café, dit-elle. Je ne vais pas vous faire une scène.

Elle alla se verser du café sur la desserte tout en observant Rhett dans le miroir. Il fallait qu'elle soit calme. Peut-être resterait-il.

Il s'était levé et regardait l'heure.

— Je n'ai pas le temps, dit-il. Il faut que je profite de ma venue pour voir certaines personnes. Je serai très occupé jusqu'à l'été, et je vais dire à qui veut l'entendre que je pars en Amérique du Sud pour affaires. Ainsi personne ne fera de gorges chaudes d'une aussi longue absence. La plupart des gens d'Atlanta ne savent même pas où se trouve l'Amérique du Sud. Vous voyez, ma chère, je tiens ma promesse de préserver la pureté de votre réputation, articula-t-il avec un sourire narquois tout en refermant sa montre pour la replacer dans son gousset. Au revoir, Scarlett.

— Vous feriez aussi bien d'y aller, en Amérique du Sud, et d'y disparaître à jamais !

Quant la porte se referma sur lui, Scarlett tendit la main vers la carafe de brandy. Pourquoi avait-elle eu cette attitude ? Elle ne reflétait pas du tout ce qu'elle ressentait. Rhett lui avait toujours fait cet effet-là : il l'avait toujours amenée à dire ce qu'elle ne pensait pas. Elle aurait dû se méfier et ne pas jouer son jeu. Mais il n'aurait pas dû me provoquer ainsi en parlant de ma réputation, enragea-t-elle. Comment a-t-il pu découvrir que je suis tenue à l'écart de toute vie sociale ?

Elle n'avait jamais été aussi malheureuse de toute sa vie.

CHAPITRE 9

Plus tard, Scarlett eut honte. Boire dès le matin! Seuls les ivrognes se le permettaient. Tout n'était pourtant pas si sombre. Du moins savait-elle maintenant quand Rhett allait revenir. La date était bien sûr très éloignée, mais elle était définie. Elle pouvait cesser de perdre son temps à se demander si ce soir peut-être... ou demain... ou après-demain.

Février s'ouvrit sur une période de chaleur surprenante qui fit venir prématurément des feuilles aux arbres et emplit l'air de l'odeur de la terre qui s'éveille.

— Ouvrez toutes les fenêtres, ordonna Scarlett à ses serviteurs, que l'humidité sorte.

Quel délice que la brise qui soulevait les cheveux duveteux de ses tempes! Elle fut soudain saisie d'un terrible désir de se trouver à Tara. Là-bas, elle pourrait dormir, bercée par le vent printanier qui ferait entrer dans sa chambre le parfum de la terre réchauffée.

Toutefois je ne peux pas partir. Colleton va commencer au moins trois maisons de plus dès que ce redoux aura dégelé le sol, mais il ne s'y mettra jamais si je ne le harcèle pas. De ma vie, je n'ai connu d'homme aussi pointilleux. Tout doit être fait dans les règles. Il va attendre que le sol soit assez meuble pour creuser jusqu'en Chine sans trouver de terre gelée.

Et si elle partait seulement quelques jours? Quelques jours ne changeraient pas grand-chose. Scarlett se souvint de la pâleur et de la silhouette effondrée d'Ashley au bal masqué, et elle soupira de déception.

Si elle allait à Tara, elle ne pourrait s'y détendre.

Elle envoya Pansy dire à Elias de préparer la voiture. Il fallait qu'elle aille voir Joe Colleton.

Ce soir-là, comme pour la récompenser d'avoir fait son devoir, on sonna à la porte juste à la tombée de la nuit.

— Scarlett chérie! cria Tony Fontaine quand le majordome lui ouvrit. Un vieil ami a besoin d'un gîte pour ce soir, aurez-vous pitié de lui?

— Tony! s'écria Scarlett en courant jusqu'à lui pour l'embrasser. Il laissa tomber ses bagages et l'enleva dans ses bras.

— Seigneur, Scarlett, votre situation n'a pas l'air mauvaise! Quand j'ai vu cette grande maison, j'ai cru qu'un idiot m'avait indiqué un hôtel.

Il regarda autour de lui les chandeliers travaillés, les murs tendus de velours, les miroirs de l'entrée aux massifs cadres dorés, et sourit à Scarlett.

— Pas étonnant que vous ayez épousé un type de Charleston au lieu de m'attendre! Où est Rhett? J'aimerais beaucoup rencontrer l'homme qui m'a pris ma fiancée préférée.

La peur parcourut de ses doigts glacés la colonne vertébrale de Scarlett. Suellen avait-elle dit quelque chose aux Fontaine?

— Rhett est en Amérique du Sud, expliqua-t-elle avec entrain. Vous vous rendez compte? Je croyais que seuls les missionnaires allaient dans des lieux aussi reculés!

— Moi aussi, approuva Tony en riant. Je suis désolé de le rater, mais c'est une chance quand même : je vais vous avoir toute à moi. Et si vous offriez un verre à un homme assoiffé?

Aucun doute, il ne savait pas que Rhett l'avait quittée.

— Je crois que votre visite exige du champagne!

Tony répondit qu'il serait heureux d'en boire plus tard, mais que pour le moment il préférait un bon vieux bourbon et un bain. Il sentait encore la bouse de vache!

Scarlett le servit elle-même, puis l'envoya à l'étage avec le majordome, qui le conduisit dans une des chambres d'amis. Dieu merci, les serviteurs habitaient dans la maison : le séjour de Tony pourrait se prolonger sans scandale autant qu'il le souhaiterait, et elle aurait un ami à qui parler.

Ils dînèrent au champagne, et Scarlett porta ses perles. Tony dévora quatre parts du gâteau au chocolat que la cuisinière avait préparé en catastrophe pour le dessert.

— Demandez qu'on m'empaquette ce qui reste du gâteau pour que je l'emporte, supplia-t-il. Je ne résiste pas à un gâteau recouvert d'une telle couche de glaçage. J'ai toujours aimé les friandises.

Scarlett rit et transmit le message à la cuisine

— Est-ce que vous médiriez de Sally, Tony? N'est-elle pas une excellente cuisinière?

– Sally ? Qu'est-ce qui a pu vous faire croire ça ? Elle prépare un somptueux dessert chaque soir rien que pour moi. Alex n'a pas ce genre de faiblesse.

Scarlett eut l'air étonnée.

– Vous voulez dire que vous ne savez pas ? dit Tony. J'ai cru que Suellen vous aurait écrit. Je retourne au Texas, Scarlett. J'ai pris cette décision vers Noël.

Ils parlèrent pendant des heures. Au début, elle le supplia de rester, jusqu'à ce que l'embarras de Tony vire à l'emportement habituel aux Fontaine.

– Bon sang, Scarlett, taisez-vous ! J'ai essayé, Dieu sait que j'ai essayé, mais je ne peux pas. Alors vous feriez mieux d'arrêter de me tourmenter.

Sa voix forte fit osciller et tinter les pendeloques de cristal du chandelier.

– Vous devriez penser à Alex, insista-t-elle.

L'expression du visage de Tony l'arrêta net. Quand il reprit la parole, sa voix était calme :

– J'ai vraiment essayé.

– Je suis désolée, Tony.

– Moi aussi, ma chère. Pourquoi n'appelez-vous pas votre élégant majordome pour qu'il nous ouvre une autre bouteille ? Nous pourrions parler d'autre chose.

– Parlez-moi du Texas.

Les yeux noirs de Tony s'allumèrent.

– Il n'y a pas même une barrière tous les cent milles, dit-il en riant. C'est parce qu'il n'y a pas grand-chose à enfermer, à moins d'aimer la terre sèche et les ronces. Mais on sait qui on est, quand on se retrouve seul dans ce désert. Il n'y a pas de passé, pas de vestiges à quoi se raccrocher parce que c'est tout ce qui vous reste. L'important, c'est la minute qu'on vit, peut-être demain, mais pas hier... Vous êtes jolie comme un cœur, Scarlett, dit-il en levant son verre. Rhett ne doit pas être bien malin, sinon il ne vous laisserait pas seule. Je vous ferais des avances si je pensais être pardonné.

Scarlett pencha la tête avec coquetterie. C'était amusant de jouer aux anciens jeux.

– Vous feriez des avances à ma grand-mère si elle était la seule femme disponible, Tony Fontaine. Pas une dame n'est en sécurité dans la même pièce que vous, quand ces yeux noirs et ces dents blanches lancent leurs éclairs.

– Oh ! Chère Scarlett, vous savez bien que c'est faux. Je suis le garçon le mieux élevé du monde... tant que la dame n'est pas belle au point de me faire oublier les bonnes manières.

Ils flirtèrent et prirent plaisir à leur habileté, jusqu'à ce que le majordome entre avec la bouteille de champagne. Ils se portèrent des toasts. Le plaisir enivrait suffisamment Scarlett pour qu'elle laisse Tony finir la bouteille. Ce faisant, il raconta des histoires sur le Texas qui la firent rire à en avoir un point de côté.

— Tony, j'aimerais vraiment que vous restiez un peu ici, dit-elle quand il annonça qu'il était sur le point de s'endormir sur la table. Je ne m'étais pas autant amusée depuis des lustres.

— J'aimerais pouvoir. J'apprécie assez de bien boire et bien manger auprès d'une jolie fille rieuse. Mais je dois profiter de ce redoux. Je prends le train vers l'Ouest demain, avant que ça ne regèle. Et il part très tôt. Boirez-vous un café avec moi avant mon départ?

— Vous ne pourriez m'en empêcher même si vous le vouliez!

Elias les conduisit à la gare dans la lumière grise qui précède l'aube, et Scarlett agita son mouchoir quand Tony monta dans le train. Il portait une petite sacoche de cuir et un énorme sac de tapisserie contenant sa selle. Quand il les eut hissés sur la plate-forme du wagon, il se retourna et la salua de son grand chapeau texan cerclé d'une peau de serpent à sonnettes. L'ampleur de son geste ouvrit son manteau, et Scarlett vit sa ceinture et les revolvers.

Du moins est-il resté assez longtemps pour apprendre à Wade comment faire tournoyer un six-coups autour de son doigt, se dit-elle. J'espère qu'il ne va pas se tirer dans le pied. Elle envoya un baiser à Tony qui tendit son chapeau comme un bol pour le rattraper, plongea la main dedans, la ressortit et fit mine de ranger le baiser dans la poche de son gilet. Scarlett riait encore quand le train s'ébranla.

— Allons sur mon terrain où travaille M. Colleton, dit-elle à Elias.

Le soleil serait levé avant qu'ils n'y parviennent, et l'équipe ferait mieux d'être en train de creuser, car sinon Scarlett ne garderait pas sa langue dans sa poche. Tony avait raison: il fallait profiter du redoux.

Joe Colleton fut inflexible.

— Je ferai ce que j'ai dit, madame Butler, mais c'est bien ce que je pensais. Le dégel n'est pas assez profond pour qu'on creuse une cave. Il faudra encore un mois avant de commencer.

Scarlett le supplia, se mit en colère, mais rien n'y fit.

Elle enrageait encore un mois plus tard quand un message de Colleton la rappela sur le chantier.

Elle ne vit pas Ashley avant qu'il fût trop tard pour faire demi-tour. Que vais-je lui dire? Je n'ai aucune raison de me trouver ici, et Ashley est si malin qu'il ne croira à aucun des mensonges que je pourrais inventer. Elle avait l'impression d'être diaphane et ne doutait pas que le sourire hâtif auquel elle avait contraint ses lèvres ne fût tout aussi spectral.

Ashley sembla pourtant ne rien remarquer. Il l'aida à descendre de voiture avec sa courtoisie habituelle.

– Je suis content de ne pas vous avoir manquée, Scarlett, ça me fait un si grand plaisir de vous voir! M. Colleton m'a dit que vous risquiez de venir, alors j'ai fait traîner les choses autant que j'ai pu. Nous savons tous deux que je n'ai rien d'un homme d'affaires, ajouta-t-il avec un sourire piteux, mais je veux tout de même vous donner mon avis: si vous construisez un autre magasin ici, vous ne pouvez vous tromper...

De quoi parle-t-il? Oh... naturellement! Comme Joe Colleton est malin! Il a déjà trouvé une excuse à ma présence ici, songea Scarlett avant de reporter son attention sur Ashley.

– ... et j'ai entendu dire que la ville allait très certainement prolonger une ligne de tramway jusqu'ici, dans les faubourgs. C'est incroyable, n'est-ce pas, de voir comme Atlanta s'agrandit?

Ashley paraissait plus fort. Très fatigué par l'effort de vivre, mais plus apte à le supporter. Scarlett espéra que cette amélioration allait de pair avec une amélioration des affaires à la scierie. Elle ne pourrait souffrir que l'entreprise meure. Elle ne pourrait le pardonner à Ashley.

Il prit sa main dans la sienne et la regarda d'un air préoccupé.

– Vous avez l'air fatiguée, ma chère. Est-ce que tout va bien?

Elle aurait voulu poser la tête contre sa poitrine et pleurer en lui disant que tout était horrible. Mais elle sourit.

– Mais enfin, Ashley, ne soyez pas bête. Je suis allée à une petite fête hier soir, et je me suis couchée tard, c'est tout. Vous devriez savoir qu'on ne fait pas remarquer à une dame qu'elle n'est pas au mieux de sa forme.

Pourvu qu'il n'aille pas raconter ça à India et à toutes ses vieilles amies malveillantes, se dit Scarlett.

Ashley accepta son explication sans poser de question, et se mit à lui parler des maisons de Joe Colleton. Comme si elle ne savait pas tout cela, et jusqu'au nombre de clous nécessaires pour chacune!

– Ce sont des constructions de qualité, dit Ashley. Pour une fois, les moins fortunés seront traités aussi bien que les riches. C'est une chose que je croyais ne jamais voir en ces temps d'opportunisme arrogant. Il semblerait que toutes les vieilles valeurs n'aient finalement pas été perdues. Je suis honoré d'y avoir ma part. Parce que, vous savez, Scarlett, M. Colleton veut que je lui fournisse le bois

– Oh, Ashley, s'exclama-t-elle en feignant l'étonnement, c'est merveilleux!

En effet. Elle était sincèrement heureuse que son stratagème pour aider Ashley marche si bien. Mais, après qu'elle eut parlé en privé avec Colleton, elle se dit qu'elle n'avait pas voulu que cela devienne une sorte de hobby: d'après Colleton, Ashley avait l'intention de visiter chaque jour le chantier. Pour l'amour du ciel, elle avait voulu procurer un revenu à Ashley, pas un passe-temps! Maintenant, elle ne pourrait plus du tout venir ici.

Sauf le dimanche, quand personne ne travaillait sur le chantier Cette expédition hebdomadaire devint presque une obsession pour elle. Elle ne pensait plus à Ashley quand elle voyait, au fur et à mesure de l'avancement des maisons, le beau bois lisse devenu chevrons de la charpente, poutres de soutènement, lattes du plancher. Elle déambulait le cœur lourd entre les piles bien nettes de matériaux et de débris. Comme elle aurait aimé participer à cette aventure, entendre les coups de marteau, regarder les copeaux bouclés du bois tomber des rabots, constater les progrès quotidiens! Être occupée.

Il me reste à tenir jusqu'à l'été – ces mots, elle se les répétait comme une litanie pour continuer à vivre – et alors Rhett reviendra. Je pourrai lui parler, Rhett est le seul à qui je puisse parler, et il est le seul à m'aimer. Il ne me laissera pas vivre ainsi, proscrite et malheureuse, dès qu'il saura combien ma vie est affreuse. Quelle erreur ai-je commise? J'étais tellement certaine que, si j'avais assez d'argent, je serais en sécurité. Maintenant, je suis riche, et j'ai plus peur que jamais.

Mais quand vint l'été, il n'y eut pas de visite de Rhett, ni même un mot de sa part. Scarlett rentrait vite du magasin chaque matin pour être là s'il arrivait par le train de midi. Le soir, elle portait sa plus jolie robe et ses perles pour dîner, au cas où il viendrait par quelque autre moyen. La longue table s'étendait devant elle, avec son argenterie et la nappe damassée, brillante d'amidon. C'est à cette époque qu'elle se mit à boire régulièrement – pour étouffer le silence tandis qu'elle guettait le bruit des pas de Rhett.

Sans s'en rendre compte, elle commença à prendre du sherry dans l'après-midi. Après tout, un verre de sherry ou deux n'avaient jamais déshonoré une dame. Ensuite, elle remarqua à peine le jour où elle passa du sherry au whisky... puis celui où elle eut pour la première fois besoin d'un verre pour faire les comptes au magasin parce que la baisse des bénéfices la déprimait... puis celui où elle se mit à laisser la nourriture intacte dans son assiette parce que l'alcool satisfaisait mieux sa faim... puis celui où elle en vint à s'offrir un verre de brandy au saut du lit...

Elle remarqua à peine que l'automne succédait à l'été.

Pansy arriva avec le courrier de l'après-midi sur un plateau. Ces derniers temps, Scarlett avait pris l'habitude de faire une petite sieste dans sa chambre à coucher. Cela occupait une partie des après-midi vides, et lui procurait quelque repos, un soulagement qui lui était refusé la nuit.

— Madame veut que Pansy lui apporte du café ou autre chose, madame Scarlett ?

— Non. Tu peux disposer, Pansy.

Scarlett prit la lettre du dessus et l'ouvrit en surveillant du coin de l'œil sa femme de chambre qui ramassait les vêtements qu'elle avait jetés au sol. Pourquoi cette stupide gamine ne sortait-elle pas de sa chambre ?

C'était une lettre de Suellen. Scarlett ne tira même pas les pages pliées de l'enveloppe. Elle savait ce qu'elle y lirait : de nouvelles jérémiades sur le mauvais caractère d'Ella, comme si les propres filles de Suellen étaient des anges, et surtout de méchantes petites piques sur le coût de la vie, sur le peu d'argent que rapportait la plantation et sur la richesse de Scarlett. Elle jeta la lettre par terre. Elle ne pourrait souffrir de la lire maintenant. Elle la lirait demain... Oh, Dieu merci, Pansy était partie !

J'ai besoin d'un verre, se dit-elle. Il fait presque nuit, et il n'y a rien de mal à prendre un verre le soir. Je vais juste déguster très lentement un petit brandy pendant que je finis de lire le courrier.

La bouteille cachée derrière les cartons à chapeau était presque vide. Scarlett enragea. Maudite Pansy. Si elle n'était pas aussi adroite pour me coiffer, je la renverrais sur-le-champ. Ce ne peut être qu'elle qui l'a bue. Ou l'une des autres servantes. Il est impossible que j'aie tant bu. J'ai caché cette bouteille ici il y a quelques jours à peine ! Ça ne fait rien. Je vais descendre les lettres dans la salle à manger. Après tout, quelle importance si les serviteurs surveillent le niveau de la carafe ? C'est ma maison, ma carafe, mon brandy, et je fais ce que je veux. Où est mon peignoir ? Ah ! le voilà. Pourquoi les boutons sont-ils si serrés ? Il faut un temps fou pour le fermer.

Scarlett se servit un verre et s'assit tranquillement à la table pour lire son courrier.

Une circulaire annonçant l'arrivée d'un nouveau dentiste. Peuh! Ses dents allaient très bien, merci beaucoup. Une autre à propos d'un service de livraison du lait. L'annonce d'une nouvelle pièce à l'opéra DeGives. Tout en triant les enveloppes, Scarlett commençait à s'irriter. N'y avait-il aucune véritable lettre? Sa main s'arrêta en touchant une fine enveloppe craquante en pelure d'oignon où son adresse était tracée d'une écriture arachnéenne. Tante Eulalie. Scarlett avala le reste de son brandy et déchira l'enveloppe. Elle avait toujours haï les missives prêchi-prêcha de la sœur de sa mère, mais tante Eulalie vivait à Charleston. Elle parlerait peut-être de Rhett puisqu'elle était la meilleure amie de sa mère.

Scarlett parcourut rapidement la lettre, cherchant les mots qui pourraient l'intéresser parmi les pattes de mouche de tante Eulalie, qui avait toujours eu la mauvaise habitude d'écrire des deux côtés d'un papier fin, si bien que l'on voyait en transparence les mots du verso – quand la plume n'avait pas franchement traversé! Les pages finies, tante Eulalie tournait sa feuille dans le sens de la longueur et écrivait dans la marge étroite. Et tout cela pour se répandre en propos creux.

L'automne étonnamment chaud... elle disait cela chaque année... Tante Pauline qui a mal au genou... elle avait des problèmes de genoux depuis toujours... Une visite à sœur Marie-Joseph... Scarlett haussa le sourcil. Elle n'arrivait pas à penser à sa petite sœur Carreen sous son nom de religieuse, même si cela faisait huit ans maintenant qu'elle était au couvent, à Charleston... Il avait fallu retarder de beaucoup la vente de charité pour la construction de la cathédrale parce que les dons n'arrivaient pas en quantité suffisante, est-ce que Scarlett ne pourrait pas... par tous les saints! Elle assurait un toit à ses tantes, devait-elle aussi s'occuper du toit de la cathédrale? Elle tourna la page en fronçant les sourcils.

Le nom de Rhett jaillit de l'enchevêtrement des signes.

Cela réchauffe le cœur de voir une amie aussi chère qu'Eleanor Butler trouver le bonheur après tant de peines. Rhett est le chevalier servant de sa mère, et sa dévotion a beaucoup fait pour le racheter aux yeux de tous ceux qui déploraient ses manières quand il était jeune homme. Je n'arrive pas à comprendre, et ta tante Pauline non plus, pourquoi tu insistes pour rester t'occuper de ton commerce à Atlanta alors que tu n'en as aucun besoin. J'ai souvent déploré ta façon de vivre par le passé, mais tu n'as jamais accédé à mes suppliques et abandonné une activité si peu convenable pour une dame. J'ai donc cessé d'en parler voici des années. Mais à présent que ce magasin t'empêche de tenir ta véritable place au côté de ton mari, je

considère de mon devoir de faire à nouveau allusion à ce sujet désa-
gréable.

Scarlett jeta la lettre sur la table. Voilà donc ce que Rhett avait trouvé comme excuse! Qu'elle ne voulait pas quitter son magasin pour venir avec lui à Charleston. Quel menteur sans vergogne! Elle l'avait supplié de l'emmener avec lui quand il était parti. Comment osait-il propager de tels mensonges? Elle aurait quelques jolies choses à dire à M. Rhett Butler quand il rentrerait à la maison.

Elle gagna le buffet à grandes enjambées et se versa un verre de brandy. Quelques gouttes jaillirent sur la surface luisante de bois verni et elle les épongea de sa manche. Il était capable de nier, cette canaille. Eh bien, elle lui jetterait la lettre de tante Eulalie au visage. On verrait bien s'il traiterait de menteuse la meilleure amie de sa mère!

Soudain sa rage la quitta et elle eut froid. Elle savait ce qu'il dirait : « Préféreriez-vous que je leur dise la vérité? Que je vous ai quittée parce que la vie avec vous était intolérable? »

Quelle honte! N'importe quoi valait mieux que cela. Même vivre dans la solitude en attendant son retour. Elle porta le verre à ses lèvres et but de longues gorgées.

Son geste attira son regard vers le miroir placé au-dessus du buffet et qui reflétait son image. Lentement, Scarlett baissa le bras et posa son verre. Elle se regarda dans les yeux. Ils s'agrandirent sous le choc de ce qu'ils découvraient. Elle ne s'était pas regardée vraiment depuis des mois, et elle ne pouvait croire que cette femme pâle, éma-ciée, aux yeux enfoncés et cernés, eût quoi que ce fût à voir avec elle. On aurait même dit qu'elle ne s'était pas lavé les cheveux depuis des semaines!

Que lui était-il arrivé?

Un automatisme lui fit tendre la main vers la carafe – ce qui lui fournit la réponse. Scarlett retira sa main et vit qu'elle tremblait.

– Oh, mon Dieu! Espèce de folle! murmura-t-elle en s'accrochant au bord du buffet pour ne pas tomber.

Elle regarda son reflet, puis ses yeux se fermèrent et des larmes coulèrent lentement sur ses joues, mais elle les essuya de ses doigts tremblants.

Elle avait plus que jamais envie d'un autre verre. Sa langue lécha ses lèvres. Sa main droite bougea de son propre chef et se referma sur le col de la carafe scintillante en cristal taillé. Scarlett regarda sa main comme si elle appartenait à une étrangère, elle regarda la belle et lourde carafe et la promesse d'évasion qu'elle recelait. Lentement, surveillant ses mouvements dans le miroir, elle leva la carafe et recula, s'écartant de son image effrayante.

Puis elle inspira profondément et détendit le bras de toute la force dont elle était capable. La carafe lança des éclairs bleus, rouges et violets en s'écrasant contre l'immense miroir. Pendant un moment, Scarlett vit son visage se briser en mille morceaux, elle vit son sourire victorieux se tordre. De petits éclats argentés constellèrent le buffet. Le haut du miroir sortit du cadre et pencha vers l'avant, puis éclata en grands fragments qui vinrent s'écraser par terre avec un bruit de canon.

Scarlett pleurait, riait et criait devant la destruction de sa propre image.

– Lâche! Lâche! Lâche!

Elle ne sentait pas les petites entailles que les éclats de verre avaient faites sur ses bras, son cou, son visage. Il y avait sur sa langue un goût de sel. Scarlett toucha sa joue et examina avec surprise ses doigts rougis.

Elle eut beau fixer l'endroit où son reflet se trouvait quelques instants plus tôt, il n'y était plus. Elle rit nerveusement. Bon débarras.

Les serviteurs s'étaient précipités à la porte en entendant le vacarme. Ils se tenaient les uns contre les autres, craignant de pénétrer dans la pièce, et contemplaient en tremblant la silhouette raide de Scarlett. Elle tourna soudain la tête vers eux, et Pansy émit un cri de terreur au spectacle de son visage ensanglanté.

– Partez, dit Scarlett calmement. Je vais très bien. Partez. Je veux rester seule.

Ils obéirent sans un mot.

Elle était seule de toute façon, qu'elle le veuille ou non, et des tonneaux de brandy ne mettraient pas fin à sa solitude. Rhett ne reviendrait pas, cette maison n'était plus son foyer. Elle le savait depuis longtemps, mais elle avait refusé de le croire. Elle s'était conduite comme une lâche et une idiote. Pas étonnant qu'elle n'ait pas reconnu cette femme dans le miroir. Cette lâche imbécile n'était pas Scarlett O'Hara. Scarlett O'Hara – comment dit-on? – ne noyait pas son chagrin dans l'alcool. Scarlett O'Hara ne se dissimulait pas la vérité pour continuer d'espérer. Elle faisait face aux pires épreuves qu'on lui imposait. Et elle bravait les dangers pour obtenir ce qu'elle voulait.

Scarlett frissonna. Elle avait été bien près de se détruire.

Plus jamais. Il était temps – plus que temps – de prendre sa vie en main. Plus de brandy. Elle avait jeté cette béquille au loin.

Tout son corps réclamait désespérément un verre, mais elle refusa de l'écouter. Elle avait fait des choses plus difficiles dans sa vie. Elle réussirait celle-là. Il le fallait.

Elle tendit le poing vers le miroir brisé.

— Et maintenant, tu peux m'envoyer tes sept ans de malheur, maudit miroir! lança-t-elle avec un rire de défi rageur.

Elle s'adossa un instant à la table pour reprendre des forces. Elle avait tant à faire!

Traversant le champ de ruines qui l'entourait, elle écrasa de ses talons les éclats de verre.

— Pansy! appela-t-elle depuis la porte. Je veux que tu me laves les cheveux.

Scarlett tremblait de la tête aux pieds, mais elle força ses jambes à la porter jusqu'à l'escalier et à monter à l'étage.

— Ma peau doit être toute fripée, dit-elle tout haut pour détourner le plus possible son esprit de la soif d'alcool qui tenaillait son corps. Il va me falloir des litres d'eau de rose et de glycérine. Et de nouveaux vêtements. Mme Marie devra engager de la main-d'œuvre.

Il ne lui faudrait sans doute pas plus de quelques semaines pour surmonter sa faiblesse et retrouver sa beauté. Elle y veillerait.

Elle devait être forte et belle, et elle n'avait pas de temps à perdre. Elle en avait déjà trop perdu.

Rhett n'était pas revenu vers elle? Eh bien, elle irait à lui.

A Charleston.

LIVRE II

Le va-tout

CHAPITRE 10

Sa décision prise, Scarlett modifia radicalement son mode de vie. Maintenant, elle avait un but, et elle consacra toute son énergie à l'atteindre. Plus tard, quand elle serait à Charleston, il serait temps de penser à la bonne stratégie pour ramener Rhett vers elle. Pour le moment, elle devait préparer son départ.

Mme Marie leva les bras au ciel et déclara qu'il était impossible de lui refaire entièrement sa garde-robe en quelques semaines. Oncle Henry Hamilton rapprocha le bout de ses doigts sur sa bedaine et exprima sa désapprobation quand Scarlett lui expliqua ce qu'elle attendait de lui. Leur opposition fit briller de joie les yeux de Scarlett : enfin des batailles à mener! Et elle gagna. Début novembre, l'oncle Henry avait repris la gestion financière du magasin et du saloon. A l'avenir il veillerait à ce que l'argent nécessaire soit versé à Joe Colleton. Et la chambre de Scarlett avait pris des allures d'entrepôt plein d'étoffes de couleur et de dentelle. Ses nouveaux vêtements ne tarderaient pas à être emballés pour le voyage.

Elle était encore trop maigre, et elle n'avait pu faire disparaître les légères ombres sous ses yeux parce que ses nuits avaient été une succession d'insomnies, tant les efforts qu'elle s'était imposés pour résister à l'invitation au repos promise par le brandy avaient été éprouvants. Mais elle avait aussi gagné cette bataille, et retrouvé un appétit normal. Ses joues s'étaient suffisamment remplies pour que des fossettes s'y dessinent quand elle souriait, et sa poitrine s'arrondissait de nouveau. Quelques habiles touches de rouge sur ses joues et ses lèvres, et elle passait encore pour une jeune fille, elle n'en doutait pas.

Il était temps de partir.

Au revoir, Atlanta, dit Scarlett à part elle quand le train quitta la gare. Tu as essayé de m'abattre, mais je ne t'ai pas laissée faire. Et je me moque que tu m'approuves ou non.

Elle songea que le frisson qui la parcourait devait provenir d'un courant d'air. Elle n'avait pas peur, pas du tout. Elle allait énormément se plaire à Charleston. Ne répétait-on pas toujours que c'était la ville la plus gaie de tout le Sud? Et rien ne s'opposerait à ce qu'on l'invite partout : tante Pauline et tante Eulalie connaissaient tout le monde. Elles sauraient tout de Rhett – où il habitait, ce qu'il faisait – et tout ce qu'elle aurait à faire serait de...

Y penser maintenant n'avait aucun sens. Elle déciderait sur place. Si elle y réfléchissait à présent, elle risquait de prendre peur, alors qu'elle était bien décidée à ce voyage.

Seigneur! Comment pouvait-elle être assez stupide pour ressentir tant d'anxiété? Charleston n'était pas le bout du monde. Tony Fontaine était bien parti pour le Texas, à un million de milles de là aussi facilement que pour une simple promenade à Decatur. Et elle avait déjà séjourné à Charleston. Elle savait ce qu'elle allait...

Qu'elle ait détesté la ville ne signifiait pas grand-chose. Elle était si jeune alors – dix-sept ans seulement, une jeune veuve avec un bébé. Wade Hampton n'avait pas encore de dents! Cela faisait plus de douze ans. Tout serait totalement différent, cette fois. Tout se passerait bien, comme elle le voulait.

– Pansy, va dire au chef de train de déplacer les bagages. Je voudrais me rapprocher du poêle. Il y a un courant d'air, sous cette fenêtre.

De la gare d'Augusta, où elle changea de train pour prendre celui de la ligne desservant la Caroline du Sud, Scarlett envoya un télégramme à ses tantes.

ARRIVE TRAIN 16 H POUR VISITE STOP
UNE SEULE SERVANTE STOP BAISERS SCARLETT

Elle avait tout manigancé. Juste dix mots, et aucun risque que ses tantes télégraphient quelque excuse pour l'empêcher de venir, puisqu'elle était déjà en route. Non qu'il fût vraisemblable qu'elles eussent envie de le faire : Eulalie ne cessait de la supplier de venir les voir, et l'hospitalité restait une loi imprescriptible des terres du Sud. Mais inutile de tenter le diable quand on pouvait prendre des garanties, et Scarlett aurait besoin au départ de la protection que lui offrirait la maison de ses tantes. Charleston était la patrie des prétentieux et des orgueilleux, et Rhett avait à l'évidence tenté de monter les gens contre elle.

Non, elle ne voulait pas songer à cela. Elle allait adorer Charleston, cette fois. Elle y était décidée. Tout serait différent. Sa vie allait changer. Ne regarde pas en arrière, se répétait-elle toujours. Maintenant, elle le pensait vraiment. Tout son passé était derrière elle, il s'éloignait à chaque tour de roue. Le souci de ses affaires incombait à présent à l'oncle Henry, ses responsabilités envers Mélanie étaient assumées, et les enfants vivaient à Tara. Pour la première fois de sa vie d'adulte, elle était libre de faire tout ce qu'elle voulait, et elle savait ce qu'elle voulait. Elle allait prouver à Rhett qu'il avait tort quand il refusait de croire qu'elle l'aimait. Elle lui prouverait qu'elle l'aimait. Il verrait. Et alors il regretterait de l'avoir quittée. *Il passera ses bras autour de moi et m'embrassera et nous serons heureux pour toujours et à jamais... Même à Charleston s'il insiste pour y rester.*

Perdue dans ses rêves, Scarlett ne remarqua pas l'homme monté dans le train à Ridgeville avant qu'il frôlât l'accoudoir de son siège. Elle recula alors comme s'il l'avait frappée. Il portait l'uniforme bleu de l'armée de l'Union.

Un Yankee! Que faisait-il ici? Ces temps étaient révolus et elle voulait les oublier à jamais, mais la vision de l'uniforme les ramena à sa mémoire : sa peur pendant le siège d'Atlanta, la brutalité des soldats pillant les misérables réserves de nourriture de Tara et mettant le feu à la maison, la détonation et le sang projeté quand elle avait tiré sur le soldat pillard avant qu'il ne puisse la violer... Scarlett sentit son cœur battre de terreur comme jadis, et elle faillit crier. Qu'ils soient maudits, maudits, tous, pour avoir détruit le Sud. Qu'ils soient maudits surtout pour l'avoir réduite à se sentir impuissante et terrorisée. Elle détestait cette sensation, et elle les détestait.

Je ne laisserai pas cet incident me troubler, non. Je ne peux me permettre d'être bouleversée par quoi que ce soit alors que j'ai besoin d'être au mieux de ma forme, prête pour Charleston, et pour Rhett. Je ne m'occuperai pas de ce Yankee, et je ne penserai pas au passé. Seul l'avenir compte, maintenant. Scarlett regarda résolument par la fenêtre le paysage vallonné si semblable à celui qui entourait Atlanta : routes d'argile rouge traversant de sombres bois de pins et des champs où le gel noircissait le chaume. Elle était en route depuis plus d'une journée, et elle aurait bien pu n'être encore qu'à quelques milles de chez elle. *Dépêche-toi,* ordonna-t-elle à la locomotive, *dépêche-toi.*

— Charleston, c'est comment, madame Scarlett? demanda Pansy pour la centième fois alors que la lumière baissait de l'autre côté de la vitre.

— Très joli. Tu t'y plairas beaucoup, répondit Scarlett pour la centième fois. Tiens! ajouta-t-elle en montrant le paysage. Tu vois ce qui pend de cet arbre? C'est cette plante dont je t'ai parlé, qu'on appelle « cheveux du roi ».

Pansy pressa son nez contre la vitre couverte de suie.

– Ooooh, gémit-elle, on dirait des fantômes qui bougent. J'ai peur des fantômes, madame Scarlett.

– Ne sois pas si bête!

Mais Scarlett frissonna. Les longues écharpes de mousse grise se balançaient de façon presque irréelle dans la lumière déclinante, et elle n'aimait pas non plus leur aspect. Cela voulait pourtant dire qu'ils arrivaient dans les Basses-Terres, près de la mer, près de Charleston. Scarlett regarda sa montre. Cinq heures et demie. Le train avait plus de deux heures de retard. Ses tantes auraient attendu, bien sûr, mais elle aurait tout de même préféré arriver avant la nuit. L'obscurité avait quelque chose de si peu amical.

La gare de Charleston était comme une caverne mal éclairée. Scarlett tendit le cou, cherchant ses tantes ou un cocher à leur service qui aurait pu venir la chercher. Mais elle n'aperçut qu'une demi-douzaine de soldats en uniforme bleu, le fusil à l'épaule.

– Madame Scarlett, murmura Pansy d'une voix tremblante en la tirant par la manche, y a des soldats partout.

Sa peur força Scarlett à se montrer courageuse.

– Marche comme s'ils n'étaient pas là, Pansy. Ils ne peuvent te faire de mal, la guerre est terminée depuis presque dix ans. Viens.

Scarlett fit un signe au porteur qui poussait le chariot des bagages.

– Où peut se trouver la voiture qui m'attend? demanda-t-elle d'une voix hautaine.

Le porteur la précéda à l'extérieur de la gare, mais le seul véhicule visible était un vieux buggy tiré par un cheval cambré que conduisait un cocher noir en guenilles. Le cœur de Scarlett se serra. Et si ses tantes ne se trouvaient pas en ville? Elle savait qu'il leur arrivait d'aller voir leur père à Savannah. Et si son télégramme gisait sur la dernière marche du porche d'une maison sombre et vide?

Elle inspira longuement. Elle se moquait de connaître le fin mot de l'histoire. Elle devait s'éloigner de la gare et des soldats yankees. S'il le faut, je casserai une fenêtre pour entrer dans la maison, décida-t-elle. Pourquoi pas? Je paierai la réparation comme j'ai payé la réfection du toit et tout le reste. Elle envoyait de l'argent à ses tantes depuis qu'elles avaient tout perdu à cause de la guerre.

– Mettez mes malles dans ce véhicule, ordonna-t-elle au porteur, et dites au cocher de venir vous aider. Je vais chez Mme Carey Smith, dans le quartier de la Batterie.

Le mot magique de « Batterie » eut précisément l'effet qu'elle escomptait. Les deux hommes s'empressèrent servilement. C'est donc toujours l'adresse la plus huppée de Charleston, se dit Scarlett avec soulagement. Dieu merci. Ce serait trop horrible, si Rhett apprenait que je vis dans un quartier de miséreux.

Pauline et Eulalie ouvrirent toute grande la porte de leur maison dès que le buggy s'arrêta. L'allée qui menait à la chaussée s'éclaira soudain et Scarlett courut jusqu'au refuge que promettait cette coulée de lumière dorée.

Elles ont l'air si vieilles! songea-t-elle dès qu'elle fut près de ses tantes. Je ne me souvenais pas d'une tante Pauline maigre comme un bâton et toute ridée, ni d'une tante Eulalie si grosse ; on dirait un ballon couronné de cheveux gris!

— Mais regardez qui voilà! s'exclama Eulalie. Tu as tellement changé, Scarlett, que je te reconnais à peine.

Scarlett s'inquiéta. Avait-elle vieilli à ce point, elle aussi? Elle accepta les embrassades de ses tantes et se força à sourire.

— Regarde notre Scarlett, Pauline, elle est devenue l'image même d'Ellen.

— Ellen n'a jamais été aussi mince, Eulalie, tu le sais bien, dit Pauline en prenant le bras de Scarlett pour l'éloigner de sa sœur. Mais la ressemblance reste frappante, c'est vrai.

Scarlett sourit joyeusement, cette fois. On n'aurait pu lui faire de plus grand compliment.

Les deux vieilles dames s'agitèrent et se disputèrent pour savoir comment installer Pansy dans les quartiers des domestiques et comment porter les malles et valises de Scarlett jusqu'à sa chambre.

— Ne lève pas le petit doigt, ma chérie, dit Eulalie à Scarlett. Tu dois être épuisée, après un tel voyage.

Scarlett s'installa avec reconnaissance sur le canapé du salon, loin de l'agitation. Maintenant qu'elle était enfin arrivée, toute l'énergie fiévreuse qui l'avait soutenue durant les préparatifs semblait l'avoir abandonnée, et elle se rendit compte que sa tante avait raison : elle était épuisée.

Pendant le dîner, elle somnola presque. Ses tantes parlaient d'une voix douce, berçant leurs phrases de cet accent caractéristique de la côte Sud où les voyelles s'allongent jusqu'à estomper les consonnes. Leur conversation portait essentiellement sur des désaccords exprimés poliment, mais sa musique restait apaisante. De plus, elles ne disaient rien qui pût intéresser Scarlett. Elle avait appris, dès le seuil franchi, ce qu'elle voulait savoir : Rhett vivait chez sa mère, mais il n'était pas en ville en ce moment.

– Il est parti dans le Nord, dit Pauline d'un ton aigre.

– Mais pour de bonnes raisons, très chère, rappela Eulalie. Il est à Philadelphie pour racheter une partie de l'argenterie familiale volée par les Yankees.

– C'est une joie de voir combien il se consacre au bonheur de sa mère en retrouvant tout ce qu'elle a perdu, enchaîna Pauline.

– Il aurait pu montrer un peu de cette dévotion beaucoup plus tôt, si vous voulez mon avis, persifla Eulalie.

Scarlett se moquait éperdument de son avis. Elle était plongée dans ses propres pensées, qui semblaient se concentrer sur une question : à quelle heure pourrait-elle enfin aller se coucher ? Elle était sûre que, cette nuit, aucune insomnie ne viendrait la tourmenter.

Et elle avait raison. Dès lors qu'elle avait repris sa vie en main et qu'elle était en route pour obtenir ce qu'elle voulait, elle pouvait dormir comme un bébé. Elle s'éveilla le matin avec une sensation de bien-être qu'elle n'avait pas éprouvée depuis des années. Elle était bienvenue chez ses tantes, on ne la renvoyait pas à sa solitude comme à Atlanta, et elle n'avait pas encore à préparer ce qu'elle dirait à Rhett quand elle le verrait. Elle pouvait se détendre et se laisser gâter un petit peu en attendant qu'il rentre de Philadelphie.

Sa tante Eulalie vint pourtant gâcher son euphorie avant même qu'elle ait fini sa première tasse de café.

– Je sais combien tu dois être anxieuse de revoir Carreen, chérie, mais elle ne peut recevoir de visite que les mardis et samedis, alors nous avons prévu autre chose pour aujourd'hui.

Carreen ! Scarlett serra les lèvres. Elle ne voulait pas la voir, cette traîtresse ! Donner sa part de Tara comme si ce n'était rien... Mais qu'allait-elle dire à ses tantes ? Elles ne pourraient jamais comprendre qu'une femme ne meure pas d'envie de revoir sa sœur, elles qui étaient si proches – au point de vivre ensemble ! Il me suffira de prétendre que rien ne me ferait plus plaisir que voir Carreen, et d'avoir une migraine au moment d'y aller.

Soudain, elle entendit ce que Pauline était en train de dire, et ses tempes se mirent à battre douloureusement.

– ... alors nous avons envoyé notre bonne Susie avec un mot à Eleanor Butler. Nous irons la voir ce matin. Veux-tu me passer le sirop, Scarlett, s'il te plaît ?

Scarlett tendit automatiquement la main vers le pichet, et le renversa. La mère de Rhett. Elle n'était pas encore prête à voir la mère de Rhett. Elle n'avait rencontré Eleanor Butler qu'une fois, aux funérailles de Bonnie, et elle n'en avait gardé presque aucun souvenir, sauf celui d'une femme grande, digne, au silence intimidant. Je sais bien qu'il faudra que je la rencontre, se dit Scarlett, mais pas maintenant, pas encore, je ne suis pas prête. Son cœur battait au rythme où elle tamponnait maladroitement la nappe avec sa serviette pour tenter d'éponger le sirop poisseux.

— Scarlett, mon enfant, ne frotte pas la tache comme cela, tu vas abîmer la nappe, dit Pauline en posant la main sur le poignet de Scarlett.

Scarlett retira brusquement sa main. Comment pouvait-on s'inquiéter de quelque chose d'aussi trivial qu'une nappe en un moment pareil !

— Je suis désolée, ma tante, parvint-elle à articuler.

— C'est sans importance, mon petit. Je voulais seulement éviter que tu n'y fasses un trou. Il nous reste si peu de jolies choses, ajouta Eulalie d'une voix qui sembla se perdre au fond d'un tombeau.

Scarlett serra les dents. Elle aurait voulu crier. Qu'ai-je à faire d'une nappe alors que je vais devoir affronter cette mère que Rhett idolâtre presque ? Et s'il lui a dit pourquoi il a quitté Atlanta, s'il lui a dit qu'il a fui son mariage ?

— Je ferais mieux d'aller voir mes vêtements, dit Scarlett malgré sa gorge serrée. Il faudra que Pansy repasse ceux que je choisirai de porter.

Elle avait besoin de s'éloigner de Pauline et Eulalie pour se ressaisir.

— Je vais dire à Susie de faire chauffer les fers, proposa Eulalie en agitant la clochette d'argent posée près de son assiette.

— Il vaudrait mieux qu'elle lave d'abord cette nappe, dit Pauline. Une fois la tache incrustée...

— Je te fais remarquer, Pauline, que je n'ai pas encore fini mon petit déjeuner. Tu ne voudrais tout de même pas que je le laisse refroidir le temps que Susie débarrasse la table ?

Scarlett s'enfuit dans sa chambre.

— Tu n'as pas besoin d'une cape de fourrure aussi chaude, Scarlett, dit Pauline.

— En effet, renchérit Eulalie. Nous jouissons aujourd'hui d'un de ces beaux jours d'hiver typiques de Charleston. Je ne porterais même pas ce châle si je ne souffrais d'un refroidissement.

Scarlett dégrafa sa cape et la tendit à Pansy. Si Eulalie voulait que tout le monde attrape un refroidissement, elle serait heureuse de l'obliger. Ses tantes devaient la prendre pour une idiote. Elle savait très bien pourquoi elles ne voulaient pas qu'elle porte sa cape. Elles agissaient exactement comme la vieille garde d'Atlanta : pour être respectable, il fallait être vêtue de façon aussi modeste qu'elles. Elle remarqua le coup d'œil d'Eulalie en direction de son beau chapeau à plumes, et serra les dents d'un air conquérant. Elle acceptait d'être confrontée à la mère de Rhett, mais elle ne voulait pas manquer de style.

Eulalie capitula.

– Alors, en route, dit-elle.

Susie ouvrit la lourde porte et Scarlett suivit ses tantes dans la lumineuse clarté de cette belle matinée. Sur le perron, elle resta interdite : on se serait cru en mai, et non en novembre. Les fragments de coquillages blancs recouvrant l'allée renvoyaient la chaleur du soleil, qui se posa sur les épaules de Scarlett comme une couverture impalpable. Elle leva le menton pour sentir la chaude lumière sur son visage, fermant les yeux à cette plaisante sensation.

– Oh, chères tantes, que c'est merveilleux! dit-elle. J'espère que votre voiture est décapotable.

Les vieilles dames rirent.

– Ma chère enfant, répliqua Eulalie, plus une âme ne possède de voiture à Charleston, à part Sally Brewton. Nous irons à pied, comme tout le monde.

– Il y a des voitures, Eulalie, rectifia Pauline. Ce sont les *carpetbaggers* qui roulent dedans.

– On peut difficilement appeler les *carpetbaggers* des « âmes », ma chère. Ils n'ont plus d'âme, sinon ils ne seraient pas des *carpetbaggers*.

– Des vautours! approuva Pauline en reniflant.

– Des busards, dit Eulalie.

Les vieilles dames rirent de nouveau, et Scarlett se joignit à elles. Cette splendide journée la rendait presque ivre de délices. Rien ne pouvait tourner mal un jour comme celui-ci. Soudain elle éprouva une grande tendresse pour ses tantes, même pour leurs petites querelles de vieilles filles. Elle les suivit pour traverser la grande rue vide qui passait devant la maison et monter un petit escalier de l'autre côté. En haut des marches, la brise joua dans les plumes de son chapeau et déposa sur ses lèvres un goût de sel.

– Oh, Seigneur! s'exclama-t-elle.

Au-delà de la promenade surélevée, les eaux vertes et brunes du port de Charleston s'étendaient jusqu'à l'horizon. A gauche, des drapeaux claquaient au sommet des hauts mâts des bateaux amarrés. A droite les arbres de la longue île offraient au regard leurs feuilles d'un vert cru. Le soleil faisait scintiller les pointes des vaguelettes comme des diamants parsemant la mer. Un trio d'oiseaux d'un blanc lumineux s'éleva dans le ciel bleu sans nuages avant de plonger vers le sommet des vagues. On aurait dit qu'ils jouaient à se poursuivre. La douce brise salée lui caressa le cou.

Elle avait eu raison de venir ; à présent, elle n'en doutait plus. Elle se tourna vers ses tantes.

— C'est un merveilleux jour, leur dit-elle.

La promenade était assez large pour qu'elles y marchent de front. Elles croisèrent des gens à deux reprises, d'abord un vieux monsieur portant un manteau à l'ancienne mode et un chapeau de castor, puis une dame accompagnée d'un jeune garçon malingre qui rougit quand on lui parla. Chaque fois elles s'arrêtèrent et ses tantes présentèrent Scarlett.

— ... notre nièce d'Atlanta. Sa mère était notre sœur Ellen, et elle est l'épouse de Rhett, le fils d'Eleanor Butler.

Le vieux monsieur s'inclina et baisa la main de Scarlett ; la dame présenta son petit-fils qui fixa Scarlett comme s'il avait été frappé par la foudre. Cette journée s'annonçait de mieux en mieux pour Scarlett, jusqu'à ce qu'elle aperçut d'autres promeneurs : des hommes en uniforme bleu.

Elle ralentit et saisit le bras de Pauline.

— Ma tante, murmura-t-elle, des soldats yankees viennent à notre rencontre.

— Continue de marcher, répondit Pauline d'une voix claire. Il faudra bien qu'ils s'écartent de notre chemin.

Scarlett regarda Pauline d'un air stupéfait. Qui aurait pu croire si courageuse cette maigre vieille dame ? Son propre cœur battait si fort qu'elle était sûre que les Yankees l'entendaient, mais elle obligea ses pieds à avancer.

Quand ils ne furent plus qu'à trois pas les uns des autres, les soldats s'écartèrent, se serrant contre la rambarde métallique qui longeait la promenade du côté de l'eau. Pauline et Eulalie glissèrent devant eux tels des bateaux à voile. Scarlett leva le menton et accorda son pas à celui de ses tantes, comme si les soldats n'étaient pas là.

Plus loin devant, une fanfare se mit à jouer *Oh, Susanna!*, cette chanson joyeuse et entraînante qui rappelait la luminosité du soleil. Eulalie et Pauline accélérèrent le pas pour suivre la musique, mais les pieds de Scarlett étaient de plomb. Lâche ! se dit-elle. A l'intérieur d'elle-même, elle ne pouvait cesser de trembler.

— Pourquoi y a-t-il tant de ces maudits Yankees à Charleston ? demanda-t-elle avec colère. J'en ai vu aussi à la gare.

— Bonté divine, Scarlett, dit Eulalie, ne sais-tu pas que Charleston est toujours sous occupation militaire ? Je crois qu'ils ne nous laisseront jamais tranquilles. Ils nous haïssent parce que nous les avons expulsés de Fort Sumter et qu'ensuite nous avons résisté à toute leur flotte.

— Et Dieu seul sait à combien de leurs régiments ! ajouta Pauline.

La fierté illumina les visages des deux sœurs.

– Sainte Mère de Dieu, murmura Scarlett.

Qu'avait-elle fait ? Elle était allée se jeter tout droit dans les bras de l'ennemi. Elle savait ce que signifiait un gouvernement militaire : impuissance et rage, peur constante de voir sa maison confisquée, de se faire mettre en prison ou fusiller à la moindre incartade. Le gouvernement militaire était tout-puissant. Elle avait vécu sous son joug capricieux durant cinq dures années. Comment avait-elle pu être assez bête pour se replacer dans la même situation ?

– Il faut dire qu'ils ont une bonne fanfare, dit Pauline. Viens, Scarlett, nous allons traverser ici. La maison des Butler est celle qui vient d'être repeinte.

– Heureuse Eleanor, dit Eulalie, d'avoir un fils aussi dévoué. Rhett vénère littéralement sa mère.

Scarlett regardait la maison sans pouvoir en détacher les yeux. Pas la maison, la résidence. Des colonnes blanches et luisantes s'élevaient à plus de quinze mètres pour soutenir l'avancée du toit au-dessus des larges vérandas qui entouraient l'imposante maison de brique. Scarlett sentit ses genoux faiblir. Elle ne pourrait jamais entrer, elle ne le pourrait pas. Elle n'avait jamais vu de lieu aussi grandiose, aussi impressionnant. Comment pourrait-elle trouver quoi que ce fût à dire à la femme qui vivait dans un tel luxe ? A cette femme qui pouvait, d'un seul mot à Rhett, réduire tous ses espoirs à néant.

Pauline la prit par le bras pour qu'elles traversent vite la rue. Elle fredonnait « ... *with a banjo on my knee* ». Scarlett avançait comme une somnambule.

Et elle se retrouva, ayant passé la porte, devant une grande femme élégante dont les cheveux d'un blanc parfait couronnaient un beau visage.

– Chère Eleanor ! dit Eulalie.

– Vous m'avez amené Scarlett ! dit Mme Butler. Ma chère enfant, vous êtes si pâle !

Elle posa ses mains légères sur les épaules de Scarlett et se pencha pour l'embrasser sur la joue.

Enveloppée par la délicate odeur de citronnelle qui émanait de la robe de soie et des cheveux soyeux d'Eleanor Butler, Scarlett ferma les yeux. C'était le même parfum que celui qu'elle associait toujours à Ellen O'Hara, le parfum du confort, de la sécurité, de l'amour, de la vie avant la guerre.

Scarlett ne chercha pas à retenir ses larmes.

– Allons, allons, dit la mère de Rhett. Tout va bien, mon enfant. Les chagrins sont passés. Vous êtes enfin chez vous. J'ai tant prié pour que vous veniez !

Elle entoura sa belle-fille de ses bras et la serra contre elle.

CHAPITRE 11

Eleanor Butler était une grande dame du Sud. Sa douce voix lente, ses mouvements gracieux et indolents cachaient une énergie et une efficacité stupéfiantes. Dans le Sud, les dames étaient élevées dès le berceau pour être décoratives, constituer un auditoire compatissant et fasciné, se montrer délicieusement sans défense, tête en l'air et admiratives. Elles étaient aussi formées à assumer les responsabilités complexes et exigeantes de vastes maisons et d'un nombre souvent considérable de serviteurs – tout en faisant croire que partout, au jardin, à la cuisine, les domestiques travaillaient seuls sans problèmes tandis que la maîtresse de maison n'avait d'autre souci que de choisir des couleurs assorties pour les fils de soie de ses délicates broderies.

Quand la guerre eut réduit à une ou deux personnes une domesticité naguère constituée de trente ou quarante serviteurs, la responsabilité des femmes prit d'énormes proportions, mais l'impression qu'elles devaient donner resta la même. Malgré la ruine, il fallait continuer à recevoir des invités, à abriter des familles entières, à exhiber vitres et cuivres étincelants et, comme toujours, la maîtresse de maison à la coiffure stricte et à l'humeur imperturbable devait n'avoir rien d'autre à faire que tuer le temps dans son salon. Et les dames du Sud y parvenaient.

Eleanor rassura Scarlett par de gentilles paroles et du thé parfumé, flatta Pauline en lui demandant son opinion sur le bureau qu'on venait d'installer dans le salon, divertit Eulalie en la suppliant de goûter le quatre-quarts afin de juger de la qualité de l'extrait de vanille. Elle murmura aussi à Manigo, son majordome, que sa femme de chambre Celie et celle de Scarlett l'aideraient à transférer les affaires de Scarlett de la maison de ses tantes à la grande chambre donnant sur le jardin, où dormait M. Rhett.

En moins de dix minutes, tout avait été organisé pour déménager Scarlett sans susciter d'opposition ni vexer personne, et sans même interrompre le rythme régulier de la vie tranquille qu'on menait sous le toit d'Eleanor Butler. Scarlett se sentait redevenue une petite fille, à l'abri des dangers, protégée par l'amour tout-puissant d'une mère.

Elle regardait Eleanor avec des yeux embués de larmes et admiratifs. Mme Butler représentait tout ce qu'elle avait toujours voulu être, tout ce qu'elle aurait dû être : une dame comme sa mère, comme la mère de Rhett. Ellen O'Hara l'avait élevée pour devenir une dame, elle avait tout mis en œuvre pour atteindre son but. Maintenant, je peux y parvenir, se dit Scarlett. Je peux réparer les fautes que j'ai commises. Je peux rendre Maman fière de moi.

Quand elle était petite, Mama lui avait décrit le paradis comme un pays de nuages ressemblant à de gros lits de plume où reposaient les anges, qui s'amusaient à regarder ce qui se passait en bas. Et depuis que sa mère était morte, Scarlett avait vécu dans la conviction inconfortable et puérile qu'Ellen la regardait et s'inquiétait de ce qu'elle était devenue.

Je vais tout arranger, à présent, promit-elle à sa mère. L'accueil affectueux d'Eleanor effaçait pour le moment toutes les craintes et tous les souvenirs qui avaient envahi son cœur et son esprit à la vue des soldats yankees. Il effaçait même l'angoisse que Scarlett n'avait pas voulu s'avouer concernant sa décision de rejoindre Rhett à Charleston. Elle se sentait en sécurité, aimée, invincible. Elle allait être la dame qu'Ellen avait toujours voulu qu'elle fût. Elle serait admirée, respectée et adorée par tout le monde, et jamais, jamais plus elle ne serait seule.

Quand Pauline eut refermé le dernier petit tiroir incrusté d'ivoire du bureau en bois de rose et qu'Eulalie eut engouffré goulûment la dernière tranche de gâteau, Eleanor Butler se leva, entraînant Scarlett avec elle.

— Ce matin, je dois aller chercher mes bottines chez le cordonnier, dit-elle. Je vais donc emmener Scarlett avec moi et lui montrer la rue Royale. Aucune femme ne peut se sentir chez elle dans une ville tant qu'elle ne sait pas où se trouvent les boutiques. Vous joindrez-vous à nous ?

Au grand soulagement de Scarlett, ses tantes déclinèrent l'invitation. Elle voulait Mme Butler à elle seule.

La promenade jusqu'aux boutiques de Charleston, dans le lumineux soleil d'hiver, fut un pur délice. Les vitrines bordaient la rue des deux côtés, sur des pâtés de maisons entiers : merceries, quincailleries, bottiers, marchands de tabac, chapeliers, bijoutiers, magasins de porcelaine, grainetiers, apothicaires, caves à vin, librairies, ganteries, confiseries –, il semblait que l'on pût se procurer tout et n'importe quoi rue Royale. Les acheteurs ne manquaient pas non

132

plus, descendus d'élégants buggies et de voitures découvertes conduites par des cochers en livrée. Charleston n'avait rien à voir avec le lieu sinistre dont elle se souvenait et qu'elle avait craint de retrouver. C'était une ville beaucoup plus grande et plus active qu'Atlanta, et les belles personnes s'habillaient à la dernière mode. Et pas le moindre signe de Panique.

Malheureusement, la mère de Rhett se comporta comme si les couleurs et l'excitation de la rue n'existaient pas. Elle passa devant des vitrines pleines de plumes d'autruche et d'éventails peints à la main sans même tourner la tête, traversa la rue sans un « merci » à la femme qui avait arrêté son buggy pour éviter de la renverser. Scarlett se rappela ce que ses tantes lui avaient dit : seuls les Yankees, les *carpetbaggers* et les *scallywags* possédaient des voitures. Elle sentit une bouffée de rage lui monter aux joues en pensant à ces vautours qui s'engraissaient de la défaite du Sud. Mais en suivant Mme Butler chez un bottier, cela lui fit du bien de voir le propriétaire confier une cliente richement parée à un jeune assistant pour accourir vers la mère de Rhett. Quel plaisir de se trouver avec un membre de la vieille garde de Charleston ! Elle aurait bien voulu que Mme Merriwether ou Mme Elsing fussent là pour la voir.

— Je vous ai confié des bottines à ressemeler, monsieur Braxton, dit Eleanor, et je voulais aussi que ma belle-fille sache où trouver les plus beaux articles et le service le plus agréable de la ville. Scarlett, ma chère enfant, M. Braxton prendra soin de vous comme il a pris soin de moi depuis des années.

— Ce sera un grand privilège pour moi, madame, répondit Braxton en s'inclinant avec élégance.

— Bonjour, monsieur Braxton, et merci, susurra Scarlett. Je crois que je vais justement acheter une paire de bottines aujourd'hui, dit-elle en soulevant sa jupe de quelques centimètres pour dévoiler ses fragiles chaussures de peau fine. Quelque chose qui convienne mieux à la marche en ville, ajouta-t-elle avec fierté.

Aucun nouveau riche ne pourrait se vanter de l'avoir convoyée dans sa voiture.

M. Braxton sortit un mouchoir blanc de sa poche et le passa délicatement sur le velours immaculé de deux chaises.

— Si ces dames veulent bien...

Quand il disparut derrière un rideau au fond de la boutique, Eleanor se pencha vers Scarlett et lui murmura à l'oreille :

— Observez ses cheveux quand il s'agenouillera pour vous essayer les chaussures. Il les teint avec du cirage.

Scarlett dut faire un énorme effort pour ne pas rire en constatant que Mme Butler avait raison, surtout quand celle-ci la regarda avec une lueur de complicité dans ses yeux noirs. Dès qu'elles eurent quitté la boutique, Scarlett pouffa :

– Vous n'auriez pas dû me dire cela, madame. J'ai failli me donner en spectacle.

– Vous le reconnaîtrez facilement, à l'avenir, dit-elle avec un sourire serein. Maintenant, allons manger une glace chez Onslow. Un des serveurs fait le meilleur whisky clandestin de toute la Caroline du Sud, et je peux lui en commander quelques litres pour mes cakes. La glace y est excellente aussi.

– Madame !

– Ma chère petite, le brandy est introuvable. Nous devons tous nous débrouiller comme nous pouvons, n'est-ce pas ? De plus, je trouve que le marché noir a quelque chose d'assez excitant...

Scarlett comprenait parfaitement pourquoi Rhett adorait sa mère.

Eleanor Butler continua d'initier Scarlett à la vie de Charleston en se rendant chez un drapier pour acheter une pièce de coton blanc (la vendeuse a tué son mari en lui enfonçant une aiguille à tricoter dans le cœur, mais le juge a décrété que l'homme était tombé sur l'aiguille alors qu'il était ivre, parce que tout le monde avait remarqué depuis des années les traces de coups sur les bras et le visage de la pauvre femme), puis chez l'apothicaire pour quelque remède (le pauvre homme est si myope qu'il a un jour payé une fortune un curieux poisson tropical conservé dans l'alcool qu'il avait pris pour une petite sirène – si vous avez besoin de vrais médicaments, n'allez que dans la pharmacie de la Grand-Rue que je vous montrerai).

Scarlett fut cruellement déçue quand Eleanor déclara qu'il était temps de rentrer. Elle ne se souvenait pas de s'être jamais tant amusée et elle supplia presque Eleanor de voir encore quelques boutiques. Mais elle commença à s'inquiéter quand Mme Butler dit :

– Peut-être devrions-nous prendre le tramway pour rentrer, je me sens un peu fatiguée.

La pâleur du teint d'Eleanor, qu'elle avait prise pour ce raffinement que les dames du Sud recherchent tant, était-elle un signe de maladie ? Elle prit le bras de sa belle-mère quand elles montèrent dans la voiture aux vives peintures vertes et jaunes tirée sur ses rails par des chevaux, et veilla à ce qu'elle s'installe sur un des sièges d'osier. S'il arrivait quelque chose à sa mère en sa présence, Rhett ne le lui pardonnerait jamais. Elle ne se le pardonnerait jamais non plus.

Elle regarda Mme Butler du coin de l'œil quand la voiture s'ébranla sur ses rails, mais elle ne put déceler de symptôme de malaise. Eleanor parlait d'un ton enjoué de tous les achats qu'elles retourneraient faire ensemble.

– Demain, nous irons au marché, et vous rencontrerez tous les gens que vous devez connaître. C'est aussi l'endroit où l'on apprend traditionnellement toutes les nouvelles. Le journal ne parle jamais de ce qui est vraiment intéressant.

La voiture eut un à-coup et tourna à gauche, puis longea tout un pâté de maisons avant de s'arrêter à un croisement. Scarlett retint sa respiration. Juste sous la fenêtre ouverte, à côté d'Eleanor, elle avait vu un soldat en bleu, fusil à l'épaule, marchant à l'ombre d'une haute colonnade.

— Les Yankees..., murmura-t-elle.

Mme Butler suivit le regard de Scarlett.

— Il est vrai que la Géorgie en est débarrassée depuis un certain temps, n'est-ce pas ? Nous sommes occupés depuis si longtemps que nous ne les remarquons presque plus. Dix ans en février prochain. On s'habitue pratiquement à n'importe quoi, en dix ans !

— Je ne m'habituerai jamais à eux, murmura Scarlett. Jamais.

Un bruit soudain la fit sursauter. Elle comprit après coup que c'était le carillon d'une grosse horloge au-dessus d'elles. Le tramway s'engagea dans le carrefour et tourna à droite.

— Une heure, dit Mme Butler. Pas étonnant que je sois fatiguée. Nous avons eu une longue matinée.

Derrière elles, le carillon termina son petit air. Une cloche sonna seule.

— C'est ici que se décompte le temps de tous les habitants de Charleston, dit Eleanor, au carillon du clocher de Saint-Michel. Il marque les naissances et les morts.

Scarlett regardait les hautes maisons et les jardins clos devant lesquels elles passaient. Ils portaient tous sans exception les cicatrices de la guerre. Des trous d'impacts de balles criblaient les murs, et partout la pauvreté s'imposait au regard : peintures écaillées, planches clouées en travers de fenêtres brisées qu'on n'avait pu remplacer, trous et rouille défigurant les portes et les balcons en dentelle de fer forgé. Les arbres bordant la rue avaient des troncs minces, c'étaient les jeunes remplaçants des géants abattus par les obus. Maudits Yankees !

Et pourtant le soleil faisait étinceler le laiton poli des boutons de porte. C'étaient de fortes têtes, ces gens de Charleston, se dit Scarlett. Ils ne cédaient pas.

Elle aida Mme Butler à descendre au dernier arrêt, au bout de la rue de la Réunion. Devant elles, s'étendait un parc aux pelouses bien tondues et aux allées d'un blanc éclatant qui convergeaient vers un kiosque à la peinture toute fraîche et au toit en pagode pointu et vernissé. Au-delà du parc, le port. Scarlett sentit l'eau et le sel. La brise agitait les feuilles aux multiples épées des palmiers du parc et berçait les longues mèches légères de cheveux du roi sur les branches blessées des chênes survivants. Des enfants couraient après des cerceaux ou des balles sur la pelouse, sous le regard attentif de nourrices noires enturbannées assises sur les bancs.

— Scarlett..., commença Mme Butler, dont les joues se colorèrent soudain. J'espère que vous me pardonnerez. Je sais que je ne devrais pas, mais il faut que je vous demande...

— Quoi, madame ? Ne vous sentez-vous pas bien ? Voulez-vous que j'aille vous chercher quelque chose ? Venez vous asseoir.

— Non, non. Je vais très bien. Mais je ne supporte pas de ne pas savoir... Est-ce que vous et Rhett avez jamais pensé avoir un autre enfant ? Je comprends très bien que vous appréhendiez après la douleur que vous avez subie en perdant Bonnie...

— Un bébé..., dit Scarlett dans un murmure.

Mme Butler avait-elle lu dans son âme ? Elle espérait être enceinte dès que possible. En ce cas, Rhett ne pourrait jamais la renvoyer. Il adorait les enfants, et il l'aimerait pour toujours si elle lui en donnait un. Sa voix avait donc tous les accents de la sincérité quand elle reprit.

— Mère, je désire plus que tout au monde avoir un autre enfant.

— Dieu merci ! J'ai tellement hâte d'être à nouveau grand-mère ! Quand Rhett m'avait amené Bonnie, j'avais du mal à me retenir de l'étouffer de baisers. Vous comprenez, Margaret – l'épouse de mon autre fils, vous la rencontrerez aujourd'hui –, cette pauvre Margaret est stérile. Et Rosemary... la sœur de Rhett... Enfin, j'ai très peur qu'il n'y ait personne qu'elle puisse épouser.

Scarlett faisait tourner à pleine vitesse les rouages de son esprit pour évaluer ce que chaque membre de la famille de Rhett signifiait pour elle. Rosemary pouvait poser un problème. Les vieilles filles sont si méchantes ! Mais le frère – comment s'appelait-il, déjà ? Ah, oui, Ross. Ross était un homme, et elle n'avait jamais eu de mal à charmer les hommes. Cette Margaret sans enfants ne valait pas qu'on songe à elle. Il y avait peu de chances qu'elle eût la moindre influence sur Rhett. De toute façon, aucun de tous ceux-là n'importait. C'était sa mère que Rhett aimait par-dessus tout, et sa mère voulait qu'ils soient ensemble, qu'ils aient un bébé, deux bébés, une douzaine de bébés. Rhett ne pouvait pas ne pas la reprendre.

Scarlett déposa un rapide baiser sur la joue de sa belle-mère.

— J'ai follement envie d'un bébé, Mère. Nous convaincrons Rhett, toutes les deux.

— Vous me rendez très heureuse, Scarlett. Rentrons, maintenant ; c'est juste au coin. Ensuite, je crois que je me reposerai un peu avant le déjeuner. Mon comité de bienfaisance se réunit chez moi cet après-midi, et j'ai besoin de tous mes esprits. J'espère que vous vous joindrez à nous, au moins pour le thé. Margaret sera là. Je ne veux pas vous imposer le moindre travail, mais naturellement, si cela vous intéresse, j'en serai ravie. Nous collectons des fonds pour le Foyer confédéré où sont hébergés les veuves et les orphelins, en vendant des gâteaux, des objets artisanaux et diverses choses lors de ventes de charité.

Par tous les saints! Étaient-elles toutes les mêmes, ces dames du Sud? C'était comme à Atlanta. Toujours Confédérés par-ci, Confédérés par-là. Ne pouvaient-elles admettre que la guerre était finie et vivre en l'oubliant? Elle aurait une migraine. Scarlett avait ralenti, mais elle reprit bien vite le même pas que Mme Butler. Non, elle irait à cette réunion du comité. Elle travaillerait même pour ce comité si on le lui demandait. Elle ne retomberait pas dans les erreurs qu'elle avait commises à Atlanta. Elle ne se retrouverait plus jamais mise à l'écart et solitaire. Même si elle devait porter le drapeau confédéré sur son corset!

– Comme c'est gentil de votre part! dit-elle. J'ai toujours été un peu triste de n'avoir jamais de temps à consacrer à ce genre de travail à Atlanta. Mon ancien mari, Frank Kennedy, a laissé une entreprise en héritage à notre petite fille. Il était de mon devoir de veiller pour elle à ce qu'elle prospère.

Cela devait suffire pour corroborer les mensonges de Rhett.

Eleanor Butler montra d'un signe de tête qu'elle comprenait et Scarlett baissa les yeux pour cacher l'éclair de plaisir qu'ils lançaient.

Tandis que Mme Butler se reposait, Scarlett visita la maison. Elle commença par le bas, afin de voir ce que Rhett rachetait aux Yankees pour sa mère.

Les lieux lui parurent bien vides. L'œil de Scarlett n'était pas suffisamment éduqué pour apprécier la perfection de ce qu'il avait fait. Le magnifique double salon était meublé de délicieux sofas, de tables et de chaises disposés de façon que chaque pièce de mobilier puisse être aussi bien admirée qu'utilisée. Scarlett apprécia l'évidente qualité de la soie des sièges et le poli du bois, mais la beauté de l'espace entourant les meubles lui échappa totalement. Elle préféra de loin la petite pièce où l'on jouait aux cartes. La table et les chaises la remplissaient mieux, et puis elle adorait jouer aux cartes.

La salle à manger ne fut pour elle qu'une salle à manger comme tant d'autres; elle n'avait jamais entendu parler de Hepplewhite et des meubles qu'il avait créés. Et la bibliothèque n'était qu'un lieu plein de livres, donc ennuyeux. Elle préféra à tout le reste les larges vérandas, parce qu'il y faisait si bon par cette chaude journée. Elles offraient en outre une vue magnifique sur le port, avec ses nuées de mouettes joueuses et de petits bateaux à voile qui semblaient eux aussi pouvoir à tout moment s'élancer dans les airs. Enfermée dans les terres toute sa vie, Scarlett trouvait cette vaste étendue d'eau incroyablement exotique.

Et l'air était si parfumé! Cela lui donnait faim. Elle serait bien contente quand Mme Butler, ayant fini de se reposer, donnerait le signal du déjeuner.

– Aimeriez-vous prendre le café dans la véranda, Scarlett? s'enquit Eleanor Butler quand Scarlett et elle eurent terminé leur dessert. Ce sera peut-être la dernière occasion avant longtemps. On dirait que le temps change.

– Oh, oui, cela me plairait beaucoup!

Le déjeuner avait été délicieux, mais elle se sentait encore agitée et supportait mal d'être enfermée. Dehors, elle respirerait mieux.

Elle suivit Mme Butler dans la véranda de l'étage. Seigneur, le froid est tombé depuis que je suis venue ici avant le déjeuner! constata-t-elle. Le café chaud me fera du bien.

Elle but la première tasse très rapidement, et elle était sur le point d'en demander une autre quand Eleanor rit et fit un geste en direction de la rue.

– Voilà mon comité! Je reconnaîtrais le bruit de son approche n'importe où.

Scarlett entendit aussi le tintement de clochettes. Elle courut vers la rambarde et regarda la rue en contrebas.

Une paire de chevaux arrivaient au galop, tirant un élégant coupé vert foncé aux roues jaunes. Les roues envoyaient des éclairs de lumière argentée et c'étaient elles qui produisaient le joyeux son de clochettes. La voiture ralentit puis s'arrêta devant la maison. Scarlett aperçut alors les clochettes, des clochettes de traîneau fixées à une lanière de cuir entourant les rayons des roues. Elle n'avait jamais rien vu de tel. Elle n'avait jamais vu non plus de cocher comme celui qu'elle découvrait sur le haut siège, à l'avant. C'était une femme en costume d'équitation brun foncé et gantée de jaune. Elle était à moitié debout, tirant de toutes ses forces sur les rênes, son vilain visage tordu par l'effort. On aurait dit un singe habillé.

La porte du coupé s'ouvrit et un jeune homme descendit de la voiture en riant. Il tendit la main. Une femme corpulente la prit et sortit à son tour. Elle aussi riait. Le jeune homme aida ensuite une femme plus jeune, qui arborait un large sourire.

— Entrons, mon petit, dit Mme Butler, vous m'aiderez pour le thé.

Scarlett la suivit avec tout l'enthousiasme que lui insufflait sa curiosité. Quel curieux groupe! Le comité de Mme Butler était à n'en pas douter bien différent de celui des vieilles biques qui menaient Atlanta à la baguette. Où avaient-ils trouvé ce cocher aux airs de guenon? Et qui pouvait être cet homme? Les hommes ne confectionnaient pas de gâteaux pour les fêtes de charité. Il semblait en outre assez bien fait de sa personne. Scarlett marqua une pause devant un miroir pour lisser ses cheveux que le vent avait dérangés.

— Vous semblez avoir été un peu secouée, Emma, s'exclama Mme Butler dont les joues effleurèrent d'un côté puis de l'autre celles de la femme corpulente. Venez donc prendre une tasse de thé pour vous remettre. Mais avant, je veux vous présenter Scarlett, la femme de Rhett.

— Il faudra plus d'une tasse de thé pour que je me remette de cette petite promenade, Eleanor, dit la femme en tendant la main. Ravie de vous connaître, Scarlett, je suis Emma Anson, ou plutôt ce qui reste d'Emma Anson.

Eleanor embrassa la plus jeune femme et la conduisit à Scarlett.

— Voici Margaret, chère enfant, la femme de Ross. Margaret, je vous présente Scarlett.

Margaret Butler était une jeune femme pâle aux cheveux blonds et aux beaux yeux bleu saphir, qui, lorsqu'elle sourit, se cernèrent d'un réseau de profondes rides prématurées.

— Je suis ravie de vous connaître enfin, dit-elle en prenant les mains de Scarlett dans les siennes et en l'embrassant sur la joue. J'ai toujours voulu avoir une sœur, et une belle-sœur, c'est presque pareil. J'espère que Rhett et vous viendrez bientôt dîner chez nous. Ross, lui aussi, sera ravi de vous rencontrer.

— J'en serai enchantée, Margaret, et je suis certaine que Rhett le sera également, dit Scarlett.

Elle sourit, espérant dire la vérité. Qui pouvait savoir si Rhett accepterait de l'accompagner chez son frère, ou chez quiconque? Mais il lui serait bien difficile de dire non à sa propre famille. Maintenant, elle pouvait compter Margaret comme une alliée, en plus d'Eleanor. Scarlett rendit son baiser à Margaret.

— Scarlett, dit Mme Butler, venez que je vous présente Sally Brewton.

— Et Edward Cooper, ajouta une voix d'homme. Ne me privez pas de cette occasion de baiser la main de Mme Butler, Eleanor. Je suis déjà sous son charme.

— Attendez votre tour, Edward, dit Mme Butler. Ces jeunes gens n'ont aucun savoir-vivre!

Scarlett regarda à peine Edward Cooper, et ses flatteries lui échappèrent tout à fait. Elle essayait de ne pas trop fixer des yeux Sally Brewton, tout en examinant tout de même ce cocher au visage de singe.

Sally Brewton était une petite femme d'une quarantaine d'années à l'allure de jeune homme mince et actif, et son visage ressemblait effectivement beaucoup à celui d'un singe. Elle ne fut pas troublée le moins du monde par le regard impoli de Scarlett. Sally était habituée à ce genre de réaction : son incontestable laideur – à laquelle elle s'était adaptée voilà très, très longtemps – et son comportement peu conventionnel avaient souvent stupéfié ceux qui ne la connaissaient pas. Elle s'avança vers Scarlett, ses jupes traînant derrière elle comme une rivière boueuse.

– Ma chère madame Butler, vous devez nous trouver tous fous comme des lièvres. En fait – bien que cela soit ennuyeux – il existe une explication parfaitement rationnelle à notre – comment dire ? – à notre arrivée spectaculaire. Je suis la seule propriétaire de voiture survivante en ville, et il m'est impossible de garder un cocher : ils refusent de conduire mes amis dépossédés, et j'y tiens absolument. Alors j'ai renoncé à engager des hommes qui me laissent tomber presque immédiatement et, si mon époux est occupé ailleurs, je conduis moi-même. Maintenant, dites-moi, n'est-ce pas parfaitement logique ?

Elle avait posé sa petite main sur le bras de Scarlett et la regardait droit dans les yeux. Scarlett eut du mal à émettre un son.

– Oui, dit-elle.

– Sally, vous ne devriez pas piéger ainsi Scarlett, dit Eleanor Butler. Que pouvait-elle répondre d'autre ? Dites-lui la suite.

Sally haussa les épaules et sourit.

– J'imagine que votre belle-mère fait référence à mes clochettes. Cruelle créature. En réalité, je suis un cocher abominable, si bien que, chaque fois que je sors la voiture, mon mari, qui aime le reste de l'humanité, exige que je l'équipe de clochettes, pour que les gens m'entendent approcher et s'écartent de mon chemin.

– Un peu comme pour un lépreux, commenta Mme Anson.

– J'ignorerai cette remarque, déclara Sally avec un faux air de dignité offensée.

Elle sourit à Scarlett. Son sourire reflétait une bonté si authentique qu'il réchauffa le cœur de la jeune femme.

– J'espère sincèrement, ajouta-t-elle, que vous ferez appel à moi dès que vous aurez besoin du coupé, en dépit de ce que vous avez vu.

– Merci, madame Brewton, vous êtes très gentille.

– Pas du tout. En fait, j'adore parcourir les rues en envoyant dans le décor tous les *scallywags* et tous les *carpetbaggers*. Mais je vous accapare. Permettez-moi de vous présenter Edward Cooper avant qu'il n'expire...

Scarlett répondit automatiquement, par habitude, aux galanteries d'Edward Cooper, souriant pour que se creuse l'irrésistible fossette au coin de sa bouche et rougissant d'embarras devant tant de compliments tout en en réclamant davantage avec ses yeux.

– Monsieur Cooper, dit-elle, vous êtes intarissable! Vous arriveriez à me tourner la tête. Je ne suis qu'une fille de la campagne, du comté du Clayton, en Géorgie, et je ne sais quoi répondre à un jeune homme de la ville aussi raffiné que vous.

– Madame, excusez-moi, je vous prie, dit une nouvelle voix.

Scarlett se retourna et resta bouche bée. Une jeune fille se tenait dans l'embrasure de la porte, une jeune fille dont les cheveux châtains soyeux tirés sur le front mettaient en valeur les doux yeux bruns.

– Je suis désolée d'être en retard, continua la jeune fille.

Sa voix, un peu essoufflée, restait douce. Elle portait une robe marron au col et aux poignets de lin blanc, et un bonnet démodé en soie de la couleur de sa robe.

Elle ressemble comme une sœur à Mélanie quand je l'ai rencontrée pour la première fois, songea Scarlett. *On dirait un doux petit oiseau brun. Est-il possible qu'elles soient cousines? Je n'ai jamais entendu dire que les Hamilton avaient de la famille à Charleston.*

– Vous n'êtes pas du tout en retard, Anne, dit Eleanor Butler. Venez prendre un peu de thé, vous avez l'air gelée jusqu'aux os.

– Le vent se lève, répondit Anne avec un sourire reconnaissant. Les nuages arrivent vite. Je crois que j'ai échappé de peu à la pluie... Bonjour madame Anson, madame Brewton, Margaret, monsieur Cooper...

Elle s'interrompit, les lèvres entrouvertes, les yeux sur Scarlett.

– Bonjour. Je ne crois pas que nous nous soyons déjà rencontrées. Je m'appelle Anne Hampton.

Eleanor s'approcha en toute hâte de la jeune fille, une tasse fumante à la main.

– Oh, je suis impardonnable! s'exclama-t-elle. J'étais tellement occupée avec le thé que j'ai oublié que, naturellement, vous ne connaissez pas Scarlett, ma belle-fille. Tenez, Anne, buvez vite. Vous êtes pâle comme un fantôme... Scarlett, Anne est notre expert pour tout ce qui a trait au Foyer confédéré. Elle y a brillamment terminé sa scolarité l'an dernier, et maintenant elle y enseigne. Anne Hampton – Scarlett Butler.

— Ravie de vous connaître, madame Butler, dit Anne.

Elle tendit sa petite main froide que Scarlett sentit trembler dans la sienne quand elle la prit.

— Je vous en prie, appelez-moi Scarlett.

— Merci... Scarlett. Moi, c'est Anne.

— Du thé, Scarlett ?

— Merci, Mère.

Elle s'avança pour prendre la tasse, heureuse d'échapper à la gêne qu'elle ressentait en regardant Anne Hampton. C'est Melly tout craché. Aussi frêle, aussi effacée, aussi douce, je le sais déjà. Elle doit être orpheline, si elle est au Foyer. Mélanie était orpheline, elle aussi. Oh, Melly, comme tu me manques!

Le ciel s'obscurcissait derrière les carreaux. Eleanor Butler demanda à Scarlett de tirer les rideaux dès qu'elle aurait terminé son thé.

Alors qu'elle fermait les rideaux de la dernière fenêtre, elle entendit un grondement de tonnerre au loin et le premier crépitement de la pluie sur la vitre.

— Venons-en à l'objet de notre réunion, dit Eleanor. Nous avons beaucoup de travail. Que chacun s'installe. Margaret, voudrez-vous bien continuer à faire circuler les petits gâteaux et les sandwiches ? Je ne veux pas qu'un estomac vide vienne distraire sa propriétaire. Emma, vous remplirez les tasses, n'est-ce pas ? Je vais sonner pour qu'on apporte de l'eau bouillante.

— Laissez-moi aller en chercher, madame, dit Anne.

— Non, ma chère petite, nous avons besoin de vous ici. Scarlett, tirez ce cordon, je vous prie, mon enfant. Maintenant, mesdames et monsieur, le premier point de notre réunion est très excitant. Je viens de recevoir un gros chèque d'une dame de Boston. Qu'en ferons-nous ?

— Nous le déchirerons et lui en renverrons les morceaux.

— Emma ! Seriez-vous endormie ? Nous avons besoin de tout l'argent que nous pouvons réunir. De plus, la donatrice est Patiente Bedford. Vous vous souvenez d'elle : nous la rencontrions avec son mari presque chaque année aux eaux de Saratoga, dans le passé.

— N'y avait-il pas un général Bedford dans l'armée de l'Union ?

— Il n'y en avait pas. En revanche, nous avions un général Nathan Bedford Forrest dans notre armée.

— Le meilleur de nos cavaliers, dit Edward.

— Je ne crois pas que Ross serait d'accord, dit Margaret Butler en reposant bruyamment une assiette chargée de pain et de beurre. Après tout, il était dans la cavalerie avec le général Lee.

Scarlett tira de nouveau sur le cordon de la sonnette. Par tous les saints! Les Sudistes devaient-ils refaire toute la guerre chaque fois qu'ils se rencontraient? Quand bien même l'argent viendrait d'Ulysses Grant en personne, l'argent, c'était de l'argent, et on le prenait où on le trouvait.

— Je demande une trêve! claironna Sally Brewton en agitant une serviette blanche. Si vous laissiez une chance à Anne? Je crois qu'elle essaie de dire quelque chose.

— J'apprends à lire à neuf petites filles, dit Anne dont les yeux luisaient d'émotion, et je n'ai qu'un seul livre pour elles toutes. Si le fantôme d'Abe Lincoln venait m'apporter des livres, je... je l'embrasserais!

Bravo! s'écria Scarlett dans le silence de son cœur. Elle regarda la stupéfaction se peindre sur le visage des autres femmes. L'expression d'Edward Cooper était un peu différente. Mais oui, il est amoureux d'elle! se dit-elle. Vois un peu comme il la regarde! Et elle ne le remarque même pas, elle ne sait même pas qu'il la contemple comme un veau regarde la lune. Je devrais peut-être le lui dire. Il est vraiment séduisant, si l'on aime ce genre d'homme, mince et rêveur. Pas très différent d'Ashley, finalement.

Sally Brewton regardait Edward, elle aussi, comme Scarlett le remarqua. Leurs yeux se croisèrent et elles échangèrent de discrets sourires.

— Nous sommes d'accord, donc, n'est-ce pas? dit Eleanor. Emma?

— Nous sommes d'accord. Les livres comptent plus que la rancune. Je suis trop émotive. Ce doit être la déshydratation. Quelqu'un va-t-il enfin apporter de l'eau?

Scarlett sonna de nouveau. Le dispositif était peut-être en dérangement. Elle devrait aller à la cuisine prévenir les serviteurs. Elle se leva mais, alors qu'elle atteignait la porte, elle la vit s'ouvrir et s'écarta.

— Vous avez sonné pour le thé, madame Butler?

Sans voir Scarlett, Rhett poussa la porte du pied. Il tenait dans ses mains un énorme plateau d'argent chargé d'une théière, d'une fontaine à thé, d'un bol, d'un sucrier, d'un pichet à lait, d'une passoire et de trois boîtes à thé.

— Inde, Chine, camomille? ajouta-t-il en souriant de délice devant l'effet produit par son arrivée surprise.

Rhett! Scarlett ne pouvait plus respirer. Comme il était beau! Il avait dû passer beaucoup de temps au grand air, et le soleil l'avait bruni comme un Indien. Oh, Seigneur, comme elle l'aimait! Son cœur battait si fort que tout le monde devait l'entendre.

— Rhett! Oh, mon chéri! J'ai bien peur de me donner en spectacle, dit Mme Butler en prenant une serviette pour s'essuyer les yeux. Tu avais dit « un peu d'argenterie » à Philadelphie. Je n'imaginais pas que c'était le service à thé. Au complet, intact. C'est un miracle.

– C'est aussi très lourd. Madame Anson, voulez-vous, s'il vous plaît, pousser cette fausse porcelaine de côté ? Je vous ai entendue dire que vous aviez soif, je crois. Je serais honoré que vous assouvissiez le désir de votre cœur... Sally, ma chère, quand allez-vous m'autoriser à me battre en duel avec votre mari pour que je le tue et que je vous enlève ?

Rhett posa le plateau sur la table, se pencha et embrassa les trois femmes assises sur le canapé. Puis il regarda autour de lui.

Regarde-moi, suppliait Scarlett en silence depuis son coin sombre. Embrasse-moi. Mais il ne la voyait toujours pas.

– Margaret, vous êtes ravissante avec cette robe. Ross ne vous mérite pas. Bonjour, Anne, c'est un plaisir de vous voir. Edward, je n'en dirais pas autant de vous. Je n'approuve pas que vous vous constituiez un harem dans ma propre maison quand je suis dehors, sous la pluie, dans la voiture de louage la plus misérable de toute l'Amérique du Nord, serrant l'argenterie familiale sur mon cœur pour la protéger des *carpetbaggers*. Cessez de pleurer, maintenant, Mère chérie, dit-il avec un regard d'une telle tendresse qu'Emma Anson en eut la gorge serrée. Sinon, je penserais que vous n'êtes pas heureuse de cette surprise.

Eleanor leva les yeux vers lui, le visage rayonnant d'amour.

– Dieu te bénisse, mon fils. Tu me rends très heureuse.

Scarlett ne put se retenir davantage. Elle accourut vers lui.

– Rhett, chéri...

Il tourna la tête vers elle, et elle s'arrêta. Le visage de son mari s'était figé, rigide et neutre. Aucune émotion ne franchissait la barrière d'acier de sa volonté. Mais ses yeux luisaient. Ils restèrent face à face un instant infini. Puis les lèvres de Rhett s'incurvèrent en cette moue sardonique qu'elle connaissait si bien et craignait tant.

– Heureux homme qui reçoit une plus grande surprise que celle qu'il apporte, dit-il lentement.

Il lui tendit les mains. Scarlett posa ses doigts tremblants sur ses paumes, consciente de la distance que ses bras tendus maintenaient entre eux. La moustache de Rhett lui caressa la joue droite, puis la gauche.

Il a envie de me tuer, se dit-elle, et le danger que cela représentait l'excita curieusement. Rhett lui passa le bras autour des épaules, et sa main lui serra le bras comme un étau.

– Mesdames, Edward, je suis sûr que vous nous excuserez si nous vous quittons, dit-il d'une voix qui trahissait un séduisant mélange de puérilité et d'espièglerie. Il y a bien trop longtemps que je n'ai pas eu l'occasion de parler à ma femme. Nous allons monter et vous laisser résoudre les problèmes du Foyer confédéré.

Il entraîna Scarlett avec une telle autorité qu'elle n'eut pas le temps de dire au revoir.

CHAPITRE 12

Sans un mot, Rhett fit monter Scarlett à toute vitesse dans sa chambre. Il referma la porte et s'y adossa.

— Que diable faites-vous ici, Scarlett?

Elle aurait voulu lui tendre les bras, mais la rage qui brillait dans ses yeux l'en dissuada. Scarlett écarquilla les siens comme si elle ne comprenait pas, comme si elle était innocente. Quand elle parla, ce fut d'une voix essoufflée tout à fait délicieuse.

— Tante Eulalie m'a écrit ce que vous racontiez, Rhett, que vous désiriez que je vienne vous rejoindre ici, mais que je ne pouvais quitter Atlanta à cause du magasin. Oh, mon chéri, pourquoi ne me l'avez-vous pas demandé? Je me moque bien du magasin, quand il s'agit de vous, dit-elle en scrutant son regard.

— Ça ne marche pas, Scarlett.

— Que voulez-vous dire?

— Je ne suis dupe d'aucun de vos subterfuges: ni de cette déclaration ardente, ni de votre innocente incompréhension. Vous savez parfaitement que vous n'avez jamais pu me mentir et vous en tirer.

C'était vrai, et elle le savait. Il fallait qu'elle soit honnête.

— Je suis venue parce que je voulais être avec vous, dit-elle avec une dignité sans affectation, le dos bien droit et la tête fièrement dressée.

Rhett l'observa, et sa voix s'adoucit.

— Ma chère Scarlett, nous pourrons peut-être devenir amis, avec le temps, quand les souvenirs se seront mués en une nostalgie douce-amère. Peut-être pourrons-nous y arriver dès maintenant, si nous montrons tous deux beaucoup de charité et de patience. Mais rien de plus. Que dois-je faire pour que vous le compreniez? demanda-t-il en arpentant soudain la chambre d'un pas nerveux. Je ne souhaite pas vous blesser, mais vous m'y forcez. Je ne veux pas de vous ici.

146

Retournez à Atlanta, Scarlett, et laissez-moi tranquille. Je ne vous aime plus. Je ne saurais être plus clair.

Scarlett sentit son visage se vider de son sang. Ses yeux verts scintillèrent dans sa figure d'une extrême pâleur.

– Je ne saurais être plus claire non plus, Rhett. Je suis votre femme, et vous êtes mon mari.

– Malheureux état de fait que j'ai proposé de corriger.

Ses mots claquaient comme des coups de fouet. Scarlett oublia qu'il lui fallait se contrôler.

– Le divorce? Jamais, jamais, jamais! Et je ne vous donnerai jamais aucune raison de divorcer. Je suis votre femme et, comme le doit toute bonne épouse, je suis venue vivre près de vous, abandonnant tout ce qui m'est cher. Votre mère est ravie que je sois ici, ajouta-t-elle, sortant ainsi son joker avec un sourire de triomphe. Qu'allez-vous lui raconter si vous me jetez à la porte? Parce que je lui dirai la vérité, et elle lui brisera le cœur.

Rhett marchait lourdement. Il murmurait des jurons dans sa barbe, des blasphèmes d'une vulgarité dont Scarlett n'avait jamais soupçonné l'existence. A cet instant il était le Rhett dont on lui avait parlé, le Rhett qui avait participé à la ruée vers l'or en Californie et défendu ses droits à coups de couteau et de botte. C'était Rhett le flibustier, habitué aux tavernes douteuses de La Havane, Rhett l'aventurier sans foi ni loi, ami et compagnon de renégats comme lui. Elle le regardait, choquée, fascinée et excitée en dépit de la menace qu'il constituait pour elle. Il interrompit soudain son va-et-vient d'animal en cage et se tourna vers elle. Ses yeux noirs brillaient, mais ce n'était plus de rage. Elle y lut de l'humour, de la tristesse, de l'amertume, de la prudence. Il était redevenu Rhett Butler, l'homme du monde de Charleston.

– Échec au roi, dit-il avec un sourire en coin. J'avais compté sans l'imprévisible mobilité de la reine. Mais je ne suis pas encore mat, Scarlett.

Il tendit ses mains en un geste de soumission.

Elle ne comprenait pas ce qu'il disait, mais ce geste et le ton de sa voix lui montraient qu'elle avait gagné... quelque chose.

– Alors je peux rester?

– Vous resterez jusqu'à ce que vous vouliez partir, et je ne crois pas que cela tardera trop.

– Mais vous avez tort, Rhett! J'aime beaucoup cette ville.

Une vieille expression qu'elle connaissait bien passa sur le visage de Rhett. Une expression amusée, sceptique et perspicace.

– Depuis combien de temps êtes-vous à Charleston, Scarlett?

– Depuis hier soir.

– Et vous l'aimez déjà ? Vous ne perdez pas de temps, je vous félicite de votre sensibilité. Vous avez été évincée d'Atlanta – échappant par miracle au goudron et aux plumes – et vous avez été traitée civilement par des dames qui ne connaissent aucune autre façon de traiter leurs invités. Vous pensez donc avoir trouvé un refuge. Oh, oui! dit-il en riant de son expression incrédule. J'ai encore des associés à Atlanta. Je sais tout de l'ostracisme que vous avez connu là-bas. Même les canailles avec qui vous aimiez vous amuser ne veulent plus entendre parler de vous.

– C'est faux, s'écria-t-elle. C'est moi qui les ai mises à la porte.

– Je ne vois pas l'intérêt de continuer cette discussion, dit Rhett en haussant les épaules. Ce qui compte, c'est que maintenant vous êtes ici, dans la maison de ma mère et sous son aile. Comme je me soucie beaucoup de son bonheur, je ne peux rien entreprendre pour l'instant. Cependant, je n'ai pas vraiment à entreprendre quoi que ce soit. Vous finirez par dévoiler qui vous êtes réellement, et alors tout le monde aura pitié de moi et manifestera une grande compassion envers ma mère. Je vous ferai remballer vos affaires et je vous renverrai à Atlanta, où vous accueilleront les salutations heureusement muettes de toute la communauté. Vous croyez que vous pouvez vous faire passer pour une dame, n'est-ce pas? Vous ne pourriez tromper un aveugle sourd-muet.

– Je suis une dame, quoi que vous en disiez. Vous n'avez jamais su reconnaître une personne honnête. Je vous saurais gré de vous souvenir que ma mère était une Robillard de Savannah et que les O'Hara descendent des rois d'Irlande!

Le sourire qu'arbora Rhett pour toute réponse fut d'une tolérance horripilante.

– Laissons cela, Scarlett. Faites-moi voir plutôt les vêtements que vous avez apportés.

Il s'assit dans un fauteuil et étendit ses longues jambes devant lui. Scarlett le regarda, trop frustrée par son calme soudain pour parler sans bafouiller. Rhett prit un cigare dans sa poche et le fit rouler entre ses doigts.

– J'espère que vous n'avez pas d'objection à ce que je fume dans ma chambre?

– Non, naturellement.

– Merci. Maintenant montrez-moi votre garde-robe. Je suis sûr qu'elle est toute nouvelle : vous ne vous embarquez jamais dans une tentative de reconquête de mes faveurs sans un arsenal complet de jupons et de jupes de soie, le tout marqué du goût exécrable qui est votre signature. Je ne veux pas qu'à cause de vous on rie de ma mère. Alors montrez-moi cela, Scarlett, et je verrai ce qu'on peut en sauver.

Il sortit un coupe-cigare de sa poche.

Scarlett bouillait intérieurement, mais elle passa néanmoins dans le dressing-room pour y prendre ses affaires. Ce n'était peut-être pas une mauvaise chose. Rhett avait toujours surveillé sa garde-robe. Il avait toujours aimé la voir dans les vêtements qu'il avait choisis pour elle, il avait toujours été fier de son élégance et de sa beauté. S'il voulait à nouveau s'occuper de son apparence, être fier d'elle, elle y coopérerait. Elle allait essayer toutes ses robes pour lui. Et puis, de cette façon, il la verrait en sous-vêtements. Les doigts de Scarlett s'affairèrent à dégrafer sa robe et les cerceaux rembourrés qui soutenaient sa jupe. Elle sortit en l'enjambant du riche cercle de tissus, prit ses nouvelles robes dans ses bras et entra lentement dans la chambre, les bras nus, la poitrine à demi découverte et les jambes à peine voilées par ses bas de soie.

— Posez-les sur le lit, dit Rhett, et mettez un peignoir avant de geler. Le froid est arrivé avec la pluie, pour le cas où vous ne vous en seriez pas rendu compte.

Il souffla une bouffée de fumée sur sa gauche, détournant la tête de sa vue.

— Ne prenez pas froid en tentant d'être aguichante, Scarlett. Vous perdez votre temps.

Scarlett blêmit de rage. Ses yeux semblaient des flammes vertes. Mais Rhett ne la regardait pas. Il examinait les robes sur le lit.

— Enlevez toute cette dentelle, dit-il en désignant la première robe, et supprimez cette avalanche de nœuds sur le côté. N'en gardez qu'un seul. Comme ça, elle ne sera pas trop mal... Donnez celle-ci à votre femme de chambre, c'est sans espoir... Cette autre ira si vous retirez la bordure de fourrure, remplacez les boutons dorés par des boutons noirs tout simples et raccourcissez la traîne...

Il ne lui fallut guère plus de quelques minutes pour examiner tout le trésor de Scarlett.

— Vous aurez besoin de solides bottines noires, dit-il quand il eut terminé.

— J'en ai justement acheté ce matin, quand votre mère et moi sommes allées faire les boutiques, dit Scarlett d'une voix glaciale, en détachant chaque mot. Je ne comprends pas que vous ne lui achetiez pas de voiture, vous qui l'aimez tant. Tous ces déplacements à pied la fatiguent beaucoup.

— Vous ne comprenez rien à Charleston. C'est pour cela que vous vous y sentirez malheureuse en moins de temps qu'il n'en faut pour le dire. J'ai pu lui acheter cette maison parce que la nôtre a été détruite par les Yankees, et que tous les gens qu'elle connaît ont une maison aussi splendide que celle-ci. Je peux même la meubler plus confortablement que celles de ses amis parce que chaque chose que j'y installe a été reprise aux Yankees ou constitue une copie de ce qu'elle avait jadis, et parce que ses amis possèdent encore beaucoup de leurs objets et de leurs meubles personnels. Mais je ne peux la distinguer de ses amis en lui procurant un luxe qu'ils n'ont pas les moyens de s'offrir.

– Sally Brewton a une voiture.

– Sally Brewton ne ressemble à personne. Elle a toujours été ainsi. Sally est une originale. Charleston respecte – aime – l'excentricité. Mais Charleston ne tolère pas l'ostentation. Et vous, ma chère Scarlett, vous n'avez jamais été capable de résister à l'ostentation.

– J'espère que cela vous plaît de m'insulter, Rhett Butler!

– De fait, dit-il en riant, cela me plaît. Maintenant, vous pouvez commencer à rendre une de ces robes convenable pour ce soir. Je vais reconduire les membres du comité chez eux. Il vaut mieux que Sally ne le fasse pas en plein orage.

Quand il fut parti, Scarlett passa la robe de chambre de son mari Elle était plus chaude que la sienne et il avait raison – il faisait beaucoup plus froid que le matin, et elle frissonnait. Elle remonta le col jusqu'à ses oreilles et alla s'asseoir dans le fauteuil que Rhett venait de quitter. Elle le sentait encore dans la pièce et elle se laissa baigner par cette présence. Ses doigts caressèrent la douce soie qui l'enveloppait. C'était étrange de penser à Rhett choisissant une étoffe aussi légère, presque fragile, alors qu'il était un homme si solide et fort Mais tant de choses la troublaient à son sujet! Elle ne le connaissait pas du tout. Elle ne l'avait jamais compris. Scarlett se sentit soudain cruellement désemparée. Elle se secoua et se leva d'un bond. Il fallait qu'elle s'habille avant le retour de Rhett. Seigneur! Combien de temps était-elle restée dans ce fauteuil à rêvasser! Il faisait presque nuit. Elle sonna pour appeler Pansy. Il fallait que celle-ci retire les nœuds et la dentelle de sa robe rose pour que Scarlett puisse la porter ce soir, et qu'elle mette immédiatement à chauffer les fers à friser. Scarlett voulait être tout spécialement jolie et féminine pour Rhett... Elle regarda la vaste surface du lit recouvert d'une courtepointe, et ses pensées la firent rougir.

L'allumeur de réverbères n'avait pas encore atteint la partie haute de la ville où vivait Emma Anson, et Rhett dut conduire lentement, penché en avant pour distinguer la rue sombre à travers la pluie torrentielle. Derrière lui, dans la voiture fermée, il ne restait que Mme Anson et Sally Brewton. Il avait d'abord raccompagné Margaret Butler à la petite maison de la rue des Flots, où elle vivait avec

Ross, puis il s'était arrêté sur la Grand-Rue où Edward Cooper avait escorté Anne Hampton sous son large parapluie jusqu'à la porte du Foyer confédéré.

— Je ferai le reste du chemin à pied, cria Edward depuis le trottoir. Inutile d'aller tremper ces dames avec mon parapluie.

Il vivait rue de l'Église, à un pâté de maisons de là. Rhett toucha le large bord de son chapeau en signe d'adieu et relança les chevaux.

— Croyez-vous que Rhett puisse nous entendre? murmura Emma Anson.

— J'arrive à peine à comprendre ce que vous dites, Emma, et je suis assise à côté de vous! répliqua Sally. Pour l'amour du ciel, parlez plus fort. Cette averse est assourdissante.

La pluie l'irritait. A cause d'elle, elle ne pouvait conduire son attelage.

— Que pensez-vous de son épouse? demanda Emma. Elle ne ressemble pas du tout à l'idée que je me faisais d'elle. Avez-vous jamais vu quoi que ce soit d'aussi grotesque que le costume surchargé de fioritures qu'elle portait?

— Oh, on change facilement les vêtements. Beaucoup de femmes ont un goût exécrable. Non, ce qui m'intéresse, c'est qu'elle a des possibilités, dit Sally. Mais je me demande si elle pourra les réaliser. C'est souvent un grand handicap, d'être belle et d'avoir été courtisée. Beaucoup de femmes ne s'en remettent jamais.

— Sa façon de flirter avec Edward était ridicule.

— Automatique, je crois, plutôt que ridicule. Beaucoup d'hommes n'attendent que cela. Peut-être en ont-ils d'ailleurs plus besoin que jamais. Ils ont perdu tout le reste de ce qui les faisait se sentir des hommes : leur fortune, leurs terres, leur puissance.

Les deux femmes demeurèrent un instant silencieuses, pensant à tout ce que les gens fiers préféraient ne pas exprimer sous la botte de troupes d'occupation.

Sally se racla enfin la gorge, brisant le sombre silence.

— Une chose plaide en sa faveur, dit-elle avec fermeté. La femme de Rhett est désespérément amoureuse de lui. Son visage s'est illuminé comme un lever de soleil quand il est apparu à la porte, avez-vous remarqué?

— Non, je ne l'ai pas regardée, mais j'aurais bien aimé le faire. Moi, j'ai vu cette même expression... sur le visage d'Anne.

CHAPITRE 13

Scarlett tournait sans cesse les yeux vers la porte. Qu'est-ce qui retenait Rhett aussi longuement? Eleanor Butler feignait de ne se rendre compte de rien, mais un petit sourire s'installa aux coins de sa bouche. Ses doigts faisaient habilement glisser une navette d'ivoire luisante dans l'entrelacs de boucles qui devait devenir une frivolité. C'eût pu être un parfait moment de quiétude familiale. On avait fermé les rideaux du petit salon pour faire oublier l'orage et l'obscurité, et des lampes brillaient sur les tables des deux belles pièces adjacentes. Un feu doré et crépitant écartait tout frisson et toute humidité. Mais les nerfs de Scarlett étaient trop tendus pour qu'elle profite de cette scène d'intérieur accomplie. Où était Rhett? Serait-il encore en colère quand il rentrerait?

Elle tentait d'écouter ce que disait Mme Butler mais elle n'y parvenait pas. Elle se moquait bien du Foyer confédéré. Ses doigts caressèrent sa robe, mais ils n'y trouvèrent plus de cascade de dentelle avec quoi jouer. Rhett ne s'intéresserait certainement pas à ses vêtements s'il ne s'intéressait pas à elle, n'est-ce pas?

— Alors l'école est presque née d'elle-même, parce que les orphelins n'avaient vraiment nul autre endroit où aller, disait Mme Butler. Son succès a dépassé nos espérances. En juin dernier, six élèves ont obtenu leur diplôme de fin d'études. Ils enseignent tous, maintenant. Deux des jeunes filles sont parties pour Walterboro, et une autre a même eu le choix entre Yemassee et Camden. Une quatrième – une charmante jeune fille – nous a écrit. Je vous montrerai sa lettre...

Oh, où était-il? Qu'est-ce qui pouvait bien le retarder à ce point? Si je dois rester assise une minute de plus, je vais crier.

Sur le manteau de la cheminée, l'horloge de bronze tinta, et Scarlett sursauta. Deux... trois...

— Je me demande ce qui retient Rhett, remarqua Mme Butler. Cinq... six...

– Il sait pourtant que nous dînons à sept heures, et il aime prendre l'apéritif. Il sera trempé jusqu'aux os. Il faudra qu'il se change, dit Mme Butler en posant sa dentelle à côté d'elle sur la table. Je vais voir si la pluie a cessé.

Scarlett sauta sur ses pieds.

– J'y vais.

Elle vola presque jusqu'au lourd rideau de soie, dont elle écarta un pan. Dehors, un épais brouillard tourbillonnait au-dessus de la promenade du bord de mer. Il descendit jusqu'à la rue avant de décrire une courbe et de remonter comme s'il eût été vivant. Les réverbères luisaient, taches indistinctes dans la blancheur mouvante qui les entourait. Elle s'écarta de ce cauchemar informe et laissa retomber la soie pour ne plus le voir.

– Le brouillard a tout envahi, dit-elle, mais il ne pleut plus. Pensez-vous qu'il soit arrivé quelque chose à Rhett?

– Il a traversé de bien pires épreuves qu'un peu d'humidité et de brouillard, Scarlett, dit Eleanor Butler en souriant. Vous le savez. Il va très bien. Il va frapper à la porte d'une minute à l'autre.

Comme en réponse à cette phrase, elles entendirent la grande porte d'entrée qui s'ouvrait. Scarlett perçut le rire de Rhett et la voix grave de Manigo, le majordome.

– Vous feriez mieux de me donner ces affaires trempées, monsieur Rhett, et les bottes aussi. Vos pantoufles, elles sont juste là.

– Merci, Manigo. Je vais monter me changer. Dis à Mme Butler que je la rejoins dans une minute. Est-elle au petit salon?

– Oui, Monsieur, et Madame Rhett aussi.

Scarlett tendit l'oreille pour entendre la réaction de Rhett, mais elle ne perçut que son pas ferme dans l'escalier. Il lui sembla qu'il mettait un siècle à redescendre. L'horloge de la cheminée devait être détraquée. Il fallait au moins une heure à chaque minute pour s'écouler.

– Tu sembles fatigué, mon chéri, s'exclama Eleanor Butler quand son fils entra dans le salon.

Rhett prit la main de sa mère et la baisa.

– Ne vous inquiétez pas pour moi, Maman, je suis plus affamé que fatigué. Dînerons-nous bientôt?

– Je vais dire en cuisine de servir tout de suite, dit Mme Butler en faisant mine de se lever.

Rhett posa doucement la main sur son épaule pour l'arrêter.

– Je prendrai d'abord un verre, ne vous affolez pas.

Il s'approcha de la table où s'alignaient les bouteilles. En se versant un whisky, il regarda Scarlett pour la première fois.

– M'accompagnerez-vous, Scarlett? demanda-t-il en levant un sourcil tentateur.

L'odeur du whisky la tenta aussi, mais elle se détourna, comme s'il l'avait insultée. Rhett allait donc jouer au chat et à la souris. Il allait essayer de l'entraîner – par la force ou par la ruse – à faire quelque chose qui retournerait sa mère contre elle. Eh bien, il faudrait qu'il se montre bien malin pour la piéger. Elle ébaucha un sourire et ses yeux étincelèrent. Elle aussi devrait se montrer très maligne pour déjouer ses stratagèmes. Une bouffée d'excitation lui échauffa la gorge. Elle avait toujours aimé les défis à relever.

– Mère, Rhett n'est-il pas scandaleux ? demanda-t-elle en riant. Était-il aussi taquin quand il était petit ?

Elle perçut que, derrière elle, Rhett venait de faire un mouvement brusque. Ah ! Elle avait marqué un point. Il s'était senti coupable pendant des années du chagrin qu'il avait causé à sa mère quand ses frasques l'avaient fait chasser par son père.

– Le dîner est servi, madame Butler, dit Manigo de la porte.

Rhett offrit son bras à sa mère, et Scarlett en éprouva un petit pincement de jalousie. Puis elle se souvint que cette dévotion que Rhett vouait à sa mère était justement ce qui lui permettait de rester, et elle ravala sa colère.

– J'ai si faim que je pourrais dévorer un bœuf, dit-elle d'une voix joyeuse. Et Rhett meurt de faim, n'est-ce pas, chéri ?

Elle avait la main ; Rhett l'avait admis. Si elle la laissait lui échapper, elle perdrait tout le jeu, et elle ne reconquerrait jamais son époux.

En fait, Scarlett n'aurait pas dû s'inquiéter. Rhett fit tous les frais de la conversation dès qu'ils furent assis. Il raconta sa recherche du service à thé à Philadelphie, la transformant en aventure, dépeignant avec humour la succession de gens à qui il avait parlé, imitant leurs accents et leurs tics de langage avec un tel talent que sa mère et Scarlett rirent à en avoir mal aux côtes.

– Et, après avoir suivi cette longue piste pour arriver jusqu'à lui, conclut Rhett avec un geste théâtral de déception, imaginez mon horreur quand le nouveau propriétaire se révéla trop honnête pour me vendre le service à thé vingt fois son prix ! Pendant un instant, j'ai craint de devoir le lui voler, mais il fut heureusement séduit par l'idée que nous le jouions aux cartes.

– J'espère, dit Eleanor Butler en faisant un gros effort pour paraître en colère, que tu n'es pas allé jusqu'à commettre quelque malhonnêteté, Rhett.

Elle riait sous cape.

– Maman ! Vous me choquez. Je ne triche que lorsque je joue avec des professionnels. Ce pauvre ex-colonel de l'armée de Sherman était un tel amateur qu'il a fallu que je triche pour le laisser gagner quelques centaines de dollars afin de soulager sa peine. Il était tout le contraire d'un Ellinton.

— Oh, ce pauvre Townsend Ellinton! s'exclama Mme Butler en riant. Et sa femme... mon cœur se serre quand je pense à elle... Il s'agit d'un des cadavres dans le placard que compte la famille, de mon côté, murmura-t-elle en se penchant vers Scarlett.

Elle rit de nouveau et donna à sa belle-fille les explications nécessaires. Les Ellinton étaient célèbres tout le long de la côte Est pour une faiblesse commune à tous les membres de la famille : ils pariaient sur tout et n'importe quoi. Le premier Ellinton venu s'installer dans les colonies d'Amérique n'était monté à bord du bateau que parce qu'il avait gagné une parcelle de terre en pariant avec son propriétaire à qui ingurgiterait le plus de bière sans s'écrouler.

— Quand on le proclama vainqueur, conclut Mme Butler, il était tellement ivre qu'il se dit que ce ne serait pas bête d'aller jeter un coup d'œil à ce qu'il venait de gagner. On raconte qu'il ne savait même pas où il allait avant d'y arriver, parce que, au fil de la traversée, il avait gagné aux dés presque toutes les rations de rhum de l'équipage.

— Que fit-il, quand il dessoûla ? interrogea Scarlett avec curiosité.

— Oh, mon petit, il ne dessoûla jamais. Il mourut dix jours seulement après que le bateau eut accosté. Mais, entre-temps, il avait trouvé le moyen de jouer encore aux dés et de gagner une fille, une des servantes du bateau. Et, comme il s'avéra par la suite qu'elle attendait un enfant de lui, il y eut une sorte de mariage posthume sur sa tombe, et son fils devint un de mes arrière-arrière-grands-pères.

— Qui était assez joueur, lui aussi, n'est-ce pas ? demanda Rhett.

— Naturellement! Il avait le jeu dans le sang.

Et Mme Butler continua de présenter l'arbre généalogique de sa famille.

Scarlett regardait souvent Rhett. Combien d'autres surprises cet homme qu'elle connaissait si mal lui réservait-il ? Elle ne l'avait jamais vu aussi détendu, heureux, chez lui. Je ne lui ai jamais créé de véritable foyer, comprit-elle soudain. Il n'a même jamais aimé notre maison. C'était la mienne, construite et décorée selon mes goûts, un cadeau qu'il m'avait fait, pas du tout la sienne. Scarlett aurait voulu interrompre les histoires de sa belle-mère et dire à Rhett qu'elle était désolée pour le passé, qu'elle réparerait ses fautes. Mais elle garda le silence. Il était content, il prenait plaisir aux souvenirs qu'évoquait sa mère. Elle ne devait pas briser le charme.

Les bougies, dans leurs chandeliers d'argent, se reflétaient sur la surface vernie de la table d'acajou et dans les yeux sombres et luisants de Rhett. Elles enveloppaient la table et les trois convives d'une lumière chaude, paisible, créant un îlot de douce brillance parmi les ombres de la longue pièce. Le monde extérieur était rejeté au-delà des épais replis des rideaux aux fenêtres, écarté par l'intimité de ce groupe éclairé par les petites flammes. Eleanor Butler parlait d'une voix douce, Rhett riait sans bruit, avec de légers gloussements d'encouragement. L'amour tissait un filet impalpable mais pourtant indestructible autour de la mère et du fils, et Scarlett fut prise d'un désir soudain et désespéré de pénétrer dans ce filet.

– Parle à Scarlett du cousin Townsend, Maman, dit Rhett tout à coup.

Et elle se sentit en sécurité dans la chaleur des bougies, incluse dans le bonheur qui enveloppait la table. Elle aurait voulu que cela dure éternellement, et elle supplia sa belle-mère de lui parler du cousin Townsend.

– Il ne s'agit pas d'un véritable cousin, seulement d'un cousin au troisième degré, mais c'est le descendant le plus direct de l'arrière-arrière-grand-père Ellinton. Townsend Ellinton est le fils unique du fils aîné du petit-fils aîné. Si bien qu'il a hérité de cette parcelle de terre qui avait amené son ancêtre en Amérique, mais aussi de la fièvre du jeu et de la chance indéfectible des Ellinton. Ils ont toujours eu de la chance, les Ellinton, sauf pour une chose – et c'est là une autre constante de la famille : tous les garçons louchent. Townsend épousa une très jolie fille d'une excellente famille de Philadelphie, et toute la ville parla du mariage de la belle et de la bête. Le père de la jeune fille, un avocat, était très attentif au patrimoine des gens – et Townsend était fabuleusement riche. Townsend et sa femme s'installèrent à Baltimore. Ensuite, naturellement, la guerre arriva. La femme de Townsend prit ses jambes à son cou et rentra chez son père à la minute même où Townsend s'engagea dans l'armée du général Lee. Elle était yankee, après tout, et Townsend se ferait certainement tuer : à cause de son strabisme, il n'aurait même pas pu atteindre une grange d'un coup de fusil, et encore moins la porte de la grange. Mais il jouissait de la fameuse chance des Ellinton. Il n'attrapa jamais rien de plus grave que des engelures, alors qu'il servit jusqu'à la bataille d'Appomattox. Pendant ce temps, les trois frères et le père de sa femme se faisaient tuer sous l'uniforme de l'Union. Elle hérita donc de tout ce qu'avaient accumulé son père et ses prudents ancêtres. Townsend vit comme un roi à Philadelphie, et se moque bien que tout ce qu'il possédait à Savannah ait été confisqué par Sherman. L'as-tu vu, Rhett ? Comment va-t-il ?

– Il louche toujours autant, et ses deux fils aussi. Dieu merci, sa fille ressemble à sa mère !

Scarlett avait à peine écouté la réponse de Rhett.

– Avez-vous dit que les Ellinton venaient de Savannah, Mère ? Maman aussi était originaire de Savannah !

La complicité du réseau familial faisait tellement partie de la vie du Sud que Scarlett avait longtemps été frustrée que sa propre famille ne corresponde pas à ce modèle. Tous ceux qu'elle connaissait avaient une constellation de cousins, d'oncles et de tantes, qui couvrait des générations et des centaines de milles. Mais pas elle. Pauline et Eulalie n'avaient pas eu d'enfants. Les frères de Gerald O'Hara, à Savannah, étaient eux aussi sans enfants, du moins à sa connaissance. Il devait rester beaucoup d'O'Hara en Irlande, mais cela ne comptait pas, et tous les Robillard, à l'exception de son grand-père, étaient partis de Savannah.

Voilà qu'elle se retrouvait de nouveau en train d'écouter parler de la famille de quelqu'un d'autre. Rhett avait des parents à Philadelphie, et elle ne doutait pas qu'il fût lié aussi d'une façon ou d'une autre à la moitié de Charleston. Mais peut-être existait-il des relations de parenté entre les Ellinton et les Robillard ? Alors elle ferait partie de la même constellation que Rhett. Peut-être pourrait-elle se rattacher ainsi au monde des Butler à Charleston, ce monde que Rhett avait choisi et auquel elle était bien décidée à s'intégrer.

– Je me souviens très bien d'Ellen Robillard, dit Eleanor. Et de sa mère. Votre grand-mère, Scarlett, était probablement la femme la plus fascinante de toute la Géorgie, et même de la Caroline du Sud.

Scarlett se pencha, captivée. Elle ne connaissait l'histoire de sa grand-mère que par bribes.

– Était-elle vraiment scandaleuse, Mère ?

– Elle était extraordinaire. Mais à l'époque où je l'ai le mieux connue, elle n'avait rien de scandaleux. Elle était bien trop occupée à avoir des bébés. D'abord votre tante Pauline, puis Eulalie, et enfin votre mère. En fait, je me trouvais à Savannah quand votre mère est née. Je me souviens du feu d'artifice. Votre grand-père faisait venir de New York je ne sais quel célèbre Italien pour qu'il tire un magnifique feu d'artifice chaque fois que votre grand-mère lui donnait un enfant. Tu ne peux t'en souvenir, Rhett, et j'imagine que tu ne me remercieras pas de te le rappeler, mais tu étais terrorisé. Je t'avais sorti tout spécialement pour ce spectacle et tu as pleuré si fort que j'ai failli en mourir de honte. Tous les autres enfants battaient des mains et criaient de joie. Naturellement, ils étaient plus âgés. Tu portais encore des robes. Tu ne devais pas avoir beaucoup plus d'un an.

Scarlett posa un regard incrédule d'abord sur Eleanor, puis sur Rhett. C'était impossible ! Rhett ne pouvait être plus âgé que sa mère. Enfin, sa mère était... sa mère. Scarlett avait toujours considéré que sa mère était vieille, avait dépassé l'âge des émotions fortes. Comment Rhett pouvait-il être encore plus âgé ? Comment pouvait-elle l'aimer jusqu'au désespoir, s'il était tellement vieux ?

C'est le moment que choisit Rhett pour lui porter un nouveau coup après celui qu'elle venait de recevoir. Il posa sa serviette sur la table, se leva, s'approcha de Scarlett, lui déposa un baiser au sommet du crâne, alla prendre la main de sa mère, qu'il baisa, et dit :

– Maintenant, je pars, Maman.

Oh, Rhett, non ! voulut hurler Scarlett. Mais la stupéfaction la rendit muette, lui ôta même la force de lui demander où il allait.

– J'aimerais mieux que tu ne partes pas par une nuit pluvieuse et aussi noire, Rhett, protesta sa mère. Et Scarlett est là. Tu n'as presque pas eu l'occasion de lui dire bonjour.

– La pluie s'est arrêtée, et c'est la pleine lune, répondit Rhett. Je ne peux pas gâcher cette occasion de remonter la rivière avec la marée, et j'ai juste le temps d'y arriver avant le reflux. Scarlett comprendra très bien qu'on doive aller vérifier le travail de ses ouvriers quand on s'est absenté un certain temps, c'est une femme d'affaires ; n'est-ce pas, ma chatte ?

Il la regarda, les yeux scintillant de toutes les flammes des bougies. Puis il sortit.

Elle se leva de table, renversant presque sa chaise dans sa hâte et, sans un mot à Mme Butler, courut comme une folle après lui.

Il était dans le vestibule en train de boutonner son manteau, le chapeau à la main.

– Rhett, Rhett, attendez ! s'écria-t-elle.

Elle ignora la mise en garde que lui lancèrent ses yeux quand il se tourna vers elle.

– Tout était si merveilleux, au dîner ; pourquoi voulez-vous partir ? demanda-t-elle.

Rhett alla fermer sans ménagement la porte donnant sur les pièces de séjour. Elle claqua avec un bruit sourd, les isolant du reste de la maison.

– Ne me faites pas de scène, Scarlett. Ce serait en pure perte.

Et, comme s'il pouvait lire dans ses pensées, il martela ses derniers mots :

– Et ne comptez pas sur moi pour partager mon lit avec vous.

Il ouvrit la porte sur la rue. Avant qu'elle n'ait pu dire un mot, il était parti. Le battant se referma lentement sur lui.

Scarlett tapa du pied. Ce n'était qu'une bien faible manifestation de sa fureur et de sa déception. Pourquoi fallait-il qu'il soit si méchant ? Elle grimaça, à moitié de colère, à moitié de rire involontaire, en voyant à quel point Rhett était malin. Il avait parfaitement compris ce qu'elle avait en tête. Eh bien, il faudrait qu'elle se montre encore plus maligne que lui, c'était tout. Il faudrait qu'elle renonce à l'idée d'avoir un bébé tout de suite et réfléchisse à une autre stratégie. Quand elle rejoignit la mère de Rhett, elle avait encore les sourcils froncés.

— Allons, ma chère petite, ne soyez pas triste, dit Eleanor Butler, Rhett ne craint rien. Il connaît le fleuve comme le dos de sa main.

Elle était restée debout près de la cheminée, afin de ne pas risquer, en traversant l'entrée, de déranger Rhett et sa femme dans leurs adieux.

— Passons dans la bibliothèque, nous y serons à l'aise et les serviteurs pourront débarrasser la table.

Scarlett s'installa dans un fauteuil dont le haut dossier la protégeait contre les courants d'air. Non, elle ne voulait pas s'envelopper les jambes dans un plaid, elle était très bien, merci.

— Mais laissez-moi vous couvrir, Mère, insista-t-elle en prenant le châle de cachemire. Asseyez-vous bien confortablement.

— Comme vous êtes gentille, Scarlett; vous me rappelez tant votre chère maman! Je me souviens combien elle était toujours attentionnée, et combien ses manières étaient parfaites. Toutes les filles Robillard étaient fort bien élevées, naturellement, mais Ellen était spéciale...

Scarlett ferma les yeux et respira la délicate senteur de citronnelle. Tout irait bien. Mme Butler l'aimait, elle ferait revenir Rhett à la maison, et ils vivraient tous heureux ensemble, à jamais.

Scarlett somnolait paisiblement dans le fauteuil aux profonds coussins, bercée par les doux souvenirs d'un passé plus tendre. Un brouhaha de voix dans le vestibule la ramena en sursaut à une conscience confuse. Pendant un instant, elle ne sut pas où elle se trouvait ni comment elle était arrivée là. Le regard encore vague, elle plissa les paupières pour distinguer l'homme qui s'encadrait dans le chambranle de la porte. Rhett? Non, ce ne pouvait être Rhett, à moins qu'il n'ait rasé sa moustache.

L'homme de grande taille qui n'était pas Rhett entra en titubant dans la pièce.

— Je suis venu faire la connaissance de ma sœur, bredouilla-t-il en un flot de syllabes presque indistinctes.

Margaret Butler courut vers Eleanor.

— J'ai essayé de le retenir, dit-elle en pleurant, mais il était dans cet état... Je n'ai pas réussi à me faire entendre, Mère.

— Calmez-vous, Margaret, répliqua Mme Butler en se levant. Ross, j'attends de toi que tu salues Scarlett comme il convient, ajouta-t-elle d'une voix inhabituellement forte et en détachant chaque mot.

Scarlett avait repris ses esprits. C'était donc le frère de Rhett. Et il était ivre, à en juger par son aspect. Enfin, elle avait déjà vu des hommes ivres, cela n'avait rien de particulièrement nouveau. Elle se leva et sourit à Ross de toutes ses fossettes.

– Je dois dire, Mère, que vous êtes une heureuse femme d'avoir deux fils plus beaux l'un que l'autre. Rhett ne m'avait jamais dit qu'il avait un frère aussi séduisant!

Ross tituba jusqu'à elle. Il la déshabilla du regard avant de fixer ses yeux sur ses boucles et son visage fardé. Sa bouche se tordit en un semblant de sourire.

– Voilà donc Scarlett, dit-il d'une voix pâteuse. J'aurais dû savoir que Rhett finirait avec un joli morceau de ce genre. Viens, Scarlett, embrasse ton nouveau frère. Je suis sûr que tu sais comment satisfaire un homme.

Ses grandes mains lui caressèrent les bras comme d'énormes araignées et s'arrêtèrent sur sa gorge nue. C'est alors qu'il posa sa bouche ouverte sur la sienne, lui soufflant son haleine fétide dans le nez, sa langue se forçant un passage entre ses dents. Scarlett tenta de lever les mains pour le repousser, mais Ross était trop fort et la serrait de trop près.

Elle entendit Eleanor Butler et Margaret, mais ne comprit pas ce qu'elles disaient. Toute son attention était concentrée sur la nécessité de se libérer de cette étreinte repoussante, et sur la honte infligée par les paroles insultantes de Ross. Il l'avait traitée de putain! Et il la traitait en putain.

Soudain, Ross la repoussa si brutalement qu'elle se retrouva dans le fauteuil.

– Je parie que tu n'es pas si froide avec mon cher grand frère, grogna-t-il.

Margaret Butler pleurait contre l'épaule d'Eleanor.

– Ross! lança Mme Butler d'un ton coupant.

Ross se retourna maladroitement et renversa une petite table.

– Ross! Je viens de sonner Manigo. Il va t'aider à rentrer et fournira à Margaret une escorte convenable. Quand tu seras moins ivre, j'exige que tu écrives pour présenter tes excuses aussi bien à moi qu'à la femme de Rhett. Tu nous as tous déshonorés, toi, moi et Margaret, et tu ne seras plus reçu dans cette maison jusqu'à ce que je sois remise de la honte que tu m'as causée.

– Je suis désolée, Mère, pleurait Margaret.

– Je suis désolée pour vous, Margaret, dit Mme Butler en posant ses mains sur les épaules de sa bru. Rentrez, à présent. Vous, naturellement, vous serez toujours la bienvenue ici.

Un regard de ses yeux de vieux sage suffit à Manigo pour

comprendre la situation. Il emmena Ross qui, chose étonnante, n'émit pas la moindre protestation. Margaret trottina derrière eux.

— Je suis tellement désolée, répétait-elle sans cesse.

Puis sa voix se tut lorsque la lourde porte d'entrée se referma derrière elle et Ross.

— Ma chère enfant, dit Eleanor à Scarlett, la conduite de Ross est impardonnable. Il était ivre et ne savait pas ce qu'il disait, mais ce n'est pas une excuse.

Scarlett tremblait de la tête aux pieds. De dégoût, d'humiliation, de colère. Comment avait-elle accepté que cela arrive, accepté que le frère de Rhett la rabaisse ainsi et pose ses mains et sa bouche sur elle ? J'aurais dû lui cracher au visage, lui griffer les yeux, fracasser sa sale bouche puante à coups de poing. Mais je n'ai rien fait. J'ai tout accepté... comme si je le méritais, comme s'il disait vrai. Scarlett ne s'était jamais sentie aussi honteuse. Honteuse des paroles de Ross, honteuse de sa propre faiblesse. Elle était rabaissée, souillée et humiliée à jamais. Il aurait mieux valu que Ross la batte, ou lui donne un coup de couteau. Son corps se serait remis d'un coup ou d'une blessure. Mais sa fierté ne guérirait jamais du malaise qu'elle éprouvait.

Eleanor se pencha sur elle et tenta de l'enlacer, mais Scarlett recula.

— Laissez-moi seule ! gémit-elle alors qu'elle aurait voulu hurler.

— Non, je ne vous laisserai pas seule, dit Mme Butler, pas tant que je ne vous aurai pas parlé. Il faut que vous compreniez, Scarlett, il faut que vous m'écoutiez. Il y a tant de choses que vous ne savez pas. M'entendez-vous ?

Elle rapprocha une chaise du fauteuil de Scarlett et s'assit tout près d'elle.

— Non ! Partez ! dit Scarlett en se pressant les mains sur les oreilles.

— Je ne m'en irai pas, et je vous parlerai, encore et encore, mille fois s'il le faut, jusqu'à ce que vous m'écoutiez...

Sa voix résonna sans fin, douce mais insistante, tandis qu'elle caressait la tête baissée de Scarlett. De sa main, elle imposait son réconfort, son amour, sa bonté malgré le refus de Scarlett de s'ouvrir à ce qu'elle lui disait.

— Ce qu'a fait Ross est impardonnable, répéta-t-elle. Et je ne vous demande pas de lui pardonner. Mais moi, je le dois, Scarlett. Parce qu'il est mon fils, et que je sais quelle douleur en lui l'a fait agir ainsi. Il ne voulait pas vous blesser, ma chère enfant. C'était Rhett qu'il attaquait à travers vous. Il sait, vous comprenez, que Rhett est trop fort pour lui, qu'il ne sera jamais capable de l'égaler en rien. Rhett n'a qu'à tendre la main pour obtenir ce qu'il veut, par lui les choses arrivent, les choses se font. Et le pauvre Ross rate tout ce qu'il touche.

Eleanor sentait que Scarlett l'écoutait mieux.

– Margaret m'a confié en aparté cet après-midi, continua-t-elle, que lorsque Ross est arrivé à son travail, ce matin, on lui a annoncé qu'il était renvoyé. Parce qu'il boit. Il a toujours bu. Tous les hommes boivent. Mais pas comme il le fait depuis que Rhett est revenu à Charleston, voilà un an. Ross essayait de faire marcher la plantation, et il s'y échinait comme un esclave depuis qu'il était rentré de la guerre, mais il y avait toujours quelque chose qui n'allait pas, et il ne parvenait jamais à obtenir de bonnes récoltes. Il allait tout vendre pour payer les impôts, quand Rhett a offert de lui racheter la propriété. Ross n'avait pas le choix. Elle aurait de toute façon dû revenir à Rhett si son père et lui... mais c'est une autre histoire.

Eleanor hésita un instant et continua :

– Ross a trouvé une place de caissier dans une banque, mais je crains qu'il n'ait jugé vulgaire de manipuler de l'argent. Jadis, les hommes du monde se contentaient de signer la note à chaque dépense, et leurs hommes d'affaires se chargeaient des règlements. Quoi qu'il en soit, Ross a commis des erreurs de caisse, ses comptes ne tombaient jamais juste, et un jour, après une grosse erreur, il a perdu son emploi. Pire encore, la banque l'a menacé de le traîner en justice pour récupérer l'argent manquant. Rhett a arrangé les choses, et ç'a été comme un coup de dague dans le cœur de Ross. C'est à ce moment-là qu'il s'est mis à boire beaucoup, et maintenant l'alcool vient de lui coûter à nouveau son emploi. Pour tout arranger, je ne sais quel idiot – ou quel homme malintentionné – a laissé échapper que c'était Rhett qui lui avait fait obtenir ce poste. Il est rentré chez lui et s'est soûlé au point de ne plus pouvoir marcher. Et l'alcool le rend méchant.

Eleanor s'interrompit et regarda au loin.

– C'est Rhett que je préfère, Dieu me pardonne. Je l'ai toujours préféré. Il était mon premier-né, et j'ai déposé mon cœur dans ses menottes dès qu'on me l'a mis dans les bras. J'aime Ross et Rosemary, mais pas comme j'aime Rhett, et je crains bien qu'ils ne le sachent. Rosemary croit que c'est parce qu'il est parti si longtemps et qu'il est revenu comme un petit génie sorti d'une bouteille afin de m'offrir tout ce qu'il y a ici, et de lui acheter toutes les jolies robes qu'elle voulait. Elle ne se souvient pas de ce qui se passait avant qu'il ne parte, elle n'était qu'un bébé. Elle ne sait pas qu'il a toujours été le premier dans mon cœur. Ross le sait, il l'a toujours su, mais il était le préféré de son père, si bien que cela lui était égal. Steven a chassé Rhett, il a fait de Ross son héritier. Il aimait Ross, il était fier de lui. Mais maintenant Steven est mort, cela fera sept ans ce mois-ci. Et Rhett est rentré. La joie de son retour remplit ma vie, et Ross ne peut pas ne pas le remarquer.

La voix d'Eleanor était enrouée, à présent, tendue par son effort pour exprimer les lourds secrets de ce cœur de mère. Elle se cassa soudain, et Eleanor fondit en larmes.

– Mon pauvre garçon, mon pauvre petit Ross qui souffre tant!

Scarlett sentait qu'elle aurait dû dire quelque chose pour réconforter Eleanor. Mais elle n'y arrivait pas. Elle avait trop mal, elle aussi.

– Mère, ne pleurez pas, dit-elle enfin, sans résultat. Ne soyez pas si triste. Il faut que je vous demande quelque chose.

Mme Butler inspira profondément, s'essuya les yeux et se recomposa un visage presque serein.

– Qu'y a-t-il, mon petit?

– Il faut que je sache, supplia Scarlett. Il faut que vous me le disiez. Sincèrement, est-ce que j'ai l'air de ce qu'il a dit – est-ce que j'ai l'air de ça?

Elle avait besoin qu'on la rassure, il lui fallait l'approbation de cette chère dame parfumée à la citronnelle.

– Précieuse enfant, dit Eleanor, quelle importance cela peut-il avoir? Rhett vous aime, et je vous aime donc aussi.

Sainte Mère de Dieu! Elle est en train de me dire que j'ai l'air d'une putain, mais que cela n'a pas d'importance. Est-elle folle? Bien sûr, que cela a de l'importance; c'est la chose la plus importante au monde! Je veux être une dame, je veux être la dame dont ma mère rêvait!

Elle saisit les mains de Mme Butler avec une violence désespérée, sans se rendre compte qu'elle lui causait une douleur atroce.

– Oh, Mère, aidez-moi! Je vous en supplie, j'ai besoin que vous m'aidiez.

– Naturellement, ma chère petite. Dites-moi ce que vous voulez.

Le visage de Mme Butler ne reflétait que la sérénité et l'affection. Elle avait appris bien des années auparavant à dissimuler la souffrance qu'elle ressentait.

– Il faut que je sache ce que je fais de mal, pourquoi je n'ai pas l'air d'une dame. Je suis une dame, Mère, je le suis. Vous avez connu Maman, vous devez bien savoir qu'il en est ainsi.

– Bien sûr, que vous êtes une dame, Scarlett; et bien sûr, que je le sais. Les apparences sont si trompeuses que c'est vraiment injuste. Mais nous pourrons tout régler presque sans aucun effort.

Mme Butler libéra doucement ses doigts douloureux et enflés de la poigne de Scarlett.

– Vous possédez tant de vitalité, ma chère enfant! Toute la vigueur du monde dans lequel vous avez grandi. Cela fourvoie parfois les gens de la côte, vieux et fatigués. Mais vous ne devez pas perdre cette vitalité, elle est trop précieuse. Il ne nous reste qu'à trouver le moyen de la rendre moins visible, pour que vous nous ressembliez davantage. Alors, vous vous sentirez plus à l'aise.

Et moi aussi, ajouta silencieusement Eleanor Butler. Elle aurait défendu jusqu'à son dernier souffle la femme qu'elle croyait aimée de Rhett, mais la tâche serait beaucoup plus facile si Scarlett cessait de se maquiller autant et de porter des vêtements onéreux et ostentatoires. Elle était ravie que l'occasion se présente de couler Scarlett dans le moule de Charleston.

Scarlett accepta avec reconnaissance la définition diplomatique que Mme Butler avait donnée de son problème. Elle était trop intelligente pour y croire tout à fait : elle avait vu comment Eleanor avait embobeliné Eulalie et Pauline. Mais la mère de Rhett l'aiderait, et c'était tout ce qui comptait, du moins pour l'instant.

CHAPITRE 14

La ville de Charleston, qui avait façonné Eleanor Butler et attiré Rhett après des décennies d'aventure, était une vieille cité, une des plus anciennes d'Amérique, serrée sur une étroite péninsule triangulaire entre deux larges fleuves soumis à la marée, qui se jetaient tous deux dans un vaste bassin donnant sur l'océan Atlantique. Fondée en 1682, la ville avait joui dès ses premiers jours d'une langueur romantique et d'une sensualité étrangère à la vie animée et à l'abnégation puritaine qui caractérisaient les colonies de la Nouvelle-Angleterre. La brise chargée de sel berçait les palmiers et les vignes, et les fleurs embaumaient l'air toute l'année. La terre noire, riche, sans cailloux, s'offrait généreusement à la charrue, les eaux grouillaient de poissons, de crabes, de crevettes, de tortues diamant et d'huîtres, et les bois pullulaient de gibier. Cette terre invitait l'homme à profiter de ses richesses.

Des bateaux, venus du monde entier, jetaient l'ancre dans son port pour embarquer le riz des vastes plantations bordant les fleuves, et apportaient en échange des objets de luxe pour le plaisir et la parure de la petite population de la ville la plus riche d'Amérique.

Ayant eu le bonheur d'atteindre sa maturité pendant le Siècle des Lumières, Charleston consacra sa richesse à la quête de la beauté et de la connaissance. En écho à son climat et à la générosité de la nature, elle utilisa aussi sa richesse pour le plaisir des sens. Chaque maison possédait son cuisinier et sa salle de bal, chaque dame ses brocarts venus de France et ses perles de l'Inde. Les sociétés savantes rivalisaient avec les sociétés de musique et de danse, les écoles de sciences avec les écoles d'escrime. Le raffinement intellectuel et l'hédonisme s'équilibraient de façon à créer une culture d'une grâce exquise où un luxe incomparable se trouvait tempéré par la discipline exigeante de l'intellect et de l'éducation. Les habitants de Charleston peignaient leurs maisons de toutes les couleurs de l'arc-en-ciel et les agrémentaient de vérandas où la brise marine apportait comme une caresse le parfum des roses. Chaque maison avait son globe terrestre et son télescope, dans une pièce aux murs couverts de livres en plusieurs langues. Au milieu de la journée, on prenait un repas de six plats, tous présentés dans une vaisselle d'argent dont le doux éclat rappelait qu'elle avait servi à plusieurs générations. La conversation était la sauce nappant les mets, et l'humour son condiment préféré.

Tel était le monde que Scarlett O'Hara, jadis jeune beauté d'un comté rural à la terre rude et rouge, non loin de la frontière nord de la Géorgie, s'était mis en tête de conquérir, avec pour seules armes son énergie, son opiniâtreté et un besoin vital de réussir. Elle arrivait au plus mauvais moment.

Pendant plus d'un siècle, Charleston avait été célèbre pour son sens de l'hospitalité. Les réceptions de plus d'une centaine d'invités n'étaient pas exceptionnelles, encore la moitié de ces invités n'étaient-ils connus de l'hôte et de l'hôtesse que par des lettres d'introduction. Pour la semaine des courses, apogée de la saison mondaine, des propriétaires arrivaient souvent des mois à l'avance d'Angleterre, de France, d'Irlande et d'Espagne avec leurs chevaux, afin d'habituer leurs champions au climat. Ils résidaient chez leurs adversaires de Charleston, et leurs chevaux étaient invités à prendre place dans les écuries, à côté de ceux de leurs hôtes, contre lesquels ils courraient bientôt. C'était une ville aux mains et au cœur ouverts.

Jusqu'à ce qu'arrive la guerre. Comme il se devait, les premiers coups de canon de la guerre civile furent tirés à Fort Sumter, le port de Charleston. Pour le reste du monde, Charleston était le symbole de ce Sud mystérieux et magique, où les guirlandes de cheveux du roi pendaient aux branches des magnolias odorants. Pour les habitants de Charleston aussi.

Et pour le Nord. « La fière et arrogante ville de Charleston », reprenaient en refrain les journaux de New York et de Boston. Les officiers de l'Union avaient décidé de détruire la vieille cité fleurie peinte de tons pastel. Ils commencèrent par bloquer l'entrée du port; ensuite, des pièces d'artillerie disposées sur les îles toutes proches bombardèrent de leurs obus les rues étroites et les maisons au cours d'un siège qui dura presque six cents jours; enfin, l'armée de Sherman arriva avec ses torches afin de brûler les plantations proches des voies d'eau. Quand les troupes de l'Union pénétrèrent dans la ville pour prendre possession de ce trophée, elles ne trouvèrent que ruines désolées. Des herbes folles avaient envahi les rues et étouffé les jardins de maisons sans fenêtres, criblées de points d'impact et aux toits effondrés. Les soldats durent aussi faire face à une population décimée, mais devenue aussi fière et arrogante qu'on le disait dans le Nord.

Les étrangers n'étaient plus les bienvenus à Charleston.

Les gens réparèrent comme ils purent leurs toits et leurs fenêtres – et fermèrent leur porte. Entre eux, ils firent renaître les habitudes de gaieté qui leur étaient si chères. Ils se retrouvèrent pour danser dans les salons vidés de leurs meubles par les pillards, et portèrent des toasts en l'honneur du Sud avec des tasses recollées et remplies d'eau. On appelait par plaisanterie ces réunions des « fêtes de la famine ». L'époque où l'on buvait du champagne français dans des coupes de cristal était peut-être révolue, mais ils restaient des natifs de Charleston. Ils avaient perdu tout ce qu'ils possédaient, mais on n'avait pu leur voler près de deux siècles de traditions et de style partagés. Cela, personne ne pouvait le leur prendre. La guerre était terminée, mais ils n'étaient pas vaincus. Jamais ils ne le seraient, quoi que fassent ces maudits Yankees. Et tant qu'ils se serraient les coudes... et tiendraient tous les étrangers à distance de leurs cercles fermés.

L'occupation militaire et les outrages de la Reconstruction les mirent à l'épreuve, mais ils tinrent bon. L'un après l'autre, les États de la Confédération se virent de nouveau admis au sein de l'Union, leur population retrouva le droit de les gouverner. Mais pas la Caroline du Sud. Et surtout pas Charleston. Plus de neuf ans après la fin de la guerre, des soldats armés patrouillaient toujours dans les vieilles rues pour faire respecter le couvre-feu. La réglementation militaire, constamment modifiée, s'appliquait à tous les aspects de la vie, du prix du papier aux autorisations de mariage et aux permis d'inhumer. Charleston prit un aspect de plus en plus pitoyable, mais sa détermination à préserver son ancien mode de vie ne cessa de se renforcer. On remit en pratique les cotillons de célibataires, une nouvelle génération venant combler les trous causés par les carnages de Bull Run, Antietam et Chancellorsville. Après leurs heures de travail comme employés de bureau ou ouvriers, les anciens propriétaires de plantations prenaient le tramway ou rejoignaient à pied les faubourgs de la ville pour reconstruire le champ de courses ovale, long de deux milles, qui avait fait la gloire de Charleston et pour semer, sur la terre imbibée de sang qui l'entourait, du gazon dont les graines avaient été achetées grâce au denier de la veuve.

Pas à pas, symbole après symbole, les habitants de Charleston regagnaient l'essence même de leur monde perdu et tant aimé. Mais il n'y avait pas de place dans ce monde pour quiconque venait de l'extérieur.

CHAPITRE 15

Ce premier soir chez les Butler, Pansy ne put cacher sa stupéfaction devant les ordres que lui donna Scarlett tandis qu'elle lui délaçait son corset.

— Prends le costume vert que je portais ce matin, et brosse-le bien. Ensuite enlève toutes les garnitures, y compris les boutons dorés, que tu remplaceras par de simples boutons noirs.

— Et où je vais trouver des boutons noirs moi, madame Scarlett ?

— Ne m'ennuie pas avec tes questions stupides. Demande à la femme de chambre de Mme Butler – comment s'appelle-t-elle ? Ah, oui ! Celie. Et réveille-moi demain à cinq heures.

— Cinq heures ?

— Es-tu sourde ? Tu m'as comprise. Maintenant dépêche-toi. Je veux ce costume vert prêt pour mon réveil.

Scarlett s'enfonça avec gratitude dans le profond matelas de plume et les oreillers de duvet du grand lit. Elle avait vécu une journée trop pleine d'événements et d'émotions. Rencontrer Eleanor Butler, faire les magasins, assister à cette stupide réunion sur le Foyer confédéré, puis voir Rhett apparaître soudain avec le service à thé en argent... Sa main s'étendit vers la place vide à côté d'elle. Elle aurait voulu qu'il soit là, mais peut-être valait-il mieux attendre quelques jours, jusqu'à ce qu'on l'ait vraiment acceptée à Charleston. Et Ross, ce misérable ! Elle préférait ne pas penser à lui ni aux choses horribles qu'il avait dites et faites. Eleanor lui avait interdit sa maison, et elle n'aurait plus à le revoir avant longtemps – elle espérait ne jamais le revoir. Elle allait penser à autre chose. Elle allait penser à Eleanor, qui l'aimait et qui, sans le savoir, allait l'aider à reconquérir Rhett.

Eleanor avait décrit le marché comme le lieu où rencontrer tout le monde et apprendre toutes les nouvelles. Scarlett irait au marché, demain. Elle aurait préféré qu'il ne fût pas nécessaire de s'y rendre si tôt, à six heures. Mais c'était ainsi. Je dois dire, en faveur de Charleston, songea-t-elle en sombrant dans le sommeil, que c'est une ville bien active, et j'aime cela. Elle n'eut même pas le temps de terminer son bâillement qu'elle dormait déjà.

Le marché constituait effectivement le lieu idéal pour que Scarlett inaugure sa vie de dame de Charleston. Il distillait au-dehors, aux yeux de tous, l'essence même de la ville. Depuis sa fondation, c'était là que les habitants achetaient de quoi garnir leur table. La dame de la maison – plus rarement l'homme – choisissait les denrées qu'une bonne ou un cocher prenait et plaçait dans un panier pendu à son bras. Avant la guerre, les vendeurs étaient toujours des esclaves venus de la plantation de leur maître. Beaucoup d'entre eux occupaient encore le même emplacement qu'avant la guerre, mais maintenant ils étaient libres, et les paniers étaient portés par des serviteurs qu'on payait pour ce service. Des serviteurs qui, eux aussi, étaient souvent les mêmes qu'avant, et chargés des mêmes paniers. L'important, à Charleston, c'était que les anciennes habitudes n'avaient pas changé.

La tradition était le fondement de la société, l'acte de naissance des gens de Charleston, l'héritage inestimable qu'aucun *carpetbagger*, aucun soldat, ne pouvait leur voler. C'était évident au marché. Il était public, les étrangers pouvaient y faire leurs achats. Mais ils s'y sentaient frustrés. Ils n'arrivaient jamais à croiser le regard de la marchande de légumes, du vendeur de crabes. Les Noirs de Charleston étaient aussi fiers de leur appartenance à la ville que les Blancs. Quand les étrangers partaient, tout le marché résonnait de rires. Ce marché n'existait que pour les gens de Charleston.

Scarlett haussa les épaules pour que son col remonte un peu sur son cou. En dépit de ses efforts, le vent s'y insinuait comme un doigt glacial et elle frissonnait. Elle avait l'impression d'avoir les yeux pleins de cendre et de porter des bottines à semelles de plomb. Combien de milles pouvaient bien représenter cinq pâtés de maisons ? Elle n'y voyait rien. Les réverbères ne formaient qu'un cercle de brume lumineuse dans la brume grise et fantomatique d'une aube encore noyée dans la pénombre.

Comment Eleanor pouvait-elle être aussi guillerette ? Elle bavardait comme si elle ne sentait pas le gel et comme si l'heure n'était pas si ténébreuse. Un peu de lumière filtrait loin devant. Scarlett tituba vers cette lueur, souhaitant que ce maudit vent tombe. Quelle était cette odeur qu'apportait le vent ? Elle huma l'air... Mais c'était...

du café! Peut-être survivrait-elle, après tout. Elle accéléra et ses pas s'accordèrent à ceux de Mme Butler, tant son désir d'arriver était grand.

Oasis de lumière et de chaleur, de couleur et de vie dans la brume informe de l'aube, le marché ressemblait à un bazar. Des torches brûlaient sur des piliers de brique qui soutenaient de hautes arches ouvertes sur les rues environnantes, illuminant les tabliers et les foulards immaculés de Noires souriantes, et mettant en valeur ce qu'elles vendaient dans des paniers de toutes tailles et de toutes formes, ou sur de longues tables de bois peintes en vert. Il y avait foule, la plupart des gens allaient d'étal en étal, parlant à d'autres acheteurs ou aux vendeurs selon un rituel de marchandage excitant qui déclenchait force rires joyeux.

– Un café, Scarlett?

– Oh, oui, s'il vous plaît.

Eleanor Butler précéda Scarlett pour rejoindre un groupe de femmes. Elles tenaient toutes de hautes tasses de fer-blanc fumantes dans leurs mains gantées, et sirotaient de petites gorgées tout en bavardant et en riant les unes avec les autres, oubliant le vacarme qui les entourait.

– Bonjour, Eleanor... Eleanor, comment allez-vous?... Poussez-vous, Mildred, faites une place pour Eleanor... Oh, Eleanor, savez-vous que Kerrison a de véritables bas de laine à vendre? On ne l'annoncera que demain dans le journal. Voulez-vous venir avec Alice et moi? Nous y allons aujourd'hui après le déjeuner... Oh, Eleanor, nous parlions de la fille de Lavinia. Elle a perdu son bébé la nuit dernière. Lavinia est accablée de douleur. Croyez-vous que votre cuisinière pourrait lui faire cette merveilleuse gelée de vin? Personne ne la réussit comme elle. Mary a une bouteille de bordeaux, et je fournirai le sucre.

– Bonjour, madame Butler, je vous ai vue arriver, votre café est prêt.

– Et une autre tasse pour ma belle-fille, s'il vous plaît, Sukie. Mesdames, je voudrais vous présenter la femme de Rhett, Scarlett.

Tous les bavardages cessèrent, et tous les regards se tournèrent vers Scarlett.

Elle sourit et inclina la tête en un petit salut. Elle considérait le groupe de dames avec appréhension; les paroles de Ross avaient sans doute fait le tour de la ville. Je n'aurais pas dû venir, je ne peux pas supporter cette idée. Elle serra les dents, et une certaine aigreur l'envahit subrepticement. Elle s'attendait au pire, et toute sa vieille hostilité envers les prétentions aristocratiques de Charleston s'empara d'elle de nouveau.

170

Mais elle sourit et s'inclina devant chacune des dames qu'Eleanor lui présentait... Oui, j'adore Charleston... Oui, madame, je suis la nièce de Pauline Smith... Non, madame, je n'ai pas encore visité le musée, je ne suis arrivée qu'avant-hier soir... Oui, madame, je trouve ce marché très plaisant... D'Atlanta – plutôt du comté de Clayton, en fait; mes parents y avaient une plantation de coton... Oh, oui, madame, le temps est très agréable, ces chaudes journées d'hiver... Non, madame, je ne crois pas avoir rencontré votre neveu quand il était à Valdosta, c'est assez loin d'Atlanta... Oui, madame, j'aime beaucoup jouer au whist... Oh, merci beaucoup, je mourais d'envie d'une tasse de café...

Son devoir accompli, elle enfouit son visage dans sa tasse. Eleanor n'a pas plus de jugeote qu'un étourneau, se dit-elle, prête à se mutiner. Comment a-t-elle pu me jeter ainsi au milieu de ce groupe? Elle doit croire que j'ai une mémoire d'éléphant! Tant de noms, je les mélange tous. Et elles me regardent comme si j'étais effectivement un éléphant, ou je ne sais quel animal de zoo. Elles savent ce qu'a dit Ross, je sais qu'elles le savent. Eleanor se laisse peut-être berner par leurs sourires, mais pas moi. Les vieilles pies! Elle serra les dents sur le bord de sa tasse.

Elle ne montrerait pas ce qu'elle ressentait, même si elle devait devenir aveugle à force de s'empêcher de pleurer. Mais ses joues étaient toutes rouges.

Quand elle eut fini son café, Mme Butler lui prit sa tasse et la rendit, avec la sienne, à la serveuse pressée.

— Je vais devoir vous demander de la monnaie, Sukie, dit-elle en tendant un billet de cinq dollars.

Sans geste superflu, Sukie plongea les tasses dans un grand seau d'eau brunâtre, les fit tournoyer et les posa sur la table, s'essuya les mains sur son tablier, prit le billet et l'engloutit dans une poche de cuir craquelé qui pendait à sa ceinture, et d'où elle tira du même geste un billet d'un dollar, sans même regarder.

— Voilà pour vous, madame Butler, j'espère que vous l'avez aimé.

Scarlett n'en revenait pas. Deux dollars pour une tasse de café! Avec deux dollars, on pouvait s'offrir la plus belle paire de bottines rue Royale.

— Je l'aime toujours, Sukie, même si je dois me passer de nourriture pour le payer. N'avez-vous jamais honte de voler ainsi les gens?

Sukie découvrit ses dents blanches.

— Non, madame, pas du tout! dit-elle en se tortillant d'amusement. Je peux jurer sur la Sainte Bible que rien ne dérange mon sommeil.

Les autres buveuses de café rirent. Chacune d'entre elles avait eu déjà plusieurs fois le même type de conversation avec Sukie.

Eleanor Butler regarda autour d'elle jusqu'à ce qu'elle repère Celie et son panier.

– Venez, mon petit, dit-elle à Scarlett, nous avons une longue liste aujourd'hui. Il faut nous y mettre avant que tout ne soit vendu.

Scarlett suivit Mme Butler jusqu'au bout du marché, où les rangées de tables croulaient sous les grandes bassines cabossées, remplies de crustacés et de poissons qui émettaient une forte odeur âcre. Scarlett fronça le nez et regarda les bassines d'un air dégoûté. Elle pensait bien connaître les poissons. On trouvait en abondance de ces horribles poissons-chats moustachus et pleins d'arêtes dans la rivière qui longeait Tara. Il avait bien fallu en manger quand il n'y avait rien d'autre. Mais que quelqu'un puisse acheter une de ces horribles bestioles la dépassait. Il ne manquait pourtant pas de dames qui, ayant retiré un gant, plongeaient la main dans les bassines. Oh, Seigneur! Eleanor allait la présenter à chacune d'elles. Scarlett prépara son sourire.

Une petite dame à cheveux blancs souleva juste sous leur nez une grosse bête argentée qui gisait dans une cuvette.

– Que pensez-vous de ce carrelet, Eleanor? Je voulais faire un sargue tête-de-mouton, mais ils ne sont pas encore arrivés, et je ne peux pas attendre. Je ne comprends pas pourquoi les bateaux de pêche ne sont pas plus ponctuels! Et qu'on ne vienne pas me raconter qu'il n'y avait pas de vent pour gonfler les voiles : il a failli emporter mon chapeau, ce matin!

– Pour ma part, je préfère le carrelet, Minnie, il fait beaucoup plus de sauce. Permettez-moi de vous présenter la femme de Rhett, Scarlett... Scarlett, voici Mme Wentworth.

– Bonjour, Scarlett. Dites-moi, ce carrelet vous paraît-il bon?

Il lui paraissait répugnant, mais elle murmura :

– Pour ma part, j'ai toujours montré une certaine partialité en ce qui concerne les carrelets.

Elle espérait que les amies d'Eleanor ne lui demanderaient pas en quel sens. Pitié! Elle ne savait même pas ce qu'était un carrelet, et encore moins si celui-ci était bon ou non.

Dans l'heure qui suivit, Scarlett fit la connaissance de plus de vingt dames et d'une douzaine de variétés de poissons. On faisait son éducation en matière de produits de la mer. Mme Butler acheta huit crabes, chez cinq vendeurs différents.

– J'imagine que je vous semble bien pointilleuse, dit-elle quand elle eut trouvé son bonheur, mais la soupe n'a pas du tout le même goût quand on la fait avec des crabes mâles. La laitance donne un parfum très particulier. Et en cette saison, il est beaucoup plus difficile de trouver des femelles. Mais cela en vaut la peine, je crois.

Scarlett se moquait éperdument du sexe des crabes. Elle était horrifiée de les voir encore vivants : ils s'agitaient dans les bassines, tendaient leurs pinces, émettaient des grincements agaçants en tentant de monter les uns sur les autres pour atteindre les bords et s'échapper. Et, maintenant, elle les entendait, dans le panier de Celie, s'attaquer au sac de papier qui les enveloppait.

Les langoustes, c'était pire. Elles étaient pourtant mortes. Mais elles avaient ces horribles yeux comme des boules noires piquées sur des tiges, et puis de longues moustaches, de longues antennes et un corps épineux. Elle ne parvenait pas à croire qu'elle pourrait jamais rien manger de tel, et encore moins y prendre plaisir.

Les huîtres ne la dégoûtaient pas : elles avaient seulement l'air de pierres sales. Mais, quand Mme Butler prit un couteau recourbé sur une table et en ouvrit une, Scarlett sentit son estomac se soulever. On aurait dit un crachat flottant dans de l'eau de vaisselle.

Après les produits de la mer, la viande lui parut d'une familiarité rassurante, même si les nuées de mouches qui s'agglutinaient sur les journaux où les morceaux étaient posés la dégoûtaient aussi. Elle parvint à sourire à un petit Noir qui les chassait avec un grand éventail en forme de cœur confectionné en paille séchée, à ce qu'il lui sembla. Quand elle arriva aux rangées d'oiseaux au cou flasque, elle s'était suffisamment reprise pour penser à orner un chapeau de leurs plumes.

– Quelles plumes, ma chérie ? demanda Mme Butler. Les plumes de faisan ? Bien sûr que vous pourrez en avoir!

Elle marchanda en professionnelle avec la femme à la peau d'un noir d'encre qui vendait le gibier et finit, pour un penny, par en choisir elle-même une poignée qu'elle arracha à l'oiseau.

– Mais que fait donc notre Eleanor ? dit une voix près du coude de Scarlett.

Scarlett se retourna et vit le visage de singe de Sally Brewton.

– Bonjour, madame Brewton.

– Bonjour, Scarlett. Pourquoi Eleanor achète-t-elle la partie non comestible de ce volatile ? Aurait-elle découvert le moyen d'accommoder les plumes ? J'ai plusieurs matelas que je n'utilise pas, en ce moment.

Scarlett expliqua en rougissant pourquoi elle les voulait. Peut-être qu'à Charleston seules les « coquettes » portaient des plumes sur leur chapeau...

– Quelle bonne idée! s'écria Sally avec un enthousiasme non feint. J'ai un vieux chapeau d'amazone qu'une cocarde de ruban et quelques plumes pourraient ressusciter. Si j'arrive à le retrouver. Cela fait si longtemps que je ne l'ai pas mis. Montez-vous à cheval, Scarlett ?

– Plus depuis des années.

– Depuis... avant la guerre. Je sais. C'est pareil pour moi. Et ça me manque horriblement.

– Que vous manque-t-il, Sally ? demanda Mme Butler en les rejoignant et en tendant les plumes à Celie. Attache-les avec une ficelle, et fais attention de ne pas les écraser... Excusez-moi, reprit-elle en riant. Je vais rater les saucisses de Brewton. Dieu merci, je vous ai vue, Sally, cela m'était complètement sorti de l'esprit.

Elle s'éloigna très vite, avec Celie sur ses talons.

Sally sourit de l'expression étonnée de Scarlett.

– Ne vous en faites pas, elle n'est pas devenue folle. La meilleure marchandise du monde ne se trouve que le samedi, et très tôt, car on se l'arrache. L'homme qui la fait était un de nos valets de pied quand il était esclave. Il s'appelait Lucullus. Quand il fut libéré, il ajouta Brewton à son nom. Presque tous les esclaves ont fait de même, et vous retrouverez ici tous les noms de l'aristocratie de Charleston. Il y a aussi un bon nombre de Lincoln, naturellement. Venez un peu marcher avec moi, Scarlett. Il faut que j'achète mes légumes. Eleanor nous retrouvera.

Sally s'arrêta devant une table couverte de corbeilles d'oignons.

– Où diable est passée Lila ? Oh, te voilà ! Me croirez-vous, Scarlett, si je vous dis que cette jeune et frêle créature dirige toute ma maison comme si elle était Ivan le Terrible ? Voici Mme Butler, Lila, la femme de M. Rhett.

La jeune et jolie servante fit une rapide révérence.

– On a besoin de beaucoup d'oignons, madame Sally, dit-elle, pour les artichauts que je mets au vinaigre.

– Entendez-vous cela, Scarlett ? Elle me croit sénile. Je sais qu'il nous en faut beaucoup.

Sally saisit un des sacs de papier brun sur la table et commença à se servir. Scarlett fut horrifiée. D'un geste impulsif, elle plaça sa main sur l'ouverture du sac.

– Excusez-moi, madame Brewton, mais ces oignons ne sont pas bons.

– Pas bons ? Comment des oignons peuvent-ils ne pas être bons ? Ils ne sont ni pourris ni germés.

– Ils ont été déterrés trop tôt, expliqua Scarlett. Ils ont l'air bons, mais ils n'auront aucun goût. Je le sais, parce que j'ai commis la même erreur. Quand il a fallu que je m'occupe de notre propriété, j'ai planté des oignons. Comme je ne connaissais rien à la façon de faire pousser quoi que ce soit, j'en ai ramassé une rangée dès que les feuilles ont commencé à brunir, parce que j'avais peur qu'ils ne pourrissent et meurent. Ils étaient beaux comme sur les images, et j'étais fière comme un paon, parce que presque tout ce que j'avais planté d'autre avait mal poussé. Nous les avons mangés bouillis, sautés et en ragoût pour essayer de cacher le fumet des écureuils et des ragondins. Mais ils n'avaient aucun parfum. Plus tard, quand j'ai retourné la terre pour planter autre chose, j'en ai trouvé un que j'avais oublié. Celui-là était comme doit être un oignon. En fait, ils ont besoin de temps pour développer leur goût. Je vais vous montrer ce qu'est un bon oignon.

Scarlett examina avec des yeux, des mains et un nez d'expert les corbeilles posées sur la table.

— Voilà ceux qu'il vous faut, dit-elle enfin, le menton belliqueux.

Vous pouvez me prendre pour une dinde de la campagne si vous voulez, pensa-t-elle, mais je n'ai pas honte de m'être sali les mains quand il le fallait. Vous, les Charlestoniens, vous vous croyez les meilleurs en tout, mais c'est faux.

— Merci, dit Sally dont les yeux étaient songeurs. Je vous suis très reconnaissante. J'ai été injuste envers vous, Scarlett. Je n'aurais jamais cru qu'une jolie femme comme vous pouvait aussi être sensée. Qu'avez-vous planté d'autre ? Je serais ravie que vous m'appreniez à choisir le céleri.

Scarlett scruta le visage de Sally. Elle y lut un intérêt sincère et y répondit.

— Le céleri était trop raffiné pour moi. J'avais une douzaine de bouches à nourrir. Je sais tout ce qu'on peut savoir sur les ignames, les carottes, les pommes de terre et les navets. Et sur le coton.

Elle se moquait d'avoir l'air d'une vantarde. Elle aurait parié n'importe quoi qu'aucune dame de Charleston n'avait jamais sué au soleil pour ramasser du coton.

— Vous avez dû vous épuiser au travail, dit Sally Brewton, et son regard exprimait un profond respect.

— Il fallait bien manger... Heureusement, tout cela est loin derrière nous, ajouta Scarlett avec un sourire, tant Sally Brewton la mettait à l'aise. Je suis pourtant devenue spécialiste des racines. Un jour, Rhett m'a dit qu'il avait souvent vu des gens refuser un vin, mais que j'étais la seule à avoir renvoyé des carottes en cuisine. C'était dans le plus élégant restaurant de La Nouvelle-Orléans, et vous imaginez le scandale !

— Je crois que je connais ce restaurant, dit Sally en éclatant de rire. Dites-moi, est-ce celui où le serveur passe son temps à réajuster sa serviette sur son bras et à vous toiser avec mépris ?

— Sa serviette lui a échappé des mains, raconta Scarlett en gloussant, et elle est tombée dans une des poêles de cuivre où ils flambent les desserts.

– Et elle a pris feu?

Scarlett acquiesça, à la grande joie de Sally.

– Oh, Seigneur! J'aurais donné une fortune pour assister à cette scène!

– De quoi parlez-vous? intervint Eleanor Butler. J'ai bien besoin de rire, moi aussi : Brewton n'avait plus que deux livres de saucisses, et il les avait promises à Minnie Wentworth.

– Scarlett vous racontera, dit Sally sans cesser de rire. Cette jeune femme est une merveille, Eleanor! Il faut que je parte – elle posa la main sur la corbeille d'oignons que Scarlett lui avait désignée. Je prendrai ça, dit-elle à la vendeuse. Oui, Lena, toute la corbeille. Mettez-les dans un sac de toile et donnez-les à Lila. Comment va votre fils, est-ce qu'il tousse toujours?

Avant de se trouver entraînée dans une discussion sur les médicaments contre la toux, Sally se tourna vers Scarlett et la regarda droit dans les yeux.

– J'espère que dorénavant vous m'appellerez « Sally » et que vous viendrez me voir, Scarlett. Je reçois le premier mercredi du mois, l'après-midi.

Sans le savoir, Scarlett venait ainsi de se hisser au plus haut niveau de la société si hiérarchisée et si imperméable de Charleston. Des portes qui se seraient à peine entrebâillées par politesse pour la belle-fille d'Eleanor Butler s'ouvriraient toutes grandes pour une protégée de Sally Brewton.

Eleanor Butler accepta avec joie les conseils de Scarlett avant de choisir pommes de terre et carottes. Elle acheta ensuite des céréales, du maïs, de la farine et du riz. Elle termina par le beurre, le babeurre, la crème, le lait et les œufs. Le panier de Celie débordait.

– Il va falloir que nous ressortions tout pour refaire les paquets, dit Mme Butler d'un air ennuyé.

– J'en porterai une partie, proposa Scarlett.

Elle était impatiente de partir avant de rencontrer d'autres amies de Mme Butler. Elles s'étaient si souvent arrêtées que les achats de légumes et de crémerie leur avaient pris plus d'une heure. Scarlett s'était appliquée à retenir les visages des vendeuses – elle aurait affaire à elles dans l'avenir. Sa belle-mère était trop gentille, et Scarlett était certaine qu'elle obtiendrait de meilleurs prix. Ce serait amusant. Dès qu'elle aurait suffisamment étudié le terrain, elle proposerait de se charger d'une partie des achats. Mais pas de la poissonnerie, en tout cas : ces bêtes la rendaient malade.

Du moins le croyait-elle, jusqu'à l'heure du repas. Le déjeuner fut une révélation. La soupe aux crabes femelles était un potage velouté dont les saveurs mêlées la surprirent. Elle n'avait jamais rien goûté d'aussi délicieusement subtil, sauf à La Nouvelle-Orléans. Bien sûr ! Elle se souvenait maintenant que Rhett connaissait un grand nombre des plats qu'il avait commandés pour eux deux.

Scarlett prit un second bol de soupe et le dégusta jusqu'à la dernière goutte, puis elle rendit justice avec enthousiasme au reste du généreux repas, y compris au dessert, un croustillant gâteau aux noix et aux fruits couronné de crème fouettée, que Mme Butler appela une tarte huguenote.

Cet après-midi-là, Scarlett souffrit de la première indigestion de sa vie. Non qu'elle eût trop mangé. Mais Eulalie et Pauline étaient venues troubler sa digestion.

– Nous allons voir Carreen, annonça Pauline dès qu'elles entrèrent, et nous nous sommes dit que Scarlett aurait envie de nous accompagner. Nous sommes désolées d'arriver trop tôt. Nous ne pensions pas vous trouver encore à table.

Elle serra les lèvres pour montrer sa désapprobation devant un repas qui durait si longtemps, et Eulalie poussa un petit soupir d'envie.

Carreen ! Scarlett ne voulait pas voir Carreen. Mais elle ne pouvait le dire, ses tantes en auraient une attaque.

– J'adorerais vous accompagner, tantines, pleurnicha-t-elle, mais je ne me sens pas très bien. Je vais aller me mettre un linge frais sur le front et m'allonger. Vous savez ce que c'est…, dit-elle en baissant les yeux.

Voilà ! Qu'elles pensent que j'ai des ennuis de femme. Elles sont bien trop prudes et trop polies pour poser des questions.

Elle avait raison. Ses tantes prirent congé le plus vite possible. Scarlett les raccompagna jusqu'à la porte en veillant bien à marcher comme si son ventre la faisait souffrir. Eulalie lui tapota l'épaule avec sympathie et lui donna un petit baiser.

– Repose-toi bien, maintenant, dit-elle à une Scarlett qui acquiesça faiblement. Et passe nous prendre demain matin à neuf heures et demie pour la messe. Nous ne sommes qu'à une demi-heure de marche de Sainte-Marie.

Scarlett se figea, horrifiée. L'idée de la messe ne lui avait jamais traversé l'esprit.

A cet instant une douleur aussi réelle que fulgurante la fit presque se plier en deux.

Tout l'après-midi, elle resta au lit, son corset délacé et une bouillotte sur le ventre. Comme les douleurs de l'indigestion étaient nouvelles pour elle, elle les trouvait effrayantes, mais elle était beaucoup plus effrayée encore par son abjecte crainte de Dieu.

Ellen O'Hara avait été une catholique dévote, et elle avait fait de

177

son mieux pour que la religion fût intimement mêlée à la vie de Tara. Il y avait les prières du soir, les litanies et le rosaire, et sans cesse Ellen rappelait gentiment à ses filles leurs devoirs et leurs obligations de chrétiennes. L'isolement où la confinait la plantation pesait douloureusement sur le cœur d'Ellen, qui ne pouvait avoir recours aux consolations de l'Église. Mais, sans y paraître, elle tentait de les dispenser à sa famille. Les patients enseignements de leur mère avaient porté leurs fruits et, lorsque Scarlett et ses sœurs eurent atteint douze ans, les impératifs du catéchisme étaient fermement ancrés en elles.

Et, maintenant, Scarlett se sentait dévorée de culpabilité en se rendant soudain compte qu'elle avait négligé tous ses devoirs religieux depuis des années. Au Ciel, sa mère devait pleurer. Oh, pourquoi fallait-il donc que les sœurs de sa mère vivent à Charleston ? Personne à Atlanta n'avait jamais attendu d'elle qu'elle aille à la messe. Mme Butler ne l'aurait pas ennuyée avec cela ou, au pire, elle l'aurait entraînée avec elle à l'église épiscopale. Une perspective moins redoutable. Scarlett avait toujours eu la vague impression que Dieu ne prêtait pas la moindre attention à ce qui se passait dans les églises protestantes. Mais Il saurait, à la minute où elle mettrait le pied dans l'église Sainte-Marie, qu'elle était une abominable pécheresse qui ne s'était pas confessée depuis... depuis – elle n'arrivait même pas à se souvenir de la dernière fois. Elle ne pourrait communier, et tout le monde saurait pourquoi. Elle imagina les invisibles anges gardiens dont Ellen lui avait parlé quand elle était enfant. Tous fronçaient sévèrement les sourcils. Scarlett remonta les couvertures au-dessus de sa tête.

Elle ignorait que ses idées sur la religion étaient entachées de superstition. Elle savait seulement qu'elle avait peur, qu'elle était malheureuse, et furieuse de se retrouver ainsi piégée. Qu'allait-elle faire ?

Elle se souvint du visage serein de sa mère, éclairé par la flamme d'une chandelle, quand elle disait aux membres de sa famille et à ses serviteurs que Dieu aimait tout particulièrement l'agneau égaré, mais cela ne lui fut pas d'un grand réconfort. Elle n'arrivait pas à trouver le moyen d'échapper à la messe.

Ce n'était pas juste ! Au moment où tout commençait à aller si bien ! Mme Butler lui avait dit que Sally Brewton organisait de très excitantes parties de whist, et qu'elle y serait certainement invitée.

CHAPITRE 16

Naturellement, Scarlett se rendit à la messe. A sa grande surprise, l'ancien rituel et les répons la réconfortèrent, comme de vieux amis retrouvés dans la nouvelle vie qu'elle commençait. Elle n'eut pas de mal à se souvenir de sa mère quand ses propres lèvres murmurèrent le *Notre Père*, et ses doigts se rappelèrent sans peine les gestes qui convenaient pour égrener le chapelet aux perles lisses. Elle se sentit bien à la pensée qu'Ellen devait être heureuse de la voir là, à genoux.

Comme elle ne pouvait y échapper, elle se confessa. Et elle alla aussi voir Carreen. Le couvent et sa sœur constituèrent deux autres surprises. Scarlett avait toujours imaginé les couvents comme des sortes de forteresses aux portes verrouillées où des nonnes lavaient le sol de pierre du matin au soir. A Charleston, les sœurs de la Miséricorde vivaient dans une magnifique demeure de brique et enseignaient dans la somptueuse salle de bal.

Carreen rayonnait de joie ; l'accomplissement de sa vocation avait à tel point transformé la jeune fille silencieuse et réservée dont Scarlett se souvenait qu'on avait peine à croire qu'il s'agissait de la même personne. Comment Scarlett aurait-elle pu éprouver de la colère contre une étrangère ? Surtout contre une étrangère qui lui sembla d'une certaine façon plus âgée qu'elle, au lieu d'être sa petite sœur. Et Carreen – sœur Marie-Joseph – manifestait avec tant d'exubérance son plaisir de la voir ! Cet amour et cette admiration exprimés ouvertement réchauffèrent le cœur de Scarlett. Si seulement Suellen était moitié aussi gentille, se dit-elle, je ne me sentirais pas aussi exclue à Tara. Ce fut un véritable plaisir de voir Carreen et de prendre le thé dans le joli jardin bien entretenu du couvent, encore que Carreen parla si longuement des petites filles de sa classe d'arithmétique que Scarlett faillit s'endormir.

Très rapidement, la messe du dimanche, suivie d'un petit déjeuner chez ses tantes, et le thé du mardi après-midi avec Carreen devinrent des îlots de paix dans l'emploi du temps surchargé de Scarlett.

Car elle était très occupée.

Une pluie de cartes de visite s'était abattue sur la maison d'Eleanor Butler dans la semaine qui avait suivi le samedi où Scarlett avait fait l'éducation de Sally Brewton en matière d'oignons. Eleanor en fut reconnaissante à Sally, du moins le crut-elle. Avec la sagesse d'une vieille habitante de Charleston, elle avait peur pour Scarlett. Même dans les conditions de vie spartiates de cet interminable après-guerre, la bonne société de la ville, avec ses règles de conduite tacites, pouvait se comparer à des sables mouvants, un labyrinthe de raffinements byzantins qui, à chaque instant, tendaient leurs pièges à l'imprudent et au profane.

Elle tenta de guider Scarlett.

— Il n'est pas nécessaire que vous répondiez à l'invitation de tous les gens qui ont laissé leur carte, mon petit. Il suffit que vous leur fassiez parvenir votre propre carte cornée. Cela signifie que vous avez bien compris leur invitation et que vous serez ravie de faire leur connaissance, mais que pour le moment vous ne pouvez vous rendre chez eux.

— Est-ce pour cela que tant de cartes étaient cornées ? J'ai cru qu'elles étaient vieilles et qu'elles avaient beaucoup servi. Eh bien, je vais aller voir chacune de ces personnes. Je suis contente que tout le monde souhaite que nous devenions amis, car c'est mon vœu le plus cher.

Eleanor retint sa langue. Il était vrai que la plupart des cartes « étaient vieilles et qu'elles avaient beaucoup servi ». Personne ne pouvait s'en offrir de nouvelles – presque personne ; et ceux qui le pouvaient ne voulaient pas causer d'embarras aux autres. On avait donc pris l'habitude de laisser toutes les cartes reçues sur un plateau dans le hall d'entrée pour que leurs propriétaires les récupèrent discrètement. Eleanor décida que, pour le moment, elle ne compliquerait pas l'éducation de Scarlett en lui apportant cette information secondaire. La chère enfant lui avait montré une boîte de cent cartes bien blanches qu'elle avait apportée d'Atlanta, si neuves qu'elles étaient encore séparées par des rectangles de papier de soie. Elles devraient durer longtemps. Eleanor regarda Scarlett entrer dans l'action avec une détermination enthousiaste, et ressentit le même pincement au cœur que le jour où Rhett, alors âgé de trois ans, lui avait lancé un appel triomphant depuis la plus haute branche d'un gigantesque chêne.

Eleanor Butler n'aurait pas dû avoir tant d'appréhension. Sally Brewton avait été très claire :

– Cette jeune Scarlett manque presque totalement d'éducation, et elle n'a pas plus de goût qu'un Hottentot. Mais elle possède la vigueur et la force de quelqu'un qui a réussi à survivre. Nous avons besoin de ce genre de femmes dans le Sud, oui, même à Charleston. Peut-être surtout à Charleston. Je l'ai prise sous mon aile, et j'attends de tous mes amis qu'ils l'aident à se sentir la bienvenue ici.

Les journées de Scarlett ne tardèrent pas à se transformer en un tourbillon d'activités. Elles débutaient par une heure ou plus au marché, suivie d'un solide petit déjeuner à la maison – souvent avec des saucisses de Brewton – et, une fois changée, Scarlett était fin prête à commencer sa vie mondaine dès dix heures, Pansy trottant derrière elle pour porter sa boîte de cartes et sa réserve personnelle de sucre, comme il se devait quand on était invité en cette période de rationnement. Elle avait le temps de faire jusqu'à cinq visites avant de rentrer déjeuner. Les après-midi, elle se rendait chez des dames dont c'était le jour de réception, ou qui organisaient des parties de whist, à moins que Scarlett ne parte faire des achats avec de nouvelles amies rue Royale ou ne reçoive, avec Mme Butler.

Scarlett aimait cette activité constante. Elle appréciait encore plus l'attention qu'on lui portait. Mais ce qu'elle adorait par-dessus tout, c'était d'entendre le nom de Rhett sur toutes les lèvres. Quelques vieilles dames ne cachaient pas leurs critiques. Elles avaient désapprouvé sa conduite quand il était jeune, et ne reviendraient jamais sur leur jugement. Mais la plupart des gens lui pardonnaient ses anciens péchés. Il avait pris de l'âge et s'était assagi. Et il était si dévoué à sa mère! Les dames qui avaient perdu leurs fils ou petits-fils pendant la guerre n'avaient pas de mal à comprendre le bonheur rayonnant d'Eleanor Butler.

Quant aux plus jeunes femmes, elles dissimulaient fort mal leur jalousie. Elles se délectaient de rumeurs sur tout ce que Rhett faisait lorsqu'il quittait la ville sans explication. Certaines prétendaient que leurs maris avaient la preuve que Rhett finançait un mouvement politique visant à renverser le gouvernement des *carpetbaggers* au parlement de l'État. D'autres murmuraient qu'il récupérait portraits et objets de famille, revolver au poing. Toutes connaissaient maintes histoires sur ses exploits pendant la guerre, quand son fin vaisseau noir traversait comme une ombre du royaume des morts la flotte de l'Union qui imposait la blocus. Toutes prenaient en parlant de lui une expression particulière, traduisant un mélange de curiosité et d'imagination romantique. Rhett touchait au mythe. Et il était l'époux de Scarlett. Comment n'auraient-elles pas envié celle-ci?

Scarlett était au mieux de sa forme quand elle passait d'une activité à l'autre, et ces jours furent très heureux pour elle. Les réunions, la vie mondaine représentaient justement ce dont elle avait besoin après la terrible solitude d'Atlanta, et elle oublia vite le désespoir qui l'habitait alors. Atlanta s'était trompée, voilà tout. Elle n'avait rien fait pour mériter une telle cruauté, sinon tout le monde ne l'aimerait pas tant à Charleston. Et on l'aimait, puisqu'on l'invitait.

Cette pensée se révélait excellente pour son moral, et elle y revenait souvent. Chaque fois qu'elle rendait une visite, qu'elle recevait avec Mme Butler, qu'elle allait voir une amie comme Anne Hampton au Foyer confédéré, ou qu'elle bavardait au marché, une tasse de café à la main, Scarlett se disait toujours : Comme j'aimerais que Rhett puisse me voir. Parfois, il lui arrivait même de jeter un regard rapide autour d'elle, imaginant qu'il était là, tant son désir était intense. Oh, si seulement il pouvait rentrer !

Il lui semblait plus proche d'elle après le dîner, quand elle s'asseyait tranquillement avec sa mère dans la bibliothèque et écoutait, fascinée, les récits d'Eleanor. La vieille dame était toujours prête à raconter ce que Rhett avait fait ou dit quand il était enfant.

Scarlett se délectait aussi des autres histoires racontées par Eleanor. Parfois, elles étaient d'une drôlerie malicieuse. Mme Butler, comme la plupart de ses contemporaines de Charleston, devait son éducation à des gouvernantes et aux voyages. Elle était instruite, mais pas intellectuelle, parlait correctement plusieurs langues romanes, mais avec un accent abominable, connaissait Londres, Paris, Rome, Florence, mais n'en avait retenu que les grandes attractions touristiques et les magasins de luxe. Elle était conforme aux gens de son époque et de sa classe. Jamais elle n'avait remis en question l'autorité de ses parents ni de son mari, et elle accomplissait son devoir en tout, sans se plaindre.

Mais un irrépressible sens de l'amusement la distinguait de la plupart des femmes de son genre. Elle jouissait de tout ce que la vie lui apportait, et trouvait la condition humaine fondamentalement distrayante. Conteuse née, elle disposait d'un répertoire allant des incidents amusants de sa propre vie jusqu'aux grands thèmes classiques du Sud, par exemple celui du squelette dans le placard, appliqué à chaque famille de la région.

Scarlett, si elle avait connu les *Mille et Une Nuits*, aurait très bien pu appeler Eleanor sa Schéhérazade personnelle. Elle ne comprit jamais que Mme Butler essayait en fait, indirectement, de lui ouvrir l'esprit et le cœur. Eleanor percevait très bien la vulnérabilité comme le courage qui avaient pu attirer son fils bien-aimé vers Scarlett. Elle devinait aussi que leur mariage avait horriblement mal tourné, tellement mal que Rhett ne voulait plus en entendre parler. Et il n'avait pas été nécessaire de lui dire que Scarlett voulait désespérément reconquérir son mari – elle-même avait des raisons de souhaiter cette réconciliation plus encore que Scarlett. Elle n'était pas certaine que Scarlett pût rendre Rhett heureux, mais elle croyait de tout son cœur qu'un autre enfant rapprocherait le couple. Rhett était venu la voir avec Bonnie, elle n'oublierait jamais cette joie. Elle avait adoré la petite fille et avait été plus heureuse encore de voir son fils si heureux. Elle voulait qu'il retrouve ce bonheur, et elle voulait ressentir de nouveau cette joie. Elle était bien décidée à tout mettre en œuvre pour que ce projet se réalise.

Comme elle était très occupée, il fallut à Scarlett plus d'un mois pour se rendre compte qu'elle s'ennuyait à Charleston. Cela se passa chez Sally Brewton, l'endroit le moins ennuyeux de la ville, alors que tout le monde parlait de mode, sujet qui avait toujours passionné Scarlett. Tout d'abord, elle avait été fascinée d'entendre Sally et son cercle d'amies parler de Paris. Rhett lui avait un jour acheté un chapeau de Paris, le plus beau, le plus excitant cadeau qu'elle eût jamais reçu : vert – pour s'assortir à ses yeux, avait dit Rhett – avec de somptueux rubans de soie pour le nouer sous le menton. Elle se força à écouter ce que disait Alicia Savage, tout en se demandant ce qu'une vieille dame aussi maigre pouvait savoir de la façon de s'habiller. Autant pour Sally, d'ailleurs. Avec un tel visage au-dessus d'une poitrine plate, rien ne pouvait l'arranger.

– Est-ce que vous vous souvenez des essayages chez Worth ? demanda Mme Savage. Je croyais chaque fois m'évanouir tant il fallait rester longtemps sur cette plate-forme.

Une demi-douzaine de voix réagirent au même moment, se plaignant en chœur de la rudesse des couturiers parisiens. D'autres les contredirent, affirmant que ces petits inconvénients n'étaient qu'un maigre prix à payer pour une qualité que seul Paris pouvait proposer. Plusieurs soupirèrent au souvenir de gants, de bottines, d'éventails et de parfums.

Scarlett se tournait automatiquement vers la voix qui parlait, quelle qu'elle fût, avec l'expression de quelqu'un que tous ces bavardages passionnent. Quand elle entendait rire, elle riait. Mais son esprit était ailleurs : resterait-il pour le dîner un peu de cette délicieuse tarte qu'elle n'avait pas terminée au déjeuner ?... Sa robe bleue avait besoin d'un nouveau col... Rhett... Elle regarda l'horloge derrière la tête de Sally. Impossible de prendre congé avant huit minutes au moins. Et Sally avait surpris son regard. Il faudrait qu'elle fasse attention.

Les huit minutes lui semblèrent huit heures.

– Tout le monde ne parlait que de vêtements, Mère. J'ai cru devenir folle d'ennui! gémit Scarlett en s'effondrant dans le fauteuil en face de celui de Mme Butler.

Les vêtements avaient perdu tout leur pouvoir de fascination pour elle quand elle avait été réduite aux quatre tenues « commodes » de couleurs ternes, que la mère de Rhett l'avait aidée à commander chez la couturière. Même les robes de bal qu'on lui confectionnait ne présentaient guère d'intérêt à ses yeux. Deux seulement, pour les six semaines de bals quasi quotidiens qui s'annonçaient. Elles étaient ternes, elles aussi, à la fois par la couleur – l'une en soie bleue et l'autre en velours bordeaux – et par la coupe. Et presque sans garnitures. Pourtant, même pour le bal le plus morne, on faisait de la musique, et on dansait, et Scarlett adorait danser. Rhett serait de retour de la plantation, Eleanor le lui avait promis. Si seulement il n'avait pas fallu attendre si longtemps avant que ne commence la Saison! Ces trois semaines sans rien d'autre à faire que bavarder avec des femmes lui parurent soudain d'un ennui insupportable.

Oh, comme elle aurait voulu qu'il arrive quelque chose d'excitant!

Son souhait fut très vite exaucé, mais pas comme elle l'aurait voulu, car l'excitation fut terrifiante.

Au départ, ce ne fut qu'un ragot malveillant dont toute la ville fit des gorges chaudes. Mary Elizabeth Pitt, une vieille fille d'une quarantaine d'années, prétendait qu'elle s'était réveillée en pleine nuit et avait trouvé un homme dans sa chambre.

– Aussi clairement que je vous vois, avec un mouchoir sur le visage comme Jessie James.

– Elle prend ses rêves pour des réalités, commentaient les plus méchants. Mary Elizabeth doit avoir vingt ans de plus que Jessie James!

C'était l'époque où les journaux avaient publié des séries d'articles relatant de façon romantique les exploits des téméraires frères James et de leur bande.

Mais, le lendemain, l'histoire prit un tour moins plaisant. Alicia Savage, la quarantaine elle aussi, mais qui avait été mariée deux fois et que tout le monde considérait comme une femme calme et raisonnable, s'éveilla dans la nuit et vit dans sa chambre, près de son lit, un homme qui la regardait à la lueur de la lune. Il avait tiré le rideau pour que la lumière l'éclaire, et il la fixait par-dessus un mouchoir qui lui cachait le bas du visage. Le haut était resté dans l'ombre de sa visière.

Il portait l'uniforme des soldats de l'Union.

Mme Savage avait crié et jeté à la tête de l'intrus un livre posé sur sa table de nuit. Il s'était enfui par la véranda avant que le mari ne parvienne jusqu'à la chambre.

Un Yankee! Soudain, tout le monde eut peur. Les femmes seules eurent peur pour elles-mêmes; les femmes mariées eurent peur pour elles-mêmes et plus encore pour leur mari, car tout homme blessant un soldat de l'Union allait en prison, et évitait rarement la pendaison.

La nuit suivante, et la suivante encore, un soldat se matérialisa dans la chambre d'une femme. La troisième nuit, l'affaire tourna au drame. Ce n'était pas la lueur de la lune qui avait réveillé Theodosia Harding, mais le mouvement d'une main chaude sur le cache-cœur qui lui couvrait la poitrine. Quand elle avait ouvert les yeux, elle n'avait rien vu dans le noir total, mais elle avait entendu une étrange respiration et senti la présence de quelqu'un. Elle avait crié, puis s'était évanouie de peur. Personne ne savait ce qui était arrivé ensuite. On avait envoyé Theodosia à Summerville, chez des cousins. Tout le monde disait qu'elle était prostrée – devenue idiote, même, ajoutaient les plus alarmistes.

Des hommes de Charleston, ayant choisi le vieil avocat Josiah Anson comme porte-parole, se rendirent en délégation au quartier général de l'armée. Ils annoncèrent qu'ils effectueraient leurs propres patrouilles de nuit dans la vieille ville et que, s'ils surprenaient un intrus, ils se chargeraient de lui.

Le commandant accepta les patrouilles. Mais il avertit que, si un soldat de l'Union avait à en souffrir, l'homme responsable serait exécuté. Il n'y aurait pas de justice expéditive ni d'attaques par surprise contre les troupes nordistes sous le prétexte de protéger les femmes de Charleston.

Les peurs de Scarlett – ses longues années de peurs – s'abattirent sur elle comme une vague de fond. Elle avait fini par ne plus trembler en présence des troupes d'occupation. Comme tout le monde à Charleston, elle en était venue à ignorer les soldats, et faisait comme s'ils n'étaient pas là. Ils s'écartaient d'ailleurs de son chemin quand elle marchait d'un pas décidé sur le trottoir pour se rendre chez des amis ou faire des achats. Mais la peur des uniformes bleus était revenue. N'importe quel soldat pouvait être le rôdeur de la nuit. Elle n'imaginait que trop bien la silhouette jaillissant de l'obscurité.

Son sommeil était entrecoupé de rêves hideux – de souvenirs, en fait. Lancinante, l'image du Yankee arrivé seul à Tara s'imposait à elle, son odeur fétide, ses mains crasseuses et velues fourrageant dans la délicate boîte à ouvrage de sa mère, ses yeux injectés de sang, brûlants de luxure et de violence, qui l'avaient regardée soudain, les dents brisées qu'il avait découvertes alors en un sourire tordu anticipant l'assouvissement. Elle avait tiré. Elle avait effacé la bouche et les yeux de l'homme dans une explosion de sang où se mêlaient esquilles d'os et morceaux de cervelle visqueux et striés de rouge.

Elle n'avait jamais réussi à oublier le claquement ni l'écho qui lui avait répondu quand elle avait tiré, ni les épouvantables éclaboussures rouges, ni son sentiment de triomphe féroce et déchirant.

Oh, si seulement elle avait un pistolet pour se protéger du Yankee, et Eleanor avec elle.

Mais il n'y avait pas d'armes dans la maison. Elle avait fouillé les buffets et les coffres, les armoires et les commodes, même les étagères de la bibliothèque, derrière les livres. Elle était sans défense, impuissante. Pour la première fois de sa vie, elle se sentit faible, incapable de faire front et de surmonter un obstacle qui lui barrait la route, et diminuée au point qu'elle supplia Eleanor d'envoyer un message à Rhett.

Eleanor ne s'affolait pas. Oui, oui, elle enverrait un mot à son fils. Oui, elle lui dirait ce qu'Alicia avait raconté de la taille démesurée de l'homme et du reflet surnaturel de la lune dans ses yeux noirs inhumains. Oui, elle lui rappellerait que, la nuit, Scarlett et elle étaient pratiquement seules dans cette grande maison, que tous les serviteurs rentraient chez eux après le dîner à l'exception de Manigo – un vieillard – et de Pansy – une petite jeune femme malingre.

Oui, elle insisterait sur l'urgence de son retour; oui, elle allait envoyer ce message tout de suite, par le bateau qui apporterait du gibier de la plantation.

– Mais quand ce bateau viendra-t-il, Mère? Il faut que Rhett revienne tout de suite! Ce magnolia constitue une échelle idéale pour monter jusqu'à la véranda qui donne sur nos chambres! insista Scarlett en secouant le bras de Mme Butler.

Eleanor lui tapota la main.

– Bientôt, mon enfant, ce sera certainement très bientôt. Nous n'avons pas eu de canard depuis un mois, et Rhett sait que j'aime tout particulièrement le canard rôti. D'ailleurs, tout ira bien, à présent Ross et ses amis vont patrouiller toutes les nuits.

Ross! s'écria Scarlett intérieurement. Que pouvait faire un ivrogne comme Ross Butler? Ou n'importe quel homme de Charleston? La plupart étaient soit vieux, soit infirmes, soit très jeunes. S'ils n'avaient pas été des incapables, ils n'auraient pas perdu cette stupide guerre. Pourquoi devrait-on leur faire confiance, maintenant, pour lutter contre les Yankees?

Elle opposa son besoin pressant de protection à l'inébranlable optimisme d'Eleanor Butler, et elle perdit la bataille.

Scarlett revint de ses visites du matin, les joues en feu d'avoir marché trop vite.

– Où est Mme Butler? demanda-t-elle à Manigo.

Quand il répondit qu'elle était à la cuisine, Scarlett courut à l'arrière de la maison.

Eleanor Butler leva les yeux lorsque Scarlett surgit, tel un ouragan.

– Bonnes nouvelles, Scarlett! J'ai eu une lettre de Rosemary ce matin. Elle arrive demain après-midi.

– Vous feriez mieux de lui télégraphier de rester où elle est, répondit brutalement Scarlett d'une voix sans émotion. Le Yankee a rendu visite à Harriet Madison la nuit dernière. Je viens de l'apprendre. Des canards? s'écria-t-elle soudain en regardant la table. Ce sont des canards que vous plumez! Le bateau de la plantation est là! Je peux le prendre pour aller chercher Rhett.

– Vous ne pouvez monter seule sur ce bateau avec quatre hommes, Scarlett.

– J'emmènerai Pansy, qu'elle le veuille ou non. Donnez-moi un sac de ces biscuits. J'ai faim. Je les mangerai en chemin.

– Mais, Scarlett...

– Allons, Mère, plus de mais. Donnez-moi ces biscuits. J'y vais.

Que suis-je en train de faire? se dit Scarlett, au bord de la panique. Je n'aurais jamais dû partir ainsi. Rhett va être furieux contre moi. Et je dois être horrible. C'est déjà assez que j'arrive dans un lieu où je ne suis pas la bienvenue, je pourrais au moins être jolie. J'avais tout prévu de façon si différente...

Elle avait pensé mille fois à ses retrouvailles avec Rhett.

Parfois, elle imaginait qu'il reviendrait tard le soir, qu'elle serait en chemise de nuit, celle au décolleté resserré par un cordon – dénoué – et en train de se brosser les cheveux avant de se coucher. Rhett avait toujours adoré ses cheveux. Il disait qu'ils étaient comme vivants; les premiers temps, il lui arrivait de les brosser, pour voir les étincelles bleues d'électricité statique.

Souvent, elle s'imaginait à la table où elle prenait le thé, déposant délicatement un morceau de sucre dans sa tasse, ses doigts maniant avec élégance la pince en argent. Elle serait en train de bavarder familièrement avec Sally Brewton, et il verrait comme elle se sentait chez elle, comme les plus intéressants des habitants de Charleston l'avaient bien accueillie. Il prendrait sa main et la baiserait, et la pince tomberait, mais ce serait sans importance...

Ou bien elle serait avec Eleanor en train de dîner, toutes deux surles chaises les plus proches du feu, si bien ensemble, si proches, mais de part et d'autre d'une place attendant Rhett.

Elle n'avait envisagé qu'une fois d'aller à la plantation; après tout, elle en ignorait tout, en dehors du fait que Sherman l'avait incendiée. Son rêve débutait bien : Eleanor et elle arrivaient avec des paniers de gâteaux et de champagne sur un charmant bateau peint en vert, entourées de coussins de soie, tenant des ombrelles fleuries aux couleurs vives.

– Voilà le pique-nique, criaient-elles.

Et Rhett riait et accourait vers elles, les bras ouverts. Mais après, il y avait eu un blanc. Pour commencer, Rhett détestait les pique-niques. Il disait que, si l'on devait manger assis par terre comme des animaux au lieu de s'installer à table sur une chaise comme des êtres civilisés, on pouvait aussi bien vivre dans une caverne.

En tout cas, elle n'avait jamais envisagé la possibilité d'apparaître ainsi, écrasée entre les boîtes et les barils de dieu sait quoi sur un petit bateau qui puait à cent lieues.

Maintenant qu'elle était loin de la ville, elle s'inquiétait davantage de la colère de Rhett que des incursions du Yankee. Et si Rhett disait aux bateliers de faire demi-tour et de me ramener d'où je viens?

Les bateliers ne plongeaient leurs rames dans l'eau d'un vert brunâtre que pour diriger l'embarcation, car la marée leur procurait un invisible mais puissant courant qui les emportait lentement. Scarlett scrutait les rives du large fleuve avec impatience. Elle n'avait pas du tout l'impression d'avancer. Le paysage restait le même : de vastes étendues d'herbe brune qui ondulait lentement – si lentement! – dans le courant de la marée, et, à l'arrière-plan, d'épaisses forêts voilées par d'opaques rideaux gris de cheveux du roi immobiles, qui ombrageaient un sol recouvert de buissons entremêlés, toujours verts, d'une taille démesurée. Et ce silence... Pourquoi les oiseaux ne chantaient-ils pas, pour l'amour du ciel? Et pourquoi faisait-il déjà si sombre?

Il se mit à pleuvoir.

Bien avant que, de leurs rames, les hommes aient rapproché le bateau de la rive gauche, Scarlett était trempée jusqu'aux os. Elle tremblait, aussi misérable dans son corps que dans son esprit. Quand la proue du bateau heurta la jetée, Scarlett fut brutalement tirée de sa prostration. Elle leva les yeux et tenta de voir plus précisément, à travers l'eau qui ruisselait sur son visage, la silhouette dégoulinante vêtue d'un ciré noir qu'illuminait une torche crépitante. Mais elle ne put distinguer le visage sous la profonde capuche.

– Lancez-moi une amarre, dit Rhett en se penchant en avant pour mieux tendre le bras. Bon voyage, les gars ?

Scarlett s'appuya sur les caisses les plus proches pour se lever. Ses jambes engourdies ne purent la soutenir et elle retomba, faisant choir la caisse la plus haut perchée, qui s'écrasa sur le pont.

– Que diable se passe-t-il ? demanda Rhett en attrapant l'amarre de bout que lui lançait un des bateliers et en l'attachant au ponton. Envoyez l'aussière de poupe, ordonna-t-il. Qu'est-ce qui a fait tout ce bruit ? Seriez-vous ivres ?

– Non, monsieur Rhett, répondirent en chœur les bateliers.

C'était la première fois qu'ils parlaient depuis qu'ils avaient quitté le quai à Charleston. L'un d'eux fit un geste pour montrer les deux femmes à la poupe du bateau.

– Mon Dieu ! dit Rhett.

CHAPITRE 17

– Vous sentez-vous mieux, maintenant? demanda Rhett d'une voix soigneusement contrôlée.

Scarlett acquiesça péniblement. Enveloppée dans une couverture par-dessus la chemise de travail rugueuse que Rhett lui avait prêtée le temps de faire sécher ses vêtements, elle était assise sur un tabouret près d'un feu, les pieds nus dans une bassine d'eau chaude.

– Et toi, Pansy, comment ça va?

La femme de chambre de Scarlett, sur un autre tabouret, dans le cocon d'une autre couverture, sourit et répondit qu'elle allait très bien, sauf qu'elle avait une faim de loup.

– Moi aussi, répliqua Rhett en riant. Dès que vous serez sèches, nous mangerons.

Scarlett serra un peu plus la couverture autour d'elle. Il est trop gentil. Je l'ai déjà vu comme ça, tout sourires, chaleureux comme un rayon de soleil. Et puis il s'avère qu'il est en fait tellement en colère qu'il pourrait cracher des clous. C'est parce que Pansy est là. C'est pour elle qu'il joue cette comédie. Dès qu'elle sera partie, il s'en prendra à moi. Peut-être devrais-je expliquer que j'ai besoin qu'elle reste – mais pour quoi? Je suis déjà déshabillée, et je ne peux remettre mes vêtements avant qu'ils soient secs. Et Dieu sait quand ils le seront, avec toute cette pluie, et dans cette maison si humide. Comment Rhett peut-il supporter de vivre dans un endroit pareil? C'est horrible.

La pièce où ils se trouvaient n'était éclairée que par le feu. C'était un vaste carré, d'une vingtaine de pieds de côté peut-être, au sol de terre battue et aux murs tachés dont le plâtre avait presque totalement disparu. Il y flottait des relents de whisky bon marché et de jus de chique, qui se mêlaient à des odeurs de bois coupé et de tissu mouillé. Tout l'ameublement consistait en quelques tabourets et bancs grossiers, flanqués de crachoirs de métal cabossés. Le manteau de la cheminée et l'encadrement des portes et des fenêtres semblaient être là par erreur. Ils étaient en pin merveilleusement travaillé et sculpté, et la cire avait donné au bois une somptueuse patine d'un brun doré. Dans un coin partait un méchant escalier aux marches mal rabotées et à la rampe à demi effondrée. On y avait étendu les vêtements de Scarlett et Pansy. Les jupons blancs se soulevaient parfois quand l'air s'y engouffrait, et on aurait dit des fantômes sortant de l'ombre.

– Pourquoi n'êtes-vous pas restée à Charleston, Scarlett ?

Le dîner terminé, Pansy était allée dormir avec la vieille Noire qui faisait la cuisine pour Rhett. Scarlett redressa les épaules.

– Votre mère ne voulait pas vous déranger dans votre paradis, dit-elle en regardant la pièce avec mépris. Mais il faut que vous sachiez ce qui se passe. Un soldat yankee s'introduit dans les chambres la nuit – dans les chambres des dames – et les importune. Une jeune femme a perdu la tête et a dû être envoyée hors de la ville.

Elle tenta de lire une réaction sur son visage, mais il restait impassible. Il l'observait en silence, comme s'il attendait quelque chose.

– Et alors ? Cela ne vous fait rien de savoir que votre mère et moi pourrions être assassinées dans nos lits, ou pire ?

– Ai-je bien entendu ? demanda Rhett, avec un sourire de dérision. La femme qui a traversé toute l'armée yankee dans un chariot parce qu'elle la trouvait sur son chemin joue les vierges effarouchées ? Allons, Scarlett. Soyez franche. Qu'est-ce qui vous a poussée à venir jusqu'ici sous la pluie ? Espériez-vous me surprendre dans les bras d'une folle maîtresse ? Votre oncle Henry vous a-t-il suggéré ce moyen de m'amener à payer à nouveau vos factures ?

– Mais de quoi parlez-vous, Rhett Butler ? Que vient faire là l'oncle Henry Hamilton ?

– Quelle conviction dans l'ignorance feinte ! Je vous fais mes compliments. Mais vous ne pouvez espérer me faire croire un seul instant que votre diligent vieil avocat a omis de vous signaler l'interruption de mes versements sur votre compte à Atlanta. J'aime trop Henry Hamilton pour l'accuser d'une telle négligence.

– Vous avez cessé d'envoyer de l'argent ? Vous ne pouvez pas faire ça ! dit Scarlett qui sentit ses genoux près de se dérober.

Rhett ne pouvait parler sérieusement. Qu'allait-il lui arriver ? La maison rue du Pêcher – les tonnes de charbon qu'il fallait pour la chauffer, les serviteurs pour le ménage, la cuisine, la lessive, le jardin, les chevaux, les voitures, la nourriture pour tout le monde – tout cela coûtait une fortune. Comment oncle Henry arrivait-il à régler les factures ? Il avait dû prélever l'argent sur son compte à elle ! Non, non, c'était impossible ! Elle avait trimé dans les champs sans rien dans le ventre, des chaussures déchirées aux pieds, le dos douloureux et les mains en sang pour ne pas mourir de faim. Elle avait abandonné toute fierté, renoncé à tout ce qu'on lui avait enseigné, travaillé avec des gens qui méritaient tout juste qu'on crache sur eux, elle avait échafaudé des projets, elle avait triché, elle s'était échinée jour et nuit pour son argent. Elle ne le laisserait pas disparaître, jamais. Il était à elle. C'était tout ce qu'elle avait.

Vous ne pouvez prendre mon argent ! voulut-elle hurler à Rhett. Mais elle n'émit qu'un murmure. Il rit.

— Je ne vous ai rien pris, ma chatte. J'ai seulement cessé d'augmenter vos avoirs. Tant que vous vivez dans une maison que j'entretiens à Charleston, il n'y a aucune raison pour que je finance une maison vide à Atlanta. Naturellement, si vous deviez y revenir, elle ne serait plus vide. Je me sentirais alors obligé de recommencer à payer pour son entretien.

Rhett s'approcha du feu pour voir le visage de Scarlett à la lumière des flammes. Son sourire de défi disparut alors et son front se plissa.

— Vous ignoriez tout cela, n'est-ce pas ? Tenez le coup, Scarlett. Je vais vous chercher du brandy. On dirait que vous allez vous évanouir.

Il dut poser ses mains sur celles de Scarlett pour que le tremblement dont elles étaient agitées ne l'empêche pas de porter le verre à ses lèvres. Elle ne pouvait se contrôler. Quand le verre fut vide, Rhett le laissa tomber par terre et frotta les mains de Scarlett jusqu'à ce qu'elles soient réchauffées et cessent de frissonner.

— Maintenant, dites-moi, sans exagérer : y a-t-il vraiment un soldat qui entre dans les chambres des dames ?

— Rhett, vous n'étiez pas sérieux, n'est-ce pas ? Vous n'allez pas cesser d'envoyer de l'argent à Atlanta ?

— Au diable l'argent, Scarlett, je vous ai posé une question.

— Au diable vous-même, je vous en ai posé une aussi.

— J'aurais dû savoir que vous ne seriez pas capable de penser à quoi que ce soit d'autre dès que j'aurais parlé d'argent. D'accord, je vais en envoyer à Henry. Maintenant, allez-vous me répondre ?

— Vous le jurez ?

— Je le jure.

— Demain ?

— Oui ! Oui, bon sang, demain ! A présent, dites-moi, une fois pour toutes, qu'est-ce que c'est que cette histoire de soldat yankee ?

Le soupir de soulagement de Scarlett sembla durer une éternité. Puis elle inspira longuement et raconta tout ce qu'elle savait sur l'importun.

— Vous dites qu'Alicia Savage a vu son uniforme?

— Oui... Et il se moque bien de l'âge que l'on a. Il est peut-être en train de violer votre mère, en ce moment même.

— Je devrais vous étrangler, Scarlett, dit-il en crispant ses grandes mains. Le monde serait meilleur.

Il l'interrogea pendant presque une heure, jusqu'à ce qu'elle lui ait répété tout ce qu'elle avait entendu raconter.

— Très bien, dit-il alors en ouvrant une porte. Nous partirons demain dès que la marée s'inversera. Le ciel est clair, le voyage sera facile.

Derrière lui, Scarlett vit le ciel nocturne et une lune pleine aux trois quarts. Elle se leva péniblement et se rendit compte que la brume montant de la rivière couvrait le sol. Sous la clarté de la lune, c'était comme un tapis blanc et, pendant un instant de confusion, Scarlett se demanda s'il avait neigé. Un tourbillon de brume enveloppa les pieds de Rhett jusqu'aux chevilles, puis pénétra dans la pièce. Il ferma la porte et se retourna. La salle sembla très sombre jusqu'à ce qu'une allumette craque, illuminant le menton et le nez de Rhett par en dessous. Il l'approcha d'une lampe. Scarlett put voir son visage et elle fut envahie par le désir. Rhett coiffa la lampe de son verre et la tint levée.

— Suivez-moi. Il y a à l'étage une chambre où vous pourrez dormir.

Le mobilier n'y était pas aussi rudimentaire qu'en bas. Un haut lit à baldaquin offrait son épais matelas, de gros oreillers et une bonne couverture de laine sur des draps de lin immaculés. Scarlett ne regarda aucun des autres meubles. Elle laissa tomber la couverture qui l'enveloppait et monta les quelques marches pour se glisser entre les draps.

Rhett resta un instant debout à côté d'elle avant de quitter la pièce. Elle écouta ses pas. Il ne descendait pas, il était tout près. Scarlett sourit et s'endormit.

Le cauchemar commença, comme toujours, par la brume. Il y avait des années que Scarlett ne l'avait plus fait, mais son inconscient, qui n'avait rien oublié, recréait les images une à une, et elle se mit à se tourner, à s'agiter et à gémir, redoutant ce qui allait suivre. A nouveau, elle courait, son cœur battait à grands coups dans ses oreilles, elle courait dans un brouillard épais et blanc qui enroulait de froids tentacules tourbillonnant autour de sa gorge, de ses jambes et de ses bras. Elle avait froid, un froid de mort, elle avait faim, elle était terrifiée. C'était le même rêve, toujours le même, et chaque fois pire que le précédent, comme si la terreur, la faim et le froid pouvaient s'accumuler, se renforcer.

Et pourtant ce n'était pas le même, car dans le passé Scarlett courait et voulait atteindre quelque chose d'inconnu, sans nom, alors que maintenant, devant elle, elle voyait à travers la brume le large dos de Rhett qui avançait, s'éloignant d'elle. Et elle savait que c'était lui qu'elle voulait atteindre, que lorsqu'elle le rejoindrait, son rêve perdrait de son pouvoir et s'évanouirait pour ne plus jamais revenir. Elle courait, courait, mais il était toujours loin devant, toujours le dos tourné. Puis le brouillard s'épaissit. Rhett commença à disparaître, et elle l'appela :

– Rhett... Rhett... Rhett... Rhett... Rhett...

– Doucement, doucement. Vous êtes en train de rêver. Ce n'est pas la réalité.

– Rhett...

– Oui, je suis là. Doucement, maintenant. Tout va bien.

Ses bras forts la soulevèrent et la serrèrent. Elle avait chaud, elle était à nouveau en sécurité.

Scarlett se réveilla à moitié en sursaut. Il n'y avait pas de brume. Une lampe éclairait une table et elle pouvait voir le visage de Rhett penché sur elle.

– Oh, Rhett, c'était tellement horrible.

– Le vieux rêve ?

– Oui, oui, enfin presque. Il y avait quelque chose de différent. Je n'arrive pas à me rappeler quoi... Mais j'avais froid et faim, je ne voyais rien à cause du brouillard, et j'avais si peur, Rhett, c'était terrible.

Il la serra contre lui et sa voix vibra contre son oreille.

– C'est normal. Vous aviez froid et faim. Le dîner n'était pas très bon, et vous aviez repoussé votre couverture. Je vais la remettre en place et vous allez très bien dormir.

Il la rallongea sur l'oreiller.

– Ne me laissez pas ! Ça va recommencer.

Rhett lui remonta la couverture jusqu'au cou.

– Il y aura des biscuits, pour le déjeuner, avec du maïs, et une bonne dose de beurre. Pensez-y ! Et du jambon de campagne, et des œufs frais. Vous allez dormir comme un bébé. Vous avez toujours bien aimé manger, Scarlett.

Scarlett décela de l'amusement dans sa voix, et de la fatigue. Elle ferma ses lourdes paupières.

– Rhett ? demanda-t-elle d'une voix endormie.

Il s'arrêta à la porte, la main protégeant la lampe.

– Oui, Scarlett ?

194

– Merci d'être venu me réveiller. Comment avez-vous su ?

– Vous avez crié assez fort pour briser les vitres.

Le dernier son qu'elle entendit fut son gentil rire chaleureux. Comme une berceuse.

Conformément aux prédictions de Rhett, Scarlett dévora un énorme petit déjeuner avant de partir à sa recherche. Il était sorti avant l'aube, lui avait dit la cuisinière. Il se levait toujours avant le soleil. Elle observait Scarlett avec une curiosité non dissimulée.

Je devrais la châtier pour son impudence, se dit Scarlett, mais elle était tellement contente qu'elle n'arrivait pas à se mettre vraiment en colère. Rhett l'avait tenue dans ses bras, l'avait réconfortée. Il avait même ri. Exactement comme avant que tout ne tourne mal. Elle avait eu bien raison de venir à la plantation. Elle aurait dû le faire plus tôt, au lieu de perdre son temps à tous ces thés mondains.

Quand elle quitta la maison, la clarté du soleil lui fit plisser les yeux. Il brillait fort, chaud déjà sur sa tête, alors qu'il était encore tôt. Elle se protégea les yeux de la main et regarda autour d'elle.

Sa première réaction fut un gémissement. La terrasse de brique sous ses pieds continuait sur une centaine de mètres. Brisée, noircie et envahie par les herbes, elle encadrait une monumentale ruine calcinée. Il ne restait de ce qui avait dû être une magnifique résidence que des vestiges chaotiques de murs et de cheminées. Des monticules de briques brûlées et enfumées entre les fragments de murs témoignaient des abominations perpétrées par l'armée de Sherman.

Le cœur de Scarlett se serra. Là s'était dressée la maison de Rhett, là avait été sa vie, perdue à jamais avant qu'il ne puisse revenir pour la sauvegarder.

Rien dans sa propre vie mouvementée n'avait atteint une telle horreur. Elle n'avait jamais connu de douleur comparable à celle qu'il avait dû ressentir, qu'il devait encore ressentir cent fois par jour en voyant les ruines de sa maison. Qu'il ait décidé de reconstruire, de retrouver et de récupérer ce que sa famille avait jadis possédé, cela n'avait rien d'étonnant.

Elle pourrait l'aider ! N'avait-elle pas labouré, planté, récolté les champs de Tara ? Elle aurait juré que Rhett ne savait même pas distinguer les bonnes graines des mauvaises. Elle serait fière de l'aider, parce qu'elle savait ce que cela signifiait, quelle revanche c'était sur les spoliateurs que de faire renaître la terre. Je comprends, se dit-elle, triomphante. Je peux sentir ce qu'il ressent. Je peux travailler avec lui. Nous pouvons faire cela ensemble. Peu m'importe que le sol de la maison soit en terre battue, tant que je suis avec Rhett. Où est-il ? Il faut que je le lui dise !

Scarlett tourna le dos aux ruines de la maison et se retrouva face à un panorama comme elle n'en avait jamais vu de sa vie. La terrasse de brique où elle se tenait menait à un parterre couvert d'herbe, la plus haute d'une série de terrasses verdoyantes qui se déployaient en un mouvement soigneusement étudié, jusqu'à deux lacs artificiels formant de gigantesques ailes de papillon. Entre eux, une large allée herbeuse menait au fleuve et à la jetée. Cette échelle extravagante avait des proportions si parfaites qu'on perdait toute notion des distances et que l'ensemble faisait comme le tapis d'un salon en plein air. Le luxuriant gazon cachait les cicatrices de la guerre comme si elle n'avait jamais eu lieu. C'était un havre de tranquillité baigné par la lumière du soleil, un îlot de nature amoureusement façonné par l'homme. Au loin, un oiseau chanta une longue mélodie, comme pour célébrer tant d'harmonie.

– Oh, comme c'est beau! dit Scarlett à haute voix.

Un mouvement à gauche de la terrasse la plus basse attira son regard. Ce devait être Rhett. Elle se mit à courir. Au fur et à mesure qu'elle descendait de terrasse en terrasse, la dénivellation augmenta sa vitesse et elle se sentit étourdie, intoxiquée par cette joyeuse liberté. Elle rit et ouvrit grand ses bras, comme un oiseau ou un papillon prêt à s'élever dans le ciel bleu, si bleu.

Elle était hors d'haleine quand elle parvint à l'endroit d'où Rhett la regardait. Elle reprit son souffle, la main sur la poitrine.

– Je ne me suis jamais tant amusée! dit-elle enfin, encore haletante. Quel merveilleux endroit, Rhett! Pas étonnant que vous l'aimiez. Avez-vous descendu cette pelouse en courant, quand vous étiez petit? Avez-vous cru que vous alliez vous envoler? Oh, mon chéri, comme c'est horrible de voir les traces d'incendie! Mon cœur s'est serré pour vous. Je voudrais tuer tous les Yankees du monde! Oh, Rhett, j'ai tant de choses à vous dire. J'ai réfléchi. Tout peut redevenir comme avant, mon chéri, comme l'herbe. Je comprends, je comprends vraiment, sincèrement, ce que vous êtes en train de faire.

Rhett la regarda d'un air étrange et circonspect.

– Que comprenez-vous, Scarlett?

– Pourquoi vous êtes ici, au lieu d'être en ville. Pourquoi vous devez ramener la plantation à la vie. Dites-moi ce que vous avez fait, ce que vous allez faire. C'est tellement passionnant!

Le visage de Rhett s'illumina, et il montra du doigt les longues rangées de plants derrière eux.

– Ils ont brûlé, dit-il, mais ils ne sont pas morts. On dirait même que le feu les a rendus plus forts. Les cendres leur ont peut-être apporté quelque chose dont ils avaient besoin. Il faudra que je découvre quoi. J'ai tant à apprendre.

Scarlett regarda les souches trapues. Elle ne connaissait pas les feuilles vert foncé et luisantes qui en jaillissaient.

– Quel genre d'arbre est-ce ? Cultivez-vous des pêchers ?

– Ce ne sont pas des arbres, Scarlett, mais des buissons. Des camélias. Les premiers qu'on ait apportés en Amérique ont été plantés ici, à Dunmore. Ceux-là sont leurs descendants, et ils ont plus de trois cents ans.

– Vous voulez dire que ce sont des fleurs ?

– Naturellement. La fleur du monde qui approche le plus la perfection. Les Chinois la révéraient.

– Mais on ne peut pas manger les fleurs. Qu'avez-vous prévu comme récoltes ?

– Je n'ai pas le temps d'y penser. Il faut que je sauve un jardin de cent acres.

– Mais c'est de la folie, Rhett. A quoi sert un jardin de fleurs ? Vous pourriez faire pousser des choses qui se vendent. Je sais que le coton ne pousse pas par ici, mais il doit bien y avoir quelque chose qui rapporte. A Tara, nous avons mis en culture le moindre pouce de terre. Vous pourriez planter jusqu'aux murs de la maison. Regardez comme l'herbe est verte et grasse. La terre doit être d'une richesse incroyable. Vous n'avez qu'à labourer et laisser tomber les graines, et ça germera avant que vous ayez tourné le dos.

Elle le regarda avec enthousiasme, prête à partager avec lui ses connaissances si durement acquises.

– Vous n'êtes qu'une barbare, Scarlett, dit Rhett, l'air sombre. Retournez à la maison et dites à Pansy de se préparer. Nous nous retrouverons à la jetée.

Qu'avait-elle fait de mal ? Il était tellement plein de vie et d'excitation, et tout à coup il était devenu froid, étranger. Elle ne le comprendrait jamais, même au bout de cent ans de vie commune. Elle remonta rapidement jusqu'à la plus haute terrasse, maintenant aveugle à la beauté qui l'entourait, et rentra dans la maison.

Le bateau qui accosta à la jetée était très différent de la misérable barge qui avait amené Scarlett et Pansy à la plantation. C'était un fin sloop brun en parfait état, aux cuivres rutilants. Mais au-delà, sur le fleuve, passait un autre bateau, et Scarlett enragea car elle aurait de loin préféré naviguer à bord de celui-là. Il était cinq fois plus grand que le sloop, décoré de volutes bleues et blanches, avec deux ponts, et une roue à aubes d'un rouge lumineux. Des pavillons multicolores claquaient au vent, et des hommes et des femmes vêtus comme pour une fête se pressaient en une foule joyeuse sur les ponts. Comme ils avaient l'air de s'amuser !

C'est tout Rhett, enragea Scarlett, de rentrer en ville sur cette coque de noix au lieu de héler le vapeur pour qu'il nous prenne au passage. Elle arrivait à la jetée quand Rhett retira son chapeau et adressa une profonde et ostentatoire courbette aux passagers du gros bateau.

— Connaissez-vous ces gens? demanda Scarlett.

Peut-être avait-elle tort. Peut-être hélait-il le bateau.

Rhett se tourna vers elle en remettant son chapeau.

— Que oui! Pas personnellement, du moins je l'espère, mais en tant que groupe. C'est l'excursion fluviale hebdomadaire des Yankees de Charleston. Une affaire qui marche pour l'un de nos *carpet-baggers*. Nos occupants réservent leurs places longtemps à l'avance pour le plaisir de voir les squelettes des plantations brûlées. Je ne manque jamais de les saluer quand je suis là. Leur expression confuse me ravit.

Scarlett était trop atterrée pour dire un mot. Comment Rhett pouvait-il plaisanter avec un ramassis de vautours yankees venus contempler ce qu'ils avaient fait de sa maison?

Elle s'installa comme on le lui ordonna sur une banquette dans la petite cabine, mais dès que Rhett remonta sur le pont, elle se releva pour examiner l'aménagement subtil des tiroirs, des étagères, des meubles, et tout l'équipement, chaque objet occupant à l'évidence un emplacement prévu à cet usage. Elle était en train de satisfaire ainsi sa curiosité tandis que le bateau s'écartait lentement de la rive et commençait à descendre le fleuve, quand soudain il s'arrêta de nouveau. Rhett cria des ordres.

— Lancez ces sacs et arrimez-les à la proue.

Scarlett sortit la tête de la cabine pour voir ce qui se passait.

Seigneur, qu'est-ce que c'était? Des dizaines de Noirs appuyés sur le manche de leur pioche ou de leur pelle regardaient un groupe de leurs compagnons en train de charger à bord une série de lourds sacs qu'un homme d'équipage arrimait. Où se trouvait-on? L'endroit avait un aspect lunaire. Les bois avaient reculé devant un immense trou bordé d'un côté par d'énormes tas de ce qui ressemblait à de pâles morceaux de roche. Une poussière crayeuse flottait dans l'air, et bientôt elle atteignit le nez de Scarlett, qui éternua.

L'éternuement de Pansy, en écho, venu du pont arrière, attira son attention. Ce n'était pas juste : Pansy voyait tout à son aise.

— J'arrive, cria Scarlett.

— Larguez les amarres, lança Rhett au même moment.

Le sloop s'arracha à la rive, emporté par le rapide courant du fleuve, et le mouvement projeta Scarlett sur le sol de la cabine au bas des quelques marches conduisant au pont, en une chute fort peu gracieuse.

– Maudit Rhett Butler, j'aurais pu me rompre le cou!

– Rien de tel ne s'est produit. Restez tranquille. Je descends bientôt.

Scarlett entendit les cordes grincer, et le sloop prit de la vitesse. Elle se redressa péniblement sur une banquette et remit de l'ordre dans sa tenue.

Presque immédiatement, Rhett descendit les marches, désinvolte, penchant la tête pour ne pas la cogner au chambranle de la porte. Il se redressa et ses cheveux caressèrent le bois poli du plafond. Scarlett le regarda, furieuse.

– Vous l'avez fait exprès, grommela-t-elle.

– Qu'ai-je fait? demanda-t-il en fermant la porte et en ouvrant un hublot. Bon, le vent nous pousse, et le courant est fort. Nous serons en ville en un temps record.

Il s'installa sur la banquette qui faisait face à celle de Scarlett et appuya confortablement son large dos aux coussins, avec la souplesse harmonieuse d'un chat.

– J'imagine que vous ne vous opposerez pas à ce que je fume.

Ses longs doigts allèrent pêcher un petit cigare à bouts coupés dans la poche intérieure de son manteau.

– Je m'oppose à rester enfermée en bas dans le noir alors que je pourrais aller sur le pont au soleil.

– Sur le pont de cette assez petite embarcation, l'équipage est noir, Pansy est noire, vous êtes blanche et vous êtes une femme. Ils ont le poste de pilotage, vous avez la cabine. Pansy peut faire les yeux doux aux deux hommes, rire à leurs galanteries quelque peu indélicates, et tous les trois passeront un agréable moment. Votre présence gâcherait tout. C'est ainsi : alors que les pauvres profitent du voyage, vous et moi, l'élite privilégiée, nous allons souffrir, enfermés ici ensemble tandis que vous continuerez à rouspéter et à pleurnicher.

– Je ne rouspète pas et je pleurniche encore moins! Et je vous serais reconnaissante de ne pas me parler comme à une enfant! s'écria Scarlett en mordant sa lèvre inférieure.

Elle détestait avoir l'air d'une idiote aux yeux de Rhett.

– Et quelle est cette carrière où nous nous sommes arrêtés? reprit-elle.

– Cette carrière, ma chère, a été le salut de Charleston et le passeport qui m'a permis de revenir parmi mes concitoyens. C'est une mine de phosphate. Il y en a une douzaine le long des deux fleuves.

Il alluma son cigare en inspirant lentement, avec délices, et la fumée monta en spirale pour disparaître par le hublot.

– Je vois vos yeux s'éclairer, Scarlett. Ce n'est pourtant pas une mine d'or. On ne fabrique ni pièces ni bijoux en phosphate. Mais réduit en poudre, lavé et traité chimiquement, il devient le meilleur et le plus rapide fertilisant du monde. Nous avons des clients prêts à acheter tout ce que nous pourrons produire.

— Alors vous allez devenir plus riche que jamais?

— Exactement. Mais je préciserai qu'il s'agit là d'argent respectable, d'argent de Charleston. Je peux dépenser comme je le veux tout mon argent mal acquis, le résultat de mes spéculations, sans encourir la désapprobation des honnêtes bourgeois de Charleston. Ils diront tous que ma fortune vient des phosphates, bien que la mine ne soit pas très grande.

— Pourquoi ne l'agrandissez-vous pas?

— C'est inutile. Elle joue son rôle telle qu'elle est. J'ai un contremaître qui ne me vole pas trop, quelques douzaines d'ouvriers qui travaillent presque autant qu'ils fainéantent, et la respectabilité. Je peux consacrer mon temps, mon argent et ma sueur à ce qui m'importe, et pour le moment, ce qui m'importe, c'est de restaurer les jardins.

Scarlett était contrariée au-delà du supportable. N'était-ce pas tout Rhett de tomber pratiquement sur une mine d'or et de gâcher la chance? Même s'il était très riche, il pourrait l'être plus encore. On n'avait jamais trop d'argent. Mais enfin, s'il pouvait compter sur le contremaître et si les hommes accomplissaient des journées de travail décentes, il avait le moyen de tripler ses gains. Et avec quelques douzaines d'ouvriers de plus, il doublerait encore...

— Excusez-moi de vous interrompre dans la construction de votre empire, Scarlett, mais j'ai une question sérieuse à vous poser. Que faudrait-il pour vous convaincre de me laisser en paix et de rentrer à Atlanta?

Scarlett le dévisagea bouche bée. Elle était sincèrement stupéfaite. Il ne pouvait pas penser ce qu'il disait, pas après l'avoir tenue si tendrement contre lui la nuit pécédente.

— Vous plaisantez, dit-elle d'un ton accusateur.

— Pas du tout. Je n'ai jamais été plus sérieux de ma vie, et je veux que vous me preniez au sérieux. Je n'ai jamais eu pour habitude d'expliquer à quiconque ce que je fais ni ce que je pense; et je ne suis pas certain que vous comprendrez ce que je m'apprête à vous dire. Mais je vais essayer : je travaille plus dur que je ne l'ai jamais fait de ma vie. J'ai brûlé mes vaisseaux à Charleston, Scarlett, à un tel point et si publiquement que l'odeur de fumée chatouille encore les narines de toute la ville. Cette odeur est beaucoup plus forte que celle dégagée par les pires exactions de Sherman, parce que je suis l'un des leurs et que j'ai défié tout ce sur quoi ils ont bâti leur vie. Regagner les grâces des bonnes gens de Charleston revient à escalader un glacier en pleine nuit. Si je glisse, je suis mort. Jusqu'à présent, j'ai été très prudent, et j'ai progressé lentement, mais sûrement. Je ne peux prendre le risque de vous voir détruire tout ce que j'ai fait. Je veux que vous partiez, et je vous demande votre prix.

– Est-ce tout ? demanda Scarlett avec un rire de soulagement. Vous pouvez vous rassurer, si c'est tout ce qui vous préoccupe. Tout le monde à Charleston m'aime beaucoup. Les invitations affluent et il ne se passe pas de jour sans que quelqu'un m'interpelle au marché afin de me demander conseil pour ses achats.

Rhett tira une bouffée de son cigare, puis il regarda le bout incandescent se transformer en cendre.

– Je craignais d'user ma salive pour rien. J'avais raison. Je dois admettre que vous avez tenu plus longtemps, et que vous vous êtes mieux conduite que je ne m'y attendais – oh, oui, des nouvelles de la ville parviennent jusqu'à la plantation ! – mais sur ce glacier vous êtes un baril de poudre attaché à mon dos, Scarlett. Vous êtes un poids mort – sans culture, sans éducation, catholique et exclue de tous les milieux corrects d'Atlanta. Vous pouvez m'exploser au visage d'un instant à l'autre. Je veux que vous partiez. Que faudra-t-il pour que vous acceptiez ?

Scarlett fondit sur la seule accusation qu'elle pouvait contester.

– Je vous serais reconnaissante de me dire ce qu'il y a de mal à être catholique, Rhett Butler ! Nous craignions Dieu bien avant qu'on entende parler de votre Église épiscopale.

Elle ne comprit pas le sens du rire soudain de Rhett.

– *Pax*, Henry Tudor ! dit-il.

Ce qu'elle ne comprit pas non plus. Mais la véracité des mots qui suivirent lui fendit le cœur.

– Nous ne perdrons pas notre temps à débattre de théologie, Scarlett. Le fait est – et vous le savez comme moi - que les catholiques sont méprisés dans le Sud. A Charleston, aujourd'hui, on peut aller à Saint-Philippe ou Saint-Michel, ou à l'Église huguenote, ou aux Premiers Écossais presbytériens, mais même les autres Églises épiscopales et presbytériennes sont un tant soit peu suspectes, et l'appartenance à toute autre congrégation protestante est considérée comme une insolente démonstration d'individualisme. Les catholiques sont mis au ban de la société. Ce n'est pas raisonnable, et Dieu sait que cela n'a rien de chrétien, mais c'est un fait.

Scarlett resta silencieuse. Elle savait qu'il avait raison. Rhett profita de sa victoire momentanée pour réitérer sa question.

– Que voulez-vous, Scarlett ? Vous pouvez me le dire. Je n'ai jamais été choqué par les aspects les plus sombres de votre nature.

Il est vraiment sérieux, se dit-elle avec désespoir. Tous ces thés auxquels j'ai dû assister, ces horribles vêtements que j'ai dû porter, ces départs chaque matin dans l'aube glaciale pour aller au marché – tout ça pour rien! Elle était venue à Charleston afin de reprendre Rhett, et elle n'y avait pas réussi.

– C'est vous que je veux, dit-elle avec la plus profonde sincérité.

Cette fois, ce fut au tour de Rhett de rester silencieux. Elle ne distinguait que sa silhouette et la fumée pâle s'élevant de son cigare. Il était si près d'elle! Il aurait suffi qu'elle bouge le pied de quelques centimètres pour toucher le sien. Elle le désirait à un point tel qu'elle en avait mal. Elle aurait voulu se plier en deux pour atténuer sa douleur, la contenir en elle, empêcher qu'elle n'empire. Mais elle demeura assise bien droite, attendant qu'il parle.

CHAPITRE 18

Au-dessus de sa tête, Scarlett entendait le brouhaha des voix ponctué par les rires suraigus de Pansy. Cela rendait le silence de la cabine plus pesant encore.

— Un demi-million en or, proposa Rhett.

— Qu'avez-vous dit?

J'ai dû mal entendre. Je viens de lui ouvrir mon cœur et il n'a pas répondu.

— J'ai dit que je vous donnerais un demi-million de dollars en or si vous partez. Quel que soit le plaisir que vous trouvez à Charleston, il ne saurait valoir autant pour vous. Je vous offre un beau marché, Scarlett. Votre petit cœur avide ne peut préférer une tentative sans espoir de sauver notre mariage à une fortune plus grande encore que vous n'en avez jamais rêvé. En prime, si vous acceptez, je reprendrai mes paiements pour couvrir les dépenses de cette demeure monstrueuse de la rue du Pêcher.

— Vous avez promis la nuit dernière que vous enverriez de l'argent dès aujourd'hui à l'oncle Henry.

Elle espéra qu'il se tairait un instant. Elle avait besoin de réfléchir. Était-ce vraiment « une tentative sans espoir »? Elle refusait de le croire.

— Les promesses sont faites pour être trahies, déclara-t-il calmement. Que pensez-vous de mon offre, Scarlett?

— J'ai besoin de réfléchir.

— Alors, réfléchissez jusqu'à ce que je finisse mon cigare. Ensuite, je veux une réponse. Pensez à ce que ce serait d'avoir à payer de vos propres deniers l'entretien de cette horrible maison que vous aimez tant; vous n'avez aucune idée de ce que cela coûte. Ensuite, pensez à ce que ce serait d'avoir mille fois plus d'argent que vous n'en avez possédé toutes ces années. Une rançon royale, Scarlett, versée en une fois, et toute à vous. Plus que vous ne pouvez même en dépenser. Et je paie les factures de la maison. Je vous donnerai même le titre de propriété.

Le bout rougeoyant de son cigare brilla d'une lueur plus vive.

Scarlett se concentra désespérément pour réfléchir. Il lui fallait dénicher un moyen de rester. Elle ne pouvait partir, pas pour tout l'or du monde.

Rhett se leva et s'approcha du hublot. Il jeta son cigare et regarda la rive un moment jusqu'à ce qu'il voie ce qu'il cherchait. Le soleil éclairait violemment son visage. Comme il a changé depuis qu'il a quitté Atlanta! se dit Scarlett. A l'époque, il buvait comme s'il avait voulu oublier le monde. Mais à présent il est redevenu lui-même, avec sa peau hâlée tendue sur les lignes bien dessinées de son visage et ses yeux limpides aussi noirs que le désir. A travers sa chemise et son élégant manteau, on distingue ses muscles durs quand il bouge. Il est tout ce qu'un homme devrait être. Elle voulait qu'il lui revienne, et elle y parviendrait, quoi qu'il en coûtât. Scarlett inspira profondément. Elle était prête quand il se tourna vers elle en haussant un sourcil interrogateur.

– Qu'avez-vous décidé, Scarlett?

– Vous avez parlé de marché, Rhett, répondit-elle sur un ton de femme d'affaires, mais vous ne marchandez pas, vous me lancez des menaces à la tête, comme des pierres. De plus, je sais que vous bluffez quand vous prétendez avoir cessé d'envoyer de l'argent à Atlanta. Vous êtes beaucoup trop désireux d'être bien vu à Charleston, et les gens n'ont pas grande estime pour les hommes qui ne prennent pas soin de leur femme. Votre mère ne pourrait plus marcher la tête haute si cela se savait. En second lieu, à propos de cette masse d'argent, vous avez raison. Je serais heureuse de l'avoir. Mais pas si, pour cela, je dois dès maintenant rentrer à Atlanta. Je peux aussi bien vous dévoiler mes cartes, puisque vous savez déjà tout. J'ai fait quelques bêtises que je ne peux effacer. A cette minute, je n'ai plus un ami dans tout l'État de Géorgie. Cependant, je me fais des amis à Charleston. Sans doute hésitez-vous à le croire, mais c'est vrai. Et j'apprends beaucoup. Dès que les gens d'Atlanta auront eu le temps d'oublier quelques petites choses, j'imagine que je pourrai réparer mes erreurs. J'ai donc un marché à vous proposer, moi aussi. Vous cessez de me manifester tant de haine, vous vous montrez gentil et vous m'aidez à me plaire ici. Nous passons la saison mondaine ensemble comme des époux aimants et heureux. Au printemps, je repars et recommence tout de zéro.

Elle retint son souffle. Il fallait qu'il dise oui. Il le fallait. La Saison durait presque huit semaines, et ils seraient ensemble chaque jour. Tout homme valide ne pouvait que lui manger dans la main au bout d'une telle période. Rhett était différent des autres, mais pas à ce point. Jamais un homme ne lui avait résisté.

– Avec l'argent ?

– Bien sûr, avec l'argent. Me prenez-vous pour une idiote ?

– Ce n'est pas vraiment ce que j'appelle un marché, Scarlett. Vous prenez l'argent que je suis prêt à vous verser pour que vous partiez, mais vous ne partez pas. Où est mon bénéfice ?

– Je ne resterai pas définitivement, et je ne dirai pas à votre mère quelle crapule vous êtes.

Elle aurait pu jurer qu'elle l'avait vu sourire.

– Connaissez-vous le nom du fleuve sur lequel nous sommes, Scarlett ?

Quelle question idiote ! Et il n'avait pas accepté qu'elle reste pour la Saison. Que se passait-il ?

– C'est l'Ashley, dit Rhett en articulant exagérément. Cela me rappelle cet inestimable M. Wilkes, dont vous convoitiez l'affection. J'ai été témoin de votre dévotion tenace, Scarlett, et lorsque vous poursuivez une idée fixe, vous êtes tout à fait terrifiante. Récemment, vous avez été assez aimable pour mentionner votre décision de m'attribuer cette position élevée qu'occupait jadis Ashley. Cette perspective m'emplit de crainte.

Scarlett l'interrompit. Il le fallait. Il allait dire non, elle en était sûre.

– Oh, balivernes, Rhett. Je sais qu'il serait vain de vous courir après. Vous n'êtes pas assez gentil pour vous prêter au jeu. De plus, vous me connaissez trop bien.

Rhett rit, mais sans humour.

– Si vous reconnaissez la vérité de vos paroles, nous pourrons parler affaires, dit-il.

Scarlett prit garde de ne pas sourire. Il y voyait certainement dans le noir.

– Je suis prête à négocier, déclara-t-elle. Qu'avez-vous en tête ?

– Je crois que la véritable Mlle O'Hara vient de nous rejoindre, dit-il, dans un véritable éclat de rire cette fois. Voici mes conditions : vous allez confier à ma mère que je ronfle, et que donc nous dormons toujours dans des chambres séparées; après le bal de la Sainte-Cécile, qui conclut la saison mondaine, vous exprimerez le désir urgent de retourner à Atlanta; une fois là-bas, vous convoquerez immédiatement un avocat, Henry Hamilton ou un autre, pour qu'il rencontre le mien et négocie un arrangement et un accord de séparation. De plus, vous ne remettrez plus jamais les pieds à Charleston. Et vous n'écrirez ni n'enverrez plus le moindre message ni à moi ni à ma mère.

Scarlett pensait aussi vite qu'elle le pouvait. Elle avait presque gagné. Sauf pour les chambres séparées. Peut-être devrait-elle demander plus de temps. Non, pas demander. Elle était en train de marchander.

— Je peux accepter vos conditions, Rhett, mais pas vos échéances. Si je fais mes valises le lendemain du dernier bal de la saison, tout le monde le remarquera. Vous retournerez à la plantation à ce moment-là. Il serait plus plausible que je ne commence qu'alors à penser à Atlanta. Pourquoi ne dirions-nous pas que je repartirai vers la mi-avril ?

— Je suis d'accord pour que vous traîniez un peu en ville quand je serai reparti à la campagne. Mais le 1er avril me semble une meilleure date limite.

Mieux qu'elle n'avait osé l'espérer ! La saison mondaine plus un grand mois. Et elle n'avait pas parlé, quant à elle, de rester en ville après que Rhett aurait regagné la plantation. Elle pourrait très bien l'y suivre.

— Je ne sais pas à qui de nous deux cela réserve un poisson d'avril, Rhett Butler, mais si vous jurez de vous montrer tout le temps gentil jusqu'à mon départ, nous pouvons toper là. Si vous devenez méchant, ce sera vous qui briserez notre accord, pas moi, et je ne partirai pas.

— Madame Butler, la dévotion de votre mari fera de vous la femme la plus jalousée de Charleston.

Il se moquait, mais Scarlett n'en avait cure. Elle avait gagné.

Rhett ouvrit la porte, laissant entrer le soleil et une bouffée d'air salé poussée par une brise étonnamment forte.

— Avez-vous le mal de mer, Scarlett ?

— Je ne sais pas. Je n'étais jamais montée sur un bateau avant hier.

— Vous le saurez bientôt. Le port est juste devant nous, et il y a une bonne houle. Prenez un seau dans le placard derrière vous, à tout hasard.

Il monta en deux bonds sur le pont.

— Hissez le foc, maintenant, et tirez une bordée, nous culons, cria-t-il dans le vent.

Une minute plus tard, la banquette pencha selon un angle si alarmant que Scarlett ne put se retenir et tomba. La veille, le lent voyage vers la plantation dans une barge à fond plat ne l'avait pas préparée aux mouvements d'un véritable bateau. Jusqu'à présent, le voyage de retour, en suivant le courant aidé d'un petit vent qui gonflait à moitié la grand-voile, avait été plus rapide mais tout aussi calme. Scarlett gagna à quatre pattes les quelques marches et se hissa jusqu'à ce que sa tête se trouve au-dessus du niveau du pont. Le vent lui coupa le souffle et lui arracha de la tête son chapeau emplumé. Elle leva les yeux et le vit flotter en l'air tandis qu'une mouette criait frénétiquement et battait des ailes pour échapper à cet objet qui ressemblait à quelque oiseau inconnu. Scarlett rit de délice. Le bateau se souleva, puis une eau écumante vint lécher le pont. Comme c'était excitant ! Dans le vent, Scarlett entendait Pansy hurler de terreur. Quelle dinde !

Scarlett assura son équilibre et entreprit de monter les marches. Le rugissement de la voix de Rhett l'arrêta. Il tourna la barre et le pont du sloop donna de nouveau de la bande, tandis que les voiles claquaient. Sur un geste de son patron, un membre de l'équipage prit la barre. L'autre tenait Pansy qui vomissait à la poupe. En deux enjambées Rhett fut en haut des marches, hurlant à Scarlett :

— Espèce d'idiote, vous auriez pu vous faire emporter la tête par la bôme ! Redescendez ! Votre place est en bas.

— Oh, Rhett, non ! Laissez-moi aller sur le pont pour que je voie ce qui se passe. C'est tellement amusant ! Je veux sentir le vent et goûter les embruns.

— Vous n'êtes pas malade ? Vous n'avez pas peur ?

Pour toute réponse, elle lui lança un regard courroucé.

— Oh, Mère, ce fut le plus merveilleux jour de ma vie ! Je ne comprends pas pourquoi tous les hommes ne deviennent pas marins.

— Je suis contente que vous vous soyez amusée, mon enfant, mais ce fut bien méchant de la part de Rhett de vous exposer ainsi au soleil et au vent. Vous êtes rouge comme un Indien.

Mme Butler envoya Scarlett dans sa chambre avec ordre d'appliquer sur son visage des compresses de glycérine et d'eau de rose. Puis elle gronda son grand fils rieur jusqu'à ce qu'il baisse la tête, feignant la honte.

— Si j'accroche le houx que je vous ai apporté, me laisserez-vous prendre du dessert après le dîner, ou devrai-je rester en pénitence dans le coin de la salle à manger ? demanda-t-il avec une fausse humilité.

— Je ne sais pas ce que je vais faire de toi, Rhett, gémit Eleanor Butler en écartant les mains en signe de reddition.

Mais elle ne réussit pas à contenir un sourire. Elle aimait son fils au-delà de toute limite raisonnable.

Cet après-midi-là, tandis que Scarlett se soumettait au traitement de ses coups de soleil avec force lotions, Rhett alla offrir à Alicia Savage, de la part de sa mère, une des guirlandes de houx qu'il avait rapportées de la plantation.

– Comme Eleanor est gentille d'avoir pensé à moi! Et merci à vous aussi, Rhett. Voulez-vous prendre un grog? Cela nous rapprochera de Noël.

Rhett accepta avec plaisir, et ils parlèrent du temps inhabituel, de ce fameux hiver, trente ans auparavant, où il avait neigé, de l'année où il avait plu pendant trente-huit jours d'affilée. Ils s'étaient connus enfants. Leurs familles avaient des jardins contigus, et partageaient un roncier qui chevauchait le mur mitoyen et dont les mûres sucrées tachaient les doigts.

– Scarlett est folle de peur à l'idée de ce Yankee qui entre la nuit dans les chambres, dit Rhett quand Alicia eut fini d'évoquer leurs souvenirs communs. J'espère que cela ne vous gênera pas d'en parler à un vieil ami qui a soulevé vos jupes quand vous aviez cinq ans.

– Je vous dirai tout si vous pouvez oublier mon antipathie d'enfant pour les sous-vêtements, répondit Mme Savage en riant de bon cœur. J'ai fait le désespoir de toute la famille pendant un an au moins. C'est drôle, d'y repenser maintenant... Mais cette histoire de Yankee n'est pas drôle du tout. Un garçon à la gâchette facile va tirer sur un soldat, et ensuite, Dieu sait dans quels ennuis nous nous trouverons tous.

– Dites-moi à quoi il ressemblait, Alicia. J'ai mon idée là-dessus.

– Je ne l'ai vu qu'un instant, Rhett...

– Cela devrait suffire. Grand, petit?

– Grand, oui, vraiment très grand. Sa tête n'était qu'à un pied environ du haut des rideaux, et ces fenêtres mesurent sept pieds quatre pouces.

– Je savais que je pouvais compter sur vous, dit Rhett en souriant. Vous étiez la seule enfant que j'ai connue capable, à un anniversaire, de repérer la coupe de glace la plus pleine depuis l'autre bout de la pièce. Nous vous appelions « Œil d'aigle », entre nous.

– On me le disait en face, si je me souviens bien, parmi d'autres remarques personnelles très désagréables. Vous étiez un affreux petit garçon.

– Et vous une horrible petite fille. Je vous aurais aimée même si vous aviez porté des sous-vêtements.

– Je vous aurais aimé si vous n'en aviez pas porté. J'ai souvent regardé sous vos jupes, mais je n'ai jamais rien pu voir.

– Soyez charitable, Alicia, dites au moins « kilt ».

Ils se sourirent en vieux amis. Puis Rhett reprit son interrogatoire. Dès qu'elle se mit à réfléchir, Alicia se souvint de nombreux détails. Le soldat était jeune – très jeune, même – avec les mouvements gauches d'un gamin qui n'est pas encore habitué à sa soudaine croissance. Il était aussi très mince. L'uniforme ne lui tenait pas au corps.

On voyait ses poignets dépasser des manches. Il était bien possible que l'uniforme ne fût pas le sien. Il avait les cheveux foncés, « pas noirs comme les vôtres, Rhett – je précise au passage que les tempes argentées vous vont très bien –, non, ses cheveux devaient être châtains et semblaient plus foncés dans l'ombre ». Oui, bien coupés, et elle était presque certaine qu'il ne se les graissait pas : elle aurait senti l'huile de Macassar s'il en avait utilisé. Peu à peu, ses fragments de souvenirs s'organisèrent... jusqu'à ce qu'elle laisse soudain les mots mourir sur ses lèvres.

— Vous savez qui c'est, n'est-ce pas, Alicia ?

— Je dois me tromper.

— Vous devez avoir raison. Vous avez un fils de quatorze ou quinze ans, et vous devez bien connaître ses camarades. Dès que j'ai entendu cette histoire, j'ai pensé qu'il s'agissait d'un gamin de Charleston. Croyez-vous vraiment qu'un soldat yankee entrerait dans la chambre d'une femme et se contenterait de regarder une forme sous une couverture ? Nous ne parlons pas d'une terreur, Alicia, mais d'un pauvre gamin qui ne comprend pas ce que son corps est en train de lui faire. Il veut savoir à quoi ressemble un corps de femme sans corset ni tournure ; son désir de savoir est tel qu'il en est réduit à voler une vision de femme endormie. Il est plus que probable qu'il a honte de ses pensées quand il en voit une vêtue et bien éveillée. Pauvre gamin. J'imagine que son père a été tué à la guerre, et qu'il ne peut se confier à aucun homme.

— Il a un grand frère...

— Oh ? Alors je me trompe peut-être. Ou bien vous vous trompez de garçon.

— J'ai bien peur que non. Il s'appelle Tommy Cooper. Il est le plus grand du groupe et le moins turbulent. De plus, il a failli s'étrangler quand je lui ai dit bonjour dans la rue deux jours après l'incident dans ma chambre. Son père est mort à Bull Run. Tommy ne l'a jamais connu. Son frère a dix ou douze ans de plus que lui.

— Voulez-vous parler d'Edward Cooper, l'avocat ?

Alicia approuva du chef.

— Pas étonnant ! Cooper fait partie du comité pour le Foyer confédéré que dirige ma mère. Je l'ai rencontré chez nous. C'est un véritable eunuque. Tommy ne peut attendre aucune aide de lui.

— Il n'a rien d'un eunuque. Il est seulement trop amoureux d'Anne Hampton pour se rendre compte des besoins de son frère.

— Comme vous voudrez, Alicia. Mais je vais avoir une petite conversation avec Tommy.

— Rhett, c'est impossible. Vous allez terroriser ce pauvre enfant.

— Ce « pauvre enfant » terrorise la population féminine de Charleston. Dieu merci, rien n'est encore arrivé. La prochaine fois, il pourrait ne pas se contrôler. Ou se faire abattre. Où habite-t-il, Alicia ?

– Rue de l'Église, juste au coin de la Grand-Rue. C'est sur le trottoir sud de l'allée Saint-Michel, celle des maisons en brique qui est au milieu. Mais Rhett, qu'allez-vous lui dire ? Vous ne pouvez pas entrer et attraper Tommy par le col de sa chemise !

– Faites-moi confiance, Alicia.

Alicia posa ses mains sur les joues de Rhett et l'embrassa doucement sur les lèvres.

– Ça fait plaisir de vous voir de nouveau chez nous, voisin. Bonne chance avec Tommy.

Rhett était assis dans la véranda des Cooper, en train de prendre le thé avec la mère de Tommy, quand le gamin rentra. Mme Cooper présenta son fils à Rhett et l'envoya à l'intérieur déposer ses affaires de classe et se laver les mains et la figure.

– M. Butler va t'emmener chez son tailleur, Tommy. Il a un neveu à Aiken qui grandit aussi vite que toi et il a besoin de te faire essayer des vêtements pour choisir ce qui conviendra à son neveu comme cadeau de Noël.

Hors de vue des adultes, Tommy fit une horrible grimace. Puis il se souvint de bribes de conversations qu'il avait surprises concernant la jeunesse turbulente de Rhett, et il se dit finalement qu'il serait content d'accompagner M. Butler et de l'aider. Peut-être trouverait-il même le courage de lui poser quelques questions sur des sujets qui le tourmentaient.

Tommy n'eut pas à poser de questions. Dès qu'ils furent à quelque distance de la maison, Rhett entoura de son bras les épaules du jeune homme.

– Tom, dit-il, j'ai prévu de te donner quelques leçons importantes. La première, sur la façon de mentir à une mère de façon convaincante. Pendant que nous serons dans le tramway, nous parlerons en détail de mon tailleur, de sa boutique et de ses habitudes. Tu t'entraîneras à répondre avec mon aide jusqu'à ce que ton histoire soit parfaitement au point. Parce que, vois-tu, je n'ai pas de neveu à Aiken, et nous n'allons pas chez mon tailleur. Nous allons pousser jusqu'au bout de la ligne de l'avenue Rutleger, puis nous ferons une petite promenade de santé jusqu'à une maison où je souhaite te présenter quelques amis à moi.

Tommy Cooper accepta sans broncher. Il était habitué à se voir dicter sa conduite par ses aînés, et il aimait la façon dont M. Butler l'appelait « Tom ». Avant que l'après-midi ne fût terminé et Tom rendu à sa mère, il regardait Rhett avec tant d'adoration dans ses jeunes yeux que Rhett sut qu'il compterait désormais et pour longtemps Tom Cooper parmi ses partisans indéfectibles.

Il ne doutait pas non plus que Tom n'oublierait jamais les amis qu'ils étaient allés voir. Parmi les grandes « premières » historiques de Charleston figurait le premier bordel du continent « réservé aux gentlemen ». Il avait souvent changé d'adresse au cours de ses près de deux siècles d'existence, mais ni les guerres, ni les épidémies, ni les ouragans ne l'avaient fait fermer une seule journée. Une des spécialités de la maison était la gentille et discrète initiation des jeunes garçons aux plaisirs de l'âge adulte. C'était là une des traditions chéries de Charleston. Rhett s'était parfois demandé dans quelle mesure sa vie aurait été différente si son père avait respecté cette tradition comme il avait respecté d'autres idées reçues sur ce que devait être un jeune homme bien né de Charleston... Mais on ne pouvait refaire le passé. Il eut un triste sourire. Du moins avait-il pu remplacer le père mort de Tommy en contribuant ainsi à son éducation. Les traditions ont du bon. Pour commencer, il n'y aurait plus de rôdeur yankee. Rhett rentra s'offrir un verre de récompense en attendant l'heure d'aller chercher sa sœur à la gare.

CHAPITRE 19

— Et si le train arrive en avance, Rhett? dit Eleanor Butler, qui avait regardé dix fois l'horloge dans les deux dernières minutes. Je déteste l'idée que Rosemary pourrait ne trouver personne à la gare alors que la nuit tombe. Sa bonne est encore novice, tu sais, et elle n'a pas grand-chose dans la tête, si tu veux mon avis. Je ne comprends pas que Rosemary la supporte.

— Ce train, dans toute son histoire, n'a jamais eu moins de quarante minutes de retard, Maman, et même s'il est à l'heure, il n'arrivera pas avant une demi-heure.

— Je t'ai prié instamment de prévoir tout le temps nécessaire pour aller à la gare. J'aurais dû y aller moi-même, comme je l'avais décidé quand j'ignorais encore que tu serais rentré.

— Maman, ne vous énervez pas, dit Rhett avant de reprendre patiemment, en détail, ce qu'il venait déjà de lui expliquer. J'ai demandé à une voiture de venir me chercher dans dix minutes. Nous sommes à cinq minutes de la gare. J'aurai encore quinze minutes d'avance, le train aura une heure ou plus de retard et Rosemary rentrera à la maison à mon bras juste à temps pour le dîner.

— Puis-je venir avec vous, Rhett? J'adorerais respirer l'air frais.

Scarlett avait immédiatement imaginé l'heure qu'ils passeraient ensemble dans l'étroit espace de la voiture. Elle poserait à Rhett quantité de questions sur sa sœur, et cela lui ferait plaisir. Il adorait Rosemary. Et s'il parlait suffisamment d'elle, peut-être Scarlett saurait-elle à quoi s'attendre. Elle était terrifiée à l'idée que Rosemary ne l'aime pas, qu'elle ressemble à Ross. La lettre d'excuses tarabiscotées que son beau-frère lui avait envoyée n'avait pas aidé à ce qu'elle le détestât moins.

— Non, ma chère, vous ne pouvez pas venir avec moi. Je veux que vous restiez sur ce divan avec ces compresses sur les yeux. Ils sont encore tout gonflés après votre coup de soleil.

– Veux-tu que je vienne, moi, mon chéri? demanda Mme Butler en roulant déjà son ouvrage pour le ranger. J'ai bien peur que tu n'aies longtemps à attendre.

– Cela ne m'ennuie pas du tout, Maman. J'ai quelques projets à élaborer pour les plantations de printemps.

Scarlett se réinstalla sur ses coussins, souhaitant que la sœur de Rhett ne vînt pas. Elle n'avait pas une idée bien claire de ce à quoi Rosemary pouvait ressembler, mais après tout elle préférait ne pas être fixée. Elle savait, pour avoir surpris quelques sous-entendus, que la naissance de Rosemary avait fait sourire sous cape. C'était un bébé de la dernière heure, né alors qu'Eleanor Butler avait plus de quarante ans. A présent c'était aussi une vieille fille, une de ces victimes civiles de la guerre : trop jeune pour se marier avant le conflit, trop ordinaire et trop pauvre pour attirer plus tard l'attention des quelques hommes libres restants. Le retour de Rhett à Charleston et sa richesse fabuleuse avaient beaucoup fait parler. Rosemary pourrait être somptueusement dotée, maintenant. Mais elle semblait toujours au loin, en visite chez une cousine ou une amie dans une autre ville. Y cherchait-elle un mari? Les hommes de Charleston n'étaient-ils pas assez bien pour elle? Tout le monde attendait l'annonce de fiançailles depuis plus d'un an, mais elle ne donnait pas le moindre signe d'un attachement quelconque, et moins encore d'un engagement sérieux. «Un sujet de spéculations en or», disait Emma Anson.

Scarlett se livrait à ses propres spéculations. Elle aurait été ravie que sa belle-sœur se mariât, quoi qu'il pût en coûter à Rhett. Elle préférait ne pas la voir rester dans la maison. Même si elle présentait aussi peu d'intérêt qu'un muret de pisé, Rosemary était plus jeune que Scarlett, et sœur de Rhett par-dessus le marché. Elle occuperait par trop son attention. Scarlett se raidit en entendant la porte s'ouvrir, quelques minutes avant l'heure du dîner. Rosemary était arrivée.

Rhett entra dans la bibliothèque et sourit à sa mère.

– Votre voyageuse de fille est enfin de retour, dit-il. Elle est saine et sauve et féroce comme un lion tant elle a faim. Dès qu'elle se sera lavé les mains, elle viendra probablement vous dévorer.

Scarlett regarda la porte avec appréhension. La jeune femme qui arriva un instant plus tard arborait un charmant sourire. Elle n'avait rien d'une sauvageonne, mais sa vision frappa Scarlett autant que si elle avait eu une crinière et s'était mise à rugir.

C'est tout le portrait de Rhett! se dit Scarlett. Non, pas exactement. Elle a les mêmes yeux, les mêmes cheveux noirs, les mêmes dents blanches, mais ce n'est pas cela qui les rapproche. C'est plutôt la façon dont... dont elle prend les choses en main, comme lui. Je n'aime pas ça, je n'aime pas ça du tout.

Elle plissa ses yeux verts et étudia Rosemary. Elle n'est pas vraiment aussi ordinaire que les gens le disent, mais elle ne fait rien pour s'arranger. Vois un peu comme elle se tire les cheveux en un gros chignon sur la nuque. Et elle ne porte pas de boucles d'oreilles, alors que ses oreilles sont très jolies. Un teint un peu jaune. J'imagine que Rhett aurait la même carnation s'il n'était pas toujours au soleil. Mais une robe de couleur vive pourrait le faire oublier. Elle a choisi le pire en prenant ce brun verdâtre, si terne ; peut-être pourrais-je l'aider un peu.

— Alors, voilà Scarlett! dit Rosemary en traversant la pièce en quatre enjambées.

Oh, mon Dieu, il faudra que je lui apprenne aussi à marcher. Les hommes n'aiment pas les femmes qui galopent comme ça. Avant que Rosemary n'arrive jusqu'à elle, Scarlett se leva, arborant un sourire fraternel, prêtant sa joue à un baiser protocolaire.

Au lieu de tendre sa propre joue comme il se devait, Rosemary regarda Scarlett droit dans les yeux.

— Rhett vous a décrite comme féline, déclara-t-elle. Je comprends ce qu'il voulait dire, à voir vos yeux verts. J'espère que je vous ferai ronronner et non feuler, Scarlett. J'aimerais que nous soyons amies.

Scarlett ouvrit la bouche sans qu'un son en sorte. Elle était trop stupéfaite pour parler.

— Maman, annoncez le dîner, s'il vous plaît, dit Rosemary, qui s'était déjà détournée. J'ai dit à Rhett qu'il était une brute sans pitié de ne rien m'avoir apporté à grignoter à la gare.

Les yeux de Scarlett trouvèrent ceux de Rhett, et son sang ne fit qu'un tour. Rhett se tenait nonchalamment appuyé contre le chambranle de la porte, un sourir sardonique aux lèvres. Brute! se dit-elle. Tu lui as parlé de moi. Alors je suis féline? Je voudrais bien te montrer ce que c'est qu'un félin : je t'arracherais ce sourire des yeux d'un coup de griffe. Elle jeta un rapide coup d'œil à Rosemary. Riait-elle aussi? Non, elle embrassait Eleanor Butler.

— Le dîner, dit Rhett. Voici Manigo qui vient l'annoncer.

Outre son coup de soleil encore douloureux, le discours prétentieux de Rosemary donnait la migraine à Scarlett. Car la sœur de Rhett avait des opinions passionnées qu'elle exposait et défendait d'une voix tonitruante. Les cousins chez qui elle était allée à Richmond étaient désespérément crétins, affirma-t-elle, et elle avait détesté chaque minute qu'elle avait passée là-bas. Elle était absolument certaine qu'aucun d'entre eux n'avait jamais lu le moindre livre — ou du moins pas de livre digne de ce nom.

214

— Mon Dieu, murmura Eleanor Butler tout en jetant à Rhett un regard qui en disait long.

— Les cousins sont toujours éprouvants, Rosemary, dit Rhett avec un sourire. Le cousin Townsend Ellinton, par exemple. Je l'ai vu récemment à Philadelphie, et notre rencontre m'a laissé la vue trouble pendant toute une semaine. J'avais essayé en vain de le regarder dans les yeux, et bien sûr j'en avais attrapé des vertiges !

— Je préfère être étourdie que morte d'ennui ! l'interrompit sa sœur. Imagine un peu, après dîner, quand il fallait écouter la cousine Miranda lire *Waverley*... Cette guimauve sentimentale !

— Pour ma part, j'ai toujours bien aimé Walter Scott, et je pensais que toi aussi, ma chérie, dit Eleanor dans l'espoir de tempérer la véhémence de Rosemary.

Peine perdue.

— Maman, je ne connaissais rien d'autre, c'était il y a des années.

Scarlett songea avec nostalgie aux paisibles heures qu'elle avait partagées avec Eleanor chaque soir après le dîner. A l'évidence, il n'y en aurait plus d'autres, maintenant que Rosemary était de retour. Comment Rhett pouvait-il tant l'aimer ? A présent elle semblait bien décidée à se bagarrer avec lui.

— Si j'étais un homme, tu me laisserais y aller, criait-elle. J'ai lu les articles sur Rome de M. Henry James, et je suis sûre de périr d'ignorance si je n'y vais pas en personne.

— Mais tu n'es pas un homme, ma chère, dit calmement Rhett. Et comment t'es-tu procuré des exemplaires de *The Nation* ? Tu pourrais être pendue haut et court, pour avoir lu un tel torchon libéral !

Scarlett dressa l'oreille et intervint dans la conversation.

— Pourquoi ne laissez-vous pas Rosemary y aller, Rhett ? Rome n'est pas si loin. Et je suis sûre que nous connaissons quelqu'un qui a des parents là-bas. Ça ne peut pas être plus loin qu'Athènes, et les Tarleton ont un million de cousins à Athènes.

— Qui sont ces Tarleton ? demanda Rosemary, interloquée. Et qu'est-ce qu'Athènes a à voir avec Rome ?

Rhett toussa pour cacher son rire. Puis il s'éclaircit la gorge.

— Athènes et Rome sont les noms de deux charmantes petites bourgades de Géorgie, Rosemary, susurra-t-il. Voudrais-tu y aller pour une petite visite ?

Rosemary se prit la tête à deux mains dans un geste théâtral de désespoir.

— Je ne peux pas croire ce que j'entends. Qui pourrait bien avoir envie d'aller en Géorgie, pour l'amour du ciel ? Je veux aller à Rome, la vraie Rome, la Ville éternelle. En Italie !

Scarlett sentit le rouge lui monter aux joues. Elle aurait bien dû comprendre que Rosemary parlait de l'Italie.

Mais, avant qu'elle n'ait pu éclater aussi bruyamment que sa belle-sœur, la porte de la salle à manger s'ouvrit d'un coup, avec un bruit de tonnerre qui réduisit tout le monde au silence. Ross tituba dans la lumière des bougies, cherchant son souffle.

– Aide-moi, articula-t-il péniblement. La garde est à mes trousses. J'ai tiré sur le Yankee qui entrait chez les dames.

Rhett était déjà près de son frère, lui tenant le bras.

– Le sloop est encore au dock, et la lune est cachée. Nous pouvons le manœuvrer à nous deux, dit-il avec une autorité apaisante.

En quittant la pièce, il se retourna et déclara :

– Dites-leur que je suis parti dès que j'ai ramené Rosemary, pour ne pas rater la marée, et que vous n'avez pas vu Ross. Vous ne savez rien du tout. Je vous enverrai un message.

Eleanor Butler se leva sans hâte, comme s'il s'agissait d'un soir parmi tant d'autres et qu'elle eût fini de dîner. Elle s'approcha de Scarlett et serra ses épaules tremblantes. Les Yankees arrivaient. Ils allaient pendre Ross pour avoir tiré sur l'un d'eux, et réserver le même sort à Rhett pour avoir voulu aider Ross à s'échapper. Pourquoi ne laissait-il pas son frère se débrouiller tout seul ? Il n'avait pas le droit de quitter sa femme, de l'abandonner sans protection, alors que les Yankees arrivaient.

Eleanor prit la parole, et sa voix tinta comme de l'acier alors même qu'elle était aussi douce et lente que d'habitude.

– Je vais emporter le couvert de Rhett à la cuisine. Il ne doit rester aucune trace de sa présence ici, et j'informerai les serviteurs de ce qu'ils auront à dire. Pouvez-vous dresser la table pour trois personnes avec Rosemary ?

– Qu'allons-nous faire, Mère ? Les Yankees arrivent.

Scarlett savait qu'il lui fallait rester calme. Elle se méprisait d'avoir si peur. Mais elle ne parvenait pas à se contrôler. Elle avait réussi à se persuader que les Yankees n'étaient qu'édentés, risibles et encombrants. Se voir rappeler que l'armée d'occupation pouvait faire ce qu'elle voulait, et sous le couvert de la loi, était horrible.

– Nous allons terminer notre dîner, dit Mme Butler, dont les yeux pétillèrent soudain. Et je crois que je vais vous lire quelques passages d'*Ivanhoé*.

– N'avez-vous rien de mieux à faire que de persécuter des femmes seules dans leur maison ? demanda Rosemary, les poings sur les hanches, au capitaine de l'armée de l'Union.

– Assieds-toi et tais-toi, Rosemary, dit Mme Butler. Veuillez m'excuser de l'impolitesse de ma fille, capitaine.

L'officier ne fut pas désarmé par le ton conciliant d'Eleanor.

– Fouillez la maison, ordonna-t-il à ses hommes.

Scarlett était allongée sur le divan, des compresses de camomille sur son visage brûlé par le soleil et sur ses yeux gonflés. Elle était heureuse de la protection qu'elles lui conféraient : elle n'avait pas à regarder les Yankees. Eleanor avait un tel sang-froid! Penser à organiser une chambre de malade dans la bibliothèque! Pourtant, la curiosité la taraudait. Elle ne pouvait savoir exactement ce qui se passait, les bruits seuls ne suffisaient pas à la renseigner. Elle entendit des pas, des portes qui se fermaient, puis le silence. Le capitaine était-il parti? Eleanor et Rosemary étaient-elles parties aussi? Elle ne put y tenir davantage. Elle porta lentement la main à ses yeux et souleva un coin de la compresse humide qui les couvrait.

Rosemary, assise sur la chaise devant le bureau, lisait calmement un livre.

— Pssst! siffla Scarlett.

Rosemary ferma le livre d'un geste et en couvrit le titre de la main.

— Qu'est-ce qu'il y a? dit-elle dans un murmure. Entendez-vous quelque chose?

— Non, je n'entends rien. Que font-ils? Où est Mme Butler? L'ont-ils arrêtée?

— Pour l'amour du ciel, Scarlett, pourquoi murmurez-vous? demanda Rosemary d'une voix normale qui sonna terriblement fort. Les soldats fouillent la maison pour trouver des armes. Ils confisquent toutes les armes de Charleston. Maman les a suivis pour s'assurer qu'ils ne confisquent rien d'autre.

C'était tout? Scarlett se détendit. Il n'y avait pas d'arme dans la maison; elle le savait parce qu'elle avait cherché. Elle ferma les yeux et faillit s'endormir. Quelle longue journée! Elle se souvint de son excitation à la vue de l'eau qui moussait le long du sloop rapide, et pendant un instant elle envia Rhett qui naviguait sous les étoiles. Si seulement elle avait pu être à la place de Ross! Elle ne craignait pas que les Yankees rattrapent Rhett. Elle ne s'inquiétait jamais pour lui. Il était invincible.

Quand Eleanor Butler revint à la bibliothèque après avoir raccompagné les soldats à la porte, elle couvrit Scarlett du châle en cachemire qui était tombé par terre pendant son sommeil.

— Inutile de la déranger, dit-elle doucement. Montons nous coucher, Rosemary. Tu as fait un long voyage, je suis fatiguée, et demain sera certainement une journée très occupée.

Elle sourit en voyant le marque-page presque au milieu d'*Ivanhoé*. Rosemary lisait vite, et elle n'était pas aussi moderne qu'elle aimait à le croire.

Le lendemain matin, le marché bourdonnait d'indignation et de conciliabules à propos de plans boiteux. Scarlett écoutait avec colère ces conversations agitées. Que croyaient-ils, ces Charlestoniens ? Que les Yankees laisseraient sans réagir les gens courir les rues et leur tirer dessus ? Ils ne feraient qu'envenimer les choses en essayant de discuter et de protester. Qu'est-ce que cela pouvait bien faire, après tout ce temps, que le général Lee ait obtenu de Grant l'autorisation pour les officiers confédérés de conserver leurs armes de poing après la reddition d'Appomattox ? C'était quand même la fin du Sud ; et à quoi peut servir un revolver si l'on est trop pauvre pour acheter des balles ? Quant aux pistolets de duel, qui serait tenté de les garder ? Ils n'étaient bons qu'à parader et à se faire brûler bêtement la cervelle.

Elle se tut pourtant et se concentra sur ses achats, sinon elle n'arriverait jamais à garder le silence. Même Eleanor courait partout comme un canard auquel on vient de couper la tête, parlant à chacun d'une voix précipitée et à peine audible.

— Ils affirment que tous les hommes veulent finir ce que Ross a commencé, dit-elle à Scarlett sur le chemin du retour. Ils ne peuvent pas supporter de voir leurs maisons mises à sac par les soldats. Les femmes devront prendre la direction des affaires. Les hommes sont trop échauffés.

Scarlett eut un frisson de terreur. Elle avait pensé que ce n'étaient que des bavardages, que personne n'aurait l'idée d'aggraver les choses.

— Il n'y a rien à diriger ! s'exclama-t-elle. Il ne nous reste qu'à nous tenir tranquilles jusqu'à ce que l'incident soit oublié. Rhett doit avoir mis Ross en sécurité, sinon nous le saurions.

— Nous ne pouvons laisser l'armée de l'Union s'en sortir comme ça, Scarlett, dit Mme Butler d'un ton indigné. Vous le comprenez certainement. Ils ont déjà fouillé nos maisons, ils ont annoncé la remise en vigueur du couvre-feu et ils arrêtent tous ceux qui font du marché noir avec les denrées rationnées. Si nous les laissons continuer, nous reviendrons à la situation de 1864 quand ils pressaient leurs bottes sur notre cou, contrôlant chaque souffle de notre vie. C'est inconcevable.

Scarlett se demanda si le monde entier devenait fou. Que pouvait faire contre une armée un groupe de dames qui passaient l'essentiel de leur temps à boire du thé en compagnie et à confectionner de la dentelle ?

Elle le découvrit deux nuits plus tard.

Le mariage de Lucinda Wragg avait été prévu pour le 23 janvier et les invitations préparées pour être envoyées le 2 ; mais elles ne furent jamais utilisées. « Une efficacité terrible » – tel fut le compliment décerné par Rosemary Butler aux efforts de la mère de Lucinda, de sa propre mère et de toutes les autres dames de Charleston. Le mariage de Lucinda eut lieu le 19 décembre, à l'église Saint-Michel, à neuf heures du soir. Les majestueux accords de la marche nuptiale résonnèrent par les portes et les fenêtres ouvertes de l'église pleine de monde et merveilleusement décorée à la minute précise où commençait le couvre-feu. On les entendit clairement dans la caserne située juste en face de l'église. Un officier raconta plus tard à sa femme, à portée d'oreille de leur cuisinière, qu'il n'avait jamais vu ses hommes aussi nerveux, pas même avant de partir en campagne. Le lendemain, toute la ville connaissait l'histoire. Tout le monde rit beaucoup, mais personne ne fut surpris.

A neuf heures trente, toute la population du vieux Charleston sortit de Saint-Michel et gagna à pied la rue de La Réunion pour la réception donnée dans la Salle de la Caroline du Sud. Hommes, femmes et enfants, de cinq à quatre-vingt-dix-sept ans, riaient dans l'air tiède de la nuit, enfreignant ostensiblement la loi. Le commandement de la garnison ne pourrait prétendre qu'il n'avait pas eu connaissance des événements : Ils se déroulaient sous son nez. Il ne pouvait pas non plus arrêter les contrevenants : la prison de la caserne ne comptait que vingt-six cellules. Même si l'on avait utilisé les bureaux et les couloirs, il n'y aurait pas assez de place pour tout le monde. Les bancs de Saint-Michel avaient dû être transportés provisoirement dans le paisible petit cimetière attenant pour que tous les invités, serrés debout les uns contre les autres, puissent entrer dans l'église.

Pendant la réception, les gens durent à tour de rôle sortir dans la véranda à colonnes pour respirer une bouffée d'air frais, tant la salle de bal était bondée. Ils en profitèrent pour regarder les patrouilles impuissantes qui arpentaient les rues vides, mues par une vaine discipline.

Rhett, rentré en ville l'après-midi même, avait annoncé que Ross était en sécurité à Wilmington. Scarlett lui avoua dans la véranda qu'elle avait eu peur d'aller au mariage, même avec lui.

– Je n'arrivais pas à croire qu'une bande de dames patronnesses pourrait infliger une telle humiliation à l'armée yankee. Je dois avouer, Rhett, que ces Charlestoniens ont toutes les audaces.

– J'adore ces fous arrogants, dit Rhett en souriant, chacun d'entre eux. Même ce pauvre vieux Ross. J'espère qu'il n'apprendra jamais qu'il a raté le Yankee d'un bon mille, il en serait très vexé.

– Il ne l'a même pas touché ? J'imagine qu'il était ivre, dit Scarlett avec mépris. Mais alors, ajouta-t-elle sous le coup d'une peur soudaine, le rôdeur est encore en liberté !

– Non, soyez tranquille, ma chère, assura Rhett en lui tapotant l'épaule. Vous n'en entendrez plus parler. Mon frère et le mariage avancé de la petite Lucinda ont inspiré aux Yankees la peur de Dieu.

Il gloussa, tout à un plaisir qu'il ne pouvait partager.

– Qu'y a-t-il de si drôle ? demanda Scarlett.

Elle était sur ses gardes. Elle détestait que les gens rient sans qu'elle sache pourquoi.

– Vous ne comprendriez pas, dit Rhett. Je me félicitais d'avoir résolu un problème tout seul quand mon maladroit de frère m'a surpassé : il a sans le vouloir donné à tous les habitants de la ville de quoi se réjouir et se sentir fiers d'eux. Regardez-les, Scarlett !

La véranda était plus surpleuplée que jamais. Lucinda Wragg – Lucinda Grimball, maintenant – lançait des fleurs de son bouquet aux soldats.

– Moi, je leur lancerais plutôt des pierres ! dit Scarlett.

– Je n'en doute pas. Vous êtes toujours allée droit au but. Les moyens de Lucinda nécessitent de l'imagination.

Sa voix traînante n'exprimait plus l'amusement ; le ton était dur, tranchant.

– Je rentre, dit Scarlett en redressant la tête. Je préfère étouffer qu'être insultée.

Invisible dans l'ombre d'une colonne proche, Rosemary perçut la cruauté dans la voix de Rhett et la douleur dans celle de Scarlett. Plus tard cette nuit-là, après l'heure du coucher, elle alla frapper à la porte de la bibliothèque où son frère lisait, entra et referma derrière elle, le visage rouge d'avoir pleuré.

– Je croyais te connaître, Rhett, explosa-t-elle, mais je ne te connais pas du tout. Je t'ai entendu parler à Scarlett, cette nuit, dans la véranda de la salle de bal. Comment peux-tu être aussi méchant avec ta propre femme ? Qui sera ta prochaine victime ?

CHAPITRE 20

Rhett se dressa aussitôt et alla à la rencontre de sa sœur, les bras tendus. Mais Rosemary recula, les mains levées, les paumes en avant comme pour le repousser. Les bras ballants, le visage assombri par le chagrin, Rhett s'arrêta. Il souhaitait plus que tout éviter de blesser Rosemary – et c'était lui, maintenant, qui lui faisait peur.

Il n'avait jamais oublié son rôle dans la triste et courte histoire de Rosemary. Il ne regrettait rien de sa jeunesse orageuse et ne s'en était jamais justifié. Il n'avait honte d'aucun de ses actes – sauf de leurs conséquences sur sa jeune sœur.

Déshérité par son père pour son mépris agressif de la famille et de la société, Rhett n'était plus qu'un nom raturé dans la Bible familiale des Butler quand la naissance de Rosemary y avait été enregistrée. Elle était de plus de vingt ans sa cadette et il dut attendre treize ans pour découvrir une fillette gauche et dégingandée, aux grands pieds et à la poitrine naissante. Alors que Rhett entamait sa périlleuse existence de forceur de blocus et narguait la marine de l'Union qui interdisait l'accès au port de Charleston, leur mère avait osé, une des seules fois de sa vie, désobéir à son mari en venant une nuit présenter Rosemary à son frère, sur le quai où son bateau était amarré. Profondément ému du désarroi et du besoin d'affection qu'il sentait chez sa jeune sœur, Rhett lui témoigna la sienne avec la chaleureuse générosité dont leur père n'avait jamais su faire preuve. De son côté, Rosemary lui voua une confiance et une fidélité que son père ne lui avait jamais inspirées. Depuis, le frère et la sœur avaient gardé des liens étroits, bien qu'ils ne se soient pas vus plus d'une douzaine de fois entre leur première rencontre et le retour de Rhett à Charleston, onze ans plus tard.

Rhett ne s'était jamais pardonné d'avoir cru sa mère sur parole, quand elle lui affirmait que Rosemary était heureuse et vivait à l'abri du besoin grâce à l'argent qu'il lui adressait depuis la mort de son père, celui-ci ne pouvant plus l'intercepter et le lui renvoyer. S'il s'était montré moins insouciant, plus attentif, se reprocha-t-il par la suite, sa sœur ne se serait peut-être pas endurcie dans sa méfiance des hommes. Elle aurait pu apprendre à aimer, elle se serait mariée, elle aurait eu des enfants.

A son retour, il avait retrouvé chez la jeune femme de vingt-quatre ans le même embarras, la même gaucherie que chez la fillette de treize ans. A l'exception de son frère, elle ne supportait pas la compagnie des hommes; elle préférait la vie fictive des personnages de romans aux incertitudes de la vie réelle; elle rejetait les conventions que la société imposait aux femmes quant à leur apparence, à leur comportement ou leur manière de penser. Rosemary était devenue un bas-bleu aux idées arrêtées, totalement dépourvue des grâces et des coquetteries propres à son sexe.

Par amour pour sa sœur, Rhett respectait cette indépendance chatouilleuse. Faute de pouvoir compenser les années perdues, il lui offrait ce qu'il possédait de plus précieux – sa personnalité profonde. Il ne dissimulait rien à Rosemary, il la traitait en égale et lui confiait parfois ses secrets les mieux gardés, dont il ne s'était ouvert à quiconque d'autre. Consciente de la valeur de ce don, elle lui vouait une véritable adoration. C'est ainsi que depuis le retour de Rhett, quatorze mois auparavant, la prude célibataire et l'aventurier blasé et sophistiqué étaient amis intimes.

Rosemary se sentait donc trahie. Chez ce frère qui s'était toujours montré envers elle plein d'affection et de bonté, elle découvrait une cruauté dont elle ne soupçonnait pas l'existence. Cette découverte la troublait et ravivait sa méfiance instinctive des hommes.

– Tu n'as pas répondu à ma question, Rhett.

De ses yeux rougis par les larmes, elle le regardait d'un air accusateur.

– Je suis désolé, Rosemary, répliqua-t-il avec circonspection. Je regrette profondément que tu m'aies entendu, mais il fallait que je le fasse. Je veux qu'elle s'en aille et nous laisse enfin tranquilles.

– Mais elle est ta femme!

– Je l'ai quittée, Rosemary. Elle savait que c'était la fin de notre mariage mais elle a refusé le divorce que je lui proposais.

– Alors, pourquoi est-elle ici?

Rhett haussa les épaules.

– Peut-être ferions-nous mieux de nous asseoir. C'est une longue et pénible histoire.

Lentement, méthodiquement, sans émotion apparente, Rhett décrivit à sa sœur les deux précédents mariages de Scarlett, sa propre demande et la manière dont Scarlett avait accepté de l'épouser pour son argent. Il lui parla aussi de l'amour quasi obsessionnel que Scarlett, depuis qu'il la connaissait, portait à Ashley Wilkes.

— Mais si tu le savais, pourquoi l'as-tu épousée ? demanda Rosemary.

— Pourquoi ? dit Rhett en esquissant un sourire. Parce que sous ses grands airs elle restait une enfant. Parce qu'elle était fougueuse et brave jusqu'à la témérité. Parce qu'elle ne ressemblait à aucune des femmes que j'aie jamais connues. Elle me fascinait, elle me mettait hors de moi, elle me rendait fou. Depuis le premier jour que j'ai posé les yeux sur elle, j'ai été aussi follement amoureux d'elle qu'elle-même se consumait d'amour pour lui. C'était une sorte de maladie, conclut-il d'un ton plein de mélancolie.

La tête entre les mains, il rit sans gaieté avant de reprendre la parole d'une voix étouffée, déformée par l'écran de ses doigts.

— Quelle sinistre plaisanterie que la vie ! Maintenant, Ashley Wilkes est libre, il épouserait Scarlett sans hésiter une seconde. Et moi, je veux m'en débarrasser. Bien entendu, cela la pousse d'autant plus à s'accrocher à moi. Elle n'a toujours désiré que ce qu'elle ne pouvait pas obtenir.

Rhett releva la tête.

— J'ai peur, poursuivit-il, peur que tout recommence. Je connais son égoïsme forcené, je sais qu'elle est sans cœur, qu'elle est comme un enfant qui réclame un jouet à cor et à cri et s'empresse de le casser quand il le tient. Mais dans les moments où je la vois pencher la tête d'une certaine façon, faire un sourire éblouissant, ou prendre l'air d'une petite fille perdue, j'en arrive presque à oublier tout ce que je sais sur son compte.

— Mon pauvre Rhett.

Rosemary lui prit la main. Il la lui serra affectueusement. Puis, avec un sourire, il se ressaisit.

— Tu as devant toi, ma chère, l'homme qui passait naguère pour le prodige des tripots flottants du Mississippi. J'ai joué toute ma vie sans jamais perdre. Cette partie-là, je la gagnerai aussi. Scarlett et moi avons conclu un marché. Je ne pouvais pas prendre le risque qu'elle reste longtemps ici. Ou bien je retomberais amoureux d'elle, ou bien je la tuerais. Donc, je lui ai fait miroiter de l'or et sa cupidité s'est révélée plus forte que l'amour éternel que je suis censé lui inspirer. Elle partira pour de bon à la fin de la Saison. D'ici là, il me suffira de garder mes distances, de déjouer ses manœuvres et de me montrer plus rusé qu'elle. Je m'en réjouirais presque : elle est très mauvaise perdante et il n'est pas drôle de gagner contre quelqu'un qui sait perdre. Si Maman connaissait la vérité sur mon pitoyable mariage, poursuivit-il en reprenant son sérieux, cela la tuerait. Mais elle mourrait de honte si elle se doutait que je me débarrasse de ma femme, même en étant le plus malheureux des hommes. De cette façon, j'évite ce pénible dilemme. C'est Scarlett qui me quittera, je passerai pour la victime innocente, je me résignerai stoïquement et il n'y aura pas de scandale.

– Ni de regrets ?

– Seulement celui de m'être conduit comme un imbécile, voici des années. J'aurai la puissante consolation de ne pas me laisser prendre une seconde fois. Cela effacera l'humiliation.

Rosemary le regarda sans dissimuler sa curiosité.

– Et si Scarlett changeait ? Si elle avait enfin du plomb dans la cervelle ?

Rhett eut un large sourire.

– ... Quand les cochons auront des ailes, pour reprendre une de ses expressions !

CHAPITRE 21

– Va-t'en, laisse-moi dormir! dit Scarlett, le visage enfoui dans l'oreiller.

– C'est dimanche, madame Scarlett, il faut vous lever. Mlle Pauline et Mlle Eulalie vous attendent.

Scarlett poussa un grognement. Il y avait de quoi se convertir! L'église épiscopalienne laissait au moins ses fidèles faire la grasse matinée. A Saint-Michel, le service n'avait pas lieu avant onze heures. Elle se leva en soupirant et se prépara à sortir.

Sans perdre une minute, ses tantes entreprirent de la sermonner sur le comportement qu'on attendait d'elle pendant la Saison. Avec une impatience grandissante, elle entendit Pauline et Eulalie la chapitrer sur l'importance de la bienséance, de la discrétion, de la déférence due aux aînés. Ces règles, elle les connaissait par cœur, bon sang! Elle savait à peine marcher que sa mère et Mama les lui serinaient déjà! La mercuriale dura jusqu'à l'église Sainte-Marie. Les dents serrées, les yeux obstinément baissés, Scarlett refusait d'écouter.

Quand elles furent revenues pour le petit déjeuner, une phrase de Pauline força cependant son attention.

– Inutile de prendre cette mine renfrognée, Scarlett. C'est pour ton bien que je te répète ce qu'on dit. Le bruit court que tu aurais deux robes de bal toutes neuves. C'est scandaleux! Chacun ici se contente de porter ses anciennes toilettes. Tu es nouvelle en ville, il faut ménager ta réputation. Rhett aussi doit surveiller la sienne. Les gens hésitent encore à son sujet, tu sais.

Scarlett sentit son cœur cesser de battre. Rhett la tuerait si ses efforts pour se réhabiliter dans la société de Charleston étaient compromis à cause d'elle!

– Que dit-on au sujet de Rhett, tante Pauline? Racontez-moi, je vous en supplie.

Tante Pauline parla sans se faire prier. Toutes les vieilles histoires y passèrent : son renvoi de West Point, sa conduite indigne qui avait contraint son père à le déshériter, ses gains déshonorants de joueur professionnel sur les bateaux du Mississippi et les champs aurifères de Californie ou, pire encore, ses trafics louches aves les *carpet-baggers* et autres *scallywags*. Artilleur dans l'armée du général Lee et forceur de blocus, il s'était courageusement battu pour la Confédération, c'est vrai. Il avait aussi donné beaucoup de son « « argent sale » à la cause confédérée...

Décidément, se dit Scarlett, Rhett n'a pas son pareil pour arranger la vérité à son avantage.

Malgré tout, poursuivait la tante, son passé restait douteux. C'était sans doute très louable d'être revenu s'occuper de sa mère et de sa sœur, mais il y avait mis le temps. Et, si son père ne s'était pas saigné aux quatre veines pour payer une grosse assurance sur la vie, Eleanor et sa fille seraient à coup sûr mortes de faim.

Scarlett serra les dents pour ne pas crier à Pauline de se taire. Cette histoire d'assurance-vie était un mensonge! Pas un instant, Rhett n'avait cessé de se soucier de sa mère, à qui son père interdisait de rien accepter de lui. Il avait fallu attendre la mort de M. Butler pour que Rhett puisse acheter une maison à sa mère et lui donner de l'argent. Sous prétexte que l'argent de Rhett était *sale*, Mme Butler avait même été obligée d'expliquer sa prospérité en inventant cette histoire d'assurance! Les gens de Charleston étaient-ils obtus au point de ne pas comprendre que l'argent n'a pas d'odeur? Qu'importe son origine, s'il permet de garder un toit au-dessus de sa tête et de ne pas rester le ventre creux?

Pauline allait-elle continuer longtemps son prêchi-prêcha? De quoi parlait-elle maintenant? Ah! Cette stupide affaire de fertilisants. Encore une mauvaise plaisanterie! Il n'y avait pas assez d'engrais dans le monde pour justifier les sommes que Rhett gaspillait à des absurdités, comme sa chasse aux anciens meubles de sa mère, à l'argenterie et aux portraits de famille. Et en plus, il payait des hommes parfaitement valides pour dorloter ses camélias plutôt que de leur faire cultiver de bonnes récoltes qui rapportent!

— Beaucoup de gens d'ici tirent de bons revenus des phosphates, mais ils n'en font pas étalage. Tu dois mettre ton mari en garde contre sa tendance à la prodigalité et à l'ostentation. Eleanor Butler l'a toujours gâté, elle considère qu'il ne fait jamais rien de mal. Mais, pour son bien autant que pour le tien et celui de Rhett, je t'engage à veiller à ce que les Butler ne se fassent pas tant remarquer.

— J'ai déjà essayé d'en parler à Eleanor, intervint Eulalie d'un air pincé, mais je suis sûre qu'elle n'a pas écouté un mot de ce que je lui disais.

Sous ses paupières mi-closes, les yeux de Scarlett lancèrent des éclairs.

— Je vous suis extrêmement reconnaissante de m'avoir avertie, dit-elle avec une douceur exagérée, et je suivrai vos conseils à la lettre. Maintenant, il faut que je m'en aille. Merci pour ce délicieux petit déjeuner.

Elle se leva, leur posa un rapide baiser sur la joue et se précipita vers la porte. Une seconde de plus et elle aurait hurlé! Mieux valait pourtant rapporter à Rhett sans tarder ce que lui avaient dit les deux tantes.

— Vous comprenez pourquoi je tenais à vous en parler, n'est-ce pas, Rhett? Les gens se permettent de critiquer votre mère! Mes tantes sont d'assommantes vieilles toupies, je sais, mais ce sont toujours les vieilles toupies dans leur genre qui créent des problèmes. Rappelez-vous Mme Merriwether, Mme Meade, Mme Elsing.

Scarlett espérait que Rhett la remercierait. Elle ne s'attendait nullement à son éclat de rire.

— Chères vieilles toupies médisantes! Venez, Scarlett, vous allez raconter tout cela à Maman.

— Oh non, Rhett! Je ne pourrais pas, j'aurais trop peur de lui faire de la peine.

— Il le faut, c'est grave. Absurde, sans doute, mais les choses graves le sont souvent. Et ne prenez pas cette mine, la compassion filiale ne vous va pas. Tant que les invitations vous parviennent, vous vous moquez éperdument du sort de ma mère, vous le savez aussi bien que moi.

— Ce n'est pas vrai! J'aime beaucoup votre mère.

Rhett avait déjà atteint la porte. Il revint sur ses pas, empoigna Scarlett aux épaules et la força à le regarder dans les yeux tout en scrutant son expression avec la froideur d'un juge.

— Ne mentez pas, Scarlett! Quand il s'agit de ma mère, je ne l'admets pas, je vous en avertis.

Ils étaient proches l'un de l'autre, il la touchait. Lèvres entrouvertes, Scarlett lui criait du regard à quel point elle voulait qu'il l'embrasse. Il la comprenait, elle en était sûre. Leurs lèvres se frôlaient presque. Si seulement il baissait un peu la tête... La gorge nouée, elle retint sa respiration.

Elle sentit les mains de Rhett se crisper sur ses épaules, comme s'il était sur le point de l'attirer contre lui. Un sanglot de joie lui échappa.

— Allez au diable! gronda-t-il en la repoussant. Descendons, Maman est à la bibliothèque.

Eleanor Butler posa son ouvrage sur ses genoux et se croisa les mains, la gauche par-dessus la droite, signe qu'elle prenait au sérieux le récit de Scarlett et lui accordait toute son attention. Quand elle se tut, Scarlett attendit avec inquiétude la réaction de Mme Butler.

– Asseyez-vous, vous deux, dit-elle calmement. Eulalie se trompe. Je n'ai pas perdu un mot de ce qu'elle disait quand elle est venue me reprocher mon train de vie. J'y ai mûrement réfléchi par la suite, surtout en ce qui concerne le grand tour d'Europe que tu comptes offrir à Rosemary comme cadeau de Noël, Rhett. Personne à Charleston n'a eu les moyens d'en faire autant depuis des années, pratiquement depuis l'époque où tu y serais allé toi-même, si tu n'avais pas été insupportable au point que ton père avait décidé de t'en priver pour t'envoyer à l'académie militaire.

Scarlett écarquilla les yeux.

– Malgré tout, poursuivit Eleanor, j'estime que nous ne courons pas réellement le risque qu'on nous tourne le dos. A Charleston, et il en va ainsi dans toutes les vieilles sociétés, nous sommes pragmatiques. Nous savons qu'il vaut mieux être riche que de souffrir des désagréments de la pauvreté et que, si l'on est pauvre, il est parfois utile d'avoir des amis fortunés. Par exemple, les gens jugeraient inexcusable – pas seulement regrettable – que je serve de la piquette en la faisant passer pour du champagne.

Scarlett avait du mal à suivre. Le ton calme et paisible de Mme Butler signifiait cependant que tout allait bien et qu'elle n'avait pas de raison de s'inquiéter.

– Peut-être aurions-nous dû nous montrer un peu plus discrets, continua Eleanor. Pour le moment, en tout cas, aucune famille de Charleston ne peut se permettre de trop critiquer les Butler, car Rosemary pourrait décider de laisser un fils ou un cousin lui faire la cour, et sa dot résoudrait pour eux bien des difficultés.

– Maman, vous êtes d'un cynisme éhonté! dit Rhett en riant.

Eleanor Butler se contenta de sourire.

– De quoi riez-vous?

Rosemary apparut sur le seuil et interrogea à tour de rôle Rhett et Scarlett du regard.

– Je t'entendais t'esclaffer du vestibule, Rhett, reprit-elle. Fais-moi profiter de la plaisanterie.

– Maman nous donnait une leçon de savoir-vivre, répondit-il.

Ils échangèrent un sourire complice. Depuis longtemps, Rosemary et lui avaient conclu un pacte pour protéger leur mère des réalités de la vie. Vexée de se sentir exclue, Scarlett leur tourna le dos.

– Puis-je rester avec vous, Mère? Je voudrais vous demander votre avis sur ce que je dois porter au bal.

Voyez, Rhett Butler, à quel point je me moque que vous soyez aux petits soins pour cette vieille fille comme si elle était la Reine de Mai! Et si vous croyez que cela m'ennuie ou me rend jalouse, vous perdez votre temps...

Bouche bée, les yeux brillants, Scarlett s'immobilisa soudain. Étonnée, Eleanor se demanda si elle avait vu quelque chose et regarda par-dessus son épaule. Mais Scarlett n'avait rien vu. Elle était simplement éblouie par l'idée qui venait de la frapper.

La jalousie! Naturellement, tout s'explique. Quelle idiote j'ai été! Pourquoi ai-je mis si longtemps à m'en apercevoir? J'aurais dû comprendre lorsque Rhett m'a fait cette scène à propos du nom de la rivière. Ashley! Il est encore jaloux d'Ashley. Rhett a toujours été follement jaloux d'Ashley, voilà pourquoi il me désirait tant. Pour le reprendre, il suffit de le rendre de nouveau jaloux. Pas d'Ashley, bien sûr – grand dieu, non! Si je faisais seulement mine de lui sourire, il me supplierait de l'épouser en me lançant des regards de chien battu. Non, j'en trouverai un autre, ici même. Ce ne sera pas bien difficile. La Saison commence dans six jours, il y aura des réceptions, des bals, on sortira entre deux danses grignoter un gâteau en buvant du punch. Charleston est peut-être une ville de snobs collet monté, mais les hommes sont partout les mêmes. Avant la fin du premier bal, j'aurai des dizaines de soupirants pendus à mes basques. Je brûle d'impatience. Vivement le début de la Saison!

Le dimanche après le déjeuner, chargée de paniers de verdure rapportée de la plantation et des fameux cakes au whisky d'Eleanor Butler, toute la famille se rendit au Foyer confédéré. Scarlett balançait son panier en dansant sur le trottoir et chantait des noëls avec une gaieté si contagieuse que, bientôt, ils donnèrent tous quatre la sérénade aux maisons devant lesquelles ils passaient. « Entrez! » leur disait-on. « Venez plutôt nous aider, répondait Mme Butler, nous allons décorer le Foyer », tant et si bien que leur petit cortège s'était renforcé de plus d'une douzaine de volontaires en arrivant à la charmante vieille demeure de la Grand-Rue.

Les orphelins poussèrent des cris de joie à la vue des cakes, mais Eleanor les arrêta d'un geste : « C'est pour les grandes personnes! » dit-elle d'un ton sans réplique – tout en déballant les biscuits spécialement confectionnés à leur intention. Deux des veuves qui s'occupaient de l'établissement allèrent chercher du lait et installèrent les enfants autour des tables dans la véranda.

– Nous pouvons maintenant accrocher tranquillement les guirlandes, dit Mme Butler. Rhett, c'est toi qui monteras à l'échelle.

Scarlett s'assit à côté d'Anne Hampton, avec qui elle se montrait particulièrement gentille tant la timide jeune fille lui rappelait Mélanie. Ainsi avait-elle l'impression d'expier ses méchancetés envers celle qui avait si longtemps fait preuve d'une inébranlable fidélité à son égard. Et puis, Anne lui manifestait si ouvertement son admiration que Scarlett prenait plaisir à sa compagnie.

– Vous avez de si beaux cheveux! lui dit Anne en s'animant. Comme j'aimerais avoir une couleur aussi pure! Elle me fait penser à de la soie, ou à une superbe panthère noire que j'ai vue une fois sur un tableau.

Anne rougit d'avoir osé faire une remarque si personnelle. Scarlett lui caressa la main et la rassura. Anne était aussi terne et craintive qu'une petite souris, mais elle n'y pouvait rien. Plus tard, une fois les branches de sapin accrochées en guirlandes qui embaumaient les vastes pièces, Anne amena les enfants pour chanter des noëls. Melly aurait été si heureuse! songea Scarlett, la gorge nouée par l'émotion; elle regardait Anne qui se penchait en tenant aux épaules deux fillettes chantant timidement un duo. Melly aimait tant les enfants! Scarlett eut une bouffée de remords de n'avoir pas envoyé davantage de cadeaux à Wade et à Ella. Son regret ne dura guère : le duo prenait déjà fin, elle devait chanter en chœur avec les autres et faire l'effort de se souvenir des paroles.

– Que c'était amusant! s'écria-t-elle sur le chemin du retour. J'adore Noël.

– Moi aussi, dit Eleanor. C'est un merveilleux répit avant la Saison. Mais je crains que ce ne soit pas aussi paisible que d'habitude, cette année. Nous aurons à coup sûr ces pauvres soldats yankees sur le dos. Leur colonel sera forcé d'agir, maintenant que nous avons tous enfreint le couvre-feu. Cela valait la peine, nous nous sommes si bien amusés! ajouta-t-elle en pouffant de rire.

– Voyons, Maman! dit Rosemary. Pourquoi appeler ces soudards en tunique bleue « pauvres Yankees »?

– Parce que, pendant les fêtes, ils seraient sûrement plus heureux chez eux en famille plutôt qu'ici à nous brimer. A mon avis, ils sont plus gênés qu'autre chose.

Rhett pouffa à son tour.

– Je parie que vos amies et vous leur préparez des tours pendables, sous vos mines innocentes.

– Seulement s'ils nous y poussent, dit Mme Butler en riant de nouveau. Tout est calme aujourd'hui parce que leur colonel respecte trop la Bible pour leur ordonner d'agir, le jour du Seigneur. Demain, ce sera une autre histoire. Les premiers temps, ils avaient imaginé comme brimade d'inspecter nos paniers quand nous sortions du marché, pour vérifier si nous ne transportions pas des articles de contrebande. S'ils recommencent, ils risqueront de plonger les doigts dans des substances inattendues sous les bottes de navets et les paquets de riz.

– Des tripes ? suggéra Rosemary.

– Des œufs cassés ? hasarda Scarlett.

– Du poil à gratter, devina Rhett.

Pour la troisième fois, Mme Butler éclata de rire.

– Et bien d'autres choses, dit-elle avec satisfaction. A l'époque, nous avions mis au point un certain nombre de tactiques intéressantes. Ces soldats sont arrivés depuis peu, ils ne se méfieront pas – je suis prête à parier que beaucoup d'entre eux n'ont même jamais entendu parler des feuilles du sumac vénéneux. Ce n'est pas bien de manquer de charité au moment de Noël, mais il faut apprendre à ces gens-là qu'ils ne nous font plus peur désormais.

Son rire s'éteignit tout à coup.

– Si seulement Ross était là, ajouta-t-elle. Quand crois-tu que ton frère pourra rentrer sans risque, Rhett ?

– Cela dépend du temps qu'il vous faudra, avec vos amis, pour apprendre à vivre aux Yankees. Sans doute vers la Sainte-Cécile.

– Tant mieux. Peu importe qu'il manque le reste, du moment qu'il sera là pour le Bal.

Du ton dont Eleanor Butler le prononçait, Scarlett n'avait pas pu manquer le B majuscule.

Scarlett craignait que les heures ne lui paraissent interminables jusqu'à l'ouverture de la Saison, le 26 décembre. A sa grande surprise, le temps s'écoula si vite qu'elle le vit à peine passer. Les escarmouches avec les Yankees furent particulièrement distrayantes. Le colonel avait en effet ordonné des représailles à la suite de l'humiliation subie le soir du fameux mariage. Le lundi, le marché résonnait du rire des dames de Charleston qui garnissaient leurs paniers, chacune avec les armes de son choix.

Dès le lendemain, les soldats avaient pris la précaution de porter des gants. Ils n'avaient aucune envie de recommencer la pénible expérience de plonger la main dans une répugnante substance quelconque ou de se trouver soudain affligés de démangeaisons et d'enflures.

– Ces idiots auraient dû se douter que nous n'attendions que cela, dit Scarlett à Sally Brewton avec qui elle jouait au whist cet après-midi-là.

Sally approuva en riant.

– J'avais dans mon panier une boîte de noir de fumée au couvercle mal fermé, dit-elle. Et vous ?

– Du poivre de Cayenne. Je mourais de peur de vendre la mèche en éternuant... Ah ! Ce pli-là est pour moi.

En raison des nouvelles mesures de rationnement, on ne jouait plus pour de l'argent mais pour du café et d'autres denrées précieuses. Le marché noir étant neutralisé, pour le moment du moins, on n'avait donc jamais joué si gros. Scarlett était ravie.

Elle l'était plus encore de harceler les Yankees. Ils patrouillaient toujours dans les rues de Charleston, mais chacun savait qu'ils n'étaient plus invulnérables. Et chacun était prêt à poursuivre le harcèlement sans répit, jusqu'à ce qu'ils crient grâce. Scarlett tenait à y participer.

– A vous de distribuer, dit-elle. Je sens la chance qui vient.

Dans quelques jours, elle serait au bal et danserait avec Rhett. En ce moment, il gardait ses distances et s'arrangeait pour n'être jamais seul avec elle. Mais au bal, ils seraient dans les bras l'un de l'autre – et ils seraient seuls, même entourés de cent autres couples.

Scarlett posa les camélias blancs envoyés par Rhett contre les bouclettes rassemblées sur sa nuque et tourna la tête pour se regarder dans le miroir.

– Pouah ! dit-elle avec dégoût. On dirait un tas de graisse sur une pile de saucisses. Change ma coiffure, Pansy. Remonte mes cheveux sur le haut de la tête.

Épinglés entre les ondulations de sa chevelure, les camélias feraient peut-être meilleur effet. Pourquoi Rhett avait-il eu la méchanceté de lui dire de n'avoir aucun bijou pour les remplacer par ces horribles fleurs de la plantation ? Sa robe était déjà affreuse. Sans rien pour la rehausser qu'un maigre bouquet de fleurs, autant s'affubler d'un sac de farine avec un trou pour passer la tête ! Elle comptait tant sur ses perles et ses boucles d'oreilles en diamant.

– Pas si fort, Pansy ! gronda-t-elle. Veux-tu m'arracher la peau du crâne ?

– Non, madame Scarlett, répondit Pansy sans s'arrêter de brosser énergiquement l'épaisse chevelure noire qu'elle devait lisser après avoir eu tant de mal à la boucler.

Scarlett regardait son image avec une satisfaction croissante. Oui, c'était beaucoup mieux ainsi. Son cou était trop gracieux pour rester caché et ses boucles d'oreilles seraient mises en valeur. Tant pis pour les injonctions de Rhett, elle avait l'intention de les porter. Si elle voulait qu'il s'aperçoive enfin de son existence, elle devait être éblouissante et susciter ainsi l'admiration de tous les hommes à ce bal – et gagner le cœur d'au moins quelques-uns.

Elle agrafa les diamants à ses oreilles, pencha la tête d'un côté et de l'autre pour juger de l'effet.

– Cela vous plaît, madame Scarlett ? demanda Pansy en montrant le résultat de son travail.

– Non. Un peu plus fourni au-dessus des oreilles.

Dieu merci, Rosemary avait refusé son offre de lui prêter Pansy ce soir. Pourquoi, d'ailleurs, n'avoir pas saisi l'occasion ? Mystère. Rosemary en aurait pourtant eu grand besoin pour se rendre présentable. Elle allait probablement refaire son sempiternel chignon de vieille fille. Scarlett sourit de plaisir. La sœur de Rhett lui servirait de repoussoir.

– C'est bien, Pansy, dit-elle en retrouvant sa bonne humeur. Donne-moi des épingles à cheveux.

Sur sa chevelure noire, les fleurs blanches feraient en fin de compte très bel effet.

Une demi-heure plus tard, enfin prête, Scarlett se contempla une dernière fois dans la psyché. La soie moirée de sa robe bleu foncé chatoyait sous la lampe et renforçait la blancheur d'albâtre de ses épaules et de sa poitrine poudrées. Ses yeux verts scintillaient autant que ses diamants. Des boucles de ruban de velours noir bordaient la traîne de sa robe dont le bustier, surmonté d'un large nœud de velours noir avec un liséré de soie bleu plus pâle, soulignait la finesse de sa taille. Elle avait mis des lacets noirs à ses escarpins de velours bleu et noué d'étroits rubans de velours noir à son cou et à ses poignets. Des camélias blancs, liés par des nœuds de velours noir, étaient épinglés à son épaulette. Jamais elle n'avait été aussi jolie – et ses joues rosirent de plaisir.

Son premier bal à Charleston réserva à Scarlett bien des surprises. Rien ou presque ne correspondait à ce qu'elle attendait. D'abord, on lui conseilla d'enlever ses escarpins et de mettre des bottines : ici on se rendait au bal à pied. Si elle avait su, elle aurait commandé un fiacre ! Elle ne comprenait pas que Rhett ne l'ait pas fait. Pansy était censée porter ses chaussures dans un « sac à escarpins », ustensile inconnu ailleurs qu'à Charleston, et dont elle était bien entendu démunie. Il fallut à la servante de Mme Butler un quart d'heure pour dénicher un panier qui en tienne lieu. Pourquoi ne l'avait-on pas avertie qu'elle aurait besoin de cet objet ridicule ? « On n'y a pas pensé, répondit Rosemary. Tout le monde en a. »

Tout le monde ici peut-être, mais pas à Atlanta, se dit Scarlett, furieuse. Là-bas, on ne va pas au bal à pied mais en voiture! L'appréhension lui gâtait déjà son plaisir. Qu'allait-elle encore découvrir de différent?

Tout, dut-elle bientôt constater. Au cours d'une longue histoire, Charleston avait mis au point un cérémonial et des rituels inconnus dans le monde encore neuf du nord de la Géorgie. Si la défaite de la Confédération avait balayé la prospérité et le luxe dont ce cérémonial s'était nourri, les rites, eux, derniers vestiges du passé, avaient survécu. A ce titre, ils étaient désormais sacrés et immuables.

Scarlett eut sa première surprise en parvenant à la résidence Wentworth : les hôtes accueillaient les invités un par un à la porte de la salle de bal. Après avoir attendu en file indienne dans l'escalier, on devait serrer les mains et dire quelques mots à Minnie Wentworth, à son mari, à leur fils, à la femme du fils, au mari de la fille, à la fille mariée et à celle qui ne l'était pas. Pendant ce temps, l'orchestre jouait et les premiers arrivés dansaient déjà.

Les pieds de Scarlett la démangeaient. En Géorgie, se dit-elle avec impatience, les hôtes venaient au-devant de leurs invités. Ils ne les forçaient pas à attendre à la queue leu leu, comme des forçats enchaînés. C'était autrement plus accueillant que cette stupide coutume!

Au moment où elle allait entrer dans la salle à la suite de Mme Butler, un digne majordome lui tendit un plateau chargé de petits livrets, aux feuillets liés par une ficelle bleue d'où pendait un minuscule crayon. S'agissait-il de carnets de bal? Sans doute. Mama lui avait parlé des bals de Savannah dans la jeunesse d'Ellen O'Hara, mais Scarlett n'avait jamais cru qu'il en existerait d'assez ennuyeux pour qu'on doive regarder dans un carnet le nom de son prochain danseur. Les jumeaux Tarleton et les frères Fontaine seraient morts de rire si on les avait contraints d'inscrire leurs noms sur un bout de papier, avec un crayon si ridicule qu'il se briserait tout seul entre des doigts d'homme! Elle n'était même pas sûre d'avoir envie de danser avec le genre de gringalet qui se livrerait à de telles afféteries.

Et pourtant, si! Rien que pour le plaisir de danser, elle accepterait le Diable en personne, avec ses cornes et sa queue fourchue. Elle avait l'impression qu'il s'était écoulé dix ans plutôt qu'un depuis le bal masqué d'Atlanta.

— Je suis si heureuse d'être venue, dit-elle à Minnie Wentworth avec une indéniable sincérité.

Après avoir souri à chacun des membres de la famille, elle pénétra enfin dans le sanctuaire de la danse, réglant déjà son pas sur la musique, et retint un cri d'admiration. C'était magnifique, à la fois inconnu et familier, comme le décor d'un rêve à demi oublié! Sous la lumière de centaines de bougies, la salle semblait vibrer avec la musique, les couleurs et le doux froissement des robes tourbillonnantes. Le long des murs, comme si elles avaient toujours fait partie du décor, de vieilles dames étaient assises sur de fragiles chaises dorées et se racontaient, en chuchotant derrière leurs éventails, les potins habituels sur la jeunesse qui dansait en se serrant de trop près, les indicibles souffrances de l'accouchement de la fille de Mme Unetelle, le dernier scandale concernant leurs meilleures amies. Des valets en livrée allaient de groupe en groupe et tendaient à ceux qui ne dansaient pas des plateaux d'argent chargés de coupes de champagne et de timbales de julep en argent. Un éclat de rire, grave ou cristallin, ponctuait de temps à autre le brouhaha des conversations. Scarlett se délecta de ce bruit familier et tant aimé, celui de gens heureux qui s'amusent d'un cœur léger. C'était comme si l'ancien monde, le monde merveilleux et insouciant de sa jeunesse, existait toujours, comme si rien n'avait changé, comme si la guerre n'avait jamais eu lieu.

Elle préféra ne pas remarquer la peinture écaillée des murs, le parquet sillonné de traces d'éperons et de bottes cloutées sous les couches de cire. Mieux valait se fondre dans l'illusion, oublier la guerre, les patrouilles yankees dans la rue. Il y avait de la musique, on dansait et Rhett avait promis d'être gentil. Que souhaiter de plus ?

Rhett fut plus que gentil : il déborda de charme – et personne au monde n'était plus séduisant que lui dès lors qu'il s'en donnait la peine. Hélas, il se montrait tout aussi charmant avec les autres! Scarlett balançait sans cesse entre la fierté de rendre jalouses les autres femmes et la fureur de voir Rhett aux petits soins pour elles. Certes, il s'occupait d'elle, impossible de l'accuser de la négliger. Mais il prodiguait les mêmes égards à sa mère, à Rosemary et à des douzaines d'autres que Scarlett, mortifiée, qualifiait de vieilles toupies.

Elle décida de ne plus y penser et, au bout d'un moment, elle y parvint. A la fin de chaque danse, des hommes l'entouraient et demandaient à son cavalier du moment de lui être présentés afin de l'inviter pour la suivante. Son succès n'était pas seulement dû au fait qu'elle était encore inconnue en ville, qu'elle apportait un visage neuf dans une foule de gens qui se connaissaient tous. Elle était suprêmement belle et séduisante. Sa décision de piquer la jalousie de Rhett ajoutait une touche de rose à ses joues et un éclair de défi au magnétisme de ses yeux verts.

La plupart de ceux qui se disputaient la faveur de danser avec elle étaient les époux de ses nouvelles amies, de ses partenaires au whist, de femmes avec qui elle bavardait en buvant du café au marché. Elle s'en moquait. Il serait toujours temps de réparer d'éventuels dégâts après que Rhett lui serait revenu. Pour l'heure, on l'admirait, on la complimentait, on flirtait avec elle, elle était dans son élément. Rien n'avait changé : les hommes réagissaient de la même façon à ses battements de cils, à ses fossettes, à ses flatteries. Ils sont prêts à gober n'importe quel mensonge dès lors qu'on leur fait croire qu'ils sont des héros, songea-t-elle avec un sourire malicieux – qui provoqua un faux pas chez son cavalier. Elle retira de justesse son pied de sous celui du maladroit en s'écriant :

– Oh! Je vous demande mille fois pardon! Je me suis pris le talon dans ma traîne. C'est inexcusable, surtout quand on a la chance de valser avec un aussi merveilleux danseur...

Pour mieux souligner son propos, elle lui lança un regard ensorcelant et avança les lèvres en une moue contrite qui semblait appeler le baiser. Une fille n'oublie jamais ce genre d'innocents artifices.

– Quelle merveilleuse soirée! dit-elle gaiement sur le chemin du retour.

– Je suis ravie qu'elle vous ait plu, répliqua Eleanor Butler. Et j'en suis enchantée pour toi, Rosemary. J'ai eu l'impression que tu t'amusais beaucoup.

– Moi? J'ai horreur des bals, Maman, vous devriez le savoir! Mais je suis si contente de partir pour l'Europe que j'ai subi celui-ci sans trop me plaindre.

Rhett rit de la repartie de sa sœur. Il marchait derrière Scarlett et Rosemary en donnant le bras à sa mère. Scarlett entendit ce rire sonner dans la froide nuit de décembre et crut sentir la chaleur de son corps rayonner jusqu'à elle. Pourquoi n'était-elle pas près de lui, à son bras? Bien sûr, Mme Butler était âgée, les convenances voulaient que son fils la soutienne, mais cela n'atténuait en rien les regrets de Scarlett.

– Ris tant que tu veux, mon cher frère, dit Rosemary, moi je ne trouve pas cela drôle! A cause de tous ces dadais avec qui j'ai dû danser, je n'ai pas échangé deux mots de la soirée avec Mlle Julia Ashley.

– Qui est Mlle Julia Ashley? demanda Scarlett, dont la curiosité avait été éveillée par ce nom.

– L'idole de Rosemary, répondit Rhett, et la seule personne dont j'aie jamais eu peur depuis que je suis adulte. Si vous l'aviez vue, Scarlett, vous l'auriez remarquée. Elle est toujours en noir et a l'air d'avoir avalé du vinaigre.

– Oh, toi!

Furieuse, Rosemary se retourna et bourra son frère de coups de poing.

– La paix! s'écria-t-il, amusé.

De son bras libre, il l'attira contre lui. Frissonnante sous le vent froid venu du fleuve, Scarlett releva le menton et fit seule les derniers pas jusqu'à la maison.

CHAPITRE 22

Le dimanche suivant, Scarlett était sûre d'essuyer une nouvelle mercuriale de Pauline et d'Eulalie. En réalité, elle s'inquiétait de sa conduite au bal. Peut-être y avait-elle fait preuve d'un peu trop de... comment dire ? d'entrain, voilà le mot. Mais elle ne s'était pas autant amusée depuis longtemps ! Était-ce sa faute si elle avait eu plus de succès que ces bégueules de Charleston ? D'ailleurs, elle n'avait agi ainsi qu'à cause de Rhett, pour qu'il cesse de se montrer aussi froid et distant à son égard. Peut-on reprocher à une femme d'essayer de sauver son mariage ?

En se rendant à l'église Sainte-Marie, elle subit en silence la réprobation muette de ses tantes. Pendant la messe, excédée par les lugubres reniflements d'Eulalie, elle parvint à les oublier en rêvant que Rhett renonçait enfin à sa vanité ridicule et avouait qu'il l'aimait toujours. Car il l'aimait, à n'en pas douter ! Rien que de danser avec lui, rien que de se trouver dans ses bras, elle se sentait fondre. Elle ne ressentirait sûrement pas une telle émotion s'il ne la partageait pas un peu, non ?

En tout cas, elle en aurait bientôt le cœur net : au bal du Nouvel An, il ne pourrait plus se contenter de la tenir par la taille, de sa main gantée, il devrait l'embrasser à minuit ! Encore cinq jours de patience avant que leurs lèvres se joignent et que Rhett comprenne enfin à quel point elle l'aimait. Un seul baiser d'elle lui en dirait mille fois plus que tous les mots de la terre...

Absorbée par sa rêverie, Scarlett prêtait si peu attention à l'antique et mystérieuse beauté du saint sacrifice se déroulant sous ses yeux qu'elle manquait les répons, malgré les coups de coude de Pauline qui la rappelait à l'ordre.

Elles prirent place à la table du petit déjeuner dans un silence toujours aussi pesant. Entre les regards glacés de Pauline et les reniflements d'Eulalie, Scarlett avait les nerfs à vif. N'y tenant plus, elle passa à l'attaque avant que ses tantes n'aient pu lancer leur offensive.

— Vous m'aviez dit que tout le monde ici se déplaçait toujours à pied et les miens sont couverts d'ampoules parce que je vous ai écoutées. Eh bien, l'autre soir, devant chez les Wentworth, la rue était pleine de voitures!

Ulcérée, Pauline haussa les sourcils.

— Tu vois ce que je veux dire, Eulalie? dit-elle d'un air pincé. Scarlett a décidé de narguer tous les principes auxquels nous sommes attachés dans notre ville.

— A côté de ce dont nous avons décidé de lui parler, Pauline, cette histoire de voitures n'a guère d'importance.

— Si, Eulalie. C'est un excellent exemple de son attitude générale.

Scarlett avala d'un trait son café insipide et reposa bruyamment la tasse sur la soucoupe.

— Je vous serais très obligée de bien vouloir cesser de parler de moi comme si j'étais sourde et muette! Sermonnez-moi tant que vous voudrez, mais dites-moi d'abord à qui appartenaient tous ces équipages.

Les tantes la dévisagèrent, stupéfaites.

— Mais... aux Yankees, bien entendu, dit Eulalie.

— Aux *carpetbaggers*, précisa Pauline.

Se reprenant l'une l'autre à chaque phrase, les deux sœurs apprirent à Scarlett que les cochers, désormais au service des nouveaux riches, restaient toutefois fidèles à leurs maîtres d'avant-guerre. Pendant la Saison, quand la distance était trop grande ou le temps trop inclément pour marcher, ils imaginaient toutes sortes de prétextes afin de conduire « leurs Blancs » aux bals et aux réceptions.

— La nuit de la Sainte-Cécile, ajouta Eulalie, ils exigent même leur soirée libre et l'usage de la voiture.

— Ce sont tous d'excellents cochers, tellement conscients de leur valeur que les *carpetbaggers* tremblent de les mécontenter. Ils savent que leurs cochers les méprisent. Les domestiques ont toujours été les créatures les plus snobs de la terre, dit Pauline en pouffant.

— Ceux d'ici, en tout cas, ajouta allégrement Eulalie. Après tout, ils sont de Charleston tout comme nous autres, c'est pourquoi ils sont, eux aussi, très attachés à la Saison. Les Yankees cherchent à détruire ce qu'ils ne peuvent pas voler, mais ils ne réussiront jamais à nous dépouiller de nos traditions.

— Ni de notre fierté! renchérit Pauline.

Avec leur fierté, elles pouvaient aussi bien prendre le tramway! s'abstint de répliquer Scarlett, trop heureuse d'avoir détourné la conversation. Jusqu'à la fin du repas, en effet, il ne fut plus question que d'histoires édifiantes de vieux serviteurs fidèles. Scarlett prit même soin de laisser la moitié de son petit déjeuner, de sorte qu'Eulalie puisse engloutir les restes dès qu'elle aurait le dos tourné – tante Pauline faisait preuve d'un sens de l'économie poussé jusqu'à la ladrerie.

De retour à la maison, Scarlett fut agréablement surprise d'y trouver Anne Hampton. La chaleureuse admiration de la jeune fille lui ferait oublier la réprobation glaciale de ses tantes. Mais Anne, venue avec l'une des veuves du Foyer, n'avait d'yeux que pour les camélias, envoyés de la plantation, que Rhett les aidait à déballer.

– Une fois dégagés des mauvaises herbes, disait-il, tous ceux qui ont brûlé repoussent plus forts que jamais.

– Oh, regardez! s'exclama Anne. Une *Reine des Fleurs*!

– Et une *Rubea plena,* dit la veuve en prenant délicatement dans ses mains en coupe une superbe fleur rouge. Je mettais les nôtres dans un vase en cristal sur le pianoforte.

– Nous aussi, Harriett, répondit Anne. Et les *Alba plena* sur la table à thé.

– Mes *Alba plena* ne sont pas aussi vigoureuses que je l'espérais, dit Rhett. Les boutons sont même anémiques.

Anne et Harriett étouffèrent un rire.

– Vous ne les verrez pas s'épanouir avant le mois de janvier, monsieur, expliqua Anne. L'*Alba* est une variété à floraison tardive.

– Moi aussi, je le crains, du moins en horticulture, dit Rhett avec un sourire contrit.

Scarlett bouillait d'impatience. Encore un peu et ils vont comparer les mérites de la bouse de vache et du crottin de cheval en guise d'engrais. Ces mièvreries sont indignes d'un homme tel que Rhett! Elle leur tourna le dos et alla s'asseoir près d'Eleanor Butler qui brodait.

– Ce lé sera bientôt assez long pour border l'encolure de votre robe bordeaux, dit-elle à Scarlett en souriant. Il est plaisant de changer l'aspect d'une toilette au milieu de la Saison. Je pense avoir terminé assez tôt.

– Oh, Mère, vous êtes si bonne de toujours penser aux autres! Grâce à vous, je retrouve ma bonne humeur. Sincèrement, je ne comprends pas votre amitié pour ma tante Eulalie. Vous n'avez pourtant rien de commun. Elle passe son temps à se plaindre et à se disputer avec tante Pauline.

Eleanor Butler posa son ouvrage.

– Votre remarque m'étonne, Scarlett. Eulalie n'est pas seulement une amie, elle est comme une sœur pour moi. Ignoriez-vous qu'elle avait failli épouser mon jeune frère ?

Scarlett en resta bouche bée.

– Tante Eulalie, mariée ? C'est inimaginable ! laissa-t-elle échapper.

– Mais, ma chère enfant, Eulalie était une jeune fille tout à fait charmante ! Elle venait à Charleston en visite chez Pauline, après le mariage de celle-ci avec Carey Smith. Pauline et elle habitent maintenant l'ancienne maison de ville des Smith, dont la plantation était située dans la vallée du Wando. Mon frère Kemper avait eu le coup de foudre pour elle. Leur mariage était virtuellement décidé quand il est mort d'une chute de cheval. Depuis, Eulalie se considère comme sa veuve.

Tante Eulalie, amoureuse ! Scarlett n'en croyait pas ses oreilles.

– Je pensais que vous étiez au courant, reprit Mme Butler. Eulalie fait partie de votre famille.

Non, je n'ai pas de famille, se dit Scarlett, du moins pas telle que ma belle-mère l'entend, une famille unie, affectueuse, sachant partager ses secrets. Je n'ai que cette chipie de Suellen, et Carreen avec ses voiles de bonne sœur ! Malgré les visages joyeux qui l'entouraient, les rires et les conversations, elle se sentit soudain très seule. C'est sûrement la faim qui me donne envie de pleurer. J'ai eu tort de ne pas manger tout mon petit déjeuner.

Elle faisait honneur au repas de grand appétit quand Manigo vint murmurer quelques mots à l'oreille de Rhett.

– Veuillez m'excuser, dit-il en se levant, il paraît que nous avons la visite d'un officier yankee.

– Quels mauvais coups sont-ils encore en train de mijoter ? demanda Scarlett à haute voix.

Rhett reparut un instant plus tard.

– C'est tout juste s'ils n'agitent pas le drapeau blanc de la capitulation, dit-il en riant. Vous avez gagné, Maman. Ils invitent les hommes à aller récupérer à l'Arsenal les armes confisquées.

Rosemary applaudit bruyamment. Mme Butler calma son enthousiasme.

– Ne nous en attribuons pas tout le mérite. Les Yankees ne peuvent pas se permettre de laisser nos maisons sans protection pendant la fête de l'Émancipation. Le Jour de l'An n'est plus ce qu'il était, poursuivit-elle en réponse au regard interrogatif de Scarlett, une journée paisible pour soigner les migraines du 31 décembre. Depuis que M. Lincoln a proclamé leur émancipation un 1er janvier, les anciens esclaves la célèbrent ce jour-là. Toute la journée, toute la nuit, ils envahissent le parc du quartier de la Batterie, ils font exploser des pétards, tirent des coups de pistolet, ils boivent et s'enivrent. Bien entendu, nous bouclons portes et volets à double tour comme les jours de tempête. Mais la présence d'un homme armé à la maison est quand même plus réconfortante.

– Il n'y a pas d'armes, ici, observa Scarlett.

– Il y en aura, dit Rhett. Ainsi que deux hommes qui viendront de la plantation exprès pour l'occasion.

– Quand y partiras-tu ? lui demanda sa mère.

– Le 30. J'ai rendez-vous avec Julia Ashley le 31. Nous devons mettre au point notre stratégie commune.

Ainsi, Rhett se rendait encore dans son horrible vieille baraque croulante ? Il ne la ferait pas danser au bal du Nouvel An, il ne l'embrasserait pas à minuit ? Scarlett fut tout à coup au bord des larmes.

– Je pars avec toi, dit Rosemary. Je ne suis pas retournée à Dunmore depuis des mois.

– Non, Rosemary, répondit Rhett calmement, tu ne peux pas m'accompagner.

– Rhett a raison, ma chérie, dit Mme Butler. Il aura trop à faire pour rester tout le temps avec toi. Et ce serait imprudent de demeurer dans la maison ou d'aller n'importe où en la seule compagnie de ta petite femme de chambre, elle n'est encore qu'une enfant. Il se déroule trop de choses, là-bas, il y a trop de gens inquiétants.

– J'emmènerai votre Celie et Scarlett vous prêtera Pansy pour votre toilette. N'est-ce pas, Scarlett ?

Scarlett sourit. Toute envie de pleurer avait disparu.

– Je partirai avec vous, Rosemary, et j'emmènerai Pansy, dit-elle d'un ton suave.

Elle passerait donc le Nouvel An à la plantation. Sans bal, peut-être, mais avec Rhett !

– C'est très généreux de votre part, Scarlett, dit Mme Butler. Je sais combien vous regretterez de manquer les bals de la semaine prochaine. Tu ne mérites pas la chance d'avoir une belle-sœur aussi serviable, Rosemary.

– Aucune des deux ne viendra, Maman ! intervint Rhett. Je ne le leur permettrai pas.

Rosemary ouvrait déjà la bouche pour protester quand sa mère lui imposa silence d'un geste.

– Tu n'es pas gentil, Rhett. Rosemary est aussi attachée que toi à Dunmore et elle n'a pas la possibilité de s'y rendre comme toi quand elle veut. J'estime que tu devrais l'emmener, surtout si tu vas voir Julia Ashley. Elle aime beaucoup ta sœur.

Scarlett oubliait déjà ses succès de la semaine précédente. Elle ne pensait qu'à se retrouver seule à Dunmore avec Rhett. Elle était en effet certaine de parvenir à se débarrasser de Rosemary d'une manière ou d'une autre – cette Julia Ashley pourrait, par exemple, l'inviter à séjourner chez elle.

Le souvenir de sa première visite à Dunmore restait gravé dans sa mémoire. Rhett l'avait prise dans ses bras et l'avait réconfortée en lui parlant si tendrement...

– Vous verrez, Scarlett, dit Rosemary. La plantation de Julia Ashley est un modèle pour toutes les autres.

Ils chevauchaient en file indienne dans le sentier qui traversait la pinède. En avant, Rhett repoussait ou arrachait les chèvrefeuilles qui envahissaient la piste. Rosemary suivait et Scarlett fermait la marche, trop distraite par ses réflexions pour s'intéresser à ce que faisait Rhett.

Dieu merci, ce vieux cheval est gras et paresseux! Je ne suis pas montée depuis si longtemps que je n'aurais pas tenu sur un animal un peu fougueux. J'aimais tant monter, jadis, quand il n'y avait jamais une stalle vide dans les écuries de Tara. Papa était si fier de ses chevaux, et de moi! Avec ses mains comme des tenailles, Suellen aurait déchiré la gueule d'un alligator! Quant à Carreen, elle avait peur de tout, y compris de son poney. Moi, je faisais la course avec Papa, ventre à terre et bride abattue – il m'arrivait même parfois de gagner. «Katie Scarlett, disait-il, tu as les mains d'un ange et le toupet du Diable en personne. Tu n'es pas une O'Hara pour rien! Un cheval saura toujours reconnaître un Irlandais et donner ce qu'il a de meilleur.» Cher Papa... Les bois de Tara sentaient si bon, avec ces mêmes odeurs résineuses qui me chatouillent le nez en ce moment. Et les chants d'oiseaux, le froissement des feuilles mortes sous les pas, le silence, la paix... Combien d'acres Rhett possède-t-il? Je demanderai à Rosemary, elle doit le savoir, au pouce carré près, sans doute... J'espère que cette Mlle Ashley n'est pas le dragon que Rhett a décrit. Qu'en disait-il, déjà? Ah oui, qu'elle a l'air d'avoir avalé du vinaigre. Il est si drôle quand il dit des méchancetés... tant que ce n'est pas à mon sujet...

– Scarlett! Plus vite, nous sommes presque arrivés!

Rosemary avait pris de l'avance. Scarlett cingla sa monture d'un coup de cravache sans que le cheval s'en émeuve outre mesure, de sorte que Rhett et Rosemary étaient déjà sortis du sous-bois quand elle les rattrapa. En émergeant de l'ombre, elle ne distingua d'abord que la silhouette de Rhett se détachant dans la lumière aveuglante du soleil. Qu'il est beau, avec quelle prestance il se tient en selle! Il est vrai que son cheval n'est pas une vieille rosse comme le mien mais un bel animal fringant. Pourtant, il reste immobile comme une statue, tant les genoux de Rhett le tiennent serré, tant ses mains sont fermes sur les rênes. Ah! les mains de Rhett...

D'un geste, Rosemary attira son regard et Scarlett laissa échapper un cri d'admiration. Pour elle qui ne s'était jamais intéressée à l'architecture, les superbes demeures de Charleston n'étaient que des maisons comme les autres. Mais il se dégageait de la Baronnie de Julia Ashley une grandeur, une beauté austère si différentes de tout ce que Scarlett avait vu jusqu'alors qu'elle ne put y être insensible. Au milieu de vastes pelouses, une superbe demeure se dressait, cernée de vieux chênes majestueux qui semblaient monter la garde autour des étendues de gazon. De forme rectangulaire, la maison était sobre jusqu'au dépouillement; seules, les portes et les fenêtres soulignées de blanc égayaient la brique des murs. « Admirable! » murmura Scarlett. On comprenait, en la voyant, pourquoi la Baronnie avait été l'unique plantation de la vallée épargnée par les torches de l'armée de Sherman. Les Yankees eux-mêmes n'avaient pas osé profaner une telle perfection.

Intimidée par cet imposant spectacle, Scarlett s'en détourna en entendant rire et chanter au loin. Elle découvrit sur sa gauche des champs d'un vert cru, inhabituel, où travaillaient des dizaines de Noirs, hommes et femmes. Cette scène évoqua pour elle Tara et ses champs de coton qui s'étendaient à perte de vue, tout comme ces cultures d'une couleur inconnue d'elle qui cascadaient jusqu'aux rives du fleuve. Rosemary a raison, se dit-elle. Voilà ce que devrait être une plantation. Rien n'a été incendié ni détruit, rien n'est altéré ni ne changera jamais. Le temps lui-même paraissait respecter la majesté de la Baronnie.

— Vous êtes très aimable, chère mademoiselle, d'avoir bien voulu me recevoir, dit Rhett en s'inclinant sur la main de Julia Ashley, qu'il se garda d'effleurer de ses lèvres, un *gentleman* ne pouvant assurément se permettre une telle inconvenance.

— Cette rencontre nous est utile à tous deux, cher monsieur, répondit Julia Ashley. Rosemary, vous êtes aussi mal attifée que d'habitude, mais cela n'enlève rien à mon plaisir de vous voir. Présentez-moi votre belle-sœur.

Grand dieu, quel dragon! songea Scarlett, inquiète. S'attend-elle à ce que je lui fasse la révérence?

Rosemary ne parut pas s'offusquer des critiques de la redoutable Julia Ashley.

– Je vous présente Scarlett, mademoiselle, dit-elle en souriant.

– Comment allez-vous, madame Butler?

A l'évidence, la réponse ne l'intéressait en rien. Pour qui cette vieille fille se prend-elle donc? se demanda Scarlett.

– Très bien, merci. Et vous, mademoiselle Ashley? répliqua-t-elle du même ton, avec un léger signe de tête calqué sur la froide politesse de Julia Ashley.

– Le thé est servi au salon, dit celle-ci. Rosemary, vous en ferez les honneurs à votre belle-sœur. Sonnez si vous avez besoin de plus d'eau chaude. Votre frère et moi avons à nous entretenir de nos affaires dans la bibliothèque, nous prendrons le thé ensuite.

– Puis-je assister à votre conversation, mademoiselle Ashley? s'écria Rosemary d'un ton suppliant.

– Non, Rosemary, vous ne le pouvez pas.

Et pas question de discuter, se dit Scarlett, amusée. Julia Ashley s'éloignait déjà, Rhett lui emboîta le pas docilement. Rosemary ouvrit une porte.

– Venez, Scarlett, le salon est par ici.

Scarlett découvrit avec étonnement une pièce qui n'avait rien d'intimidant et ne reflétait nullement la froideur de sa propriétaire. Dans ce salon, presque plus vaste que la salle de bal des Wentworth, le rouge éteint du tapis persan et le vieux rose des rideaux créaient une atmosphère chaleureuse et intime. Un feu flambait dans la cheminée; le soleil, qui brillait à travers les hautes fenêtres, faisait scintiller le service à thé en argent et rehaussait le bleu, le rose et l'or des velours dont étaient tapissés les canapés et les bergères. Un gros chat roux somnolait devant l'âtre.

Incrédule, Scarlett regarda autour d'elle. Elle avait peine à croire que cette pièce accueillante et gaie eût un rapport quelconque avec le personnage sévère de la femme en noir qui les avait accueillis sur le seuil. Dévorée de curiosité, elle prit place près de Rosemary sur un canapé.

– Parlez-moi de Mlle Ashley.

– C'est une femme extraordinaire! répondit Rosemary. Elle dirige elle-même la Baronnie car elle n'a encore jamais vu, dit-elle, de régisseur qui n'ait pas lui-même besoin d'être dirigé. Elle pourrait exploiter une mine de phosphate comme Rhett, mais elle s'y refuse catégoriquement parce que, selon elle, « la terre d'une plantation est faite pour être cultivée, non pour être éventrée afin de s'approprier ce qu'on trouve dessous », cita Rosemary avec respect. Elle entretient tout dans l'état de jadis. Elle a des champs de canne à sucre et une presse pour extraire la mélasse, un forgeron qui ferre les mules et cercle les roues de charrette, un charpentier pour les réparations, un bourrelier qui fabrique les harnais. Elle fait traiter son riz en ville, où elle achète sa farine, son café et son thé, mais tout le reste provient de la propriété. Elle a des vaches, des moutons, de la volaille, des porcs, une laiterie, un saloir. Ses celliers regorgent de conserves de fruits et de légumes. Elle fait même son vin. Rhett prétend qu'elle a aussi un alambic dans les bois, pour distiller sa térébenthine.

— A-t-elle encore des esclaves ? demanda Scarlett d'un ton sarcastique.

Pour elle, le temps des grandes plantations était bien révolu, rien ni personne ne pourrait le faire revivre.

— Oh ! Scarlett, vous parlez comme Rhett ! Par moments, je voudrais vous étrangler, tous les deux ! Julia Ashley paie un salaire à ses gens, comme tout le monde, mais elle gère la plantation de manière qu'elle soit rentable. Je procéderais comme elle à Dunmore, si j'en avais l'occasion. Rhett n'a même pas essayé, je trouve cela honteux.

Tout en parlant, Rosemary déplaçait bruyamment les tasses et les soucoupes sur le plateau.

— Je ne me souviens pas : prenez-vous du lait ou du citron, Scarlett ?

— Comment ?... Ah ! Du lait, s'il vous plaît.

Scarlett avait l'esprit à cent lieues du thé. Elle rêvivait son rêve de voir renaître Tara, ses champs couverts de blanches touffes de coton, ses granges pleines, la demeure restaurée telle qu'elle était du vivant de sa mère. Oui, elle reconnaissait dans cette pièce les senteurs oubliées – la citronnelle, l'encaustique, le tripoli. Si légères qu'elles fussent, on les discernait sous l'odeur résineuse des bûches qui flambaient dans la cheminée.

Scarlett prit machinalement la tasse que lui tendait Rosemary et la laissa refroidir, toute à sa rêverie. Pourquoi ne pas rétablir Tara dans sa splendeur passée ? Si cette vieille fille dirige seule sa plantation, j'en suis capable moi aussi ! Will ne connaît même pas la valeur de Tara, la vraie Tara, la meilleure plantation du comté de Clayton. Il ose l'appeler « une ferme à deux mules » ! Non, Tara, c'est autre chose ! Je réussirais, moi, j'en suis sûre. Papa n'a-t-il pas dit cent fois que j'étais une vraie O'Hara ? Eh bien, je peux faire comme lui et rendre à Tara la prospérité qu'il avait su lui donner, et pourquoi pas aller au-delà ? Je sais tenir des comptes, je sais voir une source de bénéfices là où personne ne distingue rien. Autour de Tara, les plantations sont presque toutes retombées en friche. Je parie que je pourrais acheter de la terre pour une bouchée de pain !

Les images défilaient : les champs fertiles, le bétail bien gras, son ancienne chambre aux rideaux blancs soulevés par la brise printanière embaumant le jasmin, ses chevauchées à travers les bois net-

246

toyés de leurs broussailles, les barrières de châtaignier délimitant ses possessions qui s'étendaient toujours plus loin, à perte de vue dans les riches terres rouges... La voix de Rosemary finit par la ramener au présent. A contrecœur, Scarlett oublia ses visions.

Le riz, toujours le riz! La sœur de Rhett est-elle incapable de parler d'autre chose? Et qu'est-ce que Rhett peut bien trouver à raconter tout ce temps à ce vieux dragon de Julia Ashley? Scarlett dut encore une fois se déplacer. Quand son sujet la passionnait, Rosemary avait la déplorable habitude de se pencher vers son interlocuteur, si bien qu'elle avait presque repoussé la jeune femme contre l'accoudoir du canapé.

Scarlett se retourna en entendant la porte s'ouvrir. De quoi diable Rhett riait-il encore avec Julia Ashley? S'il trouvait drôle de la laisser attendre une éternité, cela ne l'amusait pas le moins du monde.

— Vous avez toujours été un vaurien, disait Julia, mais je ne pensais pas qu'il faille ajouter l'impertinence à la longue liste de vos défauts.

— Autant que je sache, ma chère amie, le mot impertinence qualifie l'irrespect des serviteurs vis-à-vis de leurs maîtres ou des jeunes envers les aînés. Or, si je suis en toutes choses votre humble et obéissant serviteur, je vois mal comment vous pourriez invoquer le privilège de l'âge. Que nous soyons contemporains, je vous le concède, je ne suis sûrement pas votre cadet!

Ma parole, il flirte avec cette vieille toupie! Que diable attend-il d'elle pour se ridiculiser de la sorte? Il doit en avoir terriblement besoin.

— Soit, répondit Julia Ashley, je me rends, mais à seule fin de mettre un terme à cette absurdité. Et maintenant, trêve de plaisanterie, asseyez-vous.

Rhett avança un siège près de la table à thé et s'inclina cérémonieusement quand Julia y prit place.

— Merci de votre grande bonté, ma chère Julia.

— Cessez donc de faire l'imbécile, Rhett!

Scarlett fronça les sourcils. Que signifiait ce brusque changement de ton? Pourquoi passaient-ils de Monsieur et Mademoiselle à Rhett et Julia? Rhett se conduisait peut-être comme un imbécile, mais l'autre ne valait guère mieux, à minauder ainsi! La manière dont Rhett entortillait les femmes était tout simplement révoltante.

Une servante vint enlever le plateau posé devant le canapé, immédiatement suivie d'une autre qui rapprocha la table du siège de Julia Ashley, tandis qu'un valet de pied y déposait un plateau plus grand, chargé d'un autre service à thé en argent ainsi que de plats de sandwiches et de gâteaux. Scarlett dut admettre que, si Julia Ashley était rébarbative, elle savait recevoir...

– Rhett m'apprend que vous vous apprêtez à partir pour l'Europe, Rosemary ? dit Julia.

– Oui, mademoiselle. Je suis si heureuse que j'en mourrais de joie !

– Ce serait fort incommode si vous voulez voyager. Mais dites-moi, avez-vous déjà établi votre itinéraire ?

– Non, pas encore, cela ne s'est décidé que depuis quelques jours. Je ne suis sûre que d'une chose : je souhaite rester le plus longtemps possible à Rome.

– Choisissez bien votre moment. La chaleur y est insoutenable en été, même pour ceux qui sont habitués au climat de Charleston, et les Romains désertent la ville pour aller à la mer ou à la montagne. Je corresponds toujours avec quelques personnes charmantes que vous aimerez sans doute rencontrer. Je vous donnerai des lettres d'introduction, bien entendu. Si je puis me permettre de vous suggérer...

– Oh, oui, mademoiselle ! Je voudrais en savoir le plus possible.

Scarlett réprima un soupir de soulagement, Rhett aurait été capable de raconter comment elle avait cru qu'il n'y avait pas d'autre Rome qu'en Géorgie ! Heureusement, il avait laissé passer l'occasion de s'amuser à ses dépens et il mettait son grain de sel dans la conversation en jacassant avec Julia Ashley sur des inconnus aux noms bizarres. Rosemary écoutait leurs bavardages comme paroles d'Évangile.

Scarlett s'en désintéressait totalement. Pourtant, elle ne s'ennuyait pas car elle observait, fascinée, les moindres gestes de Julia Ashley. Sans interrompre un seul instant ses commentaires sur les antiquités romaines – sauf pour demander à Scarlett si elle préférait le lait au citron et combien elle prenait de morceaux de sucre – Julia servait le thé. Une fois chaque tasse remplie, elle la tendait afin que l'une des servantes la lui prenne. Elle ne patientait pas plus de trois secondes avant de retirer la main, et elle ne regardait jamais ! Scarlett était stupéfaite : si la servante n'était pas là ou ne réagissait pas assez vite, la tasse pleine s'écraserait par terre ! Mais non, la servante arrivait toujours à point nommé pour prendre la tasse en silence et la remettre, sans en renverser une goutte, à la personne à laquelle elle était destinée.

Et celui-ci, d'où sort-il ? Scarlett sursauta quand le valet, surgi sans bruit à côté d'elle, lui tendit d'une main une serviette dépliée et, de l'autre, un plat de sandwiches. Elle allait se servir quand le valet fit apparaître une assiette à portée de sa main. Ah, bon ! Il y a une autre servante qui lui tend ce qu'il me donne ensuite. Que de complications pour ces minuscules sandwiches dont on ferait une bouchée!

Déjà impressionnée par le raffinement du service, elle le fut plus encore quand l'homme, à la main gantée de blanc, déposa sur son assiette à l'aide d'une pince d'argent un assortiment de sandwiches. Pour couronner le tout, à l'instant même où Scarlett se demandait comment procéder avec une tasse dans une main et une assiette dans l'autre, la servante disposa près d'elle un guéridon recouvert d'un napperon brodé.

Malgré son appétit et sa curiosité – qu'avaient donc ces sandwiches de si extraordinaire pour justifier tant de simagrées? – Scarlett se passionna pour le ballet silencieux des domestiques, qu'elle vit tour à tour pourvoir Rosemary puis Rhett d'une assiette, de sandwiches et d'un guéridon. Elle fut presque déçue de constater que Julia Ashley n'avait droit à aucun traitement de faveur et qu'elle dépliait elle-même sa serviette! Sa déception fut encore plus vive en mordant dans le premier sandwich. Ce n'était que du pain et du beurre – non, il y avait une herbe mêlée au beurre : du persil, peut-être de la ciboulette? En tout cas, elle mangea avec plaisir. Les sandwiches étaient simples mais bons et les gâteaux avaient l'air meilleurs encore.

Pendant ce temps, les autres parlaient toujours de Rome! Scarlett jeta un coup d'œil en direction des serviteurs, immobiles comme des statues, alignés contre le mur derrière Mlle Ashley. Visiblement, les gâteaux ne seraient pas servis d'ici un bon moment. Rosemary n'avait pas même croqué la moitié d'un de ses sandwiches!

– Mais nous ne sommes guère aimables envers Mme Butler, disait Julia Ashley. Quelle ville aimeriez-vous visiter, madame? Ou bien partagez-vous la conviction de Rosemary que tous les chemins mènent à Rome?

Scarlett arbora son plus beau sourire.

– Je suis trop séduite par Charleston, mademoiselle Ashley, pour éprouver l'envie de me rendre ailleurs.

– Voilà une réponse fort aimable mais qui met fin à la conversation. Encore un peu de thé?

Rhett prit la parole sans laisser à Scarlett le temps de répliquer.

– Je crains que nous ne devions vous quitter, Julia. Les sentiers à travers bois ne sont pas assez dégagés pour y circuler dans l'obscurité et la nuit tombe vite, à cette époque de l'année.

– Vous auriez des avenues au lieu de sentiers, si vous faisiez travailler vos hommes sur la terre plutôt que dans cette infâme carrière de phosphate.

– Voyons, Julia, je croyais que nous avions conclu une trêve!

– En effet, aussi la respecterai-je. J'ajouterai même que vous devriez arriver chez vous bien avant le crépuscule. Je me suis laissé emporter par l'évocation de mes heureux souvenirs de Rome et je n'ai pas pris garde au temps qui passait. Rosemary pourrait peut-être dormir ici cette nuit ? Je la raccompagnerais à Dunmore demain matin.

Oh, oui ! se dit Scarlett.

— C'est malheureusement impossible, répondit Rhett. Je serai peut-être obligé de sortir ce soir et je ne veux pas que Scarlett reste seule à la maison avec sa femme de chambre.

— Ce me serait égal, Rhett. Sincèrement ! rétorqua Scarlett. Me prenez-vous pour une poule mouillée qui a peur dans le noir ?

— Vous avez parfaitement raison, Rhett, déclara Julia Ashley. Et vous devriez prendre des habitudes de prudence et de vigilance, madame Butler. Nous vivons des temps troublés.

Ayant parlé d'un ton sans réplique, Julia se leva aussitôt et se dirigea vers la porte.

— A bientôt, donc. Hector va faire amener vos chevaux.

CHAPITRE 23

Quand ils arrivèrent à Dunmore, plusieurs groupes de Noirs, visiblement en colère, étaient dispersés dans le pré en forme de fer à cheval derrière la maison. Rhett aida Scarlett et Rosemary à mettre pied à terre près de l'écurie et les prit par le bras tandis que le palefrenier emmenait les chevaux. Il attendit que le garçon se fût éloigné pour leur dire à voix basse :

— Je vais vous accompagner jusqu'à la porte d'entrée. Montez immédiatement dans une chambre, enfermez-vous et n'en bougez plus jusqu'à ce que je vous rejoigne. J'enverrai Pansy, gardez-la avec vous.

— Que se passe-t-il, Rhett ? demanda Scarlett d'une voix inquiète.

— Je vous expliquerai plus tard, je n'ai pas le temps maintenant. Faites ce que je vous dis.

Les tenant fermement, il entraîna les deux femmes d'un pas décidé mais sans précipitation. Ils s'apprêtaient à contourner la maison quand un des Noirs s'avança à leur rencontre. Une douzaine d'autres lui emboîtèrent le pas.

— M'sieur Butler !

M. Butler au lieu de M. Rhett, c'est mauvais signe, se dit Scarlett. Et ils sont près d'une cinquantaine...

— Restez où vous êtes ! cria Rhett. Je reviendrai vous parler dès que j'aurai installé les dames.

Rosemary trébucha sur une pierre. Rhett la redressa sans douceur.

— Casse-toi la jambe, je m'en moque, mais ne t'arrête pas de marcher, gronda-t-il entre ses dents.

— Du calme, tout va bien, répondit Rosemary.

Un tel sang-froid donna honte à Scarlett de son propre énerve ment. Dieu merci, la maison n'était plus qu'à quelques pas. Ce ne fut qu'en tournant le coin du mur que Scarlett se rendit compte qu'elle retenait sa respiration. A la vue des terrasses gazonnées, qui s'étageaient jusqu'aux étangs et au fleuve, elle laissa échapper un soupir de soulagement. Elle dut le ravaler aussitôt.

Ils abordaient la terrasse de brique quand elle découvrit une dizaine de Blancs d'allure inquiétante, assis par terre et adossés à la façade. On voyait leurs chevilles nues entre la tige de leurs grossiers brodequins et le bas de leurs salopettes délavées. Ils étaient tous armés de carabines ou de fusils de chasse, qu'ils tenaient avec une fausse désinvolture. Malgré leurs chapeaux aux bords rabattus qui dissimulaient les yeux, on devinait sans peine qu'ils épiaient Rhett et les deux femmes. L'un d'eux cracha dans l'herbe un jet de salive mêlée de jus de chique qui manqua de peu les bottes cirées de Rhett.

— Remercie le Ciel de ne pas avoir craché sur ma sœur, Clinch Dawkins, j'aurais été forcé de te tuer! dit Rhett. Je reviendrai m'occuper de vous autres dans quelques minutes. Pour le moment, j'ai autre chose à faire.

Il parlait calmement, mais Scarlett avait senti sa main se crisper sur son bras. Le menton levé, elle s'avança d'un pas ferme. Ce ne serait pas cette racaille de « petits Blancs » qui en imposerait à Rhett, encore moins à elle!

A l'intérieur, la soudaine obscurité la fit cligner des paupières. Dieu, quelle puanteur! Scarlett comprit pourquoi quand ses yeux s'accoutumèrent. Le grand hall était envahi de Blancs aussi crasseux que les autres, vautrés par terre et sur les sièges, eux aussi armés et coiffés de chapeaux à larges bords qui cachaient leur regard. Malgré les crachoirs, le sol était couvert de flaques de jus de chique. Scarlett dégagea son bras de la main de Rhett et se dirigea vers l'escalier en relevant ses jupes. Deux marches plus haut, elle les laissa retomber dans la poussière – tout valait mieux que de permettre à ces voyous d'apercevoir la cheville d'une dame! Et elle monta les degrés branlants comme si elle était seule au monde et sans la moindre inquiétude.

La porte à peine refermée, Pansy se mit à gémir.

— Qu'est-ce qui se passe, madame Scarlett? Personne ne veut rien me dire!

— Chut! Tais-toi, ordonna Scarlett. Veux-tu que toute la Caroline du Sud entende tes jérémiades?

— Je veux rien avoir à faire avec les gens de la Caroline, madame Scarlett! Je veux rentrer à Atlanta, avec les miens. J'aime pas cet endroit.

— Je me moque de ce que tu aimes ou n'aimes pas! Va t'asseoir sur ce tabouret, dans le coin là-bas, et tiens-toi tranquille. Si je t'entends encore dire un mot, je... je te ferai des choses terribles!

Scarlett se tourna vers Rosemary. Que ferait-elle si la sœur de Rhett craquait à son tour? Rosemary était pâle mais semblait se dominer. Assise au bord du lit, elle fixait le couvre-pieds comme si elle n'en avait jamais vu de sa vie.

Scarlett s'approcha de la fenêtre qui donnait sur l'arrière de la maison. En restant de côté, de sorte qu'on ne pût la voir d'en dessous, elle souleva avec précaution le rideau de mousseline et regarda au-dehors. Seigneur, Rhett était là! On distinguait son chapeau dans un cercle de têtes crépues et de poings brandis. Les groupes de Noirs s'étaient rassemblés en une foule menaçante.

S'ils le voulaient, ils le piétineraient à mort en trente secondes sans que je puisse rien faire pour les en empêcher! se dit-elle, enragée de son impuissance. Sa main crispée froissa le léger rideau.

— Vous feriez mieux de vous écarter de cette fenêtre, Scarlett, dit Rosemary. Si Rhett s'inquiète à notre sujet, il ne pourra pas se concentrer sur ce qu'il doit faire.

Piquée au vif, Scarlett pivota sur ses talons.

— Vous vous désintéressez de ce qui se passe?

— Je m'y intéresse beaucoup mais j'ignore ce dont il s'agit. Et vous n'en savez pas davantage.

— Je sais au moins que Rhett est sur le point de se faire massacrer par une bande de nègres fous furieux! Qu'attendent ces répugnants chiqueurs de tabac pour se servir de leurs armes?

— Ce serait pire que tout. Je connais certains de ces Noirs, ils travaillent à la mine de phosphate. Ils n'ont aucune envie qu'il arrive malheur à Rhett, ils perdraient leurs emplois. Pour la plupart, ces gens sont à nous, aux Butler. Ils ont le droit d'être ici. Ce sont les Blancs qui me font peur. A Rhett aussi, j'en suis sûre.

— Rhett n'a peur de rien ni de personne!

— Bien sûr que si, sinon il serait inconscient. Moi, j'avoue que j'ai très peur. Vous aussi, d'ailleurs.

— Moi? Pas du tout!

— Eh bien, vous êtes inconsciente.

Scarlett fut moins choquée de l'insulte que du ton sec de Rosemary. La voilà qui parle comme Julia Ashley! Une demi-heure avec ce vieux dragon aura suffi pour transformer Rosemary en monstre! Scarlett se retourna vers la fenêtre. La nuit commençait à tomber. Que se passe-t-il?

Elle ne vit que des formes confuses. Rhett était-il encore là? Impossible de s'en assurer. L'oreille contre la vitre, elle s'efforça d'écouter, mais on n'entendait que les gémissements étouffés de Pansy. Cette inaction me rendra folle! se dit-elle en faisant les cent pas pour tromper son impatience et son inquiétude.

– Pourquoi une aussi grande plantation a-t-elle de si petites chambres? A Tara, on en ferait tenir deux comme celle-ci dans une seule pièce.

– Vous voulez vraiment le savoir? Eh bien, asseyez-vous dans le fauteuil à bascule à côté de l'autre fenêtre et balancez-vous, au lieu de tourner comme un ours en cage. Je vais allumer la lampe, ensuite je vous raconterai l'histoire de Dunmore, si cela vous intéresse.

– Je suis incapable de rester assise sans rien faire! Je préfère descendre voir ce qui se passe.

Dans l'obscurité, Scarlett chercha à tâtons la poignée de la porte.

– Si vous descendez maintenant, il ne vous le pardonnera jamais, dit Rosemary.

Scarlett lâcha la poignée, les nerfs tellement à vif que le craquement de l'allumette la fit sursauter comme un coup de pistolet. Quand elle se retourna, elle fut presque étonnée de constater que Rosemary n'avait changé ni de place ni d'aspect. Les couleurs du couvre-lit lui parurent plus criardes sous la lumière de la lampe à pétrole. Scarlett hésita un instant avant de se diriger vers le fauteuil à bascule, où elle se laissa tomber.

– Bon, j'écoute. Racontez-moi l'histoire de Dunmore.

D'un coup de pied, elle prit son élan et se balança en faisant grincer le siège pendant que Rosemary lui parlait de sa chère plantation.

La maison où elles se trouvaient, commença Rosemary, avait de petites chambres parce qu'à l'origine elle avait été construite uniquement pour loger les invités célibataires, dont les serviteurs occupaient l'étage supérieur. Quant aux pièces du rez-de-chaussée, où Rhett avait aménagé son bureau et la salle à manger, elles étaient également réservées aux invités, qui s'y réunissaient entre eux pour boire un dernier verre ou jouer aux cartes.

– Tous les sièges étaient en cuir rouge, poursuivit Rosemary. Dans la journée, quand les hommes étaient à la chasse, j'adorais venir y respirer cette odeur de cuir mêlée à celle du whisky et de la fumée de cigares. Dunmore porte le nom du lieu où vivait la famille Butler en Angleterre, jusqu'au moment où notre trisaïeul a quitté le pays pour La Barbade. Il y a environ cent cinquante ans, notre arrière-grand-père est venu de là-bas se fixer à Charleston. C'est lui qui a construit la plantation et créé les jardins. Sa femme, notre arrière-grand-mère, s'appelait Sophia Rosemary Ross de son nom de jeune fille. C'est d'elle que Ross et moi tenons nos prénoms.

– D'où vient celui de Rhett?

– De notre grand-père.

– Rhett m'a dit qu'il était pirate.

– Vraiment? dit Rosemary en riant. Cela ne m'étonne pas de lui!

En fait, Grand-Père forçait le blocus des Anglais pendant la guerre d'Indépendance tout comme Rhett a forcé celui des Yankees pendant notre guerre. Il avait décidé que rien ni personne ne l'empêcherait de sortir ses récoltes de riz et il a usé des moyens nécessaires pour y parvenir. Qu'il en ait profité pour se livrer à d'autres trafics, c'est probable, mais il était avant tout producteur de riz et on a toujours planté du riz à Dunmore. Voilà pourquoi je suis furieuse contre Rhett...

Scarlett se balança plus vite et plus bruyamment. Si Rosemary se remet à m'assommer avec son riz, je hurle!

La double détonation d'un fusil de chasse dans la nuit lui fit en effet pousser un cri. Levée d'un bond, elle se précipita vers la porte. Rosemary bondit à sa suite et la retint en la ceinturant des deux bras.

— Lâchez-moi! Rhett est peut-être...

Sa protestation s'acheva sur une sorte de croassement. Rosemary lui coupait littéralement la respiration.

Plus Rosemary serrait, plus Scarlett se débattait. Elle entendait ses propres halètements résonner dans ses oreilles, avec les grincements étrangement nets du fauteuil à bascule, dont le balancement semblait ralentir au même rythme que sa respiration tandis que la pièce paraissait s'obscurcir. Elle eut un dernier sursaut, un gémissement rauque s'échappa de sa gorge. Rosemary la lâcha enfin.

— Je suis désolée, crut-elle lui entendre dire.

Peu lui importaient les regrets de Rosemary! Scarlett ne pensait qu'à aspirer de l'air à pleins poumons. Elle se souciait moins encore d'être tombée à quatre pattes, cela lui permettait de respirer plus aisément.

Il lui fallut longtemps pour retrouver l'usage de la parole. Quand elle releva la tête, Rosemary était adossée à la porte et lui barrait le passage.

— Vous avez failli me tuer, lui dit Scarlett.

— Je suis désolée. Je ne voulais pas vous faire mal, je cherchais simplement à vous empêcher de sortir.

— Pourquoi? J'allais rejoindre Rhett. Il faut que j'aille près de lui!

Cette idiote ne comprenait donc pas que Rhett comptait plus pour elle que tout au monde? Non, bien sûr! Comment le pourrait-elle, elle n'avait jamais aimé ni n'avait jamais été aimée de quiconque!

Scarlett s'efforça de se relever. Dieu du Ciel, pourquoi se sentait-elle si faible? Ses mains tâtonnantes trouvèrent le montant du lit. Au prix d'un effort surhumain, elle s'y arc-bouta et parvint à se redresser. Dans son visage livide, ses yeux brillaient comme des flammes vertes.

— Je vais rejoindre Rhett, dit-elle.

C'est alors que Rosemary lui donna le coup de grâce – non avec ses poings, ni même avec ses pieds, Scarlett l'aurait mieux supporté.

– Il ne veut pas de vous, dit Rosemary sans élever la voix. Il me l'a dit lui-même.

CHAPITRE 24

Rhett s'interrompit au milieu d'une phrase.

— Eh bien, Scarlett, vous ne mangez pas? On dit pourtant que l'air de la campagne creuse l'appétit. Vous me stupéfiez, ma chère! Je ne vous avais encore jamais vue chipoter à table comme vous le faites.

Scarlett leva les yeux de son assiette, à laquelle elle n'avait pas touché, et lui lança un regard meurtrier. Comment avait-il l'audace de lui adresser la parole, après avoir été clabauder Dieu savait quoi sur son compte? A qui d'autre que Rosemary avait-il parlé? Tout Charleston savait sans doute déjà qu'il l'avait abandonnée à Atlanta et qu'elle s'était couverte de ridicule en lui courant après!

— Je ne comprends toujours pas, dit Rosemary. Que s'est-il passé, au juste?

— Exactement ce que Julia Ashley et moi avions prévu. Ses ouvriers agricoles et ceux de mes mines de phosphate voulaient s'entendre sur notre dos. Tu sais que les contrats de travail sont conclus le 1er janvier pour l'année qui s'ouvre. Les hommes de Julia comptaient lui dire que je payais mes mineurs deux fois plus qu'elle et qu'ils iraient travailler chez moi si elle n'augmentait pas leurs salaires. Les miens voulaient jouer le même jeu avec moi. Il ne leur était pas venu à l'idée, aux uns comme aux autres, que Julia et moi avions découvert le pot aux roses. Mais à peine étions-nous arrivés à la Baronnie que les tam-tams se sont mis en action. Ils ont alors compris que l'affaire était éventée. Tu as vu l'ardeur que les ouvriers agricoles de la Baronnie déployaient dans les champs! Ils ont tous une sainte terreur de Julia et ils ne voulaient pas courir le risque de perdre leurs emplois.

— Et ici? demanda Rosemary.

— Les choses se sont moins bien passées. Le bruit s'était répandu je ne sais comment que les Noirs de Dunmore fomentaient un coup. Les petits métayers blancs de la route de Summerville se sont énervés et ont réagi, comme le font toujours les petits Blancs en pareil cas, en sortant leurs fusils avec l'intention de s'en servir. Ils sont donc venus, ont forcé la porte et fait main basse sur mon whisky pour se donner du cœur à l'ouvrage. Une fois que vous étiez à l'abri, je leur ai dit que je réglerais mes affaires tout seul et je suis sorti parlementer avec mes Noirs. Ils tremblaient de peur, mais j'ai réussi à les convaincre que je calmerais les Blancs et qu'ils feraient mieux de partir le plus vite possible. Ensuite...

Rhett s'interrompit le temps d'avaler une bouchée.

— Ensuite, reprit-il, je suis revenu dire aux autres que tout était réglé avec mes mineurs et qu'ils n'avaient plus qu'à rentrer chez eux. Je ne le leur ai sans doute pas assez bien expliqué. J'étais tellement soulagé qu'il n'y ait pas eu de problèmes que je me suis montré négligent. Je serai plus prudent la prochaine fois – si, à Dieu ne plaise, il y a une prochaine fois. Quoi qu'il en soit, Clinch Dawkins cherchait la bagarre. Il m'a traité de négrophile et autres aménités et, pour finir, il a braqué son fusil sur moi en armant les deux chiens. Plutôt que d'attendre de voir s'il était assez ivre pour tirer, j'ai relevé le canon du plat de la main. Les deux coups sont partis en même temps, de sorte qu'il y a maintenant deux beaux trous dans la voûte céleste.

— Quoi, c'est tout ? s'écria Scarlett. Vous auriez au moins pu nous en avertir !

— J'étais trop occupé, mon chou. Clinch se considérait comme atteint dans son honneur. Il a tiré son couteau, j'ai sorti le mien et nous avons fait assaut de virtuosité pendant dix minutes, jusqu'à ce que je lui coupe le nez.

Rosemary poussa un cri d'horreur. Rhett lui tapota gentiment la main.

— Rien que le bout, rassure-toi. De toute façon, il avait le nez trop long. Cette opération améliorera sensiblement son physique.

— Mais il va vouloir se venger, Rhett !

— Je te garantis que non. Nous nous sommes battus à la loyale et Clinch est un de mes plus vieux camarades : nous étions ensemble dans l'artillerie. Il était chargeur, j'étais son chef de pièce. Cela crée des liens qu'un petit bout de nez malencontreusement coupé ne suffit pas à rompre.

— Dommage qu'il ne vous ait pas tué, articula Scarlett en se levant. Je suis fatiguée, je vais me coucher.

Elle se retira d'une démarche pleine de dignité quand la voix sarcastique de Rhett l'immobilisa.

— L'homme ne connaît pas plus grand bonheur sur terre que le dévouement d'une épouse aimante.

– J'espère que Clinch Dawkins attend dehors l'occasion de vous mettre en joue et que, cette fois, il ne vous ratera pas, dit-elle, rouge de fureur.

Et elle ne verserait pas une larme si le second coup abattait sa maudite sœur...

Scarlett sortie, Rosemary se tourna vers Rhett en levant son verre.

– Tu disais que nous avions quelque chose à célébrer. Pour moi, c'est de voir enfin cette journée terminée !

– Scarlett est-elle malade ? demanda Rhett à sa sœur. Je ne plaisantais qu'à moitié, tout à l'heure. Ce manque d'appétit ne lui ressemble guère.

– Elle est contrariée.

– Je l'ai vue contrariée plus souvent qu'à son tour, ce qui ne l'a jamais empêchée de dévorer comme un portefaix.

– Il ne s'agit pas uniquement d'un mouvement d'humeur, Rhett. Pendant que tu coupais le nez de ton compagnon d'armes, Scarlett et moi nous battions de notre côté.

Rosemary lui décrivit l'accès de panique de Scarlett et ses tentatives d'aller le rejoindre.

– Je ne savais pas s'il y avait ou non du danger, j'ai donc préféré la retenir. J'espère avoir bien fait.

– N'en doute pas, la situation aurait pu dégénérer.

– Je crains seulement d'avoir serré un peu fort, avoua Rosemary. Elle ne pouvait plus respirer, elle a failli s'évanouir.

Rhett éclata de rire.

– Je regrette d'avoir manqué le spectacle ! Scarlett O'Hara terrassée par une fille ! Il doit y avoir en Géorgie plus d'une centaine de femmes qui t'auraient applaudie à s'en arracher la peau des mains.

Rosemary hésita à poursuivre ses aveux. Elle s'était rendu compte que Scarlett avait moins cruellement souffert de leur lutte que de ses dernières paroles. Elle préféra s'en abstenir. Rhett riait encore, inutile de lui gâter sa bonne humeur.

Éveillée avant l'aube, Scarlett resta couchée sans bouger dans l'obscurité. Respire doucement , comme si tu dormais, se dit-elle. On ne se réveille pas au milieu de la nuit sans avoir entendu un bruit ou remarqué quelque chose. Elle tendit l'oreille et, après ce qui lui parut une éternité, elle constata que rien ne troublait le silence.

Elle faillit pousser un cri de soulagement en se rendant compte qu'elle avait été réveillée par... la faim. Elle mourait de faim, bien sûr! Depuis le matin, elle n'avait avalé que les minuscules sandwiches de Julia Ashley.

La nuit était trop fraîche pour son élégant peignoir de soie. Elle ôta une couverture du lit et s'enveloppa dans la laine épaisse, encore tiède de la chaleur de son corps, qui retombait de guingois autour de ses pieds nus tandis qu'elle se glissait sans bruit le long du corridor et descendait l'escalier. Dans la cheminée du hall, les braises donnaient encore un peu de chaleur, Dieu merci, et juste assez de lumière pour distinguer la porte de la salle à manger qui communiquait avec la cuisine. Peu lui importait ce qu'elle y trouverait, un reste de ragoût et de riz conviendrait. Retenant d'une main sa couverture, elle chercha à tâtons la poignée de la porte. A gauche ou à droite? Elle aurait dû y prêter attention...

– Ne bougez plus ou je vous mets une balle dans le corps!

La voix de Rhett l'avait fait sursauter et lâcher la couverture. Elle frissonna sous l'air froid.

– Que le diable vous emporte! s'écria-t-elle en se baissant pour ramasser sa laine protectrice. Vous croyez-vous obligé de m'effrayer, comme si depuis hier je n'avais pas eu assez d'occasions de mourir de peur?

– Que faites-vous donc dans le noir à pareille heure, Scarlett? J'aurais pu vous tirer dessus.

– Et vous, pourquoi vous cachez-vous, pour terrifier les gens? J'allais à la cuisine chercher quelque chose à manger, répondit-elle avec dignité, en se drapant dans sa couverture comme une reine dans une cape d'hermine.

Rhett ne put s'empêcher de sourire à la vue du contraste entre son allure hautaine et son accoutrement.

– J'avais moi-même l'idée de me préparer du café, répondit-il. Je vais rallumer le fourneau.

D'un coup de pied exercé, Scarlett remonta un pan de sa couverture qui glissait, comme elle aurait relevé la traîne d'une robe de bal.

– Vous êtes chez vous, vous pouvez faire ce qui vous plaît. Eh bien, m'ouvrirez-vous la porte?

Rhett jeta des bûches dans la cheminée. Au contact des braises, des feuilles mortes s'enflammèrent et Rhett se hâta de reprendre son sérieux avant que Scarlett ne le vît sourire. Il ouvrit ensuite la porte de la salle à manger et s'effaça devant Scarlett, qui s'immobilisa au bout de deux pas. La pièce était plongée dans une obscurité totale.

– Si vous me permettez...

Rhett craqua une allumette, alluma la lampe à pétrole suspendue au-dessus de la table et régla la flamme. Scarlett ne se formalisa cependant pas de son expression amusée.

— J'ai tellement faim que je dévorerais un cheval!

— De grâce, pas un cheval! dit Rhett en riant. Il ne m'en reste que trois, dont deux ne valent rien...

Il ajusta le verre sur la lampe et se tourna vers Scarlett, en souriant franchement cette fois.

— Des œufs et une tranche de jambon, cela vous conviendrait-il mieux?

— Non, *deux* tranches!

Elle le suivit à la cuisine et s'assit sur un banc, le dos à la table, les jambes repliées sous la couverture, tandis que Rhett allumait la grande cuisinière de fonte. Quand les brindilles de sapin commencèrent à flamber en crépitant, Scarlett tendit les pieds vers la chaleur.

Rhett avait apporté de l'office un jambon entamé, des œufs, une jatte de beurre.

— Le moulin à café est derrière vous, dit-il, les grains sont dans cette boîte. Commencez à les moudre pendant que je découpe le jambon, nous gagnerons du temps.

— Pourquoi ne moudriez-vous pas plutôt le café pendant que je ferais cuire les œufs?

— Parce que le fourneau n'est pas encore chaud, madame la vorace! Je me charge de la cuisine. Il doit rester des galettes de maïs, dans le plat recouvert d'une serviette à côté du moulin. Cela vous fera patienter.

Scarlett découvrit quatre galettes de maïs et en prit une sans se faire prier. Tout en mangeant, elle versa une poignée de grains de café dans le moulin et entreprit de tourner la manivelle entre deux bouchées. Elle était sur le point d'attaquer une autre galette quand elle entendit grésiller le jambon que Rhett mettait dans une poêle.

— Ça embaume! s'écria-t-elle en finissant à la hâte de moudre le café. Où est la cafetière?

Elle se retourna et éclata de rire en voyant Rhett se démener devant le fourneau, un torchon noué autour de la taille et un long trident à la main.

Il pointa l'ustensile en direction d'une étagère.

— Là, près de la porte. Qu'y a-t-il de si drôle?

— Vous et vos efforts pour éviter les éclaboussures de graisse! Couvrez donc l'ouverture du foyer, vous allez mettre le feu à la poêle. J'aurais dû me douter que vous ne sauriez pas vous y prendre.

— Erreur, madame : je préfère simplement le spectacle de la flamme nue. Cela me rappelle les jours heureux où je faisais griller des steaks de bison sur un feu de camp.

Par prudence, il déplaça pourtant la poêle à l'écart de la flamme.

— Avez-vous vraiment mangé du bison? En Californie?

– Oui, et même de la chèvre et du mulet, sans parler de la chair de ceux que je tuais s'ils tardaient à faire le café quand je le leur demandais.

Scarlett rit de nouveau. Elle courut nu-pieds sur les dalles froides chercher la cafetière.

Ils mangèrent en silence jusqu'à ce que leur faim fût un peu apaisée. Le rougoiement indécis du fourneau, l'arôme capiteux du café frais créaient dans la pièce une atmosphère chaude et intime. Scarlett aurait voulu que ce moment durât toujours. Rosemary lui avait sûrement menti, Rhett n'avait pas pu dire qu'il ne voulait plus d'elle.

– Rhett ?

– Oui ?

Il commençait à verser le café. De peur de tout gâcher, Scarlett se retint de lui demander si leur gaieté et leur complicité retrouvées pourraient se prolonger.

– Y a-t-il de la crème dans la maison ?

– A l'office. Je vais la chercher, gardez vos pieds au chaud.

Il ne s'absenta que quelques secondes. En remuant le sucre et la crème dans sa tasse, Scarlett s'enhardit.

– Rhett ?

– Oui ?

Elle parla d'une traite, afin de ne pas lui laisser le temps de l'interrompre.

– Pouvons-nous rester toujours heureux comme nous le sommes en ce moment, Rhett ? Vous savez que nous sommes bien ensemble. Pourquoi faites-vous comme si vous me détestiez ?

– Scarlett, répondit-il avec un soupir de lassitude, n'importe quel animal passe à l'attaque s'il se sent acculé. C'est un instinct plus puissant que la raison et que la volonté. En venant à Charleston, vous m'avez mis le dos au mur. Vous vous êtes imposée de force, comme vous êtes en train de le refaire en ce moment. Vous ne m'accordez pas un instant de répit. Je ne demanderais qu'à me montrer courtois, vous ne m'en laissez même pas l'occasion.

– Je vous la laisserai, Rhett, je vous le promets ! Je désire seulement que vous soyez gentil avec moi.

– Non, Scarlett, vous ne voulez pas que je sois *gentil*, vous voulez que je vous aime – aveuglément, sans condition et sans partage. Cet amour, je vous l'ai déjà donné, mais alors vous n'en vouliez pas. Maintenant, Scarlett, la source est tarie...

Rhett parlait d'un ton de plus en plus froid, avec une impatience croissante. Scarlett, en quête d'un peu de chaleur, tâta inconsciemment le banc auprès d'elle à la recherche de la couverture qui avait glissé.

– Je vais vous le dire dans des termes plus à votre portée, reprit-il. J'avais un capital d'amour – disons mille dollars, en or! Pas en papier-monnaie! Ce capital, Scarlett, je l'ai entièrement dépensé pour vous, jusqu'au dernier cent. En ce qui concerne l'amour, je suis ruiné. Vous m'avez lessivé.

– J'avais tort, Rhett, je le regrette profondément. J'essaie maintenant de me racheter...

Les pensées se bousculaient dans sa tête. Je lui donnerai le capital d'amour dont mon cœur déborde, deux mille, cent mille, un million. Alors, il pourra m'aimer de nouveau. Cette fortune, il la regagnerait, et plus encore, si seulement il l'acceptait. Il faut l'amener à accepter...

– On ne « rachète » pas le passé, Scarlett. Ne détruisez pas le peu qui reste. Laissez-moi être « gentil », cela vaudra mieux.

Elle s'empressa de le prendre au mot.

– Oh! oui, Rhett! Oui, soyez gentil comme vous l'étiez jusqu'à ce que j'aie tout gâché, une fois de plus. Je vous promets de ne plus chercher à m'imposer. Restons bons amis, profitons de la vie jusqu'à mon départ pour Atlanta. Puisque nous sommes encore capables de nous amuser ensemble, je n'en demande pas davantage. Nous passions un si bon moment – et vous êtes si drôle, avec votre torchon autour de la taille! dit-elle en retenant de nouveau son rire.

Dieu merci, il faisait assez sombre et il ne la voyait pas mieux qu'elle ne le distinguait.

– Vous n'en demandez vraiment pas davantage? demanda Rhett avec un évident soulagement.

Scarlett avala une longue gorgée de café pour se donner le temps de réfléchir à sa réponse et parvint à rire avec désinvolture.

– Bien sûr, voyons! J'ai perdu, je sais reconnaître ma défaite. Je me disais que cela valait la peine de tenter un dernier essai, voilà tout. Je ne vous importunerai plus, mais promettez-moi de ne pas me gâcher la Saison. Vous savez combien j'aime les bals! Et si vous voulez vraiment être gentil, Rhett, ajouta-t-elle, commencez donc par me verser une autre tasse de café. La poignée de la cafetière est brûlante et c'est vous qui avez le torchon.

Quelques minutes plus tard, Scarlett remonta s'habiller. Il faisait encore nuit, mais elle était trop énervée pour se rendormir. Elle se félicita d'avoir bien manœuvré, tout compte fait. Rhett avait baissé sa garde. Et il avait pris autant de plaisir qu'elle à ce repas nocturne improvisé, elle en était sûre.

Elle mit la tenue de voyage marron qu'elle portait sur le bateau pour venir, se brossa les cheveux en arrière et les retint avec des peignes. Elle termina en s'aspergeant de quelques gouttes d'eau de Cologne sur le cou et les poignets, juste assez pour rappeler qu'elle était féminine et désirable.

Elle parcourut le corridor et s'engagea dans l'escalier sans faire de bruit – plus tard Rosemary se réveillerait, mieux cela vaudrait. Le contour de la fenêtre du palier se détachait, dans l'obscurité. L'aube approchait. Scarlett souffla sa lampe. Mon Dieu, pria-t-elle, faites que cette journée soit bonne et que je ne commette pas de nouvelles erreurs! Faites que l'atmosphère amicale de cette nuit se maintienne toute la journée et toute la nuit suivante. Nous sommes le 31 décembre. Demain, c'est le Jour de l'An...

La maison était plongée dans ce silence particulièrement profond qui enveloppe la terre juste avant l'aurore. A pas de loup, Scarlett descendit jusqu'au grand hall. Le feu flambait haut et clair, Rhett avait dû y remettre des bûches pendant qu'elle s'habillait. Par la porte de son bureau entrouverte, Scarlett vit sa tête et ses épaules se découper en ombre chinoise sur le gris d'une fenêtre. Rhett lui tournait le dos. Sur la pointe des pieds, elle traversa le hall et tapa à la porte du bout des doigts.

– Puis-je entrer? chuchota-t-elle.

– Je vous croyais recouchée, dit Rhett.

Sa voix accusait une grande fatigue. Scarlett se souvint qu'il n'avait pas dormi de la nuit afin de veiller sur la maison – sur elle aussi. Elle aurait voulu pouvoir le prendre dans ses bras, le bercer, le caresser pour dissiper sa lassitude...

– A cette heure, cela ne valait plus la peine de me rendormir, les coqs vont s'époumoner aux premiers rayons du soleil, répondit-elle en hasardant un pied en travers du seuil. Puis-je venir m'asseoir? Le hall empeste encore du passage de vos prétendus amis, votre bureau sent moins mauvais.

– Entrez, dit Rhett sans se retourner.

Scarlett prit place en silence sur la chaise la plus proche de la porte. Par-dessus l'épaule de Rhett, elle voyait la fenêtre s'éclaircir. Que peut-il bien regarder avec tant d'attention? se demanda-t-elle. Ces voyous sont-ils encore là? Clinch Dawkins est-il revenu se venger? Le chant soudain d'un coq la fit sursauter.

Par la fenêtre, elle vit alors émerger de l'ombre les ruines déchiquetées de Dunmore, baignées de rouge sang, sur fond de ciel noir, par les premières lueurs de l'aurore, comme si elles rougeoyaient encore des derniers instants de l'incendie. Scarlett ne put retenir un cri. Rhett observait l'agonie de sa demeure.

– Ne regardez pas, Rhett! le supplia-t-elle. Cela ne sert à rien, sinon à vous briser le cœur.

– J'aurais dû être ici, j'aurais pu les en empêcher, dit-il d'une voix lente et lointaine, comme s'il se parlait à lui-même.

– C'était impossible! Ils devaient être plusieurs centaines. Il vous auraient fusillé et auraient quand même tout brûlé.

– Ils n'ont pas fusillé Julia Ashley.

Il avait parlé d'un ton différent, avec une sorte d'ironie désabusée. Dehors, la lumière changeait; le rouge pâlissait, cédait la place à une tonalité dorée. Les ruines retrouvaient leur aspect prosaïque de briques noircies, luisantes de rosée sous les premiers rayons du soleil.

Rhett fit pivoter son fauteuil en se frottant le menton. Scarlett entendit le grattement de sa main contre les poils de sa barbe. Elle vit ses yeux cernés, ses cheveux ébouriffés dont une mèche lui retombait sur le front. Il se leva et s'étira en bâillant.

– Je crois pouvoir dormir un peu, maintenant. Ne sortez pas de la maison, Rosemary et vous, jusqu'à ce que je me réveille.

Il s'étendit sur une banquette de bois et sombra instantanément dans le sommeil.

Scarlett resta pour le regarder dormir.

Je ne dois plus jamais lui dire que je l'aime, il le ressent comme une agression. Et quand il réagit en devenant méchant, je me sens humiliée de le lui avoir dit. Non, je ne le lui dirai plus – du moins pas avant qu'il ne me l'ait dit, lui, qu'il m'aime.

CHAPITRE 25

Une heure de profond sommeil avait suffi pour qu'il retrouve toute son énergie. Rhett interdit purement et simplement à Scarlett et à Rosemary d'approcher des étangs, près desquels il faisait dresser une estrade en vue des discours et des séances d'embauche du lendemain.

— Les ouvriers n'apprécient pas la présence des femmes. Et je n'ai aucune envie, ajouta-t-il en souriant à sa sœur, d'entendre notre mère me demander pourquoi je t'aurais permis d'acquérir un vocabulaire trop... imagé.

A la demande de Rhett, Rosemary emmena Scarlett visiter les jardins, retournés à l'état sauvage. Les allées ayant été dégagées mais non sablées, Scarlett eut bientôt l'ourlet de sa jupe couvert d'une fine poussière noire. Rien, ici, ne ressemblait à Tara. Pas même le sol. Scarlett trouvait anormal que la terre ne fût pas rouge ; la végétation trop touffue, la présence de nombreuses plantes inconnues la déconcertaient. Cette luxuriance choquait ses goûts de terrienne de l'intérieur.

La plantation inspirait à Rosemary une passion qui étonnait Scarlett. Si la sœur de Rhett éprouve pour cet endroit les mêmes sentiments que moi envers Tara, se dit Scarlett, je finirai peut-être par m'entendre avec elle.

Mais ses efforts pour créer entre elles un terrain d'entente passaient inaperçus de Rosemary, qui semblait perdue dans le monde évanoui du Dunmore d'avant la guerre.

— Nous appelions cette partie-ci le « jardin secret », parce que les haies bordant les allées empêchaient de le voir jusqu'à ce qu'on y entre par surprise. Quand j'étais petite, je venais m'y cacher à l'heure du bain. Les serviteurs étaient merveilleux avec moi : ils battaient les buissons en criant très fort qu'ils étaient sûrs de ne jamais pouvoir me retrouver. Je me croyais habile ! Et, quand ma Mama poussait enfin la barrière, elle faisait toujours semblant d'être stupéfiée de me voir... Je l'aimais tant.

— Moi aussi, j'avais une Mama. Elle...

Rosemary l'entraînait déjà plus loin.

— La pièce d'eau est par ici. Il y avait des cygnes blancs et des cygnes noirs. Rhett croit qu'ils reviendront, une fois les roseaux coupés et l'eau nettoyée de toutes ces vilaines algues. Vous voyez ce massif de verdure ? En réalité, c'était une île aménagée pour que les cygnes puissent y nicher. Elle était couverte d'herbe, qu'on ne tondait qu'en dehors des périodes de nidification. Il y avait aussi un petit temple grec en marbre blanc. On en retrouverait sans doute les débris dans les broussailles. Beaucoup de gens ont peur des cygnes, parce qu'ils peuvent faire très mal à coups de bec ou à coups d'aile, mais les nôtres me laissaient nager avec eux, une fois la couvée sortie du nid. Maman me lisait le conte du *Vilain Petit Canard*, sur un banc au bord de l'eau. Quand j'ai su lire, je le racontais aux cygnes... Cette allée mène à la roseraie. Au mois de mai, on la sentait de très loin sur le fleuve, bien avant d'aborder à Dunmore. A l'intérieur de la maison, quand il pleuvait et qu'on gardait les fenêtres fermées, l'odeur sucrée des gerbes de roses me donnait mal au cœur...

Rosemary reprit sa respiration avant de poursuivre :

— Plus bas vers le fleuve, il y avait un grand chêne. Rhett avait bâti une cabane dans les branches, Ross y a joué ensuite. J'y grimpais avec un livre et des tartines de confiture et j'y passais des heures. C'était bien plus amusant que la salle de jeux que Papa avait fait construire pour moi. Elle était beaucoup trop belle, avec des tapis par terre, des meubles à ma taille, des services à thé, des poupées... Le marais des cyprès est par là. Venez, on y verra peut-être des alligators. Il a fait si doux ces derniers temps qu'ils ont dû sortir de leurs abris d'hiver...

— Non, merci, répondit Scarlett. Je suis fatiguée de marcher. Je préfère m'asseoir sur cette grosse pierre en vous attendant.

La grosse pierre était en fait le socle d'une statue abattue, une nymphe vêtue de draperies classiques, dont Scarlett aperçut le visage rongé de mousse entre les ronces d'un fourré voisin. En vérité, Scarlett était moins fatiguée de marcher que de la compagnie de Rosemary. Et elle n'avait aucune envie de voir des alligators! Assise sous le soleil déjà chaud, elle réfléchit à ce qu'elle avait vu. Peu à peu, elle parvenait à reconstituer ce qu'avait été jadis la vie à Dunmore et elle se rendait compte à quel point tout y était différent de Tara. On avait mené ici un train de vie dont elle ignorait tout. Comment s'étonner que les gens de Charleston aient la réputation de se prendre pour la fine fleur de l'humanité? Ils avaient vécu comme des rois.

Malgré le soleil, Scarlett frissonna. Même s'il y travaillait jour et nuit jusqu'à la fin de son existence, Rhett ne réussirait jamais à restaurer ce lieu dans son éclat d'antan. Pourtant, c'était son intention, ce qui ne laissait pas beaucoup de place pour elle. Quant à ses connaissances sur la culture des oignons ou des patates douces, elles ne lui seraient pas non plus d'un grand secours pour partager la vie de Rhett.

Rosemary revint, déçue de n'avoir pas vu un seul alligator. En regagnant la maison, elle parla sans arrêt. Elle décrivit sous leurs anciens noms des jardins dont il ne restait que des fouillis d'herbes folles, elle assomma Scarlett d'interminables détails sur les variétés cultivées dans les rizières retournées à l'état de marécages, elle évoqua à l'infini ses souvenirs d'enfance.

— J'avais horreur de l'été, dit-elle à un moment.

— Pourquoi? s'étonna Scarlett.

L'été avait toujours été sa saison préférée, celle des réceptions toutes les semaines, des allées et venues permanentes d'invités, des courses folles sur les chemins, entre les champs de coton mûrissant.

La réponse de Rosemary balaya les appréhensions qui commençaient à l'assombrir. Dans les Basses-Terres, apprit-elle, tout le monde passait l'été en ville afin d'échapper à une fièvre pernicieuse qui émanait des marais : la malaria. A cause de cette maladie, on délaissait les plantations de la mi-mai aux premières gelées de la fin octobre.

Rhett aurait donc du temps à lui consacrer! Et puis, il y avait la Saison, qui durait deux mois pendant lesquels il devait rester afin d'accompagner sa mère et sa sœur, et aussi sa femme. Elle le laisserait de grand cœur jouer avec ses chères fleurs cinq mois de l'année, du moment qu'elle l'aurait à elle les sept autres. Elle irait même jusqu'à apprendre les noms de ces maudits camélias!

Scarlett s'arrêta soudain à la vue d'un énorme monument de pierre blanche. On aurait dit un ange debout sur une sorte de grosse boîte.

— Qu'est cela?

— Notre tombeau, expliqua Rosemary. Les Butler reposent ici depuis un siècle et demi. Quand mon tour viendra, j'y serai enterrée moi aussi. Les Yankees ont brisé de gros morceaux des ailes de l'ange mais ils n'ont pas osé s'en prendre aux morts. Ailleurs, on dit qu'ils ont déterré des cadavres pour voler les bijoux.

Fille d'immigrant irlandais, Scarlett resta confondue par l'impression de permanence qui se dégageait du mausolée. Toutes ces générations passées et les générations à venir, dans les siècles des siècles... « Je retourne là où j'ai mes racines profondes », lui avait dit Rhett.

Elle comprenait maintenant ce que signifiaient ces mots. Elle le plaignait pour tout ce qu'il avait perdu ; en même temps, elle l'enviait parce qu'elle n'avait jamais rien eu de tel.

– Venez, Scarlett. Vous restez là comme si vous étiez pétrifiée. Nous sommes presque arrivées, vous n'êtes quand même pas fatiguée au point de ne pas pouvoir faire quelques pas de plus.

Scarlett se souvint tout à coup de la raison pour laquelle elle avait accepté cette promenade avec Rosemary.

– Je ne suis plus du tout fatiguée, au contraire. Nous devrions rapporter des branches de sapin et de quoi décorer un peu la maison. C'est un jour de fête, après tout.

– Excellente idée, les branches sentiront bon. Les sapins ne manquent pas et il y a même du houx, dans le bois derrière l'emplacement des anciennes écuries.

Et n'oublions pas le gui, ajouta Scarlett en son for intérieur. Pour le rituel baiser de minuit, elle ne voulait rien laisser au hasard.

– Très joli ! déclara Rhett, quand il revint après que son estrade eut été drapée de banderoles rouges, bleues et blanches. La maison a un air de fête qui conviendra parfaitement à notre petite réception.

– Quelle réception ? demanda Scarlett.

– J'ai invité les métayers et leurs familles. Cela les flatte et, plaise à Dieu, les hommes seront encore trop noyés dans les vapeurs de tord-boyaux pour nous faire des ennuis quand les Noirs viendront ici demain. Rosemary et vous monterez avec Pansy avant leur arrivée, la soirée ne sera sans doute pas de tout repos.

Le feu d'artifice du Nouvel An dura de minuit à près d'une heure du matin. De la fenêtre de sa chambre, Scarlett regarda les chandelles romaines sillonner le ciel en regrettant amèrement de ne pas être restée en ville. Le lendemain, tandis que les Noirs célébreraient leur émancipation, elle devrait encore rester enfermée toute la journée. Quand ils seraient enfin rentrés en ville le samedi, elle n'aurait probablement plus le temps de se laver la tête et de se coiffer avant le bal.

Et Rhett ne l'avait pas même embrassée.

Pendant les jours qui suivirent, Scarlett retrouva l'exaltation fébrile du temps le plus heureux de sa vie. Elle redevenait une « Belle du Sud », entourée de sa cour d'admirateurs. Son carnet de bal était rempli dès avant la première danse et ses coquetteries produisaient autant d'effet que naguère. Elle avait de nouveau seize ans, sans rien en tête que le souvenir du dernier bal et des compliments dont on l'avait encensée, ou du prochain bal et de la coiffure qu'elle y adopterait.

Il ne fallut cependant pas longtemps pour que retombe cette excitation factice. Elle n'avait plus seize ans, elle n'avait pas envie de régner sur des soupirants béats. C'était Rhett, et Rhett seul, qu'elle voulait regagner et elle ne s'était pas rapprochée d'un pouce de son objectif. Certes, il respectait les termes de leur marché, il se montrait prévenant envers elle aux réceptions, il était aimable à la maison lorsqu'il y avait des témoins. Et pourtant, elle en était certaine, il comptait les jours jusqu'au moment où il serait enfin débarrassé d'elle. Elle cédait de plus en plus à la panique. La partie était-elle déjà perdue ?

La crainte provoque souvent la colère. Scarlett tourna la sienne sur le jeune Tommy Cooper, toujours pendu aux basques de Rhett qu'il vénérait comme un héros. Rhett jouait son rôle et se laissait aduler, ce qui portait la fureur de Scarlett à son comble. A Noël, Tommy avait reçu en cadeau un petit voilier que Rhett lui apprenait à manœuvrer. Il y avait une longue-vue dans la chambre des cartes, au deuxième étage. Lorsque Rhett sortait dans la baie avec Tommy Cooper, Scarlett s'y précipitait chaque fois qu'elle le pouvait afin de les observer. Elle souffrait de sa jalousie comme de la douleur lancinante d'une dent gâtée, qu'elle ne pouvait cependant s'empêcher de taquiner de la langue. C'est trop injuste ! rageait-elle. Ils s'amusent, ils rient, ils sont libres comme l'air. Pourquoi ne m'emmènent-ils pas ? J'adore aller en bateau ! Et celui du petit Cooper a l'air si léger, si vif, si... si joyeux !

Heureusement, elle ne passait que peu d'après-midi à la maison, l'œil collé à la longue-vue. Si les bals et les soirées constituaient l'essentiel des activités de la Saison, ce n'étaient pas les seules. Les joueurs de whist poursuivaient leurs parties acharnées, le comité du Foyer confédéré se réunissait sous la présidence d'Eleanor Butler afin de collecter des fonds pour l'achat de livres scolaires ou la réparation d'une fuite dans la toiture, sans parler des visites à rendre ou à recevoir. La fatigue fit bientôt perdre à Scarlett ses couleurs et lui mit des cernes sombres sous les yeux.

Cela en aurait quand même valu la peine si Rhett, plutôt qu'elle, avait souffert de la jalousie. Mais il ne paraissait même pas conscient de l'admiration masculine qu'elle suscitait – pire, il s'en désintéressait !

De plus en plus résolue à ce qu'il la remarque enfin, Scarlett décida de distinguer un soupirant parmi ses douzaines d'admirateurs. Quelqu'un qui soit beau, riche, plus jeune que Rhett. En un mot, un homme susceptible de passer pour un rival et de piquer sa jalousie.

Mais, Seigneur, elle avait une mine de déterrée! Avec le secours de son rouge, de son parfum le plus capiteux et de son expression la plus candide, elle se prépara à partir en chasse.

Middleton Courtney était grand et blond. Avec ses yeux clairs à l'expression faussement nonchalante et ses dents d'une blancheur éblouissante, qu'il découvrait dans des sourires blasés, il incarnait pour Scarlett le type du séducteur mondain. Mieux, il possédait une mine de phosphate vingt fois plus importante que celle de Rhett.

Quand il s'inclina et lui prit la main, Scarlett referma la sienne avec une pression suggestive. Il se redressa en décochant à Scarlett un sourire dévastateur.

— Puis-je espérer que vous me ferez l'honneur de m'accorder la prochaine danse, chère madame Butler?

— Si vous ne me l'aviez pas demandé, vous m'auriez brisé le cœur, cher monsieur Courtney.

A la fin de la première polka, Scarlett déploya son éventail et l'agita avec une langueur calculée, de manière à faire voleter d'irrésistibles mèches folles au-dessus de ses non moins irrésistibles yeux verts.

— Mon Dieu! fit-elle dans un soupir. Si je ne respire pas tout de suite une bouffée d'air, j'ai peur de m'effondrer entre vos bras. Auriez-vous la bonté de me conduire, cher monsieur?

Elle prit son bras tendu et s'appuya contre lui tandis qu'il l'emmenait vers une banquette sous une fenêtre.

— Je vous en prie, cher monsieur, asseyez-vous près de moi. Je crains fort d'attraper un torticolis si je dois garder la tête levée pour vous parler.

Courtney s'assit, plus près d'elle qu'il n'était nécessaire.

— Je ne me pardonnerais jamais, dit-il, de causer la moindre douleur à un si joli cou.

Son regard descendit lentement le long du cou vers la poitrine, s'attarda sur le décolleté. Courtney était aussi exercé à ce jeu que Scarlett, qui gardait les yeux modestement baissés comme si elle ne remarquait rien de son manège.

Un instant plus tard, elle les rouvrit en papillonnant des cils.

— J'espère, cher monsieur, que mon ridicule accès de faiblesse ne vous empêche pas d'aller danser avec la dame qui vous tient le plus à cœur.

— Celle dont vous parlez, chère madame, est précisément celle qui se trouve en ce moment le plus près de mon cœur, répondit-il en se penchant vers elle.

Avec son sourire le plus enchanteur, Scarlett le regarda droit dans les yeux.

– Soyez prudent, cher monsieur, vous risqueriez de me tourner la tête.

– Aussi ai-je la ferme intention de m'y employer, lui murmura-t-il à l'oreille.

La chaleur de son haleine sur son cou donna à Scarlett un frisson de plaisir.

Cette idylle publique alimenta bientôt tous les bavardages de la Saison. On tenait le compte précis du nombre de fois qu'ils dansaient ensemble à chaque bal, on observait que Courtney prenait des mains de Scarlett sa timbale de punch et y posait les lèvres à l'endroit où elle avait posé les siennes, on tendait l'oreille pour surprendre des bribes de leurs conversations, souvent scabreuses ou médisantes, et on se les répétait.

Edith Courtney, l'épouse de Middleton, arborait une mine de jour en jour plus pâle et plus défaite. Nul ne trouvait d'explication au comportement imperturbable de Rhett, et la bonne société de Charleston se demandait pourquoi il ne réagissait pas.

CHAPITRE 26

Si le bal de la Sainte-Cécile couronnait la Saison de Charleston, les courses hippiques ne le lui cédaient en rien par l'importance. Pour beaucoup, les célibataires en particulier, elles constituaient même le seul événement digne d'intérêt. « On ne peut pas parier sur des valses », grommelaient-ils dédaigneusement.

Avant la guerre, les courses duraient une semaine entière et l'Association Sainte-Cécile organisait trois bals au cours de la Saison. Pendant le siège de la ville, les incendies provoqués par les bombardements d'artillerie avaient détruit le bâtiment où se déroulaient rituellement les bals; quant au champ de courses, réquisitionné par l'armée confédérée avec sa pelouse paysagée, ses écuries et son luxueux pavillon, on y avait installé un camp et un hôpital militaire.

La ville capitula en 1865. En 1866, un ambitieux et entreprenant banquier de Wall Street, August Belmont, acheta les monumentaux piliers sculptés qui se dressaient à l'entrée du champ de courses et les transporta dans le Nord afin d'en orner son propre hippodrome, baptisé Belmont Park.

Le bal de la Sainte-Cécile ayant trouvé à se reloger dans un local d'emprunt deux ans après la fin de la guerre, tout Charleston s'était réjoui du renouveau de sa chère Saison. Il avait fallu plus longtemps pour restaurer la piste ravagée du champ de courses. Mais rien n'était plus comme avant. Il n'y avait désormais qu'un seul bal au lieu de trois, et la semaine des courses était réduite à une seule journée. Les superbes piliers avaient disparu à jamais, des gradins à demi couverts, pourvus de simples bancs de bois, tenaient lieu de tribunes. Et pourtant, par un bel après-midi de la fin janvier 1875, la population entière du vieux Charleston, ou du moins ce qu'il en restait, était en fête pour la deuxième année consécutive : ce jour-là, les quatre lignes de tramway de la ville étaient détournées par Rutledge Avenue afin d'aboutir près du champ de courses; les voitures étaient décorées de banderoles vertes et blanches, les couleurs du Jockey-Club, ainsi que de rubans verts et blancs tressés dans la crinière et la queue des chevaux.

Au moment de sortir, Rhett offrit à chacune des trois femmes une ombrelle aux rayures vertes et blanches et orna sa boutonnière d'un camélia, dont la blancheur rivalisait avec l'éclat de son sourire.

— Les Yankees mordent à l'hameçon, dit-il gaiement. L'estimable M. Belmont fait courir deux chevaux, Guggenheim en a engagé un. Ils ne connaissent pas les juments poulinières que Miles Brewton cachait dans les marais. Elles ont une intéressante progéniture, un peu hirsute d'avoir grandi en plein air et d'allure parfois bizarre par suite de croisements hasardeux avec des étalons échappés de la cavalerie. Il n'empêche que Miles a une petite merveille de jument de trois ans, qui videra les poches de certains gros parieurs dans des proportions auxquelles ils ne s'attendent pas.

— On pourra donc parier? demanda Scarlett avec un éclair de plaisir dans le regard.

— Pourquoi courrait-on, sans cela?

Rhett glissa des billets de banque dans le réticule de sa mère, la poche de Rosemary et le gant de Scarlett.

— Jouez le tout sur *Sweet Sally* et offrez-vous des colifichets avec vos gains, dit-il en riant.

Il est d'excellente humeur! pensa Scarlett. Il aurait pu se contenter de me tendre le billet au lieu de le glisser à l'intérieur de mon gant. La manière qu'il a eue de toucher mon poignet nu... on aurait dit une caresse! Ainsi, il commence à me remarquer depuis qu'il me croit intéressée par un autre. Il fait vraiment attention à moi, ce n'est plus de la simple politesse. Mon plan va réussir, j'en suis sûre. Au diable les rumeurs si cela doit me ramener Rhett!

Scarlett savait que son flirt avec Middleton faisait jaser les gens.

Quand ils arrivèrent au champ de courses, Scarlett étouffa un cri de surprise. Elle ne se doutait pas que ce serait aussi vaste! Ou qu'il y aurait une fanfare! Et autant de monde! Ravie, elle regarda autour d'elle et, soudain effrayée, tira Rhett par la manche.

— Rhett... Rhett! Les soldats yankees sont partout! Qu'est-ce que cela signifie? Vont-ils interdire les courses?

— Croyez-vous que les Yankees n'aiment pas jouer, eux aussi? répondit-il avec un sourire amusé. Ou que nous refuserions de les délester de leur argent? Dieu sait qu'ils n'ont eu aucun scrupule à nous dépouiller du nôtre. Je constate avec plaisir que le valeureux colonel et ses officiers ne dédaignent pas de partager les humbles délassements des vaincus. Ils ont plus d'argent à perdre que nous autres.

— Etes-vous si certain qu'ils perdront? Les chevaux des Yankees sont des pur-sang alors que *Sweet Sally* ne vaut guère mieux qu'un poney sauvage.

Son expression calculatrice amena un pli amer sur les lèvres de Rhett.

— Pour vous, Scarlett, la fierté et l'honneur ne pèsent pas lourd, n'est-ce pas, dès lors qu'il est question d'argent? Eh bien, allez-y, mon chou, jouez gagnante la jument de Belmont. L'argent que je vous ai donné est à vous, faites-en ce que bon vous semble.

Il prit sa mère par le bras et s'éloigna en montrant le haut des gradins.

— Montons, Maman, vous verrez mieux. Viens, Rosemary.

Scarlett s'élança vers lui.

— Je n'ai pas voulu dire..., commença-t-elle.

Mais il lui tournait le dos comme si elle n'existait plus. Dépitée, elle haussa les épaules et regarda autour d'elle. Où aller placer son pari? Un homme s'approcha.

— Puis-je vous aider, madame?

— Euh, oui. Peut-être...

Il avait l'air bien élevé, son accent ressemblait à celui de la Géorgie. Scarlett lui sourit.

— Je n'ai pas l'habitude de ces courses compliquées. Chez nous, quelqu'un criait : « Je parie cinq dollars que je vous bats au prochain carrefour! », d'autres relevaient le défi et l'on sautait en selle, voilà tout.

L'homme se découvrit respectueusement. Il me regarde d'une drôle de manière, se dit Scarlett, inquiète. Je n'aurais peut-être pas dû lui parler.

— Excusez-moi, madame. Vous ne me reconnaissez sans doute pas mais moi, je vous connais. Vous êtes Mme Hamilton, d'Atlanta, n'est-ce pas? Vous m'avez soigné à l'hôpital, quand j'étais blessé. Je m'appelle Sam Forrest et je suis de Moultrie, en Géorgie.

L'hôpital! Les narines de Scarlett se pincèrent au souvenir de la puanteur du sang caillé, de la gangrène, des corps couverts de crasse et de vermine.

— Je vous demande pardon, madame Hamilton, bredouilla Forrest avec un profond embarras. C'est incorrect de vous avoir abordée ainsi. Je ne voulais pas vous offenser...

Scarlett chassa ses souvenirs importuns.

— Vous ne m'offensez pas du tout, monsieur Forrest, dit-elle en souriant. Vous m'avez simplement déconcertée en m'appelant Mme Hamilton. Je suis remariée depuis plusieurs années, voyez-vous, et je m'appelle Mme Butler. Mon mari est de Charleston, c'est pourquoi je suis ici. Je vous avouerai aussi que votre accent de Géorgie m'a donné le mal du pays. Qu'est-ce qui vous amène dans cette région ?

Les chevaux, répondit-il avec volubilité. Quatre ans de service dans la cavalerie lui avaient enseigné tout ce qu'il fallait savoir sur ces animaux. La guerre finie, il avait donc réuni ses économies et acheté des chevaux.

– Maintenant, j'en vends, j'en élève, j'en prends en pension, mon affaire marche bien. Aujourd'hui, je fais courir le champion de mon écurie. J'étais enchanté d'apprendre la réouverture du champ de courses de Charleston, croyez-moi madame Hamil... pardon, madame Butler. On ne trouve son pareil nulle part ailleurs dans le Sud.

Scarlett feignit de s'intéresser à ses interminables propos équestres tandis qu'il la guidait vers le stand où l'on prenait les paris. Quand il l'eut enfin raccompagnée à la tribune, elle le vit s'éloigner avec soulagement.

Les gradins étaient déjà presque pleins mais Scarlett trouva sa place sans difficulté, grâce aux ombrelles rayées vert et blanc qui lui servirent de signe de ralliement. En gravissant les marches, elle agita la sienne. Eleanor Butler lui rendit son salut, mais Rosemary affecta de ne pas l'avoir remarquée.

Rhett fit asseoir Scarlett entre Rosemary et sa mère. Elle avait à peine pris place qu'elle sentit Eleanor Butler se raidir : Middleton Courtney et sa femme s'installèrent non loin d'eux, dans la même rangée. Les Courtney firent un signe de tête et un sourire amical aux Butler, qui les leur rendirent. Puis, tandis que Middleton montrait à Edith la ligne de départ et le poteau d'arrivée, Scarlett se tourna vers Eleanor Butler.

– Vous ne devinerez jamais qui je viens de rencontrer, Mère! Un soldat que j'ai soigné quand j'habitais Atlanta.

Mme Butler parut soulagée.

Un brouhaha salua l'entrée des chevaux sur la piste. Bouche bée, émerveillée, Scarlett admira l'ovale de gazon vert émeraude, les jockeys qui paradaient en casaques de soie bariolées de damiers, de rayures ou de diamants pendant que la fanfare jouait sur un rythme entraînant. Scarlett riait aux éclats, d'un rire d'enfant joyeux et sans apprêt dont elle n'avait pas même conscience. « Oh! Regardez! Regardez! » s'écriait-elle, captivée par le spectacle au point de ne pas s'apercevoir que Rhett avait les yeux fixés sur elle et non sur les chevaux.

Il y eut une pause après la troisième course. Chacun se rendit sous une tente ornée de banderoles vertes et blanches, abritant de longues tables chargées de rafraîchissements. Des serveurs passaient des coupes de champagne sur des plateaux. Scarlett but dans un verre appartenant à Emma Anson, qu'elle avait pris sur un plateau armorié de Sally Brewton. Elle feignit de ne pas reconnaître le majordome de Minnie Wentworth qui le lui tendait. Elle savait que Charleston s'accommodait de la pénurie en partageant ses trésors et ses serviteurs, comme s'ils appartenaient à l'hôtesse du moment. « Je n'ai jamais rien entendu de plus sot ! », s'était-elle exclamée lorsque Mme Butler lui avait expliqué cette convention. Elle comprenait que l'on s'aidât les uns les autres. Mais faire semblant de déchiffrer les initiales d'Emma Anson sur des serviettes au monogramme de Minnie Wentworth représentait pour elle le comble de l'absurdité. Elle jouait cependant le jeu, respectant ainsi l'une des singularités de Charleston.

– Scarlett !

S'entendant héler, elle se retourna.

– La cloche va sonner d'un instant à l'autre, lui dit Rosemary. Regagnons nos places avant la bousculade.

A l'aide des jumelles de théâtre empruntées à Eleanor Butler, Scarlett observa les spectateurs qui reprenaient le chemin de la tribune. Elle reconnut ses tantes – Dieu merci, elle n'était pas tombée sur elles au buffet ! Et là, Sally Brewton. Miles, son mari, avait l'air aussi excité qu'elle. Par exemple ! Julia Ashley était avec eux. Ce vieux dragon jouait donc aux courses ? Scarlett avait peine à le croire !

Elle continua de balayer la foule avec les jumelles – rien n'est plus amusant que de regarder des gens qui ne se savent pas observés. Tiens ! Le vieux Josiah Anson s'endort pendant qu'Emma est en train de lui parler ! Il va en entendre de belles si elle s'en aperçoit. Pouah ! Voilà Ross. Dommage qu'il soit de retour – mais cela fait plaisir à Eleanor. Margaret paraît inquiète – mais Margaret a toujours l'air inquiet. Ah ! Voici Anne. Au milieu de tous ces enfants, on dirait une mère poule avec ses poussins – des orphelins, sans doute. Elle se tourne par ici. Me voit-elle ? Non, elle ne regarde pas assez haut. Mais elle est radieuse ! Edward Cooper aurait-il enfin demandé sa main ? C'est probablement cela. Elle tourne les yeux vers lui comme si elle voyait Dieu en personne.

Scarlett déplaça les jumelles afin de s'assurer si Edward arborait lui aussi une mine d'amoureux transi. Voyons, les chaussures, le pantalon, les pans de jaquette...

Son sang ne fit qu'un tour : c'était Rhett! Peut-être parlait-il avec Edward? Elle s'attarda un instant sur sa silhouette – il est si élégant – avant de poursuivre son observation. Eleanor Butler apparut dans son champ de vision. Scarlett se figea. Non, impossible! Elle regarda de gauche à droite, de droite à gauche, tout autour de Rhett et de sa mère. Personne! Alors, elle alla lentement d'Anne à Rhett puis de Rhett à Anne. Plus de doute! C'était Rhett qu'elle couvait ainsi du regard.

Son bref accès de détresse se mua aussitôt en fureur. La misérable petite hypocrite! Depuis le temps qu'elle me couvre de fleurs et d'éloges, elle est amoureuse de mon mari derrière mon dos! Si je pouvais, je l'étranglerais!

Les jumelles lui échappèrent presque des mains quand elle les braqua de nouveau sur Rhett. Regardait-il Anne, lui? Non, il plaisantait avec sa mère, il bavardait avec les Wentworth, il saluait les Huger, les Halsey, les Savage, le vieux M. Pinckney... Scarlett garda les yeux fixés sur Rhett jusqu'à ce que sa vision se brouille.

Il ne s'était pas une seule fois tourné vers Anne. Elle le contemplait avec une adoration béate et il ne s'en apercevait même pas! Inutile de s'inquiéter. Il ne s'agit que d'une petite sotte qui s'est amourachée d'un homme mûr, voilà tout. Et d'ailleurs, pourquoi les femmes de Charleston ne seraient-elles pas toutes amoureuses de lui? Il est si beau, si fort, si...

Scarlett ne trouvait plus de mots appropriés. Les jumelles sur les genoux, elle contemplait Rhett à son tour avec la même adoration. Le soleil baissait, un vent frais commençait à se lever. Modèle de dévouement filial, Rhett se pencha vers sa mère, rajusta son châle sur ses épaules et la prit par le bras afin de remonter vers leurs sièges. Scarlett attendit leur retour avec impatience.

Le toit projetait une ombre oblique sur les gradins. Rhett changea de place avec sa mère afin de la faire profiter du soleil et s'assit à côté de Scarlett. Du coup, elle en oublia Anne et son accès de jalousie.

Quand les chevaux entrèrent en piste pour la quatrième course, les spectateurs, enthousiastes, se levèrent les uns après les autres, comme emportés par un raz de marée. Scarlett dansait presque sur place.

– Alors, on s'amuse bien? demanda Rhett en souriant.

– Je suis folle de joie! Quel est le cheval de Miles Brewton, Rhett?

– Le numéro 5, le noir – je soupçonne Miles de l'avoir passé au cirage. Le 6 est celui de Guggenheim. Belmont a réussi à placer son crack à la corde. C'est celui qui porte le numéro 4.

Scarlett aurait voulu savoir ce que signifiaient « crack » et « à la corde », mais elle n'eut pas le temps de le demander. Le départ allait être donné.

Le jockey du numéro 5 anticipa le coup de pistolet du starter, ce qui souleva dans le public une vague de bruyantes protestations.

– Que se passe-t-il ? questionna Scarlett.

– C'est un faux départ, répondit Rhett, ils doivent tous reprendre leurs positions. Regardez Sally, ajouta-t-il en désignant celle-ci d'un mouvement du menton.

Scarlett se tourna dans la direction indiquée. Le visage plus simiesque que jamais, Sally Brewton écumait de rage et brandissait un poing vengeur. Rhett pouffa de rire.

– A la place du jockey, je sauterais la barrière et je prendrais la fuite au galop ! Si Sally lui met la main dessus, je ne donne pas cher de sa peau.

– Ce n'est pas moi qui le lui reprocherais ! déclara Scarlett. Et je ne trouve pas cela drôle du tout, Rhett !

– Dois-je comprendre que vous avez quand même parié sur *Sweet Sally* ? dit-il en riant de plus belle.

– Bien entendu ! J'ai beaucoup d'amitié pour Sally Brewton ; et de toute façon, si je perds, c'est votre argent, pas le mien.

Rhett la regarda, perplexe. Scarlett lui souriait avec espièglerie.

– Bien joué, madame, murmura-t-il.

Le coup de pistolet retentit, les chevaux s'élancèrent. Sourde aux clameurs de la foule, Scarlett n'était même pas consciente de hurler, de trépigner, de meurtrir le bras de Rhett à coups de poing. Quand *Sweet Sally* franchit le poteau avec une demi-longueur d'avance, elle poussa un véritable rugissement de victoire.

– On a gagné ! C'est merveilleux ! On a gagné !

Rhett se frottait le bras en grimaçant de douleur.

– Me voilà peut-être invalide jusqu'à la fin de mes jours mais je suis d'accord : c'est merveilleux. Un vrai miracle ! La haridelle des marais a laissé sur place les meilleurs pur-sang d'Amérique.

– Comment, Rhett ? dit Scarlett en fronçant les sourcils. Après votre sermon de cet après-midi, vous vous prétendez surpris ? Vous aviez pourtant l'air sûr de vous.

– Je n'admets pas le défaitisme et je tenais à ce que tout le monde s'amuse, répondit-il en souriant.

– Mais... n'avez-vous pas joué *Sweet Sally*, vous aussi ? Ne me dites pas que vous aviez parié sur les Yankees !

– Je n'ai pas parié du tout. Quand les jardins de Dunmore seront nettoyés et reconstitués, je restaurerai les écuries. J'ai déjà récupéré plusieurs des coupes remportées par nos chevaux, du temps où les couleurs Butler étaient célèbres sur les hippodromes du monde entier. Mon premier pari, je ne le placerai que sur un de mes propres chevaux. Que comptez-vous faire de vos gains, Maman ? ajouta-t-il en se tournant vers sa mère.

— Cela ne te regarde pas, répliqua Eleanor en redressant le menton d'un air de défi.

Scarlett, Rhett et Rosemary éclatèrent de rire à l'unisson.

CHAPITRE 27

Scarlett tira peu de réconfort de la messe du lendemain. Elle ne pensait qu'à son moral et celui-ci était au plus bas : elle avait à peine vu Rhett pendant la grande réception du Jockey-Club qui avait suivi les courses.

Au retour de l'église, elle s'efforça de trouver un prétexte pour échapper au petit déjeuner chez ses tantes, mais Pauline ne voulut rien entendre.

– Nous devons te parler d'un sujet de la plus haute importance, déclara-t-elle d'un ton pompeux.

Scarlett s'attendit à subir un sermon sur ses danses trop fréquentes avec Middleton Courtney. Or, il n'en fut même pas question. L'affliction d'Eulalie et la sévérité de Pauline avaient une autre cause.

– Scarlett, nous avons appris que tu n'as pas écrit à ton grand-père Robillard depuis des années.

– Pourquoi écrirais-je à ce vieillard grincheux ? Il n'a jamais levé le petit doigt pour moi de toute ma vie.

Eulalie et Pauline en restèrent muettes d'horreur. A la bonne heure ! se dit Scarlett, qui buvait son café en leur lançant des regards triomphants par-dessus le rebord de sa tasse. Qu'avez-vous à répondre à cela ? S'il n'a rien fait pour moi, il n'en a pas fait davantage pour vous. Qui donc vous a tirées d'affaire, quand cette maison a failli être vendue pour payer vos impôts ? Sûrement pas votre cher père, mais moi ! C'est encore moi qui ai payé pour qu'oncle Carey ait un enterrement digne de lui, c'est mon argent qui vous a permis de vous vêtir et de vous nourrir décemment – si au moins Pauline daigne ouvrir son garde-manger et profiter de tout ce qu'elle y entasse ! Vous avez beau me dévisager en écarquillant les yeux comme les vieilles chouettes que vous êtes, avouez que vous n'avez rien à répondre.

Secondée par Eulalie, Pauline trouva néanmoins beaucoup à dire sur le respect dû aux aînés, l'esprit de famille, le sens du devoir et la bonne éducation. Excédée, Scarlett reposa avec fracas sa tasse sur la soucoupe.

– Assez de sermons, tante Pauline! J'en ai par-dessus la tête! Je me moque de mon grand-père Robillard comme d'une guigne. Il a été ignoble avec Maman, il a été odieux avec moi. Je le déteste! Et si à cause de cela je dois brûler en enfer, eh bien, tant pis!

Son éclat de colère lui fit du bien. Elle se retenait depuis trop longtemps, elle avait subi trop de thés, trop de visites, trop de sima-grées. Elle avait trop souvent dû tenir sa langue – elle qui avait tou-jours dit ce qu'elle pensait sans se soucier des conséquences. Et sur-tout, elle avait été trop longtemps forcée d'écouter poliment les gens de Charleston chanter la gloire de leurs pères, de leurs grands-pères et de leurs aïeux en remontant jusqu'au Moyen Âge. Le respect des anciens, l'esprit de famille! Voilà bien les derniers arguments que Pauline aurait dû avancer!

Devant l'expression effarée et apeurée de ses tantes, Scarlett jubila. La faiblesse lui avait toujours fait horreur; réduite à l'impuissance depuis son arrivée à Charleston, elle en venait à se mépriser elle-même. Elle accabla donc ses tantes du dégoût que lui inspirait son propre empressement à se soumettre aux volontés des autres.

– Inutile de me regarder comme si j'avais des cornes sur le front et une fourche à la main! Vous savez que j'ai raison, mais vous êtes trop timorées pour l'admettre. Grand-Père a toujours mis tout le monde plus bas que terre. Je vous parie cent dollars qu'il n'a jamais daigné répondre aux fadaises que vous lui écrivez. Il ne se donne sans doute même pas la peine de les lire! Je le sais mieux que personne, je n'ai moi-même jamais parcouru vos lettres jusqu'au bout. C'était inutile d'ailleurs, il s'agissait toujours de la même chose – mendier de l'argent...

Soudain consciente d'être allée trop loin, Scarlett porta la main à sa bouche. Elle avait violé trois des tabous les plus sacrés du code de savoir-vivre sudiste : parler d'argent, rappeler à un obligé qu'on lui a fait la charité, accabler un adversaire hors d'état de se défendre.

Les larmes de ses tantes l'accablèrent de honte. Le spectacle de la vaisselle ébréchée et du linge de table raccommodé aggrava ses remords. Je n'ai même pas été généreuse, se dit-elle. J'aurais pu leur en envoyer bien davantage sans me priver de rien...

– Je vous demande pardon, murmura-t-elle.

Là-dessus, elle fondit en larmes à son tour.

Au bout d'un moment, Eulalie s'essuya les yeux et se moucha énergiquement.

– J'ai entendu dire que Rosemary a un nouveau prétendant, dit-elle d'un ton encore larmoyant. L'as-tu rencontré, Scarlett ? Est-ce une personne intéressante ?

– Est-il de bonne famille ? ajouta Pauline.

Scarlett se ressaisit.

– Ma belle-mère connaît sa famille et elle en a, je crois, une bonne opinion. Rosemary ne veut même pas le voir, vous savez comment elle est...

Le visage ridé de ses tantes lui inspirait maintenant une affection et un respect sincères. Elles, au moins, obéissent au code et s'y conformeront jusqu'à leur dernier jour, sans jamais faire allusion à la manière dont leur nièce l'avait transgressé, car aucun Sudiste digne de ce nom ne pouvait volontairement en humilier un autre. Scarlett se redressa et releva le menton.

– Il s'appelle Elliott Marshall, reprit-elle en se forçant à parler gaiement. C'est le personnage le plus drôle que vous ayez jamais vu — maigre comme un clou et solennel comme un hibou ! En tout cas, il ne manque pas de courage, Rosemary le réduirait en pièces d'un coup de poing si elle se mettait en colère contre lui ! Et ce n'est pas tout, ajouta-t-elle en se penchant. Savez-vous qu'il est yankee ?

Un cri de stupeur s'échappa des lèvres de Pauline et d'Eulalie.

– De Boston, reprit-elle lentement afin de donner du poids à sa révélation. Difficile d'être plus yankee, n'est-ce pas ? Un gros fabricant d'engrais a ouvert un bureau en ville, c'est lui le directeur...

Elle s'installa confortablement pour un long moment au bout duquel elle feignit de s'étonner de l'heure tardive et se précipita pour chercher son manteau dans le vestibule.

– Je n'aurais pas dû rester si longtemps, j'avais promis à ma belle-mère de rentrer avant le déjeuner. J'espère que ce M. Marshall ne viendra pas nous rendre visite, ajouta-t-elle en levant les yeux au ciel. Les Yankees n'ont pas assez de sens commun pour comprendre qu'ils sont importuns.

Scarlett embrassa ses tantes sur le pas de la porte.

– Merci pour tout, leur dit-elle simplement.

– Reviens tout de suite déjeuner avec nous si le Yankee est là-bas, proposa Eulalie en pouffant de rire.

– N'hésite surtout pas, renchérit Pauline. Et essaie de nous accompagner à Savannah pour l'anniversaire de notre père. Nous prendrons le train le 15, après la messe.

– Merci, tante Pauline, mais je ne crois pas que ce soit possible. Nous avons déjà accepté toutes les invitations jusqu'à la fin de la Saison.

– Voyons, ma chérie, la Saison sera finie à ce moment-là. Le bal de la Sainte-Cécile aura lieu le vendredi 13. J'estime pour ma part que c'est une erreur d'avoir choisi ce jour néfaste, mais personne ne paraît s'en soucier.

Scarlett entendit à peine les paroles de Pauline. Quoi, la Saison était si courte ? Et elle qui croyait avoir tout son temps pour reconquérir Rhett...

– Nous verrons, répondit-elle en hâte. Maintenant, il faut que je m'en aille.

Scarlett fut étonnée de trouver Mme Butler seule chez elle.

– Julia Ashley a invité Rosemary à déjeuner, expliqua Eleanor, et Rhett a eu pitié du petit Cooper. Il l'a emmené faire du bateau.

– Aujourd'hui ? Il fait trop froid !

– Le froid revient, c'est vrai. J'espérais pourtant que l'hiver ne serait pas trop rude, cette année. Je l'ai senti hier aux courses. Le vent était mordant et je crains d'avoir attrapé un refroidissement. Que diriez-vous d'un déjeuner bien tranquille, rien que nous deux, sur la table de jeu devant la cheminée de la bibliothèque ? poursuivit Mme Butler avec un sourire complice. Manigo en souffrira dans sa dignité, mais cela m'est égal si vous n'y voyez pas vous-même d'inconvénient.

– Rien ne me ferait plus de plaisir, Mère.

Cette intimité la comblait, en effet. J'aimais tant nos soupers intimes, se dit-elle. Avant la Saison. Avant le retour de Rosemary. Avant que Rhett ne revienne de Dunmore, lui souffla une voix intérieure. C'était vrai, bien qu'elle répugnât à l'admettre. La vie était plus facile quand elle ne passait pas son temps à écouter le bruit de ses pas, à épier ses réactions, à tenter de deviner ses pensées.

La chaleur du feu la détendit bientôt au point que Scarlett se surprit à bâiller.

– Excusez-moi, s'empressa-t-elle de dire. Je ne cède pas du tout à l'ennui.

– J'éprouve exactement la même sensation, répliqua Mme Butler. Cette torpeur est très agréable.

Eleanor bâilla à son tour, de manière si contagieuse que leur concours de bâillements se termina par un fou rire. Scarlett avait oublié combien la mère de Rhett pouvait être drôle quand elle le voulait.

– Je vous aime, Mère, dit-elle spontanément.

– Moi aussi, ma chère Scarlett, répondit Eleanor en lui prenant la main. C'est pourquoi je ne vous poserai pas de questions ni ne vous infligerai de commentaires importuns. J'espère simplement que vous savez ce que vous faites.

Blessée par cette critique implicite, Scarlett se rebiffa aussitôt et retira sa main.

– Je ne fais rien de mal! dit-elle sèchement.

Eleanor affecta de ne pas remarquer cet accès de susceptibilité.

– Comment vont Eulalie et Pauline? Je n'ai pas eu l'occasion de bavarder avec elles depuis une éternité. La Saison m'épuise.

– Elles vont bien. Toujours aussi tyranniques. Elles voudraient que je les accompagne à Savannah pour l'anniversaire de Grand-Père.

– Grand dieu! s'exclama Eleanor, incrédule. Il est donc toujours en vie?

Scarlett retrouva son sourire.

– C'est aussi la première idée qui m'est venue à l'esprit, mais tante Pauline m'aurait écorchée vive si je l'avais formulée. Il doit avoir au moins cent ans!

Le front plissé par la réflexion, Eleanor marmonna quelques instants comme si elle effectuait des calculs ardus.

– Sûrement plus de quatre-vingt-dix, en tout cas, dit-elle enfin. Je sais qu'il approchait de la quarantaine quand il a épousé votre grand-mère en 1820. Une de mes tantes – elle est morte depuis – ne s'en était d'ailleurs jamais consolée. Elle était folle de lui et il lui faisait une cour assez assidue, ma foi. Mais lorsque Solange, votre grand-mère, a décidé de jeter son dévolu sur lui, c'en était fait des chances de ma pauvre tante Alice. Je n'avais que dix ans à l'époque, je comprenais très bien pourtant ce qui se passait autour de moi. Alice a tenté de se tuer, ce qui a provoqué un beau scandale.

Scarlett ne se sentit plus du tout assoupie.

– Se tuer? Comment cela?

– Elle a avalé une bouteille entière d'élixir parégorique. Pendant plusieurs jours, elle est restée entre la vie et la mort.

– A cause de mon... *grand-père*?

– Pierre Robillard était un très bel homme, incroyablement séduisant, avec une prestance comme seuls en ont les militaires. Et quel accent français! Quand il disait bonjour, on croyait entendre un héros d'opéra. Les femmes étaient toutes amoureuses de lui. J'ai entendu mon père dire que le temple huguenot de Savannah lui était redevable de son nouveau toit. Pierre y venait de temps à autre, parce que les services avaient lieu en français. Chaque fois, les femmes s'y bousculaient, le temple était plein à craquer et la corbeille de la quête débordait d'argent. Maintenant que j'y repense, poursuivit Eleanor en souriant, ma tante Alice a fini par épouser un professeur de littérature française à Harvard. Sa pratique de la langue ne lui aura pas été complètement inutile...

Scarlett ne laissa pas la conversation dévier.

– Parlez-moi encore de mon grand-père. De ma grand-mère, aussi. Je vous ai déjà interrogée à son sujet, mais vous avez éludé la question.

– Je ne sais comment décrire votre grand-mère. Elle ne ressemblait à personne au monde.

– Était-elle très belle ?

– Oui et non. En fait, il est très difficile de se prononcer : elle était tellement changeante. Tellement française, aussi. Les Français, justement, prétendent qu'une femme n'est pas vraiment belle si elle ne peut aussi se rendre laide par moments. Mais les Français ont une sagesse, une subtilité qui les fait paraître incompréhensibles aux Anglo-Saxons...

Scarlett ne saisissait pas davantage ce qu'Eleanor s'efforçait d'exprimer.

– Elle est très belle sur son portrait, à Tara ! insista-t-elle.

– Sans doute – sur le portrait. Car elle pouvait se rendre belle ou laide à volonté. Elle était capable de se métamorphoser en tout ce qu'elle voulait. Elle pouvait, par exemple, se plonger dans une immobilité, un silence si profonds qu'on oubliait sa présence. Et puis, quand elle vous regardait de ses yeux noirs en amande, on se sentait irrésistiblement attiré vers elle, comme par un aimant. Son magnétisme s'exerçait surtout sur les enfants, sur les animaux aussi. Personne, jusqu'aux femmes elles-mêmes, n'y restait insensible. Les hommes en perdaient l'esprit...

Mme Butler s'interrompit, le temps de reprendre haleine.

– Votre grand-père était officier jusqu'au bout des ongles, habitué à commander. Eh bien, il suffisait à votre grand-mère de lui sourire pour en faire son esclave. Elle était sensiblement plus âgée que lui, mais cela ne comptait pas. Elle avait exigé d'élever ses enfants dans la religion catholique et votre grand-père avait accepté alors qu'il était protestant convaincu. Il lui aurait permis d'en faire des druides si elle en avait exprimé le désir. Il ne jurait que par elle. Je me souviens que, lorsqu'elle s'est sentie vieillir, elle avait décidé de s'entourer de lumière rose. Il protesta qu'aucun soldat ne vivrait dans une pièce où il n'y aurait même qu'un simple abat-jour rose, ce serait par trop efféminé. Elle a insisté en disant que le rose la rendrait heureuse. Eh bien, il a fini par faire peindre en rose non seulement toutes les pièces de la maison, mais jusqu'aux murs extérieurs ! Pour la rendre heureuse, il aurait fait n'importe quoi.

Eleanor poussa un soupir.

– Tout cela était merveilleusement insensé et romantique. Pauvre Pierre !... En un sens, la mort de sa femme l'a tué, lui aussi. Il a

286

conservé la maison dans l'état exact où elle l'avait laissée au moment de sa mort, jusqu'au moindre détail. Je crains que ce n'ait été assez pénible pour votre mère et ses sœurs.

Sur son portrait, Solange Robillard portait une robe tellement ajustée qu'on la devinait nue en dessous. Voilà ce qui devait faire perdre la tête aux hommes, se dit Scarlett. Y compris son mari.

– Vous lui ressemblez par moments, reprit Eleanor.

Cette remarque raviva l'intérêt de Scarlett.

– Comment cela, Mère ?

– Vous avez presque les mêmes yeux en amande, avec les coins légèrement relevés. Vous vibrez vous aussi d'énergie, de vitalité, comme si vous viviez plus intensément que la plupart des gens.

Flattée, Scarlett sourit.

– Et maintenant, conclut Eleanor en la regardant affectueusement, il est temps d'aller faire ma sieste.

Elle se félicitait de la manière dont elle avait mené la conversation, sans rien révéler qui ne soit véridique mais en évitant d'en dire trop. Ainsi, elle ne souhaitait nullement apprendre à Scarlett que sa grand-mère avait collectionné les amants et provoqué des dizaines de duels. Dieu sait quelles idées cela aurait fait germer dans l'esprit de sa belle-fille.

L'évidente mésentente du ménage de son fils troublait profondément Eleanor. Elle ne pouvait cependant rien demander à Rhett ; s'il avait voulu l'en informer, il lui en aurait déjà parlé. Et la manière dont Scarlett avait réagi à l'allusion sur sa situation scabreuse avec Courtney indiquait sans ambiguïté qu'elle ne souhaitait pas davantage se confier.

Les yeux clos, Mme Butler tenta de s'assoupir. Tout bien pesé, elle ne pouvait rien faire sinon garder l'espoir que cela finirait bien. Rhett n'était plus un enfant, Scarlett non plus. Et pourtant, à ses yeux, ils se conduisaient l'un et l'autre avec une inexcusable puérilité.

Dans la chambre des cartes, la longue-vue à la main, Scarlett essayait elle aussi de trouver le repos. Le voilier de Tommy Cooper n'était nulle part en vue. Rhett avait sans doute remonté le fleuve au lieu de naviguer dans la baie.

Peut-être ferait-elle mieux de ne pas chercher à le voir. Elle souffrait encore d'avoir perdu confiance en Anne après l'avoir surprise dans ses jumelles au champ de courses. Pour la première fois de sa vie, elle se sentit vieille et lasse. Très lasse. A quoi cela rimait-il, de toute façon ? Anne Hampton était amoureuse du mari d'une autre. Sans espoir. Eh bien, n'en avait-elle pas fait autant, au même âge ? Amoureuse d'Ashley, elle avait gâché sa vie avec Rhett en s'accrochant à cet amour, lui aussi sans espoir, longtemps après avoir compris – mais refusé d'admettre – que l'Ashley qu'elle aimait n'était qu'une illusion. Anne allait-elle perdre sa jeunesse de la même manière en rêvant à Rhett ? A quoi bon aimer, si l'amour ne sert qu'à gâcher une vie ?

Scarlett se frotta les yeux d'un revers de main. Que m'arrive-t-il ? Je rabâche comme une vieille chouette! Il faut faire quelque chose, sortir, n'importe quoi pour m'échapper de cette horrible humeur.

Manigo frappa doucement à la porte.

– Madame Rhett, vous avez de la visite si vous êtes à la maison.

Scarlett fut si contente de voir Sally Brewton qu'elle lui sauta presque au cou.

– Asseyez-vous près du feu, Sally. N'est-ce pas affreux de voir l'hiver arriver quand on ne l'attendait plus ? J'ai dit à Manigo de nous servir le thé. Franchement, je n'ai jamais assisté de ma vie à rien de plus excitant que la victoire de *Sweet Sally*!

Elle en bafouillait de soulagement. Sally la fit rire en racontant en termes imagés comment Miles avait embrassé le cheval et le jockey par-dessus le marché. Son récit dura jusqu'à ce que Manigo eût disposé le plateau devant Scarlett et se fût retiré.

– Ma belle-mère se repose, sinon je l'aurais prévenue de votre visite, dit Scarlett. Quand elle sera réveillée...

– Je serai déjà partie, l'interrompit Sally. Je sais qu'Eleanor fait toujours la sieste l'après-midi, que Rhett est en bateau et Rosemary chez Julia. C'est pourquoi je suis venue maintenant, je voulais vous parler seule à seule.

Sally Brewton, que rien au monde ne démontait d'habitude, semblait toutefois embarrassée par ce qu'elle avait à dire. Interloquée, Scarlett mit trois cuillerées de thé dans la théière, versa l'eau bouillante, replaça le couvercle et attendit.

– Scarlett, commença-t-elle, je vais commettre un acte impardonnable en me mêlant de votre vie privée. Je ferai même pire en vous donnant des conseils que vous n'avez pas sollicités. En deux mots, voilà : ayez une aventure avec Middleton Courtney si cela vous fait plaisir mais, pour l'amour du Ciel, soyez plus discrète. Votre conduite actuelle est d'un horrible mauvais goût.

Scandalisée, Scarlett sursauta. Une *aventure* ? Il n'y avait que les femmes perdues pour commettre des choses pareilles! Comment Sally Brewton avait-elle l'audace de l'insulter de la sorte ? Elle se redressa avec dignité.

— Sachez, madame Brewton, que les principes de mon éducation n'ont rien à envier aux vôtres, dit-elle sèchement.

— Eh bien, mettez-les en pratique! Donnez rendez-vous à Middleton l'après-midi, amusez-vous tant que vous voudrez mais ne forcez pas sa femme, votre mari et la ville entière à vous regarder vous tourner autour à tous les bals, comme un chien qui flaire une chienne en chaleur.

Scarlett n'avait jamais rien entendu de plus abominable. La suite fut encore pire.

— Je dois toutefois vous avertir qu'il ne vaut pas grand-chose au lit. Il joue les parfaits don juans dans une salle de bal, mais il serait plutôt l'idiot du village une fois qu'il a retiré ses souliers vernis et son habit.

Tout en parlant, Sally agita la théière.

— Si nous laissons ce thé infuser davantage, il sera tout juste bon a tanner du cuir. Voulez-vous que je serve?

Scarlett ne répondit pas. Sally se pencha vers elle et l'observa attentivement.

— Grand dieu! soupira-t-elle. Seriez-vous naïve à ce point? Je suis navrée, Scarlett. Tenez, une tasse de thé avec beaucoup de sucre vous fera du bien.

Scarlett eut un mouvement de recul. Elle aurait voulu pleurer, se boucher les oreilles, fuir. Sally, qu'elle admirait, qu'elle était fière de compter parmi ses amies, lui tenir des propos aussi orduriers?...

— Ma pauvre enfant! reprit Sally. Si j'avais su, je vous aurais parlé moins brutalement. Mais ce qui est dit est dit, considérez-le comme une éducation accélérée. Vous êtes à Charleston, Scarlett, mariée à un Charlestonien. Vous ne pouvez pas vous permettre de vous draper dans votre innocence de sauvageonne en guise d'armure. Notre ville est déjà fort ancienne, et nous constituons une vieille société. Le respect de la sensibilité d'autrui est l'un des fondements de cette société. Dans cet esprit, vous pouvez faire ce que bon vous semble à condition de le faire discrètement. Le péché inexpiable consiste à imposer vos peccadilles à vos amis. Il faut au contraire s'employer à ce que les autres puissent prétendre ignorer ce que vous faites.

Scarlett n'en croyait pas ses oreilles. Il ne s'agissait plus de faire semblant de croire que les napperons d'une personne appartenaient à une autre. C'était tout simplement révoltant! Elle s'était mariée trois fois alors qu'elle en aimait un autre, mais il ne lui était jamais venu à l'idée de tromper physiquement l'un ou l'autre de ses maris. Elle s'était languie d'Ashley et s'était imaginée dans ses bras, jamais elle n'aurait menti pour avoir un rendez-vous clandestin avec lui.

Si c'est cela la société dite civilisée de Charleston, se dit-elle avec désespoir, alors je ne veux pas en être! Désormais, elle ne pourrait plus poser les yeux sur une femme de cette ville sans se demander si Rhett était ou avait été son amant. Qu'était-elle donc venue faire ici? Elle n'y avait pas sa place. Elle ne voulait même pas en conquérir une dans le genre d'endroit que décrivait Sally Brewton.

— Laissez-moi, dit-elle. Je ne me sens pas bien.

Sally lui lança un regard attristé.

— Pardonnez-moi de vous avoir froissée à ce point, Scarlett. Si cela peut vous consoler, sachez cependant que vous n'êtes pas la seule innocente à Charleston, il y en a beaucoup d'autres. On ne parle jamais aux jeunes filles à marier et aux célibataires, quel que soit leur âge, de ce qu'elles ignorent ou préfèrent ignorer. Les femmes fidèles ne sont pas non plus des exceptions. J'ai la chance de me compter parmi elles. Miles a sûrement commis quelques fredaines; pour ma part, je n'ai jamais eu cette tentation. Peut-être en est-il de même pour vous — je l'espère, du moins. Acceptez mes excuses pour ma maladresse, Scarlett. Maintenant, je m'en vais. Buvez votre thé, ressaisissez-vous. Et tenez-vous mieux avec Middleton.

Sally remit ses gants et se dirigea vers la porte.

— Attendez! cria Scarlett. Encore un instant, Sally. Il faut que je sache. Rhett... Avec qui?

— A ma connaissance, personne, je vous le jure, répondit Sally, ses traits simiesques adoucis par la compassion. Il n'avait que dix-neuf ans quand il a quitté Charleston et, à cet âge-là, les garçons fréquentent généralement les maisons closes ou des filles pauvres et consentantes. Depuis son retour, il fait preuve de beaucoup de tact en réussissant à repousser toutes les avances sans blesser quiconque. Ne vous méprenez pas, Scarlett : Charleston n'est pas un lieu de perdition. Personne n'est contraint de se livrer à la luxure. Rhett vous est fidèle, j'en suis convaincue... Inutile de me raccompagner, je connais le chemin.

A peine Sally partie, Scarlett courut s'enfermer dans sa chambre, se jeta sur son lit et fondit en larmes, assaillie d'images accablantes qui s'enchaînaient sans répit : Rhett dans les bras de cette femme-ci, de celle-là, de cette autre et de cette autre encore — jusqu'à ce qu'aient défilé dans son esprit toutes celles qu'elle rencontrait jour après jour aux bals et aux réceptions.

Quelle sottise, quelle folie d'avoir cru le rendre jaloux!

Finalement, elle n'en put supporter davantage. Elle sonna Pansy, se bassina le visage, se repoudra. Elle se sentait hors d'état de sourire et de rester tranquillement à bavarder avec sa belle-mère quand celle-ci se réveillerait. Il fallait qu'elle prenne le large, pour un moment du moins.

– Nous sortons, dit-elle à Pansy. Donne-moi ma pelisse.

Scarlett marcha longtemps, vite et en silence, sans s'inquiéter de savoir si Pansy parvenait à la suivre. Devant les belles demeures anciennes de Charleston, elle ne vit pas dans leurs murs, aux tons pastel délavés et au crépi écaillé, une preuve orgueilleuse de leur pérennité mais, au contraire, une marque de mépris pour le spectacle qu'elles offraient aux passants, auxquels elles tournaient le dos comme pour mieux se replier sur le secret de leurs jardins intérieurs.

A l'exemple de leurs maisons, se dit-elle, les gens d'ici gardent leurs secrets et ne les partagent qu'entre eux. Ici, tout le monde fait semblant. Ici, l'illusion et l'hypocrisie règnent sans partage.

CHAPITRE 28

La nuit tombait lorsque Scarlett revint et la maison, de l'extérieur, lui parut hostile et inhabitée. Aucune lumière ne filtrait des fenêtres, dont les rideaux étaient tirés tous les jours au coucher du soleil. Elle ouvrit la porte et entra sans bruit dans le vestibule.

– Va annoncer à Manigo que j'ai la migraine et que je ne veux pas dîner, dit-elle à Pansy. Après, viens me délacer. Je vais tout de suite me coucher.

Elle se sentait hors d'état de parler à quiconque. Manigo se chargerait d'avertir à la cuisine et de prévenir la famille. Scarlett se dirigea à pas de loup vers l'escalier, passa devant la porte du salon brillamment éclairé et pressa le pas en entendant Rosemary rapporter l'opinion de Julia Ashley sur un sujet sûrement dénué d'intérêt.

Après que Pansy l'eut déshabillée, elle éteignit la lampe et se pelotonna sous les couvertures, comme pour se protéger de son propre désarroi. Si seulement elle pouvait dormir, s'évader, oublier Sally Brewton, tout oublier! L'obscurité où elle s'était plongée semblait narguer son incapacité de trouver le sommeil. Elle ne pouvait même pas pleurer. L'orage qui l'avait secouée après les épouvantables révélations de Sally avait tari ses larmes.

Soudain, la porte s'ouvrit et une lumière vive inonda la pièce. Éblouie, Scarlett sursauta, se retourna.

Rhett se tenait sur le seuil, une lampe à la main. La lumière accusait durement les méplats de son visage tanné par le vent et projetait des ombres sur sa chevelure poissée de sel. Ses vêtements imprégnés d'eau de mer collaient à sa poitrine, à ses bras et à ses jambes, dont ils soulignaient la puissante musculature. La mine assombrie par une colère mal contenue, il avait un aspect redoutable.

Le cœur de Scarlett bondit à la fois de frayeur et d'excitation. Avait-elle assez rêvé de voir Rhett entrer dans sa chambre, enfin dominé par une passion plus puissante que son sang-froid coutumier!

Rhett referma la porte d'un coup de pied et atteignit le lit en deux enjambées.

– N'espérez pas m'échapper en vous cachant, Scarlett, gronda-t-il. Levez-vous!

D'un seul geste, il balaya de la table de chevet la lampe éteinte qui s'écrasa par terre avec fracas, posa la sienne allumée si brutalement qu'elle manqua se renverser à son tour, arracha les couvertures, empoigna Scarlett par les bras et la mit debout.

Les cheveux de Scarlett tombaient sur ses épaules. Son cœur palpitait sous le décolleté de dentelle de sa chemise de nuit. L'émotion lui rougissait les joues et avivait le vert de ses yeux. Rhett la poussa sans ménagement contre une colonne du lit et recula d'un pas.

– Diable soit de la peste qui me perturbe la vie! dit-il d'une voix rauque. J'aurais dû vous tuer à l'instant même où vous avez posé le pied à Charleston.

Cramponnée à la colonne pour ne pas tomber, mais grisée par la menace qui pesait, Scarlett sentait son sang bouillonner. Qui ou quoi avait mis Rhett dans un tel état?

– Ne jouez pas la vierge effarouchée, Scarlett! Avec moi, cela ne prend pas, je vous connais trop bien. Je ne vais pas vous tuer ni même vous battre. Dieu sait pourtant si vous le méritez! Touchant spectacle, en vérité! poursuivit-il avec un rire ironique. La gorge palpitante, le regard plein d'innocence... Le malheur c'est que, dans votre esprit faussé, vous vous croyez innocente, sans même penser aux tourments que subit cette pauvre femme sans défense parce que vous avez pris son imbécile de mari dans vos filets!

Scarlett ne put retenir le sourire de triomphe qui lui vint aux lèvres. Ainsi, c'était sa conquête de Middleton Courtney qui rendait Rhett furieux. Elle avait gagné! Il admettait qu'il était jaloux; il ne restait qu'à lui faire avouer qu'il l'aimait, et elle saurait l'y amener...

La suite la détrompa cruellement.

– Je me moque que vous vous donniez en spectacle. En fait, je trouvais plutôt divertissant d'observer une femme de votre âge essayer de se convaincre qu'elle était encore une irrésistible jeune fille de seize ans. Êtes-vous donc incapable de grandir, Scarlett? N'avez-vous pour seule ambition dans la vie que de rester éternellement la Belle du comté de Clayton? Eh bien, aujourd'hui, la plaisanterie a cessé d'être drôle!

Un éclat de voix soudain fit sursauter Scarlett. Les poings serrés, Rhett se domina au prix d'un effort évident.

– Ce matin, en sortant de l'église, reprit-il plus calmement, un vieil ami – qui est aussi un de mes chers cousins – m'a offert d'être mon témoin quand je provoquerai Middleton Courtney en duel. Il n'avait pas le moindre doute sur mon intention d'en arriver là car, quelles que soient les circonstances réelles, je devais, selon lui, défendre votre réputation, pour l'honneur de la famille.

Scarlett se mordit les lèvres.

– Que lui avez-vous répondu ?

– Ceci : « Inutile d'envisager un duel. Ma femme n'a aucune expérience de la société, sa conduite n'a prêté au malentendu que parce qu'elle ne savait pas comment se tenir. Je vais le lui apprendre pour l'avenir. »

D'une détente rapide, il lui saisit un poignet et la tira brutalement vers lui. Serrée contre sa poitrine, le bras tordu derrière le dos, Scarlett ne pouvait échapper au regard de Rhett qui lui vrillait les yeux, à la chaleur de son haleine salée.

– Première leçon : je me moque, ma très chère et très loyale épouse, de passer pour un cocu aux yeux du monde entier, mais rien ni personne ne me forcera à me battre avec Middleton Courtney. Deuxième leçon : si je tue cet imbécile, je devrai quitter la ville ou m'exposer à être pendu, ce qui serait fort incommode dans les deux cas. Je n'ai nullement l'intention de lui faciliter la tâche, mais il peut viser juste par erreur et me blesser, ce qui ne me conviendrait pas davantage.

Scarlett voulut le frapper, mais il attrapa au vol sa main libre et la lui tordit derrière le dos. Elle avait désormais les deux bras immobilisés et il la retenait entre les siens comme dans une cage. Scarlett sentait l'humidité de ses vêtements transpercer sa fine chemise de nuit.

– Troisième leçon : ce serait pour moi, et même pour un imbécile tel que Courtney, le comble de l'ironie que de risquer la mort afin de sauver du déshonneur votre petite âme immorale. Par conséquent, quatrième leçon : vous suivrez à la lettre mes instructions sur la façon de vous comporter en public jusqu'à la fin de la Saison. Et pas question de contrition ni de remords publics, ma belle ! Cela ne correspond pas à votre genre et ne ferait qu'alimenter les commérages. Vous garderez donc bien haute votre charmante tête bouclée, vous poursuivrez la quête infatigable de votre jeunesse évanouie, mais vous répartirez plus équitablement vos attentions entre les représentants du sexe masculin ensorcelés par vos charmes. Je serai ravi de vous indiquer lesquels de ces messieurs il conviendra de favoriser à tour de rôle. En fait, j'exigerai que vous suiviez mes conseils.

Il lui lâcha les poignets, la prit aux épaules et la tint à bout de bras.

– Cinquième leçon : vous exécuterez scrupuleusement tout ce que je vous dirai de faire...

Séparée de Rhett et de la chaleur de son corps, Scarlett sentit sa chemise humide lui coller à la peau comme une pellicule de glace. Les bras croisés sur la poitrine, elle tenta en vain de se réchauffer. L'esprit aussi glacé que le corps, elle entendait résonner dans sa tête les paroles de Rhett. A aucun moment, il ne s'était intéressé à elle. Il se moquait d'elle. Il ne se souciait que de ce qui lui convenait, à lui, ou risquait de l'*incommoder*!

De quel droit se permettait-il de la ridiculiser en public, de la calomnier devant un membre de sa famille, de la bousculer dans sa propre chambre comme un vulgaire sac de farine? C'était cela, l'aristocratie de Charleston? Décidément, les hommes ne valaient pas mieux que les femmes! Tous des menteurs, des hypocrites...

Elle leva les poings pour le frapper, mais il la tenait toujours aux épaules et ses mains retombèrent sans force sur sa poitrine. En se débattant, elle parvint cependant à se dégager. Les paumes en avant comme pour se protéger des coups, Rhett éclata d'un rire moqueur. Scarlett leva de nouveau les mains. Ce n'était, cette fois, qu'afin de repousser les mèches de cheveux qui l'aveuglaient.

— Épargnez votre salive, Rhett Butler! Je n'ai pas plus besoin de vos conseils que de vos instructions, parce que je ne serai pas là pour les dédaigner. Je hais votre cher Charleston, je méprise tous ses habitants – et vous plus que les autres! Je partirai demain.

Les poings sur les hanches, le menton dressé, frémissante sous la soie mouillée de sa chemise de nuit, elle le défiait du regard. Rhett détourna les yeux.

— Non, Scarlett, dit-il froidement, vous ne partirez pas. Votre fuite ne ferait que confirmer votre culpabilité et je serais contraint de tuer Courtney. Vous m'avez forcé par le chantage à vous permettre de rester jusqu'à la fin de la Saison, vous resterez. Vous ferez ce que je vous dirai et vous paraîtrez y prendre plaisir. Sinon, je jure devant Dieu que je vous briserai les os. Un par un.

Il se dirigea vers la porte. La main sur la poignée, il se tourna vers elle avec un sourire moqueur.

— Et n'essayez pas de me jouer un mauvais tour, ma toute belle. Je vous surveillerai de près. De très près.

— Je vous hais! hurla-t-elle à la porte qui se refermait.

En entendant la clef tourner dans la serrure, elle jeta de toutes ses forces la pendule de la cheminée contre le vantail. Le tisonnier s'y écrasa à son tour. Elle se souvint trop tard des autres chambres donnant sur le balcon. Quand elle s'y précipita, elle les trouva elles aussi verrouillées de l'extérieur. De retour dans sa chambre, elle fit les cent pas avant de se laisser tomber d'épuisement dans un fauteuil, dont elle martela les accoudoirs à coups de poing jusqu'à en avoir mal aux mains.

— Je partirai, dit-elle à voix haute, et il ne pourra rien pour m'en empêcher.

La porte close semblait lui lancer un défi.

Elle perdrait son temps à lutter de front contre Rhett, mieux valait le circonvenir par la ruse. Il existait sûrement un moyen de lui échapper, elle saurait le découvrir. Inutile de s'encombrer de bagages, elle partirait avec ce qu'elle aurait sur le dos. Voilà : elle irait à un thé, une partie de whist, une quelconque réception, elle s'éclipserait avant la fin, elle sauterait dans le tramway et filerait à la gare. Elle avait largement de quoi prendre un billet pour aller... Pour aller où, au juste ?

Comme toujours quand elle avait de la peine, Scarlett pensa à Tara. Tara où elle reprendrait des forces, où elle retrouverait la paix... et Suellen. Ah ! Si seulement Tara était à elle, rien qu'à elle ! Les visions de sa rêverie à la plantation de Julia Ashley revinrent la hanter. Comment Carreen avait-elle pu abandonner sa part de cette façon ?

Tel l'animal affamé qui hume une proie, elle redressa soudain la tête. Pour le couvent de Charleston, cette part de Tara n'avait aucune valeur. Elle était invendable, même s'il se présentait un acquéreur, car Will n'accepterait jamais de vendre – ni elle non plus. Les religieuses percevaient un tiers des revenus du coton, certes. Mais à combien cela se montait-il ? Trente, quarante dollars par an, au mieux. Si elle leur proposait de la racheter, elles saisiraient sûrement cette occasion inespérée.

Rhett voulait qu'elle reste ? Soit, elle resterait - mais à condition qu'il l'aide à récupérer la part de Carreen dans Tara. Une fois en possession des deux tiers, elle serait en mesure de reprendre la part de Will et de Suellen. Et si Will refusait, eh bien, elle les jetterait dehors !

Brièvement elle éprouva un léger scrupule qu'elle s'empressa de chasser : Will était attaché à Tara ? Sans doute... mais moins qu'elle. Elle, elle en avait besoin ! Tara était le seul endroit au monde qu'elle eût jamais aimé, le seul aussi où l'on se fût jamais soucié d'elle. Elle ferait comprendre à Will que Tara représentait son dernier, son seul espoir.

Elle se leva d'un bond et courut tirer le cordon de sonnette. Un instant plus tard, Pansy tourna la clef dans la serrure et entra.

— Va dire à M. Butler que je veux le voir ici, dans ma chambre, déclara Scarlett. Et apporte-moi à souper sur un plateau. Finalement, j'ai faim.

Elle changea sa chemise de nuit humide, mit une chaude robe de chambre, se brossa les cheveux et les noua avec un ruban de velours.

Le miroir lui renvoya son regard morne. Elle avait perdu. Elle n'allait pas reconquérir Rhett. Les choses n'avaient pas suivi le cours qu'elle avait imaginé.

En quelques heures, son univers avait basculé. Elle chancelait encore sous les coups assenés par Sally Brewton. Après ce qu'elle avait appris, comment rester à Charleston ? Autant essayer de bâtir une maison sur des sables mouvants.

Scarlett se prit le front à deux mains comme pour contenir le tourbillon de ses pensées, trop nombreuses, trop confuses pour y discerner un sens. Elle devait se concentrer sur un seul sujet à la fois. Dans la vie, elle n'avait réussi qu'en tendant ses facultés vers un unique objectif.

Tara...

Oui, c'était Tara le but essentiel. Une fois Tara reconquise, il serait toujours temps de s'occuper du reste.

– Votre souper, madame Scarlett.

– Mets le plateau sur la table, Pansy, et laisse-moi. Je te sonnerai quand j'aurai fini.

– M. Rhett dit qu'il viendra quand il aura dîné.

– Bon. Va-t'en, maintenant, laisse-moi tranquille.

A l'exception d'une certaine méfiance dans le regard, l'expression de Rhett était impénétrable.

– Vous vouliez me voir, Scarlett ?

– Oui. Rassurez-vous, je ne cherche pas à relancer la bataille. Je désire vous proposer un marché.

Il ne répondit ni ne changea d'expression. Du ton mesuré de la femme d'affaires, Scarlett poursuivit :

– Nous savons l'un et l'autre que vous ne pouvez pas me séquestrer à Charleston ni me forcer à aller aux bals et aux réceptions. Nous savons aussi que je suis capable de dire ou de faire n'importe quoi en public sans que vous y puissiez rien. Je vous propose donc ceci : je resterai, je me conduirai de la manière que vous souhaiterez, mais à une condition, que vous m'aidiez à obtenir quelque chose que je désire et qui n'a rien à voir avec vous ni avec Charleston.

Rhett s'assit, prit un cigare dans sa poche, en coupa le bout et l'alluma lentement.

– Je vous écoute.

Scarlett exposa son projet en s'animant à mesure qu'elle parlait. Longtemps auparavant, Rhett lui avait prêté de l'argent pour acheter sa première scierie. Il s'était toujours intéressé au succès de ses entreprises – il avait été le seul, en fait, comme il était le seul à ne pas considérer indigne d'une femme de se lancer dans les affaires. L'opinion de Rhett lui importait donc au plus haut point.

— Votre audace force l'admiration, Scarlett, dit-il quand elle eut terminé. Je vous sais capable de tenir tête au général Sherman et à toute son armée, mais vouloir jouer au plus fin avec l'Église catholique romaine, voilà ce que j'appelle avoir les yeux plus grands que le ventre !

Il riait, mais d'un rire amical, admiratif, comme s'il se trouvait, lui aussi, ramené à l'heureuse époque où ils étaient amis.

— Je ne veux pas jouer au plus fin, Rhett ! Je cherche simplement à réaliser une honnête transaction.

— Une honnête transaction, vous ? dit-il avec un large sourire. Vous me décevez, Scarlett. Seriez-vous en train de perdre la main ?

— Faut-il vraiment que vous me disiez des horreurs pareilles ? Vous savez très bien que je n'essaierai jamais de tromper l'Église !

Sa vertueuse indignation amusa Rhett de plus belle.

— Je n'en sais rien du tout ! Soyez franche : est-ce la raison pour laquelle vous courez à la messe tous les dimanches en brandissant votre chapelet ? Préméditez-vous ce plan de campagne depuis le début ?

— Je n'ai rien prémédité ! Je me demande même pourquoi je n'y avais pas pensé plus tôt...

Scarlett s'interrompit. La main devant la bouche, elle étouffa une exclamation de dépit. Comment Rhett s'y prenait-il pour lui faire toujours dire plus qu'elle n'aurait voulu ?

— Eh bien ? reprit-elle, agacée. Allez-vous m'aider, oui ou non ?

— Je ne demande pas mieux, mais je ne vois pas comment. Si la mère supérieure refuse, resterez-vous quand même jusqu'à la fin de la Saison ?

— J'ai promis, je tiendrai parole. De toute façon, elle n'aura aucune raison de refuser, je lui offrirai bien plus que ce que Will serait en mesure de proposer. De votre côté, vous pourrez l'influencer. Vous connaissez le monde entier, vous savez comment obtenir des résultats.

— Votre confiance me touche, Scarlett. Je connais, il est vrai, tous les truands, tous les politiciens marrons et tous les hommes d'affaires véreux à mille milles à la ronde, mais je n'exerce aucune influence sur les honnêtes gens de ce monde. Je ne puis rien faire de plus pour vous que vous donner quelques conseils. N'essayez pas d'entortiller cette sainte femme. Dites-lui la vérité, si vous en êtes capable, et acceptez ses conditions. Ne marchandez pas.

— Vous plaisantez, Rhett ! Il faut être bien naïf pour payer le prix demandé. D'ailleurs, le couvent n'a pas besoin d'argent. Les sœurs ont leur grande bâtisse, elles travaillent sans se faire payer – et je ne parle pas des chandeliers et des croix en or massif sur l'autel de la chapelle.

Rhett reprit son sérieux, sans parvenir à éteindre l'éclair de gaieté dans son regard.

– Je vous souhaite la meilleure chance du monde, Scarlett. Considérez que je vous donne ma bénédiction.

Il sortit avec dignité – pour éclater de rire dans l'escalier. Scarlett tiendrait parole, comme elle l'avait toujours fait. Avec sa coopération, le scandale serait vite oublié. Dans quinze jours à peine, la Saison serait terminée et Scarlett envolée. Une fois débarrassé de sa présence, qui perturbait l'existence respectable qu'il s'efforçait de mener à Charleston, il serait libre de regagner Dunmore où il avait tant de projets à mener à bien. Les négociations entre Scarlett et la mère supérieure le divertiraient jusqu'à ce qu'il puisse enfin vivre sa vie sans entraves.

Je parierais sur l'Église, parce qu'elle raisonne en termes d'éternité plutôt que de semaines, se dit-il. Mais je ne parierais pas gros. Quand Scarlett mord dans une proie, il est impossible de lui faire lâcher prise... Longtemps après, Rhett en riait encore.

Ainsi que Rhett l'avait prévu, la partie entre Scarlett et la mère supérieure fut loin d'être simple.

– Elle ne dit ni oui ni non et elle ne m'écoute même pas quand je lui explique qu'elle a tout intérêt à vendre ! se lamenta Scarlett après sa première visite au couvent.

Au retour de la deuxième, de la troisième, de la cinquième, chaque fois plus frustrée et désemparée, elle en était toujours au même point. Rhett prêtait patiemment l'oreille à ses récriminations et se retenait d'en rire, car il savait qu'elle ne pouvait en parler à personne d'autre.

Il trouvait presque tous les jours de nouvelles occasions de se réjouir en observant l'escalade des moyens déployés par Scarlett dans son offensive contre la Sainte Église. Elle commença par aller tous les matins à la messe, dans l'espoir que les échos de sa dévotion parviendraient au couvent. Elle rendit à Carreen des visites si fréquentes qu'elle connut bientôt toutes les religieuses et la moitié des élèves par leur nom. Au bout d'une semaine d'entretiens infructueux et de réponses évasives de la mère supérieure, le désespoir de Scarlett fut tel qu'elle s'avisa d'accompagner charitablement ses tantes chez certaines de leurs amies victimes de revers de fortune – mais fidèles catholiques.

– Je finirai par user les grains de mon chapelet! dit-elle avec rage. Pourquoi cette vieille toupie est-elle aussi méchante avec moi, Rhett?

– Peut-être croit-elle assurer ainsi le salut de votre âme, suggéra-t-il en gardant son sérieux.

– Mon âme se porte à merveille, merci! Je n'en dirai pas autant de mon pauvre corps. Les fumées d'encens dans les églises me soulèvent le cœur et j'ai une mine de déterrée à force de sortir tous les soirs.

– Vos yeux cernés vous donnent au contraire une allure ascétique qui fait sûrement une grosse impression sur la mère supérieure!

– Oh, Rhett! C'est affreux de me dire cela! Il faut que j'aille me repoudrer sur-le-champ.

Le manque de sommeil commençait en effet à marquer le visage de Scarlett et la frustration provoquait l'apparition de petits plis verticaux entre ses sourcils. Tout Charleston s'étonnait de ce qu'on prenait chez elle pour un accès de ferveur mystique. Scarlett était méconnaissable. Aux bals et aux réceptions, elle se montrait courtoise mais absente. La frivole tentatrice avait disparu. Elle n'acceptait plus d'invitations à jouer au whist, elle cessait de fréquenter des salons où on l'avait vue avec assiduité depuis le début de la Saison.

– Rien de plus louable que d'honorer Dieu, dit un jour Sally Brewton. Pendant le Carême, je me prive même de choses que j'aime. Mais je considère que Scarlett va trop loin dans ses mortifications. C'est excessif.

Emma Anson ne partageait pas son point de vue.

– Je l'estime beaucoup plus qu'avant. Je ne comprenais pas que vous l'ayez parrainée comme vous l'avez fait, Sally, vous le savez. Je la prenais pour une petite arriviste vaniteuse et sans éducation. Maintenant, je suis prête à ravaler mes paroles. On ne peut s'empêcher d'éprouver une certaine admiration pour les personnes capables de sincères sentiments religieux. Même papistes.

Le mercredi matin de la seconde semaine du siège de la mère supérieure, il faisait froid et il pleuvait. Je ne peux pas aller au couvent à pied sous un déluge pareil, se lamenta Scarlett, je gâterais mon unique paire de bottines. Elle pensa avec regret à Ezekiel, l'ancien cocher des Butler qui, tel le bon génie sorti d'un flacon magique, était apparu les deux soirées pluvieuses où ils avaient dû sortir. Cette comédie me révolte, il n'empêche qu'aujourd'hui j'accepterais volontiers de la jouer rien que pour rouler au chaud et au sec. Mais je ne le puis pas et il faut que je sorte. Je sortirai donc.

« Notre Révérende Mère supérieure est partie ce matin de bonne heure pour la maison de notre ordre en Géorgie, où elle doit assister à une assemblée », lui annonça la sœur tourière. Nul ne connaissait exactement la durée de son absence. Un jour ou deux, une semaine, peut-être davantage.

Mais je n'ai pas une semaine devant moi! se retint de crier Scarlett. Je ne peux même pas me permettre de perdre une seule journée.

Elle rentra en pataugeant sous les trombes d'eau.

– Jette ces maudites bottines et prépare-moi des vêtements secs, dit-elle à Pansy.

Encore plus trempée que sa maîtresse, Pansy affecta de tousser à fendre l'âme et partit exécuter les ordres en traînant la jambe. Cette fille mérite le fouet, se dit Scarlett. En fait, le découragement l'accablait davantage que la colère.

La pluie cessa dans l'après-midi. Mme Butler et Rosemary décidèrent d'aller courir les boutiques de la rue Royale. Scarlett ne voulut même pas faire cet effort et resta à ruminer ses malheurs dans sa chambre. Puis, comme elle étouffait dans cet espace clos, elle descendit à la bibliothèque dans l'espoir d'y trouver Rhett, qui lui offrirait peut-être un peu de réconfort. N'ayant révélé ses projets à personne d'autre, il était le seul à qui elle pouvait en parler.

– La réforme de l'Église catholique progresse-t-elle? demanda-t-il en haussant un sourcil ironique.

Scarlett lui relata avec indignation la fuite de la mère supérieure. Il lui prodigua quelques consolations tout en préparant et en allumant un cigare.

– Je vais fumer sur la terrasse, dit-il quand l'extrémité lui parut rougeoyante à souhait. Venez donc prendre l'air, la pluie nous a ramené l'été. Il fait très doux dehors, depuis que le vent a chassé les nuages vers la mer.

Au sortir de la pénombre de la maison, le soleil était éblouissant. S'abritant les yeux d'une main, Scarlett aspira à pleins poumons les senteurs de plantes et de terre mouillées qui émanaient du jardin, mêlées aux effluves salés montant de la baie et à l'odeur, si masculine, de la fumée de cigare. La proximité de Rhett la troubla soudain, au point qu'elle s'en éloigna de quelques pas. Quand il prit la parole, sa voix parut à Scarlett provenir de très loin.

– Le pensionnat des sœurs en Géorgie est à Savannah, si je ne me trompe. Après la Sainte-Cécile, vous pourriez y aller pour l'anniversaire de votre grand-père, vos tantes vous ont assez harcelée à ce sujet. S'il s'agit d'une importante assemblée, l'évêque y sera présent. Peut-être aurez-vous plus de chance avec lui qu'avec la mère supérieure.

Scarlett s'efforça de prêter attention à la suggestion de Rhett. En vain : sa présence l'inhibait. N'était-ce pas étrange qu'il l'intimide, alors qu'ils avaient réussi ces derniers temps à renouer des relations confiantes et amicales ? Adossé à un pilier, Rhett savourait son cigare.

— Je verrai, dit-elle en se hâtant de partir avant de fondre en larmes.

Qu'est-ce qui m'arrive ? se demanda-t-elle en essuyant ses joues. Voilà que je deviens une gamine pleurnicheuse, incapable de se contrôler – ce que je déteste le plus au monde ! Qu'importe s'il me faut un peu plus longtemps que prévu pour obtenir ce que je veux ? J'aurai Tara ! Et Rhett aussi, même si cela doit me prendre cent ans !

CHAPITRE 29

— De ma longue vie, je n'ai jamais été si contrariée, dit Eleanor Butler.

Ses mains tremblaient en soulevant la théière. Une feuille de papier froissée gisait à ses pieds. Pendant qu'elle était sortie faire ses courses avec Rosemary, un télégramme était arrivé de Philadelphie : le cousin Townsend Ellinton et sa femme annonçaient leur visite.

— C'est insensé! s'écria Eleanor. Ils nous préviennent à peine deux jours avant. A croire qu'ils n'ont jamais entendu parler de la guerre.

— Voyons, Maman, ils descendront au Charleston Hotel et nous les emmènerons au Bal. Ce ne sera pas si pénible, dit Rhett d'un ton apaisant.

— Ce sera épouvantable! déclara Rosemary. Je ne vois vraiment pas pourquoi nous devrions nous mettre en frais pour des Yankees.

— Parce que ce sont nos parents, lui dit sa mère d'un ton sévère, et tu seras très aimable avec eux. D'ailleurs, ton cousin Townsend n'est pas du tout yankee, il s'est battu aux côtés du général Lee.

L'air maussade, Rosemary ne répondit pas.

— Cessons de nous plaindre, reprit Eleanor en riant. Pensons plutôt à la rencontre entre Townsend et Henry Wragg, elle en vaudra la peine. Ils louchent autant l'un que l'autre, Townsend sur le bout de son nez, Henry vers ses deux épaules. Croyez-vous qu'ils réussiront à se serrer la main?

Les Ellinton n'étaient pas antipathiques, dut admettre Scarlett, sauf qu'on ne savait trop où regarder quand on parlait au cousin Townsend. Hannah, sa femme, n'était pas aussi jolie que l'avait annoncé Eleanor, constatation plutôt réconfortante. Cependant, devant sa robe de bal en brocart rubis rebrodé de perles et son collier de diamants, Scarlett se sentit déplorablement mal fagotée dans sa vieille robe de velours bordeaux et ses camélias. Dieu merci, ce bal clôturait la Saison. Si quelqu'un m'avait dit que je me lasserais de danser, je l'aurais traité de menteur et, pourtant, j'en ai plus que mon compte! Ah! Si seulement tout était réglé au sujet de Tara!

Selon le conseil de Rhett, Scarlett avait d'abord envisagé de se rendre à Savannah. Mais la perspective de subir ses tantes plusieurs jours d'affilée lui était insoutenable, au point qu'elle avait décidé d'attendre le retour de la mère supérieure à Charleston. Rosemary étant invitée chez Julia Ashley, au moins elle en serait débarrassée. La compagnie de sa belle-mère n'était pas pour lui déplaire, au contraire. Quant à Rhett, il comptait repartir pour Dunmore. Scarlett préférait ne pas y penser, sous peine de s'effondrer avant la fin de la soirée.

– Parlez-moi du général Lee, cousin Townsend, lui dit Scarlett avec son plus brillant sourire. Est-il réellement aussi bel homme qu'on le prétend?

Ezekiel avait astiqué la voiture et bouchonné les chevaux jusqu'à ce que l'équipage fût digne d'un roi. Il ouvrit la portière et se tint devant le marchepied, prêt à intervenir, pendant que Rhett aidait les dames à monter.

– Je maintiens que les Ellinton auraient dû venir avec nous, déclara Eleanor d'un air mécontent.

– La voiture n'est pas assez grande, nous nous serions écrasés, dit Rosemary.

Rhett lui fit signe de se taire.

– Rassurez-vous, Maman, lui dit-il. Ils sont juste devant nous, dans la plus belle voiture de louage qu'ils aient pu se procurer – Hannah en a les moyens. Nous les dépasserons dans la rue de la Réunion afin d'arriver les premiers et de les recevoir à l'entrée. Tout se passera le mieux du monde, vous n'avez aucun souci à vous faire.

– Au contraire, tu devrais te douter que j'en ai beaucoup, Rhett. Townsend nous est apparenté, comme à d'autres familles d'ici. Il n'empêche que Hannah est une pure Yankee et j'ai bien peur qu'elle ne soit *courtoisée* à mort.

– Qu'elle ne soit... quoi? s'étonna Scarlett.

Rhett lui expliqua que, depuis la fin de la guerre, on pratiquait à Charleston un « jeu de société », particulièrement sournois et cruel, consistant à accabler les étrangers d'une courtoisie si excessive qu'elle devenait une arme.

– Les victimes finissent par avoir l'impression de descendre d'un arbre et de se tenir debout pour la première fois de leur vie. Malgré leur subtilité, les Chinois n'ont jamais inventé pire supplice auquel, dit-on, seules les âmes les mieux trempées parviennent à survivre. J'espère que nous n'aurons pas à y assister ce soir.

– Rhett! Allons, je t'en prie! l'adjura sa mère.

Scarlett ne souffla mot. Voilà pourtant ce qu'ils m'ont infligé, se dit-elle sombrement. Eh bien, qu'ils continuent si cela les amuse! Je n'en ai plus pour longtemps à supporter cette maudite ville et ses habitants.

Après s'être engagée dans la rue de la Réunion, la voiture prit place dans une longue file d'équipages qui progressaient lentement et déposaient leurs passagers à tour de rôle. A ce train, le bal va être fini avant que nous arrivions! se dit Scarlett. Par la vitre, elle regarda les piétons, les dames suivies de servantes portant leurs « sacs à escarpins ». Nous aurions dû venir à pied, nous aussi, pensa Scarlett. Par une belle soirée chaude comme celle-ci, ce serait plus agréable de marcher que d'être enfermés dans cet espace confiné. Le bruyant tintement d'une cloche de tramway sur leur gauche la fit sursauter. Que fait-il à cette heure-ci? se demanda-t-elle. Le service est censé s'arrêter à neuf heures. Or, au même moment, la demie sonnait au clocher de Saint-Michel.

– N'est-ce pas charmant de voir un tramway bondé de gens en tenue de soirée? dit Eleanor Butler. Saviez-vous, Scarlett, que, le soir de la Sainte-Cécile, la compagnie arrête les tramways plus tôt afin de les nettoyer avant le service spécial qui transporte les invités au bal?

– Non, je ne savais pas, Mère. Mais comment ceux qui sont venus en tramway rentrent-ils chez eux?

– Par le service spécial de deux heures du matin.

– Et si quelqu'un voulait prendre le tramway sans aller au bal?

– C'est impossible, bien entendu. Personne n'aurait d'ailleurs idée de le faire. Chacun sait que les tramways ne fonctionnent plus après neuf heures du soir.

– Maman, vous parlez comme la duchesse d'*Alice au pays des merveilles*, dit Rhett en riant.

– Ma foi, c'est bien possible! répondit Eleanor en pouffant à son tour.

Elle riait encore quand la voiture s'arrêta et qu'un groom ouvrit la portière. Scarlett découvrit un spectacle qui lui coupa le souffle. Voilà ce que j'appelle un bal! Une paire d'énormes lanternes, chacune pourvue de six becs de gaz, étaient accrochées à deux poteaux de fer peints en noir. Elles illuminaient le péristyle aux imposantes colonnes blanches d'un majestueux bâtiment en retrait de la rue derrière de hautes grilles de fer forgé. Sous un dais d'une blancheur immaculée, un tapis blanc était déroulé depuis le marchepied de marbre, disposé au bord du trottoir, jusqu'au perron du péristyle.

– Par exemple! dit Scarlett, émerveillée. On pourrait aller de sa voiture à la salle de bal par une pluie battante sans recevoir une goutte d'eau!

– C'est en effet le principe, approuva Rhett, mais il n'a pas encore été mis à l'épreuve. Il ne pleut jamais la nuit de la Sainte-Cécile. Dieu Lui-même n'oserait pas...

– Rhett! s'exclama Eleanor, sincèrement choquée.

Scarlett adressa à Rhett un sourire complice, heureuse qu'il fût capable de se moquer d'une institution à laquelle il attachait tant de prix. Il lui avait longuement parlé du Bal, de sa tradition maintenue depuis des années – tout, à Charleston, paraissait remonter à des siècles! – et de la manière dont il était organisé par des hommes, car les membres de l'Association étaient exclusivement masculins.

– Venez, Scarlett, dit Rhett, vous serez en terrain de connaissance. Ce bâtiment, appelé *Hibernian Hall*, est dédié à l'Irlande. Vous y verrez une plaque commémorative ornée d'une superbe harpe celtique en peinture dorée.

Scarlett s'avança, le menton fièrement levé à l'instar de son père irlandais, et s'arrêta net : ils étaient cernés par des soldats yankees! La frayeur lui serra un instant la gorge. Que faisaient-ils là? Allaient-ils provoquer des troubles pour se venger des dames qui s'étaient moquées d'eux? C'est alors que, derrière le cordon de troupes, elle vit la foule venue regarder les invités qui descendaient de voiture. A la bonne heure! se dit-elle. Les Yankees les contiennent pour nous ménager un passage, ni plus ni moins que les domestiques qui portent les torches. Bien fait pour eux! Qu'attendent-ils pour s'en aller et nous laisser tranquilles? De toute façon, personne ne fait attention à eux.

Par-dessus la tête des soldats, elle adressa à la foule son plus brillant sourire. Si seulement elle portait une robe neuve, au lieu de cette guenille défraîchie! Faisant contre mauvaise fortune bon cœur, elle lâcha sa traîne au bout de trois pas, la déploya sur le tapis blanc avec une habileté consommée et s'avança d'une allure souveraine, comme si le Bal de la Saison n'était donné que pour elle. A l'entrée, elle attendit les autres en admirant la courbe gracieuse de l'escalier. Un lustre de cristal, au-dessus du vaste hall, scintillait de toutes ses bougies et pendeloques comme le plus éblouissant joyau du monde.

– Voici les Ellinton, dit Mme Butler. Venez, Hannah, allons déposer nos manteaux au vestiaire des dames.

Hannah Ellinton allait y entrer à sa suite quand elle s'arrêta net sur le seuil, avec un involontaire mouvement de recul. Rosemary et Scarlett durent s'écarter rapidement afin d'éviter de la bousculer.

Que se passait-il? Scarlett se pencha pour regarder. Le spectacle lui était devenu si familier depuis le début de la Saison qu'elle ne comprenait pas pourquoi Hannah semblait choquée à ce point. Leurs jupes relevées jusqu'aux genoux, des dames et des jeunes filles étaient assises sur un banc le long du mur, les pieds dans des bassines d'eau savonneuse. Pendant qu'elles bavardaient et plaisantaient entre elles, leurs servantes leur lavaient les pieds, les séchaient, les poudraient avant de leur mettre des bas, souvent reprisés, et des escarpins de danse. Toutes celles qui se rendaient à pied aux bals de la Saison par les rues poussiéreuses se soumettaient à ce rituel, qu'elles considéraient comme normal. Que s'imaginait donc cette Yankee? Qu'on dansait en bottines? Scarlett envoya une bourrade dans le dos de Mme Ellinton.

— Vous gênez le passage.

Hannah s'avança en s'excusant. Eleanor Butler, qui n'avait pas remarqué sa réaction, se détourna du miroir devant lequel elle arrangeait sa coiffure.

— Ah! Vous voilà. Je craignais de vous avoir perdue. Venez, je vais vous présenter Sheba. Elle pourvoira ce soir à tous vos besoins.

Hannah Ellinton se laissa docilement mener vers un coin de la pièce, où une femme énorme trônait dans une large bergère tapissée de brocart. Sa peau d'un brun doré était à peine plus foncée que la couleur de son siège.

Sheba se souleva avec difficulté pour être présentée à l'invitée de Mme Butler et à sa belle-fille. Poussée par la curiosité, Scarlett s'approcha afin de voir de près cette femme dont elle avait tant entendu parler.

Sheba, réputée la meilleure couturière de Charleston, était un personnage célèbre. Elle avait été formée par la couturière française que Mme Rutledge, dont elle était alors l'esclave, avait fait venir de Paris pour confectionner le trousseau de sa fille. Sheba était capable de métamorphoser haillons ou sacs de farine en chefs-d'œuvre dignes des meilleurs magazines de mode, mais elle ne tirait plus l'aiguille que pour Mme Rutlege, sa fille et quelques clientes triées sur le volet. Son père, évangéliste, l'avait baptisée Reine de Saba et, en effet, elle était devenue une reine à sa manière. Chaque année, au bal de la Sainte-Cécile, elle régnait sur le vestiaire des dames où, sous sa direction, une troupe composée de ses deux servantes personnelles en coquet uniforme et des suivantes des dames parait avec diligence et efficacité à toutes les éventualités. Ourlets déchirés, corsages tachés, boutons décousus, coiffures défaites, évanouissements, indigestions, chevilles foulées, cœurs brisés : Sheba et ses acolytes avaient une solution pour chaque problème. Dans tous les bals, on réservait une pièce et des servantes à l'usage des dames; seul, celui de la Sainte-Cécile pouvait s'enorgueillir d'offrir les services de Sheba, qui refusait poliment mais fermement d'exercer sa magie en d'autres occasions : elle n'était digne que de la plus prestigieuse.

Car elle pouvait se permettre de se montrer exclusive dans ses choix. Scarlett avait appris par Rhett ce que tout le monde savait sans le dire : Sheba était propriétaire de la plus luxueuse et de la plus rentable maison close du célèbre « Passage des Mulâtres », cette portion de Chalmers Street, à deux rues du siège de l'Association Sainte-Cécile, où le whisky frelaté, les cartes biseautées et les femmes de tous les âges, de toutes les couleurs et à tous les prix délestaient officiers et soldats des troupes d'occupation du plus clair de leur solde.

Scarlett s'amusa de l'expression effarée d'Hannah Ellinton. Je parie, se dit-elle, qu'elle est de ces abolitionnistes qui n'ont jamais vu de près une personne de couleur. Comment réagirait-elle en découvrant les autres activités de Sheba ? Selon Rhett, la Reine avait mis de côté plus d'un million de dollars en or dans les coffres d'une banque en Angleterre. Les Ellinton ne pouvaient sûrement pas en dire autant !

CHAPITRE 30

Lorsque Scarlett atteignit l'entrée de la salle de bal, elle s'arrêta net, trop bouleversée par la magie et la beauté irréelle du spectacle pour se rendre compte qu'elle barrait à son tour le passage à ceux qui la suivaient.

Des bougies par centaines baignaient l'immense salle d'une lumière, brillante et douce à la fois, qui paraissait sourdre de partout. Elle tombait des quatre lustres de cristal qui semblaient flotter au-dessus des têtes, elle irradiait des paires d'appliques en or et en cristal le long des murs. Reflétée à l'infini par de hauts miroirs aux cadres dorés et les fenêtres obscurcies par la nuit, elle faisait luire le brocart d'or des rideaux. Sur de longues tables, de part et d'autre de la porte, des candélabres d'argent posaient des reflets dorés sur les flancs rebondis de monumentaux bols de punch en argent.

Scarlett franchit le seuil en riant de plaisir.

– Alors, vous amusez-vous ? lui demanda Rhett beaucoup plus tard.

– Oh, oui ! Ce bal est vraiment le plus merveilleux de la Saison !

La soirée s'était déroulée de manière idéale, dans la musique, les rires et la gaieté. En recevant son carnet de bal, présenté avec un bouquet de gardénias dans une résille d'argent, Scarlett avait d'abord été très déçue, car les noms des danseurs y étaient inscrits d'avance par les Gouverneurs de l'Association. Elle ne tarda cependant pas à constater que la sélection était magistralement orchestrée. Elle dansa ainsi avec des hommes qu'elle connaissait déjà et d'autres qui lui étaient inconnus, jeunes ou plus âgés, des piliers de Charleston et des étrangers, des Charlestoniens dispersés dans le vaste monde mais qui revenaient toujours dans leur ville natale à l'occasion de la Sainte-Cécile. Ainsi, chaque danse réservait la possibilité d'une surprise, l'assurance de la nouveauté – mais sans risque de situation gênante : le nom de Middleton Courtney ne figurait pas sur sa liste. Elle n'avait donc à se soucier de rien que du plaisir de se laisser griser par la musique et le charme du badinage dans un cadre de rêve.

Il en allait de même pour toutes. Scarlett s'amusait de voir ses tantes ne pas manquer une polka ni un quadrille ; Eulalie elle-même avait troqué sa mine renfrognée habituelle pour des sourires épanouis. Aucune femme ne faisait tapisserie, nulle ne se sentait mal à l'aise. Les jeunes débutantes, gauches et empruntées dans leurs robes virginales, avaient des cavaliers aussi rompus aux subtilités de la danse qu'à l'art de la conversation. Scarlett vit Rhett danser avec au moins trois d'entre elles, mais pas une fois avec Anne Hampton. Les Gouverneurs savent-ils tout, dans leur sagesse ? se demanda-t-elle. L'idée l'effleura toutefois à peine. Elle était trop heureuse, elle s'amusait trop. Et le spectacle qu'offraient les Ellinton était trop réjouissant.

Hannah rayonnait comme si elle se croyait la reine du bal. On a dû lui attribuer les plus grands flagorneurs de Charleston, pensa malicieusement Scarlett. Et pourtant non, se dit-elle en constatant que Townsend semblait s'amuser encore plus que sa femme. Ils n'oublieront sûrement jamais cette soirée. Elle non plus, d'ailleurs. On approchait de la seizième danse réservée aux amoureux et aux époux, lui avait appris Josiah Anson pendant une valse. Or, avait-il ajouté d'un ton faussement solennel, la tradition et le règlement de l'Association – président en exercice, il le savait mieux que quiconque ! – voulaient que les époux de la Sainte-Cécile fussent amoureux comme de jeunes mariés. Scarlett la danserait donc avec Rhett.

Voilà pourquoi, lorsqu'il la prit dans ses bras en lui demandant si elle s'amusait, Scarlett répondit du fond du cœur par l'affirmative.

A une heure du matin, l'orchestre joua la dernière mesure du *Beau Danube bleu,* qui clôturait le bal.

– Déjà ? s'écria Scarlett. Je ne veux pas que le bal soit terminé. Il ne devrait jamais prendre fin !

– Bravo ! dit Miles Brewton, l'un des Gouverneurs. Voilà ce que nous souhaitons entendre dans toutes les bouches. Et maintenant, descendons souper. L'Association est presque aussi fière de sa bisque d'huîtres que de son punch. Vous avez goûté notre célèbre mixture, j'espère ?

– Certes, oui ! J'ai cru que ma tête allait éclater.

Le punch de la Sainte-Cécile avait pour ingrédients principaux du champagne millésimé et du cognac hors d'âge.

— Pour nous autres, pauvres vieillards, il constitue un adjuvant indispensable. Il nous rend le pied léger sans nous monter à la tête.

— Pas de fausse modestie, Miles! Quand j'entendais Sally prétendre que vous étiez le meilleur danseur de Charleston, je croyais qu'elle se vantait. Maintenant, je sais qu'elle ne disait que la stricte vérité.

Chez Scarlett, flatterie et sourires charmeurs étaient si naturels qu'elle les prodiguait sans même y penser. Que fabriquait donc Rhett avec Edward Cooper? De quoi lui parlait-il si longuement au lieu de la rejoindre pour descendre souper? Sally Brewton ne lui pardonnerait pas de retenir Miles... Ah! Dieu merci, Rhett venait enfin.

— Si vous n'étiez pas sensiblement plus fort que moi, Rhett, je ne vous laisserais jamais me priver de la compagnie de votre adorable épouse, dit Miles en baisant la main de Scarlett. Vous m'avez enchanté, chère madame.

Scarlett esquissa une révérence.

— J'en suis ravie, cher monsieur.

— Décidément, dit Rhett, je n'ai plus qu'à proposer à Sally de l'enlever. Elle a refusé les cinquante dernières fois, mais j'aurais peut-être plus de chance ce soir.

En riant, ils se mirent tous trois en quête de Sally. Ils la trouvèrent assise sur un appui de fenêtre, déchaussée et les escarpins à la main.

— Si je tenais celui qui a dit qu'il faut user ses semelles pour qu'un bal soit digne de ce nom! dit-elle en geignant. J'ai les pieds couverts d'ampoules.

Miles la prit dans ses bras.

— Je vous porterai donc, femme encombrante! Une fois en bas, vous clopinerez s'il le faut mais vous vous rechausserez pendant le souper comme une personne respectable.

— Brute sans cœur! répliqua Sally.

Ils échangèrent un regard qui serra d'envie le cœur de Scarlett. Le coup d'œil qu'elle lança vers Rhett ne la consola guère. N'y pensons plus, se dit-elle, inutile de gâcher une soirée aussi parfaite.

— Je meurs de faim! De quel sujet passionnant parliez-vous, tout ce temps, avec Edward Cooper?

— Il m'informait que, sous ma déplorable influence, les résultats scolaires de Tommy se détériorent au point qu'il le punit en vendant son petit voilier.

— C'est cruel! s'écria Scarlett.

— Tommy retrouvera son bateau, je l'ai racheté. Et maintenant, descendons avant que les autres ne finissent la bisque... Pour la première fois de votre vie, Scarlett, vous verrez plus de bonnes choses que vous ne pourrez en avaler. Les dames elles-mêmes s'empiffrent, c'est la tradition. La Saison est terminée et le Carême est proche.

Peu après deux heures, les portes s'ouvrirent. Les jeunes porteurs de torches reprirent en bâillant leurs positions afin d'éclairer la sortie des invités. Pendant qu'ils rallumaient leurs torches, le tramway stationné dans la rue se ranima à son tour. Le cocher remonta la mèche de la lampe bleue sur le toit de son véhicule et celles des deux grandes lanternes près des portières. Les chevaux piaffèrent en hennissant. Un homme en tablier blanc balaya les feuilles mortes que le vent avait poussées sur le tapis, ouvrit les grilles à deux battants et disparut dans l'ombre au moment où l'on entendit le brouhaha des voix dans le hall.

Tout le long de la rue, les équipages s'ébranlèrent afin de venir charger leurs passagers.

— Réveillez-vous, ils arrivent, grommela Ezekiel aux deux jeunes grooms en livrée étendus à ses pieds.

Ils s'ébrouèrent, sautèrent à terre et grimpèrent en souriant sur leurs sièges.

La foule se déversait maintenant par les portes du bâtiment. On parlait, on riait, on se séparait à regret, on prolongeait l'atmosphère joyeuse de la soirée en s'attardant sous le péristyle. Comme tous les ans, chacun se récriait qu'on ne s'était jamais tant amusé, que cette Sainte-Cécile avait été la plus réussie, l'orchestre le meilleur, le souper le plus savoureux, le punch le plus délectable.

— Soyez tranquilles, mes enfants, vous allez retrouver votre écurie, dit à ses chevaux le cocher du tramway en faisant tinter sa cloche avec autorité.

— Bonne nuit! Bonne nuit à tous! s'écrièrent joyeusement les plus disciplinés de ses passagers.

Un couple, puis deux, puis trois, bientôt suivis d'une avalanche de jeunes gens, dévalèrent en riant les marches du perron et coururent prendre d'assaut le tramway. En discourant avec indulgence sur l'inlassable énergie de la jeunesse, leurs aînés les suivirent d'un pas mesuré, plus conforme à leur dignité, mais qui dissimulait parfois à grand-peine une certaine instabilité dans la démarche.

Scarlett tira Rhett par la manche.

— Oh! Rhett, prenons le tramway! On étouffera dans la voiture et il fait si bon, ce soir.

— Il nous restera un long chemin à faire à pied.

— Tant mieux, j'ai envie de marcher.

Il aspira profondément l'air frais et pur de la nuit.

— Moi aussi, après tout. Je vais prévenir ma mère. Montez dans le tramway et gardez-moi une place.

Le tramway tourna dans la Grand-Rue, à une rue de là, et parcourut majestueusement l'artère silencieuse jusqu'à la Poste. A bord, la soirée se poursuivait dans les rires et la bonne humeur. Tout le monde reprenait en chœur une chanson entonnée par trois jeunes gens à la gloire des transports en commun de la bonne ville de Charleston.

La justesse des voix laissait à désirer, mais les chanteurs n'en avaient pas conscience et s'en souciaient encore moins. Scarlett et Rhett chantaient aussi fort et aussi faux que les autres. Ils se joignirent une dernière fois au refrain en mettant pied à terre ; puis, tandis que le lourd véhicule s'ébranlait en direction du terminus, ils rendirent leurs saluts aux passagers dont les cris joyeux et les rires s'estompèrent peu à peu.

— Connaissent-ils une autre chanson, à votre avis ? demanda Scarlett.

— Ils ne savent même pas celle-ci ! répondit Rhett en riant. Ni moi non plus, pour être franc. Mais cela ne semble guère avoir d'importance.

Scarlett pouffa de rire et s'arrêta soudain : désormais le chœur des chanteurs était à peine perceptible, et son rire avait résonné dans la nuit. Elle suivit des yeux le tramway jusqu'à ce qu'il disparaisse à un coin de rue. En dehors du rond de lumière projeté par le réverbère devant la Poste, il faisait très noir et le silence était total. La frange de son châle voletait sous une brise légère. L'air tiède était chargé de senteurs.

— Comme il fait bon ! murmura-t-elle.

Rhett acquiesça d'un signe. Il sortit sa montre de son gousset et l'examina sous le réverbère.

— Écoutez, dit-il à mi-voix.

Scarlett tendit l'oreille. Tout était calme. Elle retint sa respiration, écouta plus attentivement.

— Voilà ! dit Rhett.

L'horloge de Saint-Michel sonna deux coups, qui vibrèrent longuement dans la nuit.

— Juste la demie, déclara Rhett d'un air satisfait en remettant sa montre dans son gousset.

Ayant l'un et l'autre forcé sur le punch, ils flottaient dans ce plaisant état de griserie qui procure un sentiment de bien-être et exalte les sensations. L'obscurité leur semblait plus profonde, l'air plus tiède, le silence plus ouaté, le souvenir du bal plus enchanteur que le bal lui-même. Scarlett bâilla de contentement et glissa une main sous le coude de Rhett. Ils s'enfoncèrent dans la nuit sans mot dire; leurs pas, réverbérés par les façades des maisons, retentissaient sur la brique du trottoir. Scarlett lança des regards inquiets autour d'elle et observa par-dessus son épaule la sombre masse de la Poste. Elle ne reconnaissait rien. Tout est trop calme, se dit-elle, comme si nous étions les seules personnes en vie sur terre.

Drapé dans sa cape qui dissimulait le plastron blanc de sa chemise, Rhett se fondait lui aussi dans l'obscurité. Scarlett affermit sa prise sur son bras et se serra contre lui, comme pour capter la chaleur de son corps, la force qui émanait de sa personne.

— Quelle merveilleuse soirée..., commença-t-elle.

Elle avait parlé trop fort. L'écho de sa voix sonna étrangement à ses oreilles.

— Hannah m'a fait rire aux larmes, reprit-elle plus bas. Elle était toute retournée de voir comment les Sudistes traitent leurs invités.

— Pauvre Hannah! répondit Rhett en riant. Elle ne s'est sans doute jamais sentie aussi séduisante ni aussi spirituelle. Townsend ne s'y est pas trompé. Il souhaite revenir se fixer dans le Sud, cette visite décidera probablement Hannah à donner son accord. Surtout quand on sait qu'il y a en ce moment un pied de neige à Philadelphie.

Scarlett souriait et, en passant sous le réverbère suivant, elle vit que Rhett souriait aussi. Ils n'avaient pas besoin de parler. Il leur suffisait de se sentir bien, de sourire, de marcher ensemble sans se hâter.

Leur chemin leur fit emprunter les quais. Le trottoir y longeait une rangée de boutiques d'accastillage, maisons étroites et basses constituées d'échoppes aux volets clos, surmontées de logements dont les fenêtres, pour la plupart, étaient ouvertes sur la douceur quasi estivale de la nuit. Au bruit de leurs pas, un chien aboya sans conviction et se tut lorsque Rhett le lui ordonna à voix basse.

A cet endroit, les réverbères étaient largement espacés. Rhett accorda son allure à celle de Scarlett, de sorte qu'on n'entendait qu'un seul pas claquer sur la brique, signe de leur entente de l'instant.

L'un des réverbères s'était éteint. Dans cette flaque d'obscurité plus profonde, Scarlett remarqua pour la première fois combien le ciel semblait proche. Les étoiles brillaient d'un éclat exceptionnel. On aurait presque pu en toucher une en tendant la main.

— Regardez le ciel, Rhett, dit-elle à mi-voix. Cette étoile a l'air si près de nous.

Ils s'arrêtèrent tous deux.

— C'est à cause de la mer, répondit-il de sa voix grave et chaude. Nous avons dépassé les entrepôts, il n'y a plus que de l'eau autour de nous. Écoutez-la respirer.

Scarlett tendit l'oreille. Elle perçut bientôt le clapotis rythmé de l'eau qui léchait la paroi du quai. Le bruit parut enfler peu à peu, au point qu'elle s'étonna de ne pas l'avoir remarqué plus tôt. Un autre son s'y mêla, des notes cristallines d'une pureté irréelle s'enchaînant pour former une mélodie qui lui fit monter les larmes aux yeux. Était-elle le jouet d'une illusion ?

— Entendez-vous cette musique ? demanda-t-elle.

— Oui, elle vient du bateau ancré là-bas. Un marin qui a le mal du pays. Je reconnais l'air, *Sur les rives du Missouri*. Ces gens sont capables d'imiter le son de la flûte en sifflant, certains sont même de vrais artistes. Celui-ci est sans doute l'homme de quart. Voyez-vous la lanterne accrochée dans la mâture ? Elle signale la position du bateau au mouillage mais, par précaution, on prévoit toujours une vigie, parfois deux dans les couloirs de navigation aussi encombrés que celui-ci. La nuit, il y a souvent de petites embarcations, des familiers de l'estuaire qui profitent de l'obscurité pour se déplacer sans être vus.

— Pourquoi se cachent-ils ?

— Pour mille raisons, toutes aussi héroïques ou scélérates selon le point de vue de celui qui les raconte.

Rhett semblait se parler à lui-même. Scarlett leva les yeux vers lui, mais il faisait trop sombre pour discerner son expression. Elle tourna de nouveau son regard vers la lanterne du bateau, qu'elle avait prise pour une étoile, elle prêta l'oreille au clapotis régulier de la marée et au sifflet du marin nostalgique. La cloche de Saint-Michel sonna — trois heures moins le quart. Scarlett se passa la langue sur les lèvres et y découvrit un goût de sel.

— Vous regrettez l'époque où vous forciez le blocus, n'est-ce pas, Rhett ?

— Disons que j'aimerais avoir dix ans de moins, répondit-il avec un rire désabusé. Je me donne un prétexte, être le mentor d'un adolescent, pour jouer au navigateur. Cela me procure au moins le plaisir d'être sur l'eau, de sentir sur ma peau le vent et les embruns. Rien de tel au monde pour se croire un dieu...

Ils se remirent en marche d'une allure plus soutenue. Scarlett aspira l'air marin en pensant aux voiles qu'elle voyait sillonner la baie, vives et légères comme des ailes d'oiseaux de mer.

— Je meurs d'envie d'aller en bateau. Soyez gentil, Rhett, emmenez-moi ! Il fait aussi beau qu'en plein été et vous n'avez pas vraiment besoin de partir dès demain pour Dunmore. Dites oui, Rhett, je vous en prie !

Il réfléchit un instant. Bientôt, elle serait effacée à jamais de son existence...

– Pourquoi pas? Ce serait dommage, en effet, de ne pas profiter de ce beau temps.

– Alors, rentrons vite! s'écria-t-elle en le tirant par le bras avec une joyeuse impatience. Il est tard et je veux que nous partions de bonne heure demain matin.

– Inutile de courir, Scarlett, nous sommes presque arrivés, dit Rhett en la retenant. Et regardez où vous marchez. Si vous vous cassiez le cou, je ne pourrais pas vous emmener en bateau.

Ils reprirent leur marche du même pas. Scarlett souriait de plaisir en pensant à la journée du lendemain.

Juste avant d'arriver à la maison, Rhett s'arrêta.

– Attendez une seconde, dit-il en tendant l'oreille.

Scarlett se demanda s'il entendait quelques nouvelles mélodies célestes. Mais non! Ce n'était, de nouveau, que la cloche de Saint-Michel. Après le tintement du carillon annonçant l'heure, la cloche sonna trois coups. Puis, étouffée par la distance et cependant distincte dans le silence de la nuit, on entendit la voix du veilleur posté dans le clocher annoncer à la cité assoupie:

– Il est trois heures! Dormez en paix!

CHAPITRE 31

Rhett contempla d'un air ironique l'accoutrement que Scarlett estimait avoir assorti avec beaucoup de soin.

— Eh bien, quoi? dit-elle, mortifiée. Je ne voulais pas attraper une nouvelle insolation, voilà tout!

Elle portait le chapeau de paille à large bord que Mme Butler gardait accroché près de la porte du jardin pour se protéger du soleil quand elle sortait couper des fleurs. Scarlett en avait entouré la coiffe d'une longue bande de tulle bleu, dont elle s'était noué les extrémités sous le menton. Son ombrelle de soie bleue à fleurs en forme de pagode formait avec le chapeau un ensemble très seyant qui, à son avis, égayait son strict tailleur de ville en serge marron.

De quel droit Rhett se permettait-il de critiquer tout le monde? Avec son vieux pantalon informe et sa chemise fripée sans col − sans même une veste ou une cravate! − il avait une dégaine de garçon d'écurie.

Scarlett releva le menton d'un air de défi.

— Vous m'aviez dit d'être prête à neuf heures, Rhett, il est neuf heures. Qu'attendons-nous?

Rhett s'inclina dans un salut moqueur, ramassa un vieux sac de toile et le jeta sur son épaule.

— Allons-y.

Scarlett lui décocha un regard soupçonneux : ce ton et ce sourire ne lui disaient rien qui vaille. Il mijote quelque mauvais coup, se dit-elle. Mais je le surveillerai de près!

Scarlett ne s'attendait pas à ce que le bateau fût si petit ni qu'il serait amarré au bas d'une longue échelle gluante. Elle se tourna vers Rhett d'un air accusateur.

— La marée est presque basse, dit-il, c'est pourquoi nous devons appareiller avant neuf heures et demie. Nous aurions du mal à quitter le port après dix heures, quand la marée changera. Elle nous aidera au contraire à remonter l'estuaire lorsque nous rentrerons, si vous n'avez pas changé d'avis.

— Pas le moins du monde, je vous remercie.

Scarlett posa avec détermination sa main gantée de blanc sur un montant de l'échelle qui dépassait du quai et s'apprêta à descendre à reculons. Rhett la retint.

— Non, les barreaux sont trop glissants. Je ne vais pas vous laisser vous rompre le cou à seule fin de m'épargner l'ennui de vous promener pendant une heure. Je vous précéderai d'un échelon dans la descente afin de vous rattraper si vos ridicules chaussures de ville vous faisaient perdre l'équilibre. Ne bougez pas, je me prépare.

En prenant tout son temps, il dénoua le cordon de fermeture de son sac, dont il sortit une paire de chaussures de toile aux semelles caoutchoutées. La mine butée, Scarlett le regarda, énervée, ôter ses bottes, mettre les chaussures, ranger les bottes dans le sac et renouer le cordon en exécutant un nœud marin compliqué.

Mais, quand il eut enfin terminé ses préparatifs, il fit à Scarlett un sourire qui lui coupa le souffle.

— Attendez-moi une minute, Scarlett. Un honnête homme sait s'avouer vaincu. Je vais déposer mon sac à bord et je remonterai vous chercher.

— Vous avez descendu et remonté cette échelle comme un éclair! s'écria Scarlett avec une sincère admiration lorsque Rhett fut revenu près d'elle.

— Dites plutôt comme un singe, la corrigea-t-il. Venez, ma chère, le temps et la marée n'attendent personne, pas même une femme.

Scarlett n'avait jamais souffert du vertige. Dans son enfance, elle grimpait jusqu'aux plus hautes branches des arbres et explorait le grenier à foin de Tara avec autant d'aisance que si les barreaux d'échelle étaient des marches d'escalier. Elle fut pourtant rassurée de sentir le bras de Rhett qui la soutenait sur les échelons couverts d'algues et elle atteignit avec soulagement la relative sécurité de la petite embarcation.

Elle s'assit à la poupe pendant que Rhett vérifiait les cordages et fixait les voiles au mât. La toile blanche repliée sur la proue à demi pontée débordait dans le cockpit.

— Prête?

— Bien sûr.

— Alors, larguons les amarres!

Il détacha les aussières qui retenaient le sloop et l'écarta du quai à l'aide d'une rame. Le reflux entraîna la légère embarcation vers l'estuaire.

– Restez où vous êtes, baissez-vous et gardez la tête sur vos genoux, ordonna-t-il en hissant le foc.

Quand la voile fut envoyée, il vint s'asseoir à côté de Scarlett puis, se retenant d'un bras à la barre, il entreprit de haler l'écoute de grand-voile dans un concert de grincements. Sans lever la tête, Scarlett hasarda un regard en coin. Absorbé par sa manœuvre, les sourcils froncés et les yeux mi-clos, Rhett ne lui avait pourtant jamais paru plus heureux.

La grand-voile se déploya en claquant comme un coup de fusil, auquel le rire de Rhett fit écho.

– Brave fille! dit-il gaiement.

Scarlett le savait, il ne s'adressait pas à elle.

– Voulez-vous rentrer, maintenant?

– Non, Rhett! Jamais!

Grisée par le vent et les embruns, Scarlett oubliait ses vêtements mouillés, ses chaussures trempées, son ombrelle envolée, ses gants en lambeaux, le chapeau d'Eleanor Butler irrémédiablement gâté. En elle, la faculté de penser avait cédé la place aux sensations. Le sloop n'avait que seize pieds de long, son bordage affleurait par moments la surface de la mer. Tel un jeune animal, il bondissait sur les vagues et dévalait les creux avec une fougue qui mettait parfois à Scarlett le cœur au bord des lèvres. Visage levé, bouche grande ouverte, elle s'offrait aux gerbes de gouttelettes salées. Elle faisait corps avec le bateau, elle *était* le vent et le sel, l'eau et le soleil.

Son expression de ravissement rendait plus ridicule le nœud de tulle qui lui pendait tristement sous le menton. Rhett sourit et décida de prolonger leur promenade.

– Attention, baissez-vous! ordonna-t-il.

Elle sentit la bôme lui passer au ras de la tête lorsque Rhett vira sous le vent et piqua vers le large.

– Voulez-vous prendre la barre? lui proposa-t-il. Je vous apprendrai à manœuvrer.

Scarlett refusa d'un signe de tête. Elle était trop heureuse pour vouloir prêter attention à autre chose que son sentiment de bien-être.

Rhett ne s'étonna pas de voir, pour la première fois, Scarlett repousser l'occasion de prendre elle-même en main le contrôle d'une situation, car il comprenait sa joie et son exaltation. Il avait trop souvent éprouvé la grisante sensation de liberté que donne un voilier en mer pour en être blasé; il cherchait parfois encore à la reconquérir.

— Baissez-vous! ordonna-t-il de nouveau.

En virant de bord, le sloop accéléra, soulevant de part et d'autre de l'étrave deux longues gerbes d'écume. Scarlett laissa échapper un cri de plaisir auquel une mouette, toute blanche dans le ciel bleu, répondit en écho. Rhett leva les yeux vers l'oiseau avec un large sourire. Le visage cinglé par le vent, le dos chauffé par le soleil, qu'il faisait bon vivre par une si belle journée!

Il attacha la barre et alla en se courbant prendre à l'avant son sac de toile. Il en sortit deux chandails de laine bleu marine, déformés et raidis par le sel séché. Quand il revint s'asseoir sur le bord du cockpit, le sloop s'inclina sous son poids et parut forcer encore l'allure, la quille à demi hors de l'eau.

— Mettez ce chandail, Scarlett, dit-il en lui tendant le moins repoussant des deux.

— Je n'en ai pas besoin! Il fait aussi chaud qu'en plein été, aujourd'hui.

— L'air vous paraît chaud mais l'eau est glaciale. Nous sommes en février, ne l'oubliez pas. Couvrez-vous, les embruns ne tarderont pas à vous geler sans que vous vous en rendiez compte.

Scarlett prit le tricot en faisant la grimace.

— Bon. Mais vous me tiendrez mon chapeau.

— Avec plaisir.

Rhett enfila l'autre chandail, puis il aida Scarlett à en faire autant. A peine eut-elle sorti la tête que le vent s'empara de sa coiffure défaite, finit d'en disperser les peignes et les épingles et fit voler ses cheveux en longues mèches désordonnées que Scarlett, avec un cri d'horreur, essaya vainement de rattraper.

— Regardez ce que vous avez fait! s'écria-t-elle.

Le vent lui rabattit une mèche dans la bouche et la lui arracha des mains aussitôt qu'elle l'eut dégagée.

— Rendez-moi vite mon chapeau avant que je devienne chauve! Grand dieu, je suis dans un état!

Rayonnante de bonheur, les joues rosies par le vent, le visage auréolé de cheveux fous, elle n'avait pourtant jamais été plus belle.

Après avoir solidement noué son couvre-chef, elle parvint à torsader ses cheveux en une seule mèche qu'elle glissa dans l'encolure du chandail.

— Auriez-vous par hasard quelque chose à manger, dans votre sac? demanda-t-elle d'un air gourmand.

— Des rations de matelot : des biscuits et du rhum.

— Cela m'a l'air délicieux. Je n'en ai jamais goûté.

— Il est à peine onze heures, Scarlett. Dominez-vous! Nous serons rentrés pour déjeuner.

– Pourquoi? Promenons-nous toute la journée, c'est tellement merveilleux!

– Une heure, pas davantage. J'ai rendez-vous cet après-midi avec mes avocats.

– Au diable vos avocats, grommela-t-elle à mi-voix.

Elle ne voulut cependant pas laisser la contrariété lui gâter son plaisir. Face à la mer scintillante sous le soleil et aux gerbes d'écume soulevées par l'étrave, elle s'étira voluptueusement comme une chatte, les bras tendus. Les manches du chandail, trop longues pour elle, dépassaient de ses mains et battaient dans le vent comme des ailes.

– Attention, mon chou, vous allez vous envoler! dit Rhett en riant.

Il détacha la barre et s'apprêta à virer de bord, en tournant machinalement la tête afin de vérifier si un bateau ne se trouvait pas dans sa nouvelle trajectoire.

– Scarlett, regardez! s'écria-t-il. Là, à tribord – sur votre droite. Je parie que vous n'avez jamais vu cela.

Elle scruta la rive marécageuse qu'ils longeaient et ne vit rien. Puis elle aperçut entre le bateau et la terre une forme oblongue, grise et luisante, qui émergea un instant de l'eau avant d'y replonger.

– Un requin! s'exclama-t-elle. Non... deux, trois requins. Ils piquent droit sur nous! Vont-ils nous attaquer?

– Ce ne sont pas des requins, chère petite sotte, mais des dauphins. Ils se dirigent vers le large. Baissez la tête et cramponnez-vous, je vais faire demi-tour et essayer de les rattraper. Il n'y a rien de plus merveilleux que de suivre une bande de dauphins. Ils adorent jouer.

– Des poissons qui jouent? Vous me prenez vraiment pour une idiote, Rhett!

Scarlett se baissa en hâte pour éviter la bôme.

– Les dauphins ne sont pas des poissons. Regardez, vous verrez.

Ils étaient sept à nager de conserve. Le temps que Rhett termine sa manœuvre, les mammifères avaient pris de l'avance. La main en visière, ébloui par le soleil, Rhett crut les avoir perdus de vue et étouffa un juron.

C'est alors que, juste devant le sloop, un dauphin sauta hors de l'eau et se laissa retomber dans un grand éclaboussement. Surexcitée, Scarlett martela la cuisse de Rhett à coups de poing.

– Vous avez vu? s'écria-t-elle.

– Oui, j'ai vu. Il est venu nous dire de ne pas tant traîner, ses amis sont sans doute en train de nous attendre. Tenez, regardez!

Deux autres dauphins apparurent à l'avant du bateau en faisant des bonds gracieux. Empêchée d'applaudir par les manches du chandail, Scarlett les releva en hâte et battit des mains avec enthousiasme.

Le premier dauphin émergea alors à tribord, souffla un jet d'écume par son évent et se laissa nonchalamment retomber dans l'eau.

— Oh, Rhett! Je n'ai jamais rien vu de plus charmant. Il nous souriait!

Rhett souriait aussi.

— Je les en crois capables, en effet, c'est pourquoi je leur rends leurs sourires. J'ai toujours aimé les dauphins.

Ceux-ci régalèrent Scarlett et Rhett d'un véritable ballet. Par groupes de deux ou trois, ils nageaient le long du bateau, filaient en dessous pour surgir de l'autre côté en se jouant de la pesanteur. Ils se dressaient sur la queue, se roulaient sur le dos, soufflaient des jets d'écume, bondissaient, se croisaient avec une extraordinaire précision, sans cesser de lancer des regards quasi humains, et qui semblaient rire de leurs spectateurs, prisonniers de leur embarcation et incapables d'égaler leurs prouesses.

— Oh, regardez! Là!... Et là!... Et là!

Les cris d'admiration et de surprise fusaient des lèvres de Rhett et de Scarlett. Chaque fois, les dauphins reparaissaient là où on ne les attendait pas et exécutaient une figure nouvelle.

— Ils dansent, déclara Scarlett.

— Ils s'amusent comme des fous, dit Rhett.

— Ce sont de vrais cabotins, conclurent-ils.

Le spectacle était un enchantement.

Sa vigilance distraite par ce déploiement de virtuosité, Rhett n'avait pas remarqué les épais nuages noirs qui s'amassaient derrière eux sur l'horizon. Il ne fut alerté du danger que par une brusque chute du vent, qui avait soufflé régulièrement jusqu'alors. Les voiles se dégonflèrent tout à coup, les dauphins plongèrent sans reparaître. Quand Rhett regarda par-dessus son épaule, il était déjà trop tard. Poussé par la bourrasque, l'orage se ruait vers eux.

— Cramponnez-vous dans le fond du bateau, Scarlett, dit Rhett calmement, nous allons essuyer un grain sérieux. N'ayez pas peur, j'en ai vu de bien pires.

Scarlett se retourna, stupéfaite. Comment le ciel pouvait-il à la fois être aussi bleu devant eux et aussi noir et menaçant derrière? Sans mot dire, elle se cala dans le cockpit et trouva une prise solide sous le banc où Rhett et elle s'étaient assis.

Rhett rajustait rapidement la voilure.

— Nous allons devoir fuir la tempête par vent arrière. Vous prendrez une bonne douche, ajouta-t-il avec un large sourire, mais les sensations en vaudront la peine.

Il parlait encore quand le grain les rattrapa. En un clin d'œil, il fit presque nuit et des trombes d'eau s'abattirent sur eux. Scarlett poussa un cri de frayeur, aussitôt étouffé par l'eau qui lui envahit la bouche.

Mon Dieu, je me noie! pensa-t-elle. Elle se pencha, toussa, cracha. La gorge dégagée, elle leva la tête afin de voir ce qui se passait et demander à Rhett la cause de ce vacarme terrifiant, mais le chapeau rabattu sur son visage l'aveugla. Il faut que je m'en débarrasse, sinon je vais suffoquer! De sa main libre, sans lâcher la poignée métallique à laquelle elle s'agrippait, elle tenta d'arracher le nœud de tulle qui lui serrait le menton. Le bateau roulait, tanguait, gémissait comme s'il allait se désintégrer. Scarlett le sentit plonger à pic – il est debout sur l'étrave, il va couler! Sainte mère de Dieu, je ne veux pas mourir!...

Frémissant de toutes ses membrures, le sloop stoppa soudain sa chute. Scarlett parvint à faire glisser le tulle mouillé par-dessus son menton et à se débarrasser de son bâillon de paille détrempée. Enfin, elle voyait!

Elle leva la tête, regarda en l'air... et ne vit que de l'eau. Un véritable mur d'eau se dressait plus haut que le mât, prêt à écraser le frêle esquif, à le réduire en miettes. La gorge nouée par la terreur, Scarlett ne pouvait même pas crier. Secoué, craquant de partout, le sloop escalada la muraille liquide et resta perché sur la crête de la vague un effrayant moment qui sembla durer une éternité.

Aveuglée par la pluie qui ruisselait sur son visage, assommée par les paquets de mer, Scarlett se voyait cernée de vagues couronnées d'écume, qui déferlaient furieusement comme pour l'engloutir. Elle tenta d'appeler Rhett, mais aucun son ne sortit de sa gorge. Où était Rhett, grand dieu? Affolée, elle se tourna de tous côtés sans le voir. Au moment où le sloop amorçait une chute vertigineuse, elle le découvrit enfin – et le voua à tous les diables.

Agenouillé dans le cockpit, le torse droit, la tête levée contre le vent, la pluie et les embruns, il riait! La barre fermement tenue de la main gauche, il contrôlait de la droite l'écoute de la grand-voile, enroulée autour de son bras et de son poignet, tendue à se rompre sous la formidable traction de la toile gonflée à bloc. Il lutte contre la tempête, il affronte un danger mortel, et il jubile!

Je le hais!

A la vue de la vague suivante, encore plus menaçante, Scarlett espéra presque qu'elle les écraserait de sa masse. Son accès de désespoir ne dura cependant pas: elle n'avait rien à craindre, Rhett était capable de tout maîtriser, y compris la fureur de l'océan! Sa frayeur évanouie, elle se redressa à son tour et s'abandonna à la griserie du danger.

Mais Scarlett ignorait tout des caprices du vent, qui tomba brusquement alors même que le bateau gravissait le flanc de la vague. Le phénomène dura quelques secondes à peine, assez toutefois pour que la grand-voile mollisse et que le léger sloop se mette par le travers. Scarlett se demanda pourquoi Rhett lâchait en hâte le cordage et agitait la barre qui semblait soudain folle; elle eut à peine le temps de se douter de quelque chose : au moment où le bateau bascula sur la crête de la vague, Rhett lui cria de se coucher et se jeta sur elle.

Elle entendit d'inquiétants craquements dans la coque et le bruit sourd de la bôme brutalement rabattue de bord à bord. Tout se passait très vite mais avec une effrayante impression de lenteur, comme si le monde cessait de tourner. Scarlett chercha en vain une explication ou un signe sur le visage de Rhett, tout près du sien. Soudain, elle ne le vit plus. De nouveau agenouillé dans le cockpit, il se livrait à des manœuvres qu'elle ne comprenait pas et faisait tomber sur elle de lourds rouleaux de cordages.

Le vent avait tourné. Scarlett ne vit pas la rafale s'engouffrer dans la grand-voile, si violemment que le mât se brisa net avec un fracas de tonnerre et fut emporté avec la voile. Le bateau se cabra, hésita, donna de la bande à tribord; puis, entraîné par le poids de la toile gorgée d'eau à laquelle il restait attaché par les drisses et les écoutes, il se coucha lentement et chavira.

Elle ne s'était jamais doutée qu'un tel froid pût exister. Bombardée par une pluie glaciale, plongée dans une eau plus froide encore qui semblait vouloir l'aspirer, elle claquait des dents sans pouvoir se contrôler, elle était hors d'état de penser et de comprendre ce qui lui arrivait. Elle devait être paralysée puisqu'elle ne pouvait pas faire un geste. Elle sentait son corps ballotté par la mer qui le soulevait, le balançait, le laissait retomber, tel un bloc de glace, dans des chutes interminables à donner la nausée. Je meurs! Mon Dieu, ne me laissez pas mourir! Je veux vivre!

— Scarlett!

Plus fort que ses claquements de dents, le cri éveilla un vague écho dans ses oreilles.

— Scarlett!

Cette voix, elle la connaissait. C'était celle de Rhett. Et c'était le bras de Rhett qui la ceinturait, la soutenait. Mais où était-il? Elle ne pouvait rien voir à travers les paquets d'eau qui la giflaient et l'aveuglaient. Quand elle ouvrit la bouche pour répondre, l'eau s'y engouffra. Elle la recracha du mieux qu'elle put. Si seulement ses dents s'arrêtaient de claquer!

— Rhett..., parvint-elle à proférer.

— Dieu soit loué!

La voix sonnait toute proche, derrière elle. Elle commençait à retrouver un semblant de sens de l'orientation.

— Rhett, répéta-t-elle.

— Écoutez-moi bien, ma chérie, mieux que vous ne l'avez jamais fait. Il nous reste une chance à saisir. Le sloop est ici, je suis cramponné au gouvernail. Nous allons nous abriter sous la coque retournée, ce qui signifie qu'il faut plonger afin de ressortir dessous. M'avez-vous compris?

Elle céda à la panique et son premier réflexe fut de crier non. L'eau l'aspirait vers le fond. Si elle plongeait, elle n'en émergerait jamais, elle se noierait! Elle suffoquait déjà. Elle voulait s'accrocher à Rhett. Elle voulait crier, hurler...

Assez! fit une autre voix, la sienne cette fois, qui résonna clairement à ses oreilles. Tu dois survivre à cette aventure et ce n'est pas en te conduisant comme une imbécile que tu y arriveras!

— Que faut-il faire? parvint-elle à bégayer.

Maudit claquement de dents!...

— Je vais compter jusqu'à trois. A trois, aspirez, retenez votre respiration et fermez les yeux. Ne craignez rien, je vous tiens, nous serons en sûreté. Prête?

Il commença le décompte sans attendre la réponse. Scarlett entendit: « Une!... Deux!... » Elle avait à peine eu le temps de prendre une profonde inspiration quand elle se sentit tirée vers le bas. Le nez, les yeux et les oreilles pleins d'eau, elle crut perdre connaissance. Mais quelques secondes plus tard, avec un soulagement indicible, elle respirait de nouveau normalement.

— Je vous tenais les bras, Scarlett, afin de vous empêcher de vous accrocher à moi et de nous noyer tous les deux, dit Rhett qui fit glisser sa prise et la ceintura par la taille.

Ses bras dégagés lui donnèrent une merveilleuse sensation de liberté. Si seulement elle n'avait pas aussi froid aux mains! D'instinct, elle les frotta l'une contre l'autre.

— C'est bien, dit Rhett, il faut rétablir la circulation du sang. Mais attendez encore un peu. Retenez-vous à ce taquet, je vais vous laisser seule un instant. N'ayez pas peur, ce ne sera pas long. Je dois remonter couper les cordages afin que le mât et les voiles ne fassent pas couler le bateau. Je couperai aussi les lacets de vos bottines. Ne me lancez pas de coups de pied quand vous sentirez que je les touche. J'en profiterai pour vous débarrasser de cette jupe et de ces jupons qui vous alourdissent. Patience, je n'en aurai pas pour longtemps.

L'attente parut cependant interminable.

Scarlett la mit à profit pour évaluer sa situation. Elle n'était pas trop mauvaise – si l'on faisait abstraction du froid. La coque du sloop chaviré formait une sorte de toit qui la protégeait enfin de la pluie. Pour une raison que Scarlett ne s'expliquait pas, la surface de la mer sous cet abri semblait moins agitée. Le bateau se soulevait et retombait toujours au rythme des vagues, mais au moins les remous ne lui giflaient plus le visage.

Pour la première fois depuis le début de la tempête, Scarlett respira librement. Elle sentit la main de Rhett sur son pied gauche puis sur son pied droit.

Je ne suis donc pas paralysée. Quelle étrange impression! Elle ne se doutait pas que des bottines mouillées puissent constituer d'aussi pesantes entraves. La main se posa ensuite sur sa taille, elle sentit le va-et-vient du couteau. Une chape de glace lui glissa tout à coup le long des jambes et la délesta d'un poids énorme qui lui arracha un cri de surprise, dont l'écho résonna si bruyamment dans la coque retournée qu'elle faillit lâcher le taquet.

Rhett émergea tout près d'elle.

— Comment vous sentez-vous?

Sa voix semblait assourdissante.

— Chut! Pas si fort.

— Comment vous sentez-vous? répéta-t-il plus bas.

— A demi morte de froid, si vous tenez à le savoir.

— L'eau n'est pas glaciale à ce point. Quand j'étais dans l'Atlantique Nord...

— N'en profitez pas pour me raconter encore une de vos aventures de forceur de blocus, Rhett Butler, sinon je vous noierai de mes mains!

Son franc éclat de rire parut réchauffer l'atmosphère. Scarlett ne se laissa pourtant pas amadouer.

— Comment pouvez-vous rire dans un moment pareil? Cela me dépasse! Qu'y a-t-il de drôle à barboter dans de l'eau glaciale au milieu d'une tempête?

— C'est justement quand tout va mal, Scarlett, qu'il faut rire. Le rire remet les idées en place et empêche de claquer des dents de frayeur.

Elle était trop exaspérée pour répondre. Le pire, c'est qu'il avait raison, elle le savait. Son claquement de dents s'était arrêté dès l'instant où elle avait cessé de s'imaginer qu'elle allait mourir.

— Je vais aussi vous débarrasser de votre corset, Scarlett. On ne peut pas respirer quand on a la poitrine emprisonnée dans un tel carcan. Restez tranquille si vous ne voulez pas que je vous coupe la peau en même temps.

Il y eut un moment d'intimité gênante quand Rhett glissa la main sous son chandail et déchira sa combinaison. Il n'avait pas porté la main sur elle depuis des années.

— Et maintenant, aspirez profondément, dit-il en arrachant le corset. De nos jours, les femmes ne savent plus respirer. Emplissez vos poumons. Je nous aménage une rampe d'appui avec les cordages que j'ai récupérés. Quand j'aurai fini, vous pourrez lâcher le taquet et vous masser les bras et les mains. Continuez de respirer, cela vous réchauffera le sang.

Scarlett s'efforça de suivre les conseils de Rhett, mais ses bras lui parurent trop pesants lorsqu'elle voulut les lever. Mieux valait se laisser porter par l'espèce de harnais qui la soutenait sous les aisselles et s'abandonner au bercement de la houle. Elle était épuisée, près de sombrer dans le sommeil. Pourquoi Rhett n'arrêtait-il pas de parler, de la harceler pour qu'elle se frotte les bras? Dans la coque qui résonnait, sa voix était assourdissante.

— Scarlett! Réveillez-vous, Scarlett! Il ne faut pas dormir, il faut bouger. Remuez les jambes, envoyez-moi des coups de pied si vous voulez, mais bougez!

Tout en parlant, il lui frictionnait énergiquement les épaules et le haut des bras.

— Assez... Vous me faites mal...

Scarlett gémit faiblement et ferma les yeux. Elle souffrait moins du froid que d'une immense lassitude et d'une irrésistible torpeur. Soudain, Rhett la gifla si fort que sa tête alla heurter la coque. Sous le choc, Scarlett reprit tout à fait conscience.

— Brute! s'écria-t-elle. Quand nous serons sortis d'ici, Rhett Butler, vous me le paierez, je vous le garantis!

— Voilà qui est mieux, dit-il en continuant de la frictionner malgré ses efforts pour le repousser. Continuez de parler et donnez-moi vos mains, que je les masse à leur tour.

— Certainement pas! Occupez-vous de vos mains, je frotterai les miennes. Vous m'arrachez la peau!

— Préférez-vous que les crabes la dévorent? Écoutez-moi bien, Scarlett. Si vous cédez au froid, vous mourrez. Je sais que vous avez envie de dormir, mais ce sommeil-là est celui de la mort. Je vous rouerai de coups, je vous couvrirai de bleus de la tête aux pieds s'il le faut mais, par tous les diables, je ne vous laisserai pas mourir! Faites l'effort de rester éveillée, respirez, remuez, parlez. N'arrêtez surtout pas de parler. Peu importe ce que vous dites, je veux seulement entendre votre douce voix de poissarde acariâtre afin de savoir que vous êtes toujours en vie. Compris?

A mesure que les frictions de Rhett ranimaient son corps engourdi, Scarlett redevenait plus sensible au froid.

— Nous sortirons-nous de ce pétrin? demanda-t-elle en s'efforçant de remuer les jambes.

— Bien sûr.

– Comment ?

– La marée montante nous pousse vers la terre et nous ramènera à notre point de départ.

Rassurée, Scarlett se souvint de son insistance à partir avant le changement de marée. Elle ne se doutait cependant pas que Rhett lui cachait son inquiétude : le vent de terre, qui soufflait en tempête, avait pu vaincre la force des marées et les avoir déjà entraînés hors de la baie, jusque dans l'immensité de l'Atlantique.

– Dans combien de temps y serons-nous ? questionna-t-elle en maugréant.

Elle avait les jambes pesantes et raides comme des troncs d'arbre et Rhett lui mettait les épaules à vif.

– Je ne sais pas, Scarlett. Je crains que vous n'ayez encore besoin de courage.

Grand dieu ! Rhett, qui se moquait de tout, lui parlait soudain d'un ton solennel, comme s'il prêchait ! Au prix d'un effort surhumain, Scarlett refoula sa panique et se força à remuer ses jambes inertes.

– J'ai moins besoin de courage que de quelque chose à manger ! Pourquoi diable n'avez-vous pas pensé à rattraper votre horrible vieux sac quand nous avons chaviré ?

– Il était coincé sous le faux pont, dans l'étrave... Bon dieu, Scarlett, c'est peut-être votre gloutonnerie qui nous sauvera ! J'avais complètement oublié le sac. Priez qu'il soit toujours là.

Scarlett sentit la chaleur du rhum se répandre dans ses cuisses, ses jambes et ses pieds comme un ruisseau de lave en fusion. Elle pouvait enfin bouger. Sa circulation qui se rétablissait peu à peu lui faisait affreusement mal, mais elle ne s'en plaignit pas : souffrir signifiait qu'elle était en vie. Ma parole, se dit-elle après la deuxième lampée, le rhum est presque meilleur que le brandy ! En tout cas, il réchaufferait un mort. Dommage que Rhett le rationne, mais il a raison. Mieux valait ne pas épuiser cette source de chaleur avant d'être en sûreté sur la terre ferme.

Ainsi revigorée, Scarlett joignit sa voix à celle de Rhett afin de célébrer dignement leur trouvaille. « *Yo, ho, ho ! Avec du rhum à bord !* » reprit-elle en chœur à la fin de chaque couplet d'une complainte de marins. Après quoi, elle pensa à une chanson de son terroir natal : *Je t'aime, Petit cruchon*...

Leurs voix éveillaient tant d'échos dans l'espace confiné de la coque retournée qu'ils pouvaient croire ne pas s'affaiblir sous l'effet paralysant du froid. Rhett prit Scarlett dans ses bras et la serra contre lui en s'efforçant de lui communiquer un peu de chaleur. Et tandis que les gorgées de rhum se succédaient, de plus en plus proches mais avec de moins en moins de succès, ils entonnèrent toutes les chansons qui leur venaient à l'esprit.

— *La rose jaune du Texas*? suggéra Rhett.

— Nous l'avons déjà chantée deux fois, Rhett. Chantez donc celle que papa aimait tant. Je vous vois encore tous les deux, à Atlanta, titubant dans la rue en braillant comme deux cochons qu'on égorge.

— Plutôt comme le chœur des anges! dit Rhett en imitant l'accent irlandais de Gerald O'Hara. « *C'est au marché, douce Peggy, que je t'ai vue pour la première fois...* »

En hésitant, il alla jusqu'au bout du premier couplet de *Peg s'en va-t-en voiture*, puis il dut avouer qu'il ne se rappelait pas la suite.

— Vous connaissez sûrement les autres couplets par cœur, Scarlett

Elle essaya de prendre le relais, mais elle n'en avait plus le courage.

— Je l'ai oubliée, dit-elle pour cacher sa faiblesse.

Elle se sentait trop lasse. Si seulement elle pouvait s'endormir contre la poitrine de Rhett. C'était si bon de s'abandonner dans ses bras... Sa tête devenait trop lourde. Elle la laissa retomber, ferma les yeux.

Rhett la secoua sans ménagement.

— Scarlett! Écoutez-moi, Scarlett! Je sens le courant qui change, nous sommes tout près du rivage. Vous n'avez pas le droit d'abandonner, maintenant moins que jamais! Allons, ma chérie, encore un effort, montrez-moi ce dont vous êtes capable! Réveillez-vous, mon chou, nous y sommes presque!

— J'ai si froid...

— Vous n'êtes qu'une poule mouillée, Scarlett O'Hara! J'aurais dû vous laisser à la merci de Sherman à Atlanta, vous ne méritez pas qu'on se donne le mal de vous sauver!

Ces mots furent enregistrés lentement par son cerveau embrumé, ne provoquant qu'un faible sursaut d'agacement. Mais ce fut suffisant. A demi consciente, Scarlett rouvrit les yeux et redressa la tête.

— Respirez, ordonna-t-il, nous y allons.

D'une main, il lui boucha le nez et la bouche. Scarlett se laissa entraîner sous l'eau sans même lutter. Ils refirent surface derrière une barre de hautes déferlantes couronnées d'écume. La terre était toute proche.

— Courage, ma chérie. Nous arrivons.

Rhett aspira une bouffée d'air, prit Scarlett par le cou et se lança dans le rouleau. Il parvint à le franchir en nageant d'un seul bras porté par le ressac, et prit pied sur le haut-fond.

Il pleuvait, une pluie fine rabattue presque à l'horizontale par la violence du vent. Serrant contre lui le corps inerte de Scarlett, Rhett tomba à genoux dans l'écume, sans voir qu'un rouleau se dressait derrière lui et se ruait vers la plage. La vague déferla en grondant, heurta Rhett dans le dos de plein fouet. Chancelant sous la violence du choc, il résista et fit à Scarlett un écran de son corps.

Après que la vague eut reflué, Rhett se releva péniblement et s'avança en titubant sur la plage, Scarlett toujours serrée sur sa poitrine. Ses jambes nues, couvertes de coupures provoquées par les éclats de coquillages projetés par la déferlante, saignaient sans qu'il y prît garde. Des dunes s'étendaient devant lui à perte de vue. En trébuchant, il courut vers un passage dans la ligne de crête et le gravit jusqu'à une sorte de cuvette abritée des vents, où il déposa avec douceur son fardeau sur le sable fin.

D'une voix brisée par l'angoisse, il appela Scarlett, il répéta cent fois son nom, il frictionna à deux mains ses membres inertes et glacés. Dans l'auréole noire de sa chevelure emmêlée, son visage livide paraissait exsangue et déjà privé de vie. Rhett lui tapota les joues avec insistance. Au bout d'un long moment, ses efforts portèrent leurs fruits. Elle ouvrit les yeux. Rhett poussa un cri de triomphe.

Scarlett enfonça les doigts dans le sable durci par la pluie, le pétrit comme pour s'assurer de la réalité.

– La terre..., murmura-t-elle.

Et elle éclata en sanglots.

Agenouillé, Rhett se pencha sur elle, glissa un bras sous ses épaules et la souleva en lui faisant de son corps un écran contre la pluie. De sa main libre, il lui caressa les cheveux, les joues, la bouche, le menton.

– Mon amour, ma vie. Je croyais t'avoir perdue. Je croyais t'avoir tuée. Je croyais... Oh! Scarlett, tu es vivante! Ne pleure pas, mon amour, c'est fini. Tu es en sûreté, maintenant. Tout va bien. Tout...

Il lui embrassait le front, les joues, le cou. Peu à peu, Scarlett reprit des couleurs. Elle tourna la tête et tendit les lèvres pour lui rendre ses baisers.

Alors, il n'y eut plus de froid, plus de pluie, plus de faiblesse. Rien n'exista plus pour elle que les lèvres de Rhett brûlantes sur sa bouche, la chaleur de ses mains sur son corps. Que la force émanant de ses épaules auxquelles elle s'agrippait. Que les battements de son cœur dans sa gorge palpitante sous les lèvres de Rhett. Que le cœur de Rhett qu'elle sentit battre sous ses mains, quand elle plongea les doigts dans la toison de sa poitrine.

Oui, je retrouve mes souvenirs, je ne les ai pas rêvés. Oui, je reconnais ce sombre tourbillon qui m'attire en son sein, qui m'isole du monde, qui me donne la vie, une vie intense, qui me libère et qui m'entraîne jusqu'au cœur du soleil. Oui! cria-t-elle inlassablement, tandis que leurs passions réciproques montaient au même diapason, tandis que s'exacerbaient leurs désirs – jusqu'à ce que l'extase les emporte là où les pensées deviennent inutiles et les mots insignifiants, dans une union au-delà de l'esprit, au-delà du temps, au-delà du monde.

CHAPITRE 32

Il m'aime! Je le savais, j'étais folle d'en avoir douté. Un sourire de contentement apparut sur ses lèvres et Scarlett ouvrit les yeux.

Rhett était assis à côté d'elle, les bras autour de ses genoux relevés, le visage enfoui dans le creux. Scarlett s'étira voluptueusement. Pour la première fois, elle sentit le sable lui gratter la peau et elle prit conscience de ce qui l'entourait. Il pleut des cordes, nous allons attraper la mort! Il faut vite trouver un abri si nous voulons refaire l'amour... Elle éclata de rire. A quoi bon? Nous étions trop heureux pour nous préoccuper de la pluie.

Elle tendit la main vers Rhett et glissa doucement un ongle le long de sa colonne vertébrale. Il sursauta comme sous l'effet d'une brûlure et se leva d'un bond. Quand il se tourna vers elle, Scarlett ne put déchiffrer son expression.

— Je ne voulais pas vous réveiller, dit-il. Reposez-vous encore un peu pendant que je cherche aux alentours un endroit où faire du feu et nous sécher. Il y a des cabanes sur la plupart de ces îles.

Scarlett essaya de se lever. Elle portait encore son chandail et celui de Rhett était étalé sur ses jambes. La laine détrempée pesait lourd.

— Je vous accompagne.

— Non, restez ici.

Rhett s'éloignait déjà vers la crête de la dune. Stupéfaite, Scarlett le rappela.

— Rhett! Où allez-vous? Vous n'allez quand même pas me laisser seule!

Il poursuivit sa marche sans répondre. Elle ne voyait plus que son large dos, voûté par la fatigue, sur lequel sa chemise était collée par l'humidité. Arrivé au sommet, il fit halte, tourna lentement la tête d'un côté et de l'autre. Soudain, il se redressa et dévala la pente abrupte.

— Il y a un chalet, là, tout près. Je sais où nous sommes. Levez-vous.

Rhett lui tendit la main pour l'aider. Scarlett l'empoigna sans se faire prier.

Les habitants de Charleston s'étaient bâti des chalets dans les îles du littoral afin de profiter de la fraîcheur des brises marines pendant les journées chaudes et humides des longs étés du Sud. Loin de la ville et de ses contraintes, ces retraites rustiques étaient le plus souvent de sommaires cabanes en planches, entourées de larges vérandas ombreuses et perchées sur des pilotis qui les isolaient du sable surchauffé par le soleil. Sous la pluie glaciale, l'abri que Rhett avait découvert paraissait vermoulu et bien incapable de résister aux assauts du vent. Rhett savait cependant que ces constructions tenaient debout depuis des générations et qu'elles étaient pourvues de cheminées pour la cuisson des repas — exactement le refuge qu'il fallait à des naufragés.

D'un coup de pied, Rhett força la porte. Scarlett le suivit à l'intérieur en se demandant pourquoi il était si taciturne. Il avait à peine desserré les dents, même en la portant dans ses bras pour traverser les fourrés d'ajoncs au pied des dunes. Je veux pourtant qu'il me parle. Je veux l'entendre répéter qu'il m'aime. Dieu sait si j'ai attendu assez longtemps!

Rhett dénicha dans un placard un vieil édredon qu'il lança à Scarlett.

— Enlevez vos affaires mouillées et enveloppez-vous là-dedans, lui dit-il. J'allume tout de suite du feu.

Scarlett se défit prestement de son chandail et de sa culotte déchirée. Après s'être séchée avec l'édredon, elle s'en drapa comme d'un châle et s'assit sur un tabouret, les pieds enveloppés dans l'édredon pour les isoler du plancher. Au sec pour la première fois depuis des heures, elle se mit néanmoins à trembler.

Rhett avait déjà apporté du bois sec, trouvé dans un coffre de la véranda près de la cuisine. Il ne lui fallut que quelques minutes pour allumer un feu dans la cheminée. La haute flamme orange qui jaillit en faisant crépiter les bûches illumina son visage morose. Scarlett traversa la pièce en sautillant afin de venir se chauffer.

— Pourquoi n'enlevez-vous pas vous aussi vos vêtements mouillés, Rhett? Je vous prêterai l'édredon pour vous sécher, vous vous sentirez mille fois mieux.

Elle baissa les yeux et papillonna des cils, comme si elle était gênée de sa hardiesse. Rhett ne réagit pas.

— Inutile, dit-il froidement, je serai de nouveau trempé en sortant. Nous sommes à moins de deux milles de Fort Moultrie, je vais demander de l'aide.

Tout en parlant, il entra dans le cellier contigu à la cuisine.

— Au diable Fort Moultrie! gronda Scarlett.

Pourquoi restait-il si longtemps à fouiller dans ce réduit? Elle ne pouvait pas lui parler s'il était dans une autre pièce.

Rhett reparut, une bouteille de whisky à la main.

— Les étagères sont plutôt dégarnies, dit-il en esquissant un sourire, mais il y a quand même l'essentiel.

Il trouva deux tasses dans un placard et les posa sur la table avec la bouteille.

— Elles ne sont pas trop sales. Je nous sers à boire.

— Je ne veux pas boire, Rhett, je veux...

Il l'interrompit avant qu'elle n'ait pu préciser ce qu'elle préférait.

— Moi, si. J'en ai besoin.

Il remplit sa tasse à moitié et la vida d'un trait.

— Pas étonnant qu'ils l'aient laissé. C'est un vrai tord-boyaux! Malgré tout...

Pendant qu'il se versait une nouvelle rasade, Scarlett l'observa avec une indulgence amusée. Pauvre chéri! Il est sur des charbons ardents.

— Pourquoi vous faire tant de mauvais sang, Rhett? Ce n'est pas comme si vous m'aviez compromise! Nous sommes mariés, nous nous aimons, voilà tout.

Rhett dévisagea Scarlett par-dessus le bord de sa tasse avant de la reposer sur la table.

— Ce qui s'est passé tout à l'heure entre nous n'a rien à voir avec l'amour, Scarlett. Ce n'était qu'une sorte de rite de survie, rien de plus. On l'observe en temps de guerre, après toutes les batailles. Les survivants se jettent sur la première femme qu'ils voient et se servent de son corps pour se prouver qu'ils sont encore en vie. J'admets volontiers l'avoir fait, comme vous vous êtes aussi servie de moi parce que vous aviez échappé à la mort. Une simple impulsion physique n'est pas l'amour.

La crudité brutale de ces propos laissa Scarlett sans voix. Mais comment oublier les mots, « mon amour », « ma vie », « je t'aime », qu'elle l'avait entendu répéter plus de cent fois à son oreille? Rhett avait beau dire, il l'aimait! Elle le savait au plus profond d'elle-même, dans le repli le plus secret de l'âme, là où le mensonge n'a pas accès. En réalité, il a toujours peur que je ne l'aime pas vraiment, voilà pourquoi il refuse d'avouer à quel point il m'aime, lui.

Elle se leva et s'avança vers lui.

— Dites ce que vous voulez, Rhett, vous ne changerez pas la vérité. Je vous aime, vous m'aimez et nous nous le sommes prouvé l'un à l'autre en faisant l'amour.

Rhett lampa son whisky avec un rire sarcastique.

– Vous me décevez, Scarlett! Je ne vous croyais pas si platement sentimentale. Votre petite tête dure n'était pourtant pas dépourvue de sens commun. Ne prenez donc pas une vulgaire pulsion sensuelle pour de l'amour – Dieu sait pourtant si la confusion est assez fréquente pour encombrer les églises de cérémonies nuptiales.

Scarlett se rapprocha encore, en essuyant ses joues ruisselantes de larmes.

– Non, Rhett! Vous aurez beau faire le fanfaron, vous ne changerez pas la réalité.

Elle était assez proche de lui pour sentir le sel sur sa peau et le whisky dans son haleine.

– Vous m'aimez, Rhett, vous m'aimez, je le sais!

Elle lâcha l'édredon, le laissa glisser à terre et s'offrit à lui, nue, les bras tendus.

– Prenez-moi dans vos bras, Rhett. Si vous me dites après cela que vous ne m'aimez pas, alors je vous croirai.

Brusquement, il lui saisit le visage entre les mains et l'embrassa sur la bouche avec une fureur possessive. Les bras noués autour du cou de Rhett, Scarlett sentit ses mains descendre sur ses épaules, sur son dos, s'attarder le long de son corps et elle s'abandonna à ses caresses.

Tout aussi soudainement, Rhett lui prit les poignets, lui dénoua les bras et la repoussa en s'écartant.

– Pourquoi, Rhett? s'écria-t-elle. Tu me désires!

Il lui lâcha les poignets, en reculant avec tant de précipitation qu'il trébucha. Jamais Scarlett ne l'avait vu perdre ainsi son sang-froid.

– Oui, je te désire! Je te désire à m'en rendre malade! Tu m'empoisonnes le sang, Scarlett, tu me pervertis l'âme. J'ai connu des hommes dont le besoin d'opium n'était pas plus fort que l'obsession que tu représentes pour moi. Je connais trop bien les méfaits de la drogue qui vous rend esclave avant de vous détruire. J'avais presque succombé à cette maladie, j'ai réussi à la vaincre. Je n'en prendrai plus le risque. Je refuse de m'avilir à cause de vous.

Sur ces derniers mots, il ouvrit brutalement la porte et s'élança dans la tempête.

Le vent s'engouffra par l'ouverture en assenant une gifle glacée sur la peau de Scarlett. Elle ramassa l'édredon à la hâte et courut jusqu'au seuil, sans rien voir dans la pluie qui redoublait. L'effort de refermer la porte contre la bourrasque épuisa ses dernières forces.

Les lèvres encore brûlantes des baisers de Rhett mais frissonnante de la tête aux pieds, elle se pelotonna devant le feu. Elle était lasse, si lasse qu'elle voulut faire une sieste jusqu'au retour de Rhett.

A peine étendue, elle sombra dans un sommeil profond comme un coma.

– L'épuisement, diagnostiqua le médecin militaire que Rhett avait ramené de Fort Moultrie. Le froid et la fatigue accumulés. Votre femme y a survécu par miracle, monsieur Butler. Espérons qu'elle conservera l'usage de ses jambes, le sang n'y circule presque plus. Enveloppez-la dans ces couvertures, nous allons l'emmener au fort.

Rhett emmaillota rapidement le corps inerte de Scarlett et la souleva dans ses bras.

– Confiez-la au sergent, intervint le médecin, vous-même n'êtes pas dans un état beaucoup plus brillant.

Un bref instant, Scarlett revint à elle. Dans une sorte de brouillard, elle se vit cernée d'uniformes bleus et ses yeux se révulsèrent. D'une main exercée, le médecin lui referma les paupières.

– Dépêchons-nous, dit-il, elle s'affaiblit. Je crains qu'elle ne nous échappe.

– Buvez ça, mon agneau.

Scarlett entendit une voix de femme, à la fois douce et impérieuse, une voix qu'elle crut reconnaître. Docilement, elle écarta les lèvres.

– C'est bien. Encore une petite gorgée. Non, je ne veux pas de vilaine grimace comme ça! Vous ne savez pas que les grimaces restent collées sur la figure? Une jolie fille comme vous, devenir toute laide? Bouh! Voilà, ouvrez la bouche. Plus grande! Vous allez avaler ce bon lait chaud avec le médicament dedans, même si je dois y passer la semaine. Allons, mon agneau! J'y ai mis un peu plus de sucre.

Non, ce n'était pas la voix de Mama. Presque pareille mais pas tout à fait la même. Scarlett sentit couler des larmes sous ses paupières closes. Un instant, elle s'était crue à la maison, à Tara, avec Mama à son chevet qui la soignait. Elle se força à ouvrir les yeux. Une femme noire se penchait sur elle en souriant. Un beau sourire, plein de compassion, de sagesse, d'affection, de patience – et d'une inébranlable autorité. Scarlett lui rendit son sourire.

– C'est juste comme je disais : ce qu'il lui faut, à cette petiote, c'est une bouillotte dans son lit, un cataplasme sur la poitrine, la vieille Rebecca pour la frictionner, un bol de lait bien chaud et une bonne conversation avec Jésus pour compléter le traitement. Je parlais à Jésus pendant que je vous frottais et c'est Lui qui vous guérit. Je savais bien qu'Il le ferait. Seigneur, je disais, je Vous demande pas un gros travail comme pour Lazare, juste un coup de pouce pour une pauvre petiote qui se sent pas bien. Il Vous faut qu'une minute de Votre éternité pour jeter un petit coup d'œil de son côté et la ramener d'où elle est. Eh bien, Il l'a fait et je vais Lui dire merci sitôt que vous aurez avalé votre lait. Allons, mon agneau, j'y ai ajouté deux bonnes cuillerées de sucre. Buvez-moi tout ça bien vite. Vous ne voudriez pas laisser Jésus attendre que Rebecca Lui dise merci comme elle le Lui a promis! Ça ne ferait pas bonne impression au Paradis.

Scarlett but d'abord du bout des lèvres, puis avala le reste d'un trait. Depuis des années, elle n'avait rien goûté d'aussi délicieux que ce lait chaud et sucré. Le bol vidé, elle s'essuya les lèvres du revers de la main.

— Oh! Rebecca, je meurs de faim! Puis-je avoir quelque chose à manger?

La grosse femme hocha la tête.

— Juste une seconde, mon agneau.

Les yeux clos, les mains jointes, Rebecca remua les lèvres en silence et reprit sa conversation intime avec le Seigneur. Puis, son action de grâces terminée, elle remonta la couverture sur les épaules de la malade et la borda soigneusement. Scarlett dormait déjà. Le médicament dans le bol de lait était du laudanum.

Scarlett eut un sommeil agité. Quand elle rejetait la couverture, Rebecca la recouvrait et lui caressait le front jusqu'à ce qu'elle semble calmée. Mais Rebecca ne pouvait rien contre les rêves.

Ses souvenirs et ses craintes s'y bousculaient en fragments décousus, chaotiques. La faim, d'abord, la faim sans répit des mauvais jours à Tara. Et les soldats yankees qui cernaient Atlanta, qui se profilaient en ombres menaçantes à sa fenêtre, qui la palpaient en chuchotant qu'il fallait lui couper les jambes, qui tombaient sur le parquet à Tara dans une mare de sang, un sang qui jaillissait, se répandait en un torrent rouge, enflait en une vague monstrueuse prête à engloutir une Scarlett minuscule, hurlant de terreur. Et puis le froid, la glace écrasant les arbres et les fleurs flétries, l'emprisonnant dans une coquille qui la paralysait, empêchait qu'on l'entende crier: « Rhett, Rhett, reviens! » à travers les glaçons qui lui tombaient des lèvres. Sa mère traversa aussi son rêve, Scarlett sentit le parfum de la citronnelle mais Ellen ne dit rien. Elle vit Gerald O'Hara sauter une barrière, puis une autre et d'autres encore à l'infini, en chevauchant à l'envers un splendide étalon blanc à voix humaine qui chantait avec lui une chanson où il était question de *Scarlett s'en va-t-en voiture.* Et puis, ces voix se transformèrent en voix de femmes et devinrent des murmures que Scarlett ne pouvait pas comprendre.

Elle humecta ses lèvres desséchées, ouvrit les yeux. Mais... c'est Mélanie! Pauvre Melly, comme elle a l'air inquiète.

— Ne crains rien, dit Scarlett d'une voix enrouée. Tout va bien. Il est mort. Je l'ai tué.

— Elle fait un cauchemar, dit Rebecca.

— C'en est fini des mauvais rêves, Scarlett. Le docteur affirme que vous serez très vite rétablie.

Les yeux noirs d'Anne Hampton brillaient, pleins de ferveur. Pardessus son épaule, le visage souriant d'Eleanor Butler apparut.

— Nous sommes venus pour vous ramener à la maison, ma chère enfant.

— C'est ridicule! protesta Scarlett. Je suis parfaitement capable de marcher.

D'une main ferme, Rebecca la retint par l'épaule tout en poussant le fauteuil roulant sur la piste recouverte de coquillages pilés.

— J'ai vraiment l'impression d'être une imbécile, grommela Scarlett en se rasseyant.

La migraine lui vrillait la tête, le soleil réfléchi par le revêtement de la chaussée l'éblouissait. Elle avait peine à croire qu'il fît encore jour et qu'elle avait quitté la maison du quartier de la Batterie le matin même, coiffée du chapeau de paille d'Eleanor Butler. L'orage avait rétabli une température plus conforme au mois de février. Bien qu'il n'y eût pas un nuage dans le ciel de cette fin d'après-midi, le fond de l'air était frais, la brise mordante. Au moins, se dit-elle, ma belle-mère a apporté ma cape de fourrure. Je devais être dans un état grave pour qu'elle consente à me laisser porter cette cape qu'elle estime trop voyante.

— Où est Rhett? Pourquoi ne me raccompagne-t-il pas?

— Je lui ai défendu de sortir, il était congestionné par le froid, expliqua Mme Butler. J'ai dit à Manigo de le coucher et j'ai tout de suite fait venir le docteur.

Anne se pencha vers Scarlett.

— Mme Butler était très inquiète quand l'orage a éclaté, lui dit-elle à mi-voix. Nous nous sommes hâtées de quitter le Foyer pour nous rendre au port. Quand elle a appris que le bateau n'était pas rentré, elle s'est affolée. Je ne crois pas qu'elle se soit assise une minute de toute la journée. Elle a passé son temps à faire les cent pas en regardant le ciel.

Oui, à l'abri d'un bon toit! songea Scarlett avec rancune. Anne est bien gentille de se faire tant de souci pour ma belle-mère, mais ce n'est pas elle qui mourait de froid dans l'eau et sous la pluie.

– Mon fils m'a dit que vous avez accompli un vrai miracle en soignant ma belle-fille, dit Eleanor Butler à Rebecca. Je ne sais comment vous remercier.

– Ce n'est pas moi, madame, c'est le Bon Dieu qu'il faut remercier. J'ai parlé à Jésus de cette pauvre petiote toute tremblante de froid et je lui ai dit : Seigneur, je ne Vous demande pas un miracle comme pour Lazare...

Tandis que Rebecca répétait à Mme Butler sa conversation avec le Christ, Anne répondit aux questions de Scarlett. Rhett avait attendu que le médecin lui confirme qu'elle était hors de danger avant de regagner Charleston par le bac et d'aller rassurer sa mère, dont il devinait l'angoisse.

– Imaginez quel choc nous avons eu de voir un soldat yankee franchir la grille ! conclut Anne en riant. Rhett avait emprunté l'uniforme d'un sergent.

Scarlett refusa de descendre du bac dans le fauteuil roulant. Elle se déclara tout à fait capable de rentrer à pied et débarqua comme s'il ne s'était rien passé.

Elle était cependant épuisée en arrivant, au point d'accepter l'aide d'Anne Hampton pour monter l'escalier. Après s'être fait servir un bol de bouillon et des galettes de maïs, elle sombra de nouveau dans un profond sommeil.

Cette fois, elle ne fit pas de cauchemars. Rassurée par le luxe familier des draps de lin et du matelas de plume, ainsi que par la présence de Rhett, à quelques pas d'elle, elle dormit quatorze heures d'affilée et retrouva ses forces.

A peine eut-elle ouvert les yeux que Scarlett vit les fleurs. Des roses de serre. Une enveloppe était appuyée contre le vase. Elle s'en saisit avec précipitation.

Elle reconnut aussitôt l'écriture aux orgueilleux jambages. Scarlett caressa tendrement le papier avant de commencer sa lecture.

Je ne trouve rien à dire sur ce qui s'est passé hier, sauf que j'en suis honteux et que je déplore sincèrement de vous avoir exposée à de si graves dangers et à de telles souffrances.

Scarlett en frémit de plaisir.

Vous avez fait preuve d'un courage, d'une vaillance véritablement héroïques, qui mériteront à jamais mon respect et mon admiration.
Je regrette amèrement tout ce qui est survenu après que nous avons

réchappé à cette longue épreuve. Je vous ai dit des choses qu'aucun homme ne devrait dire à une femme et je me suis conduit d'une manière parfaitement répréhensible.

Je ne puis, toutefois, renier les propos que j'ai tenus, car je les considère comme véridiques et sincères. Par conséquent, je ne dois ni ne désire jamais vous revoir.

Conformément à nos accords, vous avez le droit de rester à Charleston chez ma mère jusqu'en avril. Très franchement, j'espère que vous ne le ferez pas, car je ne me présenterai ni à la maison ni à la plantation de Dunmore tant que je n'aurai pas été informé de votre retour à Atlanta. Ne cherchez pas à me retrouver, Scarlett. Vous ne le pourrez pas.

La somme promise vous sera virée sans délai aux bons soins de votre oncle Henry Hamilton.

Je vous prie d'accepter mes plus sincères excuses pour tout ce qui concerne notre vie commune. Nous n'étions pas faits l'un pour l'autre. Je vous souhaite davantage de bonheur à l'avenir.

Rhett.

Scarlett relut la lettre, trop stupéfaite d'abord, trop furieuse ensuite pour avoir de la peine.

Un moment plus tard, tout en parlant à haute voix, elle déchira méthodiquement le papier en menus morceaux.

— Oh, non ! Vous ne me referez pas le même coup cette fois encore, Rhett Butler ! Vous m'avez déjà abandonnée une fois à Atlanta, après avoir fait l'amour avec moi. Et moi, je me suis languie à attendre en vain votre retour. Eh bien, j'en sais maintenant davantage qu'à l'époque. Je sais que vous êtes incapable de m'oublier malgré tous vos efforts, je sais que vous ne pouvez pas vivre sans moi. Aucun homme au monde ne peut faire l'amour avec une femme comme vous l'avez fait avec moi et décider de ne jamais la revoir ! Vous reviendrez, comme vous êtes déjà revenu. Mais cette fois, vous ne me trouverez pas en train de vous attendre. C'est vous qui ferez l'effort de me chercher, où que je sois !

Elle entendit sonner dix coups au clocher de Saint-Michel. Tous les dimanches, elle allait à la messe à dix heures. Pas aujourd'hui. Elle avait mieux à faire.

Scarlett sauta du lit et tira le cordon de sonnette. Pansy ferait bien de se dépêcher. Je veux boucler mes valises et arriver à la gare à temps pour le train d'Augusta. Je rentrerai chez moi, je m'assurerai qu'oncle Henry a reçu mon argent et je lancerai immédiatement les travaux à Tara.

Oui, mais Tara n'est pas encore à moi...

— Bonjour, madame Scarlett. Ça fait bien plaisir de vous voir si bonne mine après ce qui s'est passé.

— Arrête de bavarder et sors mes valises...

Scarlett s'interrompit, hésita.

– Je pars pour Savannah, reprit-elle. C'est l'anniversaire de mon grand-père.

Elle rejoindrait ses tantes à la gare. Le train de Savannah partait à midi moins dix. Demain, elle parlerait à la mère supérieure et à l'évêque. Inutile de rentrer à Atlanta sans avoir en main le titre de propriété de Tara.

– Je ne veux pas de cette vieille robe, Pansy! Sors celles que j'ai apportées avec moi, quand je suis arrivée. A partir de maintenant, je ne mettrai que ce qui me plaît. J'en ai par-dessus la tête de faire plaisir aux autres!

– Je me demandais la cause de toute cette agitation, dit Rosemary en regardant avec curiosité l'élégante toilette de Scarlett. Vous sortez? Maman pensait que vous dormiriez toute la journée.

– Où est votre mère? J'aimerais lui dire au revoir.

– Elle est déjà partie pour l'office. Je peux lui faire la commission. Ou plutôt, laissez-lui un mot.

Scarlett consulta la pendule. Elle n'avait pas beaucoup de temps, son fiacre était déjà devant la porte. Elle courut dans la bibliothèque, prit une plume, du papier. Que devrait-elle dire à Eleanor?

– Votre voiture attend, madame Rhett, dit Manigo.

Scarlett griffonna quelques phrases : elle se rendait à l'anniversaire de son grand-père, elle regrettait d'avoir manqué Eleanor avant son départ. « *Rhett vous expliquera*, ajouta-t-elle. *Avec toute mon affection.* »

– Madame Scarlett! appela Pansy, inquiète.

Scarlett plia sa missive, la cacheta.

– Soyez gentille de donner cela à votre mère, dit-elle à Rosemary. Il faut que je me dépêche. Au revoir.

– Au revoir, Scarlett.

Du seuil, Rosemary suivit des yeux Scarlett, sa femme de chambre et ses bagages qui s'éloignaient. Rhett n'était pas aussi bien organisé quand il était parti, la veille au soir. Elle l'avait supplié de rester tant il paraissait mal en point, mais il s'était contenté de l'embrasser et de s'enfoncer dans la nuit, à pied. Il ne fallait pas un grand effort d'imagination pour deviner que c'était Scarlett la responsable de sa fuite.

Lentement, délibérément, Rosemary craqua une allumette, brûla la lettre de Scarlett, et s'écria :

– Bon débarras!

LIVRE III

Une vie nouvelle

CHAPITRE 33

Scarlett battit des mains lorsque le fiacre s'arrêta devant la maison de son grand-père Robillard : elle était rose, telle qu'Eleanor Butler la lui avait décrite. Et dire que je ne l'avais pas remarqué! Je n'y suis pas venue depuis si longtemps, à vrai dire, que c'est presque une découverte.

Un domestique ouvrit la porte. Dévorée de curiosité, Scarlett gravit d'un pas vif le perron en fer à cheval, à la rampe de fer forgé, et pénétra à l'intérieur, en laissant à Pansy et aux tantes le soin de s'occuper des bagages.

Oui, il y avait du rose partout, enchâssé dans du blanc et de l'or : les murs, les rideaux, la tapisserie des sièges étaient roses, les lambris et les pilastres blancs et rehaussés de dorures. Contrairement à la plupart des demeures de Charleston et d'Atlanta, où elle n'avait vu que peintures écaillées et tissus défraîchis, tout était impeccablement entretenu – l'endroit parfait pour impressionner Rhett quand il viendrait la chercher! Ici, au moins, il constaterait qu'elle appartenait à une famille largement aussi ancienne et respectable que la sienne.

Et riche, en plus! D'un coup d'œil exercé, Scarlett évalua le luxueux ameublement qu'elle apercevait par la porte du salon. Rien que le coût des feuilles d'or appliquées aux moulures du plafond permettrait de repeindre tous les murs de Tara, à l'extérieur comme à l'intérieur.

Le vieux grigou! Quand je pense qu'il ne m'a jamais envoyé un sou pour me venir en aide après la guerre et qu'il ne fait rien non plus pour ses propres filles!

Scarlett piaffait de l'envie de se battre. Ses tantes étaient terrifiées par leur père, pas elle. La terrible solitude dont elle avait souffert à Atlanta l'avait rendue timorée, prête à s'humilier pour plaire à tout le monde à Charleston. Maintenant qu'elle reprenait son existence en main, elle se sentait de nouveau débordante d'énergie et de combativité. Personne ne pourrait désormais lui en imposer. Rhett l'aimait, elle était la reine du monde!

Dans le vestibule, après avoir négligemment jeté sa cape de fourrure et son chapeau sur une console de marbre, Scarlett ôta ses gants de chevreau vert pomme et se regarda dans un miroir avec satisfaction. Son tailleur de voyage à carreaux bruns et verts la changeait des tenues lugubres dont elle avait dû s'affubler à Charleston. Sous le regard horrifié de ses tantes, elle rajusta le nœud de taffetas vert foncé destiné à mettre ses yeux en valeur puis, quand les gants eurent rejoint le chapeau et la cape, elle montra le tout à Pansy avec désinvolture.

— Monte ranger ces affaires dans la plus jolie chambre que tu trouveras. Et cesse donc de trembler dans ton coin, personne ne te mangera!

Les tantes se tordaient les mains.

— Scarlett, tu ne peux pas...

— Tu devrais au moins attendre que...

— Puisque Grand-Père est trop mesquin pour se donner la peine de nous accueillir, il faut bien nous débrouiller par nous-mêmes. Que diable, tante Eulalie, vous avez grandi dans cette maison, tante Pauline et vous! Rien ne vous empêche de vous y conduire comme chez vous.

Sous son apparente intrépidité, Scarlett se sentit toutefois les mains moites lorsqu'elle entendit retentir une voix caverneuse qui appelait « Jérome! ». Elle se souvint tout à coup du regard de son grand-père, un regard si perçant qu'on avait davantage envie de s'enfuir que de s'y exposer.

Le digne majordome noir qui avait introduit les trois femmes leur montra d'un signe une porte ouverte au fond du vestibule. Scarlett laissa Pauline et Eulalie entrer les premières. La chambre de son grand-père était aménagée dans un ancien salon. Dans cette pièce spacieuse et haute de plafond, on pouvait à peine remuer car, outre les canapés, les fauteuils et les tables de son ameublement d'origine, elle était encombrée par un énorme lit à colonnes, chacune surmontée d'un aigle doré aux ailes déployées. Dans un coin, à côté d'un drapeau français, un mannequin de tailleur arborait l'uniforme à épaulettes dorées, constellé de médailles, que portait Pierre Robillard lorsqu'il était jeune officier dans la Grande Armée de Napoléon.

De son lit, adossé à une pile d'oreillers, le vieillard dardait sur ses visiteuses un regard malveillant. Scarlett le reconnut à peine. Perdu au milieu de ce lit immense, il lui parut diminué, rapetissé. Naguère si grand, si imposant, Pierre Robillard n'avait plus que la peau sur les os.

— Bonjour, Grand-Père, je suis venue pour votre anniversaire. Je suis Scarlett, la fille d'Ellen.

— Je n'ai pas perdu la mémoire, dit le vieillard d'une voix forte qui démentait son apparente fragilité. C'est la vôtre qui me semble fautive. Dans cette maison, les jeunes personnes se taisent tant qu'on ne leur adresse pas la parole, ne l'oubliez pas.

Scarlett se mordit les lèvres et se retint de répliquer vertement. Je ne suis plus une enfant pour qu'on me parle sur ce ton! Vous feriez mieux de vous montrer reconnaissant envers ceux qui se donnent le mal de vous rendre visite. Je comprends pourquoi ma mère était si heureuse que Papa l'emmène loin d'ici!

— Et vous, que venez-vous me demander, cette fois? gronda Pierre Robillard à l'adresse de ses filles.

Eulalie et Pauline se précipitèrent à son chevet en parlant toutes les deux ensemble.

Grand dieu, que fais-je ici? se dit Scarlett en se laissant tomber sur un canapé de brocart. Je voudrais être ailleurs, n'importe où. Pourvu que Rhett ne tarde pas à venir me chercher! Je deviendrais folle si je devais rester dans cette maison.

Le crépuscule emplissait peu à peu la pièce d'ombres inquiétantes. Le soldat sans tête semblait sur le point de bouger. Scarlett crut sentir des doigts glacés lui effleurer le dos et parvint à ne pas frémir. Elle vit avec soulagement entrer Jérome, suivi d'une robuste servante noire porteuse d'une lampe. La femme tira les rideaux, Jérome fit le tour de la pièce en allumant les appliques à gaz et demanda poliment à Scarlett de bien vouloir se déplacer afin qu'il puisse passer entre le mur et le canapé. Scarlett se leva; sentant posé sur elle le regard de son grand-père, elle se détourna et découvrit alors en face d'elle un portrait dans un cadre doré richement sculpté. Lorsque Jérome alluma une lampe à proximité, le tableau parut s'animer.

Bien que ce portrait-ci fût très différent de celui de Tara, Scarlett reconnut aussitôt sa grand-mère. Solange Robillard ne portait pas ses cheveux noirs relevés sur la tête mais cascadant sur ses épaules et ses bras nus, retenus par une résille emperlée. Si son nez fin pointait avec la même impertinence, ses lèvres esquissaient un sourire séducteur au lieu d'un rictus hautain. De ses yeux en amande, chargés du magnétisme irrésistible qui ensorcelait tous ceux qui l'avaient approchée, elle semblait dévisager Scarlett. Elle était plus jeune, mais ce portrait était celui d'une femme faite plutôt que d'une jeune fille. Sa poitrine provocante, à demi dévoilée dans le portrait de Tara, se dissimulait ici sous une soie légère, qui laissait cependant si bien deviner la courbe voluptueuse des seins et la blancheur laiteuse de la peau que Scarlett se sentit rougir. Ma grand-mère Robillard n'a pas du tout l'air comme il faut! se surprit-elle à penser avec réprobation, dans un réflexe inculqué par son éducation. Ses propres réactions dans les bras de Rhett, le désir qui la consumait au contact de ses mains sur son corps restaient pourtant gravés dans sa mémoire. Sa grand-mère avait dû éprouver les mêmes appétits, aspirer aux mêmes extases, on le lisait dans son regard et son sourire. Avait-elle tort de ressentir elle-même de tels élans de passion? Portait-elle dans son sang quelque tare, héritée de cette femme qui lui souriait avec impudeur du haut de son cadre? Fascinée, Scarlett la contemplait.

– Scarlett, lui chuchota Pauline à l'oreille, Père souhaite que nous sortions. Dis-lui bonsoir et viens.

Le dîner fut parcimonieux. A peine de quoi nourrir un seul des oiseaux aux plumages multicolores qui décoraient les assiettes, déclara Scarlett, outrée.

– La cuisinière est très occupée à préparer le repas d'anniversaire de Père, expliqua Eulalie dans un murmure.

– Avec quatre jours d'avance? protesta Scarlett à voix haute. Que fait-elle donc? Elle regarde les poulets s'engraisser.

Grand dieu, maugréa-t-elle, je vais devenir aussi efflanquée que Grand-Père si je reste soumise à ce régime jusqu'à jeudi! Une fois la maison endormie, elle descendit silencieusement à la cuisine piller le garde-manger et se gorger de galettes de maïs et de crème fouettée. Au tour des domestiques de se priver! se dit-elle en constatant que ses soupçons étaient fondés. Pierre Robillard croyait peut-être s'assurer la fidélité de ses filles en leur laissant l'estomac vide, mais il savait que les autres ne resteraient pas à son service sans manger à satiété.

Le lendemain matin, elle ordonna à Jérome de lui apporter des œufs au bacon et des rôties, en précisant : « J'ai vu à la cuisine qu'il y avait largement de quoi. » Elle obtint satisfaction, ce qui la consola de sa pusillanimité de la veille. Je n'ai pas l'habitude de me laisser faire de la sorte! se dit-elle. Ce n'est pas parce que tante Pauline et tante Eulalie tremblent comme des feuilles devant leur père que je dois me laisser intimider par ce vieil avare. Cela ne se reproduira pas.

Elle n'était toutefois pas fâchée, pour ses débuts, de se mesurer aux serviteurs plutôt qu'au maître. La mine offusquée de Jérome faisait plaisir à voir. Elle n'avait cherché noise à personne depuis longtemps et elle aimait trop gagner pour laisser passer l'occasion.

– Ces dames prendront elles aussi des œufs au bacon, dit-elle à Jérome d'un ton impérieux. Et il n'y a pas assez de beurre pour les rôties.

Ulcéré, Jérome sortit dignement et alla faire son rapport aux

348

autres serviteurs. Pour eux tous, ces exigences constituaient un affront. Non qu'elles eussent représenté un travail supplémentaire : Scarlett ne leur demandait rien de plus que ce qu'ils se préparaient toujours eux-mêmes au petit déjeuner. Ce qui les choquait, c'était sa jeunesse et l'énergie qu'elle déployait. La petite-fille du maître semait la perturbation dans l'atmosphère quasi monacale de la maison. Aussi, la domesticité unanime souhaita qu'elle s'en aille au plus vite, avant d'avoir provoqué trop de ravages.

Après le petit déjeuner, Pauline et Eulalie firent visiter à Scarlett les pièces du rez-de-chaussée. En se corrigeant sans arrêt l'une l'autre et en ergotant sans fin sur des détails insignifiants, elles lui décrivirent les réceptions de l'époque de leur jeunesse. Scarlett s'arrêta longuement devant le portrait de trois fillettes et s'efforça de retrouver les traits de sa mère dans le visage joufflu de l'enfant de cinq ans. A Charleston, elle était isolée, étrangère à un réseau familial où l'on se mariait entre soi depuis des générations. Elle se sentait plus à l'aise dans la maison où sa mère était née et avait grandi, dans la ville de ses racines.

— Vous devez avoir des milliers de cousins à Savannah, dit-elle à ses tantes. Parlez-moi d'eux, ce sont aussi les miens. Pourrai-je faire leur connaissance ?

Pauline et Eulalie échangèrent des regards perplexes. Des cousins ? Oui, il y avait les Prudhomme, la famille de leur mère, mais il n'en survivait qu'un seul, un très vieux monsieur, veuf de la sœur de leur mère. Les autres étaient installés depuis des années à La Nouvelle-Orléans « parce que tout le monde y parle français », précisa Pauline. Du côté Robillard, il ne restait que leur père et elles.

— Père a des cousins en France. Deux frères aussi, je crois. Il est le seul de sa famille à être venu en Amérique.

— En revanche, intervint Eulalie, nous avons beaucoup d'amis à Savannah. Tu auras l'occasion de les rencontrer. Si Père n'a pas besoin de nous aujourd'hui, ma sœur et moi allons rendre des visites et déposer nos cartes.

— Je dois sans faute être rentrée à trois heures, s'empressa de dire Scarlett.

Il n'était pas question d'être absente quand Rhett viendrait et, surtout, elle voulait se réserver le temps de se baigner, de se changer et de se faire belle avant l'arrivée du train de Charleston.

Rhett ne vint pas. Lorsqu'elle se décida à quitter le banc, à l'emplacement stratégique soigneusement choisi, où elle l'avait attendu en vain dans le jardin à la française derrière la maison, Scarlett était frigorifiée.

Elle avait décliné la proposition de ses tantes de les accompagner à une soirée musicale où elles étaient invitées. Si cela devait ressembler aux évocations de souvenirs des vieilles toupies auxquelles elles étaient allées rendre visite le matin, elle périrait d'ennui ! Mais quand Pierre Robillard daigna recevoir ses filles et sa petite-fille une dizaine de minutes avant le dîner, son regard venimeux la fit changer d'avis. Tout valait mieux que de rester seule à la maison avec ce maudit vieillard !

Les sœurs Telfair, Mary et Margaret, étaient reconnues dans Savannah comme les gardiennes du flambeau de la culture et leur soirée musicale n'avait rien de commun avec celles où Scarlett s'était égarée jusqu'alors. D'habitude, on faisait cercle autour de dames qui chantaient, accompagnées au pianoforte par d'autres dames qui, à leur tour, poussaient la romance, car elles devaient obligatoirement faire étalage de la diversité de leurs dons. Faute de talents musicaux, elles se rattrapaient par la peinture ou l'aquarelle, voire en exhibant de délicats travaux d'aiguille. Chez les sœurs Telfair, place Saint-James, on appliquait des normes de plus haut niveau. Des rangées de chaises dorées garnissaient deux grands salons en enfilade ; dans l'extrémité en rotonde de l'un d'eux, un piano, une harpe, six chaises et autant de pupitres promettaient une exécution soignée, nota Scarlett pour elle-même. Il serait facile de disposer de la même manière le double grand salon des Butler, d'y donner des soirées sans précédent à Charleston et d'acquérir ainsi en un tournemain une flatteuse réputation d'hôtesse. En tout cas, elle n'était pas vieille et fripée comme les sœurs Telfair, ni aussi mal fagotée que les rares jeunes femmes présentes. Pourquoi, dans le Sud, se croyait-on toujours obligé de prendre un air misérable et de revêtir des guenilles pour prouver qu'on était respectable ?

Le quatuor à cordes la fit bâiller et elle crut que la harpiste n'en finirait pas d'égrener ses arpèges. La partie vocale du concert lui plut davantage, bien qu'elle n'eût jamais encore entendu d'opéra ; un homme et une femme chantaient ensemble, ce qui changeait des sempiternels duos féminins. Après des morceaux en langue étrangère auxquels Scarlett ne comprit rien, ils interprétèrent une série de chansons qu'elle connaissait. L'homme avait une voix vibrante et chaude qui faisait merveille dans les ballades irlandaises. Quand il entonna *Reviens vers la verte Erin, Mavoureen, Mavoureen,* Scarlett dut admettre qu'il surclassait de loin Gerald O'Hara, surtout après un verre de trop.

Qu'aurait fait Papa ? se demanda Scarlett. Sans doute serait-il déjà en train de chanter à l'unisson, après avoir corsé le punch en y versant le contenu de sa flasque. Après quoi il demanderait *Peg s'en vat-en voiture*, comme il l'avait demandé à Rhett, ce soir-là...

La musique, le salon et ses occupants s'évanouirent, tandis que Scarlett entendait résonner la voix de Rhett dans la coque du sloop chaviré et sentait sur sa taille ses bras qui l'étreignaient. Elle ne s'aperçut pas qu'elle souriait béatement pendant l'exécution d'une élégie particulièrement mélancolique.

Le lendemain matin, elle télégraphia à son oncle Henry son adresse à Savannah. Puis, en hésitant, elle ajouta une question : Rhett lui avait-il viré de l'argent ?

Une inquiétude lui avait traversé l'esprit : Rhett lui jouerait-il le vilain tour de ne plus envoyer d'argent pour l'entretien de la maison de la rue du Pêcher ? Non, ce serait impossible ! Dans sa lettre, il lui annonçait au contraire son intention de virer le demi-million promis. Quant au reste, elle n'y croyait pas. Il bluffait. « Vous êtes comme une drogue... » Allons, il ne pouvait plus se passer d'elle, c'était évident ! Il lui reviendrait sûrement. Certes, ce serait plus dur pour lui que pour n'importe quel homme de ravaler sa fierté, mais il finirait par s'y résoudre. Il ne pouvait pas faire autrement... surtout après ce qui s'était passé entre eux sur la plage...

En proie à une douce langueur, Scarlett se souvint alors qu'elle était dans le bureau du télégraphe. Elle paya l'employé puis, après avoir noté ses indications pour se rendre au couvent des Sœurs de la Pitié, elle se mit en route d'un pas si rapide que Pansy eut du mal à la suivre. En attendant l'arrivée de Rhett, elle aurait juste le temps de trouver la supérieure de Carreen et d'obtenir l'intercession de l'évêque, ainsi que Rhett le lui avait suggéré.

Le couvent des Sœurs de la Pitié à Savannah était une grande bâtisse blanche, entourée d'une haute grille de fer percée çà et là de barrières closes. Scarlett ralentit l'allure et s'arrêta. Ce bâtiment rébarbatif était bien différent de l'aimable demeure de brique de Charleston.

– Vous allez là-dedans, madame Scarlett ? demanda Pansy d'une voix tremblante. Je ferais mieux de vous attendre ici dehors, je suis baptiste.

La timidité de Pansy lui donna du courage.

– Ne sois pas si sotte ! Ce n'est pas une église, mais une maison où habitent des dames comme ma sœur Carreen.

Scarlett poussa la grille, traversa le jardinet et sonna à une haute porte surmontée d'une croix.

La religieuse âgée qui répondit à son coup de sonnette lui confirma que la Révérende Mère supérieure de Charleston était dans leurs murs. Non, on ne pouvait pas lui demander de recevoir Mme Butler sur-le-champ, car il y avait en ce moment une réunion. Non, on ne savait pas combien de temps cela durerait ni si la Révérende Mère serait ensuite en mesure de recevoir Mme Butler. En attendant, Mme Butler aimerait-elle visiter les salles de classe? L'Ordre était très fier de ses établissements scolaires. Préférerait-elle aller admirer la nouvelle cathédrale en construction? Il serait peut-être possible ensuite, si la réunion était terminée, de transmettre le message à la Révérende Mère supérieure.

Scarlett ravala sa fureur et se força à sourire. Elle n'avait pas plus envie d'entendre des fillettes ânonner leurs leçons que de visiter une église. Elle allait répondre qu'elle reviendrait plus tard quand la dernière suggestion de la sœur tourière lui donna une idée. Bâtir une cathédrale coûtait très cher. Il y avait donc une chance pour que son offre de racheter la part de Carreen reçoive ici un accueil plus favorable qu'à Charleston, ainsi que Rhett le supposait. D'ailleurs, Tara se trouvait en Géorgie, dans le diocèse même de l'évêque. Pourquoi ne pas lui proposer de payer, par exemple, un vitrail de cette nouvelle cathédrale? La dépense serait sûrement supérieure au montant de la dot de Carreen, mais Scarlett stipulerait que le don du vitrail viendrait en substitution du rachat et non en supplément. L'évêque devait être un homme sensé, il comprendrait ce genre d'arguments et donnerait ses instructions en conséquence à la mère supérieure...

Le sourire de Scarlett se fit plus chaleureux.

— Je serais très honorée, ma sœur, de visiter la cathédrale, à condition, bien sûr, que cela ne vous dérange pas trop

Bouche bée, Pansy leva les yeux vers les flèches qui couronnaient l'édifice de style néo-gothique presque terminé. Les ouvriers perchés sur les échafaudages des tours avaient l'air, vus d'en bas, d'écureuils évoluant avec agilité dans de grands arbres. Scarlett ne jeta pas même un regard à leur ballet aérien. Dans le tohu-bohu du chantier, son pouls battait plus vite au bruit des scies et des marteaux et, plus encore, à l'odeur familière du bois fraîchement coupé. L'atmosphère des scieries lui manquait. Elle aurait tellement aimé caresser des planches, se rendre utile, donner des ordres, au lieu de prendre le thé en bavardant avec de vieilles toupies.

Elle n'écouta pas un mot des explications du jeune prêtre qui lui servait de guide. Elle ne remarqua même pas les regards admiratifs que lui décochaient les ouvriers, quand ils interrompaient un instant leur travail afin de laisser le passage au prêtre et à la visiteuse. Elle avait la tête ailleurs. Dans quels arbres avait-on pu tailler des madriers aussi droits ? Elle n'avait jamais vu cœur de sapin de plus belle qualité ! Où se trouvait la scierie, de quel outillage, de quelle source d'énergie disposait-elle ? Ah ! Si seulement elle était un homme ! Elle pourrait se renseigner et aller visiter la scierie, plutôt que cette église ! D'un coup de pied, Scarlett bouleversa un monticule de sciure fraîche dont elle huma les senteurs avec ravissement.

— Je dois être de retour au pensionnat pour le déjeuner, s'excusa le prêtre.

— Certainement, mon père. Je suis prête.

Elle n'avait pas vu la moitié de ce qu'elle aurait voulu, mais comment le lui dire ? Elle sortit dans la rue à la suite de son guide.

— Je vous demande pardon, mon père...

Un géant au visage rubicond, vêtu d'une chemise rouge couverte de traînées de mortier, interpella le prêtre qui, à côté de lui, paraissait tout petit et tout pâle.

— Si vous pouviez bénir le chantier, mon père ? Nous venons de poser le linteau de la chapelle du Sacré-Cœur.

Ma parole, on jurerait l'accent irlandais de Papa ! se dit Scarlett. Pendant que le prêtre donnait sa bénédiction, elle se mêla aux ouvriers rassemblés sur le parvis et courba la tête avec eux. L'âcre odeur résineuse du sapin coupé lui piquait moins les yeux que les larmes qu'elle refoulait à grand-peine.

J'irai voir les frères de Papa, décida-t-elle. Ils doivent avoir au moins cent ans, mais cela ne fait rien. Papa aurait été content que je leur dise bonjour.

Elle regagna le couvent en compagnie du prêtre. Sa nouvelle demande de rencontrer la mère supérieure essuya un nouveau refus, courtois mais ferme, de la sœur tourière.

Les yeux étincelants de colère, Scarlett parvint à se dominer.

— Veuillez lui faire savoir que je reviendrai cet après-midi, se borna-t-elle à dire.

La lourde porte se refermait derrière elle quand Scarlett entendit sonner les clochers d'alentour.

— Ah, diable ! s'écria-t-elle.

Elle allait être en retard pour le repas.

CHAPITRE 34

A peine eut-elle ouvert la porte de la grande maison rose que Scarlett sentit d'appétissantes odeurs de poulet frit. Affamée, elle se débarrassa en toute hâte de sa cape, de son chapeau et de ses gants.

— Va les ranger, dit-elle à Pansy en se précipitant à la salle à manger.

Eulalie l'y accueillit par une de ces mines lugubres dont elle avait le secret.

— Père veut te voir, Scarlett.

— Qu'il attende la fin du repas! Je meurs de faim.

— Il a dit que tu y ailles aussitôt rentrée.

Scarlett empoigna dans la corbeille un petit pain tout chaud, y planta rageusement les dents et finit de le dévorer avant d'entrer chez son grand-père.

Le vieillard lui lança un regard sévère par-dessus le plateau posé sur ses genoux. Scarlett vit que son assiette ne contenait que de la purée de pommes de terre desséchée et des carottes trop cuites. Pas étonnant qu'il soit toujours de méchante humeur, se dit-elle. Même pas de beurre dans sa purée! Il a beau ne plus avoir une dent, les domestiques pourraient le nourrir mieux que cela.

— Je ne puis tolérer chez moi qu'on ne respecte pas les horaires, dit-il d'une voix tonnante.

— Je suis désolée, Grand-Père...

— C'est la discipline qui faisait la force des armées de l'Empereur. Sans discipline, on tombe dans le chaos.

Il parlait d'une voix profonde, impressionnante. Mais Scarlett voyait ses os saillir sous la toile épaisse de sa chemise de nuit et n'en avait plus peur.

— Je vous ai déjà présenté mes excuses. Et maintenant, puis-je m'en aller? J'ai faim.

— Pas d'insolence, ma petite!

– Avoir faim n'a rien d'insolent, Grand-Père. Libre à vous de ne pas manger votre dîner, mais cela ne veut pas dire que les autres doivent s'en priver.

Pierre Robillard repoussa son plateau avec colère.

– Pff! Les cochons n'en voudraient pas, gronda-t-il.

Scarlett fit discrètement un pas vers la porte.

– Je ne vous ai pas donné congé, que je sache!

L'estomac de Scarlett protesta par de sourds borborygmes. Les petits pains allaient refroidir et, connaissant la voracité de tante Eulalie, le poulet frit risquait même de s'être déjà envolé. Elle explosa :

– Cornebleu, Grand-Père, je ne suis pas un de vos soldats! Et, si mes tantes ont peur de vous, moi pas! Comment croyez-vous me punir ? En me faisant fusiller comme déserteur ? Si vous tenez à vous laisser périr d'inanition, cela vous regarde. Moi, j'ai faim et je compte aller manger – s'il reste quelque chose.

Elle avait presque atteint la porte quand un étrange gargouillis la fit se retourner. Grand dieu, il étouffe! Aurais-je provoqué une crise d'apoplexie ? Faites au moins qu'il ne me meure pas dans les bras...

Pierre Robillard riait.

Les poings sur les hanches, Scarlett lui lança un regard furibond. Il lui avait fait une belle peur!

D'un doigt décharné, le vieillard la congédia :

– Allez manger, dit-il entre deux hoquets. Goinfre!

Et il éclata de rire de plus belle.

– Que s'est-il passé ? voulut savoir Pauline.

– Je ne l'ai pas entendu crier, observa Eulalie.

Elles attendaient l'entremets. La table était desservie.

– Il ne s'est rien passé du tout, grommela Scarlett entre ses dents serrées.

Elle saisit la clochette d'argent, l'agita furieusement. Lorsque la servante apparut, porteuse de deux minuscules portions de pudding, Scarlett l'empoigna aux épaules et lui fit faire demi-tour.

– Retournez de ce pas à la cuisine et rapportez-moi mon déjeuner. Chaud et copieux! Je ne veux pas savoir lequel de vous espérait manger ma part, mais il devra se contenter des ailes et de la carcasse. Moi, je veux une cuisse, du blanc, et de la sauce, beaucoup de sauce sur mes pommes de terre, une terrine de beurre et des petits pains bien chauds. Et plus vite que ça!

Là-dessus, elle se rassit, encore vibrante de colère et prête à foudroyer ses tantes si elles osaient dire un mot. Le silence régna jusqu'à ce que le repas fût servi.

Pauline parvint à se contenir. Puis, quand Scarlett eut avalé la moitié de son assiette, elle n'y tint plus.

– Pouvons-nous savoir ce que Père t'a dit ?

Scarlett s'essuya posément les lèvres avant de répondre.

– Il voulait simplement m'intimider, comme il le fait avec tante Eulalie et vous. Je lui ai dit ce que j'en pensais, et cela l'a fait rire.

Les deux sœurs se regardèrent, effarées, tandis que Scarlett versait de la sauce sur ses pommes de terre avec un sourire satisfait. Quelles nigaudes, mes pauvres tantes ! Ignorent-elles que, si on ne veut pas se laisser piétiner par les tyrans domestiques du genre de leur père, il suffit de leur tenir tête ?

Il ne lui venait pas à l'esprit que si elle était capable de lui résister, c'était parce qu'elle était elle-même tyrannique, ni que l'hilarité de son grand-père venait de ce qu'il reconnaissait en elle son propre caractère.

Quand le dessert arriva, les portions avaient miraculeusement grossi. Eulalie adressa à sa nièce un sourire plein de gratitude.

– Ma sœur et moi nous disions justement combien nous étions heureuses de t'avoir avec nous dans la demeure de notre enfance, Scarlett. N'est-ce pas que Savannah est une charmante petite ville ? As-tu vu la fontaine de la place Chippewa ? Et le théâtre ? Il est presque aussi ancien que celui de Charleston. Pauline et moi nous nous amusions à regarder les comédiens aller et venir, par la fenêtre de notre salle de classe. T'en souviens-tu, Pauline ?

Pauline s'en souvenait. Elle se rappelait aussi que leur chère nièce ne les avait pas averties qu'elle sortait ce matin-là ni ne leur avait dit où elle allait. Lorsque Scarlett leur raconta sa visite à la cathédrale, Pauline lui fit signe de se taire. Père, expliqua-t-elle, était un farouche adversaire du catholicisme. Son animosité avait quelque chose à voir avec l'histoire de France, elle ignorait quoi au juste, mais il professait une vive antipathie envers l'Église de Rome. C'était d'ailleurs la raison pour laquelle Eulalie et elle étaient parties de Charleston après la messe et comptaient quitter Savannah le samedi afin d'être de retour avant le dimanche matin. Or, le calendrier leur posait, cette année, un problème épineux : Pâques tombant très tôt, elles seraient encore à Savannah le mercredi des Cendres. Bien entendu, elles iraient à la messe de bonne heure sans se faire remarquer. Mais comment dissimuler à leur père les traces de cendres sur leurs fronts ?

– Eh bien, lavez-vous la figure ! dit Scarlett, qui trahissait du même coup son ignorance de la religion et le caractère trop récent de son retour dans le giron de l'Église.

Elle se leva et jeta sa serviette sur la table.

– Il faut que je m'en aille, déclara-t-elle. Je vais rendre visite à... à mes oncles et tantes O'Hara.

Elle ne voulait à aucun prix révéler sa tentative de rachat de la part de Tara appartenant à l'Ordre des religieuses. Surtout pas à ses tantes. Elles étaient si bavardes qu'elles pourraient même écrire à Suellen et lui dévoiler le pot aux roses!

– A quelle heure irons-nous à la messe, mercredi matin? ajouta-t-elle avec un sourire angélique.

Elle ne manquerait pas d'en faire état devant la mère supérieure. Moins que quiconque, celle-ci ne devait soupçonner son mépris du mercredi des Cendres.

Dommage qu'elle ait oublié son chapelet à Charleston. Bah! Elle en rachèterait un autre à la boutique des oncles O'Hara. Si ses souvenirs étaient exacts, on y trouvait de tout, des chapeaux jusqu'aux charrues.

– Quand rentrons-nous à Atlanta, madame Scarlett? gémit Pansy. Je suis pas à l'aise avec ces gens dans la cuisine de votre bon-papa. Ils sont vieux! Et mes pauvres souliers sont tout usés de tant marcher. Quand allons-nous à la maison, où il y a tous ces beaux cabriolets?

– Arrête de te plaindre sans arrêt, Pansy! Nous irons où je te dirai et quand je te le dirai.

La réplique de Scarlett manquait toutefois de conviction. Elle essayait en vain de retrouver la boutique de ses oncles, au point de se demander si l'amnésie des vieillards n'était pas contagieuse. De ce point de vue, Pansy a raison, se dit-elle. A Savannah, je ne connais que des vieux! Grand-Père, les tantes, leurs amis. Quant aux frères de Papa, ils doivent être encore pires que les autres. Je les saluerai, je me laisserai embrasser sur la joue s'ils y tiennent, j'achèterai le chapelet mais je m'en tiendrai là. Inutile de rencontrer leurs femmes. S'ils avaient vraiment voulu me voir, depuis tout ce temps, ils auraient fait un effort. Je pourrais être morte et enterrée sans qu'ils se soient donné la peine d'envoyer un mot de condoléances à mon mari et à mes enfants, si j'en avais. Curieux esprit de famille! Tout compte fait, autant ne pas les voir du tout. Après m'avoir ignorée comme ils l'ont fait, ils ne méritent pas ma visite... Scarlett oubliait simplement de se souvenir des dizaines de lettres de Savannah qu'elle avait laissées sans réponse jusqu'à ce que, de guerre lasse, la famille de son père cessât de lui écrire.

Les O'Hara ainsi condamnés à sombrer au grand complet dans les oubliettes de sa mémoire, Scarlett ne voulut plus se concentrer que sur deux points : s'approprier Tara et achever la reconquête de

Rhett. Peu lui importait que ces objectifs soient inconciliables, elle se faisait fort de les atteindre quand même. Mais cela exigerait tout son temps, toutes ses facultés de réflexion et d'action. Je ne vais pas traîner dans les rues à la recherche de cette vieille boutique poussiéreuse! décida-t-elle. Mieux vaut continuer à faire le siège de la mère supérieure et persuader l'évêque. Je m'en veux d'avoir laissé ce chapelet à Charleston! Elle jeta un coup d'œil aux devantures des magasins de Broughton Street, la rue commerçante de Savannah. Il y a sûrement une bijouterie dans le quartier, qui vend ces objets-là...

Sur le trottoir d'en face, au-dessus de cinq vitrines resplendissantes, l'enseigne O'HARA s'étalait juste devant elle en gigantesques lettres d'or. Ma parole, se dit-elle, ils ont fait des progrès depuis ma dernière visite! Cela n'a pas l'air vieux ou poussiéreux. Elle ordonna à Pansy de la suivre et se lança dans l'enchevêtrement des fourgons, des phaétons, des carrioles et des charrettes à bras qui encombraient la chaussée.

Loin d'empester la poussière et le renfermé, le magasin O'Hara sentait la peinture fraîche. Au fond, déployé sur toute la largeur, un calicot vert en proclamait la cause en lettres d'or : GRANDE INAUGURATION. Scarlett jeta autour d'elle des regards d'envie. Le magasin était au moins deux fois plus grand que sa boutique d'Atlanta, la marchandise visiblement plus récente et plus variée. Des boîtes clairement étiquetées et des rouleaux d'étoffes remplissaient les rayonnages jusqu'au plafond, des barils de grains et de farine s'alignaient sur le plancher près du gros poêle qui trônait au milieu, d'énormes bocaux de verre débordant de bonbons tentateurs étaient disposés sur un comptoir. Oui, ses oncles avaient fait du chemin! La boutique où elle était venue en 1861 ne se trouvait pas dans l'élégante section centrale de Broughton Street, elle était encore plus sombre, plus désordonnée que la sienne, à Atlanta. Il serait intéressant de savoir combien ses oncles avaient investi dans cette spectaculaire expansion. Elle pourrait même envisager d'appliquer certaines de leurs idées à ses affaires.

Scarlett s'approcha d'un comptoir où un grand gaillard en blouse mesurait de l'huile de lampe pour un client.

– J'aimerais voir M. O'Hara, je vous prie.

– Un instant, madame, répondit-il sans lever les yeux. Si vous voulez bien vous donner la peine d'attendre.

Il parlait avec une pointe d'accent. Des employés irlandais dans un magasin tenu par des Irlandais, c'est logique, se dit Scarlett. Pendant que le commis enveloppait le flacon d'huile et rendait la monnaie, elle observa les étiquettes des boîtes rangées dans les rayonnages. Tiens, tiens! Elle devrait classer les gants de la même manière, par taille plutôt que par couleur. En ouvrant la boîte, on voyait immédiatement les couleurs tandis que chercher la taille adéquate dans une boîte pleine de gants noirs, quelle corvée! Pourquoi n'y avait-elle pas pensé plus tôt?

Distraite, elle n'entendit pas l'homme derrière le comptoir, qui dut lui répéter :

— Je suis M. O'Hara. En quoi puis-je vous être utile, madame?

Elle n'était donc pas chez ses oncles. Dommage! Ils devaient encore croupir dans leur vieux taudis. Scarlett répondit qu'elle avait fait erreur, qu'elle cherchait MM. Andrew et James O'Hara et qu'ils étaient âgés.

— Pouvez-vous m'indiquer où se trouve leur magasin?

— Vous y êtes, madame. Je suis leur neveu.

— Mon Dieu! Mais alors... vous êtes mon cousin! Je suis Katie Scarlett, la fille de Gerald. D'Atlanta.

Ravie, elle lui tendit les mains. Un cousin bien à elle. Grand, fort et jeune, de surcroît! Un vrai cadeau!

— Moi, c'est Jamie! répondit l'autre qui lui secoua les mains en riant d'aise. Jamie O'Hara pour vous servir, Scarlett O'Hara. Quelle bonne surprise! Jolie comme l'aurore, tombée du ciel comme une étoile filante!... Mais comment se fait-il que vous arriviez juste pour l'inauguration du nouveau magasin? Venez, je vais vous chercher un siège.

Scarlett ne pensait déjà plus à l'achat du chapelet ni à la mère supérieure. Elle avait même oublié Pansy, qui s'était endormie dans un coin sur un tabouret, le front sur une pile de couvertures de cheval.

Jamie O'Hara apporta une chaise de l'arrière-boutique et s'excusa auprès de Scarlett : quatre clients attendaient d'être servis. Au cours de la demi-heure suivante, le magasin ne désemplit pas, de sorte qu'ils ne purent pas échanger un mot. De temps à autre, Jamie s'excusait d'un sourire et Scarlett lui signifiait de même que c'était inutile. Elle était parfaitement contente de se trouver là, dans un magasin bien tenu qui réalisait de bonnes affaires, avec un cousin inespéré dont la compétence et l'habileté commerciale auprès de la clientèle faisaient plaisir à observer.

Quand il n'y eut plus qu'une mère et ses trois filles plongées dans l'examen de dentelles assorties, Jamie profita de cet instant de relative tranquillité.

— Je parlerai aussi vite que je pourrai. Oncle James sera aux anges de vous voir, Katie Scarlett. C'est un vieux monsieur, maintenant, mais il a encore bon pied, bon œil. Il vient ici tous les matins jusqu'à l'heure du déjeuner. Vous ne le savez sans doute pas, mais sa femme est morte – que Dieu ait son âme – et celle d'oncle Andrew aussi. Il en a eu tellement de chagrin, pauvre oncle Andrew, qu'il l'a suivie dans la tombe un mois après. Oncle James vit avec moi, ma femme et mes enfants. La maison n'est pas loin d'ici. Venez donc les voir tout à l'heure pour le thé. Daniel, mon garçon, va bientôt revenir de ses livraisons, je vous accompagnerai. Nous fêtons aujourd'hui l'anniversaire de ma fille, toute la famille sera là.

Scarlett accepta sans se faire prier. Puis, se débarrassant prestement de sa cape et de son chapeau, elle passa derrière le comptoir où la cliente et ses filles ne se décidaient pas à choisir les dentelles. Il n'y avait pas qu'un O'Hara sur terre à savoir faire du commerce! De toute façon, Scarlett était trop excitée pour tenir en place. L'anniversaire de la fille de mon cousin germain! Voyons, elle serait donc ma cousine au deuxième degré...

Bien qu'elle n'eût pas grandi dans le réseau typiquement sudiste des alliances familiales où s'enchevêtrent les générations, Scarlett savait quand même, en digne fille du Sud, s'orienter sans erreur dans le labyrinthe des cousinages jusqu'au dixième degré. Elle prenait un plaisir extrême à regarder Jamie travailler, car il confirmait en tous points ce que Gerald O'Hara lui avait dit de sa famille. Son cousin avait les boucles noires et les yeux bleus des O'Hara, leur bouche gourmande et leur petit nez retroussé dans un visage rond et coloré. Il possédait surtout leur imposante carrure et leur haute taille, leurs jambes comme des troncs d'arbres, assez puissantes pour résister aux tempêtes. Oui, Jamie était un vrai O'Hara! « Ton père est l'avorton de la famille, disait Gerald sans fausse honte tant il était fier de ses frères. Ma mère a eu huit enfants, tous des garçons. Moi, j'étais le dernier et le seul à ne pas être gros comme une maison. » Scarlett se demanda lequel de ses sept oncles était le père de Jamie. Bah! Elle l'apprendrait en allant chez lui prendre le thé. Non, en participant à la fête de famille que serait l'anniversaire de sa cousine.

CHAPITRE 35

Scarlett observa Jamie avec une curiosité mal déguisée. Parce qu'ils étaient cousins, elle avait supposé qu'ils avaient le même âge; or, Jamie était un homme déjà mûr, promis à l'embonpoint. Dans la rue, au grand jour, on apercevait ses rides et les poches sous ses yeux, estompées jusque-là par la pénombre du magasin. En voyant son fils Daniel, Scarlett avait découvert avec stupeur, au lieu de l'adolescent auquel elle s'attendait, un jeune homme dans la force de l'âge – doté, par dessus le marché, d'une chevelure rouge carotte! Elle avait du mal à s'y habituer.

Elle ne se résignait guère mieux à l'apparence de son cousin. Jamie n'était pas un homme du monde! Il accumulait dans sa tenue des fautes de goût que Rhett n'aurait jamais commises; son complet bleu, par exemple, était trop clair et mal coupé. Rhett devait son irréprochable élégance moins à l'habileté de son tailleur qu'à une exigence pointilleuse et Scarlett ne connaissait aucun homme aussi bien habillé en toutes circonstances. A l'évidence, Jamie ne l'égalerait jamais; il pourrait quand même faire un effort pour ne pas avoir l'air aussi... commun! Même dans de vieux vêtements élimés, Gerald O'Hara avait toujours eu de la prestance. Bien entendu, Scarlett ne se doutait pas du rôle déterminant de sa mère dans la métamorphose de son père en *gentleman farmer*. Elle déplorait simplement que sa joie d'avoir découvert l'existence de ce cousin soit si vite ternie par une déconvenue. Je prendrai une tasse de thé et un morceau de gâteau mais je ne m'attarderai sûrement pas, se dit-elle en gratifiant Jamie de son plus brillant sourire.

— Je suis si heureuse de faire la connaissance de votre famille que j'en perds la tête, Jamie! J'aurais dû penser à apporter un cadeau d'anniversaire à votre fille.

— Je lui apporte le plus beau cadeau dont elle puisse rêver puisque vous serez à mon bras, Katie Scarlett.

Il a la même lueur de gaieté dans le regard et la même pointe d'accent que Papa. Si seulement il n'était pas affublé de ce chapeau melon! Personne ne se coiffe d'un melon, que diable! Soudain, Scarlett sursauta, horrifiée.

— Nous allons arriver près de chez votre grand-père, disait Jamie.

Grand dieu! Si elle rencontrait ses tantes, elle serait forcée de le leur présenter. Elles avaient toujours considéré que sa mère s'était mésalliée en épousant Gerald; l'allure de Jamie leur en fournirait une preuve irréfutable! Et que lui disait-il encore?

— Au passage, renvoyez donc votre servante. Elle ne serait pas à sa place chez nous, il n'y a pas de domestiques.

Seigneur, pas de domestiques? Tout le monde en avait! Où diable vivaient-ils, dans un taudis? Scarlett serra les dents : allons, réagis! Jamie est mon cousin, son père était un frère de Papa; je vais voir l'oncle James, lui aussi le propre frère de Papa. Je n'insulterai pas sa mémoire en refusant de boire le thé avec eux, même si le plancher doit grouiller de rats et de vermine.

— Rentre à la maison, Pansy, lui dit Scarlett. Tu préviendras que je serai bientôt de retour. Vous voudrez bien me raccompagner, n'est-ce pas, Jamie?

Scarlett préférait affronter une armée de rats que se perdre de réputation en arpentant les rues sans escorte. Aucune dame comme-il-faut ne s'y risquerait!

Au vif soulagement de Scarlett, ils passèrent par la rue derrière la maison de son grand-père au lieu de la place plantée d'arbres où ses tantes aimaient faire leur « promenade de santé ». Pansy poussa la grille du jardin en bâillant de plaisir à l'idée de reprendre sa sieste. Scarlett s'efforça de maîtriser son inquiétude, car elle avait entendu Jérôme déplorer devant ses tantes la déchéance croissante du voisinage. A quelques rues de là, en allant vers le port, les belles grandes demeures se transformaient en pensions mal famées pour les matelots ou en logements pour les immigrants, qui débarquaient par vagues massives. Snob comme la plupart des majordomes, le vieux Noir précisait qu'il s'agissait en majorité d'Irlandais incultes et crasseux.

Scarlett fut donc rassurée lorsque Jamie l'entraîna dans la direction opposée. Il tourna peu après dans une large avenue bien entretenue et s'arrêta devant une maison de brique d'apparence cossue.

— Nous y sommes, annonça-t-il.

— J'en suis bien contente! dit-elle du fond du cœur.

Ce furent à peu près les dernières paroles que Scarlett allait pouvoir prononcer de longtemps.

Au lieu de gravir le perron vers la porte d'entrée, comme elle s'y attendait, Jamie ouvrit une petite porte au niveau de la rue et la fit entrer dans la cuisine. Le seuil à peine franchi, Scarlett se trouva entourée par une foule de gens de tous âges et de toutes tailles, tous uniformément roux, qui se mirent à crier à qui mieux mieux après que Jamie fut parvenu à se faire entendre dans le vacarme :

— Voici Scarlett, la fille d'oncle Gerald O'Hara, venue tout exprès d'Atlanta pour voir oncle James !

Combien sont-ils ? se demanda Scarlett avec effarement en les voyant se ruer vers elle. Un petit garçon et une fillette s'agrippèrent aux jambes de Jamie en riant si fort qu'on n'entendait plus ce qu'il disait. Une grande et forte femme, les cheveux encore plus roux que tous les autres réunis, tendit à Scarlett une main comme un battoir.

— Bienvenue à la maison, dit-elle calmement. Je suis Maureen, la femme de Jamie. Ne faites pas attention à ces sauvages, venez boire du thé au coin du feu.

Elle empoigna Scarlett par le bras et lui fraya un chemin dans la bousculade.

— La paix, petits drôles, laissez au moins votre papa respirer ! Allez vous débarbouiller, vous viendrez ensuite dire bonjour à Scarlett. Un par un !

Tout en parlant, elle avait enlevé la cape de fourrure des épaules de Scarlett.

— Mary Kate ! Va la ranger en lieu sûr, sinon le bébé croira que c'est un chat, tellement c'est doux à toucher, et il voudra lui tirer la queue.

La plus grande des filles esquissa une révérence et prit la fourrure en dévisageant Scarlett de ses yeux bleus écarquillés d'admiration. Scarlett lui sourit et sourit à Maureen, bien que la femme de Jamie fût en train de la pousser vers un fauteuil et de l'y faire asseoir comme si elle était un des enfants.

En un clin d'œil, Scarlett se retrouva tenant d'une main la plus grosse tasse qu'elle eût jamais vue de sa vie et, de l'autre, serrant celle d'une ravissante adolescente, qui murmurait à sa mère : « On dirait une princesse », puis déclarait : « Je m'appelle Helen. »

— Tu devrais tâter cette fourrure, Helen, déclara Mary Kate à sa sœur d'un air important.

— Est-ce Helen l'invitée, que tu t'adresses d'abord à elle ? Quelle honte, pour une mère, d'avoir des enfants aussi malappris ! intervint Maureen, qui dissimulait mal son envie de rire.

Mary Kate refit la révérence en rougissant.

— Pardonnez-moi, cousine Scarlett, je m'oubliais en admirant votre élégance. Je m'appelle Mary Kate et je suis fière d'être la cousine d'une aussi belle dame que vous.

Scarlett voulut protester qu'elle n'avait nul besoin de pardon; elle n'en eut pas le temps. En bras de chemise, le gilet déboutonné, Jamie s'approchait en tenant sous son bras un petit rouquin joufflu, qui se débattait comme un beau diable en poussant des cris de joie.

— Voilà Sean, le dernier, annonça Jamie. En bon Américain il devrait s'appeler John, puisqu'il est né ici à Savannah, mais nous l'appelons tous Jacky. Dis bonjour à ta cousine, Jacky, si tu n'as pas perdu ta langue!

— Bonjour, cousine! cria le garçonnet, qui se mit à hurler de plus belle quand son père lui mit la tête en bas.

— Eh bien, que signifie ce vacarme? fit soudain une voix faible mais pleine d'autorité.

A l'exception des rires de Jacky, le silence retomba comme par enchantement. Un digne et grand vieillard apparut à l'autre bout de la cuisine, accompagné d'une jolie jeune fille aux cheveux bruns bouclés, la mine à la fois craintive et intimidée. Scarlett reconnut son oncle.

— Jacky a réveillé oncle James qui faisait la sieste, dit la jeune fille timide. Est-il malade pour hurler si fort et avoir fait revenir Jamie d'aussi bonne heure?

— Pas le moins du monde, dit Maureen. Vous avez de la visite, oncle James! poursuivit-elle en haussant la voix. Notre cousine Scarlett, venue exprès pour vous voir. Jamie a confié le magasin à Daniel afin de vous l'amener. Le thé est prêt, venez auprès du feu.

Scarlett se leva en souriant.

— Bonjour, oncle James. Me reconnaissez-vous?

— Bien sûr. La dernière fois que je t'ai vue, tu étais en deuil de ton mari. En as-tu retrouvé un autre?

Scarlett fouilla en hâte dans sa mémoire : James O'Hara avait raison! Elle était venue à Savannah après la naissance de Wade, quand elle portait le deuil de Charles Hamilton.

— Oui, mon oncle, répondit-elle.

Et si je lui disais que j'en ai eu deux depuis, qu'en penserait-il le vieux curieux?

— Tu as bien fait, déclara l'oncle. Il y a trop de femmes sans maris, dans cette maison.

La jeune fille timide quitta la pièce en courant.

— Vous ne devriez pas la torturer comme vous le faites, oncle James! dit Jamie d'un ton sévère.

Le vieil homme s'approcha du feu et se frotta les mains en les réchauffant à la flamme.

— Elle ne devrait pas passer son temps à se plaindre. Les O'Hara ne sont pas gens à pleurnicher sur leurs malheurs. Maureen, sers-

364

moi le thé pendant que je parle à la fille de Gerald, poursuivit-il en s'asseyant à côté de Scarlett. Et toi, dis-moi, as-tu enterré ton père comme il fallait ? Mon frère Andrew a eu les plus belles funérailles auxquelles on ait assisté dans cette ville depuis de longues années.

Scarlett revit les rares fidèles rassemblés à Tara autour de la tombe de Gerald. Trop de ceux qui auraient dû y être étaient morts trop tôt... Elle fixa son oncle dans les yeux et décida de l'impressionner.

— Il a eu un corbillard vitré tiré par quatre chevaux noirs avec des plumets noirs sur la tête, des fleurs sur son cercueil et un cortège de deux cents personnes. Il ne repose pas dans une tombe mais dans un monument de marbre, surmonté d'un ange de sept pieds de haut.

Voilà ! Êtes-vous content ? se retint-elle d'ajouter. Et maintenant, laissez la mémoire de Papa en repos.

James se frotta les mains de plus belle.

— Que Dieu ait son âme ! dit-il gaiement. De nous tous, c'était Gerald qui avait le plus de classe, je l'ai toujours pensé, n'est-ce pas, Jamie ? Il avait beau être le plus chétif, il ne laissait jamais passer un défi sans le relever. Oui, c'était un homme, mon frère Gerald, un vrai ! Sais-tu au moins comment il a acquis sa plantation ? En jouant au poker avec mon argent ! Et crois-tu qu'il m'aurait proposé de partager un sou de ses bénéfices ?

Le vieux James éclata de rire, un rire franc et sonore, un rire de jeune homme.

— Racontez donc comment il a quitté l'Irlande, oncle James, dit Maureen en lui remplissant sa tasse. Scarlett ne connaît peut-être pas encore l'histoire.

Ah, non ! pas de veillée funèbre, maintenant ! se dit Scarlett, excédée, en se tortillant sur son siège.

— Je l'ai déjà entendue cent fois ! s'écria-t-elle.

Gerald O'Hara n'aimait rien tant que de se vanter d'avoir dû fuir l'Irlande, parce que sa tête était mise à prix pour avoir tué d'un seul coup de poing le régisseur d'un propriétaire terrien anglais. Si tout le comté de Clayton connaissait l'histoire par cœur, personne n'y croyait. On savait Gerald capable de piquer de bruyantes colères mais trop doux, au fond, pour faire du mal à une mouche.

— J'ai toujours entendu parler d'oncle Gerald comme d'une sorte de héros, dit Maureen en souriant. Une femme peut être fière d'avoir un père tel que lui.

Scarlett sentit les larmes lui piquer les yeux.

— C'est bien vrai, renchérit James. Alors, Maureen, ce gâteau d'anniversaire, c'est pour quand ? Et Patricia, où se cache-t-elle ?

Scarlett regarda les tignasses écarlates qui faisaient cercle autour d'elle, sans se rappeler avoir entendu le nom de Patricia associé à l'une d'elles. Peut-être était-ce la brunette qui était partie en courant ?

— Elle est en pleins préparatifs, oncle James, répondit Maureen. Vous savez comme elle est maniaque ! Nous irons à côté dès que Stephen nous aura avertis qu'elle est prête.

Patricia ? Stephen ? A côté ? Que de mystères ! Maureen devina les questions que se posait Scarlett.

— Jamie ne vous a donc rien dit ? La famille occupe les trois maisons mitoyennes de celle-ci. Vous êtes encore loin d'avoir rencontré tous les O'Hara, Scarlett !

Ils sont trop nombreux, je n'arriverai jamais à m'y retrouver, se dit Scarlett avec découragement. Si seulement ils ne changeaient pas tout le temps de place !

Autant vouloir arrêter la houle de l'océan ! Patricia recevait chez elle, dans un double salon aux portes grandes ouvertes. Des enfants – une douzaine, au moins ! – jouaient à cache-cache derrière les meubles et les rideaux et couraient sans arrêt d'une pièce à l'autre. Parfois, un adulte en capturait un trop turbulent ou en ramassait un qui s'était fait mal en tombant et qu'il fallait consoler. Peu importait, semblait-il, à qui appartenait le puni ou le blessé. Les adultes agissaient indifféremment en parents pour les uns ou les autres.

Scarlett avait pour seul point de repère les cheveux roux de Maureen. Ses enfants – ceux d'à côté, plus Patricia qui recevait, Daniel rencontré au magasin et un autre garçon dont elle avait oublié le nom – étaient reconnaissables. Les autres formaient à ses yeux un groupe indifférencié.

Scarlett n'identifiait pas mieux leurs parents. Elle savait que l'un d'entre eux s'appelait Gerald, mais lequel ? Ils étaient tous pareils, grands, bruns, bouclés, avec des yeux bleus et des sourires éclatants...

— Il y a de quoi s'y perdre, n'est-ce pas ? lui glissa Maureen à l'oreille. Rassurez-vous, Scarlett, vous ne tarderez pas à reconstituer le puzzle.

Scarlett approuva poliment d'un sourire et d'un signe de tête, mais elle n'avait nullement l'intention de perdre son temps à résoudre l'énigme. Aussitôt qu'elle le pourrait sans impolitesse, elle demanderait à Jamie de la raccompagner. Il y avait trop de bruit, trop de cris, trop d'enfants. La grande maison rose sur la place lui faisait l'effet d'un havre de paix. Là, au moins, elle avait ses tantes à qui parler. Ici, elle ne pouvait pas placer un mot. Ils passaient tous leur temps à pourchasser les enfants, à embrasser Patricia et à lui souhaiter bon anniversaire – pire, à lui demander des nouvelles de son futur bébé !

Comment peut-on parler de choses pareilles? Ignorent-ils, les uns et les autres, que la bonne éducation impose de ne pas remarquer qu'une femme est enceinte? Elle se sentait ici comme une étrangère, une quantité négligeable. Comme à Charleston. Savoir qu'elle était dans sa propre famille n'arrangeait rien, au contraire. C'était cent fois pire...

— On va bientôt découper le gâteau, dit Maureen en la prenant par le bras. Après, nous ferons un peu de musique.

Scarlett serra les dents. J'ai déjà subi un concert à Savannah, c'est plus qu'assez! Ne peuvent-ils rien inventer d'autre? Elle suivit cependant Maureen jusqu'à un canapé de velours rouge et se posa avec raideur sur le bord du siège.

On entendit un couteau tinter avec insistance contre un verre. L'assemblée observa enfin un silence relatif.

— Soyez-en remerciés tant que cela durera, dit Jamie qui brandit le couteau d'un air menaçant pour faire taire l'hilarité que sa remarque déclenchait. Nous fêtons ensemble l'anniversaire de Patricia, bien qu'il ne tombe que la semaine prochaine. Mais mieux vaut faire bombance aujourd'hui, Mardi Gras, qu'au beau milieu du Carême...

Les rires reprirent de plus belle. Jamie attendit que le silence revînt avant de poursuivre :

— Nous avons une autre raison de nous réjouir! Une belle cousine perdue est enfin retrouvée. Au nom de tous les O'Hara, je lève mon verre à notre cousine Scarlett, à qui je souhaite la bienvenue dans nos cœurs et dans nos foyers!

Jamie avala d'un trait le contenu de son verre.

— Et maintenant, reprit-il avec un geste large, place au festin! Et à la musique!

Des cris, des rires fusèrent, des « Chut! » leur firent écho. Patricia vint s'asseoir à côté de Scarlett. Un violon attaqua alors les premières mesures de « Joyeux Anniversaire ». Helen, la plus jolie des filles de Jamie, entra, porteuse d'un plat de petits pâtés à la viande qu'elle présenta à Patricia et à Scarlett avant d'aller le poser sur une grande table ronde au milieu de la pièce. Elle fut suivie de Mary Kate, puis de la brunette qui avait accompagné oncle James et de la plus jeune des belles-filles, qui présentèrent à tour de rôle leurs plats aux reines de la fête, Patricia et Scarlett, avant de les déposer sur la table. Scarlett vit ainsi défiler un rôti de bœuf, un jambon, une dinde. Helen reparut avec un plat de pommes de terre, les autres avec des carottes à la crème, des oignons, des patates douces. La ronde se poursuivit ainsi, sans fin semblait-il, jusqu'à ce que la table disparût sous une incroyable variété de plats et de condiments. Le violoneux — Scarlett avait reconnu Daniel, le fils rencontré au magasin — salua d'un arpège l'apparition de Maureen, chargée d'un gigantesque gâteau décoré de roses en sucre, qui souleva l'enthousiasme général. Jamie fermait la marche avec trois bouteilles de whisky dans chaque main. Le violon attaqua un air rapide et joyeux, tout le monde rit et battit des mains en mesure, y compris Scarlett pour qui la procession des victuailles avait constitué un spectacle irrésistible.

– Brian! appela Jamie. Billy et toi : les reines sur leur trône, près de la cheminée.

Avant que Scarlett comprît ce qui lui arrivait, elle se sentit soulevée avec le canapé et n'eut que le temps de se retenir à Patricia pendant que leur siège traversait la pièce en tanguant et atterrissait à côté de la cheminée.

– Au tour d'oncle James! ordonna Jamie.

Le vieux monsieur fut transporté de la même manière auprès de la cheminée, riant aux éclats.

La jeune fille qui l'accompagnait – et dont Scarlett ignorait toujours le nom – entreprit alors de chasser les enfants vers l'autre salon, où Mary Kate déployait par terre une nappe à leur intention. Les enfants partis, le calme succéda au chaos. Et, lorsque tout le monde se fut installé pour manger et bavarder, Scarlett tenta de s'y reconnaître et de déterminer enfin qui était qui.

Les deux fils de Jamie se ressemblaient au point qu'elle avait peine à croire que Daniel, à vingt et un ans, eût presque trois ans de plus que Brian. Quand elle lui en fit la remarque en souriant, Brian rougit comme seuls les roux en sont capables. Il s'attira les railleries d'un autre jeune homme qui ne s'arrêta qu'après qu'une jeune femme aux joues roses, assise près de lui, lui eut dit :

– Assez, Gerald.

Ainsi, c'était lui Gerald. Papa aurait été content de savoir que ce beau grand garçon était baptisé ainsi en son honneur. Sa voisine s'appelait Polly; Gerald et elle paraissaient tellement amoureux qu'ils devaient être fiancés ou très jeunes mariés. Patricia menait par le bout du nez celui que Jamie appelait Billy, de sorte que ces deux-là devaient être mariés eux aussi.

Scarlett n'eut toutefois pas le temps de découvrir les noms des autres. Ils voulaient tous lui parler en même temps, tout ce qu'elle disait provoquait un déluge d'exclamations et de nouvelles questions. C'est ainsi qu'elle parla de son magasin à Daniel et Jamie, de sa couturière à Polly et Patricia, à oncle James des Yankees qui avaient incendié Tara. Elle évoqua surtout ses affaires, raconta comment sa petite scierie du début avait donné naissance à deux scieries, à des chantiers, à tout un village de maisons neuves à la périphérie d'Atlanta. Chacun l'approuvait à qui mieux mieux. Scarlett avait enfin trouvé des gens pour qui parler d'argent n'était pas un crime! Ils étaient tous de la même trempe, prêts à travailler dur afin de gagner de l'argent et profiter du fruit de leurs efforts et ils la félicitaient chaudement de l'avoir fait. Scarlett ne comprenait pas pourquoi elle avait eu envie de quitter cette merveilleuse réunion de gens joyeux et chaleureux pour retrouver le silence lugubre de la maison de son grand-père.

— Quand tu auras fini de manger la part de gâteau de ta sœur, Daniel, daigneras-tu faire un peu de musique? demanda Maureen pendant que Jamie débouchait une bouteille de whisky.

A l'exception de l'oncle James, tout le monde se leva et s'affaira en un ballet bien réglé. Daniel attaqua un air entraînant sans se soucier des critiques qui pleuvaient, les femmes débarrassèrent la table, les hommes repoussèrent les meubles contre les murs, en ne laissant que Scarlett et son oncle à la même place. Jamie fit déguster au vieux James un verre de whisky et attendit son jugement.

— On s'en contentera, laissa tomber l'oncle.

— Il le faudra bien, dit Jamie en riant, nous n'en avons pas d'autre!

Scarlett essayait en vain d'attirer l'attention de Jamie. Elle devait absolument partir. Elle voyait tout le monde rapprocher sa chaise et former un cercle autour de la cheminée; les enfants s'asseyaient par terre au pied des adultes. Une fois le concert commencé, elle ne pourrait plus s'en aller sans commettre une grave impolitesse.

Jamie s'approcha enfin en enjambant un petit garçon.

— Voilà pour vous, ma cousine! dit-il en tendant à Scarlett un verre à demi plein de whisky.

Scarlett sourit.

— Il faut que je m'en aille, Jamie. J'ai passé une merveilleuse soirée, mais il se fait tard et...

— Vous n'allez pas nous quitter, Scarlett, la fête commence à peine! Daniel! ajouta-t-il en se tournant vers son fils, tu fais fuir ta cousine avec tes grincements! Joue-nous de la belle musique, pas une bataille de chats!

Scarlett voulut répondre, mais ses paroles furent aussitôt noyées sous les cris de : « Oui, joue mieux que cela, Daniel! », « Une ballade! », « Une gigue, mon gars, une gigue! » qui fusaient de partout.

— Je n'entends rien! cria Jamie dans le vacarme en faisant à Scarlett un sourire épanoui. Quand on me parle de départ, je deviens sourd comme un pot!

Scarlett se levait déjà, prête à partir. Mais avant qu'elle n'en ait eu le temps, elle entendit Daniel entonner *Peg s'en va-t-en voiture*, la chanson préférée de son père, dont elle retrouvait les traits dans le visage souriant de Jamie. Si Papa était ici, comme il serait heureux... Au bord des larmes, Scarlett se rassit et s'efforça de sourire à Jamie.

La musique était trop entraînante et l'atmosphère trop gaie pour permettre à sa tristesse de durer. Tout le monde chantait et tapait des mains. Scarlett se surprit à battre la mesure du pied.

– Billy, joue avec moi! chanta Daniel en mesure.

Billy sortit d'un coffre un accordéon, dont les soufflets s'étirèrent avec un gémissement discordant.

– D'accord, faisons de la vraie musique!

Il s'approcha de la cheminée; Scarlett le vit y prendre des sortes de tubes qu'il lança autour de lui.

– Stephen, à toi! A toi aussi, Brian! Et voici pour vous, ma chère belle-mère, dit-il en laissant tomber quelque chose sur les genoux de Maureen.

– Les osselets! Cousine Maureen va jouer des osselets! cria un jeune garçon en applaudissant frénétiquement.

Scarlett n'avait plus aucune envie de partir. Cette fête n'avait rien de commun avec l'atmosphère guindée du concert des sœurs Telfair. Ici, tout était joyeux, naturel, chaleureux. Le désordre s'était réinstallé dans les salons, si bien rangés quelques instants plus tôt, où chacun maintenant déplaçait son siège au gré de sa fantaisie. Maureen leva une main et déclencha une sorte de crépitement. Scarlett vit que les « osselets » étaient en réalité des morceaux de bois poli.

Jamie continuait à servir le whisky. Par exemple! se dit Scarlett, stupéfaite. Les femmes boivent sans se cacher et sans avoir honte! Elles s'amusent autant que les hommes! Je vais boire, moi aussi, en l'honneur des O'Hara... Elle était sur le point de faire signe à Jamie quand elle se souvint qu'elle devait rentrer chez son grand-père et qu'on pourrait sentir le whisky dans son haleine. Tant pis, je n'en ai pas besoin, je me sens aussi bien que si j'avais bu.

Daniel donna un coup d'archet et annonça le titre du morceau : *La fille derrière le bar*, ce qui fit rire tout le monde, y compris Scarlett sans qu'elle sût pourquoi. Un instant plus tard, les assistants furent emportés par le rythme endiablé de la gigue irlandaise. Les notes aigrelettes des flageolets de Stephen et de Brian répondaient en contrepoint à l'accordéon de Billy. Jamie battait la mesure du pied, les autres tapaient dans leurs mains en cadence, le staccato obsédant des « osselets » de Maureen soutenait et dirigeait le rythme. Une demi-douzaine d'enfants sautaient et tournoyaient, Scarlett avait les paumes brûlantes à force de taper dans ses mains, ses pieds bougeaient d'eux-mêmes comme pour l'entraîner à danser avec les enfants. Lorsque, enfin la gigue se termina, Scarlett se laissa aller contre le dossier, épuisée mais ravie.

– Matt, montre aux petits comment il faut danser! dit Maureen en faisant tinter ses osselets.

Scarlett vit son voisin se lever.

– Pas si vite, de grâce! supplia Billy. Mes pauvres doigts ont besoin de repos. Katie, chante-nous donc quelque chose, ajouta-t-il en esquissant un thème sur le clavier de son instrument.

Une brune se leva, confia son verre à Jamie et entonna une complainte d'une voix de soprano incroyablement pure. Le premier couplet n'était pas fini que Billy, Daniel, Brian et Stephen l'accompagnaient sur leurs instruments en faisant assaut de fioritures.

Il est né et il a grandi en Irlande,
Dans la maison qu'on appelle Castlemaine...

Tout le monde reprit en chœur. Scarlett ne connaissait pas les paroles mais elle écoutait avec passion cette ballade mélancolique. Sur la dernière note, elle n'était pas la seule à avoir les yeux humides. Jamie entonna ensuite une chanson gaie, puis une autre qui fit à la fois rire et rougir Scarlett par ses paroles à double sens.

– A mon tour! dit Gerald. Je vais chanter l'*Air de Londonderry* pour ma chère et douce Polly.

– Oh, Gerald!... dit Polly, qui se cacha le visage dans les mains en rougissant.

Brian joua les premières notes de la mélodie, Gerald commença à chanter. Scarlett connaissait la réputation des ténors irlandais, mais elle en entendait un pour la première fois et la réalité lui coupa le souffle. Cette voix d'ange émanait de celui qui portait le prénom de son père. La pureté de son amour, reflétée par son visage candide, s'exprimait dans les notes cristallines qui montaient de sa gorge. Émue aux larmes, Scarlett aurait voulu connaître, elle aussi, un amour simple et sincère. Rhett! lui criait son cœur, alors que son esprit refusait l'idée même de simplicité ou de sincérité chez un homme d'une nature aussi sombre et complexe.

La chanson finie, Polly se jeta au cou de Gerald et enfouit le visage au creux de son épaule. Maureen fit crépiter les osselets.

– Et maintenant, une gigue! dit-elle d'un ton sans réplique. Les orteils me démangent.

Daniel se mit à jouer.

Scarlett avait dansé plus de cent fois la gigue de Virginie, mais elle n'avait encore jamais rien vu de comparable à ce qui se déroulait sous ses yeux. Comme un soldat à la parade, Matt O'Hara entra dans le cercle, les épaules droites, les bras le long du corps. Puis, d'un coup, ses pieds remuèrent si vite qu'ils semblaient voler. Le plancher résonnait comme un tambour sous ses coups de talon, il avançait, reculait, se déplaçait de côté avec une incroyable agilité, en formant des pas et des figures d'une complexité qui laissait Scarlett bouche bée d'admiration. Elle ne doutait pas qu'il s'agissait là du meilleur danseur du monde quand Katie retroussa ses jupes jusqu'aux mollets et se mit à exécuter, face à lui, des figures aussi spectaculaires. Mary Kate les rejoignit et releva le défi, bientôt suivie par son père, par Helen, puis par un garçonnet qui n'avait pas plus de huit ans. Ils sont tous magiciens! se dit Scarlett. Et la musique aussi tient de la magie! Toujours assise à la même place, elle sentait pourtant ses pieds bouger d'eux-mêmes au rythme de la musique comme s'ils s'efforçaient d'imiter les autres. Il faut que j'apprenne à danser comme eux! On a l'impression de pouvoir s'élancer en tournoyant ainsi jusqu'au soleil!

Un enfant endormi sous le canapé se réveilla à cause du bruit et se mit à pleurer. La contagion gagna les plus jeunes et, bientôt, le concert de pleurs fut tel que la musique et la danse durent être interrompues.

— Disposez des coussins et des couvertures dans l'autre salon, dit Maureen sans s'émouvoir. Vous fermerez les portes et ils se rendormiront. Jamie, je meurs de soif! Mary Kate, donne mon verre à ton père.

Patricia confia à Billy leur fils de trois ans et prit dans ses bras leur fille endormie.

— Tire bien les rideaux, Helen, ajouta-t-elle. Ce soir, il y a la pleine lune.

Un regard à la fenêtre rappela brutalement Scarlett à la réalité. La nuit tombait. Venue prendre une simple tasse de thé, elle était restée des heures sans s'en rendre compte.

— Il faut que je m'en aille, Maureen! s'écria-t-elle. Je suis déjà en retard pour dîner. Mon grand-père va être furieux.

— Laissez-le grogner, le vieux rabat-joie! Restez donc, la fête commence à peine.

— Je voudrais bien, je n'ai jamais assisté à une plus belle fête. Mais j'ai promis de rentrer...

— Alors, il faut tenir ses promesses. Reviendrez-vous nous voir?

— Avec joie! M'inviterez-vous?

Maureen éclata de rire.

— Non mais, vous l'entendez? dit-elle à la cantonade. Il n'y a pas besoin d'invitation pour venir ici. Nous sommes en famille, vous en faites partie, venez quand vous voudrez. La porte de ma cuisine n'a pas de serrure et il y a toujours du feu dans la cheminée. Jamie! Scarlett doit s'en aller. Va remettre ta veste et raccompagne-la.

Il n'avaient pas encore tourné le coin de la rue quand Scarlett entendit la musique recommencer. Les murs de brique et les fenêtres closes étouffaient les sons, mais elle reconnut sans hésiter une des chansons préférées de son père, chantée en chœur par les O'Hara. Et dire que, pour une fois, j'en connais toutes les paroles! Quel dommage de partir si tôt...

Tout en marchant, elle esquissa spontanément un pas de gigue. Jamie, en riant, l'imita.

— La prochaine fois, ma cousine, je vous apprendrai, dans les règles de l'art, la vraie gigue irlandaise, promit-il.

CHAPITRE 36

La réprobation muette de ses tantes n'émut guère Scarlett, qui ne se soucia pas davantage de la mercuriale de son grand-père. L'irrévérence de Maureen O'Hara lui donna même le courage de le défier, en allant à son chevet l'embrasser sur la joue après qu'il l'eut congédiée.

– Bonne nuit, Grand-Père! dit-elle gaiement.

« Vieux rabat-joie! » ajouta-t-elle entre ses dents, une fois en sûreté dans le vestibule. Elle en riait encore en rejoignant ses tantes à table.

Son dîner lui fut promptement servi, au chaud sous une cloche d'argent visiblement astiquée de frais. Cette maison pourrait être tenue comme il faut si quelqu'un se donnait la peine de surveiller les domestiques, se dit-elle. Grand-Père les laisse faire n'importe quoi.

– Qu'y a-t-il de si drôle, Scarlett? demanda Pauline d'un ton glacial.

– Rien, ma tante.

Mais la vue du monceau de nourriture que Jérome avait révélé en soulevant cérémonieusement la cloche la mit davantage en joie. Après le festin des O'Hara, pour la première fois de sa vie elle n'avait pas faim! Et il y avait devant elle de quoi rassasier une demi-douzaine de personnes. Elle avait donc enfin réussi à inspirer une saine terreur à la cuisine!

Le lendemain, mercredi des Cendres, à l'heure de la messe, Scarlett prit place près d'Eulalie sur le banc préféré de ses tantes, discrètement situé dans un bas-côté, au fond de l'église. Le prie-Dieu commençait à lui faire mal aux genoux quand elle vit ses cousins remonter l'allée centrale jusqu'aux premiers rangs où ils envahirent deux bancs à eux seuls. Qu'ils sont grands, se dit-elle, et remuants! Voyants, aussi. Sous les reflets des vitraux, les cheveux des fils de

Jamie avaient l'air de flamber; quant à Maureen et ses filles, leurs chapeaux ne parvenaient pas à éteindre l'incendie! Absorbée par le souvenir de la fête de la veille, Scarlett faillit manquer l'entrée des religieuses. Elle avait pourtant bousculé ses tantes afin d'arriver de bonne heure à l'église, car elle voulait s'assurer que la mère supérieure de Charleston était encore à Savannah.

Dieu merci, elle était là. Dédaignant les remontrances affolées d'Eulalie, qui lui chuchotait de ne pas se retourner ainsi, Scarlett observa le visage serein de la supérieure quand celle-ci parvint à sa hauteur. Elle était résolue à la voir le jour même, coûte que coûte!

Scarlett passa le plus clair de la messe à rêver à la fête qu'elle donnerait après avoir restauré Tara dans sa splendeur d'antan. On chanterait, on danserait comme la veille et la célébration durerait des jours et des jours...

— Scarlett! Arrête de fredonner! lui souffla Eulalie.

Scarlett dissimula son sourire derrière son missel. Elle ne s'était pas rendu compte qu'elle chantonnait et elle admettait volontiers que *Peg s'en va-t-en voiture* n'était pas précisément de la musique liturgique.

— Non, c'est impossible! s'écria Scarlett.

Le front gris de cendres, elle serrait convulsivement le chapelet emprunté à Eulalie.

— La Révérende Mère supérieure fera retraite toute la journée dans le jeûne et la prière, répéta patiemment la sœur tourière. Nous sommes le mercredi des Cendres.

— Je le sais bien!

Scarlett se maîtrisa de justesse.

— Veuillez lui dire que je suis très déçue et que je reviendrai demain, reprit-elle d'un ton radouci.

A peine de retour à la maison, elle se lava la figure.

Lorsque Scarlett descendit les rejoindre au salon, son front immaculé scandalisa Pauline et Eulalie mais elles s'abstinrent de tout commentaire. Quand leur nièce était de mauvaise humeur, le silence constituait la seule arme dont elles croyaient pouvoir user sans trop de risques. Pauline fut cependant forcée de prendre la parole lorsque Scarlett déclara qu'elle voulait passer à table.

— Tu le regretteras avant la fin de cette journée, dit-elle sèchement.

— Je ne vois vraiment pas pourquoi! répliqua Scarlett, les dents serrées et le menton relevé en signe de défi.

Elle le baissa piteusement quand vint l'explication. Son retour à la pratique religieuse était si récent que l'expression « faire maigre » signifiait, pour Scarlett, manger du poisson le vendredi. Elle aimait le poisson et avait donc jusqu'alors accepté volontiers cette règle. Ce que lui apprenait Pauline était, par contre, inacceptable : pendant le Carême, on n'avait droit qu'à un repas par jour, sans viande ! Seule exception, on pouvait en faire trois le dimanche, sans viande non plus, bien entendu.

— Non, c'est impossible ! s'écria-t-elle pour la seconde fois en moins d'une heure. Jamais nous n'avons suivi ces règles à la maison !

— Vous étiez encore enfants, répondit Pauline avec condescendance, mais je suis sûre que, de son côté, ta mère jeûnait comme elle le devait. Je ne m'explique cependant pas pourquoi elle ne vous a pas fait observer le Carême lorsque vous avez atteint l'âge de raison. Il est vrai que vous viviez isolés dans la campagne, privés des conseils d'un prêtre. Il fallait aussi, j'imagine, contrebalancer l'influence de M. O'Hara...

Pauline laissa sa phrase en suspens. Scarlett bondit.

— Que veut dire, au juste, « l'influence de M. O'Hara » ? J'aimerais le savoir !

— Nul n'ignore que les Irlandais prennent certaines libertés avec les lois de l'Église, dit Pauline d'un air pincé. Par charité, on ne peut pas vraiment le reprocher à un peuple aussi misérable et si mal éduqué...

— C'en est assez ! s'écria Scarlett en tapant du pied. Votre snobisme imbécile me révolte ! Mon père a toujours été le meilleur des hommes et, s'il a exercé une « influence » sur nous, c'est par une bonté et une générosité dont vous êtes parfaitement incapables ! Sachez aussi que j'ai passé mon après-midi d'hier dans sa famille et qu'ils sont tous, jusqu'au dernier, dignes d'estime et d'affection. Je préfère mille fois me laisser *influencer* par des gens comme eux que par votre bigoterie hypocrite !

Eulalie fondit en larmes. Scarlett lui décocha un regard furibond. La voilà qui renifle ! Et elle va renifler pendant des heures. C'est insupportable !

A son tour, Pauline éclata en sanglots. Scarlett se retourna, ébahie : Pauline ne pleurait jamais ! Atterrée, elle regarda les épaules voûtées et les têtes grises courbées par le chagrin. Les pauvres vieilles, que leur ai-je encore fait ? Mue par le remords, elle s'approcha de Pauline, posa la main sur son dos aux os saillants :

— Je vous demande pardon, tante chérie. Mes paroles dépassaient ma pensée. Je ne voulais pas vous dire cela.

La concorde rétablie, Eulalie proposa à Scarlett de se joindre à Pauline et à elle pour leur « promenade de santé » autour de la place.

— Ma sœur et moi jugeons cet exercice très bénéfique. Et puis, ajouta-t-elle d'un air pitoyable, il nous aide à ne pas trop penser au jeûne.

Scarlett accepta aussitôt : elle était d'autant plus incapable de rester enfermée dans la maison qu'elle croyait sentir des odeurs de bacon émaner de la cuisine. Elle fit donc avec ses tantes le tour de la place, puis celui de la place voisine, toute proche, ainsi que de la suivante qui n'était pas loin et ainsi de suite, de sorte qu'au retour Scarlett tirait la jambe autant qu'Eulalie. Elle aurait juré avoir arpenté, sans en omettre une seule, les quelque vingt places qui parsèment Savannah et lui confèrent son charme inimitable. Elle était plus qu'à demi morte de faim et d'ennui. Au moins l'heure du déjeuner était proche ; et, quand elle sonna enfin, jamais poisson ne lui parut plus délectable.

Elle vit avec soulagement ses tantes monter faire leur sieste habituelle. L'évocation de leurs souvenirs d'enfance à Savannah était distrayante à petites doses, mais une matinée entière vous donnait des envies de meurtre ! Au comble de la nervosité, Scarlett tourna en rond dans la maison, passant d'une pièce à l'autre, touchant çà et là sur un guéridon un bibelot qu'elle reposait sans même le regarder. Pourquoi la mère supérieure se dérobait-elle ainsi ? Elle aurait au moins pu la recevoir dix minutes ! Que faisait donc en retraite une pieuse femme comme elle, même un jour tel que le mercredi des Cendres ? Une supérieure de couvent n'avait sûrement pas besoin de faire pénitence ! De jeûner...

Jeûner ! Scarlett courut au salon consulter l'horloge. Pas même quatre heures ! Et rien à manger jusqu'au déjeuner du lendemain. Vingt heures à attendre ! Non, c'était absurde !

Elle tira furieusement le cordon de sonnette jusqu'à ce que Pansy arrive en courant.

— Va mettre ton manteau, nous sortons.

— Pourquoi aller à la boulangerie, madame Scarlett ? voulut savoir Pansy. La cuisinière dit que les choses du boulanger sont pas bonnes. Elle fait tout elle-même.

— Je me moque de ce que dit la cuisinière. Et, si tu racontes à quiconque que nous sommes venues ici, je t'écorcherai vive ! Compris ?

Scarlett dévora deux brioches et un petit pain avant même de quitter la boutique. Ses emplettes cachées sous sa cape, elle rentra les mettre en sûreté dans sa chambre. Voyant un télégramme posé sur la commode, elle lâcha ses sacs de petits pains et de pâtisseries, et se précipita.

La dépêche était signée Henry Hamilton. Et elle qui espérait que Rhett la suppliait de revenir ou lui annonçait qu'il venait la chercher! Dépitée, elle froissa d'abord le feuillet dans son poing fermé, puis le lissa aussitôt : oncle Henry avait sûrement des nouvelles. A peine eut-elle commencé sa lecture que le sourire lui revint :

REÇU TÉLÉGRAMME STOP AUSSI REÇU IMPORTANT VIREMENT BANCAIRE DE VOTRE MARI STOP QUE SIGNIFIE CETTE FOLIE POINT INTERROGATION RHETT ME DEMANDE OÙ VOUS ÊTES STOP LETTRE SUIT STOP HENRY HAMILTON

Ainsi, Rhett la cherchait. Elle en était sûre ! Comme elle avait eu raison de venir à Savannah! Elle espérait que l'oncle Henry avait au moins eu la bonne idée de communiquer son adresse à Rhett par télégramme. Rhett le lisait peut-être en ce moment même, comme elle lisait celui-ci.

La dépêche serrée sur son cœur, Scarlett tournoya en fredonnant une valse. Rhett était sûrement déjà en route! A cette heure-ci, d'ailleurs, le train de Charleston n'allait plus tarder. Elle courut à son miroir, se lissa les cheveux, se pinça les joues pour leur donner des couleurs. Devait-elle se changer? Non, si Rhett s'en apercevait, il en déduirait qu'elle n'avait rien de mieux à faire que l'attendre. Elle se frictionna le cou et les tempes à l'eau de toilette. Voilà, elle était prête. Elle devrait penser à baisser les cils afin de dissimuler l'éclat de son regard, luisant comme celui d'un chat à l'affût. Satisfaite, elle tira un tabouret près de la fenêtre et s'installa de manière à voir dehors sans être vue.

Une heure plus tard, Rhett n'était toujours pas là. Scarlett planta rageusement les dents dans un petit pain. Quelle plaie, ce Carême! Être obligée de se cacher pour manger du pain sec, sans même un peu de beurre!

Quand elle descendit, Scarlett était d'une humeur massacrante et la rencontre de Jérome, qui portait le dîner de M. Robillard sur un plateau, n'arrangea rien. Il y avait de quoi se faire calviniste ou presbytérienne, comme son grand-père! Elle arrêta Jérome dans le vestibule.

— C'est immangeable! Remportez tout cela à la cuisine, mettez un gros morceau de beurre dans la purée, ajoutez une bonne tranche de jambon – je sais qu'il y en a, j'en ai vu dans le garde-manger. Ce n'est pas tout! Versez de la crème sur le pudding et n'oubliez pas un petit pot de confiture de fraises.

— Monsieur ne peut pas mâcher le jambon! protesta Jérome. Le docteur dit aussi qu'il n'a pas le droit de manger du beurre, de la crème et des choses sucrées.

— Le docteur ne veut pas non plus le laisser mourir de faim. Allez, faites ce que je vous dis!

Scarlett attendit que Jérome, le dos raide et la mine compassée, eût disparu dans l'escalier du sous-sol.

— Personne au monde ne devrait jamais avoir faim! s'écria-t-elle avec colère. Jamais, personne!

Son humeur changea subitement et elle ajouta pour elle-même :

— Pas même un vieux rabat-joie.

CHAPITRE 37

Le jeudi matin, réconfortée par ses pâtisseries clandestines, Scarlett descendit en fredonnant gaiement et trouva ses tantes, dans un état d'agitation extrême, qui mettaient la dernière main aux préparatifs du repas d'anniversaire de leur père. Eulalie se battait avec des feuillages destinés à décorer la cheminée et les buffets, Pauline examinait des piles de nappes et de serviettes dans l'espoir d'y retrouver les préférées de son père. A quoi bon se donner tant de mal ? se dit Scarlett, agacée. Il ne verra rien de sa chambre.

— Prenez donc celles qui sont le moins raccommodées, ne put-elle s'empêcher de dire.

Eulalie en lâcha ses branchages.

— Scarlett ! Je ne t'avais pas entendue venir.

Pauline se contenta d'un signe de tête fort sec. En bonne chrétienne, elle avait déjà pardonné à Scarlett ses insultes – mais elle n'était pas près de les oublier !

— Il n'y a pas de reprises dans le linge de maison de notre mère, Scarlett. Tout est en parfait état.

Le spectacle des piles de linge alignées sur la table rappela à Scarlett les nappes trouées dont ses tantes se servaient chez elles. Si je m'écoutais, j'emporterais tout samedi en rentrant à Charleston, Grand-Père ne s'en rendrait même pas compte. Mais elles n'oseront pas, elles tremblent de peur devant ce vieux tyran ! Et, si je leur dis ce que j'en pense, Eulalie va renifler pendant des heures et Pauline me sermonner sur le respect dû aux aînés !

— Je sors lui acheter un cadeau, dit-elle. Voulez-vous que j'en profite pour vous faire des courses ?

Surtout, ne me proposez pas de m'accompagner ! ajouta-t-elle dans son for intérieur. Je vais au couvent, la mère supérieure a quand même dû finir sa retraite ! S'il le faut, je monterai la garde à la porte jusqu'à ce qu'elle en sorte. J'en ai plus qu'assez de me faire éconduire.

Elles avaient bien trop à faire pour songer à autre chose, lui répondirent ses tantes avec aigreur; par ailleurs, elles étaient stupéfiées d'apprendre que Scarlett n'avait pas déjà acheté de cadeau d'anniversaire pour son grand-père. Scarlett prit la fuite avant qu'elles n'aient eu le temps de lui décrire en détail l'ampleur de leur tâche et la profondeur de leur stupéfaction.

Le feuillage des arbres de la place lui parut plus fourni que la veille, le gazon plus vert et le soleil plus chaud. Scarlett se sentit portée par la vague d'optimisme que provoquaient toujours en elle les premiers signes du printemps. En dépit de l'anniversaire de son grand-père, cette journée allait être bonne, elle en était sûre.

– Allons, Pansy, plus vite! dit-elle machinalement. Tu marches comme une tortue.

Les coups de marteau et les voix des ouvriers sur le chantier de la cathédrale portaient loin dans l'air calme et tiède. Un instant, Scarlett eut envie d'en refaire la visite avec le jeune prêtre qui lui avait servi de guide. Mais je ne suis pas venue pour cela, se dit-elle en sonnant à la porte du couvent.

La religieuse âgée vint lui ouvrir comme à l'accoutumée. Scarlett se prépara à engager le combat...

– La Révérende Mère supérieure vous attend, annonça la sœur tourière. Si vous voulez bien me suivre.

Scarlett sortit du couvent dix minutes plus tard, abasourdie. C'était presque trop facile! La mère supérieure avait accepté sans discuter de consulter l'évêque et promis de lui faire prochainement parvenir sa réponse. Si elle ne pouvait s'engager sur une date précise, ce serait toutefois à bref délai, car elle devait elle-même regagner Charleston la semaine suivante.

De retour à la maison, la bonne humeur de Scarlett se maintint jusqu'à la fin des préparatifs où elle se retrouva plongée malgré elle. Elle commença à s'assombrir en apprenant que son grand-père serait effectivement présent au déjeuner. Le voir une ou deux fois par jour dans sa chambre, passe encore, les visites ne duraient jamais longtemps. Mais, s'il venait à table, elle ne pourrait pas se lever avant la fin ni échapper à la conversation de ses tantes – et le menu prévoyait au moins cinq ou six plats!

Bah! se dit-elle, il ne s'agit que d'un repas, ce ne sera pas trop pénible. Que peut faire ce vieillard pour se rendre encore plus odieux qu'il ne l'est déjà?

Il pouvait par exemple, ainsi que le constata Scarlett, imposer l'usage exclusif du français et prétendre ne pas l'entendre lui souhaiter « Bon anniversaire, Grand-Père ! » en anglais. Les compliments de ses filles ne recueillirent qu'un froid signe de tête tandis qu'il prenait place au haut bout de la table comme un potentat sur son trône.

Pierre Robillard n'offrait plus l'aspect d'un fragile vieillard en chemise de nuit. Impeccablement vêtu d'une redingote à l'ancienne et de linge empesé, son corps émacié semblait avoir retrouvé sa carrure d'antan et sa raideur toute militaire. Avec sa chevelure blanche opulente comme une crinière de lion, ses yeux perçants embusqués sous d'épais sourcils et son nez en bec d'oiseau de proie, il était impressionnant, même assis. Scarlett sentit s'évanouir sa certitude que la journée serait faste. Elle déplia sa serviette et se prépara à toute éventualité.

Jérome entra, chargé d'une imposante soupière d'argent posée sur un plateau rond de la taille d'un guéridon. Scarlett ouvrit de grands yeux : jamais encore elle n'avait vu d'argenterie aussi richement sculptée et ciselée ! La base de la soupière était entourée d'une véritable forêt d'arbres, dont les branches remontaient sur les flancs incurvés. Toutes sortes d'animaux se profilaient entre les troncs – des ours, des cerfs, des sangliers, des lièvres, des faisans et même des chouettes et des écureuils sur les branches. Le couvercle était recouvert de ceps et de rameaux de vigne portant des grappes de raisin parfaitement imitées.

Jérome déposa le monument devant son maître et, d'une main gantée de blanc, souleva le couvercle. Un nuage de vapeur s'en échappa, qui ternit l'argent mais répandit dans la pièce l'arôme exquis d'un consommé à la tortue. Légèrement penchées en avant, Pauline et Eulalie souriaient avec anxiété.

Jérome prit alors une assiette creuse sur la desserte et l'approcha de la soupière. Muni d'une louche d'argent, Pierre Robillard remplit l'assiette sans mot dire et, les yeux mi-clos, attendit que Jérome eût servi Pauline. Le même cérémonial fut répété au bénéfice d'Eulalie, puis de Scarlett. Ses doigts la démangeaient de saisir sa cuiller, mais elle n'en fit rien avant que son grand-père fût prêt. Il trempa ses lèvres dans le potage, manifesta son mécontentement par un haussement d'épaules et rejeta la cuiller dans l'assiette.

Eulalie ne put étouffer un sanglot.

Le monstre ! se dit Scarlett en commençant à manger. Le consommé était délicieux. Elle essaya d'attirer le regard de sa tante pour lui montrer sa satisfaction mais Eulalie, accablée, gardait les yeux baissés. A l'exemple de son père, Pauline ne mangeait pas. Scarlett perdit toute sa compassion pour ses tantes. Si elles se laissent terroriser aussi facilement, qu'elles meurent de faim, elles n'ont que ce qu'elles méritent ! Ce n'est pas moi, en tout cas, qui me priverais de déjeuner à cause de lui !

382

Pauline posa en français à son père une question que Scarlett ne comprit pas; mais la réponse fut si brève et Pauline pâlit à tel point qu'il ne pouvait s'agir que d'une insulte. Scarlett sentit la colère la gagner. Après le mal qu'elles se sont donné, il gâche tout et il le fait exprès! Ah! si seulement je parlais français, je ne laisserais pas passer ses méchancetés sans rien dire!

Elle garda le silence pendant que Jérome débarrassait le service à potage et disposait les assiettes et les couverts à poisson. Le processus parut durer une éternité, mais le turbot valait la peine d'attendre, Scarlett observa son grand-père : osera-t-il faire semblant de ne pas aimer cela? Il osa et n'en grignota que deux minuscules bouchées.

Le silence était si profond que les couverts faisaient dans les assiettes un bruit assourdissant. Pauline, puis Eulalie cessèrent de manger. Scarlett se régalait; à chaque bouchée, elle lançait à son grand-père un regard de défi. Mais le dégoût ostensible du vieillard finit pourtant par lui gâter son plaisir et lui faire perdre l'appétit.

Les pigeonneaux servis ensuite étaient plus tendres que du beurre et nappés d'une sauce aux arômes aussi riches que subtils. Pierre Robillard y trempa les dents de sa fourchette, s'en effleura la langue et en resta là.

Scarlett était sur le point d'exploser. Seul, le regard suppliant de ses tantes lui fit garder le silence. Pouvait-on se montrer plus odieux que ce maudit vieillard? La cuisine lui déplaisait? Impossible! Tout était exquis et fondait dans la bouche; il pouvait donc manger, avec ou sans dents! Scarlett savait qu'il n'avait pas perdu le goût : depuis qu'elle faisait améliorer son brouet habituel, ses assiettes revenaient à la cuisine aussi propres que si un chien les avait léchées. S'il ne mangeait rien, c'était pour une autre raison. Scarlett la devinait trop bien en voyant la lueur de joie mauvaise que le pitoyable spectacle offert par ses tantes éveillait dans son regard. Il prenait plus de plaisir à les voir souffrir qu'à savourer les mets préparés pour lui.

Et son repas d'anniversaire, par-dessus le marché! Quelle différence entre cette célébration et celle de sa cousine Patricia! Chez les O'Hara, l'amour, le rire, la musique menaient la fête. A la table de son grand-père, il n'y avait que silence, crainte et cruauté sournoise.

Scarlett était trop en colère pour goûter les saveurs subtiles de la sauce. La raideur squelettique, la morgue, l'impassibilité de son grand-père lui faisaient horreur, la manière dont il torturait ses propres filles l'indignait. Depuis que la guerre avait détruit leur petit univers douillet, elle ne cessait de les nourrir et de les protéger, elle était prête à se battre avec quiconque les persécuterait. Pourtant, leur lâcheté la révoltait. Étaient-elles à ce point dénuées de courage pour subir sans rien dire les indignités qu'il leur infligeait?

Dans cette élégante maison rose, Scarlett n'éprouvait que du mépris pour tout ce qui l'entourait, y compris pour elle-même. Pourquoi n'ai-je pas déjà élevé la voix et ne lui ai-je pas dit ce que je pense de sa conduite ? Inutile de savoir le français, il parle anglais aussi bien que moi ! Je suis une femme, une adulte, pas une enfant qui n'a le droit de parler que lorsqu'on s'adresse à elle. Et pourtant, je suis incapable de réagir. C'est absurde !

Toutefois elle resta assise en silence, sans s'appuyer au dossier de sa chaise et la main gauche sagement posée sur ses genoux ainsi qu'on le lui avait inculqué dans son enfance. Sa mère avait depuis longtemps quitté cette maison où elle avait grandi, cette table où elle s'était si souvent assise à la place même que Scarlett occupait. Ellen O'Hara, née Robillard, était cependant toujours présente dans l'esprit de sa fille. Et c'est par amour pour elle, par besoin de son approbation depuis l'au-delà que Scarlett était hors d'état de défier l'autorité tyrannique de Pierre Robillard.

Jérôme poursuivit son service, lent et solennel comme une liturgie. Les assiettes succédèrent aux assiettes, les couverts aux couverts. Les pigeonneaux furent suivis d'un bœuf braisé ; un savoureux soufflé au fromage précéda le gâteau qui couronnait le repas. Pierre Robillard avait goûté et rejeté sans exception chacun des plats choisis et préparés à son intention. Lorsque Jérôme apporta le gâteau, le désespoir de ses tantes était devenu si tangible et la tension si insoutenable que Scarlett résistait à grand-peine au besoin impérieux d'y échapper.

L'extérieur du gâteau était une meringue parsemée de dragées argentées. Au sommet, émergeant d'un bouquet de fleurs en sucre filé plantées dans un petit vase en filigrane d'argent, flottaient un drapeau français et l'étendard de l'ancien régiment de Pierre Robillard. Quand Jérôme déposa le gâteau devant lui, le vieillard poussa un grognement qui était peut-être de plaisir et se tourna vers Scarlett :

– Découpez-le, dit-il en anglais.

Il espère sans doute que je ferai tomber les drapeaux mais je ne lui donnerai pas cette satisfaction ! Alors, tout en prenant de la main droite le couteau que lui tendait Jérôme, Scarlett souleva le vase de la main gauche et le posa sur la table. Puis, en regardant son grand-père droit dans les yeux, elle lui fit son plus gracieux sourire.

Il eut comme un léger mouvement des lèvres.

– Croyez-vous qu'il en aurait mangé ? s'écria Scarlett, hors d'elle. Même pas ! Après avoir raclé cette délicieuse meringue comme si c'était du moisi, ce vieux monstre a pris deux miettes à l'intérieur sur la pointe de sa fourchette et les a mises dans sa bouche comme s'il nous faisait le plus grand honneur du monde! Ensuite, il s'est prétendu trop fatigué pour déballer ses cadeaux et il est rentré dans sa chambre. Je l'aurais étranglé!

Maureen O'Hara riait à gorge déployée. A la fois déçue et choquée, Scarlett espérait de la femme de Jamie un peu de sympathie, pas cette hilarité déplacée.

– Il était méchant et grossier. Je ne vois pas ce que cela a de drôle!

– Mais si, Scarlett! Il faut en rire, tout cela est si enfantin. D'un côté, vos pauvres tantes s'évertuent à lui faire plaisir pendant que lui, en chemise de nuit dans son lit comme un nourrisson édenté, s'ingénie à leur empoisonner la vie. La vieille canaille! Je suis convaincue qu'il s'est fait apporter tous ces plats exquis par son homme de confiance pour mieux les dévorer à l'abri des regards indiscrets. Ses machinations sont comiques, croyez-moi!

Le rire de Maureen était si communicatif que Scarlett finit par y céder. Elle avait eu raison de venir pousser sa porte afin de se consoler de ce désastreux repas.

– Et si nous mangions du gâteau, nous aussi? reprit Maureen. Il est sur ce buffet, sous une serviette. Découpez-le donc, Scarlett, pendant que je prépare le thé. Coupez-en quelques tranches d'avance, les petits ne vont pas tarder à rentrer de l'école.

Scarlett venait de s'installer près du feu avec sa tasse et une assiette quand la porte s'ouvrit et cinq jeunes O'Hara envahirent la paisible cuisine. Scarlett reconnut les deux filles de Maureen, Mary Kate et Helen. Elle apprit que le garçonnet s'appelait Michael et ses deux jeunes sœurs Claire et Peg. Ils avaient tous trois des boucles brunes ébouriffées, les yeux bleus et les mains noires. Maureen leur ordonna de les laver sans tarder.

– Ce n'est pas la peine! protesta Michael. Nous allons jouer dans l'étable avec les petits cochons.

– Les cochons vivent dans une porcherie, pas dans une étable, dit Peg d'un air sentencieux. N'est-ce pas, Maureen?

Scarlett était scandalisée d'entendre un enfant appeler une grande personne par son prénom. Maureen semblait cependant considérer cela comme tout à fait normal.

– Ils vivent dans une porcherie tant qu'on ne les en fait pas sortir, répondit-elle. Vous ne pensiez quand même pas les lâcher, j'espère?

Michael et ses sœurs éclatèrent de rire, comme si Maureen avait fait la plaisanterie la plus drôle qu'ils aient jamais entendue, et sortirent en courant dans la grande cour commune aux maisons mitoyennes de la famille.

Scarlett regarda autour d'elle le feu qui flambait dans la cheminée, la bouilloire accrochée à la crémaillère, les casseroles de cuivre pendues au mur. Depuis les mauvais jours à Tara, elle n'aurait jamais pensé remettre les pieds dans une cuisine. Ici, pourtant, c'était différent. Ce n'était pas simplement un endroit où préparer les repas et laver la vaisselle, mais une pièce de séjour, accueillante et chaleureuse. Si seulement elle pouvait rester !... Quand elle y pensait, la beauté glaciale et figée du salon de son grand-père lui donnait le frisson. Malgré tout, sa place était dans un salon, pas dans une cuisine. Elle était une dame, habituée au luxe et aux serviteurs.

Scarlett vida sa tasse et la reposa dans la soucoupe.

— Vous m'avez sauvé la vie, Maureen. Je serais devenue folle si j'avais dû rester avec mes tantes. Mais maintenant, il faut vraiment que je rentre.

— Quel dommage ! Vous n'avez même pas mangé votre gâteau. Il paraît que je suis bonne pâtissière...

Helen et Mary Kate s'approchaient, leurs assiettes vides à la main.

— Reprenez-en un morceau, pas plus, leur dit Maureen. Les petits vont bientôt revenir.

Scarlett s'était levée et remettait ses gants.

— Il faut que je m'en aille, répéta-t-elle.

— Dommage, mais puisqu'il le faut... J'espère au moins que vous resterez danser, samedi soir ? Jamie m'a dit qu'il allait vous apprendre la gigue. Colum sera peut-être de retour, lui aussi.

— Vous donnez encore une fête samedi, Maureen ?

— Non, pas une fête à proprement parler. Mais on a toujours envie de danser et de s'amuser quand la semaine de travail est finie et que les hommes rentrent à la maison, les poches pleines. Alors, viendrez-vous ?

— Je ne pourrai pas. Je le regrette, croyez-moi, mais j'aurai déjà quitté Savannah samedi.

Ses tantes comptaient la ramener à Charleston par le train du samedi matin. En fait, Scarlett n'en avait nullement l'intention : Rhett serait venu la chercher bien avant ! Il était peut-être en train de l'attendre en ce moment même chez son grand-père. Elle n'aurait jamais dû s'absenter !

— Merci pour tout, Maureen, mais il faut vraiment que je me dépêche. Je reviendrai vous voir avant de partir.

Elle amènerait même Rhett, pour qu'il fasse la connaissance des O'Hara. Pourquoi pas ? Un grand brun comme lui se sentirait à l'aise au milieu de tous ces grands bruns. A moins qu'il ne s'adosse au mur, avec cette élégante désinvolture qui rendait Scarlett folle de rage, et ne décide de se moquer d'eux. Il avait toujours tourné en dérision le côté irlandais de son tempérament, il se gaussait d'elle quand elle répétait ce que son père lui avait affirmé plus de cent fois : que les O'Hara avaient été de riches et puissants seigneurs des siècles durant, jusqu'à la bataille de la Boyne.

Je ne vois vraiment pas ce que cela avait de drôle. Tous les gens que nous connaissons ont été spoliés de leurs terres par les Yankees, il n'est donc pas absurde que les ancêtres de Papa aient été dépouillés des leurs par... qui, déjà ? Les Anglais ? Peut-être. A l'occasion, je demanderai à Jamie ou à Maureen. A moins, bien sûr, que Rhett ne m'ait déjà emmenée.

CHAPITRE 38

La lettre annoncée par Henry Hamilton parvint à la maison Robillard au début de la soirée. Scarlett s'empara de l'enveloppe comme un noyé saisit une bouée salvatrice. Elle venait de passer plus d'une heure à écouter ses tantes se quereller pour savoir à qui reprocher la conduite de leur père pendant son « festin » d'anniversaire.

– Il s'agit de mes propriétés d'Atlanta. Veuillez m'excuser, leur dit-elle, je monte la lire dans ma chambre.

Elle s'y enferma à double tour afin de savourer chaque mot sans être dérangée.

« *Quelle énormité avez-vous encore commise?...* » La missive débutait sans même une salutation. L'écriture du vieil homme de loi reflétait un tel trouble qu'elle en était illisible. Avec une grimace, Scarlett se rapprocha de la lampe.

> *Quelle énormité avez-vous encore commise? J'ai reçu lundi la visite d'un vieil imbécile sentencieux, dont je m'efforce généralement d'éviter la rencontre. Il m'a remis un avis de crédit, payable sur sa banque, pour la somme d'un demi-million de dollars virée par Rhett à votre ordre.*
>
> *Mardi, j'ai été importuné par un autre olibrius, un avocat celui-là, qui me demandait où vous étiez. Son client, votre mari, exigeait de le savoir. Je ne lui ai pas dit que vous vous trouviez à Savannah...*

Scarlett poussa un grondement de colère. Oncle Henry avait l'audace de mépriser les autres. Vieil imbécile lui-même! Pas étonnant que Rhett ne soit pas venu la chercher. Les yeux plissés par l'effort, elle reprit sa lecture :

> *... à Savannah, parce que votre télégramme ne m'est parvenu qu'après sa visite et que j'ignorais à ce moment-là où vous étiez. Je ne l'en ai cependant pas informé depuis car, si je n'ai aucune idée de ce*

que vous manigancez, je suis au moins certain de ne pas vouloir m'y trouver mêlé.

Cet avocat m'a donc posé deux questions de la part de Rhett. La première concernait votre adresse. La deuxième : voulez-vous divorcer ?

J'ignore quel chantage vous exercez sur votre mari pour lui extorquer une somme pareille et je ne veux pas le savoir. Que vos griefs contre lui vous autorisent ou non à demander le divorce ne me regarde pas davantage. Je ne me suis encore jamais sali les mains dans ce genre de procédure et ce n'est pas maintenant que je vais commencer. Vous perdrez d'ailleurs votre temps et votre argent : le divorce n'existe pas en Caroline du Sud, où Rhett est légalement domicilié. Si vous persistez dans votre folie, je vous indiquerai le nom d'un avocat d'Atlanta qui jouit d'une réputation à peu près convenable, bien qu'il ait déjà été mêlé à deux divorces. Mais dans ce cas, je vous préviens que vous devrez lui confier toutes vos affaires juridiques, à lui ou à un autre. Je ne m'en chargerai plus sous aucun prétexte. Si vous croyez qu'en divorçant de Rhett vous vous rendriez libre pour épouser Ashley Wilkes, permettez-moi de vous dire que vous devriez y réfléchir à deux fois. Ashley réussit beaucoup mieux que ce qu'on prévoyait. Mlle India et ma sotte de sœur tiennent fort bien sa maison et lui assurent une vie confortable avec son fils. Vous gâcheriez encore tout en vous jetant à sa tête. De grâce, Scarlett, laissez ce pauvre homme tranquille !

Laisser Ashley tranquille, parlons-en ! J'aimerais savoir s'il serait aussi prospère et s'il aurait une vie aussi *confortable* si je ne m'en étais pas mêlée ! Oncle Henry devrait être le dernier à m'infliger des sermons de vieille fille et des insinuations aussi désobligeantes ! Il n'ignore pourtant rien de la construction des maisons à la sortie de la ville... Scarlett était profondément blessée. Elle avait toujours considéré Henry Hamilton comme son seul véritable ami à Atlanta — mieux, comme un père. Ses accusations lui faisaient très mal.

Après avoir rapidement parcouru les dernières lignes de la lettre, elle griffonna quelques mots et chargea Pansy de les porter au bureau du télégraphe :

ADRESSE SAVANNAH PAS SECRÈTE STOP REFUSE DIVORCE STOP SOMME VIRÉE EN OR POINT INTERROGATION

Si oncle Henry ne lui avait pas écrit sur ce ton, elle ne se serait pas demandé s'il était assez avisé pour avoir acheté de l'or et l'avoir déjà mis en sûreté dans un coffre. Mais, s'il n'avait pas eu assez de sens commun pour communiquer son adresse à Rhett, c'est qu'il n'en avait pas davantage pour le reste. Scarlett se mordillait le pouce en s'inquiétant de son argent. Peut-être devrait-elle courir à Atlanta parler à Henry, à ses banquiers, à Joe Colleton. Peut-être devrait-elle acheter encore des terrains à la sortie de la ville et y bâtir d'autres maisons. La crise provoquée par la panique boursière n'était pas résorbée, jamais les prix ne seraient plus bas...

Non! Chaque chose en son temps : Rhett la cherchait, cela passait avant tout. Je ne suis pas dupe de ses histoires de divorce ou de ce virement, comme si notre marché était vraiment conclu! Il veut savoir où je suis, rien d'autre ne compte en réalité. Dès qu'oncle Henry l'aura renseigné, je n'aurai plus longtemps à l'attendre.

– Ne dis pas de sottises, Scarlett, déclara Pauline avec froideur. Tu partiras avec nous demain. Nous rentrons toujours à Charleston le samedi.

– Cela ne signifie pas que je suis forcée de vous accompagner. J'ai décidé de rester quelque temps à Savannah, je vous l'ai déjà dit.

Ni Pauline ni personne ne pourrait la convaincre depuis qu'elle savait Rhett à sa recherche. Elle le recevrait ici, dans ce luxueux salon rose et or, elle saurait l'amener à la supplier de lui revenir, elle finirait par accepter après qu'il eut humblement fait amende honorable! Ensuite, il la serrerait contre lui, il l'embrasserait...

– Scarlett! Aurais-tu la bonté de me répondre quand je te pose une question?

– Oui, tante Pauline. De quoi s'agit-il?

– Je te demandais ce que tu entendais faire et où tu comptais demeurer?

– Ici, naturellement.

Scarlett n'envisageait même pas de ne pas pouvoir rester chez son grand-père aussi longtemps qu'il lui plairait. Dans le Sud, les traditions de l'hospitalité étaient toujours aussi vivaces; il était impensable de prier un hôte de partir avant qu'il ne l'ait lui-même décidé.

– Père n'apprécie pas les surprises, dit Eulalie tristement.

– Je suis tout à fait capable d'informer Scarlett, sans ton aide, des habitudes de cette maison, ma sœur, déclara Pauline avec aigreur.

– Bien entendu, ce n'est pas ce que je disais...

Eulalie bredouillait. Scarlett l'interrompit :

– Je vais en parler à Grand-Père. Venez avec moi.

Ma parole, elles tremblent de peur à l'idée d'aller le voir sans y avoir été expressément invitées! Quelle méchanceté de sa part craignent-elles? Il les leur a déjà toutes infligées.

Suivie de ses tantes qui chuchotaient avec angoisse, elle traversa le vestibule d'un pas décidé et frappa à la porte.

– Entrez, Jérome!

– Ce n'est pas Jérome, Grand-Père, c'est moi, Scarlett. Puis-je entrer?

Il y eut un silence. Lorsque la voix grave de Pierre Robillard cria enfin : « Entrez! », Scarlett se tourna vers ses tantes avec un sourire de triomphe et ouvrit la porte.

La mine sévère du vieillard refroidit quelque peu sa hardiesse, mais elle ne pouvait plus reculer. Elle s'approcha du lit en affectant un air confiant.

– Je voulais simplement vous dire, Grand-Père, que je compte rester quelque temps à Savannah après le départ de tante Pauline et de tante Eulalie.

– Pourquoi?

Désarçonnée, Scarlett hésita. Elle n'avait nullement l'intention de dévoiler ses projets et elle ne voyait pas pourquoi elle y serait contrainte.

– Parce que je désire rester, répondit-elle.

– Pourquoi? répéta-t-il.

– J'ai mes raisons, dit-elle en le défiant du regard. Y voyez-vous une objection?

– Et si c'était le cas?

C'était intolérable! Retourner à Charleston équivaudrait à s'avouer vaincue. Il fallait qu'elle reste à Savannah.

– Si vous ne voulez pas de moi, j'irai chez mes cousins O'Hara. Ils m'ont déjà invitée.

Pierre Robillard fit une grimace sarcastique.

– Si vous acceptez de coucher à la cuisine avec les cochons, libre à vous.

Scarlett rougit de colère. Elle savait depuis toujours que son grand-père s'était opposé au mariage de sa mère et n'avait jamais daigné recevoir Gerald O'Hara chez lui. Elle aurait pris avec véhémence le parti de son père et de ses cousins contre les préjugés du vieillard envers les Irlandais si elle n'était elle-même traversée par un horrible soupçon : les enfants faisaient-ils entrer les petits cochons dans la maison pour jouer avec?

– Peu importe, reprit son grand-père. Restez ou partez, cela m'indiffère au plus haut point.

Là-dessus, il ferma les yeux pour lui signifier que l'entretien était terminé.

Scarlett se retint à grand-peine de claquer la porte en sortant. L'abominable vieillard! Elle avait pourtant obtenu ce qu'elle voulait.

– Tout va bien, annonça-t-elle avec le sourire.

Jusqu'à la fin de la journée, Scarlett accompagna sans rechigner ses tantes chez leurs amies et connaissances, où elles déposaient des cartes marquées P.P.C., « Pour prendre congé ». Cette coutume, inconnue à Atlanta, était au contraire quasi obligatoire dans les villes du littoral de la Géorgie et de la Caroline du Sud, où l'on affectait le raffinement du Vieux Monde. Scarlett jugeait parfaitement absurde de perdre son temps à informer de son départ des gens prévenus de votre arrivée à peine quelques jours plus tôt, d'autant que la plupart ne s'étaient pas même donné la peine de déposer une carte chez les sœurs Robillard. Aucun, en tout cas, ne s'était dérangé en personne pour venir leur rendre visite.

Le samedi, elle insista pour accompagner ses tantes à la gare et veilla à ce que Pansy place leurs valises exactement où elles voulaient, bien en vue afin que nul ne puisse les voler. Elle embrassa leurs joues parcheminées, redescendit sur le quai et agita son mouchoir quand le train s'ébranla.

– Passez par Broughton Street et arrêtez-moi à la pâtisserie, dit-elle ensuite au cocher du fiacre.

Pendant qu'elle ôtait son chapeau et ses gants, elle envoya Pansy à la cuisine chercher du café. La maison était infiniment plus agréable et tranquille sans les tantes. Mais il y avait, à n'en pas douter, une couche de poussière sur la table du vestibule. Il faudrait avoir une conversation à ce sujet avec Jérome, et avec les autres domestiques si nécessaire. Elle n'admettrait pas que la maison soit aussi mal tenue quand Rhett viendrait la chercher !

Comme s'il avait deviné ses pensées, Jérome apparut derrière elle. Scarlett sursauta. Pourquoi diable était-il toujours incapable de s'annoncer en faisant un peu de bruit ?

– Un message pour Madame, dit-il en lui tendant un télégramme sur un plateau d'argent.

Rhett ! Scarlett s'en empara d'une main tremblante.

– Merci, Jérome. Occupez-vous de mon café, je vous prie.

Le majordome était beaucoup trop curieux. Scarlett ne voulait pas qu'il fût tenté de lire par-dessus son épaule.

A peine eut-il tourné les talons qu'elle déchira l'enveloppe... et poussa un juron. Le télégramme n'était pas de Rhett mais d'oncle Henry. Le vieil homme de loi, si économe d'habitude, devait être dans un état indescriptible pour télégraphier tant de mots inutiles.

JE N'AI NI CHANGÉ NI INVESTI LA SOMME D'ARGENT VIRÉE PAR VOTRE MARI ET REFUSE DE M'EN MÊLER EN QUOI QUE CE SOIT STOP ELLE EST DÉPOSÉE À VOTRE COMPTE À VOTRE BANQUE STOP AI DÉJÀ EXPRIMÉ MES RÉSERVES QUANT AUX CIRCONSTANCES DE CETTE TRANSACTION STOP N'ESPÉREZ AUCUNE ASSISTANCE DE MA PART STOP

Les genoux flageolants, le cœur battant la chamade, Scarlett se laissa tomber sur une chaise. Le vieil imbécile! Un demi-million de dollars... Jamais, sans doute, la banque n'avait détenu une telle somme depuis la guerre. Rien n'empêcherait les directeurs de l'empocher et de mettre la clef sous la porte. Dans tout le pays, les banques fermaient ou se déclaraient en faillite, on ne lisait que cela dans les journaux. Elle devait immédiatement partir pour Atlanta, convertir les billets et mettre son or en lieu sûr dans son coffre. Mais cela demanderait des jours! Même en prenant le train du soir pour Atlanta, elle ne pourrait pas aller à la banque avant lundi. Deux jours – largement le temps d'escamoter son argent.

Un demi-million de dollars! Plus du double de ce qu'elle obtiendrait en vendant toutes ses possessions. Plus que ce que son magasin, son saloon, ses maisons lui rapporteraient en trente ans. Il fallait protéger ce trésor, mais comment? Maudit oncle Henry, avec son aveuglement et ses principes idiots! Elle pourrait le tuer!

Lorsque Pansy apporta fièrement dans sa chambre un lourd plateau d'argent chargé d'un service à café, Scarlett était décomposée.

– Pose cela et mets ton manteau, nous sortons.

Elle avait à peu près repris contenance et retrouvé ses couleurs en arrivant au magasin O'Hara. Cousin ou non, elle ne voulait pas trop révéler de ses affaires à Jamie. C'est donc de son air le plus innocent qu'elle lui demanda de lui indiquer un banquier digne de confiance.

– Je suis tellement étourdie que je n'ai pas prêté attention à mes dépenses. Maintenant que j'ai décidé de prolonger mon séjour, je dois faire virer quelques dollars de ma banque mais je ne connais personne à Savannah. Un homme d'affaires de votre importance, mon cousin, devrait pouvoir me recommander à son banquier.

– Je serais fier de vous présenter au président de la banque et même de me porter garant de son honnêteté, répondit Jamie avec un large sourire. Oncle James est en rapport avec lui depuis plus de cinquante ans. Vous serez cependant mieux reçue en disant que vous êtes la petite-fille du vieux Robillard plutôt qu'une cousine des O'Hara. Votre grand-père jouit d'une solide réputation de bon sens depuis qu'il a mis sa fortune à l'abri en France quand la Géorgie a décidé de suivre la Caroline du Sud et de faire sécession.

Son grand-père, un traître à la cause du Sud? Pas étonnant qu'il possède encore toute cette argenterie et que sa maison soit intacte! Pourquoi n'avait-il pas été lynché? Et pourquoi Jamie trouvait-il cela drôle? Scarlett se souvint que Maureen, elle aussi, avait ri des lubies de son grand-père alors qu'elle aurait dû en être choquée. Tout cela était bien compliqué et Scarlett ne savait que penser. En tout cas, elle n'avait pas le temps de s'y attarder maintenant. Il fallait d'urgence aller à la banque et faire le nécessaire pour sauver son argent.

— Daniel, occupe-toi du magasin pendant que j'accompagne notre cousine Scarlett.

Elle prit le bras que lui tendait Jamie et salua Daniel en souriant. Il était bientôt midi. Pourvu que la banque ne soit pas trop éloignée!

— Maureen sera ravie que vous restiez encore un peu, dit Jamie pendant qu'ils remontaient Broughton Street, suivis de Pansy. Viendrez-vous nous voir ce soir? Je pourrai passer vous chercher en rentrant à la maison.

— Cela me fera grand plaisir, Jamie.

Elle deviendrait folle, seule dans cette grande maison, sans personne à qui parler que son grand-père — et encore, pas plus de dix minutes par jour! Si Rhett arrivait, elle pourrait toujours faire porter par Pansy un mot au magasin pour se décommander.

C'est finalement avec impatience qu'elle attendit dans le vestibule le passage de Jamie. Son grand-père s'était montré particulièrement désagréable quand elle lui avait annoncé son intention de sortir ce soir-là.

— Nous ne sommes pas dans un hôtel où vous pouvez aller et venir comme bon vous semble. Vous vous conformerez aux habitudes et aux règles de cette maison. Ici, on se couche à neuf heures.

— Oui, Grand-Père, avait-elle humblement répondu.

De toute façon, elle serait sûrement rentrée bien avant et, d'ailleurs, son grand-père lui inspirait un certain respect depuis sa visite à la banque. Il devait être infiniment plus riche qu'elle ne le pensait. Quand Jamie la présenta comme la petite-fille de Pierre Robillard, le président lui fit des courbettes jusqu'à terre et se confondit en amabilités. Puis, après que Jamie se fut retiré et qu'elle eut informé le banquier de son désir de louer un coffre afin d'y transférer un demi-million de dollars, l'homme s'évanouit presque à ses pieds. On a beau dire, il n'y a rien de meilleur au monde que d'avoir beaucoup d'argent! songea-t-elle en souriant de plaisir.

— Je ne pourrai pas rester tard, annonça-t-elle à Jamie quand il arriva. Cela ne vous dérangera pas trop de me reconduire pour huit heures et demie?

— Ce sera toujours pour moi un honneur et un plaisir de vous accompagner n'importe où et à n'importe quelle heure, cousine Scarlett, protesta galamment Jamie.

Scarlett ne pouvait pas se douter qu'elle ne serait pas rentrée avant l'aube.

CHAPITRE 39

La soirée commença calmement. Si calmement même, que Scarlett en fut d'abord déçue. Elle s'attendait à se trouver plongée dans la musique, la danse, une fête ; elle dut se contenter de suivre Jamie à la cuisine qui lui était désormais familière. Maureen lui souhaita la bienvenue avec un baiser sur chaque joue et une tasse de thé avant de se remettre aux préparatifs du souper. Scarlett s'assit près de son oncle James qui somnolait. Jamie ôta sa veste, déboutonna son gilet, alluma sa pipe et s'installa dans un fauteuil à bascule pour la fumer paisiblement. Mary Kate et Helen mettaient le couvert dans la salle à manger voisine, d'où s'échappait leur bavardage avec le cliquetis des couteaux et des fourchettes. En un mot, il s'agissait d'une paisible scène domestique, sans rien de particulièrement stimulant. Scarlett s'en consola par la perspective du dîner. Je savais que tante Pauline et tante Eulalie se trompaient au sujet du jeûne de Carême. Personne dans son bon sens ne se contente d'un repas par jour pendant des semaines !

Quelques minutes plus tard, la timide jeune fille aux boucles brunes entra en tenant le petit Jacky par la main.

— Ah ! Voilà Kathleen, dit Jamie.

Scarlett eut à peine le temps de penser que le prénom convenait à merveille à la personnalité douce et timide de cette cousine quand Jacky se rua sur son père. C'en était fait de la sérénité qui régnait jusqu'alors. Les cris de joie du petit garçon tirèrent brutalement oncle James de sa torpeur. Au même moment, Daniel entra par la porte de la rue en compagnie de son frère Brian.

— Regardez, maman, qui j'ai trouvé en train de renifler derrière la porte ! dit Daniel.

— Tu te décides enfin à nous honorer de ta présence, Brian ? dit Maureen. Il faut prévenir le journal, la nouvelle paraîtra en première page.

– Vous n'auriez pas le cœur de laisser dehors un malheureux affamé ! dit Brian en embrassant sa mère.

Le mécontentement de Maureen n'était guère convaincant. Brian la relâcha.

– Regarde, sauvage, tu m'as décoiffée ! dit-elle, et en plus, tu me fais honte en ne saluant même pas ta cousine Scarlett ! Toi aussi, Daniel.

Brian se pencha vers Scarlett avec un large sourire. Les flammes de la cheminée donnaient à ses cheveux roux des reflets flamboyants et ses yeux bleus pétillaient de gaieté.

– Me pardonnerez-vous, cousine ? Vous étiez si menue et si silencieuse dans votre coin que je ne vous avais pas vue. J'ai une mère inhumaine. Plaidez ma cause, qu'elle daigne au moins m'accorder les miettes tombées de sa table !

– Arrête de dire des bêtises et va te laver les mains, vaurien que tu es ! gronda Maureen.

Lorsque Brian se fut éloigné vers l'évier, Daniel prit sa place près de Scarlett.

– Nous sommes tous enchantés de vous avoir avec nous, cousine Scarlett.

Scarlett sourit. Malgré le tapage de Jacky qui sautait sur les genoux de son père, elle était contente elle aussi d'être là. Ses cousins étaient si pleins de vie que la froide perfection de la maison de son grand-père lui faisait l'effet d'une tombe.

Tandis qu'ils dînaient à la grande table de la salle à manger, Scarlett apprit pourquoi Maureen affectait d'être en colère contre Brian. Celui-ci ayant déménagé de la chambre qu'il partageait avec Daniel quelques semaines auparavant, sa mère n'avait pas encore digéré cet accès d'indépendance. S'il n'était pas allé plus loin que la maison de sa sœur Patricia, à quelques pas de là, Brian n'avait pas moins quitté le giron familial. Maureen tirait cependant une grande satisfaction du fait que son fils préférait sa cuisine aux menus plus élaborés de Patricia.

– Que voulez-vous, elle ne supporte pas les odeurs de poisson dans ses rideaux de dentelle ! dit Maureen en empilant quatre filets de poisson ruisselants de beurre dans l'assiette de son fils. Ce ne doit pas être commode de se donner de grands airs durant le Carême.

– Surveille donc ta langue, ma femme ! intervint Jamie, amusé. C'est ta propre fille dont tu dis du mal.

– Et qui donc, mieux que sa propre mère, aurait le droit d'en dire ?

– Maureen n'a pas tort, déclara le vieux James, qui prenait la parole pour la première fois. Je me souviens que ma mère avait elle-même la langue bien pendue...

Là-dessus, il se lança dans une série d'évocations de sa jeunesse. Scarlett écouta avec attention dans l'espoir qu'il mentionnerait son père. Elle ne fut pas déçue.

— Quant à Gerald, il a toujours été le préféré de sa mère. Il était le plus jeune, comprenez-vous. Il avait beau faire des bêtises, il s'en tirait avec une simple remontrance...

Scarlett sourit. Que son père ait été le préféré ne l'étonnait pas, au contraire. Personne ne résistait à la tendresse qu'il cachait si mal sous ses fanfaronnades. Quel dommage qu'il ne soit pas là ce soir, avec sa famille...

— Allons-nous chez Matthew après souper, ou est-ce que tout le monde vient ici? demanda le vieux James.

— Nous irons chez Matt, répondit Jamie.

Matt était celui qui avait donné le signal de la danse à l'anniversaire de Patricia. Malgré elle, Scarlett tapait déjà du pied en mesure.

— Je crois que nous avons des candidats à la gigue, dit Maureen en souriant.

Elle prit sa cuiller, se pencha par-dessus la table pour s'emparer de celle de Daniel puis, les tenant dos à dos par les manches, elle commença à les entrechoquer sur un rythme de gigue, à les taper contre sa main, son bras ou le front de Daniel, avec une sonorité plus légère et plus entraînante que celle des osselets de bois. Le côté improvisé et cocasse de ce morceau exécuté à l'aide de cuillers à soupe dépareillées fit rire Scarlett, qui tapait des mains en cadence sur la table.

— Le public s'impatiente, il est grand temps que nous y allions! dit Jamie en riant. Je vais chercher mon violon.

— Nous apporterons les chaises, dit Mary Kate.

— Matt et Katie n'en ont que deux, expliqua Daniel à Scarlett. Ce sont les derniers O'Hara arrivés à Savannah.

Le double salon de Matt et Katie O'Hara était démuni de meubles, mais il était pourvu de cheminées pour se chauffer, de lustres à gaz pour s'éclairer, d'une vaste surface de parquet ciré pour danser. Les heures que Scarlett passa, cette nuit-là, dans ces pièces vides comptèrent parmi les plus heureuses de toute sa vie.

Aussi librement que l'air qu'ils respiraient et sans y penser davantage, les O'Hara partageaient amour et bonheur en famille. Scarlett sentait s'épanouir en elle une faculté perdue depuis trop longtemps pour qu'elle en eût conservé le souvenir. A leur contact, elle devenait spontanée, insouciante, ouverte aux plaisirs simples. Elle pouvait enfin oublier les artifices, les calculs qu'elle avait dû apprendre à maîtriser pour mener victorieusement les luttes de conquête et de domination inhérentes à sa condition de « Belle du Sud ».

Ici, elle n'avait pas besoin de charmer ou de conquérir, on l'acceptait telle qu'elle était, elle faisait partie de la famille. Pour la première fois de sa vie, elle se retirait volontiers du devant de la scène, elle consentait à ne pas monopoliser l'attention. Les autres la fascinaient parce qu'ils constituaient sa nouvelle famille et, surtout, parce qu'elle n'avait jamais connu de gens comparables.

Si, pourtant... Devant Maureen et ses osselets, Brian et Daniel jouant chacun d'un instrument, Helen et Mary Kate qui tapaient des mains en mesure, elle crut un instant voir les jeunes Tarleton revenir à la vie sous ses yeux, les jumeaux, grands, forts et beaux, ainsi que leurs sœurs bouillant d'une juvénile impatience de découvrir quelle nouvelle aventure la vie leur réservait. Scarlett avait toujours envié à Hetty et Camilla Tarleton leurs rapports libres et confiants avec leur mère. Elle retrouvait les mêmes liens entre Maureen et ses enfants; elle savait aussi que rien ne l'empêchait désormais de rire avec Maureen, de taquiner qui bon lui semblait et de se faire taquiner à son tour, de puiser à satiété sa part de l'affection que la femme de Jamie répandait sans compter autour d'elle.

Pour la première fois, l'adoration que vouait Scarlett à l'image sereinement indépendante de sa mère s'attiédit, en la libérant du remords de ne pas s'être toujours montrée digne de ses enseignements. Pour la première fois, elle comprit qu'il n'était peut-être pas indispensable d'être parfaitement *comme il faut.* Mais c'était là une idée trop complexe, trop riche de conséquences; elle y réfléchirait plus tard. Maintenant, elle ne voulait penser à rien. Ni à hier, ni à demain. Rien qu'à l'instant présent, au bonheur qu'il offrait, à la musique, aux chansons, à la danse. Après les rites compassés des bals de Charleston, ces plaisirs simples grisaient Scarlett. La tête lui tournait à force d'absorber la gaieté et les rires avec l'air qu'elle respirait.

Peggy, la fille de Matt, lui enseigna les rudiments de la gigue. Scarlett ne se formalisa pas de les apprendre d'une enfant de sept ans. Cela paraissait aussi normal que les encouragements ou les quolibets des autres, enfants et adultes, qui pleuvaient aussi bien sur elle que sur Peggy. Elle dansa jusqu'à tomber d'épuisement aux pieds de son oncle James, qui lui caressa la tête comme si elle avait été un jeune chien. Scarlett riait si fort qu'elle s'étranglait presque.

– C'est trop drôle! Comme je m'amuse! répétait-elle.

Elle ne s'était pas souvent amusée dans sa vie, elle aurait voulu que cette allégresse se prolongeât à jamais. Ses cousins, si grands et si forts, si pleins d'énergie et de gaieté, si doués pour la musique et pour la vie, la remplissaient de fierté. « Nous sommes une bonne race, nous les O'Hara. Personne ne nous arrive à la cheville. » Scarlett entendit la voix de son père qui lui avait si souvent répété ces mots. Pour la première fois, elle comprit ce qu'il voulait dire.

— Ah! Jamie, quelle merveilleuse soirée! s'écria-t-elle quand il la raccompagna chez elle.

Scarlett était si fatiguée qu'elle titubait. Mais elle était trop débordante de joie pour se laisser gagner par le silence apaisant de la ville endormie et elle bavardait comme une pie.

— Nous sommes une bonne race, nous les O'Hara!

Jamie éclata de rire, l'empoigna par la taille, la souleva et lui fit faire deux tours complets.

— Oui, et personne ne nous arrive à la cheville! compléta-t-il en la reposant à terre.

Pansy la réveilla à sept heures du matin avec un message de son grand-père.

— Il veut vous voir tout de suite, madame Scarlett!

Trônant au haut bout de la table de la salle à manger, impeccablement vêtu et rasé de frais, le vieux soldat jeta un regard réprobateur sur les cheveux hâtivement démêlés et la robe de chambre de Scarlett.

— Mon petit déjeuner ne me convient pas, déclara-t-il.

Scarlett le dévisagea, bouche bée. En quoi était-elle concernée par le petit déjeuner de son grand-père? S'imaginait-il qu'elle le préparait elle-même? Perdait-il la raison, comme son père? Non, pas comme Papa, se corrigea-t-elle. Papa avait subi trop d'épreuves, plus qu'il n'en pouvait supporter, voilà tout. Il s'était retiré dans un monde, dans une époque où ces abominations ne s'étaient pas encore produites. Il était comme un enfant désemparé. Grand-Père n'a rien d'enfantin ni de désemparé. Il sait exactement ce qu'il fait, où il est, qui il est. Quelle mouche le pique de me faire réveiller, alors que j'ai à peine dormi deux heures, pour se plaindre à moi de son déjeuner?

Elle se domina cependant et interrogea calmement:

— Pourquoi votre petit déjeuner ne vous convient-il pas, Grand-Père?

— Il est insipide et il est froid.

— Pourquoi ne l'avez-vous pas renvoyé à la cuisine? Demandez qu'on vous apporte ce que vous souhaitez et exigez que ce soit servi chaud.

— Faites-le. La cuisine est l'affaire des femmes.

Les poings sur les hanches, Scarlett darda sur lui un regard aussi glacial et implacable que le sien.

— Voulez-vous dire que vous m'avez tirée du lit pour me faire transmettre vos ordres à votre cuisinière? Pour qui me prenez-vous, pour une domestique? Commandez un petit déjeuner à votre goût ou mourez de faim, cela m'est parfaitement égal. Je retourne dans mon lit.

– Ce lit m'appartient et vous ne l'occupez qu'avec ma permission, petite impertinente! Aussi longtemps que vous serez sous mon toit, vous m'obéirez. Est-ce clair?

Scarlett était dans une telle fureur qu'elle perdait l'espoir de se rendormir. Je vais faire mes valises sur-le-champ! Je n'ai aucune raison de me laisser traiter de la sorte! Elle allait parler quand l'arôme du café frais la retint. Autant boire du café avant de dire ce qu'elle avait sur le cœur. Et puis... mieux valait réfléchir. Elle n'était pas encore prête à quitter Savannah. Rhett devait maintenant savoir où elle était. Elle attendait d'un jour à l'autre le message de la mère supérieure au sujet de Tara.

Frémissante de fureur mal contenue, Scarlett agita le cordon de sonnette et prit place à table, à la droite de son grand-père. Quand Jérome apparut, elle le foudroya du regard.

– Apportez-moi une tasse à café et remportez cette assiette. Qu'est-ce que c'est, de la bouillie de maïs? Dites à la cuisinière de l'avaler elle-même, si elle en est capable, mais pas avant d'avoir préparé des œufs brouillés avec du jambon et du bacon et d'avoir grillé des rôties. N'oubliez pas le beurre et la confiture! Et allez me chercher de ce pas un pot de crème bien épaisse pour mon café.

Jérome lança à son maître un regard de détresse, le suppliant de remettre Scarlett à sa place. Pierre Robillard affecta de ne pas voir son majordome.

– Eh bien! Ne restez pas planté là comme une statue, lui dit Scarlett sèchement. Allez, faites ce qu'on vous dit!

Maintenant qu'elle était tout à fait réveillée, elle avait faim. Son grand-père aussi: s'il fut aussi silencieux que pendant son repas d'anniversaire, il ne laissa pas une miette de ce qu'on lui servit. Du coin de l'œil, Scarlett l'observait avec méfiance. Que mijote-t-il donc, le vieux renard? Cette comédie cachait sûrement quelque chose. Rien de plus facile que de se faire obéir des serviteurs, il suffit de crier – et Dieu sait si son grand-père avait le don de terroriser les gens! L'exemple de ses tantes Pauline et Eulalie était assez éloquent. Le mien aussi, ajouta Scarlett avec dépit. A peine m'a-t-il convoquée que j'ai sauté du lit. Mais je ne recommencerai pas.

Pierre Robillard reposa sa serviette près de son assiette vide et se leva.

– Je compte vous voir correctement vêtue pour les repas suivants. Nous nous rendrons au temple dans une heure et sept minutes. Ce délai devrait vous suffire pour faire votre toilette.

A présent que ses tantes étaient parties et qu'elle avait obtenu ce qu'elle voulait de la mère supérieure, Scarlett n'avait nullement l'intention de retourner dans une église. Il fallait pourtant mettre le holà à la tyrannie de son grand-père. Selon les tantes, il était farouchement anticatholique. C'est ce que nous allons voir...

— Je ne savais pas que vous alliez à la messe, Grand-Père, susurra Scarlett de sa voix la plus douce.

— Vous ne souscrivez pas comme vos tantes à ces mômeries papistes, j'espère ? répondit-il avec un redoutable froncement de sourcils.

— Je suis bonne catholique, si c'est ce que vous voulez dire, et je vais tout à l'heure à la messe avec mes cousins O'Hara. A propos, ils m'invitent à séjourner chez eux aussi longtemps qu'il me plaira.

Là-dessus, Scarlett fit une sortie triomphale.

Elle avait gravi la moitié de l'escalier quand elle se rappela qu'elle n'aurait pas dû manger avant d'aller à la messe. Bah ! Après tout, elle n'était pas obligée de communier. En tout cas, elle avait cloué le bec à son grand-père ! Une fois dans sa chambre, elle exécuta joyeusement quelques pas de gigue appris la veille au soir.

Elle ne croyait pas un instant que son grand-père la prendrait au mot au sujet de l'invitation de ses cousins. Autant elle aimait danser et chanter chez les O'Hara, autant le tapage des enfants y rendait tout séjour impossible. D'ailleurs, ils n'avaient pas de domestiques et Scarlett ne pouvait pas se passer de Pansy pour lacer son corset et la coiffer.

Quelle idée Grand-Père a-t-il derrière la tête ? se redemanda-t-elle. Bah ! Ce ne devait pas être bien important, elle le saurait toujours assez tôt. De toute façon, avant qu'il n'ait eu le temps d'exécuter ses machinations, Rhett serait sans doute déjà venu la chercher.

CHAPITRE 40

Une heure et quatre minutes après que Scarlett fut remontée dans sa chambre, son grand-père sortit du superbe mausolée qui lui tenait lieu de demeure et se rendit au temple. Engoncé dans un lourd manteau, une écharpe de laine autour du cou, sa chevelure blanche abritée sous une toque de zibeline ayant appartenu à un officier russe abattu de sa main à Borodino, il avait froid en dépit du soleil et des prémices du printemps. Très droit, marchant sans l'aide de sa canne, il répondait d'un signe de tête aux saluts de ceux qui le croisaient dans la rue, car Pierre Robillard était une personnalité connue dans tout Savannah.

Arrivé au temple presbytérien de Chippewa Square, il s'assit au cinquième rang, à la place qu'il occupait depuis l'inauguration officielle du temple, plus de cinquante ans auparavant. James Monroe, alors président des États-Unis, assistait à la cérémonie ; il avait demandé à rencontrer l'homme ayant servi Napoléon d'Austerlitz à Waterloo. Pierre Robillard s'était montré courtois envers lui, par égard pour son âge plus que pour sa fonction, car un simple Président n'avait rien qui puisse impressionner un guerrier ayant combattu aux côtés d'un Empereur.

A la fin du service, il fit signe à quelques personnes de le rejoindre sur les marches du sanctuaire. Il leur posa des questions, écouta leurs réponses. Puis, le visage presque souriant, il rentra sommeiller jusqu'à l'heure du déjeuner. Ses sorties hebdomadaires au temple devenaient de plus en plus fatigantes. Il dormit du sommeil léger des vieillards et se réveilla avant même que Jérôme ne lui eût apporté son plateau. En l'attendant, il pensa à Scarlett.

La vie privée, la personne même de sa petite-fille ne lui inspiraient aucune curiosité. Il ne lui avait pas accordé une pensée pendant de longues années et son apparition dans sa chambre en compagnie de ses filles ne lui avait causé ni plaisir ni déplaisir. Elle n'avait retenu son attention qu'à partir du moment où Jérome était venu se plaindre d'elle et de ses exigences qui, selon lui, semaient la perturbation à la cuisine. Et puis, affirmait le fidèle serviteur, elle provoquerait la mort du pauvre M. Robillard en dénaturant son régime avec du beurre, des sauces et des sucreries.

C'est ainsi que Scarlett avait, à son insu, exaucé les prières de son grand-père. Il n'attendait plus rien de la vie que des mois, des années peut-être, d'une routine immuable de sommeil et de repas, entrecoupée de sorties hebdomadaires au temple presbytérien. La monotonie de son existence ne le troublait guère puisqu'il avait sous les yeux le portrait de son épouse bien-aimée et, dans son cœur, la certitude de la rejoindre après la mort. Ses jours et ses nuits se passaient à rêver d'elle quand il dormait, à raviver ses souvenirs d'elle s'il était éveillé. Cela lui suffisait – pas tout à fait, cependant : le fin gourmet qu'il avait été déplorait de manger mal, de se faire servir des choses invariablement insipides, souvent innommables et toujours froides quand elles n'étaient pas brûlées. Il voulait que Scarlett y mette enfin bon ordre.

Scarlett se méfiait à tort des arrière-pensées de son grand-père. Du premier coup d'œil, Pierre Robillard avait décelé en elle une autorité digne de la sienne. Puisqu'il n'avait plus la force de se faire obéir, il cherchait donc à mettre cette nature despotique à son service. Les domestiques le savaient trop vieux et trop las pour leur imposer sa volonté, mais Scarlett était jeune et pleine de vigueur. Il ne lui demandait pas de lui tenir compagnie, encore moins de l'aimer; il n'attendait d'elle que de diriger sa maison selon ses normes et sous ses directives, comme lui-même naguère. S'il pensait à elle ce jour-là, ce n'était certes pas par affection mais à seule fin de mettre au point la méthode lui permettant de parvenir à ses fins.

– Allez dire à ma petite-fille que je veux la voir, ordonna-t-il à Jérome quand celui-ci lui apporta son plateau.

– Elle n'est pas encore rentrée, répondit le vieux majordome avec un sourire épanoui.

La colère de son maître le ravissait d'avance. Jérome haïssait Scarlett.

Au même moment, Scarlett était au marché central avec les O'Hara. Après sa querelle avec son grand-père, elle s'était habillée, elle avait donné congé à Pansy et s'était esquivée par le jardin afin de se rendre sans escorte chez Jamie, à deux rues de là. « Je suis venue vous accompagner à la messe », avait-elle dit à Maureen. En fait, elle avait surtout besoin de la compagnie de gens aimables et indulgents.

Après la messe, les hommes partirent d'un côté, les femmes et les enfants d'un autre.

— Ils vont se faire couper les cheveux et bavarder chez le coiffeur de l'hôtel Pulaski, expliqua Maureen à Scarlett. Après, ils iront probablement boire une pinte ou deux au saloon. On s'y tient mieux au courant de ce qui se passe qu'en lisant le journal. Nous autres, nous apprendrons les nouvelles au marché.

Le marché central était aussi animé que celui de Charleston et remplissait les mêmes fonctions. Il fallut qu'elle retrouve le brouhaha familier, fait de marchandages, de rencontres et de rires, pour que Scarlett se rende compte à quel point cette atmosphère lui manquait, depuis que les mondanités de la Saison l'en avaient écartée.

Elle s'en voulut de n'avoir pas emmené Pansy. Si elle avait eu sa femme de chambre pour le porter, elle aurait pu acheter un plein panier de fruits exotiques qui transitaient par le port de Savannah. Mary Kate et Helen rendaient ce service aux dames O'Hara. Scarlett leur confia quelques oranges et insista pour offrir le café et les petits pains au caramel qu'elles dégustèrent ensemble à un stand.

Scarlett déclina pourtant l'invitation à déjeuner de Maureen. Elle n'avait pas prévenu la cuisinière de son absence; elle voulait surtout rattraper son retard de sommeil, afin de ne pas avoir une mine de déterrée si Rhett arrivait par le train de l'après-midi.

Parvenue devant la maison Robillard, elle embrassa Maureen et cria au revoir aux autres, ralenties par la démarche hésitante des enfants et par Patricia, que sa grossesse contraignait à les suivre d'assez loin. Helen la rejoignit en courant.

— N'oubliez pas vos oranges, cousine Scarlett! dit-elle en lui tendant le sac en papier.

La voix de Jérome derrière elle la fit sursauter.

— Je m'en charge, Madame.

— Ah?... Bon, tenez. Vous m'avez fait peur, Jérome, je n'ai pas entendu la porte s'ouvrir.

— Je vous cherchais, Monsieur veut vous voir.

Jérome toisait le groupe bigarré des O'Hara avec un mépris non dissimulé. Scarlett serra les dents. L'insolence de ce majordome devenait insupportable, il fallait faire quelque chose. Prête à exhaler ses récriminations, elle entra dans la chambre de son grand-père. Celui-ci ne lui laissa pas le temps de placer un mot.

— Votre tenue est débraillée et vous faites fi une fois de plus des règles de cette maison, dit-il froidement. En frayant avec ces croquants irlandais, vous avez laissé passer l'heure du déjeuner.

Scarlett vit rouge et mordit à l'appât.

— Je vous prierais de vous exprimer poliment quand vous parlez de mes cousins!

Sous ses paupières à demi baissées, Pierre Robillard voila l'éclat satisfait de son regard.

– Comment qualifiez-vous un homme qui travaille de ses mains ? demanda-t-il calmement.

– Si c'est à mon cousin Jamie que vous faites allusion, je le considère comme un homme d'affaires prospère, qui doit sa réussite à son travail et mérite le respect !

Le poisson était ferré. Il ne restait qu'à crocher l'hameçon.

– Sa tapageuse épouse vous inspire sans doute la même considération.

– Absolument ! C'est une femme généreuse et bonne.

– Dans son métier, c'est en effet l'impression qu'on s'efforce de donner. Car vous n'ignorez pas, bien entendu, qu'elle était barmaid dans un saloon.

Scarlett en resta bouche bée. Non, elle ne pouvait pas y croire !... Des images malencontreuses revinrent alors la visiter : Maureen vidant d'un trait son verre de whisky, Maureen jouant des cuillers en chantant sans vergogne des chansons paillardes, Maureen ramenant d'un revers de main ses mèches folles sans prendre le temps de les fixer à l'aide d'une épingle, Maureen dansant la gigue, la jupe relevée jusqu'au mollet...

C'était du dernier vulgaire. Maureen était vulgaire.

Ils l'étaient d'ailleurs tous plus ou moins.

Scarlett était au bord des larmes. Elle avait été trop heureuse avec les O'Hara pour les renier sans remords. Et pourtant... Ici, dans cette maison où sa mère avait grandi, le gouffre séparant les Robillard des O'Hara était trop profond pour qu'elle prétendît l'ignorer. Pas étonnant que Grand-Père ait honte de moi ! Maman aurait été malade de me voir dans la rue avec une tribu comme celle qui m'accompagnait. Une femme enceinte se montrant en public sans même dissimuler sa taille sous un châle, une douzaine d'enfants courant autour comme des sauvages, pas même une domestique pour porter les paquets ! Je devais paraître aussi miteuse qu'eux. Et Maman qui se donnait tant de mal pour m'éduquer comme il faut ! Elle serait morte de honte de savoir sa fille se liant d'amitié avec une ancienne serveuse de saloon !

Scarlett jeta un regard inquiet à son grand-père. Saurait-il par hasard qu'elle louait son immeuble d'Atlanta à un tenancier de saloon ?

Les yeux clos, Pierre Robillard semblait avoir glissé dans la soudaine torpeur de la vieillesse. Scarlett quitta la pièce sur la pointe des pieds.

La porte refermée, le vieillard rouvrit les yeux et il eut un sourire sarcastique avant de s'endormir pour de bon.

D'une main gantée de blanc, Jérome tendit à Scarlett son courrier sur un plateau d'argent. Elle le remercia d'un signe de tête. Si elle voulait que le majordome reste enfin à sa place, elle ne pouvait pas se permettre de lui manifester sa satisfaction. La veille au soir, après avoir vainement attendu Rhett au salon, elle avait administré aux domestiques une mercuriale qu'ils ne seraient pas près d'oublier, Jérome moins que les autres. Dieu merci, il s'était comporté avec une impertinence qui avait permis à Scarlett de passer sur lui sa colère et sa déception.

Elle décacheta la première enveloppe. Henry Hamilton était furieux d'apprendre qu'elle avait transféré son argent à la banque de Savannah. Tant pis pour lui! Scarlett froissa la lettre et la laissa dédaigneusement tomber. L'enveloppe plus épaisse venait de tante Pauline; ses jérémiades pouvaient attendre. Scarlett ouvrit une enveloppe carrée dont l'écriture lui était inconnue.

Il s'agissait d'une invitation. Scarlett dut faire un effort pour se rappeler que le nom de Hodgson était celui d'une des sœurs Telfair, qui la conviait à l'inauguration de Hodgson Hall, « nouveau siège de la Société historique de Géorgie », suivie d'une réception. La cérémonie promettait d'être encore plus mortelle que cet ennuyeux concert où ses tantes l'avaient traînée. Avec une grimace, Scarlett mit le bristol de côté. Elle allait devoir trouver du papier à lettres et envoyer un mot d'excuse. Ses tantes aimaient peut-être s'ennuyer en public, pas elle.

Les tantes... Autant se débarrasser de la corvée. Scarlett déplia la missive de Pauline...

Ta conduite inqualifiable nous couvre de honte. Si nous avions su que tu partais pour Savannah sans même un mot d'explication à Eleanor Butler, nous aurions exigé que tu descendes du train...

A quoi diable rimait cette diatribe de tante Pauline? Mme Butler ne lui a-t-elle rien dit de la lettre que j'ai laissée en partant? Ne l'aurait-elle pas reçue? Non, c'est impossible! Tante Pauline faisait encore un drame pour rien!

Scarlett passa rapidement sur les lignes où Pauline s'indignait de sa folie d'avoir entrepris ce voyage si tôt après l'épreuve du naufrage et de l'*incompréhensible cachotterie* qui lui avait fait dissimuler l'accident à ses tantes. Mais pourquoi diable Pauline ne lui disait-elle rien de ce qu'elle brûlait de savoir? Pas un mot au sujet de Rhett!

Elle parcourut à la hâte les pages couvertes de l'écriture anguleuse de Pauline dans l'espoir d'y trouver ce qu'elle cherchait. Allait-elle bientôt arriver au bout de cet interminable sermon ? Ah, enfin !

Je comprends l'inquiétude de notre chère Eleanor en voyant Rhett forcé de se rendre à Boston afin de régler des problèmes concernant ses expéditions de phosphates. Quelle imprudence de sa part ! Il n'aurait pas dû s'exposer sans précaution aux rigueurs du climat du Nord après avoir été si longtemps immergé dans l'eau glaciale lorsque son bateau a chaviré...

Scarlett laissa retomber les feuillets avec un soupir de soulagement. Dieu soit loué ! Voilà pourquoi Rhett n'était pas déjà accouru la chercher ! Pourquoi oncle Henry ne m'a-t-il pas informée que le télégramme de Rhett venait de Boston ? Je ne me serais pas rongée d'impatience en espérant le voir apparaître sur le pas de la porte d'un moment à l'autre ! Tante Pauline disait-elle au moins quand il devait revenir ?

Scarlett reprit fébrilement les feuillets épars. Où s'était-elle interrompue ? Elle retrouva enfin le passage et lut les dernières lignes sans y découvrir ce qu'elle voulait savoir. Que faire ? Rhett pouvait rester absent des semaines comme il pouvait déjà être en train de revenir.

Elle relut l'invitation de Mme Hodgson. Au moins, ce serait une occasion de sortir. Elle deviendrait folle à lier si elle devait rester jour après jour enfermée dans cette maison. Si seulement elle pouvait de temps en temps courir chez Jamie, rien que pour une tasse de thé... Mais non, ce n'était même plus pensable.

Scarlett ne pouvait pourtant pas s'empêcher de penser aux O'Hara.

Le lendemain matin, elle accompagna la cuisinière au marché afin de surveiller ses achats et vérifier ses dépenses. Faute d'une meilleure occupation, elle avait en effet décidé de remettre bon ordre dans le ménage de son grand-père. Elle buvait une tasse de café quand elle entendit une voix douce l'appeler timidement et reconnut la jeune et jolie Kathleen.

— Je ne connais pas les poissons qu'on trouve en Amérique. Voudriez-vous m'aider à choisir ?

Son achat effectué, Kathleen la remercia chaleureusement.

— Ce sont les anges qui vous ont envoyée, cousine Scarlett ! Sans vous, j'aurais été perdue. Maureen ne veut que le meilleur parce que nous attendons Colum.

Colum... Suis-je censée le connaître ? J'ai entendu une fois parler de lui par Maureen ou je ne sais qui.

– Qu'a donc Colum de si important? demanda Scarlett.

Kathleen écarquilla les yeux, stupéfiée qu'on puisse poser une telle question.

– Mais... c'est Colum, voilà tout!

Elle hésita, chercha des mots qui lui échappaient.

– C'est lui qui m'a amenée ici, reprit-elle, vous ne le saviez pas? Colum est mon frère, comme Stephen.

Stephen? Ah oui, le brun taciturne. Scarlett ignorait que Kathleen était sa sœur. Étaient-ils tous aussi discrets et timides, dans cette branche de la famille?

– Lequel des frères d'oncle James est votre père?

– Mon père est mort, que Dieu ait son âme.

Ma parole, elle ne comprend rien de ce que je lui dis! Est-elle sotte, en plus?

– Je vous demande son nom, Kathleen.

– Ah, son nom? Patrick, Patrick O'Hara. Patricia a été baptisée en son honnour, puisqu'elle est l'aînée de Jamie qui est le fils de Patrick.

Sourcils froncés, Scarlett essaya de s'y retrouver. Si elle suivait bien ses explications embrouillées, Kathleen était aussi la sœur de Jamie. Il n'y avait donc pas que des timides dans cette branche de la famille...

– Avez-vous d'autres frères, Kathleen?

– Oh, oui! répondit-elle avec un large sourire. Des frères et des sœurs. Nous sommes quatorze en tout – quatorze encore vivants, je veux dire, ajouta-t-elle en se signant.

Scarlett la quitta précipitamment. Grand dieu, la cuisinière a sûrement tout entendu et cela va revenir aux oreilles de Grand-Père! Je l'entends déjà me dire que les catholiques se reproduisent comme des lapins!

Pierre Robillard ne fit pourtant pas allusion à ses cousins devant Scarlett. Il la convoqua pour sa conférence quotidienne avant le dîner, lui signifia que ses repas le satisfaisaient et la congédia. Scarlett intercepta Jérome, examina le plateau, vérifia que l'argenterie était astiquée et vierge de traces de doigts. En reposant la cuiller à dessert, elle heurta la cuiller à soupe et se surprit à se demander si Maureen lui apprendrait à jouer des osselets.

Cette nuit-là, elle rêva de son père. Le lendemain matin, elle se réveilla le sourire aux lèvres – et les joues encore poisseuses de larmes séchées.

Au marché, elle reconnut le rire de Maureen O'Hara à temps pour se glisser derrière un pilier afin de ne pas être vue. De sa cachette, elle vit passer Maureen et Patricia, grosse comme une tour, suivies d'un essaim d'enfants. « Ton père est le seul d'entre nous à ne pas attendre impatiemment l'arrivée de ton oncle, disait Maureen. Il prend trop de plaisir aux gâteries que je prépare tous les soirs dans l'espoir que Colum sera là. »

Moi aussi, j'aimerais bien une gâterie, se dit Scarlett. J'en ai par-dessus la tête des purées et des aliments assez mous pour un grand-père édenté.

– Achetez du poulet, dit-elle à la cuisinière. Vous m'en ferez frire une cuisse et un blanc au dîner.

Sa mauvaise humeur ne dura cependant pas. En arrivant à la maison, elle trouva un billet de la mère supérieure lui annonçant que l'évêque examinait sa demande de rachat de la dot de Carren et ferait connaître sous peu sa décision.

Tara ! Je vais reprendre Tara !... Elle s'absorba si bien dans ses projets de restauration de la propriété qu'elle ne vit pas le temps passer et ne prêta pas même attention au contenu de son assiette.

Elle imaginait tout aussi nettement que si elle y était déjà. La maison blanche, immaculée, dominant la pelouse au gazon mêlé de trèfle d'un beau vert profond; le pré à l'herbe haute d'un vert moiré ondoyant sous la brise, déroulé comme un tapis jusqu'aux ombres mystérieuses des pins vert sombre qui bordaient la rivière et formaient un écran aux regards. Le printemps, avec les vaporeux nuages des cornouillers en fleur, les senteurs entêtantes des glycines. L'été, les rideaux de lin blanc flottant par les fenêtres ouvertes, l'odeur sucrée du chèvrefeuille se répandant à travers les pièces, toutes désormais restaurées, remeublées dans leur perfection initiale. Oui, c'était bien l'été la plus belle des saisons. Les longs étés indolents de la Géorgie, quand le crépuscule se prolongeait des heures, quand les vers luisants s'allumaient à mesure que l'obscurité s'épaississait. Les étoiles proches à les toucher, scintillantes comme des pierres précieuses dans le ciel de velours; ou la lune ronde et blanche, aussi blanche que la maison endormie qu'elle illuminait, perchée au sommet de son vallonnement mollement incurvé.

L'été... Scarlett sursauta. Mais oui, bien sûr! Pourquoi n'y avoir pas pensé plus tôt? L'été, sa saison préférée à Tara, était aussi celle pendant laquelle Rhett ne pouvait pas se rendre à Dunmore à cause des fièvres! Que rêver de mieux? Ils séjourneraient à Charleston d'octobre à juin, la Saison viendrait rompre l'ennui des thés et des parties de whist, et la promesse de l'été à Tara pimenterait la monotonie de la Saison! Dans ces conditions, la vie à Charleston devenait supportable. La perspective des longs étés à Tara rachetait tout.

Si seulement l'évêque voulait bien se dépêcher!

CHAPITRE 41

Pierre Robillard se rendit avec Scarlett aux cérémonies d'inauguration de Hodgson Hall. En culottes de soie et habit de velours à l'ancienne mode, la croix de la Légion d'honneur sur la poitrine, il avait une allure imposante. Scarlett n'avait jamais vu personne de plus distingué que son grand-père.

Il pouvait, lui aussi, être fier de sa petite-fille, se disait-elle. Ses perles et ses diamants resplendissaient, sa robe de brocart d'or, rehaussée de dentelle avec une traîne de quatre pieds de long, était éblouissante. Elle n'avait pas encore eu l'occasion de porter cette magnifique toilette à Charleston, où le « bon ton » exigeait une triste sobriété. Scarlett se félicitait d'avoir renouvelé sa garde-robe avant son départ pour Charleston. Elle disposait ainsi d'une bonne demi-douzaine de robes qu'elle n'avait pratiquement jamais portées et qui, même dépouillées des fioritures que Rhett lui avait fait enlever, étaient cent fois plus élégantes que tout ce qu'elle avait vu jusqu'alors à Savannah. Aussi se rengorgeait-elle en s'installant, avec l'aide de Jérome, à côté de son grand-père dans la calèche de louage.

Ils effectuèrent le trajet en silence. A demi assoupi, Pierre Robillard dodelinait de la tête; il ne se réveilla en sursaut qu'en entendant Scarlett s'écrier : « Oh! Regardez! » Devant les grilles du bâtiment de style classique, une foule s'était massée dans la rue pour contempler l'arrivée de l'élite de Savannah. Tout comme pour le bal de la Sainte-Cécile! Dans un concert de murmures admiratifs, Scarlett descendit de voiture la tête haute avec l'aide d'un valet en livrée. Pendant que son grand-père la rejoignait avec lenteur sur le trottoir, elle secoua la tête pour faire scintiller ses boucles d'oreilles sous la lumière des lampes et déploya sa traîne sur le tapis rouge déroulé jusqu'à la porte.

Des exclamations lui tintaient délicieusement aux oreilles : « Oh! Ah! Qui est-ce? Elle est ravissante! » Puis, alors qu'elle posait sa main gantée de blanc sur la manche de son grand-père, une voix familière se détacha du brouhaha : « Vous êtes plus éblouissante que la reine de Saba, chère Katie Scarlett! » Paniquée, elle regarda vivement sur sa gauche – et détourna plus vite encore les yeux, comme si elle ne reconnaissait pas Jamie et sa tribu, avant de gravir le perron au pas lent de son grand-père. Mais le tableau à peine aperçu restait gravé dans sa mémoire : le chapeau melon négligemment rejeté en arrière sur ses boucles brunes, Jamie entourait du bras gauche les épaules de Maureen, dont la chevelure rougeoyait comme un soleil levant. A sa droite, juste sous le réverbère, se tenait un homme plus court que lui d'une tête, trapu, solide comme un roc. Ses yeux bleus formaient deux taches de lumière dans son visage jovial et coloré que surmontait une auréole de boucles argentées. Cet inconnu était le portrait vivant de Gerald O'Hara, le père de Scarlett.

L'intérieur de Hodgson Hall était d'une beauté sévère, accordée à sa destination studieuse. Les boiseries sombres qui recouvraient les murs servaient de cadres aux collections de cartes et de documents anciens de la Société historique. D'imposants lustres de cuivre, aux becs de gaz protégés par des globes de verre dépoli, jetaient une lumière froide et crue qui illuminait sans indulgence les rides et la pâleur des visages aristocratiques de l'assistance. Scarlett se vit environnée de vieillards et chercha en vain un peu d'ombre.

La frayeur la saisit, comme si la vieillesse était contagieuse et qu'elle vieillît elle-même à vue d'œil. Elle prenait soudain conscience de son âge, même si son trentième anniversaire était passé inaperçu pendant qu'elle se trouvait à Charleston. Nul n'ignorait que, après trente ans, une femme était comme morte! Elle n'avait jamais cru atteindre un stade si avancé de la décrépitude. Cela ne pouvait arriver qu'aux autres, pas à elle!

– Scarlett!

Son grand-père la rappela à l'ordre. Il lui empoigna le bras au-dessus du coude et la poussa en avant. Scarlett frissonna au contact de ses doigts, froids comme la mort, d'un froid qui traversait la fine peau de ses gants. Devant elle, des vieillards en rang d'oignons, les dirigeants de la Société historique, accueillaient un par un d'autres vieillards, leurs invités. Non, je ne peux pas! pensa Scarlett, affolée. Je suis incapable de serrer toutes ces mains de squelettes en me prétendant enchantée d'être venue. Il faut que je parte, que je prenne la fuite!...

– J'ai un malaise, grand-père, dit-elle en s'appuyant contre son épaule. Je me sens mal, tout à coup.

– Un peu de tenue, je vous prie! Vous n'avez pas le droit de vous sentir mal. Redressez-vous, comportez-vous avec dignité. Vous pourrez prendre congé à la fin de la cérémonie d'inauguration, pas avant.

Scarlett se raidit et obtempéra. Son grand-père était un monstre! Elle ne s'étonnait plus que sa mère n'ait presque jamais parlé de lui, il n'y avait rien de bon ou de bien à dire de lui.

– Bonsoir, madame Hodgson, s'entendit-elle réciter machinalement. Je suis très heureuse d'être venue.

Pierre Robillard progressait moins vite qu'elle. Il s'inclinait encore devant une dame au milieu de la rangée alors que Scarlett finissait de serrer les mains. Elle se fraya un chemin entre les groupes et se précipita vers la porte.

Une fois dehors, elle aspira avidement l'air frais puis dévala les marches. Déployée sur le tapis rouge, sa traîne volait derrière elle en scintillant sous la lumière des réverbères.

– La voiture Robillard, vite! dit-elle au valet.

L'homme partit en courant vers le coin de la rue. Sans se soucier des dommages que les pavés rugueux infligeaient à sa traîne, Scarlett s'élança à sa suite. Elle voulait prendre le large avant qu'on puisse la retenir.

Une fois en sûreté dans la voiture, elle reprit sa respiration en haletant avant d'être en état de parler.

– Conduisez-moi South Broad Avenue, dit-elle au cocher. Je vous indiquerai la maison.

Ma mère a fui ces gens pour épouser mon père, se dit-elle. Ce n'est pas elle qui me reprochera d'en faire autant.

Du dehors, à travers la porte de la cuisine de Maureen, on entendait des rires et de la musique. Scarlett dut frapper des deux poings jusqu'à ce que Jamie vienne ouvrir.

– Mais c'est Scarlett! s'écria-t-il, aussi heureux que surpris. Entrez, cousine Scarlett, venez faire la connaissance de Colum. Le meilleur des O'Hara, à l'exception de vous-même, est enfin arrivé!

Maintenant qu'elle le voyait de près, Scarlett constata que Colum était plus jeune que Jamie et que, à part son visage plein et sa courte taille qui le différenciait des autres, il ne ressemblait pas autant à son père qu'elle l'avait cru d'abord. Les yeux de Colum étaient d'un bleu plus soutenu, leur expression plus sérieuse; son menton avait en permanence une fermeté que Scarlett ne voyait à celui de son père que lorsqu'il était à cheval et s'apprêtait à faire sauter par sa monture un obstacle que la raison la plus élémentaire interdisait de franchir.

Quand Jamie fit les présentations, Colum lui sourit avec tant de chaleur que Scarlett eut l'impression que leur rencontre constituait l'événement le plus heureux de sa vie.

– Est-il, par toute la terre, famille plus heureuse que la nôtre, qui a la chance insigne de compter en son sein une si merveilleuse créature? déclama-t-il. Il ne manque qu'une tiare à votre splendeur dorée, ô Scarlett! La Reine des Fées à votre vue lacérerait d'envie ses ailes pailletées! Va chercher les petites, Maureen, que le spectacle de tant de beauté leur donne un idéal auquel aspirer et l'envie de grandir à l'image de leur cousine!

Scarlett rougit de plaisir.

— Voilà un parfait exemple de la célèbre faconde irlandaise, dit-elle en riant.

— Pas le moins du monde! Je déplore, au contraire, de ne pas posséder le don de poésie pour mieux exprimer toutes mes pensées.

— Tu ne t'en sors déjà pas si mal, vaurien! lui dit Jamie en lui lançant une bourrade. Allons, pousse-toi et donne un siège à Scarlett. Je vais lui chercher un verre... Colum nous a déniché dans ses voyages un cruchon de véritable bière irlandaise. Il faut l'essayer, Scarlett.

— Non... merci... Et puis pourquoi pas, après tout? se reprit-elle. Je n'y ai jamais goûté, en effet.

Elle aurait avalé du champagne sans y penser, mais le sombre breuvage mousseux était si amer qu'elle fit la grimace. Colum lui prit la chope des mains.

— Chaque seconde qui passe ajoute à ses perfections! Elle laisse même de quoi boire aux plus assoiffés! s'écria-t-il avec un sourire complice.

Scarlett lui rendit son sourire. Il était impossible de lui résister et, à mesure que la soirée s'avançait, elle constatait que tout le monde souriait à Colum, comme pour se mettre au diapason de son plaisir. Il s'amusait visiblement beaucoup. Penché en arrière sur sa chaise, dont le dossier reposait contre le mur près de la cheminée, il battait la mesure et encourageait de la voix le crincrin de Jamie et les crépitements des osselets de Maureen. Depuis longtemps déchaussés, ses pieds dansaient d'eux-mêmes sur les barreaux de la chaise. Homme heureux, il s'était mis à son aise et avait même défait son col, comme s'il voulait que son rire résonne sans entraves dans sa gorge.

— Raconte-nous tes voyages! suppliait de temps à autre quelqu'un dans l'assistance.

Colum ne se laissait cependant pas fléchir. Il lui fallait, disait-il, de la musique pour se réjouir le cœur et un verre plein pour rafraîchir sa gorge desséchée par la poussière du chemin. Il serait toujours temps, demain, de faire place aux paroles.

La musique réjouissait aussi le cœur de Scarlett. Malheureusement, elle ne pouvait pas rester très longtemps car elle devait rentrer à la maison avant son grand-père. Pourvu que le cocher tienne parole et ne dise pas qu'il m'a conduite ici! Grand-Père ne comprendrait sûrement pas l'urgence, pour moi, de fuir ce mausolée et de me distraire un peu.

Elle rentra d'extrême justesse. Jamie avait à peine tourné le coin de la rue quand la voiture s'arrêta devant le perron. Scarlett grimpa l'escalier quatre à quatre, les escarpins à la main et la traîne roulée en boule sous le bras, en se retenant d'éclater de rire. Faire l'école buissonnière est d'autant plus amusant qu'on n'est pas pris.

Malgré tout, sa joie ne dura guère. Si son grand-père resta dans l'ignorance de cet épisode, elle le connaissait, et la conscience de son « forfait » réveilla en elle un très vieux conflit.

Outre son nom, Scarlett tenait de son père l'essentiel de sa personnalité. Impétueuse, volontaire, elle possédait comme lui cette vitalité brutale, ce courage qui avaient poussé Gerald à affronter les flots de l'Atlantique et à réaliser ses plus chères ambitions, devenir le maître d'une grande plantation et l'époux d'une grande dame. Le sang de sa mère lui avait en revanche donné la finesse d'attaches et la blancheur de peau que seuls procurent les siècles. Ellen Robillard avait aussi inculqué à sa fille les principes d'une conduite et les lois d'une morale aristocratique.

Plus que jamais, elle se sentait écartelée entre sa nature et son éducation. Les O'Hara l'attiraient comme un aimant. Leur énergie, leur joie de vivre faisaient vibrer à l'unisson la partie la meilleure et la plus profonde de sa nature. Elle n'était pourtant pas libre de s'y abandonner. Tout ce qu'elle avait appris d'une mère infiniment respectée lui interdisait cette liberté proche de la licence.

Déchirée par ce dilemme, elle ne parvenait pas à comprendre la cause réelle de son malheur. Aveugle à leur austère beauté, elle errait sans fin dans les pièces silencieuses de la maison de son grand-père en imaginant les danses et la musique chez les O'Hara et en souhaitant de tout son cœur y participer. Mais elle pensait en même temps, ainsi qu'on le lui avait enseigné, qu'une liesse aussi bruyante était le comble de la vulgarité et ne s'épanouissait que dans les couches inférieures de la société.

Scarlett ne se souciait pas vraiment de la piètre opinion que son grand-père avait de ses cousins. Avec lucidité, elle le jugeait pour ce qu'il était, un vieillard égoïste qui méprisait le monde entier, y compris ses propres filles. Mais l'éducation de sa mère l'avait influencée pour toujours. Ellen aurait été fière d'elle à Charleston. En dépit des prédictions railleuses de Rhett, elle avait été reconnue et acceptée par la meilleure société comme un de ses membres de plein droit. Et elle y avait pris plaisir, bien sûr! C'était ce qu'elle voulait être, ce à quoi elle était destinée. Alors, pourquoi avait-elle tant de mal à s'empêcher d'envier sa famille irlandaise?

Non, je ne veux pas y penser maintenant, se dit-elle. J'y réfléchirai plus tard. Je préfère penser à Tara... Et Scarlett se réfugia dans sa vision idyllique de Tara telle qu'elle avait été et telle qu'elle la recréerait.

C'est alors qu'une missive du secrétariat de l'évêché fit voler son rêve en éclats : l'évêque refusait d'accéder à sa demande. Hors d'elle, la tête en feu, la lettre serrée contre sa poitrine, Scarlett partit en courant, seule et sans chapeau, jusqu'à la porte de Jamie. Eux au moins, les O'Hara, ils comprendraient ce qu'elle ressentait! Combien de fois Papa me l'a dit : « Pour quiconque a une goutte de sang irlandais dans les veines, la terre sur laquelle il vit est comme sa mère. C'est la seule chose qui dure, la seule qui mérite qu'on travaille, qu'on se batte pour elle... »

Quand elle fit irruption dans la cuisine, la voix de Gerald O'Hara résonnant encore à son oreille, elle vit se découper devant elle la silhouette trapue et la chevelure argentée de Colum O'Hara, qui ressemblait tant à son père. Comme si le destin avait mis sur son chemin celui qui la comprendrait le mieux. Colum se tenait sur le seuil de la salle à manger et lui tournait le dos. Au bruit de la porte de la rue s'ouvrant à la volée et des pas de Scarlett qui entrait en trébuchant, il se retourna.

Colum était vêtu d'un costume sombre. A travers les larmes qui lui brouillaient la vue, Scarlett distingua avec stupeur la ligne blanche qui soulignait son col. Colum était prêtre et personne ne le lui avait dit! Merci, mon Dieu! On peut tout dire à un prêtre, tout avouer, même les secrets enfouis au plus profond de son cœur.

— Mon père, aidez-moi! s'écria-t-elle. Il faut que quelqu'un vienne à mon secours.

CHAPITRE 42

— Voilà donc la situation, conclut Colum. Que faire pour y porter remède ? C'est ce que nous devons découvrir.

Il siégeait au haut bout de la longue table de la salle à manger de Jamie, où avaient pris place tous les adultes des quatre maisons O'Hara. On entendait derrière la porte de la cuisine les voix de Mary Kate et de Helen qui faisaient manger les enfants. Scarlett était assise à côté de Colum, les yeux encore rouges et le visage bouffi par ses crises de larmes.

— Veux-tu dire, Colum, qu'en Amérique la terre n'est pas transmise intégralement à l'aîné des enfants ? demanda Matt.

— C'est en effet exact, Matthew.

— Dans ce cas, oncle Gerald a eu grand tort de ne pas laisser de testament.

Scarlett sortit de son hébétude pour le fusiller du regard. Colum intervint avant qu'elle n'ait pu parler :

— Notre pauvre oncle n'a pas eu droit à une vieillesse paisible. Il n'a pas même eu le temps de penser à sa mort et à l'au-delà. Que Dieu ait son âme.

— Que Dieu ait son âme, répondirent les autres en se signant.

Devant leurs visages solennels, Scarlett perdit tout espoir. Que peuvent-ils faire ? se demanda-t-elle. Ce ne sont que des immigrants irlandais...

Elle allait bientôt découvrir l'étendue de son erreur. A mesure que le colloque progressait, Scarlett reprenait espoir car ces immigrants-là pouvaient beaucoup.

Contremaître des équipes de maçons travaillant à la cathédrale, Billy Carmody, le mari de Patricia, avait appris à bien connaître l'évêque.

— Pour mon malheur ! précisa-t-il. Ce diable d'homme vient trois fois par jour interrompre le travail pour me dire que ça n'avance pas assez vite.

Il y avait urgence en effet, expliqua Billy, car un cardinal devait venir de Rome à l'automne pour une tournée en Amérique. Il ferait un détour par Savannah afin de consacrer l'édifice, si son emploi du temps le lui permettait.

Jamie approuva d'un signe de tête.

— Mgr Gross, notre évêque, est un homme ambitieux. Il ne dédaignerait pas de faire bonne impression à la Curie. Qu'en pensez-vous, vous autres ?

Tout en parlant, il s'était tourné vers Gerald. Billy, Matt, Brian, Daniel et le vieux James le regardèrent à leur tour, comme Maureen, Patricia et Katie. Scarlett suivit leur exemple sans comprendre pourquoi.

— Ne sois pas si timide, Polly chérie, dit Gerald en prenant la main de sa femme. Tu es désormais une O'Hara, comme nous tous. Dis-nous lequel d'entre nous tu choisirais pour parler à ton père.

— Tom MacMahon, son père, est l'entrepreneur général de la cathédrale, murmura Maureen à Scarlett. Il lui suffirait de faire une simple allusion à un ralentissement des travaux pour que Mgr Gross promette n'importe quoi. Comme tout le monde, l'évêque tremble de peur devant Tom MacMahon.

— Colum sera notre porte-parole, dit alors Scarlett.

A ses yeux, il était le mieux qualifié pour agir en toutes circonstances. Sous son sourire désarmant et sa petite taille, Colum O'Hara dissimulait une force impressionnante et une volonté de fer. La famille approuva en chœur : si l'un d'eux était capable d'intervenir, c'était bien Colum.

Celui-ci les remercia d'un sourire avant de se tourner vers Scarlett.

— C'est entendu, nous vous aiderons. N'est-ce pas une bénédiction d'avoir une famille, Scarlett O'Hara ? Surtout quand les alliés peuvent se rendre utiles. Vous l'aurez, votre Tara. Un peu de patience, vous verrez.

— Tara ? Pourquoi est-il question de Tara ? demanda le vieux James.

— C'est le nom qu'oncle Gerald a donné à sa plantation, oncle James.

Le vieillard éclata de rire.

— Ah, ce Gerald ! dit-il quand il fut en état de reprendre la parole. Pour un avorton, il a toujours eu une haute opinion de lui-même !

Scarlett se raidit. Personne au monde n'allait se moquer de son père devant elle. Pas même son propre frère !

— Du calme, lui dit Colum à voix basse. Ce qu'il dit n'a rien d'injurieux. Je vous l'expliquerai plus tard.

417

Ce qu'il fit en la raccompagnant chez son grand-père.

– Pour tous les Irlandais, Scarlett, Tara est un mot magique. Un lieu magique, aussi. C'était l'âme de l'Irlande, la demeure de nos Grands Rois. Il y a de cela très longtemps, avant même Rome ou Athènes, lorsque le monde était encore jeune et plein d'espoir, de Grands Rois aussi beaux, aussi radieux que le soleil régnaient sur l'Irlande. Ils promulguaient des lois pleines de sagesse, ils protégeaient les poètes et les couvraient de richesses. Ces géants intrépides pourchassaient les méchants de leur redoutable courroux. Le glaive à la main, ils combattaient d'un cœur impavide les ennemis de la vérité, de la beauté et de l'Irlande. Ils régnèrent des centaines de milliers d'années sur notre belle île verte d'où s'élevaient la musique et les chants. De chaque coin du pays, cinq routes menaient à la colline de Tara, où le peuple entier venait tous les trois ans festoyer et entendre les poètes. Ce n'est pas seulement une légende, mais une réalité que l'on retrouve dans l'histoire des autres peuples. Sa triste conclusion est écrite dans les livres des monastères : *En l'An de Notre Seigneur cinq cent cinquante-quatre se déroula la dernière fête de Tara.*

Colum laissa sa voix décroître sur les derniers mots. Aussi fascinée par sa diction poétique que captivée par l'histoire, Scarlett sentait les larmes lui piquer les yeux.

Ils marchèrent quelques instants en silence.

– C'est un noble rêve qu'a eu votre père de bâtir une nouvelle Tara dans le Nouveau Monde de l'Amérique. Ce devait être un homme remarquable.

– Oh, oui, Colum! Je l'aimais de tout mon cœur.

– La prochaine fois que j'irai à Tara, j'aurai une pensée pour lui et pour sa fille.

– Vous irez à Tara? Le lieu existe vraiment?

– Il est aussi réel que le pavé sur lequel nous marchons. C'est une douce colline verte à la terre imprégnée de magie, sur laquelle paissent des moutons. Du sommet, on voit au loin, très loin, le pays merveilleux que contemplaient nos Grands Rois. C'est tout proche du village où je vis et où sont nés votre père et le mien, dans le comté de Meath.

Scarlett était stupéfaite. Son père avait été là, lui aussi! Il s'était tenu à l'endroit même où se tenaient les Grands Rois! Avec un sourire, elle l'imagina sans peine bombant le torse et se pavanant, comme il le faisait si volontiers lorsqu'il était content de lui.

En arrivant devant la maison Robillard, Scarlett s'arrêta à regret. Elle aurait voulu poursuivre des heures cette promenade et cette conversation avec Colum.

– Je ne sais comment vous remercier pour tout, lui dit-elle. Je me sens un million de fois mieux maintenant et je suis sûre que vous ferez changer d'avis l'évêque.

— Une chose à la fois, ma cousine. Il faut d'abord convaincre le terrible MacMahon. Au fait, quel nom devrai-je donner, Scarlett ? Je vois que vous portez une alliance. L'évêque ne vous connaît donc pas sous le nom de O'Hara.

— Non, bien sûr, mais sous celui de Butler.

Le sourire de Colum disparut, puis revint.

— Un nom... impressionnant.

— En Caroline du Sud, peut-être. Ici, il ne m'a guère été utile. Rhett Butler, mon mari, est de Charleston.

— Je m'étonne qu'il ne vous aide pas à résoudre vos problèmes.

— Il le ferait s'il le pouvait, dit Scarlett avec un brillant sourire, mais il a dû aller dans le Nord pour ses affaires. C'est un homme très occupé.

— Je comprends. En tout cas, je suis heureux de vous rendre service et je ferai de mon mieux.

Scarlett eut envie de l'embrasser, comme elle se jetait dans les bras de son père quand il lui accordait ce qu'elle désirait. Elle se retint pourtant — cela ne se faisait sûrement pas d'embrasser un prêtre en public, même s'il s'agissait d'un cousin. Elle se borna donc à lui souhaiter bonne nuit avant d'entrer dans la maison.

Colum s'éloigna en sifflotant gaiement.

— Où étiez-vous ? voulut savoir Pierre Robillard. Mon dîner était immangeable.

— J'étais chez mon cousin Jamie. Je vais vous commander un autre plateau.

— Quoi ? Vous continuez à fréquenter ces gens ? s'écria-t-il d'une voix tremblante de fureur.

Scarlett n'eut aucun mal à se mettre au diapason.

— Parfaitement, et j'ai bien l'intention de continuer à les voir ! J'ai beaucoup d'affection pour eux.

Elle tourna les talons et sortit sans rien ajouter. Avant de monter dans sa chambre, elle veilla toutefois à faire porter un dîner correct à son grand-père.

— Et vous, madame Scarlett ? demanda Pansy. Vous voulez que je vous monte un plateau ?

— Non, je n'ai pas faim. Viens m'aider à me déshabiller.

En effet, je n'ai pas faim. C'est curieux, je n'ai pourtant rien absorbé, qu'une tasse de thé. Je n'ai envie que de dormir. Je suis épuisée d'avoir tant pleuré. Je sanglotais si fort que c'est à peine si je parvenais à parler à Colum de la lettre de l'évêque. Je pourrais dormir une semaine d'affilée, je ne me suis jamais sentie aussi lasse de ma vie... La tête légère et vide, le corps lourd mais détendu, elle se jeta sur son lit et sombra immédiatement dans un profond sommeil.

Toute sa vie, Scarlett avait été seule pour affronter les difficultés et résoudre les crises, parfois parce qu'elle refusait d'admettre qu'elle avait besoin d'aide, le plus souvent parce qu'elle n'avait personne vers qui se tourner. Cette fois, la situation était différente et son corps en prenait conscience avant son esprit. Maintenant, elle n'était plus seule, elle avait quelqu'un à qui s'adresser. De son plein gré, sa famille la déchargeait de son fardeau. Elle pouvait enfin se permettre de se laisser aller.

Pierre Robillard dormit peu cette nuit-là. La provocation de Scarlett le troublait d'autant plus qu'elle le défiait comme sa mère l'avait fait, des années auparavant. Il l'avait perdue à jamais et son cœur ne s'était pas guéri de cette blessure. Ellen était sa préférée, celle qui ressemblait le plus à sa propre mère. Certes, il n'aimait pas Scarlett. Il n'aimait personne : toutes ses facultés d'amour étaient enfouies dans la tombe de sa femme. Mais il ne laisserait pas Scarlett lui échapper sans lutter. Pour ses derniers jours, il voulait jouir d'un confort qu'elle seule était capable de lui assurer. Assis dans son lit sous la pâle lumière de la veilleuse à huile, il élabora sa stratégie comme un général confronté à un ennemi supérieur en nombre.

Peu avant l'aube, il dormit une ou deux heures d'un sommeil agité ; au réveil, sa décision était prise. Quand Jérome lui apporta son plateau, il signait une lettre qu'il venait d'écrire. Il la plia et la cacheta.

— Va porter ceci, dit-il au majordome en lui tendant la lettre. Et attends la réponse.

Scarlett ouvrit la porte et passa la tête par l'entrebâillement.
— Vous m'avez demandée, Grand-Père ?
— Entrez, Scarlett.
Elle s'étonna de voir quelqu'un d'autre dans la pièce. Son grand-père ne recevait jamais personne. L'homme s'inclina, elle lui rendit son salut d'un signe de tête.
— M. Jones est mon homme de loi. Veuillez sonner Jérome, Scarlett. Jones, allez attendre au salon que je vous demande de revenir.
Scarlett avait à peine effleuré le cordon de sonnette que Jérome ouvrit la porte.

— Approchez cette chaise, Scarlett. J'ai beaucoup à vous dire et je ne veux pas me fatiguer la voix.

Son comportement plongea Scarlett dans la perplexité. S'il n'avait pas dit « s'il vous plaît », c'était de justesse. Il paraissait aussi très affaibli. Seigneur, pourvu qu'il ne meure pas dans mes bras! Je n'ai aucune envie de me retrouver seule avec Pauline et Eulalie à son enterrement! Scarlett approcha une chaise de la tête du lit et se pencha vers lui.

Pierre Robillard avait observé ses moindres gestes sous ses paupières mi-closes.

— Scarlett, dit-il quand elle se fut assise, j'approche de mes quatre-vingt-quatorze ans. Ma santé est bonne, compte tenu de mon âge, mais l'arithmétique la plus élémentaire démontre qu'il est peu probable que je vive encore longtemps. Je vous demande donc à vous, ma petite-fille, de demeurer près de moi le temps qu'il me reste à vivre.

Scarlett ouvrit la bouche pour répondre. Il lui imposa silence d'un geste.

— Laissez-moi finir! Je ne fais pas appel à votre sens du devoir familial, bien que je connaisse les louables efforts que vous avez consentis pendant des années en faveur de vos tantes. Je suis donc disposé à vous faire une offre raisonnable, je dirais même généreuse. Si vous acceptez de rester ici en maîtresse de maison, de vous plier à mes désirs et de veiller à adoucir mes dernières années, je vous léguerai tous mes biens, qui sont loin d'être négligeables.

Scarlett était frappée de stupeur. Il lui offrait une fortune! En se rappelant l'obséquiosité du directeur de la banque, elle se demanda à combien elle s'élevait.

Pierre Robillard se méprit sur le mutisme de Scarlett qu'il crut provoqué par un excès de reconnaissance. Ayant négligé de s'informer auprès du banquier, il ne soupçonnait pas l'existence de l'or qu'elle détenait dans un coffre. Se croyant en position dominante, il reprit la parole d'une voix plus forte, un éclair de satisfaction dans le regard.

— Je ne sais ni ne désire connaître les circonstances qui vous ont amenée à envisager la dissolution de votre mariage. Vous abandonnerez donc toute idée de divorce...

— Vous avez lu mon courrier!

— Tout ce qui se passe sous mon toit me concerne de plein droit.

La fureur de Scarlett était telle que les mots lui manquaient pour l'exprimer. Pensant l'avoir réduite au silence, son grand-père continua de parler avec froideur et précision. Chacun de ses mots faisait à Scarlett l'effet d'une aiguille de glace.

– L'irréflexion et la stupidité ne m'inspirent que du mépris. Or, vous avez fait preuve d'imprudence et de stupidité en quittant votre mari sans réfléchir à votre position. Si vous aviez eu l'intelligence de consulter un homme de loi, comme je l'ai moi-même fait, vous auriez appris que les lois de la Caroline du Sud n'admettent le divorce sous aucun prétexte. C'est un exemple unique aux États-Unis. Certes, vous avez fui en Géorgie mais votre mari est toujours légalement domicilié en Caroline du Sud. Le divorce est dont impossible.

Enragée à la pensée que des étrangers aient pu lire sa correspondance personnelle, Scarlett n'écoutait plus. C'est sûrement ce sournois de Jérome! Il a posé ses mains sur mes affaires, il a fouillé ma commode! Et c'est mon propre grand-père qui l'y a poussé! Appuyée des deux poings sur le lit, près de la main décharnée de Pierre Robillard, elle se leva à demi.

– Comment avez-vous osé envoyer cet individu fouiller ma chambre? cria-t-elle en bourrant l'édredon de coups de poing.

D'une détente fulgurante, la main du vieillard lui emprisonna les deux poignets à la fois.

– Je vous interdis d'élever la voix dans cette maison, petite insolente. J'ai horreur du bruit. Vous vous conduirez avec la dignité qui sied à ma petite-fille. Je ne suis pas un voyou comme vos cousins irlandais.

Scarlett était moins effrayée que choquée de découvrir sa poigne inattendue, qui la serrait comme un bracelet d'acier. Qu'était devenu le faible vieillard dont elle avait eu presque pitié? Elle parvint à s'arracher à son étreinte et recula jusqu'à sa chaise.

– Je comprends pourquoi ma mère a quitté cette maison et n'y est jamais revenue! s'écria-t-elle d'une voix qui tremblait malgré elle.

– Pas de mélodrame, ma petite! Votre mère est partie parce qu'elle avait la tête trop dure et qu'elle était trop jeune pour entendre raison. Après un chagrin d'amour, elle s'est rabattue sur le premier homme qui a bien voulu d'elle. Elle l'a amèrement regretté par la suite, mais il était trop tard pour revenir en arrière. Vous n'êtes pas une jeune écervelée comme elle l'était, vous avez l'âge de réfléchir à ce que vous faites. Le contrat est rédigé, nous allons le signer. Faites venir Jones, nous prétendrons que votre malséant éclat ne s'est jamais produit.

Scarlett lui tourna le dos. Non, je ne crois pas un mot de ce qu'il dit! Je ne veux même plus l'écouter.

Elle saisit sa chaise et alla la remettre à sa place, en prenant soin de replacer les pieds exactement dans les creux imprimés dans le tapis au fil des ans. Son grand-père ne lui inspirait plus de peur ni de pitié, pas même de colère. Quand elle lui fit de nouveau face, il lui apparut tel qu'elle ne l'avait encore jamais vu. Un étranger, un vieillard tyrannique, sournois, ennuyeux, un inconnu avec qui elle n'avait aucune envie de faire connaissance.

Quand elle reprit la parole, les yeux verts étincelaient dans la pâleur de son visage.

— Il n'y aura jamais assez d'argent au monde pour me faire rester ici, dit-elle comme si elle se parlait à elle-même. L'argent ne rend pas plus supportable la vie dans une tombe. Vous avez votre place ici parce que vous êtes déjà mort, même si vous refusez de l'admettre. Moi, je n'ai plus rien à y faire. Je serai partie demain à la première heure.

Elle courut à la porte et l'ouvrit brusquement. Jérome faillit lui tomber dans les bras.

— J'étais sûre que vous écoutiez! Entrez donc.

CHAPITRE 43

— Cesse de pleurnicher, Pansy, il ne t'arrivera rien! Le train est direct jusqu'à Atlanta et il ne va pas plus loin. Ne descends pas avant, voilà tout. J'ai mis de l'argent dans un mouchoir que j'ai épinglé dans ta poche. Le contrôleur a ton billet et il a promis de s'occuper de toi. Enfin, bon sang, tu devrais être contente! Tu n'as pas arrêté de geindre que tu voulais rentrer à la maison. Maintenant que tu y vas, ne fais pas tant d'histoires!

— Mais, madame Scarlett, je n'ai jamais pris le train toute seule!

— Pff! Tu ne seras pas toute seule, voyons! Il y a plein de monde dans le train. Regarde le paysage par la fenêtre, mange toutes les bonnes choses dans le panier que Mme O'Hara a préparé pour toi et tu seras arrivée avant même de t'en apercevoir. J'ai télégraphié pour qu'on vienne te chercher à la gare.

— Mais, madame Scarlett, qu'est-ce que je vais faire sans vous? Je suis femme de chambre, je ne sais rien faire d'autre. Quand allez-vous rentrer à la maison?

— Je n'en sais rien, cela dépend. Allez, monte dans le wagon, le train est prêt à partir.

Cela dépend de Rhett, compléta Scarlett, et j'espère qu'il viendra le plus tôt possible. Je me demande à quel point je supporterai la cohabitation avec les cousins...

Elle se retourna vers Maureen en souriant.

— Je ne sais vraiment pas comment vous remercier de me recueillir, Maureen. Je suis ravie à l'idée de loger chez vous, mais je suis navrée de vous donner tout ce mal.

Elle avait, malgré elle, adopté le ton des mondanités. Maureen la prit par le bras; la mine désolée derrière la vitre poussiéreuse du wagon, Pansy les regarda s'éloigner.

— Tout va pour le mieux dans le meilleur des mondes, Scarlett. Daniel est enchanté de vous donner sa chambre et d'aller rejoindre

Brian chez Patricia. Il en mourait d'envie depuis longtemps sans oser le dire. Kathleen est aux anges de vous servir de femme de chambre. Elle apprendra le métier et, de toute façon, elle est en adoration devant vous. C'est la première fois depuis son arrivée que cette petite sotte est heureuse! En tout cas, votre place est chez nous, pas chez ce vieux birbe qui prétend vous mener à la baguette. Quelle audace! Vouloir vous garder pour lui servir de gouvernante! Si nous voulons que vous restiez, nous, c'est parce que nous vous aimons.

Scarlett se sentait déjà mieux. On ne pouvait pas résister à la chaleureuse affection de Maureen. Elle espérait pourtant que son séjour ne s'éterniserait pas. Tous ces enfants qui faisaient du bruit...

Elle est comme un poulain apeuré, pensait Maureen qui sentait sous sa main Scarlett frémir de nervosité. Elle a grand besoin d'ouvrir son cœur et de se soulager par une bonne crise de larmes. Ce n'est pas normal pour une femme de ne jamais rien dire d'elle-même. Elle n'a même pas parlé de son mari, au point qu'on peut se poser des questions... Mais Maureen n'était pas de celles qui se perdent en conjectures. Jadis, en Irlande, quand elle lavait les verres dans le pub de son père, elle avait remarqué qu'il suffit de laisser le temps aux gens pour qu'ils finissent, tôt ou tard, par s'épancher. Elle ne concevait pas que Scarlett fasse exception.

Les O'Hara habitaient quatre maisons de brique alignées côte à côte, avec des fenêtres en façade et sur l'arrière, séparées les unes des autres par un mur de refend. Elles avaient toutes la même disposition intérieure, c'est-à-dire deux pièces par niveau : cuisine et salle à manger au rez-de-chaussée, double salon à l'entresol et deux chambres aux deux étages supérieurs. A chaque niveau, un corridor et la cage d'escalier occupaient la longueur de la maison. Une vaste cour pourvue d'une remise s'étendait à l'arrière.

La chambre de Scarlett était située au deuxième étage de la maison de Jamie. Elle comportait deux lits – ceux de Daniel et de Brian jusqu'à leur déménagement chez leur sœur Patricia – et se signalait par la sobriété de la décoration, ainsi qu'il convenait à une chambre de garçons. L'austérité de l'ameublement, limité à une armoire, une table à écrire et une chaise, était compensée par des édredons aux couleurs vives sur les lits et un grand tapis rouge et blanc sur le parquet ciré. Maureen avait recouvert la table d'une nappe de dentelle et accroché un miroir au-dessus pour en faire une sorte de coiffeuse. Kathleen se révéla étonnamment douée pour coiffer Scarlett et se mit en quatre pour lui plaire et lui rendre service. Elle partageait la chambre de Mary Kate et de Helen au même étage.

Le seul enfant de la maison était le petit Jacky, âgé de quatre ans, qui passait le plus clair de son temps dans une des maisons voisines pour jouer avec ses cousins.

Pendant la journée, quand les hommes étaient à leur travail et les enfants à l'école, les maisons O'Hara étaient le royaume des femmes. Scarlett craignait de détester cette atmosphère, mais rien ne l'avait préparée à la découverte des femmes de la famille.

Il n'y avait entre elles ni secrets, ni réticences. Elles disaient tout ce qu'elles pensaient, se confiaient des secrets si intimes que Scarlett en rougissait, se querellaient si elles n'étaient pas d'accord, s'embrassaient et versaient des larmes quand elles se réconciliaient. Pour elles, les quatre maisons ne faisaient qu'une; elles allaient et venaient à tout moment chez l'une ou l'autre pour prendre le thé ou poursuivre une conversation, elles partageaient les courses, les corvées de cuisine et de lessive, le soin des animaux en semi-liberté dans la cour ou enfermés dans les remises, converties en étables et en écuries.

Mais avant tout, elles s'amusaient, riaient à cœur joie, bavardaient, ourdissaient d'innocents complots contre leurs hommes. A peine Scarlett était-elle arrivée qu'elles l'avaient adoptée, si bien qu'il ne lui fallut que quelques jours pour se sentir une des leurs. Elle allait quotidiennement au marché avec Maureen ou Katie marchander les meilleures denrées au meilleur prix; avec les jeunes, Kathleen et Polly, elle s'amusait à inventer des tours à l'aide de rubans et de fers à friser; elle examinait patiemment avec Patricia des échantillons de tissus d'ameublement, longtemps après que Maureen et Katie eurent déclaré forfait. Elle buvait d'innombrables tasses de thé, elle prêtait l'oreille aux récits des triomphes et des soucis de chacune; et, si elle ne partageait aucun de ses propres secrets, personne ne la pressait de se livrer ni n'interrompait devant elle le cours d'une confession. « Je ne me serais jamais doutée qu'il puisse arriver aux autres tant de choses passionnantes! » avoua-t-elle un jour à Maureen avec un sincère étonnement.

Les soirées se déroulaient sur un rythme différent. Les hommes travaillaient dur; ils rentraient fatigués et aspiraient avant tout à un solide repas, une pipe et un verre à boire. Les femmes veillaient à ce qu'ils soient satisfaits. Ensuite, la soirée évoluait au hasard. Souvent, la famille se réunissait chez Matt, parce qu'il avait cinq jeunes enfants qu'on ne pouvait pas laisser dormir seuls à l'étage. Maureen et Jamie confiaient Jacky et Helen à Mary Kate, Patricia pouvait amener sans les réveiller ses enfants âgés de deux et trois ans. Il ne fallait pas longtemps pour que l'un ou l'autre commence à faire de la musique. Depuis l'arrivée de Colum, c'était lui qui donnait le signal.

La première fois que Scarlett vit le *bodhran*, elle le prit d'abord pour un gros tambourin. Il s'agissait en effet d'une peau tendue sur un cercle métallique de deux pieds de diamètre; l'instrument n'avait qu'une seule face, comme un tambourin, et Gerald le tenait de la même manière. Puis, quand il s'assit, le cala sur son genou et le fit retentir avec une baguette qu'il tenait par le milieu et dont il frappait la peau alternativement par les deux bouts, elle se dit que c'était plutôt un tambour. Un bien piètre tambour, pensa-t-elle, jusqu'à ce que Colum s'en fût emparé.

La main gauche posée contre la face inférieure de la peau comme s'il la caressait, il mania la baguette de la main droite avec une incroyable souplesse du bras et du poignet. Sa main volait du haut en bas et au centre du cercle de cuir, en imprimant à la baguette un battement continu sur un rythme entêtant, hypnotique. La sonorité et le volume variaient, mais à aucun moment le rythme ne se relâchait, même lorsque le violon, la flûte et l'accordéon se joignirent au concert. Maureen était trop captivée pour songer à manier les osselets posés sur ses genoux.

Scarlett s'abandonnait complètement à cette magie. Elle pleurait, elle riait, elle dansait comme elle ne se serait jamais crue capable de danser. Il fallut que Colum repose enfin le *bodhran* et demande à boire pour qu'elle constate que tout le monde était aussi fasciné qu'elle.

Cet homme n'est pas comme les autres, se dit-elle en le regardant avec respect et admiration.

— Scarlett chérie, vous vous y connaissez mieux que moi en huîtres, dit Maureen en arrivant au marché. Soyez gentille, trouvez-nous les meilleures. Je voudrais faire un bon potage pour Colum à l'heure du thé.

— Pour le thé? C'est assez nourrissant pour un repas!

— Je sais. Mais il doit prendre la parole ce soir à une assemblée et il n'aura pas le temps de dîner avant.

— Quelle assemblée, Maureen? Irons-nous?

— Non, c'est une assemblée des volontaires irlandais, il n'y aura pas de femmes.

— Que leur dira Colum?

— Il commencera par leur rappeler qu'ils sont avant tout irlandais, même s'ils sont américains depuis longtemps. Ensuite, il leur tirera des larmes en évoquant le vieux pays avant de leur faire vider leurs poches pour aider les pauvres et les nécessiteux en Irlande. D'après Jamie, Colum est un orateur auquel on ne résiste pas.

— Je le crois volontiers. Il y a du magicien chez lui.

— Alors, trouvez-nous des huîtres magiques!

Scarlett pouffa de rire.

— Elles n'auront pas de perles, dit-elle en imitant l'accent de Maureen, mais elles feront un superbe potage.

Colum regarda le bol fumant et fronça les sourcils.

— C'est bien riche pour une collation, Maureen.

— Les huîtres étaient particulièrement appétissantes aujourd'hui, dit-elle en souriant.

— N'imprime-t-on pas de calendriers aux États-Unis d'Amérique?

— Allons, Colum, mangez votre potage pendant qu'il est chaud.

— Nous sommes en Carême, Maureen. Vous connaissez les règles du jeûne : un seul repas par jour, sans viande.

Scarlett reposa lentement sa cuiller. Ainsi, ses tantes avaient raison. Pauvre Maureen! Un si bon repas perdu – sans parler de la pénitence qu'elle allait devoir faire. Pourquoi aussi fallait-il que Colum soit prêtre?

A sa stupeur, elle vit Maureen sourire en plongeant sa cuiller dans le bol afin d'y pêcher une huître.

— Je n'ai pas peur de l'Enfer, Colum, je bénéficie de la dispense des O'Hara. Vous êtes un O'Hara, vous aussi. Mangez donc et régalez-vous.

— Qu'est-ce que cette dispense des O'Hara? demanda Scarlett, de plus en plus étonnée.

De fort mauvaise grâce, Colum répondit à la place de Maureen.

— Il y a une trentaine d'années, l'Irlande a subi une des plus effroyables famines de son histoire. Deux ans durant, des gens moururent de faim. Faute d'aliments, ils mangèrent de l'herbe jusqu'à ce qu'il n'y ait même plus d'herbe. Ils moururent par milliers sans que nul puisse leur venir en aide. Dans certaines paroisses, les survivants ont été dispensés du jeûne pour ne plus avoir à souffrir de la faim. C'est le cas des O'Hara, qui ne sont pas astreints au jeûne, sauf en ce qui concerne la viande bien entendu.

Il gardait les yeux fixés sur l'épais liquide où surnageaient des huîtres et des yeux de beurre. Un doigt sur les lèvres pour lui signifier de garder le silence, Maureen fit signe à Scarlett de manger. Elle ne se fit pas prier.

Un long moment plus tard, Colum prit sa cuiller à son tour. Sans lever les yeux, il avala le succulent potage et remercia Maureen du bout des lèvres avant de se retirer chez Patricia, où il partageait la chambre de Stephen.

Scarlett se tourna vers Maureen avec curiosité.

– Étiez-vous en Irlande au moment de la famine ?

– Oui. Mon père était propriétaire d'un pub, nous étions moins mal lotis que d'autres. Les gens trouvent toujours quelques sous pour se payer à boire, nous avions donc de quoi acheter du pain, du lait. Ce sont les pauvres fermiers qui ont le plus souffert. Oh ! c'était épouvantable !

Les bras croisés sur la poitrine, elle eut un frémissement rétrospectif. Ses yeux se remplirent de larmes et sa voix se brisa quand elle poursuivit :

– Ils n'avaient à manger que des pommes de terre, voyez-vous. Ils devaient vendre tout, le blé qu'ils cultivaient, les vaches qu'ils élevaient, le lait et le beurre qu'ils produisaient. Oui, tout était vendu d'avance pour payer les fermages. Il ne leur restait qu'un peu de beurre, du lait écrémé, parfois quelques poules pour avoir des œufs le dimanche, mais ils se nourrissaient essentiellement de pommes de terre et ils devaient s'en contenter. Et puis, quand les pommes de terre se sont mises à pourrir en terre, ils n'ont plus rien eu. Plus rien...

Maureen se tut. Replongée dans ses douloureux souvenirs, elle se balançait lentement d'avant en arrière, les bras toujours croisés sur la poitrine. Ses lèvres tremblantes laissèrent échapper un cri de douleur.

Scarlett se leva d'un bond et la serra dans ses bras. Maureen s'abandonna contre sa poitrine en pleurant.

– Vous ne pouvez pas imaginer ce que c'est de n'avoir rien à manger, dit-elle entre deux sanglots.

Scarlett regardait les braises qui rougeoyaient dans l'âtre.

– Si, je sais ce que c'est...

Serrant Maureen dans ses bras, elle lui raconta son retour à Tara après l'incendie d'Atlanta. Les yeux encore secs et d'une voix qui ne tremblait pas, elle dépeignit la plantation dévastée, son désespoir, les mois interminables où elle avait connu la faim qui tenaille l'estomac, la faim qui fait défaillir. Mais c'est lorsqu'elle parla de la découverte de sa mère morte à son arrivée à Tara et de son père à l'esprit brisé par les épreuves que Scarlett ne put résister plus longtemps.

Et ce fut Maureen, cette fois, qui la prit dans ses bras et la consola tandis qu'elle pleurait.

CHAPITRE 44

On aurait dit que les cornouillers avaient soudain fleuri en une nuit. En sortant un beau matin pour aller au marché, Scarlett et Maureen découvrirent une nuée de fleurs blanches qui ombrageaient le gazon de la plate-bande centrale de l'avenue.

– Ah, n'est-ce pas un spectacle ravissant? s'extasia Maureen avec un soupir. La lumière du matin qui illumine les pétales délicats d'un éclat rosé! Et d'ici midi, ils seront blancs comme le cou d'un cygne. Quel enchantement, cette ville qui plante des merveilles pour le plaisir de tous! – Elle prit une profonde inspiration – Nous allons faire un pique-nique dans le parc, Scarlett. Pour goûter la fraîcheur de l'air printanier. Viens vite, nous avons beaucoup de courses à faire. Je préparerai tout cet après-midi, et demain, après la messe, nous pourrons passer la journée au parc.

Était-ce déjà samedi? Scarlett se mit à réfléchir et calculer fébrilement. Quoi, elle était à Savannah depuis près d'un mois! Un étau lui étreignait le cœur. Pourquoi Rhett n'était-il pas venu? Où était-il? Ses affaires n'avaient pas pu le retenir aussi longtemps à Boston.

«... Boston», disait Maureen, et Scarlett s'immobilisa brusquement. Elle empoigna Maureen par le bras et la dévisagea d'un air soupçonneux. Comment Maureen a-t-elle su que Rhett se trouvait à Boston? Comment a-t-elle entendu parler de lui? Je ne lui en ai jamais rien dit.

– Qu'y a-t-il, Scarlett chérie? T'es-tu tordu la cheville?

– Que disais-tu donc, à propos de Boston?

– Je disais: quel dommage que Stephen ne puisse venir en piquenique avec nous. Il part aujourd'hui pour Boston. J'imagine qu'il n'y a pas encore d'arbres en fleurs, là-bas. Enfin, il aura l'occasion de voir Thomas et sa famille, et de nous rapporter des nouvelles. Cela fera plaisir au vieux James. Quand on pense à tous les frères éparpillés en Amérique, c'est merveilleux...

Scarlett marchait d'un pas vif au côté de Maureen. Elle était submergée de honte. Comment ai-je pu être aussi odieuse ? Maureen est mon amie, l'amie la plus proche que j'aie jamais eue. Elle ne m'espionnerait pas, ne fouillerait pas ma vie intime. C'est simplement que le temps a passé, et que je ne m'en suis pas rendu compte. Voilà pourquoi je suis si nerveuse, et pourquoi je me suis emportée ainsi contre elle. Parce que c'est trop long, et que Rhett n'arrive toujours pas.

Elle murmura machinalement son approbation en réponse à toutes les suggestions de Maureen pour le menu du pique-nique, tandis que les questions se bousculaient dans sa tête comme des oiseaux emprisonnés dans une cage. Avait-elle commis une erreur en ne regagnant pas Charleston avec ses tantes ? Peut-être même avait-elle eu tort de partir ?

Cela me rend folle ! Si je commence à y penser, je vais me mettre à hurler !

Mais les interrogations continuaient à la hanter.

Peut-être ferait-elle mieux d'en parler à Maureen. Maureen était rassurante, et puis elle connaissait tant de choses. Elle comprendrait. Sans doute pourrait-elle même l'aider.

Non, je parlerai à Colum ! Demain, au pique-nique, nous aurons tout notre temps. Je lui dirai que j'ai à lui parler, je lui proposerai de nous promener à l'écart. Colum saura ce qu'il convient de faire. A sa manière, Colum était un peu comme Rhett. Il se suffisait à lui-même, comme Rhett, et à côté de lui tout le monde paraissait sans épaisseur, de même que les hommes semblaient brusquement redevenir de jeunes garçons en présence de Rhett. Colum obtenait que les choses se fassent, exactement comme Rhett, et il en riait aussi comme Rhett.

Scarlett pouffa intérieurement en se rappelant ce qu'avait dit Colum du père de Polly.

« Ah oui, c'est un homme grand et téméraire que le puissant entrepreneur MacMahon. Des bras comme des marteaux de forgeron, qui font craquer les coutures de ce somptueux habit, sans nul doute choisi par Mme MacMahon de manière à l'assortir au mobilier de son salon, sinon pourquoi prendre un vêtement aussi luxueux ? Un saint homme, aussi, qui respecte comme il se doit l'éclat conféré à son âme par l'honneur de construire la maison de Dieu à Savannah, en Amérique. Je l'ai béni pour cela, à mon humble manière. Ma foi ! lui ai-je dit. Je suis bien sûr que vous êtes trop pieux pour prendre un seul penny à la paroisse en sus de vos quarante pour cent de bénéfice. Ne voilà-t-il pas que ses yeux étincellent, que ses muscles s'enflent comme ceux d'un taureau, et que les manches du somp-

tueux vêtement commencent à faire de jolis petits bruits de craquements tout au long de leurs coutures en soie ? C'est sûr et certain,
monsieur l'entrepreneur, lui dis-je, que n'importe quel autre homme
aurait pris cinquante pour cent, en voyant que l'évêque n'était pas
irlandais. C'est alors que le brave homme montra tout son mérite.
Quelle insulte ! gronda-t-il, tant et si bien que je craignis de voir les
vitres voler en éclats dans la rue. Quel nom est-ce donc là pour un
catholique ? Puis il me raconta, sur les iniquités de l'évêque, des histoires que mon habit m'interdit de croire. Je partageai sa peine avec
lui, ainsi qu'un verre ou deux, puis je lui parlai des souffrances de
ma pauvre petite cousine. Il fit preuve d'une juste colère, le brave
homme. Je parvins tout juste à l'empêcher d'arracher le clocher de
ses puissantes mains. Je ne pense tout de même pas qu'il appelle les
hommes à la grève, mais je n'en jurerais pas. Il exprimera à l'évêque,
m'a-t-il dit, son inquiétude pour la paix de l'esprit de Scarlett, en des
termes que l'anxieux petit bonhomme ne pourra manquer de
comprendre, et cela aussi souvent qu'il sera nécessaire pour le
convaincre de la gravité du problème. »

— Peut-on savoir pourquoi tu souris aux choux ? s'enquit Maureen.

Scarlett tourna son sourire vers son amie.

— Parce que je suis heureuse de voir arriver le printemps et d'aller
demain en pique-nique, répondit-elle.

Et parce qu'elle allait récupérer Tara, elle en était sûre.

Scarlett n'avait jamais vu Forsyth Park. Hodgson Hall était situé
juste en face, mais il faisait nuit quand elle était allée assister à la
cérémonie d'inauguration. Elle en eut le souffle coupé. Deux sphinx
de pierre montaient la garde à l'entrée. Les enfants contemplaient
rêveusement ces bêtes qu'il leur était interdit d'escalader, puis s'élançaient à toute vitesse dans l'allée centrale, pour aller tourner autour
de Scarlett. Elle s'arrêta brusquement au milieu de l'allée, stupéfaite.

La fontaine se trouvait fort éloignée de l'entrée, mais c'était un tel
monument qu'on l'aurait crue toute proche. Des arcs et des jets
d'eau jaillissaient puis retombaient, projetant des ribambelles de diamants dans toutes les directions. Scarlett était médusée. Jamais elle
n'avait rien vu d'aussi spectaculaire.

— Venez, maintenant, proposa Jamie. C'est encore plus beau de
près.

Il disait vrai. Le soleil faisait scintiller mille arcs-en-ciel dans ce
ballet de gouttes irisées ; ils étincelaient, disparaissaient et reparaissaient à chaque pas de Scarlett. Les troncs d'arbres chaulés qui bor-

daient l'allée resplendissaient dans l'ombre tachetée de leurs frondaisons, jusqu'à l'éclatante blancheur de la fontaine de marbre. En parvenant à la grille qui entourait le bassin, elle dut rejeter la tête en arrière jusqu'à en avoir le vertige pour contempler la nymphe qui surmontait le monument, une statue plus grande que nature et qui brandissait à bout de bras une hampe d'où s'élançait vers l'azur un délicat jet d'eau.

– Pour ma part, annonça Maureen, j'aime beaucoup les hommes-serpents. Ils me font toujours l'effet de bien s'amuser.

Scarlett regarda dans la direction que lui montrait Maureen. Les tritons de bronze étaient agenouillés dans l'immense bassin sur leurs queues repliées, une main sur la hanche et l'autre portant une corne à leurs lèvres.

Les hommes étendirent des couvertures sous le chêne qu'avait choisi Maureen, et les femmes se débarrassèrent de leurs paniers. Mary Kate et Kathleen installèrent sur l'herbe la petite fille de Patricia et le petit dernier de Katie pour qu'ils puissent s'amuser à quatre pattes. Les enfants plus grands couraient et sautaient suivant un jeu de leur invention.

– Je vais me reposer les pieds, annonça Patricia.

Billy l'aida à s'asseoir, adossée à l'arbre.

– Vas-y, lança-t-elle d'un air fâché. Je n'ai pas besoin que tu restes collé là toute la journée.

Il lui déposa un baiser sur la joue, et se dégagea des courroies de son accordéon pour le placer à côté d'elle.

– Tout à l'heure, je te jouerai un air que tu aimes, promit-il.

Puis il rejoignit un groupe d'hommes qui jouaient au base-ball un peu plus loin.

– Va faire l'idiot avec eux, Matt, suggéra Katie à son mari.

– Mais oui, allez-y tous, renchérit Maureen.

Elle gesticulait comme pour les chasser. Jamie et ses grands fils s'élancèrent au pas de course. Colum et Gerald leur emboîtèrent le pas à une allure plus modérée, avec Matt et Billy.

– Ils mourront de faim, à leur retour, dit Maureen. (Sa voix vibrait de plaisir.) Heureusement que nous avons apporté de quoi nourrir une armée.

Quelle montagne de vivres, avait d'abord pensé Scarlett. Puis elle se rendit compte que tout serait sans doute englouti d'ici une heure. C'était le propre des familles nombreuses. Elle contemplait avec une réelle affection les femmes de sa famille, et allait éprouver la même chaleur à l'égard des hommes quand ils reviendraient, le col ouvert et les manches retroussées, avec leur veste et leur chapeau sur le bras. Elle avait renoncé à ses prétentions sociales sans même s'en rendre compte. Elle ne se rappelait plus la gêne qu'elle avait ressentie en apprenant que ses cousins avaient travaillé comme domestiques sur le grand domaine du canton où ils vivaient en Irlande. Matt y était charpentier, et Gerald, sous ses ordres, entretenait les dizaines de bâtiments et les kilomètres de clôtures. Katie était employée à la laiterie, et Patricia affectée au service de table. Mais cela ne faisait aucune différence. Scarlett était heureuse d'être une O'Hara.

Elle s'agenouilla auprès de Maureen et commença à l'aider.

– J'espère que les hommes ne vont pas traîner, dit-elle. Cet air frais me creuse l'appétit.

Quand il ne resta plus que deux morceaux de gâteau et une pomme, Maureen entreprit de faire bouillir de l'eau pour le thé sur un réchaud à alcool. Billy Carmody prit son accordéon et adressa un clin d'œil à Patricia.

– Qu'est-ce qui te ferait plaisir, Patsy ? Je t'ai promis un air.

– Chut, pas maintenant, Billy, intervint Katie. Les petits sont presque endormis.

Cinq petits enfants somnolaient sur l'une des couvertures, là où l'ombre était la plus épaisse. Billy se mit à siffler doucement, puis reprit l'air à l'accordéon, en sourdine. Patricia lui sourit. Elle écarta les cheveux sur le front de Timothy, puis chanta la berceuse que jouait Billy.

Sur les ailes du vent sur la mer houleuse
Des anges veillent sur ton sommeil
Des anges viennent te protéger
Alors écoute voler le vent sur la mer
Entends le vent souffler l'amour, entends souffler le vent
Penche la tête, entends le vent souffler.
Les barques volent au loin sur les flots bleus
Pourchassant le hareng bleu argent
D'argent le hareng et d'argent la mer
Bientôt ils seront d'argent pour mon amour et moi.
Entends le vent souffler l'amour, entends souffler le vent
Penche la tête et entends souffler le vent.

Il y eut un moment de silence, puis Timothy ouvrit les yeux.

– Encore, s'il te plaît, murmura-t-il, tout ensommeillé.

– Oh oui, madame, je vous en prie, chantez encore.

Ils levèrent tous des yeux surpris sur le jeune homme qui avait parlé. De ses mains rudes et sales, il tenait une casquette misérable devant sa veste rapiécée. On l'aurait cru âgé d'une douzaine d'années s'il n'avait eu le menton mal rasé.

— Je vous demande pardon, messieurs-dames, reprit-il avec ferveur. Je sais que c'est bien hardi, de m'introduire ainsi parmi vous. Mais mon père nous chantait cette chanson-là, à mes sœurs et moi. Et, quand je l'ai entendue, ça m'a chaviré le cœur.

— Assieds-toi, mon gars, dit Maureen. Il reste là du gâteau que personne ne mange, avec un fameux fromage et du pain dans le panier. Comment t'appelles-tu, et d'où viens-tu donc ?

Le garçon s'assit auprès d'elle.

— Danny Murray, madame.

Il écarta la mèche noire qui lui retombait sur le front, puis s'essuya la main sur sa manche avant de la tendre pour recevoir le pain que Maureen avait sorti du panier.

— Chez moi, c'est à Connemara, quand j'y suis.

Il mordit à pleines dents dans le pain. Billy reprit son accordéon, et le garçon laissa retomber son bras le long de son corps.

— *Sur les ailes du vent...*, chanta Katie.

Le garçon affamé se hâta d'avaler sa bouchée pour chanter avec elle.

— *Entends souffler le vent*, terminèrent-ils après trois reprises de la chanson entière. Les yeux noirs de Danny Murray brillaient comme des joyaux.

— Allons, mange, Danny Murray, dit Maureen. (Elle avait la voix enrouée d'émotion.) Tu auras bien besoin de toutes tes forces. Je vais préparer du thé, et ensuite tu chanteras encore. Ta voix d'ange est un vrai don du ciel.

C'était vrai. Le garçon avait une voix de ténor aussi pure que celle de Gerald.

Les O'Hara s'affairaient à disposer les tasses à thé, pour que le garçon pût manger sans se sentir observé.

— J'ai appris une nouvelle chanson qui devrait vous plaire, proposa-t-il tandis que Maureen versait le thé. Je suis sur un bâtiment qui a fait escale à Philadelphie avant de venir ici. Voulez-vous que je vous la chante ?

— Comment s'appelle-t-elle, Danny, je la connais peut-être ? suggéra Billy.

— *Je te ramènerai au pays.*

Billy secoua la tête.

— Je serai ravi que tu me l'apprennes.

Danny Murray s'illumina.

— Et moi ravi de vous l'enseigner.

Il rejeta ses cheveux en arrière et prit son souffle. Puis il entrouvrit les lèvres, et la musique en jaillit, tel un fil d'argent.

Je te ramènerai au pays, Kathleen,
Nous traverserons le vaste océan
Jusque là où tu as laissé ton cœur
Depuis le jour de nos épousailles.
Tes joues ont perdu leurs roses
Je les ai vues pâlir et disparaître.
Ta voix est si triste quand tu parles,
Et les larmes obscurcissent tes tendres yeux.
Je te ramènerai, Kathleen,
Là où ton cœur ne souffrira plus.
Et, quand les collines seront vertes et fraîches,
Kathleen, je te ramènerai au pays.

Scarlett joignit ses applaudissements à ceux des autres. Elle avait trouvé la chanson bien jolie.

— C'était si beau que je n'ai pas pensé à la retenir, avoua Billy tristement. Chante-la encore, Danny, pour que je retrouve l'air.

— Non!

Kathleen O'Hara bondit sur ses pieds. Son visage ruisselait de larmes.

— Je ne peux plus écouter cela! Je ne peux plus!

Elle s'essuya les yeux avec ses mains.

— Pardonnez-moi, reprit-elle en sanglotant. Il faut que je m'en aille d'ici.

Elle enjamba soigneusement les enfants endormis et s'enfuit.

— Je suis désolé, bredouilla le garçon.

— Mais ce n'est point ta faute, mon gars, répondit Colum. C'est un vrai plaisir que tu nous offres là. La pauvre fille soupire après l'Irlande, pour dire vrai, et justement elle s'appelle Kathleen. Dis-moi, connais-tu *Les Coragues de Kildare*? C'est une spécialité de Billy, lui là, avec l'instrument de musique. Ce serait une grande faveur si tu pouvais chanter pour l'accompagner comme un vrai musicien.

La musique continua jusqu'à ce que le soleil eût disparu derrière les arbres et que le vent commençât à fraîchir. Ils repartirent alors, mais Danny ne put accepter l'invitation de Jamie à venir dîner. Il devait regagner son bord à la tombée de la nuit.

— Jamie, commença Colum. Je crois que je devrais emmener Kathleen quand je repartirai. Elle est ici depuis assez longtemps, le mal du pays devrait s'être estompé. Mais elle souffre toujours.

Scarlett faillit se brûler la main avec l'eau bouillante au lieu de la verser dans la théière.

– Où allez-vous donc, Colum ?

– Je rentre en Irlande, ma chérie. Je ne suis ici qu'en visite.

– Mais l'évêque n'a pas encore changé d'avis, pour Tara. Et puis il y a une autre chose dont je veux vous parler.

– Eh bien, je ne pars pas tout de suite, Scarlett chérie. Il y a un temps pour tout. Qu'en pensez-vous, avec votre cœur de femme ? Faut-il que Kathleen rentre au pays ?

– Je ne sais pas. Demandez à Maureen. Elle est là-haut avec elle depuis que nous sommes revenus.

Qu'importait ce que ferait Kathleen ? C'était Colum qui comptait. Comment pouvait-il s'en aller brusquement quand elle avait besoin de lui ? Oh, pourquoi suis-je restée assise là, à chanter avec ce garçon crasseux ? songea-t-elle. J'aurais dû emmener Colum faire un petit tour comme je l'avais prévu.

Scarlett toucha à peine aux rôties de fromage et à la soupe de pommes de terre qui constituaient le souper. L'envie de pleurer lui serrait la gorge.

– Ouf, gémit Maureen quand la cuisine fut enfin rangée. Je vais coucher mes vieux os de bonne heure, ce soir. D'être restée assise par terre toute la journée, me voilà raide comme un mancheron de charrue. Vous aussi, Mary Kate et Helen. Demain, vous allez à l'école.

Scarlett était également toute courbatue. Elle s'étira devant le feu.

– Bonne nuit, dit-elle.

– Restez donc encore un peu, proposa Colum. Le temps que je finisse ma pipe. Jamie bâille tellement que je vois bien qu'il va m'abandonner.

Scarlett prit un siège en face de Colum.

Jamie lui tapota la tête au passage, en se dirigeant vers l'escalier.

Colum tirait sur sa pipe. L'odeur du tabac était d'une douceur un peu âcre.

– Rien de mieux que le coin du feu pour parler, déclara-t-il au bout d'un moment. Qu'est-ce donc qui vous tourmente le cœur et l'esprit, Scarlett ?

Elle poussa un profond soupir.

– Je ne sais plus que faire au sujet de Rhett, Colum. J'ai bien peur d'avoir tout gâché.

La cuisine bien chaude et doucement éclairée constituait le cadre idéal pour se confier à lui. En outre, Scarlett ressentait confusément que Colum, étant prêtre, garderait secret tout ce qu'elle pourrait lui révéler, comme si elle s'en ouvrait à lui dans le confessionnal, à l'église.

Elle commença par le début, en lui disant toute la vérité sur son mariage.

— Je ne l'aimais pas, ou tout au moins je ne m'en rendais pas compte. J'étais amoureuse de quelqu'un d'autre. Et puis, quand j'ai compris que c'était Rhett que j'aimais, il ne m'aimait plus. C'est en tout cas ce qu'il m'a dit. Mais je ne crois pas que ce soit vrai, Colum; ce ne peut pas être vrai.

— Vous a-t-il quittée?

— Oui. Mais ensuite c'est moi qui suis partie. C'est là que je me demande si je n'ai pas commis une erreur.

— Voyons, que je comprenne bien...

Avec une infinie patience, Colum débrouilla les fils du récit de Scarlett. Il était bien après minuit quand il secoua la cendre de sa pipe, depuis longtemps refroidie, pour la ranger dans sa poche.

— Vous avez fait exactement ce qu'il fallait faire, ma chérie, dit-il. Sous prétexte que nous portons notre col à l'envers, certaines gens pensent que les prêtres ne sont pas des hommes comme les autres. Ils se trompent. Je puis comprendre votre époux. Je puis même éprouver une grande compassion pour lui; son problème est plus profond et plus douloureux que le vôtre, Scarlett. Il se combat lui-même et, pour un homme fort, c'est une dure bataille. Il reviendra vers vous, et vous devrez vous montrer généreuse, ce jour-là, car le combat l'aura marqué.

— Mais quand, Colum?

— Je ne saurais dire quand, mais je sais qu'il viendra. C'est à lui de vous chercher, cependant. Vous ne pouvez pas le faire pour lui. Il faut qu'il mène ce combat seul, jusqu'à ce qu'il comprenne le besoin qu'il a de vous, et qu'il l'accepte.

— Vous êtes sûr qu'il me reviendra?

— Cela, j'en suis sûr. Et maintenant, je vais me coucher. Je vous conseille d'en faire autant.

Scarlett se nicha au creux de son oreiller et lutta contre la lourdeur de ses paupières. Elle voulait faire durer ce moment, jouir de la satisfaction que Colum avait fait naître en elle.

CHAPITRE 45

Scarlett éprouva une certaine contrariété quand Kathleen vint la réveiller le lendemain matin. Après avoir discuté si tard dans la nuit avec Colum, elle aurait préféré continuer à dormir.

— Je t'ai apporté du thé, murmura Kathleen. Et puis Maureen demande si tu voudras l'accompagner au marché.

Scarlett se détourna et referma les yeux.

— Non, je pense que je vais plutôt me rendormir.

Elle sentait Kathleen hésiter. Pourquoi cette sotte ne s'en allait-elle pas, pour la laisser dormir en paix ?

— Que veux-tu, Kathleen ?

— Excuse-moi, Scarlett. Je me demandais si tu voulais t'habiller ? Maureen veut que je l'accompagne à ta place si tu n'y vas pas, et j'ignore à quelle heure nous rentrerons.

— Mary Kate n'aura qu'à m'aider, grommela Scarlett dans son oreiller.

— Oh non, elle est partie pour l'école depuis une éternité. Il est déjà presque neuf heures.

Scarlett se força à ouvrir les yeux. Il lui semblait qu'elle aurait pu dormir toute sa vie. Si seulement on lui fichait la paix.

— Bon, soupira-t-elle. Prépare mes affaires. Je mettrai ma robe écossaise rouge et bleue.

— Oh, elle te va tellement bien, s'exclama joyeusement Kathleen.

Elle disait la même chose pour toutes les toilettes de Scarlett. Kathleen considérait Scarlett comme la femme la plus élégante et la plus belle du monde.

Scarlett but son thé tandis que Kathleen lui arrangeait les cheveux en lourde torsade sur la nuque. J'ai une tête de fin du monde, songea-t-elle. Elle avait les yeux légèrement cernés. Je devrais peut-être porter plutôt ma robe rose, ce serait plus flatteur au teint, mais il faudrait que Kathleen recommence tout le laçage, la rose est plus fine à la taille, et toutes ces simagrées me rendent folle.

– Parfait, déclara-t-elle quand la dernière épingle à cheveux fut en place. Tu peux partir, maintenant.

– Aimerais-tu une autre tasse de thé ?

– Non. Va-t'en vite.

Ce que j'aimerais, pensait Scarlett, ce serait du café. Peut-être que je devrais aller au marché, en fait... Non, je suis trop fatiguée pour aller et venir, regarder chaque chose en détail. Elle se poudra légèrement sous les yeux, et se fit une grimace dans le miroir avant de descendre fourrager dans la cuisine en quête d'un petit déjeuner.

– Mon Dieu ! s'exclama-t-elle en découvrant Colum qui lisait le journal.

Elle s'était crue seule à la maison.

– Je suis venu solliciter une faveur, dit-il.

Il lui fallait un avis féminin pour choisir des articles à rapporter en Irlande.

– Je me débrouille assez bien pour les gars et pour leurs pères, mais les demoiselles restent pour moi un mystère. Je me suis dit, Scarlett saura sûrement ce qui est à la mode en Amérique.

Elle se mit à rire en voyant sa perplexité.

– Je serai ravie de vous aider, Colum, mais vous devrez me payer une tasse de café et une brioche à la boulangerie de Broughton Street.

Elle n'était plus fatiguée du tout.

– Je me demande pourquoi vous teniez tant à ce que je vous accompagne, Colum ! Vous n'aimez rien de ce que je vous suggère.

Scarlett, exaspérée, contemplait le tas de gants de peau, de mouchoirs en dentelle, de bas de soie à baguettes, de sacs perlés, d'éventails peints et de pièces de soie, de velours et de satin. Les vendeurs avaient déballé tout ce qu'ils avaient de mieux, dans le magasin le plus élégant de Savannah, et Colum avait secoué la tête pour refuser tout ce qu'on lui présentait.

– Je suis navré de vous avoir causé tout ce tracas, déclara-t-il aux employés qui souriaient d'un air crispé. A vous aussi, Scarlett, je vous demande pardon. Je crains de ne pas avoir exprimé assez clairement ce que je souhaitais. Allons, venez, que je vous paie ma dette. Puis nous essaierons une nouvelle fois. Une tasse de café nous fera le plus grand bien.

Il faudrait bien autre chose qu'une tasse de café pour qu'elle lui pardonne cette course inutile ! Scarlett ignora superbement le bras qu'il lui offrait et s'élança hors du magasin. Son humeur s'améliora néanmoins quand Colum lui proposa d'aller prendre le café à l'hôtel Pulaski. C'était un salon de thé à la mode, où Scarlett n'avait jamais mis les pieds. Lorsqu'ils furent installés sur un sofa de velours capitonné, dans l'une des somptueuses salles à colonnes de marbre, elle promena à la ronde un regard satisfait.

— C'est joli, déclara-t-elle gaiement quand un serveur en gants blancs eut déposé sur le guéridon en marbre un plateau d'argent lourdement chargé.

— Vous paraissez tout à fait chez vous au milieu de ce marbre grandiose et de ces palmiers en pots, dans vos vêtements élégants, observa-t-il avec un sourire. C'est pour cela que nos chemins se sont croisés, au lieu que nous fassions route ensemble.

En Irlande, lui expliqua-t-il, les gens vivaient plus simplement qu'elle ne le pensait. Peut-être même plus simplement qu'elle ne pouvait l'imaginer. Ils vivaient dans leurs fermes, à la campagne, sans la moindre ville à proximité, juste un village avec une église et une forge, et un pub où s'arrêtait la diligence. L'unique magasin était un coin du pub où l'on pouvait poster une lettre et acheter du tabac ou quelques produits alimentaires. Des colporteurs passaient parfois avec leurs charrettes pour vendre des rubans, des colifichets et des épingles à cheveux. Les gens se distrayaient simplement en allant les uns chez les autres.

— Mais c'est exactement comme la vie des plantations! s'écria Scarlett. Oui, Tara est à cinq milles de Jonesboro, et quand on y va enfin, on ne trouve qu'une gare de chemin de fer et une malheureuse petite épicerie.

— Mais non, Scarlett, voyons. Dans les plantations, les gens habitent de grandes demeures, et non de simples maisonnettes chaulées.

— Vous ignorez de quoi vous parlez, Colum O'Hara! Les Douze Chênes des Wilkes, c'était la seule demeure de tout le comté de Clayton. La plupart des gens ont des maisons qui ont commencé par une ou deux pièces et une cuisine, auxquelles ils ont ajouté peu à peu ce qui leur manquait.

Colum sourit et s'avoua vaincu. Néanmoins, dit-il, les cadeaux pour la famille ne devaient pas être trop sophistiqués. Les filles se débrouilleraient mieux d'une pièce de coton que de satin, et elles ne sauraient que faire d'un éventail peint.

Scarlett reposa sa tasse sur la soucoupe d'un geste décidé.

— Du calicot! décréta-t-elle. Je vous parie qu'elles adoreraient le calicot. Il en existe avec toutes sortes de motifs colorés, qui font des robes charmantes. Nous portions des robes en calicot pour la vie de tous les jours, à la maison.

– Et aussi des bottines, ajouta Colum. (Il tira de sa poche une épaisse liasse de papiers, et la défit.) J'ai là tous les noms avec les tailles et les pointures.

Scarlett pouffa à la vue de cette longue liste.

– Ils vous ont vu venir, Colum!

Pas un homme ni une femme du comté de Meath n'avait dû omettre d'inscrire son nom sur la liste de Colum, songeait-elle. Exactement selon la méthode de tante Eulalie : Puisque tu vas faire des courses, pourrais-tu me rapporter quelque chose? Et elle finissait toujours par oublier de payer ce qu'elle avait réclamé. Scarlett était certaine que les amis irlandais de Colum se révéleraient tout aussi oublieux.

– Parlez-moi de l'Irlande, demanda-t-elle.

La cafetière était encore presque pleine.

– Ah, c'est une île d'une rare beauté, commença-t-il très doucement.

Il évoqua avec amour les vertes collines coiffées de châteaux forts, les rivières vives et bordées de fleurs, où le poisson foisonnait, les haies odorantes entre lesquelles on se promenait sous un léger crachin brumeux, la musique, partout, et un ciel plus vaste et plus haut qu'aucun autre ciel au monde, avec un soleil doux et tiède comme un baiser de mère...

– Vous me semblez souffrir de mal du pays au moins autant que Kathleen.

Colum se mit à rire.

– Je ne pleurerai guère quand on hissera les voiles, c'est vrai. Nul n'admire plus que moi l'Amérique, et je suis toujours heureux d'y venir en visite, mais je ne verserai pas une larme quand le navire prendra la mer pour me ramener là-bas.

– Eh bien moi, peut-être bien que si! Je ne sais pas ce que je ferai sans Kathleen.

– Alors, ne prenez pas ce risque! Venez avec nous pour découvrir le pays de votre famille.

– Je ne pourrai pas faire cela.

– Ce serait une fantastique aventure. L'Irlande est magnifique en toute saison, mais le printemps y est d'une tendresse à vous briser le cœur.

– Je n'ai pas besoin d'un cœur brisé, merci, Colum. Ce dont j'ai besoin, c'est d'une femme de chambre.

– Je vous enverrai Brigid, elle ne rêve que de venir. Je suppose que c'est plutôt elle que nous aurions dû amener dès le début, et non Kathleen, seulement nous voulions éloigner Kathleen.

Scarlett flaira un commérage.

— Pourquoi vouliez-vous donc éloigner cette fille si douce?

— Les femmes et leurs questions! dit-il. Vous êtes bien toutes les mêmes, des deux côtés de l'océan. Nous n'appréciions guère l'homme qui souhaitait lui faire sa cour. C'était un soldat, et un païen de surcroît.

— Vous voulez dire un protestant. L'aimait-elle?

— L'uniforme lui tournait la tête, voilà tout.

— La pauvre. J'espère qu'il l'aura attendue.

— Dieu soit loué, son régiment a regagné l'Angleterre. Il ne la tourmentera plus.

Le visage de Colum s'était durci. Scarlett retint sa langue.

— Voyons un peu cette liste, reprit-elle au bout d'un moment, renonçant à en apprendre davantage. Nous ferions mieux de poursuivre nos emplettes. Vous savez que Jamie a tout ce qu'il faut dans son magasin, Colum. Pourquoi n'y allons-nous pas?

— Je ne veux pas le mettre dans une situation fausse. Il se sentirait obligé de me consentir un prix qui lui serait défavorable.

— Franchement, Colum, vous n'avez pas plus de bon sens qu'une puce quand il s'agit d'affaires! Même s'il vous vend à prix coûtant, Jamie fera bon effet à ses fournisseurs, et il obtiendra une meilleure remise pour sa prochaine commande.

L'effarement de Colum la fit rire.

— J'ai moi-même un magasin, je sais ce que je dis. Laissez-moi vous expliquer...

Elle parla sans discontinuer pendant tout le trajet jusque chez Jamie. Fasciné, et manifestement impressionné, Colum posait mille questions.

— Colum! s'exclama Jamie à leur entrée. Nous regrettions justement que tu ne sois pas là! Oncle James, Colum est ici.

Le vieillard émergea de l'arrière-boutique, les bras chargés d'étoffes.

— Tu es la réponse à nos prières, mon gars, déclara-t-il. Quelle est la couleur qu'il nous faut?

Il déploya les étoffes sur le comptoir. Elles étaient toutes vertes, mais de quatre nuances différentes.

— Voici la plus jolie, décréta Scarlett.

Jamie et l'oncle James prièrent Colum de choisir pour eux.

Scarlett se vexa. Elle leur avait déjà dit quelle était la plus jolie. Que pouvait y connaître un homme, fût-il Colum?

— Où voulez-vous la mettre? s'enquit-il.

— Dans la vitrine, à l'intérieur et à l'extérieur.

— Alors, regardons les couleurs à la fenêtre, pour voir la lumière, répondit Colum.

Il paraissait aussi grave que s'il avait dû choisir le papier pour imprimer la monnaie, songea rageusement Scarlett. Qu'était-ce donc que toute cette histoire ?

Jamie remarqua sa moue.

– C'est pour les décorations de la Saint-Patrick, Scarlett. Colum est le seul qui puisse nous dire quel est le vert le plus proche de la vraie couleur du trèfle irlandais. Il y a trop longtemps que nous n'en avons vu, l'oncle James et moi.

Les O'Hara lui parlaient de la Saint-Patrick depuis le jour de leur première rencontre.

– Quand est-ce ? demanda-t-elle, plus polie qu'intéressée.

Bouche bée, les trois hommes la dévisagèrent.

– Vous ne le savez pas ? bredouilla Jamie, incrédule.

– Si je le savais, je ne le demanderais pas.

– C'est demain, répondit Jamie. Demain. Et vous allez voir, Scarlett. Vous ne vous serez jamais autant amusée de votre vie.

Les Irlandais de Savannah – comme ceux de partout ailleurs – avaient toujours célébré le 17 mars. C'était la fête du saint patron de l'Irlande, une fête au sens profane autant que religieux. Bien qu'elle eût lieu pendant le Carême, on ne jeûnait pas le jour de la Saint-Patrick. Mieux, on y mangeait et buvait copieusement, avec force musique et danse. Les écoles catholiques fermaient pour la journée, ainsi que toutes les entreprises catholiques à l'exception des saloons, pour qui c'était l'une des meilleures journées de l'année.

Il y avait toujours eu des Irlandais à Savannah, dès les premiers temps – les Jasper Green avaient combattu lors de la Révolution américaine – et la Saint-Patrick avait toujours été un grand jour de fête pour eux. Mais, au fil de ces dix années qui s'étaient écoulées depuis la défaite du Sud, la ville entière avait pris le pli de se joindre à eux. Le 17 mars était la Grande Fête du printemps à Savannah, et ce jour-là tout le monde était irlandais.

On voyait sur toutes les places des échoppes gaiement décorées où l'on pouvait acheter des friandises et de la citronnade, du café et de la bière. Des jongleurs et des dresseurs de chiens savants attiraient des foules au coin des rues. Des violonistes jouaient sur les marches de l'hôtel de ville et des fières maisons délabrées à travers tout Savannah. Des rubans verts flottaient aux branches des arbres et, dans les rues, des hommes, des femmes et des enfants vendaient des feuilles de trèfle en papier de soie. Les vitrines de Broughton Street étaient tendues d'étamine verte, et des treilles de vigne fraîches, suspendues de réverbère en réverbère, ornaient la voie par où passait le défilé de chars.

– Le défilé de chars ? s'exclama Scarlett.

Elle effleura de la main les rosettes en ruban de soie verte que Kathleen lui avait fixées dans les cheveux.

– Est-ce terminé ? Suis-je présentable ? Est-ce l'heure de partir ?

C'était l'heure. D'abord la messe du matin, et puis la fête toute la journée et une partie de la nuit.

– Jamie m'a dit qu'il y aurait des feux d'artifice qui illumineraient le ciel au-dessus du parc jusqu'à ce qu'on en ait la tête qui tourne, déclara Kathleen.

Son visage et ses yeux rayonnaient d'excitation.

Le regard vert de Scarlett prit soudain une expression calculatrice.

– Je parie qu'il n'y a pas de processions ni de feux d'artifice dans ton village, Kathleen. Tu le regretteras, si tu quittes Savannah.

La jeune fille la contempla d'un air radieux.

– Je m'en souviendrai toute ma vie et j'irai le raconter à la veillée dans toutes les maisons. Une fois rentrée, ce sera extraordinaire d'avoir vu l'Amérique. Une fois rentrée chez moi.

Scarlett renonça. Il n'y avait aucun moyen de convaincre cette petite oie.

Une foule chamarrée de vert avait envahi Broughton Street. Scarlett éclata de rire à la vue d'une famille dont tous les enfants bien astiqués arboraient des nœuds, des foulards ou même des plumes vertes à leurs chapeaux : on aurait dit les O'Hara. Sauf qu'ils étaient noirs.

– Ne vous avais-je pas dit qu'aujourd'hui tout le monde serait irlandais ? lui rappela Jamie avec un grand sourire.

Maureen la guidait par le coude.

– Même les gens de la haute sont en vert ! dit-elle avec un mouvement de tête vers un petit groupe.

Scarlett se démancha le cou pour voir. Bonté divine ! C'était l'avocat guindé de son grand-père, avec un garçon qui devait être son fils. Ils arboraient tous deux une cravate verte. Elle observait d'un œil curieux tous ces gens souriants qui déambulaient, à la recherche d'autres visages connus. Il y avait là Mary Telfair avec un groupe de dames, aux chapeaux ornés d'un ruban vert. Et Jérome ! Où avait-il déniché cet habit vert ? Son grand-père n'était sûrement pas là. Mon Dieu, je vous en prie, faites qu'il ne vienne pas. Il parviendrait à faire en sorte que le soleil cesse de briller. Non, Jérome était accompagné d'une femme noire portant un large ruban vert noué en guise de ceinture. Imaginez donc, ce vieux pruneau de Jérome avec une bonne amie, et qui avait bien vingt ans de moins que lui !

Un marchand ambulant distribuait de la citronnade et des friandises à la noix de coco à la famille O'Hara, en commençant par les petits, les plus impatients. Quand vint son tour, Scarlett accepta avec un sourire et croqua une bouchée. Elle mangeait dans la rue! Jamais une dame ne ferait une chose pareille, dût-elle tomber d'inanition. Bien fait pour vous, Grand-Père! songea-t-elle, enchantée de sa propre audace. La noix de coco était délicieusement humide et fraîche. Scarlett s'en régala, même si le défi avait perdu beaucoup de son éclat, maintenant qu'elle voyait Mlle Telfair grignoter quelque chose qu'elle tenait entre le pouce et l'index de sa main gantée de chevreau.

— Je persiste à trouver que c'était le cow-boy au chapeau vert qui était le mieux, répéta Mary Kate avec obstination. Il faisait des tours merveilleux avec son lasso, et puis il était tellement beau!

— Tu dis ça parce qu'il nous a souri, répliqua Helen, méprisante. Le mieux, c'était le char avec les farfadets qui dansaient!

— Ce n'étaient pas des farfadets, voyons. Il n'y a pas de farfadets en Amérique.

— Ils dansaient autour d'un gros sac d'or. Personne ne pourrait avoir un sac d'or, sauf des farfadets.

— Quel bébé tu fais, Helen. C'étaient des garçons déguisés, voilà tout. N'as-tu pas vu qu'ils portaient de fausses oreilles? Il y en a même un qui a perdu la sienne.

Maureen intervint avant que la discussion ne s'envenimât.

— C'était un défilé magnifique, tout était superbe. Venez, les filles, et ne lâchez pas la main de Jacky.

Étrangers de la veille, étrangers du lendemain, le jour de la Saint-Patrick tout le monde dansait en se tenant par la main, et l'on chantait tous ensemble. On partageait le soleil et l'air, la musique et les rues de la ville.

— C'est merveilleux, s'extasia Scarlett en mordant dans un pilon de poulet, à un étal de rue. C'est merveilleux, s'extasia-t-elle en voyant des feuilles de trèfle tracées à la craie verte sur les allées dallées de Chatham Park. C'est merveilleux, s'extasia-t-elle en voyant le puissant aigle en granit du Monument Pulaski orné d'un ruban vert au cou. Quelle merveilleuse, merveilleuse journée! s'écriait-elle en tourbillonnant inlassablement, jusqu'au moment où elle s'effondra sur un banc libre, à côté de Colum.

— Regardez, Colum, j'ai un trou à la semelle de ma bottine. Là d'où je viens, on dit que les plus belles fêtes sont celles où l'on troue la semelle de ses mules! Et ce ne sont pas des mules, mais des bottines! C'est sûrement la plus belle fête qu'on puisse jamais imaginer!

– C'est une journée magnifique, pour sûr, et nous avons encore toute la soirée devant nous, avec le feu d'artifice. Vous allez vous user autant que vos bottines, Scarlett chérie, si vous ne prenez pas un peu de repos. Il est bientôt quatre heures. Si nous rentrions à la maison?

– Je n'en ai pas envie. Je veux encore danser et manger du porc au barbecue, et aussi une de ces glaces vertes, et puis je veux goûter à cette horrible bière verte que buvaient Matt et Jamie.

– Eh bien, vous ferez tout cela ce soir. Vous avez remarqué, n'est-ce pas, que Matt et Jamie sont déjà partis depuis au moins une heure?

– Quelles poules mouillées! s'exclama Scarlett. Mais pas vous. Vous êtes le meilleur de tous les O'Hara, Colum. C'est ce que disait Jamie, et il avait raison.

Colum sourit en voyant les joues colorées et les yeux étincelants de Scarlett.

– Le meilleur après vous, Scarlett. Et maintenant je vais vous ôter cette bottine, celle qui est trouée. Levez le pied.

Il délaça la délicate bottine de chevreau, la retira, et la retourna pour vider le sable et les miettes de coquillages. Puis il ramassa un cornet de glace abandonné, et plia le carton de manière à le faire entrer dans la chaussure.

– Voilà qui devrait vous permettre de revenir à la maison. Je suppose qu'une fois là, vous aurez d'autres bottines à vous mettre aux pieds.

– Bien sûr. Oh, c'est tellement plus confortable ainsi. Merci, Colum. Vous savez toujours ce qu'il faut faire.

– Ce que je sais pour l'instant, c'est que nous allons rentrer prendre une tasse de thé et nous reposer.

Scarlett répugnait à se l'avouer, mais elle était fatiguée. Elle parcourut lentement Dryton Street au côté de Colum, souriant à la foule souriante qui flânait.

– Pourquoi saint Patrick est-il le patron de l'Irlande? Est-il aussi le saint patron d'autres endroits?

Colum cilla, désarçonné par tant d'ignorance.

– Tous les saints sont sacrés pour tous et en tous lieux dans le monde entier. Saint Patrick tient une place à part dans le cœur des Irlandais parce qu'il nous a apporté le christianisme quand nous ne connaissions encore que les mensonges des druides. Et il a chassé tous les serpents d'Irlande pour en faire un paradis terrestre sans le serpent.

Scarlett se mit à rire.

– Ça, vous l'inventez.

— Pas le moins du monde. Il n'y a pas un seul serpent sur tout le territoire irlandais.

— C'est fantastique. J'ai purement et simplement horreur des serpents.

— Décidément, vous devriez venir avec moi quand je repartirai là-bas, Scarlett. Le pays vous enchanterait. Le bateau ne met que deux semaines et un jour, pour aller à Galway.

— Que c'est rapide!

— La raison en est que le vent souffle vers l'Irlande pour ramener chez eux à la vitesse des nuages les malheureux nostalgiques. C'est un spectacle superbe, quand toutes les voiles sont déployées et que le navire danse sur les flots. Les mouettes blanches suivent jusqu'à ce que la terre ait presque disparu, puis elles font demi-tour en gémissant parce qu'elles ne peuvent pas continuer le voyage jusqu'au bout. Les dauphins leur succèdent pour escorter le vaisseau, parfois même une immense baleine, soufflant l'eau comme une fontaine, émerveillée de ce compagnon surmonté de ces grandes voiles blanches. C'est tellement beau, de naviguer. On se sent si libre qu'on a l'impression de pouvoir s'envoler.

— Je sais, dit Scarlett. C'est exactement cela. On se sent si libre.

CHAPITRE 46

Scarlett éblouit Kathleen ce soir-là en arborant sa robe de soie vert d'eau pour les festivités de Forsyth Park, mais elle l'horrifia en exigeant de porter ses mules de maroquin vert plutôt que des bottines.

— Mais le sable et la brique sont si rudes, Scarlett! Ils vont ruiner les semelles de tes jolies mules!

— C'est ce que je veux. Pour une fois dans ma vie, je veux avoir usé deux paires de souliers en une seule fête. Brosse-moi simplement les cheveux, Kathleen, et attache-les avec le ruban de velours vert. Je veux les sentir voler en liberté pendant que je danse.

Elle avait dormi vingt minutes, et se sentait d'humeur à danser jusqu'à l'aube.

C'était sur la grande esplanade en dalles de granit qu'on dansait, autour de la fontaine, où l'eau scintillait comme une profusion de joyaux et accompagnait de son murmure la gigue joyeuse et entraînante, ou la musique envoûtante des ballades. Elle accorda une danse à Daniel, faisant virevolter ses petites mules comme des flammes vertes au rythme compliqué de la danse.

— Vous êtes merveilleuse, Scarlett, cria-t-il.

Il lui prit les hanches à deux mains et la souleva au-dessus de sa tête puis se mit à tournoyer en frappant des pieds au rythme martelant du *bodhran*. Scarlett ouvrit les bras en grand et tendit son visage vers la lune, tournant, tournant sans fin dans la buée argentée de la fontaine.

— Voilà exactement ce que j'éprouve ce soir, déclara-t-elle à ses cousins lorsque la première chandelle romaine jaillit dans le ciel puis explosa en un brasier de lumière qui fit pâlir la lune.

Le lendemain matin, Scarlett boitait. Elle avait les pieds enflés et meurtris.

— Ne dis pas de sottises, répondit-elle à Kathleen qui poussait une exclamation d'effroi en constatant l'étendue des dégâts. Je me suis merveilleusement divertie.

Elle renvoya Kathleen en bas dès que son corset fut lacé. Elle n'avait pas envie de parler des plaisirs de la Saint-Patrick. Elle voulait d'abord se les remémorer toute seule, tranquillement. Peu importait qu'elle fût en retard pour le petit déjeuner; de toute façon elle ne comptait pas aller au marché. Elle ne mettrait pas de bas, et resterait à la maison en pantoufles de feutre.

Que de marches il y avait, du deuxième étage à la cuisine! Scarlett n'y avait jamais fait attention, quand elle montait et descendait en courant. Mais, aujourd'hui, chacune ravivait la douleur si elle ne prenait pas garde à se déplacer très doucement. Bah, avoir si joyeusement dansé valait bien qu'on reste un jour ou deux à la maison! Elle pourrait peut-être demander à Katie d'enfermer la vache à l'étable. Scarlett avait peur des vaches, depuis toujours. Mais, si elle savait la bête enfermée, elle pourrait aller s'asseoir dans la cour. L'air qui entrait par la fenêtre ouverte était si doux et si printanier qu'elle mourait d'envie de sortir.

Là... presque l'étage du salon. Je suis à mi-chemin. Je voudrais pouvoir aller plus vite. J'ai faim.

Comme elle s'apprêtait à descendre délicatement la deuxième volée de marches menant à la cuisine, l'odeur déplaisante du poisson frit parvint jusqu'à ses narines. Misère, pensa-t-elle, voici revenu le temps de faire maigre. Ce que j'aimerais, c'est une tranche de lard bien épaisse.

Brusquement, son estomac se contracta et elle se sentit prise de nausées. En proie à la panique, elle s'élança vers la fenêtre et, cramponnée des deux mains aux rideaux, elle se pencha pour vomir dans l'épais feuillage du jeune magnolia qui poussait dans la cour. Elle fut ainsi secouée de plusieurs violents haut-le-cœur, qui la laissèrent épuisée et le visage souillé de larmes et de sueur. Puis elle se laissa glisser à terre en un misérable petit tas.

Elle s'essuya les lèvres du revers de la main, mais ce geste las n'effaçait pas l'amertume qu'elle avait dans la bouche. Si seulement je pouvais boire de l'eau, songea-t-elle. A cette seule idée, son estomac se contracta de nouveau, et elle eut un haut-le-cœur.

Posant ses deux mains sur son ventre, Scarlett fondit en larmes. J'ai dû manger quelque chose, hier, que la chaleur avait gâté. Je vais mourir là comme un chien. Elle respirait avec difficulté. Si seulement elle avait pu desserrer son corset; il écrasait son estomac dou-

loureux, l'empêchait de respirer. Les baleines rigides l'emprison-
naient comme une cruelle cage de fer.

Jamais elle ne s'était sentie aussi mal.

Elle distinguait les voix de la famille, en bas. Maureen demanda
où elle était, Kathleen répondit qu'elle allait bientôt descendre. Puis
une porte claqua, et elle entendit Colum. Il s'enquérait également
d'elle. Elle serra les dents. Il fallait se lever. Il fallait descendre. Elle
ne voulait surtout pas qu'on la retrouve ainsi, pleurant comme un
bébé parce qu'elle avait trop festoyé. Elle essuya ses larmes avec le
bas de sa jupe, et se força à se relever.

— La voilà, déclara Colum en voyant Scarlett paraître dans l'encadrement de la porte.

Puis il se précipita.

— Pauvre Scarlett, vous avez l'air de marcher sur du verre pilé.
Voyons, laissez-moi vous installer confortablement.

Avant qu'elle eût pu répondre un seul mot, il la souleva et alla la
déposer sur le siège que Maureen se hâtait d'approcher de l'âtre.

Tout le monde s'affaira aussitôt, oubliant le petit déjeuner, et en
quelques instants Scarlett se retrouva les pieds sur un coussin, avec
une tasse de thé entre les mains. Elle refoula ses larmes, des larmes
de bonheur et de lassitude. C'était si bon de se faire dorloter, d'être
aimée. Elle se sentait déjà mille fois mieux. Elle but avec précaution
une petite gorgée de thé, et le trouva bon.

Elle en but une deuxième tasse, puis une troisième avec une
tranche de pain grillé. Mais elle évitait de regarder le poisson frit et
les pommes de terre. Personne ne parut s'en rendre compte : il y
avait tellement de bousculade pour répartir les livres et les gamelles
entre les enfants avant de les expédier à l'école.

Quand la porte se fut refermée sur eux, Jamie embrassa Maureen
sur les lèvres, Scarlett sur le front, et Kathleen sur la joue.

— Maintenant, je vais au magasin, dit-il. Il faut ranger les décorations, et mettre en bonne place sur le comptoir le remède pour les
maux de tête, afin que tous les malheureux qui en ont besoin
puissent aisément y avoir recours. C'est bien beau de faire la fête,
mais les lendemains sont parfois joliment douloureux.

Scarlett pencha la tête pour dissimuler sa rougeur.

— Ne bouge surtout pas, Scarlett, recommanda Maureen. Kathleen et moi allons nettoyer la cuisine en un rien de temps, puis nous
irons au marché pendant que tu te reposeras un peu. Colum O'Hara,

toi aussi, reste où tu es ; je ne veux pas t'avoir dans les jambes. Et puis je veux aussi en profiter ; je n'ai pas souvent l'occasion de te voir. S'il n'y avait pas l'anniversaire de la vieille Katie Scarlett, je te supplierais de ne pas repartir si vite pour l'Irlande.

— Katie Scarlett ? répéta Scarlett.

Maureen laissa tomber son torchon.

— Et personne n'a pensé à te le dire ? Ta grand-mère, dont tu portes le nom, va fêter son centième anniversaire le mois prochain.

— La langue toujours aussi bien pendue que lorsqu'elle était jeune fille, gloussa Colum. C'est une chose dont tous les O'Hara peuvent s'enorgueillir.

— Je serai là-bas à temps pour la fête, dit Kathleen.

Elle rayonnait de bonheur.

— Oh, que je voudrais y aller, s'exclama Scarlett. Papa racontait tellement d'histoires sur elle.

— Mais vous pouvez, Scarlett chérie, dit Colum. Pensez à la joie que ce serait pour votre grand-mère.

Kathleen et Maureen accoururent auprès de Scarlett pour la tenter, insister, la cajoler, et Scarlett en fut tout étourdie. Pourquoi pas ? commençait-elle à se dire.

Quand Rhett viendrait la chercher, elle serait obligée de retourner à Charleston. Pourquoi ne pas retarder un peu ce moment ? Elle détestait Charleston. Les robes ternes, les visites et les réunions interminables, les murs de politesse qui l'excluaient, les murs des maisons délabrées et des jardins en ruine qui l'enfermaient. Elle détestait la façon de parler des gens de Charleston – ces voyelles fades et traînantes, ces sempiternelles histoires de cousins et d'ancêtres, les mots en français, en latin, et en Dieu sait quoi encore, cette manie de toujours connaître des endroits où elle n'avait jamais mis les pieds, des gens dont elle n'avait jamais entendu parler, et des livres qu'elle n'avait jamais lus. Elle détestait cette société – les carnets de bal, et cette façon de se mettre en rang pour accueillir les invités, les règles de bienséance qu'elle était censée connaître mais qu'elle ignorait, l'immoralité qu'ils acceptaient, et l'hypocrisie qui la condamnait pour des péchés qu'elle n'avait jamais commis.

Je ne veux plus porter de robes ternes et dire « Oui, madame », à de vieilles toupies dont le grand-père maternel était un héros de Charleston ou Dieu sait quoi d'autre. Je ne veux plus passer tous mes dimanches matin à écouter mes tantes se chamailler. Je ne veux plus avoir à me dire que le bal de la Sainte-Cécile est le plus beau moment de ma vie. J'aime beaucoup mieux la Saint-Patrick.

Scarlett se mit à rire.

— Je vais y aller ! déclara-t-elle.

Elle se sentait soudain parfaitement rétablie. Elle se leva pour serrer Maureen sur son cœur, oubliant déjà qu'elle avait mal aux pieds. Charleston pourrait bien attendre son retour. Et Rhett aussi. Elle l'avait assez attendu. Pourquoi n'irait-elle pas rendre visite au reste de sa famille O'Hara ? La traversée ne durait que deux semaines et un jour sur un grand voilier, pour aller à cette autre Tara. Elle pourrait mener quelque temps la vie heureuse d'une Irlandaise avant de s'établir sous le joug de Charleston.

Ses petits pieds meurtris se mirent à battre au rythme de la gigue.

Deux jours plus tard, elle pouvait à nouveau danser des heures, à la fête donnée en l'honneur de Stephen, qui était revenu de Boston. Et, peu de temps après, elle se retrouvait en voiture découverte avec Colum et Kathleen, en route vers les quais de Savannah.

Les préparatifs n'avaient présenté aucune difficulté. Les Américains n'avaient nul besoin de passeport pour se rendre dans les îles Britanniques. Ils n'avaient même pas besoin de lettres de crédit, mais Colum insista pour qu'elle en demandât à son banquier. « A tout hasard », dit-il. Il n'expliqua pas quel genre de hasard. D'ailleurs, Scarlett s'en moquait bien. L'aventure l'enivrait.

— Tu es sûr que nous n'allons pas manquer le bateau, Colum ? s'inquiéta Kathleen. Tu es venu nous chercher en retard. Jamie et les autres sont partis à pied depuis déjà une heure.

— J'en suis sûr, tout à fait sûr, répondit Colum d'une voix apaisante. (Il fit un clin d'œil à Scarlett.) Et si j'ai tardé un peu, ce n'était guère ma faute, le Grand Tom MacMahon voulait sceller par un verre ou deux sa promesse concernant l'évêque, et je ne pouvais évidemment pas insulter ce brave homme.

— Si nous manquons le bateau, gémit Kathleen.

— Allons, cesse de te tourmenter, Kathleen chérie. Le capitaine ne fera pas voile sans nous; Seamus O'Brien est un ami de fort longue date. Mais il ne sera pas ton ami si tu qualifies de bateau le *Brian Boru*. C'est un navire, et même un fort beau bâtiment. Tu le verras d'ailleurs toi-même sous peu.

A cet instant précis, la voiture bifurqua sous une voûte et ils plongèrent brusquement, avec force cahots, sur une rampe sombre et glissante. Kathleen poussa un grand cri. Colum se mit à rire. Et l'excitation du moment coupa le souffle à Scarlett.

Ils arrivèrent au fleuve. Le tumulte, la bousculade et le chaos se révélèrent encore plus exaltants que la course folle pour y parvenir. Des vaisseaux de toutes les tailles et de tous les types étaient amarrés à des jetées de bois, en plus grand nombre encore qu'à Charleston.

Des charrettes lourdement chargées et tirées par des chevaux faisaient résonner leurs roues de fer ou de bois sur les pavés de l'immense quai dans un tintamarre incessant. Des hommes criaient. Des tonneaux roulaient sur des glissières en bois pour atterrir dans un fracas assourdissant sur les ponts des navires. Un vaisseau à vapeur émettait un sifflement perçant, un autre faisait retentir une cloche tonitruante. Une file de porteurs nu-pieds chantaient sous leur chargement de balles de coton. Des pavillons de couleurs vives et des pavois arrogants battaient au vent. Des mouettes tournoyaient en criant.

Leur conducteur se mit debout et son fouet claqua. La voiture fit un bond en avant, écartant la foule des badauds. Scarlett riait de plaisir à sentir le vent. Ils contournèrent une masse compacte de tonneaux, dépassèrent bruyamment une charrette très lente, et s'immobilisèrent dans une dernière embardée.

— J'espère que vous n'escomptez pas de supplément pour les cheveux blancs que vous m'avez fait pousser sur la tête, déclara Colum au conducteur.

Il sauta à bas de la voiture et tendit sa main à Kathleen pour l'aider à descendre.

— Tu n'as pas oublié ma caisse, Colum ? questionna-t-elle.

— Tout l'attirail est là depuis belle lurette, ma chérie. Allez, va donner un baiser d'adieu à tes cousines. (Il lui montra Maureen.) Tu ne peux pas manquer ces cheveux roux qui flamboient comme un phare.

Tandis que Kathleen s'élançait, il s'adressa à Scarlett à voix basse.

— Vous n'oublierez pas ce que je vous ai dit pour le nom, n'est-ce pas, Scarlett chérie ?

— Je n'oublierai pas.

Elle souriait, enchantée de cette inoffensive conspiration.

« Vous serez Scarlett O'Hara et nulle autre, sur le navire comme en Irlande, lui avait-il dit avec un autre petit clin d'œil. Cela n'a rien à voir avec vous ni avec les vôtres, Scarlett chérie, mais Butler est un nom extrêmement célèbre en Irlande. Célèbre et détesté. »

Scarlett n'y voyait aucun inconvénient. Elle profiterait du nom O'Hara aussi longtemps qu'elle le pourrait.

Comme l'avait annoncé Colum, le *Brian Boru* était un superbe navire. Sa coque blanche étincelait, rehaussée de volutes dorées. Le capot vert émeraude de l'énorme roue à aubes s'ornait également de dorures, et le nom du vaisseau était tracé en lettres d'or dans un cadre de flèches dorées. Le pavillon anglais flottait au sommet de son mât, mais un grand étendard vert orné d'une harpe dorée claquait au mât de misaine. C'était un vaisseau de luxe, correspondant aux goûts somptueux des Américains qui se rendaient en Irlande par nostalgie – pour voir les villages où étaient nés leurs ancêtres émigrants – ou pour parader et visiter dans leurs plus beaux atours les villages dans lesquels eux-mêmes étaient nés. Les salons et salles d'apparat étaient trop grands et trop richement décorés. L'équipage était dressé à satisfaire tous les désirs. Et les soutes semblaient absurdement vastes, comparées à celles des autres navires de passagers, parce que les Américains emportaient des cadeaux pour tous leurs parents, puis rentraient de leur visite, chargés de souvenirs. Les porteurs traitaient chaque malle et chaque caisse comme si elle eût contenu du cristal. Et c'était souvent le cas. Il n'était pas rare de voir de riches épouses d'origine irlandaise, américaines depuis trois générations, éclairer chaque pièce de leurs nouvelles maisons avec des lustres en cristal de Waterford.

Une large passerelle bordée d'un solide bastingage recouvrait la roue à aubes. Scarlett s'y posta avec Colum et une poignée d'autres passagers pour adresser à ses cousins un dernier salut. Ils n'avaient eu le temps de procéder qu'à des adieux hâtifs sur le quai, car le *Brian Boru* ne devait pas manquer la marée descendante. Elle envoya des baisers exaltés à tous les O'Hara. Les enfants n'étaient pas allés à l'école ce matin-là, et Jamie avait même fermé le magasin pour une heure, afin de pouvoir venir, avec Daniel, assister au départ.

Un peu en retrait des autres se tenait Stephen, toujours silencieux. Il leva une fois le bras, à l'adresse de Colum.

Ce signal indiquait qu'on avait ouvert les malles de Scarlett entre la maison et le port. Au milieu du papier de soie, des jupons et des robes, se trouvaient les fusils, soigneusement graissés et emballés, et les caisses de munitions qu'il avait achetés à Boston.

De même qu'avant eux leurs pères, leurs grands-pères et de nombreuses générations, Stephen, Jamie, Matt, Colum, et l'oncle James s'opposaient tous activement à la domination anglaise sur l'Irlande. Depuis plus de deux cents ans, les O'Hara avaient risqué leur vie en combattant et parfois même en tuant leurs ennemis lors de petites escarmouches sans lendemain. Il y avait seulement dix ans qu'une organisation véritable commençait à se développer. Disciplinés et dangereux, financés depuis l'Amérique, les *Fenians* ne tarderaient pas à être connus dans toute l'Irlande. Héroïques aux yeux des paysans, véritables bêtes noires des propriétaires terriens anglais, ils n'étaient pour l'armée anglaise que des révolutionnaires tout juste bons à pendre.

Colum O'Hara était le meilleur collecteur de fonds et l'un des principaux chefs du mouvement clandestin des *Fenians*.

LIVRE IV

La tour

CHAPITRE 47

Le *Brian Boru* avançait majestueusement entre les rives de la Savannah, tiré par des remorqueurs à vapeur. Parvenu à l'océan Atlantique, il salua d'un long coup de sifflet le départ des remorqueurs, et déploya son immense voilure. Des acclamations retentirent parmi les passagers quand l'étrave du navire fendit les flots gris-vert de l'estuaire et que la roue à aubes se mit en mouvement.

Côte à côte, Scarlett et Kathleen regardèrent le littoral plat s'estomper rapidement en une brume d'un vert doux puis disparaître.

Qu'ai-je fait là? songea Scarlett dans un bref accès d'effroi en s'agrippant au bastingage. Puis elle contempla devant elle l'étendue infinie de l'océan qui scintillait au soleil, et les battements de son cœur se firent plus rapides à la perspective de l'aventure.

— Oh! s'écria Kathleen, puis elle gémit.

— Qu'y a-t-il? s'inquiéta Scarlett.

— Oooh. J'avais oublié le mal de mer.

Scarlett se retint de rire. Elle passa son bras autour de la taille de Kathleen et la conduisit à leur cabine. Ce soir-là, la place de Kathleen à la table du capitaine demeura vide. Mais Scarlett et Colum firent honneur au repas gargantuesque qui leur fut servi, après quoi Scarlett porta une tasse de bouillon à sa malheureuse cousine, et le lui fit ingurgiter à la cuiller.

— Tout ira bien dans un jour ou deux, promit Kathleen d'une voix affaiblie. Tu n'auras pas à me soigner trop longtemps.

— Ne dis pas de sottises et bois encore une gorgée, répliqua Scarlett.

Dieu merci, se disait-elle, je n'ai pas l'estomac fragile. Et je suis tout à fait guérie de mon empoisonnement de la Saint-Patrick, sans quoi je n'aurais pas pu prendre autant de plaisir à mon dîner.

Brusquement réveillée comme les premiers filaments rouges de l'aube apparaissaient à l'horizon, elle s'élança avec une précipitation gauche dans les commodités attenantes à la cabine. Là, elle tomba à genoux et se mit à vomir dans la cuvette en porcelaine fleurie qui était encastrée dans l'élégante *chaise privée* en acajou.

Elle ne pouvait pas avoir le mal de mer. Non, pas elle. Pas quand elle aimait tant naviguer. Alors qu'à Charleston elle n'avait pas éprouvé le moindre inconfort quand la minuscule embarcation, en pleine tempête, s'était tour à tour dressée sur la crête des lames puis enfoncée dans le trou de la vague. Le *Brian Boru* était stable comme un roc, comparé à cela. Elle n'imaginait pas à quoi était dû son malaise...

... Lentement, lentement, Scarlett releva la tête et sortit de sa prostration. Sa bouche s'ouvrit et ses yeux s'écarquillèrent à cette idée. Un frisson d'excitation la parcourut, chaud et réconfortant, et elle se mit à rire au plus profond d'elle-même.

Je suis enceinte. Je suis enceinte! Je me rappelle, c'est exactement ce qu'on ressent.

Scarlett s'adossa à la cloison et s'étira voluptueusement. Oh, je me sens divinement bien. Tant pis si j'ai l'estomac en capilotade, je me sens divinement bien. Je tiens Rhett, à présent. Il m'appartient. Que je suis donc impatiente de l'avertir.

Des larmes de bonheur lui inondèrent soudain le visage, et ses mains se portèrent instinctivement à son ventre pour protéger la vie nouvelle qui s'y développait. Oh, qu'elle désirait cet enfant. Le bébé de Rhett. Leur bébé. L'enfant serait fort, elle le savait, elle sentait déjà poindre sa force minuscule. Un petit être téméraire, comme Bonnie.

Les souvenirs envahirent Scarlett. La petite tête de Bonnie tenait dans sa main, à peine plus grosse que celle d'un chaton. L'enfant tenait dans la grande main de Rhett, telle une poupée. Comme il l'avait aimée. Son large dos penché au-dessus du berceau, sa voix profonde qui faisait des petits bruits de bébé – jamais aucun homme au monde n'avait été aussi entiché d'un bébé... Il allait être tellement heureux, quand elle le lui dirait. Elle voyait déjà ses yeux sombres étinceler de joie, son sourire de pirate resplendir.

A cette pensée, le visage de Scarlett s'illumina. Je suis heureuse aussi, songea-t-elle. C'est ce qu'on est censée éprouver quand on attend un enfant, d'après Melly.

– Oh, mon Dieu, soupira-t-elle à voix haute. Melly est morte en essayant d'en avoir un et, d'après ce que m'a dit le Dr Meade, mes entrailles sont sens dessus dessous depuis que j'ai fait cette fausse couche. C'est pour cela que je n'ai pas pu me rendre compte que j'étais enceinte. Et si la naissance de ce bébé me tuait ? Oh, mon Dieu, je vous en prie, je vous en supplie, ne me faites pas mourir juste au moment où je vais enfin avoir ce qu'il me faut pour être heureuse.

Elle se signa à plusieurs reprises, dans un élan confus où se mêlaient la supplication, l'offrande, et la superstition.

Puis elle secoua la tête avec courroux. Que faisait-elle là ? Qu'elle était sotte ! Elle était solide, et en excellente santé. Pas du tout comme Melly. Mama disait toujours que c'était une honte, cette manière de mettre un bébé au monde sans plus de façons qu'une chatte de gouttière. Elle s'en tirerait très bien, et le bébé se porterait comme un charme. Et sa vie se déroulerait fort bien aussi, avec Rhett qui l'aimerait, et qui aimerait leur bébé. Ils formeraient la famille la plus heureuse, la plus aimante du monde entier. Seigneur, elle n'avait même pas pensé à Eleanor Butler. Pour ce qui était d'aimer les bébés ! Eleanor allait en faire sauter les boutons de sa robe, tellement elle serait fière. Je la vois d'ici, au marché, racontant la nouvelle à tout le monde, même au vieux balayeur bossu. Tout Charleston va parler de ce bébé bien avant qu'il ait poussé son premier cri.

... Charleston... Voilà où je devrais aller. Pas en Irlande. Je veux voir Rhett, lui annoncer la nouvelle.

Le *Brian Boru* pourrait peut-être faire escale ici. Le capitaine est un ami de Colum. Colum pourrait le persuader de lui rendre ce service. Les yeux de Scarlett étincelèrent. Elle se redressa, se lava le visage et se rinça la bouche pour en chasser l'aigreur. Il était trop tôt pour aller trouver Colum, et elle retourna donc au lit pour réfléchir, adossée à ses oreillers.

Quand elle se leva, Kathleen vit que Scarlett dormait, un sourire satisfait aux lèvres. Pourquoi ne pas profiter de tout ? s'était-elle dit. Inutile de parler au capitaine. Elle pouvait aller voir sa grand-mère et sa famille irlandaise. Elle pouvait vivre l'excitante aventure que représentait la traversée de l'océan. Rhett l'avait fait attendre longtemps à Savannah. Eh bien, à son tour d'attendre, avant qu'elle lui parle du bébé. Il restait encore des mois et des mois avant la naissance. Elle avait tout de même le droit de s'amuser un peu avant de retourner à Charleston. C'était réglé comme du papier à musique, elle savait parfaitement que, là-bas, on ne lui laisserait pas mettre le nez dehors. Les dames en situation intéressante étaient censées ne pas se faire remarquer.

Non, elle allait d'abord s'offrir la visite en Irlande. Jamais elle ne retrouverait une occasion pareille.

Et puis le *Brian Boru* l'enchantait. Ses nausées matinales n'avaient jamais duré plus d'une semaine, pour ses autres enfants. Ce serait sûrement bientôt fini. De même que Kathleen, elle irait très bien d'ici un jour ou deux.

La traversée de l'Atlantique sur le *Brian Boru* se déroulait comme un perpétuel samedi soir à Savannah chez les O'Hara – en plus grand. Scarlett commença par en raffoler.

A Boston et à New York, un grand nombre de passagers embarquèrent, mais ils n'avaient pas du tout l'air de Yankees, songea Scarlett. Ils étaient irlandais, et fiers de l'être. Ils débordaient de cette vitalité si séduisante chez les O'Hara, et profitaient de tout ce que le bateau leur offrait. Tout au long de la journée il y avait des choses à faire : des tournois de dames, des parties de galets endiablées sur le pont, et des jeux de hasard très appréciés, par exemple des paris sur le nombre de milles qu'on parcourrait le lendemain. Le soir, ils chantaient avec les musiciens professionnels et dansaient avec ardeur toutes les gigues irlandaises et les valses viennoises.

Même quand on avait fini de danser, on continuait à s'amuser. Il y avait toujours une partie de whist dans le Salon de Jeu des Dames, et Scarlett était régulièrement invitée à y participer. A l'exception du café rationné de Charleston, les enjeux étaient plus élevés que tout ce qu'elle avait vu ailleurs, et l'excitation la fouettait à chaque levée de cartes. Le montant de ses gains était également plus élevé que jamais. Les passagers du *Brian Boru* étaient la vivante preuve du fait que l'Amérique était la terre de toutes les possibilités, et ils ne voyaient pas d'inconvénient à dépenser leur fortune récemment acquise.

Colum bénéficiait comme elle de ces poches largement ouvertes. Pendant que les femmes jouaient aux cartes, les hommes se retiraient généralement au bar pour boire du whisky et fumer le cigare. C'est là que Colum arrachait des larmes de compassion et de fierté à des yeux habituellement secs et méfiants. Il leur parlait de l'oppression de l'Irlande sous la botte anglaise, énumérait les martyrs de la cause irlandaise, et recevait des sommes considérables pour la Confrérie des *Fenians*.

Traverser sur le *Brian Boru* constituait toujours une entreprise profitable, et Colum faisait le voyage au moins deux fois par an, même si le luxe excessif des salons et l'absurde abondance des repas l'écœuraient secrètement, quand il pensait à la misère et au dénuement des Irlandais d'Irlande.

Dès la fin de la première semaine, Scarlett elle aussi considérait les autres passagers d'un œil réprobateur. Tous, hommes et femmes, changeaient de toilette quatre fois par jour, pour faire étalage des splendeurs coûteuses de leur garde-robe. Scarlett n'avait jamais vu autant de bijoux. Elle se disait qu'elle était bien contente d'avoir laissé les siens dans les coffres de la banque, à Savannah ; ils auraient fait pâle figure en comparaison de ceux qui s'exhibaient chaque soir dans la salle à manger. Mais, en vérité, elle n'était pas contente du tout. Elle avait pris l'habitude d'avoir tout en plus grande quantité que les gens de sa connaissance – une plus grande maison, plus de domestiques, plus de luxe, plus de choses, plus d'argent. Elle trouvait décidément bien désagréable de voir un débordement de luxe plus écrasant que celui qu'elle avait eu coutume d'étaler. A Savannah, Kathleen, Mary Kate et Helen avaient ingénument révélé leur envie, et tous les O'Hara avaient alimenté son besoin d'être admirée. Ces gens du bord ne l'enviaient pas, ni ne l'admiraient particulièrement. Scarlett n'était pas du tout contente d'eux. Elle n'avait guère de sympathie pour un pays plein d'Irlandais, s'ils se comportaient toujours ainsi. Et si elle entendait encore une fois chanter *La Couleur verte*, elle allait hurler.

— C'est que vous n'êtes pas encore accoutumée aux nouveaux riches américains, Scarlett, dit Colum pour l'apaiser. Vous êtes une grande dame, voilà pourquoi.

C'était exactement la chose à dire.

Une grande dame, c'était ce qu'elle allait devoir être, une fois ce voyage terminé. Elle jouirait de cette dernière période de liberté, et puis elle retournerait à Charleston, elle porterait des vêtements ternes, elle affecterait des manières guindées, et elle se conduirait en dame jusqu'à la fin de ses jours.

Au moins, quand Eleanor et tous les autres à Charleston parleraient de leurs voyages en Europe avant la Guerre, elle ne se sentirait plus aussi isolée. Elle ne dirait pas non plus qu'elle avait horreur de cela. Les dames ne disaient pas ce genre de choses. Sans s'en rendre compte, Scarlett soupira.

— Voyons, Scarlett, ce n'est tout de même pas si affreux que cela ! s'écria Colum. Voyez le bon côté des choses. Vous leur videz leurs poches au jeu.

Elle se mit à rire. C'était vrai. Elle gagnait une fortune – jusqu'à trente dollars, certains soirs. Quand elle raconterait ça à Rhett ! Comme il rirait. Après tout, à une époque, il avait gagné sa vie en jouant sur les bateaux du Mississippi. A bien y songer, c'était une bonne chose qu'il reste encore une semaine à passer en mer. Elle n'aurait pas à dépenser un seul penny de l'argent de Rhett.

L'attitude de Scarlett à l'égard de l'argent était un mélange compliqué d'avarice et de générosité. L'argent avait symbolisé la sécurité pour elle pendant tant d'années, qu'elle surveillait jalousement chaque penny de sa fortune durement gagnée avec une suspicion rageuse à l'encontre de quiconque réclamait, ou semblait vouloir réclamer, le moindre dollar. Et pourtant, elle acceptait sans l'ombre d'une hésitation la charge de ses tantes et de la famille de Mélanie. Elle avait assumé leur entretien quand elle-même se demandait où trouver les moyens de subvenir à ses propres besoins. Et si quelque calamité imprévue survenait, elle continuerait à les protéger, même si elle devait pour cela souffrir de la faim. Elle n'y réfléchissait pas; c'était simplement ainsi.

Ses sentiments à l'égard de l'argent de Rhett étaient tout aussi contradictoires. Étant son épouse, elle dépensait des sommes folles pour la maison de la rue du Pêcher, qui était un véritable gouffre, ainsi que pour sa garde-robe et ses plaisirs. Mais pour le demi-million qu'il lui avait donné, c'était différent. Inviolable. Elle entendait le lui restituer intact le jour où ils redeviendraient vraiment mari et femme. Il le lui avait offert en contrepartie de la séparation, et elle ne pouvait pas l'accepter puisqu'elle n'acceptait pas la séparation.

Elle était contrariée d'avoir dû l'entamer en prévision des frais du voyage. Tout était arrivé si vite qu'elle n'avait pas eu le temps de faire venir d'Atlanta son argent à elle. Mais elle avait mis une note de rappel dans son coffre, à Savannah, avec l'or qui restait, et elle était bien déterminée à dépenser le moins possible de ces pièces d'or qui lui maintenaient à présent le dos droit et la taille fine, cousues dans les rainures qui avaient naguère contenu des baleines d'acier. Il valait beaucoup mieux gagner au whist et disposer pour ses dépenses de son propre argent. Bah, d'ici une semaine, avec un peu de chance, elle aurait encore ajouté cent cinquante dollars à son petit magot.

Mais, cependant, elle était impatiente de voir la fin de ce voyage. Même avec ses voiles tendues et gonflées par le vent, le *Brian Boru* était trop gros pour qu'elle retrouve l'excitation dont elle se souvenait encore, lorsqu'ils avaient couru devant la tempête dans le port de Charleston. Et elle n'avait même pas vu un seul dauphin, malgré les poétiques promesses de Colum.

– Les voilà, Scarlett chérie!

La voix habituellement calme et mélodieuse de Colum s'éleva brusquement, pleine d'enthousiasme; il prit Scarlett par le bras et l'entraîna jusqu'au bastingage.

– Notre escorte est là, nous verrons bientôt la terre.

Au-dessus du navire, les premières mouettes tournoyaient. Scarlett se serra spontanément contre Colum, quand il lui montra au loin les silhouettes luisantes et argentées sur la mer. C'étaient enfin des dauphins.

Beaucoup plus tard, coiffée de son chapeau favori, elle s'efforçait de le retenir sur sa tête malgré les rafales de vent, debout entre Colum et Kathleen pour assister à l'entrée dans le port, qui se faisait à la vapeur. Scarlett contempla avec effarement l'île rocheuse à tribord. Il paraissait impossible que rien pût tenir tête à la violence des vagues qui venaient y battre et de l'écume qui s'élevait en tourbillons, fût-ce cette muraille de roche escarpée. Elle était habituée aux vallonnements doux du comté de Clayton. Jamais elle n'avait rien vu d'aussi exotique que cette falaise à pic.

– Personne n'essaie de vivre là, j'imagine? demanda-t-elle à Colum.

– En Irlande, pas une parcelle de terre n'est à l'abandon, répondit-il. Mais il faut une âme joliment trempée pour se dire chez soi à Inishmore.

– Inishmore.

Scarlett répéta ce nom si étrange et si beau. On aurait dit une musique. Cela ne ressemblait à aucun nom qu'elle eût jamais entendu.

Elle ne disait plus rien; Colum et Kathleen non plus. Chacun était plongé dans ses pensées, contemplant l'immensité bleue et scintillante de la baie de Galway.

Les yeux fixés sur l'Irlande, Colum sentait son cœur se gonfler d'amour et de souffrance. Comme il le faisait de nombreuses fois par jour, il renouvela son serment de détruire les oppresseurs de sa patrie et de la rendre à son peuple. Il n'éprouvait aucune inquiétude quant aux armes dissimulées dans les malles de Scarlett. Les douaniers de Galway concentraient leur attention sur les cargaisons des navires, pour s'assurer que les taxes douanières dues au Gouvernement britannique étaient payées. Ils allaient encore ricaner en regardant le *Brian Boru*. C'était ce qu'ils faisaient toujours. Les parvenus irlando-américains flattaient leur sentiment de supériorité sur les deux espèces – irlandaise et américaine. Mais même dans ces conditions, Colum se félicitait d'avoir réussi à convaincre Scarlett de venir. Ses jupons cachaient bien mieux les fusils que ne le faisaient les dizaines de paires de bottines et les calicots qu'il rapportait. Et peut-être même qu'elle ouvrirait un peu les cordons de sa bourse, quand elle verrait la misère de son peuple. Il ne nourrissait pas trop d'espoirs, il était réaliste, et il avait jaugé Scarlett au premier coup d'œil. Mais il ne l'aimait pas moins malgré son égocentrisme. Il était prêtre et pardonnait les faiblesses humaines. Tant que les humains n'étaient pas anglais. En vérité, même quand il la manipulait, Colum aimait beaucoup Scarlett, comme il aimait tous les enfants O'Hara.

Kathleen se cramponnait au bastingage. Si je ne me retenais pas, songeait-elle, je sauterais par-dessus bord pour y aller à la nage, tellement je suis heureuse de rentrer en Irlande. Je sais bien que j'y arriverais plus vite que le bateau. Je rentre, je rentre chez moi...

Scarlett, le souffle coupé, émit un petit bruit de déglutition. Il y avait un château sur cette île basse et minuscule. Un château! Ce ne pouvait être que cela, avec ces choses comme des dents, au sommet. Peu importait qu'il fût à moitié démoli. C'était un château, un vrai comme dans les livres d'enfants... Elle était décidément très impatiente de découvrir cette fameuse Irlande!

Lorsque Colum l'escorta au bas de la passerelle, elle se rendit compte qu'elle entrait dans un monde totalement différent. Il régnait une activité intense sur les quais, comme à Savannah, avec la foule, le vacarme, le va-et-vient menaçant des chariots et des porteurs qui chargeaient et déchargeaient des barriques, des caisses, des balles de marchandises. Mais ces hommes étaient tous blancs, et ils criaient entre eux dans une langue qui n'avait aucun sens pour Scarlett.

— C'est le gaélique, lui expliqua Colum, l'ancienne langue irlandaise. Mais ne vous inquiétez pas, on ne connaît plus guère cette langue en Irlande, sauf ici, dans l'ouest. Tout le monde parle anglais, vous n'aurez aucun problème.

Comme pour lui donner tort, un homme s'adressa à lui avec un accent si prononcé que Scarlett ne s'aperçut pas qu'il parlait anglais.

Colum rit de bon cœur quand elle le lui avoua.

— C'est une sonorité curieuse, pour sûr, dit-il. Mais c'est bel et bien de l'anglais. L'anglais comme le parlent les Anglais, du fond du nez, comme si ça les étranglait. C'était un sergent de Sa Majesté.

Scarlett pouffa.

— Je l'avais pris pour un marchand de boutons.

La veste d'uniforme étroite et courte du sergent s'ornait de décorations compliquées, avec plus d'une douzaine d'épaisses tresses d'or qui lui barraient la poitrine, chacune fixée aux deux extrémités par des boutons de cuivre admirablement astiqués. Elle trouvait que cela avait grande allure.

Elle passa son bras sous celui de Colum.

— Je suis tellement heureuse d'être venue, lui dit-elle.

Elle était sincère. Tout était si différent, si nouveau. Elle comprenait maintenant pourquoi les gens aimaient tant voyager.

— Nos bagages seront livrés à l'hôtel, annonça Colum en rejoignant Scarlett et Kathleen, assises sur le banc où il les avait laissées.

Tout est arrangé. Et demain nous prendrons la route à destination de Mullingar et de la maison.

— Dommage que nous ne puissions pas y aller tout de suite, dit Scarlett avec une note d'espoir dans la voix. Il est encore tôt — à peine midi.

— Mais le train partait à huit heures du matin, chère enfant. C'est un très bon hôtel, et l'on y mange fort bien.

— Je me souviens, renchérit Kathleen. Cette fois-ci, je ferai honneur à toutes ces merveilleuses friandises.

Elle rayonnait de bonheur. Scarlett reconnaissait à peine la jeune fille qu'elle avait connue à Savannah.

— En partant, reprit Kathleen, j'étais bien trop triste pour avaler la moindre bouchée. Oh, Scarlett, tu ne peux pas imaginer ce que cela représente pour moi, de sentir sous mes pieds la terre irlandaise. J'ai envie de m'agenouiller pour baiser le sol.

— Venez, mes filles, intervint Colum. Nous ne serons pas seuls à vouloir une voiture de louage, étant donné que c'est aujourd'hui samedi, jour de marché.

— Jour de marché? répéta Scarlett en écho.

Kathleen battit des mains.

— Jour de marché dans une grande ville comme Galway! Oh, Colum, ce doit être extraordinaire.

Pour Scarlett, ce fut en effet extraordinaire, grisant et nouveau. La pelouse entière de la grand-place, devant l'hôtel de la Gare, grouillait d'une vie colorée. Quand leur voiture les déposa devant le perron de l'hôtel, Scarlett supplia Colum de commencer par le marché, on verrait les chambres et on déjeunerait plus tard. Kathleen joignit ses prières à celles de Scarlett.

— Nous trouverons à manger tout ce que nous voudrons sur les étals, Colum, et puis je voudrais rapporter des bas aux filles. On ne trouve rien de tel en Amérique, sans quoi je les aurais déjà achetés. Brigid meurt d'envie d'en avoir, je le sais bien.

Colum sourit.

— Et Kathleen O'Hara en mourrait, elle aussi, d'envie, que je n'en serais pas surpris. Eh bien, soit. Prends bien garde à ne pas perdre cousine Scarlett. As-tu de l'argent?

— Une pleine poignée, Colum. C'est Jamie qui me l'a donné.

— Mais c'est de l'argent américain, Kathleen. Tu ne peux pas t'en servir ici.

Prise de panique, Scarlett empoigna le bras de Colum. Que voulait-il dire? Son argent ne valait-il rien ici?

— Ce n'est pas la même monnaie, voilà tout, Scarlett. Vous trouverez l'argent anglais beaucoup plus amusant. Je vais aller vous l'échanger. Combien voulez-vous?

– J'ai tous mes gains du whist. En billets verts.

Elle prononça le mot avec un mépris rageur. Tout le monde savait que les billets verts ne valaient pas les chiffres écrits dessus. Elle aurait dû obliger les perdants à payer en pièces d'argent ou d'or. Elle ouvrit son sac et en tira la liasse de coupures de cinq, de dix, et d'un dollar.

– Changez-moi cela, si vous pouvez, dit-elle en tendant l'argent à Colum.

Il haussa les sourcils.

– Tout cela ? Je suis heureux que vous ne m'ayez jamais proposé de jouer aux cartes avec vous, cousine chérie. Vous devez avoir là près de deux cents dollars.

– Deux cent quarante-sept.

– Regarde cela, Kathleen, ma mignonne. Jamais tu ne reverras autant d'argent en une seule fois. Veux-tu le tenir dans ta main ?

– Oh non, je n'oserais pas.

Elle recula en mettant ses mains dans son dos, fixant sur Scarlett des yeux effarés.

On croirait que c'est moi qui suis verte, et non les billets, songea Scarlett, agacée. Deux cents dollars n'étaient pas une telle somme. C'était pratiquement ce qu'avaient coûté ses fourrures. Jamie devait bien ramasser au moins deux cents dollars par mois, dans son magasin.

– Voilà, dit Colum en tendant la main. Quelques shillings pour chacune. Vous pouvez faire vos emplettes pendant que je vais à la banque, puis nous nous retrouverons à un étal de pâtés pour manger quelque chose.

Il leur désigna un étendard jaune qui flottait dans l'air, au centre de la place.

Scarlett suivit des yeux la direction de son doigt, et son cœur chavira. Entre le perron de l'hôtel et la place, la rue était pleine de bétail qui avançait lentement. Elle ne pourrait jamais traverser !

– Je vais t'aider, déclara Kathleen. Voici mes dollars, Colum. Viens, Scarlett, donne-moi la main.

La jeune fille si timide de Savannah avait disparu : Kathleen était de retour chez elle. Ses joues resplendissaient et ses yeux aussi. Son sourire était lumineux comme le soleil.

Scarlett protesta, tenta de s'esquiver, mais Kathleen ne voulut rien savoir. Elle se fraya un chemin au milieu du troupeau en tirant Scarlett derrière elle. En quelques secondes, elles furent sur la pelouse. Scarlett n'eut guère le temps de crier sa peur au milieu des vaches ni de crier sa fureur à Kathleen. Et là, à peine fut-elle arrivée sur la place, la fascination eut tôt fait de lui faire oublier peur ou colère.

Elle avait aimé les marchés de Charleston et de Savannah pour leur animation, leurs couleurs et le choix de marchandises qu'on y trouvait. Mais ce n'était rien en comparaison du jour de marché à Galway.

Où qu'elle portât les yeux, il se passait quelque chose. Des hommes et des femmes marchandaient, achetaient, vendaient, discutaient, riaient, vantaient, critiquaient, se consultaient – et tout cela à propos de moutons, d'agneaux, de poulets, de coqs, d'œufs, de vaches, de cochons, de beurre, de crème, de chèvres, d'ânes. « Que c'est mignon ! » s'exclamait Scarlett devant des agneaux aux pattes frêles... des paniers pleins de porcelets roses qui piaillaient... des ânons au poil doux, avec leurs longues oreilles doublées de rose... – et aussi devant les vêtements colorés qu'arboraient par dizaines les jeunes filles et les femmes, partout autour d'elle. A la première qu'elle aperçut, Scarlett crut qu'il s'agissait d'un déguisement; elle en vit une autre, et une autre encore, et finit par se rendre compte qu'elles étaient presque toutes habillées ainsi. Elle comprenait, à présent, pourquoi Kathleen avait parlé de bas! Partout où elle regardait, elle voyait des chevilles et des mollets allégrement rayés de jaune et de bleu, de rouge et de blanc, de jaune et de rouge, de blanc et de bleu. Les filles de Galway portaient des souliers bas en cuir noir, et non des bottines, et leurs jupes laissaient voir quatre à six pouces de cheville. Et quelles jupes! Amples, mouvantes, colorées comme leurs bas, en bleu, jaune, rouge ou vert vif uni. Leurs corselets étaient de teintes plus foncées, mais colorés tout de même, avec de longues manches boutonnées, et elles avaient des fichus de lin blanc empesé, repliés et épinglés sur le devant.

– Kathleen, je veux des bas aussi! et puis une jupe. Et un corselet, avec un fichu. Il faut que j'en aie. C'est ravissant!

Kathleen eut un sourire radieux.

– Alors, les vêtements irlandais te plaisent, Scarlett? Quelle joie! Tu es toujours tellement élégante que je pensais que tu te moquerais de nos habits.

– Comme je voudrais pouvoir m'habiller ainsi tous les jours! Est-ce là ce que tu portes, chez toi? Quelle chance, je ne m'étonne plus que tu aies tant souhaité rentrer.

– C'est la tenue de fête, pour aller au marché et faire tourner la tête aux gars. Je vais te montrer aussi des vêtements de tous les jours. Viens.

Kathleen reprit Scarlett par le poignet, et l'entraîna à travers la foule comme elle l'avait entraînée au milieu du troupeau. Près du centre de la place, sur des tréteaux, étaient étalés des vêtements de femme. Scarlett écarquilla les yeux. Elle aurait voulu acheter tout ce qu'elle voyait.

– Regarde tous ces bas... et ces châles merveilleux, si doux au toucher... bonté divine, quelle dentelle!

Mais sa couturière d'Atlanta aurait pratiquement vendu son âme, pour mettre la main sur des dentelles pareilles. Et voilà donc ces jupes! Oh, les mignonnes! Quelle allure merveilleuse elle aurait, dans cette nuance de rouge – et aussi dans la bleue. Mais attends – il y en avait une autre bleue sur la table à côté, un peu plus foncée. Quelle était la mieux? Oh, et puis des rouges plus doux là-bas – cette abondance de choix lui tournait la tête. Il fallait qu'elle touche à tout – c'était des lainages si moelleux... si épais... vivants de chaleur et de couleur sous sa main gantée. Vite, à la hâte, elle ôta un gant pour mieux sentir la consistance de la laine tissée. Cela ne ressemblait à aucune étoffe qu'elle eût jamais palpée...

– J'attendais devant les pâtés, affamé et l'eau à la bouche, dit Colum en lui prenant le bras. Allons, ne vous affolez pas, Scarlett, vous pourrez revenir.

Il souleva son chapeau pour saluer les femmes en noir qui se tenaient derrière l'étal.

– Que le soleil brille à jamais sur vos belles œuvres, leur dit-il. Je vous prie de pardonner à ma cousine américaine que voici. D'admiration, elle a perdu sa langue. Je vais la nourrir un peu, à présent, et plaise à sainte Brigid qu'elle soit capable de vous parler quand elle reviendra.

Les femmes adressèrent de larges sourires à Colum, en jetant des regards obliques sur Scarlett, et répondirent, « Merci, père », tandis que Colum l'entraînait.

– Kathleen m'a dit que vous aviez perdu la tête, dit-il en riant. Elle vous a tirée au moins dix fois par la manche, la pauvre fille, mais du diable si vous lui avez seulement donné un coup d'œil.

– Je l'avais complètement oubliée, admit Scarlett. Je n'avais jamais vu autant de belles choses rassemblées. Je me disais que j'achèterais un costume pour une fête. Mais je ne sais pas si je pourrai attendre jusque-là pour le porter. Dites-moi la vérité, Colum, pensez-vous que je puisse m'habiller en Irlandaise, pendant mon séjour ici?

– Je ne pense pas que vous deviez faire autrement.

– Que c'est amusant! Quel merveilleux séjour je vais passer ici, Colum. Je suis tellement heureuse.

– Nous en sommes tous ravis, cousine Scarlett.

Elle ne comprenait rien du tout à l'argent anglais. La livre était en papier, et ne pesait guère plus d'une once, tandis que le penny était une énorme pièce, grosse comme un dollar d'argent. Et puis il y avait cette chose, le *tuppence*, qui valait deux pennies et qui était pourtant plus petit qu'un seul. Sans parler des pièces d'un demi-penny, et d'autres qui s'appelaient des shillings... C'était vraiment trop compliqué. Et cela n'avait aucune importance, tout était gratuit, puisque c'était l'argent du whist. La seule chose qui comptait, c'était de comprendre que les jupes coûtaient deux de ces shillings, et les chaussures, un. Les bas ne valaient que quelques pennies. Scarlett confia à Kathleen la bourse pleine de pièces.

— Arrête-moi quand il n'en restera plus, lui dit-elle, et elle entreprit de faire ses achats.

Ils étaient tous trois fort chargés quand ils regagnèrent l'hôtel. Scarlett avait acheté des jupes de toutes les couleurs et de toutes les épaisseurs – les plus fines servaient également de jupons, lui expliqua Kathleen – et des douzaines de paires de bas pour elle-même, pour Kathleen, pour Brigid, et pour toutes les autres cousines dont elle s'apprêtait à faire la connaissance. Elle avait également des blouses, et des kilomètres de dentelle, large, étroite, en cols, en fichus, en petits bonnets fripons. Et puis une longue mante bleue à capuche, ainsi qu'une rouge, parce qu'elle n'arrivait pas à choisir, et encore une noire, parce que Kathleen disait qu'on s'habillait généralement en noir pour la vie de tous les jours, et aussi une jupe noire, pour la même raison, qui pourrait toujours être égayée par des jupons de couleurs vives. Des fichus de lin et des corselets de lin et des jupons de lin – d'une qualité de lin qu'elle n'avait jamais vue – et six douzaines de mouchoirs également en lin. Une quantité de châles – elle n'arrivait plus à compter.

— Je suis exténuée, gémit-elle gaiement en se laissant tomber sur le sofa de leur salon privé, à l'hôtel.

Kathleen lui déposa la bourse sur les genoux. Il restait encore plus de la moitié de l'argent.

— Mon Dieu, s'exclama Scarlett, je sens que je vais adorer l'Irlande.

CHAPITRE 48

Scarlett était enchantée de ses « costumes » multicolores. Elle s'efforça de convaincre Kathleen de « s'habiller » avec elle pour retourner au marché, mais la jeune fille tint bon dans son refus poli d'obtempérer.

— Nous allons dîner tard, suivant la tradition anglaise de l'hôtel, et nous devrons partir de fort bonne heure demain matin. Il y a beaucoup de jours de marché, nous en avons un chaque semaine dans notre village.

— Mais pas comme celui de Galway, à en juger d'après ce que tu m'as dit, répliqua Scarlett.

Kathleen reconnut que la ville de Trim était beaucoup, beaucoup plus petite. Néanmoins, elle ne voulait pas retourner sur la place. Scarlett renonça à contrecœur à la harceler.

La salle à manger de l'hôtel de la Gare était réputée pour la qualité des repas et pour son service. Deux hommes en livrée placèrent Kathleen et Scarlett à une grande table située près d'une fenêtre drapée de lourds rideaux, et se postèrent derrière leurs chaises. Colum dut se contenter du serveur en habit à queue, qui dirigeait le service de leur table. Les O'Hara commandèrent un repas de six plats, et Scarlett se régalait d'une tranche du fameux saumon de Galway nappé d'une sauce délicate, quand elle entendit de la musique sur la place. Elle écarta aussitôt les encombrantes draperies qui masquaient la fenêtre, puis le rideau de soie, et enfin celui d'épaisse dentelle.

— Je le savais! proclama-t-elle. Je savais que nous aurions dû y retourner. On danse sur la place! Allons-y! Vite.

— Scarlett, nous venons juste de nous mettre à table, protesta Colum.

— Taratata! Nous avons mangé à nous rendre malades pendant toute la traversée. S'il est bien une chose dont nous n'avons pas besoin, c'est de faire encore un repas interminable. Je vais vite mettre mon costume et aller danser.

Rien ne put l'en dissuader.

— Je ne te comprends vraiment pas, Colum, dit Kathleen.

Ils étaient assis sur un banc près de l'endroit où l'on dansait, sur la place, pour le cas où Scarlett s'attirerait des ennuis. Vêtue d'une jupe bleue par-dessus des jupons rouge et jaune, elle dansait la gigue comme si elle n'avait fait que cela toute sa vie.

— Qu'est-ce que tu ne comprends pas ?

— Pourquoi sommes-nous installés comme des rois et des reines dans ce luxueux hôtel anglais ? Et puisque nous y sommes, pourquoi n'avons-nous pas pu terminer notre merveilleux dîner ? Ce sera le dernier, pour nous, tu le sais bien. Tu ne pouvais donc pas dire comme moi à Scarlett : non, nous n'irons pas ?

Colum lui prit la main.

— La vérité, petite sœur, c'est que Scarlett n'est pas mûre pour la réalité de l'Irlande, ou plus exactement, celle des O'Hara qui y vivent. J'espère lui faciliter ainsi les choses. Mieux vaut qu'elle voie le costume irlandais comme une joyeuse aventure, que de pleurer en s'apercevant que ses belles traînes en soie barbotent dans la fange. Elle rencontre ici des Irlandais en dansant la gigue, et elle les trouve agréables, malgré leurs vêtements grossiers et leurs mains sales. C'est un événement considérable, même si je dois avouer que je préférerais dormir.

— Mais nous partons demain, n'est-ce pas ?

La nostalgie faisait trembler la voix de Kathleen. Colum lui pressa la main.

— Nous rentrerons chez nous demain, je te le promets. Mais nous voyagerons en wagon de première classe, et tu ne devras pas t'en étonner. D'autre part, je vais installer Scarlett chez Molly et Robert, et tu ne diras rien.

Kathleen cracha par terre.

— Voilà pour Molly et Robert. Mais, tant que c'est Scarlett qui va chez eux et pas moi, je veux bien tenir ma langue.

Colum se renfrogna, mais cela n'avait rien à voir avec sa sœur. L'homme avec qui dansait Scarlett essayait de l'étreindre. Colum ne pouvait évidemment pas savoir que, depuis l'âge de quinze ans, Scarlett était passée maîtresse dans l'art et de provoquer l'intérêt des hommes et d'esquiver leurs avances. Il se leva d'un bond et s'élança vers la piste de danse. Avant même qu'il l'eût rejointe, Scarlett s'était débarrassée de son admirateur. Elle courut au-devant de Colum.

– Êtes-vous enfin venu danser avec moi?

Il saisit les deux mains qu'elle lui tendait.

– Je suis venu vous chercher. Il est largement l'heure d'aller dormir.

Scarlett soupira. Son visage enflammé paraissait rouge vif, sous les lanternes de papier rose. Toute la place était éclairée par les lumières multicolores accrochées aux branches des grands arbres à l'ample feuillage. Avec les violons qui jouaient et la foule qui riait et s'interpellait tout en dansant, Scarlett n'avait pas entendu les paroles exactes de Colum, mais il n'y avait guère à se tromper sur leur sens.

Elle savait qu'il avait raison, mais l'idée de cesser de danser lui brisait le cœur. Jamais encore elle n'avait éprouvé une sensation de liberté aussi enivrante, pas même à la Saint-Patrick. Son costume irlandais était fait pour se porter sans corset, et Kathleen ne l'avait lacée que ce qu'il fallait pour empêcher son corset de lui tomber aux genoux. Elle aurait pu danser ainsi toute une vie sans jamais s'essouffler. Elle ne se sentait pas le moins du monde comprimée, ni même maintenue.

Colum paraissait fatigué, même sous la lumière rose de la lanterne. Scarlett sourit et acquiesça. Elle aurait tout le temps de danser. Elle allait passer deux semaines entières en Irlande, jusqu'à la fin des célébrations du centenaire de sa grand-mère. La vraie Katie Scarlett, la première. Je ne voudrais manquer cette fête pour rien au monde!

Voilà qui est infiniment plus intelligent que les trains de chez nous, songea Scarlett en voyant que les portières s'ouvraient directement sur les compartiments. Comme c'est plaisant, d'avoir sa petite pièce à soi au lieu de prendre place dans un wagon avec une foule d'inconnus. Et puis on n'avait pas à déambuler indéfiniment dans le couloir, quand on montait ou qu'on descendait, ni à supporter des gens qui vous tombaient à moitié sur les genoux en passant devant votre siège. Elle adressa un sourire béat à Colum et Kathleen.

– J'adore vos trains irlandais. J'adore tout ce qui est irlandais.

Elle s'installa confortablement dans les profondeurs de son siège, impatiente de quitter la gare pour voir enfin la campagne. Ce serait forcément très différent de l'Amérique.

L'Irlande ne la décevait pas.

– Mon Dieu, Colum, déclara-t-elle au bout d'une heure de trajet, ce pays est littéralement criblé de châteaux! Il y en a un sur chaque colline, ou presque, et on en voit même en terrain plat. Pourquoi tombent-ils tous en ruine? Pourquoi les gens n'y vivent-ils plus?

– Ils sont pour la plupart très anciens, Scarlett, quatre cents ans ou davantage. Les gens ont trouvé des modes de vie plus confortables.

Elle hocha la tête. C'était logique. Sans doute fallait-il monter et descendre beaucoup d'escaliers dans ces tours. Tout de même, c'était bien romantique. Elle pressa de nouveau son nez contre la vitre.

— Oh, s'exclama-t-elle, quel dommage! Je ne peux plus regarder les châteaux, voilà qu'il se met à pleuvoir.

— Cela ne durera pas, promit Colum.

La pluie cessa, en effet, avant la gare suivante.

— Ballinasloe, lut Scarlett à voix haute. Les villes ont décidément de beaux noms. Comment s'appelle l'endroit où vivent les O'Hara?

— Adamstown, répondit Colum.

L'expression qui se peignit sur les traits de Scarlett le fit rire.

— Non, admit-il, ce n'est pas très irlandais. Je le changerais volontiers pour vous faire plaisir, je le changerais même volontiers pour nous tous, si je le pouvais. Mais le propriétaire est un Anglais, et cela ne lui plairait guère.

— La ville entière appartient à quelqu'un?

— Ce n'est pas une ville, ne voyez là qu'une vantardise d'Anglais. En réalité c'est à peine un village. On lui a donné le nom du fils de l'Anglais qui l'a construit; c'était un petit cadeau pour Adam, cette propriété. Depuis lors, elle se transmet de père en fils. Celui qui la possède en ce moment n'y vient jamais. Il vit à Londres la plupart du temps. C'est son régisseur qui l'administre.

Une nuance d'amertume colorait les paroles de Colum. Scarlett décida qu'il valait mieux ne pas poser de questions. Elle se contenta de guetter les châteaux.

Comme le train ralentissait à l'approche de la gare suivante, elle en aperçut un énorme, qui ne s'était pas effondré du tout. Il était sûrement habité, celui-là. Par un chevalier? Un prince? Pas du tout, rétorqua Colum. Il s'agissait d'une caserne, où logeait un régiment de l'Armée britannique.

Oh, j'ai encore commis une bévue, se dit Scarlett. Kathleen avait rougi.

— Je vais chercher du thé pour nous trois, annonça Colum quand le train s'arrêta.

Il abaissa la vitre et se pencha au-dehors. Kathleen avait les yeux fixés au sol. Scarlett rejoignit Colum à la fenêtre. Quel plaisir de se dégourdir les jambes.

— Asseyez-vous, Scarlett, ordonna-t-il.

Elle obtempéra. Mais elle pouvait encore voir les groupes d'hommes en bel uniforme sur le quai, et la façon dont Colum secouait la tête quand on lui demandait s'il restait des places libres dans le compartiment. Quel homme coriace! Personne ne pouvait voir à l'intérieur, parce que ses épaules bouchaient toute l'ouverture de la fenêtre, mais il y avait trois grandes places disponibles. Il faudrait qu'elle se souvienne de cela, la prochaine fois qu'elle voyagerait dans un train irlandais, si Colum ne l'accompagnait pas.

Au moment où le train repartait, il leur tendit des tasses de thé et une sorte de paquet enveloppé d'un torchon.

— Goûtez cette spécialité irlandaise, dit-il, souriant à présent. C'est un *barm brack*.

L'épaisse toile de lin renfermait de grosses tranches d'un délicieux pain fourré aux fruits. Scarlett mangea même celui de Kathleen, et demanda à Colum si elle pourrait en acheter d'autres à la prochaine station.

— Pouvez-vous rester sur votre faim une demi-heure encore ? Là, nous descendrons du train et nous ferons un vrai repas.

Scarlett accepta de grand cœur. La nouveauté du train et du paysage avec ses châteaux commençait à s'estomper. Elle était prête à arriver.

Mais la pancarte de la gare disait « Mullingar », et non « Adamstown ».

Pauvre ange, répondit Colum, ne l'avait-il donc pas avertie ? On ne pouvait faire en train qu'une partie du trajet. Après le déjeuner, ils effectueraient le reste du voyage par la route. Ce n'était qu'à une vingtaine de milles, ils arriveraient avant la nuit.

Vingt milles ! Mais c'est aussi loin que d'Atlanta à Jonesboro. Cela prendrait une éternité, et ils venaient déjà de passer presque six heures en train. Il lui fallut un immense effort de volonté pour arborer un sourire quand Colum lui présenta son ami Jim Daly. Daly n'était même pas beau. Mais sa charrette était superbe. Les hautes roues étaient peintes en rouge vif, et les panneaux en bleu, avec le nom J. DALY tracé en lettres dorées. Quelle que fût son activité, se dit Scarlett, il réussissait bien.

L'activité de Jim Daly, c'était un pub et une brasserie. Bien qu'elle fût propriétaire d'un saloon, jamais Scarlett n'y avait mis les pieds. Elle éprouva donc un délicieux sentiment d'interdit en pénétrant dans la vaste salle où régnait une odeur de malt, et elle parcourut d'un regard curieux le long comptoir en chêne ciré, mais sans avoir le temps de noter les détails car Daly ouvrit une autre porte et la fit passer dans un couloir. Les O'Hara allaient déjeuner chez lui et sa famille dans leur appartement privé, au-dessus de la salle.

C'était un bon repas, mais elle aurait tout aussi bien pu se croire encore à Savannah. Elle ne trouvait rien d'exotique ni d'étrange à manger du gigot accompagné de sauce à la menthe, avec de la purée. Et l'on ne parlait que des O'Hara de Savannah, de leur santé, et de ce qu'ils devenaient. En effet, la mère de Jim Daly se révéla être elle

476

aussi une cousine O'Hara. Scarlett n'aurait guère pu dire qu'elle était en Irlande, et moins encore au-dessus d'un saloon. Et personne chez les Daly ne semblait s'intéresser à son opinion, sur quelque question que ce fût. Ils étaient tous trop occupés à parler entre eux.

La situation s'améliora après le déjeuner. Jim Daly insista pour lui prendre le bras et l'emmener visiter Mullingar. Colum et Kathleen suivaient. Non qu'il y eût grand-chose à voir, songea Scarlett à part soi. C'est une petite ville étriquée, avec une malheureuse grand-rue et cinq fois plus de pubs que de magasins, mais Dieu que c'est bon de me dégourdir les jambes. La place n'était pas moitié aussi grande que celle de Galway, et il ne s'y passait rien du tout. Une jeune femme enveloppée d'un châle noir s'approcha d'eux, la main tendue dans un geste suppliant.

– Que Dieu vous bénisse, monsieur et madame, pleurnicha-t-elle.

Jim lui donna quelques pièces, et elle répéta sa bénédiction avec une révérence. Scarlett était horrifiée. Quoi, une fille qui mendiait ! Et avec quel aplomb ! Elle ne lui aurait assurément rien donné, il n'y avait aucune raison qu'elle n'aille pas travailler pour gagner sa vie, elle paraissait en excellente santé.

Des rires éclatèrent, et Scarlett se retourna pour voir ce qui en était la cause. Un groupe de soldats était arrivé sur la place par une petite rue. L'un d'eux taquinait la mendiante en lui tendant une pièce, mais sans la lui laisser atteindre. Quelle brute ! Mais que peut-elle espérer, si elle se donne ainsi en spectacle, en allant mendier dans la rue ? Et puis des soldats ! On pouvait bien se douter qu'ils seraient grossiers... Encore qu'il parût assez difficile de les prendre pour de vrais soldats. Ils avaient plutôt l'air de jouets, avec ces uniformes de parade. En fait de guerre, ils ne devaient pas faire grand-chose d'autre que des défilés pour les jours de fête. Dieu merci, il n'y avait pas de vrais soldats comme les Yankees, en Irlande. Ni serpents, ni Yankees.

Le soldat finit par jeter la pièce dans une flaque de boue où flottait un peu d'écume, et se remit à rire de plus belle avec ses amis. Scarlett vit Kathleen s'agripper des deux mains au bras de Colum. Il se dégagea et s'approcha des soldats et de la mendiante. Mon Dieu, il n'allait tout de même pas commencer à leur faire la leçon pour leur apprendre à agir en bons chrétiens ? Colum retroussa ses manches, et Scarlett retint son souffle. Il ressemble tellement à Papa ! Va-t-il provoquer une bagarre ? Colum s'agenouilla sur les pavés et repêcha la pièce dans la mare fétide. Scarlett exhala un long soupir de soulagement. Elle ne se serait pas fait le moinde souci pour Colum s'il avait dû affronter l'un de ces soldats en costume de spectacle, mais les cinq à la fois, cela risquait d'être vraiment trop, même pour un

O'Hara. D'ailleurs, qu'avait-il donc à faire tant d'histoires pour une mendiante ?

Colum se releva, tournant le dos aux soldats. Ils étaient visiblement gênés de voir ce que devenait leur plaisanterie. Lorsque Colum prit la femme par le bras et qu'il s'éloigna avec elle, ils partirent et disparurent rapidement dans la direction opposée.

Eh bien, voilà qui est fait, conclut Scarlett intérieurement. Et sans dégât, si ce n'est pour les genoux du pantalon de Colum. Bah, je suppose qu'ils en ont vu d'autres, étant donné son état de prêtre. C'est drôle, je l'oublie presque tout le temps. Si Kathleen ne m'avait pas arrachée de mon lit à l'aube, je ne me serais jamais rappelé que nous devions aller à la messe avant de prendre le train.

Le reste du tour de la ville fut très bref. Il n'y avait pas un bateau en vue sur le Canal Royal, et Scarlett ne partageait pas le moins du monde l'enthousiasme de Jim Daly pour ce mode de transport, qu'il préférait au train pour se rendre à Dublin. Qu'est-ce que Dublin pouvait bien lui faire ? C'était à Adamstown qu'elle voulait aller.

Elle n'eut pas à attendre longtemps. A leur retour, elle vit un petit cabriolet délabré devant le pub de Jim Daly. Un homme en tablier et bras de chemise y entassait leurs malles; les valises étaient déjà encordées à l'arrière. Si la malle de Scarlett pesait maintenant beaucoup moins lourd qu'à la gare, quand Jim Daly et Colum l'avaient chargée dans la carriole, nul n'en fit la remarque. Lorsqu'il eut fini d'arrimer les malles, l'homme en bras de chemise rentra dans le pub. Il reparut vêtu d'une houppelande de cocher et coiffé d'un chapeau haut de forme.

– M'appelle Jim aussi, dit-il. En route.

Scarlett monta en voiture et prit place au fond. Kathleen s'assit à côté d'elle, et Colum en face.

– Que Dieu vous accompagne, s'écrièrent les Daly.

Scarlett et Kathleen agitèrent leurs mouchoirs à la portière. Colum déboutonna sa veste et ôta son chapeau.

– Je ne voudrais imposer mes vues à personne, annonça-t-il, mais je vais tenter de dormir un peu. Mesdames, j'espère que vous me pardonnerez de me mettre à l'aise.

Il se déchaussa et s'étira, posant ses pieds en chaussettes sur la banquette, entre les deux jeunes femmes.

Elles échangèrent un regard, puis entreprirent de délacer leurs bottines. En quelques minutes, elles aussi s'étaient installées chacune dans un angle de la voiture, tête nue, et les pieds posés à côté de Colum sur la banquette. Si seulement j'avais mon costume de Galway, que je serais à mon aise, soupirait Scarlett. L'une des baleines en pièces d'or de son corset lui tourmentait les côtes. Elle ne tarda cependant pas à sombrer dans le sommeil.

Elle s'éveilla une fois, comme la pluie commençait à tambouriner sur la vitre, mais le doux bruit monotone la berça et elle se rendormit. Quand elle rouvrit les yeux, le soleil brillait.

— Y sommes-nous bientôt? s'enquit-elle d'une voix somnolente.

— Non, nous avons encore du chemin à parcourir, répondit Colum.

Scarlett regarda dehors, et battit des mains.

— Oh, voyez toutes ces fleurs! Je pourrais en cueillir une rien qu'en tendant la main. Colum, je vous en prie, ouvrez la fenêtre. Je vais me faire un bouquet.

— Nous ouvrirons quand nous nous arrêterons. Les roues soulèvent trop de poussière.

— Mais je veux cueillir des fleurs.

— Ce n'est qu'une haie, Scarlett chérie. Vous verrez les mêmes tout le long, jusqu'à la maison.

— De ce côté-ci aussi, vois-tu, dit Kathleen.

C'était vrai, constata Scarlett. Une plante inconnue, aux fleurs rose vif, s'épanouissait à portée de main du côté de Kathleen également. Quelle merveilleuse façon de voyager, avec des fleurs de part et d'autre du chemin! Lorsque Colum ferma les yeux, elle abaissa tout doucement la vitre.

CHAPITRE 49

– Nous serons bientôt à Ratharney, dit Colum. Encore quelques milles, et nous arriverons dans le comté de Meath.

Kathleen poussa un soupir de bonheur. Les yeux de Scarlett étincelèrent. Le comté de Meath. Papa en parlait comme du paradis, et je crois que je comprends pourquoi. Elle sentait par la vitre ouverte la douceur de l'après-midi, le léger parfum de ces fleurs roses, panaché avec la riche odeur de l'herbe chauffée au soleil qui s'élevait des champs, invisibles derrière les épaisses haies, et une senteur forte et entêtante qui provenait de la haie même. Si seulement il pouvait être ici avec moi, ce serait parfait. Il faut donc que j'en profite doublement, pour lui et pour moi. Elle prit une profonde inspiration, et sentit un arrière-goût d'humidité dans la fraîcheur de l'air.

– Je crois qu'il va encore pleuvoir, dit-elle.

– Cela ne durera pas, assura Colum. Et les senteurs seront plus délicieuses encore après la pluie.

Ratharney passa si vite que Scarlett n'en vit rien du tout. Brusquement la haie disparut, faisant place à un grand mur continu, et par la fenêtre de la voiture elle se trouva face à un visage qui la regardait, s'encadrant dans une fenêtre ouverte de même dimension. Elle s'efforçait encore de surmonter le choc de ces yeux inconnus surgis de nulle part, quand la voiture dépassa la dernière rangée de constructions et que la haie reparut. Ils n'avaient pas même modifié leur allure.

Ils ralentirent toutefois peu de temps après. La route commençait à serpenter, avec des virages en épingles à cheveux. Penchée à la fenêtre, Scarlett essayait de voir la chaussée au-devant d'eux.

– Sommes-nous déjà dans le comté de Meath, Colum?

– Bientôt.

Ils passèrent devant un minuscule cottage, presque au pas, de sorte que Scarlett eut bien le temps de le voir. Elle sourit à la petite fille rousse qui se tenait sur le seuil, et agita le bras. La fillette sourit en retour. Elle avait perdu ses dents de devant, ce qui conférait à son sourire un charme particulier. Ce cottage enchanta Scarlett. Il était construit en pierre et chaulé, avec de petites fenêtres carrées au cadre peint en rouge. L'enfant dépassait à peine la moitié basse de la porte; derrière elle, Scarlett aperçut un feu bien fourni dans la pénombre de la pièce. Mieux encore, la maisonnette était coiffée d'un toit en chaume qui formait des festons, là où il rejoignait les murs. On aurait dit une image de conte de fées. Elle se retourna pour sourire à Colum.

— Si cette petite fille était blonde, je m'attendrais à voir arriver les trois ours d'un instant à l'autre.

Elle comprit à l'expression de Colum qu'il ignorait de quoi elle parlait.

— Boucles d'Or, voyons!

Il secoua la tête.

— Mon Dieu, Colum, c'est un conte de fées. N'avez-vous donc pas de contes de fées, en Irlande?

Kathleen pouffa. Le visage de Colum s'éclaira d'un grand sourire.

— Scarlett chérie, dit-il, je ne connais pas vos contes de fées ni vos ours, mais si ce sont des fées que vous voulez, vous avez assurément choisi votre endroit. L'Irlande est peuplée de fées.

— Vous ne parlez pas sérieusement!

— Je suis on ne peut plus sérieux. Et vous devrez apprendre à les connaître, sans quoi vous risquez de rencontrer de sérieux ennuis. La plupart d'entre elles, rassurez-vous, ne sont pas trop malfaisantes, et il y a celles ou ceux, comme le farfadet cordonnier, que tout homme voudrait rencontrer...

La voiture s'était brusquement arrêtée. Colum se pencha à la fenêtre. Quand il rentra la tête, il ne souriait plus. Il tendit le bras devant le visage de Scarlett, et tira la lanière de cuir qui ouvrait et fermait la fenêtre. D'une brève secousse, il releva la vitre.

— Ne bougez pas, et ne parlez à personne, lui intima-t-il à voix basse. Kathleen, fais-la tenir tranquille.

Il chaussa rapidement ses bottines et les laça en un tournemain.

— Qu'y a-t-il? interrogea Scarlett.

— Chut, fit Kathleen.

Colum ouvrit la portière, attrapa son chapeau, descendit sur la route, et referma la porte. Il avait le visage gris comme la pierre.

— Kathleen?

— Chut. C'est important, Scarlett. Tais-toi.

On entendit un coup sourd, et les vitres de la voiture vibrèrent. Même à travers les fenêtres closes, Scarlett et Kathleen purent entendre les paroles que criait un homme, un peu plus loin en avant. « Toi, le cocher ! Allez, avance ! Ce n'est pas un spectacle pour les badauds. Et vous ! le prêtre ! Rentrez dans votre boîte et disparaissez. »

La main de Kathleen se crispa sur celle de Scarlett.

La voiture oscilla sur ses ressorts et se rangea lentement sur le bord droit de l'étroite route. Les branches raides et les épines de la haie griffaient le cuir épais. Kathleen s'écarta de la fenêtre soudain menaçante, et se serra contre sa cousine. Un nouveau coup retentit, et elles sursautèrent. La main de Scarlett agrippa celle de Kathleen. Que se passait-il donc ?

Comme la voiture avançait peu à peu, elles virent un second cottage, identique à celui qui avait évoqué à Scarlett l'histoire de Boucles d'Or. Debout dans l'encadrement de la porte grande ouverte, un soldat en uniforme noir à brandebourgs dorés posait deux petits tabourets à trois pieds sur une table, devant la maison. A gauche de l'entrée, un autre soldat en uniforme se tenait sur un cheval bai nerveux, et à droite se trouvait Colum. Il parlait calmement à une femme éplorée, dont on voyait la chevelure rousse qui lui pendait sur les joues et sur les épaules, sous son châle noir qui avait glissé. Elle tenait un bébé dans ses bras ; Scarlett distinguait les yeux bleus de l'enfant et le duvet roux qui lui couvrait la tête. Une petite fille, qui aurait pu être la sœur jumelle de l'enfant souriante de l'autre maison, sanglotait dans le tablier de sa mère. La femme et l'enfant étaient nu-pieds. Un groupe de soldats occupaient le milieu de la route, près d'un énorme trépied fait de troncs d'arbres. Un quatrième tronc oscillait, suspendu à des cordes fixées au sommet du trépied.

— Allez, Paddy [1], ouste ! cria l'officier.

La voiture grinça et cahota le long de la haie.

Scarlett sentait trembler Kathleen. Il se produisait là quelque chose de terrible. Cette pauvre femme, on dirait qu'elle va s'évanouir... ou devenir folle. J'espère que Colum va pouvoir l'aider.

La femme se laissa tomber à genoux. Mon Dieu, elle s'évanouit, elle va lâcher l'enfant ! Scarlett tendit la main vers la poignée de la portière, et Kathleen lui prit le bras.

— Kathleen, laisse-moi...

— Attends. Pour l'amour du ciel, attends.

Le ton était si pressant et désespéré que Scarlett s'immobilisa.

Que diable... ? Scarlett regardait, n'en croyant pas ses yeux. La mère en larmes saisissait la main de Colum et l'embrassait. Il traça un signe de croix au-dessus de sa tête, puis la releva. Il toucha la tête

---

1. Paddy, abréviation de Patrick, surnom péjoratif des Irlandais. (*NdT.*)

du bébé et de la fillette, puis posa ses mains sur les épaules de la mère et la détourna de la maison.

La voiture avança un peu, et un grand coup sourd retentit de nouveau, derrière elles. La voiture repartait, s'écartant de la haie pour reprendre le milieu de la route.

— Cocher, arrêtez! hurla Scarlett avant que Kathleen eût pu la retenir.

Elles laissaient Colum en arrière, on ne pouvait pas faire une chose pareille.

— Non, Scarlett, non, implora Kathleen.

Mais Scarlett avait ouvert la portière avant même l'arrêt de la voiture. Elle descendit sur la route et partit en courant vers le bruit, sans plus penser à ses jupes qui traînaient dans la boue.

Le spectacle qu'elle découvrit la figea sur place, et elle poussa un cri d'horreur. Le tronc suspendu alla s'abattre sur les murs du cottage, et un pan de façade s'effondra, tandis que les vitres se brisaient, projetant alentour des morceaux de verre. Des montants de fenêtres rouges tombèrent dans la poussière soulevée par la chute des pierres chaulées, et la porte rouge en deux parties se replia sur elle-même. Le bruit était atroce – un grincement... un craquement... le hurlement d'une créature vivante.

Le silence se fit, puis un autre bruit – un crépitement, qui se mua vite en grondement – s'éleva, accompagné d'une âcre odeur de fumée. Scarlett vit les torches que brandissaient trois soldats, et les flammes qui dévoraient le chaume du toit. Elle se rappela l'armée de Sherman, revit les murs et les cheminées calcinés des Douze Chênes, de Dunmore, et elle poussa un gémissement de souffrance et d'effroi. Où était Colum? Oh, Dieu du ciel, que lui était-il arrivé?

Sa silhouette vêtue de noir émergea rapidement de la fumée sombre qui tourbillonnait sur la route.

— Vite, cria-t-il à Scarlett. Remontez en voiture.

Avant qu'elle ait pu surmonter l'épouvante qui la paralysait, il fut à côté d'elle et lui empoigna le bras.

— Allons, Scarlett, ne vous attardez pas. Il faut rentrer chez nous, ordonna-t-il avec une dureté contenue.

La voiture repartit sur la route sinueuse, aussi vite que les chevaux le lui permettaient. Secouée entre la fenêtre et sa cousine, Scarlett ne se rendait compte de rien. Elle tremblait encore sous l'effet de l'étrange et terrible expérience qu'elle venait de vivre. Ce fut seulement quand la voiture reprit un rythme raisonnable, avec un balancement monotone, que son cœur cessa de battre la chamade et qu'elle put reprendre son souffle.

— Que faisaient-ils donc, là-bas? demanda-t-elle.

Sa propre voix lui paraissait bizarre.

— La pauvre femme était expulsée, répliqua durement Kathleen, et Colum la réconfortait. Tu n'aurais pas dû t'en mêler ainsi, Scarlett. Tu aurais pu nous attirer des ennuis à tous.

— Doucement, Kathleen, ne sois pas si sévère, intervint Colum. Scarlett ne pouvait pas savoir, elle débarque tout juste d'Amérique.

Scarlett voulut protester qu'elle avait connu pire, bien pire, mais elle se retint. Elle voulait avant tout comprendre.

— Pourquoi l'expulsait-on ?

— Ils n'avaient pas d'argent pour payer le loyer, expliqua Colum. Et le plus terrible, c'est que le mari a essayé d'empêcher la milice d'agir, quand ils sont venus la première fois. Il a frappé un soldat, et ils l'ont mis en prison, laissant la femme toute seule avec les petits et morte d'inquiétude à son sujet.

— Quelle tristesse! Elle faisait peine à voir. Que va-t-elle faire, Colum ?

— Elle a une sœur dans un autre cottage, tout près de là. Je l'y ai envoyée.

Scarlett se détendit un peu. C'était pitoyable. Cette pauvre femme semblait désespérée. Mais tout irait bien. Sa sœur devait habiter le cottage de Boucles d'Or, ce n'était pas loin. Et puis, après tout, les gens avaient l'obligation de payer leur loyer. Elle-même trouverait un autre locataire en un rien de temps, pour son saloon, si celui qu'elle avait essayait de la filouter. Quant au mari qui avait frappé le soldat, c'était tout bonnement impardonnable. Il devait bien se douter qu'il irait en prison pour ça. Il aurait pu songer à sa femme, avant de faire une sottise pareille.

— Mais pourquoi ont-ils démoli la maison ?

— Pour empêcher les locataires de revenir.

Scarlett répliqua la première chose qui lui venait à l'esprit.

— Quelle bêtise! Le propriétaire aurait pu la louer à quelqu'un d'autre.

Colum paraissait las.

— Il ne veut plus la louer du tout. Il y a une petite parcelle de terrain qui va avec, et il procède à ce qu'on appelle le « remembrement » de ses terres. Il mettra tout en pâture, et enverra le bétail engraissé au marché. C'est pour cela qu'il a augmenté tous les loyers de manière que personne ne puisse payer. Faire cultiver ses champs ne l'intéresse plus. Le mari savait que c'était dans l'air, ils le savent tous dès que ça commence. Ils patientent pendant des mois, jusqu'au jour où il ne leur reste plus rien à vendre pour se procurer l'argent du loyer. Ces mois d'attente alimentent la colère chez l'homme et lui font tenter la chance à coups de poing. Quant aux femmes, c'est le désespoir qui les prend, lorsqu'elles voient leur mari vaincu. Cette pauvre créature avec son nourrisson dans les bras essayait de faire barrière avec son corps entre le bélier et la maison de son mari. C'était tout ce qu'avait ce malheureux pour se sentir un homme.

Scarlett ne trouvait rien à répondre. Elle n'avait pas imaginé que de telles choses pussent se produire. C'était d'une telle cruauté. Les Yankees étaient certes bien pires, mais c'était en temps de guerre. Rien à voir avec cette façon de tout détruire seulement pour donner plus d'herbe aux vaches. La pauvre femme. Cela aurait pu être Maureen avec Jacky quand il était encore tout petit.

— Êtes-vous sûr qu'elle ira chez sa sœur ?

— Elle me l'a promis, et elle n'est pas du genre à mentir à un prêtre.

— Alors, tout ira bien, n'est-ce pas ?

Colum sourit.

— Ne vous inquiétez pas, Scarlett. Tout ira bien.

— Jusqu'à ce que la ferme de sa sœur soit remembrée aussi.

Kathleen avait parlé d'une voix rauque. La pluie commença à cingler les carreaux. L'eau coulait à l'intérieur de la voiture, près de la tête de Kathleen, là où les piquants de la haie avaient crevé la capote.

— Voudrais-tu me donner ton grand mouchoir, Colum, pour colmater ce trou ? demanda Kathleen en riant. Et pourrais-tu trouver quelque sainte prière à dire pour que le soleil revienne vite ?

Comment pouvait-elle être si gaie après tout cela, et avec cette horrible déchirure, où l'eau s'infiltrait par-dessus le marché ? Seigneur, et voilà que Colum riait avec elle.

La voiture roulait plus vite à présent, beaucoup plus vite. Le cocher devait être fou. Personne n'aurait pu voir à trois pas devant soi, sous un pareil déluge, et sur une route aussi étroite, avec tant de virages. Ils allaient faire craquer la bâche de partout !

— Sentez-vous, Scarlett, de quelle ardeur soudaine sont pris les merveilleux chevaux de Jim Daly ? Ils se croient sur un champ de courses. Mais je sais qu'un pareil terrain de courses ne peut se trouver que dans le comté de Meath. Nous approchons de chez nous, pour sûr. Mieux vaut que je vous parle un peu des farfadets, avant que vous ne rencontriez un de ces petits personnages sans savoir de qui il s'agit.

Brusquement, un soleil oblique illumina les fenêtres baignées de pluie, métamorphosant les gouttes en miettes d'arc-en-ciel. Il y a quelque chose de surnaturel à voir la pluie et le soleil se succéder ainsi sans arrêt d'une minute à l'autre, songea Scarlett. Elle se détourna des arcs-en-ciel et regarda Colum.

— Vous en avez vu un pastiche au défilé de Savannah, commença

Colum, et je puis vous dire que c'est une bonne chose qu'il n'y ait pas de farfadets en Amérique, parce que leur colère aurait été terrible et qu'ils auraient convoqué tous leurs cousins du monde enchanté, pour les aider à se venger. En Irlande, cependant, là où ils sont respectés, ils n'ennuient personne si on ne les dérange pas. Ils dénichent un endroit agréable et s'y établissent pour exercer en paix leur métier de cordonnier. Mais pas en groupe, attention, car le farfadet est un solitaire : l'un ici, l'autre là, à tel point que – si l'on écoute assez d'histoires – on pourrait finir par en découvrir près de chaque ruisseau et de chaque pierre dans tout le pays.

« On reconnaît sa présence au bruit de son marteau, tap-tap-tap, qui frappe la semelle et le talon des chaussures. Alors, si l'on se faufile silencieusement comme la chenille, il arrive qu'on le surprenne. Certains prétendent qu'il faut l'empoigner par le bras ou la jambe, mais on admet généralement qu'il suffit de le regarder fixement pour le capturer.

« Il vous suppliera de le laisser partir, poursuivit Colum, mais il faut refuser. Il vous promettra d'exaucer tous vos vœux, mais il est célèbre pour ses mensonges, et il ne faut surtout pas le croire. Il vous menacera de choses épouvantables, mais il ne peut vous faire aucun mal, ne prêtez donc pas d'attention à ses fanfaronnades. Et pour finir, il sera obligé d'acheter sa liberté en vous cédant le trésor qu'il dissimule non loin de là, dans une cachette sûre.

« Et quel trésor! Une cruche pleine d'or, qui ne paie pas de mine, peut-être, pour un œil novice, mais qui est fabriquée suivant une ruse trompeuse des farfadets : elle n'a pas de fond, de sorte que vous pourrez y puiser de l'or inlassablement, jusqu'à la fin de vos jours, et qu'il en restera toujours.

« Tout cela, il vous le donnera juste pour reconquérir sa liberté, car la compagnie ne lui plaît guère. C'est un solitaire et il voudra le rester à tout prix. Mais ruse et méfiance sont également dans sa nature, à tel point qu'il parvient presque toujours à déjouer la surveillance de ceux qui le capturent, en détournant leur attention. Et, si votre étreinte se relâche, ou que vos yeux s'égarent, il disparaît en un instant, et vous vous retrouvez sans autre richesse que votre aventure à raconter.

– Il ne me paraît pas bien difficile de fixer son regard si cela peut rapporter un trésor, objecta Scarlett. Cette histoire est absurde.

Colum se mit à rire.

– Scarlett chérie, avec votre sens pratique et votre goût des affaires, vous êtes le type même de personne que les farfadets adorent berner. Ils savent qu'ils pourront faire ce qu'ils voudront, parce que jamais vous ne voudrez accepter qu'ils soient responsables.

486

Si vous entendiez frapper des petits coups en vous promenant dans un chemin, jamais vous ne prendriez la peine de vous arrêter pour voir.

– Mais si, à supposer que je croie ce genre de sottises.

– Vous voyez! Vous n'y croyez pas, et vous ne vous arrêteriez pas.

– Taratata, Colum! Je vous vois venir. Vous me reprochez déjà de ne pas attraper quelque chose qui, de toute façon, n'est pas là.

Elle commençait à se fâcher. Les jeux de mots et d'esprit, c'était un terrain trop glissant, et ça ne servait à rien.

Elle ne comprenait pas que Colum avait voulu détourner son esprit de la scène de l'expulsion.

– As-tu déjà parlé de Molly à Scarlett, Colum? questionna Kathleen. Je trouve qu'elle a le droit d'être avertie.

Scarlett oublia aussitôt les farfadets. Elle comprenait vite quand il s'agissait de commérages, et s'en régalait.

– Qui est Molly?

– C'est la première O'Hara d'Adamstown que vous rencontrerez, annonça Colum. Et c'est notre sœur, à Kathleen et moi.

– Demi-sœur, corrigea Kathleen. Et c'est déjà moitié trop, pour mon goût.

– Raconte, demanda Scarlett d'un ton encourageant.

Le récit fut si long que le voyage était fini quand l'histoire s'acheva, mais Scarlett ne pensait plus aux milles qui défilaient. Elle écoutait parler de sa propre famille.

Kathleen et Colum étaient également demi-frère et sœur, apprit-elle ainsi. Leur père Patrick – qui était l'un des frères aînés de Gerald – s'était marié trois fois. Les enfants du premier lit comprenaient Jamie, qui avait émigré à Savannah, et Molly qui, d'après Colum, était une beauté.

Quand elle était jeune, peut-être, concéda Kathleen. A la mort de sa première femme, Patrick convola en deuxièmes noces, avec la femme qui allait devenir la mère de Colum. Et à la mort de la deuxième, il se remaria avec la mère de Kathleen, qui était également celle de Stephen.

Le silencieux, commenta Scarlett intérieurement.

A Adamstown vivaient dix cousins O'Hara qu'elle allait rencontrer; certains avaient aussi des enfants, et même des petits-enfants. Patrick, Dieu ait son âme, était décédé quinze ans auparavant, le 11 novembre.

Il y avait en plus l'oncle Daniel, qui vivait encore, avec ses enfants et ses petits-enfants. Parmi ceux-ci, Matt et Gerald étaient allés à Savannah, mais il en était resté six en Irlande.

– Je n'arriverai jamais à me les rappeler tous, s'inquiéta Scarlett.

Elle confondait encore plusieurs enfants O'Hara de Savannah.

– Colum commence par le plus simple, répondit Kathleen. Chez Molly, il n'y a pas d'autre O'Hara qu'elle-même, et elle préférerait de beaucoup renier son nom.

Après ce commentaire aigrelet de Kathleen, Colum expliqua à Scarlett la situation particulière de Molly. Elle avait épousé un certain Robert Donahue, un homme cossu, propriétaire d'une ferme prospère couvrant plus de cinquante hectares. C'était ce que les Irlandais appelaient un « solide fermier ». Molly avait d'abord travaillé aux cuisines chez les Donahue puis, à la mort de la femme, elle était devenue la seconde épouse, après une période convenable de deuil, et la belle-mère des quatre enfants. De ce second mariage étaient issus cinq enfants – l'aîné particulièrement sain et vigoureux, pour un prématuré – mais ils étaient désormais adultes, et établis à leur compte.

Molly se souciait fort peu de sa parentèle O'Hara, ajouta Colum d'un ton neutre, et Kathleen ricana, mais peut-être était-ce parce qu'elle avait épousé leur propriétaire. Robert Donahue mettait des terres en fermage, en plus de celles qu'il exploitait lui-même ; il sous-louait une petite ferme aux O'Hara.

Colum entreprit ensuite d'énumérer en les nommant tous les enfants et petits-enfants de Robert, mais Scarlett avait déjà décidé d'esquiver le problème des noms et des âges en les regroupant sous le vocable de « descendance ». Elle ne lui prêta donc qu'une oreille distraite, jusqu'au moment où il mentionna sa grand-mère.

– La vieille Katie Scarlett habite toujours le cottage que son mari avait construit pour leur mariage en 1789. Rien ne pourrait la persuader de déménager. Mon père, qui est aussi celui de Kathleen, se maria la première fois en 1815, et son épouse vint vivre avec lui dans la maison surpeuplée. Quand des enfants commencèrent à naître, il bâtit à proximité une grande maison, avec tout l'espace nécessaire au développement d'une famille, et un lit bien chaud pour sa mère quand elle vieillirait. Mais Grand-Mère ne veut rien savoir. Alors Sean vit au cottage avec elle, et les filles – dont Kathleen ici présente – s'occupent de leur ménage.

– Quand il n'y a pas moyen d'y échapper, ajouta Kathleen. Grand-Mère n'exige pas beaucoup d'aide, en vérité, sauf un petit coup de balai et de chiffon à poussière, mais Sean ne recule devant aucun effort pour déceler des traces de boue sur un sol propre. Et le raccommodage que cet homme nous occasionne! Il peut vous mettre une chemise en pièces avant qu'on ait fini de lui coudre les boutons! Sean est le frère de Molly, et notre demi-frère à nous. C'est un bien piètre modèle d'homme, presque aussi fainéant que Timothy, même s'il a vingt ans de plus.

Scarlett avait la tête qui tournait. Elle n'osa pas demander qui était Timothy, de crainte de s'entendre encore assener une douzaine de noms.

De toute façon, on n'avait plus guère le temps. Colum baissa la vitre et cria au cocher :

– Ralentis, s'il te plaît, Jim, que je puisse sortir et m'asseoir à côté de toi. Nous allons bientôt bifurquer, et il faudra que je te guide.

Kathleen le retint par la manche.

– Oh, Colum, tu veux bien que je descende avec toi et que je rentre à pied jusqu'à la maison ? Je ne peux plus attendre. Scarlett ne m'en voudra pas, d'aller sans moi chez Molly, n'est-ce pas, Scarlett ?

Tant d'espoir brillait dans son sourire, que Scarlett aurait accepté même si elle n'avait pas souhaité bénéficier de quelques minutes de solitude.

Elle n'allait sûrement pas débarquer chez la beauté de la famille O'Hara – si fanée qu'elle pût être – sans humecter un peu son mouchoir pour essuyer la poussière sur son visage et ses bottines. Après cela, un peu d'eau de toilette – celle du flacon en argent qu'elle avait dans son sac –, un soupçon de poudre, et peut-être une légère, très légère, touche de rouge.

CHAPITRE 50

Le chemin qui menait chez Molly traversait par le milieu une petite pommeraie; le crépuscule teintait de mauve les fleurs mousseuses, sur l'arrière-plan bleu sombre du ciel. Des plates-bandes rectilignes bordaient la maison carrée. Tout était tiré au cordeau.

A l'intérieur aussi. Les sièges rembourrés de crin s'ornaient de têtières, chaque table était couverte d'un napperon en dentelle empesée et, dans l'âtre en cuivre admirablement astiqué, le feu de charbon n'était souillé d'aucune cendre.

Molly elle-même était impeccable, tant dans ses manières que par l'habillement. Sa robe couleur bourgogne était bordée de dizaines de petits boutons en argent, tous étincelants, et sa chevelure sombre était sagement relevée sous un charmant petit bonnet ajouré, agrémenté de rabats en dentelle. Elle offrit une joue, puis l'autre, aux baisers de Colum, puis exprima « mille vœux de bienvenue » à Scarlett dès que celle-ci lui fut présentée.

Et elle n'a même pas été avertie de mon arrivée. Scarlett eut une impression favorable, en dépit de l'indéniable beauté de Molly. Elle avait un teint clair et velouté, le plus exquis que Scarlett eût jamais vu, et aucune ombre, aucune poche, ne venait ternir l'éclat de ses yeux bleus. De très légères pattes d'oie, mais pas une seule ride qui méritât ce nom si ce n'est peut-être entre le nez et la bouche, et il arrivait que des jeunes filles eussent les mêmes, releva Scarlett dans sa brève évaluation. Colum devait se tromper, Molly ne pouvait pas avoir atteint la cinquantaine.

— Je suis tellement heureuse de vous connaître, Molly, et tellement reconnaissante pour votre généreuse proposition de m'héberger dans votre charmante maison, babillait Scarlett.

Non que la maison fût bien extraordinaire. Propre comme un sou neuf, certes, mais le salon n'était guère plus grand que la plus petite chambre de sa maison de la rue du Pêcher.

— Mon Dieu, Colum, comment avez-vous pu partir en m'abandonnant là? se plaignit-elle le lendemain. Ce Robert est le plus affreux raseur du monde, à toujours parler de ses vaches — pour l'amour du ciel! — et de la quantité de lait que chacune lui fournit. J'avais l'impression que j'allais me mettre à meugler avant la fin du dîner. Dîner, comme il me l'a répété environ cinquante-huit fois, et non souper. Où diable est la différence?

— En Irlande, les Anglais dînent, le soir, tandis que les Irlandais soupent.

— Mais ils ne sont pas anglais!

— Ils n'aspirent qu'à cela. Robert a bu un verre de whisky dans la Grande Maison avec le régisseur du comte, un jour qu'il lui apportait les loyers.

— Colum, vous plaisantez!

— Je ris, Scarlett chérie, mais je ne plaisante pas. Ne vous faites pas de souci, toutefois; ce qui compte, c'est de savoir si votre lit était confortable.

— Bien sûr. Mais j'étais tellement fatiguée que j'aurais dormi sur des épis de maïs. J'avoue qu'il est bien agréable de pouvoir marcher. C'était un long voyage, hier. Sommes-nous loin de chez Grand-Mère?

— Un quart de mille, pas davantage, par cette cavée.

— « Cavée ». Quels jolis mots vous employez! Nous dirions « sentier », pour un chemin comme celui-ci. Et puis il n'y aurait pas ces haies. Je crois que je vais essayer d'en planter à Tara, à la place des clôtures. Combien de temps faut-il, pour qu'elles atteignent cette épaisseur?

— Cela dépend de ce que vous plantez comme base. Qu'est-ce qui pousse dans le comté de Clayton? Ou bien avez-vous un arbre que vous puissiez tailler très bas?

Pour un prêtre, Colum était étonnamment bien informé sur la façon de faire pousser les choses, observa Scarlett tandis qu'il lui expliquait l'art et la manière de faire croître une haie. Mais il avait beaucoup à apprendre en matière de distances. L'étroit sentier sinueux faisait bien plus d'un quart de mille.

Ils débouchèrent soudain dans une clairière. Devant eux se trouvait un cottage à toit de chaume, dont les murs blancs et les petites fenêtres aux montants bleus semblaient fraîchement repeints. Une épaisse fumée traçait une ligne pâle en travers du ciel clair, depuis la cheminée, et un chat tigré se prélassait sur le rebord d'une fenêtre ouverte.

— C'est adorable, Colum! Comment les gens font-ils pour que leurs maisons restent si blanches? Est-ce grâce à la pluie?

Elle avait compté trois averses au cours de la soirée, uniquement pendant les heures précédant son sommeil. Et l'embourbement du chemin lui donnait à penser qu'il avait dû pleuvoir aussi pendant qu'elle dormait.

– L'humidité aide un peu, admit Colum en souriant.

Il était content de noter qu'elle ne se plaignait pas de l'état où cette promenade réduisait sa robe et ses bottines.

– Mais en fait, reprit-il, c'est parce que vous venez au bon moment. Nous repeignons nos maisons deux fois par an, pour Noël et pour Pâques, intérieur et extérieur, chaulage et peinture. Allons voir si Grand-Mère n'est pas en train de se reposer.

– Je suis nerveuse, avoua Scarlett.

Elle n'expliqua pas pourquoi. En vérité, elle redoutait de voir à quoi ressemblait une personne âgée de cent ans. Et si jamais cela lui donnait la nausée, de voir sa grand-mère ? Qu'allait-elle faire ?

– Nous ne resterons pas longtemps, la rassura Colum, comme s'il avait lu dans ses pensées. Kathleen nous attend pour prendre le thé.

Scarlett fit le tour du cottage avec lui, afin d'entrer par-devant. Le haut de la porte bleue était ouvert, mais elle ne voyait rien à l'intérieur, si ce n'est des ombres. Et puis il régnait une curieuse odeur, quelque chose de terreux, avec un arrière-goût un peu aigre. Elle fronça le nez. Était-ce l'odeur des personnes très âgées ?

– Sentez-vous déjà le feu de tourbe, Scarlett ? Vous humez là le vrai cœur chaud de l'Irlande. Le feu de charbon de Molly n'est rien d'autre qu'une coutume anglaise. C'est le feu de tourbe qui symbolise le vrai foyer. Maureen m'a dit qu'elle en rêvait certaines nuits, et qu'elle se réveillait le cœur empli de nostalgie. Je compte lui en rapporter quelques briquettes, quand nous retournerons à Savannah.

Curieuse, Scarlett prit une profonde inspiration. C'était une étrange odeur, comme de la fumée, mais pas vraiment. Elle franchit la porte basse et suivit Colum à l'intérieur, en cillant pour s'accoutumer à la pénombre.

– Est-ce enfin toi, Colum O'Hara ? Dis, je veux savoir, m'as-tu amené Molly, quand Bridie m'a promis en cadeau la propre fille de mon Gerald ?

C'était une voix grêle et bourrue, mais qui ne paraissait ni brisée ni même affaiblie. Scarlett en éprouva un intense sentiment de soulagement et une sorte d'émerveillement. C'était donc là la mère de son père, dont il lui avait tant parlé.

Elle passa devant Colum et s'agenouilla aux pieds de la vieille dame assise dans un fauteuil en bois, près de la cheminée.

– Je suis la fille de Gerald, Grand-Mère. Il m'a donné votre nom, Katie Scarlett.

La première Katie Scarlett était petite et brune, la peau tannée par près d'un siècle de grand air, de soleil et de pluie. Le visage était rond et ridé comme une pomme trop longtemps conservée. Mais les yeux bleus délavés restaient perçants. Un châle d'épaisse laine bleue lui recouvrait les épaules et le buste, avec les franges étalées sur ses genoux. Sa fine chevelure blanche se dissimulait sous un bonnet de tricot rouge.

— Laisse-moi te regarder, ma fille.

Ses doigts parcheminés soulevèrent le menton de Scarlett.

— Par tous les saints! reprit-elle. Il disait vrai. Tu as des yeux verts de chat.

Elle se signa hâtivement.

— D'où te viennent-ils? poursuivit-elle. J'aimerais le savoir. Je pensais que Gerald devait être bien ivre, quand il me l'avait écrit. Dis-moi, jeune Katie Scarlett, ta chère mère était-elle un peu sorcière?

Scarlett se mit à rire.

— C'était plutôt une sainte, Grand-Mère.

— Vraiment? Mariée avec mon Gerald? Quelle chose étonnante! Ou peut-être était-ce d'être mariée à lui, qui en a fait une sainte. Dis-moi, est-il resté bagarreur jusqu'à la fin de ses jours – Dieu ait son âme?

— Je le crains bien, Grand-Mère.

Les doigts la repoussèrent.

— Tu le crains? Eh bien, j'en suis heureuse, moi. Je priais pour que l'Amérique ne le gâte pas. Colum, tu allumeras pour moi un cierge d'action de grâces à l'église.

— Je n'y manquerai pas.

Les yeux tout plissés scrutèrent de nouveau Scarlett.

— Tu n'y voyais pas malice, Katie Scarlett. Je te pardonne.

Son visage s'illumina soudain d'un sourire, en commençant par les yeux. Les petites lèvres boudeuses s'ouvrirent en une expression d'émouvante tendresse. Il n'y avait plus une dent sur les gencives roses comme des pétales.

— Je commanderai un autre cierge pour la bénédiction qui m'est accordée de te voir de mes propres yeux avant d'aller dans la tombe.

Les yeux de Scarlett s'embuèrent de larmes.

— Merci, Grand-Mère.

— Pas du tout, pas du tout, protesta la vieille Katie Scarlett. Maintenant, Colum, emmène-la. C'est l'heure de me reposer un peu.

Elle ferma les yeux, et son menton s'affaissa sur sa poitrine chaudement emmitouflée.

Colum effleura l'épaule de Scarlett.

— Allons.

Kathleen sortit en courant du cottage voisin, chassant les poules qui se dispersèrent.

– Bienvenue à la maison, Scarlett! cria-t-elle allégrement. Le thé infuse dans la théière, et il y a une miche de *barm brack* toute chaude pour te régaler.

Scarlett s'étonna encore une fois de la métamorphose de Kathleen. Elle paraissait tellement heureuse. Et tellement forte. Elle arborait ce que Scarlett considérait encore comme un déguisement, une jupe brune découvrant la cheville, par-dessus des jupons bleu et jaune. Elle l'avait relevée sur le côté en la coinçant dans la ceinture de son tablier tissé à la maison, de manière à laisser voir ses jupons. Mais pourquoi Kathleen était-elle jambes et pieds nus, quand des bas rayés auraient si joliment complété sa toilette?

Scarlett avait envisagé de demander à Kathleen de venir séjourner avec elle chez Molly. Bien qu'elle ne fît pas mystère de son antipathie pour sa demi-sœur, Kathleen devait bien pouvoir la supporter une dizaine de jours, et Scarlett avait réellement besoin d'elle. Molly avait une domestique qui faisait office de femme de chambre, mais la pauvre fille n'avait aucun talent pour arranger les cheveux. Hélas, cette nouvelle Kathleen, heureuse et sûre d'elle, n'allait certainement pas abonder dans son sens, Scarlett s'en rendait bien compte. Ce n'était même pas la peine d'évoquer cette possibilité, elle n'aurait qu'à se contenter d'un chignon maladroit ou porter un filet. Elle ravala un soupir et pénétra dans la maison.

C'était petit. Plus important que le cottage de Grand-Mère, mais tout de même trop exigu pour une famille. Où dormaient-ils donc? La porte d'entrée donnait directement sur la cuisine, déjà deux fois plus large que celle du premier cottage, mais plus petite de moitié que la chambre de Scarlett à Atlanta. Ce qu'on voyait d'abord, c'était la grande cheminée de pierre qui occupait le centre du mur de droite. Un escalier dangereusement raide montait vers une ouverture haut placée dans le mur, à gauche de la cheminée; à gauche, une porte s'ouvrait sur une autre pièce.

– Prends un siège près du feu, suggéra Kathleen.

Un petit feu de tourbe brûlait doucement dans l'âtre, directement sur le sol de pierre. La même pierre taillée couvrait le sol entier de la cuisine. Elle brillait à force d'être récurée, et l'arôme piquant du savon se mêlait à celui de la tourbe.

Mon Dieu, songea Scarlett, ma famille est vraiment pauvre. Pourquoi diable Kathleen pleurait-elle toutes les larmes de son corps pour revenir vivre là-dedans ? Se forçant à sourire, elle prit place dans le fauteuil Windsor que Kathleen lui avançait.

Dans les heures qui suivirent, Scarlett comprit pourquoi, aux yeux de Kathleen, l'espace et le luxe relatif de la vie à Savannah ne pouvaient remplacer le petit cottage chaulé et coiffé de chaume du comté de Meath. Les O'Hara de Savannah avaient créé une sorte d'îlot bienheureux, peuplé par eux-mêmes et reproduisant la vie qu'ils avaient connue en Irlande. Et voilà qu'elle découvrait le modèle original.

Les têtes ne cessaient de défiler dans l'encadrement du haut de la porte, criant « Dieu vous bénisse », à quoi on répondait : « Venez vous asseoir près du feu », et celui qui avait parlé pénétrait à l'intérieur. Des femmes, des jeunes filles, des enfants, des garçons, des hommes, des bébés entraient et sortaient, seuls ou par groupes de deux ou trois. Ces voix irlandaises à l'intonation musicale saluaient Scarlett et lui souhaitaient la bienvenue, saluaient Kathleen et lui souhaitaient la bienvenue pour son retour au pays, et cela avec une affection si chaleureuse et tangible que Scarlett aurait littéralement pu la tenir dans ses mains. C'était aussi différent des visites du monde conventionnel que le jour diffère de la nuit. Les gens lui disaient qu'ils étaient apparentés, et comment. Des hommes et des femmes lui racontaient des anecdotes sur son père – des réminiscences de gens plus âgés, des histoires transmises par des parents ou des grands-parents, et répétées par des jeunes. Elle retrouvait les traits de Gerald O'Hara sur bien des visages rassemblés autour de l'âtre, retrouvait sa voix dans les leurs. C'est presque comme si Papa était là, songeait-elle, je vois comment il devait être dans sa jeunesse, lorsqu'il vivait ici.

Kathleen avait beaucoup de retard à rattraper en matière de commérages sur le village et la ville, et tant de gens lui répétaient les mêmes histoires à mesure qu'ils entraient et sortaient, que bientôt Scarlett eut l'impression de connaître le prêtre et le forgeron, l'homme qui tenait le pub et la femme dont la poule pondait presque chaque jour un œuf à deux jaunes. Lorsque la tête chauve du père Danaher apparut dans l'encadrement de la porte, cela lui sembla la chose la plus naturelle du monde et, quand il entra, elle regarda machinalement si sa soutane était raccommodée, là où elle s'était déchirée à la grille du cimetière.

C'est exactement comme autrefois dans le comté, se disait-elle, tout le monde connaît tout le monde et les affaires de chacun, mais en plus petit, en plus intime, en plus confortable, somme toute. Ce qu'elle voyait et percevait, sans bien s'en rendre compte, c'était que le monde minuscule qu'elle avait sous les yeux se révélait plus bienveillant que tous ceux qu'elle connaissait. Elle savait seulement qu'elle éprouvait un immense plaisir à se trouver là.

Jamais au monde on ne pourrait passer de meilleures vacances. Que de choses j'aurai à raconter à Rhett. Peut-être reviendrons-nous un jour ensemble, il a toujours trouvé normal d'aller à Paris ou à Londres pour un oui ou pour un non. Bien entendu, nous ne pourrions pas vivre ainsi, c'est trop... trop... paysan. Mais c'est tellement curieux, et charmant, et drôle. Demain, je porterai mes vêtements de Galway pour venir voir tout le monde, sans mettre de corset. Est-ce que je prendrai le jupon jaune avec la jupe bleue, ou bien le rouge?

Dans le lointain une cloche sonna, et la jeune femme en jupe rouge qui montrait les dents de son bébé à Kathleen bondit de son tabouret.

— L'Angélus! Qui aurait cru que je pourrais laisser mon Kevin rentrer à la maison sans que son repas soit sur le feu?

— Eh bien, prends du ragoût, Mary Helen, nous en avons trop. Thomas ne m'a-t-il pas accueillie, quand je suis rentrée avec quatre gros lapins qu'il avait pris au collet?

En moins d'une minute, Mary Helen était en route avec son bébé sur la hanche, et une soupière recouverte d'un torchon sous le bras.

— Veux-tu m'aider à tirer la table, Colum? Les hommes vont rentrer déjeuner. Je ne sais pas où a disparu Bridie.

L'un après l'autre, et se suivant de près, les hommes de la maison revinrent des champs. Scarlett fit la connaissance d'un frère de son père, Daniel, grand et vigoureux vieillard de quatre-vingts ans, à la silhouette sèche et anguleuse, ainsi que de ses fils. Il y en avait là quatre, âgés de vingt à quarante-quatre ans, sans compter Matt et Gerald, se souvint-elle, à Savannah. Ce devait être la même atmosphère à la maison du temps de Papa, avec lui et ses grands frères. Colum paraissait curieusement petit, même assis à table, au milieu de tous ces grands O'Hara.

Brigid qu'on avait attendue arriva en courant au moment où Kathleen distribuait des louchées de ragoût dans des bols bleu et blanc. Bridie était trempée. Sa blouse lui collait aux bras, et ses cheveux lui coulaient dans le dos. Scarlett regarda dehors par la porte ouverte, mais le soleil brillait.

— Serais-tu par hasard tombée dans un puits, Bridie? s'enquit le plus jeune frère, celui qui s'appelait Timothy.

Il était ravi de détourner l'attention, car ses frères venaient de le taquiner pour sa faiblesse envers une jeune fille qu'ils surnommaient « Cheveux d'Or » sans prononcer son nom.

— Je me lavais dans la rivière, répliqua Brigid.

Puis elle commença à manger sans tenir compte du brouhaha que suscitait cette déclaration. Colum lui-même, pourtant fort peu porté à la critique, éleva la voix et frappa du poing sur la table.

— Regarde-moi, plutôt que le lapin, Brigid O'Hara. Ne sais-tu donc pas que la Boyne prend chaque année une vie humaine pour chaque mille de sa longueur ?

La Boyne.

— Est-ce la même Boyne que celle de la bataille de la Boyne ? s'enquit Scarlett.

Le silence tomba sur la tablée.

— Papa m'en a parlé cent fois, reprit-elle. Il disait que les O'Hara avaient perdu toutes leurs terres à cause de ça.

Les couverts se remirent à tinter.

— C'est absolument vrai, répliqua Colum. Mais la rivière a poursuivi son cours. Elle marque la frontière de cette terre. Je vous la montrerai, si vous souhaitez la voir. Mais certainement pas si vous comptez vous en servir comme d'une baignoire. Brigid, voyons, tu n'es point si sotte. Qu'est-ce qui t'a pris ?

— Kathleen m'a prévenue que cousine Scarlett venait, et Eileen m'a dit qu'une femme de chambre devait se laver chaque jour avant de toucher les vêtements ou les cheveux de la dame qu'elle servait. Alors je suis allée me laver.

· Elle fixa son regard sur Scarlett, pour la première fois.

— J'ai bien l'intention de vous satisfaire, pour que vous me rameniez en Amérique avec vous, expliqua-t-elle.

Ses yeux bleus avaient une expression solennelle, et son petit menton rond s'avançait d'un air farouchement décidé. Elle plaisait à Scarlett. On n'aurait pas à craindre de larmes nostalgiques de la part de Bridie, c'était clair. Mais elle ne pourrait l'employer que pour la durée de ce séjour. Jamais une dame du Sud ne voudrait d'une servante blanche. Elle cherchait que dire à la jeune fille.

Ce fut Colum qui répondit à sa place.

— J'étais déjà décidé à te ramener avec nous à Savannah, Bridie, alors ce n'est pas la peine de risquer ta vie...

— Hourra ! cria Bridie.

Ensuite, elle s'empourpra.

— Je ne serai pas aussi bruyante pendant mon service, promit-elle à Scarlett.

Puis, à Colum :

— Je ne suis allée qu'au gué, l'eau m'arrivait à peine au genou. Je ne suis pas si sotte que tu crois.

— Nous verrons bien quel genre de sotte tu es, répliqua Colum. Mais il souriait, à présent.

— Scarlett aura pour tâche de t'enseigner quels sont les besoins d'une dame, reprit-il. Mais tu ne la persécuteras pas pour apprendre avant l'heure du départ. Vous allez partager la même cabine en mer durant deux semaines et un jour, ce sera bien assez pour t'apprendre. En attendant, patiente, et fais de ton mieux avec Kathleen pour remplir tes devoirs à la maison.

Bridie poussa un gros soupir.

— C'est une vraie montagne de travail, quand on est la plus jeune.

Ils la taquinèrent tous bruyamment, à l'exception de Daniel, qui ne prononça pas un mot de tout le repas. Dès que ce fut terminé, il repoussa sa chaise et se leva.

— Les fossés se creusent mieux pendant qu'il fait sec, dit-il. Finissez le repas, et reprenez le travail.

Il s'inclina cérémonieusement devant Scarlett.

— Jeune Katie Scarlett O'Hara, lui dit-il, vous honorez ma maison et je vous souhaite la bienvenue. Votre père était très aimé et son absence m'a pesé comme une pierre sur le cœur pendant plus de cinquante ans.

Elle était trop surprise pour dire un seul mot. Lorsqu'elle reprit enfin ses esprits, Daniel avait déjà disparu derrière la grange, en route vers les champs.

Colum se leva à son tour, et approcha sa chaise de l'âtre.

— Vous ne pouviez pas le savoir, Scarlett chérie, mais vous avez fait impression sur cette maisonnée. C'est bien la première fois que j'entends Daniel O'Hara recourir à la parole pour autre chose que les affaires de la ferme. Vous feriez mieux de prendre garde, ou toutes les veuves et les vieilles filles de la région vont acheter des sorts contre vous. Daniel est veuf, figurez-vous, et une nouvelle femme ne lui messiérait point.

— Colum, voyons! C'est un vieillard!

— Sa mère n'est-elle pas encore en parfaite santé à l'âge de cent ans? Vous feriez mieux de lui rappeler que vous avez un mari qui vous attend chez vous.

— Peut-être rappellerai-je plutôt à mon mari qu'il n'est pas le seul homme au monde. Je l'avertirai qu'il a un rival en Irlande.

Cette pensée la fit sourire, Rhett jaloux d'un fermier irlandais. Mais pourquoi pas, après tout? Un de ces jours, elle pourrait le mentionner en passant, sans préciser qu'il s'agissait de son oncle, ni qu'il était vieux comme les collines. Oh, qu'elle serait contente, quand elle aurait amené Rhett là où elle voulait! Une soudaine vague de nostalgie la frappa comme une douleur physique. Elle ne le taquinerait pas à propos de Daniel O'Hara ni de rien d'autre. Tout ce qu'elle voulait, c'était se retrouver avec lui, l'aimer, avoir ce bébé pour l'aimer à eux deux.

— Colum a raison sur un point, observa Kathleen. Daniel t'a donné la bénédiction du chef de famille. Quand tu seras incapable de supporter Molly une minute de plus, tu pourras venir vivre ici si tu le souhaites.

Scarlett vit la chance qui s'offrait. Elle mourait de curiosité.

– Où logez-vous tout le monde ? demanda-t-elle carrément.

– Il y a le grenier, divisé en deux. Les garçons ont un côté. Bridie et moi partageons l'autre. Et, comme Grand-Mère n'en voulait pas, oncle Daniel a pris le lit au coin du feu. Je vais te montrer.

Kathleen tira le bord d'une banquette en bois placée le long du mur, et qui révéla en s'ouvrant un épais matelas complété d'une grosse couverture en laine à carreaux rouges.

– Il dit que c'est pour ça qu'il l'a pris, pour montrer à sa mère ce qu'elle ratait, mais j'ai toujours pensé qu'il se sentait trop seul au-dessus de la salle, depuis la mort de tante Theresa.

– Au-dessus de la salle ?

– Par ici.

Kathleen désignait la porte.

– Nous en avons fait un salon, il eût été absurde de gâcher cet espace. Le lit est toujours là, pour toi si le cœur t'en dit.

Scarlett ne s'y voyait guère. A son avis, sept personnes dans une aussi petite maison, c'était au moins quatre ou cinq de trop. Surtout des géants pareils. Rien d'étonnant à ce qu'on ait qualifié son père d'avorton, songeait-elle, rien d'étonnant non plus à ce qu'il se fût toujours comporté en véritable géant de dix pieds.

En compagnie de Colum, elle retourna voir sa grand-mère avant de rentrer chez Molly, mais la vieille Katie Scarlett dormait au coin du feu.

– Vous croyez qu'elle va bien ? chuchota Scarlett.

Colum se contenta d'acquiescer. Il attendit pour parler qu'ils fussent à nouveau dehors.

– J'ai vu que la marmite était presque vide, sur la table. Elle a dû préparer le déjeuner de Sean, et manger avec lui, puisque nous étions là-bas. Elle fait toujours une petite sieste après les repas.

Les hautes haies qui bordaient la cavée foisonnaient d'aubépines en fleur, et le chant des oiseaux jaillissait des branches les plus élevées, au-dessus de la tête de Scarlett. C'était merveilleux de marcher ainsi, même sur le sol détrempé.

– Y a-t-il une cavée qui mène à la Boyne, Colum ? Vous m'avez promis de m'y emmener.

– Je ne m'en dédirai certes pas. Demain matin, si vous voulez. J'ai promis à Molly de vous ramener de bonne heure aujourd'hui. Elle organise un thé en votre honneur.

Un thé en son honneur! Quelle bonne idée d'être venue faire connaissance avec sa famille avant de s'installer à Charleston.

CHAPITRE 51

La nourriture était bonne, mais c'est tout ce que je peux trouver à dire, pensait Scarlett, qui s'abritait derrière un rayonnant sourire de commande, tout en serrant la main des invitées de Molly à mesure qu'elles prenaient congé. Quelles mains mollassonnes! Et puis elles parlent toutes comme si elles avaient quelque chose de coincé en travers de la gorge. Je n'ai vu nulle part plus piètre assemblée.

Jamais encore Scarlett n'avait rencontré cette surenchère de raffinement dans une société de province n'aspirant qu'à copier la noblesse. Il y avait chez les planteurs du comté de Clayton une saine franchise et une aristocratie naturelle qui leur faisaient mépriser la prétention de Charleston et du cercle qu'elle avait considéré comme « les amis de Melly », à Atlanta. Le petit doigt en l'air pour soulever sa tasse et les bouchées de souris pour grignoter les petits pains et les canapés, qui caractérisaient Molly et ses relations, lui apparaissaient dans tout leur ridicule. Elle avait mangé ces bonnes choses d'excellent appétit, et ignoré les invitations détournées à déplorer la vulgarité des gens qui se salissaient les mains à travailler la terre.

– Que fait donc Robert, Molly? Il porte toute la journée des gants de chevreau? s'était-elle exclamée, ravie de déceler des rides sur l'admirable peau de Molly quand elle se renfrognait.

Je suppose qu'elle aura deux mots à dire à Colum, pour m'avoir amenée chez elle, mais je m'en moque. C'est bien fait pour elle, elle n'aurait pas dû me parler comme si je n'avais rien à voir avec les O'Hara, ni d'ailleurs avec elle. Où a-t-elle bien pu pêcher l'idée qu'une plantation était comme un – qu'a-t-elle donc dit? – comme un manoir anglais? J'aurai moi-même deux mots à dire à Colum. Mais leur tête faisait plaisir à voir, quand je leur ai déclaré que tous nos domestiques et nos laboureurs étaient noirs.

J'ai l'impression qu'elles n'avaient jamais entendu parler de gens à

500

la peau noire, et n'en avaient à plus forte raison jamais vu. C'est vraiment un drôle d'endroit, par ici.

– Quelle charmante réception, Molly, s'exclama Scarlett. Et je dois reconnaître que j'ai beaucoup trop mangé. Je ferais mieux de monter prendre un peu de repos dans ma chambre.

– Faites comme vous l'entendrez, Scarlett, bien sûr. J'avais fait préparer le cabriolet pour que nous puissions faire un tour, mais si vous préférez dormir un peu...

– Oh, non, je serais ravie de sortir. Nous pourrions peut-être aller voir la rivière, qu'en pensez-vous?

Elle avait prévu de se débarrasser de Molly, mais l'occasion était trop belle. A vrai dire, elle aimait mieux aller jusqu'à la Boyne en cabriolet qu'à pied. Elle n'avait aucune confiance en Colum, quand il disait que ce n'était pas loin.

Elle constata qu'elle avait vu juste. Gantée de jaune pour s'assortir aux rayons des roues de son cabriolet, Molly conduisit jusqu'à la grand-route, puis traversa le village. Scarlett contempla avec intérêt la rangée de mornes constructions.

Elles franchirent la plus impressionnante grille que Scarlett eût jamais vue, une chose colossale en fer forgé dont chaque barreau était coiffé d'un fer de lance doré, chaque panneau du portail s'ornant d'une plaque au motif compliqué et ourlé d'or.

– Les armoiries du comte, commenta Molly d'une voix émue. Nous irons jusqu'à la Grande Maison, pour voir la rivière depuis le parc. Cela ne pose pas de problème, il n'est pas là, et Robert a obtenu la permission de M. Alderson.

– Qui est-ce?

– Le régisseur du domaine du comte. Il administre le manoir entier. Robert le connaît.

Scarlett s'efforça de prendre un air ébloui. Elle était censée être impressionnée – bien qu'elle ne vît guère pourquoi. Quelle importance pouvait bien avoir un régisseur? Ce n'était jamais qu'un employé.

La réponse lui fut fournie après un long parcours sur une large allée de graviers parfaitement droite, à travers de vastes pelouses admirablement entretenues qui lui rappelèrent un instant l'immense parc en terrasses de Dunmore. La vue de la Grande Maison chassa brusquement ce souvenir.

C'était gigantesque et l'on aurait dit tout un assemblage de toits, de tours et de murailles crénelées, plutôt qu'un bâtiment unique. C'était davantage une petite ville qu'une maison, et jamais Scarlett n'avait rien vu de tel. Elle comprenait à présent la cause du respect de Molly envers le régisseur. Un domaine pareil devait nécessiter plus de main-d'œuvre que la plus grande plantation de sa connaissance. Elle se démancha le cou pour contempler les murailles de pierre et les fenêtres gothiques en marbre. La maison que Rhett lui avait construite était la plus grande et – à son avis – la plus somptueuse d'Atlanta, mais on aurait pu la reléguer dans un coin de ce château, et elle aurait pris si peu de place qu'on l'aurait à peine remarquée. J'adorerais voir l'intérieur...

Molly fut horrifiée que Scarlett eût seulement songé à demander une chose pareille.

– Nous avons la permission de nous promener dans le parc. Je vais attacher le poney à ce poteau, et nous passerons par ce portail, là.

Elle désignait une voûte d'entrée très cintrée. Le portail en bronze était entrouvert. Scarlett sauta à bas du cabriolet.

La voûte menait à une terrasse de gravier. C'était la première fois que Scarlett voyait du gravier ratissé suivant un motif. Elle éprouvait une sorte de timidité à marcher dessus. Les traces de ses pas allaient gâter la perfection des courbes dessinées au râteau. Elle jeta un coup d'œil chargé d'appréhension au jardin, de l'autre côté de la terrasse. Oui, les allées étaient couvertes de gravier. Et ratissées. Non plus en courbes, Dieu merci, mais on n'y voyait cependant aucune trace de pas. Je me demande comment ils font ? L'homme qui ratisse doit bien avoir des pieds. Elle prit une profonde inspiration et s'avança hardiment sur le gravier crissant, jusqu'aux marches de marbre qui menaient au jardin. Ses bottines faisaient autant de bruit sur ce gravier que toute une armée en marche. Elle regrettait d'être venue.

Où était donc passée Molly ? Scarlett se retourna le plus silencieusement qu'elle put. Molly la suivait en posant soigneusement à chaque pas son pied sur la trace qu'avait laissée Scarlett. Celle-ci fut aussitôt soulagée, en voyant sa cousine – malgré ses grands airs – encore plus intimidée qu'elle. Elle contempla un moment la maison, en attendant que Molly la rejoigne. Cela vous avait un air nettement plus humain de ce côté-ci. Des portes-fenêtres s'ouvraient sur la terrasse. Elles étaient maintenant fermées et tendues de draperies, mais pas si grandes qu'on ne pût entrer et sortir normalement, contrairement aux portes monumentales d'accès à la maison. On pouvait imaginer que des personnes normales puissent vivre là, et non des géants.

– De quel côté est la rivière ? cria Scarlett.

Elle n'allait pas se laisser impressionner par une maison vide au point de chuchoter.

Mais elle n'avait pas envie de s'attarder non plus. Elle repoussa la suggestion de Molly d'emprunter toutes les allées et visiter tous les jardins.

— Je veux juste voir la rivière. Les jardins m'ennuient à mourir; mon mari ne s'intéresse qu'à cela.

Elle esquiva la brûlante curiosité de Molly au sujet de son mariage, tandis qu'elles suivaient l'allée centrale en direction des arbres qui marquaient la limite du jardin.

Et soudain elle la vit, par une ouverture entre deux bouquets d'arbres si artistement ménagée qu'elle paraissait naturelle. Une eau moirée d'or et de brun, à nulle autre pareille. Le soleil semblait fondre de l'or à la surface, et le faire tournoyer lentement dans des volutes d'eau sombres comme du brandy.

— Que c'est beau! articula-t-elle doucement.

Elle n'avait pas imaginé cette beauté.

A en croire Papa, la rivière aurait dû être rouge de tout le sang versé et rouler des flots bouillonnants. Mais elle semblait à peine couler. C'est donc la Boyne.

Elle en avait entendu parler toute sa jeunesse, et voilà qu'elle s'en trouvait assez proche pour se pencher et y plonger la main. Scarlett éprouvait une émotion inconnue, qu'elle n'aurait pas su nommer. Elle chercha une définition, pour comprendre; c'était important, si seulement elle pouvait trouver..

— Voilà la vue, annonça Molly, de sa diction crispée dans le désir de raffinement. Tous les plus beaux domaines ont une vue depuis le jardin.

Scarlett eut envie de la frapper. Elle ne trouverait plus, maintenant, ce qu'elle cherchait confusément. Elle regarda dans la direction que lui désignait Molly et vit une tour, de l'autre côté de l'eau. Elle ressemblait à celles que Scarlett avait aperçues du train, construite en pierre et à moitié effondrée. La base était envahie de mousse, et des plantes grimpaient sur ses flancs. C'était beaucoup plus grand qu'elle ne l'avait pensé en regardant de loin, sans doute une trentaine de pieds de large, et le double en hauteur. Elle dut admettre avec Molly que c'était une vue romantique. .

— Allons-nous-en, suggéra-t-elle après avoir bien regardé.

Brusquement, elle se sentait épuisée.

— Colum, je crois que je vais tuer la chère cousine Molly. Si vous aviez entendu, hier soir, au souper, cet horrible Robert nous répéter comme nous étions privilégiées d'avoir pu nous promener dans les stupides allées du parc du comte! Il a dû le dire au moins à sept cents reprises, et chaque fois Molly s'extasiait pendant dix minutes sur le merveilleux bonheur que c'était.

— Ce matin, poursuivit Scarlett, elle a failli s'évanouir en me voyant dans mon costume de Galway. Là, il n'était plus question de petites exclamations effarouchées, croyez-moi. Elle m'a dûment chapitrée sur le fait que j'allais ruiner sa position sociale et causer de l'embarras à Robert. A Robert ! Il devrait bien éprouver de l'embarras quand il voit sa sotte et grosse figure dans le miroir ! Comment Molly peut-elle oser me sermonner à son sujet ?

Colum lui tapota gentiment la main.

– Molly n'est certes pas la meilleure compagnie que je vous souhaite, chère Scarlett, mais elle a ses qualités. Elle nous a prêté son cabriolet pour aujourd'hui, et nous allons passer une merveilleuse journée sans la gâcher en pensant à elle. Regardez ces fleurs de prunellier dans les haies, et ces cerisiers en pleine floraison qui s'épanouissent de tout leur cœur dans cette cour de ferme. C'est une trop belle journée pour qu'on la perde en rancœurs. Vous avez l'air d'une exquise petite Irlandaise, avec vos bas rayés et votre jupon rouge.

Scarlett étira ses pieds devant elle et se mit à rire. Colum avait raison. Pourquoi laisser Molly lui gâcher sa journée ?

Ils allèrent à Trim, très vieille ville à la riche histoire, dont Colum était sûr qu'elle n'intéresserait pas du tout Scarlett. Il lui parla donc plutôt du marché qui avait lieu chaque samedi, comme à Galway, sauf qu'il était beaucoup plus petit, Colum devait le reconnaître. Mais avec une diseuse de bonne aventure presque tous les samedis, ce qu'on ne trouvait pratiquement jamais à Galway, et il suffisait de lui donner une pièce de *tuppence* pour qu'elle promette gloire et fortune, un penny pour un bonheur raisonnable ; elle prédisait, en revanche, bien des épreuves si l'on n'extirpait de sa poche qu'un demi-penny.

Scarlett éclata de rire – Colum réussissait toujours à la faire rire – et toucha discrètement la bourse maintenue entre ses seins, qu'elle dissimulait sous sa blouse et sa mante bleue de Galway. Personne n'aurait jamais deviné qu'elle portait deux cents dollars en or en guise de corset. La liberté qu'elle en éprouvait frisait l'indécence. Depuis l'âge de onze ans, jamais elle n'avait mis le pied hors de chez elle sans corset.

Colum lui fit voir le fameux château de Trim, et Scarlett feignit de s'y intéresser. Puis il lui montra le magasin où Jamie avait travaillé de seize à quarante-quatre ans, avant de partir pour Savannah, et cette fois l'intérêt de Scarlett ne fut pas simulé. Ils conversèrent avec le patron du magasin, et rien n'y fit, il fallut qu'il ferme boutique pour les emmener à l'étage voir sa femme, qui mourrait sûrement de chagrin si elle n'apprenait les nouvelles de Savannah de la propre bouche de Colum, et si elle ne faisait connaissance de la jeune dame O'Hara qui était venue en visite, et dont la beauté et le

504

charme américain alimentaient déjà toutes les conversations du canton.

Il fallut évidemment avertir sur-le-champ les voisins de la présence d'une telle visiteuse, et ils accoururent en si grand nombre dans les pièces au-dessus du magasin que Scarlett était certaine de voir les murs s'enfler.

Puis, « les Mahoney seront offensés si nous venons à Trim sans leur rendre visite », déclara Colum lorsqu'ils quittèrent enfin l'ancien patron de Jamie. Qui ? Mais la famille de Maureen, bien sûr, qui avait le plus grand pub de Trim. Scarlett avait-elle déjà goûté la bière *porter* ? Cette fois, il y avait encore plus de monde, il en arrivait sans discontinuer, et l'on se retrouva bientôt devant un repas, avec des violons pour l'accompagner. Les heures filaient, et le long crépuscule avait commencé quand ils se mirent en route pour parcourir la brève distance qui les séparait d'Adamstown. La première averse – incroyable d'avoir tant de soleil, disait Colum – avivait les senteurs des haies. Scarlett releva sa capuche, et ils chantèrent tout le long du chemin jusqu'au village.

— Je vais m'arrêter un instant au pub pour voir si j'ai du courrier, dit Colum.

Il passa les rênes du poney autour de la pompe à eau du village. En un instant, des têtes apparurent dans l'encadrement des portes de toutes les maisons.

— Scarlett, cria Mary Helen, le bébé a une nouvelle dent! Venez prendre une tasse de thé, je vous la montrerai.

— Non, Mary Helen, viens plutôt chez moi avec le petit, la dent, le mari et tout, riposta Clare O'Gorman, née O'Hara. N'est-elle point ma cousine germaine ? Et puis mon Jim meurt d'envie de la voir.

— C'est ma cousine aussi, Clare, cria Peggy Monaghan. Et j'ai un *barm brack* au chaud parce que je sais qu'elle aime ça.

Scarlett ne savait que faire.

— Colum! appela-t-elle.

C'était simple, d'après lui. Ils iraient tout simplement d'une maison à l'autre, en commençant par la plus proche, rassemblant des amis à mesure qu'ils progresseraient. Et, quand le village entier serait réuni dans une seule maison, eh bien, ils y resteraient un moment.

— Mais pas trop longtemps, attention, car il vous faudra revêtir vos plus beaux atours pour le repas chez Molly. Elle a ses défauts, comme nous tous, mais vous ne pouvez pas lui faire un affront sous son propre toit. Elle a eu trop de mal à se débarrasser de ce genre de jupons pour pouvoir supporter de les retrouver dans sa salle à manger.

Scarlett posa la main sur le bras de Colum.

— Pensez-vous que je puisse aller m'installer chez Daniel? demanda-t-elle. Je déteste tellement habiter chez Molly... Qu'est-ce qui vous fait rire, Colum?

— Je me demandais comment persuader Molly de nous confier son cabriolet un jour de plus. Maintenant, je crois pouvoir la convaincre de nous le laisser pour toute la durée de votre séjour. Entrez donc là pour admirer la nouvelle dent, et je vais aller parler un peu avec Molly. Ne le prenez pas mal, Scarlett, mais je la crois prête à promettre n'importe quoi, pourvu que je m'engage à vous emmener ailleurs. Jamais elle ne digérera ce que vous avez dit de Robert, à propos de ses gants de chevreau pour traire les vaches. C'est l'histoire dont on rit dans toutes les cuisines, d'ici jusqu'à Mullingar.

A l'heure du souper, Scarlett était déjà installée dans la chambre au-dessus de la cuisine. L'oncle Daniel eut même un sourire, quand Colum raconta l'histoire des gants de Robert. Ce remarquable événement s'ajouta à l'histoire, l'améliorant encore pour la prochaine fois qu'on la raconterait.

Scarlett s'adapta avec une aisance surprenante à la simplicité du cottage de Daniel. Disposant d'une chambre à elle, et profitant de l'inépuisable activité de ménagère et de cuisinière de la discrète Kathleen, Scarlett n'avait pas d'autre souci que de bien s'amuser pendant son séjour. Et c'était ce qu'elle faisait – elle s'amusait énormément.

CHAPITRE 52

Pendant la semaine qui suivit, Scarlett fut plus occupée et, par certains côtés, plus heureuse que jamais auparavant. Elle se sentait plus forte, physiquement, qu'elle ne se souvenait de l'avoir jamais été. Libérée de la contrainte du laçage rigoureux que requérait la mode, et de la cage métallique que formaient les baleines de corset, elle pouvait bouger plus vivement et respirer plus profondément qu'elle ne le faisait depuis son enfance. En outre, elle était de ces femmes dont la vitalité s'accroît pendant les grossesses, comme pour répondre aux besoins de la vie nouvelle qui se développait en son sein. Elle dormait comme une souche et s'éveillait au chant du coq, avec un féroce appétit pour le petit déjeuner et la journée qui commençait.

Ce qui ne manquait pas de lui procurer le confortable émerveillement des plaisirs familiers, en même temps que la stimulation d'une expérience nouvelle. Colum était ravi de l'emmener « à l'aventure », comme il disait, dans le cabriolet de Molly. Mais il fallait d'abord arracher Scarlett à la cohorte de ses nouveaux amis. Le premier repas était à peine terminé qu'ils passaient la tête par la porte. Pour lui rendre visite, l'inviter, lui raconter une histoire qu'elle n'avait peut-être pas encore entendue, ou lui montrer une lettre d'Amérique dont certains mots ou expressions requéraient ses lumières. Elle était leur expert sur l'Amérique et, inlassablement, ils la suppliaient de leur raconter comment c'était. Et puis elle était irlandaise aussi, même si elle avait souffert de ne pas en savoir grand-chose, et ils avaient mille choses à lui révéler, lui expliquer, lui montrer.

Il y avait chez ces femmes irlandaises une totale absence d'apprêt qui la désarmait; comme si elles étaient issues d'un autre monde, aussi étranger que celui auquel elles croyaient toutes, peuplé d'êtres fantasmagoriques qui accomplissaient toutes sortes de sortilèges et d'enchantements. Scarlett riait de bon cœur en voyant chaque soir

Kathleen déposer sur le seuil de la maison un bol de lait et une assiette de miettes de pain, pour les « petits êtres » affamés qui passeraient par là. Et le lendemain matin, quand on retrouvait l'assiette et le bol vidés et nettoyés, Scarlett observait avec bon sens que ce devait être le fait d'un des chats de la grange. Mais son scepticisme ne troublait pas Kathleen le moins du monde, et ces soupers de fées devinrent aux yeux de Scarlett l'un des traits les plus délicieux de sa vie parmi les O'Hara.

Elle éprouvait également un bonheur intense dans la compagnie de sa grand-mère. Elle est solide comme le cuir, songeait fièrement Scarlett, et elle se complaisait à penser que c'était le sang de sa grand-mère dans ses veines qui lui avait permis de surmonter les moments les plus désespérés de son existence. Elle courait souvent au petit cottage et, quand elle trouvait la vieille Katie Scarlett réveillée et d'humeur à bavarder, elle s'asseyait sur un tabouret et la priait de raconter ses souvenirs sur la jeunesse de son père.

Puis elle cédait finalement aux objurgations de Colum, et montait en voiture pour l'aventure du jour. Bien emmitouflée dans ses jupes de laine, protégée par sa mante et sa capuche, elle eut tôt fait d'apprendre à se moquer des rafales du vent d'ouest ou des brèves averses qui survenaient si fréquemment.

Il pleuvait justement quand Colum la conduisit à l' « authentique Tara ». Le vent s'engouffra dans la mante de Scarlett lorsqu'elle parvint au sommet des marches de pierres inégales qui étaient taillées dans le flanc de la colline, là même où les Grands Rois d'Irlande avaient gouverné et joué de la musique, où ils avaient aimé et haï, où ils avaient festoyé et bataillé , et où finalement ils avaient été vaincus.

Il ne restait pas même un château en ruine. Regardant autour d'elle, Scarlett ne vit qu'un troupeau de moutons. Leur laine paraissait grise, sous ce ciel bas et cette lumière terne. Un frisson la parcourut. « Une oie a marché sur ma tombe. » Le souvenir de ce dicton de son enfance la surprit, et la fit sourire.

— Cela vous plaît? questionna Colum.

— Euh, oui, c'est très joli.

— Ne mentez pas, Scarlett, et ne cherchez rien de joli à Tara. Venez avec moi.

Il lui tendit la main, et Scarlett y mit la sienne.

Ils traversèrent à pas lents le riche herbage jusqu'à un endroit où la terre formait des bosses sous l'herbe. Colum s'y arrêta.

— Saint Patrick en personne s'est tenu là où nous nous tenons actuellement. C'était alors un homme, un simple missionnaire, sans doute pas plus grand que moi. La sainteté est venue plus tard, et dans l'esprit des gens il s'est métamorphosé en un véritable géant, invincible, armé de la Parole Sacrée de Dieu. Je pense qu'il vaut mieux se souvenir qu'il était avant tout un homme. Sans doute avait-il peur – seul, en sandales et robe de bure, face au pouvoir du Grand Roi et de ses magiciens. Patrick n'avait que sa foi et sa mission de vérité, et le besoin de la proclamer. Un vent froid devait souffler. Mais sa mission le dévorait comme une flamme ardente. Il avait déjà transgressé la loi du Grand Roi, en allumant un feu la nuit où il était prescrit de les éteindre. On aurait pu le tuer pour cette désobéissance, il le savait. Il avait couru ce risque afin d'attirer l'attention du Roi et de lui prouver la grandeur du message que lui, Patrick, apportait. Il ne craignait pas la mort, il ne craignait que de faillir à Dieu. Cela ne se produisit point. De son antique trône incrusté de pierreries, le roi Laoghaire accorda au hardi missionnaire le droit de prêcher sans contrainte. Et l'Irlande fut christianisée.

Quelque chose, dans la voix sereine de Colum, forçait Scarlett à écouter et à tenter de comprendre ce qu'il disait, et même autre chose en plus. Elle n'avait jamais pensé aux saints comme à des personnes vulnérables à la peur. Elle n'avait jamais pensé aux saints du tout, ce n'étaient que des noms marquant les fêtes du calendrier. Maintenant, en regardant la silhouette trapue de Colum, son visage ordinaire, ses cheveux grisonnants que le vent ébouriffait, elle pouvait imaginer le visage et l'allure d'un autre homme à l'aspect ordinaire, dans le même état d'ardente ferveur. Il ne redoutait pas la mort. Comment pouvait-on ne pas redouter la mort ? Comment était-ce ? Elle éprouva un élan bien humain de jalousie envers saint Patrick, envers tous les saints et même, curieusement, envers Colum. Je ne comprends pas et ne comprendrai jamais, se disait-elle. Mais la compréhension lui vint lentement, pénible et pesante. Elle avait appris une vérité, troublante et douloureuse. Il y a des choses trop profondes, trop complexes, trop contradictoires pour qu'on puisse les expliquer ou les comprendre dans la vie de tous les jours. Scarlett se sentit soudain très seule, offerte à la bourrasque du vent d'ouest.

Colum se remit en marche, l'entraînant avec lui. Il ne parcourut toutefois que quelques dizaines de pas avant de s'arrêter de nouveau.

– Voilà, dit-il. Cette rangée de monticules bas, la voyez-vous ?

Scarlett acquiesça.

– Vous devriez avoir de la musique et un verre de whisky pour combattre le vent et ouvrir les yeux, mais je n'en ai point à vous offrir, aussi, peut-être vaut-il mieux que vous les fermiez. C'est tout ce qui nous reste de la salle des banquets aux mille chandelles. Les O'Hara s'y trouvaient, Scarlett chérie, et tous ceux que vous connaissez – Monaghan, Mahoney, MacMahon, O'Gorman, O'Brien, Danaher, Donahue, Carmody – et d'autres encore que vous n'avez pas rencontrés. Tous les héros étaient là. Des victuailles à profusion, ainsi que la boisson. Et de la musique à soulever l'âme hors du corps. Mille convives pouvaient y tenir, éclairés par mille chandelles. Les voyez-vous, Scarlett ? Les flammes reflétées deux fois, trois fois, mille fois, sur leurs bracelets d'or, sur les coupes d'or qu'ils portaient à leurs lèvres, sur les rouges, les verts, les bleus profonds des joyaux incrustés dans les fibules d'or qui retenaient leurs capes écarlates sur leurs épaules. Quels puissants appétits ils avaient – pour la venaison, le sanglier, l'oie rôtie qui rissolait dans sa graisse, pour la musique qui leur faisait frapper du poing sur la table, ébranlant les plats d'or qui s'entrechoquaient. Voyez-vous votre père ? Et Jamie ? Et cette jeune fripouille de Brian, qui couve les femmes d'un regard oblique ? Ah, quel festin! Le voyez-vous, Scarlett ?

Elle riait avec lui. Oui, Papa aurait braillé *Peg s'en va-t-en voiture* et réclamé qu'on lui remplisse encore une fois sa coupe parce que, à force de chanter, un homme peut attraper une soif terrible. Il aurait adoré tout ça.

– Il y aurait aussi des chevaux, ajouta-t-elle hardiment. Mon père ne pouvait pas s'en passer.

– Les chevaux sont beaux et forts comme les vagues qui viennent se briser sur la grève.

– Et puis quelqu'un de patient, pour le mettre ensuite au lit.

Colum éclata de rire et la serra brièvement contre lui.

– Je savais que vous en ressentiriez tout le caractère glorieux, dit-il.

Elle décelait de la fierté dans ses paroles. Il était fier d'elle. Scarlett lui sourit, les yeux semblables à deux émeraudes vivantes.

Le vent lui rabattit sa capuche, et elle sentit aussitôt une chaleur sur sa tête. L'averse était passée. Elle leva les yeux vers le ciel d'un bleu limpide; des nuages éblouissants de blancheur virevoltaient comme des danseuses au-devant des rafales de vent. Qu'ils paraissaient proches, et que le ciel irlandais semblait chaud et rassurant!

Puis ses yeux s'abaissèrent, et elle vit l'Irlande devant elle, le vert intense des champs aux pousses encore tendres, celui des arbres au feuillage neuf, celui des haies riches d'une vie si dense. Une antique sensation païenne monta du plus profond d'elle-même, et la sauvagerie à peine domptée qui constituait son être caché battit soudain dans son sang. Voilà ce que c'était, d'être roi, cette hauteur dominant le monde, cette proximité du soleil et du ciel. Elle ouvrit les bras en grand pour étreindre le bonheur d'être là, vivante, sur cette colline, avec le monde à ses pieds.

– Tara, déclara Colum.

– J'éprouvais quelque chose de très étrange, Colum. Cela ne me ressemblait pas du tout.

Scarlett grimpa sur l'un des rayons jaunes d'une roue, puis se hissa sur le siège du cabriolet.

– Ce sont les siècles, Scarlett. Toute la vie vécue là, toute la joie et toute la souffrance, tous les festins et les combats, ils sont dans l'air qui vous enveloppe et sur la terre que vous foulez. C'est le temps, ce sont les années innombrables qui pèsent imperceptiblement sur la terre. Vous ne pouvez rien voir ni entendre, mais vous sentez que cela vous effleure et vous parle sans bruit. Le temps. Et le mystère.

Malgré la chaleur du soleil, Scarlett resserra sa mante autour d'elle.

– C'est comme au bord de la rivière. J'ai aussi éprouvé là-bas quelque chose d'étrange, confusément. J'aurais presque pu mettre un mot dessus, mais il m'a échappé.

Elle raconta à Colum le parc du comte, la rivière, et la vue de la tour.

– « Tous les plus beaux domaines ont une vue depuis le jardin », n'est-ce pas ?

La voix de Colum résonnait d'une fureur effrayante.

– C'est bien ce qu'a dit Molly ? insista-t-il.

Scarlett se recroquevilla encore davantage dans sa mante. Qu'avait-elle donc dit de si affreux ? Elle n'avait jamais vu Colum dans cet état, il semblait être devenu un autre, un inconnu.

Il tourna vers elle un visage souriant, et elle vit qu'elle s'était méprise.

– Que diriez-vous de m'encourager dans ma faiblesse, Scarlett ? Aujourd'hui, on va présenter les chevaux sur le champ de courses de Trim. J'aimerais bien les voir et en choisir un, pour placer un petit pari dans la course de dimanche.

Scarlett accepta avec enthousiasme.

Il y avait dix milles jusqu'à Trim, ce qui ne semblait pas à Scarlett une longue distance. Mais la route serpentait et bifurquait, pour serpenter et bifurquer encore. Scarlett accepta avec joie la proposition de Colum de s'arrêter dans un village pour boire du thé accompagné d'une légère collation. Remontant en voiture, ils parcoururent un bref trajet jusqu'à un carrefour, puis s'engagèrent sur une route plus large et plus droite. Il fouetta le poney pour lui faire accélérer l'allure. Quelques minutes plus tard, il le fouetta encore, plus fort, et ils traversèrent un gros village au trot, si vite que la voiture oscillait sur ses hautes roues.

– Ce village paraissait désert, observa Scarlett. Comment cela se fait-il, Colum ?

– Personne ne veut vivre à Ballyhara, l'histoire y a laissé des souvenirs funestes.

– Quel gâchis ! Cela avait l'air tout à fait charmant.

– Êtes-vous déjà allée aux courses, Scarlett ?

– Une seule fois à une vraie, à Charleston. Mais chez nous, nous faisions tout le temps des courses pour nous amuser. C'était Papa le pire. Il ne pouvait pas supporter de mener sa monture au pas, pour converser avec le cavalier voisin. Le moindre tronçon de route lui était prétexte à faire la course.

– Et pourquoi pas ?

Scarlett se mit à rire. Colum lui rappelait tellement son père, certaines fois.

– On a sûrement dû fermer la ville de Trim, s'exclama Scarlett en voyant la foule qui se pressait autour du champ de courses. Tout le monde est ici !

Elle reconnaissait de nombreux visages.

– Je vois qu'on a dû fermer Adamstown aussi, reprit-elle.

Les garçons O'Hara agitaient les bras et lui souriaient. Elle n'enviait guère leur sort, si jamais le vieux Daniel les surprenait là. Les fossés n'étaient pas terminés.

La piste ovale mesurait trois milles. Des ouvriers terminaient la mise en place des barrières pour le *steeple-chase*. Colum attacha le poney à un arbre, un peu à l'écart, puis ils se frayèrent un chemin dans la foule.

Tout le monde était d'excellente humeur, tout le monde connaissait Colum ; et ils voulaient tous serrer la main de Scarlett, « la petite dame qui a demandé si Robert Donahue portait des gants pour cultiver la terre ».

– J'ai l'impression d'être la *belle* du bal, chuchota-t-elle à Colum.

– Qui mieux que vous saurait tenir ce rôle ?

Il l'emmenait, avec de fréquentes pauses, vers la piste où les jockeys et les entraîneurs faisaient tourner les chevaux.

– Mais ils sont magnifiques, Colum. Qu'est-ce que des chevaux pareils font dans une course de petite ville minable ?

Il lui expliqua que la course n'était ni petite ni « minable ». Il y avait cinquante livres sterling pour le vainqueur, plus que ne gagnaient en un an bien des commerçants ou des agriculteurs. Et puis les passages d'obstacles constituaient un véritable test. Vainqueur à Trim, on pouvait se présenter la tête haute dans des courses plus connues, à Punchestown, à Galway, ou même à Dublin.

– Ou gagner de dix longueurs n'importe quelle course en Amérique, ajouta-t-il avec un large sourire. Les chevaux irlandais sont les meilleurs du monde, c'est une chose admise et reconnue partout.

– De même que le whisky irlandais, je suppose, rétorqua la fille de Gerald O'Hara.

Elle avait entendu proclamer ces deux vérités depuis sa plus tendre enfance. Les barrières lui paraissaient d'une hauteur infranchissable ; peut-être Colum disait-il vrai, après tout. Ce serait assurément une course passionnante. Et puis, avant les courses, il y aurait le marché de Trim. Décidément, on ne pouvait pas rêver de plus belles vacances.

Une sorte de rumeur souterraine couvrit peu à peu les bavardages, les rires et les clameurs de la foule. « Une bagarre ! Une bagarre ! » Colum se jucha sur la clôture pour voir. Un sourire joyeux l'illumina, et il frappa de son poing droit la paume de son autre main.

– Voudras-tu parier quelque chose, Colum ? questionna l'homme perché à côté de lui sur la clôture.

– Là, sûrement. Cinq shillings sur les O'Hara.

Scarlett faillit faire culbuter Colum en le tirant par la jambe.

– Que se passe-t-il ?

La foule quittait le pourtour du champ de courses pour se rapprocher du lieu du pugilat. Colum sauta à terre, saisit Scarlett par le poignet, et l'entraîna en courant.

Une cinquantaine d'hommes, jeunes et vieux, braillaient et grognaient dans une mêlée de poings, de bottes et de coudes. La foule formait autour d'eux un large cercle et leur criait des encouragements. Deux tas de vêtements, sur le côté, témoignaient de la soudaineté de la bagarre ; ils avaient été ôtés si hâtivement que les manches étaient restées à l'envers. Dans le groupe occupé à se battre, les chemises rougissaient à mesure que le sang se répandait. Aucun ordre, aucune structure n'apparaissait. Chacun frappait l'homme le plus proche de lui, puis cherchait des yeux la cible suivante. Celui qui tombait était relevé rudement par son voisin et rejeté dans la mêlée.

Scarlett n'avait jamais vu d'hommes se battre à coups de poing. Le bruit des heurts et la vue du sang qui giclait des nez et des bouches l'horrifièrent. Les quatre fils de Daniel s'activaient dans la bagarre, et elle supplia Colum de les faire sortir de là.

– Pour perdre mes cinq shillings ? Ne dites point de sottises, ma petite dame.

– Vous êtes affreux, Colum O'Hara. Tout simplement affreux.

Elle répéta la même chose par la suite à Colum et aux fils de Daniel, ainsi qu'à Michael et à Joseph, deux frères de Colum qu'elle n'avait pas encore rencontrés. Ils se trouvaient tous dans la cuisine, chez Daniel. Kathleen et Brigid pansaient tranquillement les blessures, sans tenir compte des exclamations de douleur ni des accusations de brutalité. Colum distribuait à la ronde des verres de whisky.

Je ne trouve pas du tout que ce soit drôle, songeait Scarlett, quoi qu'ils en disent. Elle ne parvenait pas à croire que ces bagarres entre bandes pussent faire partie du plaisir des foires et des événements de la vie publique, pour les O'Hara et leurs amis. « Juste pour s'amuser », tu parles! Quant aux filles, elles étaient encore pires, si c'était possible : elles se divertissaient à tourmenter Timothy parce qu'il n'avait rien récolté de plus méchant qu'un œil au beurre noir!

CHAPITRE 53

Le lendemain matin, Colum la surprit en paraissant à cheval dès avant le petit déjeuner, tenant une seconde monture par la bride.

— Vous m'avez dit que vous aimiez monter, expliqua-t-il, et j'ai trouvé à emprunter deux chevaux. Mais nous devrons les rendre pour l'Angélus de midi, alors prenez vite ce qui reste du pain d'hier soir, et venez avant que la maison ne s'emplisse de visiteuses.

— Mais il n'est pas sellé, Colum.

— Eh quoi! êtes-vous cavalière, oui ou non? Prenez le pain, Scarlett, et Bridie vous prêtera la main pour monter.

Elle n'avait plus monté ainsi, à cru et à califourchon, depuis son enfance. Elle avait oublié cette sensation de ne faire qu'un avec le cheval. Tout lui revint pourtant comme si elle n'avait jamais procédé autrement, et elle n'eut bientôt plus besoin des rênes; la pression de ses genoux suffisait à diriger la monture.

— Où allons-nous?

Ils venaient de s'engager dans une cavée qu'elle n'avait jamais prise.

— A la Boyne. J'ai quelque chose à vous montrer.

La rivière. Scarlett sentit son pouls s'accélérer. Cela l'attirait et lui répugnait tout à la fois.

Il se mit à pleuvoir, et elle songea que Bridie avait joliment bien fait de lui rappeler de prendre un châle. Elle se couvrit la tête et suivit Colum en silence, attentive au bruit des gouttes sur les feuillages et au clopinement régulier des sabots des chevaux. Quelle paix! Elle n'éprouva aucune surprise quand la pluie cessa. Maintenant, les oiseaux cachés dans les haies pouvaient sortir de nouveau.

Ils parvinrent au bout de la cavée. La rivière était là. Les berges étaient si basses que l'eau venait presque y clapoter.

— Voici le gué où Bridie fait sa toilette, dit Colum. Aimeriez-vous prendre un bain?

Scarlett fit mine de frissonner.

– Je ne suis pas brave à ce point. L'eau doit être glacée.

– Vous allez voir. Juste quelques éclaboussures. Nous traversons. Tenez bien vos rênes.

La monture de Colum s'engagea prudemment dans l'eau. Scarlett rassembla ses jupes sous ses cuisses, et suivit.

Arrivé sur l'autre rive, Colum mit pied à terre.

– Venez, nous allons prendre notre petit déjeuner, dit-il. Je vais attacher les chevaux à un arbre.

Ici, les arbres poussaient tout près de l'eau. Leur ombre tachetait le visage de Colum. Scarlett se laissa glisser à terre et confia les rênes à son cousin. Elle trouva un endroit ensoleillé où s'asseoir, adossée à un tronc. De petites fleurs jaunes aux feuilles en forme de cœurs tapissaient le sol. Elle ferma les yeux et écouta la voix douce de la rivière, le bruissement des feuilles au-dessus de sa tête, et le chant des oiseaux. Colum vint s'asseoir auprès d'elle, et elle rouvrit lentement les yeux. Il rompit en deux la miche de pain et lui tendit le plus gros morceau.

– J'ai une histoire à vous raconter pendant que nous mangerons, annonça-t-il. L'endroit où nous nous trouvons s'appelle Ballyhara. Il y a deux cents ans ou presque, c'était la terre de vos ancêtres, de *nos* ancêtres. C'est la terre des O'Hara.

Scarlett se redressa, regardant autour d'elle.

– Ne dites rien maintenant, et mangez votre bon pain, Katie Scarlett. C'est une assez longue histoire.

Le sourire de Colum arrêta les questions sur ses lèvres.

– Il y a deux mille ans et même un peu plus, reprit-il, les premiers O'Hara s'établirent ici et firent de cette terre leur bien. Il y a mille ans – vous voyez comme nous nous rapprochons – les Vikings découvrirent les vertes richesses de l'Irlande et tentèrent de s'en emparer. Les Irlandais – comme les O'Hara – surveillaient les rivières où risquaient d'apparaître les envahisseurs sur leurs drakkars à la proue ornée de dragons, et construisaient des fortifications pour se protéger.

Colum arracha un morceau de son pain et le mit dans sa bouche. Scarlett était impatiente d'entendre la suite. Tant d'années... son esprit ne pouvait pas en concevoir autant. Qu'y avait-il donc au-delà de mille ans ?

– Les Vikings furent chassés, reprit Colum, et les O'Hara purent labourer leurs terres et engraisser leur bétail en paix pendant environ deux cents ans. Ils construisirent un château fort assez grand pour y loger avec leurs serviteurs car les Irlandais ont la mémoire longue et, de même que les Vikings étaient venus, de nouvelles invasions pouvaient se produire. Et c'est ce qui arriva. Non plus des Vikings, cette fois, mais des Anglais, qui avaient naguère été français. Ils s'emparèrent de plus de la moitié de l'Irlande, mais les O'Hara tinrent bon à l'abri de leurs solides murailles et continuèrent à cultiver leurs terres pendant encore cinq cents ans. Jusqu'à la bataille de la Boyne, conclut Colum, dont vous connaissez déjà l'histoire pitoyable. Après avoir été cultivée deux mille ans par les O'Hara, la terre devint anglaise. Les O'Hara furent refoulés de l'autre côté du gué – les O'Hara, c'est-à-dire ceux qui restaient, les veuves et les bébés. L'un de ces enfants devint en grandissant fermier sur l'autre rive, chez les Anglais. Son petit-fils, cultivant les mêmes champs, épousa notre grand-mère, Katie Scarlett. Aux côtés de son père, il voyait par-dessus les eaux brunes de la Boyne le château en ruine des O'Hara, et c'est là même qu'il vit s'élever une demeure anglaise. Mais le nom restait, Ballyhara.

Et son père à elle, Gerald, voyait la maison, savait que cette terre appartenait aux O'Hara. Scarlett fondit en larmes, comprenant à présent la rage et la peine qu'elle avait lues sur ses traits, lorsqu'il évoquait en grondant la bataille de la Boyne. Colum alla se désaltérer au bord de la rivière. Puis il se lava les mains, et prit de l'eau pour Scarlett. Lorsqu'elle eut fini de boire il essuya doucement les larmes qui ruisselaient sur ses joues.

– Je voulais ne rien vous dire de tout cela, Katie Scarlett.

Elle l'interrompit d'une voix fâchée.

– J'ai le droit de savoir.

– C'est ce que je pense aussi.

– Dites-moi le reste. Je sais que ce n'est pas tout. Je le lis sur votre figure.

Colum était pâle, comme un homme confronté à une épreuve trop lourde pour lui.

– En effet, ce n'est pas tout. Le Ballyhara anglais était construit pour un jeune Lord. Il était beau comme Apollon, à ce qu'on en dit, et il se prenait d'ailleurs pour un dieu. Il résolut de faire de Ballyhara le plus beau domaine de l'Irlande. Son village – car il possédait Ballyhara jusqu'à la dernière pierre, jusqu'à la dernière feuille d'arbre – devait être plus grand qu'aucun autre, plus vaste même que Dublin. Il en fut donc ainsi. Ce n'était pas vraiment aussi vaste que Dublin, à l'exception de l'unique rue, qui était plus large que la plus grande rue de Dublin. Ses écuries ressemblaient à une cathédrale, ses fenêtres resplendissaient comme des diamants, ses jardins étendaient leur moelleux tapis jusqu'au bord de la Boyne. Des paons déployaient leurs éventails ornés de pierreries sur ses pelouses, et des dames couvertes de joyaux faisaient honneur à ses fêtes. Il était le seigneur de Ballyhara. Son unique regret était de n'avoir qu'un fils, un enfant unique. Mais il vécut assez pour voir son petit-fils, avant de disparaître en enfer. Et ce petit-fils-là n'eut pas non plus de frère ni de sœur. Mais il était beau, et il devint à son tour seigneur de Ballyhara, de ses écuries comme une cathédrale, et de son village somptueux. De même que son fils après lui. Je me souviens de lui, le jeune Lord de Ballyhara. Je n'étais qu'un enfant, et je le trouvais merveilleux. Il montait un grand cheval et, quand les sabots des chevaux piétinaient notre blé, à la chasse au renard, il nous jetait toujours des pièces, à nous, les enfants. Il était si grand et si mince, dans son habit rose et ses culottes blanches, avec ses hautes bottes noires étincelantes. Je ne comprenais pas pourquoi mon père nous prenait les pièces et les tordait, en maudissant le Lord de nous les avoir données.

Colum se leva et se mit à faire les cent pas au bord de l'eau. Lorsqu'il reprit le fil de son récit, ses efforts pour maîtriser sa voix lui donnaient un timbre dur, presque métallique.

– La famine vint, avec son cortège de souffrances et de mort. « Je ne supporte pas de voir mes fermiers souffrir ainsi, déclara le Lord de Ballyhara. Je vais construire deux solides vaisseaux et leur offrir gratuitement le voyage jusqu'en Amérique, où la nourriture se trouve en abondance. Peu m'importent les gémissements de mes vaches parce qu'il ne restera personne pour les traire, ou mes champs envahis par les orties parce qu'il ne restera personne pour les cultiver. Je me préoccupe davantage des habitants de Ballyhara que du bétail ou du blé. » Fermiers et villageois lui baisèrent les mains pour sa bonté, et ils furent nombreux à se préparer au voyage. Mais certains ne supportaient pas la souffrance de quitter l'Irlande. « Nous resterons, dussions-nous mourir de faim », déclarèrent-ils au jeune Lord. Il fit alors savoir dans toute la région que quiconque, homme ou femme, voudrait profiter d'une place libre dans un bateau n'aurait qu'à demander, et le Lord serait heureux de la lui offrir gratuitement. Mon père le maudit de nouveau. Il s'emporta contre ses deux frères, Matthew et Brian, parce qu'ils acceptaient l'aumône de l'Anglais. Mais ils étaient déterminés à partir... Ils se noyèrent avec tous les autres quand les navires pourris coulèrent en mer, au premier grain. On surnomma par la suite ces rafiots les *bateaux-cercueils*. Un homme de Ballyhara se posta dans l'écurie, sans se soucier qu'elle fût belle comme une cathédrale. Et, quand le jeune Lord vint chercher son grand cheval rouan, l'homme s'empara du beau Lord blond de Ballyhara et le pendit dans la tour au bord de la Boyne, là où naguère les O'Hara avaient guetté l'arrivée des drakkars.

Scarlett se couvrit la bouche de ses mains. Colum était si pâle, tandis qu'il parlait en arpentant la rive. La tour ! Ce devait être la même.

Elle crispa sa main sur sa bouche. Il ne fallait pas qu'elle l'interrompe.

— Personne, reprit Colum, ne sait l'identité de l'homme qui s'était caché dans l'écurie. Certains avancent un nom ou un autre. Quand les soldats anglais vinrent, les hommes restés à Ballyhara refusèrent de le dénoncer. Les Anglais les pendirent tous, pour payer la mort du jeune Lord.

Colum était livide. Un cri jaillit de sa gorge. Inarticulé, inhumain.

Il fixa Scarlett, et elle se recroquevilla de peur devant ce visage sauvage et tourmenté.

— UNE VUE ? hurla-t-il.

La puissance de ce hurlement ressemblait à celle d'un coup de canon. Il tomba à genoux sur la rive couverte de fleurettes jaunes et se courba en avant, le visage caché dans ses mains. Il tremblait de tout son corps.

Scarlett tendit la main vers lui, puis la laissa retomber mollement sur ses genoux. Elle ne savait pas quoi faire.

— Pardonnez-moi, Scarlett, articula le Colum qu'elle connaissait, en même temps qu'il relevait la tête. Ma sœur Molly est la plus belle sotte de l'Occident, pour dire des choses pareilles. Elle a toujours eu le don de me mettre hors de moi.

Il sourit, d'un sourire presque convaincant.

— Nous avons tout le temps de parcourir Ballyhara à cheval, proposa-t-il, si vous voulez. Le domaine est à l'abandon depuis près de trente ans, mais n'a subi aucun vandalisme. Personne ne veut même en approcher.

Il lui tendit la main, et un vrai sourire éclaira son visage blême.

— Venez, dit-il. Les chevaux sont juste là.

La monture de Colum ouvrit un chemin dans les ronces et les branchages enchevêtrés, et Scarlett ne tarda pas à voir les énormes murailles de pierre de la tour, devant eux. Colum leva une main pour la mettre en garde, et s'arrêta. Il disposa ses mains en porte-voix et cria : « *Seachain, seachain.* » L'écho des étranges syllabes se répercuta sur les pierres.

Il se tourna vers Scarlett, le regard joyeux. Ses joues avaient repris des couleurs.

— C'est du gaélique, cousine chérie, du vieil irlandais. Il y a une magicienne, une *cailleach*, qui vit dans une cahute à proximité d'ici. Selon les uns, ce serait une fée aussi ancienne que Tara, et d'autres prétendent qu'elle est la femme de Paddy Flynn, de Trim, qui s'est enfuie depuis plus de vingt ans. J'ai crié pour l'avertir que nous passions. Elle n'apprécierait pas de se laisser surprendre. Je ne dis pas que je crois aux sorcières, mais un peu de respect ne peut pas faire de mal...

Ils s'avancèrent jusqu'à la clairière où se dressait la tour. De près, Scarlett remarqua qu'il n'y avait pas de mortier entre les pierres, et qu'elles n'avaient pourtant pas bougé d'un pouce. Depuis combien d'années Colum avait-il dit qu'elle était construite ? Mille ans ? Deux mille ? Aucune importance. Elle avait eu peur quand Colum s'était mis à parler avec cet air bizarre. Mais plus maintenant. Cette tour n'était jamais qu'un bâtiment, et d'ailleurs le mieux construit qu'elle eût jamais vu. Cela n'a rien d'effrayant, se répéta-t-elle. En fait, je suis même plutôt attirée. Elle s'approcha de la muraille et fit glisser ses doigts à la jointure des pierres.

— Vous êtes très courageuse, Scarlett chérie. Je vous ai prévenue, on prétend que la tour est hantée par un pendu.

— Taratata ! Les fantômes n'existent pas. D'ailleurs, le cheval ne s'approcherait pas si c'était hanté. Tout le monde sait que les animaux perçoivent ce genre de choses.

Colum se mit à rire.

Scarlett appuya sa main contre le mur. D'innombrables siècles d'intempéries en avaient poli la surface. Elle sentait sous ses doigts la chaleur du soleil et le froid de la pluie et du vent. Une singulière sérénité lui inonda le cœur.

— On voit qu'elle est ancienne, observa-t-elle, sachant que ses mots exprimaient mal sa pensée, mais que c'était sans importance.

— Elle a survécu, répondit Colum. Tel un arbre énorme, aux racines profondes, jusqu'au cœur même de la terre.

« Des racines profondes. » Où avait-elle déjà entendu cela ? Ah oui, bien sûr. C'était ainsi que Rhett parlait de Charleston. Scarlett sourit, caressant rêveusement les vieilles pierres. Elle aurait une ou deux choses à lui dire, au sujet des racines profondes. Qu'il recommence seulement à vanter l'ancienneté de Charleston !

La demeure de Ballyhara était également construite en pierre, mais il s'agissait de granit taillé, chaque bloc formant un rectangle parfait. Cela vous avait un air solide, indestructible ; les vitres brisées et la peinture écaillée des montants de fenêtres paraissaient incongrues, face à cette impression d'éternité intacte que produisait la pierre. C'était une maison immense, dont les ailes à elles seules étaient plus grandes que pratiquement toutes les maisons que Scarlett avait connues. Construite pour durer, songea-t-elle. C'était vraiment dommage que personne n'habite là, quel gâchis !

— Le Lord de Ballyhara n'avait donc pas d'enfants ? demanda-t-elle à Colum.

— Non.

Il paraissait ravi.

— Il y avait une femme, je crois, ajouta-t-il. Qui est retournée dans sa famille. Ou à l'asile. On prétend qu'elle est devenue folle.

Scarlett sentit qu'il valait mieux ne point trop admirer la maison devant Colum.

– Allons voir le village, proposa-t-elle.

C'était plutôt une petite ville, et l'on n'y voyait pas une vitre intacte, pas une porte qui ne fût défoncée. C'était une ville délabrée et saccagée, qui donna à Scarlett la chair de poule. Voilà ce qu'avait fait la haine.

– Quel est le meilleur chemin pour rentrer chez nous? demanda-t-elle à Colum.

CHAPITRE 54

— C'est demain l'anniversaire de Grand-Mère, rappela Colum en quittant Scarlett devant chez Daniel. Tout homme de bon sens s'arrangerait pour disparaître jusque-là, et j'avoue que ce bon sens-là me tente assez. Prévenez la famille que je reviendrai demain matin.

Pourquoi cette soudaine frivolité ? se demanda Scarlett. Il ne pouvait pas y avoir tellement à faire, pour l'anniversaire d'une vieille dame. Un gâteau, bien sûr, mais quoi de plus ? Elle avait déjà décidé d'offrir à sa grand-mère le ravissant col en dentelle qu'elle avait acheté à Galway. Elle aurait tout le temps de s'en procurer un autre sur le chemin du retour. Bonté divine, c'est pour la fin de cette semaine !

A peine Scarlett eut-elle franchi la porte qu'elle comprit le genre de travail qui l'attendait. Il fallait tout frotter et astiquer dans la maison de la vieille Katie Scarlett, même si c'était déjà propre, et chez Daniel aussi. Puis désherber et balayer la cour du vieux cottage, afin d'y mettre tous les bancs, chaises et tabourets pour y asseoir tous ceux qu'on n'arriverait pas à faire tenir dans le cottage même. Il fallait aussi nettoyer la grange, et y disposer de la paille fraîche à l'intention de tous ceux qui voudraient rester dormir. C'était une énorme fête qui se préparait là. Il n'était pas si fréquent que l'on devînt centenaire.

— Mangez et disparaissez, ordonna Kathleen aux hommes quand ils arrivèrent pour déjeuner.

Elle posa un pichet de lait caillé et quatre miches de pain avec une motte de beurre sur la table. Dociles comme des agneaux, ils engloutirent leur repas à une vitesse que Scarlett n'eût pas imaginée possible, puis sortirent sans un mot en courbant la tête pour franchir le seuil.

— Et maintenant, annonça Kathleen quand ils furent partis, on commence. Scarlett, il me faudra beaucoup d'eau du puits. Les seaux sont devant la porte.

Pas plus que les hommes de la famille, Scarlett n'envisagea de discuter.

Après le déjeuner, toutes les femmes du village vinrent aider, avec leurs enfants. Il régnait un vacarme effrayant, tout le monde était en nage, Scarlett avait des ampoules à tous les doigts. Et elle se divertissait plus que jamais. Nu-pieds comme les autres, un grand tablier noué à la taille et les manches retroussées, elle se croyait redevenue l'enfant qui jouait dans l'arrière-cour, faisant enrager Mama parce qu'elle salissait son joli tablier et qu'elle avait ôté ses chaussures et ses bas. Seulement, aujourd'hui elle avait des camarades avec qui s'amuser, au lieu de cette pleurnicharde de Suellen et de Carreen, ce bébé bien trop petit pour entrer dans le jeu.

Combien de temps y avait-il de cela... pas comme quand on pense à quelque chose d'aussi ancien que la tour, j'imagine... des racines profondes... Colum était effrayant ce matin... cette horrible histoire de bateaux... C'étaient mes oncles, les propres frères de Papa, qui se sont noyés. Maudit soit ce lord anglais. Je suis bien contente qu'on l'ait pendu.

Jamais on n'avait vu une fête comme l'anniversaire de la vieille Katie Scarlett. Il arriva des O'Hara de tout le comté de Meath, en carrioles tirées par des ânes et en charrettes, à cheval et à pied. La moitié de la population de Trim était là, et pas une âme d'Adamstown ne manquait. Ils apportaient des cadeaux, des histoires, des plats confectionnés spécialement pour la fête, même si Scarlett pensait qu'il y avait déjà là de quoi nourrir une armée entière. La charrette de Mahoney était pleine de barils de bière, et celle de Jim Daly, venu de Mullingar, aussi. Seamus, le fils aîné de Daniel, monta le cheval de ferme jusqu'à Trim, et revint avec une caisse de pipes en terre harnachée sur son dos, comme une grosse bosse anguleuse, ainsi que deux sacs de tabac suspendus à la selle. Car il fallait offrir une pipe à tous les hommes – et à plus d'une femme – en cette occasion mémorable.

La grand-mère de Scarlett recevait le flot d'invités et leurs cadeaux avec l'aisance d'une reine, trônant sur sa chaise à dos droit, avec son col en dentelle tout neuf par-dessus sa belle robe en soie noire, somnolant quand l'envie l'en prenait, et buvant son thé arrosé de whisky.

Quand sonna l'Angélus du soir, il y avait plus de trois cents personnes dans le cottage et alentour, venues honorer Katie Scarlett O'Hara pour son centième anniversaire.

Elle avait demandé qu'on fasse « comme autrefois », et un vieil homme était assis en face d'elle près du feu, à la place d'honneur. De ses doigts tendres et tordus, il sortit de ses linges protecteurs une harpe ; trois cents voix et davantage soupirèrent de plaisir. C'était là MacCormac, seul héritier véritable de la musique des bardes, maintenant que le grand O'Carolan était mort. Il parla, et sa voix semblait déjà une musique.

– Je vous dirai les paroles du maître Turlough O'Carolan : « J'ai vécu en Irlande heureux et comblé, buvant avec tout homme vrai et authentiquement épris de musique. » Et j'y ajoute ces paroles de mon cru : « Je bois avec tout homme vrai et toute femme vraie comme Katie Scarlett O'Hara. »

Il s'inclina vers elle.

– C'est-à-dire, quand on offre à boire, ajouta-t-il.

Deux douzaines de mains se hâtèrent de remplir des verres. Il choisit le plus grand, qu'il leva à la santé de la vieille Katie Scarlett puis vida d'un trait.

– Je vais maintenant vous chanter l'histoire de Finn MacCool, annonça-t-il.

Ses doigts usés et déformés touchèrent les cordes de la harpe, et l'air s'emplit aussitôt de magie.

La musique fut, dès lors, ininterrompue. Deux joueurs de cornemuse étaient venus avec leurs *pibs willeann*, il y avait des violons à ne plus pouvoir les compter, et des accordéons, et des harmonicas, et des claquements de doigts, sans oublier le rythme obsédant des *bodhrans*, sous la houlette de Colum.

– Je n'imaginais pas qu'on pût faire pareille fête, s'exclama Scarlett, hors d'haleine.

Elle reprenait son souffle avant de retourner danser dans la lueur rosée de l'aube.

– Vous voulez dire que vous n'avez jamais célébré la Fête de Mai ? se récrièrent des cousins scandalisés, venus d'elle ne savait où.

– Il va falloir rester pour la Fête de Mai, jeune Katie Scarlett, décréta Timothy O'Hara.

Un chœur insistant lui fit écho.

– Je ne peux pas. Nous devons reprendre le bateau.

– Bah, il y aura d'autres bateaux, non ?

Scarlett quitta le banc d'un bond. Elle s'était bien assez reposée, et les violons entamaient une gigue endiablée. Tandis qu'elle dansait à en perdre le souffle, la question lui chantait dans la tête au rythme effréné de la musique. Il y aurait sûrement d'autres bateaux. Pourquoi ne pas rester et danser encore un peu la gigue, avec ses bas rayés ? Charleston serait toujours là quand elle y retournerait – avec les mêmes thés mondains, dans les mêmes maisons délabrées, derrière les mêmes grands murs hostiles.

Rhett serait toujours là aussi. Qu'il attende donc. Elle l'avait assez attendu à Atlanta. Et puis la situation avait changé. Avec l'enfant qu'elle portait, Rhett serait de nouveau à elle, dès l'instant où elle le revendiquerait.

Oui, décida-t-elle, elle pouvait bien rester jusqu'à la Fête de Mai. Elle s'amusait tellement.

Le lendemain, elle interrogea Colum sur les possibilités de départ après la Fête.

Bien sûr, il y aurait une autre occasion. Un vaisseau magnifique, qui faisait d'abord escale à Boston, où lui-même devait justement se rendre lors de son prochain séjour en Amérique. Scarlett et Bridie sauraient fort bien terminer le voyage seules jusqu'à Savannah.

— Il part le 9 mai au soir. Vous n'aurez qu'une demi-journée pour vos emplettes à Galway.

Elle n'avait aucun besoin de cette demi-journée, elle y avait déjà réfléchi. Jamais personne à Charleston ne pourrait porter des bas ou des jupons de Galway. Ils étaient trop voyants. Elle ne garderait que quelques-uns de ceux qu'elle avait achetés. Ce seraient de merveilleux souvenirs. Elle distribuerait les autres à Kathleen et à ses nouvelles amies du village.

— Le 9 mai. C'est beaucoup plus tard que nous n'avions prévu, Colum.

— Ce n'est jamais qu'une semaine et un jour après la Fête de Mai, Katie Scarlett. Un retard bien négligeable, une fois qu'on est mort.

C'était vrai! Plus jamais pareille occasion ne se représenterait. Et puis ce serait gentil pour Colum. L'aller retour entre Savannah et Boston lui aurait compliqué la vie. Lui qui avait tant fait pour elle! C'était bien le moins qu'elle pût faire pour lui...

Le 26 avril à Galway, le *Brian Boru* prit la mer avec deux cabines inoccupées.

Il était arrivé le 24, avec des passagers et du courrier. C'était le samedi que, à Galway, on le triait; dimanche étant dimanche, la sacoche à destination de Mullingar partit le lundi. Le mardi, la diligence de Mullingar à Drogheda laissa un petit sac à Navan, et le mercredi un courrier à cheval se mettait en route, avec un paquet de lettres pour la receveuse des postes de Trim. Il y avait une grosse enveloppe pour Colum O'Hara en provenance de Savannah, en Géorgie. Il recevait beaucoup de courrier, ce brave Colum O'Hara; c'était une grande famille très unie que celle des O'Hara, et le centenaire de la Vieille Dame était une date qu'on n'oublierait pas de sitôt. Le courrier déposa la lettre au pub d'Adamstown.

– Je me suis dit, pas de raison que ça attende vingt-quatre heures de plus, expliqua-t-il à Matt O'Toole, qui tenait le pub dont un recoin servait de poste et d'épicerie. A Trim, ils ne le mettront dans le casier d'Adamstown que demain, et ce sera un autre courrier qui l'apportera.

Il s'empressa d'accepter le verre de *porter* que lui offrit Matt O'Toole de la part de Colum. Le pub O'Toole était peut-être exigu et il avait besoin d'être repeint, mais on y buvait de la bonne bière brune.

Matt O'Toole appela sa femme qui étendait la lessive à sécher dans la cour.

– Tiens le comptoir, Kate, je fais un saut chez l'oncle Daniel par la cavée.

Le père de Matt était le frère de Theresa, la défunte femme de Daniel O'Hara. Dieu ait son âme.

– Colum! C'est merveilleux!

Dans la grosse enveloppe que Jamie avait envoyée à Colum, se trouvait une lettre de Tom MacMahon, l'entrepreneur qui construisait la cathédrale. Moyennant quelques efforts de persuasion, l'évêque avait consenti à laisser Scarlett racheter la dot de sa sœur. Tara. Ma belle Tara. Je ferai des choses fabuleuses.

Cornebleu!

– Colum! Écoutez ça! Ce grigou d'évêque réclame cinq mille dollars pour le tiers de Tara qui était échu à Carreen! On pourrait acheter tout le comté de Clayton, pour cinq mille dollars! Il va falloir qu'il rabatte son prix.

Les évêques de l'Église ne marchandaient guère, lui fit observer Colum. Si elle voulait cette dot, et si elle avait l'argent, elle devait payer. Et puis elle financerait ainsi les œuvres de l'Église, si cette pensée pouvait lui rendre la transaction plus agréable.

– Vous savez bien que non, Colum. Je déteste me faire berner par qui que ce soit – fût-ce l'Église. Je suis navrée si cela vous offense. Pourtant, il faut que Tara m'appartienne, j'y tiens trop. Oh, que j'ai été sotte de me laisser convaincre de rester. Nous pourrions être déjà à mi-chemin de Savannah.

Colum ne prit pas la peine de rétablir la vérité. Il sortit, tandis qu'elle se mettait en quête d'une plume et d'une feuille de papier.

– Il faut que j'écrive tout de suite à l'oncle Henry Hamilton! Il saura arranger l'affaire; ce sera chose faite à mon retour.

Le jeudi, Scarlett se rendit toute seule à Trim. Que c'était contrariant! Kathleen et Bridie étaient occupées à la ferme et, pour comble de malheur, Colum avait disparu sans dire à personne où il allait ni quand il reviendrait. Bon, il était parti, on n'y pouvait plus rien. Mais elle avait justement tant à faire. Elle voulait quelques jolis bols en faïence comme ceux qu'utilisait Kathleen à la cuisine, et de nombreux paniers – de toutes les formes, et il y en avait beaucoup – et aussi des tas et des tas de nappes et de serviettes en lin épais. On ne trouvait rien de tel dans les magasins, en Amérique. Elle voulait pour Tara une cuisine chaleureuse et accueillante, comme les cuisines irlandaises. Après tout, il n'y avait pas plus irlandais que le nom de Tara, n'est-ce pas?

Quant à Will et Suellen, elle ferait pour eux quelque chose de très généreux, pour Willy, en tout cas. Il le méritait. Il y avait des quantités de bonnes terres qui ne demandaient qu'à être vendues, dans le comté. Wade et Ella viendraient vivre à Charleston avec Rhett et elle. Rhett les aimait beaucoup. Elle trouverait une bonne école, où il n'y aurait pas trop de vacances. Rhett froncerait sûrement les sourcils, comme il faisait toujours en voyant comme elle traitait les enfants, mais quand le bébé serait né et qu'il verrait combien elle l'aimait, il cesserait de la critiquer tout le temps. Et puis l'été, ils iraient à Tara, Tara transfigurée – leur Tara à eux.

Scarlett savait qu'elle construisait des châteaux de sable. Peut-être que Rhett ne voudrait plus jamais quitter Charleston, et qu'elle devrait se contenter de visites occasionnelles à Tara. Mais pourquoi ne pas rêver tout son soûl, par un si beau matin de printemps, tandis qu'elle conduisait cet élégant cabriolet, avec ses bas rayés de rouge et bleu? Pourquoi pas?

Elle gloussa d'aise, et effleura de son fouet l'encolure du poney. Non mais écoutez-moi – me voilà plus irlandaise que nature!

La Fête de Mai tint toutes ses promesses. Il y eut bal et banquet dans toutes les rues de Trim, plus quatre immenses mâts de cocagne sur les pelouses, devant les ruines du château. Scarlett arborait un ruban rouge avec une couronne de fleurs dans les cheveux et, quand un officier anglais l'invita à faire un tour jusqu'à la rivière, elle refusa en termes dénués de toute ambiguïté.

Ils rentrèrent au cottage après le lever du soleil; Scarlett parcourut à pied les quatre milles avec le reste de la famille, parce qu'elle ne voulait pas que la nuit prît fin, bien qu'il fît déjà jour. Et puis aussi parce que ses cousins et ses nouveaux amis commençaient déjà presque à lui manquer. Elle avait hâte de rentrer chez elle, de régler les détails concernant Tara, de s'atteler à la tâche, mais elle était tout de même heureuse d'être restée pour la Fête de Mai. Plus qu'une semaine. Cela paraissait très bref.

Le mercredi, Frank Kelly, le courrier de Trim, s'arrêta au pub de Matt O'Toole pour boire une pinte en fumant sa pipe.

— Il y a une sacrée grosse enveloppe pour Colum O'Hara, dit-il. Qu'est-ce que ça peut bien être, à ton avis ?

Ils échafaudèrent les hypothèses les plus fantasques. En Amérique, tout était possible. Et ils pouvaient toujours chercher à deviner. Le père O'Hara était un brave homme chaleureux, tout le monde en convenait, et il parlait comme personne. Mais tout bien pesé, il ne disait jamais grand-chose.

Matt O'Toole ne porta pas sa lettre à Colum. Ce n'était pas la peine. Il savait que Clare O'Gorman irait voir sa vieille grand-mère dans l'après-midi. Elle se chargerait de la lettre, si Colum n'était pas passé d'ici là. Matt soupesa l'enveloppe. Ce devaient être des nouvelles joliment bonnes, pour justifier une telle dépense en frais d'expédition. Ou bien alors, une catastrophe vraiment exceptionnelle.

— Il y a du courrier pour toi, Scarlett. Colum l'a déposé sur la table. Et une tasse de thé quand tu voudras. Ta visite chez Molly s'est bien passée ?

Scarlett ne déçut point Kathleen. Elle décrivit la scène avec des petits gloussements retenus.

— Molly avait la femme du médecin chez elle, et sa tasse de thé tremblait tellement quand je suis entrée qu'elle a bien failli la casser. J'imagine qu'elle se demandait si elle pourrait s'en tirer en disant que j'étais la nouvelle servante. Et voilà que la femme du médecin s'exclame : « Ah, la riche cousine d'Amérique, quel honneur ! » Sans ciller devant mon accoutrement. En entendant cela, Molly a bondi comme un chat ébouillanté pour courir m'embrasser sur les deux joues. Je t'assure, Kathleen, qu'elle avait les larmes aux yeux quand j'ai dit que je passais juste chercher un costume de voyage dans ma malle. Elle mourait d'envie que je reste, dans n'importe quelle tenue. Je lui ai rendu ses baisers au moment de partir, et à la femme du médecin aussi, pour faire bonne mesure. Tant qu'à faire, autant voir grand.

Kathleen se tordait de rire, et son ouvrage de couture tomba par terre. Scarlett posa par-dessus son costume de voyage. Elle était sûre qu'il faudrait relâcher les coutures à la ceinture. Si ce n'était pas le bébé qui lui épaississait la taille, alors ce devait être l'habitude d'avoir des vêtements confortables, et aussi son appétit. Quoi qu'il en fût, elle n'avait nullement l'intention de faire le voyage du retour, serrée dans un corset qui l'empêcherait de respirer.

Elle prit l'enveloppe et alla l'examiner à la lumière du jour, sur le seuil de la porte. Elle était couverte d'inscriptions et de tampons. Franchement! Son grand-père était bien le plus affreux bonhomme du monde. Ou alors c'était la faute de cet horrible Jérome, plus vraisemblablement. Cette lettre lui avait été adressée aux bons soins de son grand-père, et il ne l'avait réexpédiée à Maureen qu'avec plusieurs semaines de retard. Elle déchira fébrilement l'enveloppe. Provenant d'un bureau administratif d'Atlanta, elle avait d'abord été envoyée à la maison de la rue du Pêcher. Scarlett espérait qu'elle n'avait pas oublié de payer une taxe ou un impôt. Entre la somme que réclamait l'évêque pour Tara et le coût des maisons qu'elle faisait construire, ses réserves devenaient trop basses pour lui permettre de gaspiller son argent en pénalités de retard. Et puis il allait encore falloir débourser des sommes considérables pour remettre Tara en état. Sans parler de l'achat d'une ferme pour Will. Elle porta la main à la bourse qu'elle cachait sous sa blouse. Non, l'argent de Rhett appartenait à Rhett.

Le document était daté du 26 mars 1875. Le jour où elle avait quitté Savannah à bord du *Brian Boru*. Elle parcourut les premières lignes, et s'arrêta. Cela n'avait aucun sens. Elle reprit au début, en lisant plus lentement. Son visage devint d'une pâleur de cire.

– Kathleen, où est Colum, le sais-tu?

Je parle normalement. Comme c'est étrange!

– Il doit être chez Grand-Mère, je crois. Clare est venue le chercher. Cela ne peut pas attendre? J'ai presque fini d'arranger mon ancienne robe pour Bridie, pour le voyage, et je sais qu'elle voudrait l'essayer devant toi, pour savoir ce que tu en penses.

– Non, c'est urgent.

Il fallait qu'elle voie Colum. Une erreur terrible s'était produite. Il fallait partir tout de suite, aujourd'hui même. Il fallait qu'elle rentre.

Colum était dans la cour, devant la maison.

– Nous n'avons jamais eu de printemps aussi ensoleillé, dit-il. Le chat et moi en profitons pour réchauffer un peu nos vieux os.

Le calme anormal de Scarlett s'évanouit dès qu'elle l'aperçut, et elle s'approcha en poussant de grands cris.

– Ramenez-moi vite, Colum. Je vous maudis, vous et tous les O'Hara et l'Irlande. Je n'aurais jamais dû partir de chez moi.

Dans sa main crispée, si serrée que ses ongles lui entraient dans la chair, elle chiffonnait une déclaration de l'État souverain de Géorgie annonçant l'enregistrement irrévocable et définitif de l'acte de divorce accordé à un dénommé Rhett Kinnicutt Butler, sur la base de la désertion de sa femme, dénommée Scarlett O'Hara Butler, par le District militaire de Caroline du Sud, administré par le Gouvernement fédéral des États-Unis d'Amérique.

– Le divorce n'existe pas en Caroline du Sud, articula Scarlett. Deux avocats me l'ont affirmé.

Elle répéta inlassablement la même chose, jusqu'à ce que sa gorge brûlante ne laissât plus passer un son, puis ses lèvres desséchées continuèrent à former les mots en silence tandis que son esprit les répétait encore. Et encore, et encore.

Colum l'entraîna à l'écart, dans un coin du jardin. Il s'assit avec elle et lui parla, mais il ne parvenait pas à se faire entendre. Il prit ses mains crispées dans les siennes pour la réconforter, et resta près d'elle sans rien dire. Sous la brève averse qui accompagna le crépuscule. Dans l'éclat du soleil couchant. Jusqu'à la nuit noire. Bridie vint les chercher quand le souper fut prêt, mais Colum la renvoya.

– Scarlett n'a plus ses esprits, Bridie. Dis-leur, à la maison, de ne pas s'inquiéter, il lui faut juste un peu de temps pour surmonter le choc. Elle a reçu des nouvelles d'Amérique : son mari est très gravement malade. Elle craint qu'il ne meure sans qu'elle ait pu se rendre à son chevet.

Bridie courut rapporter les nouvelles. Scarlett priait, annonça-t-elle. La famille pria aussi ; leur souper était froid quand ils le mangèrent enfin.

– Porte une lanterne dehors, Timothy, ordonna Daniel.

La lumière se reflétait dans les yeux figés de Scarlett.

– Kathleen m'a dit de vous donner aussi ce châle, murmura Timothy.

Colum approuva d'un signe de tête, le posa sur les épaules de Scarlett, et fit signe à Timothy de s'éloigner.

Une heure passa encore. Les étoiles scintillaient dans un ciel sans lune ; elles brillaient davantage que la lanterne. Un petit cri bref retentit dans un champ de blé voisin, puis un battement d'ailes presque imperceptible. Un hibou venait de tuer une proie.

– Que vais-je faire ? questionna Scarlett d'une voix rauque mais forte, dans l'obscurité.

Colum poussa un soupir de soulagement et remercia Dieu. Le pire était passé.

– Nous repartirons comme prévu, Scarlett chérie. Rien n'est survenu qui ne puisse s'arranger.

Il parlait d'une voix calme, sûre, apaisante.

– Divorcée!

Il y avait une pointe d'hystérie inquiétante dans cette voix brisée. Colum lui caressa vivement les mains.

– Ce qui est fait peut être défait, Scarlett.

– J'aurais dû rester. Je ne me le pardonnerai jamais.

– Allons, allons. Tous les *si* du monde ne résoudront rien. C'est ce qui va se passer ensuite, qu'il faut considérer.

– Il ne me reprendra jamais. Puisqu'il a le cœur assez dur pour divorcer. J'attendais qu'il vienne me chercher, Colum, j'étais sûre qu'il reviendrait. Comment ai-je pu être si sotte? Vous ne savez pas tout. Je suis enceinte, Colum. Comment pourrai-je avoir un enfant si je n'ai pas de mari?

– Eh bien, eh bien, répondit calmement Colum. Est-ce que cela ne résout pas tout? Vous n'avez qu'à le lui annoncer.

Scarlett porta les deux mains à son ventre. Bien sûr, comment pouvait-elle être aussi bête? Un rire rauque lui déchira la gorge. Jamais aucun papier ne pourrait forcer Rhett à renoncer à son enfant. Il saurait faire annuler le divorce, le faire effacer de tous les registres. Rhett pouvait faire n'importe quoi. Il venait encore de le prouver. Il n'y avait pas de divorce en Caroline du Sud – sauf si Rhett Butler décidait le contraire.

– Je veux partir immédiatement, Colum. Il doit bien y avoir un autre bateau avant le nôtre. Je vais devenir folle, à attendre.

– Nous partons vendredi de bon matin, Scarlett chérie, et le navire prend la mer samedi. Si nous nous en allons demain, il restera tout de même une journée à attendre avant le départ. Ne préférez-vous pas la passer ici?

– Oh non, il faut que je sente que je pars. Même si ce n'est que le début du voyage, je serai en route pour rejoindre Rhett. Tout va s'arranger, je vais faire en sorte que tout s'arrange. Tout ira bien... N'est-ce pas, Colum? Dites-moi que tout ira bien.

– Tout ira bien, Scarlett. Vous devriez manger quelque chose, maintenant, ne serait-ce que boire une tasse de lait. Avec une goutte de whisky dedans, peut-être. Il faut que vous dormiez. Vous devez entretenir vos forces, pour le bien de l'enfant.

– Oh oui, c'est promis. Je vais prendre le plus grand soin de moi-même. Mais il faut d'abord que je m'occupe de ma robe, que je fasse mes malles. Et puis, comment vais-je trouver une voiture pour me conduire au train?

Sa voix redevenait aiguë. Colum se leva, et lui tendit la main.

– Je vais m'en charger, et les filles m'aideront pour les malles. Mais seulement si vous mangez quelque chose en arrangeant votre garde-robe.

– Oui, oui, c'est ça.

Elle paraissait un peu plus calme, mais c'était encore très précaire. Il s'assurerait lui-même qu'elle boirait son lait additionné de whisky dès qu'ils pénétreraient dans la maison. Pauvre créature. S'il avait seulement pu en savoir un peu plus sur les femmes et les bébés, il se serait senti l'esprit plus en repos. Dernièrement, elle avait dansé comme une toupie pendant des nuits entières. Cela risquait-il de précipiter la naissance de l'enfant ? Si jamais elle le perdait, Colum craignait pour sa raison.

CHAPITRE 55

Comme tant d'autres gens avant lui, Colum sous-estimait la force de Scarlett O'Hara. Elle exigea qu'on allât chercher ses malles le soir même chez Molly, et elle ordonna à Brigid de faire ses bagages tandis que Kathleen lui ajustait sa robe.

— Regarde bien comment on procède pour le laçage, Bridie, recommanda-t-elle sèchement en enfilant son corset. A bord, ce sera à toi de le faire, et je ne pourrai pas voir ce qui se passe derrière mon dos pour t'aider.

Sa fébrilité et sa voix rauque avaient déjà plongé Bridie dans un état de terreur. Le bref cri de douleur de Scarlett, quand Kathleen tira sur les lacets, arracha aussi un cri à Bridie.

Peu importe que cela fasse mal, se morigéna Scarlett, cela fait toujours mal, depuis toujours. J'avais juste oublié. Je m'y réhabituerai après quelque temps. Cela ne cause aucun tort à l'enfant. J'ai chaque fois porté un corset le plus longtemps possible, quand j'étais enceinte, et ma grossesse était beaucoup plus avancée. Je n'en suis même pas à dix semaines. Il faut que j'arrive à entrer dans mes vêtements, il le faut.

Je prendrai ce train demain, même si je dois en mourir.

— Tire, Kathleen, tire encore, haleta-t-elle.

Colum se rendit à Trim à pied, et loua une voiture pour la veille du jour prévu. Puis il fit la tournée des parents et connaissances, pour répandre la nouvelle de la terrible anxiété de Scarlett. Il termina tard, totalement épuisé. Mais ainsi nul ne s'étonnerait que Scarlett O'Hara s'enfuie dans la nuit, comme une voleuse, sans saluer personne.

Elle se tira élégamment de l'épreuve des adieux à la famille. Le choc subi l'avait cuirassée d'indifférence. Elle ne s'effondra qu'une fois, en disant adieu à sa grand-mère. Ou plutôt, quand la vieille Katie Scarlett lui dit adieu.

— Que Dieu soit avec toi et que les saints guident tes pas. Je suis heureuse que tu sois venue pour mon anniversaire, fille de Gerald. Je regrette seulement que tu ne puisses pas être à ma veillée mortuaire. Pourquoi pleures-tu, ma fille ? Ne sais-tu donc pas qu'il n'existe pour les vivants aucune fête qui soit même à moitié aussi belle qu'une veillée mortuaire ? C'est bien dommage de manquer cela.

Scarlett garda le silence dans la voiture jusqu'à Mullingar, puis dans le train jusqu'à Galway. Bridie était trop nerveuse pour parler, mais son excitation et son bonheur se devinaient à la coloration de ses joues et à l'éclat émerveillé de ses yeux. Au cours de ses quinze années d'existence, jamais encore elle ne s'était éloignée à plus de dix milles de chez elle.

En arrivant à l'hôtel, Bridie demeura un moment bouche bée devant tant de magnificence.

— Je vais vous accompagner à vos chambres, mesdames, annonça Colum. Et je reviendrai à temps pour vous escorter à la salle à manger. Je vais juste descendre au port et organiser l'enregistrement des malles. Et puis j'aimerais voir quelles cabines on nous donne. C'est le moment d'en changer, si ce ne sont pas les meilleures.

— J'irai avec vous, dit Scarlett.

C'était la première fois qu'elle ouvrait la bouche.

— Ce n'est pas la peine.

— Pour moi, si. Je veux voir le navire, sans quoi je n'arriverai pas à croire qu'il soit vraiment là.

Colum céda. Bridie demanda si elle pouvait venir aussi. L'hôtel l'impressionnait trop. Elle ne voulait pas y rester seule.

La brise du soir apportait une fraîcheur saline. Scarlett prenait de longues inspirations, se remémorant soudain l'air toujours salé de Charleston, sans se rendre compte des larmes qui ruisselaient sur ses joues. Si seulement on avait pu partir maintenant, à l'instant. Peut-être pourrait-on persuader le capitaine ? Elle effleura de la main la bourse d'or cachée sous ses vêtements.

— Je cherche *L'Étoile du Soir*, demanda Colum à un débardeur.

— Il est là-bas, répondit l'homme avec un geste du bras. Arrivé il y a juste une heure.

Colum dissimula sa surprise. Le bateau aurait dû être là trente heures plus tôt. Inutile de laisser entendre à Scarlett qu'un retard pouvait signifier des problèmes.

Méthodiquement, des files de débardeurs montaient et descendaient du navire, qui transportait des marchandises en plus de ses passagers.

– Pour l'instant, ce n'est guère un endroit pour une femme, Scarlett chérie, déclara Colum. Retournons à l'hôtel, et je reviendrai plus tard.

Le visage de Scarlett se durcit.

– Non. Je veux parler au capitaine.

– Il sera trop occupé pour recevoir qui que ce soit, fût-ce une personne aussi charmante que vous.

Elle n'était pas en humeur d'accepter des compliments.

– Vous le connaissez, Colum, non ? Vous connaissez tout le monde. Faites en sorte que je puisse le voir maintenant.

– Cet homme m'est inconnu, je ne l'ai jamais vu, Scarlett. Comment le connaîtrais-je ? Nous sommes à Galway, et non dans le comté de Meath.

Un homme en uniforme descendait de la passerelle de *L'Étoile du Soir*. Les deux énormes sacs de toile qu'il portait sur son dos semblaient ne rien peser du tout ; il marchait d'un pas alerte et élastique, inhabituel pour un homme de sa taille et de son volume.

– Mais n'est-ce pas le père Colum O'Hara en personne, que je vois là ? s'écria-t-il d'une voix de stentor en approchant. Qu'est-ce qui peut bien t'éloigner ainsi du pub de Matt O'Toole, Colum ?

Il posa à terre l'un de ses gros sacs et se découvrit pour saluer Scarlett et Bridie.

– N'ai-je pas toujours dit que les O'Hara avaient une chance du diable avec les dames ? reprit-il de la même voix tonitruante, riant de sa propre plaisanterie. Leur as-tu seulement dit que tu étais prêtre ?

Scarlett se contenta de sourire machinalement quand Colum lui présenta Frank Mahoney, sans écouter la longue chaîne de cousinage qui l'apparentait à Maureen. Elle voulait parler au capitaine !

– Je porte juste le courrier d'Amérique à la poste pour qu'on le trie demain, expliqua Mahoney. Veux-tu y jeter un coup d'œil, ou bien préfères-tu attendre d'être rentré chez toi pour lire tes lettres d'amour parfumées ?

Sa plaisanterie l'enchantait manifestement.

– C'est bien gentil à toi, Frank. Je vais regarder maintenant, si tu le permets.

Colum ouvrit le sac posé par terre, et l'approcha du bec de gaz qui éclairait le quai. Il eut tôt fait de trouver l'enveloppe de Savannah.

– Décidément, la chance est avec moi, aujourd'hui, dit-il. Je savais par sa dernière lettre que mon frère allait bientôt m'écrire de nouveau, mais j'avais perdu tout espoir de recevoir sa missive. Je te remercie, Frank. Me laisseras-tu t'offrir une pinte ?

– Ce n'est pas la peine. C'était pour le plaisir d'enfreindre le règlement anglais.

Frank remit le sac sur son épaule, en ajoutant :

– Ce foutu directeur aura l'œil collé sur sa montre en or, je ne peux pas m'attarder. Bonne soirée, mesdames.

Le pli contenait une demi-douzaine de lettres. Colum les examina hâtivement, cherchant l'écriture de Stephen.

– En voici une pour vous, Scarlett, dit-il.

Il lui donna l'enveloppe bleue, puis trouva le message de Stephen et l'ouvrit. Il commençait tout juste à le lire quand il entendit un long cri aigu, et sentit un poids s'affaisser contre lui. Avant qu'il eût pu tendre les bras, Scarlett gisait à ses pieds. Pendant que Colum la soulevait par les épaules et lui prenait le pouls à la gorge, Bridie courut après les feuillets qui s'étaient envolés.

Ils regagnèrent l'hôtel en fiacre, secoués et ballottés par la vitesse de la course. La tête de Scarlett roulait de façon grotesque, malgré les efforts de Colum pour la retenir. Il traversa rapidement le hall en la portant dans ses bras.

– Appelez un médecin, cria-t-il à des domestiques en livrée. Et poussez-vous !

Parvenu dans la chambre de Scarlett, il la déposa sur le lit.

– Allons, Bridie, aide-moi à la dévêtir, dit-il. Il faut qu'elle ait de l'air.

Il tira un couteau d'un étui en cuir, à l'intérieur de son habit. Les doigts de Bridie s'affairaient mécaniquement à déboutonner le dos de la robe de Scarlett.

Colum trancha les lacets du corset.

– Maintenant, dit-il, aide-moi à lui redresser la tête sur les oreillers, et couvre-la chaudement.

Il frotta vigoureusement les bras de Scarlett, lui tapota les joues.

– As-tu des sels à lui faire respirer ?

– Non, Colum. Et je crois qu'elle non plus.

– Le médecin en aura sûrement. J'espère que c'est un simple évanouissement.

– Elle s'est évanouie, mon père, rien de plus, annonça le médecin en quittant la chambre de Scarlett. J'ai laissé un cordial à la jeune fille, pour le lui administrer quand elle reviendra à elle. Ces dames ! Elles se coupent la circulation pour l'amour de la mode. Mais il n'y a rien à craindre, elle se remettra parfaitement.

Colum le remercia, lui régla le montant de la visite, et l'accompagna jusqu'à la porte. Puis il revint s'asseoir lourdement devant la table éclairée par la lampe, et se prit la tête dans les mains. Il y avait bien de quoi s'inquiéter, et il se demandait si Scarlett se « remettrait » un jour. Les pages mouillées de la lettre étaient répandues sur la table devant lui, et parmi elles se trouvait un article de journal soigneusement découpé. « Hier soir, pouvait-on lire, au Foyer confédéré, a été célébré dans l'intimité le mariage de Mlle Anne Hampton avec M. Rhett Butler. »

CHAPITRE 56

L'esprit de Scarlett était comme un tourbillon, tournoyant sans fin pour émerger du noir, remonter du néant vers la conscience, mais un instinct le refoulait sans cesse vers l'abîme et, glissant et dérapant, il retombait dans l'obscurité, loin de l'intolérable vérité qui l'attendait. Le processus se reproduisait indéfiniment, et cette lutte épuisait ses forces, la laissant exténuée et inerte, pâle comme la mort dans son grand lit.

Elle fit un rêve, plein de mouvement et d'une agitation anxieuse. Elle était aux Douze Chênes, dans la plantation redevenue telle qu'aux plus beaux jours avant les torches incendiaires de Sherman. La gracieuse spirale du grand escalier s'élevait de nouveau, comme suspendue par magie, et elle en gravissait les marches d'un pied agile et léger. Ashley la précédait, sans entendre qu'elle l'appelait, l'implorant de s'arrêter. « Ashley », criait-elle. « Ashley, attendez-moi ! » et elle courait pour le rattraper.

Cet escalier n'en finissait plus. Elle ne se souvenait pas qu'il fût si haut ; il semblait s'élever à mesure qu'elle montait, et elle avait beau courir, Ashley la distançait. Il fallait qu'elle le rejoigne. Elle ignorait pourquoi, mais il le fallait, et elle courait, de plus en plus vite, à s'en faire éclater le cœur. « Ashley ! appelait-elle. Ashley ! » Il s'arrêtait, et elle trouvait en elle-même une force dont elle ne se serait pas crue capable ; elle se remettait à courir de plus belle pour arriver en haut.

Un immense soulagement l'envahissait corps et âme lorsqu'elle touchait enfin sa manche. Il se tournait alors vers elle, et elle hurlait silencieusement. Il n'avait pas de visage, elle ne voyait qu'une sorte de brume indistincte et pâle.

Elle tombait alors, sombrait dans un gouffre, ses yeux terrorisés fixés sur cet être au-dessus d'elle, et s'efforçait de faire jaillir un cri du fond de sa gorge. Mais elle n'entendait d'autre son qu'un rire, venu d'en bas, qui s'élevait comme un nuage pour l'assaillir et railler son mutisme.

Je vais mourir, songeait-elle. Une souffrance terrible va m'écraser et j'en mourrai.

Mais, soudain, deux bras puissants l'étreignaient et la retenaient doucement dans sa chute. Elle les connaissait, elle reconnaissait l'épaule où se nichait sa tête. C'était Rhett. Rhett l'avait sauvée. Elle était en sécurité contre sa poitrine. Elle levait la tête pour le regarder dans les yeux. Une terreur glacée paralysait alors son corps tout entier. Ses traits avaient perdu toute forme, il n'en subsistait qu'une brume, comme pour Ashley. Puis le rire reprenait, jaillissant de l'informe chose qui aurait dû être le visage de Rhett.

Scarlett reprit brutalement conscience, fuyant l'horreur, et elle ouvrit les yeux. L'obscurité l'enveloppait, une obscurité impénétrable. La lampe s'était éteinte, et Bridie dormait dans son fauteuil, invisible, dans un coin de la chambre. Scarlett étendit les bras à la surface de cet immense lit inconnu. Ses doigts rencontrèrent la texture fine du lin, rien d'autre. Les bords du matelas étaient trop loin. Il lui semblait être abandonnée sur une immensité molle et indéfinissable. Peut-être cela s'étendait-il à l'infini dans l'obscurité muette – l'angoisse lui serra la gorge. Elle était seule, perdue dans la nuit.

Arrête! Son esprit refoula la panique, et la força à se ressaisir. Elle remonta soigneusement ses genoux contre son menton, et se retourna en boule, le visage enfoui dans les draps. Elle bougeait lentement, de manière à ne faire aucun bruit. Il pouvait y avoir quelque chose, n'importe quoi, tapi dans l'obscurité, aux aguets. Elle rampa, le cœur battant, jusqu'au moment où ses doigts touchèrent le bord du lit, puis descendirent le long du bois massif de la paroi.

Quelle nigaude tu fais, Scarlett O'Hara, se dit-elle, tandis que des larmes de soulagement lui coulaient sur les joues. Bien entendu, c'est un lit inconnu, et la chambre aussi. Tu t'es évanouie, comme n'importe quelle petite sotte qui aurait des vapeurs, et Colum t'a ramenée à l'hôtel avec l'aide de Bridie. Cesse donc ces bêtises de demeurée.

Puis, tel un coup de poing, le souvenir l'assaillit. Elle avait perdu Rhett... divorcé... remarié avec Anne Hampton. Elle ne pouvait pas y croire, mais il le fallait, c'était la vérité.

Pourquoi, pourquoi avait-il fait une chose pareille? Elle avait tellement cru qu'il l'aimait. Il ne pouvait pas avoir fait cela, il ne pouvait pas.

Mais il l'avait fait.

Je ne l'ai jamais réellement connu. Scarlett entendit ses propres paroles comme si elle les avait prononcées à voix haute. Je ne l'ai jamais connu du tout. Qui était-ce donc, que j'aimais ? De qui est l'enfant que je porte ?

Que va-t-il advenir de moi ?

Cette nuit-là, dans l'effrayante obscurité d'une chambre d'hôtel inconnue, à des milliers de milles de son pays natal, Scarlett O'Hara fit la chose la plus courageuse qu'il lui fût jamais donné de faire. Elle regarda son échec en face.

C'est entièrement ma faute. J'aurais dû retourner à Charleston dès que j'ai su que j'étais enceinte. J'ai choisi de m'amuser, et ces quelques semaines de divertissement m'ont coûté l'unique bonheur auquel je tenais vraiment. Je n'ai tout simplement pas réfléchi à ce que penserait Rhett quand je me suis enfuie, je n'ai pas réfléchi plus loin que le lendemain, que la prochaine gigue. Je n'ai jamais réfléchi du tout.

Jamais.

Toutes les erreurs dues à son insouciance, à son impétuosité vinrent la harceler dans le noir silence de la nuit, et elle se força à les regarder en face. Charles Hamilton – elle l'avait épousé afin de vexer Ashley, sans rien éprouver du tout pour lui. Frank Kennedy – elle s'était montrée odieuse avec lui, elle lui avait menti au sujet de Suellen pour qu'il l'épouse et lui donne l'argent nécessaire à la restauration de Tara. Rhett – oh, elle avait commis tant d'erreurs qu'elle ne pouvait les compter ! Elle l'avait épousé sans l'aimer, n'avait fait aucun effort pour le rendre heureux, s'était même bien moquée de savoir s'il était malheureux – jusqu'au jour où il avait été trop tard.

Oh, mon Dieu, pardonnez-moi, jamais je n'ai songé une seule fois à ce que je leur faisais, à ce qu'ils éprouvaient. Je les ai tous offensés, blessés, meurtris, parce que je n'ai jamais pris le temps de réfléchir.

Mélanie aussi. Surtout elle. Il m'est insupportable de me rappeler combien j'ai été odieuse avec elle. Jamais, pas une seule fois je n'ai eu la moindre gratitude pour l'affection qu'elle me portait, pour le courage avec lequel elle me défendait toujours. Jamais je ne lui ai même dit que je l'aimais, parce que jamais je n'y ai pensé, jusqu'à la fin, quand il était trop tard.

Ai-je jamais, de ma vie entière, prêté attention à ce que je faisais ? Ai-je jamais – fût-ce une seule fois – songé aux conséquences ?

La honte et le désespoir accablaient Scarlett. Comment avait-elle pu être aussi sotte ? Elle qui méprisait les sots.

Ses mains se crispèrent alors, sa mâchoire se contracta, et elle redressa le dos. Elle n'allait pas se complaire dans les larmoiements en ressassant le passé. Elle ne pleurnicherait pas – pas plus en public qu'en privé.

Elle contempla de ses yeux secs l'obscurité qui la dominait. Elle ne pleurerait pas, pas maintenant. Il lui resterait sa vie entière, pour pleurer. Pour l'instant il fallait réfléchir, et réfléchir sérieusement, avant de décider ce qu'elle allait faire.

Il fallait qu'elle songe à l'enfant.

L'espace d'un moment, elle éprouva pour lui de la haine, et de la haine pour la taille lourde et le corps disgracieux qui seraient bientôt son lot. Elle avait escompté que cela lui ramènerait Rhett, mais c'était finalement un échec. Il y avait certaines choses qu'une femme pouvait faire – elle avait entendu parler de femmes qui s'étaient débarrassées de bébés dont elles ne voulaient pas...

Jamais Rhett ne le lui pardonnerait, si elle faisait cela. Mais qu'est-ce que cela changerait? Rhett l'avait quittée, à jamais.

Un sanglot refoulé lui monta aux lèvres, plus fort que toute sa volonté.

Perdu. Je l'ai perdu. Je suis battue. Rhett a gagné.

Puis une soudaine colère s'empara d'elle, cautérisant la souffrance, insufflant une nouvelle énergie à son corps et son âme épuisés.

Je suis battue mais j'aurai ma revanche, Rhett Butler, songea-t-elle avec un sentiment de triomphe amer. Je te frapperai plus fort que tu ne m'as frappée.

Scarlett posa délicatement ses mains à plat sur son ventre. Oh non, elle ne se débarrasserait pas de cet enfant. Elle allait même s'en occuper mieux que jamais, dans toute l'histoire du monde, on ne s'était occupé d'un enfant.

Des images de Rhett avec Bonnie lui revinrent en mémoire. Il a toujours aimé Bonnie plus qu'il ne m'aimait. Il donnerait n'importe quoi – il donnerait sa vie, pour qu'elle soit là. J'aurai une nouvelle Bonnie, toute à moi. Et quand elle sera assez grande – quand elle m'aimera, moi, et moi seulement, plus que tout au monde –, alors je la montrerai à Rhett, qu'il voie ce qu'il a manqué...

Qu'est-ce que je dis là? Je dois être folle. Il y a un instant à peine, je prenais conscience du mal que je lui avais fait et je m'en voulais. Et voilà que je le hais et que je projette de lui faire plus de mal encore. Je n'agirai plus jamais ainsi, je ne me laisserai plus aller à échafauder de pareils desseins, plus jamais.

Rhett m'a quittée; je l'ai compris. Je ne puis céder aux regrets ou à la vengeance, ce serait du gâchis, quand je dois au contraire recommencer ma vie. Il faut que je trouve quelque chose d'important, quelque chose de neuf, qui donne un sens à ma vie. Je le peux, si j'y applique mon esprit.

Pendant tout le reste de la nuit, Scarlett explora méthodiquement toutes les possibilités. Elle s'égara dans des impasses, se heurta à des obstacles qu'elle surmonta, et découvrit de surprenants îlots de mémoire, d'imagination et de maturité.

Elle se rappela sa jeunesse, le comté, la vie avant la guerre civile. Ces souvenirs semblaient indolores, lointains, et elle comprit qu'elle n'était plus la même, qu'elle pouvait abandonner la Scarlett d'autrefois et laisser dormir en paix l'ancien temps et ses morts.

Elle se concentra sur l'avenir, sur les réalités, sur les conséquences. Ses tempes commencèrent à battre, de plus en plus fort, et bientôt toute sa tête fut serrée dans un effroyable étau, mais elle continua de réfléchir.

Lorsque s'élevèrent les premiers bruits de la rue, tous les éléments s'étaient mis en place dans sa tête, et Scarlett savait ce qu'elle allait faire. Dès que la lumière filtra à travers les rideaux, Scarlett appela Bridie.

La jeune fille bondit de son fauteuil, les yeux encore tout ensommeillés.

– Dieu merci, vous êtes rétablie! s'exclama-t-elle. Le médecin a laissé ce cordial. Je vais juste chercher la cuiller, elle est sur la table.

Scarlett ouvrit docilement la bouche pour avaler l'amère potion.

– Voilà, déclara-t-elle d'une voix ferme, c'en est fini d'être malade. Ouvre les rideaux, il doit faire jour à présent. J'ai besoin de déjeuner, j'ai mal à la tête, et il faut que je reprenne des forces.

Il pleuvait. Une vraie pluie, et non pas ce crachin brumeux qui était si fréquent. Scarlett éprouvait une sombre satisfaction.

– Colum sera heureux d'apprendre que vous êtes rétablie, il était tellement inquiet. Puis-je lui dire de venir?

– Pas encore. Dis-lui que je veux le voir tout à l'heure, j'ai à lui parler. Mais pas tout de suite. Vas-y. Dis-le-lui. Et demande-lui de te montrer comment commander mon petit déjeuner.

CHAPITRE 57

Scarlett se força à avaler chaque bouchée, l'une après l'autre, sans même se rendre compte de ce qu'elle mangeait. Comme elle l'avait dit à Bridie, il fallait qu'elle reprenne des forces.

Après le petit déjeuner, elle renvoya Bridie, en lui donnant pour instructions de revenir deux heures plus tard. Puis elle alla s'asseoir au secrétaire placé près de la fenêtre et, fronçant le sourcil avec application, elle couvrit rapidement de son écriture plusieurs pages d'un épais papier velouté.

Lorsqu'elle eut rédigé, plié et scellé deux lettres, elle demeura longtemps immobile devant la table, les yeux fixés sur le papier vierge. Elle avait tout organisé pendant les heures sombres de la nuit, elle savait ce qu'elle allait écrire, mais elle ne pouvait se résoudre à prendre la plume et commencer. A la seule pensée de ce qu'il lui fallait faire, elle en frémissait jusqu'à la moelle.

Scarlett se détourna de la page avec un frisson. Ses yeux rencontrèrent une jolie petite pendule en porcelaine posée sur une console, et elle en eut le souffle coupé. Si tard déjà! Bridie allait revenir dans quarante-cinq minutes.

Je ne peux plus tergiverser; gagner du temps n'y changera rien. Il n'y a aucune autre issue. Il faut que j'écrive à l'oncle Henry, humblement, et que je lui demande gentiment de m'aider. Il est le seul en qui je puisse avoir confiance. Avec une grimace, Scarlett prit la plume. Son écriture, habituellement si nette, était toute crispée et inégale, dans l'effort qu'elle faisait pour préciser noir sur blanc qu'elle confiait à Henry Hamilton la gestion de ses affaires à Atlanta.

Il lui semblait creuser un gouffre sous ses propres pieds. Elle se sentait physiquement malade, au bord de la nausée. Ce n'était point la crainte que le vieil avocat ne la berne, mais bien plutôt qu'il ne sache pas veiller au grain aussi efficacement qu'elle l'avait toujours fait. C'était une chose de lui laisser récolter à sa place les bénéfices du magasin et le loyer du saloon. C'en était une autre de lui abandonner le contrôle des inventaires et des prix du magasin, et le soin de fixer le montant du loyer du saloon.

Le contrôle. Elle abandonnait le contrôle de son argent, de sa sécurité, de son succès. Au moment même où ce contrôle était le plus nécessaire. Le rachat de la part de Carreen allait entamer largement ses réserves d'or, mais il était trop tard désormais pour interrompre l'affaire avec l'évêque, ce que Scarlett n'aurait d'ailleurs pas voulu faire, même si elle l'avait pu. Son rêve de passer les étés à Tara avec Rhett était mort désormais, mais Tara restait tout de même Tara, et elle était déterminée à l'avoir toute à elle.

Ses travaux immobiliers en bordure de la ville représentaient une autre ponction sur ses finances, mais il fallait poursuivre. Si seulement elle n'avait pas été certaine que l'oncle Henry accepterait toutes les suggestions de Joe Colleton sans même s'enquérir du coût.

Et le pire, c'est qu'elle ne saurait rien de ce qui se passerait, ni en bien ni en mal. N'importe quoi pouvait arriver.

« Je ne peux pas! » gémit Scarlett à voix haute. Mais elle continua d'écrire. Il le fallait. Elle allait prendre de longues vacances, écrivit-elle, voyager. On ne pourrait pas la joindre, elle n'aurait pas d'adresse où l'on pût lui écrire. Elle relut les mots. Ils s'estompèrent devant ses yeux, et elle cilla pour refouler ses larmes. Pas de ça, se dit-elle. Il était absolument essentiel de couper tous les ponts, sans quoi Rhett parviendrait à retrouver sa piste. Et il ne devait surtout pas apprendre l'existence de l'enfant avant qu'elle n'ait décidé de l'en informer.

Mais comment supporter de ne pas savoir ce que l'oncle Henry ferait de son argent? Ou si la panique s'aggravait, menaçant ses économies? Ou si sa maison brûlait? Ou pire encore, son magasin?

Il fallait qu'elle le supporte, et elle le supporterait. La plume parcourait rapidement la page en grinçant, formulant des instructions et des conseils dont Henry Hamilton ne tiendrait sans doute aucun compte.

Au retour de Bridie, toutes les lettres étaient sur le buvard, pliées et scellées. Quant à Scarlett, assise dans un fauteuil, elle tenait son corset abîmé sur ses genoux.

— Ah! j'avais oublié, gémit Bridie. Nous avons été contraints de le couper, pour que vous puissiez respirer. Que voulez-vous que je fasse? Il y a peut-être une boutique à proximité.

— Non, cela n'a pas d'importance. Tu peux m'arranger à peu près une robe, et je porterai une mante pour dissimuler les points faufilés dans le dos. Allons, vite, il se fait tard et j'ai encore fort à faire.

Bridie regarda par la fenêtre. Tard, vraiment? Ses yeux de paysanne voyaient bien qu'il n'était pas encore neuf heures. Elle alla docilement chercher le nécessaire à couture que Kathleen l'avait aidée à préparer pour son nouveau rôle de chambrière.

Une demi-heure plus tard, Scarlett frappait à la porte de la chambre de Colum. Elle avait les yeux cernés par le manque de sommeil, mais se sentait calme et parfaitement maîtresse d'elle-même. Elle n'éprouvait ni lassitude ni malaise. Le pire était passé ; maintenant, il fallait agir. Cela lui redonnait des forces.

Elle sourit à son cousin lorsqu'il ouvrit la porte.

— Votre col suffira-t-il à protéger votre réputation, si j'entre chez vous ? demanda-t-elle. Je désire vous entretenir de certaines choses très confidentielles.

Colum s'inclina et ouvrit en grand la porte.

— Soyez mille fois bienvenue, dit-il. Qu'il est bon de vous voir sourire, chère Scarlett.

— Il ne s'écoulera pas bien longtemps avant que je puisse même rire, j'espère... La lettre d'Amérique s'est-elle perdue ?

— Non. Je l'ai. Confidentielle. Je comprends ce qui s'est passé.

— Vraiment ?

Scarlett sourit de nouveau, avant d'ajouter :

— Eh bien, vous êtes plus sagace que moi. Je sais, mais je ne comprendrai sans doute jamais. Néanmoins, là n'est plus la question.

Elle déposa les trois lettres sur la table.

— Je vous en parlerai dans une minute, dit-elle. Tout d'abord, je dois vous informer que je ne pars plus avec vous et Bridie. Je vais rester en Irlande.

Elle leva la main.

— Non, ne dites rien. J'y ai bien réfléchi. Il n'y a plus rien pour moi en Amérique.

— Ah non, Scarlett chérie, pas de décision hâtive. Ne vous ai-je donc pas dit que ce qui pouvait être fait pouvait être défait ? Votre mari a obtenu le divorce une fois, il recommencera quand vous rentrerez lui parler de l'enfant.

— Vous faites erreur, Colum. Jamais Rhett ne divorcera d'Anne. Elle appartient à son milieu, à la bonne société de Charleston. Et puis elle est comme Mélanie. Cela ne signifie rien pour vous qui n'avez pas connu Melly. Mais Rhett la connaissait. Il avait compris bien avant moi qu'elle était une créature d'exception. Il respectait Melly. Elle était la seule femme qu'il ait jamais respectée, hormis sa mère, peut-être, et il la respectait comme elle le méritait. Cette jeune fille qu'il a épousée en vaut dix comme moi, exactement comme Melly, et Rhett le sait fort bien. Elle vaut dix fois Rhett, aussi, mais elle l'aime. Laissons-lui porter cette croix-là.

Elle prononça ces derniers mots avec une sauvage amertume.

Ah! quelle souffrance, songeait-il. Il doit bien exister un moyen de l'aider.

— Vous avez votre Tara bien à vous, maintenant, Katie Scarlett, avec tous ces rêves que vous bercez. Cela ne vous réconfortera-t-il pas, en attendant que votre cœur guérisse ? Vous pouvez construire l'univers que vous voudrez pour l'enfant que vous portez, une magnifique plantation qui sera l'œuvre de son grand-père et de sa mère. Si c'est un garçon, vous pourriez l'appeler Gerald.

— Il n'y a là rien à quoi je n'aie déjà songé, Colum. Je vous remercie, mais vous ne pouvez guère proposer de réponse là où je n'en ai pas trouvé, croyez-moi. D'une part, j'ai déjà un fils, un enfant dont je ne vous ai jamais parlé, si l'on veut envisager la question de l'héritage. Mais l'essentiel, c'est ce nouvel enfant. Je ne puis retourner à Tara pour le mettre au monde, ni même l'y emmener lorsqu'il sera né. Jamais personne ne voudra croire qu'il ait été conçu légitimement. Les gens ont toujours pensé – dans le comté comme à Atlanta – que je ne valais pas grand-chose. Et j'ai quitté Charleston dès le lendemain du jour où l'enfant fut conçu.

Une douloureuse nostalgie se peignit sur les traits de Scarlett à l'évocation de ce souvenir.

— Jamais personne, reprit-elle, n'accepterait de croire que cet enfant est de Rhett. Nous faisions chambre à part depuis des années. Les gens me traiteraient de putain et mon enfant de bâtard, et ils se délecteraient de ces mots.

— Mais non, Scarlett, mais non. Votre mari connaît la vérité. Il reconnaîtra l'enfant.

Les yeux de Scarlett s'embrasèrent.

— Oh oui, il le reconnaîtrait et il me le prendrait. Vous ne pouvez pas imaginer comment Rhett se comporte avec les enfants, Colum, avec *ses* enfants. Il est comme fou d'amour. Il faut que l'enfant lui appartienne, l'aime plus que tout, soit tout à lui. A peine le bébé aurait-il poussé son premier cri qu'il me l'arracherait. Et ne vous imaginez pas qu'il ne le pourrait pas! Il a obtenu le divorce là même où c'était impossible. Il modifierait n'importe quelle loi ou en ferait une nouvelle. Rien ne l'arrête.

Elle chuchotait d'une voix rauque, comme sous l'emprise de la peur. Elle avait le visage déformé par la haine et par une terreur violente et irraisonnée.

Puis soudain, comme si un voile tombait, son visage changea. Il s'apaisa, à l'exception de ses yeux verts flamboyants. Un sourire apparut sur ses lèvres, qui fit frémir Colum jusqu'à la moelle.

— C'est *mon* enfant, dit-elle.

Sa voix grave et sereine semblait un ronronnement de chat.

— A moi seule, insista-t-elle. Il n'en saura rien, jusqu'à ce que je le décide moi-même, quand il sera trop tard. Je vais prier pour que ce soit une fille. Une ravissante fille aux yeux bleus.

Colum se signa.

Scarlett éclata d'un rire dur.

— Pauvre Colum, dit-elle. Vous avez déjà dû entendre parler de la femme méprisée, ne soyez pas si choqué. Ne craignez rien, je ne vous causerai plus de frayeur.

Elle sourit, et il eut peine à croire qu'il n'avait pas imaginé ce qu'il venait de voir sur son visage. Elle arborait à présent un sourire franc et affectueux.

— Je sais que vous cherchez à m'aider, et je vous en sais gré, Colum, sincèrement. Vous avez été si bon avec moi, un ami si précieux, sans doute le meilleur que j'aie eu, à part Melly. Vous êtes comme un frère. J'ai toujours souhaité avoir un frère. J'espère que vous resterez toujours mon ami.

Colum s'empressa de l'en assurer. Il se disait à part lui qu'il n'avait jamais vu d'âme plus en peine.

— Je désire que vous portiez pour moi ces lettres en Amérique, Colum. Celle-ci est pour ma tante Pauline. Je veux qu'elle sache bien que j'ai reçu sa lettre, pour qu'elle ait la satisfaction de pouvoir répéter aux gens : « Je vous l'avais bien dit. » Cette autre est pour mon homme de loi à Atlanta, j'ai des affaires à régler. Je voudrais que vous postiez les deux de Boston, afin que personne ne sache où je me trouve réellement. Quant à la troisième, vous la remettrez en mains propres. Cela représente un voyage supplémentaire pour vous, mais c'est d'une importance capitale. Il s'agit de la banque, à Savannah. J'ai une certaine quantité d'or, ainsi que tous mes bijoux, dans ses coffres, et je compte sur vous pour me les rapporter ici en totalité. Bridie vous a-t-elle remis la bourse que je portais autour du cou ? Bien. Cela me permettra de démarrer. J'ai besoin que vous me trouviez ici un homme de loi de toute confiance – s'il existe une telle perle rare. Je vais me servir de l'argent de Rhett Butler. Je veux acheter Ballyhara, la terre des premiers O'Hara. Cet enfant aura un héritage que jamais Butler n'aurait pu lui procurer. Je vais lui apprendre deux ou trois choses, à propos des racines et de leur profondeur.

— Scarlett chérie, je vous en supplie. Attendez un peu. Nous pouvons rester quelque temps à Galway, où Bridie et moi prendrons soin de vous. Vous n'avez pas encore surmonté ces chocs. Ils étaient trop violents, trop rapprochés, vous n'étiez pas prête à prendre d'aussi graves décisions.

— Sans doute croyez-vous que j'ai perdu la tête. C'est peut-être vrai. Mais c'est ainsi, Colum, ma décision est prise. Avec ou sans votre aide. Je ne vois aucune raison pour que Bridie et vous retardiez votre départ. Je compte retourner dès demain chez Daniel, et demander la permission d'y demeurer jusqu'à ce que Ballyhara m'appartienne. Si vous craignez que je n'aie besoin de soins, vous pouvez faire confiance à Kathleen et au reste de la famille. Allons, Colum, avouez-le, c'est moi qui ai gagné.

Il étendit les mains et se reconnut battu.

Il l'escorta ensuite au cabinet d'un avocat anglais qui avait la réputation de réussir tout ce qu'il entreprenait, et qui entama la procédure pour rechercher le propriétaire de Ballyhara.

Le lendemain, Colum se rendit au marché dès que les premiers tréteaux furent dressés. Il rapporta à l'hôtel tout ce que lui avait demandé Scarlett.

– Et voilà, madame O'Hara, annonça-t-il. Des jupes noires, avec des blouses, des châles, une mante et des bas noirs pour la malheureuse jeune veuve. Et puis j'ai révélé à Bridie la nouvelle qui a causé votre évanouissement. Votre époux a été emporté par la maladie avant que vous ayez pu vous rendre à son chevet. Et voici encore ceci – un petit cadeau que je tiens à vous offrir. Quand vos vêtements de deuil vous paraîtront trop déprimants, je pense que vous vous sentirez mieux rien qu'à l'idée de ce que vous portez dessous.

Sur ces paroles, Colum lui déposa sur les genoux tout un tas de jupons multicolores.

Scarlett sourit, les yeux brillants d'émotion.

– Comment saviez-vous que je regrettais d'avoir distribué tous mes vêtements irlandais aux cousines d'Adamstown?

Elle désigna sa malle et ses valises.

– Je n'aurai plus besoin de ces choses, reprit-elle. Emportez-les, et confiez-les à Maureen pour qu'elle les distribue.

– Quelle folie, Scarlett, c'est trop impulsif!

– Taratata! J'ai ôté mes bottines et mes dessous. Les robes ne me serviront plus. Plus jamais je ne me laisserai serrer dans un corset. Jamais. Je suis Scarlett O'Hara, Irlandaise aux jupes tourbillonnantes, avec un jupon rouge caché. Libre, Colum! Je vais me créer un monde à moi, selon mes propres lois et aucune autre. Ne vous faites pas de souci pour moi. Je vais apprendre à être heureuse.

Colum détourna les yeux pour ne pas voir l'expression sombre et déterminée de Scarlett.

CHAPITRE 58

Le départ du navire étant retardé de deux jours, Colum et Bridie purent accompagner Scarlett à la gare le dimanche matin. Ils commencèrent par aller tous ensemble à la messe.

— Il faut que tu lui parles maintenant, chuchota Bridie à l'oreille de Colum lorsqu'ils se retrouvèrent dans le hall.

Elle roulait les yeux en direction de Scarlett.

Colum toussota pour dissimuler son sourire, Scarlett était accoutrée en veuve paysanne, elle avait même revêtu un châle en guise de manteau.

— Nous la prendrons comme elle est, Bridie, répondit-il fermement. Elle a le droit de porter son deuil comme bon lui semble.

— Mais, Colum, dans ce grand hôtel anglais, tout le monde va la regarder et jacasser.

— N'ont-ils pas, eux aussi, des droits? Qu'ils regardent donc et jacassent tout leur soûl. Nous n'y ferons pas attention.

Il maintint solidement Bridie par le bras, et tendit sa main libre à Scarlett. Elle posa délicatement la sienne par-dessus, comme s'il la menait au bal.

Lorsqu'elle fut installée dans son compartiment de première classe, Colum observa avec ravissement, et Bridie avec horreur, que des groupes de voyageurs anglais ouvraient la portière du compartiment, pour reculer aussitôt.

— On ne devrait pas autoriser ces gens-là à acheter des billets de première classe, déclara d'une voix de stentor une dame à son mari.

La main de Scarlett retint vigoureusement la portière avant que l'Anglaise eût pu la refermer, et elle appela Colum, qui se trouvait sur le quai.

— Par ma foi! J'ons oublié mon panier de galettes bouillies, mon père. Voudrez-vous ben dire une prière à la bonne Sainte Vierge pour qu'y vendent quèques victuailles su'le train?

L'accent était tellement exagéré que Colum comprit à peine ce qu'elle disait. Il riait encore lorsqu'un employé de la gare ferma la portière et que le train se mit en marche. Il vit avec plaisir que le couple anglais abandonnait toute dignité pour grimper en vitesse dans un autre compartiment.

Scarlett agita le bras en souriant jusqu'à ce que Colum eût disparu à l'horizon.

Elle se rassit alors et se détendit, s'autorisant même une modeste petite larme. Elle était épuisée et redoutait le retour à Adamstown. Les deux pièces du cottage de Daniel lui avaient paru drôles et délicieusement différentes de tout ce qu'elle avait connu, tant qu'il s'était agi d'une visite de courte durée. Ce n'était plus à présent qu'une petite maison surpeuplée et dépourvue de confort, et pourtant le seul endroit où elle serait désormais chez elle – pour Dieu sait combien de temps. Il se pouvait que l'homme de loi ne retrouve pas le propriétaire de Ballyhara. Ou que le propriétaire ne veuille pas vendre. Ou encore que le prix dépasse la somme allouée par Rhett.

Le projet qu'elle avait si soigneusement mis au point recelait encore bien des zones d'ombre, et elle n'avait aucune certitude sur aucun point.

Inutile d'y penser maintenant, décida-t-elle, je n'y peux absolument rien. Au moins, personne ne m'encombre ici et ne m'impose son bavardage. Scarlett replia les accoudoirs qui séparaient en trois la profonde banquette moelleuse, s'étendit avec un soupir de volupté et s'endormit après avoir eu soin de poser son billet par terre, afin que le contrôleur le vît. Elle avait échafaudé un plan, et elle allait faire l'impossible pour le mener à bien. Mais cela lui aurait été plus facile si elle n'avait pas été à moitié morte de fatigue.

La première étape se déroula sans problème. Elle acheta à Mullingar un cabriolet et un poney, avec lesquels elle regagna Adamstown. Ce n'était pas une voiture aussi élégante que celle de Molly, elle était même assez miteuse. Mais le poney était plus jeune, plus grand, et plus fort. Et puis c'était un début.

La famille eut un choc en la voyant revenir, et compatit à son deuil de la manière qui lui convenait le mieux. Leurs condoléances une fois exprimées, plus jamais ils n'évoquèrent l'aspect affectif de la question. En revanche, ils s'enquirent de ce qu'ils pouvaient faire pour elle.

– M'instruire, répondit-elle. Je veux étudier l'agriculture irlandaise.

Elle suivit donc Daniel et ses fils dans leur travail. Elle se força même, en serrant les dents, à soigner le bétail et traire les vaches. Lorsqu'elle eut appris tout ce qu'elle pouvait apprendre sur la ferme de Daniel, Scarlett entreprit de séduire Molly, puis son imbécile de mari, Robert. Son exploitation était cinq fois plus grande que celle de Daniel. Après Robert, ce fut au tour de son patron, M. Alderson, le régisseur de l'ensemble du domaine du comte. Jamais, même au temps où elle captivait tous les hommes du comté de Clayton, Scarlett n'avait été aussi charmante. Ou n'avait travaillé aussi durement. Ou si bien réussi. Elle n'avait guère le loisir de remarquer l'austérité du cottage. Tout ce qui comptait, c'était le matelas moelleux à la fin de sa longue journée de travail estival.

Au bout de quelques semaines de ce régime, elle en savait à peu près autant qu'Alderson sur Adamstown, et avait repéré au moins six manières possibles d'améliorer les choses. C'est à ce moment-là qu'elle reçut la lettre de son homme de loi à Galway.

La veuve du défunt propriétaire de Ballyhara s'était remariée un an seulement après son décès, et était elle-même morte depuis cinq ans. Son fils aîné et héritier, actuellement âgé de vingt-sept ans, vivait en Angleterre où il devait également hériter des terres de son père, à la mort de celui-ci. Il avait promis de prendre en considération toute offre supérieure à quinze mille livres sterling. Scarlett examina la copie du relevé cadastral de Ballyhara que l'avocat avait jointe à sa lettre. Le domaine était beaucoup plus vaste qu'elle n'avait cru.

Là, ce sont les deux côtés de la route jusqu'à Trim. Et voici une autre rivière. La limite est la Boyne par ici et – elle plissa les yeux pour lire les lettres minuscules – le ru du Chevalier par là. Quel nom élégant. Le ru du Chevalier. Deux rivières. Il me faut absolument cette terre. Mais, quinze mille livres!

Elle savait déjà par Alderson que seule une excellente terre à blé pouvait se payer dix livres, et que c'était un prix élevé. Huit paraissait un chiffre plus raisonnable, et un négociateur très avisé devait s'en tirer pour sept et demie. Ballyhara comportait aussi une vaste zone de marais. La tourbe, combustible fort prisé, promettait de durer encore plusieurs siècles. Mais rien ne poussait dans les marécages, et les champs voisins étaient trop acides. Sans compter que la terre était en friche depuis trente ans. Il faudrait débroussailler et arracher des herbes solidement enracinées. Elle ne devrait pas payer plus de quatre, quatre et demie. Pour douze cent quarante arpents, cela faisait entre quarante-neuf soixante et cinquante-cinq quatre-vingts. Il y avait la maison, bien sûr, qui était immense. Elle s'en moquait bien. Les maisons du bourg lui importaient davantage. Quarante-six en tout, plus deux églises. Parmi ces maisons, cinq étaient superbes, et il y avait deux douzaines de simples cottages.

Mais toutes étaient à l'abandon. C'était inévitable, puisque personne ne s'occupait du domaine. Tout bien considéré, une offre de dix mille livres semblait plus que correcte. Le propriétaire aurait même de la chance d'en tirer autant. Dix mille livres – autrement dit cinquante mille dollars! Scarlett fut horrifiée. Il faut absolument que je commence à penser en livres et en shillings, songea-t-elle, sans quoi je deviens trop insouciante. Dix mille livres ne font pas tant d'effet, mais cinquante mille dollars, c'est autre chose. Une véritable fortune. Avec toutes ces économies de bouts de chandelle et ces marchandages aux scieries et au magasin... et la vente des scieries... et le loyer du saloon... et sans jamais dépenser un penny si je pouvais l'éviter, pendant tant d'années, en dix ans je n'ai réussi à mettre de côté qu'un peu plus de trente mille dollars. Et encore, je n'en aurais pas la moitié si Rhett n'avait pas pourvu à tous mes besoins pendant au moins les sept dernières années. L'oncle Henry dit que je suis une femme riche avec mes trente mille dollars, et je suppose qu'il a raison. Ces maisons que je fais construire ne m'en coûtent pas plus d'une centaine. Quelle catégorie de gens peut bien se permettre de dépenser cinquante mille dollars pour acheter une ville-fantôme en ruine avec des terres en friche?

Des gens comme Rhett Butler, justement. Et je détiens cinq cent mille de ses précieux dollars. Pour racheter les terres volées à mes ancêtres. Ballyhara n'était pas n'importe quel domaine, c'était celui des O'Hara. Comment pouvait-elle même se demander s'il fallait acheter ou non? Scarlett fit une offre ferme de quinze mille livres – à prendre ou à laisser.

Une fois la lettre postée, elle frissonna de la tête aux pieds. Et si Colum ne lui rapportait pas son or au moment voulu? Impossible de savoir combien de temps il faudrait à l'avocat, ni quand Colum reviendrait. Elle ne s'était pas attardée à saluer Matt O'Toole en lui confiant la lettre. Elle était pressée.

Elle marchait aussi vite que l'irrégularité du terrain le lui permettait, avec l'espoir qu'il pleuvrait bientôt. Les haies touffues qui bordaient l'étroit chemin y concentraient toute la chaleur de ce mois de juin. Elle n'avait pas de chapeau pour se protéger du soleil. Elle n'en portait presque jamais; les fréquentes averses, ainsi que les nuages qui les précédaient et leur succédaient rendaient les chapeaux superflus. Quant aux ombrelles, elles ne constituaient en Irlande qu'un ornement futile.

En parvenant au gué sur la Boyne, elle remonta ses jupes et resta à se rafraîchir un moment dans l'eau avant de se diriger vers la tour.

Depuis qu'elle était revenue chez Daniel, la tour revêtait pour elle une grande importance. Elle s'y rendait toujours quand une inquiétude la taraudait ou qu'elle était triste. Les énormes blocs de pierre retenaient aussi bien la chaleur que la fraîcheur. Elle pouvait y appliquer ses mains ou sa joue, et puiser un réconfort dans leur antique et immuable solidité. Elle parlait parfois à la tour comme elle eût fait avec son père. Plus rarement, elle étendait les bras comme pour l'étreindre, et pleurait. Jamais elle n'entendait là d'autre son que sa propre voix, le chant des oiseaux, et le murmure de la rivière. Jamais elle ne percevait la présence des yeux qui l'observaient.

Colum regagna l'Irlande le 18 juin. Il envoya un télégramme de Galway. ARRIVERAI 2 H 05 AVEC MARCHANDISES SAVANNAH. Le village était en émoi. Jamais encore on n'avait reçu un télégramme à Adamstown. Jamais on n'avait vu un messager de Trim marquer si peu d'intérêt pour la *porter* de Matt O'Toole, ni un cheval si rapide amener un messager.

Lorsque, deux heures plus tard, un second messager arriva au galop sur un cheval encore plus remarquable, l'excitation populaire ne connut plus de limites. Un second télégramme de Galway pour Scarlett. OFFRE ACCEPTÉE STOP LETTRE ET CONTRAT SUIVENT.

La discussion ne s'éternisa point au village pour convenir de la seule chose raisonnable à faire. O'Toole et le charron allaient fermer boutique, le médecin sa porte. Avec le père Danaher comme porte-parole, ils iraient tous ensemble chez Daniel O'Hara pour savoir ce qui se passait.

Scarlett était sortie en cabriolet, leur apprit-on, et rien de plus, car Kathleen elle-même n'en savait pas davantage. Mais chacun put toucher et lire les télégrammes. Scarlett les avait laissés sur la table à la vue de tous.

Scarlett suivait d'un cœur joyeux les routes tortueuses menant à Tara. Elle avait son plan bien établi dans sa tête, chaque étape venant logiquement après la précédente. Mais ce voyage à Tara n'était pas programmé; l'idée lui en était venue en recevant le second télégramme, et elle avait obéi à une impulsion très forte. Il lui paraissait urgent, par cette magnifique journée ensoleillée, d'aller contempler du sommet de Tara la douce terre verdoyante où elle avait choisi de vivre.

Il y avait aujourd'hui beaucoup plus de moutons en pâture que lors de sa première visite. Elle observa leurs larges dos et pensa à la laine. Nul n'élevait de moutons à Adamstown, aussi allait-elle devoir s'instruire sur les difficultés et les avantages de cet élevage auprès d'autres sources.

Scarlett s'arrêta net. Il y avait des gens sur les ondulations de terrain où s'élevait naguère la salle des banquets de Tara et où elle s'était attendue à être seule. Et des Anglais, de surcroît, maudite race. La haine des Anglais faisait partie de la vie de tout Irlandais, et Scarlett l'avait assimilée au pain qu'elle mangeait et à la musique au son de laquelle elle dansait. Ces pique-niqueurs n'avaient pas le droit d'étendre leurs couvertures et leur nappe là où les Grands Rois d'Irlande avaient naguère dîné, de parler de leurs voix discordantes là où naguère des harpes avaient résonné.

Surtout quand c'était précisément l'endroit où Scarlett avait l'intention de se tenir, immobile et solitaire, pour s'absorber dans la contemplation de son domaine. La vue de ces hommes prétentieux, coiffés de chapeaux de paille, et de ces femmes aux ombrelles en soie fleurie, manqua la faire étouffer de frustration.

Je ne les laisserai pas gâcher ma journée, j'irai là où ils seront hors de vue. Elle se dirigea vers la butte à double enceinte qui avait été la demeure du roi Cormac, bâtisseur de la salle des banquets. Là se trouvait la pierre de la destinée, *Lia Fail*. Scarlett s'y adossa. Colum avait été choqué de la voir faire une chose pareille, le jour où il l'avait amenée à Tara pour la première fois. Cette pierre constituait l'épreuve du couronnement des rois antiques, lui avait-il expliqué. Si la pierre criait, l'homme ainsi éprouvé pouvait devenir Grand Roi d'Irlande.

Elle avait ressenti ce jour-là une telle exaltation que rien ne l'aurait étonnée, pas même si l'antique pilier de granit l'avait interpellée. Ce qu'il n'avait évidemment pas fait. Il était presque aussi haut qu'elle, si bien qu'elle pouvait reposer le creux de sa nuque contre la partie supérieure. Elle contemplait rêveusement les nuages qui couraient au-dessus d'elle dans le ciel bleu, et sentait le vent soulever les petites mèches folles de son front et de ses tempes. Les voix des Anglais n'étaient plus à présent qu'un bruit de fond que couvrait le doux tintement des clochettes accrochées au cou de certains moutons. Quelle sérénité! Peut-être est-ce pour cela que j'avais un tel besoin de venir à Tara, songea-t-elle. J'étais si occupée que j'en oubliais d'être heureuse, alors que c'était l'élément essentiel de mon plan. Puis-je être heureuse en Irlande? Puis-je en faire mon vrai pays?

Il y a du bonheur dans la vie libre que je mène ici. Et il y en aura tellement plus encore quand j'aurai réalisé mon projet. Le plus dur est fait, tout ce qui dépendait des autres. Maintenant, rien ne dépend plus que de moi, et de ce que je voudrai. Il y a tant à faire! Elle souriait au vent.

Le soleil jouait à cache-cache avec les nuages et il émanait des hautes herbes un parfum riche et vivant. Scarlett se laissa glisser au sol et s'assit dans la verdure. Elle finirait peut-être par trouver un trèfle à quatre feuilles, Colum disait qu'il en poussait plus ici que partout ailleurs en Irlande. Elle avait scruté beaucoup de coins d'herbe, mais jamais encore elle n'avait vu ce fameux trèfle irlandais si particulier. Prise d'une soudaine impulsion, Scarlett roula ses bas et les ôta. Que ses pieds paraissaient blancs! Elle releva ses jupes au-dessus de ses genoux, pour se chauffer les pieds et les jambes au soleil. Ses jupons jaune et rouge, sous la jupe noire, la firent sourire de nouveau. Colum avait eu bien raison, sur ce point.

Scarlett remua ses doigts de pied dans l'air vif.

Qu'était-ce là? Sa tête se redressa vivement.

L'infime mouvement de vie reprit en son sein.

– Oh, souffla-t-elle. Oh.

Elle posa ses deux mains sur le petit renflement qu'elle dissimulait sous ses jupes. Elle ne sentait rien d'autre que les volumineux replis du lainage. Il n'y avait rien de bien étonnant à ce qu'elle ne pût encore percevoir ce mouvement sous ses doigts; Scarlett savait qu'il s'écoulerait bien des semaines avant que sa main sente les petits coups de pied.

Elle se leva, face au vent, et cambra la taille en gardant ses deux paumes contre son ventre. Des champs vert et or et des arbres au feuillage dru d'été emplissaient le monde aussi loin que son regard pouvait porter.

– Tout cela t'appartient, petit bébé irlandais, dit-elle. Ta mère te le donnera. A elle toute seule!

Scarlett sentait sous ses pieds l'herbe fraîche qu'agitait le vent et, par-dessous, la terre tiède et moelleuse.

Elle s'agenouilla et arracha une touffe d'herbe. Son visage s'éclaira d'une lueur surnaturelle tandis qu'elle creusait de ses ongles la terre odorante, pour ensuite s'en frotter le ventre d'un geste circulaire, en disant : « C'est à toi, toute cette terre riche et verte de Tara. »

On parlait de Scarlett chez Daniel. Il n'y avait là rien de bien nouveau : depuis son arrivée, elle constituait le principal sujet de conversation du village. Kathleen ne s'en offensait pas, certes. Scarlett la fascinait et l'intriguait tout autant. Elle approuvait sans difficulté sa décision de demeurer en Irlande.

– N'avais-je pas moi-même le cœur bien lourd, au souvenir de nos brumes et de cette terre tendre, dans cette ville torride qui m'étouffait? Quand elle a pu comparer et voir ce qui valait le mieux, elle a compris qu'il ne fallait surtout pas y renoncer.

– Est-ce donc vrai, Kathleen, que son mari la battait comme plâtre et qu'elle s'est enfuie pour sauver l'enfant ?

– Pas du tout, Clare O'Gorman, et qui voudrait répandre d'aussi affreuses menteries ? s'indigna Peggy Monaghan. Tout le monde sait que la maladie qui l'a emporté était déjà sur lui, et qu'il l'a envoyée au loin pour épargner l'enfant dans son sein.

– Quel malheur de se retrouver veuve avec un enfant en route, soupira Kate O'Toole.

– Pas tant que cela quand on est plus riche que la reine d'Angleterre, corrigea Kathleen, qui en savait davantage.

L'assistance se trémoussa délicieusement sur les sièges rassemblés autour du feu. On y venait enfin. De toutes les mystérieuses questions qu'on aimait ressasser au sujet de Scarlett, celles qui tournaient autour de son argent étaient les plus prisées.

Et puis, n'était-il pas réconfortant de voir une fortune entre des mains irlandaises plutôt qu'anglaises, pour une fois ?

Nul ne savait alors que, pour les commérages, les plus beaux jours étaient encore à venir.

Scarlett fit claquer les rênes sur le dos du poney.

– Allons, avance, dit-elle. Ce bébé a hâte de vivre chez lui.

Elle se dirigeait enfin vers Ballyhara. Tant qu'elle n'avait pas été assurée de pouvoir l'acheter, elle s'était interdit d'aller au-delà de la tour. Elle pouvait à présent regarder de plus près, examiner son bien.

– Ma maison dans mon village... mes églises et mes pubs et ma poste... ma tourbière et mes champs et mes deux rivières... que de merveilleuses choses il y a à faire !

Elle avait décidé que l'enfant naîtrait chez lui. A la Grande Maison de Ballyhara. Mais il fallait faire tout le reste aussi. Avant tout, les champs. Et puis prévoir un charron sur place, pour réparer socs et charnières. Colmater les fuites, remettre des vitres, replacer les portes sur leurs gonds. Il faudrait arrêter immédiatement le processus de détérioration, maintenant que cela lui appartenait.

A elle et à l'enfant, bien sûr. Scarlett se concentra sur la vie nichée en elle, mais elle ne perçut aucun mouvement.

– Cher enfant, lui dit-elle à voix haute. Dors pendant que tu le peux. Nous serons occupés sans relâche, désormais.

Il ne lui restait que vingt semaines pour travailler, d'ici la naissance. Il n'était pas difficile de calculer la date. Neuf mois à partir du 14 février. La Saint-Valentin. La bouche de Scarlett se tordit dans une grimace. Quelle plaisanterie... Elle n'allait pas commencer à y penser maintenant... ni jamais. Elle devait garder en tête la date du

14 novembre, et la liste des travaux à réaliser avant. Elle sourit, et se mit à chanter.

> *La première fois que j'ai vu Peggy, c'était jour de marché.*
> *Elle menait sa charrette, assise sur une botte de foin.*
> *Mais même quand le foin était en herbe et parsemé de fleurs,*
> *Il n'était pas une fleur comparable à la fille en fleur de ma chanson,*
> *Assise comme elle était dans sa charrette.*
> *Jamais l'homme du guichet*
> *Ne lui demandait les sous*
> *Juste il grattait sa vieille tête*
> *En suivant la charrette des yeux...*

Que c'était bon d'être heureuse! L'excitation de toute cette anticipation et cette bonne humeur inattendue ajoutaient encore à son bonheur. Elle avait décidé, à Galway, qu'elle serait heureuse, et elle l'était.

– Pour sûr! conclut-elle à voix haute, et elle se mit à rire.

CHAPITRE 59

Si Colum fut surpris de trouver Scarlett qui l'attendait à la gare de Mullingar, Scarlett le fut tout autant de voir Colum émerger du fourgon à bagages, et non d'un wagon de voyageurs. Et plus encore de découvrir en quelle compagnie.

– Voici Liam Ryan, Scarlett chérie. Le frère de Jim Ryan.

Liam était un homme massif, aussi massif que les O'Hara – Colum excepté – et il arborait l'uniforme vert de la Police Royale irlandaise. Comment diable Colum avait-il pu se lier avec un tel individu ? s'étonna-t-elle. Les hommes de la Police paramilitaire étaient encore plus méprisés que ceux de la milice anglaise, car c'étaient leurs propres frères qu'ils opprimaient, arrêtaient, et punissaient sous les ordres des Anglais.

Colum avait-il son or, voilà ce que voulait savoir Scarlett. Oui, il l'avait, ainsi que Liam Ryan et son fusil pour veiller dessus.

– J'ai escorté bien des cargaisons dans ma vie, déclara Colum. Mais jamais encore cela ne m'avait rendu si nerveux.

– J'ai amené des employés de la banque pour en prendre livraison, répondit Scarlett. J'ai choisi Mullingar pour plus de sécurité – c'est là qu'est cantonnée la plus grande garnison.

Elle avait appris à détester les soldats mais, lorsqu'il s'agissait de la sécurité de son or, elle était bien contente d'utiliser leurs services. Quant à la banque de Trim, elle serait très pratique pour des petites sommes.

A peine eut-elle vu son or enfermé dans les coffres de la banque et signé les papiers relatifs à l'acquisition de Ballyhara, qu'elle empoigna Colum par le bras et l'entraîna dans la rue.

– J'ai un cabriolet, nous pouvons partir tout de suite. Il y a tant à faire, Colum. Il faut que je déniche un forgeron, et que le charron commence immédiatement. O'Gorman ne convient pas, il est trop paresseux. Voudrez-vous m'aider à en trouver un autre ? Il sera bien payé pour venir s'établir à Ballyhara, et bien payé une fois établi, car il aura autant de travail qu'il pourra en faire. J'ai acheté des faux, des haches, des bêches, mais il faudra les aiguiser. Ah ! J'ai besoin de laboureurs, aussi, pour défricher la terre, et de charpentiers pour réparer les maisons, de vitriers, de couvreurs, de peintres – de tout ce qu'on peut imaginer !

Elle avait les joues roses d'excitation et les yeux brillants. Elle était incroyablement belle dans ses habits noirs de paysanne.

Colum se dégagea de sa poigne et, à son tour, la saisit fermement par le bras.

– Tout sera fait, Scarlett chérie, et presque aussi vite que vous le souhaitez. Mais pas avec le ventre creux. Allons d'abord chez Jim Ryan. Il n'a pas souvent l'occasion de voir son frère de Galway, et puis on rencontre rarement une cuisinière aussi remarquable que Mme Ryan.

Scarlett ébaucha un geste d'impatience, mais se maîtrisa. L'autorité tranquille de Colum en imposait. Et puis elle s'efforçait de se nourrir convenablement et de boire beaucoup de lait pour l'enfant, dont les mouvements furtifs se faisaient désormais sentir fréquemment au cours de la journée.

Mais, après le dîner, elle ne put contenir sa colère quand Colum l'informa qu'il ne rentrerait pas en sa compagnie. Elle avait tant de choses à lui montrer, à discuter, à prévoir, et elle voulait que ce soit maintenant !

– J'ai à faire à Mullingar, répliqua-t-il avec une inébranlable placidité. Je rentrerai dans trois jours, vous en avez ma parole. Je vais même vous fixer une heure. A deux heures de l'après-midi, nous nous retrouverons chez Daniel.

– A Ballyhara, riposta Scarlett. J'y suis déjà installée. C'est la maison jaune au milieu de la rue.

Elle lui tourna le dos et s'éloigna à grandes enjambées furieuses en direction de son cabriolet.

Plus tard dans la soirée, quand il ferma son pub, Jim Ryan ne tourna pas le verrou de la porte, à l'intention des hommes qui allaient venir sans bruit dans l'obscurité pour se réunir dans une pièce du haut.

Colum leur exposa en détail ce qu'il fallait faire.

– C'est une occasion envoyée par Dieu, déclara-t-il avec une ferveur enthousiaste. Une ville entière à notre disposition. Tous les

Fenians, tous leurs talents, concentrés en un seul lieu, où jamais les Anglais ne penseront à chercher. Le monde entier considère déjà que ma cousine est folle à lier d'avoir payé un prix pareil pour acheter un domaine qu'elle aurait pu avoir pour rien, juste pour épargner à son propriétaire le montant des impôts. Et puis elle est américaine, race bien connue pour ses extravagances. Les Anglais sont trop occupés à se moquer d'elle pour soupçonner ce qui va se passer chez elle. Il y a longtemps que nous cherchons un quartier général, et voilà que Scarlett nous supplie de nous installer là, sans toutefois s'en rendre compte.

Colum entra à cheval dans Ballyhara à deux heures quarante-trois. Scarlett se tenait devant sa porte, les deux poings sur les hanches.

– Vous êtes en retard, le gronda-t-elle.

– Ah, c'est vrai, mais j'espère que vous me pardonnerez, cousine chérie, quand je vous dirai que derrière moi sur la route arrive votre forgeron avec son chariot, sa forge, ses soufflets et tout le reste.

La maison de Scarlett était à son image : le travail d'abord, et le confort ensuite, si tant est qu'il devait y en avoir. Là où manquaient les vitres, on avait soigneusement tendu les fenêtres de papier huilé. On avait entreposé des outils agricoles en acier tout neuf dans les coins de la pièce. Le sol était propre mais pas ciré. Il y avait dans la cuisine un simple bois de lit avec une épaisse paillasse, des draps de lin et une couverture en laine. Un petit feu de tourbe brûlait dans la grande cheminée en pierre. Les seuls ustensiles de cuisine étaient une bouilloire en fer et une petite marmite. Sur le linteau de la cheminée s'alignaient des boîtes de thé et de farine d'avoine, deux tasses, des soucoupes, des cuillers, et une boîte d'allumettes. L'unique siège de la pièce se trouvait devant la table placée sous la fenêtre. Sur la table, un grand livre de comptes ouvert, où l'on reconnaissait l'écriture bien lisible de Scarlett. En arrière, deux grosses lampes à huile, un flacon d'encre, une boîte de plumes et d'essuie-plumes, ainsi qu'une pile de papiers. Il y avait encore d'autres papiers sur le devant, couverts de notes et de calculs, que retenait une grosse pierre en guise de presse-papiers. Scarlett avait épinglé le plan cadastral de Ballyhara au mur, et accroché un miroir au-dessus d'une étagère sur laquelle étaient posés son peigne et ses brosses, des flacons à couvercle d'argent contenant des épingles à cheveux, de la poudre, du rouge et de la crème glycérinée à l'eau de rose. Colum retint un sourire en voyant tout cela. Mais quand il découvrit parmi ces objets un revolver, il se fâcha.

– Vous pourriez aller en prison, pour la possession de cette arme, s'écria-t-il d'une voix trop forte.

– Taratata, rétorqua-t-elle. C'est le capitaine de la milice qui me l'a donnée. « Une femme vivant seule doit être protégée, m'a-t-il dit, surtout quand tout le monde sait qu'elle possède beaucoup d'or. » Il m'aurait posté l'un de ses jolis cœurs à la porte, si je l'avais laissé faire.

Le rire de Colum lui fit hausser le sourcil. Elle ne voyait pas ce qu'elle avait dit de drôle.

Le garde-manger contenait du beurre, du lait, du sucre, deux assiettes sur un séchoir, des œufs dans une jatte, un jambon suspendu au plafond, et une niche de pain rassis. Il y avait plusieurs seaux pleins d'eau dans un coin, avec un bidon d'huile de lampe et une table de toilette munie d'une cuvette, d'une cruche, d'une savonnette sur un porte-savon, et d'un porte-serviettes avec une serviette posée dessus. Scarlett avait accroché ses vêtements à des clous plantés dans le mur.

– Vous n'utilisez donc pas l'étage ? s'enquit Colum.

– Que voudriez-vous que j'en fasse ? J'ai tout ce qu'il me faut ici.

– Vous avez fait des merveilles, Colum. je suis vraiment éblouie.

Plantée au milieu de la fameuse grand-rue de Ballyhara, Scarlett contemplait toute l'activité qui s'y déployait. Des coups de marteau retentissaient dans toutes les directions, une odeur de peinture fraîche flottait sur tout le village, des vitres neuves brillaient aux fenêtres d'une douzaine de maisons et, devant elle, un homme au sommet d'une échelle fixait une enseigne aux caractères dorés au-dessus de la porte de la maison que Colum avait désignée pour le démarrage des travaux.

– Fallait-il vraiment commencer par le pub ? s'enquit Scarlett.

Elle ressassait cette question depuis le jour où Colum lui avait annoncé cet ordre des choses.

– Vous trouverez davantage de travailleurs prêts à venir ici s'ils sont assurés d'avoir un endroit où boire une pinte après leur journée de labeur, répéta-t-il pour la millième fois.

– C'est ce que vous dites chaque fois que vous ouvrez la bouche, mais je ne suis toujours pas convaincue que cela ne risque pas au contraire d'aggraver les choses. Enfin quoi, si je n'étais pas tout le temps sur leur dos, jamais rien n'aboutirait dans les délais. Ils n'en feraient pas plus que tous ceux-là !

D'un mouvement du pouce, Scarlett désigna les groupes de curieux, tout au long de la rue.

— Il vaudrait mieux qu'ils retournent là d'où ils sont venus, reprit-elle avec humeur, et qu'ils fassent leur travail au lieu de regarder travailler les autres.

— C'est le caractère national, Scarlett chérie. D'abord prendre les plaisirs offerts par la vie, et ensuite se préoccuper de ses obligations. C'est ce qui donne aux Irlandais leur charme et leur joie de vivre.

— Eh bien, je ne trouve rien de charmant à cela, et cela ne me procure aucune joie. Nous sommes déjà presque en août, et pas un champ n'a encore été défriché. Comment voulez-vous que j'arrive à semer au printemps, si les champs ne sont pas défrichés et fumés à l'automne ?

— Vous avez encore des mois devant vous, Scarlett. Voyez ce que vous avez déjà accompli en quelques semaines.

Scarlett regarda autour d'elle. Sa moue renfrognée fit place à un sourire.

— C'est vrai, reconnut-elle.

Colum sourit aussi. Il se garda d'évoquer toutes les manœuvres auxquelles il avait dû se livrer, faisant alterner cajoleries et pressions diverses, pour empêcher les hommes de jeter leurs outils aux orties et de s'en aller. Ils n'appréciaient guère d'être commandés par une femme, et de surcroît exigeante comme l'était Scarlett. Si les liens secrets de la confrérie des *Fenians* ne les avaient pas obligés à faire renaître Ballyhara de ses cendres, il n'en connaissait pas beaucoup qui seraient restés, en dépit des gages élevés que leur payait Scarlett.

Lui aussi parcourut la rue du regard. Ce serait pour ces hommes une bonne vie, songeait-il, et pour d'autres aussi, quand Ballyhara serait remis en état. Deux autres tenanciers de pubs demandaient déjà à venir, et le patron d'une épicerie prospère de Bective se disait prêt à déménager. Ces maisons, même les plus petites d'entre elles, valaient mieux que les cottages où vivaient la plupart des laboureurs qu'il avait choisis. Ils partageaient tout à fait la hâte de Scarlett de voir les toits et les fenêtres réparés, afin de pouvoir prévenir leurs propriétaires de leur départ et commencer à travailler la terre de Ballyhara.

Scarlett se précipita chez elle et en ressortit aussitôt, avec des gants et un bidon à lait.

— J'espère que vous les obligerez à rester à leur poste, au lieu de courir inaugurer le pub en grande pompe dès que j'aurai le dos tourné, lui recommanda-t-elle. Je vais chercher du lait et du pain chez Daniel.

Colum promit de veiller à la poursuite du travail. Il ne fit aucun commentaire sur la folie qu'il y avait à monter un cheval sans selle dans son état. Elle lui avait déjà répliqué vertement quand il avait seulement suggéré que ce n'était peut-être pas raisonnable.

– Pour l'amour du ciel, Colum, je suis à cinq mois c'est-à-dire à peine enceinte!

Elle s'inquiétait en vérité bien plus qu'elle ne voulait le lui avouer. Jamais ses précédents enfants ne lui avaient causé de tels problèmes. Elle souffrait de douleurs dans les reins qui ne se calmaient pas et, parfois, la vue du sang sur ses sous-vêtements ou son drap lui chavirait le cœur. Elle les lavait alors avec le savon le plus abrasif, celui qui servait à lessiver sols et murs, comme si elle avait pu supprimer ainsi la cause inconnue de ces taches de sang. Le Dr Meade l'avait avertie après sa fausse couche que cette chute l'avait gravement atteinte, et elle avait mis anormalement longtemps à se rétablir, mais elle se refusait à admettre qu'il y eût vraiment lieu de s'inquiéter. Le bébé n'aurait sûrement pas gigoté avec tant de vigueur s'il n'avait pas été en parfaite santé. Et puis elle n'avait guère le temps de s'écouter.

La fréquence des passages avait tracé un vrai sentier parmi les champs en friche de Ballyhara jusqu'au gué. Le poney suivait à présent son chemin sans qu'il fût presque besoin de le diriger, et Scarlett avait le temps de réfléchir. Elle achèterait bientôt un vrai cheval, car elle devenait trop lourde pour le poney. C'était, là aussi, une nouveauté! Jamais elle n'avait tant grossi quand elle était enceinte. Et si c'étaient des jumeaux? Quelle affaire! Ce serait bien fait pour Rhett. Elle avait déjà deux rivières chez elle, tandis que sa plantation à lui n'en possédait qu'une seule. Rien ne pourrait lui plaire davantage que d'avoir deux enfants, juste pour le cas où Anne en aurait un. L'évocation de Rhett faisant un enfant à Anne lui était intolérable. Scarlett reporta ses yeux et ses pensées sur les champs de Ballyhara. Il fallait absolument s'y mettre, il le fallait, en dépit de tout ce que pouvait dire Colum.

Comme chaque fois, elle s'arrêta à la tour avant de pousser jusqu'au gué. Quels bons bâtisseurs que ces O'Hara d'autrefois, et si avisés. Le vieux Daniel avait même parlé pendant près d'une minute entière, quand elle avait mentionné combien elle regrettait la disparition de l'escalier. Il n'y en avait jamais eu à l'extérieur, lui avait-il dit, seulement à l'intérieur. Une échelle donnait accès à la porte, située à douze pieds de hauteur. En cas de danger, il suffisait de courir jusqu'à la tour et, une fois en sécurité, de remonter l'échelle puis, par les meurtrières, de jeter sur les assaillants des flèches enflammées, des pierres, ou de l'huile bouillante.

Un de ces jours, je viendrai avec une échelle pour jeter un coup d'œil à l'intérieur. J'espère qu'il n'y a pas de chauves-souris là-haut. Pourquoi saint Patrick ne les a-t-il pas fait disparaître aussi, quand il a débarrassé l'Irlande des serpents?

Scarlett alla voir sa grand-mère, la trouva endormie, puis passa la tête à la porte de la maison de Daniel.

– Scarlett! Quelle joie de te voir! Entre donc, raconte-nous tes derniers exploits à Ballyhara.

Kathleen tendit la main vers la théière.

– J'espérais que tu viendrais, ajouta-t-elle. Il y a du *barm brack* tout chaud.

Elle était en compagnie de trois autres femmes du village. Scarlett prit un tabouret et s'assit avec elles.

– Comment va le petit? s'enquit Mary Helen.

– Le mieux du monde, répondit Scarlett.

Elle parcourut du regard la cuisine familière. C'était une pièce confortable et plaisante, mais elle était impatiente de voir Kathleen dans sa nouvelle cuisine, dans l'une des grandes maisons de Ballyhara.

Scarlett avait déjà, dans sa tête, attribué certaines maisons à sa famille. Ils auraient tous de grandes habitations, à l'exception de Colum – il aurait la plus petite, l'un des pavillons à l'entrée du bourg, à la limite des champs. Mais il l'avait choisie lui-même, elle n'allait pas discuter. Et puis il n'aurait pas de famille, étant prêtre. Elle avait réservé la plus belle pour Daniel, parce que Kathleen y vivrait aussi, qu'ils prendraient sûrement Grand-Mère avec eux, et qu'il fallait prévoir la famille de Kathleen quand elle se marierait, ce qui ne manquerait pas d'arriver, grâce à la dot que Scarlett comptait lui donner en plus de la maison. Et puis aussi une maison pour chacun des fils de Daniel et de Patrick, même pour ce bon à rien de Sean qui habitait avec Grand-Mère. Avec de la terre pour chacun, autant qu'ils en voudraient, afin qu'ils puissent se marier. Elle trouvait terrible de voir tous ces jeunes gens et ces jeunes filles dans l'incapacité de fonder une famille parce qu'ils n'avaient pas de terre, ni d'argent pour en acheter. Les propriétaires anglais étaient vraiment sans cœur, de maintenir la terre d'Irlande écrasée sous leur botte. C'étaient les Irlandais qui faisaient tout le travail de culture et d'élevage, pour être ensuite obligés de vendre le produit de leur peine aux Anglais, au prix fixé par ces derniers, qui le revendaient eux-mêmes en Angleterre, moyennant des bénéfices considérables. Il ne restait jamais grand-chose à un fermier irlandais, une fois le loyer payé – et le loyer augmentait suivant le bon plaisir des Anglais. C'était encore pire que le métayage, cela rappelait à Scarlett la soumission aux Yankees après la Guerre de Sécession, quand ils prenaient tout ce qu'ils voulaient, et qu'ils avaient multiplié les impôts fonciers sur le domaine de Tara. Il était inévitable que les Irlandais haïssent tant les Anglais. Elle-même haïrait les Yankees jusqu'à son dernier souffle.

Mais le jour approchait où les O'Hara seraient libérés de ce joug. Comme ils seraient surpris, quand elle le leur annoncerait! Cela ne tarderait guère. Dès que les maisons seraient terminées et les champs défrichés – elle voulait leur offrir des cadeaux en parfait état, il fallait que tout fût au point. Ils avaient été si bons. Et puis c'était sa famille.

Ces présents constituaient son secret le plus cher, elle ne l'avait même pas encore révélé à Colum. Elle le chérissait intérieurement depuis cette nuit, à Galway, où elle avait élaboré son plan. Cela augmentait son plaisir, chaque fois qu'elle voyait la rue de Ballyhara, de savoir quelles seraient les maisons de ses cousins O'Hara. Elle aurait désormais beaucoup d'endroits où aller, d'âtres où installer son siège, beaucoup de maisons pleines de petits cousins pour jouer avec son enfant, l'accompagner sur le chemin de l'école, et participer à des fêtes merveilleuses à la Grande Maison.

Car, bien entendu, c'est là qu'elle et l'enfant habiteraient. Dans l'énorme, l'élégante, la somptueuse Grande Maison. Plus vaste que celle du quartier de la Batterie ou de Dunmore, même avant que les Yankees n'en brûlent les neuf dixièmes. Et avec des terres qui avaient appartenu aux O'Hara bien avant qu'on ait jamais entendu parler de Dunmore ou de Charleston en Caroline du Sud, ou de Rhett Butler. Il ouvrirait des yeux ronds et son cœur se briserait à la vue de sa ravissante fille – oh, mon Dieu, je vous en supplie, faites que ce soit une fille – dans sa ravissante maison. Une fille O'Hara, et fille de sa seule mère.

Scarlett se délectait à bercer son doux rêve de revanche. Mais ce serait pour plus tard, dans bien des années, tandis que les maisons des O'Hara représentaient le futur proche. Aussi proche que possible.

CHAPITRE 60

Colum se présenta à la porte de Scarlett vers la fin d'août, à l'heure où l'aube rosissait le ciel. Dix hommes d'aspect costaud l'accompagnaient, silencieux dans le demi-jour brumeux.

– Voici les hommes qui vont défricher vos terres, annonça-t-il. Êtes-vous enfin contente?

Elle poussa un cri de joie.

– Attendez que je prenne un châle, et j'arrive. Montrez-leur le premier champ au-delà du portail.

Elle n'avait pas encore fini de s'habiller, ses cheveux étaient en désordre, et elle était nu-pieds. Elle s'efforçait de faire vite, mais l'excitation la rendait maladroite. Elle avait tellement attendu! Et puis il lui devenait chaque jour plus difficile de se pencher pour lacer ses bottines. Mon Dieu! Me voilà déjà grosse comme une maison! Ce sont au moins des triplés!

Et puis, au diable! Scarlett releva hâtivement ses cheveux, sans les brosser, en un vague chignon criblé d'épingles, elle attrapa son châle et courut sans chaussures jusqu'au bout de la rue.

Les hommes, l'air sombre, se tenaient autour de Colum, dans l'allée envahie d'herbes, devant le portail grand ouvert.

– Jamais rien vu de pareil... on dirait plutôt des arbres que des herbes... rien que des orties, à mon avis... un homme pourrait passer sa vie entière sur un seul arpent...

– Ah, vous êtes beaux, déclara Scarlett à haute et intelligible voix. Avez-vous donc peur de vous salir les mains?

Ils fixèrent sur elle des regards dédaigneux. Ils avaient tous entendu parler de cette petite femme autoritaire, qui n'avait rien de féminin.

– Nous discutions de la meilleure façon de s'y mettre, commença Colum d'une voix apaisante.

Scarlett n'était pas d'humeur à se laisser apaiser.

– Et vous ne vous y mettrez pas du tout, si vous arrivez à discuter assez longtemps. Je vais vous montrer, moi, comment on s'y prend...

Plaçant sa main gauche sous son ventre distendu, pour le soutenir, elle se pencha et saisit de la main droite une grosse poignée d'orties. D'une secousse accompagnée d'un *han* vigoureux, elle l'arracha.

– Et voilà, dit-elle. Vous n'avez plus qu'à continuer.

Elle jeta la botte d'orties aux pieds des hommes. Sa main était en sang. Elle cracha dans sa paume, l'essuya sur sa jupe noire de veuve, et s'éloigna lourdement sur ses pieds blancs et frêles.

Les hommes la suivirent des yeux, figés. Puis, l'un d'eux ôta son chapeau, bientôt imité par un autre, puis par tous.

Ils n'étaient pas les premiers qui apprenaient à respecter Scarlett O'Hara. Les peintres avaient découvert qu'elle pouvait escalader les échelles les plus hautes, en se tenant de biais à cause de son ventre volumineux afin de leur faire remarquer les endroits oubliés ou les coups de pinceau par trop inégaux. Les menuisiers qui n'employaient pas suffisamment de clous la retrouvaient occupée à manier le marteau quand ils reprenaient le travail. Elle claquait les portes neuves avec une vigueur « à réveiller les morts » pour vérifier la solidité des gonds, et se plaçait à l'intérieur des cheminées avec une torche enflammée pour voir s'il ne restait pas de suie et si le tirage était bon. Les couvreurs racontaient avec effroi que « seul le bras ferme du père O'Hara l'empêchait de marcher sur la poutre faîtière du toit et de compter les ardoises ». Elle menait tout son monde durement, et elle-même plus durement encore.

Et, quand la nuit ne permettait plus de travailler, il y avait au pub trois pintes gratuites pour chaque homme resté jusqu'au bout à son poste, et quand ils avaient fini de boire et de se vanter et de se plaindre, ils pouvaient encore la voir, par la fenêtre de sa cuisine, penchée sur ses papiers à la lumière d'une lampe.

– Vous êtes-vous bien lavé les mains? questionna Colum en entrant dans la cuisine.

– Oui, et j'ai mis de l'onguent. C'était assez vilain à voir. Je suis tellement en colère, parfois, que je ne pense plus à ce que je fais. Je prépare le déjeuner. En voulez-vous?

– Bouillie d'avoine sans sel? J'aimerais encore mieux des orties bouillies.

Scarlett sourit.

– Alors, cueillez-les vous-même. J'ai renoncé au sel pour le moment, afin d'empêcher mes chevilles d'enfler comme elles ont tendance à le faire depuis quelque temps... Cela ne changera sans doute pas grand-chose au début. Je ne vois plus mes bottines quand je les lace, et d'ici une ou deux semaines je ne pourrai même plus les atteindre. J'ai compris ce qui se passait, Colum. C'est une portée entière que j'attends, et non un bébé.

– J'ai également compris ce qui se passait, comme vous dites. Il vous faut une femme pour vous aider.

Il s'était attendu à des protestations; Scarlett contredisait systématiquement toute insinuation suggérant qu'elle ne pouvait tout faire elle-même. Mais là, elle accepta. Colum sourit. Il avait exactement la femme qu'il lui fallait, dit-il, quelqu'un capable de la seconder dans tous les domaines, même la comptabilité. Une femme d'âge mûr, mais point si vieille qu'elle regimbât sous l'autorité de Scarlett, ni si faible qu'elle renonçât à lui tenir tête s'il lui paraissait nécessaire. Elle était habituée à diriger et organiser les questions de travail, de personnel, et d'argent. En effet, elle était intendante de la Grande Maison d'un domaine près de Laracor, de l'autre côté de Trim. Elle s'y connaissait assez bien en matière d'enfantement car, sans être sage-femme, elle avait elle-même eu six enfants. Elle pouvait venir dès maintenant, pour prendre soin de Scarlett et de sa maison en attendant que la Grande Maison soit remise en état. Après quoi elle engagerait les femmes nécessaires et en prendrait le commandement.

– Vous admettrez, cousine chérie, que vous n'avez en Amérique rien de comparable à une Grande Maison irlandaise. Il faut avoir la main exercée. Il vous faudra également un économe, pour diriger le maître d'hôtel et les valets et ainsi de suite, plus un maître d'écurie qui ait la haute main sur les palefreniers, et une douzaine de jardiniers dotés d'un chef...

– Arrêtez!

Scarlett secouait furieusement la tête.

– Je n'ai nulle intention d'établir un royaume. Il me faut une femme pour m'aider, je vous l'accorde, mais je ne vais utiliser, pour commencer, que quelques pièces de cet énorme tas de pierres. Vous allez donc avoir la bonté de demander à cette perle si elle consent tout de même à quitter sa haute position. Je serais bien étonnée qu'elle accepte.

– Je lui poserai la question.

Colum était certain qu'elle accepterait, même s'il s'agissait de récurer les planchers. Rosaleen Mary Fitzpatrick était la sœur d'un *Fenian* exécuté par les Anglais, fille et petite-fille d'hommes qui avaient péri en mer avec les bateaux-cercueils de Ballyhara. Elle était la plus dévouée et la plus passionnée de son cercle restreint de rebelles.

Scarlett sortit trois œufs de la bouilloire fumante, puis versa l'eau dans la théière.

– Je peux vous donner un ou deux œufs, si vous êtes trop fier pour manger ma bouillie d'avoine, proposa-t-elle. Sans sel, bien sûr.

Colum déclina l'offre.

– Bon, j'ai faim.

Elle prit de la bouillie dans une assiette, cassa les œufs, et les mélangea. Les jaunes coulaient. Colum détourna les yeux.

Scarlett dévorait méthodiquement, n'émettant que quelques paroles brèves entre deux bouchées. Elle lui exposa son projet, son intention de faire vivre toute la famille à Ballyhara dans un luxe relatif.

Colum attendit qu'elle eût fini son repas, pour dire :

– Ils ne viendront pas. Ils cultivent cette terre depuis près de deux cents ans.

– Bien sûr que si! On souhaite toujours améliorer sa condition, Colum.

Il se contenta, en réponse, de secouer la tête.

– Je vous prouverai le contraire, dit-elle. Je vais le leur demander maintenant! Et puis non, je m'en tiens à mon plan. Je veux d'abord que tout soit prêt.

– Scarlett, je vous ai amené vos laboureurs ce matin même.

– Ces fainéants!

– Vous ne m'aviez pas dit quels étaient vos projets. J'ai engagé ces hommes. Leurs femmes et leurs enfants sont en route pour venir habiter les cottages du bout de la rue. Ils ont déjà averti leurs propriétaires de leur départ.

Scarlett se mordit les lèvres.

– C'est très bien ainsi, dit-elle finalement. De toute façon, j'installe la famille dans les maisons, pas dans les cottages. Ces hommes pourront travailler pour les cousins.

Colum ouvrit la bouche, puis la referma. Inutile de discuter. Il était certain que jamais Daniel ne consentirait à déménager.

Colum appela Scarlett qui, perchée au sommet d'une échelle, inspectait au beau milieu de l'après-midi des plâtres frais.

– Je veux vous montrer ce qu'ont fait vos « fainéants », dit-il.

Scarlett en éprouva une telle joie que les larmes lui montèrent au yeux. Ils avaient fauché et nettoyé un chemin assez large pour le passage de son cabriolet. Elle allait pouvoir reprendre ses visites à Kathleen, et avoir du lait pour son thé et sa bouillie d'avoine. Depuis huit ou dix jours, elle se sentait trop lourde pour aller à cheval.

– J'y vais tout de suite, s'exclama-t-elle.

– Permettez au moins que je lace vos bottines.

– Non, elles me serrent trop les chevilles. J'irai nu-pieds, mainte-nant que j'ai une voiture et une route à ma disposition. Mais vous pouvez atteler, en revanche.

Colum suivit la voiture des yeux avec une sensation de soulage-ment. Il retourna à sa petite maison et à ses livres, à sa pipe et à son whisky, avec le sentiment de l'avoir bien mérité. Scarlett O'Hara était l'être le plus exténuant qu'il eût jamais rencontré, tous âges, sexes, et nationalités confondus.

Pourquoi donc, s'étonnait-il, ai-je toujours ce réflexe d'ajouter « pauvre agneau », chaque fois que je songe à elle ?

C'était bien d'un pauvre agneau qu'elle avait l'air, quand elle vint le trouver un beau soir d'été. La famille avait – de manière fort aimable mais inflexible – refusé son invitation puis ses prières de venir s'établir à Ballyhara.

Colum en était venu à croire Scarlett incapable de verser une larme. Elle n'avait pas pleuré en recevant la notification du divorce, ni même sous l'ultime coup – l'annonce du remariage de Rhett. Mais, par cette soirée humide et chaude du mois d'août, elle pleura et sanglota pendant des heures, avant de s'endormir enfin sur le sofa de Colum, luxe inconnu dans l'austérité de sa propre maison. Il éten-dit sur elle une fine couverture de laine, et gagna sa chambre. Il était heureux qu'elle eût trouvé un peu de répit dans son chagrin, mais craignait néanmoins qu'elle ne vît point les choses sous le même angle. Il la laissa donc seule ; sans doute préférait-elle ne pas le voir pendant quelques jours. Les gens forts n'aiment guère les témoins de leurs moments de faiblesse.

Il se trompait. Une fois de plus, pensa-t-il. Allait-il jamais comprendre cette femme ? Le lendemain matin, il la trouva attablée dans sa cuisine, qui mangeait les seuls œufs qu'il eût.

– Vous aviez raison, Colum. C'est meilleur avec du sel... Et vous feriez bien de commencer à chercher des locataires pour mes mai-sons. Il faudra les choisir aisés, ces maisons sont équipées avec ce qui se fait de mieux, et je compte en tirer de bons loyers.

Scarlett était profondément blessée, même si elle n'en montra rien et n'en parla plus jamais. Elle continuait à se rendre plusieurs fois par semaine chez Daniel en cabriolet, et elle travaillait toujours autant à Ballyhara, malgré la gêne croissante que lui occasionnait sa grossesse. A la fin de septembre, le village était terminé. Chaque maison était prête, fraîchement repeinte à l'extérieur comme à l'intérieur, et munie de solides portes, de bonnes cheminées, et de toits étanches. La population s'accroissait par vagues successives.

Il y avait deux nouveaux pubs, un cordonnier pour les chaussures et les harnais, une épicerie – celle transplantée de Bective –, un vieux prêtre pour la petite église catholique, deux instituteurs qui commenceraient la classe dès que l'autorisation arriverait de Dublin, et un jeune avocat nerveux qui espérait se constituer une clientèle, accompagné d'une jeune épouse encore plus nerveuse, qui se cachait derrière ses rideaux de dentelle pour épier les gens dans la rue. Les enfants des laboureurs jouaient dehors, leurs femmes s'asseyaient sur le seuil de leurs maisonnettes pour bavarder, le postillon de Trim venait chaque jour apporter le courrier chez le vieux monsieur qui avait ouvert une librairie-papeterie dans la pièce attenante à l'épicerie. Un vrai bureau de poste ouvrirait après le premier de l'an, c'était promis, et un médecin avait pris à bail la plus grande des maisons, pour s'y installer la première semaine de novembre.

Cette nouvelle réconfortait particulièrement Scarlett. Le seul hôpital des alentours était l'Hospice de Dunshauglin, à quatorze milles. Elle n'avait jamais vu d'hospice, ce dernier refuge des déshérités, et espérait bien ne jamais en voir. Elle croyait fermement que le travail permettait d'échapper à la mendicité, mais préférait ne jamais avoir à contempler les malheureux qui venaient échouer là. Et ce n'était certainement pas la meilleure façon pour un enfant d'entrer dans la vie.

Son médecin à elle. Voilà qui correspondait davantage à son style. Elle l'aurait sous la main pour le croup, la varicelle, et toutes ces choses qu'attrapaient sans cesse les bébés. Pour l'instant, il suffisait de faire savoir à la ronde qu'elle cherchait une nourrice pour la mi-novembre.

Et de préparer la maison.

– Où donc est cette merveilleuse Fitzpatrick, Colum ? Je croyais que vous m'aviez communiqué son accord le mois dernier.

– En effet. Elle sera ici le 1er octobre, c'est-à-dire jeudi prochain. Je lui ai proposé d'habiter chez moi.

– Oh, vraiment ? Je croyais qu'elle était censée s'occuper de moi. Pourquoi ne vient-elle pas plutôt chez moi ?

– Parce que, ma chère cousine, votre maison est la seule de Bally-hara qui n'ait pas été réparée.

Scarlett parcourut d'un regard étonné sa cuisine-bureau. Elle n'avait encore jamais prêté attention à l'aspect qu'avait son logis – c'était un endroit provisoire, pratique pour suivre les travaux de sa ville.

– C'est dégoûtant, n'est-ce pas ? admit-elle. Nous ferions mieux de terminer rapidement l'aménagement de la maison, pour que je puisse m'y installer.

Elle sourit, mais avec difficulté.

– La vérité, reprit-elle, c'est que je suis épuisée. Je serai bien contente d'en finir avec ces travaux pour pouvoir me reposer un peu.

Ce que Scarlett ne disait pas, c'est que les travaux s'étaient réduits pour elle à cela – des travaux – depuis que les cousins n'avaient pas voulu venir. Leur refus avait mis un terme à sa joie de reconstruire le domaine des O'Hara, puisque les O'Hara ne partageraient pas ce plaisir avec elle. Elle avait cherché à comprendre pourquoi ils avaient repoussé son offre. La seule réponse qui lui venait à l'esprit, c'était qu'ils ne désiraient pas être trop près d'elle, qu'ils ne l'aimaient pas vraiment, en dépit de leur gentillesse. Elle se sentait seule à présent, même avec eux, même avec Colum. Elle l'avait pris pour un ami, mais il lui avait dit que jamais les autres ne viendraient. Il les connaissait, il était l'un d'eux.

Elle avait constamment mal au dos, maintenant. Et mal aux jambes, aussi. Quant à ses pieds et ses chevilles, ils avaient tellement enflé que chaque pas lui était une torture. Elle se prenait à regretter d'avoir cet enfant. Il la rendait malade, et c'était à cause de lui qu'elle avait eu l'idée d'acheter Ballyhara. Et il lui restait encore six semaines – non, six et demie – à vivre ainsi.

Si j'en avais l'énergie, songea-t-elle, découragée, je hurlerais. Mais elle trouva la force d'adresser un faible sourire à Colum.

Il cherche quelque chose à me dire, mais ne sait pas quoi. Bah, je ne peux pas l'aider. Je n'ai plus aucun ressort pour la conversation.

On frappa à la porte d'entrée.

– J'y vais, dit Colum.

C'est cela, file donc comme un lapin !

Il revint à la cuisine avec un paquet à la main, et un sourire sans conviction sur les lèvres.

– C'était Mme Flanagan, de l'épicerie. Le tabac que vous aviez commandé pour Grand-Mère est arrivé. Je vais le lui porter de votre part.

– Non, répondit Scarlett en se levant péniblement. C'est la seule chose qu'elle m'ait jamais demandée. Vous pouvez atteler le poney et m'aider à monter en voiture. Mais c'est moi qui le lui porterai.

– Je vous accompagne.

– Colum, j'ai à peine la place de m'y asseoir seule ! Amenez-moi seulement le cabriolet et aidez-moi à y grimper. Je vous en prie.

Et comment j'en descendrai, Dieu seul le sait.

« Ce bon à rien de Sean », comme elle l'appelait à part soi, était à la maison avec Grand-Mère. Il l'aida à descendre de voiture et lui offrit son bras.

– Inutile, répliqua-t-elle gaiement. Je me débrouille parfaitement.

Sean la rendait toujours nerveuse. Tout échec rendait Scarlett nerveuse, et Sean, troisième fils de Patrick, était celui des O'Hara qui avait échoué. L'aîné était mort, Jamie travaillait à Trim au lieu de pratiquer l'agriculture, de sorte qu'à la mort de Patrick, en 1861, Sean avait hérité de la ferme. Il n'avait à l'époque *que* trente-deux ans, et c'était à ses yeux une excuse pour tous ses problèmes. Il faisait si mal tout ce qu'il entreprenait qu'il risquait fort, à présent, de perdre son bail.

Daniel, en tant que patriarche, avait la haute main sur ses enfants et ceux de Patrick. Mais, bien qu'il eût à l'époque soixante-sept ans, il avait davantage confiance en lui-même qu'en Sean ou en son propre fils Seamus, qui, lui aussi, n'avait *que* trente-deux ans. Il avait travaillé toute sa vie aux côtés de son frère; maintenant que Patrick était mort, il n'allait pas tenir sa langue et laisser perdre ainsi le travail de toute leur vie. Sean devait s'en aller.

Sean s'en alla donc. Mais pas loin : il vivait avec Grand-Mère depuis maintenant douze ans, et la laissait prendre soin de lui. Il se refusait à accomplir le moindre travail à la ferme de Daniel. Scarlett ne le supportait pas; il la mettait hors d'elle. Elle s'écarta de lui, aussi vite que ses pieds nus et enflés le lui permirent.

– Fille de Gerald! dit Grand-Mère. Je suis bien aise de te voir, jeune Katie Scarlett.

Scarlett la croyait. Elle croyait toujours sa grand-mère.

– Je vous apporte du tabac, vieille Katie Scarlett, répondit-elle avec bonne humeur.

– Quelle merveille. Voudras-tu fumer une pipe avec moi ?

– Non merci, Grand-Mère. Je ne suis pas encore irlandaise à ce point.

– Ah, quel dommage. Eh bien, moi, je suis aussi irlandaise qu'on peut l'être. Bourre-moi donc une pipe.

Le silence régnait dans le minuscule cottage, à l'exception du petit bruit de succion que faisait Grand-Mère sur le tuyau de sa pipe. Scarlett posa les pieds sur un tabouret et ferma les yeux. Cette sérénité agissait sur elle comme un baume.

Quand elle entendit des cris au-dehors, elle se mit en colère. Ne pouvait-elle donc pas jouir d'une demi-heure de calme ? Elle courut aussi vite qu'elle put dans la cour, prête à accabler de remontrances les auteurs de ce tapage.

Ce qu'elle vit lui fit tellement peur qu'elle en oublia sa colère, son mal de dos, ses pieds douloureux, tout – sauf la peur. Il y avait des soldats dans la cour de Daniel, avec des agents de la police, et un officier à cheval, sabre au clair. Les soldats construisaient un trépied en troncs d'arbres. Elle rejoignit en boitillant Kathleen, qui sanglotait dans l'encoignure de la porte.

– En voilà encore une autre, lança l'un des soldats. Regardez-la. Ces misérables Irlandais se reproduisent comme des lapins. Pourquoi n'apprennent-ils pas plutôt à porter des chaussures?

– Pas besoin de chaussures, au lit, rétorqua un autre. Dans les fourrés non plus.

L'Anglais se mit à rire. Les hommes de la police baissèrent les yeux.

– Vous! cria Scarlett. Vous, sur le cheval! Qu'est-ce que vous faites dans cette ferme, avec ces grossiers personnages?

– C'est à moi que tu parles, la fille?

L'officier la toisa du haut de son long nez.

Elle leva le menton et le dévisagea d'un regard vert glacial.

– Je ne suis pas une fille, et vous n'êtes pas un gentleman, bien que vous vous prétendiez officier.

Il était bouche bée. On remarquait à peine son nez, à présent. Sans doute parce que les poissons n'ont pas de nez. Il avait tout à fait l'air d'un poisson sorti de l'eau. La chaleur joyeuse de l'affrontement rendit à Scarlett toute son énergie.

– Mais vous n'êtes pas irlandaise, s'étonna l'officier. Seriez-vous cette Américaine?

– Ce que je suis ne vous regarde pas. C'est ce que vous faites ici, qui m'intéresse. Expliquez-vous.

L'officier se souvint de son rang. Sa bouche se ferma, son dos se redressa. Scarlett observa que les soldats se tenaient raides comme des piquets, les yeux fixés d'abord sur l'officier, puis sur elle-même. Les hommes de la police suivaient la scène du coin de l'œil.

– J'exécute un ordre du Gouvernement de Sa Majesté, visant à expulser les personnes résidant sur cette ferme pour non-paiement du loyer.

Il agita un rouleau de papier.

Scarlett sentit son cœur lui monter à la gorge. Elle haussa encore un peu le menton. Derrière les soldats, elle voyait Daniel et ses fils accourir des champs avec leurs fourches et leurs bâtons pour se battre.

– C'est visiblement une erreur, déclara Scarlett. De quelle somme s'agit-il?

Vite, dépêche-toi, grand benêt au long nez, se disait-elle. Si jamais l'un des O'Hara frappait un soldat, on le jetterait en prison – ou pire encore.

Toute la scène se déroulait au ralenti. L'officier mit un temps infini à déplier son papier. Daniel et Seamus et Thomas et Patrick et Timothy semblaient avancer sous l'eau. Scarlett déboutonna sa blouse. Elle avait les doigts gourds et les boutons glissaient comme des grumeaux de saindoux.

– Trente et une livres huit shillings et neuf pence, lut l'officier.

Il mettait une heure à prononcer chaque mot, Scarlett l'aurait juré. Elle entendit alors les cris en provenance des champs, vit approcher les hommes de la famille O'Hara, qui couraient en agitant leurs poings et leurs outils. Elle agrippa frénétiquement le cordon suspendu à son cou, tira la bourse pleine d'argent, et l'ouvrit précipitamment.

Ses doigts palpèrent les pièces, les billets, et elle fit une brève prière d'action de grâces. Elle portait là les salaires de tous les ouvriers de Ballyhara. Plus de cinquante livres. Elle était à présent froide et dure comme la glace.

Elle passa le cordon par-dessus sa tête, et soupesa la bourse dans sa main.

– Il y a là un supplément pour votre peine, espèce de canaille!

Elle avait le bras solide et le tir ajusté. La bourse frappa l'officier à la bouche. Des shillings et des pence ruisselèrent le long de sa tunique, jusqu'à terre.

– Nettoyez le désordre que vous avez fait, reprit Scarlett. Et partez avec les ordures que vous avez amenées avec vous!

Elle tourna le dos aux soldats.

– Pour l'amour du ciel, Kathleen, chuchota-t-elle. Cours arrêter les hommes avant qu'il n'y ait des problèmes.

Plus tard, Scarlett fit face à Daniel. Elle était livide. Et si elle n'avait pas apporté le tabac? Si elle n'était pas venue aujourd'hui? Elle foudroya son oncle du regard, puis explosa :

– Pourquoi ne m'avez-vous pas dit que vous aviez besoin d'argent? J'aurais été heureuse de vous le donner.

– Les O'Hara n'acceptent pas la charité, répliqua Daniel.

– La charité? Il ne s'agit pas de charité, entre personnes de même famille.

Daniel posa sur elle un regard las de vieillard.

– Ce qu'on n'a pas gagné de ses propres mains, c'est de la charité, dit-il. Nous avons entendu votre histoire, Scarlett O'Hara. Quand mon frère Gerald a perdu l'esprit, pourquoi n'avez-vous pas fait appel à ses frères de Savannah? Ils sont tous de votre famille.

Scarlett sentit trembler ses lèvres. Il avait raison. Elle n'avait ni demandé ni accepté d'argent. Elle avait voulu porter seule son fardeau. Son orgueil ne lui avait permis aucune concession, aucune faiblesse.

— Et pendant la Famine ? contre-attaqua-t-elle. Papa vous aurait envoyé tout ce qu'il possédait. L'oncle James et l'oncle Andrew aussi.

— Nous nous sommes trompés. Nous pensions qu'elle finirait bientôt. Quand nous avons compris la situation, c'était trop tard.

Elle observa les épaules rigides de son oncle, son fier port de tête. Et elle comprit. Elle aurait fait de même. Elle comprit aussi pourquoi elle avait eu tort d'offrir Ballyhara en remplacement de la terre qu'il avait cultivée toute sa vie. Cela ôtait toute signification à son travail, et au travail de ses fils, de ses frères, de son père, du père de son père.

— Robert a augmenté le loyer, n'est-ce pas ? A cause de ma plaisanterie sur ses gants ? Il voulait se venger de moi à travers vous.

— Robert est un homme âpre au gain. On ne saurait dire si les deux sont liés.

— Me permettrez-vous de vous aider ? Ce serait un honneur.

Scarlett lut l'approbation dans les yeux de Daniel. Puis une lueur d'humour.

— Il y a Michael, le fils de Patrick. Il travaille aux écuries de la Grande Maison, il a de bonnes idées pour l'élevage des chevaux. Il pourrait entrer en apprentissage au Curragh, s'il avait l'argent pour s'inscrire.

— Je vous remercie de me le dire, répondit solennellement Scarlett.

— Quelqu'un voudra souper, ou je donne tout aux cochons ? lança Kathleen, feignant la colère.

— J'ai tellement faim que j'en pleurerais, avoua Scarlett. Figurez-vous que je suis une cuisinière épouvantable.

Que je suis heureuse, songeait-elle. J'ai beau souffrir de la tête aux pieds, je suis heureuse. Et si ce bébé n'est pas fier d'être un O'Hara, je lui tords le cou.

CHAPITRE 61

— Il vous faut une cuisinière, commença Mme Fitzpatrick. Ce n'est pas mon point fort.

— A moi non plus, répliqua Scarlett.

Mme Fitzpatrick la dévisagea. Scarlett sentait qu'elle n'aurait guère de sympathie pour cette femme, quoi qu'en dise Colum. Dès le prime abord, quand je lui ai demandé son nom, elle m'a répondu « Mme Fitzpatrick ». Elle savait pourtant fort bien que je voulais parler de son prénom. Jamais je n'ai appelé un domestique « monsieur », « madame », ou « mademoiselle ». Mais il est vrai que je n'ai jamais eu de domestiques blancs. Kathleen comme chambrière ne compte pas, ni Bridie. Ce sont mes cousines. Je suis bien contente que Mme Fitzpatrick ne me soit pas apparentée.

C'était une femme de haute taille, au moins une demi-tête de plus que Scarlett. Elle n'était pas mince, mais n'avait pas non plus une once de graisse. Elle paraissait solide comme un chêne. On n'aurait pas su lui donner d'âge, car elle avait une peau immaculée, comme la plupart des Irlandaises, du fait de l'humidité constante de l'air. Elle avait un teint d'aspect crémeux, avec les pommettes non pas d'une rougeur uniforme, mais veinées de rose. Le nez était épais, un nez de paysanne, mais avec l'os proéminent, et ses lèvres minces lui fendaient largement la figure. Le trait le plus frappant chez elle était l'arc noir et étrangement délicat de ses sourcils, faisant ressortir ses yeux bleus et la blancheur neigeuse de ses cheveux. Elle portait une robe grise sévère, avec un col et des manchettes de toile blanche, très simple. Elle tenait ses mains solides et habiles nouées sur ses genoux. Scarlett avait envie de s'asseoir sur ses mains à elle, pour cacher leur état déplorable. Celles de Mme Fitzpatrick étaient lisses, avec des ongles courts, poncés et bien entretenus.

Scarlett perçut dans sa voix un léger accent anglais. Une voix douce encore, mais qui avait perdu de sa musicalité pour adopter certaines consonances plus rudes.

Je comprends, se dit-elle soudain. C'est une femme d'affaires. Cette pensée la mit plus à l'aise. Qu'elle lui plût ou non, elle saurait trouver un terrain d'entente avec une femme de cette sorte.

« Je suis certaine que vous apprécierez mes services, madame O'Hara », disait Mme Fitzpatrick, et il ne faisait aucun doute que Mme Fitzpatrick était sûre et certaine de tout ce qu'elle faisait ou disait. Cette femme cherchait-elle à la défier ? Avait-elle l'intention de tout diriger ?

Mme Fitzpatrick parlait toujours.

— Je tiens à vous exprimer le plaisir que j'ai à vous rencontrer et à travailler pour vous. Je serai honorée d'être la gouvernante de La O'Hara.

Qu'entendait-elle par là ?

Les sourcils noirs se haussèrent.

— Vous ne le savez pas ? On ne parle partout que de cela.

Les lèvres minces s'étirèrent en un lumineux sourire.

— Jamais aucune femme n'avait rien fait de tel, depuis des centaines d'années peut-être. On vous appelle La O'Hara, chef de la famille O'Hara avec toutes ses branches et ses ramifications. Au temps des Grands Rois, chaque famille avait son chef, son représentant, son champion. L'un de vos lointains ancêtres était Le O'Hara, défenseur des valeurs et de l'orgueil de tous les autres O'Hara. Aujourd'hui, cette désignation a resurgi pour vous.

— Je ne vous comprends pas. Que dois-je faire ?

— Vous l'avez déjà fait. Vous inspirez le respect, l'admiration, la confiance. On vous honore. Le titre se décerne, il ne se transmet pas. Vous n'aurez qu'à être ce que vous êtes. Vous êtes La O'Hara.

— Je crois que je vais prendre une tasse de thé, dit faiblement Scarlett.

Elle ne savait pas de quoi parlait Mme Fitzpatrick. Plaisantait-elle ? Raillait-elle ? Non, on voyait bien qu'elle n'était pas femme à plaisanter. Qu'est-ce que cela signifiait donc, « La » O'Hara ? Scarlett éprouva le mot en silence sur le bout de sa langue. La O'Hara. C'était sonore comme un coup de tambour. Elle sentit frémir tout au fond d'elle-même quelque chose de caché, d'enfoui, de primitif. La O'Hara. Une lumière s'alluma dans ses yeux las et pâles, soudain verts, flamboyant comme des feux d'émeraude. La O'Hara.

Il faudra que j'y réfléchisse demain... et chaque jour jusqu'à la fin de ma vie. Oh, je me sens si forte, si différente... « Vous n'aurez qu'à être ce que vous êtes. » Qu'est-ce que cela veut dire ? La O'Hara.

— Votre thé, madame O'Hara.

– Merci, madame Fitzpatrick.

L'intimidante assurance de cette femme se muait curieusement en quelque chose d'admirable, et non plus d'irritant. Scarlett prit la tasse des mains de Mme Fitzpatrick et la regarda dans les yeux.

– Voulez-vous bien prendre le thé avec moi, s'il vous plaît ? proposa-t-elle. Il faut que nous parlions de la cuisinière et de diverses choses. Nous n'avons que six semaines, et beaucoup à faire.

Scarlett n'était jamais entrée dans la Grande Maison. Quant à Mme Fitzpatrick, elle prit soin de dissimuler son effarement et sa curiosité. Elle avait été gouvernante dans une grande famille, intendante d'une très grande maison, mais rien de tout cela n'avait approché la magnificence de la Grande Maison de Ballyhara. Elle aida Scarlett à tourner l'énorme clé en cuivre terni dans l'énorme serrure rouillée, puis appuya de tout son poids pour pousser le battant.

– Moisi, diagnostiqua-t-elle quand l'odeur les frappa de plein fouet. Il va nous falloir une armée de femmes avec des seaux et des brosses à récurer. Voyons d'abord la cuisine. Aucune cuisinière digne de ce nom n'acceptera de venir si la cuisine n'est pas de tout premier ordre. Cette partie de la maison pourra se faire ensuite. Ne prêtez pas attention aux papiers décollés ni aux saletés laissées par les petites bêtes. La cuisinière ne verra même pas ces pièces-là.

Des passages couverts à colonnades reliaient deux grandes ailes au corps principal du bâtiment. Elles en suivirent d'abord un vers l'est, et se retrouvèrent dans une grande salle d'angle. Des portes s'ouvraient sur des corridors intérieurs menant à d'autres pièces, et à un escalier montant vers les chambres.

– Vous installerez votre régisseur ici, déclara Mme Fitzpatrick quand elles regagnèrent la salle d'angle. Les autres pièces serviront pour les domestiques et les réserves. Jamais un régisseur n'habite la Grande Maison. Il faudra lui donner une maison en ville, une vaste, en rapport avec sa situation de régisseur du domaine. Cette pièce est visiblement le Bureau du domaine.

Scarlett ne répondit pas tout de suite. Elle avait un autre bureau en tête, et l'aile d'une autre Grande Maison. A Dunmore, c'étaient les « invités célibataires » qu'on installait dans l'aile, lui avait raconté Rosemary. Bah, elle n'avait guère l'intention de remplir douze chambres d'invités célibataires, ni d'ailleurs d'aucune autre sorte d'invités. Mais elle aurait très certainement l'usage d'un bureau, comparable à celui de Rhett. Elle ferait fabriquer une grande table de travail par le menuisier, deux fois plus longue que celle de Rhett, elle épinglerait aux murs les cartes du domaine, et elle regarderait par la fenêtre, exactement comme elle le lui avait vu faire. Mais elle verrait les pierres soigneusement taillées de Ballyhara, plutôt qu'un tas de briques brûlées, et elle aurait des champs de blé, plutôt qu'une flopée de massifs de fleurs.

— Je serai moi-même le régisseur de Ballyhara, madame Fitzpatrick. Je n'ai pas l'intention d'avoir un étranger pour tout diriger chez moi.

— Je ne voudrais pas vous contredire, madame O'Hara, mais vous ne savez pas ce que vous dites là. Il s'agit d'une activité très prenante. Qui ne consiste pas à entretenir des réserves et du matériel, mais aussi à écouter les plaintes et régler les querelles entre les laboureurs, les fermiers, et les gens de la ville.

— Je le ferai. Nous disposerons des bancs tout au long de ce couloir pour que les gens puissent s'asseoir, et je verrai toute personne qui souhaitera me parler, le premier dimanche de chaque mois après la messe.

L'expression décidée de Scarlett fit comprendre à la gouvernante qu'il était inutile de discuter.

— Et puis, madame Fitzpatrick, pas de crachoirs, c'est clair ?

Mme Fitzpatrick acquiesça, bien qu'elle n'eût jamais entendu ce mot. En Irlande, on fumait la pipe mais on ne chiquait point.

— Bien, dit Scarlett. Trouvons cette cuisine qui vous préoccupe tant, à présent. Ce doit être dans l'autre aile.

— Vous sentez-vous capable de marcher encore jusque-là ? s'inquiéta Mme Fitzpatrick.

— Il le faut, répondit Scarlett.

Chaque pas était une torture, tant pour ses pieds que pour son dos, mais la question l'épouvantait. Comment pourrait-on remédier à tout cela en six semaines ? Il le fallait, voilà tout. Il fallait que le bébé naquît dans la Grande Maison.

— Magnifique, fut l'appréciation de Mme Fitzpatrick en voyant la cuisine.

C'était une sorte de gigantesque caverne haute comme deux étages, et éclairée par une grande verrière dont les vitres étaient brisées. Scarlett était sûre de n'avoir jamais vu une salle de bal à moitié aussi grande. Une colossale cheminée en pierre occupait presque tout le mur du fond. De part et d'autre, des portes menaient, l'une à l'arrière-cuisine, au nord, avec un évier de pierre, et l'autre à une pièce vide, donnant au sud.

— La cuisinière pourra dormir là, c'est bien. Quant à cela — Mme Fitzpatrick pointait le doigt vers le haut — c'est bien la disposition la plus intelligente que j'aie jamais vue.

Une galerie à balustrade courait tout le long du mur.

— Je prendrai les pièces au-dessus de l'arrière-cuisine et de la chambre de la cuisinière. Le personnel ne saura jamais quand je serai là. Voilà qui devrait le maintenir en éveil. Cette galerie doit communiquer avec le premier étage du bâtiment principal. Vous pourrez venir voir d'en haut ce qui se passe à la cuisine. Elles travailleront sans relâche.

— Pourquoi n'entrerais-je pas tout simplement?

— Parce qu'elles interrompraient leur travail pour faire la révérence et attendre les ordres, tandis que tout brûlerait dans les casseroles.

— Vous parlez toujours d'« elles » et du « personnel de cuisine », madame Fitzpatrick. Qu'advient-il donc de la cuisinière? Je croyais que nous allions engager une femme.

Mme Fitzpatrick désigna d'un ample geste l'étendue des sols, des murs et des fenêtres.

— Jamais une seule femme ne pourrait entretenir tout cela. Et aucune femme compétente ne voudrait s'y essayer. J'aimerais voir les garde-manger et la buanderie, probablement au sous-sol. Voulez-vous venir?

— Pas vraiment. Je vais m'asseoir dehors, cette odeur m'est pénible.

Elle trouva une porte, qui menait à un jardin clos et envahi d'herbes folles. Scarlett battit en retraite dans la cuisine. Une seconde porte s'ouvrait sur une colonnade. Elle se laissa glisser à terre et, assise sur le dallage, s'adossa à un pilier. La fatigue la terrassait. Elle n'avait pas imaginé que la maison pût requérir tant de travail. De l'extérieur, elle paraissait presque intacte.

Le bébé gigota, et elle poussa distraitement le petit pied qui s'arc-boutait à l'intérieur de son ventre.

— Dis-moi, bébé, que penses-tu de ça? Ils appellent ta mère La O'Hara. J'espère que ça t'impressionne autant que moi.

Scarlett ferma les yeux pour mieux assimiler tout cela.

Mme Fitzpatrick reparut, brossant sa jupe pour chasser les toiles d'araignée.

— Cela ira, déclara-t-elle simplement. Ce qu'il nous faut maintenant à toutes les deux, c'est un bon repas. Nous irons au pub.

— Au pub? Les dames ne vont pas au pub sans être escortées d'un homme.

Mme Fitzpatrick sourit.

— Ce pub vous appartient, madame O'Hara. Vous pouvez y aller comme bon vous paraît. Vous pouvez aller où vous voulez, quand vous voulez. Vous êtes La O'Hara.

Scarlett retourna l'idée dans sa tête. On ne se trouvait pas à Charleston ou à Atlanta. Pourquoi n'irait-elle pas au pub ? N'avait-elle pas cloué de ses propres mains la moitié du plancher ? Et ne disait-on pas que Mme Kennedy, la femme du patron, faisait des pâtés de viande qui vous fondaient dans la bouche ?

Le temps vira à la pluie ; ce n'étaient plus les brèves averses ou les légères brumes auxquelles s'était habituée Scarlett, mais des pluies torrentielles qui pouvaient durer trois ou quatre heures. Les fermiers se plaignaient du tassement de la terre, quand ils allaient dans les champs récemment défrichés pour y déverser les charretées de fumier que Scarlett avait acheté. Mais Scarlett, qui se forçait à marcher pour aller chaque jour voir la progression des travaux à la Grande Maison, bénissait au contraire la boue du chemin qui était plus douce sous ses pieds enflés et endoloris. Elle avait complètement renoncé aux bottines et gardait un seau d'eau à côté de la porte, chez elle, pour se rincer les pieds en rentrant. Colum avait bien ri quand il s'en était aperçu.

— Vous êtes un peu plus irlandaise chaque jour, Scarlett chérie. Est-ce Kathleen qui vous a enseigné cela ?

— Non. J'ai vu faire les cousins, au retour des champs. Je suppose que Kathleen aurait été furieuse de trouver des traces de terre sur son dallage propre.

— Ce n'est pas cela du tout. Ils agissent ainsi parce que les Irlandais, hommes et femmes, l'ont toujours fait, aussi loin que remonte la mémoire du plus vieux d'entre nous. Criez-vous « *seachain* » avant de jeter l'eau dehors ?

— Ne soyez pas bête, bien sûr que non. Je ne mets pas non plus de bol de lait sur le seuil avant d'aller me coucher. Je ne me vois guère étancher la soif des fées ni leur offrir à souper. Tout cela n'est que superstition enfantine.

— C'est ce que vous dites. Mais vous verrez qu'un jour un *pooka* va vous attraper, pour votre insolence.

Il regarda nerveusement sous le lit et l'oreiller.

Scarlett ne put s'empêcher de rire.

— Bon, eh bien, je donne ma langue au chat, Colum. Qu'est-ce qu'un *pooka* ? Un cousin éloigné du farfadet, je suppose ?

— Les farfadets frémiraient en vous entendant. Le *pooka* est une créature redoutable, maléfique et sournoise. Il fera tourner votre crème en l'espace d'un instant, ou vous emmêlera les cheveux avec votre propre brosse.

— Ou me fera enfler les chevilles, sans doute. C'est bien le pire maléfice que j'aie subi de ma vie.

— Pauvre agneau. Combien de temps encore ?

— Environ trois semaines. J'ai prié Mme Fitzpatrick de me préparer une chambre et de commander un lit.

— La trouvez-vous serviable, Scarlett ?

Elle dut admettre que Mme Fitzpatrick n'était point imbue de sa position et qu'elle accomplissait elle-même de durs travaux. Bien des fois, Scarlett l'avait surprise à récurer le dallage et l'évier de pierre de la cuisine, pour montrer aux servantes comment procéder.

— Mais, Colum, elle dépense l'argent comme s'il ne devait jamais servir. J'ai déjà trois servantes, là-haut, dont la seule tâche consiste à rendre les lieux assez agréables pour qu'une cuisinière consente à y venir. Et un fourneau comme je n'en ai jamais vu, avec toutes sortes de brûleurs, de fours, et Dieu sait quoi encore pour l'eau chaude. Il a coûté près de cent livres, et dix de plus pour le transporter depuis la voie ferrée. Après quoi il a encore fallu faire venir le forgeron pour aménager quantité de crémaillères, de crochets et de supports dans la cheminée. Juste pour le cas où la cuisinière n'aimerait pas utiliser le fourneau pour certaines cuissons. Les cuisinières me font tout l'effet d'être plus gâtées que la reine.

— Plus utiles aussi. Ne serez-vous pas bien heureuse, le jour où vous pourrez prendre votre premier repas dans votre propre salle à manger ?

— C'est vous qui le dites. Je suis parfaitement satisfaite avec les pâtés de viande de Mme Kennedy. J'en ai mangé trois, hier soir. Un pour moi, et deux pour cet éléphant qui se cache là-dedans. Oh, que je serai heureuse quand tout cela sera terminé... Colum ?

Il s'était absenté, et Scarlett ne se sentait plus aussi à l'aise avec lui que naguère, mais elle avait tout de même besoin de l'interroger.

— Avez-vous entendu parler de cette histoire de La O'Hara ?

Non seulement il en avait entendu parler, mais il en était fier et considérait qu'elle méritait bien ce titre.

— Vous êtes une femme remarquable, Scarlett O'Hara. Personne qui vous connaisse ne peut penser autrement. Vous avez surmonté des coups qui auraient abattu une femme moins solide que vous – ou un homme. Et jamais vous n'avez gémi ni demandé grâce.

Il eut un sourire espiègle, et poursuivit :

— Et puis vous avez pratiquement accompli un miracle, en faisant travailler tous ces Irlandais comme vous y êtes parvenue. Sans parler de ce crachat au visage de l'officier anglais – on raconte qu'à cent pas vous avez fait perdre la vue à l'un d'eux.

— Ce n'est pas vrai !

— Et pourquoi faudrait-il que la vérité vienne ternir une aussi belle légende ? C'est le vieux Daniel en personne qui a décidé de vous appeler La O'Hara, et il était là.

Le vieux Daniel? Scarlett rougit de plaisir.

— Vous ne tarderez pas à échanger vos impressions avec le fantôme de Finn MacCool, à en croire ce qu'on raconte. Votre présence ici a embelli la vie de toute la contrée.

Colum retrouva un ton plus grave pour ajouter :

— Il est une chose contre laquelle je tiens à vous mettre en garde, Scarlett. Ne vous gaussez pas des croyances des gens, c'est insultant pour eux.

— Mais je ne le fais jamais! Je vais chaque dimanche à la messe, même si le père Flynn paraît sur le point de s'endormir à tout instant.

— Il ne s'agit pas de l'Église. Je parle des fées, des *pookas* et de tout cela. L'une des actions fabuleuses pour lesquelles on chante vos louanges, c'est d'être retournée sur la terre des O'Hara, dont chacun sait qu'elle est hantée par le fantôme du jeune seigneur.

— Vous ne parlez pas sérieusement.

— Mais si, le plus sérieusement du monde. Peu importe que vous y croyiez ou non. Les Irlandais y croient. Si vous raillez ce à quoi ils croient, vous leur crachez au visage.

Scarlett voyait bien que c'était vrai, si stupide que cela parût.

— Je tiendrai ma langue, et je ne rirai pas, sauf pour me gausser de vous, mais je ne crierai pas avant de vider le seau.

— Rien ne vous y oblige. Ils disent que vous murmurez tout doucement, par respect.

Scarlett se mit à rire si fort que le bébé, dérangé, lui donna une série de coups de pied vigoureux.

— Regardez ce que vous faites, Colum. Me voilà avec les entrailles couvertes de bleus. Mais cela en vaut la peine. Je n'avais plus autant ri depuis votre départ. Restez un peu avec nous, cette fois, voulez-vous?

— C'est promis. Je veux être un des tout premiers à voir cet éléphant que vous dissimulez. J'espère que vous m'offrirez d'en être le parrain.

— Cela vous est-il permis? Je compte sur vous pour le, la, ou les baptiser.

Le sourire de Colum s'évanouit.

— Je ne puis faire cela, Scarlett chérie. Tout ce que vous me demanderez d'autre, fût-ce d'aller vous décrocher la lune. Mais je ne célèbre pas les sacrements.

— Pourquoi donc? C'est votre travail.

— Non, Scarlett, c'est celui du curé ou, dans les grandes occasions, de l'évêque ou même de l'archevêque. Je suis un prêtre missionnaire, chargé d'adoucir les souffrances des pauvres. Je ne donne pas les sacrements.

— Vous pourriez faire une exception.

— Cela, je ne puis, et n'en parlons plus. Mais je serai le meilleur parrain du monde, si l'on m'en offre l'occasion, et je m'assurerai que le père Flynn ne laisse pas tomber l'enfant sur les fonts baptismaux, puis je lui enseignerai le catéchisme avec tant d'éloquence qu'il ou elle croira apprendre des comptines. Choisissez-moi pour parrain, Scarlett chérie, ou vous me briserez le cœur.

— Bien entendu, je compte sur vous.

— Alors j'ai obtenu ce que je venais solliciter. Maintenant, je puis aller mendier un repas dans une maison où l'on sale les plats.

— Eh bien, allez-y. Quant à moi, je vais me reposer en attendant que la pluie cesse, et puis j'irai voir Grand-Mère et Kathleen pendant que c'est encore possible. La Boyne est déjà presque trop haute pour qu'on la passe à gué.

— Encore une promesse, et je ne vous ennuierai plus. Restez chez vous samedi soir, avec la porte bien fermée et les rideaux tirés. Ce sera la veille de la Toussaint et les Irlandais croient que, cette nuit-là, toutes les fées de tous les temps depuis la création du monde se donnent rendez-vous. Ainsi que tous les lutins, fantômes et revenants, portant leur tête sous leur bras et faisant toutes sortes de choses surnaturelles. Respectez la coutume et barricadez-vous bien pour ne point les voir. Pas question d'aller déguster les pâtés de viande de Mme Kennedy. Faites-vous cuire des œufs. Ou bien, si vous vous sentez vraiment irlandaise, faites un repas de whisky arrosé de bière.

— Je ne m'étonne plus qu'ils voient des revenants! Mais je suivrai vos instructions. Pourquoi ne venez-vous pas?

— Pour passer la nuit sous le même toit qu'une irrésistible jeune dame comme vous? Je me ferais confisquer ma collerette de prêtre!

Scarlett lui tira la langue. Irrésistible, ça oui! Pour un éléphant, peut-être...

Le cabriolet chancela dangereusement en franchissant le gué, et elle décida de ne pas s'attarder chez Daniel. Comme sa grand-mère paraissait somnolente, elle ne s'assit même pas.

— Je ne fais que passer, Grand-Mère. Je ne veux pas vous empêcher de vous reposer.

— Alors donne-moi un baiser d'adieu, jeune Katie Scarlett. Tu es bien mignonne, voilà qui est sûr.

Scarlett étreignit tendrement le frêle corps ratatiné, et posa un baiser sur la joue. Au même instant, la tête de Grand-Mère s'affaissa sur sa poitrine.

— Kathleen, je ne peux pas rester, la rivière monte beaucoup. Et, quand elle redescendra, je doute fort de pouvoir grimper dans ma voiture. As-tu déjà vu un bébé aussi gros ?

— Oui, bien sûr, mais tu ne veux rien entendre. Quand on observe les jeunes mères, chaque enfant est le seul enfant au monde. Tu as bien une minute pour boire une tasse de thé et manger quelque chose ?

— Je ne devrais pas, mais j'accepte volontiers. Puis-je prendre le siège de Daniel ? C'est le plus vaste.

— Je t'en prie. Jamais Daniel n'a manifesté à aucun d'entre nous autant d'affection qu'à toi.

La O'Hara, songea Scarlett. Cela la réconfortait plus encore que le thé et le bon feu clair qui brûlait dans l'âtre.

— As-tu le temps de passer voir Grand-Mère, Scarlett ?

Kathleen approcha un tabouret du fauteuil de Daniel, avec une tasse de thé et une part de gâteau.

— J'ai commencé par là. Elle dort, à présent.

— Alors, c'est parfait. Elle aurait bien regretté de ne pas t'avoir dit adieu. Elle a sorti son linceul du coffre où elle garde ses trésors. Elle mourra d'ici peu.

Scarlett scruta le visage serein de Kathleen. Comment pouvait-elle dire ce genre de choses sur le même ton qu'elle aurait pris pour parler de la pluie et du beau temps ? Et puis boire son thé et manger son gâteau le plus paisiblement du monde ?

— Nous espérons tous qu'il y aura vite quelques jours bien secs, reprit Kathleen. Les routes sont tellement embourbées que les gens auront du mal à venir pour la veillée. Mais il faudra bien prendre les choses comme elles se présenteront.

Elle perçut l'effroi de Scarlett et se méprit sur sa cause.

— Nous la regretterons tous, Scarlett, mais elle est prête à partir, et ceux qui vivent aussi longtemps que la vieille Katie Scarlett savent reconnaître quand leur heure arrive. Laisse-moi remplir ta tasse, ce qui reste doit être froid.

La tasse tinta contre la soucoupe quand Scarlett la posa.

— Je ne peux vraiment pas, Kathleen. Il faut que je passe le gué, il faut que je m'en aille.

— Tu nous feras prévenir, quand les douleurs te prendront ? Je me ferai une joie d'accourir pour être auprès de toi.

— Je veux bien, Kathleen, merci. Peux-tu m'aider à monter en voiture ?

— Emporte un morceau de gâteau pour plus tard. Je vais vite l'envelopper.

— Non, non, merci, vraiment. La montée de l'eau m'inquiète.

J'ai surtout peur de devenir folle, songeait Scarlett en s'éloignant. Colum avait raison, ces Irlandais sont décidément obnubilés par les revenants. Qui aurait cru cela de Kathleen ? Et ma propre grand-mère, avec son linceul déjà prêt ! Dieu sait ce qu'ils doivent fabriquer pour la Toussaint ! Je vais fermer ma porte à clé et la clouer par-dessus le marché. Ces histoires me donnent la chair de poule.

En franchissant le gué, le poney perdit pied pendant un long moment terrifiant. Autant voir les choses en face : plus question de traverser avant la naissance du bébé. J'aurais bien dû accepter le gâteau.

CHAPITRE 62

Les trois jeunes paysannes se tenaient sur le seuil de la chambre de la Grande Maison que Scarlett avait choisie pour son usage personnel. Elles portaient toutes des tabliers tissés à la maison et, sur la tête, des charlottes amplement froncées, mais là s'arrêtait leur similitude. Annie Doyle était petite et dodue comme un chiot, Mary Moran, aussi grande et disgracieuse qu'un épouvantail, et Peggy Quinn avait le charme délicat d'une poupée. Serrées les unes contre les autres, elles se tenaient par les mains.

— Nous allons partir maintenant, madame Fitzpatrick, si cela ne vous ennuie pas, commença Peggy. Avant qu'il ne pleuve trop fort.

Les deux autres approuvèrent d'un hochement de tête vigoureux.

— Fort bien, répondit Mme Fitzpatrick. Mais venez de bonne heure lundi matin pour vous rattraper.

— Oh, oui, madame, promirent-elles en chœur.

— Il m'arrive parfois de désespérer, soupira Mme Fitzpatrick. Mais j'ai formé de bonnes servantes à partir d'un matériau plus médiocre encore. Au moins, elles y mettent de la bonne volonté. La pluie ne les aurait guère troublées si nous n'avions pas été à la veille de la Toussaint. Elles doivent croire que, si des nuages viennent obscurcir le ciel, cela équivaut à la tombée de la nuit.

Elle consulta la montre en or épinglée sur sa poitrine.

— Il est à peine plus de deux heures, reprit-elle. Revenons à notre sujet. Je crains que toute cette humidité ne nous empêche de terminer, madame O'Hara. Je regrette vivement qu'il en soit ainsi, mais je ne vous mentirai pas. Nous avons décollé les vieux papiers des murs et tout lessivé. Il faut effectuer quelques raccords de plâtre et pour cela les murs doivent être secs. Après quoi le plâtre doit sécher à son tour, avant que l'on puisse repeindre ou coller du papier. Deux semaines n'y suffiront pas.

La mâchoire de Scarlett se crispa.

– Je vais avoir mon enfant dans cette maison, madame Fitzpatrick. Je vous le répète depuis le début.

Sa colère n'entama point l'impassibilité de Mme Fitzpatrick.

– J'ai une suggestion, commença la gouvernante.

– Tant qu'il ne s'agit pas d'aller m'installer ailleurs.

– Au contraire. Je crois qu'avec un bon feu dans la cheminée et des rideaux épais aux fenêtres les murs nus n'auront plus rien de déprimant.

Scarlett contempla un moment le plâtre gris, taché et fissuré, d'un œil sombre.

– C'est affreux à voir, constata-t-elle.

– Un tapis et quelques meubles feront une grande différence. J'ai une surprise pour vous. Nous l'avons trouvée dans le grenier. Venez voir.

Elle ouvrit la porte de communication avec la chambre voisine. Scarlett s'approcha lourdement et éclata de rire.

– Mon Dieu! Qu'est-ce que c'est que ça?

– Cela s'appelle un lit d'apparat. N'est-ce pas remarquable?

Elles rirent ensemble de bon cœur en examinant l'étonnant objet qui occupait le centre de la pièce. Il était immense, au moins trois mètres de long et presque autant de large. Quatre colonnes monumentales en chêne sculpté, représentant des déesses grecques couronnées de laurier, soutenaient un cadre de ciel de lit dans le même bois. Sur les deux panneaux de tête et de pied, des bas-reliefs montraient des hommes en toges dans des poses héroïques, sous des charmilles de vigne et de fleurs entremêlées. Le sommet arrondi du panneau de tête figurait une couronne dorée passablement écaillée.

– Quel géant a bien pu dormir là-dedans? demanda finalement Scarlett.

– On l'avait construit spécialement pour une visite du vice-roi.

– Qui est-ce?

– Le chef du gouvernement en Irlande.

– Eh bien, j'avoue qu'il me paraît assez vaste pour l'enfant gigantesque que je porte. Si le médecin peut s'approcher suffisamment pour le prendre quand il naîtra!

– Voulez-vous donc que je commande le matelas? Il y a un artisan, à Trim, qui peut vous le confectionner en deux jours.

– Oui, très bien. Et des draps, aussi – ou bien il faudra en coudre plusieurs ensemble. Mon Dieu, je pourrais dormir une semaine entière, dans un lit pareil, sans jamais me trouver deux fois au même endroit.

– Le ciel et les rideaux installés, ce sera comme une véritable chambre.

– Une chambre ? Vous voulez dire une maison ! Et vous avez raison : quand je serai dedans, je ne remarquerai plus les murs pelés ni rien du tout. Vous êtes merveilleuse, madame Fitzpatrick. Je me sens mieux ce soir que je ne m'étais sentie depuis des mois. Imaginez l'effet que doit faire à un enfant une pareille entrée dans le monde. Il finira sûrement par mesurer trois mètres de haut !

Elles riaient encore en redescendant lentement le grand escalier de granit bien propre jusqu'au rez-de-chaussée. Il va falloir y mettre vite un tapis, songea Scarlett. Ou peut-être que je devrais tout simplement fermer le premier étage. Ces pièces sont si vastes qu'avec un seul niveau j'aurais déjà une très grande maison. Si Mme Fitzpatrick et la cuisinière m'y autorisent. Et pourquoi pas ? C'est bien la peine d'être La O'Hara si je ne peux pas faire les choses à ma façon.

Scarlett s'écarta pour laisser Mme Fitzpatrick ouvrir la lourde porte d'entrée.

Elles se trouvèrent devant un véritable rideau de pluie.

– Eh bien ! s'exclama Scarlett.

– C'est un vrai déluge ! renchérit la gouvernante. Cela ne devrait guère durer, il pleut trop fort. Que diriez-vous d'une tasse de thé ? La cuisine est bien chaude, j'ai fait marcher le fourneau toute la journée pour m'assurer qu'il fonctionnait comme il faut.

– Pourquoi pas ? répondit Scarlett.

Elle suivit Mme Fitzpatrick, qui ralentissait le pas par considération.

– Tout cela est nouveau, observa Scarlett d'un ton soupçonneux.

Elle n'appréciait guère les dépenses engagées sans son approbation. Et les sièges rembourrés qui se trouvaient devant le fourneau paraissaient vraiment trop confortables pour des cuisinières et des servantes qui étaient censées travailler.

– Combien cela a-t-il coûté ? demanda-t-elle en désignant la grande table en bois massif.

– Quelques barres de savon. Nous l'avons trouvée à la sellerie, couverte de crasse. Quant aux sièges, ils viennent de chez le père Colum. Il nous suggère de dorloter la cuisinière avant de lui montrer le reste de la maison. J'ai établi une liste de fournitures pour sa chambre. Elle est sur la table, pour que vous puissiez l'examiner.

La honte étreignit Scarlett. Puis elle sentit que peut-être on voulait lui faire honte, précisément, et une bouffée de colère lui monta au visage.

– Et toutes ces listes que j'ai approuvées la semaine dernière ? Quand ces choses vont-elles arriver ?

– La plupart sont dans l'arrière-cuisine. Je prévoyais de les déballer la semaine prochaine, avec la cuisinière. Elle a sûrement sa manière à elle de ranger ses ustensiles.

590

Scarlett ressentit une nouvelle bouffée de colère. Son dos lui faisait plus mal que d'habitude. Elle posa ses mains sur l'endroit dont elle souffrait. Une nouvelle douleur lui transperça alors le flanc et lui parcourut la jambe, si vive qu'elle en oublia son dos. Elle s'agrippa à la table pour se retenir, et demeura médusée en voyant le liquide couler entre ses jambes et former une mare entre ses pieds nus, sur le dallage récuré.

– Je perds les eaux, articula-t-elle finalement. Et c'est rouge.

Elle regarda dehors les trombes d'eau qui tombaient.

– Désolée, madame Fitzpatrick, vous allez être trempée. Hissez-moi sur cette table et donnez-moi quelque chose pour éponger cette eau... ou ce sang. Puis courez au pub ou au magasin et demandez qu'on aille à bride abattue me chercher un médecin. Le bébé va naître.

La douleur déchirante ne se répéta point. Avec les coussins des sièges sous la tête et sous les reins, Scarlett était assez bien installée. Elle aurait voulu boire quelque chose, mais jugea préférable de rester sur la table. Si les douleurs revenaient, elle risquait de tomber et de se faire mal.

Je n'aurais sans doute pas dû envoyer Mme Fitzpatrick effrayer ainsi les gens. Je n'ai eu que trois contractions depuis son départ, et ce n'était pas grand-chose. Je me sentirais même fort bien, si je ne perdais pas tout ce sang. A chaque contraction, et chaque fois que l'enfant remue, cela coule de plus belle. Je n'ai jamais rien vécu de tel. Quand les eaux s'écoulent, elles sont normalement limpides, il ne devrait pas y avoir de sang.

Il se passe quelque chose d'anormal.

Où est le médecin ? Encore une semaine, et j'en aurais eu un pratiquement sous la main. Mais là, ce sera sans doute un inconnu de Trim. Alors, docteur, vous ne vous en seriez pas douté, mais les choses étaient censées se dérouler autrement, je devrais me trouver dans un lit orné d'une couronne d'or, et non sur la table de la sellerie. Quel début, pour un enfant ! Il va falloir lui donner un nom de cheval !

Voilà le sang qui coule encore. Je n'aime pas ça. Pourquoi Mme Fitzpatrick ne revient-elle pas ? Je pourrais au moins boire un verre d'eau, pour l'amour du ciel, je me sens complètement desséchée. Et toi, bébé, arrête un peu de caracoler, rien ne t'oblige à jouer au cheval parce que tu es sur la table de la sellerie ! Arrête ! Tu me fais saigner. Calme-toi un peu en attendant le médecin, et puis tu pourras sortir. A dire vrai, je serai bien contente d'être délivrée.

Le début aura assurément été plus facile que la fin... Non, il ne faut surtout pas que je pense à Rhett, sinon je vais devenir folle.

Pourquoi cette pluie ne cesse-t-elle pas? Quel déluge! Et voilà le vent qui se lève. Une véritable tempête. J'ai bien choisi mon moment pour accoucher, pour perdre les eaux... pourquoi ce rouge? Vais-je me vider de mon sang sur cet établi, pour l'amour du ciel, mourir là sans même une tasse de thé? Oh, que je voudrais boire du café. Le café me manque tellement que certaines fois je pourrais crier... ou pleurer... Mon Dieu, ça recommence à couler. Au moins, ce n'est pas douloureux. Aucune contraction, ou à peine, plutôt un genre de tiraillement... Alors pourquoi cela saigne-t-il tant? Qu'est-ce qui va se passer quand le vrai travail commencera? Mon Dieu, ce sera une rivière de sang, dans toute la cuisine. Tout le monde devra se laver les pieds. Je me demande si Mme Fitzpatrick a prévu un seau pour les pieds. Et si elle crie en jetant l'eau dehors? Mais où diable peut-elle être? Dès que c'est fini, je la mets dehors, et sans certificat – du moins, rien qu'elle veuille montrer à quiconque! Partir ainsi en me laissant mourir de soif toute seule!

Ne rue pas ainsi. On dirait une mule plutôt qu'un cheval. Oh, mon Dieu, ce sang... Je ne vais pas perdre mes esprits. La O'Hara ne fait pas ce genre de choses. La O'Hara. Voilà qui me plaît infiniment... Qui est-ce? Le médecin?

Mme Fitzpatrick entra.

– Tout va bien, madame O'Hara?

– Parfaitement, répondit La O'Hara.

– J'ai apporté des draps, des couvertures et des oreillers moelleux. Des hommes suivent avec un matelas. Puis-je vous être utile à quelque chose?

– Je voudrais un peu d'eau.

– Tout de suite.

Scarlett se souleva sur un coude et but avidement.

– Qui est parti chercher le médecin?

– Colum. Il a voulu traverser pour appeler le médecin d'Adamstown, mais il n'a pas pu. Il est allé à Trim

– C'est ce que j'ai pensé. Je voudrais encore un peu d'eau, s'il vous plaît. Et des linges secs. Ceux-ci sont trempés.

Mme Fitzpatrick s'efforça de ne pas laisser paraître son horreur à la vue de la serviette ensanglantée. Elle la ramassa et se hâta d'aller la porter dans l'évier. Scarlett regardait la traînée de gouttes rouges sur le sol. C'est mon sang, se disait-elle, mais elle ne pouvait y croire. Elle s'était souvent blessée dans sa vie, en jouant, enfant, puis en sarclant les champs de coton à Tara, et même encore récemment, en arrachant les orties. Elle aurait bien pu les arracher toutes d'un coup, jamais elle n'aurait versé autant de sang que n'en contenait cette serviette. Son abdomen se contracta, et un nouveau flux de sang s'écoula. Sotte femme, je lui ai pourtant dit qu'il me fallait une nouvelle serviette.

— Quelle heure est-il à votre montre, madame Fitzpatrick?
— Cinq heures et quart.
— Je présume que l'orage commence à se calmer. Je voudrais encore de l'eau et une serviette sèche, s'il vous plaît. Et puis, à la réflexion j'aimerais mieux du thé, avec beaucoup de sucre.

Voilà qui l'occupera, au lieu qu'elle reste plantée là comme un piquet. Je n'en puis plus, de faire la conversation et de sourire bravement. Pour tout dire, je meurs de peur. Les contractions ne sont pas plus fortes, ni plus rapprochées. Cela ne semble mener nulle part. Au moins, le matelas est plus douillet que la table, mais que se passera-t-il quand il sera imbibé de sang? Est-ce que la tempête s'aggrave, ou bien est-ce moi qui ai des visions?

La pluie cinglait les fenêtres, à présent, poussée par un vent puissant. Une branche arrachée d'un arbre, dans les bois tout proches de la maison, faillit assommer Colum. Il l'enjamba et poursuivit son chemin, courbé contre le vent. Puis il se souvint, fit demi-tour, fut projeté contre la branche, lutta pour assurer son pied dans la boue profonde du sentier, tira la branche sur le côté, et reprit sa route contre le vent, vers la maison.
— Quelle heure est-il?
— Presque sept heures.
— Serviette, s'il vous plaît.

— Scarlett, est-ce vraiment épouvantable?
— Oh, Colum!
Scarlett se redressa à moitié.
— Le docteur est avec vous? L'enfant ne gigote presque plus.
— J'ai trouvé une sage-femme à Dunshauglin. Impossible d'aller à Trim, la route est inondée. Recouchez-vous, maintenant, comme une bonne petite maman. Ne vous fatiguez pas plus qu'il n'est nécessaire.
— Où est-elle?
— En route. Mon cheval était plus rapide, mais elle me suit de près. Elle a mis au monde des centaines de bébés, vous serez dans de bonnes mains.

– J'ai déjà eu des enfants, Colum. Cette fois, c'est différent. Il y a quelque chose qui ne va pas du tout.

– Elle saura quoi faire, mon ange, essayez de ne pas vous affoler.

La sage-femme arriva peu après huit heures. Son uniforme empesé était tout ramolli par la pluie, mais elle gardait l'air aussi vif et compétent que si elle était venue le plus tranquillement du monde.

– Un bébé, n'est-ce pas ? Détendez-vous, ma petite dame, je sais tout ce qu'il faut savoir pour amener les chers petits êtres dans cette vallée de larmes.

Elle ôta sa cape et la tendit à Colum.

– Étendez-la devant le feu pour qu'elle sèche, lui dit-elle d'une voix habituée au commandement. Quant à vous, ma brave femme, donnez-moi de l'eau chaude et du savon pour que je me lave les mains. Là, ce sera parfait.

Elle s'approcha vivement de l'évier. A la vue des serviettes ensanglantées, elle perdit contenance et adressa de grands signes à Mme Fitzpatrick, qui la rejoignit. Elles chuchotèrent longuement ensemble.

L'éclat qui était apparu dans le regard de Scarlett s'éteignit. Elle ferma ses paupières sur des larmes soudaines.

– Alors, voyons un peu où nous en sommes, déclara la sage-femme avec une feinte jovialité.

Elle releva les jupes de Scarlett, lui tâta le ventre.

– Un beau bébé costaud, dit-elle. Il m'a saluée d'un coup de pied. Nous allons l'inviter à sortir, maintenant, pour permettre à sa maman de se reposer un peu.

Elle se tourna vers Colum.

– Mieux vaudrait que vous nous laissiez à nos tâches de femmes, monsieur. Je vous appellerai dès que votre enfant sera né.

Scarlett gloussa.

Colum se débarrassa de son manteau de Balmacaan. Son col blanc apparut, éclatant.

– Oh, pardonnez-moi, mon père.

– Parce que j'ai péché, compléta Scarlett d'une voix suraiguë.

– Scarlett, dit Colum doucement.

La sage-femme l'attira vers l'évier.

– Il vaudrait peut-être mieux que vous restiez, mon père, lui dit-elle. Pour les derniers sacrements.

Elle parlait trop fort. Scarlett l'entendit.

– Oh, mon Dieu, s'écria-t-elle.

– Aidez-moi, ordonna la sage-femme à Mme Fitzpatrick. Je vais vous montrer comment lui tenir les jambes.

Scarlett hurla quand la femme lui enfonça son poing dans les entrailles.

– Arrêtez! Seigneur, c'est trop horrible, faites que cela cesse.

Lorsque l'examen fut terminé, elle gémissait encore de douleur. Le matelas et ses cuisses étaient baignés de sang, la robe de Mme Fitzpatrick en était tout éclaboussée, ainsi que l'uniforme de la sage-femme, et le sol de part et d'autre de la table jusqu'à trois pieds. La sage-femme retroussa sa manche gauche. Elle avait déjà le bras droit rougi jusqu'au coude.

– Je vais devoir essayer à deux mains, dit-elle.

Scarlett geignit. Mme Fitzpatrick se planta devant la sage-femme.

– J'ai eu six enfants, déclara-t-elle. Sortez d'ici. Colum, chasse cette bouchère de la maison avant qu'elle ne tue Mme O'Hara et que je ne la tue à mon tour. Que Dieu m'en garde, mais c'est ce qui va arriver.

Un éclair illumina soudain la pièce à travers les fenêtres et la verrière, et les torrents de pluie redoublèrent de violence contre les vitres.

– Je ne sortirai pas par ce temps-là, brailla la sage-femme. Il fait nuit noire.

– Alors, emmène-la à côté, mais qu'elle quitte cette pièce. Et, quand elle sera partie, fais venir le forgeron. Il soigne les animaux, une femme ne doit pas être tellement différente.

Colum tenait la sage-femme apeurée par le haut du bras. Un nouvel éclair illumina la verrière du toit, et elle poussa un hurlement. Colum la secoua comme un chiffon.

– Du calme, bonne femme.

Il fixa sur Mme Fitzpatrick un regard terne et désespéré.

– Il ne viendra pas, Rosaleen, personne ne voudra venir maintenant qu'il fait nuit. As-tu donc oublié quel soir nous sommes?

Mme Fitzpatrick essuyait les tempes et les joues de Scarlett avec un linge humide.

– Si tu ne me l'amènes pas, Colum, j'irai moi-même le chercher. J'ai vu un couteau et un pistolet dans ton bureau, chez toi. Il suffit de lui montrer qu'il existe des choses plus redoutables que les fantômes.

Colum hocha la tête.

– J'y vais, dit-il.

Joseph O'Neill, le forgeron, se signa. Sa figure luisait de sueur. Il avait les cheveux plaqués sur le crâne, pour avoir marché sous l'orage, mais la sueur était toute récente.

– J'ai accouché une jument, une fois, c'était un peu pareil, mais je ne peux pas violenter une femme comme une jument!

Il regarda Scarlett, et secoua la tête.

– C'est contre nature, je ne peux pas.

Des lampes étaient allumées devant chaque évier, et les éclairs se succédaient sans relâche. L'immense cuisine était éclairée comme en plein jour, à l'exception des coins laissés dans l'ombre. La tempête qui faisait rage au-dehors semblait vouloir s'attaquer aux murs de pierre de la maison.

Il faut le faire, mon vieux, sans quoi elle va mourir.

– Elle mourra de toute façon, et l'enfant aussi, si ce n'est déjà fait. Il ne bouge plus.

– Dans ce cas, n'attends plus, Joseph. Pour l'amour de Dieu, c'est son seul espoir.

Colum s'exprimait d'une voix ferme, sur le ton du commandement.

Scarlett s'agitait fébrilement sur le matelas ensanglanté. Rosaleen Fitzpatrick lui humecta les lèvres avec un linge et fit pénétrer dans sa bouche quelques gouttes d'eau. Les paupières de Scarlett frémirent, puis s'ouvrirent. Elle avait les yeux brillants de fièvre. Elle poussa un gémissement pitoyable.

– Joseph! Je te l'ordonne.

Le forgeron frissonna. Il brandit son énorme bras au-dessus du ventre enflé de Scarlett. Un éclair fit scintiller la lame de son couteau.

– Qui est-ce? articula distinctement Scarlett.

– Que saint Patrick me vienne en aide, s'écria le forgeron.

– Qui est cette belle dame en robe blanche, Colum?

Le forgeron laissa tomber son couteau à terre et recula. Il avait les mains tendues devant lui, paumes ouvertes, luttant contre la terreur.

Le vent tourbillonnant arracha une branche et la projeta par la fenêtre au-dessus de l'évier. Des éclats de verre blessèrent Joseph O'Neill aux bras, qu'il tenait maintenant croisés par-dessus sa tête. Il tomba par terre en hurlant et, par la fenêtre ouverte, les hurlements du vent couvrirent les siens. Des bruits perçants retentissaient de toutes parts – dehors et dans la maison, les cris du forgeron se mêlant au mugissement de la tempête et à la plainte que portait le vent, dans le lointain.

Les flammes des lampes vacillaient, et certaines même s'éteignirent. Tandis que l'orage s'engouffrait dans la cuisine, la porte s'ouvrit et se referma sans bruit. Une imposante silhouette enveloppée d'un châle traversa la pièce, parmi l'assistance terrorisée, et s'approcha de la fenêtre brisée. C'était une femme au visage rond et ridé. Elle se pencha au-dessus de l'évier et prit une serviette ensanglantée, qu'elle tordit.

— Que faites-vous là ? s'exclama Rosaleen Fitzpatrick, surmontant sa terreur et s'avançant vers la nouvelle venue.

Le bras tendu de Colum l'arrêta. Il reconnaissait la *cailleach*, cette femme un peu sorcière qui vivait près de la tour.

L'une après l'autre, la vieille femme entassa les serviettes pleines de sang jusqu'à ce que le trou de la fenêtre fût comblé. Puis elle se retourna.

— Rallumez les lampes, dit-elle.

Elle parlait d'une voix rauque, comme si elle avait eu la gorge rouillée.

Elle se défit de son châle noir trempé, le plia soigneusement, et le posa sur une chaise. Dessous, elle portait un châle marron, qu'elle ôta également, et plia pour le poser sur la chaise. De même qu'un troisième, bleu nuit, avec un gros trou sur l'épaule. Et encore un autre, rouge, avec plus de trous que de laine.

— Vous n'avez pas fait ce que je vous avais dit, reprocha-t-elle à Colum.

Puis elle s'approcha du forgeron et lui donna un coup dans les côtes.

— Vous gênez le passage, forgeron, repartez à votre forge.

Elle se tourna de nouveau vers Colum. Il alluma une lampe, en chercha une autre, l'alluma à son tour, et bientôt deux flammes claires brillaient.

— Merci, père, déclara-t-elle poliment. Renvoyez O'Neill chez lui, l'orage se termine. Puis venez me tenir deux lampes bien haut au-dessus de la table. Quant à vous, reprit-elle à l'adresse de Mme Fitzpatrick, faites pareil. Je vais apprêter La O'Hara.

A la cordelière qui lui servait de ceinture étaient accrochées une bonne douzaine de petites poches faites d'étoffes bigarrées. Elle fouilla dans l'une d'elles et en tira une fiole pleine d'un liquide noirâtre. Soulevant de sa main gauche la tête de Scarlett, elle lui introduisit le liquide dans la bouche. Scarlett se passa la langue sur les lèvres. La *cailleach* émit un petit gloussement et lui reposa la tête sur l'oreiller.

La voix rouillée se mit à fredonner une mélodie qui n'en était pas une. Les doigts tordus et tachés palpèrent la gorge de Scarlett, son front, puis soulevèrent rapidement ses paupières. La vieille femme extirpa alors une feuille pliée d'une de ses poches et la mit sur le ventre de Scarlett. Elle tira ensuite d'un autre sac une petite blague à tabac et la plaça à côté de la feuille. Telles deux statues, Colum et

Mme Fitzpatrick tenaient les lampes, mais ils suivaient des yeux chaque mouvement de la vieille femme.

La feuille, une fois dépliée, révéla la présence d'une poudre. La femme la répandit sur l'abdomen de la parturiente. Puis elle sortit un onguent de la tabatière et en imprégna la peau du ventre de Scarlett, mélangé à la poudre.

– Je vais l'attacher pour qu'elle ne se blesse pas, avertit la *cailleach*, et elle passa des cordes par-dessus le ventre de Scarlett, sous ses genoux, en travers de ses épaules, et autour des pieds massifs de la table.

Ses petits yeux sans âge scrutèrent d'abord Mme Fitzpatrick, puis Colum.

– Elle va hurler, avertit la femme, mais elle ne sentira pas la douleur. Quant à vous, ne bougez surtout pas. La lumière est vitale.

Avant qu'ils aient pu répondre, elle tira un couteau d'on ne savait où, l'essuya avec quelque chose qu'elle avait dans un sac et, de la pointe, parcourut le ventre de Scarlett dans toute sa longueur. Le hurlement de Scarlett ressemblait au cri d'une âme perdue.

Le cri n'était pas éteint que la *cailleach* tenait dans ses mains un bébé sanguinolent. Elle cracha par terre quelque chose qu'elle tenait en réserve dans sa bouche, puis souffla dans la bouche de l'enfant à trois reprises. Les petits bras s'agitèrent, puis les jambes.

Colum récitait à voix basse des *Ave Maria*.

Un rapide coup de couteau trancha le cordon, l'enfant fut déposé sur les draps repliés, et la femme retourna auprès de Scarlett.

– Approchez les lampes, ordonna-t-elle.

Ses mains et ses doigts s'affairaient vivement, la lame du couteau étincelait parfois, et des morceaux de membrane ensanglantée tombaient par terre à ses pieds. Elle versa encore un peu du liquide noirâtre entre les dents de Scarlett, puis un autre, incolore, sur l'effroyable plaie de son ventre. Le fredonnement de sa voix fêlée accompagnait ses petits gestes précis, tandis qu'elle recousait ensemble les deux lèvres de la plaie.

– Enveloppez-la dans du lin puis de la laine, pendant que je laverai l'enfant.

Quand Mme Fitzpatrick et Colum eurent terminé, la femme avait reparu. Le bébé de Scarlett était emmitouflé dans un lange blanc moelleux.

– La sage-femme l'a oublié, déclara la *cailleach*.

Son petit rire éveilla un gargouillement dans la gorge du nouveau-né, qui ouvrit les yeux. Les iris bleus formaient deux anneaux pâles autour des pupilles noires et encore aveugles de la minuscule fillette. Elle avait de longs cils noirs, et d'imperceptibles traits en guise de sourcils. Elle n'était ni rouge ni déformée comme la plupart des nourrissons, car elle n'était pas passée par les voies naturelles. Le petit nez, les oreilles et la bouche, ainsi que le crâne palpitant, étaient parfaitement formés. Sa peau mate paraissait très sombre sur la couverture blanche.

CHAPITRE 63

Scarlett se débattait pour rejoindre les voix et la lumière que son esprit embrumé percevait confusément. Il y avait quelque chose... quelque chose d'important... une question... Des mains fermes lui soutinrent la tête, des doigts délicats lui entrouvrirent les lèvres, un liquide rafraîchissant et sucré lui baigna la langue, coula dans sa gorge, et elle se rendormit.

La fois suivante où elle lutta pour reprendre conscience, elle se rappela quelle était la question, la question vitale, essentielle. L'enfant. Était-il mort ? Ses mains descendirent à tâtons vers son ventre, et une douleur fulgurante l'assaillit aussitôt. Ses dents lui blessèrent les lèvres, ses mains appuyèrent encore, puis retombèrent. Il n'y avait plus de mouvements, plus de bosse arrondie là où gigotait un petit pied. Le bébé était mort. Scarlett poussa un cri de désespoir, pas plus fort qu'un miaulement, et le liquide libérateur coula de nouveau dans sa bouche. Pendant ce sommeil léthargique, des larmes impuissantes ruisselèrent de ses yeux clos.

Semi-consciente pour la troisième fois, elle essaya de s'agripper à l'obscurité, au sommeil, pour repousser le monde extérieur. Mais la douleur montait, la fouaillait, l'incitant à se débattre pour fuir, et ses mouvements accrurent tellement sa souffrance qu'elle se mit à geindre. La fiole fraîche de l'oubli s'introduisit entre ses dents, et elle fut de nouveau libérée. Plus tard, flottant aux frontières de la conscience, elle ouvrit la bouche avidement, impatiente de retrouver la nuit épaisse et bienfaisante. Mais elle ne sentit qu'un linge humide sur ses lèvres, et entendit une voix qu'elle savait pouvoir reconnaître.

— Scarlett chérie... Katie Scarlett O'Hara... ouvrez les yeux...

Son esprit chercha, faiblit, reprit des forces – Colum. C'était Colum. Son cousin. Son ami... Pourquoi ne la laissait-il pas dormir, s'il était son ami ? Pourquoi ne lui donnait-il pas la potion avant que la douleur ne revienne ?

– Katie Scarlett...

Elle ouvrit à demi les yeux. La lumière les blessa, et elle referma les paupières.

– Voilà qui est d'une bonne fille, Scarlett. Ouvrez les yeux, j'ai quelque chose pour vous.

Le ton était caressant, mais ferme. Les yeux de Scarlett s'ouvrirent. Quelqu'un avait éloigné la lampe, et la pénombre était plus agréable.

Voici mon ami Colum. Elle tenta de sourire, mais les souvenirs affluèrent, et de ses lèvres jaillirent soudain de gros sanglots d'enfant.

– Le bébé est mort, Colum. Faites-moi encore dormir. Je veux oublier, aidez-moi. Je vous en prie. Colum. Je vous en supplie.

Le linge humide lui caressa les joues, lui essuya les yeux.

– Mais non, Scarlett, pas du tout, le bébé est là, le bébé n'est pas mort.

Peu à peu, le sens de ces mots l'atteignit. Pas mort, répétait son cerveau.

– Pas mort? articula Scarlett.

Elle voyait le visage de Colum, son sourire.

– Pas mort, ma chérie. Là. Regardez.

Scarlett tourna la tête sur l'oreiller. Pourquoi était-ce si difficile, de simplement tourner la tête? Il y avait là des mains tenant un paquet blanc.

– Votre fille, Katie Scarlett, déclara Colum.

Il écarta les replis de la couverture, et elle vit le petit visage endormi.

– Oh, souffla Scarlett.

Si petite, si parfaite, si fragile. Regardez cette peau, comme des pétales de rose, comme de la crème – non, elle est plus brune que la crème, le rose n'est qu'un soupçon de rose. Elle semble dorée par le soleil, comme... comme un bébé pirate. Elle ressemble exactement à Rhett!

Rhett! Pourquoi n'êtes-vous pas ici pour voir votre enfant? Votre beau bébé à la peau brune.

Mon beau bébé à la peau brune. Attends que je te regarde.

Scarlett éprouvait une faiblesse étrange et effrayante, une chaleur qui lui envahissait tout le corps comme une flamme forte et pourtant indolore.

L'enfant ouvrit les paupières et « regarda » Scarlett droit dans les yeux. Et Scarlett fut éperdue d'amour. Sans conditions, sans exigences, sans raisons, sans questions, sans limites, sans réserves, sans arrière-pensée.

– Eh, bébé, dit Scarlett.

— Maintenant, buvez votre potion, ordonna Colum.

Le petit visage sombre avait disparu.

— Non! Non, je veux mon enfant. Où est-elle?

— Vous l'aurez à votre prochain réveil. Ouvrez la bouche, Scarlett.

— Non, essaya-t-elle de répliquer, mais les gouttes coulaient sur sa langue et, en un instant, l'obscurité se referma sur elle. Elle s'endormit en souriant, rayonnante de vie sous la pâleur de son masque.

Peut-être était-ce parce que l'enfant ressemblait à Rhett, peut-être parce que Scarlett attachait plus de prix à ce qu'elle avait obtenu au terme d'une pareille lutte, ou peut-être encore parce qu'elle venait de vivre plusieurs mois parmi les Irlandais, qui adoraient les enfants. Plus vraisemblablement, c'était l'une de ces surprises que la vie offre sans aucune raison. Quelle qu'en fût l'origine, un amour ardent consumait désormais Scarlett O'Hara, après une existence vide où elle n'avait même pas imaginé ce qu'elle était en train de manquer.

Scarlett refusait désormais les sédatifs. La grande cicatrice rouge de son ventre lui faisait l'effet d'une longue traînée faite au fer rouge, mais elle l'oubliait dans les accès de folle joie qu'elle éprouvait chaque fois qu'elle touchait son enfant, ou même qu'elle la regardait.

— Renvoyez-la! déclara Scarlett quand on lui amena la jeune nourrice pleine de vigueur qu'elle avait réclamée. A chaque naissance il a fallu me bander la poitrine et j'ai souffert horriblement pendant que le lait se tarissait, et tout cela pour être une dame et garder ma silhouette. Je vais allaiter cette enfant, lui donner des forces, et la voir grandir.

La première fois que l'enfant trouva le sein de sa mère et téta goulûment, le sourcil froncé par l'effort et la concentration, Scarlett la contempla avec un sourire de triomphe.

— Tu es bien la fille de ta maman, affamée comme un loup et fermement décidée à obtenir ce que tu veux.

L'enfant fut baptisée dans la chambre de Scarlett, car la mère était trop épuisée pour marcher. Le père Flynn s'approcha du grand lit vice-royal où elle était adossée à des coussins de dentelle, tenant le bébé dans ses bras jusqu'au moment où elle dut le confier à Colum, qui était le parrain; Kathleen et Mme Fitzpatrick étaient les marraines. L'enfant portait une robe de lin brodé, usée à force de lavages, car elle avait servi à des centaines de bébés O'Hara, au fil d'innombrables générations. Elle reçut le nom de Katie Colum O'Hara. Elle agita bras et jambes quand l'eau la toucha, mais ne pleura point.

Kathleen arborait sa belle robe bleue à col de dentelle, malgré son deuil. La vieille Katie Scarlett était morte. Mais tout le monde convenait qu'il ne fallait pas le dire à Scarlett avant qu'elle ait repris des forces.

Rosaleen Fitzpatrick surveillait le père Flynn de son œil d'aigle, prête à bondir pour lui reprendre l'enfant si jamais il la tenait mal. Elle était restée sans voix quand Scarlett lui avait offert d'être marraine, avant de balbutier :

– Comment avez-vous deviné les sentiments que m'inspire cette enfant ?

– Je n'en savais rien, répondit Scarlett, mais je sais que je n'aurais jamais eu ce bébé si vous n'aviez pas empêché ce monstre de me tuer. Je me rappelle un certain nombre de choses de cette nuit-là.

Colum reprit Katie au père Flynn quand la cérémonie fut terminée, et la déposa dans les bras tendus de Scarlett. Puis il servit un gobelet de whisky au prêtre et aux marraines, et porta un toast :

– A la santé et au bonheur de la mère et de l'enfant, La O'Hara et la plus jeune des O'Hara.

Après quoi il escorta le saint vieillard jusqu'au pub, où il offrit plusieurs tournées générales pour célébrer l'occasion. Il espérait contre tout espoir que cela mettrait fin aux rumeurs qui couraient déjà dans tout le comté.

Joe O'Neill, le forgeron, s'était tapi dans un recoin de la cuisine jusqu'au lever du jour, puis il avait couru se requinquer chez lui avec quelques petits verres.

– Il aurait fallu à saint Patrick lui-même bien autre chose que toutes les prières en son pouvoir, cette nuit-là, racontait-il à ceux qui voulaient l'entendre, et ils étaient nombreux. Je m'apprêtais à sauver la vie de La O'Hara quand la sorcière arrive à travers le mur de pierre et me jette par terre avec une force terrible. Puis elle me lance un coup de pied – et j'ai senti dans ma chair que ce n'était pas là un pied humain mais un pied fourchu de diable. Elle a jeté un sort sur La O'Hara, puis a arraché l'enfant de ses entrailles. L'enfant était tout ensanglanté, il y avait du sang par terre et sur les murs et dans l'air. Un homme de moindre courage se serait voilé la face devant un spectacle aussi effroyable. Mais Joseph O'Neill a vu et bien vu la forme vigoureuse de l'enfant, à travers tout ce sang, et je vous dis que c'était un mâle, avec sa virilité bien visible entre les jambes. « Je vais laver le sang », dit cette sorcière, et elle tourne le dos avant de présenter au père O'Hara une créature frêle et maigrelette, presque sans vie – femelle, et brune comme la terre du tombeau. Maintenant, qui me dira ? Si je n'ai pas assisté à une substitution diabolique, qu'est-ce donc que j'ai vu, en cette nuit terrible ? Rien de bon n'en sortira, ni pour La O'Hara ni pour aucun homme qu'aura touché l'ombre de l'enfant-de-fée laissé à la place du petit O'Hara volé.

Une autre rumeur, née à Dunshauglin, parvint en huit jours à Ballyhara. La O'Hara se mourait, racontait la sage-femme, et l'on ne pouvait la sauver qu'en la débarrassant de l'enfant mort en son sein. Pauvres gens, qui pouvait savoir ces choses-là mieux qu'une sage-femme, qui savait tout ce qu'il y avait à savoir en matière d'accouchement ? Tout à coup la jeune mère souffrante s'était dressée sur son lit de douleur. « Je la vois, s'était-elle écriée. La dame blanche ! Toute de blanc vêtue, grande et belle comme une fée. » Puis les démons avaient envoyé par la fenêtre une lance de l'Enfer et la dame blanche s'était envolée dehors pour gémir son appel à la mort. Elle appelait l'âme de l'enfant mort, mais l'enfant mort s'était réintroduit parmi les vivants en aspirant l'âme de cette bonne vieille femme qui était la grand-mère de La O'Hara. C'était là l'œuvre du diable, on ne pouvait s'y méprendre, et l'enfant que la O'Hara prend pour le sien n'est rien d'autre qu'une goule.

— Je crois que je devrais alerter Scarlett, confia Colum à Rosaleen Fitzpatrick. Mais que lui dire ? Que les gens sont superstitieux ? Que la nuit de la Toussaint est une mauvaise date d'anniversaire pour un enfant ? Je ne trouve rien à lui conseiller, il n'existe aucun moyen de protéger l'enfant des commérages.

— Je me charge de protéger Katie, répondit Mme Fitzpatrick. Rien ni personne n'entrera dans cette maison sans mon accord, et aucun danger ne viendra menacer cette enfant. Les commérages finiront par s'éteindre, Colum, tu le sais bien. Il se passera d'autres choses, qui occuperont les mauvaises langues, et puis les gens verront bien que Katie sera une petite fille comme les autres.

Huit jours plus tard, Mme Fitzpatrick portait sa collation à Scarlett sur un plateau, et l'écoutait patiemment répéter la même plainte exaspérée qu'elle ressassait depuis plusieurs jours.

— Je ne vois vraiment pas pourquoi je dois rester enfermée dans cette chambre indéfiniment. Je me sens tout à fait en état de me lever et d'aller et venir à ma guise. Regardez le merveilleux soleil qu'il fait. Je voudrais emmener Katie faire un tour en cabriolet, mais tout ce qu'on me laisse faire, c'est regarder tomber les feuilles par la fenêtre. Je suis sûre qu'elle regarde aussi. Elle lève les yeux, puis elle suit le lent mouvement de chute... Oh, regardez! Venez voir! Regardez les yeux de Katie à la lumière. Ils ne sont plus si bleus. Je pensais qu'ils deviendraient bruns comme ceux de Rhett, parce qu'elle est son vivant portrait. Mais je discerne les premières petites paillettes, et elles sont vertes. Elle aura mes yeux!

Scarlett embrassa le bébé dans le cou.

– Tu es la petite fille de Maman, n'est-ce pas, Katie O'Hara? Non, pas Katie. N'importe qui peut s'appeler Katie. Je vais t'appeler Kitty Cat, ma Chatte, avec tes yeux verts.

Elle souleva solennellement l'enfant pour la montrer à la gouvernante.

– Madame Fitzpatrick, permettez-moi de vous présenter Cat O'Hara.

Scarlett rayonnait.

Rosaleen Fitzpatrick éprouva un effroi tel qu'elle n'en avait encore jamais connu.

CHAPITRE 64

L'oisiveté forcée de la convalescence donna à Scarlett beaucoup de temps pour réfléchir, d'autant plus que l'enfant passait l'essentiel de ses journées et de ses nuits à dormir, comme tous les nourrissons. Elle essaya de se mettre à la lecture, mais cela n'avait jamais été son fort, et elle n'avait guère changé sur ce point.

C'était précisément à ce qui avait été modifié qu'elle songeait.

D'abord et avant tout, il y avait son amour pour Cat. Née depuis quelques semaines, l'enfant était encore trop jeune pour manifester autre chose que sa faim, et le plaisir que lui procuraient le sein et le lait de sa mère. C'est d'aimer qui me rend heureuse, s'extasiait Scarlett. Cela n'a rien à voir avec le fait d'être aimée. Je me plais à penser que Cat m'aime, mais la vérité, c'est qu'elle aime manger.

Scarlett était à présent capable d'en rire. Scarlett O'Hara, qui avait rendu les hommes amoureux d'elle pour s'amuser, comme on pratique un sport, n'était désormais rien de plus qu'une source alimentaire pour l'être unique qu'elle aimait comme jamais elle n'avait aimé dans sa vie.

Parce qu'elle n'avait pas réellement aimé Ashley; elle le savait depuis longtemps. Simplement, elle avait convoité ce qu'elle ne pouvait avoir, et appelé cela : amour.

J'ai gaspillé dix ans de ma vie pour un faux amour, et j'ai perdu Rhett, l'homme que j'aimais vraiment.

... Mais l'ai-je vraiment aimé?

Elle fouilla sa mémoire, malgré la souffrance. Le souvenir de Rhett restait douloureux, la pensée de l'avoir perdu, d'avoir échoué. La peine s'estompait toutefois quand elle se rappelait comment il l'avait traitée, car la haine réduisait le chagrin en cendres. Mais, la plupart du temps, elle s'arrangeait pour le chasser de ses pensées; c'était moins gênant.

Pendant ces longues journées où elle n'avait rien à faire, cependant, elle revoyait sans cesse sa vie passée, et ne pouvait guère éviter de penser à lui.

L'avait-elle aimé ?

J'ai bien dû l'aimer, se disait-elle, et je dois bien l'aimer encore, sans quoi je n'aurais pas le cœur si endolori quand je le revois souriant, ou que j'entends sa voix.

Mais, pendant dix ans de sa vie, elle avait évoqué Ashley de la même manière, en imaginant son sourire et sa voix.

Et puis Rhett m'est surtout devenu cher quand il m'a quittée, dut s'avouer Scarlett, car en elle demeurait un fond d'honnêteté.

C'était trop compliqué. Cela lui causait des maux de tête encore plus pénibles que la nausée due au chagrin. Elle préférait ne plus y penser. Il valait beaucoup mieux songer à Cat, à son bonheur actuel.

Songer au bonheur ?

J'étais déjà heureuse avant l'arrivée de Cat. Mon bonheur date du jour où je suis allée chez Jamie. Ce n'était pas comme maintenant, je n'avais jamais imaginé qu'on puisse éprouver un bonheur aussi fort que celui qui m'envahit chaque fois que je regarde Cat, que je la tiens dans mes bras, ou que je la nourris. Mais j'étais quand même heureuse, parce que les O'Hara m'acceptaient telle que j'étais. Ils ne cherchaient pas à me rendre semblable à eux, ils ne m'ont jamais fait sentir qu'il fallait que je change, ils ne m'ont jamais donné à penser que j'avais tort.

Même quand j'avais tort. Je n'avais pas à attendre de Kathleen qu'elle me coiffe, qu'elle répare mes vêtements et fasse mon lit. Je me donnais des grands airs. Avec des gens qui n'auraient jamais rien fait d'aussi vulgaire. Mais jamais, jamais ils ne m'ont dit : « Oh, arrête un peu de prendre tes grands airs. » Non, ils m'ont laissée agir à ma guise et ils m'ont acceptée telle quelle, avec mes façons hautaines. Telle que j'étais.

J'ai eu horriblement tort, en voulant installer Daniel et toute la famille à Ballyhara. Je voulais simplement me donner de l'importance. Je voulais qu'ils vivent dans de belles maisons, en faire de riches fermiers avec beaucoup de terres et de la main-d'œuvre pour exécuter le travail. Je voulais les changer. Je ne me suis jamais interrogée sur leurs vraies aspirations. Je ne les ai pas pris tels qu'ils étaient.

Oh, je ne veux pas recommencer avec Cat. Jamais je ne chercherai à la rendre différente de ce qu'elle est. Je l'aimerai toujours comme je l'aime à présent de tout mon cœur, et quoi qu'il advienne.

Jamais Maman ne m'a aimée comme j'aime Cat. Ni Suellen ni Carreen non plus, d'ailleurs. Elle me voulait différente de ce que j'étais, elle me voulait semblable à elle-même. De nous trois, elle attendait la même chose. Elle avait tort.

Scarlett recula devant ce qu'elle était en train de découvrir. Elle avait toujours cru en la perfection de sa mère. Il était impensable que Ellen O'Hara ait pu avoir tort en quoi que ce fût.

Mais cette pensée ne la quittait plus. Elle revenait sans cesse la hanter, au moment où elle s'y attendait le moins. Elle revenait sous diverses formes, parée de diverses fioritures. Mais elle ne la laissait plus en paix.

Maman avait tort. Être une dame comme elle, ce n'est pas l'unique façon d'être. Ce n'est même pas la meilleure, si cela ne vous rend pas heureuse. Être heureuse, c'est la meilleure façon de vivre, parce qu'on peut laisser les autres être heureux aussi. A leur manière.

Maman n'était pas heureuse. Elle se montrait douce, patiente, attentive – avec nous, les enfants, avec Papa, avec les Noirs. Mais pas aimante. Pas heureuse. Oh, pauvre Maman. Comme je regrette que vous n'ayez pas connu ce que j'éprouve à présent, comme je regrette que vous n'ayez pas connu le bonheur!

Qu'avait donc dit Grand-Père? Que sa fille Ellen avait épousé Gerald O'Hara pour fuir un chagrin d'amour. Est-ce pour cela qu'elle n'était jamais heureuse? Languissait-elle après un homme inaccessible comme j'ai moi-même langui après Ashley? Comme je languis aujourd'hui après Rhett quand je ne peux pas m'en empêcher.

Quel gâchis! Quel affreux, stupide gâchis! Quand le bonheur était si merveilleux, comment pouvait-on s'accrocher à un amour qui vous rendait malheureux? Scarlett se jura de ne plus jamais agir de la sorte. Elle savait à présent ce qu'était le bonheur, et elle ne le gâcherait pas.

Elle prit l'enfant endormie et la serra sur son cœur. Cat s'éveilla et agita ses petites mains en signe de protestation.

– Oh, Cat, pardonne-moi. Il fallait que je t'embrasse.

Ils avaient tous tort! L'idée était si violente qu'elle réveilla Scarlett en sursaut. Ils avaient tort! Tous – les gens qui m'ignoraient dédaigneusement à Atlanta, tante Eulalie et tante Pauline, et pratiquement tout le monde à Charleston. Ils voulaient que je sois comme eux, alors que je suis si différente, ils me réprouvaient, me donnaient à sentir que j'avais abominablement tort, que j'étais mauvaise, que je méritais d'être mise au ban.

Et je n'ai rien fait de si affreux. Ce pour quoi ils m'ont punie, c'est de ne pas suivre leurs règles. J'ai travaillé plus durement qu'aucun ouvrier agricole – pour gagner de l'argent, et une dame comme il faut ne s'intéresse pas à l'argent. Peu importait que je sois ainsi parvenue à faire marcher Tara, et à subvenir aux besoins de mes tantes, et à entretenir Ashley et sa famille, et à nourrir tante Pitty, sans parler du toit que j'ai maintenu au-dessus de sa tête et de la provision de charbon que je faisais livrer dans sa cave. Ils estimaient tous que je n'aurais pas dû me salir les mains à tenir les comptes du magasin, ni afficher un sourire aimable quand je vendais du bois aux Yankees. Dieu sait qu'il y a bien des choses que j'ai faites et que je n'aurais pas dû faire, mais travailler pour gagner de l'argent n'a rien de répréhensible, et c'est pourtant cela qu'ils m'ont le plus reproché. Ou plutôt, non. Ils m'ont tenu rigueur d'avoir réussi.

De cela, et d'avoir empêché Ashley de se rompre le cou en se jetant dans la tombe de Melly. Si cela avait été le contraire, et que j'aie retenu Melly au bord de la tombe d'Ashley, tout aurait été parfait. Quels hypocrites!

Qu'est-ce qui donne à des gens dont la vie entière n'est qu'un mensonge le droit de me juger? Qu'y a-t-il de mal à travailler de toutes ses forces, et davantage encore? Tout entreprendre pour sauver quelqu'un d'un malheur, surtout un ami, est-ce si grave?

Ils avaient tort. Ici à Ballyhara, j'ai travaillé de toutes mes forces, et suscité l'admiration. J'ai empêché l'oncle Daniel de perdre sa ferme, et ils m'ont surnommée La O'Hara.

C'est pourquoi j'éprouve un étrange bonheur à porter ce nom. Parce qu'on honore La O'Hara précisément pour toutes ces choses que j'avais crues mauvaises ma vie durant. La O'Hara aurait passé ses soirées sur les livres de comptes du magasin. La O'Hara aurait retenu Ashley au bord de la tombe.

Qu'avait donc dit Mme Fitzpatrick? « Vous n'avez rien de particulier à faire, simplement être celle que vous êtes. » Eh bien, je suis Scarlett O'Hara, qui commet parfois des erreurs et qui, parfois aussi, fait ce qu'il faut faire, mais qui plus jamais ne prétendra être ce qu'elle n'est pas. Je suis La O'Hara, et jamais on ne m'appellerait ainsi si j'étais aussi mauvaise qu'on le soutient à Atlanta. Je ne suis pas mauvaise du tout. Dieu sait que je ne suis pas non plus une sainte. Mais je suis décidée à être différente, à rester moi-même, à ne pas feindre d'être ce que je ne suis pas.

Je suis La O'Hara, et je suis fière de l'être. Cela me rend heureuse et m'épanouit.

Cat émit un gargouillement pour indiquer qu'elle était réveillée, et prête à téter. Scarlett la souleva de son couffin et l'installa auprès d'elle. Soutenant d'une main la petite tête fragile, elle approcha Cat de son sein.

– Je te le promets sur mon honneur, Cat O'Hara. Tu pourras devenir celle que tu es vraiment, même si tu dois te révéler aussi différente de moi que le jour de la nuit. Et, si tu inclines à devenir une dame, je t'enseignerai même comment faire, quoi que je puisse en penser. Après tout, je connais bien les règles, même si je suis incapable de m'y plier.

CHAPITRE 65

– Je sortirai, un point, c'est tout.

Scarlett défiait obstinément Mme Fitzpatrick.

La gouvernante se tenait dans l'encadrement de la porte, tel un roc inébranlable.

– Non, vous ne sortirez pas.

Scarlett changea de tactique.

– Je vous en prie, implora-t-elle en arborant son sourire le plus séduisant. L'air frais me fera le plus grand bien. Et puis cela me donnera de l'appétit, et Dieu sait que vous m'avez assez reproché de ne pas manger suffisamment.

– Cela va s'arranger. La cuisinière est arrivée.

Scarlett oublia toute sa tactique enjôleuse.

– Ah, ce n'est pas trop tôt! Sa Grandeur a-t-elle daigné nous dire ce qui l'a retenue si longtemps?

Mme Fitzpatrick sourit.

– Elle s'est mise en route comme prévu, mais ses hémorroïdes la faisaient tant souffrir que, tous les dix ou quinze kilomètres, elle devait s'arrêter jusqu'au lendemain. Je crois que nous n'aurons pas à redouter de la voir paresser dans un fauteuil au lieu d'être debout à son poste.

Scarlett essaya de ne pas rire, mais ne parvint pas à se contenir. Et puis elle ne pouvait vraiment pas garder rancune à Mme Fitzpatrick; elles étaient trop étroitement liées. La gouvernante s'était établie dans ses quartiers dès le lendemain de la naissance de Cat. Elle n'avait pas quitté le chevet de Scarlett pendant toute sa maladie. Et elle demeurait disponible en permanence.

Scarlett reçut de nombreuses visites pendant les longues semaines de convalescence qui suivirent la naissance de Cat. Colum venait presque chaque jour, Kathleen à peu près tous les deux jours, ses grands cousins O'Hara arrivaient chaque dimanche après la messe, et

Molly s'annonçait plus souvent que Scarlett ne l'eût souhaité. Mme Fitzpatrick était toujours là. Elle offrait du thé et des gâteaux aux femmes, du whisky et des gâteaux aux hommes et, après leur départ, elle restait auprès de Scarlett pour entendre les nouvelles fraîches en finissant les restes de la collation. Elle-même apportait aussi sa moisson – des échos de ce qui se passait en ville, tant à Ballyhara qu'à Trim – et les potins qu'elle avait récoltés dans les magasins. Elle faisait en sorte que Scarlett ne se sente pas trop isolée.

Scarlett invita Mme Fitzpatrick à l'appeler par son prénom et lui demanda quel était le sien.

Mme Fitzpatrick refusa de le lui révéler. Il eût été inconvenant de développer entre elles une telle familiarité, répondit-elle fermement, et elle expliqua à Scarlett la stricte hiérarchie de la Grande Maison. Sa position de gouvernante aurait été sapée par la moindre marque de désinvolture, même venant de leur maîtresse à tous. Peut-être même surtout de la part de leur maîtresse.

Tout cela était trop subtil pour Scarlett, mais l'insistance de Mme Fitzpatrick, malgré son ton amical, lui fit comprendre que c'était important. Elle se résigna donc à la proposition de sa gouvernante. Scarlett pourrait l'appeler « Mme Fitz » et elle-même l'appellerait « Mme O. », mais seulement quand elles seraient seules ensemble. En présence de tiers, il faudrait maintenir les formes strictes de la hiérarchie.

– Même devant Colum ? demanda Scarlett.

Mme Fitzpatrick réfléchit, puis consentit. Colum était un cas particulier.

Scarlett tenta alors de profiter de sa faiblesse avouée à l'égard de Colum.

– Je vais juste aller jusque chez Colum, dit-elle. Il n'est pas venu me voir depuis une éternité, et il me manque.

– Il est en voyage d'affaires, et vous le savez fort bien. Je l'ai entendu vous dire qu'il partait.

– Zut ! grommela Scarlett. Vous gagnez toujours.

Elle retourna s'asseoir près de la fenêtre.

– Allez donc bavarder avec Mme Hémorroïdes, dit-elle avec une moue.

Mme Fitzpatrick éclata de rire.

– A propos, déclara-t-elle en sortant, son vrai nom est Mme Keane. Mais vous pouvez l'appeler Mme Hémorroïdes si vous voulez. Il est probable que vous ne la verrez jamais. C'est mon travail.

Scarlett attendit un moment pour être sûre que Mme Fitzpatrick ne la surprendrait pas, puis se prépara pour sortir. Elle avait bien assez obéi. C'était un fait admis qu'après une naissance la jeune mère devait se reposer un mois, en passant le plus clair de son temps au lit, et Scarlett s'était soumise à cet usage. Elle ne voyait vraiment pas pourquoi elle devrait prolonger ce repos de trois semaines, simplement parce que la naissance de Cat ne s'était pas déroulée normalement. Le médecin de Ballyhara lui avait fait l'effet d'être un brave homme, il lui avait même un peu rappelé le Dr Meade. Mais le Dr Devlin lui-même reconnaissait n'avoir aucune expérience des enfants mis au monde à l'aide d'un couteau. Pourquoi aurait-elle dû l'écouter ? Surtout quand elle avait quelque chose d'important à faire.

Mme Fitz lui avait parlé de la vieille femme apparue comme par magie pour mettre l'enfant au monde, au plus fort de la tempête de la Toussaint. Colum lui avait révélé qui était cette vieille femme – la *cailleach*, la sorcière de la tour. Scarlett lui devait la vie, et Cat aussi. Il fallait aller la remercier.

Le froid prit Scarlett au dépourvu. Octobre avait été plutôt doux, comment un seul mois pouvait-il faire une telle différence ? Elle enveloppa l'enfant chaudement emmitouflée dans les plis de son manteau. Cat était éveillée. Elle dévisageait Scarlett de ses grands yeux.

– Mon amour de bébé, murmura Scarlett. Comme tu es sage, Cat, tu ne pleures jamais, n'est-ce pas ?

Elle traversa l'arrière-cour pavée pour s'engager sur le chemin qu'elle avait si souvent emprunté en cabriolet.

– Je sais que vous êtes par là, cria Scarlett en direction des sous-bois qui entouraient la clairière de la tour. Vous feriez mieux de vous montrer et de venir me parler, parce que je compte rester plantée là jusqu'à ce que je meure de froid. Et le bébé aussi, si cela vous intéresse.

Elle attendit tranquillement. La femme qui avait mis Cat au monde n'allait sûrement pas la laisser bien longtemps exposée au froid humide, dans l'ombre de la tour.

Les yeux de Cat se détournèrent du visage de Scarlett pour scruter les alentours, comme si elle cherchait quelque chose. Un peu après, Scarlett distingua un bruissement sur sa droite, dans d'épais buissons de houx. La vieille femme en émergea soudain.

– Par ici, dit-elle, et elle s'y enfonça de nouveau.

Il y avait un sentier, Scarlett le découvrit en s'approchant, mais jamais elle ne l'aurait trouvé si la vieille femme n'avait écarté devant elle, à l'aide de son châle, les branches épineuses et touffues du houx. Scarlett suivit l'étroite sente jusqu'au moment où la trace se perdit dans un bosquet aux branches fort basses.

– Je renonce, déclara-t-elle. Où dois-je aller, maintenant ?

Un rire fêlé retentit derrière elle.

– Par ici, répondit la *cailleach*.

Elle contourna Scarlett et se plia en deux sous les branches. Scarlett fit de même. Quelques pas plus loin, elles se redressèrent. Au milieu du bosquet, une clairière abritait une petite cahute en terre séchée, couverte de roseaux. Un mince filet de fumée s'échappait par la cheminée.

– Entrez, dit la vieille femme. Et elle ouvrit la porte.

– C'est une belle enfant, déclara la *cailleach*.

Elle avait examiné Cat sur toutes les coutures, de la tête aux pieds.

– Comment l'avez-vous nommée ?

– Katie Colum O'Hara.

C'était la seconde fois seulement que Scarlett parlait. En pénétrant dans la masure, elle avait commencé à remercier la vieille femme pour ce qu'elle avait fait, mais celle-ci l'avait arrêtée net.

– Donnez-moi l'enfant, avait-elle dit en tendant les mains.

Scarlett la lui avait aussitôt confiée, pour ensuite assister en silence à l'examen détaillé.

– Katie Colum, répéta la femme. Quelle sonorité douce et faible, pour une enfant si forte. Je m'appelle Grainne. Voilà un nom puissant.

Sa voix rude faisait sonner le prénom gaélique comme un défi. Scarlett s'agita sur son tabouret. Elle ne savait pas quoi répondre.

La *cailleach* enveloppa Cat dans sa couche et ses langes. Puis elle la souleva et lui parla si bas à l'oreille que Scarlett ne put rien entendre, malgré tous ses efforts. Les doigts de Cat s'agrippèrent aux cheveux de Grainne. La vieille femme tenait l'enfant contre son épaule.

– Vous n'auriez pas pu comprendre même si vous aviez entendu, La O'Hara. Je parlais en irlandais. C'était un sortilège. Vous avez bien entendu dire que je connais la magie et les herbes ?

Scarlett l'admit volontiers.

– Peut-être bien que je les connais, dit la vieille femme. Je connais un peu les paroles et les pratiques d'antan, mais je ne dis pas que ce soit de la magie. Je regarde et j'écoute, et j'apprends. Cela semble sans doute magique à certains, qu'on puisse voir quand ils sont aveugles, ou entendre quand ils sont sourds. C'est surtout affaire de croyance. N'espérez pas que je pourrai faire de la magie pour vous.

– Je n'ai jamais prétendu être venue pour cela.

– Seulement pour dire merci ? Rien d'autre ?

– Non, rien d'autre, et maintenant que c'est fait, je dois me hâter de rentrer avant qu'on s'aperçoive de ma disparition.

– Je vous prie de me pardonner, dit la *cailleach*. Rares sont les gens reconnaissants, quand j'entre dans leur vie. Je m'étonne que vous n'éprouviez pas de colère contre moi après ce que je vous ai fait subir.

– Vous m'avez sauvé la vie, ainsi qu'à mon enfant.

– Mais j'ai pris la vie des autres enfants. Peut-être qu'un médecin aurait fait mieux.

– Si j'avais pu trouver un médecin, je l'aurais eu auprès de moi !

Scarlett se mordit la langue. Elle était venue pour remercier cette vieille femme, et non pour l'insulter. Mais pourquoi se mettait-elle à présent à réciter des charades, de cette voix rauque et effrayante ? Cela vous donnait la chair de poule.

– Excusez-moi, reprit Scarlett. Ce n'était pas très poli. Je suis certaine qu'aucun médecin n'aurait pu faire mieux. Ni même à moitié aussi bien. Mais que voulez-vous dire, en parlant d'autres enfants ? Aurais-je attendu des jumeaux, dont l'un serait mort ?

C'était fort possible, songeait Scarlett. Elle avait pris un tel embonpoint pendant sa grossesse. Mais Mme Fitz ou Colum le lui auraient dit – ou peut-être pas. Ils ne lui avaient révélé la mort de la vieille Katie Scarlett que deux semaines après l'événement.

Une sensation de perte irrémédiable étreignit Scarlett.

– Y avait-il un autre enfant ? Il faut que je le sache !

– Chut ! Vous troublez Katie Colum, protesta Grainne. Il n'y avait pas d'autre enfant dans vos entrailles. J'ignorais que vous vous méprendriez sur le sens de mes paroles. La femme aux cheveux blancs paraissait compétente, je croyais qu'elle aurait compris et vous l'aurait dit. J'ai pris l'organe avec l'enfant, et je n'avais pas les connaissances suffisantes pour le remettre en place. Vous n'aurez jamais d'autre enfant.

Il y avait quelque chose d'irrévocable dans les paroles de la vieille femme et sa façon de les dire, et Scarlett sut sans aucun doute possible que c'était la vérité. Mais elle ne pouvait pas y croire. Plus d'enfants ? Maintenant qu'elle avait enfin découvert les joies ineffables de la maternité, et qu'elle avais appris trop tard ce que signifiait le mot · aimer ? Non. C'était trop cruel.

Scarlett n'avait jamais compris comment Mélanie avait pu risquer délibérément sa vie pour avoir un autre enfant, mais à présent elle comprenait. Elle ferait de même. Elle affronterait volontiers la souffrance, la peur, le sang, pour revivre cet instant où était apparu pour la première fois le visage de son enfant.

Cat émit un cri à peine perceptible. C'était le signal, elle avait faim. Scarlett sentit aussitôt que son lait commençait à couler, en réponse. Pourquoi me désoler à ce point? N'ai-je pas déjà le plus merveilleux bébé du monde? Je ne vais pas faire tarir mon lait à me préoccuper d'enfants imaginaires quand ma Cat est si réelle et qu'elle réclame sa mère.

— Il faut que je m'en aille, dit-elle. L'heure de la tétée approche.

Elle tendit les bras pour récupérer sa fille.

— Encore un mot, dit Grainne. Une mise en garde.

Scarlett eut soudain peur. Elle regretta d'avoir amené Cat. Pourquoi la *cailleach* ne la lui rendait-elle pas?

— Gardez l'enfant près de vous. Certains prétendent qu'une sorcière l'a mise au monde, et qu'elle est ensorcelée.

Scarlett frissonna.

Les doigts tachés de Grainne ouvrirent tout doucement les mains de Cat. Elle lui caressa doucement la tête en murmurant : « Porte-toi bien, Dara. » Puis elle rendit l'enfant à Scarlett.

— Je l'appellerai Dara dans mon souvenir. C'est le nom du chêne. Je vous suis reconnaissante du bonheur de l'avoir vue, et de vos remerciements. Mais ne la ramenez plus ici. Il n'est pas souhaitable qu'elle ait affaire à moi. Partez, maintenant. Quelqu'un vient... Non, le sentier que prend l'autre personne n'est pas le vôtre. C'est celui du nord, qu'utilisent les sottes femmes pour venir acheter des philtres d'amour, de beauté, ou de malfaisance afin de nuire à ceux qu'elles détestent. Allez. Et prenez bien soin de l'enfant.

Scarlett obtempéra très volontiers. Elle chemina sans broncher sous la forte pluie qui s'était mise à tomber. Elle courbait la tête et le dos pour protéger Cat, qui faisait des petits bruits de succion, bien à l'abri sous la cape de sa mère.

Mme Fitzpatrick regarda le manteau trempé qui gisait par terre au coin du feu, mais ne fit aucun commentaire.

— Mme Keane semble avoir la main pour faire une pâte légère, dit-elle. Je vous ai apporté des petits pains afin d'accompagner le thé.

— Tant mieux, je meurs de faim.

Maintenant qu'elle avait allaité Cat, qu'elle s'était reposée, et que le soleil brillait de nouveau, Scarlett sentait que cette sortie lui avait fait du bien. Elle ne se laisserait plus intimider, la prochaine fois qu'elle voudrait se promener.

Mme Fitz n'essaya plus de la retenir désormais. Elle savait reconnaître quand elle était vaincue.

Dès le retour de Colum, Scarlett alla chez lui pour prendre le thé. Et solliciter son conseil.

– Je voudrais acheter une petite voiture fermée, Colum. Il fait trop froid pour circuler en cabriolet, et j'ai des choses à faire. Voudriez-vous m'en dénicher une ?

Il répondit qu'il s'y emploierait mais qu'elle pouvait aussi choisir elle-même si elle préférait. Les fabricants de landaus se feraient un plaisir de venir lui présenter leurs modèles. De même que les fabricants de tout autre objet de son choix. Elle était la dame de la Grande Maison.

– Pourquoi n'y ai-je pas songé avant ? s'exclama Scarlett.

Huit jours plus tard, elle conduisait un élégant landau noir orné d'une ligne jaune sur le côté, et tiré par un beau cheval gris, tout à fait à la hauteur de la promesse du vendeur : il trottait volontiers, sans qu'il soit même jamais besoin de mentionner le fouet.

Elle avait également fait l'acquisition d'un mobilier de salon en chêne ciré tapissé de vert, avec dix sièges supplémentaires qu'on pouvait tirer près du feu, et une table ronde à plateau de marbre capable d'accueillir six convives. Tout cela attendait dans la pièce attenante à sa chambre, sur un moelleux tapis de Wilton. Colum pouvait bien raconter les histoires les plus scandaleuses sur ces Françaises qui recevaient les foules sans quitter leur lit, elle avait la ferme intention de disposer d'une pièce convenable pour accueillir les visiteurs. Et, quoi que pût en dire Mme Fitz, elle ne voyait aucune raison d'utiliser les salles du bas pour recevoir, quand il y avait tant de pièces vides au premier étage, beaucoup plus accueillantes.

Elle n'avait pas encore son grand bureau ni son fauteuil, parce que l'ébéniste était en train de les fabriquer. A quoi bon posséder une ville à soi, si l'on n'avait pas l'intelligence d'y faire marcher le commerce ? Si les gens gagnaient de l'argent, on était assuré de toucher ses loyers.

Elle emportait partout avec elle sa fille, dans son couffin capitonné. Le bébé gazouillait et faisait des bulles quand elles roulaient sur les chemins, Scarlett était persuadée qu'elles chantaient ensemble des duos. Elle exhibait Cat dans toutes les maisons et les magasins de Ballyhara. Les gens se signaient à la vue de cette enfant aux yeux verts et à la peau si brune, et Scarlett en était ravie. Elle croyait qu'ils bénissaient son bébé.

A l'approche de Noël, l'enthousiasme qui avait porté Scarlett depuis la fin de sa convalescence commença à tomber.

– Je ne voudrais pas être à Atlanta pour tout le thé de la Chine, même si l'on m'invitait à toutes les réceptions, ni à Charleston non plus, avec leurs stupides carnets de bal et leurs files d'accueil pour les invités, confia-t-elle à Cat. Mais j'aimerais me trouver dans un endroit qui ne soit pas toujours aussi humide.

Scarlett se disait qu'elle aurait volontiers vécu dans un cottage, pour pouvoir le chauler et repeindre les boiseries, comme faisaient Kathleen et ses cousins. Ainsi que tous ceux qui habitaient des cottages, à Adamstown et le long des routes. Lorsqu'elle se rendit à pied au pub, le 22 décembre, et qu'elle vit tout le monde occupé à enduire et repeindre maisons et boutiques par-dessus les couches pratiquement neuves qui dataient de l'automne, elle fut enchantée. Le plaisir que lui procurait la prospérité nouvelle de sa ville effaçait la tristesse qu'elle éprouvait si souvent quand elle se rendait jusqu'à son pub en quête de compagnie. Il lui semblait parfois que la conversation s'interrompait brusquement à son entrée.

— Il faut décorer la maison pour Noël, annonça-t-elle à Mme Fitz. Que font les Irlandais ?

— Ils disposent des branches de houx sur les cheminées, au-dessus des portes et des fenêtres, répondit la gouvernante. Et un grand cierge, habituellement rouge, à l'une des fenêtres, pour guider l'Enfant Jésus.

— Nous en mettrons à toutes les fenêtres, déclara Scarlett.

Mais Mme Fitz fut intraitable. Une seule fenêtre. Scarlett disposerait autant de bougies qu'elle voudrait sur les tables — par terre même, si cela lui faisait plaisir — mais on ne pouvait placer qu'un seul cierge à une seule fenêtre. Et on l'allumait pendant la veillée de Noël, quand sonnait l'Angélus.

La gouvernante sourit.

— Suivant la tradition, c'est le plus jeune enfant de la maison qui enflamme un fétu de paille aux braises de l'âtre dès que sonne l'Angélus, puis avec ce fétu il va allumer le cierge. Peut-être faudra-t-il que vous l'aidiez un peu.

Scarlett et Cat passèrent la journée de Noël chez Daniel. On s'extasia tant sur l'enfant que Scarlett fut presque rassasiée de compliments. Et il vint suffisamment de gens pour la distraire du souvenir des Noël de Tara, autrefois, quand la famille et les domestiques accouraient dans la grande véranda, après le petit déjeuner, en réponse à l'appel : « Cadeau de Noël ! » Lorsque Gerald O'Hara distribuait une ration de whisky et une carotte de tabac à chaque laboureur, en lui remettant sa veste et ses brodequins neufs. Quand Ellen O'Hara disait une courte prière pour chaque femme et chaque enfant en leur donnant des longueurs de calicot et de flanelle de coton, accompagnées d'oranges et de sucettes. Certains jours, les voix chaudes et traînantes, les sourires étincelants des Noirs lui manquaient de manière presque intolérable.

— J'ai besoin de retourner chez moi, Colum, annonça Scarlett.

— N'êtes-vous donc pas ici chez vous, sur ces terres de vos ancêtres que vous avez rendues aux O'Hara ?

— Oh, Colum, ne me jouez pas votre numéro irlandais ! Vous savez très bien ce que je veux dire. J'ai la nostalgie des voix du Sud, et du soleil, et de la cuisine du Sud. Je veux manger du pain de maïs, et du poulet frit, et du gruau d'avoine. En Irlande, personne ne connaît même le maïs. C'est juste un nom de céréale.

— Je le sais bien, Scarlett, et je suis désolé de vous voir souffrir ainsi. Pourquoi ne pas y retourner en visite, dès les beaux jours ? Vous n'aurez qu'à nous laisser Cat. Mme Fitzpatrick et moi-même nous occuperons d'elle.

— Jamais ! Jamais je ne quitterai Cat.

Il n'y avait rien à ajouter. Mais, de temps à autre, cette pensée revenait hanter Scarlett : la traversée de l'océan ne dure que deux semaines et un jour, et il arrive que des dauphins viennent s'ébattre autour du navire pendant plusieurs heures de suite.

Le jour du Nouvel An, Scarlett commença tout juste à entrevoir ce que signifiait d'être La O'Hara. Mme Fitz entra dans sa chambre avec une tasse de thé, au lieu d'envoyer Peggy Quinn avec le plateau du petit déjeuner.

— Les bénédictions de tous les saints sur la mère et la fille pendant l'année à venir, entonna-t-elle gaiement. Il faut que je vous explique vos devoirs, à accomplir avant le petit déjeuner.

— Bonne année à vous aussi, madame Fitz ! Mais de quoi diable parlez-vous ?

Une tradition, un rituel, une obligation, répondit Mme Fitz. Faute de quoi la malchance régnerait toute l'année. Scarlett pouvait boire un peu de thé d'abord, mais c'était tout. Le premier aliment de l'année devait être le *barm brack* du Nouvel An, qui se trouvait sur le plateau. Elle en mangerait trois bouchées, au nom de la Trinité.

— Mais avant de commencer, précisa Mme Fitz, venez dans la pièce que j'ai fait préparer. Parce que, après les bouchées de la Trinité, vous devrez jeter le gâteau de toutes vos forces sur le mur, pour qu'il se brise en morceaux. J'ai fait lessiver les murs hier, ainsi que le sol.

– C'est bien la chose la plus stupide que j'aie jamais entendue. Pourquoi voudriez-vous que je détruise un gâteau parfaitement réussi ? Et d'ailleurs, pourquoi manger du gâteau au petit déjeuner ?

– Parce que c'est ainsi qu'on fait. Venez accomplir votre devoir, La O'Hara, avant que le reste de la maisonnée ne meure de faim. Personne ne peut rien avaler tant que le *barm brack* n'a pas été brisé.

Scarlett s'enveloppa dans un vieux châle et obéit. Elle avala une gorgée de thé pour s'humecter la bouche, puis mordit trois fois dans la croûte du gâteau richement fourré aux fruits, comme le lui disait Mme Fitz. Il lui fallut le tenir à deux mains, tellement il était gros. Ensuite elle répéta la prière contre la faim que lui avait enseignée Mme Fitz, et leva les bras pour projeter de toutes ses forces le gâteau contre le mur, où il s'écrasa. Les morceaux s'éparpillèrent dans toute la pièce.

Scarlett se mit à rire.

– Quel affreux gâchis. Mais c'est amusant !

– Je suis ravie que cela vous ait plu, répondit la gouvernante. Il faut recommencer encore cinq fois. Chaque homme, femme, et enfant de Ballyhara doit en recevoir une petite part comme porte-bonheur. Ils attendent dehors. Les domestiques ramasseront les morceaux sur des plateaux, quand vous aurez fini.

– Mon Dieu, soupira Scarlett. J'aurais dû prendre des bouchées plus petites.

Après le petit déjeuner, Colum l'accompagna à travers le bourg pour le rituel suivant. La chance était assurée pour toute l'année, si une personne aux cheveux bruns entrait chez vous le Jour de l'An. Mais la tradition voulait que la personne entre, qu'on l'accompagne dehors, puis qu'on pénètre de nouveau à l'intérieur avec elle.

– Et prenez bien garde de ne point rire, recommanda Colum. Toute personne ayant les cheveux bruns porte bonheur. Le chef d'un clan apporte la garantie d'un bonheur décuplé.

Quand ce fut terminé, Scarlett titubait littéralement.

– Dieu merci, il reste encore beaucoup de maisons vides, gémit-elle. Je suis saturée de thé et de gâteaux après tout ce qu'on m'a fait ingurgiter. Étions-nous vraiment obligés de boire et manger dans chacune des maisons où nous sommes entrés ?

– Scarlett chérie, comment peut-on parler de visite s'il n'y a pas d'hospitalité offerte et acceptée ? Si vous étiez un homme, vous auriez eu du whisky à la place du thé.

Scarlett sourit.

– Cat aurait sûrement adoré.

En Irlande, le 1er février était considéré comme le jour inaugural de l'année agricole. Accompagnée de tous ceux qui vivaient et travaillaient à Ballyhara, Scarlett se posta au milieu d'un grand champ et, après avoir dit une prière pour le succès de la récolte, enfonça une bêche dans la terre, souleva la première motte et la retourna. Maintenant, l'année pouvait commencer. Après la fête du gâteau aux pommes – et celle du lait, bien sûr, car on fêtait le 1er février sainte Brigid, autre sainte patronne de l'Irlande, ainsi que de toutes les activités laitières.

Tandis que tout le monde mangeait et bavardait après la cérémonie, Scarlett s'agenouilla près de la terre retournée et prit dans ses mains une poignée de riche terreau.

– Voilà pour vous, Papa, murmura-t-elle. Voyez-vous, Katie Scarlett n'a pas oublié ce que vous lui aviez dit, que la terre du comté de Meath était la meilleure du monde, meilleure encore que celle de Géorgie, que celle de Tara. Je la cultiverai de mon mieux, Papa, et je l'aimerai comme vous me l'avez enseigné. C'était la terre des O'Hara, et elle nous appartient de nouveau.

De l'antique succession du labourage et du hersage, des semailles, et de la prière, il émanait une dignité simple et laborieuse qui valait à ceux qui vivaient du travail de la terre l'admiration et le respect de Scarlett. Elle avait éprouvé ce sentiment lorsqu'elle habitait le cottage de Daniel, et elle l'éprouvait à présent pour les fermiers de Ballyhara. Et pour elle-même aussi car, à sa manière, elle était des leurs. Elle n'avait pas la force de manier la charrue, mais elle pouvait la fournir. Et les chevaux pour la tirer. Et les graines à semer dans les sillons.

Elle se sentait davantage chez elle au Bureau d'intendance que dans ses pièces d'habitation à la Grande Maison. Elle y avait fait installer un berceau pour Cat, identique à celui de sa chambre, et elle pouvait la bercer du pied tout en travaillant sur ses livres de comptes et ses registres. Les querelles qui avaient tant inquiété Mme Fitz n'étaient en réalité que des questions très simples à régler. Surtout si l'on était La O'Hara, et que vos paroles aient force de loi. Scarlett avait toujours dû contraindre les gens à faire ce qu'elle voulait, et il lui suffisait à présent de parler calmement : personne ne discutait. Elle aimait beaucoup le premier dimanche de chaque mois. Elle commençait même à se rendre compte que d'autres gens, parfois, méritaient qu'on écoute leur point de vue. Les fermiers en savaient vraiment plus qu'elle sur l'agriculture, et ils avaient des choses à lui apprendre. Elle en avait bien besoin. Elle s'était réservé cent cinquante hectares du domaine de Ballyhara ; des fermiers les exploitaient pour elle, et ils ne payaient que la moitié du fermage normal sur les terres qu'ils lui louaient. Scarlett comprenait le système du métayage, car c'était ainsi qu'on procédait dans le Sud. La situation de propriétaire terrienne était encore nouvelle pour elle. Mais elle tenait farouchement à être la meilleure propriétaire d'Irlande.

— Moi aussi, j'apprends des choses aux fermiers, confiait-elle à Cat. Ils n'avaient jamais entendu parler d'engrais phosphatés avant que je leur en distribue des sacs. Autant faire gagner quelques centimes à Rhett sur l'argent qu'il nous a donné, si cela peut nous valoir de meilleures récoltes.

Jamais elle ne prononçait le mot « père » en présence de Cat. Qui savait ce que pouvait comprendre, et fixer dans sa mémoire un si petit enfant ? Surtout un bébé si visiblement supérieur à tous les autres bébés du monde.

A mesure que les jours rallongeaient, le vent et la pluie devenaient moins forts et plus tièdes. Et Cat O'Hara devenait de plus en plus merveilleuse. Sa personnalité se développait.

— Je t'ai assurément bien nommée, lui disait sa mère. Tu es l'être le plus indépendant que j'aie jamais vu.

Les grands yeux verts de l'enfant se fixaient sur sa mère tandis qu'elle parlait, puis elle retournait à la contemplation de ses propres doigts. Cette enfant ne s'énervait jamais, elle manifestait une aptitude inépuisable à s'amuser seule. Le sevrage fut pénible pour Scarlett, mais pas pour Cat. Elle aimait beaucoup explorer son porridge et son biberon, à la fois avec la bouche et les mains. Toute expérience la passionnait. C'était un bébé solide, qui se tenait bien droit et la tête haute. Scarlett l'idolâtrait. Et, d'une certaine manière, la respectait. Elle adorait bercer Cat dans ses bras et l'embrasser sur la tête et dans le cou, sur les joues, les mains et les pieds, elle rêvait de l'asseoir sur ses genoux et de la bercer. Mais l'enfant ne tolérait que quelques minutes de câlins avant de se dégager en gesticulant. Et le petit visage brun de Cat pouvait prendre une expression si outragée que Scarlett était forcée d'en rire, alors même qu'elle était si vigoureusement repoussée.

Les moments de bonheur les plus parfaits étaient ceux du bain partagé, à la fin de la journée. Cat frappait l'eau en riant aux éclats à chaque éclaboussure, et Scarlett la faisait sauter sur ses genoux en chantant. Ensuite venait l'exquis plaisir de sécher les petits membres et de talquer la peau soyeuse de l'enfant, dans chaque repli de chair tendre.

Lorsqu'elle avait vingt ans, la guerre avait forcé Scarlett à abandonner sa jeunesse, du jour au lendemain. La volonté et l'endurance l'avaient durcie, et son visage en portait la marque. Au printemps de 1876, alors qu'elle avait trente et un ans, la douceur de l'espoir, de l'enfance et de la tendresse revenait peu à peu. Elle ne s'en rendait pas compte ; les préoccupations de la ferme et de la maternité avaient remplacé son intérêt, jusque-là exclusif, pour sa propre personne.

— Il vous faut des vêtements, déclara Mme Fitz, un jour. J'ai entendu parler d'une couturière qui voudrait louer la maison que vous habitiez auparavant, si vous faites repeindre l'intérieur. Elle est veuve, et elle a les moyens de payer un loyer convenable. Voilà qui plairait aux femmes du bourg, et vous en avez bien besoin aussi, à moins que vous ne préfériez trouver quelqu'un à Trim.

— Qu'avez-vous à me reprocher ? Je m'habille de noir, très correctement, comme il convient à une veuve. Mes jupons ne se voient jamais.

— Vous ne portez pas du tout le noir qui convient aux veuves ! Vous portez des vêtements souillés de paysanne pauvre, avec les manches retroussées, alors que vous êtes la dame de la Grande Maison.

— Oh, taratata, madame Fitz. Comment voudriez-vous que j'aille à cheval voir si la fléole des prés pousse bien, affublée des habits d'une dame de la Grande Maison ? D'ailleurs, j'aime être à mon aise. Dès que je pourrai porter à nouveau des couleurs vives, je m'inquiéterai des taches. J'ai toujours détesté le deuil, et je ne vois pas pourquoi j'essaierais de rendre le noir pimpant. Quoi qu'on fasse, ce sera toujours du noir.

— Alors la couturière ne vous intéresse pas ?

— Bien sûr que si ! Un nouveau loyer, c'est toujours intéressant. Et puis, un de ces jours, je commanderai des robes. Après les semailles. Les champs devraient être prêts cette semaine, pour le blé.

— Il y aurait encore une autre possibilité de loyer, reprit la gouvernante avec circonspection.

Elle avait plus d'une fois été surprise par la sagacité de Scarlett.

— Brendan Kennedy envisage d'ajouter une auberge à son pub. Il pourrait peut-être louer la maison voisine ?

— Qui diable voudrait venir à Ballyhara pour séjourner à l'auberge ? C'est absurde... D'ailleurs, si Brendan Kennedy veut me louer un bâtiment, il n'a qu'à venir me le demander lui-même, le chapeau à la main, au lieu de vous importuner.

— Bah, j'imagine que c'était juste pour parler.

Mme Fitzpatrick remit à Scarlett les comptes de la semaine, et renonça pour le moment à parler de l'auberge. Ce serait à Colum de revenir à la charge ; il était infiniment plus persuasif qu'elle.

– Nous allons finir par avoir plus de domestiques que la reine d'Angleterre, déclara Scarlett.

Elle bougonnait la même chose toutes les semaines.

– Si vous voulez des vaches, il va vous falloir quelqu'un pour les traire, rétorqua la gouvernante.

Scarlett entonna l'habituel refrain :

– ... et pour séparer le beurre de la crème et baratter le beurre... Je sais. Et le beurre se vend. C'est sans doute que je n'aime pas les vaches, voilà tout. Je m'occuperai de cela plus tard, madame Fitz. Je veux emmener Cat dans les marais pour qu'elle voie comment on extrait la tourbe.

– Vous feriez mieux de régler cela dès maintenant. Nous n'avons plus d'argent à la cuisine, et il faut payer les filles demain.

– Malédiction ! Il faut que j'aille à la banque. Je vais faire un saut à Trim.

– Si j'étais banquier, jamais je ne donnerais d'argent à une créature attifée comme vous.

Scarlett se mit à rire.

– Allons, allons. Dites à la couturière que je fais faire les peintures.

Mais pas l'auberge, soupira Mme Fitz *in petto*. Elle devrait en parler à Colum dès ce soir.

Les *Fenians* croissaient régulièrement en force et en nombre dans toute l'Irlande. Avec Ballyhara, ils avaient désormais ce qui leur était le plus nécessaire : un lieu sûr où les chefs se réuniraient pour préparer leur stratégie, et où un homme en fuite pouvait trouver refuge, si ce n'est que les nouveaux venus étaient très vite repérés dans un bourg à peine plus grand qu'un hameau. Les patrouilles de la Milice et de la Police venant de Trim se déplaçaient rarement jusque-là, mais il suffisait d'un homme à l'œil perçant pour anéantir le plan le mieux conçu.

– Il nous faut vraiment une auberge, plaida Rosaleen Fitzpatrick. Il est logique qu'un homme ayant des affaires à régler à Trim prenne une chambre à proximité, mais beaucoup moins chère qu'en ville.

– Tu as raison, Rosaleen, répondit gentiment Colum. Et j'en parlerai à Scarlett. Mais pas tout de suite. Elle a l'esprit trop vif pour cela. Laisse reposer l'affaire un moment. Ainsi, lorsque j'aborderai ce sujet, elle ne s'interrogera pas sur les causes de notre insistance.

– Mais il ne faut pas perdre de temps, Colum.

– Il ne faut pas non plus tout gâcher en précipitant les choses ; je le ferai quand je jugerai le moment venu.

Mme Fitzpatrick dut se contenter de cette promesse. Colum prenait l'affaire en main. Elle se consola en songeant qu'elle avait obtenu gain de cause pour Margaret Scanlon. Et il n'avait même pas été nécessaire d'inventer une histoire. Scarlett avait vraiment besoin de renouveler sa garde-robe. C'était une honte de vivre comme elle faisait – portant les vêtements les plus humbles, et n'occupant que deux malheureuses pièces dans une maison qui en comptait vingt. Si un autre que Colum le lui avait dit, jamais Rosaleen n'aurait voulu croire que, si peu de temps auparavant, Scarlett avait été une jeune femme à la pointe de l'élégance.

... et si cette bague de diamant se change en cuivre, Maman t'achètera un miroir, chantait Scarlett. Cat frappait de grands coups dans l'eau mousseuse du bain.

– Maman va t'acheter de jolies robes, reprit Scarlett. Et pour Maman aussi. Et puis nous irons sur le grand bateau.

Elle n'avait plus aucune raison de retarder son départ. Il fallait qu'elle aille en Amérique. En partant juste après Pâques, elle aurait largement le temps de revenir pour la moisson.

Scarlett prit sa décision le jour où elle vit une fine ombre verte sur la prairie dont elle avait retourné la première motte. Un farouche élan d'enthousiasme et de fierté lui donna envie de crier : « C'est à moi, c'est ma terre, ce sont mes semences d'où jaillit la vie. » Elle contempla les jeunes pousses à peine visibles, les imagina telles qu'elles deviendraient, hautes, bientôt en fleurs, parfumant l'air et enivrant les abeilles. Les hommes alors les couperaient, avec leurs faux scintillantes, pour construire de grandes meules de foin blond et doux. D'année en année, le cycle se reproduirait – semailles et moisson – miracle annuel de la naissance et de la croissance. L'herbe pousserait et deviendrait foin. Le blé pousserait et deviendrait pain. L'avoine pousserait et deviendrait porridge. Cat grandirait – marcherait, parlerait, mangerait le porridge et le pain, et sauterait sur la meule de foin du haut du grenier, comme avait fait Scarlett quand elle était enfant. Ballyhara était son univers.

Scarlett tourna ses yeux éblouis vers le soleil, vit les nuages qui arrivaient très vite, comprit qu'il allait bientôt pleuvoir, et que peu après le ciel s'éclaircirait, et que le soleil réchaufferait les champs jusqu'à la prochaine pluie, elle-même suivie du prochain soleil.

Je sentirai à nouveau le soleil cuisant de Géorgie, décida-t-elle, je l'ai bien mérité. Cela me manque parfois terriblement. Mais je dois avouer que Tara m'est plus un rêve qu'un souvenir, désormais. Elle appartient au passé, comme la Scarlett d'antan. Cette vie et cette personne n'ont plus rien à voir avec moi. J'ai fait mon choix. La Tara de

Cat est celle d'Irlande. La mienne aussi. Je suis La O'Hara de Bally-hara. Je garderai mes parts de Tara pour l'héritage de Wade et d'Ella, mais je vendrai tout ce que je possède à Atlanta, et je couperai tous les liens. Ballyhara sera désormais tout mon univers. Nos racines y sont profondes, les miennes, celles de Cat, celles de Papa. En partant, j'emporterai un peu de terre O'Hara, pour la mêler à celle de la Géorgie, sur la tombe de Papa.

Elle se rappela brièvement tout ce qu'elle aurait à faire, mais cela pouvait attendre. L'important, c'était de réfléchir à la meilleure façon d'expliquer à Ella et Wade les merveilles de leur nouvel univers. Jamais ils ne croiraient qu'elle voulait sincèrement les reprendre – pourquoi la croiraient-ils ? La vérité, c'est que jamais elle n'avait voulu d'eux. Jusqu'à sa découverte de l'amour maternel.

Ce sera difficile, se répéta Scarlett à plusieurs reprises, mais j'y arriverai. Je parviendrai à rattraper le temps perdu. J'ai tant d'amour en moi qu'il déborde. Je veux le prodiguer aussi à mon fils et ma fille. Peut-être n'aimeront-ils guère l'Irlande, au début, mais quand nous serons allés deux ou trois fois au marché, et aux courses, et que je leur aurai acheté des poneys... Et puis Ella sera sûrement ravissante en jupe et en jupons. Toutes les petites filles aiment se faire belles... Ils auront des millions de cousins, avec tous les O'Hara, et les enfants de Ballyhara, pour jouer...

CHAPITRE 66

— Vous ne pouvez pas partir avant Pâques, Scarlett, observa Colum. Seule La O'Hara peut célébrer la cérémonie du Vendredi saint.

Scarlett ne discuta point. Il lui importait trop d'être La O'Hara. Mais elle en éprouva de la contrariété. Quelle différence cela pouvait-il faire, que ce soit elle ou un autre qui plante la première pomme de terre ? Elle s'irritait également de savoir que Colum ne l'accompagnerait pas. Et de ce qu'il s'absentait beaucoup, ces derniers temps. Pour ses affaires, disait-il. Eh bien, pourquoi ne pouvait-il donc pas retourner solliciter des donations à Savannah, plutôt que n'importe où ailleurs ?

A la vérité, tout l'irritait. Maintenant qu'elle avait pris la décision de partir, elle aurait voulu que ce fût déjà fait. Elle parlait sèchement à Margaret Scanlon, la couturière, parce qu'elle mettait trop longtemps à exécuter ses robes. Et aussi parce que Mme Scanlon marquait trop d'intérêt en apprenant que Scarlett voulait des robes de soie et de lin aux couleurs vives, en plus de ses tenues noires de deuil.

— Je vais voir ma sœur en Amérique, déclara Scarlett d'un ton désinvolte. Les robes de couleur sont des cadeaux pour elle.

Et je me fiche bien que vous me croyiez ou non, pensa-t-elle rageusement. Je ne suis pas veuve, et je ne vais pas retourner à Atlanta, déguisée en épouvantail. Brusquement, ses vêtements noirs si utilitaires – jupes et bas, blouses, châles – la déprimaient d'une manière insupportable. Elle attendait avec impatience l'heure de revêtir sa robe de lin vert à larges volants de dentelle crème. Ou celle en soie rayée, rose et bleu marine... Si seulement Margaret Scanlon consentait à les terminer !

— Tu seras bien étonnée, en voyant comme ta Maman sera jolie dans ses robes neuves, racontait Scarlett à Cat. Et j'ai commandé aussi de ravissantes petites robes pour toi.

L'enfant souriait de toutes ses premières et minuscules dents blanches.

— Tu vas adorer le grand bateau, lui promettait Scarlett.

Elle avait réservé la plus belle suite à bord du *Brian Boru*, qui devait quitter le port de Galway le premier vendredi après Pâques.

Le dimanche des Rameaux, le temps se refroidit, avec une pluie cinglante qui tomba sans discontinuer jusqu'au Vendredi saint. Ce jour-là, après l'interminable cérémonie qui s'était déroulée en pleins champs, Scarlett rentra chez elle glacée et trempée jusqu'aux os.

Juste comme elle s'apprêtait à boire un thé brûlant puis à se délasser dans un bain bien chaud, Kathleen arriva, chargée d'un message urgent.

— Le vieux Daniel t'appelle, Scarlett. Il a pris mal à la poitrine et il se meurt.

Scarlett eut le souffle coupé en voyant le vieux Daniel. Il avait les yeux enfoncés dans leurs orbites, et les joues si creuses que son visage semblait une tête de mort recouverte de peau. Elle s'agenouilla auprès de l'austère lit pliant, et prit la main de son oncle. Elle était chaude et sèche, inerte.

— Oncle Daniel, c'est Katie Scarlett.

Daniel ouvrit les yeux. L'énorme effort de volonté que cela exigea de lui fit monter les larmes aux yeux de Scarlett.

— J'ai une faveur à demander, murmura-t-il.

Il respirait à peine.

— Ce que vous voudrez.

— Enterrez-moi en terre O'Hara.

Ne dites pas de sottises, vous n'en êtes pas là, aurait voulu s'exclamer Scarlett, mais elle ne pouvait pas mentir au vieillard.

— Je le promets, répondit-elle.

Les yeux de Daniel se fermèrent. Scarlett se mit à pleurer. Kathleen la fit asseoir dans un fauteuil près de l'âtre.

— Veux-tu m'aider à préparer le thé, Scarlett ? Ils vont tous venir.

Scarlett acquiesça, incapable de proférer un son. Elle comprenait soudain l'importance qu'avait prise l'oncle Daniel dans sa vie. Il parlait peu, elle ne s'entretenait presque jamais avec lui, mais il était là, solide, calme, fort, immuable. Le chef de la maison. Pour elle, l'oncle Daniel était Le O'Hara.

Kathleen renvoya Scarlett chez elle avant la tombée de la nuit.

— Il faut que tu t'occupes de ta fille, et il n'y a rien de plus à faire ici. Reviens demain.

Le samedi soir, la situation n'avait guère changé. Les gens défilèrent toute la journée pour présenter leurs respects. Scarlett remplissait inlassablement des théières, découpait des gâteaux apportés par les visiteurs, beurrait du pain pour faire des canapés.

Le dimanche de Pâques, elle resta auprès de son oncle pendant que les hommes O'Hara allaient à la messe. A leur retour, elle rentra à Ballyhara. La O'Hara se devait de célébrer Pâques dans l'église de Ballyhara. Il lui sembla que le sermon du père Flynn n'en finirait jamais, que jamais elle ne parviendrait à se débarrasser des braves gens du village, qui voulaient tous s'enquérir de l'oncle Daniel et exprimer leurs meilleurs vœux pour son rétablissement. Même après quarante jours de jeûne austère – il n'existait aucune dispense pour les O'Hara de Ballyhara – Scarlett n'avait guère d'appétit au grand repas de Pâques.

— Portez toutes ces victuailles chez votre oncle, suggéra Mme Fitzpatrick. Il y a là des hommes qui continuent à travailler dans les champs. Il faut les nourrir, et la pauvre Kathleen a fort à faire avec le vieux Daniel.

Scarlett embrassa Cat et la serra sur son cœur avant de partir. Cat caressa de sa petite main les joues mouillées de larmes de sa mère.

— Quelle gentille Kitty Cat. Merci, mon trésor. Maman va revenir vite, et nous pourrons jouer et chanter dans le bain. Et puis nous partirons faire un beau voyage sur le grand bateau.

Scarlett se reprochait vivement sa mesquinerie, mais elle espérait bien ne pas manquer le départ.

Cet après-midi-là, Daniel reprit un peu de vie. Il reconnut les gens et prononça leurs noms. « Dieu merci », dit Scarlett à Colum. Et elle remercia Dieu aussi pour la présence de Colum. Pourquoi fallait-il qu'il s'absentât si souvent ? Il lui avait bien manqué, ces derniers jours.

Le lundi matin, ce fut lui qui informa Scarlett du décès de Daniel au cours de la nuit.

— Quand aura lieu l'enterrement ? Je voudrais pouvoir partir vendredi.

C'était bien agréable d'avoir un ami comme Colum à qui elle pouvait se confier sans crainte d'être mal comprise ou réprouvée.

Colum hocha lentement la tête.

— C'est impossible, Scarlett chérie. Nombreux sont ceux qui respectaient Daniel, et nombreux les O'Hara qui devront couvrir de longues distances sur les routes boueuses et creusées d'ornières. La veillée durera au moins trois jours, et plus vraisemblablement quatre. Après quoi nous procéderons aux funérailles.

— Oh, non, Colum ! Dites-moi que je ne suis pas obligée de venir à la veillée ; c'est trop morbide, je ne pourrai pas supporter cela.

– Il le faut, Scarlett. Je serai avec vous.

Scarlett entendit les lamentations avant même d'arriver en vue de la maison. Elle jeta un regard désespéré sur Colum, mais il arborait une expression figée.

Une foule s'agglutinait devant la porte basse. Ils étaient venus si nombreux qu'il n'y avait pas de place pour tous à l'intérieur de la maison. Scarlett entendit murmurer « La O'Hara », et vit un chemin s'ouvrir devant elle. De tout son cœur, elle aurait voulu que cet honneur lui fût épargné. Mais elle s'avança, courbant la tête, bien décidée à faire ce qu'il fallait pour Daniel.

– Il est au salon, annonça Seamus.

Scarlett s'arma de courage. C'était de là que provenaient les étranges lamentations. Elle entra.

De gros cierges brûlaient sur des tables, à la tête et au pied du grand lit. Daniel gisait sur le couvre-pieds, enveloppé d'un linceul blanc bordé de noir. Ses mains usées par le travail étaient croisées sur sa poitrine, avec un chapelet passé autour des doigts.

Pourquoi nous as-tu quittés ? Ochon !
Ochon, Ochon, Ullagon O !

La femme se balançait latéralement tout en psalmodiant. Scarlett reconnut sa cousine Peggy, qui vivait au village. Elle s'agenouilla auprès du lit pour dire une prière à la mémoire de Daniel. Mais la litanie mit une telle confusion dans ses pensées qu'elle avait maintenant la tête vide.

Ochon, Ochon

La lamentation primitive lui déchirait le cœur, l'effrayait. Elle se releva et passa à la cuisine.

Incrédule, elle contempla la foule d'hommes et de femmes qui emplissaient la pièce. Ils mangeaient, buvaient et discutaient comme s'il ne s'était rien passé que de très ordinaire. L'air était lourd de la fumée des pipes en terre des hommes, bien qu'on eût ouvert portes et fenêtres en grand. Scarlett s'approcha du groupe qui entourait le père Danaher.

– Oui, il s'est réveillé pour appeler les gens par leur nom et passer de vie à trépas avec une âme propre. Ah ! Quelle belle confession il m'a faite, je n'en ai jamais entendu de meilleure. Quel homme de qualité c'était que notre Daniel O'Hara. Nous ne reverrons pas son pareil en ce monde.

Scarlett s'écarta.

— Et ne te souviens-tu donc pas, Jim, quand Daniel et son frère Patrick, Dieu ait son âme, ont pris la truie de concours de l'Anglais et qu'ils l'ont emportée jusqu'à la tourbière pour qu'elle mette bas ? Douze petits qui couinaient tant et plus, et la mère farouche comme un sanglier sauvage ? Le régisseur tremblait et l'Anglais jurait, tandis que tout le reste du monde riait du spectacle !

Jim O'Gorman se mit à rire, en tapant de sa grosse patte de forgeron dans le dos du conteur.

— Je ne m'en souviens pas, Ted O'Hara, et toi non plus, à dire vrai. Nous n'étions nés ni l'un ni l'autre à l'époque de cette histoire, et tu le sais bien. Tu la connais par ton père comme je l'ai entendue du mien.

— Mais ne serait-ce pas bien beau que de l'avoir vue, Jim ? Ton cousin Daniel était un homme remarquable, voilà la vérité.

Oui, c'est vrai, songea Scarlett. Elle errait, écoutant quantité d'anecdotes sur la vie de Daniel. Quelqu'un la remarqua.

— Voudriez-vous nous raconter, Katie Scarlett, comment votre oncle a refusé la ferme avec les cent têtes de bétail que vous lui offriez ?

Elle réfléchit très vite.

— Voilà comment cela s'est passé, commença-t-elle.

Une douzaine d'auditeurs attentifs se pressaient autour d'elle. Et maintenant, qu'allait-elle dire ?

— Je... je lui ai dit : « Oncle Daniel... » J'ai dit : « Je veux vous faire un cadeau. »

Autant que l'histoire soit vraiment belle.

— Je lui ai dit : « J'ai là une ferme de... cinquante hectares, avec... une rivière, et une tourbière et... cent bœufs, avec cinquante vaches laitières, trois cents oies et vingt-cinq cochons et... six attelages de chevaux. »

Tant de splendeur arracha des soupirs d'extase à l'assistance. Scarlett se sentait en veine d'inspiration.

— Je lui ai dit : « Oncle Daniel, tout cela est pour vous, avec un sac d'or en plus. » Mais sa voix tonnante m'a fait frissonner. « Non, Katie Scarlett O'Hara, je n'y toucherai point. »

Colum l'empoigna par le bras et l'entraîna dehors, à travers la foule, jusque derrière la grange. Puis il se mit à rire.

— Vous me surprendrez toujours, Scarlett. Vous venez de transformer Daniel en géant – mais est-ce un géant idiot ou un géant trop noble pour profiter d'une sotte, je ne sais pas trop.

Scarlett riait de bon cœur avec lui.

— Je commençais juste à m'y mettre, Colum, vous auriez dû me laisser faire.

Elle plaqua soudain sa paume contre sa bouche. Comment pouvait-elle rire ainsi à la veillée de l'oncle Daniel ?

Colum lui prit la main et l'écarta.

– C'est normal, dit-il. Les veillées sont faites pour célébrer la vie d'un homme et son importance, en présence de tous ceux qui l'ont connu. Le rire y a sa place, tout autant que les lamentations.

Daniel O'Hara fut enseveli le jeudi. Ses funérailles furent presque aussi solennelles que l'avaient été celles de la vieille Katie Scarlett. Scarlett conduisit la procession jusqu'à la tombe que les fils de Daniel avaient creusée, dans l'enclos de l'ancien cimetière de Ballyhara qu'elle et Colum avaient retrouvé et nettoyé.

Scarlett prit un peu de terre sur la tombe de Daniel, et la mit dans une petite sacoche de cuir. Quand elle la verserait sur la tombe de son père, ce serait presque comme s'il était enterré à côté de son frère.

A la fin de la cérémonie, la famille se rassembla à la Grande Maison pour y prendre une collation. La cuisinière de Scarlett était ravie de cette occasion de montrer ses talents. De longues tables s'étiraient sur des tréteaux sur toute la longueur du salon et de la bibliothèque, couvertes de jambons, d'oies, de poulets, de rôtis de bœuf, de montagnes de pain et de gâteaux, de grands pichets de bière et de tonnelets de whisky, et le thé coulait à flots. Des centaines de O'Hara avaient entrepris le voyage, en dépit de l'état des routes.

Scarlett présenta Cat à toute la famille, et l'admiration qu'ils manifestèrent lui alla droit au cœur.

Colum apporta ensuite un violon et un tambour, trois cousins trouvèrent des harmonicas, et la musique dura des heures. Cat agita les mains jusqu'au moment où, épuisée, elle s'endormit sur les genoux de sa mère. Je suis bien contente d'avoir raté le bateau, songeait Scarlett, quels merveilleux moments ! Si seulement ils n'étaient pas dus à la mort de Daniel.

Deux de ses cousins s'approchèrent d'elle et s'inclinèrent de toute leur hauteur pour lui parler discrètement.

– Nous avons besoin de La O'Hara, déclara Thomas, fils de Daniel.

– Voulez-vous venir demain matin à la maison, après le petit déjeuner ? proposa Joe, fils de Patrick.

– De quoi s'agit-il ?

– Nous vous l'expliquerons demain matin, quand vous pourrez y réfléchir calmement.

La question était la suivante : qui devait hériter de la ferme de Daniel ? A cause de la crise qui avait naguère suivi le décès du vieux Patrick, deux cousins O'Hara revendiquaient le droit à la succession.

De même que son frère Gerald, Daniel n'avait jamais établi de testament.

Voilà que recommence l'histoire de Tara, songea Scarlett, et la solution lui vint aisément. Le fils de Daniel, Seamus, travaillait cette terre depuis trente ans, tandis que le fils de Patrick, Sean, vivait sans rien faire chez la vieille Katie Scarlett. Scarlett attribua la ferme à Seamus. De la même manière, Papa aurait dû me donner Tara, songea-t-elle.

Comme elle était La O'Hara, il n'y eut point de discussion. Scarlett éprouva une certaine exaltation à se dire qu'elle s'était montrée plus juste envers Seamus qu'on ne l'avait jamais été avec elle.

Le lendemain, une femme qui n'était plus toute jeune déposa un panier d'œufs sur le seuil de la Grande Maison. Mme Fitz se renseigna et apprit que c'était la douce amie de Seamus, qui avait attendu près de vingt ans qu'il lui propose le mariage, ce qu'il avait fait dans l'heure suivant la décision de Scarlett.

– C'est tout à fait charmant, dit Scarlett, mais j'espère qu'ils ne vont pas se marier tout de suite. A ce rythme-là, jamais je ne pourrai partir pour l'Amérique.

Elle avait réservé une cabine sur un bateau qui lèverait l'ancre le 26 avril, un an exactement après la date à laquelle elle aurait dû rentrer, au terme de ses « vacances » irlandaises.

Ce n'était pas le luxueux *Brian Boru*, ni même un véritable navire de ligne. Mais Scarlett avait ses propres superstitions – si elle reportait son voyage après le Premier Mai, elle était convaincue que plus jamais elle ne repartirait. Et puis, Colum connaissait ce navire et son capitaine. C'était un cargo, mais qui ne transportait que des balles du meilleur lin irlandais, rien de sale ni de malodorant. Et puis l'épouse du capitaine voyageait toujours avec lui, de sorte que Scarlett profiterait de sa compagnie et aurait un chaperon. Enfin, surtout, ce bateau n'avait ni roue à aubes ni machine à vapeur. Tout le voyage s'effectuerait à la voile.

CHAPITRE 67

Le temps resta au beau fixe pendant plus de huit jours. Les routes étaient sèches, les haies couvertes de fleurs, et la fébrilité nocturne de Cat se révéla n'être que le signe avant-coureur d'une nouvelle dent.

La veille de son départ, Scarlett courut en dansant presque jusqu'à Ballyhara, pour aller chercher la dernière livraison des robes de Cat chez la couturière. Elle était désormais certaine que plus rien ne pourrait l'empêcher de partir.

Tandis que Margaret Scanlon enveloppait les robes dans du papier de soie, Scarlett regardait par la fenêtre la bourgade déserte à l'heure de midi, et elle vit Colum entrer dans le temple abandonné de l'Église protestante d'Irlande, de l'autre côté de la grand-rue.

Ah! très bien, se dit-elle, il s'est enfin décidé. Je croyais que jamais il n'entendrait raison. C'est tellement absurde, de voir la ville entière tassée dans une petite chapelle misérable, pendant que cette belle grande église reste vide. Qu'elle ait été construite par des protestants n'est pas une raison suffisante pour que les catholiques ne la reprennent pas. Je me demande pourquoi il s'entêtait tellement, mais je ne le lui reprocherai pas. Je lui dirai simplement comme je suis heureuse de voir qu'il a changé d'avis.

– Je reviens tout de suite, lança-t-elle à Mme Scanlon.

Elle courut sur le sentier encombré de mauvaises herbes qui menait à la petite entrée latérale, frappa à la porte, et entra. Une violente détonation retentit, puis une autre, et Scarlett sentit un objet pointu heurter sa manche, en même temps qu'une pluie de cailloux s'abattait à ses pieds, résonnant dans l'église comme un coup de tonnerre.

Un rai de lumière, par la porte ouverte, tombait directement sur un inconnu qui venait de faire volte-face pour affronter Scarlett. Son visage hirsute se tordait en un rictus menaçant, et ses yeux noirs cernés semblaient ceux d'une bête sauvage.

A demi replié sur lui-même, il braquait sur elle un pistolet qu'il tenait de ses deux mains sales, l'air solide comme un roc malgré ses haillons.

Il m'a tiré dessus. Cette certitude envahit Scarlett. Il a déjà tué Colum, et maintenant c'est mon tour. Cat! Je ne reverrai jamais Cat. La fureur libéra Scarlett de la paralysie que lui causait le choc. Elle leva les bras et se précipita en avant.

La seconde détonation se répercuta de manière assourdissante dans la nef voûtée, pendant un moment qui lui parut une éternité. Scarlett se jeta par terre en hurlant.

— Je vous demanderai de ne pas faire de bruit, Scarlett, murmura Colum.

Elle reconnaissait sa voix, et pourtant ce n'était pas la sienne. On y décelait de l'acier, et de la glace.

Scarlett leva les yeux. Elle vit le bras droit de Colum autour du cou de l'inconnu, la main gauche de Colum autour du poignet de l'inconnu, et le pistolet pointé vers le plafond. Elle se remit lentement debout.

— Que se passe-t-il ici? articula-t-elle avec circonspection.

— Veuillez refermer la porte, répliqua Colum. Les fenêtres donnent suffisamment de lumière.

— Que... se... passe-t-il... ici?

Colum ne répondit pas.

— Lâche-le, mon brave Davey, dit-il à l'inconnu.

Le pistolet tomba sur le dallage avec un bruit métallique. Colum abaissa le bras de l'homme. Puis, d'un geste vif, il retira son bras du cou qu'il enserrait et, rassemblant ses deux poings, il lui assena un solide coup sur la tête. L'individu s'affaissa inconscient aux pieds de Colum.

— Il s'en sortira, dit Colum.

Il marcha rapidement devant Scarlett, referma la porte sans bruit, et tira le verrou.

— Et maintenant, Scarlett, nous avons à parler.

La main de Colum lui étreignit le bras par-derrière. Scarlett s'écarta d'un bond et fit volte-face.

— Pas « nous », Colum. Vous. Expliquez-moi ce qui se passe ici.

La voix de Colum avait retrouvé toute sa chaleur et son charme.

— C'est un regrettable concours de circonstances... Scarlett chérie.

— Épargnez-moi vos « Scarlett chérie ». Cela ne prend plus, Colum. Cet homme a essayé de me tuer. Qui est-ce? Pourquoi vous cachez-vous pour le rencontrer? Que se passe-t-il ici?

Le visage de Colum formait une ombre pâle et brouillée, au-dessus de son col blanc éblouissant.

– Venez par là, on voit mieux, proposa-t-il doucement, et il se dirigea vers un endroit où d'étroits rais de lumière tombaient à l'oblique des fenêtres bouchées par des planches.

Scarlett n'en croyait pas ses yeux. Colum lui souriait.

– Ah! quel dommage, dit-il. Si nous avions eu l'auberge, jamais ce ne serait arrivé. Je voulais vous garder en dehors de tout cela, Scarlett. C'est un souci bien lourd, quand on est au courant.

Comment pouvait-il sourire? Comment osait-il? Elle sursauta, trop horrifiée pour émettre un son.

Colum lui révéla tout sur la confrérie des *Fenians*.

Lorsqu'il eut terminé, elle retrouva sa voix.

– Espèce de Judas! Sale traître! Menteur! J'avais confiance en vous, je vous prenais pour mon ami.

– Je vous l'ai dit, que ce serait un lourd souci.

Le sourire désenchanté de Colum déchirait le cœur de Scarlett et l'empêchait de se mettre en colère. Tout n'était que trahison. Il s'était servi d'elle, il lui avait menti depuis leur première rencontre. Ils avaient tous triché – Jamie et Maureen, tous ses cousins de Savannah et d'Irlande, tous les fermiers de Ballyhara, tous les gens qui vivaient à Ballyhara. Même Mme Fitz. Son bonheur n'était qu'une illusion mensongère. Tout n'était qu'illusion mensongère.

– Voulez-vous m'écouter, Scarlett?

Elle détestait la voix de Colum, cette musique, ce charme. Non, je n'écouterai pas. Elle essaya de se boucher les oreilles, mais les paroles de Colum passaient à travers ses doigts.

– Rappelez-vous votre Sud, écrasé sous la botte du vainqueur, et songez à l'Irlande, à sa beauté, son sang, sa vie entre les mains meurtrières de l'ennemi. Ils nous ont volé notre langue. Enseigner l'irlandais à un enfant est un crime, dans ce pays. Ne pouvez-vous imaginer, Scarlett, ce qui se serait passé si vos Yankees avaient parlé une langue inconnue, une langue que vous auriez dû apprendre à la pointe de l'épée, parce qu'il fallait connaître le mot « interdit » jusqu'à la moelle de vos os, faute de quoi vous auriez risqué la mort en ignorant ce qui était interdit? Après quoi votre fille aurait appris une langue qui n'était pas la vôtre, de sorte qu'elle n'aurait pas compris les mots d'amour que vous lui auriez dits, que vous n'auriez pas su quel désir elle exprimait dans la langue des Yankees, et que vous n'auriez pu accéder à ce désir. Les Anglais nous ont volé notre langue, et par là même ils nous ont volé nos enfants.

« Ils ont pris notre terre, qui est notre mère, poursuivit-il. Ils ne nous ont rien laissé, après nous avoir volé nos enfants et notre mère. Nous avons connu la défaite dans notre âme.

« Ne vous souvenez-vous donc pas, Scarlett, quand on vous a volé votre Tara ? Vous vous êtes battue, vous m'avez raconté comment. Avec toute votre volonté, tout votre cœur, toutes vos ressources, toute votre force. S'il fallait mentir, vous mentiez, duper, vous dupiez, tuer même, vous saviez tuer. C'est la même chose pour nous qui luttons pour l'Irlande.

« Et pourtant, nous sommes plus heureux que vous. Parce que nous avons tout de même le temps de jouir des douceurs de la vie. La musique, la danse, l'amour. Vous savez ce qu'est l'amour, Scarlett. Je l'ai vu naître en vous et s'épanouir avec votre enfant. Ne voyez-vous donc pas que l'amour se nourrit de lui-même sans excès, que l'amour est une coupe toujours pleine, qu'on emplit à mesure qu'on y boit ?

« Il en va de même pour notre amour de l'Irlande et de son peuple. Vous êtes aimée, Scarlett, de moi et de nous tous. Vous n'êtes pas mal-aimée parce que l'Irlande est notre amour sacré. Devez-vous devenir indifférente à vos amis parce que vous aimez votre enfant ? L'un n'exclut pas l'autre. Vous pensiez que j'étais votre ami, dites-vous, votre frère. Eh bien, je le suis, Scarlett, et je le serai jusqu'à la fin des temps. Votre bonheur me réjouit, votre chagrin m'afflige. Et pourtant, mon âme est à l'Irlande ; rien de ce que je peux faire n'est une traîtrise, si cela vise à la libérer de sa servitude. Mais elle ne diminue en rien l'affection que je vous porte ; elle l'accroît même, au contraire.

Les mains de Scarlett avaient glissé tout naturellement de ses oreilles, et pendaient le long de son corps. Colum l'avait ensorcelée, comme toujours quand il parlait ainsi, alors même qu'elle comprenait à peine la moitié de ses paroles. Elle se sentait enveloppée d'un voile moelleux qui cependant l'entravait.

L'homme inconscient, par terre, poussa un gémissement. Scarlett posa un regard effrayé sur Colum.

— Cet homme est-il un *Fenian* ?

— Oui. Il est en fuite. Un homme qu'il prenait pour son ami l'a dénoncé aux Anglais.

— C'est vous qui lui avez donné cette arme.

Ce n'était pas une question mais un constat.

— Oui, Scarlett. Vous voyez, je ne vous cache plus rien. J'ai dissimulé des armes partout, dans cette église anglaise. Je suis l'armurier des *Fenians*. Quand le jour viendra, et il approche, des milliers et des milliers d'Irlandais seront armés pour le soulèvement, et leurs armes viendront de cette église anglaise.

– Quand?

Scarlett redoutait la réponse.

– La date n'est pas fixée. Il nous faut encore cinq cargaisons, ou même six, si c'est possible.

– Voilà ce que vous faites en Amérique.

– Oui. Je trouve l'argent, grâce à des aides nombreuses, puis d'autres trouvent le moyen d'acheter des armes avec cet argent, et je les rapporte en Irlande.

– Sur le *Brian Boru*.

– Entre autres.

– Vous allez tuer les Anglais.

– Oui. Mais nous serons plus charitables. Ils ont massacré nos femmes et nos enfants, en plus de nos hommes. Nous ne tuerons que les soldats. Un soldat est payé pour mourir.

– Mais vous êtes prêtre, dit-elle. Vous n'avez pas le droit de tuer.

Colum observa un long silence. Des grains de poussière tournoyaient lentement dans les rais de lumière qui tombaient sur sa tête inclinée. Lorsqu'il se redressa, Scarlett vit ses yeux assombris par la douleur.

– Lorsque j'avais huit ans, commença-t-il, je voyais passer sur la route d'Adamstown les charrettes de blé et les troupeaux de bœufs destinés à Dublin et aux tables de banquets des Anglais. J'ai également vu mourir de faim ma petite sœur, parce qu'à l'âge de deux ans elle n'avait pas assez de forces pour vivre sans rien manger. Mon frère, lui, avait trois ans, et lui non plus n'avait guère de forces. C'étaient toujours les plus petits qui mouraient en premier. Ils pleuraient parce qu'ils avaient faim et qu'ils étaient trop jeunes pour comprendre, quand on leur disait qu'il n'y avait rien à manger. Moi, je comprenais, parce que j'avais huit ans et que j'étais plus raisonnable. Et je ne pleurais pas, car je savais que pleurer usait les forces dont on avait besoin pour survivre. Un autre de mes frères a péri, il avait sept ans; et puis deux petits de six et cinq ans dont, à ma grande honte, j'ai oublié lequel était une fille et lequel un garçon. Et puis ma mère a suivi, mais j'ai toujours pensé qu'elle était morte de souffrance, non pas pour avoir eu le ventre vide, mais pour avoir perdu ses enfants. Mourir de faim, cela prend des mois et des mois, Scarlett. Ce n'est pas une mort miséricordieuse. Et, pendant tous ces mois, les chariots de nourriture continuèrent à passer devant chez nous.

La voix de Colum s'était vidée de toute vie. Puis elle se ranima.

– J'étais un gamin très vif. A dix ans, quand j'eus repris des forces, une fois la Famine passée, j'étais bon élève et j'apprenais vite. Notre bon curé me trouvait plein de promesses, et dit à mon père que peut-être, si je m'appliquais, je pourrais entrer au séminaire. Mon père me donna tout ce qu'il pouvait me donner. Mes frères aînés firent plus que leur part de travail, à la ferme, pour que je n'aie rien qu'à étudier. Et nul ne m'en tint rigueur, car c'est un grand honneur que d'avoir un fils prêtre. Quant à moi, j'acceptai sans réfléchir, car j'avais une foi immense dans la bonté de Dieu et la sagesse de notre Sainte Mère l'Église, et je croyais qu'il s'agissait de la vocation, de l'appel au sacerdoce.

« J'allais enfin connaître la réponse, pensais-je. Au séminaire se trouvent de nombreux livres sacrés et de saints hommes, j'allais m'imprégner de la sagesse de l'Église. J'étudiai, je priai, je cherchai. Je découvris l'extase dans la prière, la connaissance dans l'étude. Mais pas la connaissance que je cherchais. "Pourquoi ? demandai-je à mes maîtres. Pourquoi les petits enfants doivent-ils mourir de faim ?" Mais ils ne surent rien me répondre d'autre que : "Ayez confiance en la sagesse de Dieu et foi en Son amour."

Colum brandit les deux bras au-dessus de son visage torturé et sa voix s'enfla pour crier : « Dieu, mon Père, je sens Ta présence et Ton pouvoir tout-puissant. Mais je ne vois pas Ton visage. Pourquoi T'es-Tu détourné de Ton peuple irlandais ? »

Ses bras retombèrent.

– Il n'y a pas de réponse, Scarlett, conclut-il d'une voix brisée. Il n'y en a jamais eu. Mais j'avais une vision, et je l'ai suivie. Dans ma vision, les petits enfants affamés se rassemblaient et leur faiblesse puisait des forces dans leur nombre. Ils se soulevaient par milliers, leurs petits bras décharnés se tendaient, et ils renversaient les charrettes remplies de nourriture, et ils ne mouraient plus. Ma vocation consiste à retourner ces charrettes, à chasser les Anglais de leurs tables de banquets, à donner à l'Irlande l'amour et la miséricorde que Dieu lui a refusés.

Scarlett frémit en l'entendant blasphémer ainsi.

– Vous irez en enfer.

– Je *suis* en enfer ! Quand je vois des soldats tourmenter une femme réduite à mendier pour nourrir ses enfants, c'est une vision de l'enfer. Quand je vois des vieillards poussés dans la fange de la rue pour que les soldats marchent sur le trottoir, je vois l'enfer. Quand j'assiste à des expulsions, à des flagellations, quand je vois des charrettes, craquant sous le poids de leur chargement de blé, passer devant des familles qu'un maigre carré de pommes de terre empêche tout juste de mourir de faim, je dis que c'est l'Irlande qui est l'enfer, et que je subirais volontiers la mort et les tourments éternels pour épargner à l'Irlande une seule heure d'enfer sur cette terre.

Cette véhémence ébranla Scarlett. Elle s'efforçait de comprendre.

Et si elle n'avait pas été là, le jour où les Anglais étaient venus pour démolir la maison de Daniel avec leurs béliers ? Et si elle n'avait plus eu d'argent, et que Cat ait souffert de la faim ? Et si les Anglais étaient vraiment comme les soldats yankees, et s'ils volaient son bétail, mettaient le feu aux champs qu'elle cultivait ?

Elle savait ce qu'était l'impuissance face à une armée. Elle connaissait les tourments de la faim. Il y avait des souvenirs que jamais aucun argent au monde ne pourrait effacer.

– En quoi puis-je vous aider ? demanda-t-elle à Colum.

Il combattait pour l'Irlande, et l'Irlande était la patrie de ses ancêtres et de son enfant.

CHAPITRE 68

L'épouse du capitaine était une femme corpulente, au visage rouge, à qui un regard suffit pour ouvrir les bras à Cat. « Elle veut venir près de moi ? » Pour toute réponse, Cat tendit les siens. Scarlett était sûre qu'elle s'intéressait surtout au lorgnon pendu à la chaîne que l'autre avait au cou, mais se garda bien de le dire. Elle aimait qu'on admire Cat, et c'est ce que la femme faisait.

– Quelle petite beauté – non, ma chérie, il va sur ton nez, pas dans ta bouche –, avec une ravissante peau mate. Son père est espagnol ?

Scarlett réfléchit à toute allure :

– Sa grand-mère.

– Comme elle est mignonne, dit la commère en extirpant le lorgnon des doigts de Cat, entre lesquels elle glissa un biscuit de mer. J'ai été grand-mère à quatre reprises. Il n'y a rien de plus beau au monde. Je me suis mise à naviguer avec le capitaine une fois les enfants devenus grands, parce que je ne pouvais pas supporter la maison vide. Mais maintenant il y a les petits-enfants, c'est un plaisir de plus. Après Savannah, nous irons à Philadelphie pour charger une cargaison, et j'y passerai deux jours avec ma fille et ses deux enfants.

Elle va m'épuiser avec son bavardage avant que nous soyons sortis de la baie, songea Scarlett. Jamais je ne pourrai le supporter deux semaines durant.

Elle découvrit bientôt qu'elle n'aurait pas dû s'inquiéter. L'épouse du capitaine répétait si souvent la même chose que Scarlett se contentait d'acquiescer de la tête et de dire « Mon Dieu ! » à intervalles réguliers, sans prendre la peine d'écouter. Et son interlocutrice se montrait merveilleuse avec Cat. Scarlett pouvait prendre un peu d'exercice sur le pont sans avoir à se préoccuper du bébé.

C'est à ces moments-là qu'elle réfléchissait le mieux, le vent salé en plein visage. Le plus souvent, elle tirait des plans. Elle avait beaucoup à faire. Il lui fallait trouver un acquéreur pour son magasin. Il y avait aussi la maison de la rue du Pêcher. Rhett en payait l'entretien, mais il était ridicule de la laisser vide, quand plus jamais elle n'en ferait usage...

Alors elle la vendrait, comme le magasin. Et le saloon. C'était un peu dommage. Il rapportait beaucoup et ne lui causait aucun souci. Mais elle avait décidé de couper les ponts avec Atlanta, saloon compris.

Et les maisons qu'elle faisait construire ? Elle en ignorait tout. Il faudrait qu'elle vérifie, et veille à ce que l'entrepreneur se serve toujours du bois d'Ashley...

Il faudrait aussi qu'elle s'assure que celui-ci allait bien. Et Beau. Elle l'avait promis à Mélanie.

Puis, quand elle en aurait fini avec Atlanta, elle irait à Tara. Mais ce serait en dernier, car dès que Wade et Ella apprendraient qu'ils rentraient avec elle, ils se montreraient impatients de s'en aller. Il ne serait pas juste de les faire attendre. Et dire adieu à Tara serait le plus pénible de tout ce qu'elle avait à régler. Mieux valait procéder rapidement : cela lui ferait moins mal. Oh, comme elle avait hâte de la revoir.

La lente remontée de la Savannah, de la mer à la ville, semblait devoir durer éternellement. On avait dû remorquer le navire à travers le canal avec un remorqueur à vapeur. Scarlett allait nerveusement d'un côté du pont à l'autre, Cat dans les bras, s'efforçant de prendre plaisir aux réactions du bébé, tout excitée de voir s'envoler soudain les oiseaux du marais. Ils étaient si près, désormais, pourquoi donc n'arrivaient-ils pas ? Elle voulait revoir l'Amérique, entendre des voix américaines.

Enfin. C'était la ville. Les docks. Oh, écoute, Cat, écoute les chants. Ce sont ceux du peuple noir, c'est le Sud, tu sens le soleil ? Cela durera des jours et des jours. Oh, ma chérie, ma Kitty Cat, on est chez Maman.

La cuisine de Maureen était comme dans son souvenir, rien n'avait changé. La famille était la même. L'affection. La ribambelle de petits O'Hara. Le bébé de Patricia, un garçon, avait près d'un an, et Katie était enceinte. Cat fut prise aussitôt dans les rythmes quotidiens de la demeure. Elle regarda les autres enfants avec curiosité, leur tira les cheveux, accepta qu'ils fassent de même, devint l'une d'entre eux.

Scarlett se sentait jalouse. Je ne lui manquerai pas le moins du monde, et je ne peux supporter l'idée de la quitter, mais il le faut. A Atlanta, trop de gens connaissaient Rhett et pourraient lui parler d'elle. Je le tuerai mais je ne le laisserai pas me la prendre. Je ne peux pas l'emmener avec moi. Je n'ai pas le choix. Plus tôt je partirai, plus tôt je reviendrai. Et je lui amènerai son frère et sa sœur en cadeau.

Elle envoya des télégrammes, à l'oncle Henry à son bureau, ainsi qu'à Pansy dans la maison de la rue du Pêcher, et prit le train pour Atlanta le 12 mai. Elle était à la fois très excitée et un peu inquiète. Elle était partie si longtemps – il avait pu se produire n'importe quoi. Pas question de se ronger les sangs pour le moment, elle le découvrirait bien assez tôt. Entre-temps, elle se contenterait de savourer le chaud soleil de Géorgie et le plaisir d'être sur son trente et un. Sur le bateau, elle avait dû porter le deuil, mais maintenant elle était rayonnante en robe de lin irlandais vert émeraude.

Scarlett avait toutefois oublié à quel point les trains américains étaient sales. Les crachoirs à chaque extrémité du wagon furent bientôt cernés de jus de tabac à l'odeur répugnante. L'allée devint un piège à détritus avant même qu'ils aient parcouru vingt milles. Un ivrogne fit une embardée à hauteur de son siège, et elle se rendit compte tout d'un coup qu'elle n'aurait pas dû voyager seule. Ah! n'importe qui peut déplacer ma petite mallette et s'asseoir à côté de moi! On fait beaucoup mieux les choses en Irlande. La première classe, c'est la première classe. Personne ne vient vous importuner, ou envahir votre compartiment. Elle ouvrit le journal de Savannah, qui lui tiendrait lieu de bouclier. Sa jolie robe de lin était déjà froissée et poussiéreuse.

Le tohu-bohu de la gare d'Atlanta, et les cris des conducteurs casse-cou lancés dans le maëlstrom des Cinq Fourches firent battre d'excitation le cœur de Scarlett, qui en oublia la saleté du train. Comme tout était vivant, animé, toujours changeant! Il y avait des bâtiments qu'elle n'avait jamais vus, de nouveaux noms sur d'anciennes devantures, du bruit, de la hâte et de l'énergie. Elle regarda avidement, par les fenêtres de la voiture, les maisons de la rue du Pêcher, identifiant les propriétaires, notant les signes d'une prospérité nouvelle. Les Merriwether avaient un nouveau toit, les Meade avaient repeint d'une autre couleur. Les choses étaient loin d'être aussi misérables que lors de son départ, un an et demi auparavant.

Et voilà ma maison! Tiens, je ne me souvenais pas qu'elle occupait une si grande surface par rapport au terrain qui l'entoure. Il n'y a pratiquement pas de cour. A-t-elle toujours été si près de la rue ? Mais que je suis sotte ! Quelle différence cela fait-il ? J'ai déjà décidé de la vendre, de toute façon.

Ce n'était pas le moment de vendre, dit l'oncle Henry Hamilton. La crise continuait, les affaires étaient mauvaises partout. De tous les marchés, l'immobilier était le plus atteint, surtout lorsqu'il s'agissait de grandes demeures comme la sienne.

En revanche, les petites maisons, comme celles qu'elle faisait construire en bordure de la ville, se vendaient à peine terminées. Elle y gagnait une fortune. Mais pourquoi voulait-elle vendre ? Elle ne pouvait dire que la maison lui coûtait quoi que ce soit ; d'ailleurs, Rhett payait toutes les factures.

Il me regarde comme si je sentais mauvais ou je ne sais quoi, songea Scarlett. Il me rend responsable du divorce. L'espace d'un instant elle eut envie de protester, de lui dire ce qui s'était vraiment passé. L'oncle Henry est le seul qui soit encore de mon côté. Sans lui, il n'y aurait pas une seule âme à Atlanta qui daignerait me regarder avec sympathie...

Et cela n'a aucune importance. L'idée explosa en elle comme une fusée de feu d'artifice. Henry Hamilton a tort de me juger, ainsi que tout le monde à Atlanta. Je ne suis pas comme eux, et je ne veux pas l'être. Je suis différente. Je suis moi. Je suis La O'Hara.

— Henry, si vous ne voulez pas prendre la peine de vendre mes biens, je ne vous en voudrai pas, dit-elle. Simplement, faites-le-moi savoir.

Il y avait dans son attitude une dignité sans emphase.

— Je suis un vieillard, Scarlett. Il vaudrait sans doute mieux que vous preniez langue avec un avocat plus jeune.

Scarlett se leva, tendit la main, et sourit avec une réelle affection.

Ce n'est qu'après son départ qu'il parvint à identifier le changement qui s'était opéré en elle. Scarlett a grandi, se dit-il. Elle ne m'a pas appelé « oncle Henry ».

— Mme Butler est-elle chez elle ?

Scarlett reconnut aussitôt la voix d'Ashley et sortit en hâte du salon ; d'un geste vif, elle congédia la servante qui était venue ouvrir.

— Ashley, cher Ashley, je suis si heureuse de vous voir.

Elle lui tendit les mains. Il les tint étroitement serrées dans les siennes et la regarda.

— Scarlett, jamais vous n'avez paru aussi charmante. Les climats étrangers vous font du bien. Dites-moi où vous étiez, ce que vous avez fait. L'oncle Henry disait que vous étiez allée à Savannah, et qu'ensuite il avait perdu le contact. Nous nous demandions tous...

Surtout ta sœur aînée, je le parie, cette langue de vipère, pensa Scarlett.

— Entrez et asseyez-vous, dit-elle, je meurs d'impatience d'apprendre toutes les nouvelles.

La servante rôdait aux environs. En passant devant elle, Scarlett lui dit doucement :

— Apporte-nous du café et des gâteaux.

Elle le conduisit jusqu'au petit salon, s'installa sur le coin d'un canapé, et tapota le siège à côté d'elle.

— Asseyez-vous près de moi, Ashley, je vous en prie. Je veux vous regarder.

Dieu merci, il a perdu cette allure de chien battu. Henry Hamilton devait avoir raison quand il disait qu'Ashley prospérait. Scarlett l'examina derrière ses cils baissés, tout en faisant de la place sur une table pour le plateau à café. Ashley Wilkes était toujours bel homme. Ses traits fins, aristocratiques, avaient gagné en distinction avec le temps. Mais il faisait plus que son âge. Il ne peut avoir plus de quarante ans, songea Scarlett, et sa chevelure est plus argentée que dorée. Il doit passer bien plus de temps qu'avant sur le chantier, sa peau a une jolie couleur, et non plus ce teint grisâtre qu'elle avait auparavant. Elle leva les yeux en souriant. C'était agréable de le voir. Surtout avec une aussi bonne mine. La dette qu'elle avait envers Mélanie ne lui paraissait plus si lourde à porter.

— Comment va tante Pitty ? Et India ? Et Beau ? Il doit être pour ainsi dire adulte ?

— Pitty et India n'ont pas changé, répondit Ashley en crispant les lèvres. Pitty a des vapeurs à chaque ombre qui passe, India est très prise par son action au sein d'un comité qui veut purifier les mœurs à Atlanta.

Toutes deux le gâtaient de façon abominable, deux vieilles filles rivalisant à qui serait la meilleure mère poule. Elles tentaient d'agir de même avec Beau, mais il ne se laissait pas faire. Les yeux gris d'Ashley brillèrent de fierté. Beau était un vrai petit homme. Il aurait bientôt douze ans, mais il en paraissait quinze. Il était président d'une sorte de club fondé par les gamins du voisinage. Ils avaient construit une maison dans un arbre de la cour de Pitty, avec le meilleur bois que produisait la scierie. Beau y avait veillé ; en ce domaine, il en savait déjà plus que son père, poursuivit Ashley avec un mélange de tristesse et d'admiration. Et il ajouta avec plus de fierté encore : « Il se peut qu'il ait l'étoffe d'un fin lettré. » Il avait déjà remporté un prix de composition latine à l'école, et il lisait des livres bien au-dessus de son âge...

— Mais tout cela doit vous ennuyer, Scarlett. Les pères fiers de leur progéniture sont très fastidieux.

— Pas du tout, Ashley, répondit Scarlett qui n'en pensait pas moins.

Les livres, les livres, les livres. Voilà très exactement ce qui n'allait pas chez les Wilkes. Ils vivaient dans les livres, pas dans la vie. Mais peut-être que tout irait bien pour l'enfant. S'il connaissait déjà le bois, il y avait de l'espoir. Maintenant, si Ashley consentait à se montrer un peu moins gourmé, elle avait à s'acquitter d'une autre promesse faite à Mélanie. Scarlett posa la paume sur sa manche.

— J'ai une grande faveur à vous demander, dit-elle d'un air suppliant.

Il couvrit sa main de la sienne.

— Tout ce que vous voudrez, Scarlett, vous devriez le savoir.

— J'aimerais que vous promettiez de me laisser envoyer Beau à l'Université, puis visiter l'Europe avec Wade. Ce serait très important pour moi – après tout, je le considère pratiquement comme mon fils, puisque j'étais là quand il est né. Et j'ai touché beaucoup d'argent récemment, donc ce n'est pas un obstacle. Vous ne pouvez être assez mesquin pour dire non.

Le sourire d'Ashley disparut. Il prit un air grave.

— Scarlett...

Oh, zut, il va faire le difficile. Dieu merci, voici cette lambine avec le café. Il ne peut pas parler devant elle, et j'aurai une occasion de revenir à la charge avant qu'il puisse dire non.

— Ashley, combien de cuillerées de sucre ? Je vais m'occuper de votre tasse.

Ashley la lui prit et la posa sur la table.

— Le café attendra une minute, Scarlett.

Il glissa ses mains dans les siennes.

— Chérie, regardez-moi.

Ses yeux étaient lumineux et doux. Les pensées de Scarlett s'égarèrent. Ah ! il a presque l'air de l'Ashley d'autrefois, celui des Douze Chênes.

— Scarlett, je sais comment cet argent vous est parvenu, ça a échappé à l'oncle Henry. Je comprends ce que vous devez ressentir. Mais c'est inutile. Rhett n'a jamais été digne de vous, et vous voilà débarrassée de lui, peu importe comment. Vous pouvez tout oublier, comme si cela n'était jamais arrivé.

Grand dieu, Ashley allait la demander en mariage !

— Vous êtes libérée de Rhett, Scarlett. Dites que vous m'épouserez, et je fais le serment de vous rendre heureuse comme vous méritez de l'être.

Il fut un temps où j'aurais vendu mon âme pour entendre ces mots, songea Scarlett, il n'est pas juste que maintenant je ne ressente rien. Oh, pourquoi faut-il qu'Ashley se croie obligé d'en arriver là ? Avant même que cette question fût formulée dans son esprit, elle en connaissait la réponse. A cause du vieux ragot, si lointain qu'il parût désormais. Ashley était résolu à la racheter aux yeux de la bonne société d'Atlanta. C'était bien de lui ! Il se comportera toujours en gentleman, même si cela équivaut à gâcher sa vie.

Et la mienne aussi, d'ailleurs. Je suppose qu'il n'a pas pris la peine d'y réfléchir. Scarlett se mordit la langue pour retenir sa colère. Pauvre Ashley ! Ce n'était pas sa faute s'il était tel qu'il était. Rhett l'avait dit : Ashley appartenait au monde d'avant la Guerre. Il n'a plus sa place dans celui d'aujourd'hui. Il ne faut pas que je me montre furieuse ou mesquine. Je ne veux pas perdre quiconque a fait partie des temps glorieux. Tout ce qui me reste de ce monde, ce sont des souvenirs, et les gens qui les partagent.

— Ashley, cher Ashley, dit-elle, je ne veux pas vous épouser. Un point c'est tout. Je n'ai pas l'intention de jouer avec vous, de vous raconter des mensonges et de vous faire soupirer pour moi. Je suis trop vieille pour cela, et j'ai trop d'affection pour vous. Vous avez toujours occupé une place importante dans ma vie, et je veux garder cela. Dites-moi que vous me laisserez la conserver.

— Bien sûr, très chère. Je suis honoré que vous pensiez cela. Je ne vous chagrinerai plus en parlant mariage.

Il sourit; il paraissait si jeune, si semblable à l'Ashley des Douze Chênes que Scarlett en fut toute remuée. Cher Ashley. Il ne fallait pas qu'il devine qu'elle avait clairement perçu le soulagement dans sa voix. Tout allait bien. Non, mieux encore. Désormais ils pourraient être vraiment amis. Le passé était enterré pour de bon.

— Quels sont vos projets, Scarlett ? Êtes-vous de retour définitivement comme je l'espère ?

Elle s'était préparée à cette question avant même d'avoir quitté Galway. Elle devait s'assurer que personne à Atlanta ne pourrait savoir comment la trouver, cela la rendrait trop vulnérable face à Rhett, l'exposerait trop à perdre Cat.

— Je vends, Ashley, je ne veux pas être liée à quoi que ce soit pour le moment. Après Savannah, j'ai rendu visite à une partie de la famille de Papa, en Irlande, puis j'ai voyagé.

Il fallait qu'elle soit prudente. Ashley s'était rendu à l'étranger, il la percerait à jour aussitôt si elle prétendait être allée à tel ou tel endroit.

— Je ne sais comment, je n'ai jamais réussi à voir Londres. Je crois que je pourrais m'y installer un moment. Aidez-moi, Ashley. Croyez-vous que ce serait une bonne idée?

Scarlett savait, parce que Mélanie le lui avait dit, qu'il considérait Londres comme la plus parfaite des villes. Il en parlerait à n'en plus finir, et oublierait de poser d'autres questions.

— Ashley, cet après-midi m'a tant fait plaisir. Vous reviendrez, n'est-ce pas? Je resterai là un certain temps, pour régler toutes mes affaires.

— Aussi souvent que je pourrai. C'est un plaisir comme il y en a peu.

Ashley prit ses gants et son chapeau des mains de la servante.

— Au revoir, Scarlett.

— Au revoir. Oh, Ashley, vous m'accorderez la faveur que je vous ai demandée, n'est-ce pas? Je serais malheureuse, sinon.

— Je ne crois pas que...

— Ashley Wilkes, je jure que, si vous ne me laissez pas mettre de côté cet argent pour Beau, je pleurerai comme une rivière qui déborde de son lit. Et vous savez aussi bien que moi que jamais un gentleman ne fait pleurer une dame à dessein.

Ashley s'inclina pour lui baiser la main.

— Scarlett, je croyais que vous aviez changé, mais je me trompais. Vous savez toujours enrouler les hommes autour de votre petit doigt, et faire en sorte qu'ils aiment cela. Je serais un bien mauvais père si je refusais à Beau un cadeau émanant de vous.

— Oh, Ashley, je vous adore et je vous adorerai toujours. Merci.

Va, cours à la cuisine pour tout raconter, songea Scarlett en observant la servante tout près de la porte, derrière Ashley. Autant donner aux autres de quoi cancaner. D'ailleurs, j'adore Ashley et je l'adorerai toujours, d'une façon que jamais ils ne comprendront.

Régler ses affaires à Atlanta lui prit beaucoup plus de temps qu'elle ne l'aurait cru. Elle ne partit pour Tara que le 10 juin. Déjà presque un mois loin de Cat! C'est insupportable. Elle pourrait m'oublier. J'ai sans doute manqué une nouvelle dent, peut-être deux. Et si elle s'agitait et que personne ne sache qu'elle se sentirait mieux si elle pouvait barboter dans l'eau? Et puis il fait si chaud. Elle pourrait avoir une éruption de boutons. Un bébé irlandais ignore tout de la chaleur.

Au cours de son ultime semaine à Atlanta, Scarlett eut les nerfs à vif, au point de pouvoir à peine dormir. Pourquoi donc ne pleuvait-il pas? Une poussière rouge recouvrait tout, une demi-heure à peine après qu'on l'eut balayée.

Pourtant, une fois dans le train pour Jonesboro, Scarlett parvint à se détendre. En dépit des retards, elle avait mené à bien tout ce qu'elle avait à régler et dans de meilleures conditions que ce qu'avaient prédit l'oncle Henry et son nouvel avocat.

Assez naturellement, vendre le saloon avait été le plus facile. La crise accroissait son chiffre d'affaires et donc sa valeur. Elle était triste pour le magasin. Le terrain sur lequel il était bâti valait plus que lui; les nouveaux propriétaires allaient l'abattre pour y édifier un immeuble de huit étages. Au moins les Cinq Fourches étaient toujours les Cinq Fourches, crise ou pas. Ces deux ventes lui rapportèrent suffisamment pour acheter cinquante acres supplémentaires à la sortie de la ville, sur lesquelles elle ferait construire cent maisons de plus. Et l'entrepreneur lui avait confié que ses confrères n'avaient plus d'autre fournisseur qu'Ashley. Ils pouvaient se fier à lui : il ne leur vendrait que du bois bien sec, ce qu'on ne pouvait pas dire de tous ses collègues d'Atlanta. C'était à croire qu'il allait réussir malgré lui.

Et elle allait gagner beaucoup. Henry Hamilton avait raison là-dessus. Ses petites maisons se vendaient à peine terminées. Elles avaient rapporté des bénéfices. De gros bénéfices. Elle fut stupéfiée de voir combien d'argent s'était accumulé sur son compte en banque. Suffisamment pour couvrir toutes les dépenses qui l'avaient tant inquiétée à Ballyhara, pendant ces mois où l'argent filait toujours et rentrait si peu. Maintenant elle était à flot. La récolte constituerait autant de revenus nets, et fournirait des semences pour l'année suivante. Et les locations de la ville ne pouvaient qu'augmenter. Avant son départ, un tonnelier se renseignait sur l'un des cottages, et Colum avait dit qu'il pensait à un tailleur pour un autre.

Elle aurait agi de façon identique même sans avoir gagné autant d'argent, mais c'était beaucoup plus facile ainsi. L'entrepreneur se vit enjoindre d'envoyer tous les futurs bénéfices à Stephen O'Hara à Savannah. Il aurait tout l'argent nécessaire pour exécuter les instructions de Colum.

C'est étrange, pour la maison de la rue du Pêcher, pensa Scarlett. On aurait pu croire qu'il serait douloureux de m'en séparer. Après tout, c'est là que j'ai vécu avec Rhett, que Bonnie est née et qu'elle a passé sa pauvre vie si courte. Mais je n'ai ressenti qu'un profond soulagement. Quand cette école de jeunes filles m'a fait sa proposition, j'ai bien failli embrasser la vieille directrice, ce visage de pruneau. C'était comme de m'enlever mes chaînes. Je suis libre, maintenant. Plus d'obligations à Atlanta. Rien ne me retient plus.

Scarlett sourit intérieurement. C'était comme les corsets. Elle n'en avait plus jamais porté après que Colum et Bridie l'avaient libérée à Galway. Sa taille avait pris quelques centimètres, mais elle était encore plus mince que la plupart des femmes qu'elle croisait dans la rue, corsetées au point de pouvoir à peine respirer. Et elle était à l'aise – enfin, autant qu'il était possible de l'être par cette chaleur. Elle pouvait aussi s'habiller seule, sans dépendre d'une servante. Et coiffer son épais chignon ne lui causait aucune difficulté. Il était merveilleux de se suffire à soi-même. Il était merveilleux de ne pas se soucier de ce que les autres faisaient ou ne faisaient pas, de ce qu'ils approuvaient ou désapprouvaient. Mais le plus merveilleux, c'était encore de rentrer chez elle, à Tara, puis de ramener ses enfants vers une autre Tara. Bientôt elle serait de nouveau avec sa chère Cat. Et, peu après, de retour dans la fraîcheur irlandaise, si douce, battue de pluie. Scarlett caressa le sac de cuir posé sur ses genoux. La première chose à faire serait de verser sur la tombe de son père la terre de Ballyhara. Est-ce que tu vois, d'où tu es, Papa ? Est-ce que tu sais ? Tu serais si fier de ta Katie Scarlett, Papa. Je suis La O'Hara.

CHAPITRE 69

Will Benteen l'attendait à la gare de Jonesboro. Scarlett regarda son visage buriné, son corps faussement détendu, et sourit jusqu'aux oreilles. Will doit être le seul homme que Dieu ait jamais créé qui puisse avoir l'air aussi nonchalant avec une jambe de bois. Elle le serra contre elle avec violence.

– Pour l'amour du ciel, Scarlett, vous pourriez prévenir. Vous avez bien failli me renverser. C'est bon de vous revoir.

– Et vous aussi, Will. Je crois que je suis plus heureuse de vous revoir que quiconque au cours de ce voyage.

Elle était sincère. Will lui était encore plus cher que les O'Hara de Savannah. Peut-être parce qu'ils avaient traversé ensemble les temps difficiles, peut-être parce qu'il aimait Tara autant qu'elle. Peut-être, tout simplement, parce que c'était un homme très bon et très honnête.

– Où est votre servante, Scarlett?

– Oh, je ne perds plus mon temps avec ça, Will – ni avec bien d'autres choses, d'ailleurs.

Will fit passer la paille qu'il avait aux lèvres à l'autre coin de sa bouche.

– J'avais remarqué, dit-il laconiquement.

Scarlett se mit à rire. Elle n'avait pas pensé à ce qu'un homme peut ressentir quand il prend dans ses bras une femme sans corset.

– Plus de cages, Will, plus jamais, quelles qu'elles soient, dit-elle.

Elle aurait voulu pouvoir lui expliquer pourquoi elle était si heureuse, lui parler de Cat, de Ballyhara. S'il ne s'était agi que de lui, elle lui aurait tout raconté à l'instant, elle avait confiance. Mais il était l'époux de Suellen, et elle ne se fierait pas à sa sœur. Et il se pourrait que Will se sente obligé de tout dire à sa femme. Scarlett devrait tenir sa langue. Elle grimpa sur le siège de la charrette. Elle n'avait jamais vu Will se servir de leur buggy. Il pouvait ainsi faire des achats à Jonesboro et l'attendre à la gare. La charrette était chargée de sacs et de caisses.

— Donnez-moi les nouvelles, Will, dit Scarlett une fois qu'ils furent en route. Je ne suis au courant de rien depuis si longtemps.

— Eh bien, voyons... Je suppose que vous voulez sans doute entendre parler des enfants d'abord. Ella et notre Susie s'entendent comme larrons en foire. Susie étant un tout petit peu plus jeune, elle laisse Ella prendre l'avantage, et cela lui fait beaucoup de bien. Vous aurez du mal à reconnaître Wade quand vous le verrez. Il s'est mis à grandir pratiquement le jour de ses quatorze ans, en janvier dernier, et on dirait qu'il n'arrêtera jamais. Pourtant, malgré sa maigreur, il est fort comme un Turc. Et il travaille dur. Grâce à lui, il y aura vingt acres de plus cultivées cette année.

Scarlett sourit. Comme il serait utile à Ballyhara, et il adorerait cela. Un fermier-né, jamais elle n'y aurait pensé. Il doit tenir ça de Papa. Le sac de cuir était tout tiède sur ses genoux.

— Notre Martha a maintenant sept ans, et Jane en a eu deux en septembre. Suellen a perdu un bébé l'année dernière, c'était une fille.

— Oh, Will, je suis désolée.

— Nous avons décidé de nous en tenir là, dit Will. Cela a été vraiment dur pour Suellen, c'est le médecin qui l'a conseillé. Nous avons trois filles en bonne santé, et c'est plus que la plupart des gens n'en ont pour être heureux. Bien entendu, j'aurais aimé un garçon, comme tous les pères, mais je ne me plains pas. D'ailleurs, Wade est le fils que tout homme pourrait espérer avoir. C'est un bon gars, Scarlett.

Elle fut heureuse de l'entendre. Et surprise. Will avait raison, elle ne connaissait pas Wade – du moins s'il ressemblait vraiment au portrait que Will avait fait de lui. Elle se souvenait d'un petit garçon pâle, apeuré, couard.

— J'aime à ce point Wade, que j'ai accepté de vous parler en sa faveur, bien qu'en règle générale je n'aime guère m'occuper des affaires des autres. Il a toujours eu un peu peur de vous, Scarlett, vous le savez. Enfin, ce qu'il souhaite que je vous dise, c'est qu'il ne veut plus aller à l'école. Il en aura fini ce mois-ci, et la loi ne peut l'obliger à continuer.

Scarlett secoua la tête.

— Non, Will. Dites-le-lui, ou je m'en chargerai. Son père est allé à l'Université, et Wade ira aussi. Will, ne vous vexez pas, mais personne ne peut aller très loin sans instruction.

— Il n'y a pas de mal. Et je ne voudrais pas vous vexer non plus, mais je crois que vous avez tort. Wade sait lire et écrire, et faire tous les calculs dont un fermier aura jamais besoin. Et c'est ce qu'il veut. Cultiver la terre. Tara, pour dire les choses franchement. Il dit que son grand-père l'a construite sans avoir plus d'instruction que lui n'en a, et qu'il ne voit pas pourquoi il devrait être différent. Ce garçon n'est pas comme moi, Scarlett. Bon sang, je sais à peine signer mon nom. Il a passé quatre ans à l'école si chic où vous l'aviez envoyé à Atlanta, et trois de plus ici, à celle du village et dans les champs. Il sait tout ce qu'un gamin de la campagne doit savoir. C'est ce qu'il est, Scarlett, un petit campagnard, et il est heureux. Je n'aimerais pas que vous l'abîmiez.

Scarlett se hérissa. A qui Will Benteen croyait-il parler ? Elle était la mère de Wade, elle savait ce qui était bon pour lui.

— Puisque vous avez pris la mouche, autant que je finisse ce que j'ai à dire, poursuivit Will de sa voix traînante.

Il regardait, tout droit devant lui, la route d'un rouge poussiéreux.

— Ils m'ont montré les papiers relatifs à Tara au tribunal du comté. On dirait que vous disposez maintenant de la part de Carreen. Scarlett, je ne sais pas ce que vous pensez là-dessus, et je ne vous le demande pas. Mais laissez-moi vous dire ceci. Si quelqu'un arrive en agitant je ne sais quel papier prétendant qu'on va me prendre Tara, j'ai bien l'intention de l'accueillir au bout du chemin, le fusil à la main.

— Will, je jure sur toute une pile de bibles que je n'ai pas l'intention de faire quoi que ce soit à Tara.

Scarlett fut heureuse que ce soit la vérité. La voix douce de Will était plus effrayante que le plus strident des hurlements.

— Je suis heureux de l'entendre. Mon idée est que Tara devrait revenir à Wade. C'est le seul petit-fils de votre père, et la terre devrait rester dans la famille. J'espère que vous le laisserez où il est, Scarlett, qu'il soit mon bras droit, et comme un fils pour moi, ce qu'il est déjà. Vous ferez ce que vous voudrez — comme toujours. J'ai donné ma parole à Wade que je vous parlerais, et c'est fait. Restons-en là, si cela ne vous ennuie pas. J'ai dit tout ce que j'avais à dire.

— J'y réfléchirai, promit Scarlett.

La charrette avançait en grinçant le long de la route familière. Elle vit que les terres autrefois cultivées étaient désormais envahies d'arbres rabougris et de mauvaises herbes, et eut envie de pleurer. Will vit ses épaules tomber et sa bouche s'affaisser.

— Scarlett, où étiez-vous ces deux dernières années ? S'il n'y avait pas eu Carreen, nous n'aurions pas su où vous étiez partie, mais ensuite, elle aussi a perdu le contact.

Scarlett se contraignit à sourire.

— J'ai connu bien des aventures, Will, j'ai voyagé partout. Je suis allée rendre visite à ma parenté, les O'Hara. Il y en a beaucoup à

Savannah, ce sont les gens les plus agréables qu'on puisse connaître. Je suis restée chez eux un temps infini. Puis je suis allée en Irlande en voir d'autres. Vous ne pouvez imaginer combien il y a de O'Hara.

Sa gorge était obstruée par les larmes. Elle tenait le sac de cuir contre sa poitrine.

– Will, j'ai apporté quelque chose pour Papa. Me déposerez-vous au cimetière, en tenant tout le monde à l'écart un petit moment?

– J'en serai ravi.

Scarlett s'agenouilla sous le soleil près de la tombe de Gerald O'Hara. La terre d'Irlande, épaisse et noire, lui coula entre les doigts pour se mêler à la poussière d'argile rouge de Géorgie.

– Papa, murmura-t-elle, et le rythme de ses paroles était irlandais, le comté de Meath est un endroit merveilleux, ça c'est sûr. Ils se souviennent tous de toi, Papa. Je ne savais pas, Papa, je suis désolée. Je ne savais pas que tu aurais droit à une belle veillée funéraire et qu'on raconterait toutes les histoires du temps où tu étais enfant.

Elle releva la tête et le soleil vint éclairer son visage baigné de larmes. Sa voix était rauque, mais elle fit de son mieux, et son chagrin était trop fort.

Pourquoi m'as-tu quitté? Ochon!
Ochon, Ochon, Ullagon O!

Scarlett fut heureuse de n'avoir parlé à personne à Savannah de son projet de ramener Wade et Ella avec elle en Irlande. Elle n'aurait pas à expliquer pourquoi elle les avait laissés à Tara; il aurait été trop humiliant de devoir dire la vérité; que ses enfants ne voulaient pas d'elle, qu'ils étaient des étrangers, eux pour elle et elle pour eux. Elle ne pouvait reconnaître, même intérieurement, à quel point cela lui faisait mal, et combien elle s'en rendait responsable. Elle se sentait petite et mesquine; il lui était même difficile de se réjouir pour Ella et Wade, si manifestement heureux.

Tout à Tara l'avait fait souffrir. Elle n'y était plus chez elle. Exception faite du portrait de la grand-mère Robillard, elle n'y reconnaissait rien ou presque. Suellen avait consacré l'argent envoyé chaque mois à acheter décorations et meubles neufs. Le bois des tables, sans la moindre éraflure, paraissait, aux yeux de Scarlett, briller d'un éclat aveuglant, les couleurs des tapis et des rideaux étaient beaucoup trop vives. Elle les détestait. Et la chaleur qu'elle désirait tant pendant les pluies irlandaises lui donna un mal de tête qui dura toute la semaine de son séjour à Tara. Elle avait pris plaisir à rendre visite à Alex et Sally Fontaine, mais leur bébé lui avait rappelé à quel point Cat lui manquait.

Ce n'est que chez les Tarleton qu'elle avait passé un bon moment. Leur ferme était prospère, et Mme Tarleton parla sans s'interrompre de sa jument pleine, et des espoirs qu'elle nourrissait pour ses chevaux de trois ans qu'elle tint à faire admirer à Scarlett.

Des visites réciproques, détendues, sans invitations superflues, avaient toujours été le côté le plus agréable du comté. Mais elle avait été heureuse de quitter Tara – et cela aussi l'avait fait souffrir. Si elle n'avait pas su à quel point Wade adorait l'endroit, elle aurait eu le cœur brisé d'attendre avec impatience le moment de partir. Au moins son fils prendrait-il sa place. A Atlanta, une fois de retour, elle avait vu son nouvel avocat, et déposé un autre testament léguant à Wade les deux tiers de Tara qu'elle possédait. Elle ne ferait pas comme son père et son oncle Daniel, et ne laisserait pas une situation inextricable derrière elle. D'autant que, si Will mourait le premier, elle ne faisait pas un instant confiance à Suellen. Scarlett signa les documents d'un grand paraphe, et fut enfin libre.

Libre de revenir auprès de Cat. Qui guérit en un instant toutes ses blessures. Le visage du bébé s'illumina en la voyant, et les petits bras se tendirent vers elle; Cat voulait même qu'elle la serre contre elle, et toléra qu'elle l'embrasse une bonne douzaine de fois.

– Elle est si brune et a l'air en si bonne santé! s'exclama Scarlett.

– Rien d'étonnant! dit Maureen. Elle aime tant le soleil, qu'elle enlève son bonnet dès qu'on a le dos tourné. C'est une petite bohémienne, un vrai bonheur à chaque instant de la journée.

– Et de la nuit, ajouta Scarlett en serrant l'enfant contre elle.

Stephen donna à Scarlett ses instructions pour le voyage de retour. Elles ne lui plurent guère. Pour dire la vérité, elle aimait également peu Stephen. Mais Colum lui avait dit qu'il était responsable de toutes les dispositions à prendre; elle revêtit donc ses vêtements de deuil et garda ses rancœurs pour elle.

Le navire s'appelait *La Toison d'Or*, et c'était ce qui se faisait de plus luxueux. Scarlett n'eut pas à se plaindre des dimensions ou du confort de sa suite. Mais la traversée n'était pas directe; elle nécessiterait une semaine de plus, et elle était impatiente de rentrer à Ballyhara pour voir où en étaient les récoltes.

Ce n'est qu'une fois sur la passerelle qu'elle vit la note précisant l'itinéraire du navire, sinon elle aurait refusé de monter à bord, quoi qu'ait pu dire Stephen. *La Toison d'Or* prenait des passagers à Savannah, Charleston et Boston, avant de les déposer à Liverpool et à Galway.

Scarlett fit demi-tour, paniquée, prête à courir jusqu'au dock. Elle ne pouvait pas se rendre à Charleston, elle ne pouvait pas! Rhett apprendrait qu'elle était à bord – il était toujours au courant de tout, Dieu savait comment –, et il entrerait tout droit dans sa suite pour lui prendre Cat.

Je le tuerai d'abord. La colère vint à bout de sa panique, et Scarlett, faisant de nouveau volte-face, grimpa la passerelle. Rhett Butler n'allait pas la contraindre à prendre la fuite. Tous ses bagages étaient déjà à bord, et elle était certaine que Stephen passait en contrebande, dans ses malles, des armes destinées à Colum. Ils dépendaient d'elle. Elle voulait aussi rentrer à Ballyhara, et ne laisserait rien ni personne se mettre en travers de son chemin.

Le temps de parvenir dans sa suite, et Scarlett nourrissait contre Rhett une violente fureur. Plus d'un an avait passé depuis leur divorce et son remariage si rapide avec Anne Hampton. Pendant ce temps, Scarlett avait été si occupée, elle avait connu de tels changements dans sa vie, qu'elle était parvenue à refouler la douleur qu'il lui avait causée. Maintenant, celle-ci lui déchirait le cœur, et la souffrance s'accompagnait d'une peur profonde du pouvoir imprévisible de Rhett. Elle en conçut de la rage. Et la rage la rendait plus forte.

Bridie ferait une partie du voyage avec Scarlett. Les O'Hara de Boston lui avaient trouvé une bonne place de servante chez une dame. Scarlett avait été heureuse qu'elle lui tienne compagnie, jusqu'à ce qu'elle sache que le navire s'arrêterait à Charleston. Mais cette pensée l'inquiéta à tel point que l'incessant bavardage de sa jeune cousine faillit la rendre folle. Pourquoi Bridie ne pouvait-elle pas la laisser tranquille? La jeune fille avait appris tous ses devoirs sous la tutelle de Patricia, et voulut tester ses connaissances sur Scarlett. Elle fut navrée d'apprendre que sa cousine ne portait plus de corset, et donna libre cours à sa déception en voyant qu'aucune de ses robes n'avait besoin d'être raccommodée. Scarlett mourait d'envie de lui dire que le premier devoir d'une servante est de ne parler que lorsqu'on le lui demande, mais elle avait de l'affection pour la jeune fille, et ce n'était pas sa faute si le navire s'arrêtait à Charleston. Elle se contraignit donc à sourire, et à faire comme si rien ne la touchait.

Le navire remonta la côte toute la nuit, pour entrer à l'aube dans le port de Charleston. Scarlett n'avait pas fermé l'œil. Elle sortit sur le pont afin de voir le lever du soleil. Il y avait sur les eaux du port une brume teintée de rose, et au-delà la ville paraissait brouillée, sans consistance, un peu comme dans un rêve. Le clocher blanc de l'église Saint-Michel était d'un rose extrêmement pâle. Scarlett imagina qu'elle entendait faiblement, au loin, ses cloches si familières, entre les lents battements du moteur du navire. A cette heure, les bateaux de pêche devaient décharger au Marché ; non, il est encore un peu trop tôt, ils doivent rentrer. Elle s'abîma les yeux, mais s'ils étaient devant, la brume les cachait.

Elle préféra se rappeler les différents poissons, les légumes, les noms des vendeurs de café, du vendeur de saucisses – n'importe quoi qui pût lui occuper l'esprit, l'empêcher de se remémorer les souvenirs qu'elle n'osait évoquer.

Mais, quand le soleil éclaircit l'horizon derrière elle, la brume se leva et elle vit les murs grêlés de balles de Fort Sumter. *La Toison d'Or* entrait dans les eaux où elle avait navigué avec Rhett, ri des dauphins avec lui, où elle avait été prise dans la tempête avec lui.

Qu'il soit maudit ! Je le déteste, lui et son fichu Charleston... Scarlett se dit qu'elle allait retourner dans sa suite et s'y enfermer avec Cat, mais on aurait cru qu'elle était enchaînée au pont. La ville grandit peu à peu, devint plus nette, luisante de blanc, de rose, de vert aux tons pastel, dans l'air frémissant du petit matin. Scarlett entendit les cloches de Saint-Michel, sentit la lourde douceur tropicale des fleurs écloses, aperçut les palmiers de White Point Gardens, ou le lustre opalescent des sentiers de coquilles d'huître écrasées. Puis le navire longea l'esplanade bordant le quartier de la Batterie. Du pont, Scarlett la dominait. Elle vit les grands piliers de la maison Butler, les vérandas ombragées, la porte d'entrée, les fenêtres du salon, de sa chambre – les fenêtres ! Et le télescope dans la salle des cartes. Elle rassembla ses jupes et s'enfuit.

Elle demanda que le petit déjeuner fût servi dans sa suite, et tint à ce que Bridie restât avec elle et avec Cat. La seule sécurité était là : enfermée, invisible. Là où Rhett ne pourrait découvrir Cat et la lui arracher.

Le steward étendit une nappe blanche immaculée sur la table du petit salon, puis fit entrer une table roulante avec deux étages de plats à couvercles d'argent. Bridie gloussa. Tout en installant méticuleusement les couverts et un surtout floral, il parla de Charleston. Scarlett se retint à grand-peine de le reprendre. Il avait déjà commis tant de bourdes. Mais il était écossais, sur un navire écossais, pourquoi s'attendre à ce qu'il sache quoi que ce soit ?

– Nous levons l'ancre à cinq heures, dit-il, après que la cargaison aura été chargée, et que les nouveaux passagers seront montés à bord. Vous voudrez peut-être faire une excursion pour voir la ville, mesdames.

Il posa des plats et souleva leurs couvercles.

— Il y a un joli buggy dont le conducteur connaît tous les endroits à voir. Cinquante pence seulement, soit deux dollars cinquante en monnaie américaine. Il attend en bas de la passerelle. Ou si vous voulez un peu d'air plus frais, il y a un bateau qui remonte la rivière, juste après le prochain quai, au sud. Il y a eu une guerre civile aux États-Unis il y a une dizaine d'années. Vous verrez les ruines des grandes demeures brûlées par les armées en lutte. Mais il faudra vous dépêcher, le bateau part dans quarante minutes.

Scarlett s'efforça d'avaler un morceau de toast, mais il lui resta en travers de la gorge. Sur le bureau, une pendule dorée égrenait les minutes. Elle lui parut extrêmement bruyante. Au bout d'une demi-heure, Scarlett se leva d'un bond :

— Je sors, Bridie, mais gare à toi si tu oses faire un pas. Ouvre les écoutilles, sers-toi de cet éventail, mais Cat et toi, vous restez ici, porte fermée à clé, aussi chaud qu'il fasse. Si tu veux boire ou manger, commande tout ce qui te plaira.

— Scarlett, où allez-vous ?

— Ne t'occupe pas de ça. Je reviendrai avant le départ du bateau.

L'embarcation pour l'excursion était un petit bateau à aubes peint de couleurs vives : rouge, blanc, bleu. Son nom, en lettres d'or, était l'*Abraham Lincoln*. Scarlett s'en souvenait bien : elle l'avait vu dépasser Dunmore.

Juillet n'était pas un mois où l'on voyait beaucoup de gens voyager dans le Sud. Il n'y avait guère plus d'une douzaine de passagers, Scarlett comprise. Elle s'assit sous un auvent, sur le pont supérieur, s'éventant et maudissant sa robe de deuil, à cause de ses longues manches, de son haut col, étouffants dans la chaleur estivale.

Un homme coiffé d'un chapeau haut de forme rayé de rouge et de blanc aboyait un commentaire dans un porte-voix. Cela la rendit plus furieuse encore de minute en minute.

Regardez-moi ces gros Yankees, pensa-t-elle avec haine, ils sont là à avaler tout ça. Des esclavagistes cruels, comment donc ! Les maltraiter, jamais ! Nous aimions nos Noirs comme s'ils faisaient partie de la famille, et certains d'entre eux étaient plus nos maîtres que nous les leurs. *La Case de l'oncle Tom !* Taratata ! Aucune personne convenable ne lirait ce genre de camelote.

Elle souhaita n'avoir pas cédé à l'impulsion de faire cette excursion. Cela la bouleverserait. Cela commençait déjà, et ils n'étaient même pas sortis du port pour entrer dans la rivière Ashley.

Fort heureusement, leur guide se trouva bientôt à court de commentaires et pendant un bon moment on n'entendit plus que le pouf-pouf des pistons et les éclaboussures de l'eau qui tombait de la roue. Des deux côtés les herbes étaient vertes et or, et derrière, sur la berge, se dressaient des chênes couverts de mousse. Des libellules s'élançaient dans l'air chargé de moucherons, parfois un poisson jaillissait d'un bond hors de l'eau pour y replonger aussitôt. Scarlett était assise, silencieuse, à l'écart des autres passagers, nourrissant sa rancœur. La plantation de Rhett était dévastée, et il ne faisait rien pour la sauver. Les camélias! A Ballyhara, elle avait des centaines d'acres de cultures saines, là où elle avait trouvé à son arrivée des mauvaises herbes qui poussaient dru. Et elle avait rebâti une ville entière, tandis que lui était resté là, à contempler ses cheminées en ruine.

Elle se dit que c'était pour cela qu'elle était grimpée à bord du bateau. Cela lui ferait du bien de voir à quel point elle le surclassait. Scarlett se crispait à chaque coude de la rivière, se détendant une fois qu'ils l'avaient dépassé, et la demeure de Rhett demeurait invisible.

Elle avait oublié la Baronnie. La grande maison de brique carrée de Julia Ashley paraissait superbement rébarbative au centre de sa pelouse sans ornements.

– C'est la seule plantation que les héroïques forces de l'Union n'aient pas détruite, beugla l'homme au chapeau grotesque. Le cœur compatissant de leur commandant ne pouvait se faire à l'idée d'offenser la vieille demoiselle malade qui y vivait.

Scarlett éclata de rire.

– Vieille demoiselle malade, vraiment! Mlle Julia avait dû lui flanquer la frousse!

Les autres passagers la regardèrent avec curiosité, mais Scarlett ne s'en rendit pas compte. Dunmore viendrait juste après...

Oui, la mine de phosphate était là. Elle s'était beaucoup développée! Cinq péniches étaient en cours de chargement. Elle chercha à voir sous le chapeau à large bord de l'homme sur le dock. C'était ce soldat – elle ne put se souvenir de son nom, quelque chose comme Hawkins – peu importe, après ce méandre, après ce grand chêne...

La lumière du soleil sculptait les grandes terrasses herbeuses de Dunmore, comme autant de marches géantes en velours vert, et semait des pièces d'or sur les lacs près de la rivière. Sans le vouloir, Scarlett poussa un cri qui se perdit dans les exclamations des Yankees rassemblés autour d'elle le long du bastingage. En haut des terrasses, les cheminées noircies se dressaient comme des sentinelles sur le ciel d'un bleu si vif qu'il faisait mal; un alligator se chauffait au soleil sur l'herbe entre les lacs. Dunmore était bien à l'image de son propriétaire : raffiné, abîmé, dangereux. Et inaccessible. Les volets étaient clos dans la seule aile encore debout, l'endroit dont Rhett avait fait son bureau et sa demeure.

Les yeux de Scarlett allaient avec avidité d'un point à l'autre, comparant ses souvenirs à ce qu'elle voyait. Une bonne part du jardin était défrichée, et tout avait l'air florissant. Un bâtiment était en construction derrière la demeure ; elle sentit l'odeur du bois, et aperçut le sommet d'un toit. Les volets de la maison étaient réparés, ou peut-être neufs. Ils ne s'affaissaient pas et luisaient de peinture verte. Il avait abattu bien du travail pendant l'automne et l'hiver.

Ou plutôt, ils avaient... Scarlett voulut détourner le regard pour ne pas voir les jardins désherbés depuis peu. Anne adore ces fleurs autant que Rhett. Et les volets réparés signifiaient une maison remise à neuf où tous deux vivaient ensemble. Est-ce que Rhett préparait le petit déjeuner pour Anne ?

— Vous allez bien, mademoiselle ?

Scarlett bouscula l'inconnu qui s'inquiétait.

— C'est la chaleur..., dit-elle. Je vais aller là-bas, plus à l'ombre.

Elle passa le reste du trajet à ne regarder que le pont. La journée semblait ne plus vouloir finir.

CHAPITRE 70

Cinq heures sonnaient quand Scarlett courut en toute hâte en bas de la rampe de l'*Abraham Lincoln*. Fichu bateau. Elle s'arrêta sur le quai pour reprendre haleine. Elle vit que la passerelle de *La Toison d'Or* était encore en place. Tout allait bien. Mais le guide de l'excursion méritait le fouet. Elle était hors d'elle depuis quatre heures de l'après-midi.

— Merci de m'avoir attendue, dit-elle à l'officier en haut de la passerelle.

— Oh, on en attend encore d'autres, répondit-il, et la fureur de Scarlett se retourna contre le capitaine de *La Toison d'Or*.

Il avait dit cinq heures, il devait appareiller à cinq heures. Plus vite elle partirait de Charleston, plus elle serait heureuse. Il ne devait pas y avoir d'endroit plus chaud sur toute la surface de la terre. Elle mit sa main en visière sur ses yeux pour regarder le ciel. Pas un nuage en vue. Pas de pluie, pas de vent. La chaleur et rien d'autre. Elle repartit vers ses appartements. La pauvre petite Cat a dû cuire. Dès qu'ils sortiraient du port, elle l'emmènerait sur le pont, pour profiter un peu de la brise que ferait naître le déplacement du navire.

Des claquements de sabots et des rires de femmes attirèrent son attention. Peut-être étaient-ce les gens qu'on attendait. Elle jeta un coup d'œil en bas en direction d'une victoria découverte. Avec trois chapeaux fabuleux. Elle n'en avait jamais vu de pareils, et même de loin il était évident qu'ils devaient être très coûteux. A large bord, ornés de plumets ou de touffes de plumes maintenus par des bijoux étincelants, et de tourbillons de tulle aériens. De l'endroit où était Scarlett, on aurait dit de merveilleuses ombrelles, ou des pâtisseries fantastiques déposées sur de grands plateaux.

J'aurais l'air sublime avec ce genre de chapeau. Elle se pencha par-dessus le bastingage pour regarder les femmes. Très élégantes, même par cette chaleur, portant de l'organdi ou du voile de couleur pâle, bordé de rubans de soie ou de ruchés, sur des bustiers, et – Scarlett cligna les yeux –, pas de tournure, pas l'ombre d'une, et pas de traîne non plus! Elle n'avait rien vu de pareil à Savannah, ni à Atlanta. Qui donc étaient ces femmes? Ses yeux dévorèrent les gants de chevreau pâle, les ombrelles repliées – de la dentelle, sans doute, mais elle ne pouvait en être sûre. Quelle que fût leur identité, elles s'amusaient manifestement beaucoup, riant comme des folles, et sans se presser de monter à bord du navire qu'elles retardaient. L'homme au panama, qui les accompagnait, descendit et, de la main gauche, souleva son chapeau, tandis que son autre main se tendait pour aider la première femme à descendre.

Scarlett s'accrocha au bastingage. Grand dieu, c'est Rhett! Il faut que je coure me cacher. Non, non. S'il est à bord, il faut que j'aille chercher Cat et m'enfuie, il faut que je trouve un endroit où me cacher, que je prenne un autre bateau. Mais je ne peux pas. J'ai deux malles avec des robes de luxe, et dedans les fusils de Colum. Mon Dieu, que vais-je faire? Son esprit courait d'une idée irréalisable à l'autre tandis qu'elle contemplait sans le voir le groupe en dessous d'elle.

Peu à peu son cerveau finit par enregistrer ce qu'elle apercevait: Rhett s'inclinait, baisant une main gracieusement tendue après l'autre. Les oreilles de Scarlett s'ouvrirent au «Au revoir et merci» répété des femmes. Cat était en sûreté. Mais pas Scarlett. La rage qui la protégeait avait disparu, et son cœur était à nu.

Il ne me voit pas. Je peux regarder autant que je veux. S'il te plaît, Rhett, s'il te plaît, ne remets pas ton chapeau.

Il avait l'air en bonne santé. Sa peau était brune, son sourire aussi éblouissant que son costume de lin. Rhett était le seul homme au monde qui ne froissât jamais le lin. Ah! et cette mèche de cheveux qui l'agaçait tant lui retombait une fois de plus sur le front. Il la repoussa de deux doigts, un geste que Scarlett connaissait si bien qu'elle se sentit défaillir sous le poids du souvenir. Que disait-il donc? Quelque chose d'outrageusement charmant, elle en était sûre, mais il parlait de cette voix basse, intime, qu'il réservait aux femmes. Qu'il soit maudit. Qu'elles soient maudites. Elle aurait tant voulu que cette voix murmure pour elle, rien que pour elle.

Le capitaine du navire descendit la passerelle, en ajustant ses épaulettes dorées. Scarlett voulut lui crier de ne pas les obliger à se presser. Restez, restez, rien qu'un tout petit peu. C'est ma dernière chance. Jamais je ne le reverrai. Laissez-moi le voir pour m'en souvenir.

Il doit s'être tout juste fait couper les cheveux, il a une ligne pâle très fine au-dessus des oreilles. N'a-t-il pas un peu de gris aux tempes ? L'argent qui tache sa chevelure noir corbeau a l'air si élégant. Je me souviens comment elle était sous mes doigts, à la fois rêche et étonnamment douce. Les muscles de ses épaules, de ses bras, qui jouaient si doucement sous la peau, qu'ils tendaient quand ils se crispaient. Je veux...

La sirène du navire déchira l'air à grand bruit. Scarlett sursauta. Elle entendit des pas rapides, le roulement de la passerelle qu'on relevait, mais garda les yeux fixés sur Rhett. Il souriait, regardant vers le haut, pas très loin d'elle, sur la droite. Elle vit ses yeux sombres, ses sourcils minces, sa moustache impeccablement lissée. Son inoubliable visage de pirate, si fort, si masculin. « Mon bien-aimé, chuchota-t-elle, mon amour. »

Rhett s'inclina une fois encore. Le navire quittait déjà le dock. Il remit son chapeau et fit demi-tour, rejetant du pouce le panama vers sa nuque.

Ne t'en va pas, supplia en silence Scarlett.

Rhett jeta un coup d'œil par-dessus son épaule comme s'il l'avait entendue. Ses yeux croisèrent ceux de Scarlett, et la surprise le figea. Un moment très long, incommensurable, tous deux se regardèrent, tandis que l'espace qui les séparait semblait se dilater. Puis une affabilité un peu narquoise vint adoucir le visage de Rhett, qui porta deux doigts à son chapeau pour la saluer. Scarlett leva une main.

Il était encore là, debout sur le dock, quand le navire s'engagea dans le canal menant à la mer. Quand Scarlett ne put plus le voir, elle se laissa tomber sans réagir dans un fauteuil sur le pont.

— Bridie, ne sois pas sotte, le steward sera là-dehors, juste à côté de la porte. Il viendra nous chercher si Cat fait quoi que ce soit. Il n'y a pas de raison que tu ne puisses pas venir dans la salle à manger. Tu ne peux pas dîner ici tous les soirs.

— J'ai une raison suffisante, Scarlett. Je ne me sens pas à l'aise quand je suis parmi les messieurs et les dames du beau monde, et que je fais semblant d'être l'une d'elles.

— Tu les vaux bien, je te l'ai déjà dit.

— Je vous ai entendue, Scarlett, mais vous vous ne m'avez pas écoutée. Je préfère qu'on me serve mon dîner ici, avec tous les couvercles d'argent sur les plats, sans que j'aie à surveiller mes manières. Il sera bien temps pour moi, chez la dame où je vais, d'aller là où elle me dira, et de faire ce qu'on me dira de faire. Il est certain que prendre mon repas en privé ne fera pas partie de ses directives. Je le fais pendant que je le peux encore.

Scarlett dut bien reconnaître que Bridie n'avait pas tort. Mais elle-même ne pouvait dîner dans sa suite. Pas ce soir. Il fallait qu'elle découvre qui étaient ces femmes, et pourquoi elles se trouvaient avec Rhett, sinon elle deviendrait folle.

Elles étaient anglaises, apprit-elle dès qu'elle entra dans la salle à manger. Leur accent si reconnaissable dominait à la table du capitaine.

Scarlett dit au steward qu'elle aimerait changer de place et occuper une petite table près du mur. Laquelle était à côté de celle du capitaine. Celle-ci accueillait quatorze personnes en tout : douze passagers anglais, le capitaine lui-même et son lieutenant. Scarlett avait l'oreille fine, et presque aussitôt elle fut en mesure de dire que les passagers avaient des accents différents des deux hommes, bien que tous fussent britanniques, et par conséquent méprisables pour quiconque avait une goutte de sang irlandais.

Ils parlaient de Charleston. Scarlett crut comprendre qu'ils n'en avaient pas une très haute opinion.

— Mes très chers, claironna l'une des femmes, je n'ai jamais rien vu d'aussi sinistre de ma vie. Comment ma chère mère pouvait-elle me dire que c'était le seul endroit civilisé d'Amérique! Cela me fait craindre qu'elle ne soit devenue gâteuse sans que nous nous en soyons rendu compte.

— Sarah, dit l'homme à sa gauche, il faut vraiment que tu tiennes compte de leur guerre. Les hommes m'ont paru tout à fait comme il faut. Ils n'ont plus un sou, j'en suis certain, mais n'en font jamais état, et l'alcool était de premier ordre. Du pur malt au bar du club!

— Geoffrey, mon chéri, le Sahara te paraîtrait civilisé si on y trouvait un club qui propose du whisky buvable. Dieu sait qu'il n'aurait pas pu faire plus chaud. Un climat infect.

Tous approuvèrent en chœur.

— D'un autre côté, dit une voix de jeune femme, ce M. Butler, qui est si terriblement attirant, dit que les hivers sont délicieux. Il nous a invitées à revenir.

— Je suis sûr qu'au moins il t'a invitée, toi, Felicity, dit une femme plus âgée. Tu t'es comportée de manière honteuse.

— Frances, protesta Felicity, je n'ai rien fait de tel. Je m'amusais pour la première fois au cours de ce sinistre voyage, c'est tout. Je ne comprends pas pourquoi Papa m'a envoyée en Amérique. C'est un endroit abominable.

Un homme se mit à rire :

— Il t'y a envoyée, ma chère sœur, pour que tu échappes aux griffes de ce coureur de dot.

— Mais il était si séduisant! Je ne vois pas à quoi sert d'être riche s'il faut repousser tous les hommes attirants d'Angleterre sous prétexte qu'ils ne sont pas fortunés.

– Au moins, tu es censée les repousser, Felicity, dit une jeune fille. C'est assez facile. Pense à notre pauvre frère. Roger est censé attirer les héritières américaines comme des mouches, et épouser une fortune pour remplir les coffres de la famille.

Roger grommela et tous les autres éclatèrent de rire.

Parlez de Rhett, implora Scarlett en silence.

– Il n'y a pas de marché pour les fils cadets, dit Roger. Je ne peux le faire admettre à Papa. Les héritières veulent des tiares.

La femme plus âgée, qu'on appelait Frances, dit qu'elle les trouvait tous révoltants et ne pouvait comprendre les jeunes gens d'aujourd'hui.

– Quand j'étais jeune fille..., commença-t-elle.

Felicity gloussa :

– Frances, ma chérie, quand tu étais jeune fille, les jeunes n'existaient pas. Votre génération est née quadragénaire et condamnant tout.

– Felicity, ton impertinence est insupportable. J'en parlerai à ton père.

Il y eut un bref moment de silence. Pourquoi diable cette Felicity ne dit-elle rien d'autre sur Rhett ? pensa Scarlett. C'est Roger qui ramena son nom dans la conversation. Butler, déclara-t-il, lui avait proposé quelques bonnes parties de chasse s'il revenait à l'automne. Il semblait avoir des rizières désormais envahies d'herbes, et les canards se posaient quasiment sur le canon de votre fusil.

Scarlett déchiqueta fiévreusement un morceau de pain. Tout le monde se moque éperdument des canards ! Mais pas les Anglais, apparemment. Ils parlèrent chasse tout au long du dîner. Elle songeait qu'elle aurait mieux fait de rester avec Bridie quand elle surprit une conversation à voix basse entre Felicity et sa sœur, dont le nom se révéla être Marjorie. Toutes deux voyaient en Rhett l'un des hommes les plus mystérieux qu'elles aient jamais rencontrés. Scarlett écouta, avec un mélange de curiosité et d'orgueil.

– C'est une honte qu'il soit à ce point attaché à sa femme, dit Marjorie, et le cœur de Scarlett se déchira.

– Oui, une petite chose incolore comme elle ! répondit Felicity, et Scarlett se sentit un peu mieux.

– C'est pour oublier, ai-je entendu. Personne ne te l'a dit ? Il a été marié, auparavant, à une beauté absolument dévastatrice. Elle s'est enfuie avec un autre en abandonnant Rhett Butler. Il ne s'en est jamais remis.

– Grand dieu, Marjorie, tu imagines à quoi devait ressembler l'autre homme, si elle a quitté Butler pour lui ?

Scarlett sourit intérieurement. Elle était immensément heureuse d'apprendre que la rumeur voulait qu'elle eût quitté Rhett, et non l'inverse.

Elle se sentait beaucoup mieux qu'en s'asseyant à table. Peut-être même pourrait-elle prendre un dessert.

Le lendemain, les Anglais découvrirent Scarlett. Les trois jeunes gens tombèrent d'accord pour reconnaître que c'était une figure superbement romantique, une jeune veuve mystérieuse. « Et sacrément jolie », ajouta Roger. Ses sœurs lui dirent qu'il devait devenir aveugle. Avec sa peau pâle, sa chevelure noire et ses grands yeux verts, elle était d'une beauté à couper le souffle. Il lui suffirait de vêtements décents, et elle tournerait les têtes partout où elle irait. Elles décidèrent de « la prendre en main ». Marjorie fit les premiers pas en admirant Cat quand Scarlett vint sur le pont avec elle respirer un peu.

Scarlett était plus que désireuse d'être « prise en main ». Elle voulait entendre chaque détail de chacune des heures qu'ils avaient passées à Charleston. Il ne lui fut pas difficile d'inventer une histoire tragique de mariage et de deuil qui satisferait leur goût du mélodrame. Roger tomba amoureux d'elle en moins d'une heure. Scarlett avait appris de sa mère qu'on reconnaissait une vraie dame à sa discrétion de bon aloi sur les questions de famille. En ce domaine, Felicity et Marjorie Cowperthwaite la choquèrent par leurs révélations cavalières. Leur mère, lui dirent-elles était une femme aussi jolie que finaude, qui avait pris leur père au piège. Comme il était parti faire du cheval, elle avait réussi à se faire renverser par sa monture.

— Ce pauvre papa est si sot, ajouta Marjorie en riant, qu'il a cru l'avoir déshonorée parce que sa robe était déchirée, et qu'il avait vu ses seins. Nous sommes certaines qu'elle l'avait déchirée avant même d'avoir quitté la cure. Elle l'a épousé tambour battant sans lui laisser le temps de comprendre où elle voulait en venir.

Pour ajouter encore à la confusion de Scarlett, Felicity et Marjorie étaient d'authentiques ladies, Lady Felicity et Lady Marjorie, et leur Papa, si sot qu'il fût, était comte.

Frances Sturbridge, leur désagréable chaperon, en était une aussi, expliquèrent-elles, mais elle était Lady Sturbridge, et non Lady Frances, parce qu'elle n'était pas née Lady, et avait épousé un homme qui était « un simple baronnet ».

— Tandis que je pourrais épouser un des valets de pied, et Marjorie s'enfuir avec le cireur, et nous serions toujours Lady Felicity et Lady Marjorie dans les bas-fonds de Bristol, où nos maris pilleraient les troncs des pauvres pour nous faire vivre.

Scarlett ne put qu'en rire.

— C'est trop compliqué pour moi, reconnut-elle.

— Oh, ma chère, cela peut être encore plus compliqué que notre fastidieuse petite famille. Quand on en vient aux veuves, aux horribles petits vicomtes, aux épouses de fils puîné et ainsi de suite, c'est un vrai labyrinthe. Maman doit demander conseil chaque fois qu'elle donne un dîner, sinon elle peut être sûre d'insulter quelqu'un d'horriblement important. Il est impossible de faire asseoir la fille du fils cadet d'un comte, tel que Roger, en dessous de quelqu'un comme cette pauvre Frances. C'est parfaitement absurde.

Les deux Ladies Cowperthwaite étaient plus qu'un peu frivoles et écervelées, et Roger semblait avoir hérité de la sottise du cher Papa, mais c'était un trio très gai et très chaleureux, qui aimait sincèrement Scarlett. Ils lui rendirent le voyage agréable, et elle fut navrée de les voir quitter le navire à Liverpool.

Maintenant, il lui restait presque deux journées pleines avant d'arriver à Galway, et elle ne pouvait plus retarder le moment de repenser à sa rencontre avec Rhett, à Charleston, qui n'était d'ailleurs pas une rencontre du tout.

Avait-il éprouvé le même choc qu'elle quand leurs regards s'étaient croisés ? Pour elle, c'était comme si le reste du monde avait disparu, et qu'ils se soient retrouvés seuls en un lieu et un temps séparés de tout, de tous les vivants. Il était impossible qu'elle puisse se sentir à ce point liée à lui par un simple regard, et qu'il ne ressente pas la même chose. Non ? Elle s'inquiéta et revécut cet instant jusqu'à en venir à croire qu'elle l'avait rêvé, ou imaginé.

Quand *La Toison d'Or* entra dans la baie de Galway, ce souvenir alla rejoindre ceux qu'elle gardait de Rhett, et qui lui étaient si chers. Ballyhara attendait, et ce serait bientôt le temps des moissons. Mais d'abord elle allait devoir sourire aux inspecteurs des douanes, et escamoter ses malles. Colum attendait les armes. Il était difficile de se souvenir que les Anglais étaient de si mauvaises gens quand on fréquentait les Cowperthwaite, à ce point charmants.

CHAPITRE 71

Colum était en bas de la passerelle quand Scarlett descendit de *La Toison d'Or*. Elle savait simplement que quelqu'un serait là pour l'accueillir et s'occuper de ses malles, mais ne s'attendait pas à ce que ce fût lui. A la vue de sa corpulente silhouette, dans son habit ecclésiastique noir râpé, et de son visage souriant, Scarlett se sentit chez elle. Ses bagages franchirent la douane sans autres questions que : « Comment ça se passe, en Amérique ? » – ce à quoi elle répondit : « Affreusement chaud ! », ou : « Quel âge a ce beau bébé ? » – très fière, elle dit : « Un an dans trois mois, et elle essaie déjà de marcher. »

Il leur fallut près d'une heure pour parcourir la courte distance du port à la gare. Scarlett n'avait jamais vu de tels embouteillages, même aux Cinq Fourches.

C'était à cause des courses de Galway, dit Colum. Avant que Scarlett puisse se rappeler ce qui lui était arrivé là-bas, un an auparavant, il se hâta de donner des détails : des courses de plat et d'obstacles, en juillet de chaque année, cinq jours de rang. Cela voulait dire que milice et gendarmerie seraient trop occupées en ville pour perdre leur temps à traîner sur les docks. Cela signifiait également qu'il était impossible de trouver une chambre d'hôtel, à quelque prix que ce fût. Ils prendraient le train l'après-midi pour Ballimasloe, et y passeraient la nuit. Scarlett regretta qu'il n'y eût pas un train direct pour Mullingar. Elle voulait être chez elle.

– Colum, comment vont les champs ? Est-ce que le blé est mûr ? Il y a eu du soleil ? Et la tourbe qu'on a récoltée ? Il y en avait assez ? Elle a bien séché ? C'est bon ? Elle brûle bien ?

– Attendez de voir, chère Scarlett. Vous serez ravie de votre Ballyhara, j'en suis certain.

Scarlett fut plus que ravie : éblouie. Les gens de Ballyhara avaient édifié des arches tendues de verdure et de rubans dorés sur toute la longueur de son trajet en ville, et ils étaient là, agitant chapeaux et mouchoirs, pour saluer son retour. « Oh, merci, merci, merci ! » ne cessa-t-elle de s'écrier, tandis que des larmes lui perlaient aux paupières.

A la Grande Maison, Mme Fitzpatrick, les trois servantes si mal assorties, les quatre filles de laiterie et les palefreniers étaient rassemblés pour l'accueillir. Scarlett se retint à grand-peine de serrer contre elle son intendante, mais garda sa dignité : il lui fallait respecter les usages. Cat n'y était pas tenue : elle tendit les bras à Mme Fitzpatrick en riant, et fut aussitôt soulevée de terre.

Moins d'une heure plus tard, Scarlett, en vêtements de paysanne, courait à travers champs, Cat dans les bras. Il était si bon de bouger, d'étendre les jambes. Elle avait passé assise trop d'heures, de jours, de semaines : dans les trains, les bateaux, les bureaux, les fauteuils. Maintenant, elle voulait marcher, chevaucher, courir, danser. Elle était La O'Hara, de retour chez elle, là où le soleil était tiède entre les douces pluies rafraîchissantes, qui passaient si vite.

Sur les prairies, des meules parfumées de foin doré se dressaient, hautes de deux mètres. Scarlett creusa dans l'une d'elles une sorte de grotte et y rampa avec Cat pour jouer à la maison. L'enfant hurla de plaisir en laissant tomber sur elles un **peu** du « toit », puis lorsque la poussière la fit éternuer. Elle ramassa des **fleurs** desséchées qu'elle se fourra dans la bouche, avant de les recracher **avec** une expression de dégoût qui fit rire Scarlett. Ce qui l'amena à froncer les sourcils. Ce qui fit rire davantage encore sa mère :

– Mieux vaut vous habituer à ce qu'on se moque de vous, mademoiselle Cat O'Hara, car vous êtes une merveilleuse petite fille qui rend sa maman très, très heureuse, et quand les gens sont heureux ils rient beaucoup.

Elle ramena Cat à la maison quand l'enfant se mit à bâiller.

– Enlevez-lui le foin qu'elle a dans les cheveux pendant qu'elle fait la sieste, dit-elle à Peggy Quinn, je serai de retour à temps pour lui donner à dîner et la mettre dans son bain.

Elle interrompit les longs mâchonnements pensifs d'un des chevaux de labour, à l'écurie, et partit sur son dos, sans selle et à califourchon, pour traverser Ballyhara dans le crépuscule qui s'assombrissait lentement. Les champs de blé étaient d'un opulent jaune d'or, même à cette heure, dans la lumière bleutée. La récolte serait abondante. Scarlett rentra, heureuse. Ballyhara ne lui rapporterait sans doute jamais autant que les petites maisons qu'elle avait fait construire, mais il y a d'autres satisfactions dans la vie que de gagner de l'argent. La terre des O'Hara était de nouveau prospère ; elle l'avait fait renaître, en partie du moins ; l'année prochaine, d'autres terres seraient mises en culture, et bien d'autres l'année suivante.

– C'est bon d'être de retour, dit-elle à Kathleen le lendemain matin. J'ai près d'un million de messages de la part de tout le monde à Savannah.

Elle s'installa près de l'âtre, et posa Cat par terre pour qu'elle explore les environs. Au bout de peu de temps, des visages apparurent à la porte, impatients d'entendre parler de l'Amérique, de Bridie et de tout le reste.

A l'Angélus, les femmes rentrèrent en hâte au village par le petit chemin, et les hommes revinrent des champs pour manger. Tous, excepté Seamus et, bien entendu, Sean, qui continuait de prendre ses repas dans le cottage de la vieille Katie Scarlett. Sur le moment, Scarlett ne remarqua rien. Elle était trop occupée à accueillir Thomas, Patrick ou Timothy, et à convaincre Cat de cesser de manger sa cuiller.

Ce n'est qu'après que les hommes furent repartis travailler que Kathleen lui dit à quel point les choses avaient changé pendant son absence.

– Scarlett, je suis désolée d'avoir à te le dire, mais Seamus a mal pris que tu ne restes pas pour assister à son mariage.

– J'aurais bien aimé, mais c'était impossible. Il devait pourtant le savoir. J'avais des affaires importantes en Amérique.

– J'ai le sentiment que c'est surtout Pegeen qui t'en veut. As-tu remarqué qu'elle n'est pas venue te rendre visite ce matin?

Scarlett reconnut qu'à la vérité elle n'avait rien remarqué du tout. Elle n'avait rencontré Pegeen qu'une fois, et ne la connaissait pas vraiment. A quoi ressemblait-elle? Kathleen choisit ses mots avec le plus grand soin. Pegeen, dit-elle, était une femme de devoir, qui savait garder une maison en ordre, et offrait à Seamus et à Sean, dans le petit cottage, bonne table et tout le confort. Ce serait gentil envers toute la famille si Scarlett allait chez elle, et admirait son foyer. Elle était à ce point soucieuse de sa dignité qu'elle attendait qu'on lui rende visite avant de faire de même.

– Grand dieu, dit Scarlett, c'est trop bête. Il va falloir que je réveille Cat, qui dort.

– Laisse-la-moi, je la surveillerai en raccommodant. Mieux vaut que je ne vienne pas avec toi.

Ainsi donc, songea Scarlett, Kathleen n'aime guère la nouvelle épouse de son cousin. C'est intéressant. Et Pegeen faisait bande à part au lieu de s'installer avec Kathleen dans l'autre cottage, plus grand – au moins pour les repas. Soucieuse de sa dignité, mais comment donc! Quel gaspillage d'énergie que de préparer deux repas au lieu d'un. Scarlett avait dans l'idée qu'elle avait peu de chances de s'entendre avec Pegeen, mais décida de se montrer aimable. Il pouvait ne pas être simple d'entrer dans une famille qui avait tant et tant d'années d'histoire commune, et elle ne connaissait que trop bien la sensation d'être une intruse.

Pegeen ne fit rien pour lui faciliter la tâche. La femme de Seamus était de tempérament cassant. Et elle a l'air d'avoir bu du vinaigre, songea Scarlett. Pegeen lui servit un thé qui avait à ce point mijoté qu'il en était presque imbuvable. Je suppose qu'elle veut me faire savoir que je l'ai fait attendre.

— J'aurais voulu être là pour le mariage, dit courageusement Scarlett — autant prendre le taureau par les cornes. J'ai apporté les félicitations de tous les O'Hara d'Amérique pour les ajouter aux miennes. J'espère que Seamus et vous serez très heureux.

Elle se sentit satisfaite d'elle-même : joliment tourné, pensa-t-elle.

Pegeen hocha la tête avec raideur.

— Je transmettrai vos amitiés à Seamus. Il attend pour discuter avec vous. Je lui ai dit de ne pas s'éloigner. Je vais l'appeler.

Eh bien! se dit Scarlett, j'ai connu meilleur accueil dans ma vie. Elle n'était pas certaine de vouloir « discuter » avec Seamus. Tout au long de son séjour en Irlande, elle n'avait pas échangé plus de dix paroles avec le fils aîné de Daniel.

Après avoir « discuté » avec lui, elle souhaita n'en avoir rien fait. Il attendait d'elle qu'elle règle le loyer de la ferme, qui arrivait à terme, et il estimait juste que Pegeen et lui aient le plus grand cottage, puisqu'il avait désormais succédé à Daniel au rang de « propriétaire ».

— Mary Margaret est désireuse de faire la cuisine et le lavage pour mes frères aussi bien que pour moi. Kathleen peut s'occuper de Sean, puisqu'elle est sa sœur.

— Je serai heureuse de régler le loyer, dit Scarlett — qui aurait préféré qu'on le lui demande, plutôt que de le lui enjoindre. Mais je ne vois pas pourquoi vous évoquez la question de savoir qui habite où. Vous et Pegeen — Mary Margaret, pardon —, devriez discuter de cela avec vos frères et Kathleen.

Pegeen hurla presque :

— Vous êtes La O'Hara, c'est vous qui avez le dernier mot!

Quand Scarlett alla se plaindre à Kathleen, celle-ci répondit :
— Elle a raison, tu es La O'Hara.

Puis, avant que Scarlett puisse répliquer quoi que ce soit, elle sourit et lui dit que, de toute façon, cela n'avait aucune importance. Elle quitterait bientôt le cottage de Daniel, pour épouser un garçon de Dunsany. Il le lui avait proposé le samedi précédent à Trim, le jour du marché.

– Je n'ai encore rien dit aux autres, je voulais t'attendre.

Scarlett la serra dans ses bras.

– C'est passionnant! Tu me laisseras organiser le mariage, n'est-ce pas? Nous aurons une fête merveilleuse!

Le soir même, elle dit à Mme Fitzpatrick:

– C'est ainsi que je m'en suis sortie. Mais de justesse! Je ne crois pas qu'être La O'Hara soit vraiment ce que j'aurais pensé.

– Et quoi donc, madame O?

– Je ne sais pas. Je croyais que c'était plus drôle, sans doute.

En août eut lieu la récolte des pommes de terre – la meilleure qu'on ait jamais vue, disaient les paysans. Puis ils commencèrent à moissonner le blé. Scarlett adorait les regarder. Les faucilles étincelaient sous le soleil, et les épis dorés tombaient comme un rideau de soie. Elle prenait parfois la place de l'homme qui suivait le moissonneur, en empruntant un bâton au bout recourbé pour rassembler les épis en gerbes. Chacune d'elles devait être nouée à l'aide d'un brin de paille, avec une rapide torsion du poignet qu'elle ne parvint jamais à maîtriser tout à fait, mais elle s'entendait à se servir du bâton.

C'est sans doute mieux que de cueillir le coton, dit-elle à Colum. Et pourtant, il arrivait encore que le mal du pays la saisît au moment où elle s'y attendait le moins. Il répondit qu'il comprenait ce qu'elle ressentait, et Scarlett fut certaine qu'il disait vrai. Il était le frère qu'elle avait toujours cherché.

Colum paraissait préoccupé; mais il prétendit être simplement agacé que la récolte passât avant la fin des travaux de l'auberge que Brandon Kennedy allait installer dans le bâtiment voisin de son pub. Scarlett se souvint de l'homme désespéré dans l'église, celui dont Colum avait dit qu'il était « en fuite ». Elle se demanda s'il y en avait d'autres que lui, ce que Colum faisait pour eux. Mais elle ne posa pas la question.

Mieux valait penser à des choses plus gaies, comme le mariage de Kathleen. Kevin O'Connor n'était pas l'homme que Scarlett eût choisi pour elle, mais il était manifestement fou amoureux, il avait une bonne ferme et vingt vaches dans les prés, aussi était-il considéré comme un bon parti. Kathleen avait de son côté une dot importante, en argent liquide tiré de la vente du beurre et des œufs, et tous les ustensiles de cuisine de la maison de Daniel lui appartenaient. Elle eut le bon sens d'accepter de Scarlett un don de cent livres. « Il n'est pas indispensable de les joindre à la dot », dit-elle avec un clin d'œil de conspiratrice.

Scarlett fut vivement déçue de ne pouvoir accueillir le mariage à Grande Maison ; les traditions exigeaient en effet qu'il eût lieu dans la maison où vivraient les nouveaux mariés. Elle ne put donc qu'offrir plusieurs oies et une demi-douzaine de tonneaux de bière brune. Colum la mit d'ailleurs en garde : c'était déjà aller un peu trop loin. En effet, les parents du marié étaient les hôtes.

— Alors, si je dois aller trop loin, autant que ce soit jusqu'au bout, répondit Scarlett.

Et elle prévint Kathleen, au cas où celle-ci ferait des objections :

— Plus de tenue de deuil ! Je suis mortellement lasse d'être en noir !

Elle dansa chaque gigue de la noce, vêtue, sous une jupe vert sombre, de jupons bleus et rouges, et de bas aux rayures vertes et jaunes.

Puis elle pleura, tout au long du chemin de Ballyhara.

— Colum, elle va tellement me manquer. Le cottage me manquera aussi, comme les visiteurs. Je n'y retournerai pas, pas avec cette infâme Pegeen qui vous fait boire de son ignoble thé.

— Scarlett, douze milles, ça n'est pas le bout du monde. Trouvez-vous un bon cheval, au lieu de votre landau, et vous serez à Dunsany en un rien de temps.

Cela parut sensé à Scarlett, même si cela représentait encore bien du chemin. Ce à quoi, en revanche, elle refusa de penser, ce fut la perspective de se remarier, comme Colum le lui suggéra. Parfois, elle se réveillait en pleine nuit, et l'obscurité qui régnait dans sa chambre était semblable à celle des yeux de Rhett, quand ils avaient croisé les siens au moment où le bateau quittait Charleston. Qu'avait-il pu ressentir ?

Seule dans le silence de la nuit, au creux de son immense lit, dans les ténèbres de la pièce sans éclairage, Scarlett se posait la question, rêvait de choses impossibles, et parfois pleurait tant elle désirait Rhett.

— Cat ! dit Cat en voyant son reflet dans le miroir.

— Oh, merci, mon Dieu ! s'écria Scarlett.

Elle avait craint que jamais l'enfant ne parlât. Cat avait rarement gazouillé et roucoulé comme les autres bébés, et regardait d'un air stupéfait tous ceux qui s'adressaient à elle. Elle avait marché à dix mois, ce qui était assez tôt, Scarlett le savait, mais un mois plus tard, elle restait toujours muette ou presque, exception faite de son rire.

– Dis « Ma-man », supplia Scarlett – en pure perte.

– Dis « Ma-man », répéta-t-elle après que l'enfant eut parlé, mais Cat échappa à son étreinte en se tortillant, et se jeta hardiment sur le sol. Elle marchait avec plus d'enthousiasme que de compétence.

– Petit monstre sournois! lança Scarlett. Tous les bébés commencent par dire « Maman », avant leur propre nom!

Cat s'arrêta en chancelant, regarda sa mère avec un sourire que Scarlett, plus tard, qualifia de « positivement diabolique », dit « Maman » d'un ton négligent, et repartit en vacillant.

– Elle aurait pu le dire dès le début, si elle avait voulu, confia-t-elle au père Flynn. Elle me l'a jeté comme un os à un chien.

Le vieux prêtre, au cours de ses longues années d'exercice, avait dû rencontrer bien des mères fières de leur progéniture, et il eut un sourire tolérant.

– C'est une grande journée! répondit-il d'un ton affable.

– En effet, mon père! intervint Tommy Doyle, le plus jeune des paysans de Ballyhara. On a fait la récolte du siècle, c'est sûr!

Il remplit de nouveau son verre, comme celui du père Flynn. Chacun avait le droit de se détendre et de s'amuser lors de la fête de la moisson.

Scarlett lui permit également de lui offrir un verre de bière *porter*. Bientôt viendraient les toasts, et il serait de mauvais augure qu'elle ne boive pas au moins une gorgée. Pas question de prendre le moindre risque, après la chance qui, toute l'année, avait souri à Ballyhara.

Elle contempla les longues tables installées dans la grand-rue du village. Chacune était ornée d'une gerbe de blé nouée d'un ruban, et entourée de gens souriants, qui s'amusaient fort. Rien que pour cela, cela valait la peine d'être La O'Hara. Tous avaient travaillé, chacun à leur façon, et maintenant la ville entière était réunie pour en fêter le fruit.

Il y avait à boire, à manger, des confiseries et un petit manège pour les enfants, et devant l'auberge encore en cours de travaux, une estrade en bois sur laquelle, plus tard, on danserait. La lumière, en cet après-midi, était dorée, comme le blé sur les tables, comme le sentiment de bonheur qui envahissait tout le monde. C'était très exactement ce qu'une fête des moissons devait être.

Le bruit de chevaux qui s'approchaient amena les mères à chercher des yeux leurs enfants. Le cœur de Scarlett s'arrêta de battre : où se trouvait Cat? Puis elle la vit assise sur les genoux de Colum, à l'autre bout de la table. Il parlait à l'homme à côté de lui, et Cat hochait la tête, comme si elle comprenait chaque mot. Scarlett sourit. Quelle drôle de petite fille, tout de même!

Un détachement de la milice apparut au bout de la rue. Trois hommes, trois officiers, dont les boutons de cuivre poli étaient encore plus dorés que le blé. Ils ralentirent l'allure, et autour des tables le bruit des conversations s'éteignit. Plusieurs hommes se levèrent.

— Au moins, ils ont eu la décence de ne pas passer au galop en soulevant de la poussière, dit Scarlett au père Flynn.

Mais, quand les visiteurs s'arrêtèrent devant l'église désertée, elle aussi se tut.

— Quel est le chemin de la Grande Maison ? demanda l'un des officiers. Je suis venu parler à la propriétaire.

Scarlett se leva.

— C'est moi, dit-elle, presque étonnée que le moindre son pût franchir sa gorge brusquement desséchée.

L'autre regarda sa chevelure en désordre, sa tenue de paysanne, et ses lèvres se retroussèrent en un rictus méprisant :

— Très amusant, ma fille, mais nous ne sommes pas là pour jouer.

Scarlett éprouva un sentiment qui lui était devenu presque étranger : une colère folle, déchaînée. Grimpant sur son banc, elle posa les poings sur les hanches. Il ne pouvait interpréter cela que comme de l'insolence et elle ne l'ignorait pas.

— Soldat, personne ici ne vous a invité à jouer à quoi que ce soit. Et maintenant, que désirez-vous ? Je suis Mme O'Hara.

Un des deux autres officiers fit avancer son cheval de quelques pas puis, mettant pied à terre, vint se placer devant Scarlett, toujours perchée sur son banc, ôta son chapeau et l'un de ses gants blancs, puis lui tendit un rouleau de papier :

— Nous sommes venus vous remettre ceci, madame O'Hara. La garnison va envoyer un détachement à Ballyhara afin d'en assurer la protection.

Scarlett perçut une tension immédiate dans l'atmosphère estivale si chaude. Déroulant le papier, elle le lut avec lenteur, à deux reprises, et sentit se détendre les crampes dans ses épaules quand le sens du document lui fut devenu clair. Elle leva la tête et sourit, de façon que chacun pût la voir. Puis elle dirigea toute la force de son sourire vers l'officier qui la regardait.

— C'est très gentil de la part du colonel, dit-elle, mais cela ne m'intéresse pas vraiment, et il ne peut envoyer de soldats en ville sans mon agrément. Pourriez-vous le lui dire ? Il n'y a eu aucune agitation ici, à Ballyhara. Tout se passe très bien.

Puis, lui tendant le rouleau de papier, elle ajouta :

— Vous avez tous l'air d'avoir soif, aimeriez-vous un verre de bière ?

Après tant d'autres, l'officier parut envoûté par l'expression si avenante qu'on lisait sur le visage de Scarlett. Il rougit et bégaya, comme les dizaines de jeunes gens qu'elle avait ensorcelés dans le comté de Clayton, en Géorgie, depuis qu'elle avait eu quinze ans :

— Merci, madame O'Hara, mais... euh... le règlement... enfin, personnellement, rien ne me plairait plus que de... mais le colonel, euh... enfin, il penserait...

— Je comprends, répondit aimablement Scarlett. Une autre fois, peut-être ?

Le premier toast de la fête des moissons fut porté à La O'Hara — comme cela se serait produit, de toute façon, mais cette fois il fut accompagné de bruyantes vociférations.

CHAPITRE 72

L'hiver rendit Scarlett nerveuse. Il n'y avait pas grand-chose à faire, sinon du cheval, et elle avait besoin de s'occuper. Les champs mis en culture avaient été défrichés et fumés vers la mi-novembre, mais ensuite, à quoi penser? Il était assez rare que, le premier dimanche du mois, elle eût à recueillir plaintes et querelles. Certes, Cat était désormais capable de traverser la pièce toute seule pour qu'on l'aide à allumer la bougie de Noël, il y avait toujours les cérémonies du Nouvel An, mais les jours, pourtant si courts, lui paraissaient encore trop longs.

Maintenant qu'on savait qu'elle soutenait les *Fenians,* elle était accueillie avec chaleur dans le pub de Kennedy, mais elle se lassa vite des chants à la gloire des saints martyrs de la liberté irlandaise, et des tonitruantes menaces de chasser les Anglais. Elle n'y allait plus que lorsqu'elle avait besoin de compagnie. Elle fut folle de joie quand, le 1er février, revint la Sainte-Brigid, qui marquait le début des travaux aux champs. Elle donna le premier coup de bêche avec un tel enthousiasme que la terre fut projetée autour d'elle, formant un grand cercle.

— L'année sera encore meilleure que la précédente! prédit-elle avec témérité.

Mais les champs nouvellement mis en culture étaient pour les paysans un fardeau excessif. Ils n'avaient jamais assez de temps pour tout faire. Scarlett importuna Colum pour qu'il fasse venir d'autres hommes de peine. Il y avait encore beaucoup de cottages vides. Mais il ne voulait pas d'étrangers. Scarlett n'insista pas : elle comprenait que les *Fenians* avaient besoin de secret. Pour finir, Colum trouva un compromis. Elle pourrait embaucher des saisonniers pour l'été seulement. Il l'emmènerait à la foire de Drogheda, où ils venaient se louer. Ce serait aussi la foire aux chevaux, et elle pourrait acheter ceux dont elle estimerait avoir besoin.

– Parlons-en, Colum O'Hara! Je devais être aveugle et sotte pour avoir payé si cher les chevaux de labour dont nous disposons. Ils ne vont pas plus vite qu'une tortue sur une route pleine de pierres. Je ne me laisserai plus gruger de cette façon.

Colum sourit intérieurement. Scarlett était une femme stupéfiante, étonnamment compétente en certains domaines. Mais jamais elle ne pourrait l'emporter sur un maquignon irlandais, il en était certain.

Toutefois, dut-il reconnaître, il y a eu tant d'autres choses dont j'étais sûr, et elle m'a prouvé que j'avais tort. La foire de Drogheda serait des plus intéressantes.

– Scarlett, vous avez l'air d'une fille de village, non d'une propriétaire terrienne. Personne ne croira que vous pouvez vous payer un tour de manège, et encore moins un cheval.

Elle eut un froncement de sourcils, ne comprenant pas qu'elle ressemblait bel et bien à une jeune campagnarde habillée pour la foire. Son corsage vert rendait ses yeux encore plus verts, et sa jupe bleue était de la couleur du ciel printanier.

– Père Colum O'Hara, auriez-vous la bonté de faire avancer ce landau? Je sais ce que je fais. Si j'ai l'air riche, le marchand pensera qu'il peut me vendre n'importe laquelle de ses vieilles rosses. Mieux vaut que je porte des vêtements campagnards. Maintenant, avancez! Cela fait des semaines et des semaines que j'attends. Je ne vois pas pour quelle raison la foire aux journaliers ne peut avoir lieu le jour de la Sainte-Brigid, quand le travail recommence.

Colum sourit.

– Scarlett chérie, certains d'entre eux sont jeunes, et vont encore à l'école.

Il fit claquer les rênes et ils se mirent en route. Scarlett, de mauvaise humeur, lança, impatientée :

– Pour le bien que cela leur fera! Ils s'abîmeront les yeux sur les livres alors qu'ils devraient être dehors, au grand air, à gagner un bon salaire de surcroît!

Les milles défilèrent, et les haies étaient chargées de fleurs de prunelliers. Ce ne fut qu'à peu de distance de leur destination que Scarlett commença à se détendre pour de bon.

– Colum, je ne suis jamais allée à Drogheda. Je l'aimerai?

– Je crois que oui. C'est une très grande foire, bien plus importante que toutes celles que vous avez vues.

Il savait que Scarlett, en l'interrogeant sur Drogheda, ne voulait pas parler de la ville. Elle aimait l'excitation des foires. Les mystères attirants des vieilles rues tortueuses lui demeuraient lettre morte. Scarlett aimait que les choses soient évidentes, aisément compréhensibles. C'était un trait de caractère qui mettait souvent Colum mal à l'aise. Il savait qu'elle n'imaginait pas vraiment les dangers que sa participation à la confrérie des *Fenians* lui faisait courir, et l'ignorance pouvait conduire au désastre.

Mais aujourd'hui, il était en route pour son compte à elle, pas pour le sien. Il entendait bien profiter de la foire autant que Scarlett.

— Colum, c'est gigantesque !

— Trop, j'en ai peur. Choisirez-vous d'abord les hommes de peine, ou les chevaux ? Ils sont à deux endroits différents.

— Oh, zut ! Les meilleurs seront engagés dès le début, c'est toujours ce qui se passe. Je vais vous dire ce que nous allons faire : vous vous occupez des journaliers et moi des chevaux. Venez me retrouver quand vous aurez fini. Vous êtes sûr qu'ils iront à Ballyhara par leurs propres moyens ?

— Ils sont là pour être embauchés, et ils ont l'habitude de la marche. Il y a toutes les chances que certains d'entre eux aient fait cent milles pour venir ici.

Scarlett sourit.

— Alors, mieux vaut que vous regardiez leurs pieds avant de signer quoi que ce soit. De mon côté, je regarderai les dents. Par où dois-je aller ?

— Là-bas, où sont toutes les banderoles. Vous verrez quelques-uns des meilleurs chevaux d'Irlande à la foire de Drogheda. J'ai entendu dire que certains avaient coûté cent guinées et plus.

— Taratata ! Colum, quel raconteur d'histoires vous faites ! J'en aurai trois couples pour moins que cela, vous verrez.

De grandes tentes de toile tenaient lieu d'écuries. Ah ! pensa Scarlett, personne ne me vendra de bête dans la pénombre. Elle se lança à travers la foule bruyante qui grouillait aux environs et entra dans l'une des tentes.

Mon Dieu, je n'ai jamais vu autant de chevaux rassemblés ! Comme c'est judicieux, de la part de Colum, de m'avoir amenée ici. Je pourrai vraiment choisir à mon gré. Scarlett s'avança à grands coups de coude, examinant une bête après l'autre. « Pas encore ! » disait-elle aux maquignons. Le système en vigueur en Irlande ne lui plaisait pas du tout. Impossible d'aller voir le propriétaire et de lui demander combien il voulait. C'était trop simple. A l'instant même où l'on témoignait un quelconque intérêt, l'un des maquignons surgissait pour donner un prix absurdement bas, ou absurdement élevé, puis harcelait acheteur et vendeur jusqu'à ce qu'ils concluent un accord. Elle avait découvert quelques-unes de leurs ruses à ses dépens. Ils s'emparaient de votre main, y donnaient une claque si forte qu'on en avait mal, et si l'on n'y avait pas pris garde, on se retrouvait propriétaire d'un cheval.

Elle aima l'allure de deux rouans qui, hurlait le maquignon, étaient parfaitement assortis : ils avaient trois ans, et ne coûtaient que soixante-dix livres. Scarlett mit ses mains derrière son dos.

— Faites-les sortir, que je puisse les voir à la lumière.

Tous les autres aux alentours protestèrent vivement.

— C'est se priver de tout le plaisir, dit un petit homme en culotte de cheval et chandail.

Scarlett insista, mais avec beaucoup de douceur. On n'attrape pas les mouches avec du vinaigre, se dit-elle. Elle contempla la robe luisante des deux bêtes, leur passa la main sur le dos, observa la pommade laissée sur sa paume. Puis elle saisit habilement la tête de l'un des chevaux et lui examina les dents avant d'éclater de rire. Trois ans, mais comment donc!

— Ramenez-les à l'intérieur, dit-elle en clignant de l'œil à l'adresse du maquignon. J'ai un grand-père qui est plus jeune qu'eux.

Elle s'amusait beaucoup.

Au bout d'une heure, pourtant, elle n'avait encore trouvé que trois chevaux qui lui plaisaient, et qui seraient une bonne affaire. Chaque fois il lui fallait cajoler et ensorceler le propriétaire pour qu'il la laisse mener son examen en pleine lumière. Elle jetait des regards envieux à ceux qui recherchaient des hunters. On avait installé des obstacles à l'extérieur, et ils pouvaient regarder ceux qu'ils achetaient faire ce pourquoi ils les achetaient. Et puis, il y avait tant de belles bêtes. Elle se détourna. L'allure d'un cheval de labour n'a aucune importance, et il lui en fallait encore trois. Tandis que ses yeux se faisaient à la pénombre de la tente, Scarlett s'appuya contre l'un des montants. Elle commençait à se sentir un peu lasse. Mais elle n'était encore qu'au milieu de ses recherches.

— Bart, où est donc votre Pégase? Je n'en vois aucun qui saute par-dessus les obstacles.

Les mains de Scarlett s'agrippèrent au montant. Je perds l'esprit! On aurait dit la voix de Rhett.

— J'espère que vous ne m'avez pas fait venir pour rien...

C'est lui! C'est lui! Impossible de s'y tromper. Personne au monde n'a la voix de Rhett. Scarlett fit demi-tour en toute hâte et, clignant les yeux, regarda par l'entrée de la tente, simple carré de lumière.

C'est son dos. Non? Oui, oui, j'en suis sûre. Si seulement il disait quelque chose de plus, ou tournait la tête. Ce ne peut être Rhett. Il n'a aucune raison d'être en Irlande. Mais je ne peux pas me montrer.

Il se tourna pour parler à l'homme blond, d'allure frêle, à son côté. C'était Rhett. Scarlett serra le montant avec tant de force que ses articulations blanchirent. Elle tremblait.

L'autre dit quelques mots, désigna quelque chose du bout de sa cravache, et Rhett hocha la tête. Puis l'homme blond s'éloigna et disparut : Rhett était seul. Scarlett resta dans l'ombre, à regarder dehors.

Ne bouge pas, ordonna-t-elle quand il se mit en marche. Mais il lui fut impossible d'obéir. Jaillissant de l'obscurité, elle courut derrière lui.

— Rhett!

Il s'arrêta gauchement, lui qui n'était jamais gauche, et fit volte-face. Une expression qu'elle ne put reconnaître passa sur son visage, et ses yeux sombres parurent s'illuminer sous la visière de sa casquette. Puis il eut ce sourire ironique qu'elle connaissait si bien.

— Scarlett, on vous rencontre vraiment dans les endroits les plus inattendus, dit-il.

Il se moque de moi. Cela m'est égal. Je ne me soucie de rien tant qu'il prononce mon nom et reste près de moi, pensa Scarlett, qui sentait battre son cœur.

— Bonjour, Rhett. Comment allez-vous?

Elle savait parfaitement que c'était là une réponse absurde, mais il lui fallait bien répliquer.

Rhett tordit la bouche.

— Remarquablement bien, pour un mort. Mais peut-être me suis-je trompé? j'ai cru apercevoir une veuve sur le quai à Charleston.

— Eh bien, oui... Il fallait que je trouve quelque chose. Je n'étais pas mariée, enfin, je n'avais plus d'époux...

— Scarlett, ne cherchez pas à donner d'explications. Ce n'est pas votre point fort.

— Que voulez-vous dire?

Souhaitait-il se montrer mesquin? Rhett, je t'en prie, non.

— Ah! c'est sans importance. Qu'est-ce qui vous a amenée en Irlande? Je vous croyais en Angleterre.

— Qu'est-ce qui vous faisait penser cela?

Pourquoi sommes-nous là à parler de choses sans intérêt? Pourquoi suis-je incapable de réfléchir? Pourquoi dis-je des choses aussi sottes?

— Vous n'avez pas quitté le navire à Boston.

Le cœur de Scarlett bondit quand elle comprit le sens de ces paroles. Il avait pris la peine de découvrir où elle allait, il pensait à elle, il voulait l'empêcher de disparaître. Elle se sentit envahie de bonheur.

— Puis-je conclure, à voir vos atours si gais, que vous ne pleurez plus ma mort ? reprit Rhett. Vous devriez avoir honte, Scarlett, je ne suis pas encore dans la tombe.

Baissant les yeux, elle contempla avec horreur ses vêtements de paysanne, puis la veste de tweed impeccablement coupée de Rhett, sa cravate blanche parfaitement nouée. Pourquoi fallait-il toujours qu'il lui donne l'impression qu'elle était sotte ? Pourquoi ne pouvait-elle, au moins, en éprouver de la colère ?

Parce qu'elle l'aimait. Qu'il le crût ou non, c'était la vérité. Sans rien calculer, ni réfléchir aux conséquences, Scarlett regarda l'homme qui avait été son époux pendant tant d'années de mensonges.

— Je vous aime, Rhett, dit-elle.

Il leva poliment sa casquette.

— C'est bien malheureux pour vous, Scarlett. Vous semblez toujours être amoureuse du mari d'une autre. Veuillez m'excuser si je vous quitte, j'ai d'autres engagements. Au revoir.

Il lui tourna le dos et s'éloigna. Scarlett le suivit des yeux, avec l'impression d'avoir reçu une gifle.

Et sans aucune raison. Elle n'avait rien exigé, elle avait simplement offert le plus précieux de ce qu'elle avait appris à donner. Et il l'avait piétiné dans la boue. Il l'avait fait passer pour une imbécile.

Non. Elle s'était ridiculisée elle-même.

Scarlett resta là, petite silhouette solitaire, dans ses vêtements de couleurs vives, perdue dans le bruit et le mouvement de la foire aux chevaux, pendant un temps incommensurable. Puis le monde redevint plus net, et elle vit Rhett et son ami à côté d'une autre tente, au milieu d'un cercle de spectateurs attentifs. Un homme vêtu de tweed tenait par la bride un cheval bai très agité, tandis qu'un autre, au visage rouge, portant une veste à carreaux, abattait la main avec les gestes familiers des maquignons. Scarlett eut l'impression d'entendre claquer les paumes tandis qu'il exhortait l'ami de Rhett et le propriétaire du cheval à conclure un marché.

Les pieds de Scarlett s'avancèrent d'eux-mêmes, franchissant l'espace qui la séparait d'eux. Il devait y avoir des gens sur son chemin, mais elle ne s'en rendit pas compte, et ils disparurent, dieu sait comment.

La voix du maquignon était semblable à un chant rituel, scandé et hypnotique :

— ... cent vingt, monsieur, vous savez que c'est un bon prix, même pour une bête aussi grandiose que celle-ci... et vous, monsieur, vous pourriez monter de vingt-cinq, non, pour faire entrer dans vos écuries un aussi noble animal... cent quarante ? Il faut vous montrer un peu raisonnable, bien sûr, ce monsieur est monté à cent vingt-cinq, il est normal que vous fassiez un petit bout de chemin pour le rencontrer... passons de cent quarante-deux à cent quarante, et le marché sera conclu avant la fin de la journée... disons cent quarante, voyez la nature généreuse de cet homme, vous saurez faire la preuve que vous êtes à sa hauteur, non ? Disons cent trente au lieu de cent quarante, et il n'y aura plus entre vous que l'épaisseur d'un cheveu, rien que le prix d'une pinte!

Scarlett s'avança au milieu du trio, le visage livide, les yeux plus verts encore que des émeraudes. « Cent quarante », dit-elle à voix haute. Le maquignon la considéra d'un air perplexe. Scarlett cracha dans sa main droite et frappa celle de l'homme. Puis elle cracha de nouveau, en regardant le vendeur. Il leva la main, fit comme elle, et frappa une fois, puis deux, celle de Scarlett, marquant ainsi, d'un geste sans âge, que le marché était conclu. Le maquignon ne put que les imiter.

Scarlett se tourna vers l'ami de Rhett :

– J'espère que vous n'êtes pas trop déçu.

– Euh, non, enfin...

Rhett intervint :

– Bart, j'aimerais vous présenter...

Puis il s'interrompit.

– Mme O'Hara, dit Scarlett, sans le regarder, au compagnon de Rhett.

Et, tendant une main encore couverte de salive, elle ajouta :

– Je suis veuve.

– John Morland, répliqua l'autre.

Il prit sa main, s'inclina, la baisa, puis eut un sourire un peu contraint :

– Madame O'Hara, ce doit être quelque chose que de vous voir sauter une clôture! Vous chassez aux environs?

– Je... euh...

Grand dieu, qu'avait-elle fait? Que dire? Qu'allait-elle faire d'un hunter pur-sang dans l'écurie de Ballyhara?

– Monsieur Morland, je confesse avoir cédé à une impulsion bien féminine. Il me fallait ce cheval.

– J'ai eu la même impression. Mais pas assez vite, apparemment, répondit l'autre avec une voix d'Anglais cultivé. Je serais très honoré si vous vous joigniez à moi de temps à autre, je veux dire, pour chasser chez moi. C'est près de Dunsany, si d'aventure vous connaissez cette partie du comté.

Scarlett sourit; elle y était passée peu de temps auparavant, lors du mariage de Kathleen. Rien d'étonnant à ce que le nom de John Morland lui fût familier. Le mari de Kathleen lui avait tout dit de « Sir John ».

« C'est quelqu'un d'extraordinaire, bien que ce soit un propriétaire, avait-il répété une bonne douzaine de fois. Il m'a dit de retrancher cinq livres sur le loyer en guise de cadeau de mariage ! »

Cinq livres, pensa-t-elle. Comme c'est généreux, de la part d'un homme qui allait payer trente fois cette somme pour un cheval.

— Je connais Dunsany, dit-elle. Ce n'est pas très loin de l'endroit où habitent des gens auxquels je rends visite. J'adorerais vraiment chasser en votre compagnie de temps en temps. Choisissez un jour à votre convenance.

— Samedi prochain ?

Scarlett eut un sourire espiègle, cracha dans sa paume et leva la main :

— Tope-là !

John Morland éclata de rire, l'imita et frappa une, puis deux fois, sa paume :

— Tope-là ! Coup de l'étrier à sept heures, et petit déjeuner ensuite.

Pour la première fois depuis qu'elle s'était immiscée entre les deux hommes, Scarlett jeta les yeux sur Rhett. Il la contemplait comme s'il l'avait regardée pendant longtemps. Il y avait dans son regard une lueur amusée, et autre chose qu'elle ne put définir. Grand dieu, on croirait vraiment qu'il ne m'a jamais rencontrée.

— Monsieur Butler, c'était un vrai plaisir de vous voir, dit-elle aimablement, agitant devant lui sa main crasseuse avec beaucoup d'élégance.

Rhett ôta son gant pour la prendre.

— Madame O'Hara..., dit-il en s'inclinant.

Scarlett eut un signe de tête à l'intention du maquignon et de l'ex-propriétaire.

— Mon palefrenier sera là sous peu pour tout régler, dit-elle nonchalamment.

Puis elle releva sa jupe et prit une liasse de billets de banque attachés à sa jarretière, juste au-dessus de son genou rayé de vert et de rouge.

— En guinées, bien entendu ? dit-elle en comptant l'argent, qu'elle déposa dans la main du vendeur.

Ses jupes volèrent quand elle fit demi-tour avant de s'éloigner.

— Une femme remarquable ! dit John Morland.

Rhett sourit.

— Étonnante ! convint-il.

— Colum ! J'avais peur que vous ne soyez perdu.

— Pas le moins du monde. J'ai eu faim. Vous avez mangé ?

– Non, j'ai oublié.

– Vous êtes contente de vos chevaux?

Scarlett le regarda depuis son perchoir, sur le rebord d'un obstacle de saut. Elle se mit à rire.

– J'ai acheté un véritable éléphant. Vous n'avez jamais vu un aussi gros cheval de toute votre vie. Il le fallait, mais je ne sais pas pourquoi.

Colum posa sur son bras une main apaisante. Le rire de Scarlett sonnait faux, et il y avait de la souffrance dans ses yeux.

CHAPITRE 73

— Cat, sortir, dit la petite voix.

— Non, ma chérie, pas aujourd'hui. Bientôt, mais pas aujourd'hui.

Scarlett se sentit horriblement vulnérable. Comment avait-elle pu être aussi irréfléchie ? Comment avait-elle pu ignorer le danger pour Cat ? Dunsany n'était pas très loin, pas assez en tout cas pour être certaine que personne ne saurait rien de La O'Hara et de sa fille à la peau sombre. Elle restait avec Cat jour et nuit, en haut, dans leurs deux pièces, tandis qu'elle regardait, préoccupée, par la fenêtre au-dessus du chemin.

Mme Fitz était son intermédiaire pour toutes les affaires urgentes. La couturière allait et venait en courant pour des essayages de l'habit de cheval de Scarlett, le cordonnier travaillait la nuit, comme un lutin, à ses bottes, le palefrenier s'acharnait, armé de chiffons et d'huile, sur la vieille selle desséchée et craquelée abandonnée dans la sellerie trente ans auparavant, et l'un des jeunes gens engagés à Drogheda, qui avait des gestes sans brusquerie et une bonne assiette, faisait faire de l'exercice au grand cheval bai si puissant. Quand vint le samedi, Scarlett était aussi prête qu'on peut l'être.

Son cheval était un bai hongre appelé Demi-Lune. Comme elle l'avait dit à Colum, il était très grand — près d'un mètre soixante-dix au garrot —, avec un fort poitrail, un long dos et des cuisses musclées. C'était une bête destinée à un homme de grande taille ; une fois en selle, Scarlett paraissait minuscule, fragile, et très féminine. Elle eut peur d'avoir l'air ridicule.

Et elle était tout à fait certaine de s'être donnée en spectacle. Elle ignorait tout du tempérament et des particularités de Demi-Lune, et n'avait aucune chance de le savoir, puisqu'elle montait en amazone, comme le font les dames. Quand elle était jeune fille, Scarlett avait adoré cela. Cela permettait à ses jupes de tomber avec grâce, en soulignant l'étroitesse de sa taille. De surcroît, à cette époque, elle allait presque toujours au pas, parce que c'était bien mieux pour flirter avec les hommes qui chevauchaient à son côté.

Cette fois, au contraire, monter en amazone était un sérieux handicap. Elle ne pouvait communiquer avec sa monture en pressant des genoux, parce que l'un d'eux était amarré au pommeau de la selle, et que l'autre restait tout raide, car ce n'était qu'en appuyant sur l'étrier qu'une dame pouvait maintenir un équilibre assez menacé. J'ai toutes les chances de tomber avant même d'être arrivée à Dunsany, songea-t-elle, désespérée, et je suis sûre de me rompre le cou dès la première clôture. Elle savait, par son père, que sauter haies, fossés, murs et échaliers était ce qu'une partie de chasse offrait de plus excitant. Colum n'avait rien arrangé en lui disant qu'il était fréquent que les dames s'abstiennent de prendre part activement à la chasse. Le petit déjeuner était un événement mondain, et l'habit de cheval, très seyant. Des accidents graves étaient plus que probables quand on montait en amazone, et personne ne reprocherait aux femmes de se montrer raisonnables.

Rhett serait heureux de la voir lâche ou apeurée, elle en était convaincue. Et elle préférerait se rompre le cou plutôt que de lui donner cette satisfaction. Scarlett toucha de sa cravache l'encolure de Demi-Lune. « Essayons de trotter et voyons si je peux me tenir en équilibre sur cette selle stupide », soupira-t-elle à haute voix.

Colum lui avait décrit ce qu'était une chasse au renard, mais Scarlett n'était pas préparée au choc qu'elle reçut. Morland Hall était constitué d'un conglomérat de bâtiments vieux de plus de deux siècles, avec des ailes, des cheminées, des fenêtres et des murs rassemblés en désordre autour d'une cour pavée, qui marquait l'emplacement du donjon du château fortifié, édifié en 1615 par le premier baronnet Morland. Elle était remplie de cavaliers en selle et de chiens de meute tout excités. En les voyant, Scarlett oublia toutes ses appréhensions. Colum avait négligé de lui dire que les hommes portaient des queues-de-pie rouge vif. Jamais elle n'avait rien vu d'aussi fascinant de toute sa vie.

Sir John Morland se dirigea vers elle, à cheval, un haut-de-forme à la main.

– Madame O'Hara! Soyez la bienvenue! Je ne croyais pas que vous viendriez.

– Rhett l'avait dit? demanda-t-elle en plissant les paupières.

– Au contraire! Il a déclaré que les chevaux fous ne pourraient vous décourager. Vous aimez Demi-Lune ? poursuivit le baronnet en caressant l'encolure luisante de la bête. Quelle beauté!

– N'est-ce pas ?

Les yeux de Scarlett se déplaçaient avec rapidité, à la recherche de Rhett. Que de gens! Au diable ce fichu voile, tout paraissait brouillé. Elle portait l'habit de cheval le plus traditionnel que lui permît la mode. Laine noire sans apprêt, grand col, haut-de-forme noir avec un voile serré et noué sur l'épais chignon qu'elle avait sur la nuque. C'était pire que le deuil, songea-t-elle, mais aussi respectable que possible; un véritable antidote aux jupes de couleurs vives et aux bas à rayures. Scarlett ne s'était rebellée que sur un seul point : pas question de porter un corset sous son habit. La selle de dame était une torture suffisante.

Rhett la regardait. Quand elle finit par le voir, elle détourna les yeux en toute hâte. Il espère que je me donnerai en spectacle. Je vais montrer à M. Rhett Butler. Je me briserai peut-être les os, mais personne ne rira de moi. Et surtout pas lui.

Colum lui avait dit : « Suivez la troupe sans forcer, bien en arrière, et regardez ce que font les autres. » Scarlett appliqua ce conseil. Elle sentit ses paumes moites dans ses gants. A l'avant, le rythme s'accélérait; puis, à côté d'elle, une femme éclata de rire et cravacha son cheval, qu'elle lança au galop. Scarlett jeta un bref regard aux dos rouges et noirs dévalant la pente devant elle, aux chevaux qui sautaient sans efforts le petit mur de pierre au pied de la colline.

Nous y voilà, pensa-t-elle, il est trop tard maintenant pour s'inquiéter. Sans s'en rendre compte, elle changea de position, et sentit Demi-Lune, en vétéran fort d'une centaine de parties de chasse, forcer l'allure. Le mur était déjà derrière elle et elle avait à peine remarqué le saut. Pas étonnant que John Morland ait tant voulu acquérir cette bête. Scarlett rit bruyamment. Peu importait qu'elle n'ait jamais chassé de sa vie, qu'elle n'ait pas monté en amazone depuis plus de quinze ans. Elle était à l'aise, et bien mieux encore. Elle s'amusait. Il n'était pas surprenant que Papa n'ouvrît jamais une porte. Pourquoi prendre cette peine, quand on peut sauter par-dessus la clôture ?

Les spectres – celui de son père, celui de Bonnie – qui l'avaient accablée avaient disparu. Comme sa peur. Il ne restait que l'excitation de l'air brumeux qui glissait sur sa peau, et la puissance de la monture qu'elle contrôlait.

Et puis la résolution toute neuve de rattraper Rhett Butler, de le dépasser et de le laisser loin derrière.

Scarlett avait enroulé la traîne boueuse de son habit sur son bras gauche, et tenait une coupe de champagne dans la main droite. La patte de renard qu'elle avait reçue en trophée serait montée sur une plaque d'argent, du moins si elle le permettait, lui dit John Morland.

— J'en serais enchantée, Sir John.

— S'il vous plaît, appelez-moi Bart, comme le font tous mes amis.

— Dans ce cas, appelez-moi Scarlett — comme le font tous les autres, amis ou non.

Elle était un peu étourdie, et l'enivrement de la chasse et de son propre succès lui rosissait les joues.

— C'est le plus beau jour de ma vie! dit-elle à Bart.

C'était presque vrai. D'autres cavaliers l'avaient congratulée, elle voyait dans les yeux des hommes une admiration évidente et de la jalousie dans ceux des dames. Où qu'elle regardât, il y avait des messieurs avenants, de jolies femmes, des plateaux en argent avec des coupes de champagne, des serviteurs, de la richesse; des gens qui se donnaient du bon temps, pour qui la vie était belle. C'était comme avant la Guerre, mais désormais elle était adulte, elle pouvait dire et faire ce qu'elle voulait, et elle était Scarlett O'Hara, fille de la campagne venue de Géorgie du Nord, dans le château d'un baronnet, en compagnie de Lady Unetelle et Lord Untel, et même d'une comtesse. On aurait dit une histoire comme on en lit dans les livres, et la tête lui tournait.

Elle pouvait presque oublier que Rhett était là, presque effacer le souvenir des insultes et du mépris.

Pas tout à fait cependant. Et son esprit tourmenté ne cessait d'évoquer des fragments de conversation qu'elle avait surpris, des scènes entr'aperçues pendant qu'elle rentrait : Rhett faisant comme si peu lui importait qu'elle l'ait devancé... taquinant la comtesse comme si elle était la première venue... paraissant si horriblement à l'aise, pas impressionné le moins du monde... si semblable à lui-même. Que le diable l'emporte, de toute façon!

— Félicitations, Scarlett!

Rhett était à son côté, et elle ne l'avait pas vu venir. Elle sursauta, et un peu de champagne tomba sur ses jupes.

— Sapristi, Rhett, faut-il vraiment que vous vous glissiez près des gens de cette façon?

— Je suis désolé, répondit-il en lui tendant un mouchoir. Et je suis désolé de m'être conduit comme un rustre à la foire aux chevaux. Le choc de vous voir là-bas est ma seule excuse.

Scarlett prit le mouchoir et se pencha pour éponger. C'était inutile; son habit de cheval était déjà tout maculé de boue après la folle partie de chasse. Mais cela lui donnait un prétexte pour rassembler ses pensées, et dissimuler son visage un instant. Je ne lui montrerai pas à quel point cela me touche, jura-t-elle en silence. Je ne lui montrerai pas à quel point il m'a fait souffrir.

Elle leva vers lui des yeux pétillants, et ses lèvres souriaient :

– Vous, choqué ? Et moi ! Que diable faites-vous en Irlande ?

– J'achète des chevaux. Je suis bien décidé à gagner les courses l'année prochaine. Les écuries de John Morland ont la réputation de produire des yearlings de qualité. Je vais à Paris mardi pour en voir d'autres. Mais vous, que faisiez-vous à Drogheda, en costume local ?

Scarlett se mit à rire.

– Oh, Rhett, vous savez à quel point j'aime me déguiser. J'ai emprunté cette tenue à l'une des servantes de la maison où je séjourne, répondit-elle en cherchant John Morland du regard. Il faut que je m'en aille, ajouta-t-elle par-dessus son épaule. Mes amis seront furieux si je ne suis pas de retour sous peu.

Elle jeta un coup d'œil à Rhett, puis partit en toute hâte. Elle n'osait pas rester. Pas aussi près de lui. Pas dans la même pièce... la même demeure...

La pluie se mit à tomber alors qu'elle était à un peu plus de cinq milles de Ballyhara. Scarlett se dit que c'était pour cela qu'elle avait les joues trempées.

Le mercredi, elle emmena Cat à Tara. Les anciens monticules étaient juste assez hauts pour que la fillette pût y grimper toute triomphante. Scarlett l'en vit descendre en courant avec témérité, et se contraignit à ne pas lui dire qu'elle pourrait tomber.

Elle lui parla de Tara, de sa famille, des banquets des Rois d'autrefois. Avant qu'elles ne repartent, elle souleva Cat aussi haut qu'elle put pour qu'elle vît le pays où elle était née.

– Tu es une petite Irlandaise, Cat, tes racines sont profondes ici... Tu comprends ce que je dis ?

Scarlett la reposa à terre, pour qu'elle pût courir. Les petites jambes, si fortes, couraient toujours. Cat tombait souvent. Il y avait, dissimulées sous l'herbe, de très vieilles inégalités de terrain. Mais elle ne pleurait jamais. Elle se relevait et courait encore.

La voir était pour Scarlett comme un baume. De nouveau, elle se sentait entière.

– Colum, qui est donc ce Parnell? Les gens parlaient de lui au petit déjeuner, après la partie de chasse, mais je n'ai rien compris à ce qu'ils disaient.

– Un protestant, répliqua Colum, et un Anglo! Rien qui puisse les intéresser.

Scarlett eut envie de répondre, mais elle avait appris que c'était une perte de temps. Colum ne parlait jamais des Anglais, surtout de ceux qui avaient des propriétés en Irlande, et qu'on appelait les Anglo-Irlandais. Il parvenait à changer de sujet avant même qu'elle s'en soit rendu compte. Qu'il refuse de reconnaître que certains Anglais pouvaient être des gens sympathiques inquiétait Scarlett. Elle avait aimé les deux sœurs, sur le bateau qui la ramenait en Irlande, et tout le monde s'était montré aimable avec elle lors de la partie de chasse. L'intransigeance de Colum créait comme une distance entre eux. Si seulement il parlait au lieu de détourner la tête de cette façon.

Elle posa à Mme Fitzpatrick l'autre question qui la préoccupait. Quels étaient donc ces Butler irlandais que tout le monde détestait à ce point?

L'autre lui apporta une carte d'Irlande.

– Voyez-vous cela? demanda-t-elle en passant la main sur un comté tout entier, aussi grand que celui de Meath. C'est Kilkenny. La terre des Butler. Ils sont ducs d'Ormonde, mais leur nom est Butler. C'est sans doute la plus puissante famille d'Anglais en Irlande.

Scarlett examina la carte de près. Non loin de Kilkenny, elle vit qu'un endroit avait pour nom Dunmore Cave. Et la plantation de Rhett s'appelait Dunmore. Il devait y avoir un rapport.

Elle se mit à rire. Elle s'était sentie supérieure parce que les O'Hara étaient les maîtres de douze mille acres, et voilà que les Butler avaient un comté à eux seuls. Rhett avait gagné, sans même lever le petit doigt. Comme toujours. Comment reprocher à une femme d'aimer un homme pareil?

– Qu'y a-t-il de si drôle, madame O?

– Moi, madame Fitz, moi. Fort heureusement, je peux en rire.

Mary Moran passa la tête à la porte sans avoir frappé. Scarlett ne prit pas la peine de dire quoi que ce soit. La jeune fille, timide et efflanquée, serait insupportable pendant des semaines si quelqu'un lui faisait des remarques.

– Qu'y a-t-il, Mary?

– Un gentleman vient vous voir.

Elle lui tendit une carte, avec des yeux encore plus ronds que d'habitude.

Sir John Morland, Baronnet

Scarlett descendit l'escalier en courant.

– Bart, quelle surprise! Entrez, nous nous assiérons sur les marches, je n'ai pas de meubles.

Elle était sincèrement heureuse de le voir, mais ne pouvait le recevoir dans son salon. Cat faisait la sieste juste à côté. Bart Morland s'assit sur les marches de pierre comme si c'était la chose la plus naturelle du monde que de n'avoir pas de mobilier. Il avait eu un mal fou à la trouver, expliqua-t-il, jusqu'à une heureuse rencontre avec le facteur au pub. C'était sa seule excuse pour lui remettre si tard son trophée.

Scarlett regarda la plaque d'argent portant son nom et la date de la partie de chasse. La patte de renard n'était plus ensanglantée, c'était toujours ça, mais elle n'en était pas plus belle pour autant.

– Répugnant, non? dit Bart gaiement.

Scarlett rit. Elle aimait bien John Morland, quoi que pût dire Colum.

– Vous souhaiteriez dire bonjour à Demi-Lune?

– Je craignais que jamais vous ne me le proposiez! Je me demandais comment laisser tomber une allusion bien lourde. Comment va-t-il?

Scarlett prit un visage grave.

– Il manque d'exercice, j'en ai peur. Je me sens coupable, mais j'ai été très occupée. C'est l'époque de la fenaison.

– Comment se présente la récolte?

– Jusqu'à présent, bien. Si du moins il ne pleut pas.

Ils se dirigèrent vers l'écurie. Scarlett s'apprêtait à la dépasser pour se rendre à la prairie où paissait Demi-Lune, mais Bart l'arrêta. Pourrait-il entrer? Ses écuries étaient célèbres, et jamais il ne les avait vues. Scarlett en fut surprise, mais accepta de bon cœur. Les chevaux étaient au travail, ou dans les prés, aussi n'y avait-il rien d'autre à voir que des boxes vides, mais s'il y tenait...

Les stalles étaient séparées par des piliers à chapiteaux doriques. De hautes voûtes en jaillissaient pour se croiser en formant un plafond de pierre qui paraissait aussi léger, aussi dépourvu de poids, que l'air et le ciel.

John Morland fit craquer ses articulations, puis s'excusa : quand il était excité, dit-il, il avait ce geste sans même s'en rendre compte.

– Ne vous paraît-il pas extraordinaire d'avoir des écuries qui ressemblent à une cathédrale? J'y mettrais un orgue pour jouer du Bach aux chevaux toute la journée.

– Ça leur donnerait la gourme!

Le rire de Morland fit s'esclaffer Scarlett; il avait l'air si drôle. Elle remplit d'avoine un petit sac, pour qu'il donne à manger à Demi-Lune.

Marchant à côté de lui, elle chercha un moyen d'interrompre son incessant bavardage; quelque chose en passant, qui pourrait l'amener à parler de Rhett.

C'était inutile :

– Vraiment, s'exclama-t-il, quelle chance que vous soyez l'amie de Rhett. S'il ne nous avait pas présentés, jamais je n'aurais vu vos écuries.

– J'ai été surprise de le rencontrer, répondit Scarlett en toute hâte. Comment se fait-il que vous le connaissiez?

Bart expliqua qu'en fait il n'en était rien. De vieux amis lui avaient écrit, disant qu'ils lui envoyaient Rhett pour que celui-ci puisse voir ses chevaux. Puis Rhett lui-même était arrivé, porteur d'une lettre d'eux.

– C'est quelqu'un de remarquable, qui s'intéresse vraiment aux chevaux. Et il s'y connaît! J'aurais voulu qu'il reste plus longtemps. Vous êtes de vieux amis? Il ne me l'a jamais dit.

Dieu merci, songea Scarlett.

– J'ai de la famille à Charleston, je l'ai rencontré alors que je lui rendais visite.

– Alors vous avez dû croiser mes vieux amis, les Brewton! Quand j'étais à Cambridge, j'allais à Londres passer la saison dans le seul espoir que Sally Brewton y serait. J'étais fou d'elle, comme tout le monde, d'ailleurs!

– Sally Brewton! Ce visage de singe? lança Scarlett sans réfléchir.

Bart eut un grand sourire :

– Celle-là même! N'est-elle pas merveilleuse? Elle est si originale!

Scarlett acquiesça avec enthousiasme, et sourit à son tour. Mais jamais elle ne comprendrait que les hommes puissent s'enticher de quelqu'un d'aussi laid.

John Morland partait du principe que quiconque connaissait Sally devait forcément l'adorer, et il parla d'elle pendant la demi-heure qui suivit tandis que, s'appuyant sur la clôture du pâturage, il s'efforçait d'amener Demi-Lune à venir manger l'avoine qu'il avait dans la paume.

Scarlett l'écoutait distraitement, perdue dans ses pensées. Puis le nom de Rhett capta toute son attention. Bart gloussait en faisant état des rumeurs que Sally évoquait dans une de ses lettres. Il semblait bien que Rhett fût tombé dans le plus vieux piège de l'histoire. Un groupe d'enfants d'un orphelinat était venu en excursion près de chez lui, et au moment du départ l'un des orphelins manquait à l'appel. Que fit-il donc, sinon partir à sa recherche avec l'institutrice ? Tout s'était bien terminé, on avait retrouvé l'enfant, mais pas avant la nuit. Ce qui signifiait, bien entendu, que la jeune célibataire était compromise, et Rhett avait dû l'épouser.

Le pire, c'est qu'il avait été chassé de la ville quelques années auparavant, pour avoir refusé de faire une honnête femme d'une jeune fille qu'il avait compromise.

– On aurait pu croire qu'il aurait appris la prudence, gloussa Bart. Il doit être plus distrait qu'il n'en a l'air. Scarlett, n'est-ce pas très drôle ? Scarlett ?

Elle rassembla ses esprits :

– Parlant en tant que femme, je dirais que c'est bien fait pour M. Butler. Il a l'air d'un homme qui a causé bien des problèmes aux jeunes filles quand il n'était pas distrait.

John Morland émit un rire un peu semblable à un hennissement. Le bruit attira Demi-Lune, qui s'approcha de la barrière d'un air circonspect. Bart agita le sac d'avoine.

Scarlett était ravie, bien qu'elle eût envie de pleurer. Ainsi donc, voilà pourquoi Rhett avait été si prompt à divorcer et à se remarier. Quelle finaude que cette Anne Hampton ! Elle m'a bel et bien dupée. Ou peut-être pas. Peut-être n'ai-je simplement pas eu de chance qu'on ait mis tant de temps à retrouver l'orphelin ; qu'Anne soit la favorite d'Eleanor Butler ; et qu'elle ressemble tant à Melly.

Demi-Lune recula devant l'avoine. John Morland fouilla dans une poche de sa veste et y trouva une pomme. Le cheval hennit d'impatience.

– Scarlett, dit-il en rompant la pomme en deux, j'ai à vous parler de quelque chose d'un peu délicat.

Il tendit sa main grande ouverte, avec un quartier de pomme pour Demi-Lune.

Scarlett rit : s'il savait à quel point sa conversation l'était, délicate !

– Un peu délicat ! Peu m'importe que vous pourrissiez cet animal, si c'est ce que vous voulez dire.

Grand dieu non ! Les yeux gris de Bart s'écarquillèrent. Qu'est-ce qui avait bien pu lui mettre une telle idée en tête ? C'était quelque chose de vraiment difficile, expliqua-t-il. Alice Harrington – c'était la blonde corpulente qui, lors de la partie de chasse, avait terminé dans un fossé – donnait une réception pendant le week-end de la Saint-Jean, et elle désirait inviter Scarlett, mais n'osait pas. Il avait été envoyé comme ambassadeur.

Scarlett avait une bonne centaine de questions, qui en fait se réduisaient à trois : quand, où, que porter ? Elle était certaine que Colum en serait furieux, mais elle s'en moquait. Elle voulait revêtir ses plus beaux atours, boire du champagne et, une fois de plus, filer comme le vent, par-dessus ruisseaux et clôtures, à suivre la meute et le renard.

CHAPITRE 74

Harrington House était une énorme demeure d'un seul bloc, en pierre de Portland. Elle n'était pas très loin de Ballyhara, juste après un village nommé Pike Corner, avec une entrée difficile à trouver : il n'y avait ni portes ni portail, rien que deux piliers sans aucune inscription. Le chemin d'accès longeait un vaste lac, puis se transformait en une allée couverte de gravier devant la maison.

Un valet de pied sortit en entendant les roues du landau, aida Scarlett à descendre, puis la confia à une servante qui attendait dans le vestibule.

— Je m'appelle Wilson, madame, dit-elle en faisant la révérence. Voulez-vous vous reposer un peu, ou préférez-vous vous joindre aux autres ?

Scarlett choisit la seconde solution, et le valet de pied, lui faisant traverser tout le hall, la mena jusqu'à une porte grande ouverte donnant sur la pelouse.

— Madame O'Hara! s'écria Alice Harrington.

Aussitôt, Scarlett se souvint d'elle. L'adjectif « corpulente » ne la décrivait guère; elle était bien plutôt « grasse et bruyante ». Elle s'avança vers Scarlett d'un pas étonnamment léger, et cria qu'elle était ravie de la voir.

— J'espère que vous aimez le croquet, j'y joue très mal et mon équipe adorerait se débarrasser de moi.

— Je n'y ai jamais joué!

— Encore mieux! Vous aurez la chance des débutants.

Elle lui tendit un maillet.

— A bandes vertes, ce sera parfait pour vous, vous avez des yeux si extraordinaires. Venez donc rencontrer les autres, et donner l'ombre d'une chance à mon pauvre camp.

L'équipe d'Alice – qui serait désormais celle de Scarlett – se composait d'un homme âgé, vêtu de tweed, présenté comme le

« général Smyth-Burns », et d'un couple d'une vingtaine d'années, Emma et Chizzie Fulwich, qui tous deux portaient lunettes. Le général lui présenta leurs adversaires : Charlotte Montague, une femme grande et mince aux cheveux gris impeccablement coiffés, Desmond Grantley, cousin d'Alice et aussi rond qu'elle, et un couple très élégant, Geneviève et Ronald Bennet. « Prenez garde à Ronald, dit Emma, il triche ! »

C'était un jeu amusant, songea Scarlett, et l'odeur d'herbe fraîchement coupée de la pelouse était préférable à celle des fleurs. Ses instincts de compétition étaient éveillés bien avant que ne vienne son tour ; elle eut droit à un « Bien joué ! » et à une tape sur l'épaule du général quand elle projeta la boule de Ronald loin sur la pelouse.

Une fois la partie terminée, Alice les invita à grands cris à prendre le thé. La table était installée sous un hêtre énorme dont l'ombre était la bienvenue – comme la vue de John Morland. Il écoutait avec attention la jeune femme assise à côté de lui sur le banc, mais agita les doigts en direction de Scarlett pour la saluer. Les autres invités étaient là aussi. Scarlett fut présentée à Sir Francis Kinsman, homme avenant aux allures de vieux libertin, ainsi qu'à son épouse, et feignit, d'un ton très convaincant, de se souvenir de l'époux d'Alice, Henry, qui était à la partie de chasse de Bart.

De toute évidence, la compagne de ce dernier n'était guère enchantée d'être interrompue, et se montra d'une courtoisie glaciale. « L'Honorable Louisa Ferncliff », présenta Alice avec une gaieté résolue. Scarlett sourit, dit « Comment allez-vous ? », et en resta là. Elle avait dans l'idée que l'Honorable n'aimait guère qu'on l'appelât Louisa au débotté, et il ne faisait aucun doute qu'on ne qualifiait pas les gens d'Honorables. Surtout quand ils avaient l'air d'espérer que John Morland suggérerait quelques baisers, qui n'auraient rien d'honorable, derrière un buisson.

Desmond Grantley tendit une chaise à Scarlett et lui demanda la permission de lui apporter un assortiment de sandwiches et de gâteaux. Scarlett y consentit volontiers. Elle contempla ces gens que Colum appelait la « gentry » d'un ton méprisant, et se dit de nouveau qu'il ne devrait pas se montrer aussi têtu. Ils étaient vraiment sympathiques. Elle en était certaine, elle allait bien s'amuser.

Après le thé, Alice Harrington la conduisit jusqu'à sa chambre. Le chemin était long et les mena, à travers des salles de réception plutôt défraîchies, jusqu'à un escalier à la carpette usée, et un couloir sans tapis. La pièce était grande, mais pauvrement meublée, se dit Scarlett, et le papier peint nettement fané.

– Sarah a déballé vos affaires. Si cela vous convient, elle sera là à sept heures pour vous aider à prendre votre bain et à vous habiller. Le dîner est à huit heures.

Scarlett l'assura que c'était parfait.

– Il y a de quoi écrire sur le bureau, et des livres sur cette table, mais si vous vouliez quelque chose d'autre...

– Grand dieu, non, Alice! Je vous prends tout votre temps, alors que vous avez des invités.

Elle s'empara d'un livre au hasard.

– Je suis impatiente de le lire, cela fait des années que j'en ai envie.

Elle voulait surtout échapper à la litanie, aussi fastidieuse que bruyante, des vertus de Desmond, telles que les énonçait Alice. Pas étonnant qu'elle ait été intimidée à l'idée de m'inviter, songea Scarlett, elle doit savoir que son cousin n'a rien qui puisse faire battre plus vite le cœur d'une femme. Elle a dû découvrir que j'étais une riche veuve, et veut l'aider à tenter le coup en premier, avant que d'autres ne s'en rendent compte. Dommage, Alice, il n'a pas l'ombre d'une chance, pas la moindre.

Dès qu'Alice fut partie, la servante chargée de s'occuper de Scarlett vint frapper à la porte, entra et fit la révérence avec un grand sourire :

– Je suis honorée d'habiller La O'Hara, dit-elle. Quand arrivent les malles?

– Les malles? Lesquelles?

La servante porta la main devant sa bouche et geignit entre ses doigts.

– Vous feriez mieux de vous asseoir, dit Scarlett. J'ai dans l'idée qu'il va me falloir vous poser des questions.

La jeune fille en fut ravie. Le cœur de Scarlett se fit plus lourd à mesure qu'elle découvrait l'étendue de son ignorance. Le pire était qu'il n'y aurait pas de partie de chasse. C'était en automne et en hiver. Si Sir John Morland en avait organisé une, c'était uniquement pour montrer ses chevaux à son ami américain. Pire ou presque, les dames s'habillaient pour le petit déjeuner, se changeaient pour le déjeuner, se changeaient pour l'après-midi, se changeaient pour le dîner, et ne portaient jamais la même tenue deux fois de suite. Scarlett avait deux robes de jour, une robe de soirée, et son habit de cheval. Il ne servirait d'ailleurs à rien d'aller en réclamer d'autres à Ballyhara. Mme Scanlon, la couturière, avait dû se passer de sommeil pour achever les tenues qu'elle avait emportées. Et les robes qu'elle avait fait faire pour son voyage en Amérique étaient terriblement démodées.

— Je m'en irai demain matin à la première heure, dit Scarlett.

— Oh non! s'écria la servante. La O'Hara ne peut pas faire une chose pareille! Que vous importe ce que font les autres? Ce ne sont que des Anglais.

Scarlett sourit.

— Ainsi donc, Sarah, c'est nous contre eux, c'est bien ce que vous voulez dire? Comment saviez-vous que j'étais La O'Hara?

— Tout le monde dans le comté le sait, répondit la jeune fille avec orgueil. Du moins, tous les Irlandais.

Scarlett sourit de nouveau. Elle se sentait déjà mieux.

— Sarah, parlez-moi de tous les Anglais qui sont ici.

Elle était certaine que les servantes devaient tout savoir sur tout le monde. Il en allait toujours ainsi.

Sarah ne la déçut pas. Quand Scarlett descendit pour dîner, elle était vaccinée contre tout snobisme. Elle en savait plus sur les autres invités que leurs propres mères.

Même ainsi, pourtant, elle se sentait maladroite. Et elle était furieuse contre John Morland. Il avait simplement dit : « Robes légères pour la journée, et quelque chose de décolleté pour le dîner et la soirée. » Les autres femmes étaient vêtues et parées comme des reines, pensa-t-elle, et elle n'avait pas apporté ses perles ni ses boucles d'oreilles en diamants. De surcroît, elle en était certaine, il devait être évident pour tous que sa robe était l'œuvre d'une couturière de village. Elle serra les dents et décida de se donner du bon temps malgré tout. Autant en profiter, je ne serai jamais invitée ailleurs.

En fait, beaucoup de choses lui plurent. Outre le croquet, on fit du bateau sur le lac, il y eut un concours de tir à l'arc, ainsi qu'un jeu appelé tennis, deux activités très en vogue, lui dit-on.

Le samedi, après dîner, on apporta au salon plusieurs grands paniers dans lesquels il y avait des costumes de toutes sortes. Chacun en piocha un. Le tout au milieu des fous rires et avec un manque d'embarras que Scarlett admira. Henry Harrington la drapa dans une cape de soie à longue traîne étincelante de paillettes, et posa sur sa tête une couronne de bijoux en toc.

— Ce soir vous serez Titania! dit-il.

Les hommes et les femmes se vêtirent de ce qu'ils avaient trouvé dans les paniers, hurlant qui ils étaient, et courant à travers la grande pièce en un jeu sans règles véritables, qui se réduisait à se cacher derrière les fauteuils et à se poursuivre mutuellement.

Le visage dissimulé sous une énorme tête de lion, John Morland dit d'un ton d'excuse :

— Je sais combien cela est ridicule, mais c'est la nuit de la Saint-Jean, et nous avons tous le droit d'être un peu fous.

— Je suis extrêmement mécontente de vous, Bart, répondit-elle. Vous n'êtes pas d'un grand secours pour une dame. Pourquoi ne pas m'avoir dit que j'aurais besoin de dizaines de robes ?

— Ah bon ? Seigneur ! Je ne remarque jamais ce que portent les femmes. Je ne comprends pas qu'elles fassent de tels chichis.

Le temps que tous se lassent de leurs jeux, le long, long crépuscule irlandais avait pris fin.

— Il fait noir, s'écria Alice. Allons voir les feux !

Scarlett fut envahie d'un sentiment de culpabilité. Elle aurait dû être à Ballyhara. La nuit de la Saint-Jean était, pour les paysans, presque aussi importante que la Sainte-Brigid. Des feux de joie marquaient le tournant de l'année, la nuit la plus courte, et garantissaient au bétail et aux récoltes une sorte de protection mystique.

Quand tous sortirent sur la pelouse, ils aperçurent la lueur d'un feu au loin, et entendirent une gigue irlandaise. Scarlett comprit que ce devait être Ballyhara. La O'Hara aurait dû assister à la cérémonie. De même qu'elle devrait être là au lever du soleil, lorsque le bétail traverserait les cendres du feu. Colum lui avait dit de ne pas se rendre à une soirée d'Anglais. Qu'elle y croie ou non, les vieilles traditions avaient de l'importance pour les Irlandais. Elle en avait été furieuse : les superstitions ne pouvaient régenter sa vie. Mais maintenant, elle se disait qu'elle avait eu tort.

— Regrettez-vous de ne pas être à Ballyhara ? demanda Bart.

— Vous non plus, que je sache, vous n'assistez pas à la Saint-Jean chez vous, rétorqua-t-elle sèchement.

— Parce que, chez moi, on ne veut pas de moi, répondit-il d'une voix triste. J'y suis allé une fois. J'avais pensé qu'il y avait peut-être un peu de cette vieille sagesse populaire derrière cette histoire de cendres à travers lesquelles passe le bétail. C'était bon pour les sabots, ou quelque chose de ce genre. Je voulais essayer cela sur les chevaux.

— Ça a marché ?

— Je ne l'ai jamais su. Toute l'allégresse a disparu de la fête quand je suis arrivé, alors je n'ai pas insisté.

— J'aurais dû m'en aller d'ici, balbutia Scarlett.

— Absurde ! Vous êtes la seule ici à être vivante ! Et américaine ! Scarlett, vous êtes une fleur exotique au milieu des mauvaises herbes.

Elle n'avait pas vu les choses ainsi. Ce n'était pas sans fondement. Les gens avaient toujours bonne opinion des hôtes venus de loin. Elle se sentit beaucoup mieux, jusqu'à ce qu'elle entendît l'Honorable Louisa Ferncliff déclarer :

— Ne sont-ils pas amusants ? J'adore les Irlandais quand ils se

700

montrent païens et primitifs. Cela ne me gênerait pas de vivre en Irlande, s'ils n'étaient pas si sots et fainéants.

Scarlett fit en silence le vœu de s'excuser auprès de Colum à l'instant même où elle rentrerait. Jamais elle n'aurait dû abandonner son chez-elle, et les siens.

— Scarlett, y a-t-il âme qui vive qui n'ait jamais commis d'erreur ? Il fallait que vous appreniez qui étaient vraiment ces gens, sinon comment l'auriez-vous su ? Séchez vos yeux, et partez à cheval voir les champs. Les hommes de peine ont commencé à édifier les meules.

Scarlett embrassa son cousin sur la joue. Il n'avait pas dit : « Je vous avais bien prévenue. »

Au cours des semaines qui suivirent, Scarlett fut invitée à deux réceptions, par des gens rencontrés chez Alice Harrington. Chaque fois, elle rédigea une lettre de refus un peu guindée, mais conforme aux usages. Quand les meules furent élevées, elle mit les journaliers au travail sur la pelouse, en bien mauvais état, derrière la demeure. L'herbe y aurait peut-être repoussé dès l'été prochain, et Cat adorerait jouer au croquet. Cela au moins avait été amusant.

Le blé était jaune vif, presque prêt à être moissonné, quand survint un cavalier porteur d'un message pour elle ; il s'invita dans la cuisine pour une tasse de thé « ou quelque chose de plus viril », afin d'attendre qu'elle rédige une réponse qu'il emporterait. Charlotte Montague aimerait lui rendre visite, si cela lui convenait.

Qui diable était-ce donc ? Scarlett dut fouiller dans sa mémoire pendant près de dix minutes avant de se souvenir d'elle : une femme d'âge mûr, agréable, discrète, qu'elle avait croisée chez les Harrington. Elle se souvint également que, la nuit de la Saint-Jean, Mme Montague n'avait pas couru en tous sens comme un Indien pris de folie. Elle semblait même avoir disparu après le dîner. Ce qui d'ailleurs ne la rendait pas moins anglaise.

Mais que pouvait-elle bien vouloir ? La curiosité de Scarlett fut piquée. Le message parlait d'une « question d'un intérêt considérable pour nous deux ».

Elle se rendit elle-même à la cuisine pour confier au messager de Mme Montague une invitation à prendre le thé l'après-midi. Elle savait que, ce faisant, elle empiétait sur le territoire de Mme Fitz. Elle n'était censée voir la cuisine que depuis la galerie. Mais, après tout, c'était la sienne, non ? Et Cat y passait des heures chaque jour, alors pourquoi pas elle ?

Scarlett faillit bien mettre sa robe rose pour recevoir Mme Montague. Elle était moins étouffante que ses jupes de Galway, et l'aprèsmidi était vraiment chaud – pour l'Irlande du moins. Toutefois elle la remit dans sa garde-robe. Pas question de faire semblant d'être ce qu'elle n'était pas.

Elle commanda du *barm brack* pour le thé, au lieu des pains au lait habituels.

Charlotte Montague était vêtue d'une jupe et d'une veste de lin gris, avec un jabot de dentelle que les doigts de Scarlett mouraient d'envie de toucher. Jamais elle n'en avait vu d'aussi épaisse et d'aussi travaillée.

La visiteuse ôta ses gants de chevreau gris et son chapeau à plume avant de s'asseoir dans le fauteuil à côté de la table à thé.

– Merci de me recevoir, madame O'Hara. Je doute que vous consentiez à perdre du temps à discuter du climat; vous préféreriez savoir pourquoi je suis ici, sans doute?

Mme Montague avait dans la voix, comme dans son sourire, une intéressante asymétrie.

– Je meurs de curiosité, dit Scarlett, à qui le début de la conversation plaisait fort.

– J'ai appris que vous étiez une femme d'affaires très prospère, ici comme en Amérique... Ne vous alarmez pas. Ce que je sais, je le garde pour moi, c'est un de mes atouts les plus précieux. Un autre, comme vous pouvez l'imaginer, est que j'ai les moyens d'apprendre des choses que les autres ignorent. Moi aussi, je suis une femme d'affaires. J'aimerais vous en parler, si vous me le permettez.

Scarlett ne put que hocher la tête mécaniquement. Que savait donc d'elle cette femme? Et comment?

Mme Montague dit que, pour parler en termes très généraux, elle « arrangeait les choses ». Elle était la fille cadette d'un fils cadet de bonne famille, et avait épousé le cadet d'une autre. Avant même qu'il soit mort d'un accident de chasse, elle s'était lassée d'être toujours laissée de côté, toujours à sauvegarder les apparences et à mener la vie qu'on attendait des gens bien nés, toujours à la recherche d'argent. Une fois veuve, elle s'était retrouvée parente pauvre, position intolérable.

Elle avait de l'intelligence, de l'éducation, du goût, et ses entrées auprès des meilleures familles d'Irlande. Autant d'attributs dont elle tira parti, en y ajoutant discrétion et information.

– Je suis pour ainsi dire une sorte d'amie et d'hôtesse de profession. Je donne généreusement toutes sortes de conseils – sur la façon de s'habiller, de se distraire, sur la décoration des maisons, sur les arrangements de mariages ou d'assignations. Couturières, tailleurs, bottiers, joailliers, marchands de meubles et de tapis me versent de généreuses commissions. Je suis adroite et j'ai du tact, et il est peu probable que quelqu'un se doute que je suis payée. De toute façon, même si c'est le cas, les gens préfèrent n'en rien savoir, ou bien ils sont si satisfaits qu'ils s'en moquent, surtout que cela ne leur coûte rien.

Scarlett fut aussi choquée que fascinée. Pourquoi diable cette femme avouait-elle ces choses, et à elle, précisément ?

— Madame O'Hara, je vous dis tout cela parce que je suis certaine que vous n'êtes pas une sotte. Peut-être vous demandez-vous, à juste titre, si d'aventure j'offre de vous aider par pure bonté d'âme, comme on dit. Il n'y a pas de bonté dans mon âme sauf, à la rigueur, celle qui peut servir mon bien-être personnel. J'ai une proposition strictement commerciale à vous faire. Vous méritez mieux qu'une petite réception minable donnée par une petite femme aussi minable qu'Alice Harrington. Vous avez la beauté, l'intelligence et l'argent. Si vous vous en remettez à moi, je ferai de vous la femme la plus admirée, la plus recherchée d'Irlande. Cela prendra deux ou trois ans. Ensuite, le monde entier vous sera ouvert, et vous pourrez faire ce que vous voudrez. Vous serez célèbre — et j'aurai assez d'argent pour me retirer dans le luxe.

Mme Montague sourit.

— Cela fait près de vingt ans que j'attends que quelqu'un comme vous fasse son apparition.

CHAPITRE 75

Dès le départ de Charlotte Montague, Scarlett, empruntant la galerie, se précipita vers les appartements de Mme Fitzpatrick. Peu lui importait qu'elle fût censée la faire appeler; il fallait qu'elle parle à quelqu'un.

Mme Fitz sortit de sa chambre avant que Scarlett ait eu le temps de frapper à sa porte :

— Madame O'Hara, vous auriez dû m'envoyer chercher, dit-elle à voix basse.

— Je sais, je sais, mais cela prend du temps, et ce que j'ai à vous dire ne peut pas attendre! lança Scarlett, très agitée.

Le regard froid de Mme Fitzpatrick eut tôt fait de la calmer.

— Il le faudra bien, pourtant, dit-elle. Les servantes, dans la cuisine, entendront tout ce que vous direz et le répéteront en enjolivant les choses. Venez avec moi, lentement, et suivez-moi.

Scarlett eut l'impression d'être une enfant qu'on gronde, et obtempéra.

Mme Fitzpatrick s'arrêta au milieu de la galerie, au-dessus de la cuisine. Scarlett l'imita, et contint son impatience tandis que l'autre parlait des améliorations qu'on avait apportées ici ou là. La large balustrade était assez vaste pour qu'on s'y assoie, pensa-t-elle vaguement, mais elle se tint aussi droite que Mme Fitzpatrick, en regardant, en bas, les servantes, qui paraissaient extrêmement occupées.

Mme Fitzpatrick progressait avec lenteur, mais elle avançait. Quand elles atteignirent la maison, Scarlett se mit à parler dès que la porte menant à la galerie se fut refermée.

— Bien entendu, c'est ridicule, conclut-elle après avoir rapporté ce que Mme Montague lui avait dit. C'est ce que je lui ai répondu. Je suis irlandaise, je ne veux pas être courtisée par les Anglais.

Scarlett parlait très vite, et son teint était rouge.

– Vous avez eu tout à fait raison, madame O. A en juger par ses propres paroles, cette femme ne vaut pas mieux qu'une voleuse.

Une telle véhémence réduisit Scarlett au silence. Elle s'abstint donc de répéter la dernière réplique de Mme Montague :

« Votre côté irlandais est l'une de vos caractéristiques les plus étonnantes. Un jour c'est bas rayés et pommes de terre bouillies, le lendemain soie et perdrix. Vous pouvez avoir l'un et l'autre ; cela ne fera qu'ajouter à votre légende. Écrivez-moi quand vous vous serez décidée. »

Colum s'empourpra quand Rosaleen Fitzpatrick lui parla de la visiteuse :

– Pourquoi diable Scarlett l'a-t-elle laissée entrer ? fulmina-t-il. Elle tenta de l'apaiser :

– Colum, elle est seule. Elle n'a pas d'amis, à part nous. Pour une mère, un enfant est un véritable monde, mais ce n'est pas une compagnie. Je pensais que fréquenter la bonne société serait peut-être bon pour elle. Et pour nous, pour peu que tu y réfléchisses. L'auberge de Kennedy est presque achevée. Bientôt des hommes vont aller et venir. D'autres allées et venues ne seraient peut-être pas de trop pour tromper les Anglais... Un coup d'œil m'a suffi pour prendre la mesure de cette Montague. Elle est aussi froide que cupide. Souviens-toi de ce que je te dis : la première chose qu'elle enseignera à Scarlett, c'est que la Grande Maison doit être meublée et refaite à neuf. Elle jouera à ses petits jeux avec tous les fournisseurs, mais Scarlett peut largement se le permettre. Et, chaque jour de l'année, des inconnus viendront de Trim à Ballyhara avec leurs peintures, leurs velours, leurs modes françaises ! Personne ne prendra garde s'il y en a un ou deux de plus qui empruntent le même chemin. On s'interroge déjà sur la jolie veuve américaine. Pourquoi n'est-elle pas à la recherche d'un époux ? Je crois que nous ferions mieux de l'envoyer aux soirées des Anglais. Faute de quoi, les officiers britanniques viendront bientôt ici lui faire leur cour.

Colum promit de « réfléchir à la question ». Cette nuit-là, il sortit et marcha pendant des milles, en tentant de peser ce qui serait le mieux pour Scarlett, pour la Confrérie, et en se demandant s'il était possible de concilier les deux. Ces derniers temps, il avait été si préoccupé qu'il avait du mal à garder toute sa lucidité d'esprit. On l'avait informé que certains perdaient leur enthousiasme pour le mouvement *fenian*. Deux bonnes récoltes de suite mettaient les gens plus à leur aise, et le confort vous ôte souvent le goût du risque. Par ailleurs, des *Fenians* infiltrés dans la gendarmerie avaient entendu des rumeurs selon lesquelles il y avait un mouchard dans la Confrérie. C'était un danger perpétuel pour les groupes clandestins. Par le passé, à deux reprises, un soulèvement avait été écrasé à la suite d'une trahison. Mais celui-là avait été préparé avec tant de soin, tant de patience. Toutes les précautions avaient été prises. Rien n'avait été laissé au hasard. Il ne fallait pas que les choses tournent mal, maintenant. Ils étaient si près du but. Les plus hauts responsables avaient prévu de donner le signal de l'action au cours de l'hiver suivant quand les trois quarts de la milice anglaise seraient loin des garnisons, occupés à chasser le renard. Et voilà que la consigne avait été transmise d'en haut : ne faites rien jusqu'à ce que le mouchard ait été identifié et mis hors d'état de nuire. L'attente le minait.

Quand vint l'aurore, il marcha, à travers la brume matinale teintée de rose, jusqu'à la Grande Maison, entra avec une clé, et se dirigea vers la chambre de Rosaleen.

— Je crois que tu as raison, dit-il. Cela me vaudra-t-il une tasse de thé ?

Plus tard, dans la journée, Mme Fitzpatrick s'excusa auprès de Scarlett, en admettant qu'elle avait fait preuve de trop de hâte et de préjugés, et l'adjura de se créer une vie mondaine avec l'assistance de Charlotte Montague.

— J'ai décidé que c'était une idée absurde, répondit Scarlett. Je suis trop occupée.

Quand Rosaleen le répéta à Colum, il éclata de rire. Elle quitta sa maison en claquant la porte.

La moisson, la fête qui la suivait, les jours dorés de l'automne, les feuilles qui commençaient à tomber. Scarlett se réjouit de l'abondance des récoltes, pleura la fin de la période de travail aux champs. Septembre était l'époque des loyers semestriels, et elle savait qu'il resterait quelque chose à ses tenanciers. Être La O'Hara était vraiment magnifique.

Elle donna une grande réception pour le second anniversaire de Cat. Tous les enfants de Ballyhara âgés de moins de dix ans jouèrent au rez-de-chaussée dans les grandes pièces vides, mangèrent de la crème glacée – sans doute pour la première fois de leur vie –, ainsi que du *barm brack* avec de minuscules faveurs dedans, en plus des groseilles et des raisins secs. Et chacun rentra chez lui avec une pièce de deux pence toute neuve. Scarlett veilla à ce qu'ils repartent assez tôt, en raison des superstitions relatives à Halloween. Puis elle emmena Cat à l'étage, pour qu'elle fasse la sieste.

— Tu as aimé ton anniversaire, chérie ?

— Oui, répondit Cat, souriant d'un air somnolent. Sommeil, Maman.

— Je le sais bien, mon ange. L'heure de ta sieste est passée depuis longtemps. Viens... au lit... tu pourras dormir dans le grand lit de Maman, parce que c'est un grand anniversaire.

Scarlett avait à peine couché Cat que celle-ci se redressa :

— Où est le cadeau de Cat ?

— Je vais le chercher, chérie.

Scarlett lui rapporta la grande poupée de porcelaine, prise dans la boîte où sa fille l'avait laissée.

Cat secoua la tête.

— Non, l'autre.

Puis elle se coucha sur le ventre, glissa sous l'édredon et tomba sur le sol, où elle atterrit avec un bruit sourd. Ensuite, elle entreprit de ramper sous le lit, et revint avec dans les bras un chat tigré de couleur jaune.

— Cat, pour l'amour du ciel, d'où vient-il ? Donne-le-moi, il va te griffer.

— Tu me le rendras ?

— Bien sûr, si tu y tiens. Mais, mon bébé, c'est un chat de gouttière, il ne voudra peut-être pas rester dans la maison.

— Il m'aime bien.

Scarlett n'insista pas. Il ne l'avait pas griffée, après tout, et elle était si heureuse. Quel tort cela pouvait-il causer, si elle le gardait ? Elle les installa tous les deux dans son lit. Sans doute finirai-je par dormir en compagnie d'une centaine de puces, mais un anniversaire est un anniversaire.

Cat se nicha dans les oreillers, et ses yeux à demi clos se rouvrirent tout d'un coup.

— Quand Annie m'apportera du lait, mon ami pourra le boire, dit-elle.

Puis ses paupières se refermèrent et elle s'endormit.

Annie frappa à la porte et entra, portant une tasse de lait tiède. Lorsqu'elle revint à la cuisine, elle dit aux autres que Mme O'Hara n'avait cessé de rire, sans qu'on sût pourquoi. Elle avait parlé de chat et de lait. Mary Moran fit savoir qu'à son humble avis il serait bien plus séant que cette fillette ait un nom chrétien décent, que les saints la protègent. Les servantes et la cuisinière se signèrent à trois reprises.

Mme Fitzpatrick avait tout suivi depuis la galerie. Elle se signa aussi et dit une prière en silence. Cat serait bientôt trop grande pour qu'on puisse la protéger tout le temps. Les gens avaient peur des enfants comme elle, et ce qui les effrayait, ils s'efforçaient de le détruire.

A Ballyhara, des mères lavaient leurs enfants avec de l'eau où de la racine d'angélique avait mariné toute la journée. C'était une protection bien connue contre les sorcières et les esprits.

Ce fut l'effet du cor. Scarlett faisait prendre un peu d'exercice à Demi-Lune quand tous deux l'entendirent, suivi des aboiements de la meute. Quelque part, tout près de là, en rase campagne, des gens chassaient. Pour autant qu'elle sût, Rhett pouvait être du nombre. Sur le chemin de Ballyhara, elle fit sauter trois fossés et quatre haies à sa monture, mais ce n'était pas la même chose. Elle écrivit à Charlotte Montague dès le lendemain.

Deux semaines plus tard, deux charrettes remontèrent lourdement le chemin. Les meubles destinés aux appartements de Mme Montague étaient arrivés. La dame suivait derrière dans un équipage très élégant, avec sa servante.

Elle dirigea l'installation du mobilier dans une chambre et un salon proche de celui de Scarlett, puis quitta sa servante pour veiller au déballage de ses affaires.

– Nous allons commencer pour de bon! dit-elle à Scarlett.

– Je pourrais tout aussi bien n'être pas là du tout! se plaignit Scarlett. Tout ce qui m'est permis, c'est de signer des chèques d'un montant scandaleux.

Elle parlait à Ochras, le chat de Cat. Ce nom – qui veut dire « affamé » en gaélique – lui avait été donné par la cuisinière lors d'un moment d'exaspération. Ochras ignora Scarlett, mais elle n'avait personne d'autre à qui parler. Charlotte Montague et Mme Fitzpatrick lui demandaient rarement son avis sur quoi que ce soit. Toutes deux savaient ce que devait être, et ne pas être, la Grande Maison.

Non que cela l'eût préoccupée. Pendant la plus grande part de son existence elle ne s'était jamais vraiment intéressée aux maisons qu'elle avait habitées. Tara était Tara, la maison de tante Pittypat était celle de tante Pittypat, même si elle en possédait la moitié. Scarlett ne s'était impliquée que pour la demeure que Rhett avait construite pour elle. Elle avait acheté les meubles les plus récents et les plus coûteux, avec grand plaisir, car ils prouvaient à quel point elle était riche. La maison elle-même ne lui avait jamais procuré de joie, elle la remarquait à peine – tout comme elle ne voyait pas vraiment la Grande Maison de Ballyhara. Charlotte Montague lui avait dit qu'elle était d'inspiration palladienne, et datait du XVIIIe siècle : quelle importance, au nom du ciel ? Ce qui comptait, pour Scarlett, c'était la terre, pour sa richesse et ses récoltes, et la ville, pour ses loyers, les facilités qu'elle offrait, et parce que personne, pas même Rhett, ne possédait sa propre ville. Pourtant, elle comprenait parfaitement qu'accepter des invitations la mettait dans l'obligation de les rendre, et elle ne pouvait inviter les gens dans une demeure où seules deux pièces étaient meublées. Sans doute devait-elle s'estimer heureuse que Charlotte Montague se chargeât de la transformer. Elle-même avait des choses bien plus intéressantes à faire. Scarlett s'était montrée ferme sur tous les points qui avaient de l'importance pour elle : Cat devait avoir une chambre à côté de la sienne, non dans une lointaine nursery avec une gouvernante; et Scarlett tiendrait ses comptes elle-même, pas question de confier quoi que ce soit à un intendant. A part cela, Charlotte et Mme Fitz pouvaient faire tout ce qui leur plairait. Le coût des aménagements la fit frémir, mais elle avait accepté de s'en remettre à Mme Montague, et il était trop tard pour reculer une fois l'accord conclu. D'ailleurs, l'argent n'avait plus pour elle l'importance d'autrefois.

Scarlett chercha donc refuge dans son bureau, et Cat fit de la cuisine son domaine, tandis que des ouvriers effectuaient toutes sortes de travaux coûteux, bruyants et salissants, et ce pendant des mois. Au moins elle avait à s'occuper de sa ferme, et de ses devoirs, puisqu'elle était La O'Hara. Et elle achetait des chevaux.

— Je ne connais à peu près rien dans ce domaine, lui avait dit Charlotte Montague, et Scarlett avait levé un sourcil étonné.

En effet, elle en était venue à croire qu'il n'y avait rien sur terre à propos de quoi Charlotte ne fût une experte.

— Vous aurez besoin d'au moins quatre chevaux de selle, et de six hunters — mieux vaudrait huit, d'ailleurs. Il faut que vous demandiez à Sir John Morland de vous aider à les choisir.

— Six hunters! s'était écriée Scarlett. Grand dieu, Charlotte, cela fait dans les cinq cents livres! Vous êtes folle!

Puis elle avait baissé la voix, ayant appris que hurler face à Charlotte Montague était une simple perte de temps : rien ne semblait pouvoir ébranler cette femme.

— Je vous éduquerai un peu, s'agissant des chevaux, avait-elle repris avec une douceur venimeuse. Les couples, c'est bon pour les voitures et la charrue.

Elle eut le dessous. Comme d'habitude. C'est bien pourquoi je n'ai pas voulu discuter de l'aide que pourrait m'apporter John Morland, se dit-elle. Mais Scarlett savait qu'en fait elle avait attendu une raison de revoir Bart. Peut-être aurait-il des nouvelles de Rhett. Dès le lendemain elle se rendit à cheval à Dunsany. Morland fut ravi de sa requête. Bien sûr qu'il l'aiderait à dénicher les meilleurs hunters d'Irlande!

– Avez-vous des nouvelles de votre ami américain, Bart? demanda-t-elle d'un ton qu'elle espéra désinvolte; elle avait attendu assez longtemps de pouvoir poser la question.

John Morland était capable de parler chevaux plus longtemps encore que Gerald O'Hara et Béatrice Tarleton réunis.

– Vous voulez dire Rhett?

Le cœur de Scarlett faillit se briser rien qu'en entendant ce prénom.

– Oui, poursuivit Bart, il est bien plus sérieux dans sa correspondance que moi.

Il eut un geste de la main en direction de la pile de lettres et de factures qui s'entassaient sur son bureau.

Allait-il enfin en venir au fait?

Bart haussa les épaules, et tourna le dos au bureau.

– Il est bien décidé à ce que la pouliche qu'il m'a achetée prenne part aux courses de Charleston. Je lui ai dit qu'elle avait été élevée pour les obstacles et pas pour le plat, mais il est certain que sa vitesse compensera. J'ai peur qu'il ne soit déçu. D'ici trois ou quatre ans, peut-être y réussira-t-il, mais quand on se souvient que sa mère est issue de...

Scarlett cessa d'écouter. John Morland pouvait parler parentés jusqu'à remonter au Déluge. Pourquoi diable ne lui disait-il pas ce qu'elle voulait savoir? Rhett était-il heureux? Avait-il fait allusion à elle?

Puis elle regarda le visage animé du jeune baronnet et lui pardonna. C'était l'un des hommes les plus charmants du monde – à sa manière, qui était celle d'un excentrique.

La vie de John Morland tournait tout entière autour des chevaux. C'était un propriétaire consciencieux, qui prenait soin de son domaine et de ses fermes. Mais ses écuries, et ses terrains d'entraînement pour chevaux de course étaient sa véritable passion, suivie de près par la chasse au renard en hiver, sur les magnifiques hunters qu'il se réservait.

Peut-être était-ce une manière de compenser la romanesque tragédie que connaissait Bart : son absolue dévotion envers la femme qui avait pris possession de son cœur alors que tous deux n'étaient guère que des enfants. Elle s'appelait Grace Hastings, et était mariée à Julian Hastings depuis près de vingt ans. John Morland et Scarlett avaient en commun un amour impossible. Charlotte lui avait dit que « tout le monde en Irlande » était au courant : John était relativement à l'abri des chasseuses de mari, car il n'avait guère d'argent. Son titre et ses biens étaient anciens, très anciens, mais il n'avait pas de revenus, exception faite des loyers de son domaine, et il consacrait pratiquement jusqu'à son dernier shilling à ses chevaux. C'était un homme très avenant, bien que distrait au plus haut point, grand, blond, avec des yeux gris pleins de chaleur et de vivacité, et un sourire d'une incroyable douceur, reflet fidèle de son bon caractère. Pour un homme qui avait passé près de quarante ans dans les cercles de la bonne société anglaise, il était étrangement naïf. De temps à autre, une femme qui avait de l'argent bien à elle, comme l'Honorable Louisa, tombait amoureuse de lui et se lançait à sa poursuite, ce qui le gênait fort, et amusait grandement tout le monde. Ses excentricités se faisaient encore plus marquées; sa distraction devenait proche de la torpeur d'esprit, ses gilets étaient souvent boutonnés de travers, son rire parfois déplacé, et il réarrangeait sa collection de tableaux de George Stubbs si souvent que les murs de sa demeure étaient criblés de trous.

Scarlett nota qu'un superbe portrait d'Éclipse, le fameux cheval, était posé en équilibre instable sur une pile de livres. Peu lui importait; elle voulait entendre parler de Rhett. Je vais poser la question, se dit-elle. De toute façon, Bart ne s'en souviendrait pas.

— Est-ce que Rhett a dit quelque chose de moi?

Morland était tout aux ancêtres de sa pouliche. Il cligna les yeux, puis enregistra l'interrogation.

— Oh oui, il veut savoir si vous avez des chances de vendre Demi-Lune. Il pense à organiser de nouveau la Dunmore Hunt. Il veut aussi que je garde l'œil sur tous les chevaux qui pourraient lui ressembler.

— Alors, il faudra qu'il revienne les acheter, non? s'informa Scarlett, en priant pour que Bart dise oui.

Mais sa réponse la remplit de désespoir :

— Non, il devra me faire confiance. Sa femme attend un enfant, voyez-vous, et il ne veut pas la quitter. Mais maintenant que je vais vous aider à dénicher les perles rares, je ne pourrai plus l'aider, de toute façon. Je lui écrirai pour le lui dire dès que j'en aurai le temps.

Scarlett était si bouleversée par ce que venait de lui apprendre Bart qu'il dut la secouer par le bras pour attirer son attention. Quand voulait-elle se mettre en chasse? demanda-t-il.

— Aujourd'hui même, répliqua-t-elle.

Tout au long de l'hiver, elle se rendit, en compagnie de John Morland, à une chasse ou l'autre du comté, pour examiner les hunters qu'on mettait en vente. Il n'était pas facile de trouver des montures qui la satisfassent, car elle exigeait que la bête soit aussi intrépide qu'elle. Elle montait à cheval comme si des démons la poursuivaient, et chevaucher lui permit finalement de cesser de penser que Rhett pouvait être le père d'un autre enfant que Cat.

Quand elle était à la maison, elle s'efforçait de donner encore plus d'attention et d'affection à la petite fille. Comme d'habitude, Cat méprisait les caresses. Mais elle était capable d'écouter des récits sur les chevaux aussi longtemps que Scarlett était en mesure de parler.

Lorsque vint février, Scarlett retourna la première motte de terre avec la même excitation heureuse que les années précédentes. Elle avait réussi à reléguer Rhett dans un lointain passé et pensait rarement à lui.

C'était une année neuve, pleine de promesses. Si Charlotte et Mme Fitzpatrick venaient jamais à bout des travaux de la Grande Maison, elle pourrait même donner une réception. Kathleen lui manquait, comme le reste de la famille. Pegeen lui rendait les visites si déplaisantes qu'elle ne voyait pratiquement plus ses cousins.

Cela pourrait attendre, il le faudrait bien. Il y avait des plantations à faire.

En juin, Scarlett passa une journée, longue et épuisante, à faire prendre ses mesures par la couturière que Charlotte avait ramenée de Dublin. Mme Sims se montra impitoyable : Scarlett dut lever les bras, les tendre en avant, sur les côtés, en garder un levé, abaisser l'autre, en mettre un en avant, l'autre en arrière, adopter toutes les postures imaginables, sans compter celles auxquelles elle n'aurait jamais pensé. Cela lui parut durer des heures. La séance recommença en position assise, puis dans toutes les attitudes du quadrille, de la valse, du cotillon.

— La seule chose pour laquelle elle n'ait pas pris de mesures, c'est mon linceul, geignit Scarlett.

Charlotte Montague eut l'un de ses rares sourires :

— Elle l'a sans doute fait, sans que vous vous en rendiez compte. Daisy Sims est très méthodique.

— Je refuse de croire qu'une femme aussi terrifiante puisse s'appeler Daisy !

— Ne l'appelez jamais ainsi, sauf si elle vous y invite. Personne n'a le droit de se montrer familier avec elle en dessous du rang de duchesse. Elle est la meilleure dans sa partie, et personne n'oserait courir le risque de l'offenser.

— Vous lui donnez bien du Daisy.

— Moi aussi, je suis la meilleure dans ma partie.

Scarlett éclata de rire. Elle aimait bien Charlotte Montague et la respectait. Bien qu'on ne pût guère dire que ce fût une amie facile à vivre.

Elle revêtit ensuite ses habits de paysanne et soupa – Charlotte lui rappela qu'on disait « dîner » – avant de sortir et de se diriger vers la colline près de la Knightsbrook pour voir s'allumer les feux de la Saint-Jean. Tout en dansant au son familier des violons, des cornemuses, ainsi que du *bodhran* de Colum, elle songea à quel point elle avait de la chance. Si ce que Charlotte lui avait promis était vrai, elle aurait tout à la fois : les Irlandais et les Anglais. Le pauvre Bart, se souvint-elle, n'était pas le bienvenu aux feux de la Saint-Jean allumés sur son propre domaine.

Scarlett songea encore une fois à sa bonne fortune quand elle présida le banquet pour célébrer la moisson. Ballyhara avait de nouveau fait une belle récolte, pas aussi bonne que les deux années précédentes, mais suffisante pour que les poches de chacun puissent tinter. Tout le monde, à Ballyhara, fêtait sa propre chance. Sauf Colum, remarqua Scarlett. Il paraissait n'avoir pas dormi depuis une semaine. Elle aurait aimé lui demander ce qui n'allait pas, mais il se montrait agressif envers elle depuis des jours et des jours. Et, selon Mme Fitz, il semblait ne plus se rendre du tout au pub.

Elle ne laisserait pas cette mélancolie ruiner sa bonne humeur. De surcroît, la saison de la chasse allait commencer d'un jour à l'autre, et son nouvel habit de cheval était l'une des choses les plus enchanteresses qu'elle eût jamais vues. Mme Sims était exactement tout ce que Charlotte avait dit.

– Si vous êtes prête, nous irons faire un tour, dit Charlotte Montague.

Scarlett posa sa tasse, plus impatiente qu'elle ne voulait le reconnaître.

– C'est très gentil à vous, Charlotte, quand on se souvient que chaque porte, à l'exception de celles de mes appartements, est fermée à clé depuis un an ou presque.

Scarlett s'efforçait d'avoir l'air aussi acariâtre que possible, mais soupçonna que son interlocutrice était trop fine pour être dupe.

– Je vais chercher Cat pour qu'elle vienne avec nous, poursuivit-elle.

– Si vous voulez, Scarlett, mais elle a déjà tout vu au fur et à mesure de l'achèvement. C'est une enfant remarquable, qui apparaît dès qu'une porte ou une fenêtre reste ouverte. Les peintres ont été très inquiets quand ils l'ont retrouvée en haut de leur échafaudage.

– Ne me dites pas de choses pareilles, je vais avoir une attaque. Petit singe, elle grimpe partout !

Scarlett se mit en quête de Cat, et l'appela, mais en pure perte. Parfois – maintenant, par exemple – l'indépendance de la petite fille l'agaçait profondément. En temps normal, elle en était fière.

– Elle viendra sans doute se joindre à nous si cela l'intéresse, finit-elle par dire. Allons-y, je meurs d'envie de tout voir.

Autant le reconnaître : elle ne trompait personne.

Ouvrant le chemin, Charlotte la conduisit tout en haut, le long de couloirs bordés de chambres d'amis, puis la fit redescendre vers ce que Scarlett avait encore de la peine à appeler le premier étage – et non le second, comme le veut l'usage américain. Puis Mme Montague l'emmena à l'autre bout de la demeure, loin des chambres qu'elle occupait.

– Votre chambre, votre salle de bains, votre boudoir, votre cabinet de toilette, la chambre de Cat, sa salle de jeux, la nursery.

Les portes s'ouvraient en grand à mesure que Charlotte dévoilait le résultat de ses efforts. Scarlett fut enchantée du vert pâle, et des meubles dorés, si féminins, de ses appartements, et de la frise dans la chambre de Cat, qui représentait des animaux dont chacun évoquait une lettre de l'alphabet. Les chaises et les tables d'enfant lui firent battre des mains. Pourquoi n'y avait-elle pas pensé? Il y avait même un ensemble à thé miniature sur la table de Cat, et une chaise d'enfant près de l'âtre.

– Vos appartements privés sont de style français, dit Charlotte. Du Louis XVI, si cela vous intéresse. Ils représentent votre côté Robillard. Votre côté O'Hara inspire les salles de réception du rez-de-chaussée.

La seule pièce, à ce niveau, que Scarlett connût n'était autre que le hall dallé de marbre. Elle en poussait la porte pour aller vers le chemin d'accès, et empruntait le large escalier de pierre pour se rendre aux étages supérieurs. Charlotte Montague se hâta de l'y conduire. Elle ouvrit de grandes portes sur un côté et fit entrer Scarlett dans la salle à manger.

– Grand dieu! s'exclama celle-ci, je ne connais pas assez de gens pour que tous ces fauteuils soient occupés!

– Vous les connaîtrez, répondit Charlotte.

Elle lui fit traverser la salle, en direction d'une autre porte.

– Voilà la pièce consacrée au petit déjeuner et à la matinée. Peut-être voudrez-vous y dîner également quand vous serez peu nombreux.

De nouveau elle traversa les lieux vers une autre porte.

– Le grand salon et la salle de bal, annonça-t-elle. J'avoue en être très satisfaite.

L'un des murs, fort long, accueillait toute une série de portes-fenêtres bien espacées, avec entre elles de grands miroirs dorés. Il y en avait un autre au-dessus de la cheminée dressée au centre du mur d'en face. Tous étaient très légèrement inclinés, de façon à refléter non seulement la pièce, mais aussi le plafond. Celui-ci était peint de scènes inspirées des légendes héroïques de l'histoire irlandaise. Les édifices des Rois, sur la colline de Tara, ressemblaient assez à des temples romains. Scarlett adora cela.

– A cet étage, tous les meubles sont de fabrication irlandaise, comme les tissus – laine et lin –, l'argenterie, la porcelaine, le verre, presque tout. C'est là que La O'Hara sera l'hôtesse. Venez, il ne reste plus à voir que la bibliothèque.

Scarlett aima les fauteuils et le canapé recouverts de cuir, et reconnut que les livres, également reliés en cuir, produisaient un très bel effet.

– Charlotte, vous avez accompli un travail magnifique, dit-elle sincèrement.

– Oui, bien que cela n'ait pas été aussi difficile que je l'avais d'abord redouté. Les gens qui vivaient ici avaient sans doute un jardin à la Lancelot Brown, il a donc suffi de tailler et de débroussailler. Le jardin de la cuisine sera productif dès l'année prochaine, quoiqu'il faille peut-être attendre deux ans avant que les espaliers ne repartent. On a dû les couper jusqu'aux supports.

Scarlett n'avait pas la moindre idée de ce dont parlait Charlotte, et d'ailleurs cela ne l'intéressait pas le moins du monde. Elle souhaitait simplement que Gerald O'Hara ait pu voir le plafond de la salle de bal, et Ellen O'Hara admirer les meubles de son boudoir.

Charlotte ouvrit d'autres portes.

– Nous voici de nouveau dans le hall. Un excellent mouvement circulaire pour une vaste assemblée. Les architectes de la période géorgienne savaient exactement ce qu'ils faisaient... Venez donc à l'entrée, Scarlett.

Elle l'escorta jusqu'en haut des marches qui donnaient sur un chemin d'accès fraîchement recouvert de gravier.

– Votre personnel, madame O'Hara.

– Mon Dieu, balbutia Scarlett.

Deux longues rangées de serviteurs en uniforme lui faisaient face. Sur la droite, Mme Fitzpatrick se tenait légèrement en avant de la cuisinière et des servantes : quatre pour la cuisine, deux affectées aux salons, quatre aux étages supérieurs, trois à la laiterie. Il y avait aussi une blanchisseuse et ses trois subordonnées.

Sur la gauche, Scarlett aperçut un homme à l'allure hautaine qui ne pouvait être qu'un maître d'hôtel ; huit valets de pied, deux jeunes garçons qui se balançaient nerveusement d'un pied sur l'autre, un palefrenier qu'elle connaissait déjà et six autres, ainsi que cinq hommes, dont elle devina, à voir leurs mains souillées de terre, qu'il s'agissait des jardiniers.

– Je crois qu'il faut que je m'assoie, chuchota-t-elle.

– Avant, souriez et souhaitez-leur la bienvenue à Ballyhara, dit Charlotte d'un ton sans réplique.

Scarlett s'exécuta.

De retour à l'intérieur, elle perdit son sérieux.

– Ils étaient tous mieux vêtus que moi! dit-elle en contemplant le visage impassible de Mme Montague. Charlotte, vous allez éclater de rire, inutile de chercher à me tromper; Mme Fitzpatrick et vous avez dû bien vous amuser à organiser tout cela.

– Plutôt, oui, reconnut l'autre avec un sourire qui fut tout ce que Scarlett put tirer d'elle en fait d'éclat de rire.

Scarlett invita tous les gens de Ballyhara et d'Adamstown à venir voir la Grande Maison rénovée. Dans la salle à manger, la longue table était chargée de rafraîchissements, et elle allait d'une pièce à l'autre, exhortant chacun à se servir, ou les traînant voir le plafond et ses Rois. Charlotte Montague se tenait d'un côté du grand escalier, avec un air désapprobateur. Scarlett feignit de ne pas la voir. Elle s'efforça aussi d'ignorer la gêne et le malaise de ses cousins et des villageois, mais au bout d'une demi-heure elle était au bord des larmes.

– C'est aller contre la tradition, madame O., murmura Mme Fitzpatrick, cela n'a rien à voir avec vous. En Irlande, jamais le moindre fermier n'a franchi le seuil d'une demeure comme celle-là. Nous sommes un peuple guidé par des règles très anciennes, et nous ne sommes pas près d'en changer.

– Mais je croyais que les *Fenians* voulaient tout bouleverser!

– C'est vrai, soupira Mme Fitz. Mais pour en revenir à des traditions encore plus anciennes que celles qui interdisent à un paysan de poser le pied ici, j'aimerais pouvoir m'expliquer plus clairement.

– Ne vous donnez pas cette peine, madame Fitz. J'ai fait une erreur, c'est tout. Je ne recommencerai pas.

– C'était l'erreur d'un cœur généreux. Il faut en tenir compte.

Scarlett se contraignit à sourire. Mais elle était perplexe et décontenancée. A quoi bon toutes ces pièces décorées à l'irlandaise, si les Irlandais eux-mêmes s'y sentaient mal à l'aise? Et pourquoi ses cousins la traitaient-ils comme une étrangère dans sa propre maison?

Après que tout le monde fut parti, et que les serviteurs eurent tout débarrassé, elle erra, seule, d'une pièce à l'autre. Eh bien, ça me plaît, finit-elle par décider. J'aime énormément. C'était même, songea-t-elle, beaucoup plus joli que Dunmore ne l'avait été et ne le serait jamais.

Elle resta immobile parmi les reflets des Rois, et imagina que Rhett était avec elle, plein d'admiration et d'envie. Il faudrait pour cela attendre des années, Cat serait adulte, et il serait malade à l'idée qu'il avait manqué l'occasion de voir sa fille grandir pour devenir la belle héritière du foyer des O'Hara.

Scarlett courut vers l'escalier, le grimpa en hâte et se rua dans le couloir menant à la chambre de Cat. « Bonsoir », dit celle-ci qui, assise à sa petite table, versait avec le plus grand soin du lait dans une tasse pour son chat tigré. Ocras, installé au centre de la table, l'observait avec attention.

– Assieds-toi, Maman, dit Cat.

Scarlett s'exécuta et se plaça sur une des petites chaises. Si seulement Rhett était là pour se joindre à nous. Mais il n'était pas là, il ne serait jamais là, et il fallait bien qu'elle l'admette. Il serait avec son autre enfant, ses autres enfants – ceux d'Anne. Scarlett résista à la tentation de serrer Cat dans ses bras.

– J'aimerais deux morceaux de sucre, mademoiselle O'Hara, s'il vous plaît, dit-elle.

Cette nuit-là, Scarlett ne put dormir. Elle resta assise au centre de son lit français, après s'être enveloppée avec soin de l'édredon recouvert de soie pour se tenir chaud. Mais ce qu'elle aurait voulu, c'était sentir les bras de Rhett autour d'elle, entendre sa voix grave se moquer de sa désastreuse soirée, jusqu'à ce qu'elle-même puisse en rire et reconnaître qu'elle avait commis une erreur.

Elle voulait être réconfortée après sa déception. Elle voulait de l'amour, le souci et la compréhension d'un adulte. Son cœur avait appris à aimer, il débordait d'amour, et elle ne savait comment l'employer.

Rhett y faisait obstacle, qu'il aille au diable! Pourquoi ne pouvait-elle pas aimer John Morland? Il était gentil, attirant, Scarlett se plaisait en sa compagnie. Si vraiment elle avait voulu de lui, elle ne doutait pas un instant de pouvoir lui faire oublier Grace Hastings.

Mais ce n'était pas le cas, et là était le problème. Elle ne voulait personne d'autre que Rhett. Ce n'est pas juste! pensa-t-elle, comme une enfant. Et, comme une enfant, elle finit par s'endormir après avoir beaucoup pleuré.

Quand elle s'éveilla, elle avait retrouvé le contrôle d'elle-même.

Tout le monde avait détesté sa soirée, et alors? Colum n'était pas resté plus de dix minutes, et alors? Et maintenant, la demeure achevée, Charlotte était déjà aussi active qu'une araignée tissant sa toile, et elle avait bien des projets d'avenir. D'ici là, le temps se prêtait admirablement à la chasse, et Mme Sims avait taillé pour elle un habit de cheval qui lui allait à ravir.

CHAPITRE 76

Scarlett se rendit à la chasse de Sir John Morland en grand équipage, à cheval et accompagnée de deux valets d'écurie conduisant Demi-Lune et Comet, un de ses nouveaux hunters. Les jupes de son habit de cheval flottaient avec élégance sur sa selle d'amazone neuve, et elle était très contente d'elle-même. Il lui avait fallu se battre comme une tigresse face à Mme Sims, mais elle avait gagné. Pas de corset ! Charlotte en avait été stupéfaite. De tous ceux et toutes celles qui avaient discuté avec Daisy Sims, avait-elle dit, personne ne pouvait se flatter de l'avoir emporté. Personne, songea Scarlett, sauf moi. Et j'ai également eu le dessus avec Charlotte.

Celle-ci prétendait que la partie de chasse de Bart Morland n'était pas un endroit où Scarlett pût faire son entrée dans la bonne société irlandaise. Lui-même était au-dessus de tout reproche, et restait l'un des meilleurs partis des environs, si l'on ne tenait pas compte de son manque d'argent. Mais on ne pouvait dire qu'il menait grand train. Les valets de pied de ses petits déjeuners n'étaient jamais que des garçons d'écurie portant livrée pour quelques heures. Charlotte avait décroché pour Scarlett une invitation autrement importante. C'était très exactement ce qu'il fallait afin de préparer ses vrais débuts. Il était impossible qu'elle aille d'abord à Morland Hall.

– C'est tout à fait possible et c'est ce que je ferai, dit Scarlett fermement. Bart est mon ami.

Elle répéta la chose jusqu'à ce que Charlotte jette l'éponge – et ne lui avoua pas le reste. Elle avait besoin d'aller là où elle se sentirait enfin un peu à l'aise. Maintenant que l'échéance approchait, la Bonne Société, avec des majuscules, lui inspirait plus de crainte que d'envie. Elle ne cessait de penser à ce que sa mère avait dit d'elle une fois : « Rien qu'une mule avec un harnais de cheval. » Scarlett y songea même de plus en plus souvent, à mesure que la garde-robe de Mme Sims, inspirée de la mode parisienne, était livrée. Elle imaginait déjà des centaines de Lords, de Ladies, de comtes et de comtesses chuchotant la phrase pendant qu'elle apparaissait à sa première grande réception.

— Bart, je suis heureuse de vous voir.

— Moi aussi, Scarlett. Demi-Lune a l'air fin prêt pour une bonne course. Venez donc par ici prendre le coup de l'étrier avec mon hôte d'honneur. J'aime attirer les célébrités. Je me sens aussi fier que Lucifer.

Scarlett eut un sourire aimable pour le représentant du comté de Meath au Parlement. Il était très avenant, se dit-elle, bien que d'ordinaire elle n'aimât guère les hommes qui portaient la barbe, fût-elle aussi bien peignée que celle de ce M. Parnell. Elle avait déjà entendu ce nom — ah oui, lors du petit déjeuner de Bart. Elle s'en souvenait, maintenant. Colum le détestait pour de bon. Il faudrait qu'elle prenne garde à ce qu'elle lui dirait de ce Parnell. Après la chasse. Car, pour le moment, Demi-Lune était impatient d'y aller, et elle aussi.

— Colum, je ne comprends vraiment pas comment vous pouvez être aussi têtu, dit Scarlett, qui était passée successivement de l'enthousiasme au désir d'explication, puis à la fureur. Pour l'amour du ciel, vous n'avez seulement jamais pris la peine d'aller l'écouter! Eh bien moi, c'est ce que j'ai fait, tout le monde était suspendu à ses lèvres. Et il veut exactement ce dont vous avez toujours parlé: l'Irlande aux Irlandais, sans évictions, et même sans fermages et sans propriétaires. Que voulez-vous demander de plus?

La patience de Colum ne résista pas:

— D'abord que vous ne vous comportiez pas en sotte crédule! Ignorez-vous donc que votre M. Parnell est lui-même propriétaire terrien? Et protestant! Et il est allé à Oxford! Il cherche des voix, non la justice. C'est un politicien, et son fameux *Home Rule,* que son joli visage et ses manières agréables vous ont fait gober, n'est rien de plus, et rien de moins, qu'un bâton à agiter devant les Anglais, et une carotte pour tenter le pauvre âne irlandais, si ignorant!

— Il est vraiment impossible de discuter avec vous! Enfin, il a déclaré ouvertement qu'il soutenait les *Fenians!*

Colum la saisit par le bras.

— Vous avez dit quelque chose?

Elle se dégagea.

— Bien sûr que non! Vous me prenez pour une idiote, vous me

faites la leçon, mais je ne suis pas une imbécile! Et je sais au moins qu'il est inutile d'introduire des armes en contrebande et de partir en guerre, si on peut obtenir ce qu'on veut sans y recourir. J'en ai traversé une déclenchée par une bande de têtes chaudes au nom de je ne sais quels principes grotesques. Cela a eu pour seul résultat la mort de presque tous mes amis, et la destruction de tout. Pour rien. Colum O'Hara, je vais vous dire une bonne chose : il existe un moyen de rendre l'Irlande aux Irlandais sans tuer ni brûler, et c'est ce dont je suis partisane. Plus d'argent à Stephen pour qu'il achète des armes, est-ce clair? Et plus de fusils cachés dans ma ville. Je veux qu'on les retire de l'église. Peu m'importe ce que vous ferez avec, jetez-les dans le marais, cela m'est égal. Mais je veux en être débarrassée. Sur-le-champ.

— Et de moi aussi, par la même occasion?

— Si vous insistez...

Puis les yeux de Scarlett se remplirent de larmes.

— Qu'est-ce que je dis? Qu'est-ce que vous dites? Oh, Colum, il ne faut pas. Vous êtes mon meilleur ami, presque mon frère. Colum, s'il vous plaît, s'il vous plaît, ne soyez pas aussi entêté. Je ne veux pas me battre contre vous.

Ses larmes coulèrent en abondance.

Colum prit sa main dans la sienne et la serra très fort.

— *Och*, Scarlett, ce n'est pas Colum et Scarlett qui parlent, c'est le tempérament irlandais. C'est horrible de nous voir tous les deux nous regarder de travers et hurler. Pardonnez-moi, *aroon*.

— *Aroon?* Qu'est-ce que ça veut dire? demanda Scarlett entre deux sanglots.

— « Chérie ». En gaélique, vous êtes ma Scarlett *aroon*.

— C'est joli.

— Cela vous ira d'autant mieux, alors.

— Colum, voilà que vous refaites le charmeur, mais je n'ai pas l'intention de me laisser griser au point d'oublier. Promettez-moi de vous débarrasser de ces armes. Je ne vous demande pas de voter pour Charles Parnell, simplement de me promettre de ne pas déclencher la guerre.

— Je vous le promets, Scarlett *aroon*.

— Merci. Je me sens infiniment mieux. Maintenant il faut que j'y aille. Viendrez-vous dîner chez moi dans mon si joli petit salon?

— Je ne peux pas, Scarlett. Je dois rencontrer un ami.

— Alors, amenez-le. Si la cuisinière peut nourrir les neuf millions de domestiques que j'ai tout d'un coup, je suis certaine qu'elle aura un petit quelque chose pour vous et votre ami.

— Pas ce soir. Une autre fois.

Scarlett n'insista pas; elle avait obtenu ce qu'elle voulait. Avant de rentrer à la maison, elle fit un détour par la petite chapelle et se confessa au père Flynn. En partie pour s'être emportée, mais ce n'était pas l'essentiel. Elle était venue se faire absoudre d'un péché qui lui glaçait le sang. Elle avait remercié Dieu quand John Morland lui avait dit que, six mois plus tôt, la femme de Rhett avait perdu son bébé.

Peu après le départ de Scarlett, Colum O'Hara entra à son tour dans le confessionnal. Il lui avait menti, et c'était un lourd péché. Sa pénitence accomplie, il se rendit dans l'église anglicane auprès de l'arsenal, pour être sûr que les armes étaient suffisamment bien cachées, au cas où elle déciderait de vérifier par elle-même.

Après la messe du dimanche, tôt le matin, Charlotte Montague et Scarlett partirent pour la réception qui marquerait ses débuts dans le grand monde. Ce déplacement devait durer une semaine. Scarlett n'aimait guère se séparer de Cat si longtemps, mais la fête d'anniversaire venait juste d'avoir lieu – Mme Fitz était encore furieuse à l'idée des dégâts provoqués par les enfants courant sur le parquet de la salle de bal –, et elle était certaine de ne pas manquer à sa fille. Celle-ci était trop occupée à inspecter les meubles neufs, et à s'enquérir des domestiques.

Avec Charlotte et sa servante, nommée Evans, elle se rendit à la gare de Trim dans son élégant coupé : les festivités avaient lieu dans le comté de Monagham, trop loin pour y aller par la route.

Scarlett était plus impatiente qu'inquiète. Se rendre d'abord chez John Morland avait été une bonne idée. Charlotte avait suffisamment le trac pour deux, bien que cela ne se vît guère; l'avenir de Scarlett dans le grand monde dépendrait de la façon dont elle saurait en imposer aux gens pendant cette semaine. Et celui de Charlotte aussi. Elle jeta un coup d'œil à Scarlett pour se rassurer. Oui, elle avait l'air charmante dans son costume de voyage de mérinos vert. De tels yeux étaient un don de Dieu. Et son corps mince et sans corset ferait sans aucun doute se délier les langues, et battre plus vite le cœur des hommes. Elle ressemblait tout à fait à ce que Charlotte avait laissé entendre à quelques amis choisis avec soin : une veuve américaine, belle, pas trop jeune, avec une allure et un charme exotiques pleins de fraîcheur; un peu gauche, mais ce n'en était que plus adorable; Irlandaise, comme seule une étrangère peut l'être, c'est-à-dire de manière romanesque; d'une richesse considérable, peut-être même colossale, à tel point qu'elle pouvait se permettre d'être un esprit libre; distinguée, avec des origines françaises aristocratiques mais, du fait de son éducation américaine, aussi vive qu'exubérante; imprévisible mais sachant se tenir, naïve, mais pleine d'expérience; en résumé, aussi énigmatique qu'amusante, pour des gens qui se connaissaient trop bien les uns les autres, et n'aimaient rien tant que de parler d'une nouvelle venue.

— Peut-être devrais-je vous répéter qui a des chances d'être là, suggéra Charlotte.

— Charlotte, s'il vous plaît, n'en faites rien, j'oublierais encore une fois. De toute façon, je sais ce qui compte. Un duc est plus important qu'un marquis, puis vient un comte, et ensuite un vicomte, un baron et un baronnet. Je peux appeler tous les hommes « Monsieur », comme dans le Sud, alors je n'ai pas à m'inquiéter de tous les « Milord » et « Votre Grâce », mais je ne dois jamais dire « Madame » aux femmes, comme en Amérique, parce que c'est réservé à la reine, et il n'y a aucune chance qu'elle soit là. Aussi, à moins qu'on ne me demande d'utiliser le prénom, je me contenterai de sourire en silence. Ce n'est pas la peine de se préoccuper de quoi que ce soit avec eux, sauf si ce sont des « Honorables ». Cela me paraît vraiment absurde. Pourquoi pas « respectable » ou quelque chose du même genre ?

Charlotte frémit intérieurement. Scarlett était trop sûre d'elle, trop désinvolte.

— Scarlett, vous n'avez pas fait attention. Il y a certains noms sans aucun titre, même pas celui d' « Honorable », qui sont aussi importants que des ducs. Les Herbert, les Burke, les Clarke, les Lefroy, les Blennerhassetts...

Scarlett gloussa et Charlotte en resta là. On verrait bien.

La demeure était une immense bâtisse de style gothique avec des tourelles et des tours, des vitraux aussi grands que ceux d'une cathédrale, des corridors longs chacun de plus de cent yards. Scarlett perdit toute sa confiance en l'apercevant. « Tu es La O'Hara », se dit-elle en montant les marches de pierre du perron, menton crânement relevé comme pour défier quiconque voudrait la provoquer.

Le soir, à la fin du dîner, elle souriait à tout le monde, même au valet de pied debout derrière sa chaise à haut dossier. La nourriture était excellente, copieuse, exquisement présentée, mais Scarlett y toucha à peine. Elle se repaissait de l'admiration générale. Il y avait quarante-six invités, et tous voulaient faire sa connaissance.

— Et le Jour de l'An, je dois frapper à chaque porte de la ville, entrer, sortir, entrer de nouveau et boire une tasse de thé. Je ne sais pas pourquoi je ne deviens pas jaune comme un Chinois, à force, dit-elle gaiement à l'homme placé à sa gauche.

Il était fasciné par les devoirs de La O'Hara.

Quand leur hôtesse « tourna » la table, Scarlett régala le général en retraite placé à sa droite du récit jour par jour du siège d'Atlanta. Son accent sudiste n'était pas ce à quoi on se serait attendu de la part d'une Américaine, dirent plus tard les deux hommes à tous ceux qui voulaient bien écouter, et c'est une femme très intelligente.

C'était aussi « une femme très attirante ». L'énorme diamant et l'émeraude que lui avait offerts Rhett scintillaient sur sa poitrine – découverte, mais pas trop. Charlotte avait ordonné que l'émeraude, à l'origine montée en bague de fiançailles, fût accrochée à un pendentif au bout d'une chaîne d'or blanc si fine qu'elle était presque invisible.

Après dîner, Scarlett joua au whist avec son habileté coutumière. Sa partenaire gagna assez d'argent pour compenser ses pertes lors des trois précédentes soirées, et elle devint une compagne aussi recherchée des femmes que des hommes.

Le lendemain matin, comme les cinq autres qui suivirent, il y eut une partie de chasse. Scarlett se montra experte et intrépide, même sur une monture sortie des écuries de son hôte. Son succès était assuré. En règle générale, la gentry anglo-irlandaise n'admirait rien tant qu'une bonne cavalière.

Charlotte Montague dut se surveiller : elle avait l'air d'un chat qui vient d'achever un bol de crème, et quelqu'un aurait pu la surprendre.

— Vous êtes-vous amusée ? demanda-t-elle à Scarlett sur le chemin du retour.

— A chaque instant, Charlotte ! Je vous bénis de m'avoir fait inviter. Tout était parfait. C'est une délicate attention que de déposer des sandwiches dans la chambre. J'ai toujours faim très tard le soir, comme tout le monde, sans doute.

Charlotte éclata de rire, jusqu'à en avoir les larmes aux yeux. Scarlett prit mal la chose :

— Je ne vois pas ce que ça a de drôle d'avoir bon appétit. Comme la partie de cartes dure jusqu'à point d'heure, le dîner est loin lorsqu'on va se coucher.

Charlotte lui expliqua tout quand elle fut de nouveau en mesure de parler. Dans les demeures raffinées, on servait dans les chambres des plateaux de sandwiches qui pouvaient faire office de signal pour leurs admirateurs. Placés dans le couloir, devant la porte, c'était, pour un homme, une invitation à entrer.

Scarlett vira à l'écarlate.

— Charlotte, grand dieu, j'ai tout mangé jusqu'à la dernière miette! Que vont penser les servantes?

— Et pas seulement elles, Scarlett! Tous les invités doivent se demander qui peut bien être l'heureux mortel... ou les heureux mortels... Bien entendu, aucun gentleman ne s'en vantera, sinon ce ne serait pas un gentleman.

— Plus jamais je ne pourrai regarder quelqu'un en face! C'est la chose la plus scandaleuse que j'aie jamais entendue! C'est répugnant! Et moi qui pensais que c'étaient des gens délicats!

— Mais, ma chère enfant, c'est précisément pourquoi ils ont recours à de tels procédés. Tout le monde connaît les règles, et personne n'y fait jamais allusion. Les gens se divertissent comme ils l'entendent, cela ne regarde qu'eux, à moins qu'ils ne décident d'en faire état.

Scarlett s'apprêtait à dire que, là d'où elle venait, les gens savaient respecter la bienséance. Puis elle se souvint de Sally Brewton, à Charleston. Sally avait parlé de la même façon de « discrétion » et de « passe-temps », comme si l'infidélité et les coucheries étaient choses normales, acceptées.

Charlotte Montague sourit d'un air complaisant. S'il y avait eu besoin de quoi que ce soit pour créer la légende de Scarlett O'Hara, la méprise aurait suffi. Maintenant, on saurait qu'elle était non seulement agréablement exotique, mais aussi suffisamment raffinée.

En elle-même, Charlotte se mit à tracer des plans en vue de sa retraite. Encore quelques mois, et plus jamais elle ne devrait périr d'ennui à une soirée à la mode, quelle qu'elle fût.

— Je ferai en sorte que l'*Irish Times* vous soit livré tous les matins, dit-elle à Scarlett, et vous devrez en retenir jusqu'au dernier mot. Tous ceux que vous rencontrerez à Dublin s'attendront à ce que vous soyez au courant des nouvelles qu'il rapporte.

— Dublin? Vous ne m'aviez pas dit que nous allions là-bas.

— Ah bon? J'aurais cru, pourtant. Excusez-moi, Scarlett. Dublin est le centre de tout, vous l'aimerez. C'est une vraie ville, pas un village qui a grandi trop vite comme Drogheda ou Galway. Et, de toute votre vie, vous n'avez jamais connu quelque chose d'aussi passionnant que le Château.

— Un vrai? Pas une ruine? Je ne savais pas que ça existait. La reine y vit?

— Non, Dieu merci. La reine est une souveraine remarquable, mais une femme extrêmement morne. Non, le château de Dublin est occupé par le représentant de Sa Majesté, le vice-roi. Vous lui serez présentée, ainsi qu'à la vice-reine, dans la salle du Trône...

Mme Montague lui dépeignit un monde de pompe et de splendeur au-delà de tout ce dont elle avait pu entendre parler. En comparaison, la Sainte-Cécile de Charleston n'existait pas. Cela eut pour conséquence d'amener Scarlett à vouloir de tout cœur réussir auprès de la bonne société de Dublin. Cela remettrait Rhett Butler à sa place. Il ne serait plus rien pour elle.

Charlotte songea qu'il était préférable de la prévenir dès maintenant. Après la réussite de cette semaine, l'invitation viendrait sans aucun doute. Plus de risque de perdre le dépôt pour cette suite au Shelbourne que j'ai louée pour la saison en recevant la lettre de Scarlett, l'année dernière.

— Où est ma précieuse petite Cat? appela Scarlett en se ruant dans la demeure. Chérie, Maman est rentrée!

Au bout d'une demi-heure de recherches, elle trouva Cat dans les écuries, perchée sur Demi-Lune. Elle paraissait terriblement menue sur un aussi gros cheval. Scarlett baissa la voix, de façon à ne pas effrayer l'animal :

— Viens voir Maman, chérie, viens m'embrasser.

Le cœur battant à tout rompre, elle suivit des yeux la fillette, qui sauta dans la paille, juste à côté des sabots ferrés. Puis Cat disparut à ses yeux avant que son petit visage brun n'apparût par-dessus la porte basse de la stalle. Elle ne prit pas la peine de l'ouvrir, et préféra l'escalader. Scarlett s'agenouilla pour la serrer dans ses bras.

— Oh, mon ange, je suis si heureuse de te voir. Tu m'as beaucoup manqué. Et moi, je t'ai manqué?

— Oui.

Cat se tortilla pour lui échapper. Enfin, je lui ai manqué! Scarlett se redressa tandis que le flot d'amour qu'elle ressentait pour Cat se réduisait peu à peu à cette absolue dévotion qu'elle éprouvait d'ordinaire.

— Kitty Cat, je ne savais pas que tu aimais les chevaux.

— Si. J'aime bien les animaux.

Scarlett se contraignit à la gaieté.

— Tu aimerais avoir un poney à toi? De la taille qu'il faut pour une petite fille?

Je ne veux pas penser à Bonnie, je ne veux pas, j'ai promis de ne pas emprisonner Cat, de ne pas l'élever dans du coton parce que Bonnie est morte dans cet accident. J'ai promis à Cat, alors qu'elle était à peine née, que je la laisserais être ce qu'elle deviendrait, que je lui donnerais toute la liberté dont un esprit libre a besoin. Je ne savais pas que ce serait si dur, que j'aurais envie de la protéger à chaque instant. Mais il faut que je tienne ma promesse. Je sais que c'était juste. Elle aura un poney si elle en veut un, elle apprendra à sauter, et je regarderai, même si ça me tue. J'aime trop Cat pour l'enfermer.

Scarlett ne pouvait savoir qu'en son absence Cat était allée à pied jusqu'à Ballyhara. Âgée maintenant de trois ans, elle s'intéressait aux autres enfants et à leurs jeux. Elle était partie à la recherche de certains de ceux présents à son anniversaire. Quatre ou cinq petits garçons jouaient dans la grand-rue. Quand elle s'approcha, ils s'enfuirent; deux d'entre eux s'arrêtèrent pour ramasser des pierres et les lui jeter. « *Cailleach! Cailleach!* » hurlèrent-ils, terrorisés. Ils avaient appris le mot de leurs mères : cela signifie « sorcière » en gaélique.

Cat leva les yeux vers sa mère.

— Oui, j'aimerais bien avoir un poney, dit-elle.

Les poneys ne jetaient pas de pierres. Elle songea à parler des garçons à sa mère, et à lui demander ce que voulait dire le mot. Elle aimait en apprendre de nouveaux. Mais celui-là ne lui plaisait pas. Elle ne demanderait pas.

— J'en veux un aujourd'hui.

— Ça n'est pas possible, ma chérie. Je me mettrai à chercher demain. Je te le promets. Rentrons à la maison prendre le thé.

— Avec des gâteaux?

— Avec des gâteaux.

Une fois dans leurs chambres, Scarlett ôta son superbe costume de voyage aussi vite qu'elle le put. Elle sentait le besoin de porter un corsage, une jupe, et des bas de paysanne aux couleurs vives.

A la mi-décembre, Scarlett arpentait les longs couloirs de la Grande Maison comme un fauve en cage. Elle avait oublié à quel point elle haïssait les journées d'hiver, si courtes, si humides, si sombres. Elle pensa plusieurs fois à se rendre au pub de Kennedy mais, depuis sa réception ratée pour les gens de la ville, elle ne se sentait plus aussi à l'aise avec eux. Elle fit un peu de cheval. C'était inutile : les palefreniers se chargeaient de donner de l'exercice aux pur-sang. Mais il fallait qu'elle sorte, même sous la pluie glacée. Quand venaient quelques heures de soleil, elle suivait des yeux Cat, qui décrivait sur son poney Shetland de grandes boucles joyeuses à travers la prairie gelée. Scarlett savait que ce serait mauvais pour l'herbe, l'été prochain, mais Cat était aussi agitée qu'elle. C'était tout ce que Scarlett pouvait faire pour la convaincre de rester à la maison, même à la cuisine ou aux écuries.

La veille de Noël, Cat alluma la première bougie, puis toutes celles qu'elle put atteindre sur l'arbre. Colum la souleva pour lui permettre d'arriver aux plus hautes.

– Une coutume anglaise barbare! dit-il. Vous finirez par brûler la maison jusqu'aux fondations.

Scarlett contempla les décorations aux couleurs vives et les chandelles.

– Je trouve cela très joli, même si c'est la reine d'Angleterre qui a lancé la mode, répondit-elle. D'ailleurs, j'ai mis du houx à toutes les portes et les fenêtres, Colum, alors tout est irlandais dans Ballyhara, sauf dans cette pièce. Ne soyez pas si renfrogné.

Colum rit.

– Cat O'Hara, tu savais que ton parrain était un vieux grognon?

– Aujourd'hui, oui, répliqua-t-elle.

Cette fois, le rire de Colum n'eut rien de forcé:

– La vérité sort de la bouche des enfants! Ça m'apprendra à poser la question.

Une fois Cat endormie, il aida Scarlett à apporter son cadeau. C'était un poney à bascule grandeur nature.

Le matin de Noël, Cat lui jeta un regard méprisant:

– Ça n'est pas un vrai.

– C'est un jouet, chérie, pour jouer à la maison quand il fait mauvais temps.

Cat grimpa dessus et s'y balança, puis concéda que pour un poney qui n'était pas vrai, ce n'était pas mal.

Scarlett eut un soupir de soulagement. Maintenant, elle se sentirait moins coupable d'aller à Dublin. Elle devait y retrouver Charlotte au Gresham Hotel, le lendemain du Nouvel An, après la cérémonie du *barm brack* et du thé.

CHAPITRE 77

Scarlett ne se doutait pas que Dublin fût si proche. Il lui sembla en tout cas qu'elle venait à peine de s'installer dans le train, pris à Trim, quand on annonça Dublin. Evans, la servante de Charlotte, l'attendait, et ordonna à un porteur de prendre ses valises, avant de dire : « Suivez-moi, madame O'Hara, s'il vous plaît », et de s'éloigner. Scarlett eut peine à la suivre, à cause de la foule pressée qui envahissait la gare. C'était le plus grand bâtiment qu'elle eût jamais vu, une véritable fourmilière. Mais l'animation était encore plus grande dans les rues de Dublin. Tout excitée, Scarlett pressa le nez contre la vitre de leur voiture de louage. Charlotte avait raison : elle adorerait cette ville.

Au bout de peu de temps, le véhicule s'arrêta. Scarlett descendit, avec l'aide d'un domestique somptueusement vêtu, et regardait passer un tram tiré par des chevaux, quand Evans lui toucha le bras et dit : « Par ici, s'il vous plaît. »

Charlotte l'attendait dans le salon de leur suite.

— Charlotte! s'écria Scarlett, je viens de voir une voiture à deux étages, tous deux pleins à craquer!

— Bon après-midi, Scarlett. Je suis heureuse que Dublin vous plaise. Confiez vos affaires à Evans et venez prendre le thé. Nous avons beaucoup de choses à faire.

Ce soir-là, Mme Sims arriva, suivie de trois assistantes portant des robes et des tenues enveloppées de mousseline. Scarlett resta immobile, ou bougea, comme on le lui demandait, tandis que les deux autres femmes discutaient le moindre détail de chaque vêtement. Chaque robe de soirée était plus élégante que la précédente. Quand Mme Sims s'abstenait de la pincer ou de la tâter, Scarlett prenait un air avantageux devant le miroir.

Une fois parties la couturière et ses femmes, elle se rendit compte qu'elle était épuisée; Charlotte suggéra qu'elles dînent dans leur suite, ce dont Scarlett fut ravie, et elle mangea avec un appétit féroce. Mme Montague la mit en garde :

— Surtout, pas un millimètre de plus autour de la taille, Scarlett, sinon il faudra recommencer tous les essayages!

— Je m'en débarrasserai en faisant des courses, répondit-elle en beurrant une autre tranche de pain. En venant de la gare, j'ai vu au moins huit vitrines qui paraissaient merveilleuses.

Charlotte eut un sourire indulgent : elle recevrait une commission de chaque boutique fréquentée par Scarlett.

— Vous pourrez admirer toutes les vitrines qu'il vous plaira, je vous le promets. Mais seulement les après-midi. Les matins, vous poserez pour votre portrait.

— Charlotte, c'est absurde! Qu'est-ce que j'en ferais? J'en ai déjà eu un, et je l'ai détesté : j'avais l'air d'un serpent.

— Ce ne sera pas le cas cette fois-ci, croyez-moi sur parole. M. Hervé est un expert en portraits de femmes. Et c'est important. Il faut que ce soit fait.

— J'obéirai, parce que je fais tout ce que vous dites, mais je n'aime pas ça, croyez-moi.

Le lendemain matin, Scarlett fut réveillée par le bruit de la circulation. Il faisait encore nuit, mais les réverbères lui permirent de voir quatre files de charrettes, de fardiers et de voitures de toutes sortes empruntant l'avenue en dessous de sa chambre. Pas étonnant que Dublin ait des rues aussi larges, songea-t-elle, toute joyeuse : tout ce que l'Irlande compte de véhicules à roues est là. Elle renifla, renifla encore. Je dois devenir folle. Je jurerais avoir senti une odeur de café. On frappa doucement à sa porte.

— Le petit déjeuner est servi dans le séjour, quand vous serez prête, dit Charlotte. J'ai renvoyé le valet de chambre, vous n'avez besoin que d'un peignoir.

Scarlett faillit renverser Mme Montague en ouvrant la porte.

— Du café! Si vous saviez comme cela m'a manqué! Oh, Charlotte, pourquoi ne pas m'avoir dit qu'on en buvait à Dublin? J'aurais pris le train chaque matin, rien que pour le petit déjeuner!

Le goût du café était encore meilleur que son odeur. Fort heureusement, Charlotte préférait le thé : Scarlett vint en effet à bout du pot tout entier.

Puis elle revêtit avec obéissance les bas de soie et la combinaison que Charlotte sortait d'un carton. Elle se sentait d'humeur espiègle. Les sous-vêtements, légers, vaporeux, ne ressemblaient en rien à la batiste ou la mousseline qu'elle avait portées toute sa vie. Elle noua étroitement autour d'elle sa robe de chambre de laine quand Evans survint avec une femme qu'elle n'avait jamais vue.

– Voici Serafina, dit Charlotte. Elle est italienne, ne vous inquiétez pas si vous ne comprenez pas un mot de ce qu'elle dit. Elle va vous coiffer. Il vous suffira de vous asseoir sans bouger, et de la laisser parler toute seule.

Elle tient conversation avec chacun de mes cheveux, se dit Scarlett au bout d'une heure. Elle avait le cou raide, et pas la moindre idée de ce que la femme pouvait bien faire. Charlotte l'avait fait asseoir près de la fenêtre du salon, là où la lumière matinale était la plus forte.

Mme Sims et son assistante paraissaient aussi agacées que Scarlett. Elles étaient arrivées vingt minutes plus tôt.

– *Ecco!* dit Serafina.

– *Benissimo!* dit Mme Montague.

– Allons-y! dit Mme Sims.

Elle tenait une robe dont son assistante souleva la housse. Scarlett retint son souffle. Le satin blanc chatoyait sous la lumière, qui faisait luire la broderie d'argent comme si elle était vivante. Une vraie robe de rêve. Scarlett se leva, mains tendues pour la toucher.

– Les gants d'abord! ordonna Mme Sims. Chaque doigt laisserait une marque.

Scarlett se rendit compte que la couturière portait elle-même des gants de chevreau blanc. Elle prit ceux, longs, flambant neufs, que Charlotte lui tendait. Ils étaient déjà repliés et poudrés pour qu'elle puisse les enfiler sans les distendre.

Cela fait, Charlotte fit usage d'un petit tire-boutons d'argent, avec autant de compétence que de prestesse, et Serafina laissa tomber sur la tête de Scarlett un mouchoir de soie, puis lui ôta son peignoir; ensuite, Mme Sims enfila la robe sur ses bras levés, puis sur son corps. Enfin, tandis qu'elle agrafait le dos, Serafina ôta le mouchoir d'une main exercée, et rectifia délicatement la chevelure de Scarlett.

On frappa à la porte.

– Juste à l'heure, dit Charlotte Montague. C'est sans doute M. Hervé. Madame Sims, Mme O'Hara se mettra ici, ajouta-t-elle en conduisant Scarlett au centre de la pièce.

Scarlett l'entendit ouvrir et discuter à voix basse. Je suppose qu'elle parle en français et s'attend à ce que je fasse de même. Non, Charlotte me connaît trop pour cela. Si seulement j'avais un miroir, j'aimerais me voir dans cette robe.

Elle leva un pied, puis l'autre, quand l'assistante de Mme Sims lui tapota les orteils. Scarlett ne put apercevoir les mules qu'elle lui passait; Mme Sims lui planta un doigt entre les omoplates, en lui sifflant de se tenir bien droite. L'autre tripota le bas de sa robe.

– Madame O'Hara, dit Charlotte Montague, permettez-moi de vous présenter M. François Hervé.

Scarlett contempla l'homme chauve et pansu qui s'avançait et s'inclinait devant elle.

– Bonjour! dit-elle, en se demandant s'il convenait de serrer la main d'un peintre.

– Fantastique! s'écria-t-il.

Il claqua des doigts. Deux hommes déplacèrent l'énorme miroir jusqu'à un endroit situé entre les fenêtres et, dès qu'ils eurent reculé, Scarlett put se voir.

La robe de satin blanc était plus décolletée qu'elle ne l'aurait cru. Elle ouvrit de grands yeux devant l'audacieuse nudité de ses épaules. Puis devant le reflet d'une femme qu'elle reconnaissait à peine. Sa chevelure était rassemblée au sommet de son crâne en une masse de boucles et de vrilles si artistement travaillées qu'elles paraissaient presque l'effet du hasard. Le satin blanc miroitait tout au long de son corps mince, et une traîne incrustée d'argent s'étendait, en un demi-cercle sinueux, autour des mules de satin blanc à talons argentés.

Oh, j'ai plus l'air du portrait de la grand-mère Robillard que de moi-même.

La jeune fille d'autrefois disparut d'un coup. Elle contemplait une femme, non la coquette du comté de Clayton. Et ce qu'elle voyait lui plaisait fort. Cette inconnue la désorientait et la troublait tout à la fois. Ses lèvres douces frémissaient un peu aux commissures, et ses yeux avaient pris un éclat plus profond, plus mystérieux. Relevant la tête avec une confiance en soi souveraine, elle se regarda bien en face, avec autant de défi que d'approbation.

– Ça y est, chuchota Charlotte Montague, se parlant à elle-même. Voilà la femme qui prendra d'assaut l'Irlande – et le monde entier, si elle le veut.

– Toile! murmura l'artiste. Et vite, bande de crétins! Je vais peindre un portrait qui me rendra célèbre.

– Je ne comprends pas, dit Scarlett à Charlotte après la séance de pose. C'est comme si je connaissais cette personne sans jamais l'avoir vue... Je suis perplexe, Charlotte.

– Ma chère enfant, c'est le début de la sagesse.

– Charlotte, supplia Scarlett, prenons donc l'un de ces tramways si jolis. J'ai bien mérité une récompense, après avoir passé des heures à rester immobile comme une statue.

Charlotte en convint, la séance de pose avait été longue. Les suivantes seraient sans doute plus courtes. Au demeurant, il risquait de pleuvoir, et M. Hervé ne pourrait peindre si la lumière n'était pas bonne.

– Alors vous êtes d'accord ? Nous prendrons le tramway ?

Charlotte acquiesça de la tête. Scarlett eut envie de la serrer dans ses bras, mais ce n'était pas le genre de Mme Montague. Et ce n'est plus le mien non plus, songea Scarlett, sans comprendre exactement pourquoi. Se voir en femme, et non plus en jeune fille, l'avait électrisée, mais aussi troublée. Il lui faudrait un certain temps pour s'habituer.

Elles escaladèrent la spirale de fer pour s'installer sur l'impériale. Elle était ouverte à tous les vents, et très froide, mais la vue était superbe. Scarlett contempla tous les aspects de la ville, les larges rues si encombrées, les trottoirs grouillant de monde. Dublin était la première véritable ville qu'elle eût vue : sa population s'élevait à plus de deux cent cinquante mille personnes. Atlanta ne dépassait pas les vingt mille.

Le tramway avançait sur ses rails, à travers la circulation, avec un droit de passage inexorable. Piétons et véhicules se dispersaient en toute hâte à la dernière seconde quand il approchait. Leur fuite, frénétique et bruyante, ravissait Scarlett.

Puis elle vit le fleuve. Le tramway s'était arrêté sur le pont ; elle aperçut la Liffey, couverte de ponts, tous différents, tous encombrés. Les quais, avec leurs foules et leurs devantures de magasins, paraissaient très attirants. L'eau luisait sous le soleil.

Puis la Liffey disparut derrière elles, le tramway se retrouva dans l'ombre : des deux côtés, de grands bâtiments se dressaient tout près. Scarlett sentit un froid glacial.

– Nous ferions mieux de descendre au prochain arrêt, dit Charlotte.

Elle passa la première et, après qu'elles eurent franchi un carrefour où régnait une folle animation, elle eut un geste en direction de la rue qui s'étendait devant elles.

– Grafton Street ! dit-elle comme pour faire les présentations. Nous prendrons une voiture de location afin de rentrer à l'hôtel, mais il n'y a qu'à pied qu'on puisse voir les boutiques. Aimeriez-vous boire un café avant que nous ne commencions ? Ce serait un moyen de découvrir le Bewley.

– Je ne sais pas, Charlotte. Peut-être pourrais-je d'abord jeter un coup d'œil à cette boutique. Voyez, cet éventail dans la vitrine – celui à l'arrière, avec les glands roses –, il est adorable. Oh, et celui-là, le chinois, je ne l'avais pas vu. Et ce ravissant sachet, pour la lavande ! Charlotte, regardez donc la broderie de ces gants. Avez-vous jamais... oh, mon Dieu !

Charlotte eut un signe de tête à l'intention de l'homme en livrée chargé d'ouvrir la porte. Il s'inclina.

Elle ne fit pas savoir qu'il y avait dans Grafton Street au moins quatre boutiques proposant des centaines de gants et d'éventails. Elle était convaincue que Scarlett découvrirait toute seule que l'un des plus sûrs attributs d'une grande ville, c'est l'immense choix de tentations qu'elle offre.

Après dix jours de pose, d'essayages et d'achats, Scarlett rentra à Ballyhara avec de multiples cadeaux pour Cat, plusieurs autres pour Colum et Mme Fitz, ainsi que dix livres de café et une cafetière destinés à son usage personnel. Elle était tombée amoureuse de Dublin et mourait d'envie d'y retourner.

Cat l'attendait à Ballyhara. A peine le train eut-il quitté la ville que Scarlett se sentit impatiente de rentrer. Elle avait tant de choses à dire à sa fille, tant de projets pour l'époque où elle l'emmènerait à la ville. Elle devrait également assurer ses obligations après la messe. Elle était déjà en retard d'une semaine à ce sujet. Et bientôt ce serait la Sainte-Brigid. Scarlett pensait que c'était le meilleur moment de l'année, en fait son vrai commencement, quand on retournait la première motte. Comme elle avait de la chance ! Elle avait tout à la fois : la ville et la campagne, La O'Hara et cette femme encore inconnue qu'elle avait aperçue dans le miroir.

Scarlett laissa Cat, qui n'avait pas encore défait ses autres cadeaux, occupée à regarder un livre illustré consacré aux animaux. Elle descendit en courant le chemin menant à la maison de Colum, avec l'écharpe de cachemire qu'elle lui avait apportée, et tous ses souvenirs de Dublin.

– Oh, je suis désolée, dit-elle en voyant qu'il avait un hôte.

L'homme, bien vêtu, lui était inconnu.

– Non, non, pas du tout, dit Colum. Permettez-moi de vous présenter John Devoy. Il revient tout juste d'Amérique.

Devoy se montra poli mais, de toute évidence, il n'était guère heureux d'être interrompu. Scarlett lui fit toutes ses excuses, laissa son cadeau et rentra chez elle d'un pas vif. Quel est donc cet Américain venu dans un lieu aussi perdu que Ballyhara, et qui n'est pas content de rencontrer une compatriote ? Ce doit être un des *Fenians* de Colum, bien sûr ! Et il est agacé parce que ce dernier n'est plus partisan de leur révolution grotesque.

C'était exactement l'inverse. John Devoy paraissait sérieusement tenté de soutenir Parnell, et c'était l'un des *Fenians* américains les plus influents. Qu'il cesse d'appuyer la révolution serait un coup presque mortel. Colum vitupéra passionnément contre le *Home Rule* jusque très tard dans la soirée. Parlant de Parnell, il dit :

— C'est un homme qui veut le pouvoir, et qui recourra à toutes les trahisons pour cela.

— Et vous, Colum ? répliqua Devoy. Vous m'avez bien l'air de ne pouvoir supporter l'idée que quelqu'un puisse faire la même chose que vous, et mieux.

Colum rétorqua aussitôt :

— Il fera des discours à Londres jusqu'à ce qu'il gèle en enfer, il aura droit aux gros titres dans tous les journaux, mais les Irlandais mourront toujours de faim sous la botte des Anglais. Le peuple irlandais n'y gagnera rien. Et, quand il sera lassé de M. Parnell, il se révoltera — sans aucune organisation, et sans la moindre chance de succès. Je vous le dis, Devoy, nous attendons trop. Parnell parle, vous aussi, moi aussi — et pendant ce temps les Irlandais souffrent.

Après que Devoy fut rentré à l'auberge de Kennedy pour y passer la nuit, Colum marcha de long en large dans sa petite chambre jusqu'à ce qu'il n'y eût plus d'huile dans sa lampe. Puis il s'assit dans l'obscurité sur un tabouret, tout près des cendres mourantes de l'âtre. A ruminer sur l'éclat de colère de Devoy. Se pourrait-il qu'il ait raison ? Était-il poussé par le goût du pouvoir, et non l'amour de l'Irlande ? Comment connaître le secret de son âme ?

Un petit soleil humide brilla quelques instants tandis que Scarlett plantait une bêche en terre le jour de la Sainte-Brigid. C'était un heureux présage pour l'année à venir. Afin de fêter l'événement, elle offrit aux gens de Ballyhara bière *porter* et pâtés de viande au pub de Kennedy. Ce serait la meilleure année de toutes, elle en était certaine. Le lendemain, elle partit à Dublin passer les six semaines qu'on appelait là-bas la Saison du Château.

CHAPITRE 78

Cette fois, Charlotte et elle avaient une suite, non plus au Gresham, mais au Shelbourne Hotel, qui était LE lieu où séjourner à Dublin pendant la saison. Lors de son précédent séjour, Scarlett n'était pas entrée dans cet imposant bâtiment de brique. « Nous choisirons l'occasion d'être vues », lui avait expliqué Mme Montague. Et voilà qu'elle regardait autour d'elle dans l'immense hall d'entrée, en comprenant pourquoi Charlotte voulait qu'elles fussent là. Tout était aussi grandiose qu'imposant – l'espace, le personnel, les invités, l'affairement à voix basse. Scarlett releva le menton, puis suivit le porteur jusqu'au premier étage, le plus recherché de tous. Elle l'ignorait, mais elle répondait exactement à la description donnée par Charlotte au portier : « Vous la reconnaîtrez tout de suite. Elle est extrêmement belle, et elle a un port de tête d'impératrice. »

Outre la suite, un salon privé était réservé à l'usage exclusif de Scarlett. Charlotte le lui montra avant qu'elles ne descendent prendre le thé. Le portrait, achevé, était posé sur un chevalet de cuivre, dans un coin de la pièce tendue de brocart vert. Scarlett le regarda, étonnée. Ressemblait-elle vraiment à cette femme ? Celle-ci paraissait n'avoir peur de rien, et elle-même se sentait nerveuse comme un chat. Elle suivit Charlotte en bas, hébétée.

Mme Montague lui indiqua plusieurs personnes installées à d'autres tables.

– Vous finirez par toutes les rencontrer. Après que vous aurez été présentée, vous offrirez chaque après-midi thé et café dans votre salon. Les gens en amèneront d'autres pour venir vous voir.

Qui ? voulut demander Scarlett. Qui amènera qui ? Mais elle ne s'en inquiéta guère. Charlotte savait toujours ce qu'elle faisait. La seule chose dont Scarlett dût assumer la responsabilité serait de ne pas se prendre les pieds dans sa traîne en sortant, après sa présentation. Charlotte et Mme Sims devaient la faire répéter à cet effet, tous les jours, jusqu'au Grand Jour.

La lourde enveloppe blanche portant le sceau du Chambellan arriva à l'hôtel le lendemain. A voir Charlotte, on ne se serait pas douté à quel point elle était soulagée. Les plans les mieux conçus ne sont jamais sûrs. Elle ouvrit le message d'une main ferme. « Premier Salon de Réception, dit-elle. Comme prévu. Après-demain. »

Scarlett attendait au milieu d'un groupe de femmes et de jeunes filles en robe blanche, devant les portes closes de la Salle du Trône. Il lui semblait être là depuis un siècle. Pourquoi diable avait-elle accepté cela ? Elle ne put répondre, la question était assez complexe. Elle était pour partie La O'Hara, bien décidée à conquérir les Anglais, pour partie une Américaine qu'éblouissait la panoplie royale de l'Empire britannique. Mais, au fond d'elle-même, Scarlett n'avait jamais, de sa vie, reculé devant un défi, et ne reculerait jamais.

On appela un autre nom. Ce n'était pas le sien. Dieu tout-puissant ! Entendaient-ils la faire passer en dernier ? Charlotte ne l'avait pas mise en garde là-dessus. Elle ne lui avait même pas dit, sauf à la dernière minute, qu'elle serait seule tout au long. « Je vous retrouverai dans la salle à manger une fois terminée la cérémonie. » C'était vraiment très gentil de sa part que de la jeter aux lions de cette façon. Elle eut un nouveau coup d'œil furtif sur le devant de sa robe, scandaleusement décolletée. Cela ferait vraiment de cet événe-ment – qu'avait donc dit Charlotte ? – « une expérience dont elle se souviendrait ».

— Madame Scarlett O'Hara.

Seigneur, c'est moi. Elle se répéta la litanie de Charlotte Mon-tague. Marchez en avant, arrêtez-vous devant la porte. Un valet de pied soulèvera la traîne que vous aurez rassemblée sur votre bras gauche, et l'arrangera derrière vous. L'Huissier ouvrira les portes. Attendez qu'il vous annonce.

— Madame Scarlett O'Hara, La O'Hara de Ballyhara.

Scarlett contempla la Salle du Trône. Eh bien, Papa, que penses-tu de ta Katie Scarlett ? songea-t-elle. Je vais parcourir cette étendue de tapis rouge, qui doit faire une bonne cinquantaine de milles, et embrasser le vice-roi d'Irlande, cousin de la reine d'Angle-terre. Elle jeta un regard à l'Huissier, superbement vêtu, et eut un frémissement de paupière qui aurait pu être un clin d'œil de conspi-ratrice.

La O'Hara s'avança, d'une démarche d'impératrice, vers la magnificence à barbe rousse du vice-roi, et tendit la joue pour le baiser de bienvenue qu'imposait l'étiquette.

Maintenant, tournez-vous vers la vice-reine et faites la révérence. Inclinez-vous. Pas trop bas. Redressez-vous. Maintenant, en arrière, en arrière, en arrière, de trois pas, ne vous inquiétez pas, le poids de la traîne la tient à distance de vous. Maintenant, tendez le bras gauche. Attendez. Donnez au valet de pied tout le temps nécessaire pour arranger la traîne sur votre bras. Maintenant, faites demi-tour. Sortez.

Les genoux de Scarlett eurent l'obligeance d'attendre qu'elle fût assise à l'une des tables de la salle à manger avant de se mettre à trembler.

Charlotte ne tenta pas de dissimuler sa satisfaction. Elle entra dans la chambre de Scarlett avec, dans la main, des carrés de carton blanc rigide.

— Ma chère Scarlett, vous avez connu un succès éblouissant. Ces invitations sont arrivées avant même que je sois levée et habillée. Le bal d'État, c'est quelque chose de vraiment à part. Le bal de la Saint-Patrick, il fallait s'y attendre. Second Salon de Réception, vous pourrez voir les autres subir l'épreuve. Et un bal intime dans la Salle du Trône. Les trois quarts des pairs d'Irlande n'y ont jamais été invités.

Scarlett gloussa. La terreur d'être présentée était désormais derrière elle, et elle avait fait grande impression!

— Je crois que maintenant je ne m'inquiéterai plus à l'idée d'avoir consacré toute la récolte de blé de l'année dernière à tous ces vêtements neufs! Allons faire des courses, nous dépenserons les gains de cette année.

— Vous n'en aurez pas le temps. Onze messieurs, dont l'Huissier, ont demandé par écrit la permission de vous rendre visite. Plus quatorze dames, sans compter leurs filles. Le thé ne suffira pas. Vous devrez également offrir thé et café le matin. Les servantes ouvrent votre salon en ce moment même. J'ai commandé des fleurs roses, aussi vous devrez porter votre robe de taffetas brun et rose pour la matinée, et celle de velours vert, avec le devant rose, l'après-midi. Evans sera là pour vous coiffer dès que vous serez levée.

Scarlett fut la sensation de la Saison. Les messieurs affluaient pour rencontrer cette riche veuve qui était également – *mirabile dictu* – fantastiquement belle. Les mères envahissaient son salon, remorquant leurs filles, pour rencontrer les messieurs. Dès l'issue de la première journée, Charlotte n'eut plus à commander de fleurs. Ses admirateurs en envoyaient tant qu'il n'y avait plus de place où les mettre. Nombre de bouquets s'accompagnaient d'écrins de cuir en provenance du meilleur joaillier de Dublin, mais Scarlett, de mauvais gré, renvoya broches, bracelets, bagues, boucles d'oreilles :

— Même une petite Américaine du comté de Clayton, Géorgie, sait qu'il faut rendre les faveurs reçues. De cette façon, je n'aurai d'obligation envers personne.

La chronique mondaine de l'*Irish Times* relata régulièrement, et parfois même de façon exacte, ses moindres allées et venues. Des boutiquiers en pardessus vinrent en personne montrer des articles de choix en espérant qu'ils lui plairaient et, par bravade, elle s'acheta nombre des bijoux qu'elle avait refusé d'accepter. Le vice-roi dansa deux fois avec elle lors du bal d'État.

Tous les hôtes de son salon admirèrent son portrait. Scarlett le regardait chaque matin et chaque après-midi, avant l'arrivée des visiteurs. Elle se familiarisa avec elle-même. Charlotte Montague observa cette métamorphose avec intérêt. La coquette avertie disparut, remplacée par une femme sereine, un peu amusée, à qui il suffisait de poser ses yeux verts sur quiconque — homme, femme, enfant — pour l'attirer, hypnotisé, de son côté.

Autrefois il me fallait travailler comme une mule pour être adorable, songea Scarlett, maintenant je n'ai plus rien à faire. Elle n'y comprenait rien, mais accepta ce cadeau avec une gratitude sans affectation.

— Charlotte ! Vous dites deux cents personnes ? C'est ce que vous appelez un bal intime ?

— En quelque sorte. Il y a toujours cinq ou six cents personnes au bal d'État et à celui de la Saint-Patrick, et plus d'un millier dans les salles de réception. Sans aucun doute, vous connaîtrez déjà la moitié des gens qui seront là, et probablement davantage.

— Je trouve un peu mesquin que vous ne soyez pas invitée.

— Ainsi vont les choses. Je ne suis pas offensée.

Charlotte attendait la soirée avec plaisir. Elle avait prévu d'examiner son livre de comptes. Le succès de Scarlett comme ses dépenses avaient largement dépassé ses prévisions les plus optimistes. Elle avait l'impression d'être un nabab, et aimait se repaître de sa richesse. Le simple fait d'admettre un tel ou un tel à l'heure des visites lui valait des « dons » qui atteignaient presque cent livres par semaine. Et la Saison ne prendrait fin que dans quinze jours. C'est d'un cœur léger qu'elle verrait Scarlett partir pour sa soirée.

Scarlett s'arrêta à l'entrée de la Salle du Trône pour savourer le spectacle.

— Vous savez, Jeffrey, dit-elle à l'Huissier, je ne me ferai jamais à cet endroit. J'ai l'impression d'être Cendrillon se rendant au bal.

— Je n'aurais jamais eu l'idée de vous comparer à elle, Scarlett, répondit-il d'un air plein d'adoration.

Le clin d'œil de Scarlett, quand elle était entrée dans le premier salon de réception, avait suffi à gagner son cœur.

— Ne croyez pas cela! dit-elle.

Elle hocha la tête d'un air absent pour répondre aux courbettes et aux sourires des visages connus. Comme tout cela était plaisant! Ce ne pouvait être vrai, il était impossible qu'elle fût vraiment là. Tout était arrivé si vite! Il lui faudrait du temps pour l'admettre.

La grande salle chatoyait d'or. Des piliers dorés soutenaient le plafond, des pilastres s'étendaient sur les murs entre les grandes fenêtres drapées de velours pourpre à franges d'or. Des fauteuils dorés capitonnés d'écarlate entouraient les tables, dont chacune était ornée en son centre d'un candélabre d'or. L'or couvrait les lustres à gaz sculptés, ainsi que le dais massif qui surmontait les trônes rouge et or. De la dentelle dorée bordait les habits de cour des hommes — vestes de soie et de brocart, culottes de satin blanc — comme leurs souliers de bal ornés de boucles en or. Des boutons, des épaulettes, des brandebourgs, des galons dorés luisaient sur les uniformes des officiers. Ainsi que sur les tenues de cour des fonctionnaires du vice-roi.

Beaucoup d'hommes portaient, en travers de la poitrine, des écharpes de couleur vive, sur lesquelles étaient accrochées des médailles couvertes de joyaux; la Jarretière entourait la jambe du vice-roi. Les hommes étaient presque plus splendides encore que les femmes.

Presque, mais pas tout à fait : elles portaient des bijoux au cou, sur la poitrine, aux oreilles et aux poignets; certaines avaient même des tiares. Les robes étaient taillées dans des tissus somptueux — satin, velours, brocart, soie — souvent brodés de soies scintillant d'or et d'argent.

Regarder suffirait à vous aveugler; mieux vaudrait que j'y aille et que je n'oublie pas les bonnes manières. Scarlett traversa la pièce pour faire la révérence au vice-roi et à la vice-reine. Elle avait à peine terminé que la musique commençait.

— Puis-je?

Un bras rouge à fourragère d'or se présenta pour qu'elle y déposât sa main. Scarlett sourit. C'était Charles Ragland. Elle l'avait rencontré lors d'une réception à la campagne, et il lui avait rendu visite tous les jours depuis qu'elle était à Dublin. Il ne faisait pas mystère de son admiration. Le visage avenant de Charles rougissait chaque fois qu'elle lui parlait. Il était terriblement gentil et attirant, bien que ce fût un soldat anglais. Malgré tout ce que pouvait dire Colum, ils n'étaient pas du tout comme les Yankees. Pour commencer, ils étaient infiniment mieux habillés. Elle posa légèrement sa main sur le bras de Ragland, en compagnie duquel elle entama un quadrille.

— Vous êtes très belle, ce soir, Scarlett.

— Vous aussi, Charles. Je me disais justement que les hommes étaient mieux vêtus que les femmes.

— Que le ciel soit remercié pour les uniformes! Les culottes sont choses horribles à porter. On se sent un parfait imbécile en souliers de bal.

— C'est bien fait pour les hommes. Il y a des siècles qu'ils lorgnent les chevilles des dames, montrons-leur l'effet que ça produit quand on lorgne leurs jambes à eux.

— Scarlett, vous me choquez!

Il y eut un changement de cavalier et il disparut.

Oui, sans doute, songea Scarlett. Charles était parfois aussi innocent qu'un écolier. Elle leva les yeux vers son nouveau partenaire.

— Mon Dieu! s'écria-t-elle.

C'était Rhett.

— Comme c'est flatteur, dit-il avec un demi-sourire retors.

Personne d'autre ne savait sourire ainsi. Scarlett se sentit toute légère. Elle eut l'impression de flotter au-dessus du parquet ciré, inondée de bonheur.

Et puis, avant qu'elle puisse dire quoi que ce soit, le quadrille emporta Rhett. Elle sourit machinalement à son nouveau cavalier, lequel eut le souffle coupé en voyant l'amour qui brillait dans ses yeux. L'esprit de Scarlett courait à toute allure : pourquoi Rhett est-il là ? Serait-ce parce qu'il voulait me voir ? Parce qu'il devait me voir, parce qu'il ne pouvait rester à l'écart ?

Le quadrille allait toujours au même rythme soutenu, et la rendait folle d'impatience. Quand il prit fin, elle se retrouva face à Charles Ragland. Il lui fallut toute la maîtrise de soi dont elle était capable pour sourire et murmurer une excuse hâtive avant de faire demi-tour à la recherche de Rhett.

Ses yeux croisèrent les siens presque aussitôt. Il était tout près d'elle.

L'orgueil de Scarlett l'empêcha de tendre le bras pour le toucher.

Il savait que je serais à sa recherche, pensa-t-elle, furieuse. Pour qui se prend-il, de toute façon, pour venir flâner dans mon univers, et rester là en s'attendant à ce que je lui tombe dans les bras ? Il y a à Dublin – et même dans cette pièce – bien des hommes qui me couvrent d'attentions, qui envahissent mon salon, qui m'envoient chaque jour des fleurs, des messages, et même des bijoux. Qu'est-ce qui fait croire à Sa Seigneurie Rhett Butler qu'il lui suffit de lever le petit doigt pour que j'arrive en courant ?

– Quelle agréable surprise, dit-elle d'un ton froid qui la ravit.

Rhett tendit la main, et elle y déposa la sienne sans réfléchir.

– Pouvez-vous m'accorder cette danse. Madame... euh... O'Hara ?

Scarlett reprit son souffle, inquiète :

– Rhett, vous n'allez pas cafarder ? Tout le monde me croit veuve !

Il sourit et la prit dans ses bras comme la musique commençait.

– Scarlett, votre secret est en sécurité avec moi.

Elle sentit sur sa peau l'âpreté de sa voix, comme la tiédeur de son haleine. Cela la rendit toute faible.

– Que diable faites-vous ici ? demanda-t-elle.

Il fallait qu'elle sache. La main de Rhett, contre sa taille, était tiède, puissante, solide, elle guidait son propre corps à mesure qu'ils évoluaient. Inconsciemment, Scarlett s'enivrait de sa force, et se rebellait contre son autorité, bien qu'elle savourât la joie de le suivre dans le tourbillon grisant de la valse.

Rhett gloussa :

– Je n'ai pu résister à la curiosité. J'étais à Londres pour affaires, et tout le monde parlait d'une Américaine qui prenait d'assaut le château de Dublin. « Serait-ce cette Scarlett en bas rayés ? » me suis-je demandé. Il fallait que je le sache. Bart Morland a confirmé mes soupçons. Ensuite, il s'est mis à parler de vous et je n'ai pu le retenir. Il m'a même emmené à cheval visiter votre ville. Selon lui, vous l'avez rebâtie de vos propres mains.

Les yeux de Rhett la parcoururent des pieds à la tête.

– Vous avez changé, Scarlett, dit-il d'un ton calme. La charmante jeune fille est devenue une femme adulte des plus élégantes. Je vous salue, vraiment.

La chaleur et la franchise sans fard de sa voix firent oublier ses ressentiments à Scarlett :

– Merci, Rhett.

– Vous êtes heureuse en Irlande, Scarlett ?

– Oui.

– J'en suis ravi.

Ses paroles étaient lourdes de sens.

Pour la première fois depuis des années, depuis qu'elle le connaissait, Scarlett comprit Rhett, en partie du moins. Il est vraiment venu me voir, saisit-elle, il a pensé à moi pendant tout ce temps, il s'est inquiété de savoir où j'étais et ce que je devenais. Il n'a jamais cessé de m'aimer, malgré ce qu'il a pu dire. Il m'aime, il m'aimera toujours, comme je l'aimerai toujours.

Comprendre tout cela la remplit de bonheur, qu'elle savoura comme si c'eût été du champagne qu'on sirote pour le faire durer. Rhett était là, avec elle, et ils se sentaient, en ce moment précis, plus proches que jamais.

Un aide de camp s'avança vers eux quand la valse se termina :
– Son Excellence sollicite l'honneur de la prochaine danse, madame O'Hara.

Rhett leva les sourcils de cet air railleur dont Scarlett se souvenait si bien, et ses lèvres se retroussèrent en un sourire entendu.
– Dites à Son Excellence que j'en serai ravie, répondit-elle.

Elle jeta un regard à Rhett avant de prendre le bras de l'aide de camp.
– Dans le comté de Clayton, murmura-t-elle à Rhett, on dirait que je pète dans la soie.

Le rire de Rhett la suivit tandis qu'elle s'éloignait.

Je suis pardonnée, se dit-elle, et elle regarda par-dessus son épaule pour le voir rire. C'est vraiment trop, pensa-t-elle, ce n'est pas juste. Il a fière allure, même dans ces culottes et ces absurdes souliers de satin.

Les yeux verts de Scarlett pétillaient de joie lorsqu'elle fit la révérence au vice-roi avant qu'ils ne dansent.

Scarlett ne fut pas vraiment surprise en constatant l'absence de Rhett quand elle eut de nouveau l'occasion de le chercher du regard. D'aussi longtemps qu'elle l'avait connu, il apparaissait et disparaissait sans explication. Je n'aurais pas dû être étonnée de le voir ici ce soir, songea-t-elle. J'avais l'impression d'être Cendrillon, pourquoi le seul Prince charmant qui m'importe n'aurait-il pas été là ? Elle sentait encore les bras de Rhett autour d'elle, comme s'ils avaient laissé une marque sur sa peau ; sinon, il lui aurait été facile de croire qu'elle avait tout rêvé – la salle dorée, la musique, la présence de Rhett, et même la sienne.

Quand elle rentra dans la suite du Shelbourne. Scarlett alluma le gaz et, dans la vive lumière, resta immobile devant le grand miroir pour se regarder et découvrir ce que Rhett avait pu voir en elle. Elle paraissait très belle, et sûre d'elle-même, comme son portrait, comme celui de la grand-mère Robillard.

Son cœur se fit douloureux. Pourquoi ne pouvait-elle être comme l'autre portrait de sa grand-mère, celui dans lequel elle avait l'air si douce, débordante de l'amour donné et reçu? Car elle savait que dans les paroles aimantes de Rhett il y avait aussi de la tristesse, et comme un adieu.

En plein milieu de la nuit, Scarlett O'Hara se réveilla dans sa luxueuse chambre parfumée, au meilleur étage du meilleur hôtel de Dublin, et pleura à gros sanglots convulsifs. « Si seulement... si seulement... » répétait-elle sans cesse, et ces deux mots lui martelaient le crâne.

CHAPITRE 79

Les angoisses de la nuit ne laissèrent aucune marque visible. Le lendemain matin, le visage de Scarlett était lisse et serein, et ses sourires plus enchanteurs que jamais, tandis qu'elle servait café et thé aux hommes et aux femmes qui s'entassaient dans son salon. En plein cœur de la nuit, elle avait trouvé le courage de permettre à Rhett de partir.

Si je l'aime, avait-elle compris, il ne faut pas que j'essaie de le retenir. Il faut que j'apprenne à lui donner sa liberté, tout comme j'essaie de donner la sienne à Cat, parce que je l'aime.

Si seulement j'avais parlé d'elle à Rhett, il aurait été si fier.

Si seulement la Saison était terminée. Cat me manque horriblement. Je me demande ce qu'elle peut bien être en train de faire.

Cat courait à travers les bois de Ballyhara avec l'énergie du désespoir. Les brumes matinales s'accrochaient par endroits, et elle ne voyait pas où elle allait. Elle trébucha et tomba, mais pour se redresser aussitôt. Il fallait qu'elle continue, bien qu'elle fût à bout de souffle d'avoir déjà tant couru. Elle sentit venir une autre pierre et, pour se protéger, plongea derrière un tronc d'arbre. Les gamins qui la poursuivaient hurlèrent et poussèrent des huées. Ils l'avaient presque rattrapée, bien que jamais auparavant ils ne se soient aventurés dans les bois proches de la Grande Maison. Mais ils ne risquaient rien pour le moment. Ils savaient que La O'Hara était à Dublin chez les Anglais. Leurs parents ne parlaient de rien d'autre.

— La voilà! s'écria l'un d'eux, et ses compagnons levèrent la main pour lancer leurs pierres.

Mais ce ne fut pas Cat qui sortit de derrière un arbre. C'était la *cailleach*, pointant vers eux un doigt noueux. Les gamins hurlèrent de terreur et s'enfuirent.

– Viens avec moi, dit Grainne. Je te donnerai du thé.

Cat mit sa main dans la sienne. Grainne marchait très lentement, et la petite fille n'avait aucun mal à suivre son rythme.

– Avec des gâteaux? demanda Cat.

– Avec des gâteaux, répondit la *cailleach*.

Bien que Scarlett regrettât de plus en plus Ballyhara, elle passa à Dublin toute la Saison du Château. Elle avait donné sa parole à Charlotte Montague. C'est exactement comme la Saison à Charleston, pensa-t-elle. Pourquoi donc, je me le demande, les gens du beau monde se donnent-ils tant de mal pour s'amuser si longtemps? Elle allait de succès en succès, et Mme Fitz tira habilement parti des passages extatiques de l'*Irish Times*, qui en faisaient état. Chaque soir, elle emportait le journal au pub de Kennedy, pour montrer aux gens de Ballyhara à quel point La O'Hara était célèbre. Jour après jour, leur mécontentement devant la faiblesse de Scarlett pour les Anglais céda la place à l'orgueil que La O'Hara fût plus admirée que n'importe laquelle des Anglaises.

Colum n'applaudit pas l'habileté de Rosaleen Fitzpatrick. Il était d'humeur trop sombre pour en voir l'humour.

– Les Anglos la corrompent, tout comme ils font pour John Devoy, dit-il.

Colum avait à la fois tort et raison. Personne à Dublin ne souhaitait que Scarlett fût moins irlandaise. Cela représentait une grande part de son charme : La O'Hara était une originale. Mais Scarlett avait découvert une vérité un peu troublante. Les Anglo-Irlandais se considéraient comme aussi irlandais que les O'Hara d'Adamstown. Charlotte lui avait dit un jour, irritée :

– Ces familles vivaient déjà en Irlande à l'époque où l'Amérique n'était même pas colonisée! Comment y voir autre chose que des Irlandais?

Problème complexe, que Scarlett ne pouvait résoudre, aussi préféra-t-elle s'en abstenir. Elle n'en avait pas vraiment besoin, décida-t-elle. Elle pouvait faire d'une pierre deux coups – avoir l'Irlande des fermes de Ballyhara et celle du château de Dublin. Cat agirait de même en grandissant. Et c'est bien mieux pour elle que si j'étais restée à Charleston, se dit Scarlett d'un ton décidé.

Quand, à quatre heures du matin, le bal de la Saint-Patrick se termina, la Saison du Château prit fin. Le prochain événement mondain aurait lieu à quelques milles de là, dans le comté de Kildare.

746

Tout le monde serait aux courses de Punchestown, lui dit Charlotte. On s'attendrait à ce qu'elle y fût aussi.

Scarlett déclina l'invitation :

— Charlotte, j'adore les courses et les chevaux, mais je suis prête à rentrer à la maison. Je suis déjà en retard pour ce qui concerne mes obligations de ce mois-ci. Je réglerai les réservations d'hôtel que vous avez faites.

Charlotte expliqua que c'était inutile : elle pourrait les revendre à quatre fois leur prix. Et elle-même ne s'intéressait nullement aux chevaux.

Elle remercia Scarlett d'avoir fait d'elle une femme indépendante.

— Et vous l'êtes aussi, désormais, Scarlett. Vous n'avez plus besoin de moi. Restez amie avec Mme Sims, et laissez-la vous habiller. Le Shelbourne a déjà réservé vos chambres pour la Saison de l'année prochaine. Votre demeure peut accueillir tous les hôtes que vous voudrez, et votre gouvernante est la femme la plus compétente que j'aie jamais vu occuper ce poste. Vous appartenez au grand monde, maintenant. Faites-en ce qu'il vous plaira.

— Qu'allez-vous faire, Charlotte ?

— Acquérir ce que j'ai toujours souhaité : un petit appartement dans un palais romain. De la bonne nourriture, du bon vin, et le soleil de la Méditerranée chaque jour. Je déteste la pluie.

Même Charlotte ne pourrait se plaindre d'un tel temps, songea Scarlett. Jamais on n'avait connu de printemps aussi ensoleillé. L'herbe était haute et drue, le blé planté trois semaines auparavant, le jour de la Saint-Patrick, couvrait les champs d'un vert tendre et frais. La récolte de cette année compenserait les déceptions de l'année dernière, et même plus. Il était merveilleux d'être de retour chez soi.

— Comment va Ree ? demanda-t-elle à Cat.

C'était bien de sa fille d'appeler « Roi » son petit poney, se dit Scarlett avec indulgence. Cat ne marchandait pas ses affections. Il était également très réjouissant qu'elle emploie un mot gaélique. Scarlett aimait voir en elle une authentique enfant irlandaise — même si la petite fille avait vraiment l'air d'une bohémienne. Ses tresses retenaient à grand-peine sa chevelure noire, et le soleil avait encore bruni sa peau. Cat enlevait chapeau et chaussures dès qu'elle sortait.

— Il n'aime pas que je monte avec une selle. Je n'aime pas ça non plus. C'est mieux sans.

— Oh que non, ma précieuse. Il faudra que tu apprennes, et Ree aussi. Remercie le ciel que ce ne soit pas une selle d'amazone.

– Comme celle que tu as pour chasser?

– Oui. Tu en auras une un jour, mais pas avant longtemps, longtemps.

Cat aurait quatre ans en octobre, à peine moins que Bonnie quand elle était tombée. La selle d'amazone pourrait attendre. Si seulement Bonnie avait monté à califourchon, au lieu de... – non, il ne fallait pas penser de telles choses. Ces deux mots, « si seulement », pouvaient suffire à vous briser le cœur.

– Allons à cheval en ville, Cat. Ça te plairait? Nous pourrions passer voir Colum.

– Cat n'aime pas la ville. On peut aller jusqu'à la rivière?

– D'accord. Ça fait longtemps que je n'y suis pas allée, c'est une bonne idée.

– Je pourrai grimper sur la tour?

– Non. La porte est trop haute, et la tour a toutes les chances d'être pleine de chauves-souris.

– On ira voir Grainne?

Les mains de Scarlett se crispèrent sur les rênes.

– Comment la connais-tu?

La vieille femme lui avait dit de tenir Cat à l'écart, de la garder tout près de la maison. Qui donc l'avait emmenée là-bas? Et pourquoi?

– Elle a donné du lait à Cat.

Scarlett ne s'inquiéta pas de l'entendre s'exprimer ainsi. Cat ne parlait d'elle à la troisième personne que lorsque quelque chose lui faisait peur ou la mettait en colère.

– Qu'est-ce que tu n'aimes pas chez Grainne, Cat?

– Elle croit que Cat est une autre petite fille qui s'appelle Dara. Cat lui a dit, mais elle n'a pas écouté.

– Allons, chérie, elle sait bien qui tu es. C'est un nom très particulier qu'elle t'a donné quand tu étais encore un petit bébé. C'est du gaélique, comme Ree ou Ocras. Dara veut dire le chêne, l'arbre le plus solide et le meilleur de tous.

– C'est bête. Une fille n'est pas un arbre. Elle n'a pas de feuilles.

Scarlett soupira. Elle se sentait folle de joie quand Cat était d'humeur à parler : la fillette était si souvent silencieuse. Mais il n'était pas toujours facile de discuter avec elle. C'est une petite fille aux opinions très tranchées, songea-t-elle, et elle se rend toujours compte quand on essaie de tricher. La vérité, toute la vérité, sinon elle vous lance un regard à vous tuer.

– Regarde, Cat, voilà la tour. Je t'ai déjà dit combien elle est vieille?

– Oui.

Scarlett eut envie de rire. On aurait tort de conseiller à un enfant de mentir, mais un petit mensonge poli serait parfois le bienvenu.

– J'aime la tour, dit Cat.

– Moi aussi, chérie.

Scarlett se demanda pourquoi elle n'était pas venue là depuis si longtemps. Elle avait presque oublié l'étrange effet que les vieilles pierres produisaient sur elle. Cela l'apaisait et lui donnait le frisson tout à la fois. Elle se promit de ne pas laisser passer tant de mois avant sa prochaine visite. Après tout, c'était le cœur de Ballyhara, là où tout avait commencé.

L'aubépine fleurissait déjà dans les haies, et l'on était encore en avril. Quelle saison ils avaient! Scarlett ralentit le coupé pour humer longuement l'air parfumé. Il n'était pas vraiment nécessaire de se hâter, les robes attendraient. Elle se rendait à Trim pour prendre possession d'un colis de tenues d'été que Mme Sims lui faisait tenir. Il y avait sur son bureau six invitations pour le mois de juin. Un peu tôt, sans doute, mais il lui fallait fréquenter des adultes. Elle aimait Cat plus que tout, mais... et Mme Fitz était si occupée à gérer la grande maisonnée qu'elle n'avait jamais le temps d'accepter une tasse de thé. Colum était parti à Galway accueillir Stephen. Scarlett ne savait trop que penser à l'idée de voir celui-ci venir à Ballyhara. Stephen, le fantôme... Peut-être le serait-il un peu moins une fois arrivé en Irlande. Peut-être s'était-il montré si bizarre et silencieux à Savannah parce qu'il était plongé dans le trafic d'armes. Au moins, c'était terminé! Les revenus supplémentaires qu'elle touchait désormais, ceux des petites maisons d'Atlanta, étaient, eux aussi, les bienvenus. Elle devait avoir donné une fortune aux *Fenians*. Mieux valait la dépenser en robes – qui ne font de mal à personne.

Stephen aurait aussi des nouvelles de Savannah. Elle mourait d'envie de savoir comment allait toute la famille. Maureen était presque aussi mauvaise épistolière qu'elle. Cela faisait des mois que Scarlett ne savait plus ce que devenaient les O'Hara de Savannah. Ni qui que ce fût d'autre. Certes, quand elle avait décidé de tout vendre à Atlanta, elle avait également résolu de tout laisser derrière elle, et de ne jamais regarder en arrière.

Pourtant, il serait bien agréable d'avoir des nouvelles des gens d'Atlanta. Vu les bénéfices qu'elle touchait, elle savait que les petites maisons se vendaient bien, et l'affaire d'Ashley devait donc bien marcher. Mais la tante Pittypat? Et India? S'est-elle desséchée au point de tomber en poussière? Et tous ces gens qui ont eu tant d'importance pour moi, il y a si longtemps? Si seulement j'étais restée en contact avec les tantes, au lieu de laisser de l'argent à mon avocat pour qu'il leur envoie leur pension. J'avais raison de ne pas leur faire savoir où j'étais, de protéger Cat contre Rhett. Mais peut-être, aujourd'hui, ne ferait-il rien; il n'y a qu'à voir la façon dont il s'est comporté au Château. Si j'écris à Eulalie, j'obtiendrai d'elle toutes les nouvelles de Charleston. Je saurai, pour Rhett. Pourrai-je supporter d'apprendre qu'Anne et lui sont parfaitement heureux, qu'ils élèvent des chevaux de course et les enfants Butler? Je ne crois pas que j'en aie envie. Je laisserai les tantes où elles sont.

De toute façon, je n'aurais droit qu'à un million de pages de sermons, et de ce point de vue Mme Fitz me suffit amplement. Elle a peut-être raison quand elle dit que je devrais donner des soirées; c'est une honte d'avoir une aussi grande maison, et tant de serviteurs, qui ne servent à rien. Mais elle a tort sur toute la ligne, s'agissant de Cat. Je me moque éperdument de ce que font les mères anglaises, il n'est pas question qu'une gouvernante régente sa vie. Je ne la vois guère, d'ailleurs, en ce moment; elle est toujours dehors, dans les écuries, dans la cuisine, à errer je ne sais où, ou grimpée dans un arbre. Et l'idée de l'envoyer dans une école religieuse est complètement absurde! Quand elle sera assez grande, celle de Ballyhara conviendra tout à fait. Elle y aura des amis. Je m'inquiète parfois de voir qu'elle ne veut jamais jouer avec les autres enfants... Mais que se passe-t-il? Ce n'est pas jour de marché, pourquoi le pont est-il plein de gens?

Scarlett se pencha et toucha l'épaule d'une femme qui courait.

– Qu'est-ce qui se passe?

L'autre leva des yeux brillants, l'air tout excitée:

– On fouette quelqu'un! Vous feriez mieux de vous dépêcher, sinon vous allez tout rater!

On fouette quelqu'un. Scarlett n'avait aucune envie de voir un pauvre diable de soldat être flagellé. Elle tenta de faire demi-tour avec le coupé, mais la masse de gens avides de voir le spectacle l'entraîna dans sa presse. Son cheval fut emporté par le flot, le véhicule poussé et secoué. Elle ne put guère que descendre et tenir la bride, calmer la bête par des caresses et des mots apaisants, en marchant au même pas que ceux qui l'entouraient.

Quand les autres cessèrent d'avancer, Scarlett entendit le sifflement du fouet, et l'horrible bruit mat qu'il faisait en atteignant son but. Elle voulut se boucher les oreilles, mais elle avait besoin de ses mains pour flatter le cheval effrayé. Cela parut durer une éternité.

« ... et cent. Ça y est », entendit-elle, puis le grognement de déception de la foule. Celle-ci se dispersa, et Scarlett se cramponna à la bride; les gens poussaient plus fort que jamais.

Elle ne ferma les yeux que lorsqu'il fut trop tard. Elle avait déjà vu le corps mutilé, et l'image s'était gravée dans son esprit. Il était attaché à une roue dressée à la verticale, chevilles et poignets liés par des lanières de cuir. Une chemise bleue tachée de sang pendait depuis la taille sur les pantalons de laine grossière, laissant à nu ce qui avait dû être un large dos. Ce n'était plus qu'une plaie rouge, dont pendaient des lambeaux de chair et de peau.

Au bord de la nausée, Scarlett détourna la tête et plongea le visage dans la crinière du cheval. La bête agita la tête nerveusement pour la repousser. Il y avait dans l'air une odeur douce abominable.

Elle entendit quelqu'un vomir, et son estomac se souleva. Elle se pencha du mieux qu'elle put pour ne pas lâcher la bride, et vomit sur les pavés.

— C'est bon, mon gars, y a pas de honte à rendre son déjeuner après ça. Va au pub boire un whisky. Marbury m'aidera à le détacher.

Scarlett leva la tête pour regarder celui qui venait de parler, un militaire britannique en uniforme de sergent de la Garde. Il parlait à un simple soldat au visage livide. Ce dernier s'éloigna en chancelant. Un autre vint prêter assistance au sergent. Ils coupèrent les liens de cuir derrière la roue, et le corps tomba dans la boue gorgée de sang.

La semaine dernière, c'est de l'herbe qu'il y avait là, songea Scarlett. C'est impossible. De l'herbe verte.

— Et sa femme, sergent ?

Deux soldats tenaient les bras d'une femme en cape noire à capuchon, qui se débattait sans mot dire.

— Lâchez-la. C'est fini. Allons-y. La charrette viendra le prendre plus tard.

La femme courut derrière eux et saisit la manche galonnée du sous-officier.

— Votre officier m'a promis que je pourrais l'enterrer ! s'écriat-elle. Il m'a donné sa parole !

Le sergent la repoussa :

— J'ai reçu des ordres pour le faire fouetter, le reste ne me regarde pas. Laisse-moi tranquille, femme !

La silhouette vêtue de noir demeura immobile, solitaire, dans la rue, suivant des yeux les soldats qui entraient dans le pub. Elle eut un sanglot à faire frémir. Puis elle fit volte-face et se précipita vers la roue et le corps ensanglanté. « Danny, Danny, mon chéri... » Elle s'accroupit, puis s'agenouilla dans la boue, s'efforçant de serrer contre elle les épaules à vif et la tête pendante. Son capuchon tomba, révélant un visage pâle, des cheveux dorés coiffés en chignon, des yeux bleus perdus dans des orbites creusées par le chagrin. Scarlett fut clouée sur place. S'avancer, faire résonner les roues sur les pavés aurait été une intrusion obscène dans la tragédie que vivait cette femme.

Un petit garçon très sale, pieds nus, survint en courant.

— Madame, je peux avoir un bouton ou quelque chose comme ça ? Ma mère veut un souvenir, dit-il à la femme en la secouant par l'épaule.

Scarlett courut sur les pavés, l'herbe tachée de sang, la boue piétinée, et saisit l'enfant par le bras. Il leva les yeux, bouche bée, stupéfait. Elle le gifla de toutes ses forces. Il y eut un bruit semblable à un coup de feu.

— Fiche le camp, sale petit démon ! Fiche le camp !

Le gamin s'enfuit en hurlant, éperdu.

— Merci, dit l'épouse de l'homme qu'on avait fouetté à mort.

Scarlett comprit que désormais elle ne pouvait plus reculer. Autant faire le peu qu'elle pouvait.

— Je connais un médecin à Trim. J'irai le chercher.

— Un médecin ? Pour qu'il le saigne ?

La femme prononça ces mots amers et pleins de désespoir avec un accent anglais, un peu semblable à celui des voix du Château.

— Pour qu'il prépare son corps pour l'enterrement, dit Scarlett doucement.

L'autre saisit le bas de la jupe de Scarlett d'une main ensanglantée et l'embrassa avec une abjecte gratitude. Les yeux de Scarlett se remplirent de larmes. Mon Dieu, je n'ai pas mérité cela. J'aurais dû faire faire demi-tour au coupé.

— Non, dit-elle, non...

La femme s'appelait Harriet Stewart, et son époux Daniel Kelly. C'est tout ce que Scarlett sut jusqu'au moment où le corps fut placé à l'intérieur d'un cercueil clos dans la chapelle catholique. C'est alors que la veuve, qui n'avait parlé que pour répondre aux questions du prêtre, jeta autour d'elle des yeux fous.

— Billy ! Où est Billy ? Il devrait être là !

Le prêtre apprit qu'elle avait un fils, enfermé dans une chambre de l'hôtel pour qu'il ne pût pas assister à la scène.

— Ils ont été très gentils, dit la femme, ils ont accepté que je paie avec mon alliance, bien qu'elle ne soit pas en or.

— Je vais aller le chercher, dit Scarlett. Père, vous prendrez soin de Mme Kelly ?

— Bien sûr. Et rapportez une bouteille de brandy, madame O'Hara. La pauvre femme est près de s'effondrer.

— Je ne m'effondrerai pas, dit Harriet Kelly. Je ne peux pas. Il faut que je m'occupe de mon fils. Il est si petit, il n'a que huit ans.

Sa voix était mince et cassante comme la glace.

Scarlett se dépêcha. Billy Kelly était un gamin blond, trapu, grand pour son âge, plein d'une colère bruyante. Contre ceux qui le retenaient prisonnier derrière une lourde porte fermée à clé. Contre les soldats britanniques. L'aubergiste, pourtant corpulent, avait besoin de toute sa force pour le retenir.

— J'irai chercher une barre de fer chez un forgeron et je leur écraserai la tête jusqu'à ce qu'ils me tirent dessus! hurlait l'enfant.

— Billy Kelly, arrête de faire l'imbécile!

Les réprimandes de Scarlett firent au gamin l'effet d'un seau d'eau froide en pleine figure.

— Ta mère a besoin de toi, et toi tu veux qu'elle ait encore plus de chagrin. Quel genre d'homme es-tu donc?

L'aubergiste relâcha Billy, qui se tint tranquille.

— Où est ma mère? demanda-t-il, d'une voix qui trahissait sa jeunesse et sa peur.

— Viens avec moi, dit Scarlett.

CHAPITRE 80

On découvrit peu à peu l'histoire d'Harriet Stewart Kelly. Elle et son fils étaient à Ballyhara depuis plus d'une semaine que Scarlett n'en connaissait encore que les grandes lignes. Fille d'un pasteur anglais, Harriet était devenue gouvernante dans la famille du baron Witley. Elle avait dix-neuf ans, beaucoup d'éducation pour une femme, et ignorait tout du monde.

Une de ses tâches consistait à accompagner les enfants de la maison lors de leurs promenades à cheval avant le petit déjeuner. Elle tomba amoureuse du sourire éblouissant et de la voix, mélodieuse et gaie, du valet d'écurie qui les escortait également. Quand il lui demanda de s'enfuir avec lui, cela lui parut être l'aventure la plus merveilleusement romanesque du monde.

Elle prit fin dans la petite ferme du père de Daniel Kelly. Un palefrenier et une gouvernante en fuite ne pouvaient espérer avoir de certificats, et donc de travail. Danny s'en fut aux champs en compagnie de son père et de ses frères, Harriet fit ce que la mère lui disait de faire, essentiellement du lavage et du raccommodage. Elle avait maîtrisé l'art de la broderie, l'un des talents indispensables à une vraie dame. Que Billy fût leur seul enfant montrait assez que leur idylle était terminée. Danny Kelly regrettait le monde des chevaux, des grandes écuries, l'élégant gilet à rayures, le haut-de-forme et les bottes de cuir montantes qui constituaient la livrée du groom. Il rendit Harriet responsable de sa disgrâce, et chercha consolation dans le whisky. Sa famille détestait la jeune femme, parce qu'elle était anglaise, et protestante.

Danny fut arrêté pour avoir agressé un officier anglais dans un pub. Sa parenté le tint pour mort lorsqu'il fut condamné à cent coups de fouet. Ils avaient déjà entamé la veillée funèbre quand Harriet prit la main de Billy, ainsi qu'une miche de pain, et fit à pied les vingt milles jusqu'à Trim, où se trouvait la caserne de l'officier insulté. Elle y plaida la cause de son époux. On lui accorda le droit d'enterrer son corps.

— Madame O'Hara, j'emmènerai mon fils en Angleterre, si vous m'avancez l'argent du voyage. Mes parents sont morts, mais j'ai des cousins qui pourraient nous prêter une maison. Je vous rembourserai sur mon salaire. Je trouverai bien un travail quelconque.

— Quelle absurdité! répondit Scarlett. N'avez-vous pas remarqué que j'ai une petite fille qui se comporte comme un poulain sauvage? Cat a besoin d'une gouvernante. D'ailleurs, elle s'est déjà attachée comme une ombre à Billy. Elle a encore plus besoin d'un ami. Vous me feriez une grande faveur si vous restiez, madame Kelly.

Elle ne mentait pas, mais se garda bien d'ajouter qu'elle doutait fort qu'Harriet fût capable de monter à bord du bon bateau pour l'Angleterre, et encore moins de gagner sa vie une fois là-bas. Comme Scarlett le disait : cette femme a du cran, mais pas de cervelle. Les seules choses qu'elle connût, elle les avait trouvées dans les livres. Scarlett n'avait jamais eu une très haute opinion de cette sorte de gens.

Pourtant, en dépit de son mépris pour le manque de sens pratique de la jeune femme, elle était heureuse de l'avoir dans la maison. Depuis son retour de Dublin, l'endroit lui paraissait fâcheusement vide. Elle ne s'attendait pas à ce que Mme Montague lui manquât, et c'était pourtant le cas. Harriet comblait une absence. A bien des égards, c'était même une compagnie plus agréable que celle de Charlotte, parce qu'elle était fascinée par tout ce que les enfants faisaient, et Scarlett apprit ainsi de menues aventures que Cat n'aurait pas songé à lui rapporter.

De surcroît, Billy tenait compagnie à la fillette, ce qui apaisait le malaise de Scarlett face à la solitude de Cat. L'hostilité de Mme Fitzpatrick à la présence d'Harriet était le seul inconvénient de la situation.

— Nous ne voulons pas d'Anglais à Ballyhara, madame O., avait-elle dit quand Scarlett avait ramené la mère et l'enfant de Trim. C'était déjà suffisamment pénible de supporter cette Montague, mais au moins elle vous était utile.

— Vous ne voulez peut-être pas de Mme Kelly, mais moi si, et c'est ma demeure!

Scarlett était lasse qu'on lui dise ce qu'il fallait faire ou ne pas faire. D'abord Charlotte, et maintenant Mme Fitz! Harriet ne la critiquait jamais en rien. Au contraire : elle lui était si reconnaissante de lui avoir donné un toit, ainsi que ses vêtements défraîchis, que parfois Scarlett était tentée de lui reprocher de se montrer à ce point douce et soumise.

Scarlett était d'ailleurs portée à hurler contre tout le monde, ce dont elle avait honte, parce que sa mauvaise humeur n'avait pas la moindre justification. Tous disaient que, d'aussi loin qu'on se souvînt, on n'avait jamais eu une telle saison. Le blé avait déjà atteint la moitié de sa taille habituelle, et les champs de pommes de terre étaient remplis de pousses vertes pleines de vigueur. A chaque jour ensoleillé en succédait un autre, et les fêtes, lors du marché hebdomadaire de Trim, duraient jusque tard dans la nuit, douce et tiède. Scarlett dansa à en trouer ses bas et ses souliers, mais la musique et les rires ne parvenaient jamais longtemps à lui remonter le moral. Quand Harriet soupirait à la vue des couples marchant le long de la rivière, bras dessus bras dessous, Scarlett se détournait en haussant les épaules avec irritation. Dieu merci, songeait-elle, les invitations arrivaient chaque jour par la poste. Les réceptions commenceraient bientôt. Les fêtes élégantes de Dublin, et les vitrines remplies de tentations avaient fait perdre beaucoup de son attrait au marché de Trim.

Fin mai, les eaux de la Boyne étaient si basses qu'on pouvait y apercevoir les pierres que, des siècles auparavant, on y avait déposées pour franchir le cours d'eau à gué. Les paysans guettaient avec anxiété les nuages apportés par le vent d'ouest dans un ciel magnifique. Les champs avaient besoin de pluie. Les brèves ondées qui rafraîchissaient l'air ne faisaient qu'humecter le sol et attirer vers la surface les racines du blé et de la fléole des prés, ce qui affaiblissait les tiges.

Cat fit savoir que le sentier, au nord, menant à la masure de Grainne se transformait peu à peu en vrai chemin.

— Elle a plus de beurre qu'elle ne peut en manger, dit-elle en tartinant un petit pain. Les gens achètent des sorts pour qu'il pleuve.

— Vous avez décidé d'être ses amis?

— Oui. Billy l'aime bien.

Scarlett sourit. Tout ce que disait le jeune garçon était pour Cat parole d'évangile. Il était heureux que Billy ait un aussi bon naturel; l'adoration de Cat aurait pu être une terrible épreuve. Il témoignait au contraire d'une patience angélique. Billy avait hérité du « sens des chevaux » de son père. Il apprenait à la fillette comment devenir une cavalière experte, bien mieux que Scarlett n'aurait pu le faire. Quand Cat aurait quelques années de plus, elle aurait un cheval, et non plus un poney. Elle faisait déjà remarquer au moins deux fois par jour que les poneys, c'était bon pour les petits, et que Cat était une grande fille. Fort heureusement, Billy ajouta « mais pas encore assez ». Jamais elle n'aurait accepté cela de sa mère.

Au début de juin, Scarlett se rendit à une réception à Roscommon, certaine de ne pas manquer à sa fille. *Elle ne remarquera sans doute même pas que je ne suis pas là. Comme c'est humiliant!*

– N'est-ce pas un temps splendide? dirent tous les invités.

Après dîner, ils jouèrent au tennis dans la douce lumière si claire qui durait jusqu'à dix heures du soir.

Scarlett fut heureuse de retrouver nombre des gens qu'elle avait le plus aimés à Dublin. Charles Ragland fut le seul qu'elle accueillit sans grand enthousiasme :

– Charles, c'est quelqu'un de votre régiment qui a fouetté à mort ce pauvre homme. Je n'oublierai jamais, et je ne pardonnerai jamais. Porter des vêtements civils ne change rien au fait que vous êtes un soldat britannique, et que les militaires sont des monstres.

A sa grande surprise, Charles se montra peu porté aux excuses :

– Scarlett, je suis vraiment désolé que vous ayez assisté à cela. Donner le fouet est une affaire répugnante. Mais nous avons l'occasion de voir des choses encore pires, et il faut y mettre un terme.

Il refusa de donner des exemples, mais Scarlett apprit, au fil de la conversation, que les violences contre les propriétaires terriens se multipliaient dans toute l'Irlande. Les champs étaient incendiés, les vaches abattues, le représentant d'un grand domaine près de Galway avait été victime d'une embuscade et taillé en pièces. On parlait avec angoisse, à voix basse, de la réapparition des Whiteboys, ces bandes de maraudeurs qui avaient terrifié les propriétaires, il y avait des années de cela. *C'est impossible*, disaient les plus posés. *Tous ces incidents étaient dispersés et sporadiques, l'œuvre de trublions bien connus des autorités.* Cependant, quand des fermiers observaient votre voiture qui passait à leur hauteur, on se sentait tout de même mal à l'aise.

Scarlett pardonna à Charles. Mais, ajouta-t-elle, il ne fallait pas qu'il croie qu'elle oublierait.

– J'irai jusqu'à assumer la responsabilité de cet acte, si cela permet que vous vous souveniez de moi, répondit-il avec ardeur.

Puis il rougit comme un écolier.

– Bon sang, j'invente des discours dignes de Byron quand je suis à la caserne à penser à vous, et lorsque je me trouve en votre présence je balbutie je ne sais quelles sottises. Vous saviez que je suis abominablement amoureux de vous, n'est-ce pas?

– En effet. Ce n'est rien, Charles. Je ne crois pas que Lord Byron m'aurait plu, et j'ai beaucoup d'affection pour vous.

– C'est vrai, mon ange? Puis-je espérer que...

— Je ne crois pas, Charles. Ne prenez pas cet air désespéré, ce n'est pas vous. Je pense cela de tout le monde.

Les sandwiches placés dans la chambre de Scarlett se racornirent peu à peu au cours de la nuit.

— Comme c'est bon d'être de retour chez soi! Harriet, j'ai bien peur d'être quelqu'un d'abominable. Quand je suis partie, j'ai beau m'amuser autant que je veux, je meurs toujours d'envie de rentrer. Mais je vous parie qu'avant la fin de cette semaine je me mettrai à penser à la prochaine invitation que j'ai acceptée. Dites-moi tout ce qui s'est passé pendant que je n'étais pas là. Cat n'a pas tourmenté Billy?

— Pas trop. Ils ont inventé un nouveau jeu qui s'appelle « Coulez les Vikings ». Je ne sais pas d'où vient ce nom. Cat a dit que vous pourriez l'expliquer, elle ne se souvenait de rien d'autre que du mot lui-même. Ils ont installé une échelle de corde sur la tour. Billy monte des pierres qu'ils jettent dans la rivière à travers les fentes.

Scarlett éclata de rire.

— La petite friponne! Cela fait un temps fou qu'elle me harcèle pour que je la laisse grimper dans la tour. Je remarque qu'elle a amené Billy à faire tout le gros travail. Et elle a à peine quatre ans! Le temps qu'elle en ait six, ce sera une véritable terreur. Il faudra que vous l'assommiez à coups de bâton pour lui faire apprendre ses lettres.

— Sans doute pas. Elle s'intéresse déjà beaucoup à l'alphabet dans sa chambre, celui avec les animaux.

Scarlett sourit : c'était laisser entendre que sa fille était certainement géniale. Elle était toute prête à croire que Cat saurait tout faire plus tôt, et mieux, que tous les enfants de l'histoire de l'humanité.

— Scarlett, me parlerez-vous de la réception? demanda Harriet, à qui ses malheurs n'avaient pas fait perdre le goût des rêveries romanesques.

— C'était charmant. Nous étions – oh, plus d'une vingtaine, je crois – et pour une fois, il n'y avait pas de vieux général en retraite pour nous assommer avec ce qu'il avait appris du duc de Wellington. Nous avons eu un tournoi de croquet effréné, où quelqu'un prenait les paris et fixait les cotes, comme pour les courses de chevaux. Je faisais équipe avec...

— Madame O'Hara!

La voix exprimait la terreur. Scarlett se leva de sa chaise d'un bond. Une servante accourut, le visage rouge, haletante :

— La cuisine... balbutia-t-elle... Cat... brûlée...

Scarlett faillit la renverser en se ruant vers la cuisine.

Elle était encore à mi-chemin qu'elle entendait déjà geindre Cat. Elle courut encore plus vite. Cat ne pleurait jamais.

— Elle ne savait pas que la casserole était chaude... On a déjà enduit sa main de beurre. Elle venait juste de la saisir quand elle l'a laissée tomber.

— Maman... Maman...

Les voix l'entouraient de toutes parts. Elle n'entendit que celle de Cat.

— Maman est là, chérie. Nous allons guérir Cat en un clin d'œil.

Elle prit dans ses bras la fillette en pleurs et se dirigea en hâte vers la porte. Elle avait vu l'horrible brûlure sur la paume de Cat. Elle était si gonflée que les petits doigts étaient écartés.

Scarlett aurait juré que le trajet avait doublé de longueur. Elle courait aussi vite qu'elle pouvait sans risquer une chute. Si le Dr Devlin n'est pas chez lui, il n'aura plus de toit en rentrant. Je jetterai dehors tous ses meubles, et sa famille avec.

Mais le médecin était là.

— Allons, allons, madame O'Hara, pas besoin de vous mettre dans un tel état. Les enfants n'ont-ils pas sans cesse des accidents ? Laissez-moi jeter un coup d'œil.

Cat hurla quand il pressa sa main. Scarlett en fut déchirée comme par un couteau.

— C'est une brûlure assez grave, pas de doute là-dessus, dit le Dr Devlin. Nous allons la graisser jusqu'à ce que l'ampoule se forme, puis nous la percerons pour drainer le liquide.

— Docteur, elle souffre, en ce moment. Ne pouvez-vous rien y faire ?

Les larmes de Cat trempaient l'épaule de Scarlett.

— Le beurre, c'est le mieux. Cela l'apaisera en temps voulu.

— En temps voulu ?

Scarlett fit demi-tour et repartit en courant. Elle pensait au philtre sur sa langue, lors de la naissance de Cat, et à la bienheureuse disparition de la douleur, si rapide.

Elle emmènerait l'enfant chez la sorcière.

Si loin... elle avait oublié que la rivière et la tour étaient si loin. Ses jambes se fatiguaient, mais il ne fallait pas. Scarlett courut comme si tous les chiens de l'enfer étaient à sa poursuite.

— Grainne ! cria-t-elle en atteignant les bosquets de houx. Au secours ! Pour l'amour de Dieu, au secours !

La vieille dame sortit de l'ombre.

— Asseyons-nous ici, dit-elle paisiblement. Ce n'est plus la peine de courir.

S'asseyant sur le sol, elle tendit les bras :

— Viens vers Grainne, Dara. Je ferai partir la douleur.

Scarlett déposa Cat sur les genoux de la sorcière. Puis elle s'accroupit sur le sol, prête à s'emparer de son enfant et à s'enfuir de nouveau. N'importe où où il y aurait de l'aide. A supposer qu'elle puisse penser à un endroit précis ou à quelqu'un.

— Dara, je veux que tu poses ta main dans la mienne. Je ne la toucherai pas. Mets-la toi-même dans ma paume. Je parlerai à la brûlure et elle m'écoutera. Elle partira.

La voix de Grainne était calme, assurée. Les yeux verts de Cat contemplèrent le visage placide et ridé de la vieille femme. Elle posa le dos de sa petite main blessée contre la paume parcheminée et tachée d'herbes.

— Dara, c'est une grosse brûlure, très forte. Il va falloir que je la convainque. Cela va prendre beaucoup de temps. Mais bientôt cela commencera à aller mieux.

Grainne souffla doucement sur la chair brûlée. Une, deux, trois fois. Elle approcha les lèvres de leurs deux mains, et se mit à murmurer dans la paume de Cat.

Elle prononça des mots inaudibles, d'une voix semblable au chuchotement de jeunes feuilles, ou d'un filet d'eau courant sur les cailloux sous le soleil. Au bout de quelques minutes — trois, au maximum — les pleurs de Cat prirent fin, et Scarlett s'effondra sur le sol, toute molle de soulagement. Le chuchotement se poursuivit, monotone, apaisant. La tête de Cat oscilla, puis tomba sur la poitrine de Grainne. Scarlett s'appuya sur ses coudes. Plus tard, elle piqua du nez, glissa sur le sol, s'étendit sur le dos, et ne tarda pas à s'endormir. Et Grainne ne cessait de parler à voix basse à la brûlure, tandis que la mère et la fille dormaient ; lentement, lentement, la boursouflure se réduisit, devint moins rouge, jusqu'à ce que la peau de Cat donnât l'impression de n'avoir jamais été brûlée. Grainne releva la tête et lécha ses lèvres desséchées. Elle croisa les mains de la fillette endormie, puis l'entoura de ses bras et la berça doucement, en fredonnant à voix très basse. Au bout d'un long moment elle s'interrompit.

— Dara...

Cat ouvrit les yeux.

— Il est temps de partir. Dis-le à ta mère. Grainne est fatiguée et va aller dormir. Il faut que tu ramènes ta mère à la maison.

La vieille femme mit la fillette sur pied. Puis elle fit demi-tour et disparut dans le bosquet de houx en rampant sur les mains et les genoux.

— Maman, il faut s'en aller.

— Cat ? Comment ai-je pu m'endormir, ainsi ? Oh, mon ange, je suis désolée. Qu'est-ce qui s'est passé ? Comment te sens-tu, mon petit chat ?

– J'ai fait la sieste. Ma main va bien. Je peux monter dans la tour ?

Scarlett contempla la paume intacte de la fillette.

– Oh, Kitty Cat, ta mère a vraiment besoin qu'on l'embrasse s'il te plaît.

Elle serra Cat contre elle puis la laissa aller. C'était le cadeau qu'elle lui faisait.

La fillette posa les lèvres contre les joues de Scarlett :

– Je crois que je préférerais prendre du thé et des gâteaux plutôt que grimper dans la tour, dit-elle. Rentrons.

C'était son cadeau à sa mère.

– La O'Hara était envoûtée, et la sorcière et l'elfe parlaient dans une langue inconnue.

Nell Garrity avait tout vu de ses propres yeux, dit-elle, et elle était à ce point effrayée qu'elle avait plongé dans la Boyne, en oubliant tout à fait qu'elle devait revenir au gué. Elle se serait noyée si la rivière avait eu sa profondeur habituelle.

– Elles jetaient des sorts sur les nuages pour qu'ils passent sans s'arrêter, voilà ce qu'elles faisaient.

– Est-ce que la vache d'Any McGinty n'a pas cessé de donner du lait ce jour-là, précisément, alors que c'était une des meilleures laitières de Trim ?

– Dan Houlihan, de Navan, a de telles verrues sous les pieds qu'il ne peut plus les poser par terre.

– L'elfe monte un loup qui le jour prend la forme d'un poney.

– Son ombre est tombée sur ma baratte et le beurre n'est jamais venu.

– Ceux qui savent disent qu'elle voit dans le noir, et que ses yeux brillent comme le feu pendant qu'elle rôde.

– Avez-vous entendu raconter comment elle est née, monsieur Reilly ? C'était la veille de la Toussaint, et le ciel était traversé de comètes...

Dans tout le district les récits circulèrent ainsi de foyer en foyer.

Ce fut Mme Fitzpatrick qui trouva le chat tigré de Cat sur le seuil de la Grande Maison. Ochras avait été étranglé, puis éviscéré. Elle jeta la dépouille dans un linge qu'elle cacha dans sa chambre jusqu'à ce que, sans qu'on la voie, elle puisse aller s'en débarrasser dans la rivière.

Rosaleen Fitzpatrick entra en hâte, et sans frapper, dans la maison de Colum. Il leva les yeux, mais resta assis dans son fauteuil.

– C'est bien ce que je pensais! s'exclama-t-elle. Tu ne vas pas boire au pub, comme un honnête homme, il faut que tu caches tes faiblesses ici, avec ce semblant d'homme!

Sa voix était chargée de mépris, comme le geste qu'elle eut, poussant les jambes molles de Stephen O'Hara du bout de son pied botté. Il ronflait irrégulièrement, la bouche entrouverte. De ses vêtements émanait une odeur de whisky, et son haleine empestait.

– Laisse-moi tranquille, Rosaleen, dit Colum d'un ton las. Mon cousin et moi pleurions la mort des espérances de l'Irlande.

Mme Fitzpatrick mit les mains sur les hanches.

– Et les espérances de ta cousine, Colum O'Hara? Te noieras-tu dans la bouteille quand elle pleurera la mort de son enfant? T'affligeras-tu avec elle quand ta filleule sera morte? Car je te le dis, Colum, l'enfant est en danger mortel.

Elle tomba à genoux à côté de son fauteuil et lui secoua le bras:

– Colum, pour l'amour du Christ et de la Vierge, il faut que tu fasses quelque chose! J'ai tout essayé, mais les gens ne m'écoutent pas. Peut-être est-il trop tard aussi pour qu'ils t'écoutent, mais il faut que tu essaies. Tu ne peux pas te cacher aux yeux du monde de cette façon. Les gens sentent que tu les abandonnes, et ta cousine Scarlett aussi.

– Katie Colum O'Hara, marmonna Colum.

– Tu auras son sang sur les mains, dit Rosaleen avec froideur.

Le lendemain, Colum, jusqu'au soir, visita sans se presser toutes les maisons et tous les cottages de Ballyhara et d'Adamstown, sans oublier le pub. Sa première visite fut pour le bureau de Scarlett, où il la trouva plongée dans les livres de comptes du domaine. Elle fronçait les sourcils; son visage s'éclaira lorsqu'elle le vit à la porte, puis se rembrunit quand il suggéra qu'elle donne une soirée pour fêter le retour de Stephen en Irlande.

Elle finit par capituler, comme il s'y attendait, et Colum put ensuite faire ses visites en tirant prétexte des invitations à transmettre à tous. Il écouta avec attention, en quête d'indices permettant de penser que les craintes de Rosaleen étaient fondées mais, à son grand soulagement, n'entendit rien de tel.

Après la messe du dimanche, tous les villageois, et tous les O'Hara du comté de Meath vinrent à Ballyhara souhaiter la bienvenue à Stephen et entendre les nouvelles d'Amérique. Il y avait sur la pelouse de longues tables chargées de plateaux fumants de corned-beef et de chou, de paniers remplis de patates bouillies brûlantes, et de pichets de bière mousseuse. Les portes-fenêtres du salon étaient grandes ouvertes, en signe d'invitation à l'adresse de quiconque aurait envie d'entrer, et l'on apercevait à l'intérieur le plafond orné des légendes héroïques de l'Irlande. Il s'en fallut de peu que ce fût une fête réussie.

Scarlett se consola ensuite en pensant qu'elle avait fait de son mieux, et qu'elle avait passé un long moment en compagnie de Kathleen.

– Tu m'as tant manqué! lui dit-elle. Rien n'est plus pareil depuis que tu es partie. Le gué pourrait tout aussi bien être sous trois mètres d'eau, ce serait pareil; je ne peux supporter l'idée d'aller jusqu'à la maison de Pegeen.

– Scarlett, si les choses restaient toujours les mêmes, pourquoi se donnerait-on la peine de respirer? répliqua Kathleen – mère d'un petit garçon en pleine santé et qui, espérait-elle, aurait un frère d'ici six mois.

Je ne lui ai pas manqué le moins du monde, songea tristement Scarlett.

Stephen ne parlait pas davantage en Irlande qu'en Amérique, mais la famille ne sembla pas s'en formaliser. « C'est un silencieux, voilà tout. » Scarlett l'évita. Pour elle, il était toujours Stephen le fantôme. Il avait quand même apporté une nouvelle délicieuse. Le grand-père Robillard était mort en laissant ses biens à Pauline et Eulalie. Elles vivaient ensemble dans la maison rose, faisaient chaque jour leur promenade de santé, et on disait qu'elles étaient encore plus riches que les sœurs Telfair.

Pendant la fête, ils entendirent au loin rouler le tonnerre. Chacun s'interrompit, cessa de rire ou de manger, pour lever des yeux pleins d'espoir vers un ciel obstinément bleu. Le père Flynn célébrait chaque jour une messe supplémentaire pour qu'il pleuve, et, dans les maisons, les gens allumaient des cierges et priaient.

Le jour de la Saint-Jean, les nuages amenés par le vent d'ouest s'entassèrent peu à peu au lieu de filer à toute allure. En fin d'après-midi, ils remplissaient l'horizon, lourds et noirs. Les hommes et les femmes qui préparaient les feux de joie pour la fête nocturne levèrent la tête au milieu des rafales de vent, sentant venir la pluie. Quelle fête ce serait si elle tombait enfin et si les récoltes étaient sauvées!

L'orage éclata au crépuscule, dans une assourdissante canonnade, les éclairs illuminaient le ciel au point qu'on se serait cru en plein jour, et un déluge de pluie s'abattit. Les gens se jetèrent au sol en se couvrant la tête. Les grêlons étaient aussi gros que des noix. Des cris de peur et de douleur remplissaient les moments de silence entre deux coups de tonnerre.

Scarlett quittait la Grande Maison pour aller danser autour du feu de joie. Elle battit en retraite à l'intérieur, trempée jusqu'aux os en quelques secondes, et courut au premier étage chercher Cat. Celle-ci regardait par la fenêtre, les yeux écarquillés, en se bouchant les oreilles. Harriet Kelly s'était blottie dans un coin, en tenant Billy contre elle pour le protéger. Scarlett s'agenouilla à côté de sa fille afin de contempler la nature en folie.

Cela dura une demi-heure, puis le ciel, redevenu clair, se remplit d'étoiles, avec une lune presque pleine et toute brillante. Le bois était détrempé, et l'on n'allumerait pas de feux cette nuit. Les champs d'herbe et de blé avaient été dévastés par la grêle. Une lamentation funèbre jaillit des gorges des Irlandais de Ballyhara. Elle traversa les murs de pierre et les vitres de la chambre de Cat. Scarlett frissonna et serra sa fille contre elle. Cat geignit doucement. Poser les mains sur ses oreilles ne suffisait pas à étouffer le bruit.

Scarlett était grimpée sur une table, au milieu de la grand-rue de Ballyhara, face à la population de la ville :

— La récolte est perdue. Mais il y a beaucoup de choses à sauver. L'herbe séchera pour donner du foin, et nous aurons de la paille avec les épis de blé, bien qu'il n'y ait plus de grain à moudre en farine. Je m'en vais à Trim, Navan et Drogheda chercher des provisions pour l'hiver. Ballyhara ne connaîtra pas la faim. Je vous le promets; La O'Hara vous en donne sa parole.

Ils l'acclamèrent, sur le moment.

Mais le soir, près de l'âtre, ils parlèrent de la sorcière, de l'elfe, et de la tour où l'elfe avait poussé à la vengeance le fantôme du Lord pendu.

CHAPITRE 81

Le ciel clair, la chaleur accablante, revinrent et perdurèrent. La première page de l'*Irish Times* était entièrement consacrée à des comptes rendus et des spéculations sur le temps. Les pages deux et trois comptaient de plus en plus d'articles relatifs aux agressions commises contre les biens et les agents des propriétaires terriens.

Chaque matin, Scarlett parcourait les journaux, puis les jetait. Au moins n'avait-elle pas à s'inquiéter de ses fermiers, Dieu merci. Ils savaient qu'elle prendrait soin d'eux.

Mais ce ne serait pas facile. Trop souvent, quand elle arrivait dans une ville censée abriter des provisions de farine de seigle ou de froment, elle découvrait qu'il ne s'agissait que de rumeurs, ou que tout était déjà parti. Au début, elle marchandait avec vigueur face à l'augmentation des prix mais, à mesure que le ravitaillement se faisait plus rare, elle était si heureuse de trouver quelque chose qu'elle payait ce qu'on lui demandait, souvent pour des marchandises de médiocre qualité.

C'est aussi lamentable qu'en Géorgie après la guerre, se dit-elle. Non, c'est pire. A cette époque, nous combattions les Yankees, qui volaient ou brûlaient tout. Aujourd'hui, je me bats pour défendre l'existence de plus de gens que je n'en avais à nourrir à Tara. Et je ne sais même pas quel est l'ennemi. Je ne peux croire que Dieu ait voulu maudire l'Irlande.

Mais elle acheta pour cent dollars de cierges à l'intention des gens de Ballyhara quand ils s'en allaient prier dans la chapelle. Et elle prenait garde, en chevauchant ou en conduisant sa charrette, lorsqu'elle longeait les monticules de pierres qui avaient fait leur apparition au bord des routes ou dans les champs. Elle ne savait quelles anciennes déités on s'efforçait d'apaiser ainsi mais, si elles étaient capables d'apporter la pluie, elle était prête à leur céder toutes les pierres du comté. Elle les porterait elle-même s'il le fallait.

Scarlett se sentait impuissante : c'était une expérience nouvelle et très effrayante. Elle avait cru connaître l'agriculture parce qu'elle était née sur une plantation. En fait, les bonnes années à Ballyhara avaient été conformes à ses espoirs, parce qu'elle avait travaillé dur et exigé autant des autres. Mais qu'allait-elle faire, maintenant que cela ne suffisait plus ?

Elle continua de se rendre aux réceptions qu'elle avait acceptées avec tant de bonne humeur. Désormais, cependant, elle ne cherchait plus à s'amuser, mais à obtenir des informations des autres propriétaires.

Scarlett arriva à Kilbawney Abbey, pour la réception des Gifford, avec un jour de retard.

— Je suis navrée, Florence, dit-elle à Lady Gifford, si j'étais bien élevée j'aurais pensé à envoyer un télégramme. Mais la vérité est que je courais partout à la recherche de farine de seigle ou de froment, et que j'ai complètement oublié quel jour nous étions.

Lady Gifford était si soulagée que Scarlett fût arrivée qu'elle oublia de s'offusquer. Tous ses hôtes avaient accepté son invitation, plutôt qu'une autre, parce qu'elle avait laissé entendre que La O'Hara serait là.

— J'attendais l'occasion de vous serrer la main, jeune femme !

Un gentleman en knickerbockers lui pétrit la main droite avec vigueur. Le marquis de Trevanne était un vieillard plein de vivacité, avec une barbe blanche indisciplinée, et un nez crochu aux inquiétantes veines pourpres.

— Merci, monsieur, répondit Scarlett.

Pourquoi attendait-il donc ? se demanda-t-elle.

Le marquis le lui apprit, avec la voix tonnante des sourds. Il l'apprit à toute l'assistance, que les invités l'aient désiré ou non. Il avait assez de poumons pour qu'on l'entende jusqu'à la pelouse de croquet.

Elle méritait des félicitations, rugit-il, pour avoir sauvé Ballyhara. Il avait dit à Arthur de ne pas faire l'idiot, de ne pas gaspiller son argent à acheter des navires aux voleurs qui l'exploitaient, et affirmaient que leurs bois étaient bons. Mais Arthur ne l'avait pas écouté, il était bien décidé à se ruiner. Cela lui avait coûté quatre-vingt mille livres, la moitié de son patrimoine, assez pour acheter toutes les terres du comté de Meath. C'était un sot, depuis toujours, il n'avait jamais eu le moindre soupçon de cervelle. Lui-même l'avait su depuis qu'ils étaient enfants. Mais il aimait Arthur comme un frère, si niais qu'il fût. Personne n'avait jamais eu d'ami aussi cher qu'Arthur. Il avait pleuré, oui madame, vraiment pleuré, quand Arthur s'était pendu. Il avait toujours su que c'était un sot, mais qui aurait pu croire qu'il le serait à ce point ? Arthur adorait cet endroit, il lui avait donné son cœur et, pour finir, sa vie. La façon dont Constance avait laissé le lieu à l'abandon était criminelle. Elle aurait dû le préserver, en faire un mémorial à Arthur.

Le marquis était heureux que Scarlett eût fait ce dont la propre veuve d'Arthur s'était abstenue.

— J'aimerais de nouveau vous serrer la main, madame O'Hara.

Scarlett la lui abandonna. Que racontait donc ce vieillard ? Le jeune seigneur de Ballyhara ne s'était pas suicidé, un homme de la ville l'avait traîné jusqu'à la tour et l'avait pendu lui-même. Colum le lui avait dit. Le marquis doit se tromper. Les vieilles gens mélangent tout dans leurs souvenirs... Ou bien Colum avait tort. Il n'était qu'un enfant, alors, il ne savait rien d'autre que ce que disaient les gens, il n'était même pas à Ballyhara à l'époque, sa famille vivait à Adamstown... Le marquis n'était pas sur place non plus, il ne savait que ce que prétendaient les rumeurs. Tout cela était bien trop compliqué.

— Bonjour, Scarlett !

C'était John Morland. Elle eut un sourire aimable pour le marquis et récupéra sa main, qu'elle glissa sous le coude du jeune baronnet.

— Bart, je suis si heureuse de vous voir ! Je vous ai cherché à chaque réception, pendant la Saison, sans jamais vous trouver.

— J'ai manqué cette année. Deux juments pleines passent avant n'importe quel vice-roi. Comment allez-vous ?

Il s'était écoulé un temps infini depuis qu'ils ne s'étaient vus, et tant de choses s'étaient passées ! Scarlett ne savait plus par où commencer.

— Bart, je sais ce qui vous intéresse ! L'un des hunters que vous m'avez aidée à acquérir saute encore plus haut que Demi-Lune. Cette pouliche s'appelle Comet. C'est comme si un jour, en levant la tête, elle s'était dit que ce n'était pas un travail, mais un jeu...

Ils s'éloignèrent vers un coin tranquille pour parler. Scarlett apprit en temps voulu que Bart n'avait pas la moindre nouvelle de Rhett. Elle apprit également plus qu'elle n'en aurait désiré sur la manière de faire naître un poulain quand il se présentait par le siège. Aucune importance. Bart était l'un de ceux qu'elle préférait, et préférerait toujours.

Tout le monde ne parlait que du temps. Jamais, de toute son histoire, l'Irlande n'avait connu de sécheresse, et comment appeler autrement cette succession de jours ensoleillés ? Il n'y avait pratiquement aucun endroit du pays qui n'eût besoin de pluie. Il était certain qu'il y aurait des problèmes lors du règlement des fermages en septembre.

Elle n'y avait pas pensé. Scarlett eut l'impression que son cœur était de plomb. Bien entendu, les paysans seraient incapables de payer. Et, si elle ne réclamait pas son dû, comment s'attendre à ce que les gens de la ville s'acquittent de ce qu'ils devaient? Les boutiques, les pubs, et même le médecin, dépendaient de l'argent que les paysans dépensaient chez eux. Elle ne disposerait donc d'aucun revenu.

Il était abominablement difficile de garder l'apparence de la gaieté, mais il le fallait bien. Oh, qu'elle serait heureuse quand cette réception aurait pris fin!

La dernière soirée tombait le 14 juillet – jour de la prise de la Bastille. Il avait été demandé aux invités d'apporter des déguisements. Scarlett revêtit ses plus beaux atours de paysanne, avec sous sa jupe rouge quatre jupons de couleurs différentes. Ses bas à rayures étaient difficiles à porter, par cette chaleur, mais ce désagrément en valait la peine, tant ils firent sensation.

– Je n'aurais jamais cru que les paysannes soient vêtues de façon si charmante sous leur crasse! s'exclama Lady Gifford. Je vais acheter un peu de tout cela pour l'emporter à Londres, l'année prochaine. Les gens me supplieront de donner le nom de ma couturière!

Quelle femme stupide! se dit Scarlett. Dieu merci, c'est la dernière soirée.

Charles Ragland arriva après le dîner pour la danse. La réception à laquelle il avait dû assister s'était terminée le matin même.

– Je serais parti de toute façon, raconta-t-il plus tard à Scarlett. Quand j'ai appris que vous étiez tout près, je me suis dit qu'il fallait que je vienne.

– Tout près? Vous étiez à cinquante milles!

– Cent n'auraient rien changé.

Scarlett laissa Charles l'embrasser dans l'ombre du grand chêne. Il y avait si longtemps que cela ne lui était pas arrivé, que les bras d'un homme ne l'avaient pas serrée comme pour la protéger. Elle se sentit fondre sous son étreinte. C'était une sensation merveilleuse.

– Ma bien-aimée..., dit Charles d'une voix rauque.

– Chut! Charles, embrassez-moi jusqu'à ce que j'aie le vertige.

Ce qu'il fit : elle dut se raccrocher à ses larges épaules pour ne pas tomber. Mais, quand il dit qu'il viendrait dans sa chambre, Scarlett s'éloigna, la tête froide. Se laisser embrasser était une chose, partager son lit était hors de question.

Elle brûla le message contrit qu'il glissa sous sa porte pendant la nuit, et partit le lendemain matin, trop tôt pour avoir besoin de dire au revoir à qui que ce soit.

Quand elle rentra, elle se mit aussitôt en quête de sa fille. Elle ne fut pas surprise d'apprendre que Cat et Billy s'étaient rendus à la tour. C'était le seul endroit frais de Ballyhara. Elle fut en revanche surprise de trouver Colum et Mme Fitzpatrick qui l'attendaient, à l'ombre d'un grand arbre, derrière la maison, avec sur une table tout ce qu'il fallait pour prendre le thé.

Scarlett en fut ravie, Colum se comportait en étranger depuis si longtemps, il se montrait si distant quand elle lui suggérait de passer à la Grande Maison. Quelle joie de voir revenir celui qui était presque un frère pour elle.

— J'ai à vous raconter une histoire très étrange, dit-elle, et qui a attisé ma curiosité quand je l'ai entendue. Colum, qu'en pensez-vous ? On dit que le jeune Lord se serait vraiment pendu dans la tour ?

Scarlett leur décrivit en riant le marquis de Trevanne, avec une précision espiègle, et imita à merveille sa façon de parler. Colum posa sa tasse avec un soin parfaitement maîtrisé.

— Je n'ai aucune opinion à ce sujet, ma chère Scarlett, dit-il de cette voix légère et gaie dont elle avait gardé le souvenir. Tout est possible en Irlande, sinon nous serions infestés de serpents, comme le reste du monde.

Il se leva en souriant.

— Maintenant, il faut que je m'en aille. J'ai négligé mes devoirs dans la seule intention de vous voir. Ne tenez aucun compte de ce que cette femme pourrait vous dire sur la faiblesse dont j'aurais fait preuve en mangeant ces gâteaux avec le thé.

Il s'éloigna si rapidement que Scarlett n'eut pas le temps de lui en envelopper quelques-uns dans une serviette pour qu'il les emporte.

— Je reviens tout de suite, dit Mme Fitzpatrick en se précipitant derrière lui.

— Eh bien ! dit Scarlett.

Elle aperçut Harriet Kelly, à l'autre bout de la pelouse desséchée, et lui fit un signe :

— Venez donc prendre le thé !

Il en restait plus qu'à suffisance.

Rosaleen Fitzpatrick dut relever ses jupes et courir pour rattraper Colum à mi-chemin. Elle marcha à son côté en silence jusqu'à ce qu'elle ait suffisamment repris haleine pour parler.

— Et maintenant ? demanda-t-elle. Tu cours retrouver la bouteille, voilà la vérité !

Colum s'arrêta net et se tourna pour lui faire face :

— Il n'y a de vérité nulle part, et c'est bien ce qui me ronge le cœur. Tu l'as entendue ? Elle reprend les mensonges des Anglais, elle y croit ! Tout comme Devoy et les autres croient à ceux, si séduisants, de Parnell ! Rosaleen, je n'ai pas voulu rester plus longtemps, de peur de briser ses tasses à thé anglaises et de me mettre à hurler comme un chien enchaîné.

Rosaleen vit la douleur dans les yeux de Colum, et ses traits se durcirent. Elle avait trop longtemps témoigné de la sympathie à son âme blessée, et cela pour rien. Il était torturé par un sentiment d'échec et de trahison. Après plus de vingt ans d'activité pour la liberté de l'Irlande, après avoir mené à bien la tâche qui lui avait été confiée, après avoir dissimulé tout un arsenal dans l'église protestante de Ballyhara, on lui avait dit que tout cela était sans valeur. L'action politique de Parnell avait plus de sens. Colum avait toujours voulu mourir pour son pays : il ne pouvait supporter de vivre sans croire qu'il lui venait en aide.

Rosaleen Fitzpatrick partageait sa méfiance envers Parnell, et sa frustration à l'idée que les dirigeants *fenians* aient pu mettre au rancart leur action à tous les deux. Mais elle était capable d'obéir aux ordres en laissant de côté ses sentiments personnels. Son engagement était aussi grand que celui de Colum, peut-être même davantage, car elle cherchait une vengeance personnelle plus encore que la justice.

Pour le moment, toutefois, Rosaleen oublia son allégeance au mouvement *fenian*. La souffrance de Colum avait pour elle plus d'importance que celle de l'Irlande, car elle l'aimait comme aucune femme ne se permettrait d'aimer un prêtre, et ne pouvait le laisser se détruire à force de doute et de colère.

— Colum O'Hara, dit-elle d'un ton âpre, quel Irlandais es-tu donc ? Laisseras-tu Devoy et les autres diriger seuls, et à tort ? Tu as entendu ce qui se passe. Les gens luttent seuls et, faute de chef, paient pour cela un prix effrayant. Ils ne veulent pas plus de Parnell que toi. Tu as créé les moyens de lever une armée. Pourquoi ne vas-tu pas la mettre sur pied, pour utiliser ces moyens, au lieu de boire comme un trou, tel le premier bon à rien venu qui fait étalage de sa bravoure dans les pubs ?

Colum la fixa, puis regarda derrière elle, et ses yeux se remplirent lentement d'espoir.

Rosaleen baissa les siens pour contempler le sol. Pas question qu'elle lui laisse voir l'émotion qui brûlait dans son regard.

— Je ne sais pas comment vous pouvez supporter cette chaleur, dit Harriet Kelly.

Sous son ombrelle, son visage délicat luisait de transpiration.

– J'adore cela, répondit Scarlett. C'est comme chez moi. Harriet, vous ai-je déjà parlé du Sud ?

Harriet secoua la tête.

– L'été était ma saison favorite. La chaleur et les jours ensoleillés, voilà précisément ce qu'il fallait. C'était si beau, les plants de coton verts qui s'apprêtaient à éclore, rangée après rangée, aussi loin qu'on pouvait voir. Les manouvriers chantaient quand ils binaient, on entendait leur chant de loin, comme s'il était suspendu dans l'air.

Puis Scarlett prit conscience de ce qu'elle venait de dire et en fut horrifiée. « Chez moi » ? C'est ici, chez moi, désormais. En Irlande.

Les yeux d'Harriet étaient tout rêveurs.

– Comme ce devait être charmant ! soupira-t-elle.

Scarlett la contempla avec un dégoût qu'elle retourna contre elle-même. Les rêveries romanesques avaient valu à Harriet Kelly une cascade de malheurs, et elle ne semblait guère en avoir tiré la leçon.

Mais ce n'est pas mon cas. Je n'ai pas eu à mettre le Sud derrière moi : le général Sherman s'en est chargé, et je suis trop âgée pour feindre que cela ne s'est jamais produit. Je ne sais pas ce que j'ai, j'ai l'impression d'être toute retournée. C'est peut-être la chaleur, ou que j'ai perdu l'habitude.

– Harriet, je vais travailler aux comptes, dit Scarlett.

Les rangées de chiffres exerçaient en général un effet apaisant, et elle se sentait prête à craquer.

Mais les livres de comptes étaient terriblement déprimants. Le seul argent à rentrer venait des bénéfices sur la vente des petites maisons qu'elle faisait construire à la périphérie d'Atlanta. Du moins n'allait-il plus au mouvement révolutionnaire auquel appartenait Colum. Il aiderait un peu – et même beaucoup, à vrai dire. Mais pas suffisamment. Elle avait dépensé des sommes invraisemblables pour la maison et le village. Ainsi qu'à Dublin. Elle ne put croire qu'elle s'était montrée à ce point extravagante, bien que les colonnes de chiffres en donnent la preuve sans discussion possible.

Si seulement Joe Colleton rognait un peu en construisant ces maisons. Elles se vendraient toujours comme des petits pains, mais les bénéfices seraient plus importants. Pas question qu'elle le laisse acheter du bois moins cher – si elle avait décidé de les faire bâtir, c'était d'abord pour qu'Ashley reste dans les affaires. On ne manquait pas de procédés pour couper court aux dépenses. Fondations... cheminées... et les briques n'avaient pas besoin d'être de première qualité.

Scarlett secoua la tête, agacée. Joe Colleton ne ferait jamais cela de sa propre initiative. Comme Ashley, il était foncièrement honnête, et plein d'idéaux contraires au sens pratique. Elle se souvenait de les avoir entendus discuter sur le site. S'il y avait jamais eu larrons en foire, c'était bien ces deux-là. Elle n'aurait pas été surprise de les voir s'interrompre au milieu d'une discussion sur les prix du bois pour se mettre à parler d'un livre stupide qu'ils avaient lu.

Le regard de Scarlett se fit pensif.

Elle devrait envoyer Harriet Kelly à Atlanta.

Elle ferait une parfaite épouse pour Ashley, ils étaient semblables, eux aussi, ils vivaient dans les livres et se sentaient perdus dans le monde réel. A bien des égards Harriet n'était qu'une niaise, mais elle savait tenir ses obligations – elle avait vécu près de dix ans avec son bon à rien de mari –, et ne manquait pas de cran, à sa façon. Il fallait beaucoup de courage pour s'en aller à pied, dans de mauvaises chaussures, parler au commandant et le supplier de laisser la vie sauve à Danny Kelly. Ashley avait besoin d'une femme de cette trempe. Et de quelqu'un dont il pourrait prendre soin, également. Qu'India et la tante Pitty l'accablent sans cesse de prévenances ne pouvait lui faire de bien. Quant à l'effet que cela avait sur Beau, mieux valait ne pas y penser. Billy Kelly lui apprendrait deux ou trois choses. Scarlett sourit. Elle ferait mieux d'envoyer des sels à tante Pitty en même temps que le jeune garçon.

Puis son sourire se figea. Non, ce n'était pas possible. Le départ de Billy briserait le cœur de Cat. Elle s'était effondrée une semaine durant quand Ochras avait disparu, et le chat ne représentait, dans sa vie, qu'un dixième de ce qu'était Billy. D'ailleurs, Harriet ne pouvait supporter la chaleur. Non, cela n'irait pas. Pas du tout.

Scarlett se pencha de nouveau sur ses livres de comptes.

CHAPITRE 82

Agitant le livre de comptes sous le nez de Mme Fitzpatrick, Scarlett lança d'un ton furieux :

— Il faut que nous cessions de dépenser autant d'argent! Il n'y a aucune raison de nourrir toute une armée de domestiques alors que la farine pour le pain coûte une fortune. Il faudra en renvoyer au moins la moitié. A quoi servent-ils, de toute façon? Et ne venez pas me chanter la vieille chanson qui dit qu'il faut battre la crème pour avoir du beurre, car s'il y a quelque chose qui ne manque pas, ces temps-ci, c'est bien le beurre. Il se vend à moins d'un demi-penny la livre.

Mme Fitzpatrick attendit que la tirade de Scarlett prît fin, puis lui ôta calmement le livre des mains et le posa sur une table.

— Vous les mettriez sur la route, alors? Ils ne manqueront pas de compagnie, beaucoup des grandes demeures d'Irlande font déjà ce que vous proposez. Il ne se passe pas de journée sans qu'une douzaine au moins de pauvres gens s'en viennent mendier un bol de soupe à la porte de la cuisine. Vous voulez en augmenter le nombre?

Scarlett marcha à grands pas vers la fenêtre, l'air agacé.

— Non, non, bien sûr, ne soyez pas ridicule. Mais il doit bien y avoir un moyen de réduire les dépenses.

— Il est bien plus coûteux de nourrir vos chevaux que vos domestiques, dit Mme Fitzpatrick d'un ton glacial.

Scarlett se tourna vers elle.

— Cela suffit! dit-elle, furieuse. Sortez!

Elle reprit le livre de comptes et se dirigea vers son bureau. Mais elle était trop énervée pour se concentrer. Comment Mme Fitz pouvait-elle être aussi mesquine? Elle doit pourtant savoir que chasser me plaît plus que tout. La seule chose qui me permette de traverser cet abominable été, c'est de savoir qu'une fois l'automne venu, la chasse recommencera.

Scarlett ferma les paupières et tenta de se remémorer les matins froids et vifs, où le givre de la nuit se transformait en brume, tandis que le son du cor marquait le début de la partie de chasse. Un muscle minuscule frémit dans la chair douce au-dessus de sa mâchoire crispée. L'imagination n'était pas son fort, elle préférait agir.

Elle rouvrit les yeux et vérifia les comptes avec acharnement. N'ayant ni grain à vendre, ni loyers à recueillir, elle allait perdre de l'argent, cette année. Le savoir la préoccupait; elle avait toujours fait de bonnes affaires, et se retrouver en déficit constituait un changement des plus désagréables.

Mais Scarlett avait grandi dans un monde où l'on acceptait que parfois la récolte soit mauvaise, ou qu'un orage fasse des dégâts. Elle savait que l'année prochaine ce serait autre chose, mieux sans aucun doute. Elle n'avait pas échoué sous prétexte que la sécheresse et la grêle avaient provoqué un désastre. Ce n'était pas comme dans le commerce du bois, ou au magasin : une absence de profit aurait été de sa faute.

D'ailleurs, toutes ces pertes n'entameraient jamais sérieusement sa fortune. Elle pouvait se conduire avec extravagance pour le restant de ses jours, et les récoltes de Ballyhara se révéler désastreuses année après année, elle aurait encore énormément d'argent.

Scarlett soupira sans s'en rendre compte. Elle avait travaillé, lésiné et mis de côté pendant tant d'années, pensant qu'elle serait heureuse si seulement elle avait assez d'argent. Maintenant elle en avait, grâce à Rhett, et pourtant, sans qu'on sût comment, cela n'avait plus aucune importance. Sinon qu'il n'y avait plus rien pour quoi se donner de la peine, faire des projets et se battre.

Elle n'était pas assez folle pour vouloir se retrouver pauvre et désespérée, mais elle avait besoin d'être mise au défi, de faire usage de sa vive intelligence, d'emporter des obstacles. C'est ainsi qu'elle en vint à rêver clôtures et fossés à sauter, risques à courir, sur un puissant cheval qu'elle contrôlerait par la seule force de sa volonté.

Les comptes achevés, Scarlett se tourna vers la pile de courrier personnel et geignit en silence. Elle détestait devoir répondre aux lettres. Elle savait déjà ce que contenaient celles-ci. Beaucoup étaient des invitations. Elle les entassa. Harriet pourrait rédiger pour elle des refus polis : personne n'en saurait rien, et Harriet adorait se rendre utile.

Il y avait deux demandes en mariage. Scarlett en recevait au moins une par semaine. Malgré leur apparence de lettres d'amour, elle savait parfaitement qu'elle n'aurait rien reçu si elle n'avait été une riche veuve. Ou du moins presque rien.

Elle répondit à la première par des phrases convenues sur le thème « honorée de votre considération », et « dans l'incapacité de vous rendre votre affection au degré que vous mériteriez »; ou « j'accorde à votre amitié une valeur incalculable », selon ce que réclamait l'étiquette.

Pour la seconde, ce fut moins facile. Elle était de Charles Ragland. De tous les hommes qu'elle avait rencontrés en Irlande, il était sans doute le meilleur choix. Ses sentiments paraissaient sincères, sans rien de cette adulation servile et raffinée à laquelle les autres s'adonnaient. Il ne courait pas après son argent, elle en était certaine. Lui-même venait d'une famille riche : ses parents étaient de gros propriétaires terriens anglais. Fils cadet, il avait choisi l'armée plutôt que l'église. Mais il devait avoir de l'argent à lui. Son uniforme de cérémonie, à lui seul, coûtait aussi cher que toutes les robes de soirée de Scarlett.

Et quoi d'autre ? Charles était beau. Aussi grand que Rhett, mais blond et non brun. Pas de ce blond délavé si fréquent, toutefois. Une chevelure d'or, avec juste une touche de roux, si frappante contre sa peau tannée. Il était vraiment séduisant. Les femmes le regardaient d'un air de vouloir le manger à la petite cuiller.

Alors, pourquoi ne l'aimait-elle pas ? Elle y avait réfléchi, souvent, et longtemps. Mais c'était impossible. Elle n'était pas suffisamment attirée.

Je veux aimer quelqu'un. Je sais ce qu'est l'amour, c'est le plus beau sentiment du monde. Je ne peux supporter la déloyauté, c'est ce que j'ai appris trop tard. Charles m'aime, et je veux être aimée, j'en ai besoin. Je suis si seule, sans amour. Pourquoi ne puis-je l'aimer ?

Parce que j'aime Rhett, voilà pourquoi. Cela exclut Charles comme les autres. Aucun d'entre eux n'est Rhett.

Jamais plus tu n'auras Rhett, se dit-elle.

Et tu crois que je ne le sais pas ? s'écria son cœur, au supplice. Crois-tu que je puisse jamais l'oublier ? Crois-tu que cela ne revienne pas me hanter chaque fois que je le retrouve à travers Cat ? Crois-tu que cela ne m'assaille pas par surprise, juste au moment où je pense qu'enfin ma vie m'appartient ?

Scarlett écrivit avec le plus grand soin, en choisissant les mots les plus aimables pour dire non à Charles Ragland. Il ne comprendrait jamais qu'elle lui dise qu'elle l'aimait bien, sincèrement, que peut-être, à la limite, elle l'aimait parce qu'il l'aimait, et que l'affection qu'elle avait pour lui lui interdisait de l'épouser. Elle souhaitait mieux pour lui qu'une femme qui appartiendrait à jamais à un autre homme.

La dernière réception de l'année se donnait tout près de Kilbride, qui n'était pas loin de Trim. Scarlett pouvait s'y rendre en coupé, en s'épargnant le souci de prendre le train. Elle partit très tôt le matin, alors qu'il faisait encore frais. Bien que pansés quatre fois par jour, ses chevaux souffraient de la chaleur. Elle s'était mise à en souffrir aussi : elle se sentait tendue, en sueur, toute la nuit ou presque, et essayait en vain de s'endormir. Dieu merci, on était en août. L'été touchait presque à son terme.

Le ciel était encore teinté de rose, mais on apercevait déjà comme une brume de chaleur. Scarlett espéra avoir calculé au mieux le temps que lui prendrait le trajet. Elle préférait se retrouver dans l'ombre, elle et le cheval, quand le soleil serait haut dans le ciel.

Je me demande si Nan Sutcliffe sera levée? Elle ne m'a jamais paru être une lève-tôt. Aucune importance. Je n'aurais rien contre un bain froid et un changement de vêtements avant de voir qui que ce soit. J'espère qu'il y aura pour moi une servante décente, et pas cette empotée de chez Gifford. Elle a bien failli déchirer les manches de mes robes en les accrochant. Mme Fitz a peut-être raison, comme d'habitude, mais je ne veux pas de servante qui tournicote autour de moi à chaque instant de la journée. Chez moi, Peggy Quinn se charge de tout ce qui m'est nécessaire, et si les gens veulent que je vienne les voir, ils n'ont qu'à se faire à mon habitude d'arriver sans domestique. Je devrais vraiment donner une réception, pour rendre toute l'hospitalité qu'on m'a offerte. Tout le monde a été si gentil... mais pas encore. L'été prochain conviendra parfaitement. Je pourrai toujours dire que cet été était trop chaud, que je m'inquiétais des fermes...

Deux hommes sortirent de l'ombre, chacun d'un côté de la route. L'un saisit la bride du cheval : l'autre brandit un fusil. L'esprit de Scarlett battit à toute allure, comme son cœur. Pourquoi donc n'avait-elle pas pensé à emporter le revolver? Peut-être se contenteraient-ils de faire main basse sur le coupé et les valises; ils la laisseraient rentrer à Trim à pied, si elle promettait de ne pas dire à quoi ils ressemblaient. Idiots! Pourquoi ne portaient-ils pas de masques, comme on l'écrivait dans les journaux?

Pour l'amour de Dieu! Ce n'étaient pas des Whiteboys! Ils étaient en uniforme.

— Mon Dieu, vous avez failli me faire mourir de peur!

Elle les voyait à peine : l'uniforme vert de la gendarmerie royale irlandaise se fondait dans les taillis.

— Je vais vous demander de vous nommer, madame, dit l'homme qui retenait son cheval. Kevin, regarde à l'arrière.

– Je vous interdis de toucher à mes affaires! Pour qui vous prenez-vous? Je suis Mme O'Hara, de Ballyhara, et je me rends à Kilbride, chez les Sutcliffe. M. Sutcliffe est magistrat, et il veillera à ce que vous finissiez tous deux au tribunal!

A dire vrai, elle n'était pas certaine qu'Ernest Sutcliffe fût bien magistrat : mais il en avait l'air, avec sa moustache rousse hirsute.

Kevin, qui devait fouiller son coupé, s'avança et ôta son chapeau.

– Madame O' Hara? On a entendu parler de vous à la caserne, madame. Il y a quinze jours, je demandais à Johnny, qui est ici, si nous ne devrions pas passer vous voir et nous présenter.

Scarlett le contempla d'un air incrédule :

– Et pourquoi donc?

– On dit que vous venez d'Amérique, madame O' Hara, et je vois bien que c'est vrai à vous entendre parler. On dit aussi que vous arrivez d'un grand État appelé la Géorgie. C'est un endroit qui nous est cher à tous les deux, parce qu'on y a combattu autrefois, en 63 et après.

Scarlett sourit : rencontrer quelqu'un de chez soi alors qu'on est en route pour Kilbride!

– Ah bon? D'où êtes-vous? De quel coin de Géorgie? Vous étiez avec le général Hood?

– Non, madame, en face, avec le général Sherman. Johnny, lui, était avec les Confédérés, c'est pour ça qu'on l'a appelé Johnny Reb.

Scarlett secoua la tête en essayant de comprendre. Elle devait avoir mal entendu. De nouvelles questions, et de nouvelles réponses, confirmèrent pourtant que non. Les deux hommes, tous deux Irlandais, étaient désormais les meilleurs amis du monde, et partageaient les mêmes heureux souvenirs, en ayant combattu dans les camps opposés au cours de cette guerre féroce.

– Je ne comprends pas, finit-elle par dire. Il y a quinze ans, vous cherchiez à vous tuer l'un et l'autre, et maintenant vous voilà amis. Vous ne discutez jamais pour savoir qui avait raison, du Nord ou du Sud?

« Johnny Reb » éclata de rire :

– Qu'est-ce que ça peut faire au soldat, tout ça? Il est là pour la bagarre, c'est ça qui lui plaît. Peu importe pour qui on se bat, du moment qu'on se bat.

Quand Scarlett arriva chez les Sutcliffe, elle faillit faire perdre toute sa superbe professionnelle à leur maître d'hôtel en réclamant du brandy avec son café. Elle était trop hébétée pour pouvoir faire face.

Ensuite, elle prit un bain, revêtit une robe neuve et descendit, ayant retrouvé tout son calme. Jusqu'à ce qu'elle aperçoive Charles Ragland! Il n'aurait pas dû être là! Elle feignit de ne pas l'avoir remarqué.

– Nan, vous êtes ravissante! Et j'adore votre demeure! Ma chambre est si jolie que je suis tentée de rester pour de bon!

– Rien ne me ferait plus plaisir, Scarlett. Vous connaissez John Graham, n'est-ce pas?

– Enchanté, madame O'Hara.

John Graham était un homme grand et mince, avec cette aisance dépourvue d'effort propre à l'athlète né. Il était le chef de meute des Blazers de Galway, les chasses les plus courues de toute l'Irlande : et tout chasseur de renard de Grande-Bretagne mourait d'envie d'y être invité. Graham ne l'ignorait pas, et Scarlett savait qu'il le savait. Inutile de jouer les timides.

– Monsieur Graham, êtes-vous sensible à la corruption?

Pourquoi diable Charles ne cessait-il pas de la regarder fixement? De toute façon, que faisait-il là?

John Graham rejeta en arrière sa tête argentée, et éclata de rire avant de la contempler d'un air amusé.

– Madame O'Hara, j'avais entendu dire que vous autres Américains allez toujours droit au but, je vois maintenant que c'est vrai. Dites-moi, de façon précise, ce que vous avez en tête.

– Un bras et une jambe, peut-être? Je peux monter en amazone avec une seule jambe – c'est même la seule chose positive qu'on puisse dire de la selle –, et une main me suffit pour tenir les rênes.

L'autre sourit.

– Quelle offre! J'ai aussi entendu dire des Américains qu'ils sont portés à l'extravagance.

Scarlett se lassait déjà de badiner, et la présence de Charles l'agaçait :

– Monsieur Graham, ce que vous ignorez peut-être, c'est que nous autres Américains sautons les clôtures quand les Irlandais passent par les portes et que les Anglais rentrent chez eux. Laissez-moi prendre part aux Blazers, et je remporterai au moins une patte, ou je m'engage à manger un vol entier de corbeaux devant vous – et sans sel!

– Par Dieu, madame, avec un style tel que le vôtre, vous serez toujours la bienvenue.

Scarlett sourit.

– J'y compte bien.

Puis elle cracha dans sa paume. Graham eut un grand sourire, l'imita, et tous deux topèrent, et le claquement de leurs mains résonna dans toute la longue galerie.

Puis Scarlett se dirigea vers Charles Ragland.

– Charles, je vous ai dit dans ma lettre que c'était la seule réception d'Irlande que vous devriez éviter. C'est mesquin de votre part.

– Scarlett, je ne suis pas venu pour chercher à vous mettre dans l'embarras. Je voulais vous parler de vive voix, et non par lettre. Ne craignez pas que je veuille vous importuner. Je comprends bien que non, c'est non. Le régiment se rend à Donegal la semaine prochaine, c'était mon dernier espoir de vous dire ce que j'avais à vous dire. Et de vous revoir, je l'avoue. Mais je promets de ne pas rôder autour de vous, ni de vous contempler avec des yeux pleins de sentiment.

Il sourit d'un air triste.

– Et j'ai répété mon petit discours. Comment sonne-t-il ?

– Très bien. Que se passe-t-il à Donegal ?

– Des troubles causés par les Whiteboys. Il semble y en avoir plus là-bas que dans tous les autres comtés.

– Deux gendarmes m'ont arrêtée pour fouiller mon coupé.

– Toutes les patrouilles sont en état d'alerte actuellement. Ce sera bientôt l'époque des fermages – mais je ne veux pas parler de problèmes militaires. Qu'avez-vous dit à John Graham ? Cela fait des années que je ne l'ai pas entendu rire ainsi.

– Vous le connaissez ?

– Très bien : c'est mon oncle.

Scarlett rit jusqu'à en avoir mal aux côtes.

– Ah, vous autres Anglais ! C'est sans doute ce que vous appelez « manquer de confiance en soi » ? Si vous vous étiez simplement vanté un peu, Charles, vous auriez pu m'épargner bien des tracas. Cela fait près d'un an que je cherchais à rejoindre les Blazers, mais je ne connaissais personne.

– Ma tante Laetitia vous plaira beaucoup. A cheval, elle peut enterrer l'oncle John sans même y prendre garde. Venez donc, je vais vous présenter.

Il y eut des grondements de tonnerre prometteurs, mais pas de pluie. Dès midi, l'air était étouffant. Ernest Sutcliffe heurta le gong du dîner pour attirer l'attention de tous. Lui et sa femme avaient prévu quelque chose de différent pour l'après-midi, dit-il un peu nerveusement.

– Il y aura le croquet et le tir à l'arc, comme d'habitude, d'accord ? Ou la bibliothèque et le salon de billard dans la maison, d'accord ? Ou tout ce qu'on fait d'ordinaire. D'accord ?

– Ernest, finissons-en, dit son épouse.

Et Ernest termina sa petite allocution, non sans arrêts brutaux ponctués de postillons. Il y aurait, pour tous ceux qui le désireraient, des costumes de bain, et même des cordes tendues au-dessus de la rivière, pour les téméraires qui oseraient s'y accrocher et se rafraîchir un peu dans l'eau bouillonnante.

– « Bouillonnante », peut-être pas, précisa Nan Sutcliffe, mais il y a un bon petit courant. Il y aura aussi des valets de pied avec du champagne.

Scarlett fut l'une des premières à accepter. Ce serait comme de prendre un bain froid tout l'après-midi.

Cela se révéla infiniment plus agréable, bien que l'eau fût plus tiède qu'elle ne l'aurait espéré. Scarlett s'avança le long de la corde vers le milieu de la rivière, là où les eaux étaient plus profondes. Elles étaient aussi plus fraîches, au point que la chair de poule lui vint sur les bras. Le courant la repoussa contre la corde et elle perdit l'équilibre. Sa vie était en jeu. Ses jambes tourbillonnaient sans qu'elle pût les contrôler, et le courant faisait tournoyer son corps en demi-cercles. Elle eut la dangereuse tentation de lâcher la corde, de s'abandonner à la rivière qui l'emporterait. Libérée de la terre sous ses pieds, libérée des murs, des routes, de tous les contrôles exercés ou subis. Pendant de longs moments, cœur battant, elle s'imagina se laissant aller.

Elle tremblait dans l'effort qu'il lui fallait accomplir pour tenir fermement la corde. Lentement, avec une intense concentration, et une détermination résolue, elle avança, jusqu'à ce qu'elle se fût arrachée au courant. Elle tourna le dos à tous ceux qui, dans l'eau, criaient et s'éclaboussaient, et pleura, sans savoir pourquoi.

Il y avait, dans l'eau plus tiède, comme des doigts, de lents remous dont Scarlett prit peu à peu conscience, avant de s'abandonner à leurs caresses. Des lianes tièdes caressèrent ses jambes, ses cuisses, son corps, ses seins et, sous la tunique de laine et les culottes bouffantes, vinrent s'enrouler autour de sa taille et de ses genoux. Elle ressentit des désirs qui n'avaient pas de nom et, en elle, un vide qui exigeait d'être comblé. « Rhett », chuchota-t-elle tout près de la corde, en se meurtrissant les lèvres.

– Est-ce que ce n'est pas magnifique ? s'écria Nan Sutcliffe. Qui veut du champagne ?

Scarlett se contraignit à jeter un regard autour d'elle.

– Scarlett, comme vous êtes courageuse, vous avez affronté le plus effrayant ! Il va vous falloir revenir, personne d'entre nous n'aura le courage de vous apporter votre champagne !

Oui, songea Scarlett, il faudra que je revienne.

Après dîner, elle s'approcha de Charles Ragland, les joues très pâles et les yeux brillants :

– Puis-je vous proposer un sandwich, ce soir? dit-elle paisiblement.

Charles était un amant attentionné et plein d'expérience. Ses mains étaient douces, ses lèvres fermes et tièdes. Scarlett ferma les yeux et s'abandonna à son contact comme elle avait reçu les caresses de la rivière. Puis il prononça son nom, et elle sentit disparaître toutes ces sensations d'extase. Non, pensa-t-elle, non, je ne veux pas, je ne dois pas les perdre. Elle ferma les paupières encore plus fort, pensa à Rhett, s'efforça de croire que c'étaient ses mains, ses lèvres, que c'était lui qui remplissait ce vide douloureux en elle, d'un mouvement fort et tiède.

En vain. Ce n'était pas Rhett. Elle en éprouva un tel chagrin qu'elle eut envie de mourir, déroba son visage à la bouche avide de Charles et pleura jusqu'à ce qu'il en ait terminé.

– Ma chérie, dit-il, je t'aime tant.

– S'il te plaît, sanglota-t-elle, va-t'en, va-t'en.

– Chérie, qu'y a-t-il? Qu'est-ce qui ne va pas?

– Moi. Moi. C'est moi qui ne vais pas. Laisse-moi, je t'en prie.

Sa voix était si frêle et empreinte d'un désespoir si poignant que Charles tendit la main pour la réconforter, puis la retira, sachant qu'il ne pouvait lui offrir qu'un seul réconfort. Il rassembla ses affaires avec des gestes mesurés, et ferma sans bruit la porte derrière lui.

CHAPITRE 83

*Je suis parti rejoindre mon régiment. Je t'aimerai toujours. A toi.
Charles.*

Scarlett replia le billet avec soin, et le glissa sous ses perles, dans
son écrin à bijoux. Si seulement...

Mais il n'y avait plus de place en son cœur pour qui que ce soit.
Rhett était là. Riant d'elle, se montrant plus malin qu'elle, la défiant,
la surpassant, la dominant, la protégeant.

Elle descendit prendre le petit déjeuner avec, sous les yeux, des
ombres semblables à des coups – signes des pleurs désolés qui avaient
remplacé le sommeil. Elle paraissait fraîche dans sa robe de lin vert
menthe. Elle se sentait prise dans de la glace. Elle se vit contrainte de
sourire, de parler, d'écouter, de rire. Il était du devoir des invités de
faire en sorte que la réception fût une réussite. Elle contempla les
gens assis des deux côtés de la longue table. Souriant, parlant, écoutant, riant. Combien d'entre eux, songea-t-elle, ont, eux aussi, des
blessures en eux ? Combien se sentent morts, et satisfaits de l'être ?
Comme les gens peuvent être courageux !

Elle eut un signe de tête à l'intention du valet de pied qui tenait
pour elle une assiette près du long buffet. Il découvrit l'un après
l'autre les grands plateaux d'argent pour qu'elle fasse son choix.
Scarlett accepta quelques tranches de bacon et une cuillerée de poulet à la crème.

– Oui, dit-elle, une tomate grillée... non, rien de froid.

Jambon, confit d'oie, œufs de caille en gelée, bœuf aux épices,
poisson salé, aspics, glaces, fruits, fromages, pains, condiments,
confitures, sauces, vins, bière, cidre, café – rien de tout cela.

– Je prendrai du thé.

Elle était certaine de parvenir au moins à en avaler un peu. Ensuite, elle pourrait retourner dans sa chambre. Fort heureusement, c'était une grande réception, avant tout pour la chasse. Presque tous les hommes devaient déjà être sortis, fusil en main. On déjeunerait dans la demeure et quelque part dehors, là où se déroulerait la chasse. Chacun pouvait choisir. Nul n'était tenu d'être à tel ou tel endroit précis jusqu'à ce qu'on serve le dîner. La carte laissée dans sa chambre précisait qu'il convenait de se rassembler dans la salle de réception à huit heures moins le quart, après qu'aurait résonné le premier appel de gong. On commencerait à dîner à huit heures.

Scarlett désigna du doigt une chaise près d'une femme qu'elle ne connaissait pas. Le valet de pied déposa sur la table son assiette et le petit plateau avec le thé. Puis il lui offrit la chaise, la fit asseoir, déplia sa serviette et la drapa autour d'elle. Scarlett hocha la tête en direction de la femme.

– Bonjour, dit-elle. Je m'appelle Scarlett O'Hara.

– Bonjour, répondit l'autre avec un sourire charmant. J'espérais bien vous rencontrer. Ma cousine Lucy Fane m'a dit qu'elle avait fait votre connaissance chez Bart Morland, quand Parnell était là. Dites-moi, n'est-ce pas merveilleusement séditieux de reconnaître publiquement qu'on est partisan du *Home Rule* ? A propos, je m'appelle May Taplow.

– Un cousin à moi m'a dit que je ne serais pas pour le *Home Rule* si Parnell était petit et gros, avec des verrues, répliqua Scarlett en versant le thé tandis que May Taplow éclatait de rire.

Ou plus exactement Lady May Taplow, Scarlett le savait. Son père était duc, son mari fils de vicomte. Comme il était bizarre de constater qu'on finissait par savoir tout cela au fil du temps et des réceptions. Il était encore plus bizarre qu'une fille de la campagne de Géorgie en vienne à penser qu'« on » faisait ceci ou cela. Avant même d'avoir compris, j'en serai à articuler pour que le valet de pied saisisse bien ce que je veux dire.

– Votre cousin aurait raison s'il m'accusait de la même chose, j'en ai peur, confia May. J'ai perdu tout intérêt pour la succession au trône depuis que Bertie s'est mis à prendre du poids.

Ce fut le tour de Scarlett de passer aux aveux :

– Je ne sais pas qui est Bertie !

– Non, bien sûr, c'est stupide de ma part. Vous ne suivez pas la saison londonienne, n'est-ce pas ? Lucy m'a dit que vous gériez vos biens toute seule. Cela me paraît vraiment merveilleux. Les hommes qui ne peuvent pas s'en sortir sans intendant ont l'air ridicule, à côté.

Bertie est le Prince de Galles. Un amour, vraiment, il aime tant se montrer polisson, mais ça commence à se voir. Vous adoreriez sa femme, Alexandra. Sourde comme un pot, à tel point que pour lui confier un secret il vaut mieux lui écrire, mais merveilleusement belle, et aussi douce que jolie.

Scarlett éclata de rire.

— May, si vous aviez la moindre idée de l'humeur où je suis, vous mourriez de rire. Chez moi, quand j'étais petite, les cancans les plus audacieux visaient l'homme qui possédait la nouvelle ligne de chemin de fer. Tout le monde se demandait quand il s'était décidé à porter des chaussures. Je peux à peine croire que je parle du futur roi d'Angleterre.

— Lucy m'a dit que je vous adorerais, et elle avait bien raison! Promettez-moi de séjourner chez nous, si jamais vous décidez de vous rendre à Londres. Et l'homme à la ligne de chemin de fer? Quel genre de chaussures portait-il? Il boitait en marchant? Je suis certaine que j'adorerais l'Amérique.

Scarlett découvrit avec surprise qu'elle avait réussi à terminer son petit déjeuner. Elle leva la main, et le valet de pied, debout derrière elle, s'avança.

— Excusez-moi, May, j'en ai pour quelques instants. Un peu de *kedgeree* et du café, et beaucoup de crème.

La vie continue. Une sacrée bonne vie, d'ailleurs. J'avais décidé d'être heureuse et je crois que je le suis. Je me suis simplement décidée à le remarquer.

Elle sourit à sa nouvelle amie.

— Oh, le propriétaire de la ligne de chemin de fer était un de ces *crackers*...

Ce fut au tour de May d'avoir l'air perplexe.

— Ah! *cracker*, c'est ainsi qu'on appelle un Blanc qui n'a guère de chances de jamais se payer de chaussures. Ce n'est pas la même chose qu'un pauvre Blanc...

La fille du duc l'écoutait, captivée.

Ce soir-là, il plut pendant le dîner. Tous les invités coururent dehors et sautèrent de joie. Cet été insupportable aurait bientôt pris fin.

Scarlett repartit chez elle à midi. Il faisait frais, les haies poussiéreuses avaient été lavées par la pluie, et bientôt commencerait la saison de la chasse. Les Blazers de Galway! Je veux absolument avoir mes chevaux à moi. Il faudra que je veille à les expédier là-bas par le train. Le mieux, je crois, serait de les charger à Trim, de les envoyer à Dublin, puis de les réexpédier sur Galway. Sinon, c'est un long chemin jusqu'à Mullingar, il faut leur donner du repos puis les renvoyer par le train à Galway. Je me demande si je devrais aussi prévoir le fourrage ? Il faut que je sache pour les écuries. J'écrirai à John Graham dès demain...

Elle fut de retour chez elle avant même de s'en être rendu compte.

— Scarlett, d'excellentes nouvelles !

Elle n'avait jamais vu Harriet aussi excitée. Ah ! elle est bien plus jolie que je ne le pensais. Avec les vêtements qui conviendraient...

— Pendant que vous étiez partie, est arrivée une lettre de mes cousins d'Angleterre. Je vous ai dit que je leur avais parlé de ma chance et de votre gentillesse, non ? Ce cousin – il s'appelle Reginald Parson, mais la famille a toujours dit Reggie – a fait en sorte que Billy soit admis à l'école que son fils fréquente, enfin, le fils de Reggie. Il s'appelle...

— Harriet, une minute ! De quoi parlez-vous ? Je croyais que Billy devait aller à l'école de Ballyhara.

— Il aurait fallu, s'il n'avait pas eu d'autre choix. C'est ce que j'avais écrit à Reggie.

Scarlett en resta bouche bée.

— Que reprochez-vous à l'école d'ici ? J'aimerais bien le savoir

— Mais rien, Scarlett. C'est une bonne école de village irlandais. Je veux quelque chose de mieux pour Billy, je suis certaine que vous le comprenez.

— Ah que non.

Scarlett était prête à défendre l'école de Ballyhara, les écoles irlandaises, l'Irlande elle-même, et à pleins poumons s'il le fallait. Puis elle contempla le doux visage sans défense d'Harriet Kelly. Il avait perdu sa douceur et ne trahissait aucune faiblesse. Les yeux gris de la jeune femme étaient d'habitude baignés de rêve : ils avaient en ce moment des reflets d'acier. Elle était prête à combattre le monde entier pour son fils. Scarlett avait déjà vu, autrefois, l'agneau devenir lion, quand Mélanie Wilkes prenait position sur quelque chose qui lui tenait à cœur.

— Et Cat ? Elle sera si seule sans Billy.

— Je suis désolée, Scarlett, mais il faut que je pense à ce qui est le mieux pour lui.

Scarlett soupira.

— Harriet, j'aimerais vous suggérer une autre solution. Vous et moi savons qu'en Angleterre Billy sera toujours considéré comme le fils irlandais d'un palefrenier irlandais. En Amérique, il pourra devenir tout ce que vous voudrez qu'il soit...

Au début de septembre, Scarlett prit dans ses bras une Cat stoïquement silencieuse, pour qu'elle dise au revoir à Billy et à sa mère tandis que leur navire quittait le port de Kingstown à destination de l'Amérique. Billy pleurait : le visage d'Harriet rayonnait d'espoir et de résolution. Ses yeux étaient pleins de rêves. Scarlett espérait que quelques-uns, au moins, deviendraient réalité. Elle avait écrit à Ashley et à l'oncle Henry Hamilton, pour leur parler de la jeune femme, leur demander de s'occuper d'elle et de l'aider à trouver un endroit où elle pourrait enseigner. Elle était certaine qu'ils s'en chargeraient. Le reste dépendait d'Harriet et des circonstances.

— Kitty Cat, allons au zoo. On verra des girafes, des lions, des ours et un gros, gros éléphant.

— Cat aime mieux les lions.

— Tu changeras peut-être d'avis en voyant les oursons.

Elles restèrent à Dublin une semaine, se rendirent au zoo chaque jour, mangèrent des gâteaux à la crème chez Bewley avant d'aller au théâtre de marionnettes et de prendre le thé au Shelbourne avec des sandwiches et des pains au lait, des bols d'argent remplis de crème fouettée, des plateaux d'argent chargés d'éclairs. Scarlett apprit ainsi que sa fille était infatigable, et qu'elle avait un système digestif à toute épreuve.

De retour à Ballyhara, elle aida Cat à transformer la tour en domaine privé, où l'on ne pourrait se rendre que sur invitation. Cat balaya les toiles d'araignée et les fientes vieilles de plusieurs siècles, devant la haute porte d'entrée, puis Scarlett tira de l'eau à la rivière, seau après seau, et toutes deux récurèrent les murs et le plancher de la salle. Cat riait, faisait des éclaboussures ou des bulles de savon. Cela rappela à sa mère les bains qu'elle donnait à l'enfant quand elle était bébé. Elle ne s'inquiéta guère de voir qu'il leur avait fallu plus d'une semaine pour que l'endroit fût à peu près propre – ni que les marches de pierre menant à l'étage supérieur manquaient. Cat aurait au besoin nettoyé la tour jusqu'au sommet.

Elles finirent juste à temps pour ce qui aurait été la fête de la moisson au cours d'une année normale. Colum le lui avait déconseillé – comment se donner du bon temps quand il n'y avait rien à fêter ? Il l'aida à distribuer les sacs de farine, de sel et de sucre, de pommes de terre et de choux envoyés au village, dans de lourdes charrettes, par les fournisseurs que Scarlett avait trouvés.

— Ils n'ont même pas dit merci, commenta-t-elle amèrement

quand l'épreuve fut terminée. Ou alors, ils n'avaient pas l'air de le penser. On aurait cru que certains auraient compris que moi aussi, je souffre de la sécheresse. Mon blé et mon herbe ont été détruits comme les leurs, j'ai perdu tous mes fermages, et j'ai pourtant acheté tout cela.

Elle ne pouvait exprimer ce qui lui faisait le plus de mal : la terre, la terre des O'Hara, s'était tournée contre elle et contre les gens – ses gens.

Elle dépensa tout son trop-plein d'énergie dans la tour de Cat. La femme qui, auparavant, n'aurait même pas jeté un coup d'œil à travers une vitre pour voir ce que devenait sa maison passait désormais des heures dans toutes les pièces, étudiant chaque meuble, chaque carpette, chaque couverture, édredon, oreiller, choisissant les meilleurs. Cat était l'arbitre final. Elle examina les choix de sa mère et retint un tapis de bain aux fleurs de teintes vives, trois couvertures en patchwork et, pour ranger ses pinceaux, un vase de Sèvres. Le tapis et les couvertures furent déposés dans une large faille de l'épais mur de pierre. Pour ma sieste, expliqua-t-elle. Puis elle fit patiemment l'aller et le retour entre la tour et la maison, avec ses livres d'images préférés, sa boîte à peinture, sa collection de feuilles et un récipient contenant les miettes desséchées de certains gâteaux qu'elle avait tout particulièrement aimés. Elle prévoyait d'attirer oiseaux et animaux chez elle. Alors elle pourrait peindre leur portrait sur les murs.

Scarlett écouta sa fille faire des projets, et la regarda mener à bien ses laborieux préparatifs, pleine d'orgueil devant la détermination de Cat à se créer un monde où elle serait heureuse, même si Billy n'en faisait pas partie. J'ai tant à apprendre d'une fillette de quatre ans, songea-t-elle tristement. A Halloween, elle donna pour Cat un goûter d'anniversaire que la petite fille régla elle-même. Il y avait quatre gâteaux, chacun orné de quatre bougies. Elles mangèrent le premier assises par terre dans le nouveau sanctuaire de Cat, offrirent le second à Grainne et en mangèrent avec elle, puis rentrèrent, abandonnant les deux autres aux oiseaux.

Le lendemain, Cat rapporta, tout excitee, qu'il n'en restait plus une miette. Elle n'invita pas sa mère à venir s'en rendre compte par elle-même. Désormais, la tour lui appartenait.

Comme tout le monde en Irlande, Scarlett, cet automne-là, lut les journaux avec une inquiétude qui céda peu à peu la place à l'indignation. Il y avait eu de trop nombreuses expulsions. De son point de vue, il était parfaitement compréhensible que les fermiers cherchent à contre-attaquer. S'en prendre à un régisseur ou à deux gendarmes avec les poings ou une fourche lui semblait une réaction normale, et elle était navrée que cela n'ait rien empêché. Ce n'était pas leur faute si la récolte avait été mauvaise, et s'ils n'avaient pu se procurer d'argent en vendant leur grain. Elle savait tout cela d'expérience.

Lors des parties de chasse dans la région, on parlait toujours de la même chose, et les propriétaires se montraient beaucoup moins tolérants que Scarlett. Ils s'inquiétaient de voir les paysans résister :

– Bon sang, qu'est-ce qu'ils espèrent ? S'ils ne paient pas leurs termes, ils perdent leur maison. Ils le savent, ça a toujours été comme ça. Une fichue insurrection se prépare, voilà ce qui se passe... excusez-nous, mesdames.

Mais les réactions de Scarlett étaient les mêmes que celles de ses voisins dès qu'il était question des Whiteboys. Il y avait eu tout au long de l'été des incidents sporadiques. Les Whiteboys se montraient désormais mieux organisés, et plus brutaux. Nuit après nuit, granges et meules étaient incendiées. On tuait le bétail et les moutons, on abattait les porcs, on cassait les pattes des chevaux de labour et des ânes ou on leur coupait les tendons. On brisait les vitrines des boutiques avant d'y jeter des torches ou du fumier. Et, à mesure que l'automne cédait la place à l'hiver, il y eut de plus en plus d'embuscades contre les militaires – soldats anglais ou gendarmes irlandais –, et d'attaques contre les membres de la gentry qui voyageaient à cheval ou en coupé. Scarlett se faisait accompagner de deux palefreniers quand elle se rendait à des réceptions.

Et elle ne cessait de s'inquiéter pour Cat. Perdre Billy semblait l'avoir beaucoup plus bouleversée que sa mère ne l'aurait cru. Cat ne pleurnichait et ne geignait jamais. Elle était toujours occupée d'un projet ou d'un jeu qu'elle venait d'inventer. Mais c'était encore une petite fille, et Scarlett avait peur de la voir évoluer seule si souvent. Elle était bien décidée à ne pas mettre sa fille en cage, mais elle commença à souhaiter que la fillette ne fût pas aussi agile, aussi indépendante et aussi intrépide. Cat visitait les écuries et les granges, l'office et les laiteries, les jardins et les hangars. Elle s'aventurait dans les bois et les champs comme une créature sauvage qui aurait été chez elle, et la maison n'était qu'un immense terrain de jeu, grâce aux pièces qu'on n'utilisait pas, aux greniers pleins de malles et de boîtes, aux caves remplies de casiers à bouteilles, de tonneaux de nourriture, aux pièces pour les domestiques, pour l'argenterie, le lait, le beurre, le fromage, la glace, le lavage, le repassage, la couture, les travaux de charpente, le cirage des chaussures, les innombrables activités qui faisaient exister la Grande Maison.

Inutile de chercher Cat. Elle pouvait être n'importe où. Elle rentrait toujours à la maison à l'heure des repas ou du bain. Scarlett ne pouvait imaginer comment la fillette savait l'heure, mais Cat n'était jamais en retard.

Chaque jour, après le petit déjeuner, mère et fille s'en allaient ensemble faire du cheval. Mais Scarlett se mit à appréhender de longer les routes, à cause des Whiteboys, et elle ne voulait pas gâcher leur intimité en emmenant des valets d'écurie, aussi leur trajet devint-il le chemin qu'elle avait d'abord suivi toute seule, dépassant la tour, franchissant le gué et empruntant le sentier qui menait au cottage de Daniel. Peut-être Pegeen O'Hara n'aimerait-elle pas cela, songea-t-elle, mais il faudra qu'elle s'habitue à Cat et à moi, si elle veut que je continue à payer le fermage de Seamus. Elle aurait bien voulu que Timothy, le fils cadet de Daniel, ne consacre pas autant de temps à se trouver une épouse. Cela fait, il aurait le petit cottage, et l'heureuse élue serait forcément mieux que Pegeen. Depuis son arrivée, celle-ci avait mis fin à l'intimité que Scarlett avait eue avec la famille.

Chaque fois qu'elle se rendait à une partie de chasse, Scarlett demandait à Cat si elle était contrariée de rester là. Le petit front brun se plissait, plein de perplexité, au-dessus des grands yeux verts de la fillette. « Pourquoi les gens sont-ils contrariés ? » demandait-elle. Scarlett se sentait soulagée de l'entendre. En décembre, elle expliqua à Cat qu'elle serait absente plus longtemps, parce qu'il lui fallait aller loin, par le train. Sa fille lui fit la même réponse.

C'est un mardi que Scarlett se mit en route pour Galway et les parties de chasse qu'elle attendait depuis si longtemps. Elle voulait bénéficier, comme ses chevaux, d'un jour de repos avant la chasse du jeudi. Elle n'était nullement lasse : bien au contraire, elle se sentait presque trop excitée pour simplement s'asseoir. Mais elle ne prendrait aucun risque. Il fallait qu'elle soit au mieux de sa forme. Si jeudi était un triomphe, elle resterait le vendredi et le samedi.

A l'issue de la première journée de chasse, John Graham offrit à Scarlett la patte tachée de sang grumeleux qu'elle avait gagnée. Elle l'accepta avec une révérence un peu sèche :

– Merci, Votre Honneur.

Tout le monde applaudit.

Les acclamations redoublèrent quand deux valets de pied s'avancèrent, portant un énorme plateau sur lequel reposait un pâté encore fumant.

– Madame O'Hara, dit Graham, j'avais parlé à tout le monde de votre pari, et nous avions mis au point une petite plaisanterie à votre intention. C'est un pâté de viande de corbeau. Je vais en prendre la première bouchée, et le reste des Blazers suivra. Je m'attendais à ce que ce soit vous qui le fassiez, seule.

Scarlett eut son sourire le plus doux.

– Je serai ravie de le saler pour vous, monsieur.

C'est le troisième jour de la partie de chasse qu'elle rencontra l'homme au profil d'aigle, monté sur un cheval noir. Elle l'avait remarqué auparavant : impossible de faire autrement. Il montait avec une témérité arrogante qui le rendait dangereusement fascinant. Scarlett avait ainsi failli perdre son assiette la veille, quand il avait fait devant elle un saut impossible et qu'elle s'était arrêtée pour voir.

Des gens l'entouraient au petit déjeuner précédant la chasse : tous parlaient, lui ne disait pas grand-chose. Il était assez grand pour qu'elle puisse contempler son visage aquilin, ses yeux sombres, et sa chevelure si noire qu'elle en paraissait bleue.

– Qui est donc cet homme qui a l'air de tant s'ennuyer ? demandat-elle à une femme qu'elle connaissait.

– Ma chère ! C'est Luke Fenton ! L'homme le plus attirant et le plus pervers d'Angleterre !

Scarlett ne fit aucun commentaire. En elle-même, elle songea pourtant qu'il semblait avoir besoin qu'on lui rabatte le caquet.

Fenton fit avancer son cheval à hauteur de celui de Scarlett. Elle fut heureuse d'être sur Demi-Lune : elle était presque au même niveau que lui.

– Bonjour, dit-il en touchant le bord de son chapeau. J'ai cru comprendre que nous étions voisins, madame O'Hara. J'aimerais vous rendre visite pour vous présenter mes respects, si cela m'était permis.

– Ce serait très agréable. Où demeurez-vous ?

Fenton leva d'épais sourcils noirs.

– Vous l'ignorez ? Je suis à Adamstown, de l'autre côté de la Boyne.

C'était donc le comte de Kilmessan. Scarlett fut heureuse de n'en rien avoir su. Manifestement, il ne s'y attendait pas. Quelle suffisance !

– Je connais bien Adamstown, répondit-elle, certains de mes cousins O'Hara sont vos fermiers.

– Ah bon ? J'ai toujours ignoré leur nom.

790

Il sourit. Ses dents étaient d'une blancheur éclatante.

– Cette franchise, typiquement américaine, sur l'humilité de vos origines est vraiment charmante. On en a même fait état à Londres, vous voyez donc qu'elle sert bien vos intérêts.

Du bout de sa cravache, il toucha son chapeau et s'en fut.

Quelle audace! Et quelles manières! Il ne m'a même pas dit son nom.

Une fois rentrée, elle chargea Mme Fitzpatrick de transmettre ses instructions au maître d'hôtel : lorsque le comte de Kilmessan se présenta, à deux reprises, elle n'était pas là.

Puis elle ne songea plus qu'à décorer la demeure pour Noël, et jugea que cette année il leur faudrait un sapin bien plus grand.

Elle ouvrit le paquet venu d'Atlanta dès qu'il fut livré à son bureau. Harriet Kelly lui avait envoyé un peu de farine de maïs. Qu'elle soit bénie! Je crois que je parle plus qu'il ne faudrait du pain de maïs qui me manque tant. Il y avait aussi un cadeau pour Cat de la part de Billy. Je le lui donnerai quand elle rentrera à la maison pour le thé. Ah, voilà, une belle lettre bien épaisse. Scarlett s'installa confortablement, avec un pot de café, pour la lire à loisir. Les missives d'Harriet étaient toujours riches de surprises.

La première qu'elle avait écrite, après son arrivée à Atlanta, lui avait appris – parmi huit pages de remerciements éperdus, écrites très serré – une histoire incroyable : India Wilkes avait un prétendant sérieux. Un Yankee, rien de moins, le nouveau pasteur de l'église méthodiste. Scarlett avait savouré cette idée. India Wilkes – Mlle La Noble Cause du Sud en personne! Qu'un Yankee s'approche et lui parle de la pluie et du beau temps, et elle oubliera qu'il y a eu une guerre.

Scarlett sauta les pages consacrées aux exploits de Billy. Elles intéresseront Cat, je les lui lirai tout à l'heure. Puis elle découvrit ce qu'elle cherchait. Ashley avait demandé à Harriet de l'épouser.

C'est ce que je voulais, non? Il est stupide de ressentir une pointe de jalousie. Quand a lieu le mariage? J'enverrai un magnifique cadeau. Pour l'amour du ciel! Tante Pitty ne pourrait plus vivre seule avec Ashley, une fois India mariée, parce que ce ne serait pas convenable! Je ne peux pas y croire! Et pourtant si. C'est que tante Pitty s'évanouirait à la pensée de savoir de quoi elle aurait l'air, elle, la plus vieille fille du monde, à vivre en compagnie d'un célibataire. Au moins, voilà Harriet mariée, et vite. Ce n'est sans doute pas l'union la plus passionnée du monde, mais je suis certaine qu'elle trouvera des compensations avec tous les cotillons et les boutons de rose qu'elle a en tête. Dommage que la cérémonie ait lieu en février. J'aurais été tentée d'y aller, mais pas au point de manquer la Saison du Château. Il est à peine croyable que j'aie pu prendre Atlanta pour une grande ville. Je verrai si Cat voudra venir avec moi à Dublin après le Nouvel An. Mme Sims dit que les essayages ne prendront que quelques heures le matin. Je me demande ce qu'ils font des pauvres animaux du zoo pendant l'hiver.

— Madame O'Hara, vous reste-t-il du café? Je suis venu à cheval et je suis glacé.

Bouche bée, Scarlett leva les yeux sur le comte de Kilmessan. Oh, Seigneur, quelle tête je dois avoir, je me suis à peine coiffée ce matin.

— J'avais dit à mon maître d'hôtel d'avertir que je n'étais pas là, bredouilla-t-elle.

Luke Fenton sourit.

— Mais je suis passé par-derrière. Puis-je m'asseoir?

— Je suis surprise que vous attendiez qu'on vous le propose. Asseyez-vous donc. Mais agitez la clochette vous-même. Je n'ai qu'une tasse, je ne pensais pas avoir de visiteurs.

Fenton s'exécuta, et prit un fauteuil proche du sien.

— Je me servirai de votre tasse, si cela ne vous choque pas. Il faudra une semaine pour en avoir une autre!

— Si, je suis choquée. Comment donc! balbutia Scarlett.

Puis elle éclata de rire.

— Cela fait vingt ans que je n'ai pas dit « comment donc »! Je suis également surprise de n'avoir pas tiré la langue. Vous êtes un homme très irritant, Milord.

— Luke.

— Scarlett.

— Puis-je avoir un peu de café?

— Mais comment donc! Le pot est vide.

Fenton avait l'air un peu moins arrogant quand il riait.

CHAPITRE 84

Cet après-midi-là, Scarlett rendit visite à sa cousine Molly, suscitant chez cette créature si pleine d'ambition sociale un tel assaut de bonnes manières qu'elle ne remarqua pas les questions négligentes qu'on lui posait sur le comte de Kilmessan. La visite fut brève. Molly n'était au courant de rien, sinon que la décision de Fenton de passer un certain temps dans son domaine d'Adamstown avait beaucoup surpris son régisseur et ses domestiques. Ils gardaient la demeure et les écuries prêtes à tout moment, au cas où il aurait voulu venir, mais c'était la première fois depuis cinq ans.

Le personnel se préparait à une grande réception, dit Molly. La dernière fois que le comte était venu, il y avait eu quarante invités, tous avec leurs domestiques et leurs chevaux. Les chiens de Fenton étaient là aussi. Il y avait eu deux semaines de chasse, et un grand bal.

Dans le cottage de Daniel, les O'Hara commentaient l'arrivée du comte avec un humour plein d'amertume. Kilmessan avait mal choisi son moment, dirent-ils : la terre était trop dure, les champs trop desséchés pour que les chasseurs puissent les endommager, comme la dernière fois. La sécheresse les avait précédés, lui et ses amis.

Scarlett revint à Ballyhara sans en savoir beaucoup plus. Luke Fenton ne lui avait pas parlé de partie de chasse, encore moins de réception. S'il en donnait une et qu'elle ne fût pas invitée, ce serait une gifle abominable. Après dîner, elle rédigea une demi-douzaine de lettres destinées à des amis qu'elle s'était faits durant la Saison. « On parle tellement par ici, écrit-elle, du retour de Luke Fenton dans les environs. Il est absent depuis si longtemps que même les boutiquiers n'ont pas de ragots sur lui. »

Elle sourit en fermant les enveloppes. Si cela ne suffit pas à faire sortir tous les squelettes du placard, je ne sais pas ce qui y parviendra.

Le lendemain matin, elle s'habilla avec soin, d'une robe qu'elle avait portée à Dublin. Je me moque éperdument d'être attirante aux yeux d'un homme aussi irritant, se dit-elle, et je ne le laisserai plus s'introduire furtivement chez moi quand je ne suis pas prête à recevoir des invités.

Le café eut tout le temps de refroidir dans le pot.

Cet après-midi-là, Fenton arriva alors qu'elle faisait prendre un peu d'exercice à Comet dans les champs. Elle portait sa tenue et sa cape irlandaise, et montait à califourchon.

— Comme c'est judicieux de votre part, Scarlett, dit-il. J'ai toujours été convaincu qu'une selle de dame abîme un bon cheval, et celui-là a l'air d'en être un. Seriez-vous tentée de lui faire faire la course avec le mien?

— J'en serais ravie, répondit-elle avec une douceur mielleuse. Mais la sécheresse a tout grillé, à tel point que la poussière que je laisserai derrière moi vous fera sans doute suffoquer.

Fenton leva les sourcils.

— Le perdant offrira le champagne, de façon à chasser la poussière de nos gorges.

— Tope-là. Jusqu'à Trim?

— Jusqu'à Trim.

Il fit tourner son cheval et se lança dans la course avant même que Scarlett ait compris ce qui se passait. Elle était couverte de poussière quand elle le rattrapa sur la route, suffoquant à moitié à force d'encourager Comet, et elle toussait lorsque tous deux, à égalité, franchirent à grand bruit le pont donnant sur la ville.

Ils s'arrêtèrent sur le green proche des murs du château.

— Vous me devez à boire, dit Fenton.

— Certainement pas! Match nul!

— Dans ce cas, commanderons-nous deux bouteilles, ou préférez-vous que nous recommencions?

Scarlett piqua des deux brusquement et prit l'avantage. Elle l'entendit rire dans son dos.

La course se termina dans la cour d'entrée de Ballyhara. Scarlett l'emporta, mais de justesse. Elle sourit, contente d'elle-même, de Comet, et même de Luke Fenton, à cause de la satisfaction qu'elle éprouvait.

De sa cravache, il toucha le rebord de son chapeau.

— J'apporterai le champagne ce soir à dîner, dit-il. Je serai là à huit heures.

Puis il repartit au grand galop.

Scarlett le suivit des yeux. Quelle audace! Comet eut un écart capricieux, et elle se rendit compte qu'elle avait lâché les rênes. Elle les reprit et tapota l'encolure couverte d'écume de sa monture:

— Tu as raison, dit-elle. Tu as besoin de te rafraîchir et d'être pansée. Moi aussi, d'ailleurs! Je viens d'être jouée de belle façon!

Elle se mit à rire.

— Qu'est-ce que c'est? demanda Cat, fascinée : elle regardait sa mère fixant à ses oreilles des pendentifs en diamant.

— C'est une sorte de décoration, répondit Scarlett, qui secoua la tête, faisant onduler et scintiller les pierres précieuses autour de son visage.

— Comme sur l'arbre de Noël?

Scarlett éclata de rire.

— Un peu. Je n'y avais pas pensé!

— Tu me décoreras pour Noël aussi?

— Pas avant que tu sois beaucoup, beaucoup plus grande, Kitty Cat. Les petites filles peuvent porter des colliers de perles ou des bracelets en or, mais les diamants c'est pour les grandes. Tu aimerais avoir des bijoux pour Noël?

— Non, si c'est pour les petites filles. Pourquoi tu te décores? Il y a encore des jours et des jours avant Noël.

Scarlett se rendit compte avec stupéfaction que jamais encore Cat ne l'avait vue en robe de soirée : à Dublin, elles avaient toujours dîné dans leur suite, à l'hôtel.

— Il y a un invité qui vient souper, expliqua-t-elle.

Le premier à Ballyhara, songea-t-elle. Mme Fitz avait bien raison, j'aurais dû m'y prendre plus tôt. C'est si amusant de s'habiller et d'avoir de la compagnie.

Le comte de Kilmessan était un compagnon plaisant et distingué. Scarlett se surprit à parler bien plus qu'elle ne l'avait prévu – de la chasse, de son enfance quand elle apprenait à monter, de l'amour de Gerald O'Hara pour les chevaux. Il était si facile de parler à Luke Fenton.

Si facile qu'elle oublia de lui poser la question avant qu'ils parviennent à la fin du repas :

— Je suppose que vos hôtes arrivent d'un instant à l'autre, dit-elle alors qu'on servait le dessert.

— Quels hôtes? s'enquit-il en levant sa coupe de champagne comme pour en examiner la couleur.

— Eh bien... pour votre partie de chasse.

Fenton but une gorgée et eut un hochement de tête approbateur à l'intention du maître d'hôtel :

— D'où vous vient cette idée? Je ne chasse pas et je ne reçois personne.

Leurs coupes furent remplies. Luke leva la sienne pour porter un toast à Scarlett.

— Boirons-nous à nos divertissements? demanda-t-il.

Elle se sentit rougir. Il lui faisait des propositions, pas de doute là-dessus. Elle leva sa coupe à son tour.

— Buvons en espérant que vous serez un bon perdant, avec un excellent champagne, dit-elle en souriant, en le regardant à travers ses cils baissés.

Plus tard, alors qu'elle s'apprêtait à se coucher, elle tourna et retourna dans son esprit les paroles de Luke. Était-il venu à Adamstown rien que pour la voir? Avait-il l'intention de la séduire? Si oui, il allait connaître la surprise de sa vie. Elle le battrait à ce jeu comme elle l'avait vaincu à la course.

Et ce serait amusant de rendre désespérément amoureux quelqu'un d'aussi arrogant et d'aussi imbu de lui-même. Les hommes ne devaient pas être aussi beaux ni aussi riches : cela les amenait à croire qu'ils pouvaient tout se permettre.

Scarlett se mit au lit et se nicha sous les couvertures. Elle attendait avec impatience d'aller faire du cheval le lendemain matin avec Luke Fenton, comme elle le lui avait promis.

Ils firent de nouveau la course, cette fois jusqu'à Pike Corner, et Fenton l'emporta. Puis ils revinrent sur Adamstown de la même façon, et il gagna encore. Scarlett voulut changer de cheval pour recommencer, mais il déclina sa proposition avec un gros rire :

— Vous pourriez vous briser le cou, tant vous êtes décidée, et jamais je n'aurais droit à ce que j'ai gagné.

Il sourit sans en dire plus, mais ses yeux erraient sur le corps de Scarlett.

— Luke Fenton, vous êtes insupportable!

— On me l'a déjà dit plus d'une fois. Mais jamais avec autant de véhémence. Toutes les Américaines sont-elles d'une nature aussi passionnée?

Ce n'est pas de moi que tu l'apprendras, songea Scarlett, mais elle retint sa langue, comme elle avait retenu son cheval. C'était une erreur que de l'avoir laissé lui faire perdre son sang-froid, et elle était moins furieuse contre lui que contre elle-même. Je suis pourtant au-dessus de cela. Rhett s'arrangeait toujours pour me mettre en colère, et cela lui donnait l'avantage chaque fois.

... Rhett... Scarlett contempla la chevelure noire, les yeux moqueurs de Luke Fenton, sa tenue merveilleusement coupée. Pas étonnant qu'elle l'ait repéré dans la foule aux courses de Galway. Il avait quelque chose de Rhett. Mais au premier abord seulement. Il y avait en lui quelque chose d'autre, de très différent, et elle ne savait pas exactement quoi.

– Merci pour la course, Luke, même si je n'ai pas gagné. Maintenant, il faut que je rentre, j'ai du travail.

L'espace d'un instant, il parut surpris, puis sourit :

– Je m'attendais à ce que vous preniez le petit déjeuner avec moi.

Elle lui rendit son sourire.

– Je m'attendais à ce que vous vous y attendiez.

Elle s'éloigna en sentant son regard sur elle. Quand, l'après-midi, un palefrenier vint à cheval à Ballyhara, avec un bouquet et une invitation à dîner à Adamstown, elle ne fut pas surprise. Elle écrivit un petit mot de refus qu'elle confia à l'homme. Puis elle courut à l'étage, gloussant, pour enfiler de nouveau sa tenue de cheval. Elle arrangeait les fleurs dans un vase quand Luke franchit la porte donnant dans la longue salle de réception.

– Vous vouliez refaire la course jusqu'à Pike Corner, si je ne me trompe, dit-il.

– Vous ne vous trompiez pas, répondit-elle, les yeux pleins de rire.

Dans le pub de Kennedy, Colum grimpa sur le comptoir.

– Et maintenant, assez d'aboiements, vous tous! Qu'est-ce qu'elle pouvait faire d'autre, la pauvre, je vous le demande? Vous a-t-elle accordé vos fermages, oui ou non? Vous a-t-elle donné de quoi vivre pendant l'hiver, oui ou non? Et du grain et de la farine dans l'entrepôt, pour quand vous serez à court, je suis honteux de voir des adultes faire des grimaces et inventer des prétextes pour s'offrir une pinte de plus. Buvez à tomber par terre, si vous le voulez – chacun a le droit de s'empoisonner l'estomac et de se pourrir la tête au whisky –, mais ne rendez pas La O'Hara responsable de vos faiblesses.

– ... elle est vendue aux propriétaires... elle a plastronné devant les Lords et les Ladies tout l'été... il ne se passe pas de journée sans qu'elle abîme la route à faire la course avec le démon d'Adamstown...

Le pub s'emplit de clameurs furieuses.

Colum les fit taire à grands cris :

– Quels hommes êtes-vous donc, pour cancaner comme des vieilles sur les robes, les soirées et les romances d'une femme? Vous me rendez tous malade!

Il cracha sur le comptoir.

– Qui veut lécher? Ça devrait vous plaire, vous n'êtes pas des hommes!

Le silence brutal qui s'ensuivit aurait pu donner naissance à n'importe quelle réaction. Colum se carra sur ses jambes. Les poings serrés, prêt à toute éventualité.

— Oh, Colum, c'est qu'on est agité parce qu'on n'a pas de raison d'allumer des incendies ou de tirer quelques coups de feu comme les gars des autres villes, dit le plus vieux des paysans. Descends de là, va chercher ton *bodhran*, je ferai le sifflet, et Kennedy le violon. Chantons des chansons sur le soulèvement, et enivrons-nous comme de bons *Fenians*.

Colum sauta littéralement sur l'occasion de ramener le calme. Quand il descendit du comptoir, il chantait déjà :

Au bord de la rivière, on voyait cette masse d'hommes
Au-dessus des armes luisantes flottait le drapeau vert
Mort aux traîtres et aux ennemis! En avant! Frappez!
Hourra, mes enfants, pour la liberté, la lune se lève!

Il était vrai que Scarlett et Luke Fenton faisaient la course sur les routes dans les environs d'Adamstown et de Ballyhara. Ainsi qu'au-dessus des clôtures, des fossés, des haies et de la Boyne. Pendant une semaine, presque chaque matin, Fenton passa à gué la rivière glaciale pour entrer en réclamant du café. Scarlett l'attendait toujours avec un calme étudié, mais en fait il la tenait constamment sur le qui-vive. Il avait l'esprit rapide, sa conversation était imprévisible, et Scarlett ne pouvait relâcher son attention, ou ses défenses, ne fût-ce qu'un instant. Luke la faisait rire, la mettait en fureur, et lui donnait l'impression d'être vivante jusqu'au bout des doigts.

Les courses à travers la campagne apaisaient un peu les tensions qu'elle ressentait quand il était là. La bataille entre eux était plus claire, et leur commune férocité n'avait plus à se dissimuler. Mais l'excitation qu'elle éprouvait toujours quand elle poussait son propre courage jusqu'à ses extrêmes limites était aussi dangereuse que palpitante. Scarlett sentait, dissimulé au plus profond d'elle-même, quelque chose de puissant et d'inconnu, qui risquait d'échapper à son contrôle.

Mme Fitz la mit en garde : en ville, sa conduite laissait les gens perplexes.

— La O'Hara est en train de perdre leur respect, dit-elle d'un ton sévère. La vie mondaine avec les Anglais, c'est autre chose, c'est loin. Mais tout ce tapage avec le comte de Kilmessan leur montre votre préférence pour l'ennemi.

– Je m'en moque éperdument. Ma vie ne regarde que moi.

La véhémence de Scarlett saisit Mme Fitzpatrick.

– Ah, c'est cela ? dit-elle d'une voix où il n'y avait plus rien de sévère. Vous êtes amoureuse de lui ?

– Non. Et je n'en ai pas l'intention. Laissez-moi tranquille, et dites aux autres d'en faire autant.

Après cela, Rosaleen Fitzpatrick garda pour elle ce qu'elle pensait. Mais elle possédait un sûr instinct de femme et la lueur fiévreuse qu'elle discernait au fond des yeux de Scarlett lui en disait long sur les difficultés à venir.

Suis-je amoureuse de Luke Fenton ? La question de Mme Fitzpatrick avait amené Scarlett à s'interroger. Non, répondit-elle aussitôt.

Alors pourquoi suis-je mal en point toute la journée, quand il n'est pas passé me voir le matin ?

Elle ne put trouver de réponse convaincante.

Elle songea à ce qu'elle avait appris grâce aux lettres de ses amis. Tous disaient que le comte de Kilmessan avait mauvaise réputation. Il possédait l'une des plus grosses fortunes d'Angleterre, et des propriétés en Angleterre et en Écosse, outre son domaine irlandais. C'était un intime du Prince de Galles, il avait à Londres une immense demeure dans laquelle, disaient les rumeurs, alternaient folles bacchanales et soirées raffinées – toute la bonne société intriguait pour s'y faire inviter. Depuis plus de vingt ans – il avait hérité de son titre et de sa richesse dès l'âge de dix-huit ans –, il avait été la cible favorite des mères en quête de mari pour leur fille, mais il avait échappé à la capture, même face à plusieurs beautés aussi riches que célèbres. On parlait à voix basse de cœurs brisés, de réputations compromises, et même de suicides. Et plus d'un époux l'avait affronté en duel. Il était immoral, cruel, dangereux – certains disaient même pervers. C'était en fait l'homme le plus mystérieux et le plus fascinant du monde.

Scarlett songea à la sensation que provoquerait la nouvelle : une veuve irlando-américaine de moins de quarante ans avait réussi là où les beautés de l'aristocratie anglaise avaient échoué, et ses lèvres eurent un petit sourire secret – qui se fana aussitôt.

Luke Fenton ne trahissait aucun des signes propres à l'homme désespérément amoureux. Il voulait la posséder, et non l'épouser. Les yeux de Scarlett se plissèrent. Je ne lui permettrai pas d'ajouter mon nom à la longue liste de ses conquêtes.

Mais elle ne put s'empêcher de se demander ce qu'elle éprouverait s'il l'embrassait.

CHAPITRE 85

Luke Fenton cravacha son cheval et dépassa Scarlett en éclatant de rire. Elle se pencha sur l'encolure, en criant à Demi-Lune d'avancer plus vite mais, presque aussitôt, dut tirer sur les rênes. Le chemin décrivait un tournant entre deux murs de pierre, et Luke, devant, s'était arrêté de façon que son cheval bloque le passage.

– A quoi jouez-vous? s'écria-t-elle. J'aurais pu vous heurter.

– C'est très exactement ce que j'envisageais, répondit Fenton.

Avant qu'elle ait eu le temps de comprendre, il saisit Demi-Lune par la crinière et rapprocha les deux chevaux, puis, plaçant l'autre main sur la nuque de Scarlett, lui maintint la tête immobile tandis qu'il posait sa bouche sur la sienne. Son baiser, brutal, contraignit ses lèvres à s'ouvrir, et il lui prit la langue entre ses dents. Sa main l'obligeait à céder. Elle sentit son cœur battre de peur, de surprise et – le baiser semblait ne devoir jamais finir – frissonna à la pensée de succomber à sa force. Quand il la relâcha, elle se sentait toute faible.

– Et maintenant, vous cesserez de refuser mes invitations à dîner, dit Luke, dont les yeux sombres pétillaient de satisfaction.

Scarlett reprit ses esprits.

– Vous allez trop vite, répondit-elle, exaspérée d'être à bout de souffle.

– Ah bon? Permettez-moi d'en douter.

Le bras de Luke glissa le long du dos de Scarlett et la serra contre lui pendant qu'il l'embrassait de nouveau. De la main, il chercha sa poitrine et la pressa à lui faire mal. Scarlett éprouva le désir de sentir ses mains sur tout son corps, ses lèvres brutales contre sa peau.

Les chevaux, nerveux, s'agitèrent, interrompant leur étreinte, et Scarlett faillit tomber. Elle lutta pour retrouver un peu d'équilibre – à la fois sur la selle et dans ses pensées. Il ne fallait pas, il ne fallait pas qu'elle cède. Sinon, il perdrait tout intérêt pour elle dès qu'il l'aurait conquise, elle le savait.

Et elle ne voulait pas le perdre. Elle le désirait. Ce n'était pas un gamin enamouré comme Charles Ragland, c'était un homme. Elle serait même capable de tomber amoureuse de lui.

Scarlett caressa son cheval pour le calmer, en le remerciant du fond du cœur de l'avoir empêchée de céder à sa folie. Quand elle fit demi-tour pour se trouver face à Luke Fenton, elle souriait.

— Pourquoi ne pas vous vêtir de peaux de bêtes et me traîner par les cheveux jusque chez vous ? dit-elle, avec dans la voix un parfait mélange d'humour et de mépris. Vous ne feriez plus peur aux chevaux.

Elle mit Demi-Lune au pas, puis au trot, le dirigeant vers là où ils étaient venus.

Tournant la tête, elle lança par-dessus son épaule :

— Luke, je ne viendrai pas dîner, mais vous pouvez toujours me suivre et venir à Ballyhara prendre le café. Si vous en voulez davantage, je peux vous proposer un petit déjeuner de bon matin ou un déjeuner en fin de matinée.

Scarlett, d'une voix douce, pressa Demi-Lune d'avancer. Elle ne pouvait déchiffrer l'expression maussade qu'on lisait sur le visage de Luke Fenton, et éprouvait quelque chose qui ressemblait à de la peur.

Elle avait déjà mis pied à terre quand Luke entra à cheval dans la cour des écuries. Il sauta à bas de sa monture, et jeta les rênes à un palefrenier.

Scarlett feignit de ne pas voir qu'il avait accaparé le seul serviteur en vue, et conduisit elle-même Demi-Lune dans l'écurie à la recherche d'un autre valet.

Quand ses yeux se furent habitués à la faible lumière, elle s'arrêta net, n'osant avancer. Cat était dans la stalle juste en face d'elle, debout, jambes et pieds nus, sur Comet, et tendait ses petits bras pour se maintenir en équilibre : elle avait revêtu un épais chandail, emprunté à l'un des palefreniers. Il formait une bosse au-dessus de ses jupes relevées, et les manches lui tombaient jusqu'au bout des doigts. Comme d'habitude, ses mèches noires avaient échappé aux tresses et n'étaient plus qu'un fouillis. Elle avait l'air d'un hérisson, ou d'une petite bohémienne.

— Cat, qu'est-ce que tu fais ? demanda Scarlett d'une voix douce.

Elle n'ignorait pas que le grand cheval était de nature ombrageuse. Un bruit pourrait suffire.

— J'apprends à faire du cirque, dit Cat. Comme dans mon livre, l'image de la dame sur le cheval. Quand je serai sur piste, j'aurai besoin d'un parasol.

Scarlett prit soin de ne pas élever la voix. Elle se souvint de Bonnie, de son effroi. C'était presque pire : Comet pouvait faire tomber Cat, puis la piétiner.

— Ce serait mieux si tu attendais l'été prochain. Tu dois avoir froid aux pieds, sur le dos de Comet.

Cat glissa aussitôt sur le sol, tout près des sabots ferrés de métal.

— Oh! Je n'y avais pas pensé.

La petite voix venait des profondeurs de la stalle. Scarlett retint son souffle. Puis Cat escalada la porte, bottes et bas de laine à la main.

— Je savais que les bottes feraient mal.

Scarlett se contraignit à ne pas serrer sa fille dans ses bras pour la protéger. Cat serait mécontente de la voir aussi soulagée. Elle jeta un coup d'œil sur la droite, à la recherche d'un valet d'écurie à qui confier Demi-Lune. Elle vit Fenton, immobile, qui contemplait Cat.

— Voici ma fille, Katie Colum O'Hara, dit-elle.

Et fais-en ce que tu voudras, Luke Fenton, songea-t-elle.

Cat était très occupée à nouer ses lacets. Elle leva les yeux, étudia le visage de Fenton, et finit par dire :

— Je m'appelle Cat. Et vous?

— Luke, répliqua le comte de Kilmessan.

— Bonjour, Luke. Vous aimeriez le jaune de mon œuf? Je vais prendre mon petit déjeuner.

— J'en serais ravi.

Étrange procession : Cat ouvrait la voie, flanquée de Luke qui ajustait sa longue démarche aux petites jambes de la fillette.

— J'ai déjà pris le petit déjeuner, expliquait Cat, mais j'ai encore faim, alors je vais recommencer.

— Cela me paraît éminemment raisonnable, répondit-il d'un ton pensif, sans aucune trace de moquerie.

Scarlett les suivait, encore secouée par la frayeur que Cat lui avait causée; et elle n'avait toujours pas surmonté les instants de passion provoqués par les baisers de Luke. Elle se sentait ahurie. Jamais elle ne se serait attendue à ce que Fenton aimât les enfants, et pourtant il semblait fasciné par Cat. Et, de surcroît, il la traitait comme il convenait, et la prenait au sérieux sans se montrer condescendant parce qu'elle était si petite. Les gens qui la traitaient en bébé l'agaçaient vite. Luke semblait, Dieu sait comment, l'avoir perçu, et respecter sa réaction.

Scarlett sentit les larmes lui perler aux paupières. Oh, oui, elle pourrait aimer cet homme. Quel père il serait pour sa fille! Elle cligna les yeux en toute hâte. L'heure n'était pas à la sensiblerie. Pour le bien de Cat, comme pour le sien propre, il fallait qu'elle se montre forte, et qu'elle garde la tête froide. Elle observa Luke Fenton, penché vers Cat. Il paraissait très grand, très large, plein de force, invincible. Elle frissonna intérieurement, et secoua sa couardise. Elle vaincrait. Il le fallait, maintenant. Elle voulait cet homme, pour elle et pour Cat.

Scarlett faillit éclater de rire devant le spectacle qu'offraient Luke et Cat. La fillette s'était entièrement absorbée dans la tâche délicate consistant à briser le sommet de son œuf à la coque sans le détruire; Fenton la regardait avec une concentration égale à la sienne.

Puis, brusquement, sans prévenir, l'amusement de Scarlett céda la place au chagrin. Ces yeux sombres contemplant Cat devraient être ceux de Rhett, non de Luke Fenton! C'est Rhett qui devrait être fasciné par sa fille, partager son œuf à la coque, marcher à son côté en accordant ses pas aux siens.

Un désir douloureux perça la poitrine de Scarlett, à la place du cœur, et l'angoisse – si longtemps tenue à distance – s'y engouffra comme pour remplir le vide. Elle souffrait, tant elle avait besoin de la présence de Rhett, de sa voix, de son amour. Si seulement je lui avais parlé de Cat avant qu'il soit trop tard... si seulement j'étais restée à Charleston... si seulement...

Cat tira sur la manche de Scarlett :

– Maman, tu manges ton œuf? Je vais te l'ouvrir.

– Merci, chérie.

Ne sois pas sotte, se dit Scarlett. Elle sourit à Cat et à Luke Fenton. Le passé était le passé, et il lui fallait songer à l'avenir.

– Luke, dit Scarlett en riant, je crois que vous allez avoir droit à un autre jaune

Après le petit déjeuner, Cat dit au revoir et sortit en courant, mais Luke Fenton resta là.

– Apportez-moi du café, dit-il à la servante sans la regarder. Parlez-moi de votre fille, ajouta-t-il en se tournant vers Scarlett.

– Elle n'aime que le blanc de l'œuf, répondit-elle en souriant pour masquer son inquiétude.

Que devrait-elle lui dire, s'agissant du père de Cat? Luke allait sans doute demander son nom, qui il était, comment il était mort.

Mais Fenton ne se préoccupait que de Cat :

– Scarlett, quel âge a votre remarquable fille?

Il affecta la stupéfaction en apprenant qu'elle avait quatre ans à peine, demanda si elle était toujours aussi maîtresse d'elle-même, si elle avait toujours été précoce, si elle était très nerveuse... Il témoignait d'un intérêt véritable qui réchauffa Scarlett et la poussa à parler des prouesses de Cat O'Hara jusqu'à en avoir la gorge sèche.

– Vous devriez la voir sur son poney, Luke, elle monte mieux que moi – ou que vous! Et elle grimpe partout, comme un singe. Les peintres devaient l'arracher à leurs échelles... Elle connaît les bois mieux qu'un renard, et elle ne se perd jamais, comme si elle avait une boussole dans le ventre... « Nerveuse »? Elle ne manque pas de sang-froid, elle est si intrépide que parfois cela me terrifie. Elle ne se plaint jamais quand elle se cogne ou se fait un bleu. Même quand elle était bébé, elle ne pleurait presque jamais et, lorsqu'elle s'est mise à marcher, elle avait l'air surprise quand elle tombait, puis se relevait aussitôt... Bien sûr qu'elle est en bonne santé! Vous n'avez pas vu comme elle est forte et droite? Elle mange comme un ogre, et n'est jamais malade. Vous ne croiriez pas combien d'éclairs et de choux à la crème elle peut avaler sans battre d'un cil...

Puis elle prit conscience qu'elle était enrouée, jeta un coup d'œil à la pendule et se mit à rire :

– Mon Dieu, j'ai dû fanfaronner pendant des heures, Luke, c'est votre faute, vous m'avez tant encouragée. Vous auriez dû me faire taire.

– Pas du tout. Cela m'intéresse.

– Prenez garde, vous allez me rendre jalouse. Vous vous comportez comme si vous alliez tomber amoureux de ma fille.

Fenton leva les sourcils.

– L'amour, c'est bon pour les boutiquiers et les romances à deux sous. C'est elle qui m'intéresse.

Il s'inclina, prit la main de Scarlett et l'effleura des lèvres.

– Je pars pour Londres dans la matinée, aussi vais-je devoir vous quitter.

– Nos courses me manqueront, dit-elle sincèrement. Serez-vous de retour bientôt?

– Je vous rendrai visite, à Cat et à vous, dès mon retour.

Bien! pensa Scarlett une fois qu'il fut parti. Il n'a même pas essayé de m'embrasser en s'en allant. Elle ne savait pas si c'était un compliment ou une insulte. Il doit regretter la façon dont il s'est comporté, estima-t-elle. Je crois qu'il a perdu le contrôle de lui-même. Et le mot « amour » lui fait peur.

Elle en conclut que Luke Fenton présentait tous les symptômes de l'homme qui tombe amoureux malgré lui. Elle en fut très heureuse. Ce serait un père merveilleux pour Cat... Scarlett caressa doucement du doigt ses lèvres meurtries. Et c'était un homme des plus excitants.

CHAPITRE 86

Au cours des semaines qui suivirent, Luke Fenton occupa souvent les pensées de Scarlett. Elle était très agitée et, quand il faisait beau le matin, partait seule à cheval le long des routes qu'ils avaient suivies ensemble. Lorsqu'elle décora, avec Cat, l'arbre de Noël, elle se souvint du plaisir qu'elle avait éprouvé à s'habiller, le premier soir où il était venu dîner à Ballyhara. Et quand, à Noël, elle retira le bréchet – l'os porte-bonheur – de la dinde, elle souhaita qu'il revienne bientôt de Londres.

Parfois, elle fermait les yeux et tentait de se souvenir de ce qu'elle avait éprouvé dans ses bras, mais chaque fois, cela la mettait en rage, au bord des larmes, même, car c'étaient toujours le visage de Rhett, son étreinte, son rire, qui lui revenaient en mémoire. Elle se dit que c'était parce qu'elle ne connaissait Luke que depuis peu. Avec le temps, il était logique de penser que sa présence effacerait le souvenir de Rhett.

Le soir de la Saint-Sylvestre, il y eut un grand tohu-bohu, et Colum s'avança en jouant du *bodhran*, suivi de deux violoneux, et de Rosaleen Fitzpatrick, qui agitait des osselets. Scarlett eut un cri de surprise ravie et se précipita pour serrer son cousin dans ses bras.

– Colum, je n'espérais plus vous revoir à la maison! Ce sera une bonne année, avec un début comme celui-là.

Elle alla tirer Cat de son sommeil, et elles passèrent les premiers instants de 1880 entourées de musique et d'affection.

Le jour du Nouvel An commença dans les rires, le *barm brack* fut lancé contre le mur, projetant des miettes et des raisins secs sur le corps de Cat qui dansait, la tête renversée en arrière, la bouche grande ouverte. Mais, ensuite, le ciel se chargea de nuages, et un vent glacé s'efforçait d'arracher le châle de Scarlett quand elle s'en fut rendre visite à tous les habitants de sa ville. Colum but un verre dans chaque maison – d'alcool, pas de thé –, et parla politique avec les hommes, à tel point qu'elle eut envie de hurler.

– Scarlett chérie, pourquoi ne pas passer au pub et lever votre verre à la nouvelle année et aux nouveaux espoirs des Irlandais? demanda Colum alors qu'ils sortaient du dernier cottage.

Les narines de Scarlett frémirent en humant l'odeur de whisky.

– Non. Je suis lasse, j'ai froid et je vais rentrer. Venez avec moi, nous passerons un moment tranquille près du feu.

– Scarlett *aroon*, voilà précisément ce que je redoute le plus. La tranquillité laisse les ténèbres vous ramper dans l'âme.

Colum entra dans le pub de Kennedy d'un pas incertain, et Scarlett reprit lentement le chemin menant à la Grande Maison, en serrant son châle autour d'elle. Dans la lumière grise et froide, sa jupe rouge et ses bas à rayures jaunes et bleues paraissaient ternes.

Du café et un bain chaud, se promit-elle en ouvrant la lourde porte d'entrée. En pénétrant dans le vestibule, elle surprit un rire étouffé, et son cœur se serra. Cat devait jouer à cache-cache. Scarlett feignit de n'avoir rien remarqué. Elle referma derrière elle, puis fit glisser son châle sur un fauteuil, et regarda autour d'elle.

– Bonne année, La O'Hara, dit Luke Fenton. Ou bien aurais-je affaire à Marie-Antoinette? Ne serait-ce pas ce costume de paysanne que tous les meilleurs couturiers de Londres créent pour les bals masqués de cette année?

Il était dans l'escalier. Scarlett leva les yeux vers lui. Il était de retour! Oh, pourquoi avait-il encore réussi à la surprendre dans la tenue où elle se trouvait? Ce n'était pas du tout ce qu'elle avait prévu. Mais cela n'avait aucune importance. Luke était là, au bout de si peu de temps, et elle ne se sentait plus fatiguée du tout.

– Heureuse année! lança-t-elle.

Et c'était vrai.

Fenton se déplaça sur le côté, et Scarlett, alors, aperçut Cat. Les bras de la fillette étaient relevés : elle n'avait pas trop de ses deux mains pour tenir le diadème d'or étincelant posé sur sa tête ébouriffée. Elle descendit les marches vers sa mère, avec ses yeux verts pleins de gaieté, et des lèvres qui retenaient à grand-peine un sourire. Derrière elle serpentait une longue écharpe de couleur vive : la traîne d'une tunique de velours écarlate, bordée d'hermine.

– Cat porte vos bijoux, comtesse, dit Luke, je suis venu régler les détails de notre mariage.

Les genoux de Scarlett se dérobèrent sous elle. Elle s'assit sur le sol de marbre, entourée d'un cercle d'étoffe rouge, dont dépassaient des jupons verts et bleus. Un rien de mécontentement se mêlait à un sentiment de triomphe incrédule. Ce ne pouvait être vrai. C'était trop facile. Cela n'était même plus drôle.

– Cat, on dirait bien que notre surprise est une réussite, dit Luke.

Il dénoua les lourdes cordelettes de soie qu'elle portait au cou, et lui prit le diadème des mains.

– Tu peux t'en aller, maintenant. J'ai à parler avec ta mère.

– Je peux o' vrir ma boîte ?

– Bien sûr. Elle est dans ta chambre.

Cat regarda sa mère, sourit, puis remonta l'escalier en courant et en pouffant. Luke déposa la tunique sur son bras gauche, accrocha le diadème à son poignet puis s'approcha de Scarlett et tendit vers elle sa main droite. Il avait l'air très grand, très fort, et ses yeux étaient très sombres. Elle lui donna sa main, et il la souleva de terre.

– Allons dans la bibliothèque, dit-il. Il y a du feu, et une bouteille de champagne pour porter un toast à la conclusion du marché.

Scarlett le laissa la précéder. Il voulait l'épouser ! Elle ne pouvait y croire. Elle était tout engourdie, le choc l'avait rendue muette. Elle se réchauffa auprès du feu tandis que Luke leur servait à boire.

Il lui tendit une coupe. Scarlett le prit. Son esprit se remettait à enregistrer ce qui se passait, et elle retrouva sa voix.

– Pourquoi « marché », Luke ?

Pourquoi ne pas lui avoir dit qu'il l'aimait et voulait qu'elle soit sa femme ?

Fenton trinqua avec elle.

– Qu'est-ce que le mariage, sinon un marché, Scarlett ? Nos avocats respectifs rédigeront les contrats, mais ce n'est jamais qu'une question de formes. Vous savez sûrement à quoi vous attendre. Vous n'êtes plus une jeune fille ni une innocente.

Scarlett posa sa coupe sur la table, avec le plus grand soin. Puis elle se laissa tomber avec la même attention dans un fauteuil. Quelque chose n'allait pas du tout. Son visage et ses mots étaient dépourvus de chaleur. Il ne la regardait même pas.

– S'il vous plaît, dit-elle avec lenteur, j'aimerais que vous me disiez à quoi je dois m'attendre.

Fenton haussa les épaules avec agacement.

– Très bien. Vous me jugerez sans doute des plus généreux. Je pars du principe que c'est votre préoccupation essentielle.

Il dit qu'il était l'un des hommes les plus riches d'Angleterre, bien qu'il s'attendît à ce qu'elle l'ait découvert toute seule. Il admirait sincèrement ses talents d'arriviste. Elle pourrait conserver l'argent qui lui appartenait. Bien entendu, il lui garantirait robes, voitures, bijoux, domestiques et *tutti quanti*. Il attendait d'elle qu'elle lui fasse honneur. Il avait observé qu'elle en avait les capacités.

Elle pourrait aussi garder Ballyhara pour le restant de ses jours. Cela semblait l'amuser. En ce qui le concernait, elle pourrait jouer aussi avec Adamstown, si elle avait envie de se salir les pieds. Après sa mort, Ballyhara reviendrait à leur fils, tout comme Adamstown après le décès de Luke. Rassembler des terres contiguës avait toujours été l'une des principales raisons des mariages.

– Car, bien entendu, l'élément primordial du marché, c'est que vous me donnerez un héritier. Je suis le dernier de ma lignée, et il est de mon devoir d'assurer sa survie. Une fois que j'aurai eu un fils de vous, vous serez maîtresse de votre vie, tout en prenant garde, évidemment, à respecter un semblant de discrétion.

Il remplit de nouveau sa coupe, et la vida d'un trait. Scarlett pouvait remercier Cat pour le diadème, ajouta-t-il.

– Inutile de vous dire que je n'avais pas eu la pensée de faire de vous la comtesse de Kilmessan. Vous êtes le genre de femme avec lequel il m'amuse de jouer. Plus l'esprit est fort, plus j'ai plaisir à le plier à ma loi. Cela aurait été intéressant. Mais moins, toutefois, que votre fille. Je veux que mon fils soit comme elle – sans peur, avec une santé de fer. Le sang des Fenton s'est appauvri par des unions consanguines. Lui infuser un peu de votre vitalité paysanne y remédiera. J'ai noté que mes fermiers O'Hara, ceux de votre famille, vivent vieux, Scarlett, vous êtes un atout de valeur. Vous me donnerez un héritier dont je serai fier, et vous ne nous ferez honte ni à lui, ni à moi, en société.

Scarlett le regardait comme un animal fasciné par un serpent. Mais il était temps de rompre le charme. Elle prit sa coupe sur la table, et la jeta dans la cheminée :

– Jamais de la vie ! Voilà le toast porté à votre marché, Luke Fenton. Sortez de ma maison. Vous me faites frémir.

Il se contenta de rire, Scarlett se tendit, prête à lui sauter au visage, à rouer de coups cette face épanouie.

– Je croyais que vous vous préoccupiez de votre fille, dit-il avec un ricanement méprisant. J'ai dû me tromper.

Ces mots suffirent à immobiliser Scarlett.

– Vous me décevez, vraiment. Je vous attribuais plus de sagacité que vous n'en témoignez en ce moment. Oubliez votre vanité blessée et voyez ce qui est à portée de votre main. Une position imprenable pour vous et votre fille. Je l'adopterai, et elle deviendra Lady Catherine. « Katie » est hors de question, évidemment, c'est un nom de domestique de cuisine. Étant ma fille, elle aura accès, sur-le-champ et sans conditions, à ce qui se fait de mieux, à tout ce qu'elle pourra désirer. Écoles, amis, et pour finir mariage – il lui suffira de choisir Jamais je ne lui ferai de tort, elle m'est trop précieuse : ce sera un modèle que mon fils devra suivre. Pouvez-vous lui refuser tout cela sous le prétexte que votre désir populacier de romance à bon marché reste insatisfait ? Je ne le pense pas.

– Cat n'a pas besoin de vos précieux titres et de ce qui se fait de mieux, Luke Fenton, et moi non plus. Nous nous sommes très bien débrouillées sans vous, et nous continuerons comme nous sommes.

– Pour combien de temps, Scarlett ? Ne vous fiez pas trop à vos succès dublinois. Vous étiez une sorte de nouveauté, et les nouveautés n'ont qu'une durée de vie très limitée. Un orang-outang suffisamment bien dressé aurait fait le même effet dans un trou tel que Dublin. Il vous reste encore une saison, deux au maximum, puis on vous oubliera. Cat a besoin de la protection d'un nom et d'un père. Je suis l'un des très rares hommes qui aient le pouvoir d'ôter sa souillure à une bâtarde – non, épargnez-moi vos protestations, je n'ai aucune envie d'écouter ce que vous pourriez inventer. Si vous et votre fille étiez les bienvenues en Amérique, jamais vous ne vous seriez enterrée dans un endroit pareil. Mais cela suffit. Cela commence à me lasser, et j'ai horreur de m'ennuyer. Scarlett, envoyez-moi un mot quand vous serez revenue à vous. Vous accepterez mon marché. J'obtiens toujours ce que je veux.

Fenton se dirigea vers la porte.

Scarlett le rappela. Il fallait qu'elle sût une chose :

– Luke Fenton, vous ne pouvez forcer le monde entier à faire ce qui vous chante. Avez-vous jamais eu l'idée que votre épouse-jument pourrait donner naissance à une fille, et non à un garçon ?

Il lui fit face.

– Vous êtes une femme solide, en parfaite santé. Je finirai bien par avoir un fils. Mais même en mettant les choses au pire, et en supposant que vous n'ayez que des filles, l'une d'elles pourrait épouser un homme soucieux de lui donner son nom et de prendre le sien. Un Fenton hériterait donc du titre et poursuivrait la lignée. Mes obligations seraient satisfaites.

Scarlett témoigna d'une froideur égale à la sienne.

– Vous avez pensé à tout, on dirait. Supposez que je sois stérile ? Ou que vous ne puissiez avoir d'enfant ?

Fenton sourit.

– Les bâtards que j'ai dispersés dans toute l'Europe sont des preuves suffisantes de ma virilité pour que vos pauvres insultes ne m'atteignent pas. S'agissant de vous, il y a Cat.

Une expression de surprise passa sur son visage, et il fit demi-tour vers Scarlett, qui recula en le voyant approcher.

– Allons, Scarlett, pas de mélodrame. Ne vous ai-je pas dit que je ne rompais qu'avec mes maîtresses, pas avec mon épouse ? Je n'ai

aucun désir de vous toucher pour le moment. J'allais oublier le diadème, il faut que je le dépose dans un coffre en attendant le
mariage : c'est un trésor de famille. Envoyez-moi un mot de capitulation. Je vais à Dublin ouvrir ma demeure et faire mes préparatifs
pour la saison. Une lettre pourra toujours me trouver à Merrion
Square.

Il s'inclina devant elle avec l'art consommé d'un courtisan, et partit en riant.

Scarlett garda la tête bien droite, en une attitude pleine d'orgueil,
jusqu'à ce qu'elle entendît le bruit de la porte d'entrée derrière lui.
Elle courut fermer à clé celle de la bibliothèque et, loin des regards
des domestiques, se jeta sur l'épaisse carpette et sanglota avec violence. Comment avait-elle pu se tromper à ce point ? Comment
avait-elle pu se raconter qu'elle pourrait apprendre à aimer un
homme qui n'avait pas d'amour en lui ? Et qu'allait-elle faire, maintenant ? Elle ne cessait de penser à Cat, en haut des marches, coiffée
d'un diadème et riant de plaisir. Que devrait-elle faire ?

— Oh, Rhett, s'écria-t-elle d'une voix brisée, nous avons tant
besoin de toi !

CHAPITRE 87

Scarlett ne trahit rien de sa honte, mais elle s'en voulait farouche-ment du sentiment qu'elle avait éprouvé pour Luke Fenton. Quand elle était seule, elle en ranimait le souvenir, comme une blessure à demi guérie, dont la douleur la punirait.

Quelle sotte elle avait été d'imaginer une vie de famille heureuse, de construire un avenir sur ce petit déjeuner au cours duquel Cat avait partagé les œufs entre leurs assiettes! Et quelle suffisance risible que d'avoir cru qu'elle pourrait amener Luke à l'aimer. Si cela se savait, le monde entier en ferait des gorges chaudes.

Elle eut des fantasmes de revanche : elle dirait à toute l'Irlande qu'il lui avait demandé sa main, et qu'elle l'avait repoussé; elle écri-rait à Rhett et il viendrait tuer Fenton pour avoir traité sa fille de bâtarde; elle rirait au nez de Luke au pied de l'autel et lui dirait que jamais elle ne pourrait avoir d'autre enfant, qu'il s'était ridiculisé en l'épousant; elle l'inviterait à dîner et l'empoisonnerait.

La haine brûlait en son cœur. Scarlett l'étendit à tous les Anglais et, de nouveau, se jeta passionnément dans le soutien à la confrérie des *Fenians*.

— Mais, Scarlett chérie, lui dit Colum, je ne saurais quoi faire de votre argent. Pour le moment, il faut organiser l'action de la Ligue terrienne. Vous nous avez entendus en parler au Nouvel An, vous vous souvenez?

— Colum, reparlez-m'en, il doit y avoir quelque chose que je puisse faire pour vous aider.

Il n'y avait rien à faire. L'appartenance à la Ligue terrienne était limitée aux fermiers, et aucune action ne serait entreprise avant que les fermages arrivent à terme, au printemps. Sur chaque domaine, un paysan paierait, tous les autres refuseraient et, si le propriétaire les expulsait, ils s'en iraient tous vivre sur les terres dont le loyer avait été réglé.

Scarlett ne pouvait comprendre la raison de tout cela, il suffirait au propriétaire de louer à quelqu'un d'autre.

Ah que non, dit Colum, et c'est là que la Ligue entrait en scène. Elle contraindrait tout le monde à se tenir à distance ; sans exploitants, le propriétaire ne toucherait plus l'argent des loyers, et ses cultures seraient menacées puisque plus personne ne s'occuperait des champs fraîchement ensemencés. C'était une idée de génie, et il était désolé de ne pas l'avoir eue lui-même.

Scarlett se rendit chez ses cousins et les poussa à rejoindre la Ligue, promettant que, s'ils étaient expulsés, ils pourraient venir à Ballyhara.

Tous les O'Hara refusèrent, sans aucune exception.

Scarlett s'en plaignit amèrement à Colum.

– Scarlett chérie, ne vous rendez pas responsable de l'aveuglement des autres. Vous faites tout ce qu'il faut pour compenser leurs insuffisances. N'êtes-vous pas La O'Hara ? L'honneur de notre nom ? Ne savez-vous pas que dans chaque demeure de Ballyhara, et dans la moitié de celles de Trim, on garde des coupures de journaux consacrées à La O'Hara, l'étoile irlandaise qui brille sur le Château du vice-roi anglais ? Les gens les glissent dans leurs bibles, avec les textes des prières et les images des saints.

Le jour de la Sainte-Brigid, il tombait une légère pluie. Scarlett dit les prières rituelles assurant de bonnes récoltes avec une ferveur dont elle n'avait jamais fait preuve, et elle avait les larmes aux yeux en retournant la première motte, que le père Flynn aspergea d'eau bénite avant que le calice ne passe de main en main pour que chacun y boive. Les paysans quittèrent le champ sans bruit, tête baissée. Seul Dieu pourrait les sauver. Personne ne supporterait une année semblable à la précédente.

Scarlett rentra chez elle et ôta ses bottes boueuses. Puis elle invita Cat à boire un cacao dans sa chambre tandis qu'elle préparait l'expédition de ses bagages à Dublin. Dans moins d'une semaine elle serait partie. Elle n'en avait guère envie – Luke Fenton serait là-bas, et comment pourrait-elle l'affronter ? La tête haute : c'était le seul moyen. C'est ce qu'on attendait d'elle.

La seconde Saison dublinoise de Scarlett fut un triomphe encore plus éclatant que le premier. Des invitations l'attendaient au Shelbourne pour toutes les fêtes du Château, ainsi que pour cinq bals privés et deux soupers dans les appartements privés du vice-roi. Elle découvrit également, en ouvrant une enveloppe scellée, la marque de distinction la plus recherchée : sa voiture serait admise à pénétrer dans le château par une entrée particulière, à l'arrière de l'édifice. Plus question d'attendre des heures, bloquée dans Dame Street, tandis qu'on laissait les équipages s'engager dans la cour, à raison de quatre à la fois, pour qu'ils déposent les invités.

Des cartes réclamaient aussi sa présence à des soirées ou des dîners dans des maisons de particuliers. Ils avaient la réputation d'être bien plus distrayants que tout ce qui se passait au Château, où il y avait toujours des centaines de personnes. Scarlett eut un rire de gorge. Un orang-outang suffisamment bien dressé, elle ? Oh que non, et les piles d'invitations le prouvaient. Elle était La O'Hara de Ballyhara, irlandaise et fière de l'être. C'était une originale ! Que Luke Fenton soit ou non à Dublin n'avait aucune importance. Qu'il ricane tout son soûl. Elle pourrait le regarder en face sans ressentir honte ou peur, et tant pis pour lui.

Elle fit un tri parmi la pile, et son cœur eut un petit frisson d'excitation. Il était agréable d'être recherchée, de porter de jolies robes et de danser dans les beaux salons. La bonne société de Dublin était anglaise, et alors ? Elle en savait assez pour admettre que les sourires et les froncements de sourcils, les règles et leurs transgressions, les honneurs et les mises à l'écart, faisaient partie du même jeu. Cela n'avait aucune importance et, une fois sorti des salles de bal dorées, aucune influence sur le monde réel. Mais le but même d'un jeu, c'est d'y prendre part, et elle était bonne joueuse. Tout compte fait, elle était heureuse d'être venue à Dublin. Elle aimait gagner.

Scarlett apprit aussitôt que l'arrivée de Luke Fenton à Dublin avait fait naître une frénésie de spéculations.

— Ma chère, lui dit May Taplow, même à Londres on ne parle que de cela. Tout le monde sait que Fenton considère Dublin comme une bourgade provinciale de troisième ordre. Cela fait des siècles que sa demeure n'avait pas été ouverte ! Pourquoi diable est-il ici ?

— Je n'en ai pas la moindre idée, répondit Scarlett, en pensant à la tête que ferait May, si elle le lui disait.

Fenton semblait surgir partout où elle se trouvait. Elle lui témoignait une courtoisie un peu froide et feignait de ne pas remarquer la confiance en soi méprisante qu'on lisait dans les yeux de Luke. Une fois la première rencontre passée, elle ne frémit même plus de colère quand, par hasard, il lui arrivait de croiser son regard. Il n'avait plus le pouvoir de lui faire du tort.

Du moins plus en personne. Quand elle apercevait, de dos, un homme de grande taille, vêtu de velours ou de brocart, et qu'il se révélait que c'était Fenton, elle se sentait transpercée de souffrance : car Scarlett recherchait toujours Rhett dans chaque foule. Il était au Château l'année dernière, pourquoi pas cette année... ce soir... dans cette pièce ?

Mais c'était toujours Fenton. Il était partout où elle jetait les yeux, dans les paroles de tous ceux qui l'entouraient, dans les articles de tous les journaux. Au moins, elle pourrait le remercier de ne pas faire attention à elle ; car les ragots l'auraient poursuivie à son tour. Mais elle aurait préféré que le nom de Luke ne fût pas, tous les jours, sur toutes les lèvres.

Les rumeurs donnèrent peu à peu naissance à deux grandes théories : il avait préparé sa demeure pour une visite officieuse et discrète du Prince de Galles ; il était tombé sous le charme de Lady Sophia Dudley, dont tout le monde avait parlé lors de la saison londonienne, en mai, et qui connaissait le même triomphe à Dublin. Une histoire vieille comme le monde : un jeune homme jette sa gourme et résiste des années durant aux assauts des femmes, et puis voilà qu'à quarante ans il perd la tête et donne son cœur à une beauté pleine d'innocence.

Lady Sophia Dudley avait dix-sept ans, une chevelure dorée, couleur de blé mûr, des yeux aussi bleus qu'un ciel d'été, et un teint rose et blanc à faire oublier la porcelaine. C'est du moins ce que disaient les ballades qu'on écrivait sur elle, et qu'on vendait un penny à chaque coin de rue.

En fait, c'était une jeune fille très belle, et très timide, sous la coupe d'une mère fort ambitieuse, et qui rougissait, de façon charmante, devant toutes les attentions et les galanteries dont elle était l'objet. Scarlett la voyait souvent : le salon privé de Sophia était juste à côté du sien. S'il ne pouvait rivaliser avec son propre salon pour ce qui était des meubles, ou de la vue qu'on avait sur St. Stephen's Green, il l'éclipsait en revanche par le nombre de gens qui luttaient pour s'y faire admettre. Le salon de Scarlett n'était pas désert pour autant : une veuve riche, bien reçue partout, avec des yeux verts fascinants, serait toujours très recherchée.

Pourquoi devrais-je être surprise ? songea Scarlett. J'ai deux fois son âge, et j'ai eu ma part l'année dernière. Mais parfois elle avait peine à tenir sa langue quand on rapprochait le nom de Sophia de celui de Luke Fenton. Tout le monde savait qu'un duc avait déjà demandé sa main, mais convenait volontiers qu'il valait mieux qu'elle choisisse Fenton. Certes, un duc a la préséance sur un comte, mais celui de Kilmessan était quarante fois plus riche, et cent fois plus beau. Scarlett mourait d'envie de dire : « Et il serait à moi si je le voulais ! » De qui parleraient les ballades, alors ?

Elle se reprocha sa propre mesquinerie, se dit qu'elle était sotte de songer à la prédiction de Luke Fenton, selon laquelle elle serait oubliée au bout d'un an ou deux. Et elle s'efforça de ne pas s'inquiéter des petites rides qui entouraient ses yeux.

Scarlett rentra à Ballyhara pour y assurer ses obligations du dimanche, heureuse de pouvoir quitter Dublin. Les dernières semaines de la Saison paraissaient interminables.

Il était bon d'être chez soi, avec des préoccupations réelles, concrètes, comme la demande de Paddy O'Faolain afin d'avoir davantage de tourbe, plutôt que de s'interroger sur la robe à mettre pour la prochaine soirée. Et c'était le paradis que d'être à demi étranglée par les petits bras de Cat quand elle vous serrait farouchement contre elle.

Lorsque la dernière dispute eut été apaisée, la dernière demande accordée, Scarlett s'en alla prendre le thé avec Cat.

— Je t'ai gardé ta part, dit la fillette, la bouche déjà barbouillée du chocolat des éclairs rapportés de Dublin par sa mère.

— C'est drôle, Kitty Cat, mais je n'ai vraiment pas faim. Tu en veux encore ?

— Oui.

— Oui, merci.

— Oui, merci. Je peux les manger ?

— Vous pouvez, mademoiselle la cochonne.

Les éclairs disparurent avant que la tasse de Scarlett fût vide. Cat avait la passion des éclairs.

— Où irons-nous nous promener ? demanda Scarlett.

Cat répondit qu'elle aimerait aller voir Grainne.

— Elle t'aime bien, Maman. Elle m'aime beaucoup plus, mais elle t'aime beaucoup.

— Ce serait agréable, dit Scarlett.

Elle serait heureuse d'aller jusqu'à la tour. Cela lui procurait un sentiment de sérénité, et son cœur en manquait.

Scarlett ferma les yeux et posa la joue sur les vieilles pierres lisses pendant un long moment. Cat s'agitait.

Scarlett tira sur la longue échelle de corde pour la tester. Elle était sale et en bien mauvais état, mais paraissait encore assez solide. Pourtant, elle projeta de la remplacer par une neuve. Si elle se rompait et que Cat tombe... une telle pensée était insupportable. Elle souhaitait tant que sa fille l'invite là-haut, dans sa chambre. Elle tira de nouveau sur l'échelle de corde.

— Maman, Grainne va nous attendre. Nous avons fait beaucoup de bruit.

— Très bien, chérie, j'arrive.

La sorcière ne paraissait guère avoir changé, ni vieilli, depuis la première fois que Scarlett l'avait vue. Et j'irais même jusqu'à parier qu'elle portait déjà les mêmes châles, se dit-elle. Cat s'affairait dans la petite masure obscure, prenant des tasses sur les rayonnages, et ratissant la tourbe en un monticule de braises brûlantes pour la bouilloire. Elle se sentait tout à fait chez elle.

— Je vais remplir la bouilloire au ruisseau, dit-elle en l'emportant.

Grainne la suivit des yeux avec tendresse.

— Dara me rend souvent visite, dit-elle. C'est la gentillesse qu'elle offre à une âme solitaire. Je n'ai pas le cœur de la renvoyer, car elle en a le droit. La solitude comprend la solitude.

Scarlett se hérissa.

— Elle aime être seule, cela ne veut pas dire qu'elle doive vivre en solitaire. Je lui ai demandé plus d'une fois si elle voulait que des enfants viennent jouer avec elle, et elle répond toujours non.

— C'est une fillette très sage. Les autres ont essayé de la lapider, mais Dara est trop rapide pour eux.

Scarlett ne put en croire ses oreilles.

— Ils ont quoi ?

Les enfants de la ville, expliqua placidement Grainne, pourchassaient Dara dans les bois, comme un animal. Elle les avait pourtant entendus, bien avant qu'ils ne la rattrapent. Seuls les plus grands avaient pu l'approcher d'assez près pour lui jeter les pierres qu'ils avaient. Et uniquement parce qu'ils couraient plus vite sur des jambes plus fortes et plus longues. Elle avait pourtant su comment leur échapper. Ils n'auraient pas osé la pourchasser dans sa tour, elle leur fait peur, à cause du fantôme du jeune Lord pendu.

Scarlett était médusée. Sa précieuse Cat tourmentée par les enfants de Ballyhara ! Elle les fouetterait tous de ses propres mains, elle chasserait leurs parents et réduirait leurs meubles en fétus ! Elle se leva de sa chaise.

— Feras-tu peser sur cette enfant la ruine de Ballyhara ? demanda Grainne. Assieds-toi, femme. Les autres feraient de même. Ils ont peur de ce qui est différent d'eux, et ce qu'ils craignent, ils s'efforcent de le chasser.

Scarlett se laissa retomber sur sa chaise. Elle savait que la vieille avait raison. Elle-même était différente, et en avait plus d'une fois payé le prix. On lui avait jeté des pierres qui s'appelaient froideur, critiques, ostracisme. Mais elle avait tout assumé. Cat n'était qu'une petite fille innocente. Et elle était en danger !

— Je ne peux pas rester sans rien faire ! s'écria Scarlett. C'est intolérable ! Il faut que je les en empêche !

— Oh, on ne peut empêcher l'ignorance. Dara a trouvé sa voie, et cela suffit pour elle. Toutes ces histoires ne blessent pas son âme. Elle est en sûreté dans sa tour.

— Mais cela ne suffit pas. Supposez qu'une pierre l'atteigne ? Qu'elle soit blessée ? Pourquoi ne m'a-t-elle pas dit qu'elle était seule ? Je ne peux supporter l'idée qu'elle soit malheureuse.

— Écoute une vieille femme, La O'Hara. Écoute ton cœur. Il est une terre que les hommes ne connaissent que par les chansons du *seachain*. Elle s'appelle Tir Na nog, elle est sous les collines. Il y a des hommes, et des femmes, qui ont trouvé le chemin pour y pénétrer, et qu'on n'a jamais revus depuis. Tir Na nog ne connaît ni la mort, ni la décrépitude, ni le chagrin, ni la souffrance, ni la haine, ni la faim. Tous y vivent en paix les uns avec les autres, et l'abondance règne sans qu'il soit besoin de travailler.

« Tu vas me dire que c'est ce que tu veux donner à ta fille. Mais écoute bien : à Tir Na nog on ignore le chagrin, mais aussi la joie. Comprends-tu le sens de la chanson du *seachain* ?

Scarlett secoua la tête. Grainne soupira :

— Alors je ne peux apaiser ton cœur. Dara a plus de sagesse. Laisse-la être.

Comme si la vieille femme l'avait appelée, Cat fit son apparition à la porte. Elle ne songeait qu'à la lourde bouilloire remplie d'eau, et ne regarda ni Grainne ni sa mère. Toutes deux la suivirent des yeux en silence, tandis que la fillette, méthodiquement, déposait l'ustensile sur la crémaillère de fer, puis rassemblait d'autres braises en dessous.

Scarlett dut détourner la tête. Si elle continuait à contempler sa fille, elle savait qu'elle ne pourrait s'empêcher de saisir Cat dans ses bras et de la serrer très fort pour la protéger. Cat aurait horreur de cela. Il ne faut pas non plus que je crie, se dit Scarlett. Cela pourrait lui faire peur, et elle devinerait à quel point je suis effrayée.

— Regarde-moi, Maman !

Cat versait avec soin de l'eau fumante dans une vieille théière brune en porcelaine. Une douce odeur monta de la vapeur, et la fillette sourit.

— J'ai mis toutes les bonnes feuilles, Grainne, gloussa-t-elle, heureuse et fière.

Scarlett saisit le châle de la sorcière.

– Dites-moi que faire, supplia-t-elle.

– Il te faut faire ce qui t'est donné à faire. Dieu veillera sur Dara.

Je ne comprends rien à ce qu'elle dit, songea Scarlett. Mais sa terreur semblait, dieu sait comment, apaisée. Elle but le breuvage concocté par Cat dans la chaleur et le silence de la pièce obscure, aux parfums d'herbes médicinales, heureuse que sa fille eût un endroit où elle pût venir. Et la tour. Avant de retourner à Dublin, Scarlett donna des ordres pour que l'on confectionnât une échelle de corde neuve, plus solide que la précédente.

CHAPITRE 88

Cette année-là, Scarlett se rendit à Punchestown pour les courses. Elle avait été invitée à Bishopcourt, la résidence du comte de Clonmell, que chacun appelait Earlie. John Morland était du nombre des invités, pour sa plus grande joie – mais, à son grand effroi, Luke Fenton aussi.

Scarlett se précipita vers Morland dès qu'elle le put :

– Bart ! Comment allez-vous ? Vous êtes l'individu le plus casanier que je connaisse ! Je vous cherche tout le temps, mais vous n'êtes jamais nulle part.

Morland resplendissait de bonheur et faisait craquer joyeusement ses articulations :

– J'ai été occupé, Scarlett, la plus belle occupation qui soit ! J'ai une championne, j'en suis sûr, après toutes ces années !

Il avait déjà parlé ainsi. Bart adorait tant ses chevaux qu'il était toujours certain que chacun de ses poulains était le futur champion du Grand National. Scarlett eut envie de le serrer dans ses bras. Elle aurait adoré John Morland même s'il n'avait eu aucun lien avec Rhett.

– Je l'ai appelée Diana, pied léger, toutes sortes de noms comme cela, et puis John, parce que c'est mon prénom. Après tout, je suis quasiment son père, sauf du point de vue biologique. Cela donnait « Dijon » quand je mettais les mots bout à bout. De la moutarde, me suis-je dit ? Ça ne va pas. C'est trop français pour un cheval irlandais. Ensuite, pourtant, j'y ai réfléchi. Quelque chose de brûlant, poivré, si fort que les larmes vous viennent aux yeux... Ce n'est pas un mauvais profil. Un peu le genre « ôte-toi de là que je m'y mette. » Ce sera donc Dijon. Je vais faire fortune grâce à elle. Vous feriez mieux de parier cinq livres sur Dijon, Scarlett, c'est une championne.

– Dix, Bart, dix.

Scarlett s'efforçait de penser à un moyen de faire allusion à Rhett. Ce que disait John Morland ne la frappa pas dès l'abord.

– ... et je serai vraiment coulé si je me trompe. Mes fermiers suivent cette grève des fermages lancée par la Ligue. Cela me laisse sans argent pour l'avoine. Je me demande à présent comment j'ai pu avoir une aussi bonne opinion de John Parnell. Je n'aurais jamais cru qu'il finirait main dans la main avec ces barbares de *Fenians*.

Scarlett fut horrifiée : jamais elle n'aurait cru que la Ligue se tournerait contre quelqu'un comme Bart.

– Je ne peux y croire : qu'allez-vous faire ?

– Si elle gagne ici, même placée, je suppose que la course la plus importante serait Galway, et après cela, Phoenix Park, mais peut-être que je pourrais glisser une ou deux courses moins importantes en mai et en juin, afin qu'elle garde à l'esprit ce qu'on attend d'elle, pour ainsi dire.

– Non, non, Bart, je ne parle pas de Dijon. Qu'allez-vous faire à propos de la grève des loyers ?

Le visage de Morland se rembrunit.

– Je ne sais pas. Je n'ai que mes fermages. Je n'ai jamais expulsé personne, je n'y ai même jamais pensé. Mais maintenant que je suis pris à la gorge, je pourrais y être contraint. C'est une sacrée honte.

Scarlett songea à Ballyhara. Au moins, elle serait à l'abri des troubles. Elle avait suspendu le paiement de tous les fermages jusqu'à la moisson.

– Ah ! Scarlett, j'oubliais de vous en parler. J'ai d'excellentes nouvelles de notre vieil ami américain, Rhett Butler.

Le cœur de Scarlett bondit dans sa poitrine :

– Il vient ?

– Non. Je l'attendais. Je lui ai écrit, pour Dijon. Mais il a répondu qu'il ne pouvait venir. Il sera père en juin. Cette fois, ils ont pris toutes les précautions, son épouse est restée alitée pendant des mois, jusqu'à ce qu'il n'y ait plus de danger. Mais tout est parfait, maintenant. Il dit qu'elle est levée, et gaie comme un pinson. Lui aussi, bien sûr. De ma vie je n'ai vu un homme plus fier d'être père que Rhett.

Scarlett s'appuya à une chaise pour se soutenir. Tout ce qu'elle avait pu nourrir de rêveries irréalistes et d'espoirs secrets était désormais sans objet.

Earlie avait fait réserver pour ses invités toute une partie des tribunes. Scarlett s'y installa avec les autres, armée de jumelles d'opéra à monture de nacre. La piste était d'un vert brillant, le centre du long ovale apparaissait comme une masse colorée et mouvante. Les gens étaient debout dans des charrettes, sur les sièges et les toits de leurs voitures, ils marchaient seuls ou par groupes, ou restaient massés à l'intérieur de la piste.

Il se mit à pleuvoir, et Scarlett apprécia qu'il y eût un toit au-dessus de leurs têtes. Ceux qui disposaient d'un siège en dessous devenaient des privilégiés.

— Tant mieux, gloussa Bart. Dijon est sacrément bonne sur terrain lourd!

— Avez-vous envie de quelque chose, Scarlett? demanda une voix douce à son oreille.

C'était Luke Fenton.

— Je n'ai encore rien décidé, Luke.

Quand les cavaliers apparurent sur le terrain, Scarlett cria et applaudit avec les autres. Elle convint au moins vingt fois avec Bart que Dijon était la plus belle, on le voyait à l'œil nu. Pendant qu'elle parlait et souriait, pourtant, son esprit ne cessait de parcourir méthodiquement les options qui se présentaient, les réussites et les échecs de son existence. Il serait tout à fait déshonorant d'épouser Luke Fenton. Il voulait un enfant, et elle ne pouvait lui en donner. Sauf Cat, qui serait à l'abri. Personne ne demanderait jamais qui était son vrai père. Ou, plus exactement, on pourrait se le demander, mais cela n'aurait aucune importance. Elle serait, pour finir, La O'Hara de Ballyhara ET la comtesse de Kilmessan.

Quelle sorte d'honneur dois-je donc à Luke Fenton? Il n'en a aucun, pourquoi devrais-je croire qu'il y a droit à cause de moi?

Dijon gagna. John Morland était en pleine extase. Tout le monde se rassembla autour de lui, en hurlant et en lui tapant dans le dos.

Profitant de cet heureux tapage, Scarlett se tourna vers Luke Fenton :

— Dites à votre avocat de rencontrer le mien pour les contrats. J'ai choisi fin septembre comme date de mariage. Après les moissons.

— Colum, dit Scarlett, je vais épouser le comte de Kilmessan.

Il rit :

— Et moi je ferai de Lilith mon épouse! Ce sera une sacrée fête, avec toutes les légions de Satan invitées à la noce!

— Colum, je ne plaisante pas.

Le rire de Colum s'arrêta net, comme tranché au rasoir, et il fixa le visage pâle et résolu de Scarlett :

— Je ne le permettrai pas! Cet homme est un démon — et un Anglais!

Les joues de Scarlett se marbrèrent de rouge.

— Vous... ne... *permettrez pas* ? dit-elle avec lenteur, vous ne permettrez pas ? Colum, pour qui vous prenez-vous ? Pour Dieu ?

Elle marcha vers lui, les yeux pleins de flamme, et le regarda de près.

— Écoutez-moi bien, Colum O'Hara. Ni vous, ni qui que ce soit sur terre ne peut me parler de cette façon. Je ne le permettrai pas!

Il lui rendit son regard, leur colère était égale, et ils demeurèrent face à face, immobiles et tendus, pendant ce qui parut durer une éternité. Puis Colum inclina la tête et sourit.

— Ah! Scarlett chérie, c'est bien là le tempérament des O'Hara, qui nous met dans la bouche des mots que nous ne pensons pas. Je vous supplie de me pardonner. Maintenant, parlons sérieusement.

Scarlett recula.

— Colum, dit-elle tristement, ne me charmez pas, je n'y crois pas. Je suis venue parler à mon meilleur ami, et il n'est pas là – peut-être ne l'a-t-il jamais été.

— Non, non, Scarlett chérie, non!

Elle eut un haussement d'épaules rapide et abattu.

— Cela n'a pas d'importance. J'ai pris ma décision. En septembre, j'épouse Luke Fenton, et je m'installe à Londres.

— Scarlett O'Hara, dit Colum d'une voix dure comme l'acier, vous êtes la honte de votre famille.

— Mensonge, répondit-elle avec lassitude. Allez dire cela à Daniel, enterré dans une terre O'Hara perdue depuis des siècles. Ou à vos chers *Fenians*, qui se sont tant servis de moi. Ne vous inquiétez pas, Colum, je n'ai pas l'intention de vous abandonner. Ballyhara restera telle qu'elle est, avec l'auberge pour les hommes en fuite, et les pubs où vous pourrez tous dire du mal des Anglais. Je ferai de vous mon intendant, et Mme Fitz veillera sur la Grande Maison, comme avant. C'est de cela que vous vous souciez, en fait, et pas de moi.

— Non! s'écria Colum. Oh, Scarlett, comme vous vous trompez! Vous faites ma joie et mon orgueil, et Katie Colum tient mon cœur dans ses petites mains. C'est simplement que l'Irlande est mon âme et doit passer en premier.

Il tendit les mains, suppliant :

— Dites que vous me croyez, car je vous dis la vérité!

Scarlett s'efforça de sourire.

— Je vous crois. Et il faudra bien que vous me croyiez aussi. La sorcière a dit : « Tu feras ce qui t'est donné à faire. » C'est ce que je fais de ma vie, Colum, et c'est ce que vous faites de la vôtre.

Scarlett rentra à la Grande Maison d'un pas traînant. C'était comme si la lourdeur de son cœur s'était communiquée à ses pieds. La scène avec Colum l'avait marquée. Elle était allée le voir de préférence à tout autre, cherchant un peu de compréhension et de compassion, espérant, contre tout espoir, qu'il pourrait lui indiquer un moyen de quitter le chemin qu'elle avait choisi. Il lui avait fait défaut, et elle se sentait très seule. Scarlett redoutait de devoir annoncer à Cat qu'elle allait se marier, qu'elles devraient quitter les bois de Ballyhara que la fillette aimait tant, et la tour qui était son domaine.

La réaction de Cat la réconforta :

– J'aime les grandes villes, dit-elle, il y a des zoos.

Je fais ce qui est juste, se dit Scarlett. Maintenant, je le sais sans l'ombre d'un doute. Elle commanda à Dublin des livres d'images sur Londres, et écrivit à Mme Sims pour lui demander un rendez-vous. Elle avait une robe de mariée à commander.

Quelques jours plus tard arriva un messager de Fenton, porteur d'une lettre et d'un paquet. Le comte annonçait qu'il serait en Angleterre jusqu'à la semaine précédant la cérémonie. L'annonce n'en serait pas faite avant la fin de la saison londonienne. Et Scarlett devrait commander une robe qui irait avec les bijoux que portait le messager. Elle aurait trois mois à elle! Personne ne l'accablerait de questions ou d'invitations avant que la nouvelle de son mariage ait été rendue publique.

A l'intérieur du paquet, elle trouva un écrin de cuir rouge brun, carré et plat, doré à l'or fin. Le couvercle à charnières se souleva, et Scarlett resta bouche bée, l'écrin était doublé de velours gris rembourré, et compartimenté de façon à accueillir un collier, deux bracelets et une paire de boucles d'oreilles.

Les montures d'or, très vieux, très lourd, avec un fini un peu terne, presque semblable au bronze, enserraient des rubis en forme d'œufs de pigeon, assortis, chacun aussi gros que l'ongle de son pouce. Les boucles d'oreilles étaient des gouttes de rubis sur un support de forme compliquée. Chaque bracelet s'ornait d'une douzaine de pierres précieuses, et le collier était composé de deux rangées de pierres liées par d'épaisses chaînes. Pour la première fois, Scarlett comprit qu'il y avait bijoux et bijoux. Ceux-ci étaient trop exceptionnels, trop précieux. Pas de doute, c'étaient des joyaux. Ses doigts tremblaient quand elle fixa les bracelets à ses poignets. Elle ne put procéder de même pour le collier, et dut sonner pour appeler Peggy Quinn. Scarlett poussa un grand soupir en se voyant dans le miroir.

Sa peau ressemblait à de l'albâtre, tant la sombre richesse des rubis la mettait en valeur. Sa chevelure paraissait plus sombre, plus lustrée. Elle tenta de se rappeler à quoi ressemblait le diadème. Lui aussi était serti de rubis. Elle aurait l'air d'une vraie souveraine quand elle serait présentée à la reine. Ses yeux verts se plissèrent. Londres serait un défi autrement plus important que Dublin. Elle pourrait même apprendre à beaucoup aimer la ville.

Peggy Quinn ne perdit pas de temps pour annoncer la nouvelle aux autres domestiques, ainsi qu'à la famille qu'elle avait à Ballyhara. Les magnifiques bijoux, la robe bordée d'hermine, tous ces cafés servis le matin, pendant des semaines, ne pouvaient signifier qu'une chose : La O'Hara allait épouser le comte de Kilmessan, cet ignoble débauché.

Et que deviendrons-nous ? La question se répandit d'un âtre à l'autre comme un feu de brousse.

En avril, Scarlett et Cat s'en allèrent à cheval à travers les champs de blé. L'enfant plissa le nez en humant la forte odeur du fumier fraîchement répandu. Les écuries et les granges n'empestaient jamais de cette façon ; elles étaient nettoyées tous les jours. Scarlett se moqua d'elle :

— Cat O'Hara, ne fais jamais la grimace devant un champ fumé. C'est un vrai parfum, pour un paysan, et tu as du sang de paysan dans les veines. Je ne veux pas que tu l'oublies, jamais.

Elle contempla avec orgueil les terrains labourés et ensemencés. C'est à moi. J'ai ramené cette terre à la vie. Elle savait que, quand elles s'installeraient à Londres, cette partie de son existence lui manquerait plus que tout. Mais elle aurait toujours ses souvenirs, et une satisfaction. Au fond d'elle-même, elle serait à jamais La O'Hara. Et un jour Cat pourrait revenir, quand elle serait grande et capable de se défendre.

— N'oublie jamais, jamais, d'où tu viens, dit-elle à sa fille, et sois-en fière.

Scarlett mit Mme Sims en garde :

— Il vous faudra promettre sur une pile de bibles de ne rien dire à personne !

La couturière la plus en vue de Dublin lui jeta son regard le plus glacial :

— Personne n'a jamais eu motif à douter de ma discrétion, madame O'Hara.

— Madame Sims. Je vais me marier, et je veux que vous vous chargiez de ma robe.

Elle plaça l'écrin à bijoux devant elle et l'ouvrit.

— Je les porterai avec.

Mme Sims écarquilla les yeux. Scarlett se sentit remboursée des heures de torture qu'elle avait endurées lors des essayages tyranniques chez la couturière – celle-ci avait dû perdre dix ans de sa vie sous le choc.

— Madame O'Hara, suis-je en droit de penser que vous porterez de l'hermine en même temps?

— Bien sûr.

— Alors, il n'y a qu'une robe possible. Velours de soie blanche avec garnitures de dentelle, celle de Galway serait le mieux. De quel temps disposerai-je? Il faut faire faire la dentelle, puis la coudre sur le velours, autour de chaque pétale de chaque fleur. Cela prendra du temps.

— Cinq mois vous suffiront?

Les mains manucurées de Mme Sims ébouriffèrent sa chevelure coiffée avec soin.

— C'est si court... laissez-moi réfléchir... si je me trouve deux couturières supplémentaires... si les nonnes ne font que cela... jamais on n'aura autant parlé d'un mariage en Irlande ou en Grande-Bretagne... Il faut que ce soit fait, peu importe.

Elle se rendit compte qu'elle parlait toute seule, et posa sa main sur sa bouche. Trop tard.

Scarlett eut pitié d'elle. Elle se leva et lui tendit la main.

— Madame Sims, je laisse la robe à vos soins. J'ai toute confiance en vous. Faites-moi savoir quand vous aurez besoin de moi à Dublin pour le premier essayage.

Mme Sims prit sa main et la serra très fort.

— Oh, madame O'Hara, c'est moi qui viendrai vous voir. Et je serais ravie si vous m'appeliez Daisy.

Dans le comté de Meath, le temps ensoleillé n'enchantait personne. Les paysans redoutaient une année comparable à la précédente. A Ballyhara, ils secouaient la tête en prédisant le pire. Molly Keenan n'avait-elle pas vu l'elfe venir de la masure de la sorcière? Et Paddy Conroy aussi, encore qu'il ait refusé de dire, hors du confessionnal, ce que lui-même faisait là-bas. On racontait aussi qu'on entendait des cris de hiboux en plein jour au-dessus de Pike Corner, et que le veau de Mme MacGruder était mort dans la nuit, sans raison aucune. La pluie, quand elle tomba le lendemain, ne mit pas un terme aux rumeurs.

En mai, Colum accompagna Scarlett à la foire de Drogheda. Le blé venait bien, la prairie pourrait bientôt être fauchée, les rangs de pommes de terre étaient d'un vert vif, signe d'un feuillage sain. Tous deux étaient peu bavards, chacun étant préoccupé par des soucis personnels. Colum songeait au renfort de troupes, milice et gendarmerie, dans le comté. Ses informateurs lui avaient appris qu'un régiment entier allait venir s'installer à Navan. La Ligue terrienne faisait du bon travail, il serait le dernier à nier que la réduction des fermages était un bien. Mais les grèves avaient excité les propriétaires. Les expulsions se déroulaient désormais sans notification préalable, et le chaume brûlait avant que les gens aient le temps de sortir leurs meubles de la maison. On disait que deux enfants étaient morts de cette façon. Le lendemain, deux soldats avaient été blessés. Trois *Fenians*, dont Jim Daly, avaient été arrêtés à Mullingar. Il avait été inculpé d'incitation à la violence, bien qu'il ait passé toute la semaine derrière le comptoir de son pub, de jour comme de nuit.

Scarlett ne se souvenait de la foire que pour une seule raison. Rhett y avait assisté en compagnie de John Morland. Elle s'abstint même de jeter les yeux en direction des chevaux; quand Colum suggéra qu'ils se promènent un peu pour goûter l'événement, c'est en criant presque qu'elle répondit non, et ajouta qu'elle voulait rentrer. Depuis qu'elle lui avait dit qu'elle allait épouser Luke Fenton, il y avait entre eux une certaine distance. Il ne disait rien de désagréable, mais c'était inutile. Colère et accusations brillaient dans ses yeux.

C'était la même chose avec Mme Fitz. De toute manière pour qui se prenaient-ils, pour la juger de cette façon ? Que savaient-ils de ses chagrins et de ses craintes ? Ne suffisait-il pas qu'ils aient Ballyhara à eux, une fois qu'elle serait partie ? C'était tout ce qu'ils voulaient, ce qu'ils avaient toujours voulu. Non, ce n'était pas juste. Colum était un frère ou presque, et Mme Fitz son amie. Raison de plus pour lui témoigner un peu de sympathie. C'était injuste. Scarlett se heurtait à la désapprobation générale, elle la lisait même sur les visages des commerçants de Ballyhara quand elle faisait l'effort de trouver quelque chose à leur acheter pendant les mois difficiles qui précédaient la moisson. Ne sois pas sotte, se dit-elle, tu imagines des choses parce tu n'es pas sûre toi-même de ce que tu vas décider. C'est pourtant le bon choix, pour Cat comme pour moi. Et ce que je compte faire ne regarde personne. Elle se montrait irritable envers tout le monde, sa fille exceptée, et elle la voyait rarement. Une fois, Scarlett avait même grimpé à l'échelle de corde neuve, mais s'était arrêtée à mi-chemin. Je suis adulte, je ne peux aller sangloter auprès d'une petite fille pour qu'elle me réconforte. Elle travailla dans les champs jour après jour, heureuse d'être occupée, heureuse des courbatures qui alourdissaient ses bras et ses jambes, une fois la tâche terminée. Et surtout de l'abondante récolte. Sa crainte d'une autre mauvaise moisson la quitta peu à peu.

La nuit de la Saint-Jean, le 24 juin, effaça les derniers nuages. Le feu de joie fut le plus grand qu'on ait jamais vu, et la musique et la danse apaisèrent ses nerfs tendus et lui remontèrent le moral. Quand le toast porté à La O'Hara retentit par-dessus les champs de Bally-hara, Scarlett se sentit en harmonie avec le monde.

Et pourtant, elle était un peu peinée à l'idée d'avoir refusé toutes les invitations pour l'été. Il le fallait, elle craignait de quitter Cat. Mais elle était seule, et elle avait trop de temps libre pour réfléchir et s'inquiéter. Elle fut presque heureuse de recevoir un télégramme envoyé par une Mme Sims proche de l'hystérie : la couturière se plaignait que la dentelle ne fût pas encore arrivée du couvent de Galway, et de n'avoir eu aucune réponse à ses lettres et à ses télégrammes.

Scarlett souriait en conduisant son coupé vers la gare de Trim. Elle avait une certaine expérience des affrontements avec les mères supérieures, et elle était heureuse d'avoir un bon motif de bataille.

CHAPITRE 89

Le matin, elle eut juste le temps de se précipiter chez Mme Sims, de la calmer, de se faire indiquer les longueurs de tissu et le type de dentelle nécessaires, et de courir jusqu'à la gare. Installée confortablement dans le train de Galway, Scarlett ouvrit le journal.

Mon Dieu, ça y est. L'*Irish Times* annonçait le mariage en première page. Scarlett jeta aux autres passagers du compartiment un regard rapide, pour voir si l'un d'eux lisait le quotidien. Un amateur de sport vêtu de tweed était plongé dans une revue sportive, une mère et son fils, joliment habillé, jouaient aux cartes. Elle se replongea dans sa lecture. Le *Times* avait ajouté de nombreux commentaires à l'annonce officielle. Scarlett sourit en lisant que « La O'Hara de Ballyhara , superbe ornement des cercles les plus intimes de la société du vice-roi », était une « cavalière aussi exquise qu'impétueuse ».

Elle n'avait emporté qu'une seule valise pour son séjour à Dublin et Galway, aussi n'eut-elle besoin que d'un porteur pour l'accompagner, de la gare, jusqu'à un hôtel voisin.

La réception était noire de monde.

— Que se passe-t-il donc? demanda Scarlett.

— Les courses! dit le porteur. J'espère que vous n'avez pas commis l'erreur de venir à Galway sans y avoir pensé? Sinon vous ne trouverez pas de chambre.

Impertinent! songea Scarlett, tu vas voir ton pourboire!

— Attendez-moi ici.

Elle se dirigea jusqu'au bureau.

— Je désirerais parler au gérant.

Un employé harassé la regarda de bas en haut, dit : « Bien sûr, madame, un instant », puis disparut derrière un écran de verre gravé, avant de revenir avec un homme au crâne dégarni, en habit noir et pantalon rayé.

– Auriez-vous à vous plaindre, madame ? J'ai peur que le service de l'hôtel ne devienne, comment dire, moins impeccable au moment des courses. Quel que soit le problème...

Scarlett l'interrompit :

– Je me souviens que le service était sans défaut, dit-elle avec un sourire triomphant. C'est bien pourquoi j'aimerais loger au Railway. J'ai besoin d'une chambre pour ce soir. Je suis Mme O'Hara de Ballyhara.

L'onction du gérant s'évapora comme la rosée au mois d'août.

– Une chambre pour ce soir ? Il est impossible de...

L'employé tira sur sa manche. L'autre le regarda d'un air furieux, mais son adjoint lui murmura quelques mots à l'oreille, en désignant du doigt l'*Irish Times* posé sur le bureau.

Le gérant s'inclina devant Scarlett avec un sourire, tout frémissant d'un vif désir de la satisfaire :

– Madame O'Hara, c'est un tel honneur pour nous. Je pense que vous accepterez une suite très particulière, la meilleure de Galway, en tant qu'invitée de la direction. Avez-vous des bagages ? Un homme se chargera de les monter.

Scarlett eut un geste en direction du porteur. Épouser un comte n'était pas sans avantages.

– Faites déposer cela dans ma chambre. Je reviendrai plus tard.

– Tout de suite, madame O'Hara.

En vérité, Scarlett ne comptait pas vraiment faire usage des chambres en question. Elle espérait être en mesure de prendre le train pour Dublin dans l'après-midi – peut-être en début d'après-midi –, ce qui lui laisserait le temps d'entreprendre le voyage qui la ramènerait à Trim. Dieu merci, il fait jour très tard. Si nécessaire, j'aurai jusqu'à dix heures ce soir. Maintenant, voyons si les religieuses sont aussi impressionnées par Luke Fenton que le gérant de l'hôtel. Dommage qu'il soit protestant. Je crois que je n'aurais pas dû demander à Daisy Sims de garder le secret. Scarlett franchit la porte, et se dirigea vers la place.

Pouah, quelle route malodorante ! Il a dû pleuvoir sur leurs tweeds quand ils étaient aux courses. Scarlett se glissa entre deux hommes aux visages rouges, qui gesticulaient. Elle heurta tête la première Sir John Morland, et faillit bien ne pas le reconnaître. Il avait l'air mal en point. Son visage, d'ordinaire rougeaud, avait perdu toute couleur, et ses yeux chauds, si vifs, paraissaient éteints.

– Bart, très cher ! Vous allez bien ?

Il semblait avoir du mal à la regarder.

– Oh, Scarlett, je suis désolé. Je ne suis pas vraiment dans mon état normal. J'ai bu un coup de trop.

A cette heure de la journée ? Il ne ressemblait guère à John Morland de trop boire, et certainement pas avant le déjeuner. Elle agrippa fermement son bras :

– Venez, Bart. Vous allez prendre le café avec moi, puis vous mangerez un morceau.

Elle le conduisit jusqu'à la salle à manger de l'hôtel. Morland marchait d'un pas mal assuré. Je crois que finalement j'aurai besoin de ma suite, se dit-elle, mais secourir Bart est bien plus important que de s'occuper de je ne sais quelle dentelle. Qu'est-ce qui a bien pu lui arriver ?

Elle le découvrit à l'issue de nombreuses tasses de café, quand John Morland fondit en larmes.

– Scarlett, ils ont brûlé mes écuries, brûlé mes écuries! J'avais emmené Dijon à une course à Balbriggan. Rien d'important, je pensais simplement qu'elle aimerait courir dans le sable, et, quand nous sommes rentrés, les écuries n'étaient plus que des ruines noircies. Mon Dieu, l'odeur! Mon Dieu! J'entends les chevaux hennir dans mes rêves, et dans ma tête, même quand je ne dors pas.

Scarlett suffoquait. Elle posa sa tasse. C'était impossible. Personne ne ferait quelque chose d'aussi horrible. Ce devait être un accident.

– C'étaient mes fermiers. A cause des fermages, voyez-vous ? Comment peuvent-ils me haïr à ce point ? J'ai toujours essayé d'être un bon propriétaire. Pourquoi n'ont-ils pas brûlé la maison ? C'est ce qu'ils ont fait chez Edmund Barrows. Ils auraient même pu me brûler avec, cela m'aurait été égal, du moment qu'ils épargnaient les chevaux. Scarlett, au nom du Christ! Qu'est-ce que mes pauvres bêtes leur avaient fait ?

Elle ne trouva rien à répondre. Le cœur de Bart était dans ses écuries... Mais voyons, il était parti avec Dijon, son orgueil, sa joie.

– Bart, vous avez Dijon. Vous pouvez recommencer et la faire procréer. C'est une bête si merveilleuse, la plus belle que j'aie jamais vue. Vous pourrez disposer des écuries de Ballyhara. Vous vous souvenez, nous m'aviez dit qu'elles ressemblaient à une cathédrale ? Nous installerons un orgue. Vous élèverez vos poulains au son de Bach. Bart, vous ne pouvez laisser les événements triompher de vous, vous devez aller de l'avant. Je le sais, j'ai moi-même déjà touché le fond. Vous ne pouvez pas renoncer.

Les yeux de John Morland ressemblaient à des braises refroidies.

– Je prends le bateau ce soir à huit heures à destination de l'Angleterre. Jamais plus je ne veux revoir d'Irlandais, entendre leur voix. J'ai mis Dijon en lieu sûr pendant que je vendais. Elle prend part au « réclamer » cet après-midi, et quand ce sera fini, nous dirons adieu à l'Irlande, moi du moins.

Son regard tragique avait retrouvé un peu de fermeté. Ses yeux étaient secs. Scarlett souhaita presque qu'il se remît à pleurer. Au moins il ressentirait quelque chose. En ce moment, il paraissait ne plus pouvoir jamais éprouver quoi que ce soit. Il avait l'air d'être mort.

Puis elle fut le témoin d'une transformation à vue. Sir John Morland, baronnet, revint à la vie par un effort de volonté. Ses épaules se redressèrent, il eut un petit sourire, il y avait même comme un rire dans ses yeux.

— Pauvre Scarlett, j'ai peur de vous avoir mise à rude épreuve. C'était répugnant de ma part. Pardonnez-moi, je tiendrai bon. Il le faut. Finissez votre café, soyez gentille et venez aux courses avec moi. Je parierai cinq livres sur Dijon en votre nom, et vous pourrez vous offrir le champagne quand elle aura montré ses sabots aux autres.

Scarlett avait rarement éprouvé autant de respect pour quelqu'un que pour John Morland, en ce moment même. Elle lui rendit son sourire.

— J'ajouterai cinq livres aux vôtres, Bart, et nous nous offrirons aussi du caviar. Marché conclu ?

Elle cracha dans sa paume et la lui tendit. Il fit de même, topa, et sourit.

— Vous êtes bien brave ! dit-il.

Sur le chemin du champ de courses, Scarlett tenta de fouiller dans sa mémoire et de retrouver ce qu'elle avait entendu dire sur les courses « à réclamer ». Tous les chevaux qui y prenaient part étaient à vendre, et leur prix fixé par les propriétaires eux-mêmes. A la fin d'une course, n'importe qui pouvait « réclamer » l'une des bêtes, et son possesseur était contraint de la vendre au prix qu'il avait déterminé. Pas question de marchander, contrairement à ce qui se passait lors des autres ventes de chevaux d'Irlande. Ceux que personne n'avait « réclamés » devaient être rachetés par leurs propriétaires.

Scarlett se refusait à croire qu'ils puissent être négociés avant le début de la course, quelles que soient les règles. Quand ils arrivèrent au champ de courses, elle demanda à Bart quel était le numéro de son box, et expliqua qu'elle voulait s'arranger un peu.

Dès qu'il fut parti, elle dénicha un commissaire et se fit indiquer le bureau des fonctionnaires responsables de la course à réclamer. Elle espérait que Bart avait fixé un prix très élevé pour Dijon. Elle avait l'intention de la racheter, et de la lui faire parvenir plus tard, quand il serait installé en Angleterre.

– Comment cela, Dijon a déjà été réclamée ? Ce n'est pas censé se produire avant la fin de la course !

L'employé en chapeau haut de forme prit bien soin de ne pas sourire.

– Madame, vous n'êtes pas la seule à avoir fait preuve de prévoyance. Ce doit être un trait typiquement américain. Celui qui vous a précédée venait lui aussi d'Amérique.

– Je double la mise.

– C'est impossible, madame O'Hara.

– Et si j'avais racheté Dijon au baronnet avant le début de la course ?

– Impossible.

Scarlett se sentit au désespoir. Il lui fallait récupérer ce cheval pour Bart.

– Pourrais-je faire une suggestion ? dit l'homme.

– Mais certainement. Que puis-je faire ? C'est vraiment très important.

– Vous pourriez demander au nouveau propriétaire s'il a l'intention de vendre.

– Oui. C'est ce que je vais faire.

Au besoin, elle lui verserait une rançon de roi. Américain, avait dit l'autre. Bien. On sait ce que l'argent veut dire, en Amérique.

– Pourriez-vous me dire où le trouver ?

L'homme en chapeau haut de forme consulta une feuille de papier.

– Il s'est inscrit au Jury's Hotel. Son nom est Butler.

Scarlett s'apprêtait déjà à faire demi-tour ; elle trébucha, reprit son équilibre à grand-peine, et dit d'une voix bizarrement frêle :

– Est-ce que par hasard ce ne serait pas M. Rhett Butler ?

Une éternité s'écoula avant que les yeux de l'homme ne se reposent sur la feuille de papier, qu'il lise et dise :

– Oui, c'est bien ce nom-là.

Rhett ! Ici ! Bart avait dû l'informer de ce qui était arrivé aux écuries, lui dire qu'il vendait, lui parler de Dijon. Il doit être en train de faire ce que je m'apprêtais à faire moi-même. Il est venu d'Amérique rien que pour aider un ami.

Ou bien pour s'assurer un vainqueur aux prochaines courses de Charleston. Cela n'a aucune importance. Et même le pauvre cher Bart ne compte pas, que Dieu me pardonne. Je vais voir Rhett. Scarlett se rendit compte qu'elle courait, courait, courait, repoussant les gens sans prendre le temps de s'excuser. Au diable la foule et tout le reste ! Rhett n'était qu'à quelques centaines de mètres de là.

– Box huit, demanda-t-elle, tout essoufflée, à un commissaire.

Il eut un geste vague. Scarlett se contraignit à respirer avec lenteur jusqu'à ce qu'elle estimât avoir retrouvé son apparence normale. Après tout, personne ne pourrait voir son cœur battre à toute allure, non ? Elle grimpa les deux marches menant au box orné de chapeaux. Sur le grand ovale, douze jockeys aux casaques de couleurs vives cravachaient leurs montures en direction de l'arrivée. Tout autour de Scarlett, les gens criaient et lançaient des encouragements. Elle n'entendait rien. Rhett suivait la course avec des jumelles. Même à trois mètres, elle sentit son odeur de whisky. Il chancelait sur ses jambes. Ivre ? Pas Rhett. Il tenait très bien l'alcool. La catastrophe qui avait frappé Bart l'avait-elle ébranlé à ce point ?

Regarde-moi, supplia-t-elle en silence. Pose ces jumelles et regarde-moi. Dis mon nom. Laisse-moi regarder tes yeux. Laisse-moi y lire une pensée pour moi. Tu m'as aimée, autrefois.

Des vivats et des grognements marquèrent la fin de l'épreuve. Rhett abaissa ses jumelles d'une main qui tremblait.

— Bart, bon sang, c'est la quatrième fois de suite que je perds ! dit-il en riant.

— Bonjour, Rhett, dit Scarlett.

Il sursauta, et elle vit ses yeux. On n'y lisait rien d'autre que de la colère.

— Oh, bonjour, comtesse.

Il l'examina des pieds à la tête – de ses bottines de chevreau à son chapeau à plume d'aigrette.

— Vous avez l'air bien... coûteuse, on dirait !

Il se tourna brusquement vers John Morland :

— Bart, vous auriez dû me prévenir, je serais resté au bar. Laissez-moi passer.

Il repoussa Morland, qu'il fit chanceler, et sortit du box du côté opposé à celui où se trouvait Scarlett.

John Morland s'en vint lui taper gauchement sur l'épaule.

— Scarlett, je m'excuse pour Rhett. Il a trop bu. Cela fait déjà deux ivrognes pour vous aujourd'hui. Ce ne doit pas être très drôle pour vous.

« Pas très drôle », c'est bien ce qu'il avait dit ? « Pas très drôle » d'être piétinée ? Je ne demandais pas grand-chose. Qu'il dise bonjour, qu'il prononce mon nom. Qu'est-ce qui donne à Rhett le droit de se montrer si insultant ? Je ne peux donc pas me remarier après qu'il m'a rejetée ? Qu'il soit maudit. Qu'il aille au diable ! Pourquoi donc est-il bel et bon qu'il divorce pour épouser une fille de Charleston comme il faut, pour avoir avec elle des bébés comme il faut, qui deviendront des citoyens charlestoniens comme il faut, alors qu'il serait dégradant que je me remarie pour donner à sa fille tout ce qu'il aurait dû lui donner lui-même ?

– J'espère qu'il tombera et se brisera le cou! lança-t-elle à Bart Morland.

– Scarlett, ne soyez pas trop dure avec Rhett. Il a vécu une véritable tragédie au printemps dernier. J'ai honte d'être aussi accablé pour mes écuries alors que des gens comme Rhett ont de tels problèmes. Je vous ai dit, pour le bébé, non? Il s'est passé quelque chose d'abominable. Sa femme est morte en le mettant au monde, et l'enfant n'a vécu que quatre jours.

– Comment? Comment? Répétez-moi cela.

Elle lui secoua le bras avec une telle férocité que Morland en perdit son chapeau. Il la regarda avec une stupeur perplexe, proche de la peur: il y avait en elle quelque chose de sauvage qu'il n'avait jamais vu. Il répéta donc que la femme et l'enfant de Rhett étaient morts.

– Où est-il allé? s'écria Scarlett. Bart, vous devez le savoir, vous devez bien avoir une idée! Où Rhett a-t-il bien pu se rendre?

– Je l'ignore, Scarlett. Le bar, son hôtel, un pub... n'importe où.

– Il part avec vous en Angleterre ce soir?

– Non. Il m'a dit qu'il voulait voir des amis. C'est vraiment quelqu'un d'étonnant, il a des amis partout. Saviez-vous qu'il a pris part à un safari en compagnie du vice-roi? Je ne sais plus quel maharadjah les avait invités. Je dois dire que je suis surpris de le voir ivre à ce point. Je ne me souviens même pas qu'il ait bu avec moi. Hier soir, il m'a ramené à mon hôtel, et m'a mis au lit. Il était en grande forme, c'était un bras sur lequel m'appuyer. Je comptais sur lui, en fait, pour m'aider à passer la journée. Mais quand je suis descendu, ce matin, le portier m'a dit que, pendant qu'il m'attendait, Rhett avait demandé le journal et du café, puis qu'il était parti brusquement sans même régler sa consommation. Je suis allé au bar l'attendre... Scarlett, qu'est-ce qui se passe? J'ai vraiment du mal à vous suivre, aujourd'hui. Pourquoi pleurez-vous? J'ai dit quelque chose de mal?

Les yeux de Scarlett étaient baignés de larmes.

– Oh, non, non, non, mon cher, cher John Morland. Vous n'avez rien dit de mal. Il m'aime. Il m'aime! C'est la chose la plus merveilleuse que j'aie jamais entendue!

Rhett est venu pour moi. C'est pour cela qu'il est en Irlande. Pas pour la jument de Bart: il aurait pu l'acheter à distance, et le reste avec. Il est venu pour moi dès qu'il a été libre. Luke Fenton ne lui fait pas peur. Il doit me désirer autant que je le désire. Il faut que je rentre. Je ne sais pas où le trouver, mais lui le peut. Les titres, l'hermine et les diadèmes n'impressionnent pas Rhett Butler. C'est moi qu'il veut, et il est venu me chercher. Je savais qu'il m'aimait, et j'avais raison dès le début. Je sais qu'il viendra à Ballyhara. Il faut que j'y sois quand il arrivera.

– Au revoir, Bart. Il faut que je m en aille.

– Vous ne voulez pas voir Dijon gagner ? Et nos cinq livres ?

John Morland secoua la tête. Elle était déjà partie. Ah, les Américains ! Des gens fascinants, mais jamais il ne les comprendrait.

Elle manqua le train de Dublin de dix minutes à peine, et le suivant ne partait qu'à quatre heures. Scarlett se mordit les lèvres.

– A quelle heure est le prochain train pour l'est – peu importe pour où ?

L'homme derrière la grille de cuivre était d'une lenteur à vous rendre folle.

– Vous pourriez vous rendre à Ellis, si vous le désiriez. C'est à l'est d'Athenry, puis au sud. Le train a deux wagons supplémentaires, les dames disent qu'ils sont très bien... ou alors il y a le train de Kildare, mais vous n'aurez pas le temps, on a déjà donné le coup de sifflet. Ou alors Tuam. C'est un trajet assez court, plus au nord qu'à l'est, mais la locomotive est la meilleure de toutes celles de la compagnie... Madame ? Madame ?

Scarlett inondait de larmes l'uniforme de l'homme placé à la barrière menant aux quais :

– ... Je viens de recevoir un télégramme à l'instant, mon mari a été renversé par un fardier transportant du lait. Il faut que j'attrape le train de Kildare !

Il la mènerait à mi-chemin de Trim et de Ballyhara. S'il le fallait, elle ferait le reste du trajet à pied.

Chaque arrêt était une torture. Pourquoi diable ne pouvaient-ils se presser ? Vite, vite, vite, disait-elle intérieurement par-dessus le claquement des roues. Sa valise était restée dans la meilleure suite du Railway Hotel ; au couvent, des nonnes aux yeux rougis donnaient les ultimes coups d'aiguille à une dentelle exquise. Cela n'avait aucune importance. Elle devait être à la maison, à attendre, quand Rhett arriverait. Si seulement John Morland n'avait pas mis si longtemps à tout lui raconter, elle aurait réussi à attraper le train de Dublin. Rhett se trouvait peut-être dedans, il avait pu aller n'importe où après avoir quitté le box de Bart.

Il fallut près de trois heures et demie pour parvenir à Moate, où Scarlett descendit. Il était plus de quatre heures, mais au moins elle était en route, alors qu'à Galway le train devait tout juste quitter la gare.

– Où puis-je acheter un bon cheval ? demanda-t-elle au chef de gare. Peu m'importe ce qu'il coûte, du moment qu'il a une selle, une bride, et une bonne pointe de vitesse

Il lui restait encore plus de cinquante milles à faire

Le propriétaire du cheval avait voulu marchander. N'était-ce pas la moitié du plaisir? demanda-t-il, au King's Coach pub, à tous ses amis, à qui il venait d'offrir une tournée générale. Cette folle lui avait jeté des souverains d'or au visage, avant de disparaître comme si le diable était à ses trousses. Et en montant à califourchon! Il ne voulut pas dire ce qu'elle laissait voir de dentelle, encore moins de jambe nue, et ne parla que de bas de soie, ainsi que de bottines si minces qu'on devait à peine pouvoir marcher avec, et qu'on ne les imaginait guère posées sur un étrier.

Scarlett franchit le pont de Mullingar avec sa monture à sept heures du soir. A l'écurie, elle tendit les rênes au palefrenier :

— Il n'est pas boiteux, simplement essoufflé et un peu faible. Rafraîchissez-le, et il sera aussi bon qu'avant, ce qui n'est d'ailleurs pas grand-chose. Je vous le donnerai si vous me vendez un des hunters que vous gardez pour les officiers du fort. Et ne me dites pas que vous n'en avez pas, j'ai chassé avec plusieurs d'entre eux, et je sais où ils louaient leurs montures. Changez de selle en moins de cinq minutes et il y aura une guinée de plus pour vous.

A sept heures dix, elle était de nouveau en route, avec vingt-six milles à faire – moins si elle coupait à travers la campagne au lieu de suivre la route.

A neuf heures, elle dépassa le château de Trim, et prit la route de Ballyhara. Tous ses muscles étaient douloureux, et ses os lui donnaient l'impression d'être en bouillie. Mais elle n'était plus guère qu'à trois milles de chez elle, et le crépuscule brumeux était doux aux yeux comme à la peau. Une faible pluie se mit à tomber. Scarlett se pencha en avant et caressa l'encolure du cheval :

— Tu auras droit à une bonne promenade, un pansage, et le meilleur *mash* du comté, toi – je ne sais même pas comment tu t'appelles! Tu as sauté comme un champion! Maintenant, nous allons trotter paisiblement jusqu'à la maison, tu as bien mérité de te reposer.

Elle ferma les yeux à demi et laissa aller sa tête. Cette nuit, elle dormirait comme jamais elle n'avait dormi. Il lui était difficile de croire que ce matin elle était à Dublin, et qu'elle avait traversé deux fois l'Irlande depuis le petit déjeuner. Le pont de bois surplombant la Knightsbrook apparut. Une fois dessus, je suis presque à Ballyhara. Il n'y a qu'un mille jusqu'à la ville, un demi-mille de là jusqu'au carrefour, puis je remonte le chemin et j'y suis. Cinq minutes, pas plus. Elle se redressa, claqua la langue et, des talons, poussa sa monture.

Quelque chose ne va pas. Ballyhara est droit devant, et il n'y a pas de lumières aux fenêtres. D'ordinaire, les pubs sont tout illuminés, à cette heure. De nouveau, Scarlett donna des talons, avec ce qui restait de ses élégantes bottines de citadine. Elle avait dépassé cinq maisons plongées dans l'obscurité quand elle aperçut, au carrefour, un groupe d'hommes en veste rouge. La milice. Pour qui se prenaient-ils, pour occuper sa ville ? Elle leur avait déjà dit qu'elle ne voulait pas d'eux. Comme tout cela était fastidieux – et ce soir, comme par un fait exprès –, alors qu'elle allait tomber de fatigue. Bien entendu, c'est pour cela que les pubs sont fermés – ils ne voulaient pas servir à boire aux Anglais. Je vais me débarrasser d'eux et les choses reviendront à la normale. Si seulement je n'avais pas l'air si dépenaillée. Il est un peu difficile de donner des ordres aux gens avec une lingerie qui dépasse de partout. Je ferais mieux de marcher. Au moins mes jupes ne me remonteront plus jusqu'aux genoux.

Elle s'arrêta. Il lui fut difficile de ne pas grogner quand elle descendit de cheval. Elle aperçut un soldat – non, un officier – sortant du groupe d'hommes au carrefour, et qui marchait vers elle. Très bien ! Elle lui dirait sa façon de penser, elle était tout à fait de l'humeur qu'il fallait pour cela. Les autres étaient dans sa ville, et l'empêchaient de rentrer chez elle.

Il fit halte devant le bureau de poste. Il aurait quand même pu avoir assez de bonnes manières pour venir jusqu'à elle. Scarlett s'avança, un peu raide, marchant au centre de la grand-rue de sa ville.

– Hé vous, avec le cheval ! Pas un pas de plus ou je tire !

Scarlett s'arrêta net. Non à cause des paroles de l'officier, mais de sa voix. Elle la connaissait. Dieu du ciel, c'était la seule voix au monde qu'elle eût espéré ne jamais plus entendre de toute sa vie. Elle devait se tromper : elle était si lasse – c'était cela : elle s'imaginait des choses, se créait des cauchemars.

– Et vous autres, dans les maisons, vous n'aurez pas d'ennuis si vous nous livrez le prêtre Colum O'Hara ! J'ai un mandat d'arrêt le concernant. Personne ne sera inquiété s'il se rend.

Scarlett ressentit l'envie de rire comme une folle. Cela ne pouvait être vrai. Elle ne s'était pas trompée, elle connaissait effectivement la voix, qu'elle avait entendue lui dire des mots d'amour à l'oreille. C'était celle de Charles Ragland. Une fois, une seule fois dans sa vie, elle avait fait l'amour avec un autre que son mari, et voilà qu'il venait de l'autre bout de l'Irlande, dans sa ville, pour appréhender son propre cousin ! C'était fou, absurde, impossible ! Enfin, une chose était sûre – si elle ne mourait pas de honte en le regardant, Charles Ragland était le seul officier de l'armée britannique qui ferait ce qu'elle voudrait qu'il fît : s'en aller, les laisser tranquilles, elle, son cousin et sa ville.

Elle lâcha les rênes du cheval et s'avança.

– Charles!

Comme elle prononçait son nom, il s'écria : « Halte! » et tira un coup de revolver en l'air.

Scarlett tressaillit.

– Charles Ragland, êtes-vous devenu fou? hurla-t-elle.

Un second coup de feu couvrit ses paroles : Ragland parut sauter en l'air, puis retomba en s'étalant de tout son long. Scarlett se mit à courir. « Charles, Charles! » Elle entendit de nouveaux coups de feu, des hurlements, ne fit attention à rien. « Charles. »

« Scarlett! » entendit-elle. Puis « Scarlett! » venant d'une autre direction. Puis un « Scarlett » très faible, prononcé par Charles. Elle s'agenouilla à côté de lui. Il saignait au cou de façon horrible, le sang jaillissait à gros bouillons, tachant sa tunique rouge.

– Scarlett chérie, Scarlett *aroon*, baissez-vous!

Colum était quelque part, tout près, mais elle ne pouvait l'apercevoir.

– Charles, ô Charles, je vais chercher un médecin, j'irai trouver Grainne, elle saura vous aider.

Charles leva la main, qu'elle prit entre les siennes. Elle sentit couler ses larmes, sans se rendre compte qu'elle pleurait. Il ne faut pas qu'il meure, pas Charles, il est si aimant, si adorable. Il s'était montré si tendre avec elle, il ne fallait pas qu'il meure. C'était un homme bon et gentil. Il y avait autour d'elle de terribles bruits. Quelqu'un geignit tout à côté. Grand dieu, que se passait-il? Des coups de feu étaient tirés, les Anglais voulaient tuer ses gens. Elle ne le permettrait pas! Mais il fallait qu'elle trouve de l'aide pour Charles, il y avait des bruits de bottes. Colum hurlait, mon Dieu, venez à mon secours, il faut que je fasse cesser tout cela, mon Dieu, la main de Charles est toute froide.

– Charles, Charles, ne mourez pas!

– C'est le prêtre! s'écria quelqu'un.

Des coups de feu partirent des maisons de Ballyhara, plongées dans l'obscurité. Un soldat trébucha et tomba.

Un bras saisit Scarlett par-derrière tandis qu'elle étendait les mains pour se défendre contre cette attaque imprévue.

– Nous nous battrons plus tard, ma chère, dit Rhett. C'est la meilleure occasion que nous aurons jamais. Laissez-moi vous porter.

Il la jeta en travers de son épaule, le bras glissé sous ses genoux, et courut dans l'obscurité en se baissant.

– Comment sortir d'ici? demanda-t-il.

– Lâchez-moi et je vous le dirai, répondit Scarlett.

Rhett la déposa à terre. Ses grandes mains l'attirèrent contre lui : il la serra avec impatience, l'embrassa, rapidement, avant de la relâcher.

– Il me deplairait d'être tué sans avoir ce que j'étais venu chercher, dit-il d'une voix rieuse. Maintenant, Scarlett, sortons-nous de là.

Elle prit sa main et se glissa dans un étroit passage obscur entre deux maisons.

– Suivez-moi, voici un chemin. On ne nous verra plus une fois que nous l'aurons pris.

– Marchez devant, dit-il en la poussant.

Elle aurait voulu pouvoir tenir sa main, ne plus jamais la lâcher. Mais la fusillade se faisait de plus en plus forte, et elle courut se mettre à l'abri.

Les haies étaient aussi hautes qu'épaisses. Dès que Scarlett et Rhett se furent engagés dans le chemin, le bruit de la bataille devint plus étouffé. Scarlett s'arrêta pour reprendre haleine, regarder Rhett, se faire à l'idée qu'enfin ils étaient réunis. Son cœur était gonflé de bonheur.

Mais les coups de feu, qui paraissaient se perdre au loin, la ramenèrent à la réalité, et elle se souvint. Charles Ragland était mort. Un soldat avait été blessé, peut-être tué. La milice pourchassait Colum, tirait sur les gens de sa ville. Elle aurait pu être tuée – et Rhett aussi.

– Il faut que nous rentrions à la maison, dit-elle. Nous y serons en sécurité. Je dois prévenir les domestiques de ne pas se risquer en ville tant que tout cela n'est pas terminé. Dépêchons-nous, Rhett, il faut nous hâter.

Il la prit par le bras comme elle se mettait en marche.

– Scarlett, attendez. Vous ne devriez peut-être pas aller là-bas. J'en viens. Tout est vide et plongé dans l'obscurité, chérie, et les portes sont grandes ouvertes. Les domestiques ont disparu.

Scarlett se libéra, eut un geignement terrorisé, releva ses jupes et se mit à courir comme jamais elle n'avait couru de sa vie. Cat. Où était Cat ? Rhett lui disait quelque chose, mais elle n'y prit pas garde. Il fallait qu'elle retrouve Cat.

Derrière le chemin, dans la grand-rue de Ballyhara, huit corps étaient étendus : cinq vêtus de vestes rouges, trois autres des habits grossiers des paysans. Le libraire gisait en travers de sa fenêtre aux vitres brisées, et des bulles tachées de sang lui venaient aux lèvres tandis qu'il murmurait une prière. Colum O'Hara priait avec lui : il lui traça une croix sur le front quand l'autre mourut. Le verre brisé reflétait la faible lueur de la lune, apparue dans un ciel qui s'assombrissait. La pluie avait cessé.

Colum traversa la petite pièce en trois longues enjambées, saisit par le manche le balai de brindilles à côté de l'âtre, et le plongea dans le feu. Il y eut des craquements, puis des flammes jaillirent.

Une pluie d'étincelles fusa de la torche sur la soutane noire de Colum tandis qu'il courait vers la rue. Sa chevelure blanche était plus brillante que la lune.

— Suivez-moi, bande de bouchers! hurla-t-il en se ruant vers l'église anglicane désaffectée. Nous mourrons ensemble pour la liberté de l'Irlande!

Deux balles vinrent frapper son large torse, et il tomba à genoux. Mais il réussit à se redresser et esquissa encore quelques pas incertains avant que trois autres balles ne le fassent tourbillonner sur la gauche, puis la droite, puis de nouveau sur la gauche, et il s'effondra.

Scarlett grimpa en courant les larges marches du seuil, et, Rhett sur les talons, se rua dans le grand vestibule plongé dans l'obscurité.

— Cat! hurla-t-elle. Cat!

Ses mots résonnèrent sur le sol de marbre et l'escalier de pierre.

— Cat!

Rhett la saisit par les bras. Il ne voyait, dans l'ombre, que son visage blême et ses yeux clairs.

— Scarlett! dit-il fortement. Scarlett, reprenez-vous. Venez avec moi. Il faut que nous partions. Les domestiques devaient savoir quelque chose. La maison n'est pas sûre.

— Cat!

Rhett la secoua.

— Taisez-vous! Où sont les écuries, Scarlett? Il nous faut des chevaux.

— Imbécile! s'écria Scarlett d'une voix épuisée, chargée de pitié attendrie. Vous ne savez même pas ce que vous dites! Lâchez-moi, il faut que je trouve Cat. Katie O'Hara. Votre fille.

Les mains de Rhett se refermèrent sur les bras de Scarlett, à lui faire mal.

— De quoi diable parlez-vous?

Il essaya de la regarder, mais il ne put déchiffrer l'expression de son visage dans l'obscurité, et la secoua de nouveau:

— Répondez!

— Lâchez-moi! Ce n'est pas le moment de donner des explications, Cat doit être quelque part ici, mais il fait noir, et elle est toute seule. Allons-y, Rhett, vous poserez des questions plus tard. Cela n'a pas d'importance pour l'instant.

Scarlett tenta de se libérer, mais il était trop fort.

– C'est important pour moi, dit-il d'une voix rauque et tendue.

– Très bien, très bien! Cela s'est produit quand nous sommes allés naviguer et que la tempête est arrivée. Vous vous souvenez? Je me suis rendu compte que j'étais enceinte à Savannah, mais vous n'étiez pas venu me chercher, j'étais furieuse et je ne vous ai rien dit sur le moment. Comment aurais-je pu savoir que vous épouseriez Anne avant d'être mis au courant de l'existence de cette enfant?

– Grand dieu! grommela Rhett, et il la libéra. Où est-elle? Il faut la trouver.

– Nous y arriverons, Rhett. Il y a une lampe sur la table, près de la porte. Frottez une allumette, que nous puissions nous en servir.

La petite flamme jaune dura assez longtemps pour permettre de repérer une lampe de cuivre et de l'allumer. Rhett la souleva.

– Où cherchons-nous d'abord?

– Elle peut s'être cachée n'importe où. Allons-y.

Elle le conduisit, d'un pas rapide, à travers la salle à manger et le séjour.

– Cat! lança-t-elle. Kitty Cat, où es-tu?

Elle appelait d'une voix forte, mais désormais sans hystérie, sans rien qui puisse effrayer une petite fille.

– Cat...

– Colum! hurla Rosaleen Fitzpatrick.

Elle courut, depuis le pub de Kennedy, traversa les rangs des soldats anglais en les bousculant, puis se rua au milieu de la grand-rue, vers le corps sans vie de Colum.

– Ne tirez pas, c'est une femme! hurla un officier.

Rosaleen se jeta à genoux et posa les mains sur les blessures de Colum. « Ochon », geignit-elle en se balançant d'un côté sur l'autre, psalmodiant une mélopée funèbre. Les coups de feu cessèrent : l'intensité de sa douleur imposait le respect, et les hommes détournèrent le regard.

Elle lui ferma les paupières de ses doigts tachés de sang et, à voix basse, lui dit adieu en gaélique. Puis elle s'empara de la torche et sauta sur ses pieds, en l'agitant pour que la flamme renaisse; son visage était terrible à voir. Elle agit si vite qu'il n'y eut pas un coup de feu avant qu'elle n'atteignît le passage qui menait à l'église. « Pour l'Irlande et son martyr Colum O'Hara! » s'écria-t-elle d'une voix de triomphe, et elle courut vers l'arsenal en brandissant la torche. L'espace d'un instant, il y eut un grand silence puis, dans une explosion assourdissante, les murs de pierre s'écroulèrent au milieu d'une tour de feu.

Le ciel en fut éclairé comme en plein jour. « Mon Dieu ! » balbutia Scarlett, incapable de respirer. Elle se couvrit les oreilles des mains et courut, appelant Cat, tandis que les explosions se succédaient et que la ville de Ballyhara tout entière partait en flammes.

Elle courut à l'étage, Rhett à son côté, et emprunta le couloir menant aux chambres.

— Cat ! ne cessait-elle de répéter, en essayant de ne pas trahir dans sa voix la peur qu'elle éprouvait. Cat !

Sur les murs, les animaux étaient éclairés d'une lumière orangée, le plateau à thé était posé sur un tissu fraîchement repassé et le couvre-lit soigneusement étendu sur la couche de la petite fille.

— La cuisine, dit Scarlett. Elle l'adore. Nous l'appellerons d'en haut.

Elle repartit dans le couloir, Rhett derrière elle. Ils traversèrent le séjour, avec les livres de comptes, la liste d'amis qu'elle comptait inviter au mariage. Puis la galerie qui menait à la chambre de Mme Fitzpatrick. Scarlett s'arrêta en plein milieu et se pencha au-dessus de la balustrade.

— Kitty Cat, dit-elle d'une voix douce, réponds à Maman si tu es là en bas. C'est important, chérie.

Des lueurs orange couraient sur les poêles de cuivre accrochées au mur à côté du fourneau. Des braises rouges luisaient dans l'âtre. L'énorme pièce était paisible et remplie d'ombres. Scarlett s'efforça de percer l'obscurité de ses yeux et de ses oreilles. Elle allait faire volte-face quand elle entendit la petite voix :

— Cat a mal aux oreilles.

Oh, merci, mon Dieu ! songea Scarlett. Maintenant, calme-toi.

— Je sais, mon petit chat, le bruit est épouvantable. Couvre-toi les oreilles, je descends. Tu m'attends ?

Elle parlait d'un ton détendu, comme s'il n'y avait pas de quoi s'effrayer. La balustrade vibrait sous la pression de ses mains crispées.

— Oui.

Scarlett fit un geste. Rhett la suivit sans hâte le long de la galerie. Elle referma la porte doucement derrière eux, puis se mit à trembler :

— J'avais si peur ! Je craignais qu'ils ne l'aient emmenée. Ou qu'ils ne lui aient fait du mal.

— Scarlett, il faut que nous nous dépêchions, dit Rhett. Regardez !

Les fenêtres grandes ouvertes donnant sur le chemin d'accès révélaient au loin des lumières et des torches qui s'avançaient vers la demeure.

— Courons ! dit Scarlett.

A la lueur orange du ciel rempli de flammes, elle vit le visage de Rhett, énergique et décidé. Maintenant elle pouvait le regarder, compter sur lui. Cat était en sécurité. Il glissa la main sous son bras, comme pour la soutenir, tout en la pressant.

Ils descendirent les marches en courant et traversèrent la salle de bal. Au-dessus de leurs têtes, les héros de Tara paraissaient s'être animés. La colonnade menant à la cuisine était tout illuminée, et ils entendirent, brouillés par la distance, de lointains cris de colère. Scarlett claqua derrière eux la porte de la cuisine.

— Aidez-moi à la barricader! souffla-t-elle.

Rhett lui prit la barre de fer des mains et la mit en place. Cat sortit de l'ombre, à côté de l'âtre.

— Comment tu t'appelles?

— Rhett, dit-il d'une voix rauque.

— Vous ferez connaissance plus tard, intervint Scarlett. Il faut que nous allions jusqu'aux écuries. Il y a une porte qui donne sur le potager, mais les murs sont très hauts, et je ne sais plus s'il y a une autre porte qui permet d'en sortir. Tu le sais, Cat?

— On se sauve?

— Oui, Kitty Cat, les gens qui ont fait cet horrible bruit nous veulent du mal.

— Ils ont des pierres?

— De très grosses pierres.

Rhett trouva la porte menant au potager et regarda dehors.

— Scarlett, je peux vous soulever sur mes épaules, et vous pourrez atteindre le sommet du mur. Je vous passerai Cat.

— C'est bien, mais il y a peut-être une porte. Cat, il faut nous dépêcher. Il y a une porte dans le mur?

— Oui.

— Bien. Donne ta main à Maman, et allons-y.

— Aux écuries?

— Oui. Viens, Cat.

— Le tunnel serait mieux.

— Quel tunnel?

La voix de Scarlett avait quelque chose d'incertain. Rhett revint vers elle et posa le bras sur son épaule.

— Le tunnel qui mène chez les domestiques. Les valets de pied s'en servent, comme ça ils ne peuvent pas regarder par la fenêtre si on prend le petit déjeuner.

— C'est horrible, dit Scarlett, si j'avais su...

— Cat, s'il te plaît, montre-nous le tunnel, à ta mère et à moi, intervint Rhett. Ça t'ennuie si je te porte, tu préfères courir?

— S'il faut nous dépêcher, tu ferais mieux de me porter. Je ne cours pas aussi vite que toi.

Rhett s'agenouilla, tendit les bras, dans lesquels sa fille s'installa en toute confiance. Il la serra contre lui en prenant soin, toutefois, de ne pas l'étreindre trop fort.

— Monte sur mon dos, Cat, et tiens-toi à mon cou. Dis-moi où il faut aller.

— On dépasse la cheminée et la porte qui est ouverte, c'est celle du lavoir. Celle du tunnel est ouverte aussi. C'est moi qui l'ai fait, pour pouvoir me sauver. Maman était à Dublin.

— Venez, Scarlett, vous écarquillerez les yeux plus tard. Cat va sauver nos misérables peaux.

Le tunnel était pourvu de hautes fenêtres grillagées. Il n'y avait guère de lumière, mais Rhett avançait à vive allure, sans jamais trébucher. Ses bras étaient repliés, et il avait glissé les mains sous les genoux de Cat. Il la faisait tressauter en courant, et elle poussait des cris de plaisir.

Mon Dieu, nos vies sont en danger, et il joue au dada! Scarlett ne savait s'il fallait en rire ou en pleurer. Y avait-il jamais eu dans toute l'histoire un homme aussi fou d'enfants que Rhett Butler?

Une fois chez les domestiques, Cat les fit passer par une porte donnant sur les écuries. Les chevaux, terrorisés, ruaient, hennissaient, donnaient de grands coups de sabot dans leurs stalles.

— Tenez bien Cat pendant que je les libère, dit Scarlett à Rhett: elle ne se souvenait que trop du récit de Bart Morland.

Rhett lui déposa la fillette dans les bras.

— C'est vous qui la prenez. Je me charge du reste.

Elle alla retrouver la sécurité du tunnel.

— Kitty Cat, tu peux rester là un petit moment toute seule pendant que Maman va aider pour les chevaux?

— Oui. Un petit moment. Je ne veux pas qu'il arrive du mal à Ree.

— Je l'enverrai dans une belle pâture. Tu es une petite fille très courageuse.

— Oui.

Scarlett courut rejoindre Rhett, et ils libérèrent tous les chevaux, à l'exception de Comet et de Demi-Lune.

— Il faudra monter à cru, dit-elle. Je vais chercher Cat.

Ils apercevaient déjà des torches dans la demeure. Brusquement, des flammes grimpèrent le long d'un rideau. Pendant que Rhett calmait les chevaux, Scarlett courut vers le tunnel, et revint, Cat dans les bras. Il était déjà grimpé sur Comet, et tenait Demi-Lune par la crinière, d'une seule main:

— Donnez-moi Cat, dit-il.

Scarlett s'exécuta et s'installa sur Demi-Lune.

— Cat, montre à Rhett le chemin du gué. Nous irons chez Pegeen, comme d'habitude, tu te souviens ? Ensuite nous pourrons emprunter la route d'Adamstown vers Trim. Ce n'est pas bien loin. Nous prendrons du thé et des gâteaux à l'hôtel. Ne musarde pas. Montre le chemin. Je vous suis. Allez-y.

Ils s'arrêtèrent à la tour.

— Cat dit qu'elle nous invite chez elle, dit Rhett d'une voix égale.

Par-dessus son épaule, Scarlett aperçut les flammes qui léchaient le ciel. Adamstown était également en feu. Plus moyen de s'enfuir. Elle sauta à bas de son cheval.

— Ils ne sont pas bien loin, dit-elle.

Elle était désormais calmée : le danger était trop proche pour qu'elle s'affole.

— Saute, Cat, et grimpe à l'échelle de corde comme un singe !

Scarlett et Rhett la suivirent après avoir poussé les chevaux à partir au galop le long de la rivière.

— Relevez l'échelle de corde, lui dit-elle. Ils ne pourront plus nous rattraper.

— Mais ils sauront que nous sommes là... Enfin, je peux empêcher quiconque d'entrer ; ils ne peuvent monter jusqu'ici qu'un par un. Chut, je les entends.

Scarlett rampa dans la retraite de Cat et serra sa petite fille contre elle.

— Cat n'a pas peur.

— Tais-toi, ma chérie. Maman est morte de peur.

Cat gloussa et couvrit sa bouche de la main.

Les voix et les torches se rapprochèrent. Scarlett reconnut Joe O'Neill, le forgeron :

— Est-ce que je n'avais pas dit que nous tuerions les Anglais jusqu'au dernier s'ils osaient jamais entrer dans Ballyhara ? Vous avez vu sa tête quand j'ai levé le bras ? Je lui ai dit : « Si tu as un Dieu, et j'en doute, fais la paix avec lui », et je lui ai planté la fourche dans le corps, c'était comme d'embrocher un cochon bien gras.

Scarlett couvrit de ses mains les oreilles de Cat. Comme elle doit avoir peur, ma petite fille si intrépide ! Jamais de sa vie elle ne s'est serrée ainsi contre moi. Elle souffla doucement sur le cou de Cat, *aroon, aroon,* et la berça dans ses bras, comme s'ils étaient les flancs d'un berceau solide et sûr.

D'autres voix couvrirent celles de O'Neill :

— La O'Hara est passée aux Anglais, je vous l'avais dit il y a longtemps !... Ouais, Brendan, et j'ai bien eu tort de dire le contraire... Tu l'as vue, à genoux près de la veste rouge ? La fusiller, ce serait encore

trop bon. Il faudrait la pendre... La brûler. C'est mieux! La brûler!...
C'est l'elfe qu'il faut brûler. La petite noiraude qui nous a valu tous
les malheurs. Elle a ensorcelé La O'Hara... Elle a ensorcelé les
champs, la pluie... l'elfe... l'elfe...

Scarlett retint son souffle. Les voix étaient si proches, et inhu-
maines : des hurlements de bêtes sauvages. Elle distingua les
contours du corps de Rhett, perdu dans l'ombre proche de l'ouverture par où passait l'échelle de corde, et sentit qu'il était aux aguets.
Il tuera le premier qui osera grimper, mais s'il se montre, qu'est-ce
qui peut bien arrêter une balle ? Rhett, ô Rhett, sois prudent. Scarlett
se sentit inondée de bonheur. Rhett était revenu. Il l'aimait.

La foule atteignit la tour et s'arrêta.

– La tour... ils sont dans la tour!

Les cris évoquaient les aboiements des chiens de meute à la mort
du renard. Le cœur de Scarlett lui battait à tout rompre dans les
oreilles. Puis la voix de O'Neill se fit entendre par-dessus celles des
autres :

– Elle n'est pas là! Voilà, l'échelle de corde est encore pendue...

– La O'Hara est maligne, dit un autre, elle veut nous duper...

Tout le monde se joignit à la discussion :

– Denny, monte donc, c'est toi qui as fait la corde, tu sais si elle
est solide... Bien sûr, Dave Kennedy, mais monte donc toi-même.
Puisque c'est toi qui as eu l'idée... l'elfe parle avec le fantôme là-
haut... Il est pendu, ses yeux sont grands ouverts et ils vous trans-
percent... Ma mère l'a vu marcher la nuit de la Toussaint, la corde
qu'il traînait derrière lui desséchait tout ce qu'elle touchait... Je m'en
vais d'ici, je sens un courant d'air glacé dans mon dos... Mais et si La
O'Hara et l'elfe étaient là-haut?... Il faut les tuer pour ce qu'elles
nous ont fait... Mourir de faim, n'est-ce pas une aussi belle mort que
de finir brûlée? Mettez le feu à l'échelle de corde avec vos torches,
les gars. Elles ne pourront plus redescendre sans se rompre le cou!

Scarlett sentit l'odeur de corde brûlée, et eut envie de hurler de
joie. Ils étaient saufs! Personne ne pouvait plus monter, désormais.
Demain, elle tresserait une corde avec des bouts des couvertures
posées sur le sol. Tout était terminé. Ils parviendraient bien à gagner
Trim, une fois le jour venu. Ils étaient saufs! Elle se mordit les lèvres
pour s'empêcher de rire, de pleurer, de prononcer le nom de Rhett
pour le sentir dans sa propre gorge, l'entendre résonner dans l'air,
entendre son rire, sa voix.

Il se passa du temps avant que les voix et les bruits de pas se taisent
tout à fait. Même alors, Rhett ne dit rien. Il vint vers Scarlett et Cat,
et les serra très fort contre lui. Cela suffisait. Scarlett posa sa tête sur
son épaule; elle n'en désirait pas davantage.

Beaucoup plus tard, quand elle se rendit compte que Cat s'était profondément endormie, Scarlett l'étendit et l'enveloppa dans une couverture. Puis elle se tourna vers Rhett : ses bras vinrent entourer son cou, et ses lèvres trouvèrent le chemin des siennes.

— Ainsi donc, c'est comme ça que ça se passe, chuchota-t-elle d'une voix tremblante quand le baiser eut pris fin. Monsieur Butler, vous avez bien failli me couper le souffle.

Un rire étouffé se mit à gronder dans la poitrine de Rhett; il se sépara d'elle doucement.

— Venez loin de la petite. Il faut que nous parlions.

Ses paroles, prononcées d'une voix basse et douce, ne réveillèrent pas Cat, qu'il enveloppa étroitement dans une autre couverture.

— Par ici, Scarlett.

Il sortit de la niche et se dirigea vers une fenêtre. Son profil d'aigle se détacha sur le ciel encore éclairé de flammes. Scarlett le suivit : elle avait l'impression de pouvoir l'accompagner jusqu'au bout du monde. Il lui suffirait de l'appeler. Personne n'avait jamais su prononcer son nom de la même manière que Rhett.

— Nous nous en sortirons, dit-elle, pleine de confiance. Il y a un sentier caché qui part de la masure de la sorcière.

— De qui?

— Ce n'est pas vraiment une sorcière, du moins je ne crois pas, et de toute façon ça n'a pas d'importance. Elle nous montrera le chemin. Ou Cat en connaîtra un, elle est tout le temps dans les bois.

— Y a-t-il des choses qu'elle ignore?

— Que vous êtes son père.

Scarlett vit se crisper les muscles de la mâchoire de Rhett.

— Un de ces jours, je vous rouerai de coups pour ne pas me l'avoir dit.

— Je l'aurais fait, mais vous vous êtes si bien débrouillé que je n'ai pas pu! s'écria-t-elle. Vous avez divorcé alors que c'était censément impossible, et avant que j'aie eu le temps de me retourner, vous êtes parti et vous vous êtes marié. Qu'aurais-je dû faire? Venir frapper à votre porte avec mon enfant enveloppée dans un châle, comme une fille perdue? Comment avez-vous pu faire une chose pareille? C'était abominable de votre part, Rhett.

— Abominable? Après que vous aviez disparu Dieu sait où sans dire un mot à qui que ce soit? Ma mère en était littéralement morte d'inquiétude jusqu'à ce que votre tante Eulalie lui apprenne que vous étiez à Savannah.

— Mais je lui ai laissé un message! Pour rien au monde je n'aurais voulu faire de peine à votre mère. Je l'adore.

Rhett lui prit le menton, se tourna et maintint son visage dans la lumière crue venue de la fenêtre. Puis il l'embrassa, la prit dans ses bras et la serra contre lui.

— Et voilà, ça recommence. Ma chère, merveilleuse, soupe au lait, obstinée, exaspérante Scarlett, ne comprenez-vous pas que nous avons déjà vécu tout cela ? Des signes manqués, des occasions manquées, des incompréhensions qui n'auraient jamais dû être. Il faut y mettre un terme. Je suis trop vieux pour le mélodrame.

Il plongea ses lèvres et son rire dans la chevelure en bataille de Scarlett. Elle ferma les yeux et se lova contre sa poitrine. A l'abri de la tour, et des bras de Rhett, elle pouvait se permettre de s'abandonner à la fatigue et au soulagement. Des larmes d'épuisement lui coulèrent le long des joues, et ses épaules se voûtèrent. Rhett la serra contre lui en lui caressant le dos.

Au bout d'un moment, il la serra plus fort, et Scarlett sentit une énergie nouvelle, palpitante, lui courir dans les veines. Elle leva son visage vers lui, et il n'y eut ni repos ni sûreté dans l'aveuglante extase qu'elle éprouva quand leurs lèvres se rencontrèrent. Les doigts de Scarlett vinrent caresser l'épaisse chevelure de Rhett, maintinrent sa tête et sa bouche contre les siennes, jusqu'à ce qu'elle défaille, tout en se sentant forte, pleine de vie. Seule la peur de réveiller Cat empêcha un sauvage cri de joie de lui jaillir de la poitrine.

Quand leurs baisers se firent trop passionnés, Rhett se libéra et étreignit le rebord de pierre de la fenêtre de ses mains écorchées, dont les articulations étaient blanches. Il respirait bruyamment.

— Il y a des limites au contrôle qu'un homme a sur lui-même, mon chou, dit-il, et la seule chose qui soit plus inconfortable qu'une plage détrempée, c'est un sol de pierre.

— Dis-moi que tu m'aimes.

Rhett sourit.

— Qu'est-ce qui vous fait croire une chose pareille ? Je suis venu en Irlande sur ces vapeurs si bruyants uniquement parce que j'aime beaucoup le climat.

Elle rit, et le frappa à l'épaule des deux poings.

— Dis-moi que tu m'aimes.

Rhett lui prit les poignets.

— Je t'aime, insupportable mégère.

Son regard se durcit.

— Et je tuerai ce salopard de Fenton s'il essaie de t'arracher à moi.

— Oh, Rhett, ne sois pas stupide. Je ne l'aime pas. C'est un monstre horrible, sans cœur. Je n'allais l'épouser que parce que je ne pouvais pas t'avoir.

Rhett leva des sourcils sceptiques qui la poussèrent à continuer :

— Enfin, j'aimais assez l'idée de vivre à Londres... d'être

comtesse... et, parce qu'il m'avait insultée, de lui rendre la monnaie de sa pièce en l'épousant et en prenant tout son argent pour Cat.

Dans les yeux sombres de Rhett se mit à briller une lueur amusée. Il embrassa les mains de Scarlett, qu'il tenait prisonnières.

— Tu m'as manqué, dit-il.

Ils bavardèrent toute la nuit, assis l'un à côté de l'autre sur le sol de pierre glacé, mains jointes. Rhett ne se lassait pas d'entendre parler de Cat, et Scarlett était ravie de raconter, et ravie de le voir aussi rempli d'orgueil. Il la mit en garde :

— Je ferai tout pour qu'elle m'aime plus que toi !

— Vous n'avez pas l'ombre d'une chance, dit Scarlett, sûre d'elle. Nous nous comprenons, Cat et moi, et elle ne se laissera pas gâter par vous.

— Ni adorer ?

— Oh, elle a l'habitude. Je ne lui ai pas ménagé mon adoration.

— Nous verrons bien. On m'a souvent dit que je savais m'y prendre avec les femmes.

— Et elle sait s'y prendre avec les hommes. Une semaine lui suffira pour vous faire passer à travers un cerceau. Il y avait un petit garçon qui s'appelait Billy Kelly et... oh, Rhett, devinez ! Ashley s'est remarié C'est moi qui ai tout fait. J'ai envoyé la mère de Billy à Atlanta...

Le récit des aventures d'Harriet Kelly mena peu à peu à la nouvelle qu'India Wilkes s'était finalement trouvé un mari, mais que Rosemary était toujours vieille fille.

— Et elle a toutes les chances de le rester ! commenta Rhett. Elle est à Dunmore, gaspille de l'argent à vouloir remettre en état les rizières, et ressemble chaque jour davantage à Julia Ashley.

— Elle est heureuse ?

— Elle rayonne positivement. Elle aurait fait elle-même mes bagages si cela lui avait permis d'être débarrassée de moi plus tôt

Les yeux de Scarlett le questionnaient. Oui, dit Rhett, il avait quitté Charleston. C'était une erreur d'avoir cru qu'il pourrait jamais s'en satisfaire.

J'y retournerai. Charleston ne quitte jamais le cœur d'un de ses citoyens. Mais j'irai là-bas en visite, non pour y vivre.

Il avait bien essayé, il s'était dit qu'il avait besoin de la stabilité qu'apportent la famille et les traditions. Mais pour finir, il s'était rendu compte qu'on lui avait rogné les ailes, et qu'il ne pouvait plus voler. Il était cloué au sol, prisonnier des ancêtres. Prisonnier de sainte Cécile, prisonnier de Charleston. Il adorait cette ville, oh que oui ! Sa beauté, son charme, ses brises marines chargées de sel, et si douces, son courage devant la ruine et le deuil. Mais cela ne suffisait pas. Il avait besoin de défis, de risques, de quelque blocus à forcer.

Scarlett eut un soupir de soulagement. Elle détestait Charleston, et elle était certaine que Cat également. Dieu merci, Rhett n'avait pas l'intention de les emmener là-bas.

Doucement, elle évoqua Anne. Rhett garda le silence pendant ce qui parut une éternité à Scarlett. Puis il parla, d'une voix altérée par le chagrin :

– Elle méritait mieux que moi, et mieux que ce que la vie lui a accordé. Elle avait une bravoure et une force tranquilles à faire honte à tous ceux qu'on appelle des héros... A cette époque, j'étais à moitié fou. Tu étais partie, personne ne savait où tu te trouvais. J'ai cru que tu voulais me punir, et pour te rendre la pareille, pour te prouver que ton départ m'indifférait, j'ai divorcé. Une amputation !

Rhett regardait droit devant lui, sans rien voir. Scarlett attendit. Il ajouta qu'il espérait ne pas avoir fait de mal à Anne. Il avait interrogé son âme, et ses souvenirs, sans rien trouver qui montrât, en tout cas, qu'il l'avait fait exprès. Elle était trop jeune, et elle l'aimait trop, pour soupçonner que la tendresse et l'affection ne sont parfois, pour un homme, que l'ombre de l'amour. Il ne saurait jamais quelle part de responsabilité il devait endosser. Elle avait été heureuse. Une des injustices les plus criantes du monde, c'est qu'il est si facile de rendre heureux les innocents et les gens sensibles : il suffit d'un rien.

Scarlett posa la tête sur son épaule.

– C'est beaucoup, de rendre quelqu'un heureux, dit-elle. Je ne l'ai pas compris avant la naissance de Cat. Il y avait nombre de choses que je ne comprenais pas. J'ai pour ainsi dire appris d'elle.

– Tu as changé, Scarlett. Tu es devenue adulte. Il va falloir que j'apprenne à te connaître, de nouveau.

– Il va falloir que j'apprenne à te connaître – tout court. Je n'ai jamais su, même quand nous vivions ensemble. Je ferai mieux cette fois-ci, je te le promets.

– N'essaie pas trop, tu m'épuiserais, gloussa Rhett en l'embrassant sur le front.

– Rhett Butler, arrêtez de vous moquer de moi. Oh, et puis non, j'aime ça, même quand ça me rend folle.

Elle huma l'air.

– Il pleut. Cela devrait venir à bout des incendies. Quand le soleil se lèvera, nous pourrons voir ce qui reste. Nous devrions essayer de dormir un peu. Nous serons très occupés d'ici quelques heures.

Elle glissa la tête contre son cou et bâilla.

Tandis qu'elle dormait, Rhett la déplaça, la souleva dans ses bras et l'installa pour la tenir comme elle avait tenu Cat. La douce pluie irlandaise entourait la vieille tour de pierre d'un rideau de silence protecteur.

A l'aube, Scarlett remua et s'éveilla. En ouvrant les yeux, elle vit le visage de Rhett, creusé et couvert de barbe, et sourit. Puis elle s'étira :

— J'ai mal partout! geignit-elle en plissant le front. Et je meurs de faim.

— Logique, ton nom est femme, murmura Rhett. Levez-vous, mon amour, vous me brisez les jambes.

Ils s'avancèrent prudemment jusqu'à la cachette de Cat. Il y faisait noir, mais ils l'entendirent ronfler paisiblement.

— Elle dort la bouche ouverte si elle se tourne sur le dos, expliqua Scarlett.

— Cette enfant a bien des talents.

Scarlett étouffa un rire. Prenant la main de Rhett, elle l'attira vers une fenêtre. Le spectacle qui s'offrait à leurs yeux était accablant. Des dizaines de colonnes de fumée montaient dans toutes les directions, souillant de taches crasseuses le rose tendre du ciel. Les yeux de Scarlett se remplirent de larmes.

Rhett l'enlaça.

— Nous pourrons tout reconstruire, chérie.

Elle cligna les paupières pour retenir ses sanglots.

— Non, Rhett, je ne veux pas. Cat n'est pas en sûreté à Ballyhara, et je crois que moi non plus. Je ne vendrai pas, c'est la terre des O'Hara, et je ne l'abandonnerai pas. Mais je ne veux pas d'une autre Grande Maison, ou d'une autre ville. Mes cousins trouveront bien des paysans pour travailler la terre. Les Irlandais l'aimeront toujours, malgré les incendies et les coups de feu. Papa me disait que pour un Irlandais, c'était un peu comme une mère.

« Mais je ne suis plus chez moi, ici. Peut-être ne l'ai-je jamais été, sinon je n'aurais pas été si désireuse d'aller à Dublin, aux réceptions, aux parties de chasse... je ne sais où est mon chez-moi, Rhett. Je ne me sens même plus à l'aise à Tara.

A la grande surprise de Scarlett, il eut un rire joyeux.

— Tu es chez toi avec moi, Scarlett, ne t'en es-tu pas rendu compte? Chez nous, c'est le monde entier. Nous ne sommes pas des gens liés à un foyer, à une terre. Nous sommes des aventuriers, des boucaniers, des forceurs de blocus. Sans défis, nous n'existons qu'à moitié. Nous irons partout et, aussi longtemps que nous serons ensemble, nous serons chez nous. Mais nous ne nous fixerons jamais, nulle part, mon chou. C'est bon pour les autres, pas pour nous.

Il la regarda, et les commissures de ses lèvres frémirent, trahissant son amusement :

— Dis-moi la vérité à l'aube de ce premier jour de notre nouvelle vie, Scarlett. M'aimes-tu de tout ton cœur, ou bien me désires-tu simplement parce que tu ne pouvais m'avoir ?

— Rhett, quelle chose scandaleuse ! Je t'aime de tout mon cœur et je t'aimerai toujours.

Avant de répondre à sa question, elle avait eu un infime temps d'hésitation que seul Rhett pouvait discerner. Il rejeta la tête en arrière et hurla de rire :

— Ma bien-aimée, je vois que jamais nos vies ne seront ennuyeuses. Il me tarde de commencer.

Une petite main crasseuse tira sur son pantalon. Rhett baissa les yeux.

— Cat ira avec vous, dit sa fille.

Il la souleva, les yeux brillants d'émotion :

— Madame Butler, dit-il à Scarlett, êtes-vous prête ? Les blocus nous attendent.

Cat eut un rire plein d'allégresse. Elle regarda Scarlett avec des yeux où luisaient des secrets partagés.

— La vieille échelle de corde est sous mes couvertures, Maman. Grainne m'avait dit de la garder.

TABLE

Cet ouvrage a été composé
par Firmin-Didot
et imprimé par
B.C.A. à Saint-Amand-Montrond (Cher)
pour le compte des éditions Belfond.

Achevé d'imprimer en septembre 1991.

Imprimé en France
Dépôt légal : août 1991
N° d'édition : 2728-1 – N° d'impression : 91/29